陆游 ·········· 与
浙江诗路文化研究

中国陆游研究会 绍兴市陆游研究会
绍兴市宋韵文化研究中心

中国社会科学出版社

图书在版编目（CIP）数据

陆游与浙江诗路文化研究/中国陆游研究会等主编. —北京：中国社会科学出版社，2022.4
ISBN 978 - 7 - 5227 - 0036 - 6

Ⅰ.①陆… Ⅱ.①中… Ⅲ.①陆游（1125 - 1210）—诗歌研究
Ⅳ.①I207.227.442

中国版本图书馆 CIP 数据核字（2022）第 057197 号

出 版 人	赵剑英
责任编辑	郭晓鸿
特约编辑	杜若佳
责任校对	师敏革
责任印制	戴 宽

出 版	中国社会科学出版社
社 址	北京鼓楼西大街甲 158 号
邮 编	100720
网 址	http://www.csspw.cn
发 行 部	010 - 84083685
门 市 部	010 - 84029450
经 销	新华书店及其他书店

印 刷	北京明恒达印务有限公司
装 订	廊坊市广阳区广增装订厂
版 次	2022 年 4 月第 1 版
印 次	2022 年 4 月第 1 次印刷

开 本	710 × 1000 1/16
印 张	44.25
插 页	2
字 数	751 千字
定 价	258.00 元

目　录

陆游接受研究

唐宋浙江诗路及其他

前言 时代天空的精神彩虹

——在爱国诗人陆游与浙江诗路文化国际学术研讨会上的致辞

冯建荣

（2020 年 11 月 13 日）

今天是先贤陆游 895 周岁的生日。在这样一个特殊的日子，我很高兴应邀来参加"爱国诗人陆游与浙江诗路文化国际学术研讨会"。十年前的今天，我也应邀参加了在绍兴举行的"纪念陆游诞辰 885 周年暨陆游与鉴湖国际研讨会"。今天有这个机会，再次与大家相会，我感到莫大的荣幸。首先，我向来自海内外的各位专家学者、新老朋友，表示热烈的欢迎！

一

陆游是绍兴名士的杰出代表。

我们绍兴这个地方，上应牵牛之宿，下当少阳之位，是一方名副其实的风水宝地。早在 1 万年前，这里就出现了稻作文明的曙光。4000 年前，大禹在这里治平洪水、地平天成。2500 年前，越王勾践在这里建都复国，继而北上灭吴、称霸中原。2000 年前，会稽太守马臻在这里围成了天下第一湖泊，后人因其水清可镜，而称之为鉴湖、镜湖。1600 多年前，书圣王羲之在这里挥就了天下第一行书《兰亭集序》。

地灵而人杰。科举时代，绍兴走出了 2238 位进士，其中三鼎甲 64 位，再其中状元 27 位。有清一代，绍兴走出了一个特殊的人才群体——绍兴师爷，他们遍布中央朝廷及地方衙门，以至于形成了"无绍不成衙"

的美谈。近代以来，绍兴更是走出了蔡元培、秋瑾、鲁迅等一大批历史伟人。当今，绍兴籍的中国工程院、中国科学院的两院院士多达76位。

这也就难怪明代文学家袁宏道，称绍兴"士比鲫鱼多"；也难怪毛主席以大国领袖的身份，把绍兴命名为"名士乡"。而毛主席在诗句当中所提到的"剑南歌"的作者陆游，无疑是古往今来绍兴诸多名士中的杰出代表。

二

陆游是中华文化的集大成者。

陆游自己讲，"六十年间万首诗"，是中国古代作诗最多的一位。这其中，他存世的诗作达9300多首，因而也是存诗最多的一位。他的诗，内容丰富多彩，意蕴丰厚，现实与浪漫相得益彰，平易与谨严交相辉映。

陆游的词也写得非常好，只是长期为诗名所掩。他的词既豪放又婉约，既雄浑又清丽。存世的140多首词，可以说都是精品。其中《钗头凤·红酥手》《卜算子·咏梅》《诉衷情·当年万里觅封侯》等，都称得上佳绝之作。

陆游的散文也写得非常好。记铭序跋，诸体皆擅。构思精巧，文字优美。他的《入蜀记》，是中国古代最长的一篇游记。他的《老学庵笔记》，是宋代笔记中的佼佼者。

陆游的书法也写得非常好。楷书、行书、草书，他都擅长。特别是草书，更是酣畅淋漓，一泻千里。

陆游的史学成就也非常巨大。他做了三次史官，撰修了《两朝实录》《三朝史》。特别是以一己之力，撰成了体例创新、史料丰富、点评客观的《南唐书》，为后人留下了丰富的历史遗产。

围棋是中国的一大发明。陆游懂围棋、爱围棋，自己说"扫空百局无棋敌"，写了200多首棋诗，是古代写棋诗最多的一位。

中国是茶叶的故乡，绍兴是中国最早产茶的地区之一。陆游懂茶、爱茶，特别喜欢家乡的茶。他写了300多首茶诗，占了自己全部存诗的1/30，是古代写茶诗最多的一位。

中华国酿数黄酒。陆游懂酒、爱酒，特别喜欢家乡的黄酒，写了近200首酒诗，是古代写酒诗最多的一位。

由此看来，陆游称得上是一位百科全书式的大文人，我们称之为中华文化的集大成者，是名正言顺的。

三

陆游是时代天空的精神彩虹。

陆游的遗产，不仅仅是物质的，更是精神的；不仅仅在当时产生了巨大的影响，而且在今天仍然光芒万丈；不仅仅是属于绍兴的、家乡的，也是属于中华民族乃至整个人类的。在红尘滚滚、人心浮躁、物欲横流、诚信缺失的情况下，尤其需要陆游的精神和思想来醍醐灌顶。

陆游爱国，是一位伟大的爱国战士、赤诚的爱国志士。他经历四朝、数起数落，然而难能可贵的是，他始终保持了人格的独立。他将国家的统一，作为坚定不移的人生追求、矢志不渝的理想信念，醉里梦中念一统，"但悲不见九州同"。

陆游敬业，是一位忠于职守的为官者、言行一致的读书人。他理政一丝不苟、有板有眼，为学一尘不染、表明心迹。他活了85岁，46岁之前的诗，留存的仅有200多首，42岁之前的只留下了54首。这是他严格要求自己、精益求精删选的结果，是他敬业精神生动而具体的体现。

陆游尚和，是一位与己与人、与山与水、与天与地和谐的先觉者。他懂得养身，善于调适自己的内心，注意保持乐观的心情、宽慰的心境与恬淡的心绪，具有极高的心理素质、极好的心理素养。他爱好学医，业余行医，热情地向乡邻施医，这是他与人和谐相处的典型案例。他的诗作当中出现了大量"太和""清和""天和"这样的词语，或许正是这一个"和"字，成就了陆游的长寿，使他的寿命是当时人均水平的1.5倍。

爱国，敬业，尚和，应当成为人们精神天空的亮丽彩虹。

四

这次研讨会，把陆游与诗路结合起来，是天作之合、珠联璧合、门当户对。

陆游是一位诗圣，是诗的化身。陆游的足迹，遍及大宋的东西南北、城市乡村。所以，陆游的"游"，也是"宦游"的"游"、是"旅游"的"游"。

诗路是山水生态之路，历史人文之路，因而也是休闲旅游之路。诗路文化带的建设，是中共浙江省委、省人民政府的重大决策部署。刚刚闭幕的党的十九届五中全会，审议通过了《中共中央关于制定国民经济和社会发展第十四个五年规划和二〇三五年远景目标的建议》，其中强调要"推动区域文化产业带建设"。所以，这次研讨会的主题，完全符合中央的精神，是学习贯彻落实五中全会精神的具体行动。

我以满腔的热情，期待着会议的圆满成功，取得丰硕的成果。

（根据记录整理）

注：2020 年 11 月 13 日，星期五上午，中国陆游学会、中国文学史料学学会、绍兴文理学院三家主办单位在咸亨酒店中流厅举行"2020 爱国诗人陆游与浙江诗路文化国际学术研讨会"。市政协党组副书记、副主席，市文史研究馆馆长冯建荣，绍兴文理学院校长王建力，中国宋代文学学会会长、中国陆游研究会会长、南京大学教授莫砺锋，中国社会科学院学部委员、文学所所长，中华文学史料学会会长刘跃进，中国韵文学会会长、绍兴文理学院特聘教授肖瑞峰，中山大学中文系主任、中国词学会副会长彭玉平，南开大学文学院教授、中国唐代文学学会副会长卢盛江等参加。这是冯建荣在会上的致辞。

陆游本体研究

陆游与陶诗的离合

莫砺锋

（南京大学 文学院）

陆游的一生，大致可分成三个阶段，《唐宋诗醇》云："少历兵间，晚栖农亩，中间浮沉中外，在蜀之日颇多。"① 准确地说，以他四十五岁以前为第一阶段，自四十六岁入蜀至六十五岁被劾罢官为第二阶段，六十六岁以后在山阴农村闲居为第三阶段。与之相应，陆游的诗歌创作也有鲜明的阶段特征，其中比较有趣的一个现象是他与陶渊明诗的离合关系。

一

陆游幼逢兵乱，年甫三岁就跟着父母避乱南奔，回到山阴家乡。不久金兵渡江南侵，陆游又随父母逃至东阳山中避难。直到绍兴三年（1133）陆游才随父返回山阴故宅，此时他已是九岁的学童了。陆游晚年回忆说"儿时万死避胡兵"，② 可谓慨乎言之。绍兴年间，陆游父亲陆宰一直奉祠家居，读书治经。陆家藏书万卷，少年陆游得以博览群书。陆游的读书范围极其广泛，有趣的是他少时即爱读陶渊明诗。对于一般的读者来说，往往是人到老年时才会喜爱内容平凡、风格平淡的陶诗。即以北宋最喜陶诗的苏轼、黄庭坚二人为例：苏轼五十七岁知扬州时始作《和陶诗》，五十九岁后贬至惠州、儋州方遍和陶诗，且作书予其弟苏辙云："吾于诗

---

① 《御选唐宋诗醇·陆游》卷一，商务印书馆 2019 年版，第 3 页。

② 《戏遣老怀》之三，《剑南诗稿校注》卷六五，钱仲联校注（下同），上海古籍出版社 1985 年版，第 3680 页。

人无所甚好，独好渊明之诗。……此所以深服渊明，欲以晚节师范其万一也。"① 黄庭坚则于五十四岁谪居戎州时跋陶诗云："血气方刚时读此诗，如嚼枯木。及绵历世事，知决定无所用智。每观此篇，如渴饮水，如欲寐得啜茗，如饥啖汤饼。今人亦有能同味者乎？但恐嚼不破耳。"② 少年陆游却是一个例外，他晚年回忆说："吾年十三四时，侍先少傅居城南小隐，偶见藤床上有渊明诗，因取读之，欣然会心。日且莫，家人呼食，读诗方乐，至夜卒不就食。今思之，如数日前事也。"③ 黄庭坚晚年读陶的感受是"如渴饮水，如欲寐得啜茗，如饥啖汤饼"，而少年陆游读陶竟至"至夜卒不就食"，两者的境界何其相似！值得注意的是，苏、黄二人到晚年才深喜陶诗，陆游却在十三四岁时就有此好，这不能不说是一个特例。

那么，为什么少年陆游就能欣赏陶诗呢？

首先，这与陆氏的耕桑家风有关。在陆游的高祖陆轸于北宋真宗朝以进士起家之前，陆氏世代务农。陆游诗中屡屡及此："家风本韦布，生事但渔樵"，④ "为农幸有家风在，百世相传更勿疑"，⑤ "韦布"意同"布衣"，"渔樵"意类"农桑"，这都是指其家族的耕桑传统。陆游还孜孜不倦地以此教育儿孙："每与诸儿论今古，常思百世业耕桑"，⑥ "仍须教童稚，世世力耕桑"，⑦ 可见他对耕桑家风有清晰的承上启下的意识，这当然会使他对多写田园生活的陶诗有天生的亲切感。其次，这与陆游父亲陆宰的言传身教有关。陆宰其人，虽曾入仕，但志在归隐。陆游对此有亲切的回忆："先君初有意居寿春，邑中亦薄有东皋矣。宣和末，方欲渐葺治之，会乱，不果。晚与客语及淮乡渔稻之美，犹怅然不已也。""建炎之乱，先君避地东阳山中者三年。山中人至今怀思不忘。有祠堂，在安福寺。方先

---

① 见苏辙《子瞻和陶渊明诗集引》，《栾城后集》卷二一，《栾城集》，上海古籍出版社 2009 年版，第 1402 页。

② 《书陶渊明诗后寄王吉老》，《黄庭坚全集辑校编年》第八辑，江西人民出版社 2011 年版，第 957 页。

③ 《跋渊明集》，《渭南文集校注》卷二八，《陆游全集校注》第 10 册，钱仲联等编（下同），浙江教育出版社 2011 年版，第 198 页。

④ 《自贻》之二，《剑南诗稿校注》卷七六，上海古籍出版社 1985 年版，第 4182 页。

⑤ 《农家》，《剑南诗稿校注》卷七七，上海古籍出版社 1985 年版，第 4219 页。

⑥ 《高枕》，《剑南诗稿校注》卷五十，上海古籍出版社 1985 年版，第 2989 页。

⑦ 《村舍》之一，《剑南诗稿校注》卷四七，上海古籍出版社 1985 年版，第 2867 页。

君之归也，尝有诗云：'前身疑是此山僧，猿鹤相逢亦有情。珍重岭头风与月，百年常记老夫名。'"① 绍兴年间，陆宰因不满朝廷的苟安国策，正当壮年就绝意仕途，决心退隐。陆宰在山阴城西南购筑小隐山园，园中的"赋归堂""遐观堂""抚松亭"等建筑皆取名于陶渊明诗文，② 可见其慕陶之诚。毫无疑问，陆游"侍先少傅居城南小隐，偶见藤床上有渊明诗"，那本陶诗正是陆宰阅读后暂时搁在那里的。当然，更重要的是陆游的人生态度、诗学观念等内因，否则的话一个十三四岁的少年是不会对陶诗如此着迷的。至于具体的情形，我们将在下文中进行论述。

二

在陆游诗歌创作的第一个阶段，即他入蜀之前，陶渊明及其诗文主要是以成语典故的面目出现在陆游笔下。例如陆游集中最早涉及陶诗的作品《和陈鲁山十诗以"孟夏草木长绕屋树扶疏"为韵》，作于绍兴二十四年，是年陆游三十岁。上年陆游应锁厅试，初擢举第一压过秦桧之孙秦埙，触怒秦桧，此年春应礼部试遂至落第。此诗有句云"樱酪事已过，角黍配夏熟"，可见作于仲夏，时已落第，诗语颇怨，风格不类陶诗。但全诗十首，逐首以陶诗《读山海经》二句为韵脚。又如作于乾道二年（1166）的《寄陶茂安监丞》云："征士虽思赋松菊，隐居未可挂衣冠。"上句用陶渊明《归去来兮辞》中"松菊犹存"句意（陶渊明谥"征士"），下句用陶弘景辞官挂朝服于宫门之故事（陶弘景自号"华阳陶隐居"），分别用两个姓陶之人的典故以切陶茂安之姓。上述两端都是宋人作诗的惯用技巧，并非陆游独创，但说明他对陶诗非常熟悉。可是总的来说，这个时期的陆游对陶渊明及其作品是相当疏离的。原因很清楚，此时的陆游正在狂热地追求从戎杀敌、建功立业的人生理想，其慷慨激昂的心态使他不能静下心来读陶、学陶。

陆游少时随父闲居，亲见其父与爱国士大夫谈及国事时慷慨流涕之状，在他心中留下深刻的印象，及至晚年仍记忆清晰："绍兴初，某甫成

---

① 《家世旧闻校注》卷下，《陆游全集校注》第 13 册，浙江教育出版社 2011 年版，第 81 页。

② 《归去来兮辞》："时矫首以遐观""抚孤松而盘桓"，袁行霈：《陶渊明集笺注》卷五，中华书局 2003 年版，第 461 页。

童，亲见当时士大夫，相与言及国事，或裂眦嚼齿，或流涕痛哭，人人自期以杀身翊戴王室，虽丑裔方张，视之蔑如也。"① "李庄简公泰发奉祠还里……每言及时事，往往愤切兴叹，谓秦相曰'咸阳'。"② 前一则中的士大夫指傅崧卿，卒于绍兴八年；后一则中的"李庄简公"即李光，其"奉祠还里"事在绍兴九年。可见陆游是在十四五岁时得闻其父辈之爱国言论，从此确立了抗金复国的人生理想。他日后回忆说："上马击狂胡，下马草军书。二十抱此志，五十犹癯儒。"③ 可见他在青年时代就决心以自己的文才武略为恢复中原的事业做出贡献。到了三十八岁那年，宋孝宗即位，朝中的主战派得到重视，陆游也被召见且赐进士，他积极地向朝廷提出许多关于抗金复国的建议，且坚决支持张浚北伐。虽然好景不长，朝局的主流仍是主战派受到压制，陆游本人也在四十二岁时因"力说张浚用兵"的罪名被罢黜归乡，但他依然坚持夙志，并未转向消极。所以在这个阶段的诗歌创作中，忧念国事、志在恢复显然成为最主要的内容，慷慨激昂、沉郁悲凉显然成为最主要的风格。例如绍兴三十一年金主亮南侵遭挫，宋军乘胜收复北宋陵寝所在的洛阳，陆游得闻捷报，赋《闻武均州报已复西京》以志喜。次年，陆游仲兄陆浚赴江北前线幕府，陆游作《送七兄赴扬州帅幕》一诗送行。前者欢呼意外得来的胜利，情绪高涨。后者回首大敌压境的危难时局，意境沉郁。无论是何种情感倾向，都产生于关心时局、志在天下的人生观，与回归山林的隐逸志趣南辕北辙。

乾道六年陆游入蜀，任夔州通判，开始了他第二个创作阶段。乾道八年三月应四川宣抚使王炎之辟赴南郑，任干办公事兼检法官，襄赞军务。虽然他当年年底即离开南郑，在南郑其实只停留了不足一年，而且并未经历真正的战斗，但是亲临抗金前线的戎马生涯毕竟使他初偿夙愿，心情激动，其诗歌创作随之发生了深刻的变化，正如清人赵翼所云，"放翁诗之宏肆，自从戎巴蜀，而境界又一变"。④ 陆游对此也有深刻的自我认识，他晚年回忆说自己是在"四十从戎驻南郑"时发生了"诗家三昧忽见前，屈

---

① 《跋傅给事帖》，《渭南文集校注》卷三一，《陆游全集校注》第 10 册，浙江教育出版社 2011 年版，第 289 页。按：此跋作于嘉定二年（1209），陆游八十五岁。
② 《老学庵笔记》卷一，《陆游全集校注》第 11 册，浙江教育出版社 2011 年版，第 191 页。按：《老学庵笔记》撰于淳熙末绍熙初（1189—1190），陆游六十五六岁。
③ 《观大散关图有感》，《剑南诗稿校注》卷四，上海古籍出版社 1985 年版，第 357 页。
④ 《瓯北诗话》卷六，《清诗话续编》，上海古籍出版社 1983 年版，第 1221 页。

贾在眼元历历"的巨大变化。① 笔者曾指出，这种变化并非诗歌题材的转变，而是指他受到紧张、豪宕的军营生活的激发，领悟到应该改变早年专求"藻绘"的诗风，从而追求宏肆奔放的风格。笔者还注意到，这种变化的标志是陆游在此后的十余年间写出了一系列风格雄放的七古名篇，例如《金错刀行》、《胡无人》、《长歌行》（人生不作安期生）、《关山月》、《秋兴》（成都城中秋夜长）和《五月十一夜且半梦从大驾亲征尽复汉唐故地见城邑人物繁丽云西凉府也喜甚马上作长句未终篇而觉乃足成之》等。② 这些作品皆以抗金复国为主题，皆呈雄浑豪壮之风格。这个创作倾向也体现在陆游的其他诗体中，而且贯穿了其第二个创作阶段。显然，这样的创作倾向是与陶诗大异其趣的。

当然，陆游在这两个阶段中也曾数次回乡闲居，但他人在江湖，心怀朝廷，这在其诗作中有明显的表露。绍兴二十四年陆游赴礼部试被秦桧黜落，旋即返回山阴故里，闲居三年。次年，陆游作诗明志："孤灯耿霜夕，穷山读兵书。平生万里心，执戈王前驱。战死士所有，耻复守妻孥。"③ 第三年，陆游作诗吟咏朝政："崖州万里窜酷吏，湖南几时起卧龙？"④ 他何曾忘却国事？乾道二年，陆游罢官回乡，闲居两年有半。将归之时，陆游作诗抨击士气不振的局面："中原乱后儒风替，党禁兴来士气孱。"⑤ 次年，陆游作诗讥刺误国权奸："但余一恨到千载，高阳缪公来窜名。老奸得志国几丧，李氏诛徙连孤婴。"⑥ 是年又作诗感叹岁月迁徙、壮志难销："慷慨志犹壮，蹉跎鬓已秋。……夜阑闻急雨，起坐涕交流。"⑦ 这哪里是一位归隐之士应有的心态！淳熙八年（1181）至淳熙十年，陆游奉祠在山阴闲居三年，此期所作诗词，多抒爱国情感，态度激切，如淳熙八年所作诗中云：

---

① 《九月一日夜读诗稿有感走笔作歌》，《剑南诗稿校注》卷二五，上海古籍出版社1985年版，第1802页。

② 详见莫砺锋《陆游诗家三昧辨》，《莫砺锋文集》第三卷，凤凰出版社2019年版，第493—512页。

③ 《夜读兵书》，《剑南诗稿校注》卷一，上海古籍出版社1985年版，第18页。

④ 《二月二十四日作》，《剑南诗稿校注》卷一，上海古籍出版社1985年版，第19页。按：上句指秦桧党羽曹泳徙崖州事，下句指张浚奉祠居湖南郴州事。

⑤ 《寄别李德远》之二，《剑南诗稿校注》卷一，上海古籍出版社1985年版，第97页。

⑥ 《题十八学士图》，《剑南诗稿校注》卷一，上海古籍出版社1985年版，第109页。按：此借唐人许敬宗事以讽刺秦桧。

⑦ 《闻雨》，《剑南诗稿校注》卷一，上海古籍出版社1985年版，第126页。

"平生揲旗手，头白归扶犁。谁知蓬窗梦，中有铁马嘶!"① 淳熙九年所作诗中云："一身报国有万死，双鬓向人无再青!"② 淳熙十年所作诗中云："书生老抱平戎志，有泪如江未敢倾。"③ 这种老骥伏枥志在千里的报国热情，也与隐逸情趣相去甚远。总之，在第一和第二两个创作阶段中的陆游即使在故乡闲居，其心态也距离陶渊明甚远，其诗作与陶诗很少相关。前文所举的"征士虽思赋松菊，隐居未可挂衣冠"那联诗，虽然上句运用陶渊明《归去来兮辞》之典，但是细绎诗意，是说虽有怀乡之念，但不可辞官归隐，其实是对陶渊明隐逸志趣的否定。淳熙二年，陆游在新都的一个驿站独酌，作诗云"行遍天涯身尚健，却嫌陶令爱吾庐"。④ 他竟然对陶渊明喜爱村居的生活态度公然表示嫌弃!

三

淳熙十六年二月，孝宗内禅，光宗继位。岁末，六十五岁的陆游受监察御史弹劾，罢职放归故里。此后他七十八岁时一度返朝为孝宗、光宗两朝编纂实录，第二年即返山阴。总的来说，从六十六岁直到八十五岁去世，陆游在山阴故乡度过整整二十个春秋，这是他诗歌创作的第三个阶段。陆游被劾，罪名中包括作诗"嘲咏风月"，这让他啼笑皆非。事实上，无论是发起弹劾的谏议大夫何澹，还是受到弹劾的陆游，都明白"嘲咏风月"只是个借口。真正的原因是陆游一贯力主抗金，深受朝中主和派的忌恨。孝宗颇有恢复之意，故对陆游尚能优容。光宗则是个颟顸无能之君，他登基后便任由主和派操纵，罢免陆游。陆游返回山阴后不久，便以"风月"名小轩，且作诗云："放逐尚非余子比，清风明月入台评!"⑤ 真乃慨乎言之。心态如此愤激的陆游当然不可能诚心诚意地归隐林下，抗金复国的雄心壮志仍然时时出现在他的诗中。仅以名篇为例，《秋夜将晓出篱门迎凉有感》《十一月四日风雨大作》作于六十八岁，《枕上偶成》（放臣不

① 《书悲》之二，《剑南诗稿校注》卷一三，上海古籍出版社1985年版，第1062页。

② 《夜泊水村》，《剑南诗稿校注》卷一四，上海古籍出版社1985年版，第1136页。

③ 《夜步庭下有感》，《剑南诗稿校注》卷一五，上海古籍出版社1985年版，第1178页。

④ 《弥牟镇驿舍小酌》，《剑南诗稿校注》卷六，上海古籍出版社1985年版，第521页。

⑤ 《予十年间两坐斥罪虽擢发莫数而诗为首谓之嘲咏风月既还山遂以风月名小轩且作绝句》之一，《剑南诗稿校注》卷二一，上海古籍出版社1985年版，第1612页。

复望修门）作于七十一岁，《陇头水》作于七十二岁，《书愤》（白发萧萧卧泽中）作于七十三岁，《三山杜门作歌》作于七十四岁，《观运粮图》作于七十六岁，《追忆征西幕中旧事》作于七十七岁，《书事》（鸭绿桑干尽汉天）作于八十岁，《老马行》作于八十二岁，《示儿》作于八十五岁，不胜枚举。可以说，抗金复国的主题贯穿了陆游诗歌创作的全过程，绝笔诗《示儿》就是其光辉的终点。

　　但是，进入第三个创作阶段的陆游毕竟垂垂老矣，他清楚地意识到杀敌报国的理想已经不可能付诸实施，胸中的壮志也消磨殆尽："壮志病来消欲尽，出门搔首怆平生！"① 他只能将这个理想寄托在他人身上："功名在子何殊我，惟恨无人快著鞭！"② 他在目前处境中真正能做的不过是耕桑与读书二事："老翁老去尚何言，除却翻书即灌园。"③ 他觉得老于农桑的自己与从前那个气吞骄虏的英雄已成隔代之人："大散关头北望秦，自期谈笑扫胡尘。收身死向农桑社，何止明明两世人！"④ 他甚至怀疑从前的功名之念是否真有价值，试看一个有趣的例子：壮年时代的陆游对建功立业怀有热烈的希冀，他五十初度时在成都作诗慨叹"金印煌煌未入手，白发种种来无情"⑤，可是到了七十八岁，他的态度已有根本的改变："每与诸儿论今古，常思百世业耕桑。危机正在黄金印，笑杀初心缪激昂。"⑥ 到了八十岁，他更是声称："铸印大如斗，佩剑长挂颐。不如茅屋底，睡到日高时。"⑦ 显然，正是人生态度的这种改变将陆游的目光从梦中的大散关头拉回眼前的江南水乡，也将诗人的慕贤之心从捍卫国家的大将檀道济移向躬耕农亩的隐士陶渊明。请看他作于八十二岁的《悲歌行》："读书不能遂吾志，属文不能尽吾才。远游方乐归太早，大药未就老已摧。结庐城南十里近，柴门正对湖山开。有时野行桑下宿，亦或恸哭中途回。檀公画计三十六，不如

---

①　《秋夜将晓出篱门迎凉有感》之一，《剑南诗稿校注》卷二五，上海古籍出版社1985年版，第1774页。按：此诗作于六十八岁。

②　《书事》之三，《剑南诗稿校注》卷五八，上海古籍出版社1985年版，第3370页。按：此诗作于八十岁。

③　《种蔬》，《剑南诗稿校注》卷四一，上海古籍出版社1985年版，第2586页。按：此诗作于七十五岁。

④　《追忆征西幕中旧事》之一，《剑南诗稿校注》卷四八，上海古籍出版社1985年版，第2926页。按：此诗作于七十七岁。

⑤　《长歌行》，《剑南诗稿校注》卷五，上海古籍出版社1985年版，第467页。

⑥　《高枕》，《剑南诗稿校注》卷五十，上海古籍出版社1985年版，第2989页。

⑦　《不如茅屋底》，《剑南诗稿校注》卷五九，上海古籍出版社1985年版，第3436页。

一篇归去来。紫驼之峰玄熊掌,不如饭豆羹芋魁。腰间累累六相印,不如高卧鼻息轰春雷。安得宝瑟五十弦,为我写尽无穷哀!"诗中以檀道济与陶渊明相比,檀道济是南朝大将,足智多谋,能用"三十六策"①,曾自比捍卫国家的"万里长城"②。陆游六十三岁所作名篇《书愤》中曾以檀道济自比:"塞上长城空自许"③,如今却说檀公纵然足智多谋,也比不上陶渊明的一篇《归去来兮辞》。此时的陆游,铁马冰河只是梦境,田园农桑才是真实的生活环境,于是久违的陶诗再次走近陆游。绍熙元年(1190)春,就在陆游刚回到山阴故居不久,他作诗说:"莫谓陶诗恨枯槁,细看字字可铭膺。"④ 六年以后,陆游作《跋渊明集》,回忆少时阅读陶诗入迷以至忘餐的旧事说:"今思之,如数日前事也!"⑤ 时隔五十多年,陆游对陶诗的态度经历了一个轮回。"闲惟接僧话,老始爱陶诗。"⑥ 此语真是慨乎言之!

晚年的陆游经常阅读陶诗:"数行褚帖临窗学,一卷陶诗傍枕看"⑦,"柴荆终日无来客,赖有陶诗伴日长"⑧,"归舟莫恨无人语,手把陶诗侧卧看"⑨,几乎到了手不释卷的程度。由于陆游对陶诗烂熟于胸,只要遇到陶诗中描写过的某种生活情景,便会使他以五柳先生自居,例如六十八岁所作《秋晚岁登戏作》:"水落沙痕出,天高野气严。饼香油乍压,薤美韭新腌。裘褐风霜逼,衡茅醉梦兼。菊花香满把,聊得拟陶潜。"陶渊明《九日闲居》序云:"余闲居,爱重九之名。秋菊盈园,而持醪靡由。空服其华,寄怀于言。"⑩ 陶诗名句"采菊东篱下"⑪ 更是塑造了这位千古隐士的不朽形象。陆诗写秋收丰登后身得温饱,且能采菊盈把,于是自比渊明。又如八十岁所作《砭愚》:"储药如丘垤,人愚未易医。信书安用尽,见事可怜迟。错自弹冠日,忧从识字时。今朝北窗卧,句句味陶诗。"陶渊明

① 南齐王敬则云:"檀公三十六策。"见《南齐书》卷二六,中华书局1973年版,第487页。
② 《宋书》卷四三,中华书局1974年版,第1344页。
③ 《书愤》,《剑南诗稿校注》卷一七,上海古籍出版社1985年版,第1346页。
④ 《杭湖夜归》,《剑南诗稿校注》卷二一,上海古籍出版社1985年版,第1605页。
⑤ 《跋渊明集》,《渭南文集校注》卷二八,《陆游全集校注》第10册,浙江教育出版社2011年版,第198页。按:此跋作于庆元二年(1196)。
⑥ 《书南堂壁》之二,剑南诗稿校注》卷三六,上海古籍出版社1985年版,第2340页。
⑦ 《初夏野兴》之三,《剑南诗稿校注》卷四五,上海古籍出版社1985年版,第2802页。
⑧ 《二月一日作》,《剑南诗稿校注》卷五十,上海古籍出版社1985年版,第2996页。
⑨ 《冬初至法云》,《剑南诗稿校注》卷五五,上海古籍出版社1985年版,第3229页。
⑩ 《陶渊明集笺注》卷二,中华书局2003年版,第71页。
⑪ 《饮酒二十首》之五,《陶渊明集笺注》卷三,中华书局2003年版,第247页。

自云："五六月中，北窗下卧，遇凉风暂至，自谓是羲皇上人。"① 盛夏酷热之时偶遇凉风，便自称是远古淳朴之人，这是喜爱平凡质朴生活的真情之自然流露。陆诗写自己从前误入仕途，老方归隐，如今像陶渊明一样享受夏日清风，便能细细品味陶诗的滋味。陆游还用整首诗的篇幅抒写读陶心得，例如作于六十九岁的《读陶诗》："我诗慕渊明，恨不造其微。退归亦已晚，饮酒或庶几。雨余锄瓜垄，月下坐钓矶。千载无斯人，吾将谁与归？"又如作于七十六岁的《读渊明诗》："渊明甫六十，遽觉前途迮。作诗颇感慨，自谓当去客。吾年久过此，霜雪纷满帻。岂惟仆整驾，已迫年负轭。奈何不少警，玩此白驹隙。倾身事诗酒，废日弄泉石。梅花何预汝，一笑从渠索。顾以有限身，儿戏作无益。一床宽有余，虚室自生白。要当弃百事，言从老聃役。"二诗都对陶渊明的人生态度表示高度认同，但同中有异：前者的重点在陶渊明归隐后的自由生活，陆游希望像陶渊明那样保持平和、安宁的心情，从鸡犬桑麻的田园生活中寻得心灵的归宿；后者的重点在陶渊明对生命意义的体悟，陆游希望像陶渊明那样珍惜时光，从平凡朴实的日常生活中把握意义丰盈的生命流程。

在诗歌艺术的方面，晚年的陆游也对陶渊明钦佩得五体投地。八十四岁那年，陆游作《读陶诗》："陶谢文章造化侔，篇成能使鬼神愁。君看夏木扶疏句，还许诗家更道不？"诗中虽及"谢"字，当是连类而及，从篇名到诗意，均指渊明无疑。前文说过，陆游三十岁时选择陶诗"孟夏草木长绕屋树扶疏"为韵脚，至此已相隔五十四年。如果说青春年少的陆游只是熟悉陶渊明的诗句，那么半个世纪以后，垂垂老矣的陆游已将陶渊明视为诗歌史上登峰造极的伟大诗人。"夏木扶疏"之句见于陶诗《读山海经》之一，全文如下："孟夏草木长，绕屋树扶疏。众鸟欣有托，吾亦爱吾庐。既耕亦已种，时还读我书。穷巷隔深辙，颇回故人车。欢然酌春酒，摘我园中蔬。微雨从东来，好风与之俱。泛览周王传，流观山海图。俯仰终宇宙，不乐复何如。"此诗内容只是平淡无奇的乡村景物，与平淡无奇的日常起居，然而它意味深永，百读不厌，其奥秘在于诗中浸透着陶渊明对平凡生活的满腔深情。在陶渊明看来，风调雨顺的时令，欣欣向荣的草木，以及树上的鸟鸣，园中的菜蔬，杯中的薄酒，案头的闲书，无不使他感到由衷的愉悦。诗人在美好的自然环境中自由自在地生存，他平和安详，心

---

① 《与子俨等疏》，《陶渊明集笺注》卷七，中华书局 2003 年版，第 529 页。

满意足。简陋的穷巷隔绝了尘世的喧嚣，悠闲的心境摆脱了名利的纠缠，生活恢复了朴素纯洁的本来面目，从而充满着美感和诗意。晚年的陆游从内心深处与陶渊明的人生态度产生了深刻的共鸣，从而对如此准确生动地体现这种人生态度的陶诗感到由衷的钦佩。

四

　　陆游与辛弃疾是南宋最杰出的两位爱国主义文学家，两人的人生理想都是驰骋疆场、建功立业，然而晚年的陆、辛同样衷心倾慕陶渊明，除了罢职归隐、闲居乡村的共同遭遇，还有其他原因吗？下文试从陆游的角度探讨其中的必然性。

　　华夏民族自古生活在黄河、长江流域，这是个气温与降水量都适宜农耕的地区，以农为本便成为整个民族最重要的生存策略。先秦诸子论及国计时言必称农桑，便是经济基础对意识形态的影响。农耕生产必须有和平的生存环境和稳定的生存空间，所以华夏民族天生就热爱和平，价值观与逐水草而居的游牧民族不同。然而华夏民族始终面临着游牧民族的侵扰，为了保卫自身的农耕文明，就必须具有抵御侵略的力量。儒家反对战争，但并不轻视军事，而且强调增强国防的重要性，原因便在于此。所以孔子既曰："俎豆之事，则尝闻之矣。军旅之事，未之学也。"① 又曰："不教民战，是谓弃之。"② "善人教民七年，亦可以即戎矣。"③ 孟子则既批判"争地以战，杀人盈野；争城以战，杀人盈城"的不义战争④，又歌颂"凿斯池也，筑斯城也，与民守之，效死而民弗去"的爱国精神⑤。陆游是受传统文化哺育的士大夫，且成长于一个以耕桑为家风的家族中。所以陆游论《诗》，最重《豳风·七月》之篇，他曾不胜仰慕地说："我读豳风七月篇，圣贤事业在陈编。……吾曹所学非章句，白发青灯一泫然。"⑥ 又说："西成东作常无事，妇馌夫耕万里同。但愿清平好官府，眼中历历见

① 《论语·卫灵公》，《论语注疏》卷十五，北京大学出版社1999年版，第206页。
② 《论语·子路》，《论语注疏》卷十三，北京大学出版社1999年版，第181页。
③ 《论语·子路》，《论语注疏》卷十三，北京大学出版社1999年版，第181页。
④ 《孟子·离娄上》，《孟子注疏》卷七下，北京大学出版社1999年版，第202页。
⑤ 《孟子·梁惠王下》，《孟子注疏》卷二下，北京大学出版社1999年版，第61页。
⑥ 《读豳诗》，《剑南诗稿校注》卷七三，上海古籍出版社1985年版，第4019页。

《豳风》。"①《豳风·七月》生动地描写了一年四季的农事以及农民的辛勤劳苦，汉儒的《诗序》释曰："周公遭变故，陈后稷先公风化之所由，致王业之艰难也。"② 陆游热爱农耕生活，且其集中描写农村生活的作品多达2000 多首，显然与《豳风·七月》有着一脉相承的关系。不难想象，如果陆游生逢一个和平时代，他既可能为食禄养亲而出仕，也可能急流勇退而归隐，走一条与陶渊明相似的人生之路。只因陆游生逢河山破碎、国土沦丧的时代，故而中年投军、万里从戎，且终生渴望着杀敌雪耻、收复中原。但是在内心深处，他热爱和平，热爱安定平和的农耕生活。说到底，陆游之所以要坚持抗金复国的大业，其根本目的就是恢复华夏民族世代生息的大片国土，让人民在不受外族侵扰的和平环境里从事农桑。事实上陶渊明也是如此，他虽然重视农桑，且认为人们应该自食其力，但他并非天生的隐士。陆游的好友朱熹评陶渊明说："隐者多是带气负性之人为之，陶欲有为而不能者也。"③ 此语乃知人论世的名言。陶渊明少时胸怀大志，可惜身逢浊世，根本不可能有所作为，无奈之下才走上独善其身的归隐之途。所以陶渊明的归隐不是退避，更不是放弃，而是一种特殊形态的坚守与抗争。陆游则生活在国难当头的时代，他虽有心许国，却壮志难酬，被迫退归乡里，亲事农桑，"行遍天涯千万里，却从邻父学春耕"！④ 深沉的感慨之中，有多少无奈与失落！陶、陆二人都重视农耕，而且都是"带气负性之人"，这是陆游与陶渊明达成异代默契的两个深层内因。

当然，归耕后所处的自然环境是优美宁静的，农村的风土人情是淳朴敦厚的，所以归隐后的陶渊明总是保持着平和、安宁的心情。躬耕生活尽管艰苦，在陶渊明眼里却是充实、愉快的。他用优美的诗句描写了乡村生活的方方面面，既有劳动的艰辛，也有收获的喜悦；既有贫穷的烦恼，也有亲情的可爱。陆游也是这样。陆游一生中闲居山阴长达三十年，当他在家乡看到安宁、平静的农村生活时，不由得感到由衷的喜爱。比如作于四十三岁的《游山西村》："莫笑农家腊酒浑，丰年留客足鸡豚。山重水复疑无路，柳暗花明又一村。箫鼓追随春社近，衣冠简朴古风存。从今若许闲乘月，拄杖无时夜叩门。"又如作于六十七岁的《江村初夏》："紫葚狼藉

---

① 《村居即事》，《剑南诗稿校注》卷八四，上海古籍出版社 1985 年版，第 4486 页。

② 《毛诗正义》卷八，北京大学出版社 1999 年版，第 489 页。

③ 《朱子语类》卷一四零，中华书局 1994 年版，第 3327 页。

④ 《小园》之三，《剑南诗稿校注》卷十三，上海古籍出版社 1985 年版，第 1042 页。

桑林下，石榴一枝红可把。江村夏浅暑犹薄，农事方兴人满野。连云麦熟新食麨，小裹荷香初卖鲊。蘋洲蓬艇疾如鸟，沙路芒鞋健如马。君看早朝尘扑面，岂胜春耕泥没踝。为农世世乐有余，寄语儿曹勿轻舍。"鸡犬桑麻的乡村风光，古朴淳厚的风土人情，宛如陶渊明笔下的桃花源。罢职后的陆游虽能时断时续地领到一份菲薄的奉禄，但他家口众多，生活比较清贫，有时还得亲自参加劳动，陆诗中常有描写，例如五十七岁所作《小园》："小园烟草接邻家，桑柘阴阴一径斜。卧读陶诗未终卷，又乘微雨去锄瓜。"又如六十七岁所作《晚秋农家》："我年近七十，与世长相忘。筋力幸可勉，扶衰业耕桑。身杂老农间，何能避风霜？夜半起饭牛，北斗垂大荒。"如果说前一首所写的还是"半耕半读"的隐士，那么后一首就俨然一位亲事稼穑的老农了。

此外，陆游诗中深情地歌颂了家人之间、邻里之间的深厚感情，也与陶诗、陶文一脉相承。例如陶渊明有《责子》一诗，字里行间洋溢着对儿辈的慈爱。更为感人的是他自觉病重时作《与子俨等疏》，对诸子谆谆嘱咐，平白如话，感人至深。陆游集中有数十首咏及儿孙之诗，也都流露出深沉的舐犊之情，例如作于七十七岁的《送子龙赴吉州掾》，诗中先说明家境贫寒是父子分离的原因："我老汝远行，知汝非得已。……人谁乐离别，坐贫至于此。"然后惦念着儿子途中的艰难："汝行犯胥涛，次第过彭蠡。波横吞舟鱼，林啸独脚鬼。野饭何店炊，孤棹何岸舣？"诗的主要篇幅用来训导儿子到任后应该忠于职守、廉洁正直，最后嘱咐子龙勤写家书："汝去三年归，我傥未即死。江中有鲤鱼，频寄书一纸！"读了此诗，恍如亲闻一位慈祥的老父亲对儿子的临别赠言，絮絮叨叨，至情流露。虽然诗文异体，但这首陆诗所蕴含的天伦之情很像陶渊明的《与子俨等疏》。又如陶诗中写到他与邻居亲如家人，他移居时希望得到佳邻①，家中断粮时自欣得到邻居接济②，朴实的诗句里洋溢着真挚的邻里之情。陆游也与家乡的农夫渔父结下了深厚的情谊，他由衷喜爱山阴农村淳朴纯良的风土人情，他笔下的绩女、牧童待人善良亲切："放翁病起出门行，绩女窥篱牧竖迎。酒似粥醲知社到，饼如盘大喜秋成。归来早觉人情好，对此弥将世事轻。"③ 他的邻居对老诗

---

① 《移居二首》，《陶渊明集笺注》卷二，中华书局 2003 年版，第 130 页。
② 《乞食》，《陶渊明集笺注》卷二，中华书局 2003 年版，第 103 页。
③ 《秋晚闲步邻曲以予近尝卧病皆欣然迎劳》，《剑南诗稿校注》卷二七，上海古籍出版社1985 年版，第 1912 页。

人经常表示关爱:"东邻膰肉至,一笑举新醅。"① "野人知我出门稀,男辍锄耰女下机。掘得茈菇炊正熟,一杯苦劝护寒归。"② 诗人也诚心诚意地投桃报李:"东邻稻上场,劳之以一壶。西邻女受聘,贺之以一襦。"③ 陆游还常至邻村施药,与村民们亲切交往:"驴肩每带药囊行,村巷欢欣夹道迎。共说向来曾活我,生儿多以陆为名。"④ 由此可见,天性敦厚、感情深挚,是陆游与陶渊明共同的性格特征。而用亲切细腻的笔触描写亲情、友情,则是陆诗与陶渊明诗文共同的创作倾向。对于以农耕为主要生产形态的华夏民族来说,儒家主张的仁爱精神既是每个个体获得安稳、幸福的人伦关系的道德保障,也是确保实现整个社会和睦亲善的总体目标的基石。孔、孟大力揄扬"孝悌"精神,其深层动机便在于此。陶、陆二人既重视农耕,又服膺儒学,他们在作品中深情歌颂以孝悌为核心的仁爱精神,可称理所当然。

如上所述,陆游与陶渊明的关系经历了合、离、合的复杂过程。开禧三年(1207),八十三岁的陆游作诗说:"学诗当学陶,学书当学颜。正复不能到,趣乡已可观。……汝虽老将死,更勉未死间。"⑤ 这既是其诗学思想的晚年定论,也是其创作旨趣的最终表述。那么,晚期陆诗在主题倾向上既以陶诗为学习典范,它在艺术风格上是否也受到陶诗的深刻影响呢?清人赵翼评陆诗云:"及乎晚年,则又造平淡,并从前求工见好之意亦尽消除,所谓'诗到无人爱处工'者,刘后村谓其皮毛落尽矣,此又诗之一变也。"⑥ 言下之意,晚期陆诗的风格已近于陶诗。笔者则认为平淡是宋诗的总体风格倾向,自从苏轼"发明"陶诗以来⑦,宋代诗人对此已有集体的自觉,陆游学陶有得也应在这个宏观背景下予以观照,才能得其肯綮。限于篇幅,笔者将另外拟文予以论述。

---

① 《舍北摇落景物殊佳偶作》之五,《剑南诗稿校注》卷三五,上海古籍出版社1985年版,第2285页。

② 《东村》之一,《剑南诗稿校注》卷四一,上海古籍出版社1985年版,第2594页。

③ 《晚秋农家》之四,《剑南诗稿校注》卷二三,上海古籍出版社1985年版,第1695页。

④ 《山村经行因施药》之四,《剑南诗稿校注》卷六五,上海古籍出版社1985年版,第3674页。

⑤ 《自勉》,《剑南诗稿校注》卷七十,上海古籍出版社1985年版,第3888页。

⑥ 《瓯北诗话》卷六,《清诗话续编》,上海古籍出版社1983年版,第1221页。

⑦ 宋人张戒云:"陶渊明、柳子厚之诗,得东坡而后发明。"见《岁寒堂诗话》卷上,《历代诗话续编》,中华书局1983年版,第463页。

从枕藉乐天诗到意摩香山体：论陆游对白居易的接受与超越

陈才智

（中国社会科学院 文学研究所）

摘要：陆游和白居易，分辉唐宋两朝，存诗数量各冠其代，所处时间都在各自王朝的中期，诗歌风格均以平易流畅著称，放翁气象与醉吟诗风之间亦存在千丝万缕的联系，故前人常白陆并称同尊。陆游不仅枕藉乐天诗，而且意摹香山体，放翁气象取法醉吟诗风，早年偏于对现实生活的投入与关注，中年尤其是晚年，则偏于闲适诗风，尤其是淡泊虚静的神情气味，贯以始终的则是在在逼真的描写笔法、平易明白的语言风格。

关键词：陆游；白居易；放翁气象；醉吟诗风

作为"六十年间万首诗"（《小饮梅花下作》）的多产诗人，陆游在宋代诗歌史上的地位，不亚于白居易在唐诗史上的地位，而且巧合的是，其存诗数量各冠其代，所处时间都在各自王朝的中期。虽然陆游与范成大、杨万里、尤袤并称"中兴四大诗人"，但杨、范二人在题材方面各有侧重，风格各有所长，尤袤则量少质平，可略而不论，唯陆游才足以影响一代文坛空间和规模的旷世大才。① 放翁气象俯瞰川山，超拔群雄，特具宋诗本色。尤其是诗中激烈深沉的民族情感，反映着山河破碎、民族危亡年代的社会历史，在当时及后世都赢得广泛尊重。"唐宋以来，诗之多者，首推白、陆。"② 作为整个宋代留存作品最多的诗人，陆游对前代留存作品最

---

① 正如《唐宋诗醇》卷四十二所云："宋自南渡以后，必以陆游为冠"（景印文渊阁四库全书本）。

② 王揖唐：《今传是楼诗话》第五一八则，《民国诗话丛编》第 3 册，上海书店出版社 2002年版，第 493 页。

多的白居易亦情有独钟,其年寿之长,更较唐人年寿佼佼者白乐天有过之而无不及。①

乐天晚年退居洛阳十八年,放翁晚年退居山阴二十年(加上早年退居则前后三十年),都充分实践了远离官场、退归而隐的人生理想。陈才智编《白居易资料新编》收录陆游《剑南诗稿》《渭南文集》《老学庵笔记》《入蜀记》直接涉及白居易者 50 余处,数量之夥蔚为大观,地点主要在家乡山阴,时间则贯穿青年至暮年。可见,在放翁气象与醉吟诗风之间,存在千丝万缕的联系,值得留意和深究。

一 放翁枕藉乐天诗

陆游《自咏》云:

> 朋旧凋零尽,乾坤偶脱遗。食新心窃喜,话旧语多悲。泥醉醒常少,贪眠起独迟。闭门谁共处,枕藉乐天诗。②

这是庆元五年(1199)冬在家乡山阴(今浙江绍兴)所咏,时年陆游七十有四。同年夏撰有《白乐天诗云:倦倚绣床愁不动,缓垂绿带髻鬖低。辽阳春尽无消息,夜合花前日又西。好事者画之为倦绣图,此花以五六月开,山中多于茨棘,人殊不贵之,为赋小诗,以寄感叹》:"王室东迁岁月赊,两京漠漠暗胡沙。绣床倦倚人何在?风雨漫山夜合花!"③同年冬又接连撰有《冬日读白集,爱其"贫坚志士节,病长高人情"之句作古

---

① 与乐天一样,陆游对养生之道非常投入,十分专业。参见沈钦荣等《浅谈陆游的养生诗》(收入《陆游论集》,杭州大学出版社 1993 年版),欧明俊《陆游研究》第三章第二节"养生诗"(上海三联书店 2007 年版,第 109—125 页),王兴铭等《陆游养生诗的题材风格研究》(《古籍整理研究学刊》2016 年第 6 期)。

② 钱仲联:《剑南诗稿校注》卷四十一,上海古籍出版社 1985 年版,第 2588—2589 页;《全宋诗》第四十册,北京大学出版社 1998 年版,第 25050 页。

③ 钱仲联:《剑南诗稿校注》卷三十九,第 2505 页;《全宋诗》第四十册,第 25021 页。笔者按,白居易《闺妇》:"斜凭绣床愁不动,红销带缓绿鬖低。辽阳春尽无消息,夜合花前日又西。"作于元和十一年(816)至长庆二年(822)。《才调集》卷二、《唐诗纪事》卷八十归为无名氏作。廖莹中(?—1275)《江行杂录》:"白乐天诗云:'倦倚绣床愁不动,缓垂绿带髻鬖低。辽阳春尽无悄息,夜合花开日又西。'好事者画为《倦绣图》。"(景印文渊阁四库全书本《说郛》卷四十七上)

风》十首①，这些皆可为"枕藉乐天诗"之旁证。所谓"闭门谁共处，枕藉乐天诗"，其自注云："王元之自言，在商州读老庄外，枕藉白乐天诗。"王元之，即北宋白体诗代表人物王禹偁（954—1001），其《得昭文李学士书报以二绝》题注："来书云：'看书除庄老外，乐天诗最宜枕藉。'"可见，"王元之自言"，实为转述昭文李学士来书之语。诗云："谪居不敢咏江蓠，日永门闲何所为？多谢昭文李学士，劝教枕藉乐天诗。"其二云："左官寂寥推上洛，穷愁依约似长沙。乐天诗什虽堪读，奈有春深迁客家。"② 枕藉，亦作枕籍，本意是枕头与垫席，引申为沉溺，埋头。③ 枕藉乐天诗，无疑就是将乐天诗集作为枕边书。劝教王禹偁枕藉乐天诗、以纾谪居寂寥的这位昭文李学士，即李宗谔，白体诗另一位代表人物李昉（925—996）之子，真宗景德二年（1005）为翰林学士。李昉缘情遣兴之作，刻意效白仿白，因此王禹偁《司空相公挽歌》其二评道："须知文集里，全似白公诗"④，这是对李昉及其意趣取向的盖棺之论。

王禹偁自称"本与乐天为后进"⑤，稍晚于他的北宋诗人林逋（968—1028）《读王黄州集》赞曰："放达有唐唯白傅，纵横吾宋是黄州。"⑥ "放达"一词，也是李宗谔对白居易的评价。⑦ 此前，《旧唐书·司空图传》云："（图）晚年为文，尤事放达，尝拟白居易《醉吟传》为《休休亭记》。"⑧ 此后，张耒《题吴德仁诗卷》云："奉养略如白，至其放达，则

---

① 《剑南诗稿》卷四十一；钱仲联：《剑南诗稿校注》，第 2600—2604 页；《全宋诗》第四十册，第 25053—25054 页。嘉泰二年（1202）陆游又有《杂兴十首以"贫坚志士节，病长高人情"为韵》，《剑南诗稿校注》卷五十二，第 3096—3100 页；《全宋诗》第四十册，第 25225—25226 页。

② 景印文渊阁四库全书本《小畜集》卷八；《全宋诗》第二册，第 720 页。

③ 杜甫《八哀诗·故秘书少监武功苏公源明》："前后百卷文，枕藉皆禁脔。"白居易《和新楼北园偶集从孙公度周巡武官韩秀才卢秀才范处士小饮郑侍御判官周刘二从事皆先归》："芳草供枕藉，乱莺助喧哗。"陆游《幽居戏赠邻曲》："虽无壶酒助歌呼，幸有蠹书供枕藉。"

④ 景印文渊阁四库全书本《小畜集》卷十；《全宋诗》第二册，第 758 页。李昉淳化五年（994）以特进司空致仕。

⑤ 景印文渊阁四库全书本《小畜集》卷九；《全宋诗》第二册，第 733 页。

⑥ 景印文渊阁四库全书本《林和靖集》卷三；《全宋诗》第二册，第 1230 页。

⑦ 李宗谔《大宋故左骁卫大将军使持节复州诸军事复州刺史巨鹿魏公（魏丕）墓志铭并序》："宋景陵守、巨鹿魏公……歌无定体，句无定字，大约有白乐天之放达，陶靖节之风彩焉。"见赵振华《北宋（魏丕墓志）考释》，《史林》2002 年第 2 期，又收入其《洛阳古代铭刻文献研究》，三秦出版社 2009 年版，第 660—661 页。

⑧ 《旧唐书》卷一九〇下，中华书局 1975 年版，第 15 册，第 5084 页。

并有之。"① 陈造（1133—1203）《题长庆集》云:"乐天人中龙，其学诣粹，其操守卓伟，尽爱君忧人之心，而不害为放达超胜。"② 可见，"放达"是唐宋文人理解和评价白居易的关键词之一，后来陆游自号放翁，与此可谓一脉相承，而从李昉到其子李宗谔，至王禹偁，再到陆游，也贯穿着枕藉、学习和效仿乐天诗的线索，由北宋至南宋一脉相承。

今存时间最早且最完整保存的白集刊刻本，是南宋绍兴间（1131—1162）杭州地区刻本，陆游所枕藉之白居易诗，当包括此绍兴本。陆游"枕藉乐天诗"，在清代为康熙重臣张英（1638—1708）所留意并承传。张英《中年》诗咏道:"中年万事不相关，惟见林峦一破颜。出处规模钱若水，诗篇枕藉白香山。"并自注:"放翁诗:'闭门谁共处，枕藉乐天诗。'"③ 北宋钱若水（960—1003）美风神，有器识，能断大事，事继母以孝闻;雅善谈论，尤轻财好施。所至推诚待物，委任僚佐，总其纲领，无不称治;汲引后进，推贤重士，襟度豁如;可惜年寿不永。这里盖取其名字中的"水"字，以与白香山之"山"为对，重点是在白香山，引申而至自己偏嗜的陆放翁。张英格外偏嗜放翁，诗文与陆游直接相关者多达百余处。④ 他对陆游的推崇和接受，时间长，程度深，方式多样，当时罕有其匹，而情调偏于闲适，风格偏于流畅，这与白香山密切相关。偏嗜放翁的张英，屡屡并举白、陆或陶、白、苏、陆，如《小庭》:"数声渌水情偏适，万事浮云梦久恬。白陆诗篇随意读，素心于汝独无嫌。"《两轩成以诗落之二十韵》:"稻畦接前村，十里散遥瞩。入室延四友，陶白与苏陆。"《对菊四首》其三:"我意营杰阁，尸祝有四公。陶白与苏陆，淡荡高人踪。乐天雅天趣，水竹洛城东。世路困子瞻，皎皎若孤鸿。赋诗多逸响，万首龟堂翁。近道贵自然，洒然尘滓空。俯首柴桑老，真味独醇浓。"《董华亭书清福吟因其意而广之得三百字》:"我有一顷田，乃在北山麓。……祠古四先生，陶白与苏陆。松籁杂琴声，花飞乱枰局。……耳不闻喧嚣，心不惊宠辱。乐且不自知，忧从何处触。"或撰于返里期间，或撰于在京之际，但皆流露出对白、陆二人悠闲散淡诗境的歆慕，因此才从超脱功利、闲适逍遥的共通诗旨，将白陆并称同尊而联系起来。张英《聪训斋

① 《张耒集》，中华书局1990年版，下册，第808页。
② 《江湖长翁文集》卷四十一，明仁和李之藻校，梅廷玉刊本。
③ 景印文渊阁四库全书本《文端集》卷三十四。
④ 参见何映涵《论清初重臣张英对陆游的接受》，《中国韵文学刊》2019年第1期。

语》又曰："白香山之无嗣，陆放翁之忍饥，皆载在书卷。予于白、陆诗，皆细注其年月，知彼于何年引退，其衰健之迹，皆可指斯不梦梦耳。"① 在诗学内外，皆将白陆同论并称。

并称意味着存在共性。同代诗人并称，可因齐名而成为共同的创作集团，跨代并称则形成接受与影响的流脉。众所熟知的白苏并称，即是先例。至于白、苏、陆三者并论，张英之前，其实明人已开先声，王世贞（1526—1590）《艺苑卮言》卷四即云："诗自正宗之外，如昔人所称广大教化主者，于长庆得一人曰白乐天，于元丰得一人曰苏子瞻，于南渡后得一人曰陆务观，为其情事景物之悉备也。"② 于是冯梦祯（1548—1606）就此论曰："唐之白乐天，宋之苏子瞻、陆务观，本朝之王元美先生，俱登此境，然俱以晚年得之。"③ 李宜显（1669—1745）《云阳漫录》亦云："放翁如唐之乐天、明之元美，真空门所谓'广大教化主'，非学富，不可能也。"④ 虽时序颠倒，谓宋人似明人，而大意未偏。

二　乐天、务观相并称

白陆并称同尊，并非张英一人之创见或独见。在张英之前，已有人留意到陆游诗中屡屡可见的香山情调。如胡应麟（1551—1602）《诗薮》云："学白乐天者，王元之、陆放翁。"⑤ 白苏斋主人袁宗道（1560—1600）《偶得放翁集快读数日志喜因效其语》评以"模写事情俱透脱……尽同元白诸人趣"⑥，而此前，明初台阁重臣、茶陵派领袖李东阳（1447—1516）《怀麓堂诗话》论曰："杨廷秀学李义山，更觉细碎；陆务观学白乐天，更觉直率。概之唐调，皆有所未闻也。"⑦ 清代山左诗学之代表人物田同之

---

① 景印文渊阁四库全书本《文端集》卷四十五。

② 《历代诗话续编》，第1020页。又见明周子文《艺薮谈宗》卷四，《四库全书存目丛书》影印明万历间梁溪周氏刻本。引述王世贞此论者，还有吴景旭《历代诗话》卷六十一（陈卫平、徐杰点校本，第780页），及田同之《西圃诗说》（《清诗话续编》，第762页）。

③ 冯梦祯：《费学卿集序》，《快雪堂集》卷一，《四库全书存目丛书》集部第164册。

④ 《陶谷集》卷二十七，《韩国文集丛刊》本。

⑤ 《诗薮》外编卷五《宋》，王国安校补本第215页。

⑥ 《白苏斋类集》卷五，《续修四库全书》第1363册，第271页。

⑦ 《历代诗话续编》，第1386页；李庆立：《怀麓堂诗话校释》，第215页。又见周子文《艺薮谈宗》卷一。

（1677—1756）《西圃诗说》径袭之，唯"细碎"改为"鄙碎"，"未闻"改为"未协"。① 宋人生唐后，学之而有所未协无足为怪，学然后知不足也。八代三唐两宋间，但有正变无门户。

田同之接受的是祖父田雯（1635—1704）的教诲，而田雯是胡应麟、李东阳之后最早将白陆并称同尊的诗评家。其所著《山姜诗话》于宋人往往略而不论，独青睐于陆游，摘其七绝佳句尤夥，盖其瓣香所在，独有会心。其《论诗绝句》其十一谓："拣取前人篇什读，老来白陆最相宜。"② 白陆并称，莫此为先。其《丛碧堂诗序》复云：

> 余少时，爱读白、陆之诗。嵘景暮眛，益癖嗜痂。每当侘傺怊郁、胸春莫解之际，一摊卷，心目旷怡，无异尘痾之去体。余斋仅三间，日眠食其中，栏荣下置栅以卫，馀地二三笏，种菊数本，室以内无长物，鬖丝禅榻，风雨萧然。几上，白、陆集在焉。此外，《南华》《楞严》二者而已，他书皆束庋高阁。即陶渊明诗，亦不一寓眉睫也。渊明之诗，要当与一丘一壑者共之，若夫白、陆之作，掉臂游行，脱手皆有生趣，多至数千百首。随时即事，无非快境，殆所谓近于道者与。杜少陵诗，非不多且深，其大致悲天悯人，雉噫凤叹……势必苦吟髭断，不免于耒阳之一夕。虽崛奇之气，不以千载让人，而饭颗之诮亦随之。说者谓，天宝之季遭遇使然。王右丞生亦同时，仅"伤心""野烟"一篇耳。诗之得于性情者各异，遭遇非所论也。余之所以嗜白、陆，盖于诗外求之矣。
>
> 雪崖之诗，其权舆未尝不自少陵入，力厚而思沉，久之渐造平淡，无镂金错采之痕，而饶初日芙蓉之致。诗之多，胜于白、陆。兹以第四集示余，吹气若兰，弄骊取珠，斫轮匠心，出之以自然。风枥花落，水散筑疏，不以当其快境。雪崖臞羸喜病，病则焚香扫地而坐，旬日不饭。病良已，人强之饮，不过蕉叶三合，啜荈汤则十倍玉川。间与至枣花寺僧房对奕，日春忘归，恢谐啁笑，似东方曼倩、郭舍人之流。再与之扬扢今古，纵悬河之辨，听者豁然自是。君身有异骨，世人那得知其故。雪崖之谓也。余斋中，白、陆而外，又安置雪

---

① 《清诗话续编》，上海古籍出版社 1999 年版，第 762 页。
② 景印文渊阁四库全书本《古欢堂集》卷十四。

崕此卷。白、陆篇章，实与余衰暮相宜，是以笃嗜之。雪崕兼香山、剑南之长，得之参悟，而近于道。如伯牙学琴于成连，刺船至海上，波声汩没，山林杳冥，作《水仙操》也。余将以蔷薇露浣手，并《南华》《楞严》，日披读一过矣。①

前半自述，后半扣题。所扣被序之《丛碧堂诗》，为庞垲的别集，庞垲（1639—1707），号雪崕，著有《诗义固说》。《四库提要》谓："田雯为作《户部稿序》，以白居易、陆游比之，垲意颇愠，然实箴规之言也。"②此论未公亦不确，《丛碧堂诗序》前半已参照陶杜，坦言自己对白陆之尊之爱，复称雪崕诗之多，胜于白、陆，以之作比相拟，亦无贬意，雪崕诗自少陵入，"雅而醇，奇而不肆，合乎唐开元天宝之风格"（朱彝尊《丛碧山房诗序》），田雯岂有不知；他只是借作序之机，表达并尊白陆之意而已。庞垲果真"意颇愠"，又岂能留存田雯之序哉？纪昀（1724—1805）《镂冰诗钞序》云："顾山姜作《丛碧山房集序》，仅许为香山、剑南之遗，殊不甚推重。雪厓刊以弁首，亦不以为嫌。贤者之所见，至今又莫能测也。尝窃论之：山姜以雄杰之才上规八代，而学问奥博又足以副之，故其诗沈博绝丽，纵横一时，其视雪厓，固犹齐晋之霸视秉礼之弱鲁也，故不肯折服，亦不敢凌铄，姑取其近似者称之云尔。雪厓诗平易近人，而法律谨严，情景融洽，故优柔蕴藉，往往一唱三叹，有余不尽，得风人言外之旨，譬以白陆，白陆未始非正声也。受而不辞，殆以是矣。"纪昀此处品议前辈乡贤，虽亦有畿辅地域之立场，但较《四库提要》则相对平达一些、公允一些。

田雯并称同尊白陆，还见于其《奉政大夫陶庵李公墓志铭》："李公讳浃，字孔皆，号霖瞻，先世江西宁都卫人。……卒年八十，著有《陶庵集》四卷，年谱一卷，年谱中自述生平事迹，详而有体，复文辞可观，余故为序之，今复志其墓。……既堕包胥之泪，覆楚复全，遂作彭泽之吟，挂冠竟去，于是相羊泉石，殆五十年，纵横典坟，几数千卷，虽无辟疆之名园，羊昙之别墅，而一丘一壑，一觞一咏，自谓过之，晚号陶

① 景印文渊阁四库全书本《古欢堂集》卷二十四。

② 《四库全书总目提要》卷一八三，《钦定四库全书总目提要》整理本，第2558页。

庵，明志也，雅善作诗，格如白陆，体涵韦柳，渔洋评之，海内才士诵之。"① 其《古欢堂集·杂著》卷二又云："放翁意摹香山，取材甚广，作态更妍，读去历历落落，如数家珍，而苦心覃思，体纯格正。"② 放翁意摹香山，正是白陆可以并称的理由。

田雯之后，随着陆游诗歌在明末清初的流行③，白陆并称逐渐成为清人之共识。值得一提的是，康熙四十年前后，杨大鹤（？—1715）先后编有《香山诗钞》和《剑南诗钞》，对此风大有推动。焦袁熹（1661—1736）极推放翁，所作《阅宋人诗集十七首》其十三云："弹丸脱手如儿戏，射的当心是老成。寄语香山教化主，君家恰有好门生。"自注："亦谓放翁也。前诗以陆配杜，此更为白之门生。或颇怪之。不知李杜元白，如齐晋秦楚四大国，未可轻议优劣也。白有将相门生语，聊借言之耳。"④ 沈德潜（1673—1769）《答某太史书》论云："务观诗，七言律病在太熟太多，每至蹊径复沓，又先丽句后足成之，未免有句无章之消。然使事稳切，对仗工整，非经史烂熟、胸有炉冶者，不能于白傅之外，并称大家。"⑤ 屈復（1688—1745）《石门涧》诗云："白陆游吟此涯垠。"⑥ 这些出自名家的白陆并称之论，都颇有影响。

更有影响的推动，来自清代最高统治者。爱新觉罗·弘历（1711—1799）《鉴始斋题句识语》云："古之诗人，年高而诗多者，在唐为白居易，在宋为陆游。"⑦ 乾隆署名之《唐宋诗醇》云："务观包含宏大，亦犹唐有乐天。""六家诗集中，白、陆最大。""惟白、陆，于古今体间，庶无偏向耳。"董沛（1828—1895）《整饬文风示》曰："恭读《御选唐宋诗醇》，如杜之激昂，韩之倔奇，李苏之纵肆，咸登于集，为天下之式，并非专取白陆两家平易近人之作，盖其大旨，深合诗教，固无取于貌似为也。诸生果明此义，则必探语录之精蕴而后能清，穷史鉴之事变而后能真，究力于先秦两汉之书而后能雅，取法于先正名家之格而后能正，其或

---

① 景印文渊阁四库全书本《古欢堂集》卷三十二。
② 景印文渊阁四库全书本《古欢堂集》卷十七。
③ 参见蒋寅《陆游诗歌在明末清初的流行》，《中国韵文学刊》2006年第1期。
④ 《此木轩诗》卷十；《万首论诗绝句》第一册，第284页。
⑤ 《沈归愚全集·归愚文集》卷十五。
⑥ 《弱水集》卷五，清乾隆七年贺克章刻本。
⑦ 景印文渊阁四库全书本《御制文集》馀集卷二；《御制诗馀集》卷十九。

随手捭扯，不切题旨，掉弄虚字，沿袭肤词，均无取焉。"① 白陆因平易近人且深合诗教而并尊，一旦为官方和官学所认可，乃至写入整饬文风之公文，影响自然不亚于文坛宗匠的推崇。

白陆风格声调之同与通，浙西词人吴陈琰（？—1721）剖析较详，其《葛庄诗钞序》云："摹画情景，在在逼真者，唐则有白乐天，宋则有陆务观。两公而外，或风格声调高出其上者尚夥，而论自然之境，必以两公称最。……昔乐天诗成，必令老妪解而后存，故其诗切近人情，确不可易。或尝疑其率易，后人见其原稿，窜改涂乙，有不存一字者，其矜贵可知。务观诗自巨至细，无不曲写入微，几于捻断吟髭，而不屑为人所爱，然使人不能不爱，不啻亲履其境，目睹其事，皆人所难也。乃后人犹议乐天失之俗，务观失之纤，论亦刻矣。今公之诗，虽极自然，未尝不镂心刻画，兼有两公之长，而去其短。鸢飞鱼跃，触处皆是，直如化工之肖物，微会心其孰能与于斯？而况政绩表表，尤驾乎两公之上者哉！"② 《葛庄分体诗钞》的作者刘廷玑（1653—1716），撰有《悲歌用白香山原韵》，自记有人评其诗"出入于香山、剑南之间而未纯者"，自以为允。③ 当即指吴陈琰所评，吴评《葛庄诗钞》与上云田雯评《丛碧堂诗》，皆由白陆落脚，但吴重诗外之趣，田重诗内之意。所谓"摹画情景，在在逼真"，正道出白陆笔意之同调。

再来看梁同书（1723—1815）《一斋温君传》："君姓温名纯……诗宗白陆，书法临摹晋唐诸家。"④ 《四库提要》卷六十四《东游纪略二卷》："（国朝张体乾）其诗规仿白陆，时亦具体。"赵翼（1727—1814）《读白香山陆放翁二集戏作》："老来无事度昏旦，爱寻古老人作伴。汾阳潞国勋位殊，讵敢与之较岁算。诗人寿者白居易，等而上之陆务观。一开八秩一九秩，我读其诗历可按。忽然贪痴不知足，几如得陇又望蜀。少时不想到白年，既到白年又慕陆。却顾屡羸蒲柳姿，又恐薄劣无此福。天公闻之笑齿冷，彼二人者才千顷。汝曾不及万分一，何须妄自作虚警。戴逵本非真

---

① 《汝东判语》卷六，清光绪正谊堂全集本。
② 《葛庄分体诗钞》卷首，《四库全书存目丛书》影印康熙本，集部第260册，第237—238页。
③ 《四库提要》卷一八四，《钦定四库全书总目提要》整理本，第2570页。
④ 《频罗庵遗集》卷九，《续修四库全书》影印清嘉庆二十二年陆贞一刻本。

隐士，毋怪少微星不准。且教安享樗栎年，莫便愁迫桑榆景。"① 既然瓯北自比白陆，其同宗子侄兼忘年之交赵怀玉（1747—1823）《瓯北集序》于是就此评曰："昔乐天扬声于唐室，务观奋迹于宋朝，先生揖让其间，殆堪鼎足乎！"②

又如汤大奎（1728—1787）《炙砚琐谈》："余姚沈茂才望庵谦，诗才沈博绝丽，每遇快闻奇事，辄细细数千百言，令人惊叹欲绝，近体诗间喜作白、陆语，如云'一春易做还家梦，二顷难谋负郭田'，觉醰醰有味也。"③ 朱珪（1731—1807）《除夕检点诗草》"香山剑南极烂漫，谁挽下濑滔滔波。"④ 单可惠（？—1821？）《题国朝六家诗钞后·查夏重》："学参白陆未超然，簪笔西清入暮年。"⑤ 阮元（1764—1849）《诰封奉直大夫翰林院编修陈君墓志铭》："君讳鹤书，字东麓……诗集数卷，古体冲淡，近陶、韦，今体绵婉，近白、陆。"⑥ 黄培芳（1778—1859）《香石诗话》："洛川诗，初由白陆入手……终以白傅为归。"⑦ 张维屏（1780—1859）《国朝诗人征略二编》卷三十八："（颜检）五言嗣陶韦之音，七字参白陆之席。"《国朝诗人征略》卷五十三《岭南群雅》："（田上珍）其诗瓣香白陆，脱手如弹丸。"⑧ 上述被评论的诗人——沈谦、查慎行、杜游、颜检、田上珍等，在绝丽绵婉的格调或诗体诗风方面，都或多或少与白陆有着风貌相近相似之处。姚莹（1785—1853）《黄香石诗序》："李杜、白陆，竟以诗人震耀今古，称名之伟，如日月江河者。"⑨ 更将白陆与李杜并称，为推尊黄培芳诗作之铺垫，气势渊然而有金石声，可惜今日看来，黄培芳的

---

① 李学颖、曹光甫标校：《瓯北集》卷四十一，上海古籍出版社 1984 年版，第 1025 页。

② 《亦有生斋集》文卷三序，《续修四库全书》影印清道光元年刻本，第 1470 册，第 42 页。

③ 《炙砚琐谈》卷中，《四库未收书辑刊》影印清乾隆五十七年赵怀玉亦有生斋刻本。

④ 《晚晴簃诗汇》卷八十。

⑤ 林昌彝：《射鹰楼诗话》卷十七，王镇远、林虞生标点本，第 404 页。查慎行（1650—1727），初名嗣琏，字夏重，号初白。赵翼《瓯北诗话》卷十评查初白诗云："其功力之深，香山、放翁后一人而已。"（又见邱炜萲《五百石洞天挥麈》卷五，《续修四库全书》影印清光绪二十五年丘氏粤垣刻本，第 1708 册，第 150 页）

⑥ 《四部丛刊》本《揅经室集·二集》卷五，邓经元点校本：《揅经室集》，中华书局 1993年版，第 501 页。

⑦ 引自《国朝诗人征略二编》卷六十二。杜游，字善辉，号洛川，广东番禺人，贡生，官儒学训导，有《洛川诗略》《南园别墅诗集》。

⑧ 林昌彝《射鹰楼诗话》卷九引刘藻、林彬华《玉壶诗话》："西畴人品高雅，不慕荣利，其诗瓣香白、陆，脱手如弹丸，僻涩诙诡之习，一扫而空之。"（王镇远、林虞生标点本，第 215 页）

⑨ 王先谦辑《续古文辞类纂》卷五序跋类二。

诗名早已烟消云散，唯有白陆与李杜这样的大家，地位和影响尚如江河行地，日月经天。

还有评者将白陆置于更为广阔的诗学背景上加以并论，如刘存仁（1802—1877）《屺云楼诗话》卷一："陶诗真厚处更超浑，其神腴，其骨劲也。白、陆不能到，王、孟、韦、苏、柳，亦得其具体。"意在推尊陶诗，故于白、陆略含轩轾。后面的卷三又说："真中有厚，余尝求之白、陆集中，至诚流露，性情发于忠孝。后人徒学其率易，则误矣。"① 转又赞以真中有厚，至诚流露，推崇备至。再如吕光锡《桃花源诗话》："先伯祖澄伯公名培栋……诗近白、陆，著有《梦香山馆集》。""先生文宗桐城，诗则雅近白、陆。"② 罗汝怀（1804—1880）《追和陈恪勤公重游虎丘诗次原韵》（戊午）（二首其二）："除将事业黄龚外，即论篇章白陆间。"③ 李慈铭（1830—1894）《越缦堂诗话》评张之洞赠诗《题湖塘村居图长歌》谓"情文宛转，音节晖舒，上可追香山、放翁，下不失梅村、初白"。④ 袁昶（1846—1900）《集中桃花源律诗三章制题既新造言尤妙予一再和终不能到》（四首其一）："同爱两诗人白陆，予尤思以陆名村。"⑤

以上白陆并称，多数是从正面加以认可，然亦有并非推尊者，如陈作霖（1837—1920）《焦耐庵先生》："先生讳光俊，字章民……其诗凌汉跞唐，俯视宋元，无体不备，以予亦好吟咏，呼为小友，共相唱酬，每谓予曰：诗从白、陆入手，专讲性灵，未有不流入袁、赵之纤巧者，空疏人皆可言诗矣，必也以杜、韩为宗，则不敢轻易下笔，而诗体始尊。"⑥ 言外颇有褒贬之意。至于《寿金粟香同转七十诗》"白陆诗人皆老寿，挥来彩笔不曾停"，⑦ 则因时祝寿之作，故绝无贬义。

近代以来，樊增祥（1846—1931）推尊白陆最为突出，其《暖阁》

① 《清诗话三编》，上海古籍出版社 2014 年版，第 5686、5705 页。
② 《桃花源诗话》不分卷，民国三十八年长沙大新印务馆铅印袖珍本，蔡镇楚编《中国诗话珍本丛书》本，北京图书馆出版社 2004 年版。
③ 《绿漪草堂集》诗集卷十五，清光绪九年罗式常刻本。
④ 李慈铭《越缦堂诗文集》附录，上海古籍出版社 2008 年版，第 1451 页。王揖唐《今传是楼诗话》第八七则"张之洞题村居图诗"："又广雅为越缦题《湖塘村居图》长歌一首，均见《越缦堂日记》，并称其'情文宛转，音节啴舒。上可追香山、放翁，下不失梅村、初白'，乃遗集亦不之载。"（《民国诗话丛编》第三册，第 283 页；张金耀校点本，第 53 页）
⑤ 《于湖小集》于湖小集卷五，《续修四库全书》影印清光绪袁氏水明楼刻本。
⑥ 《可园诗存》卷十，清宣统元年刻增修本。
⑦ 《可园诗存》卷二十八，清宣统元年刻增修本。

云："古人屈指谁相似，插架纵横白陆诗。"① 此诗从体裁到风格，均来自陆游同题之作，而在《剑南诗稿》中《暖阁》恰在《自咏》，即结以"闭门谁共处，枕藉乐天诗"的这首诗之前，可见绝非偶然。樊增祥又有《五十自述》："迩来诗揩稍颓放，白陆家风未可忘。"② 竟然以白陆诗风为家风，这样推尊备至，可谓前所罕闻。其《与笏卿论诗》又有进一步分析："取之杜苏根底坚，取之白陆户庭宽。取之温李藻思繁，取之黄陈奥突穿。"③《淡香斋诗叙》："钞本淡香斋诗，为王楷堂先生遗稿。鲁君泽生得之长安旧家，纸墨精好，盖写定而未刻者也……古诗修饰整洁，而气骨少弱，然如《牧马谣》《纳粮叹》诸诗，则香山之《新乐府》也。《太平仓》诸诗，抉发奸弊，搜求掌故，杜陵诗史又何加焉。近体兼有白、陆，宗尚极正。"④ 以白、陆近体为正宗，与上面焦光俊对陈作霖所言以杜、韩为宗，取径显然不同。

王揖唐（1877—1948）《今传是楼诗话》就此评论："昔贤诗最多者，首推白、陆。朱竹垞摘放翁集中雷同句，多至四十馀联，泃属多之为累，然要无害其为大家也……樊山天假大年，耽吟尤力，他日或当突过白、陆矣。"⑤ 王揖唐的诗友傅岳棻（1878—1951）《和樊山少朴冬日杂咏诗八首》之一亦云："城西别有楚人村，祭酒常推二老尊。剪水方瞳朝对雪，递诗长鬣夜敲门。名园每共深衣乐，好语多如挟纩温。晚岁词情终不退，香山务观漫同论。"⑥ 香山与务观并称，如前所引，并非漫论，其实已是共识。

影响更大的并尊白陆者，是同光体代表诗人陈衍（1856—1937），其《石遗室诗话》卷二十七云："近人为诗，竞喜学北宋，学剑南者少。余旧曾提倡香山、剑南，《论诗送觐俞》有云'乐天善闲适，柳子工嗟叹。……奇兵双井出，短剑渭南锻'者也。顾应之者少。"⑦ 其《放翁诗选叙》又云："近人为诗，竞喜北宋，学剑南者绝少，余旧尝论诗送叶觐俞，提倡香山、放翁。顾久之无有应之者。沈乙庵闲徇余意，浏览香山，读余所作，亦谬赞以香山；然观其所自作，香山终非所嗜也。前年夏日

---

① 《樊山集》卷十九，《续修四库全书》影印清光绪十九年渭南县署刻本。
② 《樊山集》卷二十七，《续修四库全书》影印清光绪十九年渭南县署刻本。
③ 引自王揖唐《今传是楼诗话》第二一九则，《民国诗话丛编》第三册，第345页。
④ 《樊山集》卷二十三，《续修四库全书》影印清光绪十九年渭南县署刻本。
⑤ 王揖唐：《今传是楼诗话》第一六一则，《民国诗话丛编》第三册，第317页。
⑥ 王揖唐：《今传是楼诗话》第二一八则，《民国诗话丛编》第三册，第344—345页。
⑦ 郑朝宗、石文英校点本：《石遗室诗话》，第420页。

在都，与掞东游社稷坛，夜倚石栏，谈放翁诗工妙闳肆，荟萃众长以为长。掞东言：近方肆力读剑南全诗，欲选录千百首，随意评点，自备翻阅。去冬以所选《剑南诗》十大册抵余，请为之叙。翻之，则首言放翁自壮至老服膺宛陵，诗题中屡自言之，人莫之省。余谓宛陵古体，用意用笔多本香山，香山多用偶，宛陵变化用奇；香山以五言，宛陵变化以七言。放翁、诚斋皆学香山，与宛陵同源。世于香山，第赏其讽谕诸作，未知其闲适者之尤工；于放翁、诚斋，第赏其七言近体之工似香山，未知其古体常合香山、宛陵以为工，而放翁才思较足耳。时贤之喜后山者极工用意，余尝病其不发舒，讽其有以自广。"① 故钱仲联《梦苕庵诗话》云："石遗喜香山、放翁二家。"② 可见近人祧唐祖宋之际，并尊白陆者不绝于缕。

三 放翁意摹香山体

白陆并称，源自陆游有意模仿香山，对此前贤多有议论。李重华（1682—1755）《贞一斋诗说·诗谈杂录》谓："南宋陆放翁堪与香山踵武，益开浅直路径，其才气固自沛乎有余。"③ 翁方纲（1733—1818）《读剑南集四首》其二云："杜老忧时白傅闲，谁云禹稷异于颜。一杯拟酹长吟处，千载兰亭曲水湾。"自注："首七字实切放翁。"④ 刘熙载（1813—1881）《艺概》卷一："诗能于易处见工，便觉亲切有味。白香山、陆放翁擅场在此。"⑤ 丁仪《诗学渊源》卷八称陆游"平淡处又类白傅"⑥，这都是恰切中肯的评价。不过，作为南宋大家，陆游意摹香山，已迥别于北宋白体诗人。陆游早年学诗于曾几，曾深受江西诗派影响。中年以后，广泛学习前人之长，诗风有所变化，屈原、陶谢、李杜、高岑、韩孟、元白乃至宋代的梅苏，都是他借鉴和取法的榜样：屈原、杜甫、陶渊明诗的情感，李白、杜甫、白居易、梅尧臣的诗风，从不同角度给予他影响。在意摹香山、枕藉

---

① 《石遗室文集三集》，郑朝宗、石文英校点本《石遗室诗话》，第 420 页。
② 《民国诗话丛编》第六册，第 162 页。
③ 《清诗话》，上海古籍出版社 1978 年版，第 927 页。
④ 《复初斋诗集》卷四十九，《续修四库全书》影印清刻本。参见王揖唐《今传是楼诗话》第五一六则，《民国诗话丛编》第三册，第 491 页。
⑤ 王国安标点本：《艺概》，上海古籍出版社 1978 年版，第 69 页。
⑥ 《民国诗话丛编》第三册，第 220 页。

乐天诗之余，陆游也批评过乐天佞佛①，表明自己"道似香山实不同"②，同样是《读史》《读老子》诗，或"书怀"，香山与放翁的关注点也不尽相同。嘉定二年（1209）临终前的那年春天，撰有陆游《读乐天诗》，还就乐天晚年放姬鬻骆一事议论说："放姬鬻骆初何有？常笑香山恨不摅。输与此翁容易死，一身之外更无余。"③ 不讳生死，勇于超越香山。④ 而这些，与其瓣香白诗、意摹香山并无矛盾，盖取径广博，转益多师，方可超越名家局限，成就大家的境界和气象。

正如赵翼《瓯北诗话》卷六所云："放翁诗凡三变。宗派本出于杜，中年以后，则益自出机杼，尽其才而后止。观其《答宋都曹》诗云：'古诗三千篇，删取才十一。《诗》降为《楚骚》，犹足中六律。天未丧斯文，杜老乃独出。陵迟至元白，固已可愤嫉。'《示子遹》诗云：'我初学诗日，但欲工藻绘；中年始少悟，渐若窥宏大。数仞李杜墙，常恨欠领会。元白才倚门，温李真自《郐》。'此可见其宗尚之正。故虽挫笼万有，穷极工巧，而仍归雅正，不落纤佻。此初境也。"⑤ 确实，在诗歌之初境，陆游往往并言元白，香山在他眼中尚属应超越和扬弃的低层诗境。除上云"元白才倚门""陵迟至元白"之外，陆游还有《偶观旧诗书叹》："可怜憨书生，尚学居易积。我昔亦未免，吟哦琢肝肾。"⑥

经历从戎南郑以后，诗家三昧方历历在眼，放翁的境界和气象才开始走向宏肆，面目独特的放翁气象也随之逐渐成熟。而到了晚年，放翁

---

① 陆游《秋怀十首末章稍自振起亦古义也》其九："长衫挂数珠，亦入法华社。平生无拣择，生死均早夜。……常嫌乐天佞，却肯退之骂。君看佛骨表，自是无生话。"钱仲联《剑南诗稿校注》卷四十，第2563页；《全宋诗》第四十册，第25041页。
② 陆游：《怀旧》，钱仲联：《剑南诗稿校注》，卷六十四，第3621页；《全宋诗》第四十册，第25404页。
③ 钱仲联：《剑南诗稿校注》第4398页；《全宋诗》第四十一册，卷八十二，第25673页。
④ 刘克庄曾评论："白公云：'病与乐天相伴住，春同樊素一时归'；放翁云：'九十老农缘底健，一生强半是单栖'；自爱之言也。"（《后村大全集》卷一七四）放翁诗出自其《次韵李季章参政哭其夫人》之二，"老农"原作"老翁"。钱锺书《管锥编》驳云："夫朋友作诗悼亡，即使原唱为文造情，赓和似须借面吊丧，与之委蛇；不然，勿和可耳。陆游却几隐斥夫妻为伐性之斧，自幸'单栖'以示伊人之死可为厥夫代幸；懵不解事，更甚于柳宗元之贺王参元进士失火矣！刘氏称为'自爱之言'，非健忘诗题，即曲笔回护也。"（生活·读书·新知三联书店2007年版，第1417页）足堪一噱。
⑤ 《瓯北诗话》，霍松林、胡主佑校点本，人民文学出版社1981年版，第78页；《清诗话续编》，上海古籍出版社1999年版，第1220页。
⑥ 《剑南诗稿》卷七十一；《全宋诗》第四十一册，第25520页。

气象趋于平淡，臻于大巧若拙的境地，白居易《闲乐》"更无忙苦吟闲乐，恐是人间自在天"这样知足保和的香山情调乃不期而至，化为"不饥不寒万事足，有山有水一生闲"（陆游《书怀》）的放翁气味，从前求工见好之意逐渐消除，张载《读诗》所谓"致心平易始知诗"，元好问《论诗绝句》所谓"一语天然万古新，豪华落尽见真淳"，陆游自己所谓"文章本天成，妙手偶得之"（《文章》），"好诗如灵丹，不杂膻荤肠""大巧谢雕琢，至刚反摧藏"（《夜坐示桑甥十韵》），"诗到无人爱处工"（《明日复理梦中作》），"俗人犹爱未为诗"（《朝饥示子聿》），"诗到令人不爱时"（《山房》），"工夫深处却平夷"（《追怀曾文清公呈赵教授赵近尝示诗》），绚烂之后乃归平淡，皮毛落尽而精神独存，正如诸锦《读剑南诗集》所咏："乍阅颇易之，一日一寸并。如人饮甘酒，酒尽无醉醒。又如览平山，山尽无峥嵘。千万间广厦，七百里连营。渐老出锻炼，希声发韺韺。悠然正始馀，铁中见铮铮。"① 至此，陆游诗在锤炼之后，仍显得温润圆熟，雅致简朴。这种境界往往平中蕴奇，浅中含韵，所追踪的对象，正是香山诗风的那种明白如话，然浅中有深、令人咀味之美。

放翁气象取法醉吟诗风，早年偏于对现实生活的投入与关注，中晚年（尤其是晚年）则偏于稍稍疏离现实的闲适诗风，尤其是淡泊虚静的神情气味，而贯以始终的则是在在逼真的描写笔法、平易明白的语言风格。试阅放翁庆元六年夏在山阴所撰《高卧》："省户归来不计年，悠然高卧镜湖边。钩帘每对千峰雨，接竹新分一脉泉。学问诚身元有道，阨穷知我岂非天。虚名自古能为累，正恐人看直一钱。"② 再返参香山《舟中晚起》："日高犹掩水窗眠，枕簟清凉八月天。泊处或依酤酒店，宿时多伴钓鱼船。退身江海应无用，忧国朝廷自有贤。且向钱塘湖上去，冷吟闲醉二三年。"③ 这首七律作于长庆二年（822）长安至杭州途中，与陆诗虽有路途与家居之别，然取材均为退身归户，水边高卧，由即目之景触境生感，二诗皆写景逼真，细节生动，又寓于极自然、极不经意的组织结构，而风格归于平淡清远。"阨穷知我岂非天"，亦承乐天"乃知祸福

---

① 诸锦：《绛跗阁诗稿》卷五，《清代诗文集汇编》影印清乾隆二十七年刻本，第 313 册。

② 《剑南诗稿》卷四十三；钱仲联：《剑南诗稿校注》，第 2677 页；《全宋诗》第四十册，第 25079 页。

③ 《白居易集笺校》，上海古籍出版社 1988 年版，第 1329 页。

非天为"① 诗意而转。陆诗题为《高卧》，与白诗首句"日高犹眠"况味相似，抒写闲放之怨悒乃至牢愁，格调可谓如出一辙，"忧国朝廷自有贤"，既不获用，唯有冷吟闲醉，袖手乞身远出，悻悻然漫诿之他人，然终系心难忘，同病相怜之放翁当许为知音之言，从中不难品鉴陆游瓣香白诗之韵。

四　放翁出蓝而胜蓝

宋人生唐后，开辟真难为。放翁虽瓣香白诗，然亦多有出蓝之胜。在内容上，放翁一如乐天之半为闲适半讽谕，"一方面是悲愤激昂，要为国家报仇雪耻，恢复丧失的疆土，解放沦陷的人民；一方面是闲适细腻，咀嚼出日常生活的深永的滋味，熨贴出当前景物的曲折的情状。"② 打动后世读者的，主要是数量占绝对优势的后一方面。在这后一方面，正如钱锺书所云，白居易对放翁有极大的启发。仅从陆游诗集里《一齿动摇已久然余皆坚甚戏作》《齿落》这样的题目，就知道与白居易有多么接近。至于过分贴近日常以至有"老清客"之诮，亦有脉可寻。不过也有开拓，如风俗民俗描写。陆游乞祠退居山阴时，所撰《夜坐忽闻村路铁牌》第二首："秋气凄凉雾雨昏，书生老病卧孤村。五更不用元戎报，片铁铮铮自过门。"《不寐》："熠熠萤穿幔，铮铮铁过门。"《冬夜不寐》："铮铮闻叩铁，喔喔数鸣鸡。"描写每夜四、五更，行者、头陀打铁板木鱼，沿街循门报晓的宋代民俗，堪与《东京梦华录》《梦粱录》所记打铁板报晓之俗互证，亦可见此俗不限于京师。

而描写铁马冰河生活的前一方面还可补充，亦如乐天始终未忘记农家民生苦乐，陆游诗中以农家农事为题者多达22首，加上其他涉及农事的诗作约500首。内容包括农家苦乐、租税赋税、乡邻关系、农技农谚，还有一些与田园诗融而为一。"贫民妻子半菽食，一饥转作沟中瘠"（《僧

① 白居易：《咏史（九年十一月作）》，《白居易集笺校》，第2333页。又白居易《唐故通议大夫和州刺史吴郡张公神道碑铭并序》："厄穷不振，以至没齿。呜呼！其命也夫！"阨穷寿夭、贫富贵贱，虽曰莫非天命，而亦非尽为造物者所能制之，陶渊明《神释》所谓"大钧无私力"也。

② 钱锺书：《宋诗选注》，人民文学出版社1997年版，第170页。至于梁启超《读陆放翁集》所云"集中什九从军乐"，则诗歌语言也。

庐》），画面凄惨绝寰；"凄凉路傍曲，朱门人不知。秋街槐叶落，正是断肠时"（《路旁曲》）；"北陌东阡有故墟，辛勤见汝昔营居。豪吞暗蚀皆逃去，窥户无人草满庐"（《太息》三首其二）。在南宋半壁山河中，贫富对比依然悬殊。"嘉穟连云无水旱，齐民转壑自酸辛。室庐封镅多通户，市邑萧条少醉人。"（《过邻家》）一面是横征暴敛，一面是凄荒萧条，眼前的现实令人触目惊心。乾道八年（1172）春，自夔州往汉中，道经岳池时作《岳池农家》，写"春深农家耕未足，原头叱叱两黄犊"，感慨"农家农家乐复乐，不比市朝争夺恶"。庆元元年春，在山阴撰《农家叹》，由辛勤夜耕、县庭逼打和含悲还家三个画面组成，形象反映出农民的苦难与不幸。诗中农民的口吻、神态、心理和性格，写得生动感人。

在结构上，放翁歌行《对酒叹》结尾"曲终四座惨悲风，人人掩泪无人色"，显然是在学习白居易《琵琶行》的结尾"座中泣下谁最多，江州司马青衫湿"。在语言上，元和二年至元和六年（811），白居易在长安有《有木诗八首》，其七云："有木名凌霄，擢秀非孤标。"陆游《陵霄花》诗："庭中青松四无邻，陵霄百尺依松身。"大和六年（832），白居易在洛阳有《天宫阁早春》"墙柳谁家晒麹尘"，陆游《野饮》"绿岸波生染麹尘"，亦为咏柳，此或偶同欤？那么，再来看其他例证。白居易诗多说别花，如元和十年《戏题卢秘书新移蔷薇》"不别花人莫使看"，元和十一年《见紫薇花忆微之》"人间少有别花人"，宝历元年（825）《除苏州刺史别洛城东花》"别花何用伴"，所谓"别花"即辨别得花、识别得花之意。陆游《春兴》诗"虽非爱酒伴，论是别花人"。其意即承自白诗。又如，元和五年，白居易在长安有《见元九悼亡诗因以此寄》："人间此病治无药，唯有《楞伽》四卷经。"陆游《茅亭》承之云："读罢《楞伽》四卷经，其余终日在茅亭。"① 宝历二年，白居易在苏州有《解苏州自喜》："身兼妻子都三口，鹤与琴书共一船。"陆游《题庵壁》本之云："身并猿鹤为三口，家托烟波作四邻。"大和八年至九年，白居易在洛阳有《感兴》，其二云："樽前诱得猩猩血，幕上偷安燕燕窠。"陆游《小筑》本之云："生来不啜猩猩酒，老去那营燕燕巢。"② 陆诗仿白效白之迹，机杼莫二，在在可见。

①　参见钱锺书《管锥编》，生活·读书·新知三联书店 2007 年版，第 941—942 页。
②　参见钱锺书《谈艺录》，中华书局 1998 年版，第 120 页。

开成元年（836），白居易在洛阳有《闲居春尽》："闲泊池舟静掩扉，老身慵出客来稀。愁应暮雨留教住，春被残莺唤遣归。揭瓮偷尝新熟酒，开箱试着旧生衣。冬裘夏葛相催促，垂老光阴速似飞。"《唐宋诗醇》卷二十六评以"炼句炼字，后来陆游得法于此"。其实，陆游学白，不仅在于字句之锻炼。可以比较以下白、陆之作。白诗《夜归》云：

> 半醉闲行湖岸东，马鞭敲镫辔珑璁。万株松树青山上，十里沙堤明月中。楼角渐移当路影，潮头欲过满江风。归来未放笙歌散，画戟门开蜡烛红。[1]

陆诗《野步至村舍暮归》云：

> 草径盘纡入废园，涨余野水有残痕。新蒲漫漫藏孤艇，茂树阴阴失近村。拄杖敲门求小憩，老盆盛酒泻微浑。兴阑却觅桥边路，数点归鸦已带昏。[2]

二诗正前引吴陈琰所谓"摹画情景，在在逼真者"。陆诗为庆元六年夏在山阴所撰，白诗为长庆二年（822）在杭州所撰。毛奇龄（1623—1716）等《唐七律选》品评白诗"万株松树"四句谓："景次之细，身历始解。"方东树（1772—1851）《昭昧詹言》卷十八品评白诗谓："《夜归》起句平点，三四远景，五六警妙非常，以归后事收。只八句说去，往复一气中，层次情事，有如一幅画图，令人一一可按而见，固非小才能办。"[3]身历与如画之分析，亦可移用至陆诗。对仗工整，清新明快，二诗所共美，而构思立意与谋篇布局也极相似：首句均出场点题，陆诗"入废园"，白诗"行湖岸"。略有不同者，白诗将抒情主体的细节造形置于首联首句："马鞭敲镫辔珑璁"，陆诗的自我形象特写却置于第三联首句："拄杖敲门求小憩"，二者皆着一"敲"字，声随境出，情貌毕现。中间数句二诗俱写归途所见景：白诗写夜月下所见，气象阔大而浑融；陆诗

---

① 《白居易集笺校》，第 1340 页。

② 《剑南诗稿》卷四十三；钱仲联：《剑南诗稿校注》，第 2679 页；《全宋诗》第四十册，第 25080 页。

③ 方东树：《昭昧詹言》卷十八，汪绍楹校点本，人民文学出版社 1961 年版，第 432 页。

写傍晚所见，由近及远，从细微而入迷蒙。尾联俱落在一"归"字，余韵袅袅，不绝如缕。一"红"一"昏"，着眼于视觉色调和光感，异曲同工，不谋而合，从中可见陆诗意摹香山，远非北宋白体一字一句之效似，更主要是在于学习香山体写景叙事之工细圆匀，追求神似的境界。

在风格上，放翁之作神似香山体者，如《闲思》："睡美精神足，心空忿欲轻。读书无定课，饮酒不成醒。日日东轩坐，时时北渚行。最奇乌桕下，侧帽听秋莺。"对比白居易《闲居》："肺病不饮酒，眼昏不读书。端然无所作，身意闲有馀。鸡栖篱落晚，雪映林木疏。幽独已云极，何必山中居。"对悠然自得的闲适情趣的描写，从题材、感情到风格、语言，无不毕肖。又如《东篱》："东篱深僻懒衣裳，书卷纵横杂药囊。无吏征租终日睡，得钱沽酒一春狂。新营茅舍轩窗静，旋煮山蔬匕箸香。戏集句成图素壁，本来无事却成忙。"方回评云："乐天体裁，但修饰光润耳。"《春夏之交风日清美欣然有感》："天遣残年脱罍轨，功名不恨与心违。绿陂细雨移秧罢，朱舫斜阳擘纸归。花市丹青卖团扇，象牙刀尺制单衣。白头曳杖人争看，共叹浮生七十稀。"方回评云："亦白体。"《晚春感事》："少年骑马入咸阳，鹘似身轻蝶似狂。蹴鞠场边万人看，秋千旗下一春忙。风光流转浑如昨，志气低摧只自伤。日永东斋淡无事，闭门扫地独焚香。"方回评云："亦香山体，终嫌太易。"①

放翁气象取法醉吟诗风，其间杜诗乃津筏。高澍然（1774—1841）《种竹山房诗稿序》云："昔张为作《诗主客图》，推白乐天为广大教化主。盖乐天，元和、长庆同一大宗也。顾后之学乐天者，或即于靡，或流于薄，岂其诗有以致之哉？……乐天取源之地何？杜子美是已。夫白之疏达，视杜之沉郁不类也，要其性厚而气舒，体博而完固，何一非出于杜？其视之甚易，得之甚逸，所谓不必似之，取其自然者耳。兹所以为唐一大宗欤？宋之欧阳永叔、陆务观皆祖杜而宗白，复为宋大宗，则白之武往尾来，其源流远矣，学之者乌可不审其自哉！"②乐天取源于杜，自是公论，唯贺裳《载酒园诗话又编》称乐天"强学少陵"，③而高澍然则谓乐天学杜"不必似之，取其自然"，得其性厚体博，自然疏达。那么陆游呢？放

---

① 《瀛奎律髓》卷十"春日类"，李庆甲《瀛奎律髓汇评》，第381、382、383页。
② 《抑快轩文集》，江苏广陵古籍刻印社福建丛书影印本，第三册，第1325页。
③ （清）贺裳：《载酒园诗话又编》，《清诗话续编》，上海古籍出版社1999年版，第358页。

翁气象是否源于杜诗,意见不一,或谓放翁未必学杜。① 然陆游同代诗人刘应时称"放翁前身少陵老"②,五百多年后,清人沈德潜《说诗晬语》亦云:"剑南集原本老杜。"③ 大部分学者认同其说,认为陆游独得杜诗神髓,与杜甫武往尾来,一脉相承且后出转精。

笔者认为,放翁气象将祖杜与宗白完美融合,可谓其诗学集大成之关捩,与王禹偁本学乐天而敢期子美前后辉映,故徐乾学(1631—1694)《渔洋山人续集序》云:"合杜与白,而伸其辞者,务观也,初未尝离唐人而别有所师。"④ 由学杜而下延至香山、剑南,亦诗学通途,钱谦益走的就是这一路数,正如吴伟业(1609—1672)《龚芝麓诗序》所云:"牧斋深心学杜,晚更放而之于香山、剑南。"⑤ 汪琬(1624—1691)《剑南诗选序》亦云:"其人其诗,决当裯食于子美、乐天、子瞻三君子之间,未可以前后进置优劣也。"⑥

放翁中晚年诗,清逸淡泊,秀美韶丽,意摹香山而往往神似,这与溯源杜诗有密切关系。杜甫之外,陶渊明也是陆游学白的媒介和桥梁之一。陆游自云"我诗慕渊明,恨不造其微"(《读陶诗》),"曩岁读隐书,妄意慕陶葛","学诗当学陶"(《自勉》),"老始爱陶诗"(《书南堂壁》),又称"卧读陶诗未终卷,又乘微雨去锄瓜"(《小园》),"归来偶似老渊明"(《小雨初霁》),推崇与景仰陶渊明,学习陶诗并创作和陶诗,是陆游学白之路相辅相成的有机组成。此外,正如学者所论,陆游学白,也是自梅尧臣以来宋人学杜兼学白的嗣响。

在创作态度上,陆游与白居易一样,均以诗人身份自许自豪,在"此身合是诗人未"(《剑门道中遇微雨》)⑦ 的句子里,透露着自诩;"此身死

---

① 许世荣《放翁未必学杜》(《杜甫研究学刊》2000 年第 4 期)谓潜咏放翁之诗,觉非近杜,而更似岑参、李白。徐丹丽《论"放翁前身少陵老"的真正内涵》(《杜甫研究学刊》2005 年第 1 期)亦云:"陆诗在主题、内容、感情等方面呈现出与杜诗的雷同现象,并不是主观学杜得来的,而是由陆游本人的学力、经历和忠义爱国的感情决定的。"

② 刘应时:《读放翁剑南集》,《颐庵居士集》卷一;《全宋诗》第 38 册,第 24226 页。

③ 《清诗话》,上海古籍出版社 1999 年版,第 544 页。

④ 《憺园文集》卷二十一,《续修四库全书》影印清康熙刻冠山堂印本;《渔洋山人全集·渔洋诗集续集》卷首。

⑤ 《吴梅村全集》卷二八《龚芝麓诗序》,上海古籍出版社 1990 年版,中册,第 664 页。

⑥ 孔凡礼、齐治平编:《古典文学研究资料汇编·陆游卷》,中华书局 1962 年版,第 152 页。

⑦ 《剑南诗稿》卷三;钱仲联:《剑南诗稿校注》,第 269 页;《全宋诗》第三十九册,第 24314 页。

去诗犹在，未必无人粗见知"（《记梦》）①，则表明自信。与陆游同时的学坛巨擘朱熹亦对此颇为认可，"放翁之诗，读之爽然。近代唯见此人为有诗人风致"。② 在其他方面，陆游甘以"放翁"自任，唯有写诗从未耽搁，"推枕悠然起，吾诗忽欲成……有得忌轻出，微瑕须细评"（《晨起偶得五字戏题稿后》），"转枕重思未稳诗"（《初夜暂就枕》），"锻诗未就且长吟"（《昼卧初起书事》），从昼至夜，不辍吟咏，锻诗长吟，效白犹恐不及，而且始终保持着对诗歌语言精细考究的习惯，以吟咏为日课，自觉自愿，即使背负"嘲吟风月"罪名，亦无怨无悔，反以风月名轩。

清人袁寿龄论诗绝句《白乐天》十首其八云："一生劲敌惟元相，齿长七年名却低。毕竟千秋有定论，香山诗派放翁齐。"③ 陆游所齐之香山诗派，在多方面承传着醉吟诗风，其中较突出的，一是大量撰写"戏作""戏题""戏书"之作，二是大量创作自咏诗，《剑南诗稿》中触目可见所谓"自咏""自警""自诒""自娱""自嗟""自箴""自闵""自规""自咎""自宽""自励""自诘""自徼"等。而家居生活，山乡景况，更是事无巨细，无不入诗，虽有情事悉备之胜，但由于题材和主题多有重叠，过于频繁的写作和取材，常导致庸常和琐屑，其病亦可溯源自香山。"陆放翁诗，村居景况，一一写尽，可为山林史；但时有抑郁不平之气，及浮夸自侈之谈，去此便与陶渊明何殊"④，"务观闲适，写村林茅舍、农田耕渔、花石琴酒事，每逐月日，记寒暑；读其诗，如读其年谱也"。⑤ 袁枚《人老莫作诗》云："莺老莫调舌，人老莫作诗。往往精神衰，重复多

---

① 《剑南诗稿》卷六十九；钱仲联：《剑南诗稿校注》，第 3846 页；《全宋诗》第四十册，第 25483 页。

② 朱熹：《答徐载叔赓书》，景印文渊阁四库全书本《晦庵集》卷五六；《朱熹集》，四川教育出版社 1996 年版，第 2825 页。罗大经《鹤林玉露》甲编卷之四载："寿皇（孝宗赵眘）尝谓周益公曰：'今世诗人亦有如李太白者乎？'益公因荐务观，由是擢用，赐出身为南宫舍人。"可见当时陆游的诗人身份被上下一致认可。刘熙载《艺概》卷二云："放翁是有意要做诗人。"至于杨大鹤《剑南诗钞序》所谓"然而放翁非诗人也……知放翁之不为诗人，乃可以论放翁之诗"，只是意在说明陆游成就不止于诗而已，与陆游《读杜诗》"后世但作诗人看，使我抚几空嗟咨"意趣相同，与其诗人身份其实并无矛盾。

③ 《万首论诗绝句》第二册，人民文学出版社 1991 年版，第 682 页。

④ 梁清远：《雕丘杂录》卷二《藤亭漫抄》，清康熙二十一年梁允桓刻本。

⑤ 王士禛：《韩白苏陆四家诗选序》，《带经堂集》卷六十五蚕尾文一，《续修四库全书》影印清康熙五十年程哲七略书堂刻本。又见《带经堂诗话》卷一《品藻》，戴鸿森校点本，人民文学出版社 1998 年版，第 42—43 页。

繁词。香山与放翁，此病均不免。"① 其意在矫之，亦为自勉。

　　放翁之放，性情之外，与饮酒颇为相关。酒以火之内涵、水之外形，历来与文学和文学家有着不解之缘，吸引着陶渊明、白居易以降的文人墨客，白居易号醉吟居士，醉吟即韩愈《醉赠张秘书》所谓"文字饮"，活画出文人间把酒赋诗、品评文字的惬意之景。放翁爱酒若诗，嗜酒若痴，梦中亦不忘酌酒，或啜酒言志，或借酒浇愁，经常在雅饮品酒中吟啸风月，体味人生乐趣，诗酒人生方面，可谓得醉吟先生真传。其《一壶歌》云："长安市上醉春风，乱插繁花满帽红。看尽人间兴废事，不曾富贵不曾穷。"② 真可谓醉吟先生附体。据学者调查，陆游诗中出现"酒"字1800多次，"醉"字1200多次，陆游饮酒诗2940首。相比之下，醉吟先生白居易诗近3000首中，"酒"字出现700多次，"醉"字出现400多次，饮酒诗900多篇，放翁可谓后来居上。同样后来居上者，陆游还有咏茶诗320首，诗题含有"读书"者77首，以"读某书"为题者73首。饮酒、品茗、读书这三类题材，均桃白而超之。思亲、念旧、叹老、风俗等其他诗歌主题，观舞、听歌、鼓琴、弈棋、习书、赏画、临帖、品石，游览、垂钓、灌园、赏花、焚香、宴饮、清谈等其他人生乐趣，放翁也毫不逊色，且后出转胜。放翁于此，已在取法醉吟诗风、认同乐天闲适精神基础上，将醉吟先生的形象加以放大并重塑，从枕藉乐天诗到意摹香山体，纳之以更为广泛的题材，融之以更为多样化的风格，炼之以更为老练的技艺，加上其所独有的奔放磊落的胸次、绰约多姿的境界，酿为"亘古男儿一放翁"这样影响更为深远的放翁气象。

　　① 《小仓山房诗集》卷二十五，周本淳标校本《小仓山房诗文集》第二册，上海古籍出版社1988年版，第591页；《袁枚全集》第一册《小仓山房诗集》，江苏古籍出版社1993年版，第509页。
　　② 《剑南诗稿》卷三十四；钱仲联：《剑南诗稿校注》，第2225页。

陆游诗歌中被自我书写遮蔽的技艺人

——南宋士大夫与布衣关系考察系列之一

吕肖奂

（四川大学 中国俗文化研究所）

摘要： 陆游在诗歌中对待传神者、医者、卜筮者以及帽工衣工等技艺人态度不尽相同，但都缺少较为客观的描述和叙写。作为一个偏于主观主义的诗人，在涉及技艺人的诗歌里，陆游更擅长书写自我形象与自我生活理念，而与技艺人相关的信息都被有意无意遮蔽。这其中隐含着陆游对技艺人的矛盾态度以及陆游慎独自足不善于社交的个性，反映出士大夫与技艺人相处的一种方式。

关键词： 陆游；自我形象；技艺人

宋末元初方回《瀛奎律髓》卷三十七《技艺类》小序云："书画琴棋、巫医卜筮、百工技巧，史为立传，以艺之难臻也。唐、宋以来，挟一艺游公卿之门，因诗以得名者，不少焉。岂可以小技易视之哉。"① 以"技艺类"工作为职业、为谋生手段的人，可以称作技艺人。

在中国古代社会结构中，技艺人作为布衣一部分，始终处于受歧视的社会底层，即使他们在为"公卿"等上中层士人服务或时可能有所交往，即便是个别"奇异之士"有幸能入正史之史传，也没能改变其总体圈层的社会底层属性。

陆游（1125—1210）出生于官宦世家，有官宦世家养成的一份高贵与矜持，然而他个人虽多次出仕，却因未经科举正途及主客观原因而仕途不

---

① 方回选评，李庆甲集评校点：《瀛奎律髓汇评》，上海古籍出版社1986年版，第1438页。

够通达，二十多年的仕宦也只做到中层职务，未能成为"公卿"进入高层官僚。四五十年的乡居生活，也让陆游与布衣（包括技艺人）有更多接触机会。

陆游对士人以外的阶层与职业有自己的看法。他晚年《记悔》云：

> 我悔不学农，力耕泥水中。二月始稼事，十月毕农功。
> 我悔不学医，早读黄帝书。名方手自缉，上药如山储。
> 不然去从戎，白首捍塞墙。最下作巫祝，为国祈丰年。
> 犹胜业文辞，志在斗升禄。一朝陪众隽，所望亦已足。
> 岂知赋命薄，平地成怨仇。生为马伏枥，死为孤首丘。
> 已矣何所悲，但悔始谋错。赋诗置座傍，聊以志吾作。①

陆游回顾一生时，追悔莫及的是早年没能学农、学医，没能从军②，甚至没能学作巫祝，因而没有用一技之长为国家为社会做出更多贡献。在陆游看来，农、医、军、巫祝均有一技一艺之长，尽管其社会地位较低，对社会的贡献却远远胜过为科举仕途而学习的文辞创作，胜过社会地位较高却无所贡献的官宦士人。这个晚年的追悔并没有改变陆游的一生或者真有什么实质性的内涵或作用，但的确是陆游晚年回望一生时的一个较为真实的想法，也是他长期以来对其他阶层职业与技艺人的认知和观念。这个观念指导了他与技艺人以及社会底层百工的交往时的基本姿态。

尽管陆游一生在精神上始终保持着官宦世家的优越感，但现实生活却拉低了他交往圈的社会层级，加上他对上层社会一直有些傲视不平心理，他的社交圈有宁愿放弃上交而向下发展关系的态势，可是高贵与矜持又阻止他向下深交，这无疑加深了他的社交障碍以及恐惧症③。因此他在与布衣及技艺人交往时心态十分复杂，影响了他的这类诗歌创作的情感表达。

---

① 陆游著，钱仲联校注：《剑南诗稿校注》，上海古籍出版社 1985 年版，卷七十一，第 3947 页。本文引用的陆游诗均出自此书。

② 陆游一生对从军抱有极大热情，欣赏有剑术的军人或武士，在南郑结识不少武士。《剑南诗稿校注》卷十四《独孤生策，字景略，河中人，工文善射，喜击剑，一世奇士也，有自峡中来者，言其死于忠涪间，感涕赋诗》："忆昨骑驴入蜀关，旗亭邂逅一开颜。气钟太华中条秀，文在先秦两汉间。宝剑凭谁占斗气，名驹竟养天闲。身今老病投空谷，回首东风涕自潸。"

③ 参看吕肖奂《"不得体"的社交表达：陆游的人际关系诗歌论析》，《四川大学学报》（哲学社会科学版）2016 年第 1 期。

此外，陆游并非社交达人，他的交往唱和诗本在现存诗歌中占的比例就不高，寄赠给技艺人的诗歌比寄赠给官员的诗歌更少，即便牵涉技艺类工作的诗歌，也都不多谈及技艺人，表现出陆游诗歌以自我为中心的"自我主义者"一贯无视"他人"的作风，其主观诗人的特性也使其此类诗歌显得有特殊意义。

一 约定俗成的"技艺"及"技艺人"之尊卑排序

方回将"书画琴棋"、"巫医卜筮"与"百工技巧"相提并论，颇有贬低"书画琴棋"本身地位之嫌，但从其先后排序看，也符合古来一般士人的观念。"书画琴棋"属于文艺类技艺，"巫医卜筮"属于文化类技艺，"百工技巧"属于技术类技艺，前两种属于精神性行为艺术，后一种属于身体性行为艺术，隐然有着尊卑高低的排序，而多数士人对三类技艺也颇有由高看到低视的集体无意识。

不仅如此，"书画琴棋"因为具有创造性、艺术性以及必要性而受到士人普遍重视，"巫医卜筮"因为具有知识性、神秘性以及身心治愈性而得到士人喜爱乃至钻研，因此不少士人掌握这些技艺。但掌握这些技艺的人地位却不相同。官员以及有体面职业而兼擅这些技艺的人，会被视作多才多艺而受人敬重，然而以这些技艺为职业的人，却被视作游手好闲，既不正当也不体面而饱受歧视。因此受歧视的是以书画琴棋、巫医卜筮为职业的人，而不是书画琴棋、巫医卜筮这些技艺本身。掌握"百工技巧"的人属于士农工商四民中的工，与商一起受到士农的歧视。

在等级分明的社会中，尊卑无处不在。即便是"书画琴棋"四艺之中，也有高低之别。书法是每个士人必备的文化修养，地位崇高，陆游也是书法大家，而弹琴、下棋是士人被等级社会许可的高雅的消遣娱乐方式①。四艺中"画"的地位变化最大，绘画地位原本不高，但经过唐宋

---

① 陆游很少提到琴，器乐中他比较喜欢吹笛，《剑南诗稿校注》卷七十七《吹笛》："吴江楚泽闲游遍，未豁平生万里心。醉里独携苍玉笋，岳阳楼上作龙吟。"陆游常常认为吹笛的人一定是高士、隐者或神仙，对这类人充满尊敬和期望，如卷四十二《寄赠湖中隐者》云："高标绝世不容亲，识面无由况卜邻。万倾烟波鸥境界，九秋风露鹤精神。子推绵上终身隐，叔度颜回一辈人。无地得申床下拜，夜闻吹笛度烟津。"卷四十二《斋中杂兴十首，以"丈夫贵壮健，惨戚非朱颜"为韵》之七："幽人岂知我，月夕闻吹笛。何当五百岁，相与摩铜狄。［自注：湖中 (转下页)

士大夫文人如王维、文同、苏轼、李公麟、米芾等墨戏实践以及题画诗文的颂扬，地位逐渐提高，成为士大夫文人的一种才艺展示，到了北宋晚期，更是受到皇帝及宫廷的格外青睐，成为帝王宫廷宗室都愿意掌握的一门艺术。南宋时期画院继续设立，绘画地位也持续高涨，院体画以及掌握绘画技艺的文人雅士，均受到尊重，如何到了南宋末年，却被方回等同于"巫医卜筮、百工技巧"呢？

实际上，被士人歧视的是写真类绘画技艺，而并非绘画全部。从《瀛奎律髓》收录的"技艺类"诗歌看，被视为"技艺类"的画工，主要是指写真者或称传神者，即为人画像的画工，而非所有题材包括山水画、花鸟画的画工。陆游现存的与画有关的题画诗、画事诗中，可以证实这一点：写真者或传神者的地位远不如山水花鸟画者①，陆游与山水花鸟画师可以成为朋友，但和写真者或传神者却很疏离，几乎不会提及。

二 陆游"题传神"诗歌自我形象遮蔽下的传神者

《御定历代题画诗类》卷五十四有《写真类》，从其搜集的历代诗人诗题诗歌看，写真有很多别称，包括传神、画真、画工、写照，这些别称既指写真者（画工），也指写真之画像本身。写真类诗歌因而也分成两小类，一小类关注画像本身即题写真、题传神，一小类赠予写真者、传神者、画工。陆游的写真类诗歌基本属于第一小类，他比较关注画像中的自我形神或自我形象，而不太关注画工及其技艺。

（接上页）风月佳时，每闻笛声，异甚，莫知何人，意其隐君子也]"卷七十五《简湖中隐者》："夫子终年醉不醒，若为问我故丁宁。书因遣仆驮粟麋，诗许登山屐茯苓。畴昔但知悲骥老，即今谁羡鸿冥。清宵定许敲门否，拟问黄庭两卷经。"卷十四《丈亭遇老人，长眉及肩，欲就之语，忽已张帆，吹笛而去》。他的这种观念可能受道教八仙故事里韩湘子吹笛影响。陆游精通棋艺并喜欢观棋，如《剑南诗稿校注》卷三十二《观棋》："一枰翻覆战枯棋，庆吊相寻喜复悲。失马翁言良可信，牧猪奴戏未妨为。白蛇断处真成快，黑帜空时又一奇。敛付两奁来对酒，泠泠听我诵新诗。"陆游欣赏善棋的僧人，《剑南诗稿校注》卷一《酬妙湛阇梨见赠。妙湛能棋，其师璘公，盖尝与先君游云》："昔侍先君故里时，僧中最喜老璘师。高标无复乡人识，妙寄惟应弟子知。山店煎猪留小语，寺桥看雨待幽期。可人不但诗超绝，玉子纹枰又一奇。"

① 《剑南诗稿校注》卷三十八《庵中晨起书触目》云："晖晖初日上帘钩，漠漠清寒透衲裘。雪棘并栖双鹊瞑，金环斜绊一猿愁。廉宣卧壑松楠老，王子穿林水石幽。戏事自怜除未尽，此生行欲散风沤。"中间两联陆游的自注为"唐希雅画鹊、易元吉画猿、廉宣仲老木、王仲信水石，皆庵中所挂小轴"。与张挂神仙画像无视写真者不同的是，陆游在这里非常强调这些山水花鸟画的画家名姓。

陆游很少将画像称作写真，而多称作传神，对他而言，传神比写真更能"传神"、更侧重真形之外的精神。其较为早期的《题传神》① 云：

> 盐车心愧渥洼姿，邂逅风云妄自期。啮雪岂无归汉日，饭牛犹有相齐时。
>
> 君看短褐琴横膝，谁许峨冠剑拄颐。白发萧萧虽惫矣，时来或将渡辽师②。

虽是自题传神的诗歌，但诗中多数诗句就画中肖像而用各种典故抒发生不逢时、壮志难酬的悲愤，期待"邂逅风云"的未来。只有"君看短褐琴横膝""白发萧萧虽惫矣"两句算是画中描绘的陆游形象：服饰是"短褐"，显示布衣身份；道具是"琴横膝"，表现的是一个弹琴者寻觅知音的姿态，而下一句的"峨冠剑拄颐"是画外陆游的自我期许，并未表现在画面上；容貌是衰老而疲惫，但内心却志在千里、壮心不已。这幅肖像画有二反：自我期许的剑客形象隐藏在画面琴客形象的心底，剑心隐藏在琴形之下，壮心隐藏在衰颜之中。传神者真的如此传神？真的能将后二种反差巨大的形与神表达得尽如陆游之意，还是陆游自己的想象如此？是传神者如此表达，还是陆游不想让真实生活中的自我在画面里曝光太多，才让传神者描画出一个超然物外的布衣弹琴者形象？这个形象是传神者给陆游传神时陆游的实际装扮，还是陆游要求传神者如此"传神"？不得而知。

陆游还有其他几首题传神的诗歌，如稍晚些的《题传神》云：

> 雪鬓萧然两颊红，人间随处见神通。半醒半醉常终日，非士非农一老翁。
>
> 枥骥虽存千里志，云鹏已息九天风。巉巉骨法吾能相，难著凌烟剑佩中。③

---

① 《剑南诗稿校注》卷十六，第 1243 页。
② 陆游此句下自注：李英公平敌时已八十余。
③ 《剑南诗稿校注》卷四十二，第 2625 页。

画中的陆游因为被闲置而形貌上白里透红、老而不衰，处于半醉半醒的状态而有着介于士农之间的身份，与前一首形象相比，骐骥千里的壮志仍在而好风凭借力的期望减弱，画像凌烟阁的幻想不再。陆游精通骨相术，而画工有意突出的"巉巉骨法"，让他放弃建功立业、出将入相的幻想而最终认命。如果这是陆游当下的真实形象状态而由传神者完全传达了出来的话，那么传神者的技艺无疑十分高超，符合陆游理想，但为什么诗中连传神者的姓氏名字都不肯捎带提一下？

再晚一点的一首是《自题传神》①：

> 识字深村叟，加巾下版僧。檐挑双草屦，壁倚一乌藤。
> 得酒犹能醉，逢山未怯登。莫论明日事，死至亦腾腾②

伴随着僧人随运任化偈颂而产生的心如死灰不复燃心态，让陆游的自我身份认定已经不在士农之间徘徊，完全是老叟和僧人的定位，只在知识层面和服饰层面还与老叟、僧人有点差别。画上的陆游，除了头巾（非官帽），还有了挑担倚壁的动作和草屦乌藤这样的道具，更像游走四方的老僧。这些动作和道具勾勒并渲染出陆游苦行僧般的老叟形象。动作和道具是实有还是虚写，是陆游的安排还是画工的创作，是画工根据陆游的要求而有意的添加？诗里一字未提及。

陆游很有可能时不时邀请传神者上门为他传神，晚年的陆游再次《题传神》：

> 湿云生两屦，细雨暗孤篷。悔不桐江上，从初作钓翁。③

诗句益发简短，加巾老僧变成了"斜风细雨不须归"的"钓翁"，还带着否定一生出仕挣扎无果而悔不当初的深深懊悔。从诗歌描述看，"传神"至此已经完全不是人物的真实肖像画，而完全变成烟江垂钓图中的一个人物点缀。道具和背景构成主体画面，人物形象已然浓缩到江天之间孤

---

① 《剑南诗稿校注》卷四十九，第 2973 页。
② 陆游此句下自注：僧颂云"今日腾腾任运，明日任运腾腾"。
③ 《剑南诗稿校注》卷七十九，第 4275 页。

舟之中，人物肖像画好像已经变成人物故事画。

四首不同时期题写"传神"的诗歌中，陆游自我形象变化非常明显：早期的弹琴者、中期的亦士亦农老翁到加巾老僧、晚期的烟江钓叟。而在书写这些自我形象时，陆游一字不曾提及传神者，那些就在他面前为他传神写真的画工，似乎从未存在过。

陆游关注到传神者的诗歌只有一首，即《赠传神水鉴》①：

> 写照今谁下笔亲，喜君分得卧云身。
> 口中无齿难藏老，颊上加毛自有神。
> 误遣汗青成国史，未妨著白号山人。
> 它时更欲求奇迹，画我溪头把钓缗。②

这首诗歌意外提到传神者"水鉴"，从首联叙述看，"水鉴"应该是位道人或山人，因为"写照"传神功夫绝佳，下笔贴近被传神者，与被传神者精神相通而容易亲近，颇受临安官场欢迎，陆游也觉得他称得上写真界的翘楚，尾联还邀约未来再为自己传神。传神技艺高超可能是陆游提及这位传神者的原因。陆游甚至还描述了水鉴的传神画法，为了描画陆游虽老而有神的面貌，水鉴在陆游的口、颊部分花了不少功夫写真，而在服饰方面却并不写实，当时陆游在史局，是比较清要的馆阁之职，作为官身，应该穿着官服戴着官帽，但水鉴笔下的陆游却穿着白道衣带着幅巾，一副道人或山人装束。写真传神时，服饰就是身份的符号，有意将官身传写成道人布衣，是水鉴的有意为之，还是陆游的安排？这牵涉到传神的产生过程及传神者与被传神者关系等一系列问题。

传神者与被传神者之间，并非简单的画像与被画像的关系。在技艺人地位低下的时代，被传神对象的身份地位一般都高于传神者，而在身份地位决定一切的社会中，高层主导低层几乎是天经地义的。即便是在艺术领域，作为绘画技艺主体的传神者本该具有自主性与个人意志，但来自绘画客体（对象）的社会地位层面干预却不言而喻、无法抗拒。作为被传神的

---

① 《剑南诗稿校注》卷五十三，第 3149 页。
② 方回《瀛奎律髓》卷三十七："元注'水鉴写予真，作幅巾、白道衣'。中四句皆佳，时在史局。"

对象，陆游对自我形象、对传神者如何以形传神，显然有着自己相当执着的见解。仕途多次受到打击的陆游，一直不适应、不习惯、不喜欢官场生活，因此他的传神中没有出现官服写照，他要求水鉴及其他无名画工将自己塑造成超尘脱俗的僧人、道人、山人、钓叟形象。对陆游这种主观性较强的被画对象而言，他的个人意愿在传神过程中起到了相当强势的主导作用。

中国古代的传神者并不像西方肖像画画家那样完全写实。以形传神、以貌取神在汉魏六朝人物像发达时期就已经形成写真传神的重要原则。写真者或传神者不仅要根据面相术、骨相术等术数学原理而突出被画者相貌之外的"神"，还要注意被画者的身份地位，更要根据被画者的个人意愿及喜好来"设计"服饰道具场景。被画者常常是社会地位较高或经济基础较好的金主，其主观意愿不被采纳的话，写真者很有可能得不到酬金更得不到赞赏。即便是有名的画工，也会跟被画者妥协。写真者、传神者与被传写者之间关系，并非传写与被传写那么固定简单，而是互相牵制需要商议妥协之后才能成就一幅写真传神。

陆游的自我形象随着时间变化而在传神者与自我设计的合力作用下变化。但传神者在陆游笔下几乎是完全隐形的存在，这自然因为自我主义者或主观主义者陆游更关注自身形象，而很少留意到包括传神者在内的他者。另一个重要原因就是写真传神到了宋代只是一种没有太多自主性和创造性的技艺，写真者、传神者被视作技艺人而被无视或被歧视。

两宋有些士大夫诗人比较关注传神者，尤其关注技艺高超的传神者，会在诗歌中留下姓氏名字，北宋士大夫诗人赠予写真者的诗歌，如文彦博《贤太师以诸巨公画像见示，传神写照曲尽其妙，兼丐拙诗，辄成一首奉呈》，梅尧臣《传神悦躬上人》《画真来嵩》，苏轼《赠写御容妙善师》《赠写真何充秀才》，苏辙《赠写真李道士》，描述了当时写真画工及写真僧人道人的技艺与生活；到了南宋，写真传神活动随着游士阶层崛起而更加普及士人社会乃至民间百姓，写真者、传神者为了寻求广告效应，请求士大夫诗人题赠以便"阔匾"，诗人寄赠写真者、传神者的诗歌也更加繁盛，如陆游同时代及其前后有王庭珪《赠写真胡生》《赠写真徐涛》，杨万里《赠都下写真叶德明》《壬午初秋赠写真陈生》，楼钥《谢叶处士写照并序》，魏了翁《赠画工王三锡传神》，文天祥《赠刘可轩写真》，方岳《赠写照吴生》，谢翱《赠写照唐子良》，等等①，这些诗歌都比较客观地描述了这些传神者，让后世了解到当时一部分写真者的处境、技艺和审美趣味水平。与他们相比较而言，陆游显然是个自我主义或主观主义诗人，他很少客观地关注这类技艺人。

三 观赏画像时被忽略的写真者

挂画在南宋已经形成风气，成为文人日常生活四雅（弹琴、点茶、挂画、焚香）之一，几乎人人都要挂画，陆游也不例外。而挂什么画完全取决于消费者的个人喜好。在宋代，人物肖像画以及人物故事画非常盛行，陆游不仅喜欢请人为自己传神写真，还喜欢悬挂其他人物写真画像，尤其是神仙画像。陆游《小斋壁间张王子乔、梅子真、李八百、许旌阳及近时得道诸仙像，每焚香对之，因赋长句》云：

> 山城作吏老堪羞，衫色尘昏鬓色秋。敛版那供新贵使，闭门聊与数公游。
> 至人不死阅千劫，大海无穷环九州。安得相携从此逝，醉骑丹凤下玄洲。②

这是陆游在山城夔州任职时期的诗歌，他在寓所"小斋"的墙壁上挂的是古今得道成仙者的画像，偌大年纪而官位低下如同小吏的陆游，只有在寓所闭门之时面对神仙画像与之交流时才能感到舒心，身心逍遥，画像不只是画像而已经成了神仙本真，他们可以目击神交，一起遨游在神仙世界。逼仄的人间无法安顿陆游的身心，形神兼备的神仙画像引领着陆游逍遥游。神仙画像是陆游个人兴趣追求的对象化表达，是陆游逃避现实时的精神寄托。

陆游内心深处极其喜欢神仙，所以不仅挂其画像以便朝夕相对，还写诗颂扬其事迹，如《题四仙像》③：

---

① 详见各自别集。相对于山水花鸟画家而言，宋代写真者传神者留下姓氏事迹的比例很低。
② 《剑南诗稿校注》卷十九，第 1487—1488 页。
③ 《剑南诗稿校注》卷二十六，第 1840—1842 页。

反虏鲸鲵世共仇，汉公勋业过伊周。市门洒泪尘埃里，谁与朝廷植委裘（梅福）。

又：世上年光东逝波，咸阳铜狄几摩挲？神仙不死成何事，只向秋风感慨多（蓟子训）。又：曾看四岳荐虞鳏，阅岁三千一瞬间。归卧青山孤绝处，白驴常伴白云闲（张果）。又：莲花峰下张超谷，此老何曾有死生。闻道风清月明夜，至今鼻息乱松声（陈抟）。

陆游对这些神仙故事了如指掌，对他而言，挂神仙画像就是闻其事而见其人，神仙生活是陆游一生的向往，每日对着神仙画像，与之对话交流，是陆游的一大乐趣。

南宋时期有不同身份的人物画像，如圣贤画像、功臣画像，陆游除对神仙画像情有独钟外，也题写过诗人画像如《玉局观拜东坡先生海外画像》、《眉州披风榭拜东坡先生遗像》（《剑南诗稿校注》卷九）以及《题陈伯子主簿所藏秦少游像》（《剑南诗稿校注》卷六十六）等诗表达他对苏轼和秦观的尊敬；也题写僧人画像如《题宣律师画像》"秀目大头颅，英姿举世无。平生一瓦钵，何处有天厨"①，突出宣律师的奇异长相，但也从未涉及过画像人。陆游似乎只提到过一位肖像画僧人海首座，但从《题海首座侠客像》"赵魏胡尘千丈黄，遗民膏血饱豺狼。功名不遣斯人了，无奈和戎白面郎"②看，他关注的是海首座笔下的侠客勇士形象，而不是海首座本人。

在观赏画像时，陆游的关注点集中在画中人物的身份形态，如《剑南诗稿校注》卷四十《昔人有画醉僧、醉道士、醉学究者，皆见于传记及歌诗中，予暇日为各赋一首》，他欣赏的是画中人物的情态与事迹，描述的主要是画中人物的形象与故事，表达的是自己对画中人的崇敬向往之情。这些画像的画工是谁？画技如何？对陆游而言并不重要，没必要关注甚至是习得性忽略。与题写自己的传神时关注自我形象一样，在题写他人画像时陆游关注的依然是画中人物本身，而不是画工、画艺。也就是说在面对人物画像时，陆游的态度是完全一致的：忽略或者无视写真者、传神者。

宋代人物画沿袭汉唐以来技法，较少创新，肖像画的名家很少，这可

---

① 《剑南诗稿校注》卷五十二，第3110页。
② 《剑南诗稿校注》卷十七，第1301页。

能是陆游很少提及写真者的一个原因。最重要的是写真者或传神者多数是布衣（处士或者游士），也有一些僧人、道士，这些以写真传神为职业的画工，如同画壁、画年画的画工一样，被视作工匠，很少受到士大夫阶层的关注。陆游这种做法应该属于集体无意识忽略，而并非有意遮蔽，由此显现的是写真者群体在当时的社会地位。

四　熟知医术的陆游对医者之态度

尽管陆游在《记悔》中说："我悔不学医，早读黄帝书。名方手自缉，上药如山储。"而事实上，陆游对"巫医"特别是医术接触很早，而且有相当深入的了解和钻研，只是他走的是仕途，未从事医疗这一职业。陆游经常自己采药，《采药有感》云："蒹葭记霜露，蟋蟀谨岁月。古人于物理，琐细不敢忽。我少读苍雅，衰眊今白发。中间婴疾疾，过日常卒卒。涧毛春可求，山药秋可掘。虽云力探讨，疑义未免阙。屏居朋友散，奥妙谁敢发。穷理已矣夫，置觯当自罚。"① 可以得知对"物理"兴趣盎然的陆游，年少时就读《三仓》《尔雅》这些解读诗经和其他经书的训诂小学类书籍，涉及不少草木虫鱼知识，此后因为经常生病，于春秋时常常亲自上山下水采药，但是因为医药文献难懂，而又缺少可以探讨的师友，难以真正掌握这些知识，这让他不免烦恼。从中可以看到陆游为穷尽药理而作的努力以及谦逊的态度。

陆游的药不仅指草药也包含丹药，其《题药囊》云"残暑才属尔，新春还及兹。真当名百药，何止谒三医②。半夜嘅朝日，晨兴饮上池。金丹有门户，草木尔何知"，③ 谈到的就是丹药。丹药属于道教也属于医术，陆游因为迷恋道教对丹药也颇有钻研。

正因为精通医药医术，陆游甚至轻视东汉末年的名医华佗（145？—208？），其《读华陀传》云"六籍虽残圣道醇，中更秦火不成尘。华陀老黠徒惊俗，吾岂无书可活人"，④ 认为传记中华佗的外科医术不过是在乱世

---

① 《剑南诗稿校注》卷六十七，第3763页。
② 三医《列子·力命》云："季梁得疾，七日大渐，……终谒三医，一曰矫氏、一曰俞氏、一曰卢氏。"良医代称。
③ 《剑南诗稿校注》卷八十五，第4539页。
④ 《剑南诗稿校注》卷八十四，第4503页。

时惊世骇俗的狡黠夸张而已。

陆游对普通医生的能力技术更是深表怀疑，如《访医》云：

> 衰与病相乘，况复积忧虑。眩昏坐轍瞑，疲弱行欲仆。
> 今晨访之医，见语疾当去。脉来如泉源，未易测君数。
> 盛衰当自察，信医固多误。养气勿动心，生死良细故。①

尽管衰病令他主动去访求医生，但听到医生所云后，陆游还是认为医生之言不可尽信，他更相信自己，相信要靠个人管理情绪和心境，才可以保持健康。因为熟知医术，他会根据自己的医学常识而对医者水平进行判断，绝不盲从。他对医者的态度由此可见一斑。

陆游欣赏的医者是如隐士高人一般的"村医"，《示村医》云：

> 玉函肘后了无功，每寓奇方啸傲中。衫袖玩橙清鼻观，枕囊贮菊愈头风。
> 新诗吟罢愁如洗，好景逢来病欲空。却羡龙钟布裘客，埭西卖药到村东。②

诗中的村医，完全是陆游自己，他瞧不上一般医生常用的《玉函方》《肘后方》，而将个人情趣寄寓在稀奇神妙的药方中；他并不用这些奇特方剂治病救人，而只是自我养生；他每日在村里写诗、观景，过着逍遥自得的生活，却还羡慕可以到处行走卖药的游方郎中。这个村医，绝非实际生活中的村医，而是陆游自我理想的写真传神。

这首诗中游走各处卖药的"布裘客"，即《卖药翁》中的卖药老翁："老翁如我老，卖药以代耕。得钱付酒家，一毫不自营。浩歌和邻叟，苦语诲后生。我欲为作传，无人知姓名。"③ 这位陆游心目中神仙般、得道道士般的医者，比"村医"还要逍遥自在、理想化。

陆游根本瞧不上人世间以医术作为职业的技艺人，他欣赏的也不是医

---

① 《剑南诗稿校注》卷十六，第 1276 页。
② 《剑南诗稿校注》卷五十九，第 3422 页。
③ 《剑南诗稿校注》卷七十二，第 4005 页。

术高超、治病救人的医者，而是"村医"的养生自得与"卖药翁"神仙般云游四方的生活方式。

五　相信"卜筮"之术的陆游对卜筮者的关注

陆游一生信仰道教，也颇迷信与原始道教有千丝万缕联系的"巫医卜筮"，《记悔》所云的"最下作巫祝，为国祈丰年"，写的是陆游对"巫祝"工作意义的理解。而"卜筮"，几乎是陆游生活中不可或缺的一部分①。陆游诗歌时不时记载卜者、筮者、术家之言，如《春尽记可喜数事》云"病退初尝酒，春残已过灾。邻家赛神会，自喜亦能来"，② 自注云"卜者谓予今春当病，幸不甚验"，"卜者"关于个人不幸的小灾难预言自然是越不灵验越好，因此，陆游很庆幸。从他春天之前就找"卜者"卜筮看，陆游可能经常在年初或春初就卜筮问来年各个方面的运势情状。直到年岁已高的晚年，他仍坚持这个习惯，《术家言，予今岁畏四孟月，而秋尤甚，自初秋，小疾屡作，戏题长句》云："一生强半卧穷阎，粝饭藜羹似蜜甜。耄齿觉衰嗟已晚，孟秋属疾信如占。危途本自难安步，恶石何妨更痛砭。坚忍莫为秋雨叹，牵萝犹足补茅苫。"③ 这次"术家"所言很灵验，第三个孟月疾病如期而来，陆游无奈长叹，也并无补救之策。

除了卜筮健康，仕途前程也是陆游打卦问卜的重要内容，当陆游仕宦不顺、官况无聊时，会以卜筮者所言而有所期待，如《入春念归尤切，有作》："六朝覆育悉遗民，扶惫归来雪鬓新。对酒无欢翻作病，爱诗何得但穷人。腰钱自昔妨骑鹤，绝笔何时到获麟。乡俗嬉游重端五，剩烹团粽唤比邻"④ 之自注云"筮者言，予五月可还故山"，"筮者"的预言，给了他

---

① 陆游对当时各种卜筮方法都有所了解，他在蜀中时听龙昌期讲"磨钱掷卦爻"（《剑南诗稿校注》卷五十三《初归杂咏》"此身定向山中死，不用磨钱掷卦爻"之自注云："磨钱掷卦爻，蜀龙昌期语也。"）。陆游还详细描述了民间迎紫姑神扶乩活动："孟春百草灵，古俗迎紫姑。厨中取竹箕，冒以妇裙襦。竖子夹扶持，插笔祝其书。俄若有物凭，对答不须臾。岂必考中否，一笑聊相娱。诗章亦间作，酒食随所须。兴阑忽辞去，谁能执其祛。持箕畀灶婢，弃笔卧墙隅。几席亦已彻，狼藉果与蔬。"（卷五十《箕卜》）尽管结句"纷纷竟何益，人鬼均一愚"指出其毫无益处，但整个描述过程中却对其神异之处颇为欣赏。
② 《剑南诗稿校注》卷四十五，第 2797 页。
③ 《剑南诗稿校注》卷八十三，第 4475 页。
④ 《剑南诗稿校注》卷五十三，第 3125 页。

回归故乡的希望和期待。

陆游不得已离京之时，"洞微山人"的预言，让他充满希望，《赠洞微山人》："我年六十四，获谴输鬼薪。束书出东门，挥手谢国人。笑指身上衣，不复染京尘。时有一老翁，祝我当自珍。却后十五年，迎若浙江滨。我笑语是翁，岂说他生身。事果不可知，邂逅如隔辰。鹤发无余鬓，鹑衣仍苦贫。秋风皂河头，握手一笑新。买酒烹鸡豚，往事得具陈。试数同朝旧，零落增悲辛。与翁虽俱老，肝胆犹轮囷。千里亦命驾，何况托近邻。秋高佳风月，相过莫厌频。"① "洞微山人"的预言在当时给了陆游安慰，并在十五年后得以实现，这让陆游对他充满感激之情。

偶尔"过门"的术士，其只言片语也会让陆游在意，如《有术士过门，谓余寿及九十》云："形骸鹤瘦复松枯，况是新霜满鬓须。醉似在家狂道士，愚于识字老耕夫。敢言万里封侯事，但问纵文入口无。许我年如伏生比，逢时犹解诵唐虞。"② 让陆游对寿命充满信心。本来陆游对家族整体寿命不永的问题有所忌惮，但这个术士却认为他有长寿之相，可以打破家族短寿魔咒，而且晚岁还会致君尧舜上，仕途顺达，这可能是陆游八十余岁还出山任职的重要原因。

有些大事如卜居，陆游甚至会相信梦中所遇的"白髯叟"忠告，如《二月晦日夜，梦欲卜居近邑，道遇老父，告以不利，欣然从之》："梦中行卜居，道遇白髯叟。一面出苦言，戒我弃勿取。人之生实难，失脚堕虎口。我深感其言，解衣奉杯酒。岂知立谈间，得此直谅友。起坐心茫然，天阔楼挂斗。"③ "白髯叟"显然是卜筮者一般的预言家。

从这些事情可知，陆游非常相信卜筮者之言，是位敬天命畏鬼神的儒者。正因为如此，陆游对卜筮者（术士）充满理解和关心。他"行药"之时偶遇术士，便邀来饮酒畅谈，如《遇术士，饮以卮酒》云："行药来村北，观鱼立水边。忽逢长揖客，能算小行年。酒薄聊赪颊，囊空缺赠钱。时清君未死，访我华山前。"④ 两人甚至相约到远在金国的陈抟高卧的华山而相见成仙。陆游将这位偶遇的"术士"当作神仙道人。

陆游晚年曾与一位算命师畅谈命数命运，《赠论命周云秀才》云：

①《剑南诗稿校注》卷五十一，第3064—3065页。
②《剑南诗稿校注》卷二十五，第1801页。
③《剑南诗稿校注》卷六十一，第3505页。
④《剑南诗稿校注》卷二十九，第1989—1990页。

　　周郎颀然市中隐，精神卓荦秋天隼。忽来过我论五行，袖出诗卷如束笋。

　　人生一息不自保，况我耄期真待尽。君今盛为谈未来，我亦听之俱可鞿。

　　虽然此心犹未泯，何至死去同蠢蠢。地下不作修文郎，天上亦为京兆尹。①

　　这位周云秀才拿出前此接受过他"论命"的诗人赠送的"诗卷"，如"束笋"般的诗卷证明他用五行"论命"术非常精准，尽管陆游已经是耄耋之年，对自己的有生之年的"未来"早就没有什么期待，但仍然为这位"市中隐"的主动谈说而鞿然一笑，因为这位"论命"者说陆游死后无论在天上还是在地下，都会比在人间得到的官位更高。这种善颂善祷的话语自然是陆游愿意听到的。周云并非职业术士，而是一位兼擅五行之术的诗人、秀才，陆游称他为"市中隐"，是位超越市井流俗的高人。

　　陆游对术数中的相术比较熟悉，其《骨相》诗云："骨相元知薄，功名敢自期。病侵强健日，闲过圣明时。形胜轮台地，飞腾瀚海师。江湖虽万里，犹拟缀声诗。"② 他之所以自认为"骨相薄"，肯定是因为读了不少"骨相"术的相关文献，颇了解其中的术语理路与观念理论。相术除骨相术之外还有面相术，实际使用中也可以结合起来，所以了解骨相术的也会了解面相术，陆游《赠徐相师》③ 就是给一位相面术士的：

　　　　许负遗书果是非，子凭何处说精微。
　　　　使君岂必如椰大，丞相元来要瓠肥④。

　　陆游首先对相传为秦汉时期第一女相师"鸣雌侯"许负⑤所著的《德

---

① 《剑南诗稿校注》卷六十五，第 3661 页。
② 《剑南诗稿校注》卷十六，第 1233 页。
③ 《剑南诗稿校注》，第四五七八页。此诗又见刘克庄《后村集》卷四《诗（南岳第三稿）》（文渊阁四库全书本），但方回《瀛奎律髓》卷三十七作陆游诗。文渊阁四库本《剑南诗稿》没有收录，而收录在《渭南文集·放翁逸稿卷下》。从诗歌专注于对术士生活的客观描述上讲，此诗应该是刘克庄所作。
④ 《史记·张丞相列传》：（张苍）肥白如瓠。
⑤ 《史记》卷五十七《绛侯周勃世家》记载许负曾为绛侯周勃之子亚夫相面。

器歌》《五官杂论》《许负相耳法》等相面著作到底是否许负所作以及其正确与否提出质疑，其次对"徐相师"是否真正掌握了古今相术典籍及其专业水平更表示怀疑。相术作为神秘玄妙的科学，果真可以像徐相师所说的根据面相的形状以及大小就可以预测出其未来官位高低吗？这些质疑与与陆游一贯欣赏、迷信相术非常不同，可能因为这位徐相师颇有些不妥当的行为，引起了陆游的反感。这首诗歌的后四句证实了这一点：

> 袖阔日常笼短刺，肩寒春未换单衣。
> 半头布袋挑诗卷，也道游京卖术归。

这是位专门到京师给达官贵人相面的术士，与《遇术士饮以卮酒》那位游走乡村给普通人相面的术士颇不相同，这可能是陆游不大欣赏他的原因。这首诗比较客观地描述了术士的生活，《瀛奎律髓》评点云："后四句曲尽近时术士穷态，三四亦好。"这位术士尽管拿着名片到处游走，但并没有因此而大富大贵，因为肩膀受寒生病所以春天还穿着很厚的衣服，所得到的报酬也不过向京师诗人乞求的"阔匾"诗卷。南宋中后期游士越来越多，他们的生活艰辛贫困，不为多数人所理解和熟知。这种颇为客观的描述，在陆游诗歌中绝无仅有，不像是陆游写技艺人的路数，因而有点存疑。

陆游欣赏的术士，像他欣赏的"村医"与"卖药翁"一样，并非现实生活中的"卖术"技艺人，而是理想化的神仙般的术士。

六　陆游对帽工、衣工的单方面宣示

不少士人了解或兼学"书画琴棋""巫医卜筮"这两大类技艺，因而跟这两类技艺人文字关系相对紧密；"百工技艺"属于纯粹技术类技艺，士人多数对这些技艺不太了解，掌握这类技艺的技艺人在文艺与文化方面也稍有欠缺，双方更是缺少文字交流。陆游诗歌中很少写到技术类技艺人，帽工和衣工算是陆游提及过的"百工技艺"。

在等级社会中，服装以及服饰是身份的符号，每个人都要按照身份穿合适的服装而在社交场合扮演自己角色，不能随意妄为。陆游自然熟知这些规则，但他时不时有意打破这些规则。《新裁短褐接客，以代戎服，或以为慢，戏作》云：

> 世事巧相违，残年幸许归。虽云裁兔褐，不拟出渔扉。
> 拂石襟灵爽，搘筇气力微。朝衣犹挂却，况遣着戎衣①。

请人新裁的平民才穿的"短褐"而参与社交活动，当然是陆游有意为之。这种行为艺术，其实是陆游对"朝衣"被换作"戎服（戎衣）"、个人身份被被迫降低的不满与抗议，至于是否怠慢客人，陆游并不在意。轻便随意的"短褐"，宣泄的是陆游不满退归的个人态度。

仕途不够通达，让陆游对充满等级标识的官服颇为厌倦，因此就在即将退居时，陆游请帽工、衣工制作平民百姓才用的帽子和衣服，不仅如此，陆游还专门写诗给帽工和衣工，《新裁道帽示帽工》云：

> 故帽提携二十霜，别裁要作退居装。山人手段虽难及，老子头围未易量。
> 花插露沾那暇惜，尘侵鼠啮却须防。裹时懒复呼儿问，一匣菱花每在傍②。

同卷《新制道衣示衣工》云：

> 良工刀尺制黄絁，天遣家居乐圣时。著上朱门应不称，裁成乌帽恰相宜。
> 客撑小艇招垂钓，僧扫虚窗约对棋。宝带貂冠虽看好，定知不入野人诗③。

既然是写给技工的诗歌，按常理应该是礼赞工匠技艺或者表示感谢，但陆游却是向衣工、帽工宣示自己退居后可能的新生活方式。谈到帽工的只有"山人手段"一句，谈到衣工的只有"良工刀尺"一句，除两句客套

---

① 《剑南诗稿校注》卷四十二，第 2618 页。陆游在其他诗歌中也谈到"戎衣"，《剑南诗稿校注》卷八十二《赠倪道士》："羽衣暂脱着戎衣。"
② 《剑南诗稿校注》卷三十九，第 2495 页。
③ 《剑南诗稿校注》卷三十九，第 2495 页。

话以外，其他语句都在想象自己脱离官场后的悠然自得、休闲清净生活，完全是与"朱门""宝带貂冠"以及昔日官场生活告别从而回归本性的姿态，"老子"的自称中也带有自大骄傲的意味，并没有与帽工、衣工交流的意愿。帽工和衣工不过是陆游宣示自我清高不与官场同流合污态度的工具人，而不是被关注、被描述的技工。

陆游的诗歌情绪很外向，喜怒哀乐一目了然，给人的印象是善于表达、乐于社交，但实际生活中他其实很自我封闭。他常常会感到孤寂，《孤寂》云："晚境诸儿少在傍①，书堂孤寂似僧房。家居不减旅怀恶，夏夜尚如寒漏长。数箸笋蕨甘淡薄，半盂麦饭喜丰穰。愚儒幸自元无事，日课朱黄自作忙。"② 描写的是陆游自己夏日家居时夜间孤独寂寞甚至凄凉的情状，而在孤寂之时，陆游并没有请亲朋来以热闹消除孤寂，而用"日课朱黄自作忙"抵挡孤寂的难耐。接下来的《明日观孤寂诗，不觉大笑，作长句自解》云："独处将如长夜何，直将寂寞养天和。爱身不惰如怀璧，守气无亏似塞河。尘箧空存获麟笔，烟陂懒和饭牛歌。年来勋业君知否，麤下新降百万魔。"③ 更是在天亮之后反观夜间悲观情状，不免自我解嘲。一番自我审视开解之后，自足乐观的陆游又还原了惯常的模样。越到晚年，陆游越是慎独且自足，他活在自己构筑的世界，不仅技艺人走不进他的世界，其他任何人也都很难窥探他的世界。而他也很少去关注去了解他人的生活与世界。

技艺人常常因为服务于士大夫而与士大夫有所交集，但社会地位的不平等，使二者之间很难有真正的情感文学交流。加上陆游又是个主观主义诗人，比较主观、自我、感性，很少客观观察他人、书写他人，即便书写他人也都是在书写自己，他活在自己构筑的精神世界里，跟现实社会无关，不像范成大、杨万里那样较为客观理性，那样关注自身之外的自然与社会。在对待不同技艺的技艺人时，陆游也会有不同的态度和方式，但总体而言，他的自我书写往往遮蔽了技艺人的存在。

---

① 《剑南诗稿校注》卷六十《感物》"父子飘然两褐衣"句自注云："予斋居已久，又诸子皆出仕，独与子遹，相对如世外人。"
② 《剑南诗稿校注》卷六十六，第3731页。
③ 《剑南诗稿校注》卷六十六，第3731页。

陆游与"奇士"

［日］佐藤菜穗子

（日本读游会）

摘要： 在陆游的一生中，乾道六年（1170）至淳熙五年（1178）这前后 9 年的蜀中生活具有重大意义，其中乾道八年二月至十一月初在南郑做王炎幕僚的这半年多尤为重要。此时的陆游满怀北伐的热忱，但是宋孝宗与表面上宣称的相反，其内心早已失去了出兵之意。王炎察知孝宗此意，因而按兵不动，直至被召还朝廷。而他的后任虞允文也认为出兵无利可得，陆游的愿望由此而落空。

关键词： 陆游；奇士；赵宗印；独孤策

乾道八年（1172）岁末，陆游在失意之中离开南郑，到成都担任成都府安抚司参议官。其后又任嘉州知事代理等职，在成都府内辗转多地，最后在淳熙元年（1174）旧友范成大来成都任四川制置使时，陆游即入其幕下。陆游对范成大抱有很大的期望，但却没有得到相应的重视，而且因他在嘉州知事代理时期的"燕饮颓放"的态度遭到中央朝廷的追究而被免职。陆游对朝廷的这一处分极为不满。然而，陆游的蜀中生活虽然遭遇了如上所述的各种坎坷挫折，却是他生涯中稍稍接近于其理想的时期。

一 "奇士"

乾道九年十月，陆游在嘉州知事代理任上所作的《观大散关图有感》诗中咏写道：

上马击狂胡，下马草军书，二十抱此志，五十犹癯儒。大散陈仓间，山川郁盘纡，劲气钟义士，可与共壮图。坡陁咸阳城，秦汉之故都，王气浮夕霭，宫室生春芜。安得从王师，汛扫迎皇舆。黄河与函谷，四海通舟车。士马发燕赵，布帛来青徐。先当营七庙，次第画九衢。偏师缚可汗，倾都观受俘。上寿大安宫，复如正观初。丈夫毕此愿，死与蝼蚁殊。志大浩无期，醉胆空满躯。

在这首诗中，陆游力主抗金，倡言恢复故国山河。他咏写道：嘉州的义士秉聚了当地山川所固有的雄健之气，如果大家勠力同心，那么攻破咸阳城也绝非虚言空想。而义士们如果能尽力报国、成就功名，那么虽死犹荣，不虚此生。陆游对这样的怀有满腔爱国之心的义士有个特别的称呼："奇士"。《剑南诗稿》中"奇士"这一用语有 11 例，最早的用例是《金错刀行》。诗中写道：

黄金错刀白玉装，夜穿窗扉出光芒。丈夫五十功未立，提刀独立顾八荒。京华结交尽奇士，意气相期共生死。千年史策耻无名，一片丹心报天子。尔来从军天汉滨，南山晓雪玉嶙峋。呜呼、楚虽三户能亡秦，岂有堂堂中国空无人。

此诗与前诗同时，也作于嘉州，陆游虽然在南郑无法亲手实现自己所描绘的梦境，但认为个人的义愤必然会凝聚成巨大的力量。他把特立独行、志向高远、为光复国土挺身而战的人看作"奇士"，是可以生死相托、命运与共的人。这种不为世俗所容却意志坚定、奋斗不止的奇士正是陆游所追求的理想人物，是他竭诚结交的对象。而这种奇士，在陆游看来在世上似乎并不罕见，比如本诗中有"京华结交尽奇士"之句，又如咏写成将军汉卿的《余为成都帅司参议，成将军汉卿为成都府路兵铃……》一诗中也说"道逢奇士握手谈"，[①] 道途上即可相遇。

不过陆游诗中的"奇士"标示出特定人物的只有两例。一例是淳熙四年作于成都的《赵将军并序》中的赵宗印。据诗序所述，关中"奇士"赵

---

① （宋）陆游著，钱仲联校注：《剑南诗稿校注》卷 23，上海古籍出版社 2005 年版，第 1717 页。

宗印得知了张浚的富平之败，深感复国无望，就散尽家产给部下，自己被发入华山，不知所终。陆游从"客"那里听闻此事，感慨而作了此诗。另一例则是本文将详论的、被陆游极口推许为"一世之奇士"的独孤策。

二 独孤策

淳熙九年正月，遭弹劾而隐居于故乡山阴的陆游得到独孤策的死讯，即作了题为《独孤生策字景略、河中人、工文善射喜击剑、一世奇士也。有自峡中来者、言其死于忠涪间、感涕赋诗》一诗。根据诗题可知：独孤策字景略，河中府（位于山西省西南）人。陆游盛赞他文学造诣深湛、武艺高强，是当世第一的"奇士"。有人从三峡来，带来了他在夔州路的忠州涪州一带去世的消息。既然是在正月得到消息，那么死亡时间当在淳熙八年以前。但是独孤策的生平不详，史料中不见其名，可以说他是凭借陆游诗作才传名于后世的。《剑南诗稿》中咏及独孤策的诗作共有10题12首，均作于陆游赋闲时期，其中大部分是陆游在其死后的追忆之作。下面对这12首按写作时间的顺序标以①至⑩，逐一进行考察。

①《九月十日如汉州小猎于新都弥牟之间投宿民家》

适从邛州归，又作汉州去。天低惨欲雪，游子悲岁暮。十年辞京国，匹马厌道路。野火炎高冈，江云暗空戍。角弓寒始劲，霜鹘饥更怒。邂逅成小猎，尺棰聊指呼，北连武侯祠，南并稚子墓，合围麀穷鹿，设伏截狡兔。壮哉带箭雉，耿介死不顾。吾宁暴天物，战法因得寓。黄昏过民家，休马燎裳袴，割鲜盛燔炙，毛血洒庭户。老姥亦复奇，汛扫邀我驻。丈夫傥未死，千金酬此遇。

此诗写于淳熙四年。该年六月陆游把被召回朝的范成大送至眉州，七月返回成都，然后八月又去西距成都50里的邛州，九月从邛州返回成都，不久又向东奔赴汉州，十八日再度返回成都。如此旅途奔忙的陆游不禁发出了"天低惨欲雪，游子悲岁暮。十年辞京国，匹马厌道路"之叹，感慨自己来蜀十年而一事无成，心中充满了老衰孤独之悲，意气十分消沉。但是这次赴汉州的途中，在重阳节的第二天竟与独孤策偶然相遇。从"邂逅成小猎"句来看，他们以前可能在王炎幕下已相识，并留下良好的印象。

诗中写道：两人即在新都、弥牟一带进行小规模的打猎，事先并没有制定打猎的战法（"战法因得寓"），只是随机行事，但两人意气相合，收获颇丰："合围蹙穷鹿，设伏截狡兔。"猎罢满载而归、路过民家时，受到了老妇人的款待留宿。对于老妇人的这番厚意，陆游表示如果将来自己功成名就，一定要像韩信那样用千金来酬报，结尾处充满了高扬情绪。

②《猎罢夜饮示独孤生》三首

与独孤策的重逢，使心绪低沉的陆游鼓起了精神，增添了勇气。打猎后在老妇人家的夜饮席上，陆游写了三首诗，向独孤策展示了自己的热切之思。

　　客途孤愤只君知，不作儿曹怨别离。报国虽思包马革，爱身未忍价羊皮。呼鹰小猎新霜后，弹剑长歌夜雨时。感慨却愁伤壮志，倒瓶浊酒洗余悲。（其一）

此诗先写唯有独孤策才能理解自己的心情，并吐露了自己的激情壮志：希望能为国而战，虽死不辞，不愿做那种为了保全性命就以几张羊皮的身价出卖自身之事。接着他认为忧国之思太重反而会有损于壮志，疾呼不如痛饮浊酒，冲洗去所有的悲愤。

　　关辅何时一战收，蜀郊且复猎清秋。洗空狡穴银头鹘，突过重城玉腕骝。贼势已衰真大庆，士心未振尚私忧。一樽共讲平戎策，勿为飞鸢念少游。（其二）

第二首描写了此时此地的打猎情景，实际上暗暗地倾诉了边关战事未平，而自己怀才不遇、壮志难伸的郁闷之思。接着又担心我方会因北戎势力的衰弱而士气松懈，失去昂扬的斗志，呼吁众人共商平定敌寇的计策。最后反用了马援临死前目睹飞鸢，回想起从弟少游劝他过安稳生活的话而感到后悔不及的典故，陆游表示自己绝不学马援，向独孤策表达了抗敌到底、至死不悔的决心。

　　白袍如雪宝刀横，醉上银鞍身更轻。帖草角鹰掀兔窟，凭风羽箭作鸱鸣。关河可使成南北，豪杰谁堪共死生。欲疏万言投魏阙，灯前揽笔涕先倾。（其三）

这首诗也同样是前半部分描写打猎之情景：两个无位无官的白衣之人，却手提宝刀，身跨银鞍之马，雄姿英发。后半部分则是感慨时事：国土绝不可分裂，但天下豪杰中可以生死与共、并肩而战的唯有独孤策。想要向朝廷上疏表示自己的抗战之意，但提笔之际，深感国事艰难，不禁先流下了热泪。

以上四首作品可以说充分展示出陆游当时的思虑情怀。当时陆游仅受祠禄，是有名无职之身，独孤策也是布衣之士，两人途中偶然相遇，因共怀爱国热情而意气相投。然而，与独孤策直接酬唱的作品只有以上的二题四首诗，而且诗的主旨也是陆游自身的对立功之热望、对现状之忧虑、对处境之不满，以及获得志趣相合的同志之极大喜悦，而对独孤策本人的生平事迹却没有任何描述。不过，一场兴之所至的打猎却能获得可观的猎物，以及陆游在②《猎罢夜饮示独孤生》三首中吐露的爱国之志，这些都使人感到陆游在这次重逢中已把独孤策看作意气相投、肝胆相照的挚友。尽管陆游因为自己的爱国之志不合时宜，对自己的将来感到不安和苦恼，但这次重逢使他再次确认了自己行动的方向，立誓今后各自要努力而为，分手之际也"不作儿曹怨别离"（②《猎罢夜饮示独孤生》其一）那种恋恋不舍的儿女之态。

咏写了这四首诗后不久，到了淳熙五年二月，54岁的陆游被从蜀地召回朝，秋天抵达临安。淳熙六年他以建宁常平茶盐公事到建安上任，同年岁末又以江南西路常平茶盐公事去抚州赴任。到了淳熙七年遭到了赵汝愚的弹劾，这大概是因为当时的朝廷已是主和论占上风，而陆游仍对军事外交等政策屡屡申述自己的一贯主张，由此遭人嫉恨之故。于是到了第二年的淳熙八年，他因越分言事、招惹物议之由被革职。同年春所作的《春晚风雨中作》（卷13）中写道："乐事清宵当秉烛，畏途平地有摧轮。颓然耐辱君无怪，元是人间滟滪人"，诉说了满腔的不满。由此陆游认为自己再无出仕的可能而退居故乡。在乡居生活中，萦绕在陆游心中的是蜀地，尤其是南郑时期的往事之忆。同年九月作了《书悲》二首（卷13）。

> 今日我复悲，坚卧脚踏壁。古来共一死，何至尔寂寂。秋风两京道，上有胡马迹。和戎壮士废，忧国清泪滴。关河入指顾，忠义勇推激。常恐埋山丘，不得委锋镝。立功老无期，建议贱非职。赖有墨成池，淋漓豁胸臆。（其一）

陆游遭到弹劾，黯然返回故乡，深感当今的朝廷已没有了申述己见的余地。诗中写道：今天我又悲思满怀，天天自问自责，"自古以来谁都有一死，为什么自己会陷入如此寂寞之境？"通往两京的（北部）道路上依然有胡马恣意驰骋的蹄迹，但朝廷却缔结了和约，废黜了壮士。对此现状，陆游忧虑不已。接着回想南郑时期，指点着不远的函谷关、黄河，积极主张出兵北伐。又常常担心会猝死，就不能冲锋陷阵、执戈杀敌。现在看来，自己日渐衰老，失去了立功的机会；身份低贱，也没有上书倡议的资格。满腔的郁闷只能靠笔墨一吐而快！陆游周边的环境、主战论者的处境，比起先前咏写"欲疏万言投魏阙，灯前揽笔涕先倾"（②《猎罢夜饮示独孤生》其三）的时期更为恶化。

> 丈夫孰能穷，吐气成虹霓。酿酒东海干，累麹南山齐。平生搴旗手，头白归扶犁。谁知蓬窗梦，中有铁马嘶。何当受诏出，函谷封丸泥，筑城天山北，开府萧关西，万里扫尘烟，三边无鼓鼙。此意恐不遂，月明号荒鸡。（其二）

此诗中陆游也吐露了"大丈夫岂能困顿不振"的豪迈之气，表示自己虽身隐故乡而心怀爱国之热意，呼吁国人一旦有北伐之诏，就奋勇出战，重整河山。最后他担心愿望会落空，只能聆听明月之夜的荒鸡之鸣。所谓荒鸡，是指三更前啼叫的鸡，古时一般把荒鸡的啼叫视为不祥之声。但当年祖逖听到了预示事变前兆的荒鸡之鸣，却认为"此非恶声"，反而激发起斗志，半夜起身舞剑。这里陆游反用这个典故，表示已遭弹劾革职的自己听到了荒鸡之鸣，即使想仿效祖逖的闻鸡起舞，也没有报国的机会。而在咏写了这首悲感交集的诗作的数月之后，到了淳熙九年正月陆游接到了独孤策的死讯。从那个邂逅重逢、相与打猎之日以来，已度过了四年多的时光。

③《独孤生策字景略、河中、工文善射喜击剑、一世奇士也。有自峡中来者、言其死于忠涪间、感涕赋诗》

> 忆昨骑驴入蜀关，旗亭邂逅一开颜。气钟太华中条秀，文在先秦两汉间。宝剑凭谁占斗气，名驹竟失养天闲。身今老病投空谷，回首东风涕自潸。

前面已提及这个诗题，并对诗题所含的陆游的深切之思作了论述。此诗从回忆开始，回想起当年赴汉州途中的酒楼偶遇、一同打猎的往事。接着两句称扬独孤策的禀赋文才。前文已述，在①②两题四首中陆游丝毫没有写到独孤策本人的状况，但这里先称许独孤策是一位凝聚着华山、中条山神秀之气的人物，这让我们联想起《观大散关图有感》中的"义士"。然后又褒赞他富有文才，诗文典雅厚重，有秦汉之风。①是一首用仄韵的古体诗，这也许是因为陆游为了与独孤策的诗文风格相称而特意选用了这样的体式。"宝剑凭谁占斗气，名驹竟失养天闲"两句是把独孤策比喻为被埋没的宝剑，痛惜他因为去世，精气得不到升华，无法伸展自己的才能、报效国家。《书悲》中的"常恐埋山丘，不得委锋镝"的忧虑竟在独孤策身上成了现实。对于衰老隐居的陆游来说，人一死就再无建功立业的机会，这是最可悲的事。独孤策的这种不幸与自身处境相重叠，陆游又继续咏写了悼念独孤策的诗作。

④《早春对酒感怀》

> 探花畴昔喜春回，老大空惊节物催。芳瓮旋开新压酒，好枝犹把未残梅。书生岁恶甘藜苋，志士时平死草莱。欲豁孤怀谁晤语，夜弹长剑有余哀。

此诗与③同为正月之作。前四句感慨独孤策虽死，但景物节气无任何变异，自己的生活也平稳如常。接着在颈联中分写了自己和独孤策：罢官退居、一事无成的自己，在歉收之年，粗茶淡饭，也甘之如饴；而志向远大的独孤策因为身处太平之世，无用武之地，最终葬身于荒野草丛之中。独孤策壮志未酬、赍志而殁的这一厄运，也极有可能落在此时无官无职的陆游身上，由此陆游不禁对酒长叹：想要向人倾诉报国无门的孤愤郁思，但世上已没有了这样的人！

⑤《有怀独孤景略》

> 富贵世间元不乏，此君才大独难成。喑呜意气千人废，娴雅风流一座倾。韬略岂劳平大敌，文章亦足主齐盟。荒山野水涪州路，肠断西风薤露声。

同年二月陆游又写了这首怀念之诗。诗中写道：世上多有富贵之人，唯有独孤策虽才华满腹却穷困终生。他既有叱咤风云、众人畏服之豪气，也有儒雅风流、众人倾慕之丰标；既有卓越无敌的军事韬略，也有堪当盟主的文章才具。最后陆游让思绪飞往独孤策去世的涪州之野，表达了痛惜之情。

⑥《秋雨叹》

点点滴滴雨到明，悽悽恻恻梦不成。窗间残灯暗欲灭、匣中孤剑铿有声。少年读书忽头白，一字不试空虚名。公车自荐心实耻，新丰独饮人所惊，太行千仞插云立，黄流万里从天倾。遗民久愤污左衽，屑虏何足烦长缨。霜风初高鹰隼击，天河下洗烟尘清。投笔急装须快士，令人绝忆独孤生。独孤策，蒲人，前岁死于峡中。

第二年淳熙十年九月，又到了两人那年途中偶遇的相同时节，陆游在霖霖秋雨中彻夜难眠，心中百感涌动而咏写了此诗。"匣中剑"是指陆游的建立功名之志向，但此剑得不到重用，只能在匣中空鸣而已。杜甫也有同题诗。杜诗中，"堂上书生"杜甫面对暮秋迟开的决明花，担心它虽鲜艳而易遭摧折，因而临风洒泪。陆游此诗，大概就把杜甫这种对决明花的担忧之情，与对自身不合时宜的壮志的担忧相重合。诗中写了这样的现实：在主和论已成国策的当时，自己屡次上书却不被采纳，被摒除在朝政之外。隐居故乡的自己，只有诗文之空名，而无实际之功业。但是陆游并没有放弃，他表示要引来天河之水洗刷被胡人污秽的国土，并向青年才俊发出呼声：现在正是用人之时，大家一起投笔从戎。当陆游周身沸腾着爱国热情时，他总会想起与独孤策一起打猎之日的昂扬之态和意气相投的往事。

回忆独孤策的诗作至此告一个段落。三年后的淳熙十三年，陆游再次被任命为权知严州事，淳熙十五年任军器少监，淳熙十六年春转任礼部郎中，七月兼任实录院检讨官，但到了十一月遭何澹弹劾而罢职，再次返回故乡。第二年绍熙元年（1190）秋，陆游写了《予十年间两坐斥、罪虽擢发莫数而诗为首、谓之嘲咏风月。既还山遂以风月名小轩、且作绝句》二首（卷21）。连吟咏清风明月也成了弹劾的口实，陆游因而对政界兴味索然，毫无留恋之心。他原本就有回乡务农之意，此时便开始了真正的归耕生活。

⑦《夜归偶怀故人独孤景略》

> 买醉村场半夜归，西山落月照柴扉。刘琨死后无奇士，独听荒鸡泪满衣。

此诗写于⑥诗的七年之后，与前文提到的《予十年间……》一诗是同时期之作。诗中写道：一个秋日在村中的小酒店畅饮，夜半归家时，听到了鸡鸣声，联想起祖逖和刘琨的事，更回忆起当年的独孤策。而引发陆游这些感触的恐怕正是他再遭弹劾被革职的这一事由吧。另外这首诗也是作于秋季，和两人打猎时的季节一致。

祖逖听到夜半鸡鸣，喜而起舞，他还常常和刘琨一起畅谈时事，英气勃勃。陆游非常怀念与自己有着祖、刘那样关系的独孤策，他把独孤策比作忧国诗人刘琨，刘琨为了恢复国土而孤军奋战，最后惨遭杀害，而挺身欲战的独孤策也不幸离世，他们死后，世上再无特立独行的奇士。被免职的陆游也再不能起舞，更不能与独孤策畅怀议论，只能独听荒鸡之声，泪流满襟。

⑧《感旧》

> 当年书剑揖三公，谈舌如云气吐虹。十丈战尘孤壮志，一簪华发醉秋风。梦回松漠榆关外，身老桑村麦野中。奇士久埋巴硖骨，灯前慷慨与谁同。独孤景略死于忠州十年矣。

此诗作于两年后的绍熙三年秋。该年春陆游被封为山阴县开国男，赐食邑三百户。陆游诗中带有怀旧意味的诗题，几乎都与蜀地有关，此诗如此，下文将论述的⑨《忆昔》也如此。此诗追忆当年主战论盛行时，自己雄辩之舌犹如云涛一般翻涌不止；气概犹如长虹一般喷吐而出，意气奋发。然而事与愿违，如今主战论已随着时潮一起消退，自己成了一个村居老夫。但心中不满朝廷偷安之现状，在梦中奔赴故国失地。最后感叹说只有亡故的独孤策才是唯一理解自己这种悲愤之情的人。

⑨《忆昔》

> 忆昔西征日，飞腾尚少年。军书插鸟羽，戍垒候狼烟。渭水秋风

夜，岐山晓雪天。金羁驰叱拨，绣袂舞婵娟。但恨功名晚，宁知老病缠。虎头空有相，麟阁竟无缘。壮士埋巴峡，独孤策。孤身卧海壖。安西九千里，孙武十三篇。衰叹苏秦弊，鞭忧祖逖先。何时闻诏下，遣将入幽燕。

此诗作于绍熙四年，在与独孤策有关的诗作中，这是唯一作于夏天的诗。诗中咏写道：当年在蜀地年富力强，尽管有着欲取功名而不得的纠结焦虑，而如今回想起来，那段国境前线的生活是多么豪爽辉煌。然而，未曾想现在却是老病缠身，空有封侯拜相的富贵骨相。志同道合的独孤策已死，自己也退卧于海边。看到破裘就会像苏秦那样自叹困顿落魄，看到马鞭又会像刘琨那样担忧祖逖比自己先得功名，但依然对朝廷抱有希望，希望朝廷有朝一日下诏北伐，自己仍有报国的机会。这些描写不正是当年与独孤策两人猎罢夜饮于老妪家时慷慨陈词、英气勃发之姿吗？怀念独孤策的诗作至此再次中断。

⑩《重九怀独孤景略》

昔逢重九日，初识独孤君。并辔洮河马，联诗剑阁云。已悲吴蜀远，更叹死生分。安得持卮酒，浇君丈五坟。

此诗是庆元四年（1198）陆游74岁时作，自前诗⑨之作又过了五年。此时已从光宗朝进入宁宗朝，韩侂胄开始独揽朝政。这一年陆游不再继续申请祠禄，第二年又上表求致仕。

陆游咏写道：今年又到了重阳节，回想起来，与独孤策并辔同行、诗歌酬唱之日是自己最舒心适意之时。而现在两人不但远隔吴蜀，更兼生死分离，已有十六年之久。真想去祭奠他，把酒浇洒在他的坟上。从①到⑨的诗中，虽然处于空怀壮志、报国无门的现实状态，但自始至终没有忘却壮志雄心。然而到了⑩这首诗时，无论是回忆还是悲愤，都很静寂，令人感受不到此前那种澎湃激昂的壮心。也许陆游是把自己的壮志一同葬入独孤策的坟墓，⑩诗可以说是哀悼两人致身于爱国事业而壮志未酬的一首挽歌。

从此诗以后，独孤策再也没有出现在陆游的诗中。陆游诗的年创作量从⑩诗的第二年起有飞跃性的增加，而且这个倾向逐年明显化，例如蜀中九年间的作诗总数为 1074 首，而晚年最后的九年间为 4018 首。陆游已融入了村居生活，即使在韩侂胄所主导的北伐声势高涨之时，曾把北伐当作夙愿的陆游在诗中也没有多大的反响，他始终是一种旁观者的态度。

三 小结

在《宋史》里留下爱国声名的南宋志士有很多，比如《夜读范至能揽辔录、言中原父老见使者多挥涕、感其事作绝句》（卷 25）所咏的"公卿有党排宗泽，帷幄无人用岳飞"的宗泽和岳飞，又如隆兴元年（1163）导致陆游被贬的张浚。但是还有一部分人虽有雄才大略而生平事迹湮没无闻，只凭借着陆游作品才留名于世，比如前文述及的赵将军宗印、成都相识的成将军汉卿以及独孤策等人。

淳熙十四年冬，在严州知事任上的陆游在《书感》（卷 19）一诗中咏写了对神仙的憧憬和收复失地的决心这两种心情："丈夫本愿脱世羁，丹成昼日凌空飞，……不然万里将天威，提兵直接边城围。"士大夫虽然怀抱建功立业的志向，但现实中却不免遭受官场排挤，因此就只能在道教中寻求精神安慰。陆游对这种处世态度也是赞同的。如赵将军在败局已定之后，入华山隐遁，陆游诗中就想象他后来成了神仙。又如因坐法被贬谪而最终成为道士的成将军，他的处世方式也是陆游所向往的。但是陆游即使在外表上是一个隐者的形象，终究还是一个生活在现实中的士大夫。为国尽忠、建功立业，才是他唯一的人生价值。

独孤策和上述两位将军不同，他终身是一介布衣，陆游和他也不过是在赴汉州的途中偶然重逢，打了一次猎后便分手。虽然两人意气相投，但分别后似乎互相也没有联系，而且从分手到得知独孤策死讯的四年多期间，陆游没有写过吟咏独孤策的诗。然而在遭到弹劾革职、回到故乡闲居之时，陆游从知情者那里得到独孤策已葬身在荒地的消息后，就长年间接连不断地写了多首追悼他的诗。

这里所列举的 10 题 12 首诗，均是陆游被免职期间所作，而且多半是在秋天。在②—⑩首中诗题里，没有出现独孤策之名的是④⑥⑧⑨，而这四首诗中都有点明独孤策的作者自注。也许是因为独孤策不为世人所知，所以陆游想尽量在诗中留下他的名字。自③以下都是陆游遭弹劾革职、闲居山阴时所作，主旨都是追怀蜀中生活。其中对独孤策其人进行描述的只有③和⑤两首，而且如⑤的"暗呜意气千人废，娴雅风流一座倾。韬略岂劳平大敌，文章亦足主齐盟"之句，既是对独孤策的描写，也可认为这其中隐含着陆游本人的自负之姿。

另外，除⑩以外，其余的作品都充分展示出陆游作为一个坚定不移的主战论者的满腔激情，而独孤策就好像是体现陆游这种志向的人物。陆游反复地咏写独孤策，直到74岁为止，这与其说是为了追怀独孤策其人，不如说为了表达陆游自己虽老而不变，怀有与当年在蜀地时一样的志向和爱国热情。

在因公自南郑赴阆中途中所写的《太息》一诗里，陆游写道："平生铁石心，忘家思报国。即今冒九死，家国两无益"，认为即使冒着九死一生的危险，也于家于国都无用。因为在和平时期，自己的死既不能对光复故土起任何作用，也使自己无功无名地了结一生。也因此陆游常常怀有一种恐惧，这就是前引的《书悲》二首之一中"常恐埋山丘，不得委锋镝"所咏写的那样，担心自己会遭遇壮志未酬就身先死，再无机缘报效国家的命运。"一世之奇士"的独孤策，如果遭遇际会，一定能建功立业，却因死亡而再不能有所作为。同样的命运也极可能在自己身上重演，陆游是把独孤策的悲剧视为自己的悲剧。

陆游连头到尾的九年蜀中生活是立功的热望与挫折的循环往复，但在陆游的记忆中，在某种意义上这是一个豪气挥洒、辉煌绚烂的时期。在入琰幕府期间，陆游希望能发挥自己的文才草写军书，但没得到效力的机会。同时他也想建立军功、获得武人之声誉。他的咏写自己如何与虎搏杀，如何潜行华山刺探敌情等诗作，恐怕只是一种自我夸耀，究其实，大概是一次带有军事演习意味的狩猎、一个他所阐述的平戎之策。而在这种自我夸耀中隐藏着他渴望建立战功而扬名驰誉的焦虑之思。在这12首诗里可以看到一个脱下隐者外衣的真实的陆游。可以说，独孤策是爱国诗人陆游的一面镜子，对于屡遭范成大、王炎等人敷衍回避的陆游来说，独孤策是一个真正理解陆游的知心人。

虽然独孤策的生平事迹不详，但恐怕不会像于北山先生所说的那样，他是陆游创造出来的虚构人物。正因为他是陆游为数不多的志同道合的知己，所以陆游越到晚年对他的印象越深，对他的怀念越强烈。

毋庸讳言，陆游到了晚年，把自己南郑时期的经历夸张化、美化的倾向日趋明显，这也是他仕途坎坷、困居故里时的一个无可奈何之举吧。但是在怀念独孤策的这些诗作中，由于把独孤策作为理想的"奇士"来描述，这反而能咏写出陆游本人的真实感慨。独孤策的不幸正是陆游的不幸，也正是爱国者的不幸。

崇经尊儒·融合佛道·尚武论兵

——陆游思想体系论纲

欧明俊

（福建师范大学 文学院）

笔者一直强调，完整的陆游形象是两种身份的并合，一是"文学家"陆游，一是"学者和思想者"陆游。近百年来通行的陆游研究，大都接受从西方引进的"纯文学"观念，把陆游身份肢解为"纯文学"家，把"学者和思想者"身份排除在研究视野之外，"遮蔽"了历史上真实的陆游形象。好在这一现象早已引起朱东润、于北山、邱鸣皋等学者的注意，有一些研究成果。本文即在学界已有成果和笔者《陆游研究》等基础上进一步展开系统论证。宋代文人典型形象是官员、学者、文人三位一体，陆游是突出代表。作为"学者和思想者"的陆游，饱读诗书，知识渊博，识见深刻，兼具才、情、学、识，崇经尊儒，融合佛、道，尚武论兵，有自己比较完整的思想体系，值得认真深入分析和评价。

一 崇经尊儒

陆游出身于世家大族、书香门第，世代崇尚经学，经术传家。高祖陆轸于真宗朝官吏部郎中，直昭文馆，开启业儒守官、经学传家的家风，陆游《闲游》自豪地说"五世业儒书有种"。祖父陆佃于徽宗朝官礼部侍郎、吏部尚书、尚书左丞，家多藏书，师从王安石治经，以说《诗》名于世，尤精通礼学，得神宗赏识，有《二典义》《礼记新义》《礼象》《春秋后传》等著作。父亲陆宰继承父志，通经学，家藏书万余卷，著有《春秋后传补遗》一卷。陆游家收藏经书甚富，自称"茅屋三四间，充栋贮经史"

（《冬夜读书》）。他幼承庭训，勤苦读经，"遗经在椟传家学，大字书墙作座铭"（《自述》）。自觉以承继并"躬行"家学为己任，"经术吾家事，躬行更不疑"（《自儆》二首其二）。表示自己恪守经学，为子孙后代树立榜样。教育儿孙，"学问参千古，工夫始一经"（《示元敏》）。读经时应"惧如临战阵，敬若在朝廷"（《读经示儿子》）。态度不可轻佻，要以敬畏态度对待经学。

陆游认为"道"在"六经"中，因为"六经"中"圣道醇"，所以最值得尊崇。"欧尹追还'六籍'醇，先生诗律擅雄浑。导河积石源流正，维岳嵩高气象尊。"（《读宛陵先生诗》）"'六籍'唯残圣道醇，中更秦火不成尘。"（《读华陀传》）"'六艺'江河万古流，吾徒钻仰死方休。"（《六艺示子聿》）陆游诗中反复强调"六经"重要性，充分肯定其恒久价值和独尊地位。"'六经'圣所传，百代尊元龟。"（《六经》）"'六经'日月未尝蚀，千载源流终自明。"（《次金溪宗人伯政见寄韵》）"'六经'如日月，万世固长悬。"（《〈六经〉示儿子》）可见经学在他心目中的崇高地位。他读经，最看重其中的"道"，"道在'六经'宁有尽，躬耕百亩可无饥"（《示儿子》）。陆游晚年仍一如既往地尊奉经学，"'六经'未与秦灰冷，尚付余年断简中"（《冬夜读书有感》），"平生学'六经'，白首颇自信"（《病中夜思》）。

陆游坚持正统思想，尊崇"六经"，因此排斥"异端"。"吾徒宗'六经'，崇雅必放郑。"（《冬日读白集爱其贫坚志士节病长高人情之句作古风》十首其六）"万事忘来尚忧国，百家屏尽独穷经。"（《自咏》）"落落要居流俗外，兢兢恐堕异端中。"（《北窗怀友》）"士生学'六经'，是为圣人徒……异端满天下，一扫可使无。"（《斋中杂兴十首以丈夫贵壮健惨戚非朱颜为韵》）"民贫乐岁尚艰食，道丧异端方肆行。"（《书感》）"古学尊皇极，淫辞斥异端。"（《示子聿》）"亡羊戒多岐，学道当致一。信能宗阙里，百氏端可黜。"（《大寒》）"孟子辟杨墨，吾道方粲然。韩愈排佛老，不失圣所传。"（《杂兴》）陆游强调努力恢复"道术""儒术"，"努力更思恢道术，酒杯虽把不须深"（《冬晴稍理旧学有感于怀》）。"老益尊儒术，闲仍为国忧。"（《初秋夜赋》）陆游通过读经书与古代圣贤进行心灵交流，"残编幸有圣贤对"（《独立》）。"窗间一编书，终日圣贤对。"（《北窗》）从圣贤身上学习高尚道德、完美人格。

陆游《家世旧闻》载，祖父陆佃极爱王辅嗣《解易》，《跋苏氏易传》

说父亲陆宰宣和中于蜀中得到《苏氏易传》，传给自己。陆游师从曾几，曾几精于《易》学，有《易释象》五卷。《易经》被誉为群经之首、大道之源。《周易》在陆游心目中占有神圣地位，他自然尊崇《易经》，读《易》，学《易》，研究《易》，传播《易》，实践《易》。诗中常咏及读《易》情形和心得，"大《易》中含造化机，王何元未造精微"（《读易》）。"于虖易学幸未泯，安得名山处处藏。"（《元日读易》）《跋蒲郎中易老解》详叙易学源流，《跋潜虚》提出易学见解。他读《易经》时，态度虔诚严肃，正襟危坐，心存敬意，"危坐读《周易》，会我平生心"（《秋夜读书》）。焚香静坐，心平气凝，与古圣贤进行精神对话。"道室焚香勤守白，虚窗点《易》静研朱。"（《斋居书事》）"玩《易》焚香消永日，听琴煮茗送残春。"（《闲居书事》）"问看饮酒咏《离骚》，何似焚香对《周易》。"（《书怀示子遹》）焚香读经，表示敬仰和崇拜。陆游还将《周易》置于床头，便于在睡觉之前阅读，可见酷嗜程度，"病骨未销谗未已，聊须《周易》着床头"（《闲中戏书》三首其三）。"漫将《周易》着床头，本不洗心那洗耳。"（《寄题周丞相平园》）世事无常，人生百变，兼济不得，归隐田居，独善其身，只要《周易》在，舍弃一切，回归本真，足矣。"穷每占《周易》，闲唯读《楚骚》。"（《遣怀》四首其二）"老喜杜门常谢客，病唯读《易》不迎医。"（《读易》其二）"病里正须《周易》，醉中却要《离骚》。"（《六言杂兴》九首其四）"体不佳时看《周易》，酒痛饮后读《离骚》。"（《杂赋》十二首其五）《周易》是陆游穷愁困顿时排忧解愁的"良药"，通过读《易》，可以忘病、忘时、忘忧，静心宁神，达到自由超脱的境界。陆游自己重视《易经》，并以此教育子孙，"汝少知读《易》，外物莫能摇"（《寄子虚》）。"岂无深谷结茅屋，父子读《易》消年光。"（《子聿至湖上待其归》）"稚子勇过我，琅琅诵《易》声。"（《晓赋》）父子共同研读《周易》，传承家学。《跋苏氏易传》《跋朱氏易传》《跋兼山先生易说》《婺州稽古阁记》等文中皆可看出陆游对《周易》的研究已很深入。《入蜀记》《老学庵笔记》《家世旧闻》等都论及《周易》，诗中多用《周易》典故。

对《易》学，陆游主张兼容并包，不泥于一家，他说："《易》道广大，非一人所能尽，坚守一家之说，未为得也。元晦尊程氏至矣，然其为说亦已大异，读者当白知之。"（《跋朱氏易传》）陆游家学既重经学、儒学，也重道家、教道。《周易》于儒、道二家中皆享有独尊地位，《周易》

思想既为儒家所吸收，也为道家所借鉴，说明二家思想有共通之处，只是所取不尽相同。陆游既尊奉儒家思想，也吸收道家思想，将其融会贯通。①

陆游嗜《尚书》《诗经》，《幽居》三首其三："《诗》《书》六十余年梦，更拟传衣付小儿。"《自述》曰："《诗》《书》修孔业，场圃嗣《豳风》。"《秋夜纪怀》三首其二："垂世《诗》《书》在，儿童勿外求。"《病足昼卧梦中谵谆乃诵尚书也既觉口占绝句》诗中，病中亦梦见《尚书》。陆游衣冠整齐，心存敬意读《尚书》，"晨起衣冠读《典》《谟》"（《读经》）。"读诗读《七月》，治书治《无逸》，王业与农功，事异理则一。"（《杂兴》）《无逸》出自《尚书》，传为周公所作，"君子所其无逸，知稼穑之艰难"，"无逸"即不要贪图安逸。陆游有"农本""民本"思想，有"美政"理想。《尚书·大禹谟》云："德惟善政，政在养民。"②又《尚书·五子之歌》云："民惟邦本，本固邦宁。"③ 民为"本"，善政在"养民"。陆游将"农功"比作"六艺"，视为根本、正业。"周家七百年，王业本农耕。"（《病中作》二首其二）陆游爱民、忧民，"万钟一品不足论，时来出手苏元元。"（《五更读书示子》）"自怜余一念，犹欲济元元。"（《老叹》）他请好友朱熹赈灾，并为灾民减轻赋税。④

陆游自少即读《诗经》，"少学《诗三百》，《邠风》最力行"（《邠风》）。他对《豳风》中《七月》《东山》尤为重视，"《东山》《七月》篇，万古真文章"（《夜坐示桑甥十韵》）。"《东山》《七月》犹关念，未忍沉浮酒盏中。"（《溪上作》二首其二）"君看八百年基业，尽在《东山》《七月》篇。"（《杂兴》六首其一）"我读《豳风》《七月》篇，圣贤事事在陈编。岂惟王业方兴日，要是淳风未散前。"（《读豳诗》）他将《诗经》当作儒家经典而不是文学作品来读。"为农自当力，不为学《豳诗》。"（《后死》）"《豳诗》有《七月》，字字要躬行。"（《春晚书村落闲事》）"吾诗不足征，请读《七月》篇。"（《闻吴中米价甚贵二十韵》）"周公有遗训，请视《七月》什。"（《农家》）"最亲切处今相付，熟读周公《七月》诗。"（《示儿子》）"我作《时鸟》篇，用继《豳人》诗。"（《时鸟》）"秋虫却是生无憾，名在豳人《七月》诗。"（《闻蛩》）《诗大序》

---

① 参见欧明俊《宋代文学四大家研究》，人民出版社 2013 年版，第 198—205 页。
② 蔡沈注：《书经集传》，上海古籍出版社 1987 年影印本，第 12 页。
③ 蔡沈注：《书经集传》，上海古籍出版社 1987 年影印本，第 39 页。
④ 参见邱鸣皋《陆游评传》，南京大学出版社 2002 年版，第 178—179、260—265 页。

认为《七月》为周公所作，铺陈农事以歌咏周朝兴起之艰辛和淳美风俗由来，用以教化成王，蕴含周公养民治国之心，陆游尊信《诗大序》。①

陆游明显接受《春秋》经学思想影响，一是得自家传，祖父陆佃著有《春秋后传》二十卷，父亲陆宰著有《春秋后传补遗》一卷，一是得自师承，老师曾几传承胡安国《春秋》学，胡安国著有《春秋传》，陆游又私淑吕本中，吕本中著有《春秋集解》三十卷。《春秋》"大义"，严华夷之防，尊王崇道，攘夷复仇。陆游始终坚持华夏正宗立场，一心收复中原，统一河山。② 他常读《春秋》："朱颜已去鬓丝稠，知复人间几岁留。正可床头着《周易》，安能车上说《春秋》。"（《子聿以刚日读〈易〉柔日读〈春秋〉，常至夜分，每听之，辄欣然忘百忧，作长句示之》）

陆家世代敦厚，重礼法，他继承守礼家风，告诫子孙要遵守礼法。他重视孝道："《孝经》一生行不尽，况有'六籍'陈吾前。"（《寓叹》）《记东村父老言》云："勉读《庶人章》，淳风可还古。"《示邻里》云："从今相勉躬行处，《士》《庶人》章数十言。"《孝经》中《士》章是说士之孝，《庶人》章是说民之孝，陆游自觉躬行孝道，并号召邻里遵守孝道。"明时恩大无由报，欲为乡邻讲《孝经》。"（《自咏绝句》）"客归我起何所作，《孝经》《论语》教儿童。"（《农事稍间有作》）"《孝经》章里观初学，麦饭香中喜太平。"（《野步至近村》）③

黄雅琦指出，《大学》提出"三纲领"即明德、亲民、止于至善，"八条目"即格物、致知、诚意、正心、修身、齐家、治国、平天下。儒家价值体系的浸润涵化，构筑了陆游欲由"内圣"而"外王"的生命基因，但生不逢时的困窘，注定了其生命难解的困结。④ 陆游一生都在追求"修齐治平"，以天下为己任，拯民济世。陆游尊儒，以儒家思想为正宗，为大中至正之道。其思想核心是儒家的积极进取，建功立业，立德、立言，追求精神不朽。他强调践行儒家仁义学说比做诗人重要，以儒学经典指导自己思想和行为。

---

① 参见何映涵《陆游的"躬耕报时"意识及其对田园诗传统的开拓》，《绍兴文理学院学报》（人文社会科学版）2018 年第 6 期。

② 参见朱东润《陆游的思想基础》，《光明日报》1957 年 7 月 19 日；李庆龙《〈春秋〉学对陆游爱国主义思想的影响》，《钦州学院学报》2013 年第 9 期。

③ 参见欧明俊《宋代文学四大家研究》，人民出版社 2013 年版，第 183—186 页。

④ 黄雅琦：《从〈大学〉八目论陆游的生命困结》，《中国韵文学刊》2008 年第 3 期。

"唐虞"，唐尧与虞舜并称，指尧舜时代，古人以为"太平盛世"。《论语·泰伯》曰："唐虞之际，于斯为盛。"① 陆游崇尚"虞舜盛世"，"唐虞元在眼，生世未为迟"（《老学庵笔记》）。"少从师友讲唐虞，白首襟怀不少舒。"（《读书》）"唐虞乃可让天下，光被万世常如新。"（《感寓》）"唐虞千载仰巍巍，太息儒生每背驰。"（《即事》）"唐虞已远三千岁，每诵遗书涕泗潸。"（《病足昼卧梦中谵谆乃诵尚书也既觉口占绝句》）"唐虞虽已远，至道岂无传？"（《新秋以窗里人将老门前树欲秋为韵作小诗》）"唐虞虽远《典》《谟》在，病卧蓬窗时嗫嚅。"（《病足昼卧梦中谵谆乃诵尚书也既觉口占绝句》）《论语·八佾》："子曰：周监于二代，郁郁乎文哉！吾从周。"② 礼乐文化在西周以前即诞生，孔子特别推崇周礼，认为周礼兼具夏、殷之礼，歌颂周公，美化西周。陆游崇古、信古，"托古"表达现实关怀，"孰能抚以德，坐还三代醇"（《两獐》）。"周孔之学"最重要，陆游所处南宋时，"孔孟之学"刚刚兴起，价值及地位远不及"周孔之学"。陆游敬仰周公、孔子，"稽首周公万世师，小儒命薄不同时"（《闻蛩》）。"暮年尚欲师周孔，未遽长斋绣佛前。"（《江上》）还将"周孔"与"唐虞"并提，"梦里明明周孔，胸中历历唐虞"（《六言杂兴》）。"唐虞未远如亲见，周孔犹存岂我欺？"（《后书感》）

陆游有强烈的"功名"意识，努力做出一番事业。《自述》云："吾年虽日逝，犹冀有新功。"耻于功名未立，身后无名，"丈夫五十功未立，提刀独立顾八荒"（《金错刀行》）。《论语·里仁》云："子曰：朝闻道，夕死可矣。"③《孟子·尽心上》曰："夭寿不贰，修身以俟之，所以立命也。"④ 寿命长短并不重要，重要的是"闻道"，是精神生命的长久。陆游有明确的"朝闻夕死"观念，他说："朝闻夕死固当勉，幼学壮行嗟已迟。"（《九月十日夜独坐》）"正令朝夕死，犹足遂吾高。"（《雨欲作步至浦口》）以追求精神生命的长存不朽，来超越肉体生命的短促有限。陆游以儒学经典为行为准则。他服膺并自觉遵循儒家诗学精神，其诗是儒家诗学的积极影响的典型例证。⑤

---

① 杨伯峻：《论语译注》，中华书局1982年版，第84页。
② 杨伯峻：《论语译注》，中华书局1982年版，第28页。
③ 杨伯峻：《论语译注》，中华书局1982年版，第37页。
④ 杨伯峻：《孟子译注》，中华书局1960年版，第301页。
⑤ 参见莫砺锋《论陆游对儒家诗学精神的实践》，《学术月刊》2015年第8期。

陆游强调："然尊信孔孟者，实学者之本务也。"（《题尊信斋并序说》）他常读《论语》《孟子》，以儒学经典指导自己思想和行为。他爱民、忧民，将"冻复饿"的农民与受百官朝贺的九重天子对比，"明朝雪恶冻复饿，儿啼颏皱翁噤卧。九重巍巍那得知，阊门催班百官贺"（《癸丑十一月下旬温燠如春晦日忽大风作雪》）。立场站在农民一边，是孟子"民贵君轻"思想的体现。孔子主张"杀身成仁"，孟子主张"舍生取义""兼济天下"，陆游《言怀》："捐躯诚有地，贾勇先三军。不然赍恨死，犹冀扬清芬。""战死士所有，耻复守妻孥。"（《夜读兵书》）为收复大业，视死如归。他至死也不忘恢复故土，绝笔《示儿》："王师北定中原日，家祭无忘告乃翁。"爱国胜过自己生命。[①]《孟子·告子下》："曹交问曰：人皆可以为尧舜，有诸？孟子曰：然。"[②] 孟子植根于"性善"论，鼓励人人向善，人人皆可有所作为。皆可为尧舜。陆游承继孟子思想，说："人生堂堂七尺身，本与圣哲均称人。"（《感寓》）"忿欲俱生一念中，圣贤本亦与人同。"（《自规》）

陆游诗中多化用《孟子》典故，他推崇、赞美孟子，深受孟子仁政、民本思想和人格修养影响。《孟子》曰："穷则独善其身，达则兼善天下。"[③] 陆游表示"位卑未敢忘忧国，事定犹须待阖棺。"（《病起书怀》）孟子曰："我善养吾浩然之气。"[④] 陆游说："孟轲浩然正应尔，岂比区区养梨枣。"（《寄陈伯予主簿》）[⑤]《孟子·梁惠王下》曰："乐民之乐者，民亦乐其乐；忧民之忧者，民亦忧其忧。乐以天下，忧以天下。然而不王者，未之有也。"[⑥] 范仲淹《岳阳楼记》名句"先天下之忧而忧，后天下之乐而乐"。陆游也有与民同乐同忧思想，"衰迟更觉岁时速，疏贱空先天下忧"（《闲中戏书》）。"戆愚酷信纸上语，老病犹先天下忧。"（《溪上作》二首其一）"天下可忧非一事，书生无地效孤忠。"（《溪上作》二首其二）陆游暮年仍然忧心国事，不改初衷。"丈夫老忧国，百虑蟠胸中。"（《予出蜀日尝遣僧则华乞签于射洪陆使君祠使君以老杜诗为签予得遣兴诗五首》）"小儒虽

---

① 参见邱鸣皋《陆游评传》，南京大学出版社 2002 年版，第 260—281 页；莫砺锋《陆游诗中的生命意识》，《江海学刊》2003 年第 5 期。

② 杨伯峻：《孟子译注》，中华书局 1960 年版，第 276 页。

③ 杨伯峻：《孟子译注》，中华书局 1960 年版，第 304 页。

④ 杨伯峻：《孟子译注》，中华书局 1960 年版，第 62 页。

⑤ 参见孟文晴《陆游诗歌中的孟子因素探析》，《云梦学刊》2018 年第 5 期。

⑥ 杨伯峻：《孟子译注》，中华书局 1960 年版，第 33 页。

微陋，一饭亦忧国。"（《凄凄行》）

陆游诗中多次说到"儒冠误"，如"属囊缚裤毋多恨，久矣儒冠误此身"（《成都大阅》），"少年已叹儒冠误，暮境更知行路难"（《视陂至崇仁村落》）"误着儒冠不更论，白头且喜卧江村"（《江村》），不过多是壮志难酬的牢骚语，或者视为他特定时刻的思想。

二 融合佛道

陆游思想融合佛、道。宋代儒、释、道思想杂糅，是时代风气。从高祖陆轸起，世代皆与僧人有交往，尊崇佛学，可谓佛学传家。陆游自少即受佛教熏陶，平生崇佛，《不睡》云："虚窗忽报东方白，且复翻经绣佛前。"他与僧人妙湛、僧琏、慧升禅师等结为方外交，常以诗相赠。多寺庙记，为禅师写序文、赞和塔铭，赞颂僧禅修行造诣。他信佛，主要是精神所需。佛家讲因果报应，陆游更强调"人事"因素，事在人为。《法云寺观音殿记》认为"事物废兴，数固不可逃，而人谋常参焉"。《灵秘院营造记》云："虽曰有天数，然人事常参焉。人事不尽，而诿之数，呜呼，其可哉！"《抚州广寿禅院经藏记》写僧守璞主持建造"轮藏"，无为而治，借高僧道德高风来抨击当时士大夫软弱和衰敝世风，有强烈的现实针对性。《建宁府尊胜院佛殿记》深刻洞察士大夫举事不成。《法云寺观音殿记》《灵秘院营造记》表现不废天命，更重人事的天命观，士大夫尸位素餐与僧之成事，褒贬分明。《建宁府尊胜院佛殿记》分析士大夫举事难成，而佛家无权无势，却举事易成，借佛家诚心毅力以讽谕当权者。《黄龙山崇恩禅院三门记》由佛寺兴废，看天下治乱。陆游赞禅文 11 篇，是对禅者爱国精神的颂扬及修行造诣的赞美，也是陆游对自己建功立业的期许与价值定位，如《大洪禅师赞》赞洪禅师以天下苍生为念，慈悲为怀；《广慧法师赞》赞广慧法师为理想而坚持不懈，对佛理道谛有深刻领悟。《高僧猷公塔铭》说高僧子猷："虽浮屠其衣，百家之书，无所不读。闻名儒贤士，虽在千里之远，必往交焉。"佛理与儒家学说互参融合。

陆游家藏不少佛教典籍，如《释氏通经》《普灯录》《佛照禅师语录》等，他对佛理多有研究，常读《楞伽经》《维摩经》《法华经》《肇论》等。赞文中、诗中用大量佛教典故，如早年作《和陈鲁山十诗》引用《景德传灯录》三次、《一切经音义》《维摩诘所说经》《金刚般若波罗蜜经》

《大乘义章》各一次。"莫问明朝事,忘家即出家。"(《春晚杂兴》六首其五)充满佛禅气息。《梅花》:"相逢只怪影亦好,归去始惊身染香。"《大佛顶如来密因修证了义诸菩萨万行首楞严经》:"如染香人,身有香气。"在佛理中求了悟、解脱。《寓天庆观有林使君年八十七方烧丹》:"世路崎岖久已忘,道腴禅悦度年光。"禅悦是为渡过失意岁月。《出都》:"西厢屋了吾真足,高枕看云一事无。"《野寺》:"去来元自在,宾主两相忘。"皆富有禅意、禅趣。①

陆游相信佛家"来生缘",诗中常提到"他生""来生""来世","要结他生物外因"(《自咏》),"且结来生一笑缘"(《壁老求笑庵诗》二首其二),陆游爱读书,"寓世已为当世客,爱书更付未来生"(《春夜读书》),"老死爱书心不厌,来生恐堕蠹鱼中"(《寒夜读书》),晚年淡泊世事,超然物外,追求枯淡空寂境界,"钝似窗间十月蝇,淡如世外一孤僧"(《自咏》),"门巷冷如冰,生涯淡似僧"(《雨夜四鼓起坐至明》)。陆游接受佛教义理,用佛禅的独特观照方式观照世界,诗论也受佛禅影响,强调"参""悟"。他还亲身体验修习过程,《庵中夜兴》:"示疾维摩无侍者,夜阑自掩草庵门。"《维摩诘经》为禅宗宗经,要如维摩诘心无挂碍。② 陆游晚年"身似头陀不出家"(《病中杂咏》),更加信仰佛教,《白发》曰:"清坐了无书可读,残年赖有佛堪依。"陆游常有"人生如梦"的消极感叹,"浮生一梦耳,何者可庆吊"(《将赴官夔府书怀》),"三十三年真一梦,茅檐寒雨夜萧萧"(《感旧》)。比较而言,苏轼比陆游更消极。

陆游受道家、道教思想影响极深,主要是源于宋代崇尚道教风气。徽宗尤推崇道教,自封为"教主道君皇帝",士大夫阶层以论仙道为风尚。③老师曾几研习仙道,有《陆务观读道书名其斋曰玉笈》诗赠陆游,鼓励其钻研道书。陆游家世代崇奉道家、道教,高祖陆轸晚年归隐学仙修道,号朝隐子,有《修心鉴》,为修心悟道之言,炼导引吐纳之术。祖父陆佃从王安石学老、庄,喜读道书,并为《鹖冠子》作注,陆游祖母有遇仙经历,父陆宰也喜道教。陆游《岁晚幽兴》:"全家共保一忍字,累世相传三住铭。"《道室试笔》六首其四:"吾家学道今四世,世佩施真三住铭。"藏

① 参见伍联群《论陆游的佛教思想》,《船山学刊》2007年第2期。
② 参见刘艳芳《佛禅对陆游诗歌创作的影响》,硕士学位论文,福建师范大学,2018年。
③ 参见于北山《评陆游的道家思想》,于北山《陆游年谱》,上海古籍出版社2017年版,第572—575页。

书中多道家、道教著作，自述玉笈斋藏道书 2000 卷。陆游承袭家风，年少时就对道教感兴趣，"少年慕黄老，雅志在山林"（《古风》），"少时妄意学金丹"（《溪上夜钓》）。他主管过台州崇道观、武夷冲佑观等，游览过青城山、青羊宫等道教名胜，结交青城道人、景道人等道教徒，并作诗相赠，探讨学道心得。晚年退居故里，修道室，书斋悬挂王子乔、梅子真等得道诸仙像，常焚香对之，日常穿道衣、戴道帽，俨然道士。陆游别号"渔隐子""笠泽渔隐"等，有斋名"渔隐堂"，寄托隐逸逍遥志趣。他喜抄写道教经典，校雠家藏《造化权舆》，又考校《饵松菊法》，写作不少道书题跋，如《跋坐忘论》《跋天隐子》等，有关涉道教赞文 6 篇、诗 100余首，多用道教典故，《入蜀记》《老学庵笔记》中多有道教记载。他常读道书，作《读隐逸传》《读仙书作》《晨读道书》等。常读道家经典《老子》和《庄子》，诗中多处咏及，多"老庄"并提，"自从病后辜风月，未免愁中读老庄"（《村居》），"门无客至惟风月，案有书存但老庄"（《闲中》），"手自扫除松菊径，身常枕藉老庄书"（《自笑》），"素壁图嵩华，明窗读老庄"（《筑舍》），"有时闲暇时，颇复诵老庄"（《山泽》），"精心穷《易》《老》，余力及《庄》《骚》"（《雨欲作步至浦口》）。

陆游接受老子思想，开禧元年（1205），《东篱记》曰："昔老子著书，末章自小国寡民，至甘其食，美其服，安其居，乐其俗，邻国相望，鸡犬之声相闻，民至老死不相往来，其意深矣。使老子而得一邑一聚，盖真足以致此。呜呼！吾之东篱，又小国寡民之细者欤？"陆游时已八十一岁高龄，过着安闲平淡的晚年生活，在"东篱"闻香赏花，研玩歌咏，自得其乐，有如老子"小国寡民"境界，宁静简朴，悠闲自在，返璞归真，找到精神上的归宿。

《老子·第十九章》："故令有所属，见素抱朴，少私寡欲。"[①] 认为真、朴是道的本性，人保持本有的纯真，不为外物所诱惑，不泯自性，不染外境，返璞归真，回归本心。陆游自称"遗物以贵吾身，弃智以全吾真"（《放翁自赞》）。诗中反复咏及"全吾真""养吾真"，"我生寓诗酒，本以全吾真"（《诗酒》），"久泛烟波不问津，腾腾且复养吾真"（《示客》）。反思自己有时"丧吾真"，"少日狂疏触怒嗔，每缘忧患丧吾真"（《杂咏》），"闭门高卧养吾真，说著生涯笑倒人"（《秋来苦贫戏作》）。

---

① 朱谦之：《老子校释》，中华书局 1984 年版，第 75—76 页。

《老子·第十章》："专气致柔，能婴儿?"①《老子·第二十章》："我魄未兆，若婴儿未孩。"②《老子·第二十八章》："常德不离，复归于婴儿。"③认为婴儿时是人最纯真的状态，简单质朴，纯真自然，无虚无伪，无欲无邪，没有机心，"婴儿"是老子最为推崇的理想生命境界。《上清黄庭内景经·百谷章》曰："那从反老得还婴。"④陆游一向崇尚道家和道教，晚年斋名叫"还婴室"。嘉泰四年（1204）春，《道室述怀》曰："养心功用在还婴，肯使秋毫有妄情?"开禧元年秋，《读王摩诘诗爱其散发晚未簪道书行尚把之句因以为韵赋古风十首亦皆物外事也》其八曰："隐书有三景，字字当力行……即今修行地，千古名还婴。"诗下自注："予道室以还婴名之。"嘉定元年（1208），《园居》曰："身寄江湖久，心知富贵轻。还婴吾所证，手自写庵名。"自注曰："近名小室曰还婴。""还婴"即返老还童，即《老子》的"复归于婴儿"。陆游深谙此理，晚年保持童心，人老心不老。"老翁垂七十，其实似童儿。"（《书适》）"老翁七十如童儿，置书不观事游嬉。"（《秋晴每至园中辄抵暮戏示儿子》）"八十可怜心尚孩，看山看水不知回。"（《初归杂咏》)⑤

《老子·第四十四章》："知足不辱，知止不殆，可以长久。"⑥《老子·第四十六章》："罪莫大于可欲，祸莫大于不知足，咎莫大于欲得。故知足之足，常足。"⑦《礼记·大学》："知止而后有定，定而后能静，静而后能安，安而后能虑，虑而后能得。"⑧陆游懂得"知足""知止"之道，"掀髯一笑吾真足，不为无锥更叹贫。"（《夏日》）"西厢屋了吾真足，高枕看云一事无。"《出都》）"不饥不寒万事足，有山有水一生闲。"（《书怀》）"人生得饱万事足，舍牛相齐何足言。"（《饮牛歌》）"老农无他求，一饱万事足。"（《后杂兴》）"种枳为篱草结庐，人间知足更谁如?"（《贫中自戏》）"知止乃不殆，此语良非虚。古人造道处，正自无绝殊。"（《二爱》

① 朱谦之：《老子校释》，中华书局1984年版，第39页。
② 朱谦之：《老子校释》，中华书局1984年版，第80—81页。
③ 朱谦之：《老子校释》，中华书局1984年版，第112页。
④ 《上清黄庭内景经》，张君房编：《云笈七签》，中华书局2003年版，第265页。
⑤ 参见欧明俊《陆游研究》，上海三联书店2007年版，第41页。
⑥ 朱谦之：《老子校释》，中华书局1984年版，第180页。
⑦ 朱谦之：《老子校释》，中华书局1984年版，第186—188页。
⑧ （汉）郑玄注，（唐）孔颖达疏，龚抗云整理，王文锦审定：《礼记正义》，北京大学出版社1999年版，第1592页。

其一）"雅意元知止，遄归喜遂初。"（《幽居杂题》）"揣分元知止，求官实抱虚。"（《书叹》）

《老子》主张"绝圣弃智"①，《庄子·齐物论》说"彼亦一是非，此亦一是非"②。陆游遭遇挫折或老病时，常流露出相对、虚无思想。"死后是非谁管得，满村听说蔡中郎"。（《小舟游近村舍舟步归》）"寿夭穷通，是非荣辱，此事由来都在天。"（《大圣乐》）他自叹人生虚无，是非荣辱皆由天定。

陆游接受庄子思想，"退居消日月，大半付庄周"（《书室独夜》），"奇文窥楚屈，妙理玩蒙庄"（《新凉》），"晚知古佛中边语，正合蒙庄内外篇"（《累日倦甚不能觞客睡起戏作》）。《庄子·齐物论》说"莫寿于殇子，而彭祖为夭"③。《庄子·大宗师》曰："彼以生为附赘县疣，以死为决疣溃痈。"④ 泯灭生死界限，坦然面对死亡。《列子·杨朱》曰："十年亦死，百年亦死。仁圣亦死，凶愚亦死。生则尧、舜，死则腐骨；生则桀、纣，死则腐骨。腐骨一矣，孰知其异？"⑤ 陆游说："仕困风波归可乐，生如疣赘死何悲？"（《杂咏》）"经未尽亡君更考，古无不死我何悲？"（《即事》四首其二）"尧舜桀纣皆腐骨，王侯蝼蚁同邱墟。"（《杂兴》"愚智极知均腐骨，利名何啻一秋毫。"（《暑夜泛舟》二首其二）一切都无意义。他常把生死看得很淡，"死生元是开阖眼，祸福正如翻覆手"（《长歌行》），"古今共有死，长短无百年。方其欲瞑时，如困得熟眠。世以生时心，妄度死者情。疑其不忍去，一笑可绝缨。区区计生死，不如持一觞"（《对酒》）。如庄子旷达乐观。陆游视死如归，从容自若，"达士共知生是赘，古人尝谓死为归"（《寓叹》二首其一）。《庄子·齐物论》认为万物浑然一体，不断向其对立面转化，因而没有什么差别，也没有是非、美丑、善恶、贵贱之分。庄子齐彼此，彼出于此，此出于彼，是亦彼，彼亦是，二者各以对方的存在而存在，不互相对立；齐是非，二者互相依存，对立而统一；齐物我，不分物我；齐生死，死生和天地一样自然，生死是自然旅程，庄子甚至将死当作"至乐"。陆游接受庄子"齐物"思想，"却

---

① 朱谦之：《老子校释》，中华书局 1984 年版，第 74 页。
② （清）郭庆藩著，王孝鱼点校：《庄子集释》，中华书局 2012 年版，第 71 页。
③ （清）郭庆藩著，王孝鱼点校：《庄子集释》，中华书局 2012 年版，第 85 页。
④ （清）郭庆藩著，王孝鱼点校：《庄子集释》，中华书局 2012 年版，第 273 页。
⑤ 严北溟、严捷：《列子译注》，上海古籍出版社 1986 年版，第 177 页。

惭未解真齐物，犹拣山村静处藏"（《村居》），"已向人间齐物我，不教惊起白鸥群"（《书意》）。①

陆游如庄子"逍遥游"，"一篇说尽逍遥理，始信蒙庄是达生"（《杂兴》），"濡首固非吾辈事，达生犹得昔人心"（《独酌》）。他学庄子"养生主"，"细读养生主，长歌归去来"（《书适》），"座铭漆园养生主，屏列柴桑归去来"（《春晚用对酒韵》），"漆园傲吏养生主，栗里高人归去来"（《登东山》），"解牛悟养生，牧羊知治民，通一万事毕，我每思古人"（《书意》），"智若禹行水，道如丁解牛"（《题酒家壁》其一），"锻链无遗力，渊源有自来。平生解牛手，余刃独恢恢"（《读宛陵先生诗》），"未免解牛逢肯綮，岂能相马造精微"（《倚筇》）。陆游感叹人生，如"庄周梦蝶"，"听尽啼莺春欲去，惊回梦蝶醉初醒"（《遣兴》），"浇书满挹浮蛆瓮，摊饭横眠梦蝶床"（《春晚村居杂赋绝句》），"小阁帘栊频梦蝶，平湖烟水已盟鸥"（《雨夜怀唐安》），"蝴蝶与蒙庄，颓然寓一床"（《昼睡起偶赋》）。

《庄子·天下》曰：

> 天下大乱，贤圣不明，道德不一。天下多得一察焉以自好，譬如耳目鼻口，皆有所明，不能相通。犹百家众技也，皆有所长，时有所用。虽然，不该不遍，一曲之士也。判天地之美，析万物之理，察古人之全，寡能备于天地之美，称神明之容。是故内圣外王之道，暗而不明，郁而不发，天下之人各为其所欲焉以自为方。悲夫，百家往而不反，必不合矣！后世之学者，不幸不见天地之纯、古人之大体，道术将为天下裂。②

感叹各种学术从浑然一体的大"道"中分裂开来，由合而分，最早反思"道术裂"。陆游承继庄子思想，屡屡感叹"道丧"，反思"道术裂"。"委命已悲吾道丧，垂名真负此心初。"（《叹老》）"生虽后三代，意尚卑两汉。世衰道术裂，年往朋友散。"（《读书示子遹》）"千年道术裂，谁复见全浑？"（《书意》）陆游有时又完全站在儒学立场，将"道术裂"理解

① 参见邱鸣皋《陆游评传》，南京大学出版社2002年版，第265—280页；欧明俊《陆游研究》，上海三联书店2007年版，第280—291页。
② （清）郭庆藩著，王孝鱼点校：《庄子集释》，中华书局2012年版，第1064页。

为"儒术裂","儒术今方裂,吾家学本孤"(《示儿》),"唐虞虽远愈巍巍,孔氏如天孰得违?大道岂容私学裂,专门常怪世儒非"(《唐虞》),"世儒凿户牖,道术将瓜分。孤陋守一说,百氏殆可焚"(《感怀》),"洙泗日已远,儒术日已衰。学者称孔墨,为国杂伯王"(《杂感十首以野旷沙岸净天高秋月明为韵》其二)。他批评俗学,"清心始信幽栖乐,穷理方知俗学非"(《斋中杂兴》),"俗学方哗世,遗经浸已微。斯文未云丧,吾道岂其非。拔本宁余力,迷途幸识归"(《书感》)。

陆游思想有《列子》影响,陆游字务观,可能源于《孟子·尽心上》:"故观于海者难为水,游于圣人之门者难为言。"① 查慎行《得树楼杂钞》卷六认为:"陆放翁名游,字务观,其义出于《列子·仲尼篇》'务外游,不知务内观。外游者,取足于物;内观者,取足于身'。"② 陆游字务观,也可能本于《列子》。淳熙九年(1182),陆游故里镜湖旁有下鸥亭,"下鸥",又写作"下沤",即鸥鸟停下栖止之意。鸥鸟为一种水鸟,《列子·黄帝篇》曰:"海上之人有好沤(按:沤,通鸥)鸟者,每旦之海上,从沤鸟游,沤鸟之至者百住而不止。其父曰:'吾闻沤鸟皆从汝游,汝取来,吾玩之。'明日之海上,沤鸟舞而不下也。"③ 意指人无机巧之心,异类可以亲近。后以鸥或鸥鹭指隐退闲逸、自由自在的生活和志趣。陆游罢官奉祠闲居,以"下鸥"名亭,以寄托其志趣。④

陆游常读《黄庭经》,淳熙四年十月,成都任上,《晚起》其二曰:"学道逍遥心太平,幽窗鼻息撼床声。"陆游有斋名"心太平庵",有《心太平庵》诗,题下自注:"余取《黄庭》语名所寓室。"又《独学》曰:"少年妄起功名念,岂信身闲心太平。"诗下自注:"《黄庭经》'闲暇无事心太平'。""心太平"是遭遇挫折时精神上的超脱。陆游《跋彩选》表明神仙可学,"丹成,长生不死直余事耳"。他学道炼丹,《跋司马子徽饵松菊法》自述:"乾道初,予见异人于豫章西山。"幻想长生不老,到晚年还服食金丹。陆游信任内丹,修道坚持不懈,珍爱生命,重视养生,"学道先养气,吾闻三住章"(《养气》)。他运用道家导引、按摩、吐纳之法,说:"美睡宜人胜按摩。"(《书室明暖终日婆娑其间倦则扶杖至小园戏作长

---

① 杨伯峻:《孟子译注》,中华书局1960年版,第311页。
② (清)查慎行:《得树楼杂钞》卷六,民国三年(1914)刊本。
③ 严北溟、严捷:《列子译注》,上海古籍出版社1986年版,第39页。
④ 参见欧明俊《陆游研究》,上海三联书店2007年版,第36—37页。

句》）"吾读黄、老书，掩卷每三叹。正使未长生，去死亦差缓。"（《读道书》）他享年八十六岁，得益于长久坚持道教养生之法。养生，更重视养心，心理自我调节。他创作不少游仙诗，又多游仙词。陆游性格豪放不羁，与道家追求精神自由、人格独立相合。他常在儒、道间徘徊，浸润于道教，为失意提供精神安顿，不应轻易视为消极迷信，"仙道"不离"人道"，他并没有忘记恢复大业。[①]

三 尚武论兵

陆游吸收先秦兵家思想，尚武论兵，受时代所赐，正与儒家积极入世思想相合。他首先是英雄，不仅仅是伟大的诗人。他有尚武精神、"烈士"情结，积极主战、反对议和，立志抗金复土。他受家庭影响，练剑术，习武功，读兵书，谈兵法，二十岁时即立下宏愿："上马击狂胡，下马草军书。"（《观大散关图有感》）诗中屡屡咏及苦读兵书情景，"孤灯耿霜夕，穷山读兵书。平生万里心，执戈王前驱"（《夜读兵书》），"八月风雨夕，千载孙吴书。老病虽惫甚，壮气颇有余。长缨果可请，上马不踌躇。岂惟鏖皋兰，直欲封狼居"（《夜读兵书》），"安西九千里，孙武十三篇。裒叹苏秦弊，鞭忧祖逖先"（《忆昔》）。

陆游有南郑前线从军经历，把自己当成武将，"起倾斗酒歌出塞，弹压胸中十万兵"（《弋阳道中遇大雪》），高唱"从军乐事世间无"（《独酌有怀南郑》）。他写有大量军旅诗。梁启超《读陆放翁集》曰："诗界千年靡靡风，兵魂销尽国魂空。集中什九从军乐，亘古男儿一放翁。"高度赞扬陆游"从军乐"的英雄精神。

陆游力主伐金，恢复中原，坚决反对议和，但慎重对待战争，并不是好战者，《书贾充传后》云："人知兵之利，不知其害。""要之，战，危事也。"认为不到万不得已，不能轻易开战。陆游积极主战，认为正义一方必然取胜，也能以少胜多，以弱胜强。"呜呼！楚虽三户能亡秦，岂有堂堂中国空无人。"（《金错刀行》）强调战争胜负，人的因素起决定作用，仅仅地势险要靠不住，《剑门关》云："剑门天设险，北乡控函秦。客主固殊势，存亡终在人。"只要朝野上下决心抗战，同仇敌忾，最终一定会战

---

① 参见欧明俊《宋代文学四大家研究》，人民出版社 2013 年版，第 188—193 页。

胜强敌。

陆游强调要有坚持抗战的决心、有必胜信念,《上殿札子》曰:"天下万事,皆当以气为主。"他将"气"视为战胜敌人的决定性因素。他重视战争中名将的作用:"堂堂韩、岳两骁将,驾驭可使复中原。庙谋尚出王导下,顾用金陵为北门。"(《感事》四首其二)认为只要有韩世忠、岳飞那样智勇双全的名将,即可完成恢复中原大业。"公卿有党排宗泽,帷幄无人用岳飞。"(《夜读范至能揽辔录言中原父老见使者多挥涕感其事作绝句》)惋惜名将遭排斥而得不到重用,"西酹吴玠墓,南招宗泽魂"(《村饮示邻曲》)。呼唤名将出现。陆游写诗歌颂古今名将,实际上是舆论造势。在蜀期间,他谒武侯祠,称赞诸葛亮出师北伐壮举;过白帝城,歌颂"力战死社稷"的公孙述;高度评价率师北伐、克复故土的将军桓温、刘裕;歌颂名将刘琦,有《刘太尉挽辞》二首,认为抗金名将刘琦身赴国难,虽败犹荣,实是呼唤英雄的出现。他重视军事人才的选拔任用,《论选用西北士大夫札子》向孝宗建议选用西北士大夫,更从战略高度思考问题,不仅仅选拔军事人才,更重要的可维系北方人心,促进恢复大业,这一建议被孝宗采纳实施。

南郑(今陕西汉中)从军事地理上看,地位非常重要,堪称咽喉锁钥,宋室南渡后,南郑更成为西北国防前沿阵地。陆游《山南行》:"国家四纪失中原,师出江淮未易吞。会看金鼓从天下,却用关中作本根。"他根据亲身观察,认为应以南部一带为根据地经略中原。《中兴圣政草》(即《高宗圣政草》)中,陆游建议孝宗重视当时各郡邑"武备寝阙"现状,应屯兵诸郡,以警备"盗贼",防患于未然。

陆游有战略眼光,绍兴三十一年(1161),他时任枢密院编修官,代史浩写《代乞分兵取山东札子》,认为不应该盲目乐观,轻举妄动,孤注一掷,建议以主力大部固守江淮,再分兵奇袭山东,待奇袭成功,正面受敌减少,再发动总攻。如此进可攻,退可守,方为万全之策。重视战术问题,强调"以奇制胜",奇正相济,正面进攻与侧面奇袭相结合,掌握主动权。[①]

陆游喜读兵书,其军事思想既是从书本中得来,吸收古代兵家智慧,

---

① 参见孙小吕《从陆游的爱国诗文看他的军事思想》,《江西教育学院学报》(社会科学版)1994 年第 1 期;史美珩《陆游的战略思想》,《浙江师大学报》1996 年第 1 期;高利华《论陆游蜀中诗的尚武精神》,《绍兴文理学院学报》(哲学社会科学版)1997 年第 1 期;高利华《放歌尚武 情结川陕——陆游蜀中诗谈》,《古典文学知识》1998 年第 2 期。

又从现实生活中得来，宋金对抗，是"战时"状态，他志在收复故土，一直思考军事问题。他不是躲在书斋中"纸上谈兵"，而是有军事实践的军事理论家，其军事思想随形势变化而不断调整。他有惊人的洞察力，分析问题能抓住要害，多言之有据，言之有理，有许多符合实际情况的真知灼见。但他毕竟是诗人，从事实际军事实践不多，其军事思想多带有诗人式的夸张想象，有仅凭热情和意气的幼稚成分，与现实存在一定距离。①

四　余论

陆游崇经尊儒，融合佛、道，尚武论兵，思想自成体系。他对经学和儒、佛、道思想兼容并蓄，融会贯通，批判性接受，继承中发展。他随生活际遇变化有所选择，顺达时，尊奉经学和儒家思想；遇到挫折，则信奉佛、道思想，其思想是矛盾的统一。陆游善于独立思考，有怀疑精神和批判精神："昔虽学养生，所遇少硕师。金丹既茫昧，鸾鹤安可期？"（《养生》）"《阴符》伪书实荒唐，稚川金丹空有方。"（《读〈老子〉》）不相信《阴符经》和葛洪炼丹术。他不愿意做空头理论家，更强调实践的重要性，仅仅"立言"是不够的。他强调学与行、知与行关系，反复说"躬行""力行"，"纸上得来终觉浅，绝知此事要躬行"（《冬夜读书示子聿》其三）。提醒自己，"善言铭座要躬行"（《自诒》），"人人本性初何欠，字字微言要力行"（《睡觉闻儿子读书》），"授时《尧典》先精读，陈业《豳诗》更力行"（《视东皋归小酌》）。他重视"书外工夫""诗外工夫"，即向生活学习，"莫道终身作鱼蠹，尔来书外有工夫"（《解嘲》）。教育儿子，"汝果欲学诗，工夫在诗外"（《示子遹》）。他重视现实关怀，不忘"匡时""救世"，不忘复国大业。他有一种科学精神，重实验，不盲从，不迷信书本和"常言"。《老学庵笔记》卷二中对习见的"鸡寒上树，鸭寒下水"谚语亲自观察验证，发现所言并不符合事实，他不耻下问，请教有生活经验的老媪，弄明白原来是音近而误写。淳熙九年（1182）九月三日，《书巢记》文末议论道："天下之事，闻者不如见者知之为详，见者不如居者知之为尽。"

最优秀的文人都是哲学家、思想家。陆游自我身份认同，更愿意做能

---

① 参见欧明俊《陆游研究》，上海三联书店 2007 年版，第 305—320 页。

臣、学者和哲人，并不甘心仅仅做一位诗人。他言行合一、知行合一、学行合一，理论与实践统一，坐而论道，更起而行之。他坚守正统观念，其思想具有时代性，注重现实关怀，有功利性，又有超越性，其生命哲学、人生哲学注重道德关怀和终极关怀。其思想是功利之学，又是心性之学。向外开拓，建功立业，积极入世，治国、平天下，如同大乘佛普度众生；又注重向内修炼，修身养性，如同小乘佛。古代四种学术路径，即义理之学、考据之学、辞章之学、经济之学，陆游皆重视。其思想有时代的共性和普遍性，又有个性和特殊性。

经者，常道也，具有不朽价值，独尊地位。尊经崇儒是陆游"一以贯之"的主导思想，佛和道只是陆游人生中某些阶段的思想。许多学者将经学等同于儒学，是不科学的，儒学是以继承经学为主，但实际上，经学是后世诸子的共同思想资源。应注重"还原"研究，重视"历史语境"和"原生态"研究，置于传统学术体系中分析和评价陆游学术思想，而不是局限于以现代西方式的独立学科如哲学、伦理学、政治学、教育学等"肢解"陆游思想。应注重传统话语体系的表达，纠正"误读"，纠正以今衡古的错误。陆游充分尊重古人智慧，吸收先贤思想，特别是先秦经学和诸子思想，又有家学和师承，渊源有自，传统学术思想、家学、师承、时代、个性综合因素而成陆游思想。其思想不都是个人独创，是继承基础上有创新。笔者强调继承的重要性，创新是有限度的。陆游思想是时代和个人生活遭际所"激"、所"寄"，不同时期和情境不断变化，是动态的，不应静止看待。应注重于陆游诗文中提炼出其思想，注重日常生活中体现的思想。思想表达的媒介，散文可以表达，韵文也可以表达，学界的古代思想史研究多忽视韵文材料，亟须纠正。

另外，陆游读《韩非子》《说苑》等子书，重视法家法律思想。他有系统的医学思想，懂医术，重视养生，强调养气可却病健体，固本培元。他是优秀史学家，其史学思想注重总结历史规律和经验教训，经世致用。他的文学思想、艺术思想系统而深刻。限于篇幅，待另撰文论述。

由伟大还俗为普通

——作为寻常百姓的陆游

张福勋

（包头师范学院 文学院）

摘要： 陆游是一个复杂的人性的组合体，是一个充满了爱与恨的活生生的人，而不是一个被有意抬高而无意造成的脱离了广大民众的神化了的僵尸。本文试图从"生活里"的方方面面将陆游由伟大还俗为普通，看看这个作为寻常百姓的陆游的第二个形象，多么可爱，多么普通。这些方面涉及：与民混一，不拘身份；粗茶淡饭，清贫节俭；幅巾青鞋，穿戴寻常；亲情缠绵，儿孙满堂；下棋饮茶，颐养天年；拄杖牧鸭，养猫玩耍；自力更生，躬耕桑麻；采药卖药，治病救人；周游天下，遍交友朋；赏花弹琴，风调优雅；风流才子，放浪潇洒；一世清贫，诗酒人生。袁枚评杜甫曰："人但知杜少陵每饭不忘君；而不知其于友朋、弟妹、夫妻、儿女间，何在不一往情深耶？"可移来说陆游。

关键词： 陆游；百姓；形象

记得在 2010 年"纪念陆游诞辰 885 周年暨陆游与鉴湖国际学术研讨会"开幕式上，宋代文学学会会长王水照先生致辞中，提出要"更全面认识陆游的历史面貌"。认为从某种意义上看，可以说有"两位陆游"的观点，其中相对而言，"被忽略的、被遮蔽的"往往是第二个陆游的形象，即"生活里"的陆游。① 笔者这篇文章，就试图从"生活里"的方方面面，综合群贤已有的研究成果，看看这个作为普通百姓的陆游是一个何等

---

① 参见《陆游与鉴湖》，人民出版社 2011 年版。

可亲可爱的形象。

陆游是伟大的爱国者，是伟大斗争的践行者，是伟大的爱国主义诗人——这些都是人之所共识。但是，任何伟大都孕育于普通之中，正如同高大的松柏都根植于厚实的土壤之中那样。倘若哪一天脱离了土壤，它就将逐渐枯死，变成让人鄙弃的"渺小"。万不可将"伟大"神化，让人顶礼膜拜，那样"伟大"同样将枯死。

陆游这样伟大的人物，也是这样。他本出身于江南一个普通农民的家庭，自幼就是和农民的子弟一起长大，天然地带着泥土，如同臧克家的诗说的那样："孩子/在土里洗澡；爸爸/在土里流汗；爷爷/在土里葬埋。"他晚年脱去朝服退居乡里，筑东篱而为《东篱记》，① 以老子乃所谓"小国寡民"自居，说"甘其食，美其服，安其居，乐其俗"，"混俗岂须名赫赫"（《舟中作》）。② 他在云里边写诗，而在泥里边生活，却又在诗酒里边洒脱。他活得长寿，86 岁，而这将近一个世纪的一生，有 2/3 的时间是在家乡农村度过；他一生创作了近一万首诗，而一半以上是以绍兴农村的风物为背景所写。

陆游是个复杂的人性的组合体，是个充满了爱与恨的活生生的人，不是一个被有意抬高而无意造成的脱离了广大民众的神化了的僵尸。他与民混一，不拘身份；粗茶淡饭，清贫节俭；幅巾青鞋，穿戴寻常；亲情缠绵，儿孙满堂；下棋饮茶，颐养天年；拄杖牧鸭，养猫玩耍；自力更生，躬耕桑麻；采药卖药，治病救人；周游天下，遍交友朋；赏花弹琴，风调优雅；风流才子，放浪潇洒；一世清贫，诗酒人生。总而言之，是个普通百姓，浪漫文人，是芸芸众生中的"这一个"。他说自己家世平淡，就是普通百姓中的一员。"家风本布衣，生事但渔樵"（《农家》），③ 靠自力更生，自己养活自己。永远生活在劳苦民众之间，和他们亲如一家，不拘贵贱。《居室记》云："有来者，或亟报，或守累日不能报，皆适逢其会，无贵贱疏戚之间。"④《丁未严州劝农文》坦言"与吾民共享无事之乐"，又说："延见高年，劳问劝课，致诚意以感众心。"⑤ 陆游与百姓，如此亲密，如此无间，浑然一体。

---

① 《渭南文集校注》卷十八，浙江古籍出版社 2015 年版，第 236 页。
② 《剑南诗稿校注》卷五十七，上海古籍出版社 2005 年版，第 3309 页。
③ 《剑南诗稿校注》卷七十六，上海古籍出版社 2005 年版，第 4183 页。
④ 《渭南文集校注》卷二十，浙江古籍出版社 2015 年版，第 274 页。
⑤ 《渭南文集校注》卷二十五，浙江古籍出版社 2015 年版，第 106 页。

他荷锄劳作，躬亲耕桑，认为劳动就是自己的本分。"杖屦时行乐，锄耰惯作劳。"（《雨欲作步至浦口》），① 《小园诗》云："残年唯有付耕桑""又乘微雨去锄瓜"。② "荷锄"在他的诗中是个常用词。"枯柳坡头风雨急，凭谁画我荷锄归"，"小雨聊荷锄"（《春晚南堂晨起》），③ 早早起来，乘着雨就去锄地。"又乘微雨去锄瓜。"（《小园》）而且这种农田劳作，并不是偶一为之，做做样子给别人看，是一种自觉的劳动行为，长年累月，习以为常。"荒畦日荷锄。"（《感旧》）④ "行年七十尚携锄。"（《贫病》）⑤ "力尚给荷锄。"（《幽居记今昔事》）⑥

陆游虽然前后也做过 30 几年的官，但一直坚守着清贫的普通人的生活，"仕宦偏四方，每出归愈贫"（《杂兴十首，"以贫坚志士节，病长高人情"为韵》）⑦。"勤俭贫亦足。"（《自儆》）⑧ 特别是他归乡以后的 20 多年，"身还民服，口诵农书"（《除宝谟阁待制，谢丞相启》），⑨ 天天"身杂老农间"（《晚秋农家》）⑩。这种日常生活更加造成了他与普通民众的感情交融，"东邻稻上场，劳之以一壶；西邻女受聘，贺之以一襦。"（《晚秋农家》）⑪ 人家喜获丰收了，他提着酒壶去慰问，同喝一杯庆贺酒。人家姑娘要出嫁了，他也落不下去送上一份贺礼。"不如茅舍醉村酒，日与邻翁相枕眠。"（《追感往事》）⑫ 完全同心同气。就是这种"接地气"的"草根"生活，与他那种一以贯之的亲民思想，大大拉近了他与周围百姓的距离，成为他们中的一分子，与普通民众心连着心，紧紧地融在了一起："野人知我出门稀，男辍锄耰女下机。掘得芘菇炊正熟，一杯苦劝护寒归。"（《东村》）⑬ 是一幅多么温暖的心连心图画。他鄙弃的是那种"只许

① 《剑南诗稿校注》卷六十八，上海古籍出版社 2005 年版，第 3809 页。
② 《剑南诗稿校注》卷十三，上海古籍出版社 2005 年版，第 1042 页。
③ 《剑南诗稿校注》卷七十，上海古籍出版社 2005 年版，第 3918 页。
④ 《剑南诗稿校注》卷八十，上海古籍出版社 2005 年版，第 4323 页。
⑤ 《剑南诗稿校注》卷三十，上海古籍出版社 2005 年版，第 2049 页。
⑥ 《剑南诗稿校注》卷七十六，上海古籍出版社 2005 年版，第 4137 页。
⑦ 《剑南诗稿校注》卷五十二，上海古籍出版社 2005 年版，第 3096 页。
⑧ 《剑南诗稿校注》卷六十三，上海古籍出版社 2005 年版，第 3580 页。
⑨ 《渭南文集校注》卷十二，浙江古籍出版社 2015 年版，第 70 页。
⑩ 《剑南诗稿校注》卷二十三，上海古籍出版社 2005 年版，第 1694 页。
⑪ 《剑南诗稿校注》卷二十三，上海古籍出版社 2005 年版，第 1694 页。
⑫ 《剑南诗稿校注》卷四十五，上海古籍出版社 2005 年版，第 2779 页。
⑬ 《剑南诗稿校注》卷四十一，上海古籍出版社 2005 年版，第 2594 页。

州官放火，不许百姓点灯"（《老学庵笔记》卷五）① 的腐朽的官员思想与作风，而赢得的是"拄杖无时夜叩门"的百姓信任。他奉守"从来简俭作家风"（《对食戏作》），② 粗茶淡饭，清贫节俭，满足于普通人的生活。"一饱何心慕万钟，小园父子自相从。盘餐莫恨无兼味，自绕荒畦摘芥菘。"（《园中晚饭示儿子》）③ "唯有褐裘并豆饭，尚能相伴到期颐。"（《自遣》）④ 吃的只是"藜藿食"（《赠童道人盖与予同甲子》）。⑤ 穿的也是粗布衣："白布裙襦退士装。"（《晚兴》）⑥ 与"老农"的生活水准一模一样："老农饭粟出躬耕，扪腹何殊享大烹。"（《种菜》）⑦ "稻饭似珠菰似玉，老农此味有谁知？"（《邻人送菰菜》）⑧ 只要吃上"白盐赤米"就心满意足了："白盐赤米了朝铺，拗项何妨瓠煮壶。"（《对食戏作》）⑨ "衣食粗足"（《龟堂杂题》）⑩ 而已矣。没有更高的奢求。他的穿戴也极平常，与普通民众一模一样。"幅巾短褐野人装"（《书斋壁》），⑪ "布袜青鞋"（《孙余庆求披戴疏》）⑫ 很"萧散"（《夏初湖村杂题》）。⑬ 头戴幅巾，足蹈青鞋，手执藜杖，衣上还时不时地杂着酒痕，是一幅最典型的黎民百姓的形象。平日里，下棋饮茶，养猫牧鸭。与百姓同吃、同住、同劳动。不论闲居，还是出游；不论清晨，还是深夜；不论梦里，还是病中，他都不忘下棋消日，与民同乐。"小轩棋一枰"，⑭ 《幽居记今昔事十首》："消日剧棋疏竹下"（《书怀》）。⑮ 《出游》了，还要"恰来竹下寻棋局"。梦见故人，也是要杀一盘的："兴阑棋局散，鸡唱俄惊觉。"初病了还要"留灯

---

① 《老学庵笔记》卷五，中华书局 1979 年版，第 69—84 页。
② 《剑南诗稿校注》卷五十一，上海古籍出版社 2005 年版，第 3032 页。
③ 《剑南诗稿校注》卷七十五，上海古籍出版社 2005 年版，第 4112 页。
④ 《剑南诗稿校注》卷六十四，上海古籍出版社 2005 年版，第 3641 页。
⑤ 《剑南诗稿校注》卷三十四，上海古籍出版社 2005 年版，第 2258 页。
⑥ 《剑南诗稿校注》卷二十二，上海古籍出版社 2005 年版，第 1679 页。
⑦ 《剑南诗稿校注》卷八十二，上海古籍出版社 2005 年版，第 4423 页。
⑧ 《剑南诗稿校注》卷七十八，上海古籍出版社 2005 年版，第 4250 页。
⑨ 《剑南诗稿校注》卷五十六，上海古籍出版社 2005 年版，第 3268 页。
⑩ 《剑南诗稿校注》卷三十七，上海古籍出版社 2005 年版，第 2505 页。
⑪ 《剑南诗稿校注》卷八十四，上海古籍出版社 2005 年版，第 4481 页。
⑫ 《渭南文集校注》卷二十四，浙江古籍出版社 2015 年版，第 87 页。
⑬ 《剑南诗稿校注》卷五十一，上海古籍出版社 2005 年版，第 3032 页。
⑭ 《剑南诗稿校注》卷七十六，上海古籍出版社 2005 年版，第 4137 页。
⑮ 《剑南诗稿校注》卷七，上海古籍出版社 2005 年版，第 557 页。

重覆北窗棋"(《五月初病体益轻偶书》)①。甚至与僧人、百姓、邻居、村民还要"对棋""争棋":"留僧静对棋。"(《用短》)②"争棋客正哗。"(《村兴》)③ 他下棋、观棋,还"复棋"(下过的棋再摆出来进行研究、思考)、"饶棋"(让棋):"气衰对弈怯饶先。"(《幽事》)④ 简直就是个棋迷。有趣的是观人家娃娃放风筝,斗蛐蛐,完全是一个普通人的心境:《观村童戏溪上》云"竹马踉蹡冲淖去,纸鸢跋扈挟风鸣"。⑤《冬日出游十韵》云"荒郊观雉斗""倚仗牧鸡豚"。⑥ 平日里,自己还养一只"狸奴"玩耍:"溪柴火软蛮毡暖,我与狸奴不出门。"(《十一月四日风雨大作》)⑦ 一派让人喜爱的童趣。

作为茶圣陆羽的第九代孙,陆游对茶的喜好就更是寻常事了。"我是江南桑苧家,汲泉闲品故园茶。"(《安国院煎茶》)⑧"桑苧家风君勿笑,它年犹得作茶神。"(《八十三吟》)不仅家风传承,还先后做过两任掌管茶事的官员,就更与茶难解难分了。有人作过一个统计,在陆游留下的将近10000首诗作中,竟有1/3 即320多首诗写茶。无论品茶,还是茶品、茶事、茶俗等,都在他的妙笔之下熠熠发光。

陆游更作为茶的研究专门家,认为茶可以解酒:"遥想解醒须底物,隆兴(在今江西省)第一壑源春(当地产的品牌茶)。"(《谢王彦光提刑见访并送茶》)⑨ 可以伴人读书、弹琴:"焚香细读《斜川集》,候火亲烹顾渚茶。"(《斋中弄笔偶书示子聿》)⑩"取琴理曲茶烟畔。"(《秋霁》)⑪ 认为饮茶是养生的好材料:"眼明身健何妨老,饭白茶甘不觉贫。"(《书喜》)⑫ 正是老百姓这些通常吃的喝的东西才是养身(养生)的好东西。

---

① 《剑南诗稿校注》卷三十九,上海古籍出版社2005年版,第2488页。
② 《剑南诗稿校注》卷二十五,上海古籍出版社2005年版,第1794页。
③ 《剑南诗稿校注》卷四十八,上海古籍出版社2005年版,第2891页。
④ 《剑南诗稿校注》卷六十九,上海古籍出版社2005年版,第3873页。
⑤ 《剑南诗稿校注》卷四十八,上海古籍出版社2005年版,第2891页。
⑥ 《剑南诗稿校注》卷一,上海古籍出版社2005年版,第103页。
⑦ 《剑南诗稿校注》卷三十八,上海古籍出版社2005年版,第2448页;《剑南诗稿校注》卷三,上海古籍出版社2005年版,第271页。
⑧ 《剑南诗稿校注》卷七十,上海古籍出版社2005年版,第3897页。
⑨ 《剑南诗稿校注》卷一,上海古籍出版社2005年版,第72页。
⑩ 《剑南诗稿校注》卷四十一,上海古籍出版社2005年版,第2604页。
⑪ 《剑南诗稿校注》卷三十,上海古籍出版社2005年版,第2059页。
⑫ 《剑南诗稿校注》卷四十,上海古籍出版社2005年版,第2532页。

要"与吾民共享无事之乐"(《农家》)① 了。

他还亲自采药、卖药、熬药、施药，给人治病。陆游的远祖唐代的陆赞有《陆氏集验方》传世，他认为这是治病救人的经典，"尤可传者"，传承发展，又集《陆氏续集验方》，走到哪里，带到哪里，"宦游四方，所获亦以百计"（文集卷二十七《跋〈续集验方〉》)②，补充、修缮、以利百姓。"驴肩每带药囊行，村巷欢欣夹道迎。共说向来曾话我，生儿多以陆为名。"(《山村经行因施药》)③ 如同一家人一样。因为陆游本身就是百姓中的一员。"采药九蒸晒"（《幽居》)④，"卖药云边市"（《题斋壁》),⑤"我是山中采药翁"（《花下小酌》),⑥ 他采了药，集了方，都是为百姓看病："怀药问邻疾"（《自贻》),⑦"送药时时过邻父"（《野兴》),⑧"施药乡邻喜"（《野兴》),⑨"邻翁来问疾，少话莫匆匆"（《小室》)。⑩ 感情真挚，医风高尚，令人肃然起敬！

他自己的日子本来就过得很清贫，特别是归乡之后的二十多年，更是贫甚，"幽窗灯火冷，浊酒倒残瓶"（《吾庐》),⑪ 房子漏了还得自己修补："补漏支倾吾可笑，呼奴乘屋更添茅"（《茸舍》),⑫"翦（jiǎn，剪断）茅旋补东厢屋"（《南堂杂兴》)。⑬ 茅草还得靠自己去亲自刈割："茆茨寒自刈。"（《小茸村居》)⑭ 但还常常自觉自愿地慷慨解囊，救济老乡。"民家避水，多依丘阜，以小舟载米赈之。"（《大雨逾旬，既止复作，江遂大涨》自注)⑮ 让人感动。

他一生的生活和事业，从来都没有离开过农村和民众。他的心一直与百姓在一起，感觉自己就是一个普通的民众。"向来真惯拥牛衣。"(《上书

---

① 《渭南文集校注》卷二十五，浙江古籍出版社 2015 年版，第 106 页。
② 《渭南文集校注》卷二十七，浙江古籍出版社 2015 年版，第 173 页。
③ 《剑南诗稿校注》卷六十五，上海古籍出版社 2005 年版，第 3673 页。
④ 《剑南诗稿校注》卷六十，上海古籍出版社 2005 年版，第 3460 页。
⑤ 《剑南诗稿校注》卷四十三，上海古籍出版社 2005 年版，第 2665 页。
⑥ 《剑南诗稿校注》卷八十一，上海古籍出版社 2005 年版，第 4372 页。
⑦ 《剑南诗稿校注》卷七十六，上海古籍出版社 2005 年版，第 4182 页。
⑧ 《剑南诗稿校注》卷七十六，上海古籍出版社 2005 年版，第 4158 页。
⑨ 《剑南诗稿校注》卷七十六，上海古籍出版社 2005 年版，第 4159 页。
⑩ 《剑南诗稿校注》卷八十四，上海古籍出版社 2005 年版，第 4517 页。
⑪ 《剑南诗稿校注》卷二十一，上海古籍出版社 2005 年版，第 1623 页。
⑫ 《剑南诗稿校注》卷五十七，上海古籍出版社 2005 年版，第 3336 页。
⑬ 《剑南诗稿校注》卷七十二，上海古籍出版社 2005 年版，第 3980 页。
⑭ 《剑南诗稿校注》卷二十三，上海古籍出版社 2005 年版，第 1700 页。
⑮ 《剑南诗稿校注》卷十二，上海古籍出版社 2005 年版，第 974 页。

乞祠》）①举凡民间的一切活动，都和大家一起参与："巷北观神社，村东看戏场。"（《幽居岁暮》）②有人作过统计，在他的诗文中涉及并涵盖了家乡的20多个重要的节庆活动。总是和大家一起喝酒、一起听书、一起"起舞"、一起"兴尽回桡"（《兰亭》）。③简直到了谁也离不开谁的地步。"交好贫尤笃，乡情老更亲。"（《与村邻聚饮》）④叶绍翁说"凡商贾、仙释、诗人、剑客，无不遍交"（《四朝闻见录》）。⑤这就是陆游的心态与自觉行动。他觉着自己原本就是个"草根"，他的生命、他的事业、他的创作之根，永远都深深扎根在哺育了自己的草野之中，所以他与他的文学，就永远地充满了生命的活力。

陆游太寻常了，也太普通了。抱孙子，晒太阳，甚而至于捉虱子："抱孙负日坐茆檐。"（《雨晴》）⑥"眼眚灯生晕，衣弊虱可扪。"（《岁暮风雨》）⑦陆游又是一个风流才子、浪漫文人。他携妓游玩，"尊前红袖醉成围"（《花时遍游诸家园》其六），⑧"走马碧鸡坊里去，市人唤作海棠狂"（其一），"且伴群儿斗草忙"（《蔬圃诗》）。⑨他不遵从"三从四德"的封建礼教，与唐氏离异之后，还给她在外边租了房，不时幽会；在四川从军生活期间，还和艺妓自由恋爱，不经"父母之命，媒妁之言"而自作主张，私自结合，搞起了婚外恋。笔者写过一篇文章，《陆游除了原配唐氏、继室王氏、小妾杨氏之外，是否还有第四个女人？》③就是说的他的"风流雅韵"之事。有兴趣的可以详参。

当然，说陆游是个普通人，但必须承认他又不是一个普通人，其区别就在于他能将普通人的平庸生活作诗化处理，并用自己的作品将它们写出来，传下去，成就了他一生的诗酒生涯。用钱锺书先生的话来说，他的不平凡之处，在于能够"咀嚼出日常生活的深永的滋味"（《宋诗选注》），⑩并将这生活的

---

①《剑南诗稿校注》卷二十，上海古籍出版社2005年版，第1523页。
②《剑南诗稿校注》卷八十，上海古籍出版社2005年版，第4318页。
③《剑南诗稿校注》卷二十三，上海古籍出版社2005年版，第1700页。
④《剑南诗稿校注》卷六十，上海古籍出版社2005年版，第3446页。
⑤叶绍翁：《四朝闻见录》，中华书局1989年版，第18页。
⑥《剑南诗稿校注》卷二十六，上海古籍出版社2005年版，第1830页。
⑦《剑南诗稿校注》卷二十六，上海古籍出版社2005年版，第1839页。
⑧《剑南诗稿校注》卷六，上海古籍出版社2005年版，第538页。
⑨《剑南诗稿校注》卷十三，上海古籍出版社2005年版，第1077页。
⑩钱锺书选注：《宋诗选注》，人民文学出版社1982年版，第7页。

"滋味"用诗文的"滋味"描述出来,给人们创造了丰富的文化遗产,让我们后人得以享受无尽。这就是他的不普通的一面,或者说即是"伟大"一面的一个表现。陆游是一个伟大与普通的结合体。别称"小太白"的陆游,他承继了李白"斗酒诗百篇"的传统,并依据自己的生活实践,大大地发展了这个中国古代文人的根本性特征。他自称是个"酒仙":"市人不识呼酒仙,异事争传一城说。"(《偶过浣花,感旧游戏作》)① 这里所说被一城争传的"异事",也就是那些嗜酒、饮酒、醉酒、诗酒的诸事。又自夸是"酒圣"(《闲中乐事》)。② 更说自己竟是个"酒徒":"酒徒诗社朝暮忙。"(《怀成都十韵》)③ 还企望自己死后能像刘伶一样被封个"醉侯"什么的:"死慕刘伶赠醉侯。"(同上)④ 嗜酒颓放,不拘礼法,就是浑浊的"村酒"("村酒甜酸市酒浑")⑤ 或者欠下"酒债"(《西村醉》:"酒宁剩欠寻常债")也要"常谋醉"(《自近村》:"贪犹自力常谋醉")⑥ 的。有人作过统计,在陆游诗中,以"醉"字起头的诗题就有84首,"对酒"起头的33首,而涉酒的诗总量接近于1000首,占其诗作总数的32%以上,堪称宋代第一,而且古代第一。

他把喝酒当成养身(生)的需要:"尊中酒满身强健"(《成都书事》),⑦解愁的需要:"有时堆阜起崒嵂,大呼索酒浇使平"(《饮酒》),⑧ "劝君莫辞酒,酒能解君愁"(《莫辞醉》)。⑨

更为重要的是陆游借酒激发创作冲动:"方我吸酒时,江山入胸中。肺肝生崔巍,吐出为长虹。"(《醉歌》)⑩ "诗成放笔千觞空。"(《凌云醉归》)⑪ 正是这酒后的狂放,"持酒颓放"(《三月十七日夜醉中作》)⑫ 成就了他诗歌豪放的风格特点。林语堂在《生活的艺术》中谈到他在酒后获

① 《剑南诗稿校注》卷八,上海古籍出版社2005年版,第627页。
② 《剑南诗稿校注》卷二十五,上海古籍出版社2005年版,第1815页。
③ 《剑南诗稿校注》卷十,上海古籍出版社2005年版,第825页。
④ 《剑南诗稿校注》卷十,上海古籍出版社2005年版,第825页。
⑤ 《剑南诗稿校注》卷十三,上海古籍出版社2005年版,第1038页。
⑥ 《剑南诗稿校注》卷十三,上海古籍出版社2005年版,第1036页。
⑦ 《剑南诗稿校注》卷六,上海古籍出版社2005年版,第528页。
⑧ 《剑南诗稿校注》卷五,上海古籍出版社2005年版,第424页。
⑨ 《剑南诗稿校注》卷八十一,上海古籍出版社2005年版,第4390页。
⑩ 《剑南诗稿校注》卷四,上海古籍出版社2005年版,第347页。
⑪ 《剑南诗稿校注》卷四,上海古籍出版社2005年版,第314页。
⑫ 《剑南诗稿校注》卷三,上海古籍出版社2005年版,第299页。

得创作的灵感时说过这样的话："一种排除一切障碍力量的自信心，一种加强的敏锐感和一种好像介于现实和幻想之间的创作思想力，好似都已被升到比较平时更高的行列，这时好像使人具有一种创作中所必需的自信心和解放动力。"① 这段深刻的论述，可以帮助我们更进一步地去探索陆游诗酒人生的真谛。

---

① 详文可参张福勋《诗的艺术世界》（内蒙古教育出版社 2003 年版）中之"诗神酒吻——诗酒关系略说"。

陆游六十六岁退隐之前所作的论书诗评析

文师华

（南昌大学 文学院）

摘要： 陆游一生，六十六岁以前以仕宦为主，六十六岁以后以退隐为主。他在六十六岁之前所作的吟咏或论述书法的诗以及写景抒怀诗中涉及书法的相关诗句，合到一起，共计十首，简称"论书诗"。内容包括题咏文房用具，记录陆游访碑临帖和书法创作的活动，描述陆游草书创作场景和心情。其中咏论草书的诗篇展示了他创作草书的高昂兴致和艺术水平，其中七古诗明显受李白《草书歌行》的影响，但又自具新意。

关键词： 陆游；退隐之前；咏论书法

陆游（1125—1210）是南宋伟大的爱国诗人，又是著名的书法家。其诗歌创作成就卓著，独树一帜，文学史上早有定论。在南宋书坛上，他与范成大、朱熹、张孝祥并称为"中兴四大家"。

陆游一生，经过了读书、科考、仕宦、退隐几个阶段。他十八岁跟随曾几学诗，二十九岁考中进士，三十四岁到宁德县任小吏，先后到朝廷担任敕令所删定官、枢密院编修，出任镇江通判等职；四十二岁罢官，在山阴闲居五年；四十六岁至五十四岁入蜀，先后到夔州、南郑、成都、蜀州、嘉州、荣州任职，前后共九年；五十四岁离蜀东归，到福建建安、江西任职；五十七岁至六十二岁，退隐山阴，前后六年；六十二岁出任严州知府，六十四岁到临安任军器少监，后为史官。宋光宗绍熙元年（1190）初，陆游六十六岁，第三次罢官，退隐山阴。六十六岁至八十五岁将近二十年，陆游绝大部分时间在山阴度过。纵观陆游一生，六十六岁以前以仕宦为主，历经宦海风波；六十六岁以后，以退隐为主，过着朴素平淡的农家生活。

陆游一生酷爱诗歌、书法，无论是做官，还是退隐，他都勤奋写诗，勤奋学书。他不仅有书法作品传世，而且用诗吟咏或论述书法。

陆游的书法造诣深厚，在师法前贤的基础上，形成了自己的特色。特别是晚年退居绍兴时创作的《自书诗稿》，内容以描绘农村风光、农家生活为主，表现了对人生的感悟和恬淡的心境。诗风清新朴素，近似陶渊明质朴平淡的田园诗。从书法艺术的角度看，此卷总体面貌是，笔法和结体更加老到，融杨凝式、苏轼、黄庭坚行草书为一体，笔画饱满，结体放纵，既有雄豪郁勃之气，又不失敦厚淡雅的意趣，可谓人书俱老，挥洒自如。[①]

本文着重收集并评析陆游六十六岁之前所作的吟咏或论述书法的诗以及写景抒怀诗中涉及书法的相关诗句，合到一起，简称"论书诗"。

据笔者初步统计，陆游六十六岁以前写的"论书诗"共计十首，其中以咏论书法为题的有六首，写景抒怀诗中涉及书法的诗有四首。十首之中咏论草书的有五首。就体裁而言，有五古、七古、七律、七绝等。就质量而言，有不少名篇佳句，其中咏论草书的诗歌更加精彩。以下对这十首咏论书法的诗进行分类评析。

一　题咏文房用具，记录陆游访碑临帖和书法创作的活动

陆游题咏文房用具的诗是五古《砚湖并引》。原文如下：

> 余得英石，数峰环立，其中凹处，可容一龠。
> 因以潴水代砚滴，名之曰砚湖，且为赋诗。
> 群山环一湖，湖水绿溶漾。微风掠窗过，亦解生细浪。
> 余流沿翠麓，倒影写青嶂。自然出天工，岂复烦巧匠。
> 病夫屏杯酌，不遣运酒舫。时时挹清泚，笔墨助豪宕。

---

① 文师华：《陆游书法墨迹〈怀成都十韵诗〉和〈自书诗帖〉解读》，载中国陆游研究会、汉中市陆游学会编《陆游与汉中》论文集，上海古籍出版社2013年版，第149页。

帖成龙蛇走，诗出雷雨壮。从今几砚旁，一扫蟾蜍样。①

　　砚滴，是古代文人磨墨时，往砚台里滴水的文具，又叫水注，有的砚滴做成蟾蜍形状。此诗写陆游得到一块天然的英石，其形状"数峰环立，其中凹处，可容一龠"，刚好用来作"砚滴"，"名之曰砚湖"。诗人雅爱这个天然英石做成的"砚湖"，觉得它能增添挥毫写字的豪兴："时时挹清泚，笔墨助豪宕。帖成龙蛇走，诗出雷雨壮。"

　　记录陆游访碑临帖和书法创作活动的诗有：七律《留题云门草堂》、七言古体《夏白纻二首》之二、七绝《雨后散步后园二首》之二、七律《临安春雨初霁》。

　　七律《留题云门草堂》：

　　　　小珠初为旬月期，二年留滞未应非。
　　　　寻碑野寺云生履，送客溪桥雪满衣。
　　　　亲涤砚池余墨渍，卧看炉面散烟霏。
　　　　他年游宦应无此，早买渔蓑未老归。②

　　此诗作于绍兴二十六年（1156）冬，作于山阴，当时陆游三十二岁。据《四库全书》本《渭南文集》卷二七《跋彩选》附云："绍兴甲戌七月三日，子宅过此彩选毕景。丙子二月五日，同季思访务观云门山草堂，复为此戏。子宅记。"绍兴甲戌为绍兴二十四年；彩选，唐宋时的一种博戏，类似后来的升官图；毕景，日影已尽，指入暮；丙子为绍兴二十六年。此诗有"二年留滞"句。根据这些可知，陆游于绍兴二十六年春即已居于云门山草堂，陆游初到云门当在绍兴二十四年或二十五年。

　　此诗描写诗人在云门草堂闲居的生活。诗中"寻碑野寺云生履"写到野外寻访古碑，"亲涤砚池余墨渍"写自己洗涤砚中残墨，可见他对书法的赏爱。

　　七言古体《夏白纻二首》之二：

────────────

① 北京大学古文献研究所编：《全宋诗》第 39 册，北京大学出版社 1998 年版，第 24708 页。
② 北京大学古文献研究所编：《全宋诗》第 39 册，北京大学出版社 1998 年版，第 24254 页。

翔鸾矫矫离风尘，眼明见此绝代人。

纱窗弄笔消永日，临得黄庭新逼真。

飞楼缥缈今何夕，月与玉人同一色。

下帘不为九霄寒，自要玲珑看团璧。①

此诗作于成都。白纻，指白色苎麻织成的夏布。诗人由洁白的夏布联想天上的明月和嫦娥。诗中"纱窗弄笔消永日，临得黄庭新逼真"二句，写到临写王羲之小楷《黄庭经》，说明诗人为官期间坚持临习古人法帖。

七绝《雨后散步后园二首》之二：

泽国霜迟木未疏，秋来更觉爱吾庐。

芭蕉绿润偏宜墨，戏就明窗学草书。②

此诗大约写于淳熙八年（1181）至淳熙十三年隐居山阴时期，抒发了对家园秋色的赏爱。诗中运用唐代"怀素书蕉"的故事，写"绿润"的芭蕉靠近明亮的书窗，正适合学写草书。

七律《临安春雨初霁》：

世味年来薄似纱，谁令骑马客京华。

小楼一夜听春雨，深巷明朝卖杏花。

矮纸斜行闲作草，晴窗细乳戏分茶。

素衣莫起风尘叹，犹及清明可到家。③

此诗大概写于淳熙十三年春天，陆游到临安等候朝廷任命的时候。诗人既感叹世态炎凉、人情淡薄，又赏爱绵绵春雨、明媚春光。诗中"矮纸斜行闲作草，晴窗细乳戏分茶"二句，反映诗人在仕途失意时以写字、饮茶等生活方式打发时光，排遣烦闷。

从以上五首诗，可以看出，陆游喜爱文房四宝和古代碑帖，临习过王

---

① 北京大学古文献研究所编：《全宋诗》第39册，北京大学出版社1998年版，第24404页。

② 北京大学古文献研究所编：《全宋诗》第39册，北京大学出版社1998年版，第24578页。

③ 北京大学古文献研究所编：《全宋诗》第39册，北京大学出版社1998年版，第24638页。

羲之小楷、怀素草书，并且以书法表达闲适的心情或排遣心中的郁闷。

二 描述陆游草书创作的场景和心情

陆游描写自己退隐之前草书创作的场景和心情的诗有：七古《题醉中所作草书卷后》、七古《草书歌》（倾家）、七绝《八月五日夜半起饮酒作草书数纸》、七律《醉中草书因戏作此诗》、七古《醉中作行草数纸》。

七古《题醉中所作草书卷后》：

> 胸中磊落藏五兵，欲试无路空峥嵘。
> 酒为旗鼓笔刀槊，势从天落银河倾。
> 端溪石池浓作墨，烛光相射飞纵横。
> 须臾收卷复把酒，如见万里烟尘清。
> 丈夫身在要有立，逆寇运尽行当平。
> 何时夜出五原塞，不闻人语闻鞭声。①

五兵：指各种兵器，代指用兵韬略。槊：长矛。五原：关塞名，在内蒙古五原县；又是地名的合称，在今陕西省，陕西古代有毕原、白鹿原、少陵原、高阳原、细柳原，合称五原。

诗的开头两句，写自己胸藏韬略，欲试无路。三句至八句，描绘自己醉中作草书的情景：酒力化为旗鼓，以笔为刀枪长矛，尽情挥洒，笔势奔放，仿佛银河倾泻；端溪砚中浓黑的墨光与厅堂中的烛光相互映射，纵横飞动，真正是笔飞墨舞，淋漓酣畅。写完草书后，重新把酒欣赏，由动而静，如见万里山川烟尘消散，一派平静。九句至十二句与开头两句相呼应，由咏草书转向表达人生志向：大丈夫应该立志报国，收复河山。全诗把咏草书与报国志向结合起来，格调高昂，笔力雄健。

此诗的艺术特色表现在：运用了借代、比喻、夸张等修辞手法。如"胸中磊落藏五兵""不闻人语闻鞭声"二句，"五兵"代指用兵韬略，"鞭声"代指骑马行军。"酒为旗鼓笔刀槊，势从天落银河倾"二句，以旗鼓比喻令人兴奋的酒，以刀矛比喻笔，以银河倾泻比喻笔势奔放，这些比

---

① 北京大学古文献研究所编：《全宋诗》第39册，北京大学出版社1998年版，第24397页。

喻都带有夸张的特点。"烛光相射飞纵横"明显是夸张。

七古《草书歌》：

> 倾家酿酒三千石，闲愁万斛酒不敌。
> 今朝醉眼烂岩电，提笔四顾天地窄。
> 忽然挥扫不自知，风云入怀天借力。
> 神龙战野昏雾腥，奇鬼摧山太阴黑。
> 此时驱尽胸中愁，捶床大叫狂堕帻。
> 吴笺蜀素不快人，付与高堂三丈壁。①

此诗写于淳熙九年，五十八岁，写于山阴。

倾家：尽其家产。烂岩电：形容目光有神。《世说新语·容止》："裴令公目王安丰眼烂烂如岩下电。高堂：高大敞亮的厅堂。

此诗描写了诗人以酒浇愁、醉中作草书、寄情于草书的生活片段。一、二句用夸张手法，写用自酿的三千担酒消除不了万斛闲愁，"闲愁"奠定了全诗的基调。三句至八句，描绘诗人狂醉中写草书的自由放纵的情景，诗人醉中提笔，任情挥洒，仿佛天助笔力，风云激荡。笔势上下飞动，曲折盘旋，仿佛神龙交战于旷野；墨气弥漫，仿佛云雾笼罩，月色昏暗。九句至十二句，继续描绘诗人以草书排遣闲愁的行为、神情：捶床大叫，头巾脱落，嫌吴笺、蜀素尺寸太小，要在高大敞亮厅堂的墙壁上挥毫泼墨，笔墨之间充溢着狂放不羁的豪气。

此诗的写作特点很明显，一是押仄声韵，急促有力；二是运用比喻、夸张的修辞手法，如"今朝醉眼烂岩电""神龙战野昏雾腥""奇鬼摧山太阴黑"都是巧妙的比喻，并兼带夸张，"倾家酿酒三千石，闲愁万斛酒不敌""提笔四顾天地窄"均为大胆夸张；三是动作神情的描写，生动逼真，如"此时驱尽胸中愁，捶床大叫狂堕帻。吴笺蜀素不快人，付与高堂三丈壁"四句。

七绝《八月五日夜半起饮酒作草书数纸》：

> 有漏神仙有发僧，碧幮欹枕对秋灯。

---

① 北京大学古文献研究所编：《全宋诗》第39册，北京大学出版社1998年版，第24567页。

忽然起索三升酒，飒飒蛟龙入剡藤。①

有漏，有烦恼，漏有流失、泄漏的意思。此诗前二句戏称自己是有烦恼的神仙、有头发的僧人，秋天晚上斜靠在枕头上，面对油灯，难以入睡，后二句，写半夜起来，饮酒作草书，笔行纸上，风神飒飒，如蛟龙飞舞。

七律《醉中草书因戏作此诗》：

> 赐休暂解簿书围，醉草今年颇入微。
> 手挹冻醪秋露重，卷翻狂墨瘦蛟飞。
> 临池勤苦今安有，漏壁工夫古亦稀。
> 稚子问翁新悟处，欲言直恐泄天机。②

赐休：皇帝恩赐退休。簿书：官署文书。冻醪：冬天酿造，春天饮用的酒。狂墨：形容草书酣畅淋漓。漏壁工夫：出自唐代陆羽《释怀素与颜真卿论草书》，漏，指颜真卿所说的"屋漏痕"，本意是房屋漏雨时，雨水沿着墙壁流淌下来，既流动连贯，又有曲折快慢的变化，用来比喻笔画既自然流动又起伏顿挫；壁，指怀素所说的"坼壁之路，一一自然"，本意是开裂的墙壁的纹路，每一道都是那样自然，用来比喻笔画劲健自然。天机：造化的奥秘，喻指草书创作中难以言表的灵感。

此诗主要是表达陆游醉中写草书的体会。一、二句叙述自己罢官后，从繁杂的官署文章中解脱出来，有时间临池学书，技法得到提高，因而带着醉意写草书颇能进入精微的境地。三、四句描写秋日饮酒挥毫，草书笔力劲健狂放，墨色酣畅，如蛟龙飞舞。五、六句肯定自己临池勤苦，技法已达到唐代颜真卿所说的"屋漏痕"、怀素所说的"坼壁之路"的境界。七、八句表明自己对草书奥秘有新的领悟，但不可轻易泄露，实际上也难以说得清楚。

从写作特点看，此诗语言精练，对仗工巧。但从言与意的关系而言，律诗在描写草书的特征和诗人狂放个性方面，总让人感到不如七古那样自

---

①　北京大学古文献研究所编：《全宋诗》第39册，北京大学出版社1998年版，第24578页。
②　北京大学古文献研究所编：《全宋诗》第39册，北京大学出版社1998年版，第24688页。

由放纵，跌宕多姿。

七古《醉中作行草数纸》：

> 还家痛饮洗尘土，醉帖淋漓寄豪举。
> 石池墨汁如海宽，玄云下垂黑蛟舞。
> 太阴鬼神挟风雨，夜半马陵飞万弩。
> 堂堂笔阵从天下，气压唐人折钗股。
> 丈夫本意陋千古，残虏何足膏砧斧。
> 驿书驰报儿单于，直用毛锥惊杀汝。①

此诗作于光宗绍熙元年（1190），陆游六十六岁。从此年起，陆游隐居山阴近二十年。此诗可视为陆游退隐之前所写的最后一首论书诗，也可视为退隐之后所写的第一首论书诗。

此诗描写诗人带着醉意创作草书的神情举动，并抒发了杀敌报国的情怀。

马陵，指战国时代的马陵之战，齐国孙膑大败魏国庞涓。

诗的前面八句，写痛饮之后，带着醉意创作草书时豪放不羁的神情举动。在诗人笔下，充分运用比喻兼夸张的修辞手法，描绘草书创作的情景：砚池中的墨汁像海水那样宽阔，劲健奔放的笔画像是黑云垂挂天空，像是黑色的蛟龙飞舞。全篇的气势，像是太阴鬼神裹挟风雨，又像是战国时代马陵之战中，半夜时分，齐国军队万箭齐发，势不可当。诗人觉得自己此时的笔法气势超过了唐人"折钗股"笔法。后面四句，借题发挥，以毛笔草写战书，以笔代戈，惊杀入侵中原的残虏，表现了爱国的情怀。把描绘草书创作的豪迈气势与杀敌报国的情怀结合起来，是此诗的主要内容。运用比喻带夸张的修辞手法，是此诗突出的写作特点。

以上咏论草书的诗主要描绘陆游醉中作草书那种自由放纵的情景，表现了陆游创作草书的高昂兴致和艺术水平，激情洋溢，格调高昂，笔力雄健。从写作特点上看，这类诗中的七古比七律、七绝写得更精彩。七古篇幅长，自由发挥的余地大，不仅有动作、神态描写，而且广泛运用借代、比喻、夸张等修辞手法，融入银河、云雾、风雨、蛟龙、战争、旗鼓、刀

---

① 北京大学古文献研究所编：《全宋诗》第 39 册，北京大学出版社 1998 年版，第 24721 页。

矛等众多物象,色彩斑斓,气势磅礴。而七律、七绝在描写草书的特征和诗人狂放个性方面,总让人感到工巧有余,豪宕不足,不如七古那样自由放纵、跌宕多姿,说明七古更适合描写狂草。

陆游描写草书创作场景和心情的七古诗,明显受到唐代李白《草书歌行》的影响。李白《草书歌行》云:

少年上人号怀素,草书天下称独步。墨池飞出北溟鱼,笔锋杀尽中山兔。

八月九月天气凉,酒徒词客满高堂。笺麻素绢排数箱,宣州石砚墨色光。

吾师醉后倚绳床,须臾扫尽数千张。飘风骤雨惊飒飒,落花飞雪何茫茫。

起来向壁不停手,一行数字大如斗。恍恍如闻神鬼惊,时时只见龙蛇走。

左盘右蹙如惊电,状同楚汉相攻战。湖南七郡凡几家,家家屏障书题遍。

王逸少、张伯英,古来几许浪得名。张颠老死不足数,我师此义不师古。

古来万事贵天生,何必要公孙大娘浑脱舞。①

李白比怀素(737—?)(卒于贞元末年,活了六十多岁)大二十多岁,但对怀素这位少年晚辈的草书非常推崇,特别是对他不盲目师古、敢于自出机杼、勇于创新的精神更是称赞。诗的开头四句肯定怀素草书天下独步的地位和勤奋学书的精神。从"八月九月"至"楚汉相攻战"十四句,选择酒徒词客聚集、笺麻素绢堆积、怀素醉后挥毫作草书的场景,表现怀素旁若无人、自由挥洒的创作过程,描绘怀素狂草千变万化的特点和惊天地泣鬼神的力量。从"湖南七郡"到结尾,把怀素与王羲之、张芝、张旭比较,肯定怀素师心不师古的独创精神。

此诗的艺术特点如下。一是结构首尾圆合:开头四句总写,中间十四句具体描绘怀素酒后作书的场景,最后从古今对比的角度再次肯定怀素的

---

① (清)王琦注:《李太白全集》上册,中华书局1977年版,第456页。

独创精神，首尾圆合。二是大量运用比喻、夸张，充满浪漫情调。"墨池飞出北溟鱼"一句运用《庄子·逍遥游》的典故，兼有比喻、夸张的修辞手法，即把墨池比作大海，把临池作书的怀素比作展翅高飞的鲲鹏，凸显怀素狂放不羁的性格，"笔锋杀尽中山兔"用夸张的手法突出怀素对书法的执着勤奋。"须臾扫尽数千张"用夸张手法形容怀素醉后作书速度飞快。"飘风骤雨惊飒飒，落花飞雪何茫茫。起来向壁不停手，一行数字大如斗。恍恍如闻神鬼惊，时时只见龙蛇走。左盘右蹙如惊电，状同楚汉相攻战。"八句比喻中带夸张，用飘风骤雨、落花飞雪、字大如斗、神鬼惊泣、龙蛇竞走、惊雷闪电、楚汉相攻战等丰富的物象和战争场面，描绘怀素狂草笔画忽而轻灵，忽而顿挫，字势忽而收敛，忽而阔大，章法忽而密集，忽而疏朗，笔力雄强飞动，气势磅礴，充满惊天地、泣鬼神的力量。全诗使人读后，如见其人，如睹其书。李白此诗，无论是对怀素狂草艺术的评价，还是所运用的比喻、夸张手法，以及诗中的浪漫情调，都对后来许多作者所写的咏怀素草书的诗产生了很大影响，甚至可以说是后来咏怀素草书诗的范本，因而是最值得重视的一首咏怀素草书的诗。①

把陆游吟咏草书的七古诗与李白的《草书歌行》比较一下，不难看出，陆游咏草书的七古诗在描写动作、神情，运用比喻、夸张等修辞手法，融入自然物象和战争兵器，乃至行文气势等方面，与李白的《草书歌行》一脉相承。不同的是李白《草书歌行》所描绘和赞美的是少年晚辈怀素的草书，而陆游这些七古所描绘的是自己的草书，甚至把咏草书与报国志向结合起来、仕途失意的愁苦结合起来，如《题醉中所作草书卷后》《草书歌》等，其内涵与李白《草书歌行》又有不同。

---

① 文师华：《唐五代咏书诗所记录的诗人书法观念和书法文化现象》，收中国唐代文学学会、西北大学文学院等主编《唐代文学研究》第十五辑，广西师范大学出版社 2014 年版，第 157 页。

杜甫陆游巴蜀酒诗比较研究

马 旭

（中国社会科学院 文学研究所）

摘要：杜甫与陆游都曾到过巴蜀之地，在这里他们创作了巴蜀酒诗，他们饮酒、写酒的行为是中国诗酒文化的具体表现，更是他们诗歌精神内涵的集中反映，二人的巴蜀酒诗具有以下可比研究点：一是巴蜀酒文化历史在二人巴蜀酒诗中的反映；二是巴蜀酒诗中的情感指向的一致性；三是巴蜀酒诗中所反映的主题精神与主体形象的异同。通过对二人巴蜀酒诗的比较能够了解中华民族传统文化中的诗酒文化生活，以及两位爱国主义者的爱国情怀，二人巴蜀酒诗的内涵对阐释传统文化中的爱国思想有很高的典范意义。

关键词：杜甫；陆游；巴蜀；酒诗

陆游是南宋时期最伟大的爱国诗人之一，他将一生的经历都投入在建功立业之上，而他为国献身、为民着想的人生体验又成为他笔下诗文的主要书写范畴。陆游一生敬仰和推崇杜甫，他的诗歌创作有意学习杜甫，在诗歌中又多次谈及杜甫，虽然陆游没有杜诗评注类专著问世，也无自成系统的杜甫研究专论，但他却称得上是南宋时期杜甫研究专家。他对杜甫顶礼膜拜，对杜甫、杜诗及同时代人接受杜甫的情况，思考、评论的言说颇多，基本散落于他的诗歌、笔记、序跋等中。关于杜甫陆游诗歌的比较研究已是宋代杜诗学的重要研究内容，且成果颇多。近些年来，学者探讨陆游与杜甫的关系，从二人诗歌创作角度，从二人的经历，从二人对文学的主张以及陆游寻杜历程等方面展开，研究者对相关材料爬梳剔抉，所获颇丰。关于二人酒诗研究也比较丰富。特别是关于陆游的饮酒诗，陆游平生喜饮酒，喜写酒，其近万首诗中写到饮酒者有近三千首。研究者从陆游与酒文化，陆游咏酒的特征，酒诗的主题思想、艺术特征、形成原因等都有探讨。杜甫的酒诗研究涉及：杜诗与酒文化、杜甫酒诗内容、杜甫酒诗思想意识等方面。但是，关于二者酒诗的比较研究到目前为止尚还空缺，再将二者酒诗范围缩小到巴蜀酒诗，更是无人谈及。笔者认为二者巴蜀酒诗具有以下可比研究点：（1）巴蜀酒文化历史在二人巴蜀酒诗中的反映；（2）巴蜀酒诗中的情感指向的一致性；（3）巴蜀酒诗中所反映的主题精神与主体形象的异同。通过对二人巴蜀酒诗的比较能够了解中华民族传统文化中的诗酒文化生活，以及两位爱国主义者的爱国情怀，二人巴蜀酒诗的内涵对阐释传统文化中的爱国思想有很高的典范意义。

一　巴蜀酒文化与二人巴蜀酒诗创作

巴蜀酒文化可以追溯到先秦时期，《仪礼·聘礼》曰："醙、黍、清皆两壶。"郑玄注："醙，白酒也。"① 龙晦先生在《蜀酒与烧酒》中考证三国时期"蜀"以为"叟"，因此蜀酒以"醙"来代替。"醙"是蜀地上供周的美酒，是聘酒中规格较高、品质较好的一种酒。蜀人以酒祭祀的事例在《华阳国志》中有所记载："九世有开明帝，始立宗庙，以酒曰醴，乐曰荆，人尚赤，帝称王。"② 说明在开明帝时，蜀人就用酒来祭祀。除了史书记载，在一些考古出土物品中，也可说明巴蜀早在先秦时期就有了酿酒技术和用酒祭祀的传统。1980 年 3 月在新都马家公社（今镇）战国中早期墓出土了一枚方形錾纽铜印章，研究者将其称为"巴蜀印章"，印章上的图像就是一樽酒，说明酒在祭祀中的重要作用。巴蜀地区得天独厚的自然环境，衍生出的酿酒技艺与酒事活动也随之得以繁荣。两汉时期，关于蜀酒的记载最著名的莫过于《史记》中所载卓文君为生计当垆卖酒，说明在西汉时期，蜀地饮酒之风已相当盛行，蜀酒市场颇为繁荣，卖酒也已足以营生；文君也是现存文献中最早提及的"卖酒人"。在成都出土的东汉墓室画像砖上，也生动刻画了民间酒肆沽酒和贵族宴饮的场景，充分显示出两汉时期蜀地饮酒风很盛，沽酒市场颇繁荣，官吏百姓都有饮酒的喜好。

① 《仪礼·聘礼》，《十三经注疏》第十四册，北京大学出版社 2000 年版，第 1251 页。
② 常璩撰，刘琳校注：《华阳国志注释》，四川大学出版社 2015 年版，第 124 页。

到了唐代，《旧唐书》《新唐书》所记载的剑南道盛产的剑南春酒声名远扬，作为贡品每年上供给皇家享用。唐代酿酒业及其相关产业的发展直接影响到宋代酒文化的发展，在宋代文学和史书中也有大量关于蜀酒的记载。对蜀酒的宣扬和赞美，杜甫和陆游二人都功不可没。二人不仅实地到过巴蜀，而且亲自品尝过巴蜀酒，从二人的诗歌中我们发现有以下几种蜀酒描述最多。

郫筒酒：杜诗《将赴成都草堂途中有作先寄严郑公五首》其一："得归茅屋赴成都，直为文翁再剖符。但使闾阎还揖让，敢论松竹久荒芜。鱼知丙穴犹来美，酒忆郫筒不用酤。五马旧曾谙小径，几回书札待潜夫。"①公元764年，杜甫经梓州到阆州，准备出峡，受好友严武之邀，重回成都，通过写对郫筒酒的向往，表现出诗人渴望还归成都之情。清人仇兆鳌《杜诗详注》卷十三引《成都记》："成都府西五十里，因水标名曰郫县，以竹筒盛美酒，号为郫筒。"又引《华阳风俗录》："郫县有郫筒池，池旁有大竹。郫人剖其节，倾春酿于筒，苞以藕丝，蔽以蕉叶，信宿香达于林外，然后断之以献，俗号郫筒酒。"这两条材料记载了郫筒酒的制作过程：当地人将酒盛入竹筒中，用芭蕉叶密封，放置于林外酿造，经过一段时间发酵，酒具有了竹筒的清香与甘甜之味。陆游有《思蜀三首》，这组诗是陆游从蜀地回到山阴后，怀念蜀地故友、美食与美酒而作，其中就描写了对昔日饮郫筒酒的回忆："园庐已卜锦城东，乘驿归来更得穷。只道骅骝开道路，岂知鱼鸟困池笼。石犀祠下春波绿，金雁桥边夜烛红。未死旧游如可继，典衣犹拟醉郫筒。"②尽管陆游在蜀地没有如愿以偿地在前线杀敌报国，回忆起在蜀中的遭遇或许是痛苦的，但对蜀中的郫筒酒却记忆犹新，如果能再次回到蜀地，陆游愿意典当衣服也要买郫筒酒，一饮而醉。

鹅黄酒：广德元年（763）春，杜甫前往汉州会见房琯，虽未见到故人，但他在汉州却又停留了一段时日，写下了八首诗。其中在汉州城西北角官池所作《舟前小鹅儿》提到了汉州的鹅黄酒，"鹅儿黄似酒，对酒爱新鹅。引颈嗔船逼，无行乱眼多。翅开遭宿雨，力小困沧波。客散层城暮，狐狸奈若何。"这首诗看似写鹅，实际是借鹅写酒，赞美了名冠蜀中

---

① 杜甫撰，仇兆鳌注：《杜诗详注》，《将赴成都草堂途中有作先寄严郑公五首》卷十三，第四册，中华书局2015年版，第1336页。（以下杜甫诗均引自此本）
② 钱仲联、马亚中主编：《陆游全集校注》，《思蜀三首》卷三十八，第五册，浙江教育出版社2011年版，第67页。（以下陆游的诗均引自此本）

的"鹅黄酒"。《杜诗详注》引《方舆胜览》:"鹅黄乃汉州酒名,蜀中无能及者。卢照邻诗'鹅黄粉白车中出',裴庆馀诗'满额鹅黄金缕衣'皆言淡黄色也,杜诗则言酒色。"①宋代,汉州鹅黄酒受到时人喜爱,苏辙有诗《送周思道朝议归守汉州三绝》:"酒压郫筒忆旧酤,花传丘老出新图。此行真胜成都尹,直为房公百顷湖。"苏辙自注:"汉州官酒,蜀中推第一。"陆游的巴蜀酒诗也对鹅黄酒赞不绝口,陆游诗《蜀酒歌》:"汉州鹅黄莺凤雏,不掩不搏德有余"②,《感旧绝句》中有"鹅黄酒边绿荔枝,摩诃池上纳凉时",《游汉州西湖》又云:"叹息风流今未泯,两川名酝避鹅黄"③,还有《晚春感事》"酿成西蜀鹅雏酒,煮就东坡玉糁羹"④,都表现出诗人对此酒的喜爱之情。陆游把鹅黄酒看作蜀酒之最,并以鹅黄酒泛指好酒之事。

重碧酒:杜甫诗《宴戎州杨使君东楼》:"胜绝惊身老,情忘发兴奇。座从歌妓密,乐任主人为。重碧拈春酒,轻红擘荔枝。楼高欲愁思,横笛未休吹。"⑤宋人对这首诗的注释如下:"【洙曰】曹子建七启云:'春清缥酒。'注:'缥,深碧色。'蜀都赋:'旁挺龙目,侧生荔枝。'【苏曰】欧阳文忠公曰:'酤,当作"拈"。'李充闽中行云:'擘荔枝,湿轻红。酌竹叶,艳深绿。'【赵曰】旧本作'酤春酒',非也,善本作'拈'。则元稹元日诗:'羞看稚子先拈酒。'白乐天岁假诗云:'岁酒先拈辞不得。'荔子虽有数种,而膜皆带粉红,黄鲁直在戎州时,王公权家荔子绿,廖致平家绿荔枝诗:'试倾一杯重碧色,快剥千颗轻红肌。'【希曰】'春'字作'筒'字,张君房载:'历城北有使君林,魏正始中,郑公慤于三伏之际率僚避暑于此,取大荷叶盛酒,以簪刺,令与柄屈通茎轮菌,如象鼻传翕之,名为碧筒。历下皆效之,云酒味杂莲气,香冷胜于它酎。郡国志:'僰住施夷中多以荔枝为业,园植万株树,收一万五千斛。'唐志:'戎州贡荔枝煎。'九域志:'戎州有荔枝园。'此故云。"⑥"重碧"是唐代戎州官府酿造的酒,戎州即今四川宜宾市。在唐代,酿酒人用红高粱、糯米、

---

① 《舟前小鹅儿》卷十二,第四册,第1219页。
② 《蜀酒歌》卷四,第一册,第257页。
③ 《游汉州西湖》卷三,第一册,第215页。
④ 《晚春感事》卷二十二,第三册,第389页。
⑤ 《宴戎州杨使君东楼》卷十四,第五册,第1476页。
⑥ 黄希、黄鹤补注:《集千家注杜陵诗史》卷二十七,《文渊阁四库全书》,第599页。

大米、小麦四种原料酿成重碧酒。再到后来，重碧酒演变成荔枝绿，即用红高粱、糯米、大米、小麦、玉米来酿造，这与今天宜宾名酒五粮液已经很相似了。范成大有诗《七夕至叙州登锁江亭山谷谪居此屡登此亭有诗四篇敬用其韵》："我来但醉春碧酒（原注：郡酝旧名重碧，取杜子美东楼诗'重碧拈春酒'之句，余更其名春碧，语意便胜），星桥脉脉向三更"，可见重碧酒在宋朝受欢迎的程度之深。陆游有诗《道院杂兴三》："早岁知闻久已空，岿然犹有灞城翁。东楼谁记倾春碧，北岭空思擘晚红。"① 陆游自注：叙州，盖古戎州也。有东楼厨酝，本名重碧，范至能易为春碧。陆游接受了范成大将"重碧"改为"春碧"的说法，在陆游诗中凡出现春碧实际为重碧酒。另陆游有诗《万州放船过下岩小留》："醉里偏怜江水绿，意中已想荔枝红"②，这首诗创作于他东归途中，诗歌表现了陆游对荔枝酒的痴爱之情。在《忆昔》一诗中他又提到此酒，"楠阴暗处寻高寿，荔枝红时宿下岩"。陆游除了直接称荔枝酒，他还称此酒为"方红""江绿"，《荔子绝句》："放翁游蜀十年回，病眼茫茫每懒开。怪道酒边光景别，方红江绿一时来。"陆游近十年的游蜀经历，成为他东归后最珍贵的回忆，时时怀念蜀地蜀人和蜀物，而蜀酒更是他最为怀念的蜀物之一，想到蜀中美酒，他一时感慨，作诗为念。

杜甫入蜀之后，在成都度过了一段难得的相对安定的日子，足迹遍布大半个四川，交游广泛，经历丰富，笔耕不辍，记载了多种四川美酒。在杜甫巴蜀酒诗中，我们能找到颜色各异、味道不同的各种蜀酒，这些美酒有鹅黄色的、白色的、绿色的；有浓香的、有甘甜的，杜甫用亲身经历和体会得出了"蜀酒浓无敌"的特点。而陆游在蜀中的寻杜历程，自然少不了对杜甫诗中所记载的名酒的品尝，因此，在二人的巴蜀酒诗中我们可以看到相同的酒名，以及对蜀酒的赞美。陆游东归后，总会想起巴蜀的诗酒经历，他总结八年巴蜀生活是："纵酒山南千日醉，看花剑外十年狂。"二人对巴蜀酒诗的描写丰富了巴蜀的诗酒文化。

二　巴蜀酒诗的情感指向

杜甫入蜀的直接原因是关中动乱，生计维艰。安史之乱爆发于天宝十

---

① 《道院杂兴三》卷六十五，第七册，第82页。
② 《万州放船过下岩小留》卷十，第二册，第186页。

四载（755）十一月，杜甫遭受了任命、贬官、辞官的经历后，决定携家眷离开战乱的中原，去西南寻找生活和心灵的宁静。杜甫入蜀的另一个原因是其旧友当时大都入蜀，世交严武因被认为与房琯同党，由京兆少尹贬为巴州刺史，旧友高适在杜甫入蜀前半年被任命为彭州刺史。杜甫与房琯是"布衣交"①，高适、严武同居哥舒翰幕府，杜甫欲投哥舒翰幕府②，他们彼此间，都有一个共同抱负，就是齐心协力平定安史之乱，匡扶唐室。然而现实却让他们一次次失望："贼每破一城，城中衣服、财贿、妇人皆为所掠。男子壮者使之负担，羸病少幼，皆以刀槊戏杀之。"③乾道五年（1169），陆游受任通判夔州，于是有了入蜀之行。至淳熙五年（1178），陆氏五十四岁，始奉诏离蜀东归，其间除半年多在陕南作四川宣抚使王炎的干办公事兼检法官外，绝大部分时间在蜀中度过。陆游以仕宦入蜀，杜甫则以避难入蜀，但二者的共同目标只有一个——谋生，陆游曾说："残年走巴峡，辛苦为斗米。"杨万里《跋陆务观剑南诗稿》其一曰："重寻子美行程旧，尽拾灵均怨句新。鬼啸槭啼巴峡雨，花红玉白剑南春。"可见，陆游来巴蜀向杜甫学习，实际是亲历其境走杜甫走过的路。二人的巴蜀诗酒中有一个共同的情感指向即为国而饮。杜甫来蜀后寓居草堂，在朋友的照顾下，生活稍有好转，当时成都虽然平安无事，但杜甫却心系天下，不仅担心中原地区的战事，更是关心唐代与地处成都边隅吐蕃之间发生的战事。因此，在杜甫的巴蜀酒诗中，诗人写饮酒，更是写以酒消愁。宝应元年杜甫应避徐知道之乱，寓居梓州，作《寄题江外草堂》抒发其对草堂的怀念之情："我生性放诞，雅欲逃自然。嗜酒爱风竹，卜居必林泉。遭乱到蜀江，卧疴遣所便。诛茅初一亩，广地方连延。经营上元始，断手宝应年。敢谋土木丽，自觉面势坚。亭台随高下，敞豁当清川。惟有会心侣，数能同钓船。干戈未偃息，安得酣歌眠。蛟龙无定窟，黄鹄摩苍天。古来贤达士，宁受外物牵。顾惟鲁钝姿，岂识悔吝先。偶携老妻去，惨澹凌风烟。事迹无固必，幽贞贵双全。尚念四小松，蔓草易构缠。霜骨不堪长，永为邻里怜。"④

此时徐知道兵乱成都，杜甫被迫离开成都草堂，成都局势杜甫时刻忧

---

① 欧阳修、宋祁：《新唐书》卷二一，中华书局1975年版，第5736页。
② 杜甫有诗《投赠哥舒开府翰二十韵》对哥舒翰称颂备至。
③ 司马光：《资治通鉴》卷二一九，岳麓书社2011年版，第3250页。
④ 《寄题江外草堂》卷十二，第四册，第1225页。

念在心，即使是饮酒之时也念念不忘。诗歌中谈到自己嗜酒，想饮酒一醉方休，可是安史之乱、成都与吐蕃之间的战事、成都内部的大乱让他感到"干戈未偃息，安得醋歌眠"，不能尽情地饮酒、痛快地高歌，只能抒发自己对成都战事的担忧。杜甫嗜酒，也喜写酒，但在他的巴蜀酒诗中很少有写痛快饮酒、酣畅淋漓的状态，更多的是以饮酒消除国家战事、民生苦难、个人颠沛流离、家人朋友四处奔波的苦恼，这与杜甫一生与国家时局命运紧密地联系在一起有直接原因。公元762年，杜甫沿涪江顺流而下，到达射洪金华山，他冒着风寒，登顶金华，极目远望，举杯畅饮"射洪春酒"，诗情涌动，一挥而就千古名篇《野望》："金华山北涪水西，仲冬风日始凄凄。山连越巂蟠三蜀，水散巴渝下五溪。独鹤不知何事舞，饥乌似欲向人啼。射洪春酒寒仍绿，目极伤神谁为携。"射洪春酒虽好，却只能举杯痛饮，远眺山川景色虽美，却为国家的破碎而黯然伤神。

陆游很早就对巴蜀地区倾慕向往，《巴东遇小雨》记："西行万里亦何为？欲就骚人乞弃遗。"他在《东楼集序》中说："余少读地志，至蜀汉巴僰，辄怅然有游历山川、揽观风俗之志。私窃自怪，以为异时或至其地以偿素心，未可知也。"陆游以出任夔州通判而入蜀，实际也是圆了他早年想追随杜甫踪迹的愿望。陆游不仅诗法于杜甫，最重要的是他与杜甫有着同样的爱国之心，并且二人所处经历也非常相似。杜甫经历了大唐帝国由盛而衰的过程，面对安史之乱致使社会动荡，百姓遭殃，杜甫深感痛惜。然而，历史往往有其惊人的相似，陆游经历靖康之变，饱尝了国破家亡、妻离子散的苦难。当陆游来到蜀地时，他既是追寻了杜甫的踪迹，又与杜甫有同感深受的思想共鸣。在陆游的巴蜀酒诗中，也同样寄托着深厚的爱国之情。陆游有诗《荔枝楼小酌》："碧瓦朱栏已半摧，强呼歌舞试樽罍。邦人莫讶心情懒，新出莺花海里来。病与愁兼怯酒船，巴歌闻罢更凄然。此身未死长为客，回首夔州又二年。"① 这首诗作于乾道九年夏，此时，陆游已任嘉州知州，本想在南郑战场建功立业的他，却不到八个月的时间就返回了蜀地，抗金杀敌的愿望不能实现，远离战场后心有不甘写下这首诗，诗题为小酌，诗句却不见饮酒之雅兴，整首诗歌都笼罩着悲凉之情，对国家的存亡感到惆怅，对自己的仕途坎坷感到无奈，小酌以抒苦闷心绪。又如《北望感怀》一诗："荣河温洛帝王州，七十年来禾黍秋。大事

---

① 《荔枝楼小酌》卷三，第一册，第235页。

竟为朋党误，遗民空叹岁时遒。乾坤恨入新丰酒，霜露寒侵季子裘。食粟本同天下责，孤臣敢独废深忧！"① 该诗作于庆元五年（1199 年）冬，陆游心念失地，企首北望，不由得激起了他对南宋统治集团热衷私斗、误国误民罪恶的强烈愤慨。再如他的《宝剑吟》："幽人枕宝剑，殷殷夜有声。人言剑化龙，直恐兴风霆。不然愤狂房，慨然思退征。取酒起酹剑，至宝当潜形，岂无知君者，时来自施行。一匣有余地，胡为鸣不平？"② 该诗作于乾道九年，诗人以"幽人"和"宝剑"自比。"取酒起酹剑"一句极为悲壮，寄托着作者渴望抗金杀敌、捐躯国难的豪侠情怀。"把酒不能饮，苦泪滴酒筋，醉酒蜀江中，和泪下荆扬。……请书一尺檄，为国平胡羌"（《江上对酒作》），该诗写于 1174 年，诗人心念国事，借酒发出悲壮激昂的请战诉求。

三　巴蜀酒诗中所反映的主题精神与主体形象的异同

杜甫来到巴蜀后，虽是过上了较为安宁的生活，但其内心始终没有平静，他的巴蜀酒诗主题精神依然是以愁苦为主，杜甫有诗《泛溪》："落景下高堂，进舟泛回溪。谁谓筑居小，未尽乔木西。远郊信荒僻，秋色有余凄。练练峰上雪，纤纤云表霓。童戏左右岸，罟弋毕提携。翻倒荷芰乱，指挥径路迷。得鱼已割鳞，采藕不洗泥。人情逐鲜美，物贱事已睽。吾村霭暝姿，异舍鸡亦栖。萧条欲何适，出处无可齐。衣上见新月，霜中登故畦。浊醪自初熟，东城多鼓鼙。"③ 上元元年（674）秋，杜甫寓居成都草堂，生活稍微好转，但成都边隅的吐蕃战事频繁地传到杜甫所居处，因此，他酌酒感叹时局动荡，之后他寓居梓州，作《寄题江外草堂》，抒发对草堂的怀念。杜甫在蜀寓居他乡，借酒消愁，这种愁包含思乡之愁，也包含对社会、对国家的惘怅。《陪章留后侍御宴南楼》："绝域长夏晚，兹楼清宴同。朝廷烧栈北，鼓角满天东。屡食将军第，仍骑御史骢。本无丹窭术，那免白头翁？寇盗狂歌外，形骸痛饮中。野云低渡水，檐雨细随风。出号江城黑，题诗蜡炬红。此身醒复醉，不拟哭途穷。"广德元年，

---

① 《北望感怀》卷四十一，第七册，第 235 页。
② 《宝剑吟》卷四，第一册，第 272 页。
③ 《泛溪》卷九，第三册，第 931 页。

杜甫在梓州，当时国家战乱，内外交困，杜甫有感于此，只有托身醉乡，不愿有片刻清醒，担心清醒后会像阮籍途穷一样痛苦失声。诗歌中描写少数民族奴剌、党项之间的战争不断发生，体现杜甫对国事忧念的情怀。当然，杜甫在蜀中毕竟相对安宁，也写下了与蜀中朋友畅怀饮酒的乐事，《章梓州水亭》："城晚通云雾，亭深到芰荷。吏人桥外少，秋水席边多。近属淮王至，高门蓟子过。荆州爱山简，吾醉亦长歌。"① 广德元年，杜甫在梓州与章君共饮，醉而长歌，表达了诗人与友相聚的喜悦之情。

　　杜甫的巴蜀酒诗更多表现的是一种忧伤或哀愁，因为诗人面对国家的衰亡无能为力，而陆游的巴蜀酒诗却多了一份豪迈之情，陆游到南郑，毕竟是在抗金前线，他的巴蜀酒诗更显气势磅礴。陆游《剑南诗稿》中的咏酒诗，无不透露出豪迈与激情的交融之气，"自笑平生醉后狂，千钟使气少年场"（《自笑》）；"淋漓痛饮长亭暮，慷慨悲歌白发新"（《哀郢》），最为大气磅礴的当是《长歌行》："人生不作安期生，醉入东海骑长鲸。犹当出作李西平，手枭逆贼清旧京。金印煌煌未入手，白发种种来无情。成都古寺卧秋晚，落日偏傍僧窗明。岂其马上破贼手，哦诗长作寒蛩鸣？兴来买尽市桥酒，大车磊落堆长瓶。哀丝豪竹助剧饮，如钜野受黄河倾。平时一滴不入口，意气顿使千人惊。国仇未报壮士老，匣中宝剑夜有声。何当凯还宴将士，三更雪压飞狐城。"这首诗歌的气象堪与盛唐酒仙李白"长鲸吸百川"的豪壮气派相较量，诗人将郁郁不得志、理想无由实现的巨大悲愤贯穿于诗中，仿佛是要用"剧饮"来宣泄心中的不快，如果仅仅以借酒消愁来理解这首诗就走入了误区，陆游绝不是贪饮求昏酣的酒徒之辈，他以自己"平时一滴不入口"表明自己并不是好酒贪杯之徒，而是因为自己无法报效祖国才会"意气顿使千人惊"，这是英雄之饮、豪迈之饮。

　　杜、陆二人的巴蜀酒诗所体现出排遣孤独与愁苦的感情实际与二人"为国而饮"的思想主题一致，国破家亡，颠沛流离，酒是排遣孤独与愁苦的一剂良药，蜀中再美的酒也消散不了诗人寄寓他乡的愁思，更挥不去国将亡的痛苦之情。于是，在蜀中饮酒尽管"座从歌妓密，乐任主人为"，却依然"楼高欲愁思，横笛未休吹"（杜甫诗《宴戎州杨史君东楼》），无论杜甫如何描写蜀地的美好生活"渲染名都会，吹箫间生黄"，其内心仍然是"自古有羁旅，我何苦哀伤"。而这种感伤对陆游的影响也非常大。

---

① 《章梓州水亭》卷十二，第四册，第1240页。

陆游有诗《宴西楼》："西楼遗迹尚豪雄，锦绣笙箫在半空。万里因循成久客，一年容易又秋风。烛光低映珠韛丽，酒晕徐添玉颊红。归路迎凉更堪爱，摩诃池上月方中。"同样是在蜀中宴请饮酒，酒后深感孤愁，化用王安石《愁台》诗"万事因循今白发，一年容易即黄花"的诗句来抒发自己心中的愁苦。

最后，二人的巴蜀酒诗主体精神状态还有互通性，即世人皆醉，而我独醒的状态。这种状态一直贯穿于二人的酒诗中。酒的功用之一是让人"醉"，醉后可以忘记烦恼、忘记痛苦，求得短暂的开心，若喝酒不醉，实为喝白开水。同样，杜甫饮酒也是追求醉的，他说："谁能更拘束，烂醉是生涯"（《杜位宅守岁》），"狂歌过于胜，得醉即为家"（《陪王侍御宴通泉东山野亭》），"纵酒欲谋良夜醉，还家初散紫宸朝"（《腊日》），但这种醉是身体外在的醉，其精神一直处于"清醒"状态。杜甫又说："酒尽沙头双玉瓶，众宾皆醉我独醒"（《醉歌行》），他自己对这种状态是非常了解的，这让人联想到"举世皆浊我独清，众人皆醉我独醒"的屈原，二人在酒后清醒的状态极其相似，这是二人在爱国情感上的高度一致性所致。杜甫感叹无论自己喝多少酒都不能醉的酣畅淋漓，"主称会面难，一举累十觞。十觞亦不醉，感子故意长"（《赠卫八处士》），"却忆年年人醉时，只今未醉已先悲，数茎白发那抛得，百罚深杯亦不辞"（《乐游园歌》），他甚至感到即便有片刻醉意，小卧便能立即清醒："寻常绝醉困，卧此片时醒"（《高楠》）。杜甫《饮中八仙歌》，程千帆形象地将这首诗概括为"一个醒的和八个醉的"，他说："杜甫是当时的一个先觉者，他感觉到了表面美妙的社会政治情况之下的实际不妙，开始从唐代盛世的沉醉中清醒过来，但最初的状态还不是深刻的，所以在《饮中八仙歌》中杜甫面对一群不失为优秀人物的非正常状态，怀着错愕与怅惋的心情，睁着一双醒眼客观地记录了八个醉人的病态。它是杜甫从当时流行风气中挣脱出来的最早例证。"程先生认为杜甫的清醒在于认识了客观的现状，清醒地认识到社会现实，他用现实的眼光来看待了八位醉酒者的病态。莫砺锋在《杜甫评传》中说道："杜甫的忧患意识，既来源于孔、孟的思想体系，也来源于屈、贾的文学传统。这种忧患意识与对国家、人民的责任感是相辅相成融为一体的。正因为杜甫怀有强烈的责任感，所以他更洞察国家、人民的隐患祸因，从而具有更深广的忧患意识。正因为杜甫具有深广的忧患意识，他就更强烈地希望为国家人民排忧解难，从而产生更强烈的正义感。"

所以这种清醒是来自最深刻的忧患意识，杜甫的饮酒诗恰好能折射出他"清醒"的精神状态。

陆游饮酒也具有独醒的状态，一方面是因为陆游的饮酒诗较杜甫而言更多了一份豪气与豪情，他饮酒有男子汉大丈夫雄浑博大之气，"晚途豪气未低摧，一饮又能三百杯"，男子汉怎能一饮就醉，就算三百杯下肚，也必须保持清醒的状态。这与陆游坚韧的意志是一致的，陆游的爱国思想，几十年始终如一，从青年到壮年再到老年，不管遭受多少打击和挫折，他都坚持献身于国家，抗敌救国，这是英雄主义的表现。陆游也写过醉酒诗《醉中感怀》："早岁君王记姓名，只今憔悴客边城。青衫犹是鹓行旧，白发新从剑外生。古戍旌旗秋惨淡，高城刁斗夜分明。壮心未许全消尽，醉听檀槽出塞声。"这首诗作于宋孝宗乾道九年，陆游任嘉州知州之时，此时他年近五十，又从抗金前线退下来，感知事业无成，情绪低落，本想饮酒以醉消愁，可是最后一句"壮心未许全消尽，醉听檀槽出塞声"却道出他清醒的意识，他要继续慷慨激昂地投入战斗中，绝不能以醉来麻痹自己。另一方面陆游常带着一种理性去饮酒，这种理性就是他心中一直燃烧着的爱国情，他随时提醒自己不能荒于酒，更不能贪杯而误了大事，"丈夫可为酒色死？战场横尸胜床第"（《前有樽酒行》），"长安不到十四载，酒徒往往成衰翁"（《对酒》），这是诗人在成都与友人开怀痛饮所作，借酒抒发愤懑之情，但酒后他却清醒地认识到醉酒只能成衰翁，所以勉励自己不要以酒伤身，更不能忘记人生大事。陆游饮酒，并不以世俗的口腹之快为目的，而是服从于爱国救亡远大目标的。

四 小结

杜甫的巴蜀酒诗，既体现了盛唐时期丰富的诗酒文化，又反映了杜甫在巴蜀期间人生际遇与精神文化内涵。在杜甫的巴蜀酒诗中，我们可以感受到他对社会民生的关注和他自我漂泊流寓的境遇，通过他的巴蜀酒诗，我们也可以了解时代的脉搏。巴蜀美酒已经成了杜甫诗歌的一种意象，他将酒与诗人的文化生活联系起来，丰富了诗歌内容与题材，为巴蜀文化与诗歌文化增添了浓墨重彩的一笔。陆游的巴蜀酒诗实际是向唐代诗酒文化的回归，同时也是对杜甫诗歌推崇的表现。陆游在巴蜀的这段时间是有意去追寻了杜甫的历程，他对杜甫的敬仰表现在模仿学习杜甫的诗歌，而他本性对酒的偏爱让他的巴蜀酒诗与杜甫的巴蜀酒诗不谋而合。陆游的巴蜀酒诗在兼学杜甫的诗歌同时更体现出豪放不羁的性情，这一点又与李白的酒诗有相似之处。因此，他的巴蜀酒诗兼有杜甫的沉郁与李白的豪情。最后需要强调的是，杜甫与陆游在巴蜀相似的境遇和情怀，让他们的巴蜀酒诗有很多互通性，与其说是陆游有意学习杜甫，不如将此看作两位爱国主义者的隔空对话，他们酒诗中表现出来的忧愤悲郁的格调是我们中华民族文学传统中爱国思想的集中体现，具有很高的典范意义。

陆游的关中情结述论

梁中效

（陕西理工大学 秦蜀古道文化研究中心）

摘要：学术界关注陆游的目光多集中在"从戎南郑"，视为诗人"生的高潮、诗的高潮"。实际上，陆游身在汉中，心在关中，其关中情结被学界普遍忽视了。"凭高望鄠、万年诸山，思一醉曲江、渼陂之间，其势无由，往往悲歌流涕"，在此思想基础和国家战略的层面上，他才明确提出了"却用关中作本根"和"先取关中次河北"的大宋王朝复兴战略。陆游关中情结的理想是收复中原，"卜居"鄠杜，躬耕灞浐，"永为河渭民"。

关键词：陆游；散关；清渭；中原；关中情结；卜居鄠杜

漫漫五千年中华文明史有浓浓的西北文化情结。南宋立国东南，山河形胜尽在西北，怎样挽狂澜于既倒，成为时刻要面对的国家大事。立国关中，开国蜀中，收复中原，还于旧都，成为南宋初年陆游等人喊出的时代强音。陆游是南宋大文豪中唯一一位到过抗金前线，且终身坚持以"关中作本根"，直到生命的最后一刻的人。因此，探讨陆游的"关中情结"，具有重要的历史意义和现实意义。

引 言

"家国情怀"与"空间书写"，是中国文学自《诗经》《楚辞》以来就形成的优秀传统。大诗人陆游吸取汉唐文化之精华，立足蜀道建功立业之胜地，壮怀激烈，慷慨赋诗，成就了"集中什九从军乐，亘古男儿一放翁"的高大形象，将"家国情怀"与"空间书写"推向了一个新的阶段。

但已有的研究成果，更多注意了陆游在梁、益地区的"空间书写"，相对忽视了他对关中、中原的"家国情怀"与"空间书写"。仅以"中国知网"为窗口，以"陆游与南郑"为关键词查找，有22篇论文与信息；"陆游与汉中"，有19篇；"陆游与巴蜀"，有10篇；"陆游与成都"，有27篇；"陆游与蜀中"，有15篇；"陆游与川陕（梁益）"，有6篇。总计99篇。而以"陆游与关中""陆游与长安""陆游与中原"为关键词查找，三者均无一篇论文或者信息。这种检索虽然不够全面，但证明学术界对陆游的"南郑情结""巴蜀情结""成都情结"等兴趣颇浓，成果颇丰，而对陆游的"关中情结"关注不够。尽管如此，仍有一些学者注意到陆游对大散关、华山等关中人文与自然景观的书写。刘京臣发表在《社会科学战线》2017年第5期上的《中原何处所，梦落散关东——陆放翁与大散关书写》论文，认为"无论世事如何变化、身份如何转换，大散关构成陆游诗中一个永恒的主题"，"是陆游在诗歌中发现和创造了大散关"，"使得大散关从此具有了别样的温度与色调"。侯本塔发表在《绍兴文理学院学报》（哲学社会科学版）2017年第5期上的《论陆游诗歌中的华山书写》论文，认为"陆游笔下的"华山"寄托了他对九州一统的美好憧憬"，"赋予了华山意象以'杀敌报国'与'修道求仙'的双重意蕴"。这两篇文章虽触及了陆游关中战略的节点内容，但并未涉及陆游"关中情结"的博大体系。台湾学者黄奕珍发表在《文学遗产》2014年第2期上的《论陆游南郑诗作中的空间书写》论文，注意到陆游南郑诗作的空间意识"拓至关中、函谷关"，形成了陆游叙写南郑时常伴随的思路与情绪：屡屡望向南山与关中，从中寓托壮志未酬的悲愤"，可谓抓住了陆游南郑诗词作品的空间意识的关键，但作者并未将此上升到陆游的"关中情结"层面去认识，只是作为诗人南郑空间的拓展来认识。因此，本文首次提出陆游的"关中情结"，并加以研究讨论，就显得十分必要。

一　鸡犬相闻三万里，迁都岂不有关中？

中华文明有着浓郁的西北情结，汉唐盛世进一步强化了西北情结。汉唐声威远播、临制万国的一个重要原因是建都关中，高屋建瓴，控制中外。《史记·项羽本纪》："关中阻山河四塞，地肥饶，可都以霸。"裴骃《集解》引徐广曰："东函谷，南武关，西散关，北萧关。"因此，北宋灭亡之后，金兵压境，形势极为危急之时，有识之士纷纷主张建都关中，开国蜀中，借机收复中原。建炎三年（1129）五月，政治家汪若海说："天下者，常山蛇势也，秦蜀为首，东南为尾，中原为脊。今以东南为首，安能起天下之脊哉？将图恢复，必在川、陕。"① 此时的川陕是屏障蜀口，捍卫东南的战略要地，关中更是秦岭、淮河之北最重要的战略基地，南宋开国皇帝赵构甚至有巡幸川陕的设想。"朕谓倚雍之强，资蜀之富固善。"实际上，早在南宋立国的前夜，知同州（今陕西铜川）的唐重就曾上疏："今急务有四，大患有五。所谓急务者，大率以车驾西幸为先。"建炎元年五月，他提出了救国治敌的上、中、下三策，其上策就是定都关中，"镇抚关中以固根本，然后营屯于汉中，开国于西蜀"。② 唐重等人的策略直接影响了后来的陆游。

作为文史哲兼通的大学者陆游，主张在北宋灭亡、南宋未建立之时，就应该迁都到关中，这样宋代的历史或许能改写。他的《感事》诗云："鸡犬相闻三万里，迁都岂不有关中？广陵南幸雄图尽，泪眼山河夕照红。"③ 陆游不仅主张定都关中，而且终生为之奋斗。

首先，"秦中自古帝王州"，有君临天下的山川与人文气势。唐代史学家杜佑在《通典》中讲：关中盆地据天下之上游，"夫临制万国，尤惜大势。秦川是天下之上腴，关中为海内之雄地。巨唐受命，本在于兹。若居之则势大而威远，舍之则势小而威近"。④ 陆游的时代关中虽然衰落，但仍然是西部经济文化发达的战略要地，他的《秋怀十首末章稍自振起亦古义也》云："我昔闻关中，水深土平旷；泾渭贯其间，沃壤谁与抗？桑麻郁千里，黍林高一丈；潼华临黄河，古出名将相。沦陷七十年，北首增惨怆。犹期垂老眼，一睹天下壮！"作为南方人的陆游，他极为熟悉关中的山川形势与物产，所以主张定都关中。而且他早就树立了以关中为基地夺取中原的雄心壮志。他在《观大散关图有感》一诗中，毫无保留地表白了志在收复中原的宏大志向："上马击狂胡，下马草军书。二十抱此志，五十犹臞儒。大散陈仓间，山川郁盘纡，劲气钟义士，可与共壮图。坡陀咸阳城，秦汉之故都，王气浮夕霭，宫室生春芜。安得从王师，汛扫迎皇

---

① （元）脱脱：《宋史》，中华书局 1999 年版，第 9601 页。
② （元）脱脱：《宋史》，中华书局 1999 年版，第 10256 页。
③ 陆游著，钱仲联校注：《剑南诗稿校注》，上海古籍出版社 2005 年版，第 2246 页。
④ 杜佑：《通典》，岳麓书社 1995 年版，第 2392—2393 页。

與?"这里的"上马击狂胡,下马草军书",是陆游青年时的人生理想。汉唐故都,等待人来。他在《观长安城图》诗中云:"许国虽坚鬓已斑,山南经岁望南山。横戈上马嗟心在,穿堑环城笑虏屄。日暮风烟传陇上,秋高刁斗落云间。三秦父老应惆怅,不见王师出散关。"他希望收复中原从关中开始,收复关中从散关进入。陆游曾作《静镇堂记》,期望王炎收复长安。"虏暴中原久,腥闻于天,天且悔祸,尽以所覆畀上。而公方弼亮神武,绍开中兴,异时奉銮驾,奠京邑,屏符瑞之奏,抑封禅之请,却渭桥之朝,谢玉关之质,然后能究公静镇之美云。乾道八年七月二十五日门生左承议郎权四川宣抚使司干办公事兼检法官陆某谨记。"① 陆游畅想夺取长安后,希望出现像唐代那样的万国朝贺、太子入质盛况。"当然这一切是以收复中原为基础的,而收复中原的第一步是收复长安。"② 但投降派的得势,南宋小朝廷的动摇,使得陆游与王炎等人的梦想破灭了。他《自兴元赴官成都》中说:"平生无远谋,一饱百念已。造物戏饥之,聊遣行万里。梁州在何处,飞蓬起孤垒。凭高望杜陵,烟树略可指。今朝忽梦破,跋马临漾水。"汉中是进取关中的基地,王炎与陆游在此意气风发、铁马秋风的抗敌活动受到朝廷遏制,王炎从宣抚使调回临安,陆游调任成都。他在《即事》中说:"渭水岐山不出兵,却携琴剑锦官城。"原因是"陆游、王炎共同的画策,不为南宋最高统治者所用"。③ 即"画策虽工不见用,悲咤那复从军乐。"他的《三山杜门作歌》曰:"中岁远游逾剑阁,青衫误入征西幕。南沮水边秋射虎,大散关头夜闻角。画策虽工不见用,悲咤那复从军乐。呜呼!人生难料老更穷,麦野桑村白发翁。"陆游收复关中建都的策略未能实现,这不是他个人的失误,而是时代的悲剧。

其次,关中是汉唐盛世的中心,是南宋人"西北望长安"的精神寄托。陆游的前辈胡世将在《酹江月·念奴娇》中说:"神州沈陆,问谁是、一范一韩人物。北望长安应不见,抛却关西半壁。塞马晨嘶,胡笳夕引,赢得头如雪。三秦往事,只数汉家三杰。试看百二山河,奈君门万里,六师不发。阃外何人回首处,铁骑千群都灭。拜将台敧,怀贤阁杳,空指冲冠发。阑干拍遍,独对中天明月。"这种孤独无助的心情,陆游"南郑从

---

① 陆游著,马亚中、涂小马校注:《渭南文集校注》卷十七,浙江古籍出版社 2015 年版。
② 朱东润:《陆游传》,陕西师范大学出版社 2009 年版,第 113 页。
③ 朱东润:《陆游传》,陕西师范大学出版社 2009 年版,第 112 页。

戎"之后终身挥之不去。陆游的《秋波媚》（自注：七月十六日晚登高兴亭望长安南山）："秋到边城角声哀，烽火照高台。悲歌击筑，凭高酹酒，此兴悠哉。多情谁似南山月，特地暮云开。灞桥烟柳，曲江池馆，应待人来。"汉宫秋草、唐家陵烟，等待着热血男儿登临。陆游同时代的大文豪辛弃疾，在《菩萨蛮·书江西造口壁》中说："郁孤台下清江水，中间多少行人泪。西北望长安，可怜无数山。青山遮不住，毕竟东流去。"陆游和他前后的南宋精英们，虽然看不见长安，但汉唐建功立业、开疆拓土的精神时刻激励着他们，陆游就是其中最杰出的代表。他在《蝶恋花·桐叶晨飘蛩夜语》中云："忽记横戈盘马处。散关清渭应如故。"他在《幽居感怀》中云："散关清渭应如昨，回首功名一怆然。"陈仓—散关—凤州—略阳—宁强—广元一线，有嘉陵江水运，是宋代西北与西南交通的官驿大道，更是刘邦与诸葛亮建功立业之地，故陆游格外重视大散关。他在《书愤》诗中云："早岁那知世事艰，中原北望气如山。楼船夜雪瓜洲渡，铁马秋风大散关。塞上长城空自许，镜中衰鬓已先斑。出师一表真名世，千载谁堪伯仲间！"其中的"楼船夜雪瓜洲渡，铁马秋风大散关"，成为陆游关中情结的标志性诗句。"出师一表真名世，千载谁堪伯仲间！"诗人试图效法汉高祖刘邦或者诸葛亮，以汉中为基地，夺取关中。他在《先主庙次唐贞元中张俨诗韵》中云："猾贼挟至尊，天命矜在己。岂知高帝业，煌煌汉中起。"希望南宋像刘邦那样，崛起汉中，平定三秦，一统天下。《感旧》诗云："凛凛隆中相，临戎遂不还。尘埃出师表，草棘定军山。壮气河潼外，雄名管乐间。登堂拜遗像，千载愧吾颜。"诸葛亮北伐的进取精神，让陆游感动。"诗人一向敬佩诸葛亮，敬佩他一生坚持北伐、志在统一的思想和勇于献身的精神。"[1]《诗稿》卷三十五《七十二岁吟》："渭滨星殒逾千载，一表何人继出师。"卷三十七《感秋》："凛然出师表，一字不可删。"《出师表》所表达的思想，正是陆游常年涌动于胸中的思想。

二　何由亲奉平戎诏，蹴踏关中建帝都？

南宋偏安东南，川陕是立国江南的战略屏障，陆游和他同时代的文学家都有收复关中，建都以逼强敌、收复中原的凌云壮志。晚年的陆游仍然

---

①　邹志方：《陆游研究》，人民出版社 2008 年版，第 300 页。

牵挂西北关中，甚至愿奉诏平虏建都。他的《醉题》诗曰："勿笑山翁病满躯，胸中侠气未全无。双瞳遇醉犹如电，五木随呼尽作卢。代北胡儿富羊马，江南奇士出孤芦。何由亲奉平戎诏，蹴踏关中建帝都？"可谓胆略赛廉颇，实际上"从戎南郑"之后，这种情怀就澎湃在陆游的心胸之中。

第一，在南宋大诗人中，唯有陆游到了抗金前沿的"散关清渭"，大关中近在咫尺。陆游于乾道八年（1172）春天到汉中后很激动，汉中与关中仅有一道秦岭分隔南北，《嘉川铺得檄，遂行，中夜次小柏》云："渭水函关元不远，着鞭无日涕空横。"《驿亭小憩遣兴》云："汉水东流那有极，秦关北望不胜悲。"实际上，陆游最自豪的人生经历就是到了大散关的渭水之南。《江北庄取米到，作饭甚香有感》云："我昔从戎清渭侧，散关嵯峨下临贼，铁衣上马蹴坚冰，有时三日不火食，山荞畲粟杂沙碛，黑黍黄穈如土色，飞霜掠面寒压指，一寸赤心惟报国。即今归卧稽山下，眼昏臂弱衰境逼，新粳炊饭香出甑，风餐涧饮何曾识？我岂农家志饱暖，闭户惟思事耕织；征辽诏下倘可期，盾鼻犹堪试残墨。"这里的"从戎清渭侧"或者"从戎渭水边"，就成为陆游关中情结的最好注解，也是他人生最大的骄傲。他的《追忆征西幕中旧事》诗曰："大散关头北望秦，自期谈笑扫胡尘。收身死向农桑社，何止明明两世人！"收复关中建都的目标如此之近，让诗人也情不自已。"小猎南山雪未消，绣旗斜卷玉骢骄。不如意事常千万，空想先锋宿渭桥。"南宋朝廷的限制，让陆游收复河山的计划落空。尽管如此，关中民众望眼欲穿："忆昨王师戍陇回，遗民日夜望行台。不论夹道壶浆满，洛笋河鲂次第来。"（自注：在南郑时，关中将吏有献此二物者）关中人民希望王师早日进入关中，常常送情报到山南。"关辅遗民意可伤，蜡封三寸绢书黄。亦知虏法如秦酷，列圣恩深不忍忘。"（自注：关中将校密报事宜，皆以腊书至宣司）这说明，收复关中不仅有民意基础，而且驻在兴元（今陕西汉中市）的四川宣抚使司，与关中吏民有密切的联系，作为干办公事兼检法官的陆游，应该是北方沦陷之后最了解关中情况的大诗人。因此，他有关定都关中的主张应该极少书生意气，多了一些战略家的挥斥方遒。他常常凝视关中地图，而胸中却热血沸腾。《夜观秦蜀地图》诗曰："往者行省临秦中，我亦急服叨从戎。散关摩云俯贼垒，清渭如带陈军容。高旌缥缈严玉帐，画角悲壮传霜风。咸阳不劳三日到，幽州正可一炬空。意气已无鸡鹿塞，单于合入蒲萄宫。灯前此图忽到眼，白首流落悲涂穷。吾皇英武同世祖，诸将行策云台功。孤臣昧死欲自荐，君门万里无由通。正令选壮不为用，笔墨尚可输微忠。何当勒铭纪北伐，更拟草奏祈东封。"他愿为夺取关中、收复中原奉献一切。他的《排闷》云："四十从军渭水边，功名无命气犹全。白头烂醉东吴市，自拔长刀割癙肩。曾携一剑远从戎，秦赵关河顾盼中。老去功名无复梦，凌烟分付黑头公。"大散关、渭水边、五丈原等，皆是陆游关中情结的寄托和记忆。《北园杂咏》云："白发萧萧病满身，冻云野渡正愁人。扬鞭大散关头日，曾看中原万里春。"衰老的陆游，以自己能在大散关杀敌而自傲。《凉州行》云："旧时胡虏陷关中，五丈原头作边面。"《秋夜思南郑军中》云："五丈原头刁斗声，秋风又到亚夫营。"这两首有关"五丈原"的诗，都是陆游关中情结的生动体现。因为此原之上有诸葛亮北伐的故事。《忆昔》云："忆昔西征日，飞腾尚少年。军书插鸟羽，戍垒候狼烟。渭水秋风夜，岐山晓雪天。金靫驰叱拨，绣袂舞婵娟。但恨功名晚，宁知老病缠？虎头空有相，麟阁竟无缘。"回忆当年在关中的渭水秋风夜，仍让他很激动。《忆昔》云："忆昔从戎出渭滨，壶浆马道泣遗民。夜栖高冢占星象，昼上巢车望虏尘。共道功名方迫逐，岂知老病只逡巡。灯前抚卷空流涕，何限人间失意人！"陆游对自己当年仅在渭水边跨马巡秋，而没有占领关中而遗憾！

第二，陆游虽未能进入关中，但"匹马戍梁州"的豪迈人生，让他感受到了距关中建都最近的时刻。汉中与关中唇齿相依，皆为战略要地。南宋初年，张浚宣抚川陕，他认为：汉中"前控六路之师，后据两川之粟，左通荆襄之财，右出秦陇之马，号令中原，必基于此"。[①] 张浚之议，赞者颇多，胡寅说："奉迎大驾，西幸梁秦，以图关中者，中兴之宏规也。"[②] 高宗朝的直秘阁喻汝砺上书："论天下形势，必资之秦；论秦雍军需，必资之蜀。秦与蜀，壤界之国也。拥四川之饶，据五路之强，而中兴之大势定矣。"[③] 正是在此形势下，陆游到汉中后更坚定了夺取关中的战略目标。他的《诉衷情》词曰："当年万里觅封侯，匹马戍梁州。关河梦断何处？尘暗旧貂裘。胡未灭，鬓先秋，泪空流。此生谁料，心在天山，身老沧州！"尽管政治逆风甚大，但他收复关中之心未泯。刚到汉中，他就想到

---

① 陈邦瞻：《宋史纪事本末》卷二十六，中华书局 1977 年版。
② 胡寅：《斐然集》，四库全书珍本初集本，商务印书馆 1935 年版。
③ 黄淮、杨士奇：《历代名臣奏议》，上海古籍出版社 2012 年版。

关中。《归次汉中境上》曰："云栈屏山阅月游，马蹄初喜蹋梁州。地连秦雍川原壮，水下荆扬日夜流。遗虏屡屡宁远略，孤臣耿耿独私忧。良时恐作他年恨，大散关头又一秋。"而且，他不断提醒兴元守军将领要准备收复关中。《次韵子长题吴太尉云山亭》曰："参谋健笔落纵横，太尉清樽赏快晴。文雅风流虽可爱，关中遗虏要人平。"特别是当陆游被迫离开汉中前线后，收复关中的心情更为急切。《夏夜大醉醒后有感》云："少时酒隐东海滨，结交尽是英豪人，龙泉三尺动牛斗，阴符一编役鬼神。客游山南夜望气，颇谓王师当入秦，欲倾天上河汉水，净洗关中胡虏尘。那知一旦事大缪，骑驴剑阁霜毛新，却将覆毡草檄手，小诗点缀西州春。素心虽愿老岩壑，大义未敢忘君臣。鸡鸣酒解不成寐，起坐肝胆空轮囷。"每当想起关中失地，就夜不能寐。每当听到来自关中的消息，就怅然有感。《客自凤州来言岐雍间事怅然有感》云："表里山河古帝京，逆胡数尽固当平。千门未报甘泉火，万耦方观渭上耕。前日已传天狗堕，今年宁许佛狸生？会须一洗儒酸态，猎罢南山夜下营。"汉唐气象，关中为本。"表里山河古帝京"，正是陆游要求"关中建帝都"的理由之一。

三 会看金鼓从天下，却用关中作本根

两宋更替之际，天下形势，川陕为重，雄踞西部，虎视东南。南宋政治家赵鼎主张"经营中原当自关中始"，[1] 张浚主张"中兴当自关陕始"，[2] 虞允文主张"恢复莫先于陕西"。[3] 南宋人李文子说：秦、蜀一体，"非以其地西接崤函，南连荆吴，扼关河之胜，则为右府之固。合吾蜀之长，则据上流之重，险要虽控制一隅，而形胜实关于天下欤"！[4] 将秦蜀贯通，高屋建瓴，争雄天下。"秦地形胜，精兵良马之所出，实军国之根本。"[5] "出秦甲，下蜀货，而血气周流矣。"[6] 正因为如此，陆游的前辈胡世将经略四川时格外神往关中。他的《酹江月·念奴娇》云："神州沈陆，问谁是、

① （元）脱脱：《宋史》，中华书局 1999 年版，第 8964 页。
② （元）脱脱：《宋史》，中华书局 1999 年版，第 8975 页。
③ （元）脱脱：《宋史》，中华书局 1999 年版，第 9317 页。
④ 郭允蹈撰，赵炳清校注：《〈蜀鉴〉校注》，国家图书馆出版社 2010 年版，第 1 页。
⑤ 李心传：《建炎以来系年要录》，中华书局 2000 年版，第 2110 页。
⑥ 李心传：《建炎以来系年要录》，中华书局 2000 年版，第 934 页。

一范一韩人物。北望长安应不见，抛却关西半壁。塞马晨嘶，胡笳夕引，赢得头如雪。三秦往事，只数汉家三杰。试看百二山河，奈君门万里，六师不发。阃外何人回首处，铁骑千群都灭。拜将台敧，怀贤阁杳，空指冲冠发。阑干拍遍，独对中天明月。"① 胡世将的孤独在陆游那里找到了知音，陆游超越了他的前辈们，他对祖宗以来的汉唐圣地充满感情，他在《东楼集序》中说："余少读地志，至蜀汉巴僰，辄怅然有游历山川、揽观风俗之志。私窃自怪，以为异时或至其地以偿素心，未可知也。岁庚寅，始溯峡至巴中，闻竹枝之歌。后再岁，北游山南，凭高望鄠、万年诸山，思一醉曲江、渼陂之间，其势无由，往往悲歌流涕。又一岁，客成都唐安，又东至于汉嘉，然后知昔者之感，盖非适然也。到汉嘉四十日，以檄得还成都。因索在笥，得古律三十首，欲出则不敢，欲弃则不忍，乃叙藏之。乾道九年六月二十一日，山阴陆某务观序。"序文道出了陆游向往川陕的夙愿和对关中的无限向往，其中"凭高望鄠、万年诸山，思一醉曲江、渼陂之间，其势无由，往往悲歌流涕"，② 更是对汉唐盛世文化的无比眷恋。在此思想基础和国家战略的层面上，他才明确提出了"却用关中作本根"和"先取关中次河北"的大宋王朝复兴战略。

其一，陆游在同时代的人中，有完整地攻取关中、收复中原的战略与策略。这在南宋诗人中可谓凤毛麟角。陆游早年即是一位著名的主战派，"力说张浚用兵"。③ 后来又受知于抗战派王炎。《宋史·陆游传》云：陆游之所以能到汉中抗金前线，襄助王炎抗敌，主要是由于"游为炎陈进取之策，以为经略中原必自长安始，取长安必自陇右始。当积粟练兵，有衅则攻，无则守"。④ 乾道八年，陆游到汉中，领略了这里的山川形势后，以激动的心情写下了声情与思想并茂的《山南行》："我行山南已三日，如绳大路东西出。平川沃野望不尽，麦陇青青桑郁郁。地近函秦气俗豪，秋千蹴鞠分朋曹；首蓿连云马蹄健，杨柳夹道车声高。古来历历兴亡处，举目山川尚如故；将军坛上冷云低，丞相祠前春日暮。国家四纪失中原，师出江淮未易吞；会看金鼓从天下，却用关中作本根。"他看到汉中山川形势

① 唐圭璋：《全宋词》，中华书局 2017 年版，第 1221 页。
② 陆游著，马亚中、涂小马校注：《渭南文集校注》，浙江古籍出版社 2015 年版，第 111—112 页。
③ （元）脱脱：《宋史》，中华书局 1999 年版，第 9493 页。
④ （元）脱脱：《宋史》，中华书局 1999 年版，第 9493 页。

险要，靠近关中民风豪迈，又是两汉三国时期韩信、诸葛亮的建功立业之地，因此主张改变从江淮进兵的策略，从汉中夺取关中，居高临下，攻取中原，第一次明确提出了"会看金鼓从天下，却用关中作本根"的兴复战略。淳熙二年（1175），范成大任四川制置使，招陆游担任参议官。淳熙四年六月，范成大奉召入京，分别时陆游写诗相送，再次提出"先取关中次河北"的北伐建议。他的《送范舍人还朝》诗云："平生嗜酒不为味，聊欲醉中遗万事。酒醒客散独凄然，枕上屡挥忧国泪。君如高光那可负，东都儿童作胡语。常时念此气生瘿，况送公归觐明主。皇天震怒贼得长，三年胡星失光芒。旄头下扫在旦暮，嗟此大议知谁当？公归上前勉书策，先取关中次河北。尧舜尚不有百蛮，此贼何能穴中国。黄扉甘泉多故人，定知不作白头新。因公并寄千万意，早为神州清虏尘。"诗中说当今皇帝如同汉高祖与光武帝，而金兵在中原的统治已危机四伏，只要朝廷下决心"先取关中次河北"，扫除北方胡尘指日可待！这种"先取关中次河北"的战略，是南宋朝廷内外很少有人能够匹敌的，表明陆游已超越了同时代人的思想认识，上升到了国家前途命运顶层设计的高度。

其二，陆游"位卑未敢忘忧国"，时刻为"却用关中作本根"鼓与呼，时刻为之奋斗着、践行着。他在《病起书怀》云："病骨支离纱帽宽，孤臣万里客江干。位卑未敢忘忧国，事定犹须待阖棺。天地神灵扶庙社，京华父老望和銮。出师一表通今古，夜半挑灯更细看。"在逆境中坚持信念和理想，用诸葛亮北伐《出师表》来激励自己。诗人在汉中时，时刻关注着关中敌情的变化，几乎每天都要看烽火传递的信息。他在《夜读唐诸人诗多赋烽火者因记在山南时登城观塞上传烽，追赋一首》云："我昔游梁州，军中方罢战。登城看烽火，川迥风裂面。青荧并骆谷，隐翳连鄠县。月黑望愈明，雨急灭复见。初疑云罅星，又似山际电。岂无酒满尊，对此不能咽。低头愧虎铓，零落白羽箭。何时复关中？却照甘泉殿。"诗人期待早日收复关中。《冬夜围雁有感》云："从军昔戍南山边，传烽直照东骆谷。"《频夜梦至南郑小益之间，慨然感怀》云："客枕梦游何处所，梁州西北上危台。雪云不隔平安火，一点遥从骆谷来。"抗金前线，每天都有烽火。《怀南郑旧游》云："千艘粟漕鱼关北，一点烽传骆谷东。"骆谷距长安近，烽火信息最快。《感旧》云："马宿平沙夜（自注：军中马及厩卒，夏夜皆露宿沙上），烽传绝塞秋（自注：平安火自南山来，至山南城下）。"《感昔》云："云深骆谷传烽处，雪密嶓山校猎时。"骆谷应是南宋汉中前线平安火的主要来源地。散关与骆谷烽火是平安火的主要观察对象。《春日登小台西望》云："散关驿近柳迎马，骆谷雪深风裂面。"《秋晚登城北门》云："幅巾藜杖北城头，卷地西风满眼愁。一点烽传散关信，两行雁带杜陵秋。山河兴废供搔首，身世安危人倚楼。横槊赋诗非复昔，梦魂犹绕古梁州。"诗人从烽火传递的信息中，仿佛看到了关中的鄠县、杜陵等，时刻牵挂着关中，时刻为收复关中准备着。《怀昔》诗云："昔者戍梁益，寝饭鞍马间。一日岁欲暮，扬鞭临散关。增冰塞渭水，飞雪暗岐山。怅望钓璜公，英概如可还。挺剑刺乳虎，血溅貂裘殷。至今传军中，尚愧壮士颜。"这种豪迈的气概、从戎的经历、渭滨的驰骋，都是陆游践行"却用关中作本根"的人生财富和文化遗产。

其三，"王师北定中原日，家祭无忘告乃翁"。陆游时刻践行"先取关中次河北"的兴复战略。陆游曾经随宋军精锐之师突破金兵防线到渭水边，汉唐关中热土就在他脚下，《忆山南》："结客渔阳时遣简，踏营渭北夜衔枚。"《秋夜感旧十二韵》："最怀清渭上，冲雪夜掠渡。"《岁暮风雨》："独骑洮河马，涉渭夜衔枚。"《远游二十韵》："辕门俯清渭，彻底绿可染。"证明陆游曾作为一名将士前往散关到渭水之间的前线侦察敌情，联络遗民义士。他希望能将前线由宝鸡推进到长安，占领关中盆地。《秋兴夜饮》："中原日月用胡历，幽州老酋著柘黄。荣河温洛底处所，可使长作旃裘乡。百金战袍雕鹘盘，三尺剑锋霜雪寒。一朝出塞君试看，且发宝鸡暮长安。引剑酹歌亦壮哉，要君共覆手中杯。"因为关中民众与南宋的联系最为密切。《书事》云："关中父老望王师，想见壶浆满路时。寂寞西溪衰草里，断碑犹有少陵诗。"关中遗民思念南宋，《猎罢夜饮示独孤生》云："关辅何时一战收，蜀郊且复猎清秋。洗空狡穴银头鹘，突过重城玉腕骝。贼势已衰真大庆，士心未振尚私忧。一樽共讲平戎策，勿为飞鸢念少游。"关键在上下齐心，将士用命收复失地。陆游畅想占领关中后，他可以定居长安附近，效法唐人的郊野生活，躲避老家夏日的暑热。《蒸暑思梁州述怀》云："宣和之末予始生，遭乱不及游司并。从军梁州亦少慰，土脉深厚泉流清。季秋岭谷浩积雪，二月草木初抽萌。夏中高凉最可喜，不省举手驱蚊虻。藏冰一出卖满市，玉璞堆积寒峥嵘。柳阴夜卧千驷马，沙上露宿连营兵。胡箛吹堕漾水月，烽燧传到山南城。最思出甲戌秦陇，戈戟彻夜相摩声。两年剑南走尘土，肺热烦促无时平。荒池昏夜蛙阁合，食案白日蝇营营。何时王师自天下，雷雨颎洞收欃枪。老生衰病畏暑湿，思卜鄠杜开紫荆。"这里的"思卜鄠杜",即梦想自己迁居关中。"陆游一生没到过鄠、杜,只在梦中游过杜陵。陆游可能是用鄠、杜指代关中。陆游要在这里'卜居',并非贪图这里夏天的凉爽,他是很认真的。""陆游在他的有生之年真诚地期望着一践其土,一亲其民。"①《仆顷在征西大幕,登高望关辅乐之,每冀王师拓定,得卜居焉,暇日记此意以示子孙》云:"辽东黄头奴,稔恶天震怒。南北会当一,老我悲不遇。子孙勉西迁,俗厚吾所慕。约己收孤嫠,教子立门户。黍稌暗阡陌,鹳雉足匕箸。永为河渭民,勿惮关山路。"这是他六十九岁时,在山阴老家写的诗,要求子孙在国家收复关中后,举家西迁,"卜居"鄠杜,"永为河渭民"。甚至在他八十二岁高龄时,误传宋军收复华州(今陕西华县),再次提出要"卜居鄠杜",《闻西师复华州》云:"西师驿上破番书,鄠杜真成可卜居。细肋卧沙非望及,且炊黍饭食河鱼。"也证明陆游在人生的耄耋之年,也没有放弃"卜居"关中的理想。不仅如此,陆游始终坚持"先取关中次河北"的兴复战略,在《观大散关图有感》一诗中表达了收复中原的理想:"黄河与函谷,四海通舟车。士马发燕赵,布帛来青徐。先当营七庙,次第画九衢。偏师缚可汗,倾都观受俘。上寿大安宫,复如正观初。丈夫毕此愿,死与蝼蚁殊。志大浩无期,醉胆空满躯。"这是他人生最大的愿望,也是他平生最大的遗憾!"死去元知万事空,但悲不见九州同。"

小　结

陆游研究是宋代文学与文化研究的一个热点,但学术界将关注的目光多集中在陆游的"从戎南郑",视之为诗人人生事业的巅峰时期,即"生的高潮、诗的高潮"。② 实际上,陆游身在汉中,心在关中,其关中情结被学界普遍忽视了。

陆游关中情结的产生、发展与坚守、梦想,有一个漫长的过程。"少读地志",初步认识了西部关陇、蜀汉山川的壮阔与历史的壮美;陆游的父亲陆宰,曾由国都开封经长安、汉中到成都,熟悉川陕山河形势,影响了青年陆游。陆游在《跋邵公济》文中说:"先子入蜀时,与邵子文遇于

① 邱鸣皋:《陆游评传》,南京大学出版社 2011 年版,第 120—121 页。

② 朱东润:《陆游传》,陕西师范大学出版社 2009 年版,第 137 页。

长安,同游兴庆池,有诗倡酬,相得甚欢。"① 邵公济,是北宋大儒邵雍的孙子、邵伯温的儿子。邵伯温,字子文。陆游在《老学庵笔记》卷六中说:"先君入蜀时,至华之郑县,过西溪。唐昭宗避兵尝幸之,其地在官道旁七八十步,澄深可爱。亭曰'西溪亭'盖杜公部诗所谓'郑县亭子涧之滨'者。"② 证明陆宰考察过唐都长安兴庆宫等遗址,体验过蜀道,这一切都对陆游关中情结的形成产生了直接影响。隆兴元年(1163)符离(今安徽宿州)之败后,三十八岁时发现"国家四纪失中原,师出江淮未易吞",于是将目光投向了川陕,乾道七年,四十六岁到汉中后,明确提出了"会看金鼓从天下,却用关中作本根"的兴复战略,从此之后将关中情结持守终身。

陆游的关中情结有着深厚的思想文化基础。作为史学家的陆游,早年就关注北宋开国皇帝赵匡胤曾有定都关中的方略,格外注意汉唐长安的历史研究。他在《书渭桥事》一文中,记载了一件发生在北宋末年的真实故事:"中大夫贾若思,宣和中知京兆栎阳县,夏夜,以事行三十里,至渭桥,夜漏欲尽,忽见二三百人驰道上,衣帻鲜华,最后车骑旌旄,传呼甚盛。若思遽下马,避于道傍民家,且使从吏询之,则曰:'使者来按视都城基,汉唐故城,王气已尽,当求生地。此十里内已得之,而水泉不壮,今又舍之矣。'语毕,驰去如飞。时方承平,若思大骇。明日还县,亟使人访诸府,则初无是事也。若思,河朔人,自栎阳从蔡靖辟为燕山安抚司管勾机宜文字。靖康中,自燕遁归,入尚书省,为司封郎而卒。"文中提到"汉唐故城,王气已尽",是北宋初年没有定都长安的主要原因。但时过境迁,南宋初年要求定都长安,成为陆游等精英分子的共识。"陆某曰:河渭之间,奥区沃野,周、秦、汉、唐之遗迹隐辚故在。自唐昭宗东迁,废不都者三百年矣。山川之气,郁而不发,艺祖、高宗皆尝慨然有意焉,而群臣莫克奉承。予得此事于若思之孙逸祖。岂关中将复为帝宅乎?夷暴中原,积六七十年,腥闻于天,王师一出,中原豪杰必将响应,决策入关,定万世之业,兹其时矣。予老病垂死,惧不获见,故私识若思事以示同志。安知士无脱挽辂以进说者乎?"③

---

① 陆游著,马应中、涂小马校注:《渭南文集校注》,浙江古籍出版社2015年版,第140页。
② 陆游:《老学庵笔记》,中华书局2007年版,第73页。
③ 陆游著,马亚中、涂小马校注:《渭南文集校注》,浙江古籍出版社2015年版,第118页。

陆游关中情结在地理上的符号主要是散关、清渭与中原。《蝶恋花·桐叶晨飘蛩夜语》云："忽记横戈盘马处。散关清渭应如故。"《睡起》亦云："索虏尚凭三辅险，散关未下九天兵。"《秋晚登城北门》又云："一点烽传散关信，两行雁带杜陵秋。"陆游关中情结的理想是"卜居"鄠杜，躬耕灞浐，"永为河渭民"。他在《雨闷示儿子》中告诫子孙说："景运今方开，关辅一日平。我家本好畤，灞浐可躬耕，买酒新丰市，看花下杜城，会当与汝辈，藉草作清明。"陆游关中情结的终极目标是收复中原，还于旧都。

论陆游宦游巴蜀间悲抑情怀之异变

付兴林

（陕西理工大学 文学院）

摘要： 陆游于乾道六年（1070）至淳熙四年（1077），西行宦游巴蜀，先后在夔州、南郑、成都等地供职。其间于三地虽不乏平和之音、豪爽之气，但悲伤、压抑的情怀却始终如影随形长伴左右。随着宦游之地的移转，陆游的悲抑情怀也发生转化异变：出判夔州多悲凉之怀，从戎南郑多压抑之感，趋走成都多失落之绪。悲抑情怀是陆游宦游巴蜀期间真实而立体的精神样态之体现。

关键词： 陆游；巴蜀期间；悲抑情怀；转化异变

陆游曾于乾道六年（1070）至淳熙四年（1077）间西行宦游巴蜀，先后在夔州、南郑、成都等地供职，度过了对他一生具有重要意义和深远影响的八年生活。无论是出判夔州，还是从戎南郑，抑或是趋走成都，陆游均留下许多飞动豪迈、慷慨俊爽的诗歌，表达了他对当地、此期生活的感受、赞赏。如作于夔州的《初夏新晴》："曲径泥新晚照明，小轩才受一床横。翩翩乳燕穿帘影，簌簌新篁解箨声。药物屏除知病减，梦魂安稳觉心平。深居不恨无来客，时有山禽自赞名。"① 作于南郑的《南郑马上作》："南郑春残信马行，通都气象尚峥嵘。迷空游絮凭陵去，曳线飞鸢跋扈鸣。落日断云唐阙废，淡烟芳草汉坛平。犹嫌未豁胸中气，目断南山

---

① 陆游著，钱仲联校注：《剑南诗稿校注》，上海世纪出版股份有限公司、上海古籍出版社2005年版，第191页。

天际横。"① 作于成都的《海棠》："谁道名花独故宫，东城盛丽足争雄。横陈锦障栏杆外，尽吸红云酒盏中。贪看不辞持夜烛，倚狂直欲擅春风。拾遗旧咏悲零落，瘦损腰围拟未工。"② 是故多年后，陆游在回忆这段入川驻陕生活时，还满怀激情地写道："忆从南郑入成都，气俗豪华海内无。故苑燕开车载酒，名姬舞罢斗量珠。浣花江路青螭舫，槎柳毬场白雪驹。"③ 梁启超先生在《读陆放翁集》中对陆游当年从戎南郑的壮举和境界更是高度称赞："诗界千年靡靡风，兵魂销尽国魂空。集中什九从军乐，亘古男儿一放翁！"④ 然则，当对陆游这几年留存和后来回忆这几年生活的诗歌进行全面梳理、咀味时，我们发现，陆游当年的处境、心境其实并不像我们从他后来深情回忆巴蜀生活的诗歌所呈现的那般豪情万丈、激越澎湃，或可说我们简单、狭隘地相信了他所发抒的"投笔书生古来有，从军乐事世间无"⑤ 的豪言快语、片段体验。事实上，陆游这几年的宦游生活不乏忧怨色彩，且其悲抑情怀在不同时地呈现出转化异变的阶段性、差异性特点。

一 "淹泊蛮荒感慨多"——出判夔州的悲凉情怀

陆游生活在一个具有民族大义、爱国传统的家庭中，祖父辈们慷慨救国的意识和行为使他自小受到熏陶，养就了一辈子抗金北伐、收复中原的血气与志向。《跋傅给事书》云："绍兴初，某甫成童，亲见当时士大夫，相与言及国事，或裂眦嚼齿，或流涕痛苦，人人自期以杀身翊戴王室，虽丑裔方张，视之蔑如也。"⑥ 从此陆游的一生与爱国、抗金结下了不解之缘，爱国与抗金成为其生命中最重要的职责、事业。也正因如此，其所倡

---

① 陆游著，钱仲联校注：《剑南诗稿校注》，上海世纪出版股份有限公司、上海古籍出版社2005年版，第234页。

② 陆游著，钱仲联校注：《剑南诗稿校注》，上海世纪出版股份有限公司、上海古籍出版社2005年版，第295页。

③ 陆游著，钱仲联校注：《剑南诗稿校注》，上海世纪出版股份有限公司、上海古籍出版社2005年版，第1864—1865页。

④ 梁启超：《饮冰室合集》第四十五卷，中华书局1989年版，第4页。

⑤ 陆游著，钱仲联校注：《剑南诗稿校注》，上海世纪出版股份有限公司、上海古籍出版社2005年版，第1318页。

⑥ 陆游著，马亚中、涂小马校注：《渭南文集校注》（四），浙江古籍出版社2015年版，第21页。

议、热衷、坚持的抗金北伐给其一生的科场仕宦、穷通进退带来了重大影响。《陆游年表》载："赴礼部试，主考官置游前列，以论恢复语触秦桧，为秦桧所黜落。"① 宋孝宗隆兴初年，张浚为枢密使，都督江淮东西路，积极筹划北伐大业。陆游虽然于隆兴元年（1163）被任命为镇江府通判，但在整个开战过程中，他返居山阴。到第二年战争失利，张浚巡视江淮路时，陆游以通家子往谒，热情接待张浚父子及其随行人员。开禧三年（1207）陆游八十三岁时，曾于《跋张敬夫书后》，回忆了隆兴二年三、四月间，张浚视察江淮路过镇江时他的态度与作为："隆兴甲申，某佐郡京口，张忠献公以右丞相督军过焉。先君会稽公，尝识忠献于掾南郑时，事载高皇帝实录，以故某辱忠献顾遇甚厚。是时敬父从行，而陈应求参赞军事，冯圆仲、查元章馆于予廨中，盖无日不相从。迨今读敬父遗墨，追记在京口相与论议时，真隔世事也。"② 其后，张浚被黜罢都督、右相，并于当年八月病逝。乾道元年冬，陆游以《去年余佐京口遇王嘉叟从张魏公督师过焉魏公道罢相嘉叟亦出守莆阳近辱书报魏公已葬衡山感叹不已因用所遗挂颊亭诗韵奉寄》，对张浚谢世深表哀悼："河亭挈手共徘徊，万事宁非有数哉！黄阁相君三黜去，青云学士一麾来。中原故老知谁在，南岳新丘共此哀。火冷夜窗听急雪，相思时取近书开。"③ 时过境迁，淳熙十三年，陆游在《书愤》中还深情地回顾了当时豪迈激荡的场面——"楼船夜雪瓜洲渡"④。正因家谊渊深、志气相投、过从密亲，不可避免地给陆游的仕途带来了灾祸。《宋史·陆游传》载："言者论游交结台谏，鼓唱是非，力说张浚用兵，免归。"⑤ 乾道二年春，已被调任隆兴府通判的陆游，被弹劾落职。

退居赋闲的陆游在山阴一待就是数年。乾道五年，宋孝宗接连颁行诏令，一批主张抗金的志士陆续担任要职，南宋朝廷呈现出积极的抗战姿

---

① 陆游著，钱仲联校注：《剑南诗稿校注》，上海世纪出版股份有限公司、上海古籍出版社2005年版，第4617页。

② 陆游著，马亚中、涂小马校注：《渭南文集校注》（四），浙江古籍出版社2015年版，第9页。

③ 陆游著，钱仲联校注：《剑南诗稿校注》，上海世纪出版股份有限公司、上海古籍出版社2005年版，第90页。

④ 陆游著，钱仲联校注：《剑南诗稿校注》，上海世纪出版股份有限公司、上海古籍出版社2005年版，第1346页。

⑤ （元）脱脱：《宋史》，中华书局1985年版，第12058页。

态。这一变化给陆游带来了希望和遐想。然而，陆游的命运却并未随着抗战氛围的浓厚、备战节奏的加快而发生较大改变。史载："出通判建康府，寻易隆兴府。……久之，通判夔州。"① 令人不解的是，陆游数年的累官集资竟被无视，居然一连三任均摆脱不了通判的命运；更让人难以接受的是，由抗金的第一线到后方再到僻远的大后方。对于这样逆时代、忤人心而动的安排，陆游岂能甘心、岂能不生出悲凉的感受？朱东润先生在《陆游传》中对此评论道："还是一位通判，可是由镇江而南昌，由南昌而夔州，官职依然，路确实愈走愈远了。……从乾道二年南昌罢官到现在，前后五年了，所得的是一官万里，怎能不使他伤感？镇江是军事重镇，南昌总还是一个大地方，可是夔府呢？"②

早在隆兴二年，陆游在镇江通判任上，写过一首送朋友赴任夔路运判的《送查元章赴夔漕》："柳色西门路，看公上马时。亦知非久别，不奈自成悲。白发刘宾客，青衫杜拾遗。分留端有待，剩赋竹枝词。"③ 应该说，这是一首一般意义上的送别诗，其艺术性大于思想性，或者说有事不关己而不痛不痒的泛泛之感。然当数年后，自己作为当事人要赴任夔州时，一下子触动了他离家去国、远走僻壤、失意落难的悲凉心绪，人未启程，酸楚的诗句已倾泻于笔端。《将赴官夔府书怀》写道：

> 病夫喜山泽，抗志自年少。有时缘龟饥，妄出丐鹤料。亦尝厕朝绅，退懦每自笑。正如怯酒人，虽爱不敢釂。一从南昌免，五岁嗟不调。朝廷每哀矜，幕府误辟召。终然敛孤迹，万里游绝徼。民风杂莫徭，封域近无诏。凄凉黄魔宫，峭绝白帝庙。又尝闻此邦，野陋可嘲诮。通衢舞竹枝，谯门对山烧。浮生一梦耳，何者可庆吊？但愁瘿累累，把镜羞自照。④

诗一开头从自己的志趣、生计、仕宦、地位、品格、失意、人缘说起，

---

① （元）脱脱：《宋史》，中华书局 1985 年版，第 12058 页。

② 朱东润：《陆游传》，新世界出版社 2016 年版，第 84 页。

③ 陆游著，钱仲联校注：《剑南诗稿校注》，上海世纪出版股份有限公司、上海古籍出版社 2005 年版，第 73 页。

④ 陆游著，钱仲联校注：《剑南诗稿校注》，上海世纪出版股份有限公司、上海古籍出版社 2005 年版，第 131 页。

中间着重对夔州的山峭地远、政荒令废、鄙陋民风、落后方式、怪病蛮舞等作了全面概述和整体否定，从中不难体会陆游对夔州的轻蔑、鄙弃。尤其是对于心怀"上马击狂胡，下马草军书"① "我亦思报国，梦绕古战场"② 志向的陆游来说，这一远离东部淮河沿线、远走穷乡僻壤之地的任命，的确有些令其难堪、无语、难以认同接受。

在逆水而上赴往夔州的路上，陆游内心的委屈、悲凉时时倾注笔端。如《黄州》："局促常悲类楚囚，迁流还叹学齐优。江声不尽英雄恨，天意无私草木秋。万里羁愁添白发，一帆寒日过黄州。君看赤壁终陈迹，生子何须似仲谋!"③ 忧伤中裹挟着对历史、人生的怀疑和无谓感。又如《武昌感事》："百万呼庐事已空，新寒拥褐一衰翁。但悲鬓色成枯草，不恨生涯似断鸿。烟雨凄迷云梦泽，山川萧瑟武昌宫。西游处处堪流涕，抚枕悲歌兴未穷。"④ 自然景色与历史遗迹相组接、正面描写与冷言反语相交替、直抒胸臆与使事用典相嵌套，把置身流离荒途中的悲抑情怀写得凄婉跌宕。再如《闻猿》："瘦尽腰围不为诗，良辰流落自成衰。也知客里偏多感，谁料天涯有许悲。汉塞角残人不寐，渭城歌罢客将离。故应未抵闻猿恨，况是巫山庙里时。"⑤ 诗章一张一弛、大开大合，采用加一倍、翻转递进的手法，写出了客中更别、意外之诧、哀中添恨的强烈感受。

"道路半年行不到，江山万里看无穷。故人草诏九天上，老子题诗三峡中。笑谓毛锥可无恨，书生处处与卿同。"⑥ 经过近半年的逆水行船、一步一叹，终于于乾道六年十月二十七日到达夔州，开始在陌生、荒蛮的异地他乡从事微贱、无聊的通判生涯。陆游今存夔州诗不满六十首，一年零四个月的时间而诗作不多，不能不说其创作兴致委顿不高。或许正是萧索

---

① 陆游著，钱仲联校注：《剑南诗稿校注》，上海世纪出版股份有限公司、上海古籍出版社2005 年版，第 357 页。

② 陆游著，钱仲联校注：《剑南诗稿校注》，上海世纪出版股份有限公司、上海古籍出版社2005 年版，第 917 页。

③ 陆游著，钱仲联校注：《剑南诗稿校注》，上海世纪出版股份有限公司、上海古籍出版社2005 年版，第 141 页。

④ 陆游著，钱仲联校注：《剑南诗稿校注》，上海世纪出版股份有限公司、上海古籍出版社2005 年版，第 142 页。

⑤ 陆游著，钱仲联校注：《剑南诗稿校注》，上海世纪出版股份有限公司、上海古籍出版社2005 年版，第 176 页。

⑥ 陆游著，钱仲联校注：《剑南诗稿校注》，上海世纪出版股份有限公司、上海古籍出版社2005 年版，第 154 页。

低迷的精神状态消解、抑制了其创作的动力和活力。现有的五十几首诗歌，除个别流露出一些较为平和的心态外，可以说绝大部分浸染着作者忧怨不满的情绪。有对老大职轻的感叹，如《自咏》："朝衣无色如霜叶，将奈云安别驾何？钟鼎山林俱不遂，声名官职两无多。低昂未免闻鸡舞，慷慨犹能击筑歌。头白伴人书纸尾，只思归去弄烟波。"① 有对家乡故土的思念，如《初夏怀故山》："镜湖四月正清明，白塔红桥小艇过。梅雨晴时插秧鼓，蘋风生处采菱歌。沉迷簿领吟哦少，淹泊蛮荒感慨多。谁谓吾庐六千里，眼中历历见渔蓑。"② 有对闷热气候的不适，如《苦热》："万瓦鳞鳞若火龙，日车不动汗珠融。无因羽翮氛埃外，坐觉蒸炊釜甑中。石涧寒泉空有梦，冰壶团扇欲无功。余威向晚犹堪畏，浴罢斜阳满野红。"③ 有对宦情渐冷的倾吐，如《久病灼艾后独卧有感》："白帝城高暮柝传，幽窗搔首意萧然。江边云湿初横雁，墙下桐疏不庇蝉。计出火攻伤老病，卧闻鸢堕叹蛮烟。诸贤好试平戎策，敛退无心竞著鞭。"④ 有对处世个性的自诉，如《假日书事》："万里西来为一饥，坐曹日日汗沾衣。但嫌忧畏妨人乐，不恨疏慵与世违。雕槛迎阳花并发，画梁避雨燕双归。放怀始得闲中趣，下马何人又扣扉。"⑤ 类似的诗歌、诗情处处可见，可以说，陆游的生活远离了兴奋、惬意、亮色。毫无疑义，他在夔州通判任上过着低沉、郁闷、苦寂的生活。

陆游于乾道五年十二月被任命为夔州通判，因身体染恙，他实际动身赴任的时间在乾道六年闰五月十八日，抵达夔州时间为十月二十七日。宋代官员三年一考。陆游的任期在经历1169年、1170年、1171年后很快便面临终结，而一个非常现实的问题摆在了他的面前，即何去何从、宦路何方？这时，他首先想到了在他通判夔州前曾向他发出邀请的时任四川宣抚使的王炎。于是，他于乾道七年主动给王炎写信申请，渴望能续接前缘、

① 陆游著，钱仲联校注：《剑南诗稿校注》，上海世纪出版股份有限公司、上海古籍出版社2005年版，第188页。
② 陆游著，钱仲联校注：《剑南诗稿校注》，上海世纪出版股份有限公司、上海古籍出版社2005年版，第190页。
③ 陆游著，钱仲联校注：《剑南诗稿校注》，上海世纪出版股份有限公司、上海古籍出版社2005年版，第192页。
④ 陆游著，钱仲联校注：《剑南诗稿校注》，上海世纪出版股份有限公司、上海古籍出版社2005年版，第198页。
⑤ 陆游著，钱仲联校注：《剑南诗稿校注》，上海世纪出版股份有限公司、上海古籍出版社2005年版，第196页。

效力麾下。《上王宣抚启》曰："薄命遭回，阻并游于簪履；丹诚精确，犹结恋于门墙。敢辞蹈万死于不测之途，所冀明寸心于受知之地。伏念某禀资凡陋，承学空疏。虽肝胆轮囷，常慕昔贤之大节；乃齿牙零落，犹为天下之穷人。抚剑悲歌，临书浩叹，每感岁时之易失，不知涕泗之横流。昨属元臣，暂临西鄙，获厕油幕众贤之后，实轻玉关万里之行。奋厉欲前，驽马方思于十驾；羁穷未慭，沉舟又阅于千帆。伤弱植之易摇，悼鸿钧之难报，心危欲折，发白无余。如输劳效命之有期，愿陨首穴胸而何憾。兹从剡曲，来次夔关，虽未觇于光躔，已少纾于志愿。此盖伏遇某官，应期降命，生德自天。……念兹虚薄，奚足矜怜？然遭遇异知，业已被庥前之荐；使走趋远郡，岂不为门下之羞？倘回曩昔之恩，俾叨分寸之进。穷子见父，可量悲喜之怀；白骨成人，尽出生全之赐。"① 言辞恳切，感情浓醇，意欲入幕效命的态度十分坚决、强烈。也许担心"受代"在即，生计尚无着落，情急忧患之下，陆游还于乾道八年二月给时任宰相虞允文写信请求施以援手，帮助其解决为官、生计问题。《上虞丞相书》云："若某之愚，不才无功，留落十年，乖隔万里，而终未敢自默，特曰，身之穷，大丞相所宜哀耳。某行年四十有八，家世山阴，以贫悴逐禄于夔。其行也，故时交友醵缗钱以遣之，硖中俸薄，某食指以百数，距受代不数月，行李萧然，固不能归。归又无所得食。一日禄不继，则无策矣。儿年三十，女二十，婚嫁尚未敢言也。某而不为穷，则是天下无穷人。伏惟少赐动心，捐一官以禄之，使粗可活；甚则使可具装以归，又望外则使可毕一二婚嫁。不赖其才，不借其功，直以其穷可哀而已。"② 此信道出了陆游无颜东归、口多家贫、仕禄无望的苦衷、隐忧、焦虑，读之令人对其夔州之任愈发哀矜同情。从种种情理、迹象考证推断，陆游"后得王炎之应允召辟，于乾道八年（1172）三月赴南郑就职，从此开始了一段为期八个月的从戎岁月"③。由此看来，陆游走上抗金第一线、开始其引以自豪的从戎壮举，原来也还夹杂着逼不得已的生计、家累、尊严等问题，也还有这么多

---

① 陆游著，马亚中、涂小马校注：《渭南文集校注》（一），浙江古籍出版社 2015 年版，第 242—243 页。

② 陆游著，马亚中、涂小马校注：《渭南文集校注》（二），浙江古籍出版社 2015 年版，第 85 页。

③ 付兴林：《陆游从戎南郑缘由考论》，《绍兴文理学院学报》（人文社会科学版）2018 年第 6 期。

苦衷、辛酸混杂其间。

二 "画策虽工不见用"——从戎南郑的压抑感受

陆游于乾道八年三月中旬抵达四川宣抚使幕府所在地南郑，其官衔是左承议郎、四川宣抚使司干办公事兼检法官。陆游供职王炎幕府，也算是与王炎有缘和投缘。早在乾道五年，王炎出任四川宣抚使时，即物色、延揽志同道合者，因"力说张浚用兵"而罢职在家的陆游遂入其法眼。在王炎发出邀请后，陆游致《谢王宣抚启》以示谢诚："杜门自屏，误膺物色之求；开府有严，更辱招延之指。衔恩刻骨，流涕交颐。……曾未干于诏墨，已亟远于周行。病骨支离，遭途颠沛，驽马空思于十驾，沉舟坐阅于千帆。方所向而辄穷，已甘分于永弃。侵寻末路，邂逅赏音。招之于众人鄙远之余，挈之于半世奇穷之后。……曾是疏远至孤之迹，又无瑰奇可喜之能，不知何由，坐窃殊遇。称于天下曰知己，谁或间然；虽使古人而复生，未易当此。……某敢不急装俟命，碎首为期。运笔飒飒而草军书，才虽尽矣；持被刺刺而语婢子，心亦鄙之。尚力著于微劳，庶少伸于壮志。"① 从"赏音""殊遇""知己""复生""草军书"的遣词中，不难体察陆游对王炎提携之恩的感戴，也不难了解陆游所言及的"壮志"之所指。可惜的是，因为通判夔州职任的随即发布，陆游只得顺从王命而放弃了征召。此度入幕就职，可以说是天时、地利、人和作合的结果，是陆游与王炎早期缘分续延的结果，是时代大业、抗金雪耻号召、吸引的结果。

尽管翻山越岭、鞍马劳顿，陆游从踏上南郑地界起，即一改夔州时期游离生活之外、满纸怨叹悲凉的状态，呈现出激动、乐观、无畏、勤勉的精神世界。他对南郑的民风民俗、物产地貌充满好奇并极尽讴歌，如《金牛道中遇寒食》："乍换春衫一倍轻，况逢寒食十分晴。莺穿驿树惺惚语，马过溪桥蹀躞行。画柱彩绳喧笑乐，艳妆丽服角鲜明。"②《山南行》："我行山南已三日，如绳大道东西出。平川沃野望不尽，麦陇青青桑郁郁。地近函秦气俗豪，秋千蹴鞠分朋曹。苜蓿连云马蹄健，杨柳夹道车

---

① 陆游著，马亚中、涂小马校注：《渭南文集校注》（一），浙江古籍出版社 2015 年版，第235—236 页。

② 陆游著，钱仲联校注：《剑南诗稿校注》，上海世纪出版股份有限公司、上海古籍出版社 2005 年版，第 230 页。

声高。"① 他与同僚远朋广泛接触、慰问牵挂,如《简章德茂》:"殊方邂逅岂无缘,世事多乖复怅然。造物无情吾辈老,古人不死此心传。冷云黯黯朝横栈,红叶萧萧夜满船。个里约君同著句,不应输与灞桥边。"②《送范西叔赴召》(其二):"欲驾征车劝小留,南山南畔更逢秋。数声过雁催行色,一盏香灯话别愁。自昔文章关治道,即今台阁要名流。白头尚作书痴在,剩乞朱黄与校雠。"③ 他对抗金北伐、驰骋沙场充满期待,如《和高子长参议道中二首》(其一):"梁州四月晚莺啼,共忆扁舟罨画溪。莫作世间儿女态,明年万里驻安西。"④《秋波媚》(七月十六日晚登高兴亭望长安南山):"秋到边城角声哀,烽火照高台。悲歌击筑,凭高酹酒,此兴悠哉。多情谁似南山月,特地暮云开。灞桥烟柳,曲江池馆,应待人来。"⑤ 关于陆游从戎南郑时期所写的诗歌,据其庆元四年(1198)七十四岁所写《感旧》诗夹注所云"予山南杂诗百余篇,舟行过望云滩,坠水中,至今为恨"⑥ 可知,原本应有一百余首,只是不慎过河流失,甚为可惜。所以我们可以猜想,陆游关于蹴冰衔枚、马探敌哨的抗金杀敌的诗歌还会有不少。这一点,我们可以从陆游后来离开南郑追忆这段生活的诗歌中得到印证和补充,如《夏夜大醉醒后有感》:"客游山南夜望气,颇谓王师当入秦。欲倾天上河汉水,净洗关中胡虏尘。"⑦ 又如《冬夜闻雁有感》:"从军昔戍南山边,传烽直照东骆谷。军中罢战壮士闲,细草平郊恣驰逐。洮州骏马金络头,梁州毬场日打毬。玉杯传酒和鹿血,女真降虏弹箜篌。大呼拔帜思野战,杀气当年赤浮面。"⑧ 再如《忆昔》:"忆昔西征日,飞

---

① 陆游著,钱仲联校注:《剑南诗稿校注》,上海世纪出版股份有限公司、上海古籍出版社2005年版,第232页。

② 陆游著,钱仲联校注:《剑南诗稿校注》,上海世纪出版股份有限公司、上海古籍出版社2005年版,第244页。

③ 陆游著,钱仲联校注:《剑南诗稿校注》,上海世纪出版股份有限公司、上海古籍出版社2005年版,第143页。

④ 陆游著,钱仲联校注:《剑南诗稿校注》,上海世纪出版股份有限公司、上海古籍出版社2005年版,第235页。

⑤ 夏承焘、吴熊和:《放翁词编年笺注》,上海古籍出版社2012年版,第44—45页。

⑥ 陆游著,钱仲联校注:《剑南诗稿校注》,上海世纪出版股份有限公司、上海古籍出版社2005年版,第2380页。

⑦ 陆游著,钱仲联校注:《剑南诗稿校注》,上海世纪出版股份有限公司、上海古籍出版社2005年版,第582页。

⑧ 陆游著,钱仲联校注:《剑南诗稿校注》,上海世纪出版股份有限公司、上海古籍出版社2005年版,第827—828页。

腾尚少年。军书插鸟羽,戍垒候狼烟。渭水秋风夜,岐山晓雪天。金鞑驰叱拨,绣袂舞婵娟。"① 钱锺书先生在《宋诗选注》中对陆游的这类诗特别指出:"陈与义、吕本中、汪藻、杨万里等人在这方面跟陆游显然不同。他们只表达了对国事的忧愤或希望,并没有投身在灾难里、把生命和力量都交给国家去支配的壮志和宏愿;只束手无策地叹息或者伸手求助地呼吁,并没有说自己也要来动手,要'从戎',要'上马击贼',能够'慷慨欲忘身'或者'敢爱不赀身',愿意'拥马横戈'、'手枭逆贼清旧京'。这就是陆游的特点,他不但写爱国、忧国的情绪,并且声明救国、卫国的胆量和决心。"②

与为官夔州一年多只有不到六十首诗歌相较,陆游在南郑虽只有短短八个月却写下一百多首诗,不能不说其创造活力的回升、高涨。与夔州诗歌相比较,陆游南郑诗歌呈现出明显积极健朗的格调,但这不等于说,陆游从戎南郑就只有这种饱满热烈、情惬意畅的诗歌。事实是,陆游南郑诗歌仍然是多元化的主题、多样化的色彩,这其中就不乏忧怨低沉的诗歌。大体说来,有对家乡的时时思念,如《送范西叔赴召》(其一):"天涯流落过重阳,枫叶摇丹已著霜。衰病强陪莲幕客,凄凉又送石渠郎。杜陵雁下悲徂岁,笠泽鱼肥梦故乡。"③ 又如《自阆复还汉中次益昌》:"北首褒斜又几程,骄云未放十分晴。马经断栈危无路,风掠枯茆飒有声。季子貂裘端已弊,吴中菰菜正堪烹。朱颜渐改功名晚,击筑悲歌一再行。"④ 有对艰难危困生活的描写,如《三泉驿舍》:"残钟断角度黄昏,小驿孤灯早闭门。霜气峭深摧草木,风声浩荡卷郊原。故山有约频回首,末路无归易断魂。短鬓萧萧不禁白,强排幽恨近清樽。"⑤ 又如《江北庄取米到作饭香甚有感》:"我昔从戎清渭侧,散关嵯峨下临贼,铁衣上马蹴坚冰,有时三日不火食,山荞畲粟杂沙碛,黑黍黄糜如土色,飞霜掠面寒压指,一寸赤心

① 陆游著,钱仲联校注:《剑南诗稿校注》,上海世纪出版股份有限公司、上海古籍出版社2005年版,第1894页。
② 钱锺书:《宋诗选注》,人民文学出版社1958年版,第191页。
③ 陆游著,钱仲联校注:《剑南诗稿校注》,上海世纪出版股份有限公司、上海古籍出版社2005年版,第242页。
④ 陆游著,钱仲联校注:《剑南诗稿校注》,上海世纪出版股份有限公司、上海古籍出版社2005年版,第251页。
⑤ 陆游著,钱仲联校注:《剑南诗稿校注》,上海世纪出版股份有限公司、上海古籍出版社2005年版,第254页。

惟报国。"① 再如《十月暄甚人多疾十六日风雨作寒气候方少正作短歌以记之》："昔我从行台，宿师南山旁。仲秋已戒寒，九月常阴霜。入冬即大雪，人马有仆疆。土床炽薪炭，旃毳如胡羌。果蔬悉已冰，熟视不得尝。"② 还有对饿狼猛虎威胁生命及打虎猎兽的描写，如《十月二十六日夜梦行南郑道中既觉恍然揽笔作此诗时且五鼓矣》："我时在幕府，来往无晨暮。夜宿沔阳驿，朝饭长木铺。雪中痛饮百榼空，蹴踏山林伐狐兔。狨狨北山虎，食人不知数。孤儿寡妇仇不报，日落风生行旅惧。我闻投袂起，大呼闻百步。奋戈直前虎人立，吼裂苍崖血如注。从骑三十皆秦人，面青气夺空相顾。"③ 又如《怀昔》："昔者戍梁益，寝饭鞍马间。一日岁欲暮，扬鞭临散关。增冰塞渭水，飞雪暗岐山。怅望钓璜宫，英概如可还。挺剑刺乳虎，血溅貂裘殷；至今传军中，尚愧壮士颜。"④

然则，这些都还是可以克服的，是困不住、吓不倒陆游的。某种程度上说，他在这样的环境中磨炼砥砺，反倒激发了其悲壮主义情怀、英雄主义精神和浪漫主义色彩。但是，有两个前后关联的问题却成为笼罩在陆游心头的阴翳，使其憋闷、焦虑、压抑。

陆游早在绍兴三十二年（1162）即他三十八岁时，代时任枢密院使陈康伯、知枢密院事叶义问向宋高宗上过《代乞分兵取山东札子》，提出了重视江淮、师出东部的北伐战略。其文曰："为今之计，莫若戒敕宣抚司，以大兵及舟师十分之九固守江淮，控扼要害，为不可动之计；以十分之一，遴选骁勇有纪律之将，使之更出迭入，以奇制胜；俟徐、郓、宋、亳等处抚定之后，两淮受敌处少，然后渐次那大兵前进。如此，则进有辟国拓土之功，退无劳师失备之患，实天下至计也。"⑤ 虽是代人捉笔，但实亦代表了陆游的军事主张。然则，十年之后，等到他亲临川陕前线，陡然改

---

① 陆游著，钱仲联校注：《剑南诗稿校注》，上海世纪出版股份有限公司、上海古籍出版社2005年版，第1340页。

② 陆游著，钱仲联校注：《剑南诗稿校注》，上海世纪出版股份有限公司、上海古籍出版社2005年版，第3438页。

③ 陆游著，钱仲联校注：《剑南诗稿校注》，上海世纪出版股份有限公司、上海古籍出版社2005年版，第1092页。

④ 陆游著，钱仲联校注：《剑南诗稿校注》，上海世纪出版股份有限公司、上海古籍出版社2005年版，第1957页。

⑤ 陆游著，马亚中、涂小马校注：《渭南文集校注》（一），浙江古籍出版社2015年版，第96页。

变了初衷。《宋史·陆游传》载："游为炎陈进取之策，以为经略中原必自长安始，取长安必自陇右始。当积粟练兵，有衅则攻，无则守。"① 这一主张在陆游不同时期的诗文中多次被提及，如刚到南郑写下的《山南行》云："国家四纪失中原，师出江淮未易吞；会看金鼓从天下，却用关中作本根。"② 淳熙六年，在《送范舍人还朝》中云："旄头下扫在旦暮，嗟此大议知谁当？公归上前勉画策，先取关中后河北。"③ 绍熙年间，在《书渭桥事》中，陆游郑重其事重提这一战略思想："河渭之间，奥区沃野。……夷暴中原，积六七十年，腥闻于天，王师一出，中原豪杰必将响应，决策入关，定万事之业，兹其时矣！"④ 对于关中的涵盖地域，虽在中国历史地理演变中有广狭概念的不同，但其"范围或泛指战国末年函谷关以西秦国故土，包括秦岭以南的汉中和巴蜀"⑤。邱鸣皋先生也明确指出："至于《史记·项羽本纪》所谓'巴蜀亦关中地也'，所指范围更广，自然汉中地区也在其中了。在陆游心目中的'关中'，至少是把汉中包括在内的。"⑥ 由此可见，南郑在陆游心目中的地位有多重要；也由此可见，陆游这一战略思想经过实践检验、考验后多么固执绵长地深植其心。尽管有学者指出"他这一套计划并不是他的独家发明。南渡以后诸多抗战派人物都看重关陕"，如唐伯可、李纲、赵鼎、张浚、虞允文、陈亮等都有过兵出关陕的此类主张⑦。但"却用关中作本根"的战略思想对陆游却有着否定自己曾经的主张的翻转性，"是他亲临汉中后，有见于汉中的特殊地理位置和世风民性得出的理性结论"⑧。故其意义对于更像是文人书生的陆游来说，自有其突破、超越自我的慎重性、标志性。

南郑在南宋的国防战略上具有突出的地位。南宋抗金名将张浚曾感慨

① （元）脱脱：《宋史》，中华书局 1985 年版，第 12058 页。
② 陆游著，钱仲联校注：《剑南诗稿校注》，上海世纪出版股份有限公司、上海古籍出版社 2005 年版，第 232 页。
③ 陆游著，钱仲联校注：《剑南诗稿校注》，上海世纪出版股份有限公司、上海古籍出版社 2005 年版，第 651 页。
④ 陆游著，马亚中、涂小马校注：《渭南文集校注》（一），浙江古籍出版社 2015 年版，第 118 页。
⑤ 李浩：《唐代关中士族与文学》，中国社会科学出版社 2003 年版，第 10 页。
⑥ 邱鸣皋：《陆游评传》，南京大学出版社 2002 年版，第 120 页。
⑦ 许文军：《论陆游在南郑》，《陕西师范大学学报》（哲学社会科学版）2002 年第 S3 期。
⑧ 付兴林、马玉霞、胡金佳：《唐宋时期汉水上游作家作品研究》，中国社会科学出版社 1985 年版，第 167 页。

道："汉沔形势之地，前控六路之师，后据西蜀之粟，左通荆襄之财，右出秦陇之马。"① 南宋真德秀在《直前奏札二》更就江淮一线的总体格局明确指出："今之边面控连要害者，近则两淮荆襄，远则蜀之关外。然以地形考之，蜀居上流，实东南之首，荆襄其吭而两淮其左臂也。"② 能在如此重要的地方戍边备战，陆游自然是苦中有乐、乐在其中。如果能推动北伐大业顺利挺进，那将是陆游最大的渴望和莫大的荣光。然而北伐之事却迟迟未有大的动静，这令求战心切、建功迫切的陆游感到焦虑不安。如《太息》云："太息重太息，吾行无终极。冰霜迫残岁，鸟兽号落日。秋砧满孤村，枯叶拥破驿。白头乡万里，堕此虎豹宅。道边新食人，膏血染草棘。平生铁石心，忘家思报国。即今冒九死，家国两无益。中原久丧乱，志士泪横臆。切勿轻书生，上马能击贼。"③ 又如《嘉川铺得檄遂行中夜次小柏》云："黄旗传檄趣归程，急服单装破夜行。萧萧霜飞当十月，离离斗转欲三更。酒消顿觉衣裳薄，驿近先看炬火迎。渭水函关元不远，著鞭无日涕空横。"④ 再如《归次汉中境上》："云栈屏山阅月游，马蹄初喜踏梁州。地连秦雍川原壮，水下荆扬日夜流。遗虏屡屡宁远略，孤臣耿耿独私忧。良时恐作他年恨，大散关头又一秋。"⑤ 陆游的忧虑、焦心是不无道理的。《宋史·孝宗本纪》载：（乾道八年九月）"乙亥，诏王炎赴都堂治事。戊寅，以虞允文为少保、武安军节度使、四川宣抚使，封雍国公。己丑，赐允文家庙祭器。壬辰，允文入辞，帝谕以决策亲征，令允文治兵俟报"。⑥ 王炎被撤调遣京，抗战派遭受重大打击，南郑的宣抚使司随即解散，陆游所主张的战伐谋略和他心心念念的北伐大业也随即泡汤。

南郑任上，陆游与王炎相处总体是融洽的，正如他在《怀南郑旧游》中所咏："南山南畔昔从戎，宾主相期意气中。渴骥奔时书满壁，饿鸥鸣

① （清）孙铭钟：《沔县新志》，光绪九年刻本。
② 曾枣庄、刘琳：《全宋文》第 312 册，上海辞书出版社 2006 年版，第 197 页。
③ 陆游著，钱仲联校注：《剑南诗稿校注》，上海世纪出版股份有限公司、上海古籍出版社 2005 年版，第 247 页。
④ 陆游著，钱仲联校注：《剑南诗稿校注》，上海世纪出版股份有限公司、上海古籍出版社 2005 年版，第 254 页。
⑤ 陆游著，钱仲联校注：《剑南诗稿校注》，上海世纪出版股份有限公司、上海古籍出版社 2005 年版，第 255 页。
⑥ （元）脱脱：《宋史》，中华书局 1985 年版，第 654 页。

处箭凌风。千艘粟漕鱼关北，一点烽传骆谷东。"① 王炎在任期间，曾筹措资费修葺群吏谒见、筹边治军、燕劳将士的"西偏"之"便坐"。修缮启用，"名新堂曰'静镇'，而命其属陆某记之。某辞谢不获命，则再拜启曰"②。由命笔传记可见，王炎是知人善用、能尽人才的，陆游也是恰逢机遇、尤获重用的。然则，在事关人员的任用和北伐的节奏上，陆游与王炎显然存在一些不合拍的地方。《宋史·陆游传》载："吴璘子挺代掌兵，颇骄恣，倾财结士，屡以过误杀人，炎莫谁何。游请以珌子拱代挺。炎曰：'拱怯而寡谋，遇敌必败。'游曰：'使挺遇敌，安保其不败。就令有功，愈不可驾驭。'"③ 在节制将帅上，也许王炎的看法、做法更可取、更稳妥，但陆游出于公心、军纪的建言未被王炎采纳，显然对陆游属不小的挫伤。所以多年后，陆游在回忆南郑生活的《三山杜门作歌》中还耿耿于怀地感叹道："中岁远游逾剑阁，青衫误入征西幕。南沮水边秋射虎，大散关头夜闻角。画策虽工不见用，悲吒那复从军乐。"④ 钱仲联先生在对该诗的"注释"中着重指出："不见用者，恢复中原之策不为朝廷所用，王炎内调旋罢黜；非谓画策不为王炎所用也。"⑤ 朱东润先生在《陆游传》中更早地表达了类似的观点，他说："近人以为王炎、陆游之间，意见不完全一致，王炎没有采取陆游的主张。这可能是根据《三山杜门作歌》中间两句'画策虽工不见用，悲吒那复从军乐'。但是问题还是有的。陆游画策不为王炎所用，固然是'不见用'，可是陆游、王炎共同的画策，不为南宋最高统治者所用，也同样是'不见用'。从'宾主相期意气中'这一句，我们看不出王炎和陆游中间的矛盾，而从陆游诗词中的表现，到现在这一段时期，他的军中的生活，应当说是欢乐的。"⑥ 两位前辈的体认确实新颖中的、启人心智，但笔者觉得还有再行参悟的余地、必要。

---

① 陆游著，钱仲联校注：《剑南诗稿校注》，上海世纪出版股份有限公司、上海古籍出版社2005年版，第1716页。

② 陆游著，马亚中、涂小马校注：《渭南文集校注》（二），浙江古籍出版社2015年版，第221页。

③ （元）脱脱：《宋史》，中华书局1985年版，第12058页。

④ 陆游著，钱仲联校注：《剑南诗稿校注》，上海世纪出版股份有限公司、上海古籍出版社2005年版，第2456页。

⑤ 陆游著，钱仲联校注：《剑南诗稿校注》，上海世纪出版股份有限公司、上海古籍出版社2005年版，第2457页。

⑥ 朱东润：《陆游传》，新世界出版社2016年版，第118页。

从前面论述可知，起码在用人问题上，陆游带有书生气的换将易帅建议未被王炎听取采纳，按常理会在其心中留下不快、生出怨叹。此为其一。陆游在抗金北伐的节奏、愿望上，明显急切、迫切，这从"汉水东流哪有极，秦关北望不胜悲。邮亭下马开孤剑，老大功名颇自期"① "忆昔从戎出渭滨，壶浆马首泣遗民"② "大散关头北望秦，自期谈笑扫胡尘"③ "不如意事常千万，空想先锋宿渭桥"④ 等诗句所传递的信息、信念看，陆游是颇为急迫地要纾民困厄、靖扫逆胡、建立功业的。他是王炎的幕僚，他有建议权、参谋权，却没有决策权、发令权。所以，出兵的心情再急切，也只能等待王炎的决断，而王炎的决断却又受制于朝廷，他也没有最终的定夺权。所以，陆游极有可能对直接的顶头上司王炎不能想他之所想、急他之所急而遗憾、不满，同时也对朝廷的主和派、妥协派贻误战机而怨叹、痛愤。所以，笔者判断，"画策虽工不见用"不仅有对王炎不能下令北伐的埋怨，也包含着对高乎乎在上的南宋朝廷贻误时机、不思光复失地、浪费人力财力智力、使殚精熟虑的画策弃置作废的怨愤。此为其二。综上，尽管王炎征辟陆游入幕，赋予他职权和抗金北伐的机会，他们总的关系协谐、融洽，但也在用人和出征上存在不尽如人意的错位，致使陆游心存遗憾、言有怨叹。是故，所谓"青衫误入征西幕"者，想必是既针对个人又针对朝廷的双关愤激之言。

三 "世间何地不羊肠"——趋走成都的失落意绪

乾道八年十一月，从戎南郑八个月后，随着王炎被调离川陕，陆游也结束了其在南郑的幕府生活。《陆游年谱》载："十月，回南郑。王炎幕府已散。游被调为成都府路安抚司参议官。十一月，自南郑启程，取道剑门

---

① 陆游著，钱仲联校注：《剑南诗稿校注》，上海世纪出版股份有限公司、上海古籍出版社2005 年版，第 252 页。

② 陆游著，钱仲联校注：《剑南诗稿校注》，上海世纪出版股份有限公司、上海古籍出版社2005 年版，第 2352 页。

③ 陆游著，钱仲联校注：《剑南诗稿校注》，上海世纪出版股份有限公司、上海古籍出版社2005 年版，第 2926 页。

④ 陆游著，钱仲联校注：《剑南诗稿校注》，上海世纪出版股份有限公司、上海古籍出版社2005 年版，第 2927 页。

关、武连、绵州、罗江、汉州，岁末，抵成都。"① 离开抗金前线，到相对平静、安全、繁华、富庶、开放、热闹的地方为官，照理应是值得称道庆幸的好事、喜事，但对于一心想要扫胡尘靖国难、报君父不共戴天之仇的陆游来说，无异于斩断了他生命的脐带，使其精神失去了寄托、征程迷失了方向。陆游一下子从过去志在恢复、喜言恢复的亢奋状态，跌落到了冰冷的现实中。在还没有展开真正意义上的抗金北伐的时候，南宋王朝其实已经自我松懈、自我放弃、自我毁灭。这既辜负了陆游誓志报国的壮怀，也辜负了敌占区众多暂寄敌营冒着生命危险暗中传信、远道寄物志士的良苦用心，更断送了金人统治下的遗民"忍死望恢复"的期盼。陆游想不通、搁不下，他把失落悲痛的情怀洒在了离开南郑、趋往成都的路上。这其中既有失意怨艾，又有感愤痛惜，还有遣玩放弃。如《初离兴元》写道："梦里何曾有去来，高城无奈角声哀。连林秋叶吹初尽，满路寒泥踏欲开。笠泽决归犹小憩，锦城未到莫轻回。炊菰斫脍明年事，却忆斯游亦壮哉！"② 前四句明显流露出无常之悲，以旅途之凄凉坎坷渲染、隐喻人生之悲凉、艰难。后四句似乎要另辟路径，变换态度与活法，但字里行间渗透着试图自我宽慰的自欺欺人、冷言反语。又如《自兴元赴官成都》写道："平生无远谋，一饱百念已。造物戏饥之，聊遣行万里。梁州在何处，飞蓬起孤垒。凭高望杜陵，树烟略可指。今朝忽梦破，跋马临漾水。此生均是客，处处皆可死。剑南亦何好，小憩聊尔尔。舟车有通途，吾行良未止。"③ 诗章感情复杂，跳跃性大。前四句自我调侃、酸楚嘲讽，第二个四句忆念南郑、向往京华，第三个四句感慨挫折、参悟人生，最后四句努力自慰、尝试解脱。诗意虽层次清晰，但忽此忽彼，夹杂着受挫后的遣玩不恭色调。从中正可感知陆游遭受打击之大，其精神、态度之恍惚、之杂芜、之迷惘。又如《遣兴》写道："貂裘破弊色凄凉，塞上归来路更长。老骥嘶鸣常伏枥，寒龟藏缩正支床。凋零客路新霜鬓，扫洒先师旧草堂。九折阪头休绝

① 陆游著，钱仲联校注：《剑南诗稿校注》，上海世纪出版股份有限公司、上海古籍出版社2005 年版，第 4623 页。
② 陆游著，钱仲联校注：《剑南诗稿校注》，上海世纪出版股份有限公司、上海古籍出版社2005 年版，第 257 页。
③ 陆游著，钱仲联校注：《剑南诗稿校注》，上海世纪出版股份有限公司、上海古籍出版社2005 年版，第 258 页。

叹，世间何地不羊肠！"① 此诗满纸呜咽，悲痛压抑的情怀分外强烈。有志而不得伸，被钳制而只能忍气吞声，世间布满陷阱而绝无坦途。最后一句像是自言自语的参悟，又像是在告慰、劝勉自己，真是含泪带血、闷愁至极。再如《剑门城北回望剑关诸峰青入云汉感蜀亡事慨然有赋》写道："自昔英雄有屈信，危机变化亦逡巡。阴平穷寇非难御，如此江山坐付人。"② 诗虽短却颇有意味、力道。开头先谈世间变易、反转的大道理，意在指出屈伸有时、危机转化乃正常的普泛规律，后面结合刘禅自奉印玺、不战而降的历史，讽刺当朝懦弱不为的投降主义、卖国行径，最后一句何止是叹息、怨愤，简直是指斥、怒吼。

陆游行进在南下成都的路上，内心蓄满委屈、悲苦，禁不住油然生出强烈的思归之心。如《南沮水道中》："磴舍临湍濑，罾船聚小滩。山形寒渐瘦，雪意暮方酣。久客情怀恶，频来道路谙。家乡空怅惘，无梦到江南。"③ 又如《长木晚兴》："沮水嶓山名古今，聊将行役当登临。断桥烟雨梅花瘦，绝涧风霜槲叶深。末路清愁常衮衮，残冬急景易骎骎。故巢东望知何处，空羡归鸦解满林。"④ 这对多次幻想收复关中、长安，卜居鄠杜、终老其间的诗人来说该有多大的反讽意义啊！陆游不仅密集地表达了乡关之思，而且生出对人生、仕途、功名的质疑、否定，产生了隐退山林、求稳全性的念头，如《思归引》写道："善泅不如稳乘舟，善骑不如谨持辔。妙于服食不如寡欲，工于揣摩不如省事。在天有命谁得逃，在我无求直差易。散人家风脱纠缠，烟蓑雨笠全其天。莼丝老尽归不得，但坐长饥须俸钱。此身不堪阿堵役，宁待秋风始投檄。山林聊复取熊掌，仕宦真当弃鸡肋。锦城小憩不淹迟，即是轻舠下峡时。那用更为麟阁梦，从今正有鹿门期。"⑤

---

① 陆游著，钱仲联校注：《剑南诗稿校注》，上海世纪出版股份有限公司、上海古籍出版社2005年版，第261页。

② 陆游著，钱仲联校注：《剑南诗稿校注》，上海世纪出版股份有限公司、上海古籍出版社2005年版，第270页。

③ 陆游著，钱仲联校注：《剑南诗稿校注》，上海世纪出版股份有限公司、上海古籍出版社2005年版，第260页。

④ 陆游著，钱仲联校注：《剑南诗稿校注》，上海世纪出版股份有限公司、上海古籍出版社2005年版，第261页。

⑤ 陆游著，钱仲联校注：《剑南诗稿校注》，上海世纪出版股份有限公司、上海古籍出版社2005年版，第266页。

从今天留存的成都诗词来看，也有呈现出壮美快意、万丈豪情的，如《三月十七日夜醉中作》："前年脍鲸东海上，白浪如山寄豪壮。去年射虎南山秋，夜归急雪满貂裘。今年摧颓最堪笑，华发苍颜羞自照。谁知得酒尚能狂，脱帽向人时大叫。逆胡未灭心未平，孤剑床头铿有声。破驿梦回灯欲死，打窗风雨正三更。"① 诗章在过往与当下间游移，在豪迈与颓废间挣扎，在自嘲与自雄间跳跃，显现出陆游的不甘、不弱、不放弃。但是总的来看，陆游成都诗歌的基调是灰暗悲苦的，即便是有亮色、有快意，也是快意与失意混杂、明丽与灰暗交织，他似乎跳脱不了忧怨的圈子、适应不了当下的生活。如《梅花》："家是江南友是兰，水边月底怯新寒。图画省识惊春早，玉笛孤吹怨夜残。冷淡合教闲处著，清癯难遣俗人看。相逢剩作樽前恨，索笑情怀老渐阑。"② 梅花高标独立的品格正是诗人坚守不易的人格的象征，而梅花冷淡处寒的境况不正是诗人索寞失意的处境的隐喻吗？然则这样的苦情孤诣正是与环境不容、与时代不合、与过往不舍、与志气不离的结果，只有陆游才会有这样的状态，也只有有过壮举又有过失落的陆游才配有这样的混合样态。又如《登塔》："冷官无一事，日日得闲游。壮哉千尺塔，摄衣上上头，眼力老未减，足疾有新瘳，幸兹济胜具，俯仰隘九州。雪山西北横，大江东南流。画栋云气涌，铁铎风声遒。旅怀忽恻怆，涕下不能收。十年辞象魏，万里怀松楸。仰视去天咫，绝叫当闻否？帝阍守虎豹，此计终悠悠。"③ 诗章沉郁苍凉、哀痛透心，本来登高瞩望、饱赏风光，却不曾想事与愿违、触发隐痛。从这些诗句中，正见出陆游内心深处喜忧交错的无常状态和潜压已久的深悲巨痛。陆游成都时期的诗歌，总是在平常之中灌注着异常，在平静背后潜藏着跳动，在眼前境况中牵拽出昔日生活，在失意颓丧中翻腾出雄放澎湃。再如《汉宫春·初自南郑来成都作》：

羽箭雕弓，忆呼鹰古垒，截虎平川。吹笳暮归，野帐雪压青毡。

---

① 陆游著，钱仲联校注：《剑南诗稿校注》，上海世纪出版股份有限公司、上海古籍出版社2005年版，第299—300页。

② 陆游著，钱仲联校注：《剑南诗稿校注》，上海世纪出版股份有限公司、上海古籍出版社2005年版，第284页。

③ 陆游著，钱仲联校注：《剑南诗稿校注》，上海世纪出版股份有限公司、上海古籍出版社2005年版，第289页。

淋漓醉墨，看龙蛇、飞落蛮笺。人误许、诗情将略，一时才气超然。

何事又作南来，看重阳药市，元夕灯山？花时万人乐处，欹帽垂鞭。闻歌感旧，尚时时、流涕尊前。君记取，封侯事在，功名不信由天。①

从章法结构上来讲，词作形成了过往与今日鲜明的对比，把快乐与失落糅合在一起，给人以强烈的心理变异、落差。上片词人激情四射地追忆了从戎南郑激越昂扬、多彩绚烂的生活和他文兼武备、意气风发的才情和精神；下片则笔锋陡转，发抒命不由人、沉沦失意、无聊颓丧、酒泪合流的悲痛处境。结句忽作振起，以呵天吼地之力，表达壮心不改、追求功业的豪情。不难看出，陆游真正的快乐只存在于对过往的回忆中，是以当下的抑郁状态为参照体、衬垫物的，是其暂时摆脱、消解痛苦刻意酿制的麻醉剂。

《夜游宫·宫词》"当亦乾道九年间作"②。此词与上一首词在抒情表意上的最大区别，一是满篇怨天尤人，二是显然别有寄托。词云：

独夜寒侵翠被，奈幽梦、不成还起。欲写新愁泪溅纸，忆承恩，叹余生，今至此！

簌簌灯花坠，问此际，报人何事？咫尺长门过万里。恨君心，似危栏，难久倚。③

从词的浅表层面看，该词描写的是一位失宠宫女愁苦、怨叹的生活和状态，但从深层次揣摩，词意实际上隐喻的是君臣离合的大节大义。陆游从戎南郑，实与王炎的赏识、眷顾、提携有很大关系。可以说，陆游在一定程度上是冲着具有抗金情结的王炎和清扫胡虏妖氛、完成统一大业的壮伟事业而来到南郑的。然（乾道八年）"九月……乙亥，诏王炎赴都堂治事。……九年春正月辛未，王之奇罢为淮南安抚使，王炎罢为观文殿大学士、提举洞霄宫"④。王炎的调离继而被贬斥，宣告了政治风云的变幻、抗金大业的流产、陆游宏愿的沉坠。于此背景下，陆游不仅自己难过，更替王炎悲哀。肝胆与共的知己遂不愿默默，而以比兴寄托的手法，假借君王、宫女之事发抒孝宗

---

① 王双启：《陆游词新释辑评》，中国书店 2001 年版，第 58 页。
② 夏承焘、吴熊和：《放翁词编年笺注》，上海古籍出版社 2012 年版，第 52 页。
③ 王双启：《陆游词新释辑评》，中国书店 2001 年版，第 62 页。
④ （元）脱脱：《宋史》，中华书局 1985 年版，第 654 页。

与王炎有始无终、半道离析的悲剧。是故，"从深层次看，此词深得骚人之旨趣，既为王炎蒙受屈辱而鸣不平，也为自己失怙无依而叹息，更为君心莫测、不可凭恃而发泄。是可谓色貌如花、荆刺锥心，言在此而意在彼也"①。

综上所论，陆游去东西进、官游巴蜀期间，实有着难以挥去的低沉、伤感、抑郁的情怀。出判夔州，远离家乡与前线，悲凉的情怀始终渗肺透心，成为其为官一任的主色调；从戎南郑，激昂的情怀翻为主体，而画策不为见用的压抑感受潜滋隐伏，无从消除摆脱；南下成都，离开战地疆场，精气神陡然逆转，失望、失意的情绪蓄满心头，揹蒲醉饮、拥妓买笑成为其化解心病、暂忘苦痛的另一种扭曲方式，美梦存放在回忆中，安慰夹裹在自弃自废里，眼泪混合着烈酒长流在梗阻的心窝。夔州、南郑、成都，这段移步换形、无法挣脱的悲抑情怀，让我们窥见了陆游精神生活真实而立体的样态，也明白了陆游被迫无所作为、南宋不免走向覆亡的个中道理，更理解了陆游"早岁那知世事艰"② "悲吒那复从军乐"③ "此生谁料，心在天山，身老沧州"④ 怒吼与怨叹的缘由！

① 付兴林：《论陆游南郑词的情感类型及表现手法》，《陕西理工大学学报》（社会科学版）2018 年第 4 期。

② 陆游著，钱仲联校注：《剑南诗稿校注》，上海世纪出版股份有限公司、上海古籍出版社2005 年版，第 1346 页。

③ 陆游著，钱仲联校注：《剑南诗稿校注》，上海世纪出版股份有限公司、上海古籍出版社2005 年版，第 2456 页。

④ 王双启：《陆游词新释辑评》，中国书店 2001 年版，第 148 页。

陆游宦赣交游考述

聂　庆　　高利华

（绍兴文理学院 人文学院）

摘要： 陆游中年两度入赣为官，入蜀、东归两次途经长江江西区域。对江西的风物、地理和人文十分熟稔。陆游两次入赣，交游广泛，朝臣以周必大、陈之茂、李浩、芮国器等十余人较为密切；方外人士与道人黎道华、僧守璞等过从甚密，皆以诗文酬唱为主，不少成为终身莫逆，结下了不解之缘。宦赣交游是其两度入赣仕宦生涯的见证，江西情结之所在。

关键词： 陆游；宦赣诗；人缘

陆游一生两度宦赣，据笔者统计，《剑南诗稿》《渭南文集》中在宦赣期间的诗文作品计256（首）篇，后期回忆75（首）篇。① 宦赣作品是他人生旅途的一个重要组成部分。在以往的陆游研究中，学界对他江西经历和创作的关注，主要集中在诗文内容的分析、地域文化的书写以及陆游与江西诗派的渊源等方面。关于他在江西的交游着眼不多，本文重在考述陆游在江西的交游圈，梳理他两度入赣为官的人际交往，考证他们交游的范围，分析他们交往的基础，论述他们交往对彼此的影响。

---

① 笔者据钱仲联《剑南诗稿校注》（上海古籍出版社2005年版），马亚中、涂小马《渭南文集校注》（浙江古籍出版社2015年版）以及夏承焘、吴熊和笺注，陶然订补《放翁词编年笺注》（上海古籍出版社2012年版），黄立新、刘蕴之编注《入蜀记》约注（中国文联出版社2004年版）统计，以资读者参考。

一　陆游宦赣交游圈

陆游仕途坎坷，但交友广泛。陆游宦赣之时，已有相当诗文名世，与之往来的多是同僚诗友，如座师陈之茂，朝臣周必大、王伯寿、赵霈、尹穑、邹德章、芮国器等人；亦不乏方外人士如道人黎道华、僧守璞等。

宦赣期间是陆游在政治上备受冷落的时期，由于南宋的主和政策，陆游作为主战人士受到排挤，投闲置散。"官闲出局各无事，冷落往往思同盟"①，他在宦赣期间与友人诗文寄赠，既有彼此的欣赏，官场应酬，更多的是同声相求，类似仕途际遇的感慨。考察其交游圈，不外乎同侪僚友和方外人士两端。

（一）陆游与同侪僚友的交往

乾道元年（1165）七月，陆游改任通判隆兴军事。第一次入赣，在赴隆兴（今江西南昌）任时，得知座师陈之茂（阜卿）为其上司，遂作《上陈安抚启》。是年秋，好友邹德章也因力主抗金，被主和派弹劾外放，贬至江西高安，陆游有诗相寄。乾道元年秋，陆游送别赵霈（赵抃之孙），流露出一种仕途坎坷、前路迷茫的情绪。是年冬，陆游于进贤道上送别好友王伯寿，并以梅相赠。乾道二年春，陆游以"交结台谏，鼓唱是非，力说张浚用兵"②罪罢归，自临川归山阴途中，途经玉山，看望昔日好友尹穑、芮国器，作诗以纪。陆游在罢归途中，忆起好友李浩（字德远），二人曾于南昌归临川途中偶遇。李德远因弹劾权臣杨存中而落职。时隔五年重逢，二人不胜欢喜，秉烛达旦畅谈人生。③

淳熙六年（1179），陆游从福建建安任满，又接到改除提举江南西路常平茶盐公事的旨令。于是取道信州，赴江西抚州任。是年八月，陆游读李商叟所藏曾文清公（几）诗，感怀恩师。九月，陆游有感江西任上投闲置散，寄诗周必大，借三湘山水之美请求调任，摆脱案牍劳形之累，却并未得到周必大应允。

淳熙七年（1180）九月，陆游送别张贵谟（字子智）教授，登临抚州

---

① 陆游《往在都下时与邹德章兵部同居百官宅无日不相从仆来佐豫章而德章亦谪高安感事抒怀作歌奉寄》，《剑南诗稿校注》卷一，上海古籍出版社 2005 年版，第 85 页。

② 见（元）脱脱等撰《宋史·陆游传》三百九十五卷，中华书局 1977 年版，第 5837 页。

③ 《寄别李德远》，《剑南诗稿校注》卷一，第 96 页。

拟岘台感怀。是年十月，陆游外出巡察，与刘清之同游大愚寺，观苏轼、苏辙二人的题壁诗，行役之苦寄寓其间。时江西水灾，陆游于十一月被命诣临安，发临川时，感慨饥馑荒年，五谷不收，行人皆菜色。饥民无粮，鼠雀却饱食于官仓，遂作《寄奉新高令》痛陈现状。是月，陆游与杨秀才于江头赠诗话别。别抚州归，与主簿傅用之于白干铺送别，傅用之相送百里仍不舍离去，足见二人交情之深。

（二）陆游与方外人士的交游

陆游任隆兴通判时，频繁往来于西山万寿宫（今南昌市），作有《跋坐忘论》《跋查元章书》《跋高象先金丹歌》等，"渔隐子""笠翁渔隐"等称号便由此而来。宋儒广涉释道为一时风尚，儒释道的影响遍布于陆游的人生轨迹中。陆游自少时起便从道人游，仕宦四方时，也多与当地道人和隐者交游。淳熙七年（1180）三月，陆游往来于祥符观，拜访黎道华，与黎道士小饮。黎道士也曾学诗于曾文清公，陆游备感亲切，举杯对酌，追忆恩师，慨然作诗。在抚州时期还曾与僧人过从甚密，"唤僧同看画，避佛旋移壮"。① 赴抚州任时，城东有广寿禅院，与僧人守璞从游。

陆游少时成长于丧乱之间，毕生怀抱恢复理想。作为爱国志士，声名远扬，见赏于四方师友。两次宦赣，皆因朝廷主和派排挤而外任。第一次宦赣多发牢骚愤懑之语，且多结交主战派人士，仕途的郁郁不得志，继而在时任时隐中徘徊；第二次宦赣，间隔十五载，历经川陕之行，思想渐趋成熟。第二次宦赣于抚州任上，识多方友朋，谈经论道，切磋学术；或同为主战派，有坚定的恢复信念。

二 陆游两度宦赣交游考

陆游赴赣期间，交友诸多，交游活动频繁，或以诗会友，以文会友，或以酒会友，往来赠答，以书相赠等。既有尊师前辈的提携照顾，又有同辈僚友的往来唱和，其中以周必大、陈之茂、李浩等人较为亲密。陆游交友圈皆是"少年交友尽豪英"，② 思想的契合便是"交友倾一世"。③

---

① 《宿华严寺》，《剑南诗稿校注》卷十二，第1010页。
② 《冬夜听雨戏作》，《剑南诗稿校注》卷十，第835页。
③ 《夫人樊氏墓志铭》，《渭南文集校注》卷三十八，第173页。

（一）陆游首次宦赣交游人物考

陆游第一次宦赣因北伐失利，上书孝宗被贬出任镇江通判，后又改为隆兴通判，当时北伐阵营也大都受到打压，其交游主要集中在昔日同僚、故友。有陈之茂、李浩、邹德章、王伯寿、赵霆、尹穑和芮国器等人，多基于人品、学识、思想、政见的相近。

1. 陆游与陈之茂的交游

陈之茂（？—1166），字阜卿，无锡（今属江苏）人。高宗绍兴二年（1132）进士。陆游与陈之茂的渊源可追溯到高宗绍兴二十三年（1153）陆游参加锁厅试。① 陆游的文章受到陈之茂的激赏，被列为第一。陈之茂对于陆游来说，不仅仅是座师、上司，关键是陈之茂为人正直敢言，力主抗金的爱国情怀也深深影响着陆游。隆兴和议后，主战派被屡迁外任，乾道元年（1165），在赴隆兴任时，陆游得知陈之茂为其上司，遂作《上陈安抚启》一文："佐州北固，麦甫及于再尝。易地南昌，瓜未期而先代。虽千里困奔驰之役，幸一官托覆护之私。伏念某孤学背时，褊心忤物，方牵联而少进，已恐惧而遽归。……先生琴瑟书册在前，愿卒门人之业。小子洒扫应对则可，敢晞别驾之功。"② 陆游作此篇启文，一方面是出于对陈之茂感恩与尊重，对于往年的知遇之恩深铭于心；另一方面对陈之茂的道德赞誉也发自肺腑。陆游深知陈之茂的为人，所以直言不讳，对其祖露心声，实而有一种郁郁不得志的意味。这篇启文向座师表明心迹，希望得到援引，在陆游的文集中是比较瞩目的。

2. 陆游与李浩的交游

李浩（？—1176），字德远，其先居建昌，迁临川，早有文称于世。绍兴十二年（1142），擢进士第。陆游和李德远交谊甚深，是同僚好友，也是志同道合的主战派。绍兴三十一年（1161），陆游在临安从敕令所删定官调任大理寺司直，寓居"百官宅"，一时名流周必大、李浩亦同时寓此，与陆游连墙为邻，交情甚笃。自张浚北伐失利后，主战派被遣散至各地，绍兴三十一年（1161），李浩奉祠归临安，陆游挥泪送别。李浩因直言得罪权臣被贬至广西取道临川，而陆游自南昌归临川途中偶遇好友，二

① 《陈阜卿先生为两浙转运司考试官时秦丞相孙以右文殿修撰来就试直欲首选阜卿得予文卷擢置第一秦氏大怒予明年既显黜先生亦几蹈危机偶秦公薨遂已予晚岁料理故书得先生手帖追感平昔作长句以识其事不知衰涕之集也》，《剑南诗稿校注》卷四十，第2530页。

② 《上陈安抚启》，《渭南文集校注》卷七，第221页。

人促膝长谈，连床夜语，陆游有《寄别李德远二首》：

> 萧萧风雨临川驿，邂逅连床若有期。自起挑灯贪夜话，疾呼索饭疗朝饥。即今明月共千里，已占深林巢一枝。惜别自嫌儿女态，梦骑羸马度芳陂。
>
> 李侯不恨世卖友，陆子那须钱买山。出牧君当千里去，归耕我判一生闲。中原乱后儒风替，党禁兴来士气孱。复古主盟须老手，勉追庆历数公间。①

李浩为人直言敢谏，为执事者所忌。二人时隔五年邂逅于此，挑灯夜话，以至于废寝忘食。李德远也好参禅问道，曾问道于禅师应安，尝与陆游探讨因缘领悟禅机，率常达旦。② 二人处之坦然，意气相投，情谊深厚。临川是二人分离又重遇之地，由于宦途的漂泊不定，陆游对于此次相遇极为珍惜，同抒报国志，送别时甚是感伤。元祐党争致使几代人在政治上受到牵连，南宋政治的混沌，生逢乱世，陆游内心对于太平盛世的极度渴望，希望踵武前贤，大有一番作为。但是，朝廷的云谲波诡，陆游遭遇时任时免，不受重用的局面，对于官场的厌倦、现实的打击，陆游遂生归隐之心，深知友人亦有此意，互相劝勉。

3. 陆游与邹德章的交游

邹德章，名楀，晋陵人，绍兴十八年进士。绍兴三十二年（1162），两人同为京官，无日不相从，诗文酬唱，过从甚密，交谊甚深；邹德章与陆游及韩元吉、周必大等人皆交好。乾道元年（1165）秋，邹德章被贬高安，陆游得知，以诗相寄："巷南巷北秋月明，东家西家读书声……明年君归我亦去，早卜三亩开柴荆。软红旧路莫重蹋，二升脱粟同煨铛。"③ 有感故友分散各地，备觉孤寂。陆游怀念过去初仕临安时的意气风发，与林栗、刘仪凤、周必大等人比宅而居、诗文酬唱的画面，现实的打击与过去两相对比更显凄凉。对于邹德章的被贬，陆游所表现的更多是惺惺相惜之感。面对抗金势力的渐趋瓦解，陆游感慨其命运的相似，有感于外部环境的混

---

① 《寄别李德远二首》，《剑南诗稿校注》卷一，第96页。
② 《松源禅师塔铭》，《渭南文集校注》卷四十，第212页。
③ 《往在都下时与邹德章兵部同居百官宅无日不相从仆来佐豫章而德章亦谪高安感事述怀作歌奉寄》，《剑南诗稿校注》卷一，第8页。

沌，陆游有归隐田园之意，同时也规劝友人归老田园。陆游看似发牢骚之语，实则是鸣不平。与邹德章彼此透露心迹，可见二人关系颇为亲近。

4. 陆游与王伯寿的交游

王伯寿，善属文，为人正直敢言，清正廉洁。① 王伯寿是陆游青年时的好友，两人志趣相投。乾道元年（1165）冬，陆游被贬隆兴，从年少相识到如今两鬓斑白重逢，陆游于进贤道上送别好友，归途见到梅花盛开，有感遂赋词《定风波·进贤道上见梅赠王伯寿》：

> 敧帽垂鞭送客回，小桥流水一枝梅。衰病逢春都不记。谁谓，幽香却解逐人来。安得身闲频置酒，携手，与君看到十分开。少壮相从今雪鬓，因甚？流年羁恨两相催。②

可见，此时陆游情绪是比较低沉的，流露的更多是对于时光流转、岁月催人老的感慨。陆游对于梅花的喜爱溢于言表，"我与梅花有旧盟，即今白发未忘情"，③ 这样一个有如此浓厚的梅花情结的人，对于梅花的开放竟无从察觉。衰老病弱，又忙于公务，未得与友人把酒言欢，欣赏梅花的盛景。一方面送别归来，得以见到如此含苞待放的梅，不胜欣喜；另一方面想到自己双鬓已白，抱负无从伸展，满腔热忱难以抒发，表现出一个进不能热血报国，退不能归隐田园的衰翁形象。

5. 陆游与赵霆的交游

赵霆（1117—？），字廷礼，乃赵抃之孙。见宋政不纲，避居衡州，后又迁往广西全州，古洮阳地也。曾于赣地为录事参军（都曹），与陆游交好。④ 乾道元年（1165）秋，陆游送赵都曹归全州，作诗送别：

> 霜叶无停声，脂车有行色。正悲南浦秋，又送清湘客。啼饥儿颊红，待养亲发白。努力事上官，世路日已迫。⑤

---

① 《王伯寿见复用前韵奉答》《次韵伯寿述怀》，见（宋）张纲《华阳集》卷三十六，四部丛刊三编景明本，第 436 页。

② 《定风波·进贤道上见梅赠王伯寿》，夏承焘、吴熊和《放翁词编年笺注》上卷，上海古籍出版社 2012 年版，第 22 页。

③ 《梅花》，《剑南诗稿校注》卷十一，第 935 页。

④ （清）赵炳麟著，刘深、余瑾校注：《赵柏岩集》，广西人民出版社 2001 年版。

⑤ 《送全州赵都曹》，《剑南诗稿校注》卷一，第 86 页。

此刻陆游心中苦闷异常，想摆脱这种投闲散置的生活，有归隐之意。陆游颇擅长将情与景结合烘托氛围，晚秋，霜叶簌簌，行色匆匆，萧瑟的环境烘托之下，更显与友人的惜别之情。仕途的困顿、志不得伸展的苦闷与对国家命运的担忧交织在一起，奠定了整首诗的感情基调，借秋景抒怀，情感细腻，寄寓殊深。

6. 陆游与尹穑的交游

尹穑，字少稷，兖州人。绍兴三十二年（1162），与陆游同为枢密院编修官。博学有文，赐进士出身。历监察御史、右正言、殿中侍御史、右谏议大夫。因符离之战的败北，尹穑遂力主和议，金人来攻时，劾罪不肯撤兵割地之官员，牵及凡二十余人，后为言者劾罢。乾道二年（1166），陆游罢归山阴，东归道中，经上饶玉山，正值端午，与尹穑共观龙船竞渡，有诗以寄：

> 楚人遗俗阅千年，箫鼓喧呼斗画船。风浪如山鲛鳄横，何心此地更争先。①

陆游与尹穑，同为文友，多有唱和之作，陆游十分欣赏尹少稷博闻强记的本领，却因二人政治立场的不同渐趋疏离。陆游诗中有鲛鳄之语，为有感而发，一语双关，既是感怀屈原之爱国，又不乏对尹穑曾依附奸党的敲击。

7. 陆游与芮国器的交游

芮晔（1114—1171），字国器，一字仲蒙，乌程（今属浙江）人。绍兴十八年（1148）进士，时与陆游、周必大、朱熹皆有往来。陆游过玉山看望同乡兼好友芮晔。芮国器为人耿介，与陆游同为爱国主战派，曾作诗云"宁知汉社稷，变作莽乾坤"。② 以王莽篡汉喻示秦桧奸党，遂引秦桧不满，被谴化州，秦桧死后得归。陆游于玉山与其会晤，阔别已久，殷勤留语，以诗相赠：

> 辽东归老白襦裙，名字何堪遣世闻。便谓与公长契阔，不知留语

---

① 《重五同尹少稷观江中竞渡》，《剑南诗稿校注》卷一，第 98 页。
② 《宋诗纪事》卷四十六，第 1746 页。

故殷勤。诗章有便犹应寄，禄米无多切莫分。倘见右司烦说似，每因风月怆离群。①

惺惺相惜，同为力主抗金的好友，久别重逢于此，侃侃而谈，备感亲切。芮国器以禄米相赠，陆游感激之余相约，日后多诗文互寄。故友重逢，吟诗论文。可见，二人情谊深厚。

陆游首次宦赣交游多是临安同僚。所不同的是，陈之茂、邹德章、李浩、芮国器皆是主战派人士，既是诗友，又是同盟。陆游与他们之间的交游是纯粹而热烈的，除了文字之交外，更多的是一种惺惺相惜、命运相似的感慨，无话不谈，无事不语，既有对于国家命运的忧患意识，又表现出互相勉励，弃官归田的人生态度。反观陆游对尹穑的态度，借鲛鳄之语讽刺尹少稷依附主和派鹰犬，正直敢言，皆是自然情感的流露。陆游交友对不同的人所展现的不同态度正凸显他豪放的个性以及不拘小节的作风。

（二）陆游二度宦赣主要交游人物考

时隔十五年，陆游东归，第二次宦赣。"上马击狂胡，下马草军书"②的志向落空。频繁调遣的仕宦生活多是文书工作，事与愿违，陆游遂产生奉祠归家的想法，待命衢州皇华馆之际又收到外任抚州的任命。陆游此次任职相比于前次较长，有一年多。抚州任上多结交当地官员，如周必大、张贵谟、刘丞、高南寿、刘清之、傅用之、杨秀才、李商叟等，但是陆游又时刻关注国家命运，进而致信周必大请求调任。江西任上多寺庙，道观，陆游频繁往来于此，与简黎道人，僧人守璞多有交游。

1. 陆游与周必大的交游

周必大（1126—1204），字子充，一字洪道，晚年号平园老叟，江西庐陵（今吉安）人。绍兴三十年（1160），二人一见如故，志趣相投，倾盖相交。"赋诗属文，淡交如水。各谓知心，绝出流辈。"③陆游与周必大亦师亦友，两家有姻亲关系，陆游孙女（陆子龙之女）嫁给了周必大从弟（周必正）的儿子。可见，二人当时关系非同一般，此后二人诗文互寄，多达33篇。

---

① 《过玉山辱芮国器检详留语甚勤因寄此诗兼呈韩无咎右司》，《剑南诗稿校注》卷一，第100页。

② 《观大散关图有感》，《剑南诗稿校注》卷四，第357页。

③ 《祭周益公文》，《渭南文集校注》卷四十一，第22页。

高宗绍兴三十一年（1161），二人在朝同居馆阁时，血气方刚，又同为主战派人士。陆游以恢复国土为己任，且对党争嗤之以鼻。陆游奏书言权臣当道，得罪龙大渊、曾觌等人，被贬出京。时周公有诗相赠，"空希范蠡去，羞对浙江亭"（《文忠集·省斋文稿三》卷三 四库全书本，第2页）。同年三月，周必大也因此奉祠还乡。可见，陆游与周必大仍然处于同一战线。此后，陆游几在外任，屡遭贬谪，不同的是，周公仕途虽有曲折，最终还是踯于高位。据《陆游年谱》载，乾道元年（1165），陆游改任通判隆兴军事，此时有诗寄周必大，但诗稿未收录。① 二人时有诗往返奉寄，乾道三年（1167）冬，陆游居山阴时，回忆自南昌返浙江时途经弋阳所见，遂作《丫头岩见周洪道以进士入都日题字》：

> 乌巾白贮蹋京尘，瑶树琼林照路人。西省归来名盖代，两行墨色尚如新。②

孝宗淳熙年间，正是周必大仕途显达时期。淳熙七年（1180），周公任参知政事。陆游于抚州任上，有诗寄周必大，《寄周洪道参政二首》：

> 半生蓬艇弄烟波，最爱三湘欸乃歌。拟作此行公勿怪，胸中诗本渐无多。
>
> 菱舟烟雨久思归，贪恋明时未拂衣。乞与一城教睡足，犹能觅句寄黄扉。③

抚州任上，公务繁多，陆游感到微官自囚，身老多病，壮志难酬，到湘江任上，好山好水，更觅诗材。实质上是想投奔武将辛弃疾。陆游自南郑归来后，时刻关注投身前线的机遇，寄诗周公，欲向湖南靠近。时辛弃疾正如火如荼训练飞虎军，以保卫边境。④ 陆游自南郑后，时刻寻找机会亲临前线。但是并未得到周公的应允。淳熙九年（1182），周必大在《与

---

① 于北山：《陆游年谱》，上海古籍出版社2017年版，第127页。
② 《丫头岩见周洪道以进士入都日题字》，《剑南诗稿校注》卷一，第115页。
③ 《寄周洪道参政二首》，《剑南诗稿校注》卷十二，第1011页。
④ 邱鸣皋：《陆游与辛弃疾》，《古典文学知识》2002年第3期。

陆务观书》中说："某力小任重，已非所安，年衰气索，又觉难于支吾。"①
他在信中告诉陆游，因朝政风云变幻，主和派的奸诈，自身能力受限，所
以难以给友人提供帮助。实际上，周必大能够身居高位，乃是对孝宗执政
方针的一种洞悉，南宋王朝的偏安政策由来已久，孝宗专注于内政，对主
战派人士的激烈言辞不甚厌烦，周必大知晓孝宗忌惮飞虎军，更不喜欢陆
游，此时他又怎会忤逆孝宗的意识应允陆游之请呢？

2. 陆游与简黎道人的交游

黎道士，名道华。字师侯，临川（今属江西）人。出家祥符观。曾受
春秋邓名士，学诗于谢逸。与曾季狸，僧惠严号临川三隐。自号颐庵，有
诗集存世。陆游与黎道士的交游事迹见诸《简黎道士》②《与黎道士小饮偶
言及曾文清公慨然有感》二诗中：

> 满箔吴蚕茧渐稠，四郊膏雨麦方秋。
> 道人昔是茶山客，病叟新为药市游。
> 耆旧凋零谁晤语，篇章璀璨尚风流。
> 兰亭剡曲春光好，倘肯杷从弄钓舟。
> 又
> 临川税驾忽数月，嗜睡爱闲常闭门。
> 君诗始惬病僧意，吾道难为俗人言。
> 秋雨凄凄黄叶寺，春风酣酣绿树村。
> 曾公九原不可作，一樽破涕诵招魂。③

据此可知，陆游与黎道人关系非同一般。黎道士和陆游都曾学诗于曾
几，二人是同门关系，陆游对黎道人的文章颇为激赏，二人常饮酒感怀曾
文清（几）公。二人都独爱拟岘台，有登拟岘台诗存世。陆游宦赣期间，
在壮志难酬的愤慨以及和昔日友人的疏离之感之外，转而问道，可以看出
他对道的偏爱。但是，即便陆游的诗才为道人所喜，也未曾向其说明道之
真谛。陆游毕竟还是俗尘之人，在仕宦之余潜心学道只能说是一种向往和

---

① 周必大：《与陆务观书》，《文忠集·书稿二》卷一百八十七，第1页。
② 《简黎道士》，《剑南诗稿校注》卷十二，第951页。
③ 《与黎道士小饮偶言及曾文清公慨然有感》，《剑南诗稿校注》卷十二，第951页。

喜爱。

　　3. 陆游与僧守璞的交游

　　淳熙六年（1179），陆游赴抚州任上，往来于城东广寿禅院，陆游往来视之，遇僧人守璞。二人交游事迹见于《抚州广寿禅院经藏记》，[①] 守璞制佛经书架，不费一砖一瓦，仅用木柱亦将书架作成八角形的书棚，陆游甚为惊奇，赞其制作技艺精巧。守璞与其谈论世间众生生灭有漏之法，二人交游自此始。第二年，陆游离任，守璞请陆游为其寺院作经藏记。陆游深为赞赏守璞为人，摆脱世俗欲望，守这一片净土。陆游才华横溢却受苟安世事之累，陆游成长于丧乱之间，其文字中虽较多涉及与僧人往来谈禅之议论，但他毕竟是士大夫的身份，他的文字中所透露的仕隐之间的矛盾终被爱国激情所覆盖，他和超然于世的佛法还是有着很大的距离。

　　4. 陆游与李商叟的交游

　　李商叟，临川（今属江西）人。举茂才，学诗于曾茶山（几）。官至知州，有《半村诗遗》存世，存诗二十首。李商叟和周必大，赵蕃（郑州人，后侨居玉山）有诗文互和。李商叟颇有诗才，喜谈诗，陆游与其为同门，师从曾几。陆游万里入蜀归来，曾文清公已离去，陆游感怀于此，读罢李商叟留存文公诗卷，遂作此诗：

　　　　陇蜀归来两鬓丝，茶山已作隔生期。西风落叶秋萧瑟，泪洒行间读旧诗。[②]

　　师友相隔多年未见，思念之情甚深。诗人自万里入蜀东归至今，恩师离世（乾道二年）十四载，追怀恩公，情真意切。诗以景语作结，西风凛冽的荒凉，秋风扫落叶的处境不单单指向物象层面，以物象诉情，是诗人用以自喻衰老之感。

　　5. 陆游与当地官员的交游

　　陆游寓居江西，与当地官员多有交游。淳熙六年（1179），江西灾害频繁，陆游于各地巡游，调查灾情。在目睹了各地的灾情后，遂而收到奉新县顺利渡过灾情的好消息，寄诗奉新县令高南寿与其共勉。

---

　　① 《抚州广寿禅院经藏记》，《渭南文集校注》卷十八，第232页。
　　② 《书李商叟秀才所藏曾文清公诗卷后》，《剑南诗稿校注》卷十二，第993页。

　　高南寿，字景仁，号如山。福建福清人，乾道五年（1169）进士。淳熙六年（1180）任奉新知县。高南寿为人勤政爱民，奉新大旱灾，他向上天祈雨并向上级长官报告奉新的旱情，被拒后转而回到县中组织群众救灾。时任南康县令的朱熹向其求助，南寿曰："吾方披发缨冠以救同室之斗，何暇恤乡邻乎！"① 朱熹虽然愤懑但颇为欣赏他的为人，心系百姓。

　　刘清之（1134—1190），临江人，绍兴二十七年（1157）进士，有志于义理之学，关爱百姓，反对阿谀奉承，主张任人唯贤，德才兼备。时任高安县丞，陆游与刘丞同游大愚寺，观壁间苏轼、苏辙二人之诗，二苏早年贬此，遂生感发题诗于此，仕途困苦，似黄粱一梦。离别相赠之作更显交游双方友情珍贵。

　　张贵谟，张教授，字子智，处州遂昌（今属浙江）人。孝宗乾道五年（1169）进士。历吴县主簿、抚州教授、知江山县。宁宗庆元五年，知赣州（《诚斋集》卷七六《章贡道院记》）。著有《诗说》《临汝图志》等，均佚。"前抚州州学教授张贵谟文学吏治务求实用试之以事必有益于时。"② 陆游与时任抚州州学教授张贵谟交好，别后独登拟岘台感怀，更添离愁。景带愁态，描述真切。黄昏时候，秋风萧瑟，寒气袭人。风鸦满渡，正与诗人内心的牢骚相凑泊。

　　淳熙七年（1180）十一月，陆游奉召赴行在所，杨秀才时在赣为官，陆游与杨秀才江头话别，陆游与杨秀才关系颇为亲近，满怀愁绪，又逢离别，不胜感怀。一想到分离之后心事无人诉说，陆游欲借酒消愁，山高路远转而赠诗一别。

　　傅用之，时在赣为官，为人正直守信，重情重义。③ 陆游奉离，傅用之送行百里不肯离去。二人于茅舍送别，傅用之虽身居高位，但其不拘小节，二人皆心系灾民，"茅店得小语，慨然念年凶。不作儿女态，道义相磨砻"。④

　　相比于首次宦赣，二次宦赣交友甚多，且圈子更广。陆游奉儒爱国忧

① 《奉新县志》卷七，第832页。
② 史浩著，周涛编：《鄮峰真隐漫录》卷十六，第288页。
③ （宋）度正撰：《性善堂稿十五卷》，钦定四库全书本，卷十二，第359页。《主友斋铭并序》正向从傅用之得伊川所遗其祖大夫手谒楮至晦庵先生为书其后谓大夫周旋周程师弟子间知所主友而因以信其为人用之之子与行见之曰吾先世之所以垂裕于后之人者实在于此遂以主友名其斋正嘉其志因为之铭以勉之。
④ 《白干舖别傅用之主簿》，《剑南诗稿校注》卷十三，第1021页。

民，抚州任上诉讼颇多，"征途饶感慨，讼牒费精神"。① 虽感心为形役，但其"微官又厚责，抚事百忧集"。② 满怀责任感，任期江西水旱灾害频繁，陆游深感责任重大，时刻关心民众疾苦，积极赈灾。为缓解疫情，广为传发《陆氏续集验方》。陆游将其茶盐官署名为"民为心斋"，足见其心怀万民。陆游提倡"政本在养民"，恤民，养民的重农思想。陆游告诫当地官员要勤政爱民，并身体力行。所以，此次抚州任上陆游强烈的责任意识，深重的忧患意识以及对民生疾苦的关切较前愈为深厚。而且，陆游二次宦赣多结交方外人士，陆游好隐书，读《周易》，研习养生之道便是明证。在高安任时，陆游访丹井（神仙李八百炼丹处），频繁往来于道观。陆游首次宦赣时，人到中年，身老病缠绵，外部的坎坷，为求心灵创伤的平复，遂转向道教经典，求养生之术。但是，陆游爱国情怀并未因此而减弱，爱国之思，恢复中土的理想信念一直贯穿始终，"一寸丹心幸无愧，庭空月白夜烧香"③ 当是其精神写照。

三　陆游宦赣交游的余响

首次宦赣交游多是临安同僚，第二次宦赣时日稍长且交游面也更广。陆游赣中交游，结识了一些志同道合的诗友，道友，成为他日后回忆江西的重要生活轨迹。陆游用诗文勾勒出彼此的交游轨迹，真挚而绵久。陆游离江西任后，以孤寂的遐思，重温旧友，往来奉赠，以期达到心灵交游的氛围。

曾几（1084—1166），字吉甫，其先赣州人，徙河南府，后侨居上饶。文（清）公以诗名于世，其人品高洁也为时人所称道。诗歌创作上，曾几诗名天下，陆游赞其文雅正，诗尤工。曾几曾向吕本中请教过作诗之法，陆游又私淑吕公，"忆在茶山听说诗，亲从夜半得玄机""律令合时方妥帖，工夫深处却平夷"④ 陆游得其真传，常以曾门弟子自居，随着人生阅历、胸襟、才识的增长，诗歌风格也渐趋成熟，作诗趋于平淡，斧凿不落痕迹。陆游从文公十余年，深受曾几爱国情思的影响，陆游在《跋曾文清公奏议稿》言：绍兴末，贼亮入塞，时茶山先生居会稽禹迹精舍，某自敕

---

① 《进贤驿感怀》，《剑南诗稿校注》卷十三，第 1018 页。
② 《雨夜》，《剑南诗稿校注》卷十二，第 950 页。
③ 《烧香》，《剑南诗稿校注》卷一，第 94 页。
④ 《追怀曾文清公呈赵教授赵近尝示诗》，《剑南诗稿校注》卷二，第 202 页。

局罢归，略无三日不进见，见必闻忧国之言。"① 在现存的《茶山集》中，曾几赠陆游六首，② 曾几对陆游也甚为看重，"学如大令仓盛笔，文似若耶溪转雷""集贤旧体君拈出，诗卷从今盥水开" 曾几赞其文似陆机，书法似王献之。锺武前贤，集众家之所长。

乾道二年（1166），曾几卒于平江府曾逮之馆舍，陆游听闻，悲痛不已。陆游时而追忆文公，记梦诗中感怀文公忧国之心，"晨鸡底事惊残梦，一夕清谈恨未终"③ 常抚卷泪涕，遗卷多忠义笃信之言。尤在与同门师兄弟的交往中怀念文公，"郎君弟子多白发，回头日月如奔车""重题旧句照高栋，力振风雅排淫哇"④ 对文公的感怀，岁月流转的叹息，赞文公诗风的现实主义精神，关注国家政治命运及其崇高的道德意识。淳熙五年，陆游作《曾文清公墓志铭》，论及恩公人格、品行、笃学、力行皆为世之典范，也深深影响着陆游，陆游一生也在回忆着曾几。

此外，陆游与曾几家族也时有往来。陆游与曾原伯兄弟二人过往甚密，隆兴元年（1163），张浚北伐失利，被排挤出朝，返里待阙，于云门小住，曾逢兄弟二人邀请陆游于城中小住。陆游退居山阴期间，和曾几的儿子曾逮（字仲躬，曾几季子，仕终敷文阁待制）有诗酒唱"山横翠黛供诗本，麦卷黄云足酒材"⑤。陆游与曾逢（曾原伯，名逢，曾几长子）时有往来，陆游赞其文采超然，勤勉好学，博学超卓。⑥ 乾道六年（1170），陆游万里入蜀之际，作《与曾逢书》⑦，陆游作文，感其知遇之恩。曾几对陆游有惺惺相惜之感，有意让曾黯（字温伯，号戆庵，赣州人，几曾孙宁宗庆元五年（1199）进士。嘉定中知仪真县，后辞官居越）随陆游学诗，陆游晚年的学生，克承家学，操行可称，文德有法。擢第时，陆游有诗相赠，赞其才气超绝。⑧

---

① 《跋曾文清公奏议稿》，《渭南文集校注》卷三十，第301页。
② 据《茶山集》统计，《还守台州次陆务观赠行韵》《陆务观读道书名其斋曰玉笈》《雪中陆务观数来问讯用其韵奉赠》《陆务观效孔方四舅氏体倒用二舅氏题云门草堂韵某亦依韵》《题陆务观草堂》《书陆务观所藏阿罗汉像一轴》。
③ 《梦文清公》，《剑南诗稿校注》卷一七十九，第4303页。
④ 《题徐渊子环碧亭有茶山先生诗》卷十七，第1331页。
⑤ 《曾仲躬见过适遇予出留小诗而去次韵二绝》，《渭南文集校注》卷十七，第1131页。
⑥ 《祭曾原伯大卿文》，《渭南文集校注》卷四十一，第236页。
⑦ 《与曾逢书》逸注辑存，第298页。应作于陆游万里入蜀之际，见其《武昌感事》。
⑧ 《赠曾温伯邢德允》，《剑南诗稿校注》卷五十一，第3028页。

曾几不仅是陆游的恩师，对其有知遇之恩。得其诗传亲授，又能自成体系，青出于蓝而胜于蓝。陆游和曾几家族的交游是其江西情结的重要组成部分。

陆游与周必大诗文往来互寄最为频繁，二人关系非同一般，但是随着二人致仕的位置高低，渐行渐远。陆游自离江西任后，与周必大虽往来互寄，诗文多达七篇。陆游在致信请求调任以及被赵汝愚弹劾之后，未能得到周必大的回应。淳熙九年（1182），周必大在《给陆务观书》言及自身的无奈。周公一方面感于官场倾轧，如履薄冰；一方面又对好友仕途艰难而心怀愧疚，未能出手相助。自此，二人虽往来互寄，但多奉赞之语。淳熙十三年（1186），陆游除朝请大夫，知严州，陆游作《谢周枢使启》[1]聊表谢意。但是其行文中透露出来的仕途不平的坎坷，但烈士暮年，壮心不已的拳拳爱国之心。此后，诗文多为陆游为周公作贺表，如《贺周丞相启》《寄题周丞相平园》等。

嘉泰四年（1204），周必大卒，陆游为其作祭文《祭周益公文》，叙述二人生平交游，情真意切，足见二人关系之深。除了姻亲关系外，周必大和陆游也有诗缘关系，周必大对陆游的诗歌极为推崇，陆游也曾教周公作诗，周必大在《跋苏子由和刘共父省上示座客诗》中称："吾友陆务观，当今诗人之冠冕，数劝予哦苏黄门诗。退取《栾城集》观之，殊未识其旨趣……快读数过，温雅高妙，如佳人独立，姿态易见，然后知务观于此道真先觉也。"[2]二人曾切磋过作诗之法，周公深以为是。周必大与陆游同为文臣，且对陆游有提携之举，二人交游近五十年。

陆游与李浩是一生的挚友，也始终站在同一战线。淳熙七年（1180）十月，陆游宿战平，感怀李德远，遂作诗：《乾道初予自临川归钟陵李德远范周士送别于西津是日宿战平风雨终夕今自临川之高安复以雨中宿战平怅然感怀二首》：

故人已作山头土，倦客犹鄣陌上尘。十五年间真一梦，又骑羸马涉西津。

---

① 《谢周枢使启》，《渭南文集校注》卷十一，第32页。
② 欧阳修著，颜真卿撰：《文忠集20卷》，清乾隆武英殿聚珍版本丛书，省斋文稿卷15，第193页。

十五年前宿战平，长亭风雨夜连明。无端老作天涯客，还听当时夜雨声。①

陆游两次入赣，时隔十五年，宦途漂泊不定，深感疲劳倦顿。陆游在退居山阴期间，感怀旧事，追怀李德远，感慨胡虏未灭，河洛未平，"岂知三十余年后，河洛胡尘讫未平"② 想必李浩也是带着中原未定的遗憾离世，陆游才会发出如此感言。同为爱国志士，友人的相继离世更显凄凉。

作为坚定的主战派，芮国器深谙陆游之心，为人刚正敢言。乾道五年（1169），芮国器还朝，正值陆游万里入蜀之际，陆游与芮国器，陆升（字仲高）等人俱饮。国器论及善施酷刑之吏，深恶痛绝。乾道六年（1170）春，陆游闲居山阴，寄诗给时任国子司业的好友芮国器，劝慰好友：

此心知我岂非天，双鬓蟠然气浩然。曾见灰寒百僚底，真能山立万夫前。洛城霜重听官漏，霅水云深著钓船。拈起吾宗安乐法，人生何处不随缘。

往岁淮边虏未归，诸生合疏论危机。人材衰靡方当虑，士气峥嵘未可非。万事不如公论久，诸贤莫与众心违。还朝此段宜先及，岂独遗经赖发挥。③

陈之茂对陆游的影响在于人格魅力。庆元五年（1199），陆游退居山阴，闲时整理故书，得陈公手帖，复忆当年科考事，追念阜卿，赞其"国家科第与风汉，天下英雄惟使君。"④ 怀念先生，蕴藉深沉。

陆游宦赣交游中，多主战派人士，除了互寄诗文，更多的是志同道合的惺惺相惜。在与方外人士的交游中体现他亦儒亦道的处世情怀，与当地同僚的互寄文则出于他对民生疾苦的关切以及朝中重臣的交游体现其仕途

① 《乾道初予自临川归钟陵李德远范周士送别于西津是日宿战平风雨终夕今自临川之高安复以雨中宿战平怅然感怀二首》，《剑南诗稿校注》卷十二，第1005页。
② 《夜阅箧中书偶得李德远数帖因思昔相从时所言后多可验感叹有作》，《剑南诗稿校注》卷三十三，第2182页。
③ 《送芮国器司业二首》，《剑南诗稿校注》卷二，第132页。
④ 《陈阜卿先生为两浙转运司考试官时秦丞相孙以右文殿修撰来就试直欲首选阜卿得予文卷擢置第一秦氏大怒予明年既显黜先生亦几蹈危机偶秦公薨遂已予晚岁料理故书得先生手帖追感平昔作长句以识其事不知衰涕之集也》，《剑南诗稿校注》卷四十，第2539页。

的坎壈。无事常相见是友朋之间相对舒适惬意的相处方式，友朋相隔甚远，寄书聊以宽慰。杜工部"但使残年饱吃饭，只愿无事常相见。"① 陆游赣中交游，有诗有友，有道友，陆游用诗文勾勒出彼此的交游轨迹，真挚而绵久。

---

① 黄希、黄鹤：《病后遇王倚饮，赠歌》，《黄氏补注杜诗 36 卷》卷四，四库全书本，第429 页。

陆游评述李白试绎

崔际银

（天津财经大学珠江学院 人文学院）

摘要： 陆游与李白渊源颇深。与李白比较，陆游的个性特征、诗风才情、诗坛地位，均有相似之处，从而构成评述李白的重要前提条件。陆游对李白的评价描述，包括品格形象、文艺诗才、生活爱好、经行遗迹等多个方面。这些评价之中，有的是由衷赞叹，有的则是适度批评，表现出陆游对中正公允原则的执持。陆游对李白的评述，或引之为同道，以提升自我；或借其题而发挥，以抒写感怀；或亲历比照勘验，以鉴真证实。凡此，皆为陆游评述李白的作用意义之所在。

关键词： 陆游；李白；评述

陆游是宋代最为著名的诗人。他生当北南宋之交，经历了南宋前期外部与金国对峙、内部抗敌复国与妥协投降激烈斗争的时期。基于强烈且终生不渝的爱国主义情怀，陆游创作了大量的爱国诗篇，因之被称为与杜甫同派的现实主义、爱国主义诗人。陆游诗歌与杜甫诗歌相近，其主因当是同处于国破家亡之现实境遇；而陆游与李白，则有更多的相侔之处。陆游对李白的关注关联，可以从他的个性才情等自身条件，对李白其人其诗其形迹的评价或描述之中，得到鲜明的体现。

一 评述李白的前提条件

（一）禀赋相似

陆游天赋聪慧，对文化知识、诗文创作等学问与技能，能够快速领悟和掌握。《会稽志》对其天赋文才十分赞赏，说他"自少颖悟，学问该贯，文辞超迈，酷喜为诗；其他志铭记序之文，皆深造三昧"。① 《宋史》称其"年十二能诗文，荫补登仕郎。锁厅荐送第一，秦桧孙埙适居其次，桧怒，至罪主司。明年，试礼部，主司复置游前列，桧显黜之，由是为所嫉"。② 陆游能够在应试中持续占据鳌头，以至于受到权相秦桧的强力压制，除了其努力学习的因素，发挥重要作用的，当是卓异的天资禀赋。李白的天赋异禀，更是人所皆知。这方面的情况，既流传于民间："旧传李白幼不羁，为昌明县小史，已能五、七言诗。尝随县令至江边，观溺水妇人，令哦诗曰：'二八谁家女，漂来倚岸芦。鸟窥眉下翠，鱼弄口傍珠。'下句不属，太白率尔对曰：'绿鬓随波散，红颜逐浪无。何因逢伍相，应是怨秋胡。'令始奇之"③，同时也载录于正史："李白，十岁通诗书，既长，隐岷山。州举有道，不应。苏颋为益州长史，见白异之，曰：'是子天才英特，少益以学，可比相如。'"④ 对于自己的天赋才情，李白也很自豪："五岁诵六甲，十岁观百家。轩辕以来，颇得闻矣。常横经籍书，制作不倦，迄于今三十春矣。"⑤ 对于他人的称颂，他也坦然受之："（从弟）常醉目吾曰：兄心肝五藏，皆锦绣耶。不然何开口成文，挥翰雾散。吾因抚掌大笑，扬眉当之。"⑥ 李白的天赋特出，在他生活的时代，已然为世人所公认，被称为"天才绝"⑦。陆游亦具"天才"，与之相似。

陆游嗜酒擅诗的狂放习性，与李白十分近似：时人称其"酒狂须一石，文好自三冬"⑧ "诗酒江南剑外身，眼惊幻墨逼天真。是谁不道君无对，世上元来更有人"。⑨ 他的"放翁"之称号，与这种习性密切相关："范成大帅蜀，游为参议官，以文字交，不拘礼法，人讥其颓放，因自号'放翁'。"⑩ 陆游"诗酒人生"的好尚，甚至为皇帝所知，并且为其提供

① 张淏：《会稽志》卷五，文渊阁四库全书。
② 《宋史·陆游传》，《宋史》卷三九五，上海古籍出版社1986年版，第1363页。
③ 吴曾：《能改斋漫录》卷十一《韩子苍记李太白读诗》，文渊阁四库全书。
④ 《新唐书·李白传》，《新唐书》卷二零二，上海古籍出版社1986年版，第615页。
⑤ 李白：《上安州裴长史书》，《李白全集编年笺注》，中华书局2015年版，第1761页。
⑥ 李白：《冬日于龙门送从弟京兆参军令问之淮南觐省序》，《李白全集编年笺注》，中华书局2015年版，第1792页。
⑦ 钱易：《南部新书》（丙），《宋元笔记小说大观》，上海古籍出版社2001年版，第308页。
⑧ 韩元吉：《过松江寄李务观五首》其一，《南涧甲乙稿》卷三，文渊阁四库全书。
⑨ 史弥宁：《陆放翁画像》，《友林乙稿》，文渊阁四库全书。
⑩ 《宋史·陆游传》，《宋史》卷三九五，上海古籍出版社1986年版，第1363页。

了便利："起知严州，过阙，陛辞，上谕曰：'严陵山水胜处，职事之暇，可以赋咏自适。'"① 此外，他还认真学剑（"学剑四十年，虏血未染锷②"）、精研兵书（诗作多次言及"夜读兵书"），进而发出"切勿轻书生，上马能击贼"的自负之语③。选择狂放自任的诗酒人生，固然可以展示自我品性才华，同时也会被社会俗众视为异类。朱熹曾经评价陆游："其能太高，迹太近，恐为有力者所牵挽，不得全其晚节。"④ 只要稍加回顾李白的一生，不难看出双方的共同之处。

（二）才力相等

陆游多才多艺，"陆子家风有自来，胸中所患却多才。学如大令仓盛笔，文似若耶溪转雷。襟抱极知非世俗，簿书那解作氛埃!"⑤ 他与李白一样，才学主要表现为诗歌创作，"游（陆游）才气超逸，尤长于诗"。⑥ 他的诗歌，数量多、名声大、地位高，被誉为"中兴之冠"："游才其高，幼为曾吉父所赏识，诗为中兴之冠，他文亦佳，而诗最富，至万余首，古今未有。"⑦ 陆游的诗作诗风，多与李白诗歌相近。其友人周必大在一封信中对他说："《剑南诗稿》，连日快读，其高处不减曹思王、李太白，其下处犹伯仲岑参、刘禹锡。"⑧ 自视极高、评人甚严的姜夔，也对陆游诗的"天赋俊逸"，予以充分肯定："俊逸如陆务观。"⑨ "俊逸"，正是杜甫对李白诗歌的评价："白也诗无敌，飘然思不群。清新庾开府，俊逸鲍参军。"⑩ 也是人所公认的李诗特色。可见，李白与陆游，均以超俗的文心诗才、大量且具示范性的优秀诗作、俊逸飘然的风格特色，成为各自时代（唐与宋）诗坛的领袖人物。

李白虽以诗著称，但其真正的人生定位却是跻身政界，实现"申管晏之谈，谋帝王之术，奋其智能，愿为辅弼，使寰区大定，海县清一。事君

---

① 《宋史·陆游传》，《宋史》卷三九五，上海古籍出版社1986年版，第1363页。
② 陆游：《醉歌》，《陆游集》，中华书局1976年版，第612页。
③ 陆游：《太息》（二首其一），《陆游集》，中华书局1976年版，第77页。
④ 《宋史·陆游传》，《宋史》，上海古籍出版社1986年版，第1363页。
⑤ 曾几：《陆务观效孔方四舅氏体倒用二舅氏题云门草堂韵某》，《茶山集》卷五，文渊阁四库全书。
⑥ 《宋史·陆游传》，《宋史》卷三九五，上海古籍出版社1986年版，第1363页。
⑦ 陈振孙：《陈振孙诗话》二十二，《宋诗话全编》八，凤凰出版社1998年版，第8183页。
⑧ 周必大：《与陆务观书》，《文忠集》卷一八七，文渊阁四库全书。
⑨ 魏庆之：《诗人玉屑》卷十九，上海古籍出版社1978年版，第417页。
⑩ 杜甫：《春日忆李白》，仇兆鳌：《杜诗详注》，中华书局1979年版，第52页。

之道成，荣亲之义毕，然后与陶朱留侯，浮五湖，戏沧州"的政治抱负和人生理想①。李白的奉召入京、接受翰林之职事，正是其追求"立功"的举措。在入朝任职期间，也表现出李白一定的处理政务之才能。陆游最大的人生追求，在于力主"收复中原"。其从政经历，比之李白更为复杂。他在科场因成绩优异而被黜落，直到秦桧死后，"始赴福州宁德簿，以荐者除敕令所删定官。……迁大理寺司直兼宗正簿。……孝宗即位，迁枢密院编修官兼编类圣政所检讨官。史浩、黄祖舜荐游善词章，谙典故，召见，上曰：'游力学有闻，言论剀切。'遂赐进士出身。……再召入见，上曰：'卿笔力回斡甚善，非他人可及。'除军器少监。绍熙元年，迁礼部郎中兼实录院检讨官。嘉泰二年，以孝宗、光宗两朝实录及三朝史未就，诏游权同修国史、实录院同修撰，免奉朝请，寻兼秘书监。三年，书成，遂升宝章阁待制"。② 通过上述任职履历可知，陆游皆为"编修""检讨""礼部郎中""秘书监"之类的文学侍从、文化管理方面的职务。他的这些才能，为当时士林所共知：韩元吉《送陆务观序》有言："夫以务观之才，与其文章议论，颉颃于论思侍从之选，必有知其先后者。既未获逞，下得一郡而施，亦庶几焉。岂士之进退必有时哉！"③ 孝宗十分欣赏与陆游同为南宋"中兴四大诗人"之一的尤袤，"一日论事久，上（孝宗）曰：'如卿才识，近世罕有。'次日语宰执曰：'尤袤甚好，前此无一人言之，何也？'兼权中书舍人，复诏兼直学士院，力辞，且荐陆游自代，上不许。时内禅议已定，犹未论大臣也。是日谕袤曰：'且夕制册甚多，非卿孰能为者，故处卿以文字之职。'袤乃拜命，内禅一时制册，人服其雅正"。④ 韩元吉认为陆游不但胜任朝廷的侍从之臣，而且具备担任地方官的能力（可惜没有机会）；尤袤推荐陆游代替自己，负责起草诏令制策的"文字之职"，都表现出对陆游文才的肯定。陆游在相关职位的任职表现，也证明其完全胜任职责。不过，归根结底，他的职务职能与李白职司翰林是极为相似的。二人的从政经历、政治才干，均限于文学侍从之域境。

---

① 李白：《代寿山答孟少府移文书》，《李白全集校注汇释集评》，百花文艺出版社 1996 年版，第 3982 页。

② 《宋史·陆游传》，《宋史》卷三九五，上海古籍出版社 1986 年版，第 1363 页。

③ 韩元吉：《送陆务观序》，《南涧甲乙稿》卷十四，文渊阁四库全书。

④ 《宋史·尤袤传》，《宋史》卷三八九，上海古籍出版社 1986 年版，第 1347 页。

（三）声名相近

陆游的诗歌创作，得李杜之真谛，兼具现实主义与浪漫主义之特征。与其关系密切的周必大，曾充满羡慕地写道："吾友陆务观，得李、杜之文章，居严、徐之侍从，子孙众多如王、谢，寿考康宁如乔、松。"① 陆游以其独特的诗歌特色，赢得与李、杜相当的诗坛地位："不蹈江西篱下迹，远追李杜与翱翔。流传何止三千首，开阖无疑万丈光。"② 时人将他与李白作比，称其为"谪仙"："碧云欲合带红霞，知是秦人洞里花；俗眼只应窥燕麦，不如送与谪仙家。"③ 宋孝宗问起当世是否有李白那样的诗人时，周必大就指名陆游："寿皇（宋孝宗赵眘）尝谓周益公（周必大）曰：'今世诗人亦有如李太白者乎？'益公因荐务观，由是擢用，赐出身为南宫舍人。尝从范石湖辟入蜀，故其诗号《剑南集》，多豪丽语，言征伐恢复事。其《题侠客图》云：'赵魏胡尘十丈黄，遗民膏血饱豺狼。功名不遣斯人了，无奈和戎白面郎。'寿皇读之，为之太息。台评劾其恃酒颓放，因自号'放翁'。作词云：'桥如虹，水如空，一叶飘然烟雨中，天教称放翁。'"④ 这则故事说明，从皇帝到士大夫，均认同陆游为"当世李白"的称号。

陆游的人格诗作，不止于朝堂士林，而声震九州、名扬四海。"四海诗名老放翁，遗编俱在迹成空。……江山为助多佳句，莫惜南来寄断鸿"⑤，"高文不试紫云楼，犹得声名动九州。……烧城赤口知何事，许国丹心惜未酬"，⑥ 都是对其诗歌影响力的真切描述。至于其贯穿一生的强烈爱国主义情感，更是为当代后世所敬佩感念。陆游在其生活时代的影响，比之李白在唐世的影响力，尤有过之（特别表现在其爱国主义诗篇）。即使从古代诗歌发展史视角而言，陆游的地位及影响，亦与李白相近。

正是陆游拥有上述几方面的条件，使他具备评价李白的资质。

---

① 周必大：《跋陆务观送其子龙赴吉州司理诗》，《文忠集》卷五十一，文渊阁四库全书。
② 姜特立：《陆严州剑外集》，《梅山续藁》卷二，文渊阁四库全书。
③ 周必大：《以红碧二色桃花送务观》，《文忠集》卷二，文渊阁四库全书。
④ 罗大经：《鹤林玉露》（陆放翁），《宋人诗话外编》，国际文化出版公司1996年版，第1293页。
⑤ 楼钥：《谢陆伯业通判示淮西小稿》，《攻愧集》卷十一，文渊阁四库全书。
⑥ 韩元吉：《送陆务观得倅镇江还越》，《南涧甲乙稿》卷五，文渊阁四库全书。

二 评述李白的基本特征

（一）涉及诸多方面

其一，描述李白的样貌形态。陆游在乾道六年（1170）七月十七日，参观了青山（位于今安徽马鞍山市）脚下的太白祠堂，对相关情况进行了记述："祠在青山之西北，距山尚十五里。墓在祠后，有小冈阜起伏，盖亦青山之别支也。祠莫知其始，有唐刘全白所作墓碣及近岁张真甫舍人所作重修祠碑。太白乌巾，白衣锦袍，又有道帽氅裘。侑食于侧者，郭功甫也。早饭罢，游青山。山南小市有谢玄晖做宅基，今为汤氏所居。南望平野极目，而环宅皆流泉、奇石、青林、文筱，真佳处也。"① 其中"太白乌巾，白衣锦袍，又有道帽氅裘"云云，是对祠堂中李白塑像的描述。这一形象，成为后世李白塑像、画像的标准制式，或许与陆游的描述有关。同时，文中对谢玄晖（谢朓字玄晖）的记述，也展现了李白与谢朓之间的关联。"李白骑驴"，是民间传说故事，陆游将此情节入诗："晚境那禁岁月催，幽花又见涧边开。莫辞剩买旗亭酒，恐有骑驴李白来。"② 他在写给一位谭姓友人的诗中写道："坐中谭侯天下士，龙马毛骨矜超遥。乌犀白纻谪仙样，但可邂逅不可招。"③ 以身着"乌犀白纻"的李白形象样貌，作为对谭氏的溢美之词。

其二，赞誉李白的文艺诗才。陆游对李白的文学才能，十分叹服、评价极高。他认为李白与曹植、李贺一样，出身高贵（均为帝王之胄）、文笔超卓，堪称世代楷模："魏陈思王，唐李太白、长吉，则又以帝子及诸王孙，落笔妙古今，冠冕百世。"④ 在他看来，李白诗歌的突出特征是"奇"："执简曾闻侍玉螭，谪仙才调尽推奇。"⑤ 对李白文才诗作的赏识习鉴，日思继之以夜梦："夜梦有客短褐袍，示我文章杂诗骚。措辞磊落格力高，浩如怒风驾秋涛。起伏奔蹴何其豪，势尽东注浮千艘。李白杜甫生不遭，英气死岂埋蓬蒿。……肃然起敬竖发毛，伏读百过声嘈嘈。惜未终

① 陆游：《入蜀记》（第三），《陆放翁全集》，中国书店 1986 年版，第 275 页。
② 陆游：《题道傍壁二首》（其一），《陆游集》，中华书局 1976 年版，第 1700 页。
③ 陆游：《临别成都帐饮万里桥赠谭德称》，《陆游集》，中华书局 1976 年版，第 156 页。
④ 陆游：《赵秘阁文集序》，《陆放翁全集》，中国书店 1986 年版，第 81 页。
⑤ 陆游：《送李舍人赴阙》，《陆放翁全集》，中国书店 1986 年版，第 7 页。

卷鸡已号，追写尚足惊儿曹。"① 这首记梦诗，记述了李白的形貌衣着、诗歌风格及其传授诗作时的情形，表达了自己满怀敬畏、认真学习，以及梦醒后向孩子们讲述等情节，提供的信息量是很大的。陆游在入蜀就职途经九华山时，特意记录李白为九华山定名之事："九华本名九子，李太白为易名。"② 九华山因此声名日隆，也可视为李白才华及影响力展示的一种表现。

其三，肯定李白的生活爱好。李白的最大爱好是饮酒，陆游对此多有描述。其中，有的写其豪饮状态："饮似长鲸快吸川，思如渴骥勇奔泉。客从县令初何有，醉忤将军亦偶然"③；有的写其醉酒赋诗："翰林偶脱夜郎谪，大醉赋诗黄鹤楼"④；有的将李白"十诗九言酒"特征与自己的诗酒生涯比较："太白十诗九言酒，醉翁无诗不说山。若耶老农识几字，也与二事日相关"⑤；有的将醉酒中的自己与李白相互联系："峨嵋月入平羌水，叹息吾行俄至此。谪仙一去五百年，至今醉魂呼不起。玻璃春满琉璃钟，宦情苦薄酒兴浓。饮如长鲸渴赴海，诗成放笔千觞空。十年看尽人间事，更觉曲生偏有味。"⑥ 喜好饮酒，也是陆游与李白融通共鸣的一种途径。

其四，同情李白的不幸遭遇。陆游与李白，都具有远大的政治抱负，而冷酷的现实，使其理想根本无法实现。因此，"同病相怜"便成为陆游向李白表达情感、缓解自己痛苦的方式。他用李白获罪未至夜郎的所谓"遗恨"，衬托自己的孤独败落："笑唤枯笻蹋夕阳，探春聊作静中忙。高枝鹊语如相命，幽径梅开只自香。苔蚀断碑惊世换，钟来废寺觉城荒。谪仙未必无遗恨，老欠题诗到夜郎"⑦；因李白一生未正式获得官职，而表达对其的深切同情："臣闻明主恩深，书生命薄。唐帝之知李白，一官不及于生前；汉皇之念相如，遗稿徒求于身后"⑧；用李白的历经坎坷，宽解自己内心的痛苦与不平："李白嵚崎历落，嵇康潦倒粗疏。生世当行所乐，

---

① 陆游：《记梦》，《陆游集》，中华书局 1976 年版，第 442 页。
② 陆游：《入蜀记》（第三），《陆放翁全集》，中国书店 1986 年版，第 277 页。
③ 陆游：《吊李翰林墓》，《陆游集》，中华书局 1976 年版，第 41 页。
④ 陆游：《与青城道人饮酒作》，《陆游集》，中华书局 1976 年版，第 200 页。
⑤ 陆游：《饮酒望西山戏咏》，《陆游集》，中华书局 1976 年版，第 618 页。
⑥ 陆游：《凌云醉归作》，《陆游集》，中华书局 1976 年版，第 98 页。
⑦ 陆游：《昭德堂晚步》，《陆游集》，中华书局 1976 年版，第 166 页。
⑧ 陆游：《严州到任谢表》，《陆放翁全集》，中国书店 1986 年版，第 4 页。

巢山喜遂吾初"①。自古以来，壮志未酬者之间，往往引为同道；李白在陆游的心中，是真正的知音。

其五，描述李白的经行遗迹。陆游十分关注李白的经行之处、遗存之迹，在入蜀途中所作《入蜀记》，有大量关于李白的记述。试看其中到访黄鹤楼一节：乾道六年八月"二十八日。同章冠之秀才甫，登石镜亭，访黄鹤楼故址。石镜亭者，石城山一隅，正枕大江，其西与汉阳相对，止隔一水，人物草木可数。唐沔州治汉阳县，故李太白《沔州泛城南郎官湖诗》序云：'白迁于夜郎，遇故人尚书郎张谓出使夏口，沔州牧杜公、汉阳令王公觞于江城之南湖。'其后沔州废，汉阳以县隶鄂州。周世宗平淮南，得其地，复以为军。太白诗云：'谁道此水广，狭如一匹练。江夏黄鹤楼，青山汉阳县。大语犹可闻，故人难可见。'形容最妙。……黄鹤楼，旧传费祎飞升于此，后忽乘黄鹤来归，故以名楼，号为天下绝景。崔颢诗最传，而太白奇句，得于此者尤多。今楼已废，故址亦不复存。问老吏云，在石镜亭、南楼之间，正对鹦鹉洲，犹可想见其地。楼榜李监篆，石刻独存。太白登此楼，《送孟浩然》诗云：'孤帆远映碧山尽，惟见长江天际流。'盖帆樯映远山，尤可观，非江行久，不能知也"②。这段文字，对李白当年到达黄鹤楼的原因、创作《送孟浩然》等诗歌、与崔颢诗作比较、黄鹤楼存废过程，以及自己至此的具体时间等，都进行了详细交代。《入蜀记》有关记述，有助于人们了解李白经行状况（其中的相关例证，留待下文中继续列举）。除了《入蜀记》的大量记述，陆游的诗歌，也对李白相关的遗迹有所记录。如前引《吊李翰林墓》一诗，就是他亲临李白墓地所作。"骏马名姬如昨日，断碑乔木不知年。浮生今古同归此，回首桓公（桓温）亦故阡"诸语，就是他在李白墓前的所见所感。

由上可知，陆游对李白的描述品评，是多视角、多方面的，表现出他对李白全方位关注与重视。

（二）评价力求公允

对于人物的评价，常见的情形是：好之者，则视为无瑕白璧而赞不绝口；恶之者，则目为一无是处而弃置不顾。陆游之于李白，主要表现为敬重钦佩，对其评价整体上是非常正面的。

---

① 陆游：《感事六言八首》（其七），《陆游集》，中华书局 1976 年版，第 1785 页。
② 陆游：《入蜀记》（第五），《陆放翁全集》，中国书店 1986 年版，第 287 页。

　　身为诗人，陆游十分关注李白的诗歌创作，尤其重视亲临其境时的真切体会。在《入蜀记》中，陆游有多处类似记述：乾道六年七月"二十七日。五鼓，大风自东北来，……至暮不止，登岸，行至夹口，观江中惊涛骇浪，虽钱塘八月之潮不过也。有一舟掀簸浪中，欲入夹者再三，不可得，几覆溺矣，号呼求救，久方能入。北望正见皖山。太白《江上望皖公山》诗云：'巉绝称人意。''巉绝'二字，不刊之妙也"。① 乾道六年八月"二日。早，行未二十里，忽风云腾涌，急系缆。俄复开霁，遂行。泛彭蠡口，四望无际，乃知太白'开帆入天镜'之句为妙"。② 乾道六年十月"三日。舟人分胙，行差晚。与儿辈登堤观蜀江，乃知李太白《荆门望蜀江》诗'江色绿且明'为善状物也"。③ 在称赞李白诗歌用语"妙""善状物"的同时，陆游还时常将李白诗与其他诗人之作比较：乾道六年十月"十一日。过达洞滩。滩恶，与骨肉皆乘轿陆行过滩。滩际多奇石，五色粲然可爱，亦或有文成物象及符书者。犹见黄牛峡庙后山。太白诗云：'三朝上黄牛，三暮行太迟。三朝又三暮，不觉鬓成丝。'欧阳公云：'朝朝暮暮见黄牛，徒使行人过此愁。山高更远望犹见，不是黄牛滞客舟。'盖谚谓：'朝见黄牛，暮见黄牛。三朝三暮，黄牛如故。'故二公皆及之"。④ 这段文字不仅将李白与欧阳修的诗歌对比，还引出相关的民间谚语，不失为颇具价值的一则"诗案"。对于李白的人格性情、生平遭逢，陆游也寄予了浓厚的感情。在乘舟途经李白墓旁时，他深情地写道："尚想锦袍公，醉眼隘八荒。坡陀青山冢，断碣卧道旁，怅望不可逢。乘云游帝乡。"⑤ 是见其对李白的推崇之情。

　　对于论者对李白的评价，以及李白其诗其人的不足，陆游直白地表达了自己的看法。请看其《老学庵笔记》中的这段文字："世言荆公《四家诗》，后李白，以其十首九首说酒及妇人，恐非荆公之言。白诗乐府外，及妇人者实少，言酒固多，比之陶渊明辈，亦未为过。此乃读白诗不熟者，妄立此论耳。《四家诗》未必有次序，使诚不喜白，当自有故。盖白识度甚浅，观其诗中如'中宵出饮三百杯，明朝归揖二千石'、'揄扬九重

① 陆游：《入蜀记》（第三），《陆放翁全集》，中国书店 1986 年版，第 279 页。
② 陆游：《入蜀记》（第三），《陆放翁全集》，中国书店 1986 年版，第 280 页。
③ 陆游：《入蜀记》（第五），《陆放翁全集》，中国书店 1986 年版，第 292 页。
④ 陆游：《入蜀记》（第六），《陆放翁全集》，中国书店 1986 年版，第 295 页。
⑤ 陆游：《泛小舟姑熟溪口》，《陆游集》，中华书局 1976 年版，第 281 页。

万乘主，谑浪赤墀金锁贤'、'王公大人借颜色，金章紫绶来相趋'、'一别蹉跎朝市间，青云之交不可攀'、'归来入咸阳，谈笑皆王公'、'高冠佩雄剑，长揖韩荆州'之类，浅陋有索客之风。集中此等语至多，世俱以其词豪俊动人，故不深考耳。又如以布衣得一翰林供奉，此何足道，遂云：'当时笑我微贱者，却来请谒为交亲。'宜其终身坎壈也。"① 此中包含着三个观点：一是所谓李白诗多"及妇人"的说法，是不合实际的，这种说法未必出自王安石之口；二是李白诗的明显不足是"识度浅"、用语"浅陋"；三是李白过于自信自傲、出语不逊。陆游的这些评论，有证据、合情理，表现出对自主公正批评原则的持守，因而是令人信服的。

三 评述李白的作用意义

（一）引为同道，提升自我

就个人品性才情而言，陆游与李白相似度颇高。这一特征，在其诗歌创作过程得到了真实的显现。他的诗歌作品，有的直接点化李白的诗句，例如：《楼上醉歌》中"划却君山湘水平"一句②，化用李白《陪侍郎叔游洞庭醉后三首》"划却君山好，平铺湘水流"二句③。有的是在引用借鉴李白诗作之处，加以注明，例如：他在《妾薄命》诗的篇首，专门作注曰："太白作此篇，言长门宫事，予反之。"④ 虽说是"反之"，也表明是受到李白同题诗的影响。他对《春行》诗中"猩红带露海棠湿，鸭绿平堤湖水明"一联，专门进行注释："杜子美'晓看红湿处，花重锦官城'、李太白'蜀日红且明'，用'湿'字、'明'字，可谓夺造化之功，世未有拈出者。"⑤ 对于陆游的这一做法，宋末大学问家方回，予以高度评价："引少陵太白谓夺造化之功，却是世未有拈出者，前辈用功如此！"⑥

陆游在自己学习借鉴李白诗歌的同时，还注意了解他人的相关情况。他的《老学庵笔记》中，就记录了一则王安石与郑毅夫对话的片段："（荆

---

① 陆游：《老学庵笔记》卷六，《宋元笔记小说大观》，上海古籍出版社2001年版，第3507页。
② 陆游：《楼上醉歌》，《陆游集》，中华书局1976年版，第172页。
③ 李白：《陪侍郎叔游洞庭醉后三首》（其三），《李白全集校注汇释集评》，百花文艺出版社1996年版，第2890页。
④ 陆游：《妾薄命》，《陆游集》，中华书局1976年版，第569页。
⑤ 陆游：《春行》，《陆游集》，中华书局1976年版，第922页。
⑥ 方回：《瀛奎律髓》卷十，文渊阁四库全书。

公：王安石）尝见郑毅夫《梦仙诗》曰：'授我碧简书，奇篆蟠丹砂。读之不可识，翻身凌紫霞。'大笑曰：'此人不识字，不勘自承。'毅夫曰：'不然，吾乃用太白诗语也。'公又笑曰：'自首减等。'"① 记录的是郑毅夫利用李白诗句的情形，表明了对这种做法的认同。陆游在诗歌创作方面取得杰出的成就，与虚心学习前辈是密不可分的。当然，他的学习不仅限于李白。对此，晚宋时期戴复古的《读放翁先生剑南诗草》诗，所言极为切当："茶山衣钵放翁诗，南渡百年无此奇。人妙文章本平澹，等闲言语变瑰奇。三春花柳天裁剪，历代兴衰世转移。李杜陈黄题不尽，先生模写一无遗。"② 正是如此转益多师，方才成就了陆游。在这一过程中，李白发挥着格外重要的作用。陆游是在认真学习借鉴李白、引其为良师同道的基础上，提升了自己的诗名与声名。

（二）借题发挥，抒写感怀

从社会人生视角而论，陆游与李白具有鲜明的相似之处。

首先，双方皆经历了国家的巨变。李白经历了"安史之乱"，陆游经历了"中原沦陷"。相较而言，"安史之乱"虽为大唐王朝造成巨大破坏，毕竟表面上能够将其消灭，实现了中唐的"中兴"；陆游生活的北南宋之交，北宋彻底灭亡，徽钦二帝被掳，金兵不断南侵，南宋仅凭长江天险自保，当时所谓的"中兴"，不过是与金国对峙的局面稍稍稳定而已。因此，陆游的兴亡之感、家国之痛，远远超过李白的感受。李白曾创作《永王东巡歌》等忏敌爱国的诗歌，发出"中夜四五叹，常为大国忧"的感叹③。陆游更是创作了大量力主抗敌、收复中原的诗作：有的表现以身许国、恢复中原的志向和愿望，例如早年的《夜读兵书》，中年的《金错刀行》，晚年的《十一月四日风雨大作》《示儿》；有的揭露、谴责统治集团妥协投降的行径，他坚决反对同金国签订丧权辱国的条约，尖锐地嘲讽投降派的胸无大志与鼠目寸光，愤怒地控诉权奸陷害忠良，大胆曝光皇帝等人的卑鄙自私的内心世界，如《关山月》；有的抒发壮志难酬的悲愤情绪，如《夜泊水村》《书愤》；有的描写沦陷区人民的生活与愿望，如《题海首座侠客像》《秋夜将晓出篱门迎凉有感》等。当然，也有直接引录李白入诗者：

① 陆游：《老学庵笔记》卷一，《宋元笔记小说大观》，上海古籍出版社2001年版，第3453页。
② 戴复古：《读放翁先生剑南诗草》，《石屏诗集》卷五，文渊阁四库全书。
③ 李白：《经乱离后天恩流夜郎忆旧游书怀赠江夏韦太守良宰》，《李白全集编年笺注》，中华书局2015年版，第1406页。

"中原回首涕沾裳，谁是当时柱石强。会唤谪仙天上去，扶将日毂出扶桑。"① 此中表达的，乃是家国之痛、兴亡之感。

其次，双方皆为壮志难酬之人。与李白终生追求"功成"有所不同，陆游较早确知自己根本无法"成功"。但是，功业难成的痛苦是无时不在的。李白，成为陆游"同为沦落人"的知音、疏解苦痛的对象。他引述李白等前辈文士为同道："竹声风雨交，松声波涛翻。我坐白鹤馆，灯青无晤言。……袖手哦新诗，清寒愧雄浑。屈宋死千载，谁能起九原？中间李与杜，独招湘水魂。自此竞摹写，几人望其藩？兰苕看翡翠，烟雨啼青猿。岂知云海中，九万击鹏鲲。更阑灯欲死，此意与谁论！"② 感叹李白的被黜离京："晓传尺一到江村，拜起朝衣渍泪痕。敢恨帝城如日远，喜闻天语似春温。翰林惟奉还山诏，湘水空招去国魂。圣主恩深何力报，时从天末望修门。"③ 惋惜李白的有才无功："濯锦沧浪客，青莲淡荡人。才名塞天地，身世老风尘。"④ 表达与李白一起摆脱俗世、浪迹天涯的愿望："明朝艇子溯平羌，却伴谪仙游汗漫。"⑤ 陆游曾列举李白等人为例，说明诗因悲愤之情而发："盖人之情，悲愤积于中而无言，始发为诗。不然，无诗矣。苏武、李陵、谢灵运、杜甫、李白，激于不能自已，故其诗为百代法。"⑥ 实际上，他本人亦是如此。

（三）比照勘验，鉴真证实

陆游列举李白事例进行评述的作用，还在于以之证明实相、辨别真伪。主要表现为三种情况。

一是验证诗作真伪。陆游在《入蜀记》中有载："李太白集有《姑熟十咏》，予族伯父彦远尝言，东坡自黄州还，过当涂，读之抚手大笑曰：'赝物败矣，岂有李白作此语者！'郭功父争以为不然，东坡又笑曰：'但恐是太白后身所作耳！'功父甚愠。盖功父少时，诗句俊逸，前辈或许之，以为太白后身，功父亦遂以自负，故东坡因是戏之。或曰《十咏》及《归

① 陆游：《寄邓志宏五首》（其五），《陆放翁全集》，中国书店 1986 年版，第 7 页。
② 陆游：《白鹤馆夜坐》，《陆游集》，中华书局 1976 年版，第 230 页。
③ 陆游：《行至严州寿昌县界得请许免入奏仍除外官感恩述怀》，《陆游集》，中华书局 1976 年版，第 364 页。
④ 陆游：《读李杜诗》，《陆游集》，中华书局 1976 年版，第 1660 页。
⑤ 陆游：《嘉州守宅旧无后圃因农事之隙为种花筑亭观甫成而归戏作长句》，《陆游集》，中华书局 1976 年版，第 113 页。
⑥ 陆游：《澹斋居士诗序》，《陆放翁全集》，中国书店 1986 年版，第 86 页。

来乎》、《笑矣乎》、《僧伽歌》、《怀素草书歌》，太白旧集本无之，宋次道再编时，贪多务得之过也。"① 这段文字所述，关涉《姑熟十咏》《归来乎》《笑矣乎》是否为李白所作的公案。此中举出苏轼视之为伪作的观点，陆游并未表明自己的意见。他在到达池州并进行实地考察后，以李白在池州所作的《秋浦歌》及杜牧的相关诗歌为例，确认《姑熟十咏》绝非李白所作："《秋浦歌》云：'秋浦长似秋，萧条使人愁。'又曰：'两鬓入秋浦，一朝飒已衰。猿声催白鬓，长短尽成丝。'则池州之风物可见矣。然观太白此歌，高妙乃尔，则知《姑熟十咏》决为赝作也。杜牧之池州诸诗正尔，观之亦清婉可爱，若与太白诗并读，醇醨异味矣。"②

二是验证物品景观。陆游于乾道六年六月十六日"过新丰，小憩。李太白诗云：'南国新丰酒，东山小妓歌。'又唐人诗云：'再入新丰市，犹闻旧酒香。'皆谓此，非长安之新丰也。然长安之新丰，亦有名酒，见王摩诘诗。至今居民市肆颇盛"。③ 乾道六年七月四日"入夹行数里，沿岸田畴衍沃，庐舍竹树极盛，大抵多长芦寺庄。出夹望长芦，楼塔重复。……江面渺弥无际，殊可畏。李太白诗云'维舟至长芦，目送烟云高'是也"。④ 都是以自己的亲闻亲见，印证李白诗句描写的景观及事物。

三是验证地址遗存。陆游在前往蜀地途中，有意识地考察了李白所历所述的区域或遗址遗迹。这些地方，或题有李白诗句："保宁（寺）有凤凰台、揽辉亭，台有李太白诗云：'三山半落青天外，二水中分白鹭洲。'今已废为大军甲仗库，惟亭因旧址重筑，亦颇宏壮"⑤；或曾是李白经行处：乾道六年七月"十一日。早，出夹，行大江，过三山矶、烈洲、慈姥矶、采石镇，泊太平州江口。谢玄晖登三山还望京邑，李太白登三山望金陵，皆有诗。凡山临江，皆曰矶。水湍急，篙工并力撑之，乃能上"⑥；或以李白诗验看实地："过繁昌县，……远山崭然，临大江者，即铜官山。太白所谓'我爱铜官乐，千年未拟还'是也，恨不一到"⑦；或借李白诗进

① 陆游：《入蜀记》（第二），《陆放翁全集》，中国书店1986年版，第274页。
② 陆游：《入蜀记》（第三），《陆放翁全集》，中国书店1986年版，第278页。
③ 陆游：《入蜀记》（第一），《陆放翁全集》，中国书店1986年版，第268页。
④ 陆游：《入蜀记》（第二），《陆放翁全集》，中国书店1986年版，第271页。
⑤ 陆游：《入蜀记》（第二），《陆放翁全集》，中国书店1986年版，第272页。
⑥ 陆游：《入蜀记》（第二），《陆放翁全集》，中国书店1986年版，第273页。
⑦ 陆游：《入蜀记》（第三），《陆放翁全集》，中国书店1986年版，第277页。

行比照考证："赤壁矶，亦茜冈尔，略无草木。故韩子苍待制诗云：'岂有危巢与栖鹘，亦无陈迹但飞鸥。'此矶，图经及传者皆以为周公瑾败曹操之地，然江上多此名，不可考质。李太白《赤壁歌》云：'烈火张天照云海，周瑜于此败曹公。'不指言在黄州。苏公尤疑之，赋云：'此非曹孟德之困于周郎者乎？'乐府云：'故垒西边，人道是，当日周郎赤壁。'盖一字不轻下如此。至韩子苍云：'此地能令阿瞒走。'则真指为公瑾之赤壁矣。又，黄人实谓赤壁曰赤鼻，尤可疑也"①；或记录李白作诗量多之处："（池州）唐置，南唐尝为康化军节度，……李太白往来江东，此州所赋尤多，如《秋浦歌》十七首及《九华山》、《青溪》、《白笥陂》、《玉镜潭》诸诗是也。"② 诸如此类的记述，在陆游的《入蜀记》中比比皆是。此类记述，对于了解李白的相关情况，发挥了不小的作用。

综上所述，陆游在个人品格、日常习性、生存定位、理想追求、政治遭遇，以及创作选择（皆以诗歌创作为主）、作品风格、情感抒发等方面，与李白均具相似之处。这些相似之处，使得陆游与李白极易相互联系、形成通感，同时也构成了陆游描述、评价李白的先决条件。陆游凭借自己的坎坷人生经历与丰富的创作经验，对李白其人其诗给予了中肯、独到的品评。这些品评，不仅有助于陆游自身，而且有惠于后世学人。

---

① 陆游：《入蜀记》（第四），《陆放翁全集》，中国书店 1986 年版，第 285 页。
② 陆游：《入蜀记》（第三），《陆放翁全集》，中国书店 1986 年版，第 278 页。

士人网络与文献生成：陆游入幕新论二题

商宇琦

（浙江大学 人文学院）

摘要： 陆游入幕作为传统论题，备受学界关注，卓见发明甚多，迄今似已难以为继。本文从前贤时彦所罕及的两个方面出发，愿就此作新尝试：一，陆游的蜀地幕府经历，不仅为他提供了熟习军务、拓殖人脉的契机，也对其后续仕进迁转有所助益。陆游早年通过仕宦、交游乃至政争等途径，建立起广阔繁复的士人关系网络，并借此获得宣使王炎、安抚使张震、都大茶马兼权制司公事赵彦博、制使范成大等数任幕主之提携奥援，在入幕生涯中发挥着关键作用；二，陆游居四川制幕期间，与幕主范成大并无诗作往来，二人的诗歌唱和发生于淳熙三年三月陆游出幕以后。部分论者所持之"范陆幕府唱和说"的论证并不能成立，《中兴以来绝妙词选》关于范陆幕府唱酬的记载亦不可靠。

关键词： 陆游；幕府；人际网络；诗歌唱和

　　陆游的巴蜀经历，可大致分为以下五个时段：通判夔州军州事［乾道六年（1170）十月—乾道七年末］、四川宣抚司干办公事兼检法官（乾道八年三月—十月）、成都府安抚司参议官［乾道八年十一月—淳熙元年（1174）末］、成都安抚司参议官兼四川制置司参议官（淳熙二年春—淳熙三年三月）、奉祠至东归（淳熙三年六月—淳熙五年春）。陆游先后于四川宣司、成都帅司及四川制司幕府任职，时间长达近四年，幕府生涯几占其蜀地岁月之半。陆游久居幕府，参赞戎务、习熟事机，将人生引入更广阔丰富的层面，对其诗艺嬗变有着深层影响："放翁诗之宏肆，自从戎巴蜀，而境界又一变。"① 清人梅曾亮即揭示出陆游幕府诗在其全部诗作中的突出地位："诗莫盛于唐，而工诗者多幕府时作。陆务观归老鉴湖，其诗亦不如成都、南郑时为极盛。夫鸟归巢者无声，叶落粪本者不鸣，其势然也。"② 南宋孝宗朝蜀地幕府作为令人瞩目的一个文化场域和文学空间，不仅激发出陆游磅礴的生命精神，更令其悟得"诗家三昧"，进而除旧染、启新机而别创一体，于放翁之意义自不待言。对此，先贤今哲论列已多。然学界关于陆游入幕与其人际网络之关系、范陆幕府唱酬考论两个方面，或殊无深究，或仍待商榷，故于此试为辨析、企明大略，并求教于方家。

一　士人网络与辟举：陆游的入幕渊源及其秘辛

陆游奉诏东归后，在上参政赵雄的改官谢启中，如此回顾蜀中幕府生活："追从幕府之游，始被边州之寄。方漂流于万里，望饱暖于一麾。岂图下石之交，更起铄金之谤。素无实用，以为颓放则不敢辞。横得虚名，虽曰侥幸而非其罪。"(《上赵参政启》)③ 此种近乎酸楚的心迹剖白，与陆游入蜀前上谒梁克家时"覆毡草军书，不畏寒堕指"(《投梁参政》)④ 的亢爽轩昂意气可谓相去甚远。宦蜀期间，陆游历数任幕主之调迁，频繁摄守各地，在诗文中透露着忧乐杂糅的隐微心曲，折射出南宋"员多阙少，一官至数人共之"⑤ 的时代背景下普通士人宦海沉浮所共有之悲辛与艰难。通过爬梳文献，考察陆游与前后几任幕主的关系，我们发现，陆游"平生万里心，执戈王前驱"(《夜读兵书》)的从戎壮志、维持生计的驱使⑥只是其入幕多重诱因的一部分。陆游入蜀前的交游情况、仕宦履历、政治上

---

① （清）赵翼：《瓯北诗话》卷六，人民文学出版社1963年点校本，第79页。
② （清）梅曾亮：《陈邦芗诗序》，《柏枧山房全集》卷5，《续修四库全书》，上海古籍出版社2002年影印本，集部，第1513册，第651页。
③ 本文所引陆游文，皆据马亚中、涂小马《渭南文集校注》，浙江古籍出版社2015年校注本。不一一出注。
④ 本文所引陆诗，皆据钱仲联《剑南诗稿校注》，上海古籍出版社1985年校注本。不一一出注。
⑤ （明）黄淮、杨士奇编：《历代名臣奏议》卷169，上海古籍出版社1989年影印本，第3册，第2226页。
⑥ 付兴林《陆游从戎南郑缘由考论》[《绍兴文理学院学报》（人文社会科学版）2018年第6期]认为，陆游从戎南郑是时代选择的结果，是王炎召唤的结果，是生活所迫的结果，也是其追求人生价值的结果，诚为的评。然以王炎为代表的诸位帅臣因何缘由辟陆游入幕，实际上也是一个值得深究的问题。

的际遇及抉择,作为不可忽视的关键促因,为其入幕创造了条件。陆游与数任幕主背后所隐伏的,是一张具体而清晰的人际网络。

王炎于乾道五年除四川宣抚使,辟赋闲山阴的陆游入幕。然同年十二月,陈俊卿即差陆游赴夔州任通判军州事,入幕之行暂且作罢。乾道七年底,夔州通判受代之期将至,出于"行李萧然,固不能归"(《上虞丞相书》)之故,陆游上书虞允文求官之同时,作《上王宣抚启》呈递近在南郑的王炎,言辞恳切,望其念及旧日辟署之情准许自己入幕。未久,王炎应允陆游之请,辟其为宣抚司干办公事。王炎之所以辟陆游入幕,实出于考量二人关系、陆游经世才具后深思熟虑的结果,并不仅仅看重他主战派的身份立场。王炎系王绹之子,以父荫入仕,曾任蕲水令。绍兴三十一年(1161),汪澈宣谕湖北,途经九江,王炎"见澈论边事,辟为属,偕至襄阳抚诸军"①。此行,陆游挚友王质亦应汪澈之辟②,与王炎同幕。宣谕司结局后,汪澈荐举王炎任司农寺丞,后数岁之间位列公辅。毫无疑问,汪澈作为关键的伯乐与引路人,在王炎仕宦之途上发挥着重要作用。须注意的是,绍兴三十二年三月,汪澈回朝除参知政事,七月即动身赴荆襄督视湖北京西军马,并首招陆游入幕。不过,因陆游时任枢密院编修官,故未应汪澈之辟:"先相公督师荆襄,游首蒙招致幕府,会留枢属,不克行。"(《汪茂南提举挽词》自注)汪澈,字明远,新安人,绍兴八年进士,累官至参知政事。早年任殿中侍御史时,"荐陈俊卿、王十朋、陈之茂为台官"③。周必大与汪澈同朝任职,"尝赞美攒陵之议,相与至厚"④,并在汪澈殁后为其撰写神道碑,友谊绵亘终身。不难发现,汪澈所荐三人及周必大,与陆游均交谊匪浅,陈之茂更是陆游的座师。此外,汪澈曾联合陈俊卿等人弹劾杨存中拥兵擅权自重:"殿帅杨存中久握兵权,内结阉寺……澈与俊卿同具奏,存中始罢。"⑤ 在这场论罢杨存中的政治斗争中,陆游亦发挥了重要作用:"时杨存中久掌禁旅,游力陈非便,上嘉其言,遂罢存

---

① 《宋史》卷143《汪澈传》,中华书局1985年标点本,第11815页。

② 《宋史》卷395《王质传》(第12055页):"御史中丞汪澈宣谕荆、襄,又明年,枢密使张浚都督江、淮,皆辟为属。"

③ 《宋史》卷384《汪澈传》,第11814页。

④ (宋)周必大:《枢密使赠金紫光禄大夫汪公澈神道碑》,《庐陵周益国文忠公集》卷30,《宋集珍本丛刊》,线装书局2004年影印本,第51册,第367页。

⑤ 《宋史》卷384《汪澈传》,第11814页。

中。"① 共同的政治主张、交游范围的重叠，加之陆游任职枢密院时所展现出的卓越的公文写作能力，正是汪澈首辟陆游入幕的原因。王炎罢宣抚使还朝后，携陶泰所撰行状请周必大为其父作神道碑②，可见二人素有来往。故此，且不说陆游"实轻玉关万里之行，奋厉欲前"（《上王宣抚启》）的入幕边塞夙愿，仅凭汪澈对政治同盟陆游的垂青赏识，王质、周必大与陆游的深情厚谊，也足令王炎对他引起重视。当然，幕僚之职责，在于裨助婉画，为幕主建言献策，南宋阃臣拣择僚属，亦多以实才为衡量标准，"朝廷今欲恢复中原，所赖者正在诸大帅，幕府犹要得人"③。隆兴二年（1164），陆游任镇江通判时，以世谊之故，与曾任川陕宣抚处置使的张浚及其江淮都督府幕僚往来甚密，"是时张敬夫从行，而陈应求参赞军事。冯圜仲、查元章馆于予廨中，盖无日不相从"（《跋张敬夫书后》），故"具知西北事"④。王炎辟召陆游入四川宣抚司幕，正是上述诸端因素合力之结果。

王炎召还，宣抚司幕僚星散，出处就各不相同。陆游于乾道八年十二月至成都安抚司任参议官，查吴廷燮《南宋制抚年表》、李昌宪《宋代安抚使考》及李之亮《宋川陕大郡守臣易替考》，彼时安抚使为张震。张震，字真甫（父），广汉人，张浚乃其族父，绍兴二十一年进士，曾任殿中侍御史、中书舍人，后卒于成都安抚使任上。张震离朝入蜀的原因，系孝宗坚持重用潜邸旧人曾觌、龙大渊，力争无用，故屡请奉祠，"隆兴初，给舍周子充、张真父，台谏刘汝一、龚实之，皆以论列两人去位"⑤。这与隆兴元年陆游因反龙、曾近习而被贬出判镇江府实同出一辙。陆游与张震早投交契，有《寄张真父舍人二首》《好事近·寄张真父》等诗词作品，感念旧谊并以气节相砺；《与成都张阁学启》更是诗人流落蜀地凄怆心迹的呈露："薄游万里，最为天下之穷；摄守一官，猥与幕中之辨。将携孥而就食，敢削牍以告行。……老马已甘于伏枥，敢望长途；穷猿方切于投林，况依茂荫。"此外，张震与陆游友人周必大、范成大亦情好甚笃。周

---

① 《宋史》卷 395《陆游传》，第 12057 页。

② （宋）周必大：《兴国太守赠太保王公绚神道碑》，《庐陵周益国文忠公集》卷 29，第 359—362 页。

③ （清）徐松辑：《宋会要辑稿·职官》四十一之三十三，上海古籍出版社 2014 年点校本，第 4015 页。

④ （宋）叶绍翁：《四朝闻见录》乙集，中华书局 1989 年点校本，第 65 页。

⑤ （宋）李心传：《建炎以来朝野杂记》乙集卷 6《孝宗黜龙曾本末》，中华书局 2000 年版，第 607 页。

必大《与张真甫舍人震书》云二人"往在台省，无日不会面，而无议论之不同，盖如是者逾年，固疑此乐不常得于造物"。① 张震返蜀之际，范成大有《送张真甫中书奉祠归蜀》诗为之赠行。因此，从另一角度看，得入故人所开之府，对彼时心怀落寞、不知所从的诗人来说无疑是种莫大慰藉。

张震不久卒于官，继任者为叶衡。乾道九年，叶衡至成都后，旋即奉诏调守建康，陆游作《鹧鸪天·送叶梦锡》送其东归②。叶衡系陆游故友，诗人启程入蜀途中，曾与之对饮，"案间设矾山数盆，望之如雪"③。陆游至交韩元吉与叶衡亦颇有瓜葛。元吉"曾以大父之契，登公之门"④，《一剪梅·叶梦锡席上》《虞美人·叶梦锡园子海棠盛开》等，皆为其与叶衡交游互动之明证。陆游《鹧鸪天·送叶梦锡》所云"君归为报京华旧，一事无成两鬓霜"中的京华旧人，很可能即指乾道九年出使金国后顺利还朝

---

① （宋）周必大：《与张真甫舍人震书》，《庐陵周益国文忠公集》卷186，第796页。

② 学界对叶衡是否到任成都，以及由此牵涉出的《鹧鸪天·送叶梦锡》一词的系年，有所争议。吴廷燮《南宋制抚年表》（中华书局1984年点校本，第544页）、李之亮《宋川陕大郡守臣易替考》（巴蜀书社2001年版，第30页）二书，据《宋会要辑稿·选举》34之29所载"（乾道九年八月）十六日，诏枢密都承旨叶衡除敷文阁学士知成都府"，判定叶衡于乾道九年任成都府路安抚使。夏承焘、吴熊和亦由《会要》此条材料及《景定建康志》卷1《行宫留守题名》所云"叶衡，淳熙元年正月以敷文阁学士安抚使兼行宫留守司公事"、卷14《建炎以来年表》"淳熙元年正月二十六日，敷文阁学士左朝散大夫叶衡知府事，提举学事，兼管内劝农营田使。二月召赴行在"等记载判定，陆游《鹧鸪天·送叶梦锡》词当为乾道九年在成都送叶衡还京之作。（陆游著，夏承焘、吴熊和笺注：《放翁词编年笺注》，上海古籍出版社1981年版，第40页）然赵惠俊《〈渭南文集〉所附乐府词编次与陆游词的系年——兼论〈钗头凤〉的写作时地及其他》（《文学遗产》2016年第5期）据《会要》兵一"（乾道九年）九月一日知荆南府叶衡言……"及嘉庆《四川通志》成都知府名单中未载叶衡猜测，叶衡无法在三个月内辗转荆南、成都、建康三地，很可能未赴任成都而直接转去建康，故推论《鹧鸪天·送叶梦锡》似为身任夔州通判的陆游于乾道七年至八年间与知荆南府的叶衡相聚时所作。赵氏此论不确。理由如次：首先，据《会要·食货》50之25"（乾道八年二月六日）鄂州、荆南、江州差荆南守臣姜诜，池州以下差枢密都承旨叶衡，点检诸军战船，具数奏闻"（第7134页）可知，叶衡知荆南府当不早于乾道八年二月，在此前，其不可能与身在夔州的陆游相会；其次，据《鹧鸪天·送叶梦锡》"家住东吴近帝乡""君归为报京华旧"等句判断，此词系陆游送叶衡东归之际所作，并不符合赵氏所谓二人"寻机重聚"场合的语境；再次，《宋史·叶衡传》言其"知荆南、成都、建康府"（卷384，第11823页），陆游淳熙元年所作《贺叶枢密启》亦称叶衡"立朝开济，晚收九牧之重名"，足见其有为帅多地的经历。综上，笔者认为叶衡曾于乾道九年至成都任安抚使，并于同年离蜀，《放翁词编年笺注》对《鹧鸪天·送叶梦锡》的系年判断无误。

③ （宋）陆游：《入蜀记》卷1，《全宋笔记》，大象出版社2012年版，第5编第8册，第158页。

④ （宋）韩元吉：《祭叶少保文》，《南涧甲乙稿》卷18，《景印文渊阁四库全书》，台北：台湾商务印书馆1986年影印本，第1165册，第286页。

的韩元吉。同年,叶衡匆匆东下赴任,继任者为薛良朋①。薛良朋,字季益,瑞安人,累官至吏部尚书,绍兴八年进士,与汪澈有同年之谊。而据史浩《陪洪景卢左司、马德骏、薛季益、冯圆中(圜仲)三郎中、汪中嘉总干游蒋山,以三十六陂春水分韵,得三字》可知,薛良朋曾与陆游友人史浩、洪迈、冯圜仲往来唱酬。陆游与薛良朋此前虽谋面,然依此推论,当亦不存在宾主不相得的情况②。

淳熙元年七月,罢四川宣抚司,以安抚使薛良朋兼四川制置使;同年十二月,薛良朋卸职离蜀,朝廷命范成大为四川制置使。同年除夕,陆游得制司檄,催赴官。据陆游《除制司参议官谢赵都大启》"摄郡垒之左符,已逾素望;备宾僚之右席,复玷明恩"的表述看,诗人入制司幕当出于赵都大之辟。都大,即都大提举四川茶马之简称③。笔者翻检史料发现,乾淳年间任此职之赵姓者,唯赵彦博一人。赵彦博,字富文,武康人,太宗八世孙,绍兴二十一年进士,历任池州知州、湖北转运使、都大提举四川茶马等职。《建炎以来朝野杂记》卷十四云:"旧博马皆以粗茶,乾道末,赵彦博为提举,始以细茶遗之。"④《宋会要辑稿·选举》三四之二六:"(乾道八年七月)二十七日,诏直秘阁、都大主管成都府利州等路茶事赵彦博除直显谟阁,仍再任。"⑤ 都大茶马有兼权制帅的资格,《宋会要辑稿·职官》四〇之一二:"……欲望今后成都知府阙,依条令监司兼权外,缘都大茶马在成都府置司,其制置阙则差都大茶马,又阙则差总领兼权。"⑥ 陆游收到制司檄书的时间,系淳熙元年除夕,彼时薛良朋已离任而新帅范成大未至,故赵彦博正以都大茶马兼权制置司公事。若再对赵彦博加以细考,我们即可揭开其辟陆游入制幕的隐秘。

赵彦博于乾道六年任湖北转运使时,曾向朝廷奏请为岳飞立庙,以

---

① 据《宋会要辑稿·刑法》四之九十(第8498页)"(乾道九年)十二月,知成都府薛良朋言本府狱空"可知,最晚至乾道九年十二月,薛良朋即已代叶衡为安抚使。

② 陆游:《贺薛安抚兼制置启》云"关中既留萧丞相,上遂宽西顾之忧;江左自有管夷吾,人共望中兴之盛",誉薛良朋为萧何、管仲,并直言"归依之至,敷绎奚殚"。

③ 欧小牧《陆游传》指出,都大"即都转运使,名字待考"。(《欧小牧文集》卷4,百花文艺出版社1993年版,第95页)然"都转运使"一职,南宋不常置,绍兴五年始设四川都转运使,十五年即罢。《建炎以来朝野杂记》云:"都转运使,渡江后惟四川有之。……(绍兴)十五年,省都转运使,以其事归宣抚司,用郑亨仲请也。"(卷11,第225页)所以,"都大"并非"都转运使"之简称。

④ (宋)李心传:《建炎以来朝野杂记》卷14,第306页。

⑤ (清)徐松辑:《宋会要辑稿·选举》三四之二六,第5922、5924页。

⑥ (清)徐松辑:《宋会要辑稿·职官》四〇之一二,第3993页。

"慰飞忠烈不泯之魂，亦可为方今将帅建功立事者之劝"①；任四川都大茶马期间，又因政绩显著，宣抚使王炎多次为其向朝廷乞旌提擢②，俨然左膀右臂。赵彦博公务闲暇之余，留心文史、搜求金石，著有《昭明事实》二卷，考证萧统生平颇详。吴师道《萧懿祠堂断碑跋》曰："萧懿，衍之亲兄而心迹不同。……山阴陆游引伯叔、文叔同起为比，谓大萧赍恨死，不及见梁之兴，何其误也。……庙碑立于汉中者……是碑宋乾道中始为赵彦博所知，遂传于世。彦博，字富文，为吏精敏有声，其余力亦及此。"③陆游《断碑叹》云："二萧同起南兰陵，正如文叔与伯升。至今人悲大萧死，赍恨不见梁家兴"，诗题下有小注："兴元姚节度园以折碑为石笋，文犹可识，盖梁萧懿墓碑，简文为太子时撰，书法遒美可爱。"吴师道所指出的陆游考证之误，当即指此。跋文提到，萧懿断碑"立于汉中"，且"乾道中始为赵彦博所知"，说明赵彦博亦曾官于南郑。据此推测，陆游入王炎幕府时，很可能即已与赵彦博相识。

再深入考察赵彦博的交游对象，则发现陆游好友周必大、王十朋、张孝祥、韩元吉、杨民望皆与其私交甚笃、彼此推重。周必大与赵彦博均为绍兴二十一年进士④，有同年之谊，二人情好至笃。乾道三年赵彦博知池州，周必大"谒太守同年赵朝散彦博富文……富文送菊酒与骨肉，小酌于南楼"，又"晚闻赵守在九华楼上梁，就见之"⑤。王十朋自夔州经三峡奉祠东归，经池州，有《池之清溪如杭之西湖，某归自三峡……呈提举李子长知郡赵富文》寄呈知州赵彦博，作《富文赠桂花》《富文送鹿肉》《溪口阻风寄子长富文》等诗，交契深厚。韩元吉集中有《浪淘沙·赵富文席上》一词，系赴赵彦博宴席时所作，说明二人亦有交往。乾道五年，张孝祥奉祠归乡，过鄂州湖北转运司，为时任湖北漕使的旧友赵彦博作《屡登横舟，欲赋不成。阻风汉口，乃追作寄赵富文杨齐伯》《奉题赵富文横舟》。此处须注意

---

① （宋）岳珂编，王曾瑜校注：《鄂国金佗续编校注》天定别录卷之2，中华书局1989年校注本，第1331—1332页。

② 参《宋会要辑稿·选举》三十四之二十六，第5922页；《宋会要辑稿·选举》三十四之二十八，第5924页。

③ （元）吴师道：《萧懿祠堂断碑跋》，《礼部集》卷17，《景印文渊阁四库全书》，第1212册，第244页。

④ （宋）周必大《送赵富文彦博倅洪州三首》其一云："期集分携五载前，冲泥各上浙江船"，可知赵彦博与周必大乃同榜进士（《庐陵周益国文忠公集》卷1，第147页）。

⑤ 分见（宋）周必大《泛舟游山录》（《全宋笔记》第9编第8册）卷2、卷3，第144、149页。

的是孝祥诗题中同时提到的杨齐伯。杨齐伯，即杨民望，时任湖北转运副使，与赵彦博乃同僚关系。杨民望乾道元年受命知绵州①，是年，陆游任隆兴府通判，有《寄答绵州杨齐伯左司》为之送行。陆游何以赠诗与杨民望？《剑南诗稿》卷一《寄酬杨齐伯少卿》云："杨卿人才金百炼，岐公座上初识面。……即今相望几千里，何日蝉联语忘倦。就令有使即寄书，岂如无事长相见。"由是可知，陆游曾于汤思退座上与杨民望相识，且二人一见如故，私谊深厚。赵彦博与陆游皆怀忠荩报国之赤忱，不仅曾于南郑大幕中共事，且与周必大、王十朋、张孝祥、杨民望、韩元吉等人关系亲密。职此之故，当赵彦博以都大茶马兼权四川制置司公事时，即辟陆游入幕，令其以成都安抚司参议官之职兼四川制置司参议官。诗人终得以结束"四年已五迁，终岁常遑遑"（《日暮至湖上》）的频繁调任摄职窘况，返成都任职。

淳熙二年六月，诗人宦友兼诗友范成大到任成都。关于陆游居范幕时的相关事迹与文学创作，学界论析已多，兹不赘述。淳熙五年，陆游蜀中诗作流传行在为孝宗所见，加之友人刘珙的居间斡旋②，遂得以东归。

南宋疆土仅为北宋的 2/3，而通过科举、恩荫晋身官场的人数却并未减少，造成官员冗滥，加剧了士人宦海生存的艰难。他们的改官、升迁恐不仅单凭自身的政绩、文才与能力，其背后有着更为复杂的人际关系和政治因素。陆游的人际交往，并非只有直接联系，更多的是间接交往，并基于政缘、地缘与家世形成错综多元而富有弹性的社会关系。宋代幕府辟士，与前代不同，"唐以节度使镇诸道，其属皆得辟置。……本朝谋帅，间许辟士，今皆命诸朝。幸而贤也，幸可乐也，否则相忘于江湖者有矣，尚何乐之云"？③ 宋代鉴于五代藩镇之弊，严格限制帅臣自辟僚属的权力，幕僚多由朝廷直接除授，幕主与僚属间的关系也并非都融洽无间。即便在幕府力量有所扩张、幕主亦可直接辟召僚属的南宋，也往往存在宾主不合或士人拒绝受辟入幕的情况。陆游的幕中生活虽有苦闷，然多源于抗金复土怀抱之难伸，鲜有"宾主邈不通情，殆与郡县官等"④ 的尴尬处境，这

---

① （清）徐松辑《宋会要辑稿·选举》三十四之十六："（乾道元年）三月四日，诏尚书左司郎中杨民望除直秘阁、知绵州。"（第5916页）

② （宋）陆游《祭刘枢密文》："昔岁癸未，某始去国，见公西省，凛然正色。……流落得归，公与有力。"

③ （宋）周必大：《川泳轩记》，《庐陵周益国文忠公集》卷28，第343页。

④ （宋）周辉撰，刘永翔校注：《清波杂志校注》卷4，中华书局1994年版，第178页。

实受惠于其早年所拓殖的人脉资源，并借此与诸位帅臣所构筑的和谐宾主关系。入幕前，陆游通过仕宦、交游乃至政争等途径，与中央、地方各级官员密切互动，建立起广泛深远的人际网络，为其后续幕府生涯的顺利展开奠定了基础。四川作为南宋三边之一，去行在所不啻万里，游幕士人往往视入蜀为畏途。尽管如此，由于四川的半独立性质，宣抚使、制置使对境内官员的人事调动有决定权力，蜀地的差注官阙、官员磨勘叙迁也较一般地区更为容易。"往时士大夫入蜀，动称万里。吾乡如刘茂中以选人最籍往，其弟又以布衣往，皆不得已，而皆改官，以通籍归。"① 与此同时，四川帅臣在荐举幕僚上亦有极大自主权，《建炎以来朝野杂记》乙集卷十"淳熙至嘉定蜀帅荐士总记"即一一列举孝宗至宁宗朝蜀帅所荐之士："蜀帅例得荐士。其始，胡长文所荐如吕周辅，范致能所荐如胡子远，亦不过一、二人，皆幕中之士。盖以蜀去天日远，士非大帅荐扬，无由自进。……自嘉定以来，蜀之宣抚、安抚、制置三司，皆得荐士，亦非常制云。"② 可见蜀地诚士人仕宦速化之要区，这应是陆游最终选择接受朝命入蜀的动因之一。陆游寓居蜀地数载，英雄失路的悲愤也在群体的交游互动中得到淡化，这不能不归因于诸位幕主、挚友的居中联络和推扬。诗人身历数任幕主，先后于王炎、张震、叶衡、薛良朋、赵彦博、范成大幕中效力，并借由共同的交游圈、相近的政治诉求得到他们或多或少的关照与庇护，在一定程度上为其蜀中文学创作、积累年资、顺利东归及仕途迁转提供了保障与助益。陆游幕府经历，实为不少宋代尤其南宋入幕文人的仕途写真，这也是本文不惮其烦地对之进行考论、探究的原因所在。

二　文献的遮蔽与生成："范陆幕府唱和说"献疑

范成大屡专戎阃，帅桂、帅蜀期间广集宾僚、歌咏不断，这在其诸多幕府酬酢诗中即可一窥当时雅集盛况与主宾相得的情景。范陆二人情谊深厚，且诗名相埒，故有不少学者以为陆游任制幕参议官时与幕主范成大诗词唱酬、切磋往来，乃题中应有之义。此类说法中，又以于北山先生《陆游年

① （宋）刘辰翁：《赠尹方亨入蜀序》，《须溪集》卷6，《景印文渊阁四库全书》，第1186册，第529页。

② （宋）李心传：《建炎以来朝野杂记》乙集卷10，第662—665页。

谱》与田萌萌二文中的观点最具代表："成大游宴，务观屡被招邀，酬倡新诗，为邦人所传诵"①，"宋代众多唱和之作中最为著名者当属范成大幕府中的'范陆唱和'，曾一度达到'落纸墨未及燥，士女万人已更传诵。或题写素屏团扇、更相遗赠。盖自蜀置帅守以来未有也'的空前盛况"②，"作为好友与幕主、幕僚的双重角色，范陆唱和，与北宋时期钱惟演西京幕府上下级的唱和、苏门师生间的诗歌往来不同，既是好友间的往来，相对随意自由，又是幕主与幕僚在幕中探讨政治时事的交流工具。……因此，陆游在范幕时，执着于自己的坚持，并在诗歌创作中，渗透政治观点"。③ 那么，陆游任职范成大幕府期间，究竟是否与范成大有过诗作唱和？陆游与范成大的往来唱酬，又具体在其寓蜀时期的哪个阶段？笔者以《剑南诗稿校注》《范成大集》为中心④，整理出二人蜀中唱和诗作⑤，并制表如下：

范陆蜀中唱和诗作一览表

时间	陆游	范成大
乾道九年秋	《玻璃江》	《玻璃江一首戏效陆务观作》（淳熙四年六月追和）
淳熙三年九月	《和范待制月夜有感》	《有怀石湖旧隐》
	《和范待制秋兴》其一	《新凉夜坐》
	《和范待制秋兴》其二	《立秋夜月》
	《和范待制秋兴》其三	《前堂观月》
	《和范待制秋日书怀二首 游自七月病起蔬食止酒 故诗中及之》其一	《秋雨快晴静胜堂席上》
	《和范待制秋日书怀二首 游自七月病起蔬食止酒 故诗中及之》其二	《秋老，四境雨已沛然。晚坐筹边楼，方议祈晴，楼下忽有东界农民数十人诉山田却要雨，须长吏致祷，感之作诗》

① 于北山：《陆游年谱》，上海古籍出版社 2017 年版，第 203 页。
② 田萌萌：《唐宋幕府文人诗歌创作演进》，《中国社会科学报》2018 年 4 月 16 日第 4 版。
③ 田萌萌、康震：《范成大幕府诗歌创作与诗坛中兴——兼论范幕诗歌创作生态特征》，《人文杂志》2019 年第 5 期。
④ （宋）陆游著，钱仲联校注：《剑南诗稿校注》，上海古籍出版社 1985 年版；（宋）范成大著，辛更儒点校：《范成大集》，中华书局 2020 年版。
⑤ 范成大帅蜀及东归之际，有《九月十九日衙散回留大将及幕属饮清心堂观晚菊分韵嗓暮字》《丙申重九药市呈坐客》《陆务观云："春初多雨，近方晴，碧鸡坊海棠全未及去年"二首》《余与陆务观自圣政所分袂，每别辄五年，离合又常以六月，似有数者，中岩送别，至挥泪失声，留此为赠》《慈姥岩与送客酌别，风雨大至，凉甚。诸贤用中岩韵各赋诗饯行，纷然擘笺。清饮终日，虽无丝竹管弦，而情味有馀》等诗，然皆不见陆游和作，故不录。

续表

时间	陆游	范成大
淳熙四年二月	《和范舍人书怀》	《二月二十七日病后始能扶头》
淳熙四年 二、三月间	《和范舍人病后二诗末章兼呈张正字》其一	《枕上》
	《和范舍人病后二诗末章兼呈张正字》其二	《病中闻西园新花已茂及竹径皆成而海棠亦未过》
淳熙四年六月	《和范舍人永康青城道中作》	《崇德庙》
	《致爽轩》①	《范氏庄园》
	《新津小宴之明日欲游修觉寺以雨不果呈范舍人》	《次韵陆务观编修新津遇雨不得登修觉山径过眉州三绝》
	《送范舍人还朝》	《次韵陆务观慈姥岩酌别二绝》

由上表可知，陆游与范成大的往来唱和，集中于淳熙三年九月、淳熙四年春及同年六月为范成大还朝送行之际。据于北山先生《范成大年谱》《陆游年谱》，陆游于淳熙二年二月以成都安抚司参议官身份入四川制幕，淳熙三年三月遭劾免官出幕；范成大则于淳熙二年六月到任，淳熙四年五月因病奉诏还朝。所以，陆游与范成大的诗作唱和，皆发生于卸职出幕以后，严格意义上说，并不能称之为僚属与幕主间的"幕府唱和"。当然，值得说明的是，陆游在严州编集时有过删诗的做法，但删去的大多是入川前的旧作，蜀中诗歌删除较少；而且，假设陆游真的删去了所有幕府唱和诗，那么又何以解释在范成大诗集中也同样找不到任何与陆游相对应的幕府唱和痕迹？因为，范成大文集虽然已经丢失，但诗集尚属完整，何况范陆二人关系融洽，并不像陆游和杨万里一样因为关系微妙而存在唱和诗此多彼少的情况。

持范、陆存在幕府唱和观点的学者，多引陆游《范待制诗集序》、黄升《中兴以来绝妙词选》中的陆游小传及清代词论家的相关记载为依据，却并未对上述材料详加考辨，故致误解。

《范待制诗集序》乃陆游居制幕时为范成大《西征小集》所撰序文，序云："……幕府益无事，公时从其属及四方之宾客饮酒赋诗。公素以诗名一代，故落纸墨未及燥，士女万人，已更传诵，被之乐府弦歌；或题写

---

① 陆游：《致爽轩》，《剑南诗稿》未收，今据《方舆胜览》补入（参见祝穆撰，祝洙增订，施和金点校《方舆胜览》卷55《永康军》，中华书局2003年版，第986页）。

素屏团扇，更相赠遗。盖自蜀置帅守以来未有也。"陆游虽提到范成大幕府宴饮赋诗一事，然"公素以诗名一代……"句，明显是针对范成大的纯熟诗艺与显赫诗名而言；邦人传诵的，是范成大的蜀中诗歌，并不指向幕府唱和特别是范陆唱和本身。陆游《锦亭》诗即流露出对范成大蜀中诗作的推崇，与序文可相印证："乐哉今从石湖公，大度不计聱丞聱。……游人如云环玉帐，诗未落纸先传唱。此邦句律方一新，凤阁舍人今有样。""凤阁舍人"即范成大，"诗未落纸先传唱""此邦句律方一新"指石湖蜀中诗的传播接受之广和对蜀地诗坛鼎新之功用。因此，陆游此序并不能作为论证范陆二人存在幕府唱和的材料。

黄升《中兴以来绝妙词选》所载范陆幕府唱和一事同样存在问题。《中兴以来绝妙词选》卷二陆游小传云："陆务观，名游，号放翁，山阴人。官至焕章阁待制。刘漫塘云：范至能、陆务观以东南文墨之彦，至能为蜀帅，务观在幕府，主宾唱酬，短章大篇，人争传诵之。"① 事实上，这条材料存在两个纰漏。首先，陆游阁职为"宝谟阁待制"，而非"焕章阁待制"，足见黄升对陆游生平了解不多。其次，就陆诗的蜀中传播而言，"人争传诵"者，恐怕也并不特指所谓"主宾唱酬"中的"短章大篇"。陆游《后春愁曲》序云："予在成都作《春愁曲》，颇为人所传。"这里的《春愁曲》，即诗人淳熙三年冬作于成都的《春愁》，既非与范成大的唱和诗，也谈不上幕中所作。黄升关于范陆幕府唱酬的表述实转引自刘漫塘。刘漫塘即刘宰，字平国，号漫塘病叟，绍熙元年（1190）进士，隐居三十余年，博学强识。今检刘宰《漫塘文集》，并未言及范陆唱和事，仅《书石湖诗卷后》提到范成大帅蜀雅政与艺文创作："余与蜀李季允同为绍熙庚戌进士。……因问近时南士帅蜀谁贤，季允以范石湖对。余疑焉，细问之，季允言：'蜀之俗，大抵好文，其后生往往知敬先达，先达之所是亦是之。范公以文鸣，其毫端之珠玉，纸上之云烟，蜀士大夫争宝之。'……余闻而私识之。今观江君遂良所藏《春日田园杂兴诗》卷，其句律清新，字画遒劲，又熟习田家景物，益信季允之言不妄。"② 李季允，即李埴，李焘之子，眉州人，理宗年间任四川制置使、督视江淮京湖军马等职。李埴身为

① （宋）黄升辑：《宋本中兴以来绝妙词选》卷2，国家图书馆出版社2017年影印本，第2册，第80页。
② （宋）刘宰：《书石湖诗卷后》，《漫塘文集》卷24，《宋集珍本丛刊》，第72册，第401页。

蜀人，对范成大的蜀中事迹当较熟稔，"范公以文鸣……"句，主要针对范成大的卓著文名和书法技艺而言，与幕府唱和无涉。关键的是，这则材料同时表明，刘宰从李埴处获悉范成大帅蜀事迹之前，对此亦所知甚少。

通过深入考索刘宰的交游网络，我们发现，与李埴相比，释居简、陆子遹或在刘宰得知范、陆宾主事迹的过程中扮演着更为关键的角色。释居简，字敬叟，俗姓龙，号北涧，又称北涧居简，潼川人，诗文造诣颇高，居临安飞来峰北涧十年，晚居天台。释居简与刘宰相知深厚，集中有《刘漫塘寄谢宜兴三诗属宜兴索和》《漫塘名陈内机小斋曰能止》《胡子安见漫堂》等诗，足见二人交游密切。释居简《北硐集》中，同样不见范陆幕府唱和的相关文字，不过其《跋陆放翁帖》云："予束发就外傅时，先生长者言蜀帅范石湖、陆放翁宾主笔墨勃敌，片言只字，人皆珍惜。壮而游吴越，始克识之。因其与吾蜀别峰、橘洲诸大老臭味之偶，故屡闻謦欬。……翁于数公尤寿考，晚年使子孙选陶、谢警策语于雪壁，拄邛州九节竹，东西而观之。拳拳于蜀，虽竹策不相舍，贵其有节而重蜀产，若与帖中诸老游焉。"[①] 由是可知：一，释居简少时曾从蜀中长者口中得知范成大、陆游宾主二人皆书艺高超、才华相当，这正与李埴"其毫端之珠玉，纸上之云烟，蜀士大夫争宝之"的说法相吻合；二，因释居简老师大慧宗杲，前辈别峰宝印、橘洲宝昙皆为陆游蜀中好友，故其东游至吴越时，得以拜访诗人并亲承教诲，也不排除陆游亲自向其口述蜀中经历的可能。值得注意的是，释居简又与陆游幼子陆子遹交谊匪浅，有《谢陆少监分惠渭南剑南家集》《寄严州陆使君》等诗，可见陆子遹曾将知溧阳时所刻《渭南文集》与知严州时所刻的《剑南诗稿续稿》赠予居简。综合以上几点判断，释居简对陆游的生平行实不可谓不了解。此外，陆子遹与刘宰亦有所往来。陆子遹任溧阳县令时，即与刘宰相识。不过，刘宰对陆子遹知溧阳期间雷厉风行的改革措施颇有微词，曾以诗讽之[②]；子遹守严州，又作《复严州陆守子遹剳子》劝其以海内苍生社稷为念，勿坠放翁家风。二人关系颇为微妙。另外，须特别指出的是，据《复严州陆守子遹剳子》中"然窃读先待制放翁先生诗，至'六经焰久伏，百氏方纵横。此责付学者，相勉在力行'"[③] 的说法判断，刘宰

① （宋）释居简：《跋陆放翁帖》，《北硐集》卷7，《宋集珍本丛刊》，第71册，第395页。
② 详见刘宰《寄陆大夫》，《漫塘文集》卷2，第104页。今人孔凡礼《勇革积弊的县令——陆子遹》（《文史知识》1990年第10期）一文，则对之有不同的看法。
③ （宋）刘宰：《复严州陆守子遹剳子》，《漫塘文集》卷11，第212页。

应该也读过陆子遹刊刻的《剑南诗稿续稿》。

依此推测，南宋时期"范陆幕府唱和说"的最初形成，极可能与一长一短两条传播链有关：第一种情况，如《书石湖诗卷后》所言，刘宰对范陆蜀中事迹本身不甚了解，而是听闻自友人，那么相关信息就极易在陆子遹、释居简、刘宰、黄升等数者间相互转述、传递过程中发生误解、变异；第二种情况，即刘宰阅读陆诗时，一如部分今人，对《锦亭》《春愁》等关涉范、陆诗作蜀中接受的作品产生了误读；或未误读，而是在黄升转述自刘宰的环节中方产生问题，换句话说，我们也要对黄升可能出现的记忆模糊而导致的文本变异加以考虑。另，《绝妙词选》中"短章大篇，人争传诵之"的表述，又极类周必大所撰范成大神道碑"大篇短章，传播四方"① 及陆游《范待制诗集序》《锦亭》中的相关文字，很难不让人怀疑它们之中是否存在直接或间接的关联。

窃以为，以上现象的原因无外乎有两点：一，《剑南诗稿》虽是按年编次，但在南宋并未出现如《剑南诗稿校注》等对作品有着精确系年的现代校注本，大部分古人只能凭《诗稿》中诗歌排列顺序和文本内容本身去推断大致合理的创作时间，我们不能倚靠当代海量的学术文献及成熟规范的治学理念，去想象和评判古人的文献阅读分析能力；二，同理，陆游出入范成大幕府的时间和二人的幕府行实，今人虽可借陆游、范成大诗文及大量相关文献加以轻松判定，但在当时，若非与陆游同幕者，普通士人通过翻检有限的文献和道听途说，难免对之模棱两可，甚或舛误百出，遑论刘宰、黄升这样与陆游并无直接交游且一生未曾亲历四川的文人。

显而易见，《中兴以来绝妙词选》所载范陆幕府唱和一事的真实性实在可疑，在其他传世南宋文献中，亦找不到第二条有关范陆幕府唱酬的表述。尽管如此，作为文学史上经典的南宋词选本，《绝妙词选》关于范陆幕府唱和的记载对后人特别是清代词论家影响甚深。不过，与南宋时期"范陆幕府唱和说"形成的复杂情形不同，清人对此的建构，实以简单案头改写与抄袭为主。

沈雄《古今词话·词话》上卷"范陆唱酬"条云："刘漫塘曰：范致能、陆务观，以东南文墨之彦，至为蜀帅。在幕府日，宾主唱酬，每一篇

---

① （宋）周必大：《资政殿大学士赠银青光禄大夫范公成大神道碑》，《庐陵周益国文忠公集》卷62，第611页。

出，人以先睹为快。"① "至为蜀帅"，即"至能为蜀帅"之讹。而《中兴以来绝妙词选》范成大小传云："尝为蜀帅，每有篇章，即日传布，人以先睹为快。"② 因此，沈雄此论，实系将《中兴以来绝妙词选》中陆游小传、范成大小传直接拼贴、改写后的产物。其后，彭遵泗编著《蜀故》，又将沈雄此论原封不动搬用，连脱字都未补入，而于北山先生《年谱》论证范陆幕中"酬倡新诗"，即引《蜀故》卷九所载范陆幕府唱酬一事相佐证，诚白璧微瑕。徐釚《词苑丛谈》说："范至能帅蜀，陆务观在幕府。主宾唱酬，人争传诵之。"③ 王奕清《历代词话》曰："范致能帅蜀，陆务观在幕府，主宾酬倡，人争传诵之。"④ 张宗橚《词林纪事》亦引黄升云："范致能为蜀帅，务观在幕府，主宾唱酬，短篇大章，人争传诵之。"⑤ 可见，沈雄、徐釚、王奕清、张宗橚的说法，基本沿自黄升。今人撰文时，往往对此类材料直接引录而未作甄别、追溯，遂至错谬因袭，流布愈广。不过，与沈雄、王奕清等词评家不同，明人王鏊与清人李振裕未受《中兴以来绝妙词选》的说法牢笼，对范陆唱酬一事有自己的判断："其在成都，演武修文，奖用名节，间与陆务观诸人赓倡，流风余韵，渐被岷峨……"⑥，"方石湖帅蜀，时人有可用者悉致幕下，……山阴陆务观，以夔倅入蜀，石湖善遇之，文墨倡酬，相得无间"⑦。王、李二人虽认为陆游、范成大二人在蜀中多有诗歌赓和，然并未将之限定于幕府场域内。从王、李二人的文字看，应受范成大神道碑、《宋史·范成大传》和《宋史·陆游传》的影响更多一些。

总之，陆游宦蜀期间与范成大的诗歌唱和，皆发生在陆游出制幕以后，现有文献也不足以证明"范陆幕府唱和"的存在，我们只能称之为

① （宋）沈雄：《古今词话·词话》上卷，唐圭璋编：《词话丛编》，中华书局1986年版，第1册，第766—767页。

② （宋）黄升辑：《宋本中兴以来绝妙词选》卷2，第2册，第77页。

③ （清）徐釚：《陆务观词》，《词苑丛谈》卷7，朱崇才编：《词话丛编续编》，人民文学出版社2010年版，第1册，第414页。

④ （清）王奕清：《陆游词》，《历代词话》卷7，唐圭璋编：《词话丛编》，第2册，第1234页。

⑤ （清）张宗橚：《陆游》，《词林纪事》卷11，朱崇才编：《词话丛编续编》，第2册，第1068页。

⑥ （明）王鏊：《范文穆公祠堂记》，《吴都文粹续集》卷16，《景印文渊阁四库全书》集部，第1385册，第411页。

⑦ （清）李振裕：《新刊范石湖集序》，《白石山房集》卷14，《四库全书存目丛书》集部，第243册，第698页。

"范陆蜀中唱和"。不少学者对陆游《范待制诗集序》及黄升《中兴以来绝妙词选》所述范陆唱和之事未予以详察，对相关文献的生成过程亦未加探源，只偏信宋人的部分记载，而罔顾范、陆二人蜀中唱和的时间顺序，绝非严谨的论述之法；在运用一些宋人文献中首见或仅见的材料时，我们也应对其真实性有所质疑。本文在对《中兴以来绝妙词选》"范陆幕府唱和说"展开文本形成探究之同时，也应意识到古人文献阅读、信息获取方面与今人的差距。正如叶晔老师所指出的那样："近世文人遇到的诸多阅读困难及局限，无意识的甚至不得已的文本及知识变异，在更早时代的文人身上，只会更加显著。如果本篇的论证，能让当代读者闭上上帝之眼，将古代一般文人的阅读生活，理解为一个更加困难而局限的场景，那么，我们会有很多新的话题可以开展下去。"①

结　语

陆游入幕作为陆游研究中一个绕不开的重要话题，颇受学界关注。从空间而论，学者们所着重关注的是放翁从戎南郑的经历，对其成都幕府生活的考论则远远不够；以时间来看，南宋以后特别是清代文人对陆游入幕看法的材料被相对忽视；就选题而言，陆游从戎南郑与"诗家三昧"之悟得、创作心态、爱国精神的崭新陶冶之关联被反复探讨，鲜有新的突破。若我们始终聚焦于诗人"从军乐"视角的文学书写、宾主遇合的幕中心态和"爱国诗人"的身份，多少会令陆游入幕的诸多关键细节隐而不彰，也使其幕府经历的其他面向受到遮蔽。当我们尝试换个角度、拉开距离、拓宽界限，重新审视这一论题时，实可发现不少新景象。本文即对此进行了两个方面的新尝试，并得出结论如下：一，陆游的社交网络作为勾连其与数任幕主的桥梁，在其入幕过程中起到了关键的主导作用，对个人仕途之开展有相当助益，我们由此亦可观察南宋幕府文人真实的生存状态；二，陆游居四川制幕期间，与幕主范成大并无诗作互动，二人的诗歌唱和均发生于淳熙三年三月陆游出幕以后，《中兴以来绝妙词选》关于范陆幕府唱酬的记载亦存在问题，"范陆幕府唱和说"并不能成立。

---

① 叶晔：《〈牡丹亭〉集句与汤显祖的唐诗阅读——基于文本文献的阅读史研究》，《文学评论》2019 年第 4 期。

陆游与岭南

赵晓涛

（广州大典研究中心）

摘要： 陆游一生未到岭南，然而这并不意味着他对岭南陌生。事实上，陆游不仅熟知并记叙过与岭南有关的故实、典籍，和前贤如苏轼、黄庭坚、李光、李纲的岭南经历，而且其同代友朋如杨万里、范成大和亲人陆绳、陆升之，其所结交的后辈人物如方信孺等都有在岭南为官的经历，并写有不少岭南题材的文学作品。陆游对岭南的文学书写，既有承袭前人的一面，也有创新的一面，他在对岭南的文学书写趋向细节化、多面化、立体化的进程中，很大程度上摆脱了前人对岭南的地域偏见特别是"扭曲性异物书写"，为后世留存下了一份南宋初中期文人士大夫对岭南的现实认知和历史记忆，并为推动岭南从宋代以前令中原人恐惧的"蛮裔"到宋代以后的"神州"的身份地位之历史性转变做出了一份独特贡献。

关键词： 陆游；岭南；风物特产

众所周知，陆游一生未到岭南，然而这并不意味着他对岭南陌生。事实上，岭南在陆游的视界中，在陆游的生活中，自有其重要的一席之地。笔者翻检到若干有关材料，下面试就此一方面展开论述，以求就教于方家。

一　对岭南风土民俗、故实时闻的熟知

陆游一生读书生涯漫长，涉猎面极为广博，熟知岭南有关故实、典籍。他的《老学庵笔记》《避暑漫抄》，记载有多条与岭南有关的奇闻逸

事,其中一些引抄自前人著述,如唐段安节《北户录》、郑熊《番禺杂记》等记载岭南风土民俗的专书。

如该书卷六引《北户录》云:"广人于山间掘取大蚁卵为酱,名蚁子酱。"并加按语指出:"此即《礼》所谓'醢'也,三代以前固以为食矣。"① 卷二引《北户录》云"岭南俗,家富者,妇产三日或足月洗儿,作团油饭,以煎鱼虾、鸡鹅、猪羊、灌肠、蕉子、姜桂、盐豉为之。"并加按语指出:"据此,即东坡先生所记盘游饭也。二字语相近,必传者之误。"② 可见陆游虽平生步履未至岭南,但他对前人书籍中记载的岭南风土民俗相当熟稔,并能结合先秦经典和前代名家的记叙,加以参证或考订。

《老学庵笔记》记载:"政和中大傩,下桂府进面具。比进到,称一副,初讶其少,乃是以八百枚为一副,老少妍陋无一相似者,乃大惊。至今桂府作此者皆致富,天下及外夷皆不能及。"③ 按:傩面具是傩文化的一个亮点。在古代,桂北地方是制造傩面具的主要产地。由于当时各地傩祭风俗盛行,傩面需求量大,自然产生许多傩面制造作坊,各地客户云集桂地,致使傩面奇货可居、价格高涨。陆游的记载与范成大《桂海虞衡志·志器》、周去非《岭外代答》中关于桂林人善制戏面的记载相互印证,充分说明当时桂林一地傩面雕制之精巧,艺术价值之登峰造极。

此外,如《避暑漫抄》引唐末郑熊《番禺杂记》有关岭南瘴母、鬼市的记载,《老学庵笔记》卷二引述有关梁朝欧阳頠多方搜求岭南铜鼓的史籍记载。

除了风土民俗,陆游对岭南历史故实也不陌生。如《老学庵笔记》卷三记载"龚澄枢为内太师"④、卷五记载"童贯为太师,用广南龚澄枢故事"⑤,涉及南汉国宦官乱政的历史。"易求合浦千斛珠"(《成都行》)、"不如南粤匈奴使,航海梯山有到时"(《长门怨》)、"南伐逾铜柱,西征出玉关"(《不如茅屋底》)等诗句,化用汉代有关岭南的故实。

与当时岭南有关的奇闻逸事,陆游也有所知晓。如《老学庵笔记》卷

---

① 《全宋笔记》第五编,大象出版社2012年版,第八册,第75页。
② 《全宋笔记》第五编,第八册,第24页。
③ 《老学庵笔记》卷一,《全宋笔记》第五编,第八册,第8页。
④ 《全宋笔记》第五编,第八册,第39页。
⑤ 《全宋笔记》第五编,第八册,第59页。

七记载："姓但者，音如檀。近岁有岭南监司曰但中庸是也。一日朝士同观报状，见岭南郡守以不法被劾，朝旨令但中庸根勘。"① 《老学庵笔记》卷二记载当时英州石山取石的奇闻逸事。

二 陆游对前辈、友朋岭南经历的熟知

1. 前辈人物

对于前代作家的岭南经历，陆游了然于心。如他的诗句"常笑潮阳守，南征畏下泷"（《卯饮醉卧枕上有赋》），揶揄韩愈被流贬经岭南泷水时的畏恐心理。特别是在两宋时期因党争不少文人士大夫被贬谪岭南的经历，如北宋一代文坛盟主苏轼，虽因新旧党争被贬官岭南，人生境界、诗文造诣反因此更臻于绝妙，陆游对苏轼的这段岭南经历尤为熟稔、如数家珍。陆游在淳熙四年作于成都的《玉局观拜东坡先生海外画像》一诗中写道：②

晚途迁海表，万里天宇空，岂惟骑鲸鱼，遂欲跨蟏蛛。
心空物莫挠，气老笔愈纵。秕糠郊祀歌，远友清庙颂。
我生虽后公，妙句得吟讽。整衣拜遗像，千古尊正统。

感叹苏轼岭海时期心境空明，不受外在之物的影响，形诸文学作品气象宏阔腾跃、笔力纵横自如。

陆游在《老学庵笔记》中记载了多条苏轼在岭南的事迹。该书卷四记载："绍圣中，贬元祐人苏子瞻儋州，子由雷州，刘莘老新州，皆戏取其字之偏旁也。时相之忍忮如此。"③ 在记述中，对当时宰执大臣新党章惇故意变着法子打击、羞辱苏轼兄弟等人的做派表示谴责。同书卷一记载吕周辅言："东坡先生与黄门公南迁，相遇于梧、藤间。道旁有鬻汤饼者，共买食之。粗恶不可食。黄门置箸而叹，东坡已尽之矣。徐谓黄门曰：'九三郎，尔尚欲咀嚼耶？'大笑而起。秦少游闻之，曰：'此先生饮酒但饮湿法而已。'"④ 苏轼面临饮食粗恶、难以下咽的窘境，却能不以为意、甘之

① 《全宋笔记》第五编，第八册，第86页。
② 《剑南诗稿校注》卷九，第二册，第713—714页。
③ 《全宋笔记》第五编，第八册，第49页。
④ 《全宋笔记》第五编，第八册，第16页。

如饴，并以其饮食之法劝解弟弟苏辙，苏轼处困穷而不改其豁达乐观之天性的独特个性由此可见一斑。

《老学庵笔记》卷五记载："晁子止云，曾见东坡手书《四州环一岛》诗，其间'茫茫太仓中'一句，乃'区区魏中梁'，不知果否。苏季真云，《寄张文潜桃榔杖》诗，初本云'酒半消'，其下云'江边独曳桃榔杖，林下闲寻荜拨苗'。"① 按：宋哲宗绍圣四年（1097）七月，年逾花甲的苏轼再次遭贬，浮海抵达儋州昌化军（今儋州中和镇）。陌生的贬地充满地理环境强烈的"殊异感"，"四州环一岛"一诗真实描写了苏轼初至海南所见海天相连、四顾茫然的真实情景。②《寄张文潜桃榔杖》诗，即苏轼诗《桃榔杖寄张文潜一首，时初闻黄鲁直迁黔南、范淳父九疑也》。诗中除桃榔、荜拨为岭南一带物产外，"独步倘逢勾漏令，远来莫恨曲江张"对句引出曾经求为勾漏令以便炼丹砂的葛洪，和大唐一代名相曲江人张九龄③。

此外，《老学庵笔记》卷八记载因谪散官封赐之制，叙及苏轼、寇准、曾布三人贬官岭南一事。卷九苏轼在岭南期间阅读陶渊明、柳子厚二集的喜好。卷三记载黄庭坚在广南西路宜州贬所生活处境之窘迫、交往人士之寥落，字里行间充满对黄庭坚因党争牵连被贬岭南荒陋之地的深切同情。

在陆游之前，宋代文人士大夫寓居岭南，除朝廷内部党争所致因素外，还有金人在两宋之交大举南侵所致因素。原居中原的文人士大夫流离南下躲避战祸，其中一些如陈与义、朱敦儒、吕本中等远至岭南经年，并留下不少记事感怀的诗词作品。透过《老学庵笔记》卷五记载"靖康兵乱，宣和旧臣悉已远窜。黄安时居寿春，叹曰：'造祸者全家尽去岭外避地……'"④ 可以确认陆游对此一时期文人士大夫南下避地岭南之事并不陌生。

特别是在宋高宗至孝宗淳熙元年的南宋初年间，由于对金人政治态度的不同，在朝廷上形成了主战派、主和派两派之间的对立和斗争，卷入对立和斗争中的文人士大夫，不少是为陆游所耳闻目接的前辈，在政争落败

---

① 《全宋笔记》第五编，第八册，第56页。
② 参见马强《苏轼的地理情怀与认知实践》，《苏轼研究》2019年第3期。
③ 按：陆游诗中涉及张九龄的有"河湟使典珥左貂，曲江相君谢不朝"（《题千秋观怀贺亭》）、"风度曲江公"（《王成之给事挽歌辞》）。
④ 《全宋笔记》第五编，第八册，第57页。

后被贬岭南。①

南宋中兴四名臣之一的李光，与陆游父亲陆宰交谊甚深。陆游《跋李庄简公家书》记载："李丈参政罢政归乡里时，某年二十矣。时时来访先君，剧谈终日，每言秦氏，必曰'咸阳'，愤切慨慷，形于色辞。一日平旦来，共饭，谓先君曰：'闻赵相过岭，悲忧出涕。仆不然，谪命下，青鞋布袜行矣，岂能作儿女态耶？……后四十年，偶读公家书，虽徙海表，气不少衰。丁宁训诫之语，皆足垂范百世，犹想见其道青鞋布袜时矣。淳熙戊申二月乙未，笠泽陆某题。"②《老学庵笔记》卷一中有更为完整的相似记载：李光"举酒属先君（按：指陆宰）曰：'某行且远谪矣，咸阳（按：指秦桧）尤忌者，某与赵元镇（按：指赵鼎）耳。赵既过峤，某何可免？然闻赵之闻命也，涕泣别子弟，某则不然，青鞋布袜即日行矣！'后十余日，果有藤州之命。"③ 同书卷八记载："绍兴十六七年，李庄简公在藤州，以书寄先君，有曰：'（略）。'"④ 李光与陆游之父陆宰过从之密，与陆游对李光被贬南荒困境而能处之泰然、安之若素的敬佩，关注之情，从这两则陆游亲接故事中可见一斑。

2. 同代友朋

在有岭南经历的陆游同代友朋中，杨万里、范成大是与陆游并称南宋"中兴四大诗人"的当世文坛大家。杨、范二人都曾在岭南为官。杨万里曾赴任广南东路提点刑狱等职，有诗集《南海集》，记录了他在广南东路为官的见闻经历；范成大曾赴桂林任广南西路经略安抚使近二年，对岭南风物积累了相当程度的认知，在离开桂林赴成都任职将近半年的路途上，他撰写了博物体笔记《桂海虞衡志》。陆游与杨万里、范成大为交游密切的多年老友，读过二人作品，特别是他入川成为范成大僚友，应该是最早获睹《桂海虞衡志》的人之一，对岭南的认识因杨、陆二位老友而极大加深，亦在情理之中。下面试以陆游《杨庭秀寄南海集》二首七绝为例具体分析：

---

① 按：陆游《晓叹》"少年论兵实狂妄，谏官劾奏当窜殛。不为孤囚死岭海，君恩如天岂终极"诗句，既可见远谪岭海之九死一生，亦可见直至陆游时，远谪岭海仍是大宋王朝当权者惩罚官员的惯常手段，以致在陆游心中形成一种思维定式。
② 《全宋文》卷四九三六，第二二二册，第391页。
③ 《全宋笔记》第五编，第八册，第13页。
④ 《全宋笔记》第五编，第八册，第94页。

俗子与人隔尘劫，何曾相逢风马牛。夜读杨卿南海句，始知天下有高流。

飞卿数阕峤南曲，不许刘郎夸竹枝。四百年来无复继，如今始有此翁诗。①

陆游对杨万里的《南海集》中诗句叹赏不止，认为可上继《花间集》中温庭筠描写岭峤风物的曲子词。结合陆游对于《花间集》的评价，可以见出陆游对岭南风味的别有会心。

同代友朋之中，与陆游有交游的曾在岭南人士也不乏如陆游亲人陆绳、陆升之等不大为后世所知者。淳熙十一年陆游在家乡山阴写有《得所亲广州书》一诗。

音信连年恨不闻，书来细读却消魂。人稀野店山魈语，路僻蛮村荔子繁。

毒草自摇春寂寂，瘴云不动昼昏昏。此生相见应无日，且置清愁近一樽。②

按：钱仲联先生注释指"所亲"疑为陆游仲兄陆濬之子陆绳，并据引《渭南文集》卷四一《祭大侄文》："早列仕籍，垂五十年。夫妇二人，更相为命。岭海万里，沦谢不还"，③指出陆绳实死于岭南。通过此诗，既可见陆游与在岭南的侄子陆绳两地通信之不便，亦可见陆绳写给他的私人书信中，对其在岭南的生活见闻仍充满异乡感、畏怖感："人稀""路僻""野店""蛮村""毒草""瘴云""山魈语"等物象，足以让人为之色变、为之犯愁。陆游对陆绳滞官岭南的同情心理，在诗中充分表露了出来。

陆升之与陆游是同曾祖的从兄弟，陆升之长陆游十二岁。陆升之和李光虽是姻亲，却为追求一己之利益前途依附秦桧，而作为主战派的陆游对此一直颇不以为然。绍兴二十年（1150）正月，陆升之讦发秦桧政敌李光私撰《小史》语涉讥谤，酿成了一场牵连甚广的文字狱，直接的后果是李

---

① 《全宋诗》卷二一七二，第39册，第24687页。
② 《全宋诗》卷二一六九，第39册，第24621页。
③ 《剑南诗稿校注》卷一六，第3册，第1295页。

光由原来的贬所琼州（今海南海口）再贬昌化军（今海南儋州）。不料，绍兴二十五年十月秦桧死，陆升之亨通的仕途戛然而止，不到两月被除名勒停，并受编管雷州处分。① 绍兴二十六年六月陆升之被正式押发雷州。陆升之在文章中提到谪窜岭外雷州的经过及生活场景："绍兴乙亥岁十月七日，余触祸徙海南滨，……逾大庾岭，过苍梧山，想有虞之遗风，叹韶音之不作。溯流抵容，南访勾漏，徘徊久之。凡四阅月，历六千余里，然后抵海康郡。太守赵侯哀其穷，馆余于驿。"② 陆升之提到他过大庾岭南下后路经的岭南地点，如相传上古虞舜南巡亡故之地苍梧山、容州、带有道教传说色彩的勾漏洞天和此行终点海康郡（唐代称雷州为海康郡）。远谪的陆升之时刻不忘回乡，以至他把自己的陋室取名为梦归堂。在雷州苦熬过七年后，他才蒙恩回乡。陆游《渭南文集》卷十七《复斋记》"顾曾不暖席，遂遭口语，南迁万里，凡七阅寒暑，不得内徙"可为证明，特地指出陆升之被贬是遭"口语"（诬陷诽谤）所致。

隆兴元年（1163），陆游罢官还家待缺，而其时陆升之也已从雷州归山阴，暌违多年的兄弟重相聚首，联床夜话，陆游答应陆升之为其撰写《复斋记》。《复斋记》则云"然客自海上来，言仲高初不以迁谪瘴疠动其心，方与学佛者游，落其浮华以反本根，非复昔日仲高矣，闻者皆怅然自以为不足测斯人之浅深也"，可见老年陆游对陆升之被贬雷州更多流露出的是出于兄弟友爱之情的同情和回护。③

3. 后辈人物

陆游所结交的后辈人物，其中有的曾寓居岭南，他们对陆游保持一份对岭南的了解亦不无帮助。如莆田籍人方信孺性豪爽，有隽材，少年即能文，为周必大、杨万里所亲见赏异。周必大、杨万里皆为陆游挚友，据此似可推测陆游当对少年英才的方信孺有所耳闻。另刘克庄称"诗境方公少时语出惊人，为诚斋、放翁所知"（《后村先生大全集》卷九七），进一步坐实陆游与方信孺的相知相交。

---

① 按：秦桧党羽在其死后被放逐，绍兴二十六年春陆游所写《二月二十四日作》"崖州万里窜酷吏"诗句，据钱仲联先生注释即指秦桧党羽酷吏曹泳徙崖州事。
② 万历《雷州府志》卷20《艺文志》，《日本藏中国罕见地方县志丛刊》，书目文献出版社1991年影印明万历四十二年刻本，第433页。
③ 钱汝平：《新见陆游从祖兄陆升之墓志发覆》，《绍兴文理学院学报》（人文社会科学版）2018年第6期。

方信孺初仕即以其父（方崧卿）荫补番禺尉，任职时曾到南海、增城、新会、清远等地游历，以序文和诗歌的形式描述了100多处名胜古迹，结集名为《南海百咏》。秩满改萧山丞。嘉定元年（1208），通判肇庆府。据嘉定四年方信孺所撰《刻陆游题诗境跋》云："开禧丁卯（1207）正月书，时信孺丞萧山，而放翁退居镜湖，年八十三矣。后五年嘉定辛未，信孺假守曲江，谨模刻于《武溪深》碑阴。九月旦，莆田方信孺识。"（《（道光）广东通志》卷二一二）可见方信孺当在开禧三年（1207）正月萧山县丞任上，尝从陆游问诗，陆游大书"诗境"二字与之，为方信孺所宝重①。

陆游与方信孺的结交，存世文字记载虽仅以上所提一二条，然依常情来推测当不只此。陆游对方信孺在岭南的经历和书写岭南的文字，当有所闻见。

三　陆游对岭南风物特产的喜好

除了人事变故引起陆游对岭南的认知，不少岭南风物特产比较早就进入前代和同代文人士大夫的笔下，自然也是陆游的认识和书写对象。如《老学庵续笔记》记载："海南儋、崖诸郡出勒竹杖，大于涩竹，肤有芒，可以刮爪。东坡云'倦看涩勒暗蛮村'者是也。"② 其中有的岭南风物特产更是他的心头所好，使他为之再三致意，成为他个人的生命情调和人生旨趣的最佳载体。这些风物特产大致可以分为日用物产类（如桄榔杖、沉香、端砚）、饮食物产类（如槟榔、椰子）、仙山洞天类（如罗浮山、勾漏洞）三类，分述如下。

1. 桄榔杖

桄榔生长于岭南，早在唐代就进入诗歌世界。苏轼在儋州期间，与桄榔结缘甚深，除了写诗，住过桄榔庵、送过桄榔杖、吃过桄榔食品。上文述及苏轼有《寄张文潜桄榔杖》诗，为陆游所熟知。③ 周去非《岭外代答》卷八第166条、范成大《桂海虞衡志》第十一"志草木"都有关于桄

---

① 按：从方信孺以"诗境"二字来命名别集和见称于世，还有三次将陆游书"诗境"二字刻石之举，即可见此点。

② 《全宋笔记》第五编，第八册，第125页。

③ 按：在陆游之前，写到桄榔杖的还有北宋唐庚《湖上》诗句"散衣芭蕉凉，曳杖桄榔轻"、南渡之际吕本中《嘲拄杖》诗句"王郎赠我桄榔杖，三岁庵中伴我闲"等。

榔的记载。

陆游不仅可以通过苏轼、陈与义、朱敦儒、吕本中等前人和同代人范成大、周去非、杨万里等的书写来间接了解到桄榔，更重要的是他有机缘直接接触到本为岭南特产的桄榔杖，① 并形诸多首诗作，投射出他的人生态度、价值观念、审美意识等精神个性。试举例如下。

陆游《三月二十日儿辈出谒孤坐北窗二首》，展现在诗人笔下的是一派春末夏初风调雨顺、年丰民乐的村社景象。诗人最后出场："读书老易倦，披衣绕阶行。摩挲桄榔杖，与汝乐太平。自注：陈希周自海外归，送桄榔拄杖一枝。"② 友人从万里之外的海南持归赠送的桄榔杖，俨然是与老诗人相伴不离的密友，似乎增强了诗人坚定、乐观的信念，在诗中成为陆游老年生活的象征物。

另一首《建安陈希周官海南为予致两拄杖其一促节竹其一桄榔也》诗作：

> 雨渍岚侵藓晕重，石磐桍矢正相同；取从万里鲸波路，来伴三山鹤发翁。
> 雪上有时留醉草，花前随处打残红。化龙径去吾何憾，且与人间作岁丰。③

陆游进一步描写用促节竹和桄榔木所制作的两拄杖历经"雨渍岚侵"，又历经万里险途，才得以与他这个鸡皮鹤发的老人做伴，使用起来得心称手，可谓人与物相得益彰。结尾"化龙"二句，更是突发奇想，渲染两拄杖之神奇。

此外，陆游还有不少诗句书写桄榔杖：

> 一枝黎峒桄榔杖，二寸羊城蟒蜗冠。万里来为老人寿，始知天地不胜宽。
>
> ——《夏日杂题》④

---

① 参见沈金浩《"一枝藤杖平生事"——宋代文人的杖及其文化蕴涵》，《中国社会科学》2007 年第 1 期。
② 《全宋诗》卷二一九八，第 25119 页。
③ 《全宋诗》卷二二一，第 25154 页。
④ 《全宋诗》卷二二二四，第 25516 页。

　　五尺桄榔杖，二寸栟榈冠。往来山谷中，发白面渥丹。

　　　　　　　　　　　　　　　　　　　——《山行》①

　　水际柴门一扇开，白头羸病亦堪哀。阿谁得似桄榔杖，肯为闲人万里来？

　　　　　　　　　　　　　　　　　　　——《秋思》②

　　浴罢纱巾出草堂，一枝瘦杖倚桄榔。

　　　　　　　　　　　　　　　　　　　——《秋夕》③

　　赋形不使面团团，耸膊心知到骨寒。晏子元非枕鼓士，杜生那有切云冠。

　　时扶迁客桄榔杖，日厌诗人苜蓿盘。

　　　　　　　　　　　　　　　　　——《庵中晨起书触目》④

　　《夏日杂题》诗前两句，以对仗的手法点明两种岭南风物特产：桄榔杖、蟳蝐冠。作为友人赠送的贺寿礼物搭配，老诗人感觉与岭南之地虽在物理空间上相距万里之遥，却无妨在心理空间上之近在咫尺，可见老诗人对这两样岭南特产的由衷喜爱。桄榔、栟榈，皆多产于岭南。桄榔杖、栟榈冠，皆为岭南荒野中之物产。在《山行》一诗中，老诗人亦是凭一杖一冠来往，来往处亦是乡村野外山谷，虽白发萧散，而脸上气色红润，纯然一副仙风道骨气象。这一杖一冠，可以说是老诗人朴野精神的象征物。在《秋思》一诗中，老诗人在病寂中，期望有人像称手的桄榔杖，能远道而来与己会面、畅叙平生。《园中作》诗句"谁采桄榔寄一枝，北来万里为扶衰"，表达了类似的意思。上举《秋夕》诗句，诗人进一步突出了桄榔杖这个意象，特别是以"瘦"来形容，既是写桄榔杖，亦是自况。《庵中晨起书触目》一诗中，桄榔杖与仕途失意的迁客成为固定搭配的异形同质体，正如生活清苦的诗人与苜蓿盘成为固定搭配。

　　综上，桄榔杖以其出自远陬边地，在陆游笔下具有朴野的属性，与陆游长期蛰伏乡村的生活状态具有某种内在的同一性，因而成为陆游内心精神的绝佳寄托。

----

① 《全宋诗》卷二二二九，第25586页。
② 《全宋诗》卷二二三二，第25628页。
③ 《全宋诗》卷二二一六，第25389页。
④ 《全宋诗》卷二一九一，第25005页。

2. 沉香

中国用香历史悠久，至盛唐时期香道文化成形，宋代更达到鼎盛。香文化融入宋代文人雅士的日常生活，焚香、点茶、插花、挂画被喻为宋代文人士大夫的四件雅事，是文人自我艺术修养的体现，也是评判文人生活品位高低的标准。唐宋文人士大夫如王维、李商隐、徐铉、苏轼、黄庭坚等皆为个中高手。其中黄庭坚有"香癖"之誉，不仅写有很多咏香的作品，还写下了许多制香之方。因沉香能压百味，故"黄太史四香"（意和香、意可香、深静香、小宗香）皆以沉香为主，"山谷'香方'率用海南沉香，盖识之耳"①。

沉香是另一种岭南特产。按：传为晋嵇含所撰《南方草木状》即有记载，至宋代记载更多，特别是在沉香用于制香、焚香方面。如赵希鹄撰《洞天清禄》"古琴辨"下"焚香弹琴"条、范成大《桂海虞衡志》第三"志香"、《岭外代答》卷七都有比较详细的记载。杨万里写有《南海陶令送水沉，报以双井茶二首》七律，其中如诗句"岭外书来谢故人，梅花不寄寄炉熏。瓣香急试博山火，两袖忽生南海云"②，写出岭外故人之厚谊和诗人对焚香之爱好。

焚香在陆游的消闲生活中占有重要的一席之地，又被他作为题材写入大量作品中。

> 竹里房栊一径深。铜炉袅袅海南沉，洗尘襟。
>
> ——词《太平时》
>
> 睡起悠然弄衲琴，铜猊半烬海南沉。
>
> ——《春日睡起》
>
> 容我睡半日，两忘主与宾。缓烧海南沉，细碾建溪春。是间傥有句，可与屈宋邻。
>
> ——《开元寺小阁十四韵》
>
> 世事无端自纠纷，放翁隐几对炉熏。好官何恨输玄保，奇字犹须属子云。
>
> 婆律一铢能敌国，水沉盈握有兼斤。
>
> ——《秋日焚香读书戏作》

---

① 《岭外代答》卷七"沉水香"（第127条）。
② 《全宋诗》卷二二九四，第26339页。

放翁晨兴坐龟堂，古铜协烧海南香。

——《读老子》

午梦初回理旧琴，竹炉重炷海南沉。

——《夏日杂题》

书卷纷纷杂药囊，拥衾时炷海南香。

——《雪夜》

庭院萧条秋意深，铜炉一炷海南沉。

——《雨夜》

在这些诗句中，陆游的品香，往往发生在竹里房栊、萧条庭院、龟堂等封闭或半封闭的场所，伴随理（弄）琴、点（碾）茶、隐几、孤眠等文人士大夫的日常行为，亦不乏书卷、药囊伴身。通过以上这些诗句的书写，可以见出陆游独处以香为友、以香为伴，在品香用炉中净心明志、修身养性、陶冶性灵，从而达到沉静、空明、灵动的人生境界。

3. 端砚

端砚是中国四大名砚之一，为历史上众多文人士大夫所宝爱。早在唐代，即已声名远扬。陆游有三首诗作《睡起试茶》（有句"端溪砚璞斫作枕，素屏画出月堕空江时"）、《题醉中所作草书卷后》（有句"端溪石池浓作墨，烛光相射飞纵横"）和《桐江哲上人以端砚遗子聿才寸余而质甚奇天将雨辄先流泚予为效宛陵》写到端砚。兹举第三首诗作如下。

吾儿得岩砚，其径甫逾寸；奇哉掌握物，乃有琼璧润。
器宝备才德，初不以形论。汝能志山林，怀之可嘉遯。①

陆游在诗中，对端砚的大小、质地等进行描叙，以"奇""润""宝"来咏赞，并进而将之拟人化，视之为才德兼备的山林隐逸之士。

4. 槟榔

槟榔也是岭南特产，可称为桄榔的兄弟，有仁频、洗瘴丹等众多别名。槟榔果是南食的典型之一。早在西汉司马相如《上林赋》中就有"仁频并闾"，北魏贾思勰《齐民要术》卷一〇、宋李昉等辑《太平御览》卷

———————

① 《全宋诗》卷二一八四，第24892页。

九七五引汉杨孚《异物志》记载当时俗语："槟榔扶留，可以忘忧。"范成大《桂海虞衡志》第五"志器"，周去非《岭外代答》卷六第 122 条、卷八第 165 条和罗大经《鹤林玉露》卷一三都有关于槟榔的记载。

槟榔进入诗歌世界，似较桃榔为早。早在南北朝，刘孝绰有《咏有人乞牛舌乳不付因饷槟榔》诗，沈约有《咏竹槟榔盘》诗，特别是庾信《忽见槟榔》诗："绿房千子熟，紫穗百花开。莫言行万里，曾经相识来"，可见诗人对槟榔的形态特征比较熟悉。唐李白《玉真公主别馆苦雨赠卫尉张卿二首》（其二）诗句"丹徒布衣者，慷慨未可量。何时黄金盘，一斛荐槟榔"，其后的卢纶《酬赵少尹戏示诸侄元阳等因以见赠》诗句"何须竟哂食槟榔"、元稹《送岭南崔侍御》诗句"桃榔面碜槟榔涩"等，都反映了当时社会嚼食槟榔的风气，特别是这种风气不仅限于岭南地区。

进入宋代，书写槟榔的作家和文学作品数量更多。[①] 丘浚、孔武仲、唐庚、晁补之、郑刚中、朱翌、李纲、李光、杨万里、范成大等都有书写槟榔的诗篇或诗句。

陆游诗作涉及书写槟榔的有多首。试举如下：

> 自古功名亦偶谐，胸中要使浩无涯。可怜赫赫丹阳尹，数颗槟榔尚系怀。
>
> ——《读史》
>
> 浩歌振履出茅堂，翠蔓丹芽采撷忙。且胜堆盘供苜蓿，未言满斛进槟榔。
>
> ——《晓出湖边摘野蔬》
>
> 人生饥饱初何校，一斛槟榔笑汝痴。
>
> ——《蔬食》

按：以上陆游诗句皆化用自李白《玉真公主别馆苦雨赠卫尉张卿二首》（其二）诗句。而李白诗句，其用典出自《晋书·诸葛长民传》："义熙初，慕容超寇下邳，长民遣部将徐淡击走之，进位使持节……领晋陵太守、镇丹徒。后因骄纵贪侈，不恤政事，为刘裕所疑，欲杀之。诸葛长民欲谋乱，犹豫未发，既而叹曰：'贫贱常思富贵，富贵必履危机。今日欲

---

① 参见曹逸梅《中唐至宋代诗歌中的南食书写与士人心态》，《文学遗产》2016 年第 6 期。

为丹徒布衣，岂可得也！'"这些诗句虽皆非以槟榔为主题，亦未见有书写嚼食槟榔的亲身体验，然足可见陆游对前代诗人槟榔书写的熟知。

5. 椰子

椰子仅生长于岭南南端的热带气候地区。椰子在唐代始进入诗歌世界。初唐张鷟《相思枕留赠十娘》有"南国传椰子"诗句，沈佺期有《题椰子树》正面咏写椰子等。进入宋代，梅尧臣有《李献甫于南海魏侍郎得椰子见遗》诗，苏轼、黄庭坚、李纲、吕本中、张孝祥等皆有诗作咏及椰子。《桂海虞衡志》第十"志果"有关于椰子的记载，宋人项安世《以椰子香炉花瓶为大人寿》诗中有"石湖居士虞衡志，椰子之身本棕类"二句可为注脚。陆游虽未亲见过、享用过椰子，对椰子的外形及有关典故却不陌生。

堂静僧闲普请疏，炉红毡暖放参余。莲花池上容投社，椰子身中悔著书。

——《晚过保福》

病骨羸然山泽癯，故应行路笑形模。记书身大似椰子，忍事瘿生如瓠壶。

——《小病两日而愈》

椰子微躯有百穷，平生风际转枯蓬。

——《居室甚隘而藏书颇富率终日不出户》

一身只付鸡栖上，万卷真藏椰子中。

——《末题》

身如椰子腹瓠壶，三亩荒园常荷锄。

——《扪腹》

以上诗句除《扪腹》"身如椰子腹瓠壶"，以椰子明喻身形外，其余诗句皆借用"椰子身"典故来喻人身微小。按："椰子身"典出《景德传灯录·智常禅师》中一段记载："李渤问师曰：'教中所言须弥纳芥子，渤即不疑；芥子纳须弥，莫是妄谭否？'师曰：'人传使君读万卷书籍，还是否？'李曰：'然。'师曰：'摩顶至踵如椰子大，万卷书向何处著！'李俛首而已。"

6. 罗浮山

罗浮山是岭南第一名山，是道教"十大洞天"中第七洞天，又称"朱明曦真之天"，有葛洪、安期生等神仙传说，位于广东增城和博罗两县之间。陆游比较崇奉道教，罗浮山是他非常向往的仙山，自然也在他的文学书写范围内。陆游写到罗浮山的诗作有《山家》（有句"罗浮观日出"）、《养气》（有句"饱知句曲罗浮路，不访初平即稚川"）、《金山观日出》（有句"何当罗浮望，涌海夜未阑"）等。

7. 勾漏丹砂

岭南道教名胜，除了罗浮山，还有道教所称"三十六洞天"之一、第二十二洞天的勾漏洞，在今广西北流市。勾漏洞也流传有葛洪炼丹修道的神仙传说。勾漏洞也是为陆游所熟知的神仙洞府。陆游诗作中涉及勾漏洞的有《梦中作》（有句"却嗤勾漏令，辛苦学丹砂"）、《远游》（有句"勾漏丹砂底用求"）、《储福观》（有句"世无勾漏令，谁此养丹砂"）、《道院杂兴》（有句"勾漏丹砂开灶晚"）、《次韵范文渊》（有句"岩扃勾漏新丹灶"）等。

此外，陆游笔下偶见的岭南风物特产有"参云气压葛陂龙，跨海来扶笠泽翁。八十尚思行脚在，与君处处现神通"（《占城棕竹拄杖》）一诗所咏赞与他这个老翁极为相得的"占城棕竹拄杖"，和"安得西国蒲萄酒，满酌南海鹦鹉螺"（《行牌头奴寨之间，皆建炎末避贼所经也》）中的"南海鹦鹉螺"，"黎峒花绸暖胜毡"（《龟堂杂兴》）中的"黎峒花绸"，"贵珍讵敢杂常馔，桂炊薏米圆比珠"（《蔬食戏书》）中的"桂炊薏米"等，可谓琳琅满目、美不胜收。

结　语

综上所述，一生并未到过岭南的陆游，却与岭南有不解之缘。他不仅熟知与岭南有关的故实、典籍，和前贤如苏轼、黄庭坚、李光、李纲等人的流贬岭南经历，而且其同代友朋如杨万里、范成大和亲人陆绳、陆升之，其所结交的后辈人物如方信孺等都有在岭南为官的经历，写有许多岭南题材的文学作品，并有为陆游所熟知者。在陆游的现实生活中，出现的岭南风物特产既有日用物产类（如栒榔杖、沉香、端砚），也有饮食物产类（如槟榔、椰子），并进入陆游的文学世界中。而在陆游的文学世界中，还有虚实交织的仙山洞天类（如罗浮山、勾漏洞）岭南风物。

可以说，与岭南有关的人、事、物，丰富了陆游的精神世界和人生阅历，特别是其中的岭南风物特产，更在一定程度上丰富了陆游的物质生活。陆游对岭南的文学书写，既有承袭前人的一面，也有刷新的一面，他在对岭南的文学书写趋向细节化、多面化、立体化的进程中，很大程度上摆脱了前人对岭南的地域偏见特别是"扭曲性异物书写"①，为后世留存下了一份南宋初中期文人士大夫对岭南的现实认知和历史记忆，并为推动岭南从宋代以前令中原人恐惧的"蛮裔"到宋代以后的"神州"的身份地位之历史性转变做出了一份独特贡献。

---

① 陈恩维：《从异物到乡邦：明代以前的岭南书写及其意义》，《学术研究》2017 年第 5 期。

海棠与祠官：陆游的名花记忆与仕宦心态

——对侯体健先生所提祠官文学之概念的再审视

罗墨轩

（香港大学 文学院）

摘要： 祠禄制度奖惩并存的双重性质，影响了陆游祠官书写与海棠书写的情感表达。而这两类作品又存在相互影响、相互映射的关系。淳熙年间奉祠于成都时，陆游将祠禄作为一种昭示态度的手段，彰显与佞臣斗争的精神。此时的海棠书写，也别出心裁地为其无香翻案，二者同气相应，物我为一。庆元年间的获祠，陆游常表达对祠禄的放弃之意，体现出强烈的求退意识。这种心态也使得他在追忆海棠时感到不安与自愧。两次奉祠期间的海棠书写与他或追忆海棠，或借海棠体现狂放之态呈现出不同的情感世界。由是，那些非专写祠官身份但仍能体现奉祠心态，或是能够体现祠禄制度之特性影响的作品，皆可被纳入祠官文学的考察范围，成为我们观察宋代文学的新视角。

关键词： 陆游；海棠；祠官；心态

祠禄作为宋代独有的一种安置官员的制度，自大中祥符年间首置祠禄官以来，① 一直到宋室南渡，由于性质上的变化而与士人心态与创作有了

---

① 宋廷首置祠官，尚存争议。一种说法是王旦于大中祥符五年（1012）十一月首任玉清昭应宫使，支持这一说法的有《宋史·真宗三》《宋史·王旦传》《宋史纪事本末》《石林燕语》，然《宋史·王旦传》将时间记为大中祥符四年；一种说法是大中祥符五年九月赵安仁首任玉清昭应宫使，支持这一说法的有《宋史·赵安仁传》《宋史·宰辅表》。孰是孰非尚难考证，然首置祠禄官应在大中祥符年间，应为可信。

愈加紧密的互动，这一观点正为越来越多的学者关注。① 南宋士人将祠官身份、奉祠经历与奉祠心态与其他身份加以区别并单独书写的做法，使所谓的"祠官文学"成为南宋独有的文学景观。学界对这一问题的讨论，已取得了令人钦佩的成绩。祠禄制度与文学互动的研究范式、进路已得到了基本梳理。② 但祠官文学这一概念的确立，仍然需要更多论述去支撑，从而获得其合理性，也就是说祠禄制度的特殊性在作品的情感表达中起到的作用必须得到说明，这种影响可能并不局限于那些专写祠官身份的作品中，由是祠官文学才能因其独有的特点而被提出，成为与诸如贬谪文学、馆阁文学、馆驿文学等类型并立的概念。下面笔者尝试以陆游为例，分析其奉祠心态与题咏海棠之作的交互，发掘祠禄制度奖惩并存的双重性质在其中的影响，并重新审视祠官文学的概念，以就教于各位方家。

一 陆游奉祠崇道、冲佑二观的因果与性质

祠禄制度与文学创作的关系，本质上属于历史与文学的互动研究，要讲清楚这样的问题，历史层面的考察是第一位的，因为就每一个奉祠个体而言，其奉祠的因果和性质会因具体历史环境的不同而产生差异，进而影响他们对祠官身份的书写和奉祠心态。因此本节先就陆游个人的奉祠经历展开考察。

---

① 这一话题的提出，建基于对祠禄制度历史学方面的考察。学界较为一致的考察结论是，祠禄最初是为佚老优贤而设，在熙宁变法后有了惩戒、闲废官员的功能。进入南宋以来，由于版图缩减、官多阙少，南宋政府依靠祠禄大量置官，以安置官员。其任官性质依然是优待与限制并存，但结合具体的话语环境，却又呈现出丰富多彩的面貌，体现出政府对待士人或优待或观望，或惩罚或闲废的种种态度。比较有代表性的成果如梁天锡《宋代祠禄制度考实》（学生书局 1978 年版），此书对祠禄制度的发展流变、任官细则考证精微，是目前最为系统的研究著作。另有汪圣铎《关于宋代祠禄制度的几个问题》（《中国史研究》1998 年第 4 期）、张振谦《北宋宫观官制度流变考述》（《北方论丛》2010 年第 4 期）等文从定义、名称、性质变化等层面对祠禄制度进行了更加细致的考究。

② 学界对此用力勔勤者为侯体健，有《南宋祠禄官制与地域诗人群体：以福建为中心的考察》[《复旦学报》（社会科学版）2015 年第 3 期]、《论南宋祠官文学的多维面相：以周必大为例》（《文学遗产》2018 年第 3 期）两篇论文提出了"祠官文学"的概念，展示了其研究范式与进路，并以方信孺、周必大、刘克庄等人为典型对这一话题进行了尝试性考察，其专著《刘克庄的文学世界：晚宋文学生态的一种考察》（复旦大学出版社 2013 年版）也特别关注了祠官身份对刘克庄的影响。另有刘蔚《宋代田园诗的政治情缘》（《文学评论》2011 年第 6 期）也谈及祠禄制度对宋代田园诗创作兴盛的推动作用及祠禄制度下的田园诗创作与前代的不同。

宋宁宗开禧二年（1206）夏，八十二岁的陆游感慨道："五侍仙祠两挂冠，此生略有半生闲。"① 诗中追述自己五次奉祠、两次致仕的经历，言语之间充满唏嘘。的确，陆游生于徽宗宣和七年（1125），卒于宁宗嘉定二年（1209），享八十五岁高寿，历徽、钦、高、孝、光、宁六朝帝王，但他的仕宦生涯却非常曲折。若从绍兴二十八年（1158）陆游以宁德县主簿入仕算起，至嘉泰三年（1203）致仕止，在这四十五年的仕途中，有至少十六年的时间都携带着祠禄官身份。陆游的五次奉祠经历分别为淳熙三年（1176）主管台州桐柏山崇道观，淳熙九年主管成都府玉局观，绍熙元年（1190）提举建宁府武夷山冲佑观，嘉泰二年提举佑神观，嘉泰三年提举江州太平兴国宫。在这五次奉祠经历中，与海棠诗创作相关的是第一次主管崇道观与第三次提举冲佑观。为免冗杂，我们只针对这两次奉祠的因果与性质进行考察。

陆游第一次担任祠官发生于淳熙年间仕宦蜀地期间。此次奉祠的性质较为清晰，邱鸣皋先生已指出这次朝廷予祠与王安石变法期间以祠禄处置异议者的做法性质相同，属于一种令其闲废、不得干预政事的处理。② 这种性质主要体现在陆游获祠之前的一系列遭遇中。经历了南郑从戎的光辉岁月，陆游自乾道八年（1172）冬以来，便一直在蜀地逗留，直到淳熙五年春方得诏离开。这期间陆游所任，是成都府路安抚司参议官、蜀州通判、嘉州通判等相对清闲的职位，并常随范成大游宴。但朝中主和势力依然在攻击陆游。几个月后他接到知嘉州之命，但很快便在言官的弹劾声中遭罢：

> 九月，新知楚州胡与可，新知嘉州陆游，并罢新命。以臣僚言与可罢黜累月，旧愆未赎；游摄嘉州，燕饮颓放故也。③

陆游后来在给史浩的信中回忆了这一段不断被黜降的日子，并道出自己的心迹：

① （宋）陆游：《夏日感旧》，《剑南诗稿校注》，上海古籍出版社 1985 年版，第 3546 页。
② 邱鸣皋：《陆游评传》，南京大学出版社 2002 年版，第 150 页。
③ （清）徐松：《宋会要辑稿》，中华书局 1957 年版，第 3995 页。

士于知已，宁无管鲍之情？人之多言，诬为牛李之党。……知者
希则我贵矣，何嫌流俗之见排；加之罪其无词乎，至以虚名而被劾。①

其中饱含酸楚与委屈。陆游很清楚，朝廷没有将自己视为同党，故而
才用祠禄安置自己这个政见相左之人。

自光宗绍熙元年冬至宁宗庆元四年（1198）十月，是陆游第三次奉
祠——提举武夷山冲佑观的时间。准确地来说，这是一次连续的奉祠，包
含了陆游的三次自请祠禄与朝廷的一次予祠，② 前两次获祠的性质较为明
晰，陆游自被劾去国到获祠中间存在一个时间差，并没有在被弹劾的同时
就得到祠禄，而是后来通过自请才使得祠禄得以延续。这样的连续予祠与
获祠，虽然是一种官员退居后常见的例行程序，并且在第一次连续获祠时
俸禄还有所增加，但是这样的连续准祠已证明了朝廷并没有要起用他的意
思，其中的惩戒与闲废性质不言自明。第四次获祠的情况则略显特殊。南
宋政府主动赐祠禄予陆游，是因当时庆元党禁已爆发，韩侂胄为了拉拢名
士、博取政治资源，故而以祠禄为钓饵，试探陆游的立场。

值得关注的是第三次自请获祠。这次获祠的原因存在争议。在任数方
面，北宋元丰年间对祠官任数已有很明确的规定，元丰元年（1078）诏
曰："自令陈乞宫观等差遣人，年六十以上，听差仍无过两次。"③ 元丰五
年又细化曰："应尚书、吏部陈乞留台、宫观、国子监人，年六十以上兼
用执政官恩例者，通不得过三任。"④ 很显然陆游在第二次乞祠获准之后就
已达到了两任的任数规定，而他第三次自请祠禄，按规定是不应该获准
的。但进入南宋以来，因官多阙少的现状或是庆战功、庆寿赦等特殊时期
而破格予祠的现象非常常见。邱鸣皋先生便指出陆游的这次获祠是因绍熙
五年的庆寿赦而特别准许的。⑤ 今查《宋史·职官十》，确见该年有庆寿赦
之记载，然是次大赦明文规定："该今来庆寿恩，年八十以上，特许更陈

---

① （宋）陆游：《福建谢史丞相启》，《渭南文集校注》第一册，浙江古籍出版社 2015 年版，第 287 页。
② 陆游第二、三次得祠均有乞祠作品留存，但其初次获祠并未有乞祠作品留下，考其《寄子虡》诗"五年三奉祠，每请幸听许"句，知首次获祠应也是自请而得。见《剑南诗稿校注》，上海古籍出版社 1985 年版，第 2102 页。
③ （清）徐松：《宋会要辑稿》，中华书局 1957 年版，第 3590—3591 页。
④ （清）徐松：《宋会要辑稿》，中华书局 1957 年版，第 3591 页。
⑤ 邱鸣皋：《陆游评传》，南京大学出版社 2002 年版，第 197 页。

一次。"① 陆游是年七十岁,并不符合"更陈一次"的规定。从年龄规定上看,南宋在绍兴三十二年便规定郡守资序的官员年及七十,必须自请祠禄,如不自请,则予祠。陆游此时已然去国归乡,其资序并不符合规定,依靠年龄上的便利获得祠禄可能性也不大。那么陆游缘何能够通过自请获得祠禄呢?我们会注意到反映是次乞祠的《乞奉祠未报食且不继》作于绍熙五年秋,可知其乞祠应不晚于是时,宋宁宗在七月即已即位,我们不妨作这样的推测:陆游的破格获祠,或许正与宁宗的初登大宝有关,而宁宗的登基,赵汝愚和韩侂胄是重要的幕后推手。这个时候韩侂胄还没有打倒赵汝愚而掌权,也没有开始为北伐造势而博取政治资源和士人支持,因而要说此次乞祠获准,和第四次予祠一样是一种试探和拉拢,恐怕有些牵强;赵汝愚曾经因陆游在江西任上开仓赈济灾民而封驳其转官之诏,但赵汝愚是能臣,也是坚定的主战派,与陆游本没有不可调和的矛盾,因而要说此次乞祠获准是一次绝对的惩戒,恐怕也不合适。因此陆游获祠,并不能简单地归因为韩党或赵党进行的拉拢或打击,对于此时闲居山阴的陆游而言,他的主张、能力对于朝中韩赵两人的相争起不到决定性的作用,因而我们只能说是次乞祠获准,是相对中性的闲置。陆游面对这样的局面,感到无比失落,对祠禄也表现得极其抗拒与排斥,与绍熙年间面对祠禄时的接纳与享受迥然不同,当然这是后话了。

总的来说,在这两个时间段内,朝廷的予祠性质非常复杂多样。这决定了陆游在面对朝廷祠禄、书写自己的祠官身份时,也呈现出了丰富而复杂的情感世界。

二 讽刺与对抗:身负谤责的斗争

陆游在成都获祠、主管崇道观时,在对是次奉祠的书写中,常常表现出对奸佞的讽刺和积极的对抗心理。

于乾道八年岁暮到达成都的陆游,心中是带着无限遗憾的。从王炎被调回临安,到虞允文"使蜀一岁,无进兵期"② 的现实,一件件事对于陆游而言,是理想的一次次落空。成都当地虽然长于文学短于吏能,俨然一

---

① (元)脱脱:《宋史》,中华书局1977年版,第4082页。
② (元)脱脱:《宋史》,中华书局1977年版,第11800页。

处天高皇帝远的文化桃源，① 又有范成大相陪相伴，但陆游却并没有完全沉溺于风月山水而忘却理想，因此当他甫一获祠，便写道：

> 少年曾缀紫宸班，晚落危途九折艰。罪大初闻收郡印，恩宽俄许领家山。羁鸿但自思烟渚，病骥宁容着帝闲。回首觚稜渺何处，从今常寄梦魂间。②

诗歌前两联叙事，后两联抒情。首联追述自己曾在京为官，但后来却屡屡受挫的经历。颔联则交代了自己遭罢与获祠的事实。颈联以羁鸿与病骥自况，见其怅然若失之感。尾联感叹往事不堪回首，放眼未来，象征宫阙的"觚稜"虚无缥缈，只能寄托在梦中，依旧是一片迷茫。

表面读来，诗歌的整体情感取向是较为消沉的，但细读颔、颈两联，我们发现陆游在苦闷与憔悴之外，还隐藏着一层对朝廷弊病的讽刺之意。我们知道，七律体因其本身富于变化的特点而难以处理形式和情感的平衡，其颔联和颈联要求对仗工稳，同时好的七律又要求诗作的情感能够浑然一体，因而作诗的关键功夫，往往就在颔、颈两联上面。陆游的七律常被冠以"熟"的评价，这正是道出陆游的七律体存在句法稠叠、句式固定、圆密熟稳但韵味稍欠的弊端。不过陆游那些关心国家命运和自身际遇的作品往往能够避开这类问题，而变得层次丰富、感情充沛。③ 这首诗便可作为一例。诗的颔、颈两联对仗是十分工稳的，自不必多言，但在情感上却呈现出多重维度。从颔联的内容上看，陆游完成了对获祠的叙述，且"恩宽"也表现出一定的感念之意，但再读颈联，便会发现情感为之一变。

颈联所说的羁鸿和病骥，显然是陆游自况，也是对祠禄生活的指称，但羁鸿和病骥后紧跟着"自"与"宁"两个虚词。这两个虚词在具备拟人化色彩的同时，更重要的意义在于揭示了诗句的内在逻辑关系。羁鸿本就漂泊不定，栖于烟渚之地，是极其平常之事。陆游用"自"，是要表达自己就像羁鸿一样，自会隐于无名之地，无须旁人多言，这背后带有一些赌气的意味。而"岂"表示反问，即是说病马岂会回到帝王的马厩中，这种

---

① 程民生：《宋代地域文化》，河南大学出版社 1997 年版，第 99—100 页。
② （宋）陆游：《蒙恩奉祠桐柏》，《剑南诗稿校注》，上海古籍出版社 1985 年版，第 609 页。
③ 管琴：《七律的放翁诗法——从"律熟"的评价说起》，《文学评论》2016 年第 4 期。

反问已经近乎于一种质问,表示既然不为所容,不如索性离去。黄奕珍已经指出陆游晚年诗作中常常借助"疾病"书写来隐喻朝政,表达治国之方,传递和战思想。① 这种创作方式也可在这首诗中找到端倪。这里所说的病骥虽然并非对自身疾病的描写,但也带有与国家时政相连接的意味,病骥自然是不堪大用的,陆游以此自喻,正是以反语说明自己这样的有志之士壮志难酬的苦楚,用来作喻的"假病"实则来源于朝廷的"真病",隐含着对朝廷现状的不满与讽刺。

陆游也会把这种对抗心理表露给友人,如《简谭德称》云:

> 幼舆骨相称山岩,自要闲游不避谗。锦里先生为老伴,玉霄散吏是头衔。探春苑路花篸帽,看月江楼酒满衫。惟恨题诗无逸气,愧君阵马与风帆。②

首联中,陆游借《世说新语》中谢鲲一丘一壑之典表明自己对寄情林泉的向往,随后便道既是自愿闲游,又岂惧谗言的心理感情,颔联描述了自己的身份状态,颈联则是描绘了奉祠的生活状态,突出优游的欢乐。

仅看以上三联,我们要特别注意"自""为""是"这几个字。"自"突出的是自我的意愿,这次祠禄虽然是朝廷赐予,但陆游却偏说是自要闲游,恰恰映衬出诗人的傲骨。"为"和"是"的出现,是用散文化的语言、介绍一样的语气强调了自己的生活状态是锦里先生做伴,玉霄散吏为衔,陆游并不回避这些,反而把它们彰显出来,这恰恰说明陆游并不以奉祠为耻,反而还有一些以此为荣的感觉,进而很自然地过渡到颈联描述的悠然自适的奉祠生活场景。这种强打精神、强作自豪的神态反映出陆游不向奸佞低头,敢于继续以狂放的姿态与之斗争的态度。

在结尾处,陆游自谦地说自己题诗无逸气,不够雄壮威猛,愧对与自己"实兄弟如也"③的谭德称。其实陆游对友人的自谦,意在告诉友人自己的生活状态非常自在,以至于让自己题诗都少了几分英雄气,他强调的是奉祠生活的优游,而不是题诗无逸气的无奈。结合前面的讨论,我们知

① 黄奕珍:《陆游晚年以"疾病"隐喻之和战思想》,《成大中文学报》2013年第3期。
② (宋)陆游:《简谭德称》,《剑南诗稿校注》,上海古籍出版社1985年版,第711页。
③ (宋)陆游:《青阳夫人墓志铭》,《渭南文集校注》第四册,浙江古籍出版社2015年版,第68页。

道陆游表现得越是享受祠官身份，对朝廷的不满与奉祠便越多一分，因而尾联的话语恰恰突出了陆游对自己祠官身份的彰显，这种彰显表明陆游对朝廷授予自己的祠官身份不畏不避，正是一种不愿妥协的对抗心理。

与《简谭德称》的颔联近于一种口号式的呼喊不同，陆游也会用一些比较轻松诙谐的方式来表达自己的对抗心理。《天台院有小阁下临官道予为名曰玉霄》便是一例。诗并小注云："竹舆冲雨到天台，绿树阴中小阁开。榜作玉霄君会否？要知散吏按行来。予所领崇道观，盖在天台山中玉霄峰下。"① 宋代祠禄置官，官员大多可任便居住。陆游身在蜀地，虽领主管之名，但并不需亲自前往天台山崇道观，但他却在诗中对天台山的景色做了一番描写，仿佛自己就身在天台，同时又就地为名，将天台院中小阁命名为玉霄，显得颇为自豪。末句言"散吏"，所指正是自己的祠禄官身份。这一身份虽然毫无实权，但陆游依然在想象中勾勒了一幅自己巡行小阁的画面，仿佛自成天地，别立一家，颇显异趣。这种方式与他明知自己是因宴饮颓放被劾却仍要自号"放翁"的心态是很相似的。诗中所见，皆是作者自名小阁、自得其乐的自豪之感，这既是他排遣苦闷的方式，也说明他越发彰明自己的祠官身份，体现的正是他对朝中谗臣的抗议。

我们不可否认，因祠禄而带来的理想落空一定是痛苦的、寂寞的，陆游也会把这种无奈写进诗中，如《暮秋》其一诗云："端居有微禄，不敢恨殊方。"② 但他成都期间爱国诗对北伐的策略、自我的定位、典范人物的标举都有深入的探讨，于悲愤、失望中仍对未来充满希望。③ 这也是他成都时期整体心态的映射。因此陆游虽然在奉祠状态中感到过寂寞和痛苦，但大部分奉祠诗歌表现出的是与黑暗现实斗争的精神。在某种程度上，这种精神特质与他成都时期失意中蕴藏着希望与信心的心态是相通的。

三　愧疚与负罪：绝意进取的表现

从中年步入晚年的陆游自绍熙二年至庆元四年经历了人生中最长时间的奉祠。在此期间，他对祠禄的心态大致可分为两个阶段，第一阶段主要

---

① （宋）陆游：《天台院有小阁下临官道予为名曰玉霄》，《剑南诗稿校注》，上海古籍出版社 1985 年版，第 685 页。

② （宋）陆游：《暮秋》其一，《剑南诗稿校注》，上海古籍出版社 1985 年版，第 699 页。

③ 黄奕珍：《论陆游成都时期爱国诗的特色》，《文学遗产》2016 年第 5 期。

对祠禄表现出欣喜、享受的态度；第二阶段则转为长期奉祠的愧疚与负罪，前者体现了他将祠禄视为政治上的避风港和观望态度，后者则体现了他对朝局的失望及绝意进取的心境。这一变化，大致可以绍熙五年三度获祠之时为分界。由于陆游这一时期的海棠诗创作于庆元年间，因而为免冗长，我们只论述陆游后一阶段的奉祠心态。

从绍熙五年请祠后的三度获祠始，陆游对祠禄的态度由欣喜转为愧疚。他写了大量的作品，宣示自己久为祠官而产生的负罪感与压力，并在祠禄结束后，宣告自己对祠官身份的告别。产生这种变化的原因，在于宁宗继位后而兴起的韩侂胄与赵汝愚的党争及后来严酷的党禁。尽管这场打击道学的党禁建立在苍白虚构的基础之上，注定无法长久，但一时之间严酷的政治空气令陆游的北伐之愿遥遥无期，也令他彻底认清了朝廷的现实状况。① 程公许曾形容道："士大夫风俗一坏于嘉泰、开禧之学禁，再坏于嘉定之更化。"② 对于年迈的陆游而言，进取之志已不那么强烈："祠禄秩满，亦不敢复请，是其绝意于进取可知。"③ 这样的政治环境与陆游本人的政治认知使得他面对祠禄产生了愧疚与抱罪之感，并最终促成了放弃祠禄的行为。

他的愧疚之感并不是突然产生，而是从苦闷、孤独慢慢过渡来的，在三度获祠后，他写道："未能追鸿冥，乃复分鹤俸。风霜舍边柳，合抱皆手种。眼中人尽非，欲谁话与共？"④ 此时，曾与陆游往来的尤袤、范成大、史浩等均已去世，物是人非之感撞击着这位老人的心扉。他无法建功立业，却依然在瓜分着朝廷的俸禄，孤独感与无力感瞬间溢出笔尖。

还有很多类似的作品。"三釜不及亲，顾为妻子留。何由洗此愧，欲挽天河流。"⑤ 在感叹时光的同时，道出了微薄祠禄不得奉养双亲的现实。"七十一翁心事阑，坐叨祠禄养衰残。……吏部齿摇心怅望，将军髀满泪

---

① ［美］刘子健（James T. C. Liu）：《中国转向内在：两宋之际的文化转向》，赵冬梅译，江苏人民出版社2012年版，第144页。

② （宋）程公许：《沧州尘缶编》，卷十三，《影印文渊阁四库全书》，商务印书馆1985年版，第11a页。

③ （清）赵翼：《瓯北诗话》，人民文学出版社1963年版，第95页。

④ （宋）陆游：《被命再领冲佑有感》，《剑南诗稿校注》，上海古籍出版社1985年版，第2084—2085页。

⑤ （宋）陆游：《岁暮感怀以余年谅无几休日怆已迫为韵》其六，《剑南诗稿校注》，上海古籍出版社1985年版，第2111—2112页。

汭澜。"① 表示出时光飞逝，自己却只能靠祠禄度过残年的心酸。"九曲烟云新散吏，百年铅椠老诸生。颓然待旦君勿笑，尚胜闻鸡赋早行。"② 化用温庭筠《商山早行》句，看似是在与温庭筠怀乡之悲的比较中获得了一丝慰藉，但既然前文已说自己是一副"颓然"之态，是一个舞弄"铅椠"的书生，又怎会更胜温庭筠的羁旅之悲呢？即便陆游确实能因祠禄制度而安居故乡，但恐怕他自己所说的"尚胜"也不过是一种自我安慰罢了。"小草出山初已误，断云含雨欲何施"③ 中"小草"与"断云含雨"意象的出现，寓意自身的凄苦悲凉。"世路棘如涩，祠官冷欲冰"④ 也说祠官身份如冰一样寒冷，映衬的是内心的失落。这也符合陆游晚年诗作常见的一个特点——与功名大业没有特别紧密的联系，取而代之的是如普通人一样对生命的眷恋。⑤

到了庆元四年祠禄将满之时，陆游便迫不及待地要告别自己的祠官身份，他不仅不复请祠禄，而且对一直享受祠禄深感惭愧。其《食新有感贫居久蔬食至是方稍得肉》写道：

> 壮游车辙遍天涯，晚得祠官不去家。优老每惭千载遇，食新又叹一年加。出波鱼美如通印，下栈羊肥抵卧沙。扪腹笑歌仍索酒，不嫌邻舍怪欢哗。⑥

整体来看，首联写祠禄使自己里居在乡，免去羁旅之悲，尾联写祠禄生活的悠闲自得，感情并不十分消沉，但颔联中"惭""叹"已很明显地透露出陆游面对祠禄的压力。在此前所写的描写祠禄生活之安逸快乐的《喜事》《新辟小园》《拜敕口号》等诗中并没有这样的字眼出现，可见陆游在享受快乐的同时，已经感到深深的自责和不安了。在《龟堂自咏》其

① （宋）陆游：《七十一翁吟》，《剑南诗稿校注》，上海古籍出版社1985年版，第2130页。
② （宋）陆游：《夜坐》，《剑南诗稿校注》，上海古籍出版社1985年版，第2287页。
③ （宋）陆游：《初拜再领祠宫之命有感》，《剑南诗稿校注》，上海古籍出版社1985年版，第2295—2296页。
④ （宋）陆游：《夜赋》，《剑南诗稿校注》，上海古籍出版社1985年版，第2311页。
⑤ 莫砺锋：《陆游诗中的生命意识》，《江海学刊》2003年第5期。
⑥ （宋）陆游：《食新有感贫居久蔬食至是方稍得肉》，《剑南诗稿校注》，上海古籍出版社1985年版，第2387—2388页。

二中，陆游叹道："看剑心空壮，骑驴骨本寒。病多辞酒伴，老甚解祠官。"① 这里的"骑驴"意象十分有趣。陈元锋先生指出"骑驴"在陆游诗中体现出的典型状态是"闲"。② 张伯伟先生则指出驴一方面是诗人特有的坐骑，另一方面也是诗人清高心态的象征。③ 这确然是陆游诗中大部分"骑驴"意象呈现出的典型状态，但若我们结合"看剑心空壮"一句和"骨本寒"的描述，便会发现这首诗中的"骑驴"恰恰成为诗人心中自感辛酸与愧疚的象征，不复闲适之感，更无清高之意。钟晓峰先生注意到陆游晚年诗作中常出现"秃尾驴"意象，既能表现出自己的贫穷困顿，也能彰显出脱俗高蹈、疏远名利的人格特质。④ 这在表意作用上与这里的"骑驴"的失意之感或多或少有些相像。总之，这里的"骑驴"，既不完全是一种闲适情怀的表达，也不完全是清高心态的外露，而是陆游政治失意的无奈和焦虑。

陆游面对祠禄的前后矛盾心理，在《病雁》一诗中得到了很好的总结，诗并小序云：

> 祠禄将满，幸粗支朝夕，遂不敢有复请，而作是诗。
> 芦洲有病雁，雪霜摧羽翰，不辞道路远，置身湖海宽。稻粱亦满目，鸣声自辛酸。我正与此同，百忧双鬓残。东归忽十载，四忝侍祠官。虽云幸得饱，早夜不敢安。乃知学者心，羞愧甚饥寒。读我病雁篇，万钟均一箪。⑤

写作此诗时，祠禄即将期满，陆游虽然写"稻粱亦满目""虽云幸得饱"，但终究还是无法说服自己再次接受这个身份，因此终究落脚到"早夜不敢安""羞愧甚饥寒"上，表达自己的惶恐之意，这都源于他意识到祠官身份并不能助他实现理想，反而坐吃俸禄、空耗国力，报国无门的现实令他只能感叹一句"鸣声自辛酸"。

---

① （宋）陆游：《龟堂自咏》其二，《剑南诗稿校注》，上海古籍出版社 1985 年版，第 2425 页。

② 陈元锋：《"骑驴"与"骑马"：陆游的诗意画像与旅泊人生》，《社会科学战线》2017 年第 5 期。

③ 张伯伟：《再论骑驴与骑牛——汉文化圈中文人观念比较一例》，《清华大学学报》（哲学社会科学版）2007 年第 1 期。

④ 钟晓峰：《文化意象与自我形象：论陆游的骑驴诗》，《清华学报》2015 年新 45 卷第 3 期。

⑤ （宋）陆游：《病雁》，《剑南诗稿校注》，上海古籍出版社 1985 年版，第 2418 页。

当祠禄真正期满停给之时，陆游没有任何犹豫和后悔，他一边继续表达着长年奉祠而带来的愧疚："赖是平生憎阿堵，今年初解侍祠官。"① "宽恩四赋仙祠禄，每忍惭颜救枵腹。"② 一边宣告自己对祠禄的告别，表达脱离祠官后的轻松："心如脱阱奔林鹿，迹似还山不雨云。"③ "牒后落衔便手倦，月头镌俸喜身轻。"④ 庆元五年五月致仕后，陆游还对自己放弃祠禄之事念兹在兹："湖海元为汗漫游，误恩四领幄亭秋。扫空薄禄始无愧，闭上衡门那得愁？"⑤ "祠官粟一囊，不赡七尺躯。"⑥ 其实在有祠禄的情况下，陆游的生活偶有困顿，但终究不能算特别窘迫，祠禄所不能赡者，并不是七尺身躯，更多的是陆游精神上的空虚和压力，而在放弃祠禄后，陆游的生活的确受到了影响，但他终觉轻松，内心获得了自由。

由此，我们可以对庆元年间陆游对祠官身份的态度进行一个总结：大体以绍熙五年为分界，陆游由享受祠禄生活，表达隐逸之意，渐渐转变为对享受祠官身份所带来的种种好处的恐惧与愧疚，他在即将告别祠官身份时所作的诗，不仅体现出了他的这种愧疚心理，而且由此引发了关于仕途失意、理想幻灭的心酸与痛楚。他对祠禄的放弃以及在放弃祠禄后紧接着要求致仕的行为，更是表现出了强烈的求退意识。

四 奉祠心态在海棠诗中的体现

在对陆游的奉祠经历和奉祠心态进行梳理的基础上，我们来看陆游的题咏海棠之作。

之所以选择题咏海棠之作，主要有以下几个原因，一是以咏花之题材言，独具宋人特色者要属题咏海棠之作。张高评先生曾统计，宋代咏海棠

---

① （宋）陆游：《庵中晨起书触目》，《剑南诗稿校注》，上海古籍出版社1985年版，第2452页。
② （宋）陆游：《三山杜门作歌》，《剑南诗稿校注》，上海古籍出版社1985年版，第2458页。
③ （宋）陆游：《祠禄满不敢复请作口号》其一，《剑南诗稿校注》，上海古籍出版社1985年版，第2435页。
④ （宋）陆游：《祠禄满不敢复请作口号》其二，《剑南诗稿校注》，上海古籍出版社1985年版，第2435页。
⑤ （宋）陆游：《遣兴》其二，《剑南诗稿校注》，上海古籍出版社1985年版，第2539页。
⑥ （宋）陆游：《读苏叔党汝州北山杂诗次其韵》其四，《剑南诗稿校注》，上海古籍出版社1985年版，第2714页。

诗有七百余首，这个数字远远超过《全唐诗》中题咏海棠的十八首，[①] 虽然宋人作诗本就因知识的普及、出版的兴盛等诸多因素而在数量上远迈唐人，但这个差距亦能在一定程度上反映出宋人对海棠之独爱；二是陆游是题咏海棠的代表作家之一，有研究者做过统计，陆游有三十一首诗专以海棠为题材，有四十二首虽不专以海棠为题，然仍涉海棠意象。[②] 更重要的是，陆游的祠官体验影响了他寄托在海棠中的情感，即是其不同阶段所作海棠诗中的细微差异是其奉祠心态在其中的映射。

淳熙四年三月，在成都领祠的陆游写了两首海棠诗，其二尤其值得关注，诗云："蜀地名花擅古今，一枝气可压千林。讥弹更到无香处，常恨人言太刻深。"[③] 魏庆之《诗人玉屑》引《小园解后录》评此诗曰："放翁仕于蜀，海棠诗最多，其间一绝尤精妙……此前辈所谓翻案法，盖反其意而用之也。"[④] 海棠之香，颇具争议，多有文人以海棠无香为恨，陆游在这里正是要为海棠无香翻案。他抓住了海棠自身常经受的非议与讥评，好像在替花着想，为花鸣不平，实则也带有自况之意。在这首诗中，海棠即是陆游，陆游便是海棠；海棠经受的讥弹，也正是陆游所经受的攻击；陆游在为海棠翻案，也正是在为自己翻案。这样的超然自信、铮铮傲骨与不甘受屈的抗争精神，与他淳熙年间奉祠于成都时表现出的斗争心态是何等的相似！

紧随此诗的《张园海棠》写道：

> 洛阳春信久不通，姚魏开落胡尘中。扬州千叶昔曾见，已叹造化无余功。西来始见海棠盛，成都第一推燕宫。池台扫除凡木尽，天地眩转花光红。庆云堕空不飞去，时有绛雪萦微风。蜂蝶成团无出路，我亦狂走迷西东。此园低树犹三丈，锦绣却在青天上。不须更着刀尺裁，乞与齐奴开步障。[⑤]

这首诗也带有一定的翻案色彩，但并不直言，而是在对比中将海棠的

① 张高评：《自成一家与宋诗宗风》，万卷楼图书股份有限公司2004年版，第137页。
② 古红琼：《宋代海棠诗研究》，硕士学位论文，西华师范大学，2016年。
③ （宋）陆游：《海棠》其二，《剑南诗稿校注》，上海古籍出版社1985年版，第643页。
④ （宋）魏庆之：《诗人玉屑》，商务印书馆1938年版，第144页。
⑤ （宋）陆游：《张园海棠》，《剑南诗稿校注》，上海古籍出版社1985年版，第644页。

地位凸显出来。陆游开头就将牡丹和千叶芍药与海棠作了对比。他说自己未能看到洛阳牡丹之富贵，颇感遗憾，又言扬州千叶芍药也足以让人感叹大自然造化之妙，所有这些皆是为海棠的出场张本。只有见到海棠之盛，方知花外更有名花。牡丹本富贵之花，颇受喜爱，但陆游在这里又好似在为海棠鸣不平，认为海棠才是真正值得人们去崇拜的花卉。在这样的对比中，我们能感受到陆游试图与海棠站在一处，借海棠之遭遇，将自己的政治失意与愤懑不平之感加以抒发。诗歌并不停留于消沉与叹惋，而是以翻案的方式将海棠的地位凸显出来，也即是寓意自己的才能与抱负应该得到施展。陆游的这种自信与勇气，在见责遭谤之时表现得尤为明显，这与他在祠禄书写中的心态，又一次不谋而合。

庆元年间，陆游一再获祠时，已表现出对自己久做祠官、空食俸禄的愧疚与负罪感。在此期间，他也写有一首海棠诗，题曰《海棠图》：

> 人间奇草木，天必付名流。菊待陶元亮，竹须王子猷。我为西蜀客，辱与海棠游。再见应无日，开图特地愁。①

与淳熙年间奉祠于成都时的海棠诗相比，整首诗的心态已经发生了巨大的转变——陆游用浅近直白的语言，借海棠表达出自己的愧疚与求退之意。开头即言人间之奇花异草，当与高士名流为伴，此乃天作之合，而后举陶渊明与菊、王子猷与竹两对名士与名植相伴的例子加以论证，言下之意即只有像陶渊明、王子猷这样的名士，才能配得上菊、竹这样有气节、有风骨、如君子一样的植物。随后陆游把目光投向自己，追忆起曾经客居西蜀、观赏海棠的经历。但与蜀地所作海棠诗不同，这首诗中丝毫不见陆游的狂放与潇洒，更不见上引《海棠》诗中与海棠站在一处、同甘共苦的豪气与自信，他反而说自己与海棠的相知相交对于海棠而言是一种辱没，换言之即自己不配与海棠相交。末句感叹若要再见海棠，怕已遥遥无期，唯借此图，聊寄哀愁。整首诗中的心态已经发生了巨大的转变，陆游在诗中的自贬，来自自己长期领受祠禄、闲居山阴、无所事事的愧疚，理想幻灭的痛苦、领受祠禄的压力、回忆政争的惊惧、宦游生涯的失望、求退避祸的意识，种种情感都交织在"我为西蜀客，辱与海棠游"中。这种心态

① （宋）陆游：《海棠图》，《剑南诗稿校注》，上海古籍出版社 1985 年版，第 2301 页。

与他在庆元年间的祠禄书写中表现出来的情感再次相合,也为我们呈现出一幅不一样的陆游与海棠相交之画面。

下面我们将陆游并未领祠时所作海棠诗与上述创作进行对比,以突出祠官体验对陆游的深刻影响。陆游其他的海棠诗主要有以下两个突出的特点。

第一个特点是将海棠视为沟通媒介,寄托与友人的私谊,主要体现在陆游在绍兴三十二年于临安所作《周洪道学士许折赠馆中海棠以诗督之》中。诗云:"袅袅柔丝不自持,更禁日炙与风吹。仙家见惯浑闲事,乞与人间看一枝。"[1] 时陆游卧病,周必大许以海棠二枝相赠,但迟迟未与,陆游遂以此诗督之。

陆游在诗中形容海棠是"袅袅柔丝"。有学者指出陆游此诗可能是专为一种花梗特别纤细,显得格外柔弱娇媚的垂丝海棠而作。[2] 但周必大此时还没有送给陆游海棠,陆游何能撰出这样的情态呢?因而诗中柔弱的海棠,应带有自比病况之意。不过全诗格调并不消沉,在转入三四句后,又显得饶有趣味,似乎在告诉周必大,只要他兑现了赠送海棠之诺,自己便会好转了。虽然陆游的激进和周必大的温和在对金和战的问题上呈现出分歧,但二人保持着非常亲密的关系:"得居连墙,日接嘉话……从容笑语,轮写肝肺……西湖吊古,并辔共载。赋诗属文,颇极奇怪。淡交如水,久而不坏。"[3] 在临安同居之百官宅也因此被赋予了一个迥异于朝堂的私人领域性质。[4] 周必大后来以桃花二株相送,又有诗云:"碧云欲合带红霞,知是秦人洞里花。俗眼只应窥燕麦,不如送与谪仙家。"[5] 后又复邀陆游共进酒食,宽慰友人,并有诗云:"芥辛酒苦却多情,田舍翁成妩媚名。屋角风号天雨雪,胸中浩浩正春生。"[6] 周必大的诗写得深情款款,暖意融融,

---

① (宋)陆游:《周洪道学士许折赠馆中海棠以诗督之》,《剑南诗稿校注》,上海古籍出版社1985年版,第53页。

② 萧翠霞:《南宋四大家咏花诗研究》,文津出版社1994年版,第195页。

③ (宋)陆游:《祭周益公文》,《渭南文集校注》第四册,浙江古籍出版社2015年版,第242页。

④ 许浩然:《地理空间与交游场域:南宋临安百官宅考论》,《史林》2016年第1期。

⑤ (宋)周必大:《以红碧二色桃花送务观》,《文忠集》卷二,文渊阁四库全书本,商务印书馆1985年版,第12a页。

⑥ (宋)周必大:《陆务观编修以石芥送刘韶美礼部刘饮以劲酒二公皆旧邻也因其有诗次韵二首》其一,《文忠集》卷二,文渊阁四库全书本,商务印书馆1985年版,第14a页。

体现出二人高谊。陆游自然也感受到了莫大的慰藉，亦有诗篇回赠。

我们有理由相信，陆游这首《周洪道学士许折赠馆中海棠以诗督之》虽在言语上带有一些惆怅，但反映出的心情是轻松愉快的。海棠在诗中所起的是一种沟通周、陆二人的媒介，并衬托出陆游与友人相知相交的宽慰与欣喜。

第二个特点是将海棠视为身外之物，抒发观赏海棠的种种情感。其中既有奔赴南郑前线的兴奋："醉到花残呼马去，聊将侠气压春风"①，也有对时光匆匆的感叹："盛时不遇诚可伤，零落逢知更断肠。"② 既有对海棠已谢的怅惜："海棠已过不成春，丝竹凄凉锁暗尘"③，也有依依不舍的眷恋："结束吾方归，此别知几岁？黄昏廉纤雨，千点裹红泪。"④ 既有对海棠的追忆："一梢红破海棠回，数蕊香新早梅动。"⑤ 时而也会想起那段"杜甫不赋海棠"的文学史公案，发表一番议论："拾遗旧咏悲零落，瘦损腰围拟未工。"⑥

陆游写得最多的，还是成都赏花的狂态："走马碧鸡坊里去，市人唤作海棠颠。"⑦ "翩翩马上帽檐斜，尽日寻春不到家。"⑧ 总之我们看到，海棠以其鲜艳明丽的色彩，雅致高标的格调，中正平实、不与百花争艳的质量深深吸引着陆游。海棠独有的特点，能够引起陆游汪洋恣肆的才情诗意，他本人狂放洒脱、不拘小节的性格，在歌咏海棠的诗歌中体现得淋漓尽致。

他在淳熙五年三月奉诏离开成都时，所写的《二月十六日赏海棠》便是对自己蜀中时期与海棠之联系的一种总结。诗后六句云："欲夸绝艳不

---

① （宋）陆游：《留樊亭三日王觉民检详日携酒来饮海棠下比去花亦衰矣》其二，《剑南诗稿校注》，上海古籍出版社 1985 年版，第 220 页。

② （宋）陆游：《驿舍海棠已过有感》，《剑南诗稿校注》，上海古籍出版社 1985 年版，第 226 页。

③ （宋）陆游：《花时遍游诸家园》其十，《剑南诗稿校注》，上海古籍出版社 1985 年版，第 542 页。

④ （宋）陆游：《张园观海棠》，《剑南诗稿校注》，上海古籍出版社 1985 年版，第 764—765 页。

⑤ （宋）陆游：《怀成都十韵》，《剑南诗稿校注》，上海古籍出版社 1985 年版，第 825 页。

⑥ （宋）陆游：《海棠》，《剑南诗稿校注》，上海古籍出版社 1985 年版，第 295 页。

⑦ （宋）陆游：《花时遍游诸家园》其一，《剑南诗稿校注》，上海古籍出版社 1985 年版，第 538 页。

⑧ （宋）陆游：《花时遍游诸家园》其五，《剑南诗稿校注》，上海古籍出版社 1985 年版，第 539 页。

胜说，纵欠浓香何足病。华灯银烛摇花光，翠杓金船豪酒兴。夜阑感事独凄然，繁枝空折谁堪赠？"① 这既包含了赏花之乐，又有对海棠无香的翻案，可以说包含了陆游蜀中海棠诗的全部面貌。

但我们要注意，在这些诗作中，无论是陆游借助海棠来书写自己与友人的高谊，还是在海棠中寄托自己的情感，抑或只是单纯地抒发对海棠的怀念，海棠始终都只是精神上值得钦佩与外表上值得欣赏的一个物种。这与他成都奉祠期间将自己与海棠融为一体，为之翻案，连通海棠在季节变化、群芳争艳、众人评议等环境中体现出的精神，并以之自况的书写方式是有很大不同的。而庆元年间奉祠时创作的《海棠图》中表现出的不配与海棠相交的心境，更是迥异于其他所有时段的题咏海棠之作。这种辱与海棠相识的自嘲，既不见赏花的疏狂，也不见与之荣辱与共的勇气，可以说是陆游所有海棠诗中情感最为独特的一首。这种心态亦与他面对祠禄时所表现出的绝意进取之心相通。

五　余论：对祠官文学概念的补充

以上，我们通过文本的细读与对读，梳理了陆游在淳熙和庆元年间奉祠的心态变化与相应时间段内题咏海棠的情感脉络。这样的梳理对于我们重新审视侯体健先生提出的"祠官文学"概念有何意义呢？笔者认为，借由海棠诗与奉祠诗的对读，可以帮助我们在重新定义祠官文学的同时，也为祠官文学独立性的获得提供一些依据，使其可与馆阁、翰苑、贬谪、馆驿等诸多制度与文学的互动并列，成为审视宋代文学的角度之一。这主要体现在以下两个方面。

一是祠官心态不仅仅体现在那些单独书写祠官身份与奉祠状态的作品中，也影响到其他题材作品的创作，映射在其他的作品里。陆游在淳熙年间主管崇道观及庆元年间提举冲佑观，从心态与情感上讲，一为不甘堕落的自信与豪气，一为长期奉祠的愧疚与求退，是截然相反的。两种情感表现在海棠诗中，即是前者欲融海棠与我为一，为其翻案，一并表达心中身负谤责、身处逆境时而意气不衰的斗争精神，颇类王国维先生讲的"有我

---

① （宋）陆游：《二月十六日赏海棠》，《剑南诗稿校注》，上海古籍出版社 1985 年版，第766 页。

之境"："故物皆着我之色彩。"① 后者则自降身价，表示对海棠的欣赏实际上是一种辱没，显露出内心的极端失落和绝意于进取之思。此二者既不同于描写自己在成都时欣赏海棠的癫狂之态，也不同于他借助海棠来书写友谊、寄托思念与人生感叹，呈现出独特的心灵世界。特别是他在蜀中创作的海棠诗，虽然诗中赏花的狂放多少与他为海棠翻案体现出的精神有一些交集，但很大程度上是一种海棠对陆游单方向的影响，是花之品性单方面地对诗人性格的成全与映射，在歌咏之余，诗人个人的怀抱还没有完全与花相通，与奉祠期间所作《海棠》相比，海棠花本身具有的精神特质并没有在这些作品中得到展现。因而，陆游的奉祠心态与其奉祠期间的题咏海棠相互映射，在情感上有诸多共通之处，并与其他作品中呈现出的情感产生差异，这就赋予了陆游的祠官书写以独特性。

二是祠禄制度优待与惩戒并存的双重性质在作品的情感变化中产生了影响，这种影响可能并不能成为决定诗歌情感的主要原因，但至少不可忽视。虽然提举冲佑观有相对中性的闲置和试探之意，但对于陆游这样一个矢志恢复、力求北伐的战士来说，这样的安排无异于一种打击，更遑论主管崇道观的安排中蕴含的非常明显的打击异党、惩戒政敌的意味。但与此同时，惩戒意味再明显的祠禄也终究会带有优待的色彩，因为它一为官员保留了仕籍，也就保留了一分再度起用的希望；二为官员带来一定的俸禄，减轻生活上的压力。因此面对祠官这一带有双重性质的身份，陆游心中充满了矛盾。在主管崇道观时，我们固然可以相信陆游本身就是一个信念坚定、坚持理想的志士，但祠禄制度毕竟为他保留了一份仕籍，这种优待性也间接地帮助他在逆境中不甘堕落，意气不衰，敢于以笔为枪，继续斗争，昭示着自己与朝中奸佞的对抗态度。庆元年间提举冲佑观时，理想长期不得实现的陆游目睹了朝中无穷无尽的攻讦与党争，祠禄的闲废性加剧了他理想的落空，而其优待性决定了这时的祠禄于他而言更是一种压力，是令他感到惊惧不安的一份收入，因此陆游在书写祠官身份时强烈地想要放弃祠禄也就不足为奇了。也就是说，祠禄制度作为一个文学研究的外部因素，它只有对文学创作的产生、文学作品的情感产生影响，其与文学研究相结合的意义才能得到彰显，祠官文学的概念也才能够成立。

在这样的认识中，陆游的祠官书写与题咏海棠的创作为我们重新审视

---

① 王国维：《人间词话》，人民文学出版社1960年版，第191页。

祠官文学的概念提供了一个绝好的样本,一方面二者相互映射、相互影响,陆游的奉祠心态体现在海棠诗中,奉祠期间的海棠诗不同于他时所作海棠诗的独特情感又映射出其面对祠禄的态度;另一方面祠禄制度优待与惩戒并存的双重特性也在诗歌的情感表达上起到了一定的助推作用。因而,按照侯体健先生的定义,祠官文学是任领祠禄官的宋代文人表达请祠愿望、记录奉祠心理、书写任祠情怀、认识祠官身份的各类创作的总和,也包含周边文人酬唱、体味祠官特殊精神处境的作品。① 这固然已经非常全面,但经由上面的论述,笔者认为还可再做一点补充,那就是能够在情感上体现祠禄官制的特殊性的影响以及对诗人祠官心态有所映射但并不专写这一身份的作品,也可以被纳入祠官文学的考察范围,以此,领受祠禄这样一个宋代士人独有的记忆,其作为一种观察视角在宋代文学研究中起到的作用,才能得到更加全面的展现。

---

① 侯体健:《论南宋祠官文学的多维面相:以周必大为例》,《文学遗产》2018 年第 3 期。

放翁诗无长篇说
——兼论陆游古体诗的文体特征

巢彦婷

（华中科技大学 文学院）

摘要：陆游诗篇幅普遍不长，这一现象先后为翁方纲与赵翼所揭示。陆游创作中的这一现象既出于个人创作习惯所造成的无意识制约，如陆游对唱和模拟的不热衷、多用对偶句乃至"日课一诗"的写作习惯；也源于其诗歌创作观念下所作的主观选择，如"炼在句前"的浓缩式构思、用"不多为委折"的"古乐府法"写作古体诗以及将部分长篇古体诗素材用古体组诗的诗体形式加以呈现。"善于用短"是陆游古体诗的重要特点。陆游在个人才力与诗歌表现力之间达成了平衡，形成了独特的古体诗风格，具备一定的诗歌史意义。

关键词：陆游；古体诗；用短；浓缩式构思；诗体转移

陆游诗中少有长篇，更少有超级长篇。翁方纲《临放翁手牍赠青侪》："先生自言去骚远，放笔奇气逾淋漓。然犹短歌未发泄（翁注：放翁万首诗中无一长篇七言古诗），苏黄而后当俟谁。"① 即已提出陆游诗普遍篇幅不长。此后，翁氏又多次谈及这一观点。《读剑南诗八首》其五："岂知长篇气，未胜其力猛。（翁注：放翁七言古诗无过二十韵外者）尚让杜

---

① 《复初斋诗集》卷53，《清代诗文集汇编》，上海古籍出版社 2010 年版，第 381 册，第 488 页。按，本文按照学术界惯例，采用广义的"七言古诗"概念。不论其为乐府古题、新乐府、骚体，还是诗人自创的新题，将不合近体诗格律的七言诗和以七言句为主的的杂言诗，统称为七言古诗。由于陆游诗中排律极少，故不再单独加以讨论。

韩苏，扛举千钧鼎。"① 而《朱仰山辛敬堂同过斋中论五言诗》："放翁无长篇，陶谢仍不近"②，却是在论五言诗时以"无长篇"说陆诗。这样看来，他的论断当是包括陆游的五、七言二体而论的，但更侧重于七言古诗。总之，翁方纲认为陆游的古体诗缺少长篇，发泄不足，在表现力上存在缺陷。

与此相对，赵翼《瓯北诗话》则高度赞扬了陆游的古体诗，而并不以篇幅为陆游古体诗的缺点。"试观唐以来古体诗，多有至千余言、四五百言者；放翁古诗，从未有至三百言以外，而浑灏流转，更觉沛然有余，非其炼之极功哉！"③ 赵翼认为陆游的古体诗凝练混融，艺术成就很高。这两种看似针锋相对的观点，既出于翁、赵二人不同的诗歌观念和诗学取径，④ 也反映了陆游古体诗的独特之处。

一 诗体特征的客观限制

陆游诗中虽有长篇，但这些长篇并不够长，确实"从未有至三百言以外"。《剑南诗稿》中最长的一首诗是五言古诗《系舟下牢溪游三游洞二十八韵》，共二十八韵，二百八十字。其次是五言古诗《送子龙赴吉州掾》二十六韵，二百六十字；《中夜睡觉》二十四韵，二百四十字；《鹅湖夜坐书怀》和《排闷》皆是二十二韵，二百二十字。七言古诗最长的则是《次韵和杨伯子主簿见赠》，共十六韵，二百二十四字。《十月二十六日夜梦行南郑道中既觉恍然揽笔作此诗时且五鼓矣》亦是三十二句，二百零八字。总体看来，陆游五古长篇的篇幅比七古长篇更长，五古长篇的数量也比七古长篇更多，但并没有超过三百字的长篇诗歌。而陆游五古篇幅长于七古的这种情形，也并非唐宋诗歌史上独立的现象。

若对宋代的古体诗作一整体考察，可以发现大部分的宋代古体诗（尤其是七言古诗）都不是特别长。翁方纲七言古诗二十韵以上方为长篇的标

① 《复初斋诗集》卷 67，《清代诗文集汇编》第 381 册，第 640 页。
② 《复初斋诗集》卷 61，《清代诗文集汇编》第 381 册，第 567 页。
③ 《瓯北诗话》卷 6，人民文学出版社 2013 年版，第 235—236 页。
④ 按，翁、赵二人年序相近。由于《瓯北诗话》成书于赵翼晚年，故本文将翁方纲的言论列于赵翼之前。翁氏对于七古长篇的篇幅要求如此之高，显然与他本人的诗学取径以及创作实践有关。关于翁方纲的主张与他诗学思想和创作实践的关系，详见巢彦婷《从"陆游诗无长篇说"看翁方纲的诗学思想与创作》一文，未刊稿。

准，是一个相当高的要求。李白的《蜀道难》《梦游天姥吟留别》《梁甫吟》等七古长篇名作，往往刚过二十韵。杜甫七古最长篇为二十三韵的《暮秋枉裴道州手札率尔遣兴寄近呈苏涣侍》，此外二十韵的仅有《丹青引赠曹将军霸》一首。与此同时，杜甫的五古却有《北征》《壮游》《自京赴奉先县咏怀五百字》等超级长篇。韩愈的长篇诗歌较多，七古《石鼓歌》长达三十三韵，《陆浑山火和皇甫湜用其韵》也近五百字，然而诗集中最长篇则是超过千字的五言古诗《南山诗》。若没有特殊情形，一位诗人诗集中的五言古诗，长度往往会超过他的七言古诗。五古、五排长篇的数量，也往往超过七古、七排长篇。这也是五古和七古诗体本身的特质导致的。①

刘熙载称"字少者含蓄，字多者发扬也。是则五言七言，消息自有别矣"②，已指出了七言诗与五言诗体式差异所导致的风格不同。"五言尚安恬，七言尚挥霍。""七言以'浩歌'，五言以'穆诵'。"③"五言字少，念起来有一种安详舒缓的气度，近乎平时说话的语调；七言音促，上口时会给人以发扬蹈厉的感觉，类似于朗诵或歌唱表演的声腔。"④ 因此，五言诗总体风格为平和舒缓、典丽雅正，七古则显得感情丰沛，适宜抒发强烈的情绪。⑤

七言由于字数多，每句的句法意义完全能够独立，一句七言相当于两句四言的节拍，因而可以单句成章。⑥ 早期的七言正是单行散句、句句押韵，七言诗只是单行散句的连缀，句意和句式之间缺乏紧凑的呼应。这样的七言诗节奏十分滞涩，意脉也不相连贯，只能适用于需要罗列名物和堆砌字词的应用韵文，而无法用于文意复杂、篇制较长的评论和叙述，更不可能用于需要意脉连贯、节奏流畅的抒情。刘宋时，七言诗开始转变为两

---

① 五言古诗很早已定型且发展成熟，语言趋于雅化，被目为古体诗的正体，其篇幅亦长短皆备。而七言则长期被视作俗体，在汉魏时多用于各种非诗的功能性韵文，因而多属短篇。其后发展出七古长篇的两种主要形式：以七言古体叙事的长篇故事诗，和受到赋体影响、以赋为诗的七言长诗。七言古诗的发展历程，参见葛晓音《中古七言体式的转型——兼论"杂古"归入"七古"类的原因》，《先秦汉魏六朝诗歌体式研究》，北京大学出版社 2011 年版，第 242—244 页。

② 《艺概·诗概》，《艺概注稿》，中华书局 2009 年版，上册，第 334 页。

③ 《艺概·诗概》，《艺概注稿》，中华书局 2009 年版，上册，第 336、375 页。

④ 陈伯海：《唐诗学引论》，东方出版中心 1988 年版，第 139 页。

⑤ 参见魏祖钦《七言古诗体制对其表现功能的影响》，《重庆社会科学》2010 年第 1 期。

⑥ 参见［日］松浦友久《节奏的美学——日中诗歌论》，石观海等译，辽宁大学出版社 1996年版，第 167—170 页。

句成行，隔句押韵，开始注意句与句之间的意脉连续，同时舒缓了每句韵急促的节奏，文体功能才得到了拓展。① 尽管七言诗后来发展成熟，已能满足各种表达的需求，但七言句单句成章的先天惯性仍然非常之强，七言诗全篇的流畅和连贯仍然是创作的难点。因此，写作七古时不但要注意句内意义的一致、句间意脉的呼应，更要特别注意全篇意脉的顺承流畅。七古这种对形式整体性的高度需求，很容易形成要求风格始终如一和精神始终饱满的文体特征，进而延伸为传统诗论中所说的"七古重气"。② 这也是七古区别于其他诗歌文体的重要特征。

七言古诗的篇幅自由，因而作者有足够的空间铺排驰骋，客观上具备了写作长篇的条件。然而七言古诗的文体特征，又要求气势雄畅、贯注始终。这其实意味着对七言古诗篇幅的某种限制。事实上，除了以赋为诗的铺叙类长诗和长篇故事诗，七古总体不宜写得过长。"七古行之以气，句字既冗，长篇难于振厉。"③ 气势贯注一般难以持久，过于长篇的七古容易气竭，会影响到诗歌最终的艺术呈现。因此陆游的七古普遍不够长、长篇数量也少于五古，是合理的现象。

二 个人创作习惯的无意识制约

陆游古体诗长篇的写作，很可能受到了他个人创作习惯的制约。这种制约是无意识的，主要表现为对偶的高强度使用，以及对唱和、模拟的不热衷。

1. 唱和、模拟之缺位对于长篇写作的消解

宋代长篇古体诗主要有三种突出的情形。其一是长篇叙事七言古诗，

---

① 葛晓音：《中古七言体式的转型——兼论"杂古"归入"七古"类的原因》，《先秦汉魏六朝诗歌体式研究》，北京大学出版社 2011 年版，第 218—225 页。

② 如潘德舆《养一斋诗话》："于七古，非具真气大力者，往往难之。"钱泳《履园谭》："七言古诗以气格为主。"（《清诗话》，上海古籍出版社 1978 年版，第 892 页）按：叶燮《原诗》卷一："总而持之，条而贯之者曰气"，可见"气"的功用为总体上组织结构诗文，保证作品的整体性。此外，"真气大力"一类的表述，暗含着对力量的要求。"气格"则兼指作品的格调，但这些都是不同语境中对"气"的补充。传统诗论中论七古和气的关系，无论用语是"气格""气势"，还是"气力"，其核心都是"气"，也即强调七古作品应为一个有机的整体。

③ 陈仅：《竹林答问》，见（清）王士禛等著，周维德笺注《诗问四种》，齐鲁书社 1985 年版，第 310 页。

其二为模拟前人的争胜之作，其三则为互相唱和而写成的长篇诗歌。① 在这三种情况之外，较少见极为长篇的古体诗。②

模拟诗与唱和诗在长篇中较为常见。模拟有着悠久的传统，唱和至宋代也已极其普遍。③ 次韵和作前人的诗，也是拟作受到唱和影响的一种情形。④ 这两者的背后，都隐藏着比赛争胜的创作心态。唱和中不可避免会产生竞争心理，攀比之下越写越长；而次韵这一写作行为，又直接决定了和诗的篇幅。苏轼有与苏辙、黄庭坚等人唱和的大量古体诗，还有为数不少的模拟陶渊明、韩愈、欧阳修等人的古体诗，其中最著名的为《和陶诗》系列。⑤ 杨万里的七言古诗中，也有很大一部分是唱和次韵之作。⑥ 逮至南宋，依韵与次韵的唱和已成为一种诗坛风尚。

陆游曾作《跋吕成叔和东坡尖叉韵雪诗》一文：

> 右诗有倡有和，有杂拟、追和之类，而无和韵者。唐始有之，而不尽同。有用韵者，谓同用此韵耳。后乃有依韵者，谓如首倡之韵，然不以次也。最后始有次韵，则一皆如其韵之次。自元、白至皮、陆，此体乃成，天下靡然从之。今苏文忠集中有《雪诗》，用尖、叉二韵。王文公集中又有次苏韵诗，议者谓非二公莫能为也。……予固

---

① 长篇叙事七言古诗代表有苏洵的《自尤》诗与范仲淹的《和葛闳寺丞接花歌》。模拟前人的争胜之作代表性的有苏轼《江上值雪效欧阳体限不以盐玉鹤鹭絮蝶飞舞之》（模仿欧阳修的禁体物诗《雪》）以及《凤翔八观》第一首《石鼓歌》（模仿韩愈《石鼓歌》）。杨万里又次苏轼诗韵写了《次东坡先生用六一先生雪诗律令龟字二十韵旧禁玉月梨梅练絮白舞鹅鹤等字新添访戴映雪高卧啮毡之类一切禁之》。刘克庄七言三十韵的《牛田铺大雪》旨在补遗，亦属此类。互相唱和而写成的长篇诗歌如苏轼的《次韵周开祖长官见寄》《和蔡景繁海州石室》皆为七古二十韵。又如黄庭坚的五古《奉和王世弼寄上七兄先生用其韵》长达七十六韵、《次韵奉送公定》七十二韵、七古《和谢公定征南谣》二十五韵。

② 这三类之外的长篇诗作数量不多，如杨万里的《题望韶亭》等，暂不纳入本文的讨论范围。

③ 关于宋代的诗歌唱和情况，可参考的论文如王兆鹏《宋南渡词人的诗社唱和》，《湖北大学学报》（哲学社会科学版）1992 年第 2 期；周裕锴《诗可以群：略谈元祐体诗歌的交际性》，《社会科学研究》2001 年第 5 期；马东瑶《苏门酬唱与宋调的发展》，《文学遗产》2005 年第 1 期；等等。专著如熊海英《北宋文人集会与诗歌》，中华书局 2008 年版；巩本栋《唱和诗词研究——以唐宋为中心》，中华书局 2013 年版。

④ 巩本栋：《关于唱和诗词研究的几个问题》，《江海学刊》2006 年第 3 期。

⑤ 关于苏轼的和陶诗，可参考巩本栋《"借君无弦琴，寓我非指弹"——苏轼〈和陶诗〉新论》，《文艺研究》2011 年第 4 期。

⑥ 王锡九：《宋代的七言古诗》（南宋卷），天津人民出版社 1996 年版，第 213 页。

好诗者，然读书有限，用力尠薄，观此集有愧而已。①

　　陆游对唱和的各种形式十分熟悉，对诗坛的风气好尚也颇为了解。然而陆游本人却对唱和并不热衷。周必大、杨万里、范成大等人诗集中皆保留着多首与陆游的唱和诗，可见陆游曾与他们唱和往还。但《剑南诗稿》中却只见陆游与他人唱和的一小部分诗作，其他大部分唱和诗皆在编集时删去了，其中还包括陆游与韩元吉的整本《京口唱和集》。②"如《写怀》、《书愤》……等题，十居七八，而应酬赠答之作，不一二焉。"③此外，陆游即便作有唱和诗，但极少往复唱和，集中几乎找不到"再和""三和"一类的诗，尽管往复再三酬唱在当时文坛实属常见。

　　陆游的生活和写作在南宋诗坛是颇具个性的。他曾长期退居家乡山阴，其间绝迹市朝，罕有交游，甚至连城门都很少进。④他大部分时间中不太热衷交际，较少与他人唱和，更少参与文学集会，诗集中分韵诗只有寥寥几首。陆游学习过李白、杜甫、白居易、梅尧臣、苏轼等多位前辈，也模仿过梅尧臣等诗人，致力于从不同诗人的不同风格中吸取养分。⑤但他多学习其整体风格，并不步趋前人的具体创作，极少模仿前人的具体某一首诗或某一类题材，更不用说次韵拟作前人的某一具体作品了。⑥陆游对唱和兴趣不高，也未尝以次韵的形式模拟前人。⑦那么以次韵形式模仿前人写就的长篇古体诗，和以酬唱形式竞相攀比写成的长诗，这两类在全部长篇诗歌中占比不低的作品自然就与他无缘了。

────────────────

① 《渭南文集校注》，浙江古籍出版社 2015 年版，第三册，第 296—297 页。

② 陆游与杨万里、范成大唱和的具体篇目，可参考韩立平《南宋中兴诗坛研究》中的统计。

③ 赵翼：《瓯北诗话》卷 6，第 233 页。

④ 如《剑南诗稿》卷 50《立春前一日作》："不入城门今几岁，遥知车马正匆忙。"《剑南诗稿校注》，上海古籍出版社 2005 年版，第 6 册，第 2981 页。

⑤ 陆游模拟梅尧臣的诗有《寄酬曾学士学宛陵先生体比得书云所寓广教僧舍有陆子泉每对之辄奉怀》《送苏召叟秀才入蜀效宛陵先生体》《过林黄中食柑子有感学宛陵先生体》等。

⑥ 据统计，陆游七言古诗中仅有 12 首次韵诗，相对于他七言古诗 943 首的总数而言可谓极为稀少（李庆龙：《陆游七言古诗研究》，硕士学位论文，安徽师范大学，2014 年，第 66、1 页）。按：我们今天对唱和已有了正确的认识，不但完全不必贬低宋人的诗歌酬唱与次韵和诗，还应看到唱和争胜对诗歌创作的积极作用。但陆游对唱和与次韵拟作并不积极的态度，也反映了他的创作理念。关于陆游参与唱和活动的情况，可参考吕肖奂《"不得体"的社交表达：陆游的人际关系诗歌论析》，《四川大学学报》（哲学社会科学版）2016 年第 1 期。

⑦ 按，陆游集中有题中包含"用前辈韵"的几首诗，但多未说明具体用何人之韵。就诗歌本身来看，也不存模拟之意，与次韵拟作的性质是不同的。

2. 多用对偶对古体篇幅的限制

陆游的古体诗中，存在着较为明显的"引律入古"现象。所谓"引律入古"，首先表现为在古体诗中写作较多符合律诗格律要求的诗句，其次表现为在古体诗中多用对偶。① 陆游古体诗中使用律句的现象已有相关研究，② 而古诗中多用对偶的现象却少有人注意。

陆游以善于对偶而著称。刘克庄称："古人好对偶被放翁用尽。"③ 钱锺书亦认为："放翁比偶组运之妙，冠冕两宋。"④ 陆游的律诗往往以中二联对偶高妙而见长。可能由于写作律诗时运用对偶形成了习惯，陆游在古体诗中也大量使用对偶句。赵翼最早观察到陆游古体诗的这一特点，指出："放翁古诗好用俪句以炫其绚烂。"⑤ 典型的如《大雨》：

> 北窗欲化庄生蝶，睡思蒙蒙栖倦睫。川云忽带急雨来，万点纵横打荷叶。坐收爽气入诗律，更借凉飔吹醉颊。坏檐腐瓦凛欲堕，积潦中庭深可涉。儿愁漏湿废夜课，妇畏泥涂停早馌。老翁自笑独尔顽，更喜烟波摇短楫。⑥

此诗共六韵，十二句。其中自"坐收爽气入诗律"至"妇畏泥涂停早馌"，竟有三联六句属于对偶。⑦ 偶句已占全诗之半，篇幅不可谓不多。又如《东园晚兴》：

> 宿叶自脱新叶生，东园忽已清阴成。老夫东行复西行，乌藤瘦劲青鞋轻。竹鸡群号似知雨，鹁鸪相唤还疑晴。萋萋幽草上墙绿，瀱瀱细水循阶鸣。萧然濯手坐盘石，心地平安体纾适。青山缺处红日沈，杳杳长空送归翮。⑧

---

① 关于七言古诗中的对仗以及古体诗的律化问题（苏轼以前），可参考张淘《苏轼七言古诗中的对仗艺术——兼论古体诗"律化"的问题》，《四川大学学报》（哲学社会科学版）2017 年第 6 期。
② 李庆龙：《陆游七言古诗研究》，第 49—54 页。
③ 刘克庄：《后村诗话·前集》卷 2，见《后村诗话》，中华书局 1983 年版，第 30 页。
④ 钱锺书：《谈艺录》，生活·读书·新知三联书店 2007 年版，第 299 页。
⑤ 赵翼：《瓯北诗话》卷 5，第 189 页。
⑥ 《剑南诗稿校注》第 7 册，第 3542 页。
⑦ 按，笔者在此讨论的对偶纯为语义语法层面的修辞概念，不考虑声律平仄问题。
⑧ 《剑南诗稿校注》第 7 册，第 3948 页。

此诗亦是六韵，十二句。其中有两联对偶句，篇幅占全诗的 1/3。再如《胡无人》：

> 须如蝟毛磔，面如紫石棱。丈夫出门无万里，风云之会立可乘。追奔露宿青海月，夺城夜蹋黄河冰。铁衣度碛雨飒飒，战鼓上陇雷凭凭。三更穷虏送降款，天明积甲如丘陵。中华初识汗血马，东夷再贡霜毛鹰。群阴伏，太阳升，胡无人。宋中兴。丈夫报主有如此，笑人白首篷窗灯。①

这首陆游爱国诗中的名篇，不但于七言句使用对偶，在三言和五言等杂言句中亦使用了对偶，对偶句所占的比例相当之高。陆游古体诗中这样连续使用对偶句的例子不在少数。如《估客乐》中的"帆席云垂大堤外，缆索雷响高城边"和"倡楼呼卢掷百万，旗亭买酒价十千"②，这样间隔使用的单联对偶更是不胜枚举。

而且，赵翼说"昌黎放翁多从正面铺张"③，指出了陆游古体诗的描写多从正面入手的特点。正面铺张的常见手法，即是运用对偶。陆游在古体诗中的大量对偶句，往往皆属于对景物或人、事的罗列、叙述和比拟。以对偶的形式书写这些内容，有助于使散乱的语素变得整齐，从零碎的元素、词语变为富有艺术感的诗句。

对偶的本质是上句与下句的互相规定，以此构成两句共通的表现范围。上下两句互为限定，从而构成一个闭合的语义空间。因此，对句的彼此规定也意味着自我完结。④ 与散句的线性结构、倾泻直下相比，对句互相限定的并行结构仿佛河流自上游进入了蓄水库，意脉和节奏至此都变得迟滞平缓。

然而七言诗句单句成章的先天惯性过强，全篇的流畅和连贯始终是七言古诗创作的难点。在七言古诗这样讲究气势充沛、精神饱满的诗体中，如果使用过多的对偶句，无疑会凝滞诗歌的意脉，放慢诗歌的节奏，进而

---

① 《剑南诗稿校注》第 1 册，上海古籍出版社 2005 年版，第 367 页。
② 《剑南诗稿校注》第 3 册，上海古籍出版社 2005 年版，第 1504 页。
③ 赵翼：《瓯北诗话》卷 5，第 189 页。
④ 关于对偶的本质，参见 ［日］松浦友久《中国诗歌原理》中第 213—219 页关于对句本质的论述。

削弱诗歌的气势。为了保证全诗的凝聚力和完整性，多用对偶句的七言古体诗便不宜写得太长，以便于气势能够贯通全篇。如果写得过长，气势则难以贯注首尾，容易给人以滞涩之感。

同时，对偶句的本质必然会产生"整合的""自我完结的"表现。① 即使存在少量纵向延伸意脉的流水对，在诗歌中也无法频繁使用。与陆游古体诗中大量句法、意象变化并不灵活频繁的普通对偶相比，少数流水对起到的纵向勾连作用可以忽略不计。无论是正对还是反对，较多的对偶句往往会构成闭合自洽的意脉，容易给诗歌的语义带来即将完结的感觉。似乎再补充上一两句作为结尾，全诗就可以妥帖地终篇了。陆游大量使用对偶的古体诗如《大雨》、《东园晚兴》和《胡无人》，也都是在频繁连续的对偶句后加上简短的结尾。在读者而言是感觉到诗意的几近完结，从而抱有全诗将完的阅读期待；在作者而言，把握到诗意趋于结束的脉络，在写作时也会顺其自然地适可而止。如在古体诗中出现较多的对偶句，则无疑会对诗歌造成迟滞和减缓，并暗示对偶结束之后诗歌也即将完结。在二者的综合作用下，陆游的古体诗自然难以写得更长。②

另一个对陆游写作长篇可能存在影响的因素，是他"日课一诗"的创作习惯。③ 长篇写作往往需要多日的构思与打磨，并非一蹴而就，在创作实践中很难做到"日课一长篇"。因而，已习惯每日写一首或数首诗的陆游很可能自然地选择写作短诗，而避免创作需要花费数日的篇幅过长的诗歌。

三 诗歌创作观念下的主观选择

刘熙载曾指出："诗以律绝为近体，此就声音言之也。其实古体与律绝，具有古近体之分，此当于气质辨之。"④ 他认为古体诗内部也按照气

---

① ［日］松浦友久：《七言排律不盛行的原因——从对偶表现的本质说起》，黄仁生译，《中国文学研究》2002 年第 4 期。

② 按：本文此处讨论的是对偶对于诗歌长度客观上的限制，至于刻意在长篇古体诗中大量使用对句或长篇排律则并不属于本文讨论的范畴。

③ 关于陆游"日课一诗"的创作方式对诗歌呈现的影响，参见巢彦婷《论陆游诗歌中"矛盾"的自我形象》，《浙江学刊》2018 年第 6 期。

④ 《艺概·诗概》，《艺概注稿》，第 360 页。

质，分为"古体"和"近体"。以七古为例，"近体曰骈、曰谐、曰丽、曰绵；古体曰单、曰拗、曰瘦、曰劲。一尚风容，一尚筋骨。此齐梁、汉魏之分，即初、盛唐之所以别也"。① "风容"与"筋骨"的古近体分野不仅适用于七古，其实同样适用于五言古诗。在"尊体"的文学观念指导下，② 陆游写作的往往是古体诗中的"古体诗"，这样的诗歌崇尚"筋骨"，写得过长则会使之绵丽烦冗，故而篇幅往往有限。③ 陆游古体诗普遍篇幅不长，既可能是由于客观因素的影响，也可能是出于他本人的主动选择。

1. "炼在句前"：陆游古体诗的浓缩式构思

朱东润评价陆游诗："他的七古通常只是十二句，十六句，很少有超过二十四句的，但是句法非常生动有力，仿佛是从纸面上跳起来的。"④ 陆游的古体诗能够具有如此生动有力的"筋骨"，首先在于精练。陈衍曾论陆游古体诗的特色：

> 放翁古诗，善于用短。《赠刘改之秀才》云："君居古荆州，醉胆天宇小。尚不拜庞公，况肯依刘表。胸中九渊蛟龙蟠，笔底六月冰雹寒。有时大叫脱乌帻，不怕酒杯如海宽。放翁七十病欲死，相逢尚能刮眼看。李广不生楚汉间，封侯万户宜其难。"不多为委折，用古乐府法作古诗也。⑤

"用短"用于诗文批评时，意为篇幅短小。王锡九引述陈衍此论时说："'用短'如果不善，必然浅薄而不能深厚。陆游'善于用短'，当然是深厚浑成的。要做到这样必须锤炼，用短小的形式表达丰富的内容。"⑥ 此前，赵翼也观察到了陆游"古诗从未有至三百言以外"的现象，但他却不只是简单地陈述篇幅长短这一客观问题。作为史学家，赵翼论诗从文学流

---

① 《艺概·诗概》，《艺概注稿》，第345页。
② 关于陆游"尊体"的文体观念，参见巢彦婷《论陆游的文体观念——兼论陆游诗歌写作中的"内部式创新"》，未刊稿。
③ 陆游还作有数量较多的"柏梁体"诗。这种起源极早的七言古诗形式为句句押韵、一韵到底，长度更是天然地受到限制。
④ 朱东润：《陆游传》，百花文艺出版社2010年版，第196页。
⑤ 《石遗室诗话》卷24，见《石遗室诗话》（二），辽宁教育出版社1998年版，第320页。
⑥ 王锡九：《宋代的七言古诗》（南宋卷），天津人民出版社1996年版，第197页。

变上着眼,① 非常注重创新。在这样的诗学观念指导之下，赵翼对陆游古体诗的精练极为推崇，并认为陆游古体诗凝练混融的风格正是他不同于前人的创新之处：

> 抑知其古体诗，才气豪健，议论开辟；引用书卷，皆躯使出之，而非徒以数典为能事；意在笔先，力透纸背。……或者以其平易近人，疑其少炼；抑知所谓炼者，不在乎奇险诘曲、惊人耳目，而在乎言简意深、一语胜人千百。此真炼也。放翁工夫精到，出语自然老洁，他人数言不能了者，只用一二语了之。此其炼在句前，不在句下。观者并不见其炼之迹，乃真炼之至矣。②

赵翼认为陆游的古体诗"意在笔先"，在下笔之前的构思时已经过一番预先提炼。这样才能以寥寥一二句写尽其他诗人颇费笔墨而搔不到痒处的诗意，从而做到"言简意深、一语胜人千百"。尽管经过精心锤炼，但读者却难以发现炼字炼句的痕迹。陆游这样在预先构思上花功夫的"炼在句前"，与诗歌写成后再加以字句锻炼的"炼在句下"完全不同。全诗"浑灏流转""沛然有余"，其整体性远胜于仅在诗成后再加以锻炼的作品。

陆游这样在构思环节就加以凝练的做法，可以名之为"浓缩式构思"，代表性的作品有《关山月》：

> 和戎诏下十五年，将军不战空临边。朱门沉沉按歌舞，厩马肥死弓断弦。戍楼刁斗催落月，三十从军今白发。笛里谁知壮士心，沙头空照征人骨。中原干戈古亦闻，岂有逆胡传子孙！遗民忍死望恢复，几处今宵垂泪痕。③

《关山月》是写边关战士征戍之苦、抒发别离之情的乐府旧题。陆游此诗也是写"关"、"山"和"月"，全诗仅十二句、八十四个字，其内涵却十分惊人。全诗以南宋下诏和戎为线索，写了同一时空下将军、士兵与

---

① 丁履僎：《赵翼的文学思想》，《清代学术论丛》第六辑，文津出版社 2001 年版，第67—80 页。

② 《瓯北诗话》卷 6，第 235 页。

③ 《剑南诗稿校注》第 2 册，第 623 页。

遗民三种人的不同处境。"仅用十二句诗，高度概括地描绘出'隆兴议和'以来十多年间中国历史的基本面貌和不同人物的处境、心态。"① 朱东润称赞此诗："陆游的七古已经精炼到这样的地步，他能在短短的十二句之中，把他看到的现实和他作出的结论，完全体现出来。"② 《关山月》能够如此精练地对"隆兴议和"后十余年的社会心理作一全景式描绘，主要得益于他在落笔之前所作的"浓缩式构思"。是由于"意在笔先""炼在句前"的精巧构思，写作之前就已进行过一番浓缩和提炼，才能以极短小的篇幅囊括极为丰富的内容。

陆游另一首高度浓缩精练的古体诗代表作，是向儿子介绍自己学诗经历的五古《示子遹》：

> 我初学诗日，但欲工藻绘；中年始少悟，渐若窥宏大。怪奇亦间出，如石漱湍濑。数仞李杜墙，常恨欠领会。元白才倚门，温李真自郐。正令笔扛鼎，亦未造三昧。诗为六艺一，岂用资狡狯？汝果欲学诗，工夫在诗外。③

此诗共十六句，在五言古诗中篇幅并不长。陆游大半生的学诗、论诗、作诗经验，皆凝聚于这首八十字的短诗之中。《示子遹》中既有陆游诗歌写作观念的转变，也有他对前辈作家创作的品评，还有他对应该如何学习诗歌的独特看法。在一首不长的诗中纳入如此丰富的内涵，完全得益于陆游事先的精妙构思，在腹稿前已对全篇作过一定的浓缩和凝练。陆游古体诗篇幅往往不够长，很多时候是源于谋篇布局时的高度凝练，是出于他的自主选择。陆游写作前的"浓缩式构思"，是他古体诗往往能做到短小精悍、凝练混成、言简意深的重要原因。

2. "古乐府法作古诗"与诗体转移

陈衍认为陆游的古体诗"不多为委折"，质直畅达，是"用古乐府法作古诗"。此处的"古乐府"应指自汉魏至南北朝的乐府古诗。其总体特征为风格朴实直露，意脉凝练畅达。"汉人诗不可句摘者，章法浑成，句

---

① 霍松林：《霍松林历代好诗诠评》，陕西师范大学出版社 2018 年版，第 502 页。
② 朱东润：《陆游传》，第 197 页。
③ 《剑南诗稿校注》第 8 册，第 4263 页。

意联属，通篇高妙，无一芜蔓，不著浮靡故耳。"① 陆游确有相当一部分古体诗类似于《赠刘改之秀才》，不多委曲转折。如《九月十六日夜梦驻军河外遣使招降诸城觉而有作》：

> 杀气昏昏横塞上，东并黄河开玉帐。昼飞羽檄下列城，夜脱貂裘抚降将。将军枥上汗血马，猛士腰间虎文帐。阶前白刃明如霜，门外长戟森相向。朔风卷地吹急雪，转盼玉花深一丈。谁言铁衣冷彻骨，感义怀恩如挟纩。腥臊窟穴一洗空，太行北岳元无恙。更呼斗酒作长歌，要遣天山健儿唱。②

此诗为陆游记梦之作，全诗十六句一韵到底，一气呵成，奔腾直下。完全不见意脉的委曲和情绪的转折，读来如观开闸泄洪，笔直向前，势不可当。③ 这在古体诗写作中，是并不常见的，确实更近于古乐府质朴直露的写作风格。这样的诗歌在陆游的古体诗中占据了一定比例，是值得引起注意的现象。

与此同时，陆游的其他古体诗也并不长于婉转曲折，不多见回环往复、一唱三叹的做法。即便《剑南诗稿》中最长的《系舟下牢溪游三游洞二十八韵》也是如此：

> 旧观三峡图，常谓非人情。意疑天壤间，岂有此峥嵘。画师定戏耳，聊欲穷丹青。西游过沔鄂，莽莽千里平，昨日到峡州，所见始可惊，乃知画非妄，却恨笔未精。及兹下牢戍，峰嶂毕呈。下入裂坤轴，高骞插青冥。角胜多列峙，擅美有孤撑。或如釜上甑，或如坐后屏。或如倨而立，或如喜而迎，或深如螺房，或疏如窗棂，峨巍冠冕古，婀娜鬓鬟倾。其间绝出者，虎搏蛟虑狞，崩崖凛欲堕，修梁架空横，悬瀑泻无底，终古何时盈？幽泉莫知处，但闻珩佩鸣。怪怪与奇奇，万状不可名。久闻三游洞，疾走忘病婴，窦穴初漆黑，伛偻扪壁

---

① 胡应麟：《诗薮》内编卷5，上海古籍出版社1979年版，第32页。
② 《剑南诗稿校注》第1册，第344页。
③ 按：陆游古体诗的畅达直泄，与上文所论多用对偶导致的迟滞并不矛盾。多用对偶在技术层面无意识地限制了诗歌的篇幅，而"炼在句前"的浓缩式构思与"不多为委折"的古体诗做法则在诗歌命意与风格层面有目的地保证了诗歌命意的顺畅通达，做到了一气呵成。

行，方虞触蜇蛇，俯见一点明，扶接困僮奴，恍然出瓶罂，穹穹厦屋
宽，滴乳成微泓。题名欧与黄，云蒸苍藓平。穿林走惊麋，拂面逢飞
鼯。息倦盘石上，拾樵置茶铛，长啸答谷响，清吟和松声。辞卑不堪
刻，犹足寄友生。①

    此诗开头以画图与实景的对比来引发读者的期待。此后则完全是景色
的描写与游山经历的记录。章法构思仿佛一篇明白翔实的游记，而几乎不
见意脉的跌宕转折。如此长篇却只有如此少的转折，在古体诗中实属罕
见。陆游大量古体诗中顺承直下的"链条式"②意脉联络方式，保证了诗
歌气势的混成和精神的饱满，但也从根本上限制了诗歌的篇幅。如《系舟
下牢溪游三游洞二十八韵》这样的诗，便已经几乎达到了长度的极限，很
难写得更长。

    陆游短篇如绝句和律诗是不乏屈曲转折的。而较长的古体诗中的明显
转折，则并不多见。如果在表达中遇到意脉和情感必须出现较大转折时，
则往往选择写作组诗来加以呈现。陆游写作过数量颇多的组诗。其中有计
划严密的限韵式组诗，有虽不限韵但在写作之初仍有规划的组诗，也有写
来随意累积形成的日记式组诗。有计划的组诗，往往可以复原为一篇较长
的古体诗。如《三山杜门作歌五首》：

    我生学步逢丧乱，家在中原厌奔窜。淮边夜闻贼马嘶，跳去不待
鸡号旦。人怀一饼草间伏，往往经旬不炊爨。呜呼！乱定百口俱得
全，孰为此者宁非天。

    高宗下诏传神器，嗣皇御殿犹挥涕。当时获缀鹓鹭行，百寮拜舞
皆歔欷。小臣疏贱亦何取，即日趋召登丹墀。呜呼！桥山岁晚松柏
寒，杀身从死岂所难。

    中岁远游逾剑阁，青衫误入征西幕。南沮水边秋射虎，大散关头
夜闻角。画策虽工不见用，悲咤那复从军乐。呜呼！人生难料老更
穷，麦野桑村白发翁。

---

① 《剑南诗稿校注》第 1 册，第 160—161 页。
② 关于意脉的"链条型"和"网络型"，其概念和区分参见屈光《中国古典诗歌意脉论》，
《文学评论》2011 年第 6 期。

晚入南宫典笺奏，滥陪太史牛马走。忽然名在白简中，一棹还家倾腊酒。十年光阴如电霍，绿蓑黄犊从邻叟。呜呼！古来肮脏例倚门，况我本自安丘园。

宽恩四赋仙祠禄，每忍惭颜救枵腹。五秉初辞官粟红，一瓢自酌岩泉绿。天公乘除不负汝，宿疾微平岁中熟。呜呼！字字细读逍遥篇，此去八十有几年。①

这组七古一共五首，总体看来已有二十韵，共二百九十字，篇幅远远超过了陆游最长的七古，甚至也超过了最长的五古。如果去掉其间每首诗的"呜呼"，这组诗完全可以合并为一首长篇七古。其线索和段落皆极为清晰，仅仅是转折时稍显生硬而已。但陆游却选择以五首篇幅较短的七古来构成组诗，化整为零，避长就短。这样的表达形式，在具体表达上更加精练凝实，在整体风格上则更为灵活自如。

类似的还有《岁暮感怀以余年谅无几休日怆已迫为韵十首》《入秋游山赋诗略无阙日戏作五字七首识之以野店山桥送马蹄为韵》等，皆为有明确主题的组诗。如果略加安排，未尝不能构成一首篇幅较长的古体诗。然而陆游却并未选择写作长篇古体诗，而是坚持以组诗的形式加以呈现，显然是有其文体上的考量。以《三山杜门作歌五首》为例，就作品的实际效果而言，组诗在内容上将长篇古体诗段与段之间的"委折"化为一首诗与另一首诗之间的"跳跃"，产生了更大的艺术张力。而情感表达上，《三山杜门作歌五首》通过每一首诗中的"呜呼"重辞叠章进行感叹，以叠合复加的方式深化感情。在组诗结构的层层递进之下，其情感抒发能够达到比单篇长篇古体诗更为突出的效果。② 同时，组诗灵活的形式也较便于陆游"日课一诗"的写作方式。总之，古体诗的"不多为委折"与组诗的有意识写作，显是出于陆游本人的主动选择。

以上论述了陆游的创作观念以及主观选择。另一个角度来看，"善于用短"不排除是写作时的一种扬长避短。③ 翁方纲指出："放翁每遇摹写正

---

① 《剑南诗稿校注》，第 2455—2458 页。

② 关于组诗的情感表达功能，参见罗时进《迭合延展中的抒情与叙事——论唐代组诗的表达功能》，《文学评论》2012 年第 3 期。

③ 《世说新语》："周弘武巧于用短，杜方叔拙于用长。""用短"一词，本有扬长避短之意。

面……盖才力到正面最难出神彩耳，读此方知苏之大也。"① 陆诗每从正面入手进行描写，而正面摹写的难度极高。陆游才力固已超拔，但亦仍稍逊于杜甫、苏轼等最为天才的诗人。因此，陆游可能在写作时有意识地控制篇幅，在较短的篇章内营造出一种浑灏流转的效果。

陆游的古体诗普遍写得不够长，是一个实际存在的现象。这个现象的原因既包括好用对偶、对唱和与模拟不热衷等创作习惯的无意识限制，也出于陆游在诗歌创作观念下的主动选择。陆游每作"炼在句前"的"浓缩式构思"，以及用"不多为委折"的"古乐府法"写作古体诗，并可能将一部分存在"委折"的长篇古体诗素材用古体组诗的形式加以呈现。

这样的取向为陆游的古体诗赋予了独特的面貌。古体诗尤其七言古诗，是宋诗取得较多创获的诗歌形式。陆游的古体诗上承李白、杜甫、岑参、兼学王维、白居易、苏轼，篇什繁多且佳作甚夥。陆游的文学追求和诗歌风格以及部分客观因素，导致了"放翁诗无长篇"这一现象；而"无长篇"的陆诗中部分佳作的"结构坚牢，精神肃穆"②，凸显了古体诗精练混成的文体特征，具备独特的诗歌史意义。

---

① 《石洲诗话》卷4，中华书局1985年版，第1册，第71页。

② （清）张谦宜：《茧斋诗谈》卷5，见《清诗话续编》第2册，上海古籍出版社2016年版，第857页。

论陆游诗歌对俳谐传统的吸收与抒情转化

周　斌

（浙江树人学院 人文与外国语学院）

摘要：诗歌对俳谐书写的引入，必须考虑到诗歌本身的文体特质与抒情限度。本文以陆游诗歌为中心，探讨该问题。陆诗对俳谐传统的吸收与抒情转化，表现在自嘲诗、嘲咏风月诗与日常闲吟诗三类，因其所表达的还是言志缘情、吟咏情性的传统命题，故其使用俳谐手法，非但没有使诗歌流于打油诗一途，反而增强了诗歌的抒情性、感染力与幽默感，成为陆诗的又一艺术成就。

关键词：诗歌；陆游；俳谐；抒情；艺术；成就

俳谐者，谐谑滑稽之谓也。在古代儒家文化的影响下，俳谐文学备受轻视，但由于谐谑滑稽亦是人类天性，故而俳谐文学在传统中依然倔强生长、不绝如缕。

得益于当下研究视野的多元化，本为传统所轻视的俳谐文学，现已颇受学界重视，产生了较为丰厚的研究成果①。不过，俳谐文学的研究，除了从浩如烟海的文学遗产中抽绎、梳理俳谐文学的内涵与基本形态、总结其艺术特征外，还有待厘清一个最基本的问题，即俳谐的游戏品格与各体

---

① 可参见徐可超《汉魏六朝诙谐文学研究》，博士学位论文，复旦大学，2003 年；王毅《中国古代俳谐词史论》，上海古籍出版社 2013 年版；刘成国《宋代俳谐文研究》，《文学遗产》2009 年第 5 期；李建军《宋代俳谐赋论析》，《北京大学学报》（哲学社会科学版）2011 年第 5 期等论著。

文学的兼容性问题。换言之，就诗歌领域而言，诗歌"诗庄""言志缘情""温柔敦厚"等文体特质与抒情限度，必然会与以游戏性为表征的俳谐书写产生冲突——且这一冲突的结果是显而易见的：谐诗或被视为"打油诗"这类不入诗家法眼的诗体；或使谐诗的呈现形式仅局限于诸如集句、药名诗、回环体等文字游戏的杂体诗中。故而诗歌如何对俳谐传统进行吸收与抒情性转化，成为一个无法回避的问题。本文以宋代诗人陆游为中心，探讨此问题。

陆游的诗歌，在诗史上备受称誉的是那些激情洋溢、感慨深沉的爱国主义诗篇。不过除了上述严肃的创作，陆游还非常喜欢在诗歌中表现诙谐滑稽的风调①。陆诗这一特质，是宋代俳谐文学兴盛的大背景之下的个体表现②。不过，与其他谐诗相比，陆诗中的俳谐，并非无足轻重的插科打诨、抑或遣兴漫成的文字游戏，而是陆游吸收了俳谐传统，并将之转化为适应诗歌艺术性的一种别有机趣的抒情表达。如果我们想考察诗歌中的俳谐书写，那么陆诗则是一个很好的范本，进此，我们也可以揭橥陆诗被忽略的一个艺术特质。

一　自嘲之诗——"诗可以怨"的纾解与转化

陆游的诗歌中，一个突出的现象就是喜爱自嘲。笔者以"自嘲""自笑""自戏"为标题关键词，用北京大学开发的《全宋诗检索系统》检索陆诗，一共找到 189 首诗歌，数量不少。而至于标题中没有显在的提示但实为自嘲的作品，就更多了。

这种自嘲类的诗歌，今天看来或许再普通不过，但在宋前确是"俳谐体"的表现之一。因为根据刘勰对"俳谐"的释义："内怨为俳""谐之言皆也，辞浅会俗，皆悦笑也"③，可见"俳谐"就是"用诙谐悦笑的语言表达内心的牢骚怨艾"——这正是"自嘲"一词的精髓。是以杜甫作诗

---

①　有学者进行过统计，在陆游诗集中，以"戏"字标题的（如戏书、戏作、戏咏）作品超过 360 首。见王德明《从陆游的"戏作"看其诗歌创作的幽默调侃风格》，《中国文学研究》2008 年第 2 期。至于标题中没有"戏"字，但实际是谐谑滑稽的作品，就更多了。

②　刘成国指出："宋代是继魏晋南北朝之后又一个俳谐文学繁荣期。与前代相比，此期的俳谐传统在文、诗、词、赋、传奇等各个文体领域中都全面地绽放。"刘成国：《宋代俳谐文研究》，《文学遗产》2009 年第 5 期。

③　刘勰著，范文澜注：《文心雕龙注》，人民文学出版社 1962 年版，第 270 页。

进行自嘲时，还要特别标以"俳谐"二字以示诗旨，其《戏作俳谐体遣闷二首》①，抒发了杜甫流寓夔州后，因不适应当地奇风怪俗而产生的怨艾，但又用一种无可奈何的态度而强作开解，不难看出自嘲的意图。而陆游自己的《初秋小疾效俳谐体》："宿疢逢秋剧，衰容逐日添。专房一竹几，列屋万牙签。遣闷凭清圣，忘情付黑甜。晚来风月好，一笑卷疏帘。"② 也很能体现"俳谐"意图：作者自嘲年老多病、贪酒嗜睡的潦倒状。不过随着"俳谐"内涵的扩大，后世作者在写诗自嘲时，就无须再特别标明"俳谐"的意图了。

因自嘲诗属于"俳谐体"，故而在传统儒家诗教观的笼罩下，自嘲诗在宋代以前并不多见。而到了宋代，在宋人喜好俳谐的整体氛围下，这类诗歌开始较为集中地涌现。在陆游之前，较爱自嘲的诗人是苏轼。苏轼由于天生幽默的性格，以及"一肚皮不合时宜"的人生经验，故而使其喜用自嘲的方式调侃人生。如早年被贬官黄州，就以"自笑平生为口忙，老来事业转荒唐"（《初到黄州》）自嘲；晚年被贬南方时的"日啖荔支三百颗，不辞长作岭南人"（《食荔枝二首·其二》）、"九死南荒吾不恨，兹游奇绝冠平生"（《六月二十日夜渡海》）诸句，也不无自我调侃的精神。苏轼的自嘲诗，大多体现一种随事而发、插科打诨的机趣，因此不管是强度还是深度，都无法跟陆游相比——毋宁说，陆游更具有一种"自嘲的自觉"。

说陆游有"自嘲的自觉"，不仅在于其自嘲诗的数量较多，更主要的是在于其对为仕为隐的两种生活状态都进行自嘲。从这个意义上来说，自嘲的精神，贯穿于陆游的一生。先看其对"隐"的状态的自嘲：

> 玉局祠官殊不恶，衔如冰清俸如鹤。酒壶钓具常自随，五尺新篷织青箬。倚楼看镜待功名，半世儿痴晚方觉。何如醉里泛桐江，长笛一声吹月落。蒋公新冢石马高，谢公飞旐凌秋涛。微霜莫遣侵鬓绿，从今二十四考书玉局。（卷十四《玉局歌》）

---

① 杜甫著，仇兆鳌注：《杜诗详注》，中华书局 1979 年版，第 1793—1794 页。
② 陆游著，钱仲联注：《剑南诗稿校注》卷十二，上海古籍出版社 2005 年版，第 989 页。本文所引陆游诗歌，均出自该书，为减省行文，以下所引陆诗只在正文中标示卷次，不再全注。

此诗是陆游五十八岁提举成都府玉局观所作。宋有祠禄之制，即以提举宫观的名义安置一些老病或者政见不合的大臣，俸禄照领而不必视事，相当于准退休。对于尚且壮心不已的陆游来说，这份"美差"绝非其内心所愿。故而诗歌中，处处对自己的奉祠生活充满了闲逸的描写，实则是正话反说，处处都是牢愁满腹的自嘲。这种正话反说的自嘲诗还有很多，如卷十三《幽居》："松陵甫里旧家风，晚节何妨号放翁。衰极睡魔殊有力，愁多酒圣欲无功。一编蠹简晴窗下，数卷疏篱落木中。退士所图惟一饱，诸公好为致年丰。"其写作背景是陆游遭"燕饮颓放"之谤而被迫闲居。这种不虞之毁，使其以"晚节何妨号放翁"自嘲，并且打算做个"只希望吃饱饭的退士"，自嘲之意又不言自明。

陆游是一位"行动型"的诗人，自然不乐意享受这种闲逸生活，由此看来，陆游应该会留恋年轻时的仕宦岁月吧？毕竟这才是实现其致君尧舜梦的契机。但陆游依旧采取自嘲的方式来回顾这段历程。这类作品在陆游的诗歌中也有很多，他几乎是一有机会就要借题发挥，对仕宦岁月自嘲一番，如卷二十五《新作南门》："蒭棘移门未费钱，好山无数碧巉然。病夫愦愦真堪笑，反衣狐裘三十年。"自嘲是个愦愦病夫，却错当了三十年的官，想来真是可笑。又同卷《醉倒歌》，通过对做官时"曩时对酒不敢饮，侧睨旁观皆贝锦；狂言欲发畏客传，一笑未成忧祸稔"的羁縻局促与归田后"如今醉倒官道边，插花不怕颠狂甚"的淋漓畅快的对比，自嘲"误计作官常懔懔"的身不由己。

陆游这些自嘲诗，让读者看到了一个充满机趣、幽默潇洒的陆游，不过在这些诙谐嬉笑的表面下，读者也可以看出陆游内心巨大的"内怨"的悲哀——即陆游在对仕对隐的双重自嘲中，宣告了自己仕隐皆失、蹉跎无成的一生。倘若以传统诗学观念来看，这种人生悲哀，历代文人多有连篇累牍的咏叹，且"诗可以怨"的古老的诗学命题赋予了它充分的合理性。但到了陆游，为何不径直咏叹悲哀，反而要以自嘲的方式来曲折地表达悲哀、乃至调侃悲哀呢？笔者认为，这是宋人特有的诗学理想使然。

上文指出，悲哀之诗源于"诗可以怨"的诗学命题，为中国古典诗歌一个最稳定的抒情基调。诗人们之所以喜欢表达悲哀远甚于快乐，盖除了为宣泄情感郁结外，从表达效果来看，悲哀之诗也更容易感染读者、引起共情，从而增加跻身"好诗"的概率。是以严羽在《沧浪诗话》中指出："唐人好诗，多是征戍、迁谪、行旅、别离之作，往往能感动激发人意。"① 然而宋人却对悲哀之诗进行了批评。如范仲淹批评五代诗文："五代以还，斯文大剥，悲哀为主，风流不归。"② 如欧阳修批评韩愈等人"当论事时，感激不避诛死，真若知义者，及到贬所，则戚戚怨嗟，有不堪之穷愁形于文字，其心欢戚无异庸人。"③ 这些批评，遂使诗人们在诗歌中开始自觉扬弃悲哀，使宋诗呈现出"将处穷忧生之悲化为坦易自如的闲暇之吟"④ 的美学风貌。

在诗歌中扬弃悲哀，虽能体现宋人吾行吾道、安闲乐逸的精神品格，但不管怎样，宋诗还是在一定程度上失却了由"穷愁之言易好"所能带给读者的共情共感，宋诗总体上所呈现出情感淡薄的缺点，也与宋诗扬弃悲哀不无关系。并且，一味地扬弃悲哀，诗人也难以实现"诗可以怨"的郁结疏导之效，毕竟诸如"征戍、迁谪、行旅、别离"之类的人生穷处，宋人也不可能比前人来得更少。故而陆游的自嘲诗，笔者认为是解决这一矛盾的尝试：通过上引诗歌可以看到，陆游的自嘲诗，很多都是抒发不遇的"带泪的幽默"，因其"带泪"，故并未使诗歌丧失"诗可以怨"的传统功能；而因其"幽默"，对悲哀的调侃与转化，则又可以体现诗人潇洒旷达的生命境界。相比苏轼那种发自天性的幽默，陆游留给后人的并不是一个幽默玩世的形象，而正因为其不是发自天性，故而我们可以看到陆游努力在进行自我塑造：他要努力避开单纯地哀老叹穷——因为根据欧阳修的看法，那是"无异庸人"的表现。而只有对悲哀进行调侃，才可以体现他潇洒旷达的风姿。

二 嘲咏风月之诗——突破主体观照客体的单向形模

正如论者指出："古之能赋者，讥评古今、嘲弄风月、刻画事物，以之抒逸思、畅幽愤。"⑤ 嘲弄风月是诗人性情使然，陆游也概莫能外，诗歌中到处都有这种嘲弄风月的作品。诸如嘲谑无所事事的白云、晚开的红

---

① 严羽著，郭绍虞校释：《沧浪诗话校释》，人民文学出版社 2005 年版，第 189 页。

② 范仲淹：《唐异诗序》，《范文正公集》卷六，四库全书本（影印本），第 133 页。

③ 欧阳修：《与尹师鲁第一书》，《全宋文》第 33 册，第 86 页。

④ 沈松勤：《士人贬谪与文学创作——宋神宗至高宗五朝文坛新取向》，《中华文史论丛》2013 年第 4 期。

⑤ 卫宗武：《林丹崖吟编序》，《全宋文》第 352 册，第 247 页。

梅、避人的飞鸥、终日高卧的猫①，等等，这些"古典嘲谑意象"，除了体现作者灵光一现的幽默性灵外，艺术成就有限，因为是诗人性情使然而已。而值得注意的是陆游以下这类作品，诸如：

> 鸠自呼鸣蚓自歌，何时甘澍一滂沱？封姨漫妒阳台梦，却付长空与素娥。（卷七十一《连日云兴气浊，雨意欲成，西南风辄大作，比夜月明》）
> 风月成交友，溪山管送迎，登车雨先止，天岂相吾行。（卷五十七《游山戏作》）

前诗意为昆虫们都盼着下雨，但结果却是云气被风吹散，月出东岭。值得注意的是，作者用游戏性的笔法，叠用"封姨"（风）、"阳台梦"（即巫山神女，司云雨）、"素娥"（月亮）这些代语与典故，将这场欲雨未雨的天气变化傅谬为风与云的嫌隙——即封姨（风）嫉妒巫山神女（云雨），从而赶走了她，召来了素娥（月亮）。这一写法，变传统诗歌对景物的静态形模为动态刻画，予人以相当耳目一新之感。后诗将作者出游时观览之对象风云溪山刻画成能够"成交友""管送迎"的好友，故而连雨在探知作者的出行后而友好地停了下来，也相当新鲜。上述两诗，均赋予客体之物以人类主体的性灵生机，超越了传统类比性的拟人修辞，可谓别开生面。而这种写法，乃是陆游吸收了俳谐文中游戏性的写物手法，将文章之法移入诗歌的结果。

这里说的文章，特指中唐韩愈的俳谐文《毛颖传》。此文借鉴南朝《鸡九锡文》《修竹弹甘蔗文》等俳谐文，变"拟公文体俳谐文"为"假传体"，通篇仿照《史记》列传体式为一支毛笔拟名、授官、立传，叙其家世爵里、仕途行迹。这一无中生有、幻假为真的游戏性书写得到宋人的广泛赞誉与模仿。所谓"有，名万物之母"，这种游戏性的书写，其根基无疑是建立在为物假拟人名这一基础上的——作者用"毛颖"取名毛笔，又封其为"管城子""中书君"，另外还以"陈玄""陶泓""褚先生"称墨、砚、纸，在人名与物性之间建立了一层巧妙的暗示。而只有当事物有

① 分见卷五十八《旅社偶题》、卷四十八《嘲梅未开》、卷五十五《幽居述事》、卷二十八《赠粉鼻》。

了人名，它才可以展现出种种人之属性。陆游的诗歌充分吸收了《毛颖传》的精髓，并进行了开拓。

受《毛颖传》的启发，陆游在诗歌中，屡屡使用这种类型化的假名，像"曲生"（酒）、"曲道士"（酒）、"青州从事"（佳酿）、"管城子"（笔）、"封姨"（风）、"木上座"（手杖）、"冰壶先生"（酱菜）、"髯须主簿"（羊）等类型化假名屡见不鲜。这种类型化假名，在前人的诗句中不乏用例，但陆游用这种假名，将自然万物赋予人之属性，进此扭转传统写物中主体观照客体的单向结构，开拓客体之物的表现空间，从而与主体形成一层更深的意义联结。如卷四十九《早饭后戏作》："髯须主簿方用事，冰壶先生来解围。蛮童取火炷香碗，不读南华谁与归。"前两句诗意为作者吃了羊肉，颇感肥腻，于是吃一点酱菜解腻，诗意平平，但用了"髯须主簿"与"冰壶先生"指代羊肉和酱菜，遂又可以引申出用"解围"形容"解腻"，将作者的口感不适夸张为一场需要"解围"的纠纷，在类型化假名的使用与拓展下，使诗意显得颇为诙谐。又如卷四十八《夜坐求酒已尽，喟然有赋》："澹月微霜夜漏徂，披裘不睡附寒炉。清笳嫋嫋已三弄，残火荧荧才一铢。报国无期心欲折，读书自力眼将枯。麹生作态年来甚，不受闲人折简呼。"作者描写自己报国无期、身体老迈的窘境，想借酒浇愁，可竟然连"麹生"都来欺负他，任凭自己如何折腰下迎，就是不进门。其实作者想表达的就是买不起酒之意，但是用麹生来称呼酒，所以不妨其有"欺负"诗人之举，因而使尾联谐趣横生，让人忍俊不禁。

这种类型化假名的使用，使无情客体被赋予了有情主体的性灵生机，而上述观念一旦建立，那么有时候，即便是不使用这种假名，也不妨碍客体之物的有情化，如卷五十九《江亭》："无心作村醉，酒旌苦相招。"明明是自己想要喝酒，可作者却说成是酒旗对其苦苦相招。卷四十八《风月》："风月不知人意绪，酒醒梦断又催诗。"明明是自己想作诗，却说是风月来催。类似的，如卷六十九《大风不能出户》："山禽念我太寂寥，故作叩门声剥啄。"卷五十七《朝晴》："翩然双雀从檐下，言语分明诉湿衣。"在这些诗句中，山禽会因为担心诗人寂寥而叫得更欢、喜鹊会因为下雨而跟诗人诉苦湿了衣服，这些表达，均突破了主体对客体的单向观照，而使本是客体的物，与人类主体有了更加深层的联结互动，如同辛弃疾所说"一竹一松真朋友，山花山鸟好弟兄"，其抒情感染，是非常强烈的，其诙谐效果，也是相当明显的。

三 日常闲吟之诗——以谐谑提振诗意，超越凡俗生活

在陆游近万首诗歌中，占其数量十之八九的，是其晚年闲居山阴所创作的日常闲吟之诗。因其晚年"优游里居、啸咏湖山、流连景物"（赵翼《瓯北诗话》卷六），故而成就其诗"闲适细腻，咀嚼出日常生活的深永的滋味，熨帖出当前景物的曲折的情状"[①] 的艺术成就。话虽如此，但也有不少论者指出，由于陆游晚年生活圈的窄化而造成其诗料的重复，且其以量争胜的"日课一诗"的创作积习，使其诗呈现出诸如"句法稠叠""流滑浅易居多"之类的缺点亦是事实。不过历代论者多没有注意到俳谐手法在陆游晚年诗歌中的自觉使用。而正是这些幽默的谐谑，才得以补救诗料的贫瘠，提振了诗意，使凡俗的生活得到诗性超越。

陆游经常用过度夸张的手法来营造谐趣。单纯的夸张并不会产生谐趣，但正如叔本华认为：笑和人类其他的非理性现象一样，都是由直观认识和抽象认识的不协调或者说言不符实所引发的[②]，陆游经常用这种言不符实的夸张来增大喻指与喻依的距离，从而营造谐趣。如卷四十六《秋日村社》："芋肥一本可专车，蟹壮两螯能敌虎，"将芋头和蟹脚的肥沃夸张成"可专车"与"能敌虎"，已令人喷饭。卷三十一《夜分复起读书》："愁极不成寐，起开窗下书。似囚逢纵释，如痒得爬梳。"将读书的快感夸张成"似囚逢纵释，如痒得爬梳"，雅事写俗，更令人发噱。而正是因为经过了夸张的变形，本来是吃饭读书这些凡俗不过的生活，反而在作者笔下呈现出生动鲜活的生活况味。再如卷六十七《素饭》："放翁年来不肉食，盘箸未免犹豪奢。松桂软炊玉粒饭，醯酱自调银色茄。时招林下二三子，气压城中千百家。缓步横摩五经笥，风炉更试茶山茶。"说的是"素饭"这件极其平常的琐事，但作者使用过度的夸张，将其描绘成一顿饕餮大餐，在诙谐的叙述中让读者充分感受到了这一凡俗生活的声色滋味。陆游这些诗，虽然夸张过甚、言过其实，但因其表现的依然是安贫乐道之类传统的抒情命题，故而我们不觉其夸张得突兀，反而更易为作者的幽默情

---

① 钱锺书：《宋诗选注》，生活·读书·新知三联书店 2002 年版，第 270 页。
② 转引自闫广林、徐侗《幽默理论关键词研究》，学林出版社 2010 年版，第 204 页。

趣与生活志趣所倾倒。

除过度夸张外，陆游还喜欢用"扮演傻瓜"式的滑稽来营造谐趣。这一滑稽，即是车尔尼雪夫斯基在其未完成的论文《论崇高与滑稽》中所说的"只有到了丑强把自己装成美的时候这才是滑稽"①。当然这种"丑"与"美"，只是一种属类概括，换言之，像诸如贫装成富、无知装成聪明、不得志装成得志等，都可以产生滑稽感。这种"扮演傻瓜"，是古代俳优经常使用的喜剧方法，陆游可谓深喜此道，他经常用这一思维来观照自己的凡俗生活，给再凡俗不过的生活找到种种充分的理由与乐趣。如卷二十二《咏史》："入郢功成赐属镂，削吴计用载厨车。闭门种菜英雄事，莫笑衰翁日荷锄。"自己被迫退休，过起了荷锄种菜的农夫生活，但想到刘备灌园的故事，认为种菜也是英雄，这是典型地把不得志装成得志，令人喷饭。又如卷六十九《饭后自嘲》："岁熟家弥困，天寒酒阙倾。仅能炊稻饭，敢望糁藜羹。一榻解腰卧，四廊摩腹行。诗人要疏瘦，此日愧膨脝。"作者生活窘困，好不容易吃上一顿饭，却忽然想到类如"诗人例穷蹇，秀句出寒饿"②的教训，于是惭愧自己吃得太饱，担心当不成诗人了。这种担心无疑显得多余，这是把无知装成聪明的滑稽。虽然陆游在这些诗歌中"扮演傻瓜"，但读者并不会认为其是一个真正的"傻瓜"或"丑角"，反而会被其机智风趣、善于排解的生活情趣感染。因为陆游所面对的这些躬耕挨饿的生活，在常人看来是凡俗无奇甚至是不堪忍受的，但所谓无知是福、难得糊涂，与其陷溺于凡俗琐碎的悲哀而无法自拔，倒不如换一种视角进行苦中作乐，从而使凡俗生活获得诗性超越。

陆游还经常使用的一种俳谐手法是"打猛诨出"，即利用诗歌尾联的结构功能，与前几联形成风格或意脉的断裂，从而打断读者在阅读时的连贯的"语句思维"，令读者在"紧张的期待突然消失之际"而产生笑声③。这种"打猛诨出"是宋人喜爱的独特的俳谐手法，最先由黄庭坚受杂剧创

---

① ［俄］车尔尼雪夫斯基：《车尔尼雪夫斯基论文学》中卷，辛未艾译，上海译文出版社1979年版，第89、90页。

② 苏轼：《病中大雪数日未尝起观虢令赵荐以诗相属戏用其韵答之》，《苏轼诗集》第1册卷四，第158页。

③ 康德认为笑是在"是在紧张的期待突然消失之际产生的一种情感"。［德］康德：《判断力批判》，邓晓芒译，人民出版社2012年版，第179页。

作的启发而提出①，但由于黄诗本身义理充塞，故其本身的实践有时并不怎么成功。如其著名的次韵苏轼的长诗《子瞻诗句妙一世，乃云效庭坚体，盖退之戏效孟郊、樊宗师之比，以文滑稽耳，恐后生不解，故次韵道之。子瞻〈送杨孟容诗云〉："我家峨眉阴，与子同一邦。"即此韵》② 共有十联，前八联用各种比喻写苏诗之佳而己诗之劣，最后两联"小儿未可知，客或许敦厖。诚堪婿阿巽，买红缠酒缸"，忽然冒出将自己的儿子配作苏轼的孙女婿的想法，完全与诗歌主题无关。其实是作者暗示自己的诗才不足以和苏轼相匹配，故而其儿子也只能作苏轼的孙女婿，意思确实好笑，但由于其诗句典实横陈，故而喜剧效果并不明显，反而让读者摸不着头脑。陆游也借鉴了这一诗法，频繁地运用到诗歌中，但相比黄庭坚的晦涩难解，陆诗的"打诨"显得明快自然。他常用这种"打诨"来补救诗意、提振主旨。如卷六十八《出游》："来往人间不计年，一枝笻竹雪垂肩。扫除身外闲名利，师友书中古圣贤。支遁山前饶石水，葛洪井畔惨风烟。小痴大黠君无笑，买断秋光不用钱。"此诗前三联写得堂皇但贫瘠。"扫除名利""师友圣贤"这类字眼道学味甚浓；"支遁山""葛洪井"又大掉书袋。但最后"小痴大黠君无笑，买断秋光不用钱"的轻松的"打诨"则振起了全篇：秋光本无法买，而这里说是"买断"；买的话必须要钱，这里却又说"不用钱"，于是在"反常合道"的打诨中，作者不仅表达了幽默，同时也救活了前面略显呆板的诗意，使自己坐拥大片秋光的闲暇自适才更加生动鲜活。

"打诨"除了可以补救诗意，还可以用来讽刺世情。这在其晚年的诗歌中表现得特别明显。陆游晚年闲居山阴长达二十余年，不过对于一个具有行动型人格的诗人来说，这一闲居生活绝非其本意，然而身处党争交织的南宋，陆游又不得不退处闲居、优游卒岁，是以造成了陆游晚年的一个心结。其自云经历"暗铄潜消五十年"（卷四十《晨起对镜》）的浃骨之毁，政敌的深文罗织、无端捃扯，恐怕并不能使其心结完全冰释于湖光山色之中。不过在诗歌中，陆游较少流露出对政敌的严词控诉，而是常常以如下"套路"出之：在描写自己乐逸闲暇的生活之余，不忘幽默地讽刺当

---

① 见陈善《扪虱新话》引黄庭坚语："作诗正如作杂剧，初时布置，临了须打诨，方是出场。"朱易安等编《全宋笔记》第五编，大象出版社2012年版，第十册，第67页。

② 黄庭坚著，任渊、史容、史季温注，刘尚荣校点：《黄庭坚诗集注》，中华书局2003年版，第191页。

朝公卿一把。如卷六十八《晓寒》:"悠悠残梦伴残更,万木风号晓气清。鸡唱欲阑闻井汲,月痕渐浅觉窗明。突烟腾碧炊初动,衣焙堆红火已生。小阁翻书裘褐暖,早朝霜滑愧公卿。"前七句,描写自己起床后的悠然自适,最后一句宕开一笔,忽而跳跃到调侃早朝时如履薄冰的公卿身上去,而非得有这样一笔,才能凸显自己的闲居生活是如此惬意。又如卷五十《村居书事》"春残睡足东窗下,闻道长安依旧忙"、卷十五《起晚戏作》"若论身逸心无事,台省诸公恐不如"等尾联,总是抒发自己的闲暇自适后跳跃到"台省诸公"的营役奔忙之中,使之形成一种反衬,用一种幽默的调侃丑化对方。虽是调侃,不过正如洪迈指出的"嬉笑之怒,甚于裂眦"①,这种调侃,比之于义正词言的檄移控诉,其作用更为鲜明,其崇高自我、矮化对方的效果也立竿见影,可见"台省诸公"带给他的愤懑不平是挥之不去的。不过,虽说是愤懑不平,但由于陆游采用了幽默的讽刺,故而这种愤懑读者并不易觉察,反而受其闲暇之情的感染,从而觉其潇洒旷达之人生境界。再如卷二十七《秋晚闲步,邻曲以予近尝卧病,皆欣然迎劳》:

> 放翁病起出门行,绩女窥篱牧竖迎。酒似粥醲知社到,饼如盘大喜秋成。归来早觉人情好,对此弥将世事轻。红树青山只如昨,长安拜免几公卿。

作者病愈出行,邻里嘘寒问暖;秋社将近,生活丰饶富足,一副温馨美好的村居生活图景徐徐展开。此诗除了描写山阴村光风物,还加入了传统田园诗中少见的人情因素,故而在作者对村居生活与和谐人情的由衷赞美中,读者可以充分感受到陆游对这一生活的真切热爱。不过,作者既已言"弥将世事轻",但最终不免还是落到世事,想到作为官场失败者的自己,遂又发"嬉笑之怒",采用与"红树青山"跨度过大的"长安公卿"的逻辑断裂之法"打猛诨出",调侃"长安拜免几公卿"的苍黄翻覆。整首诗的整体基调是轻松闲逸的,但是,其根底下也隐藏了作者对官场翻覆无常的几多愤然,但由于作者使用了幽默的打诨,故而读者并不觉其愤

---

① 洪迈:《容斋随笔》卷一,朱易安等编:《全宋笔记》第五编,大象出版社 2012 年版,第五册,第 18 页。

然，反而更感受到了作者的闲暇自适、潇洒旷达之姿。

小 结

正如明代许学夷评论宋诗道："宋主变，不主正，古诗、歌行、滑稽、议论，是其所长。"① 俳谐滑稽，是宋诗的一大特色，其重要性丝毫不亚于宋诗的"以文为诗""好议论"等艺术特质。但笔者认为，研究俳谐诗，并不是要把这类诗歌从整个抒情系统中抽离出来，视为纯粹的谐谑滑稽一途，这可能会把俳谐诗的艺术成就限定在一个狭窄的范围，相反，而是首先应该充分考虑到俳谐的表达是如何更好地为诗歌的言志缘情的文体功能所服务。从这个角度上说，陆游诗歌中的俳谐书写，其意义也就得到了体现。

---

① 许学夷：《诗源辩体·后集〈纂要〉》，人民文学出版社 1987 年版，第 377 页。

试论陆游诗歌创作对古代谣谚的学习与借鉴

黄　晔*

（湖北工程学院 文学院）

摘要： 谣谚作为古代民间文学中代表性的文体，以短小精悍、质朴凝练的形式对古代文论思想进行提炼和表达，既强调文学创作要有充实的情感内容，也重视比兴象征手法、多种句法和俚俗语等艺术表现手法的运用，为后世的文学创作树立了榜样。陆游在其诗歌创作中对谣谚有较多的学习和借鉴，既充实了诗歌的情感内涵，又增强了诗歌的艺术吸引力，反映出古代文人创作与民间创作之间的有机互动，还反映出古代民间文学批评史上对谣谚文体特征的深刻认识。

关键词： 陆游；诗歌创作；古代谣谚；学习与借鉴

上古之时，先有语言，后有文字。有声音然后有点画，有谣谚然后有诗歌。谣、谚二体，皆为韵语。"谣"训徒歌，歌者，永言之谓也。"谚"训传言，言者，直言之谓也。盖古人作诗，循天籁之自然，有音无字，故起源亦甚古。观《列子》所载，有尧时谣；孟子之告齐王，首引夏谚；而《韩非子·六反篇》或引古谚，或引先圣谚，足征谣谚之作，先于诗歌。[①]古代谣谚产生于诗歌之前，以其短小精悍、质朴凝练的形式，充实的情感

---

* 黄晔（1981— ），湖北省沙洋县人，湖北工程学院文学与新闻传播学院讲师（湖北大学博士在读），研究方向为中国古代文学、中国古典文献学。先后在国内学术期刊上公开发表学术论文十余篇。

① 刘师培：《中国文学讲义》，广陵书社 2016 年点校本，第 173 页。

内容，比兴象征手法，多种句法和俚俗语等艺术表现手法的运用，对古代诗歌创作产生了深远的影响。陆游作为南宋文人的代表，在诗歌创作中对谣谚有较多地学习和借鉴。

一 谣谚的运用丰富了陆游诗作的思想内容和情感内涵

谣谚的创作是集体性创作，这种集体性创作所咏叹的人和事，经常只在特定的自然地理环境中传播。受此影响，谣谚也呈现出丰富的地域特征："南方水土和柔，其音轻举而切诣，失在浮浅，其词多鄙俗；北方山川深厚，其音沉浊而鈋钝，得其质直，其词多古语。"[1] 陆游的诗作中常用富有地域文化特征的谣谚展现山水风情、抒发羁旅客愁。在此类谣谚中，陆游引用较多的是富于巴蜀地域特色的歌谣，又以竹枝词用的最多，如"竹枝歌舞新教成，凄怨传得三巴声""荔子阴中时纵酒，竹枝声里强追欢""平生不负月明处，神女庙前闻竹枝""莼菜煮羹吴旧俗，竹枝度曲楚遗辞""切勿轻为归蜀梦，竹枝忍复听吾伊"等。除了竹枝词，还引用了体现巴蜀地域特色的巴歌："骚客久埋骨，巴歌犹断肠""病与愁兼怯酒船，巴歌闻罢更凄然""老来每惜岁峥嵘，几为巴歌判宿醒""郫筒味酽愁濡甲，巴曲声悲怯断肠"等。此外，陆游还在诗作中运用了具有江南水乡特色的歌谣，又以江南采莲歌用的最多，如"梅雨晴时插秧鼓，蘋风生处采菱歌""何时却泛耶溪路，卧听菱歌四面声""飘飘枫叶无时下，袅袅菱歌尽意长"等。《采莲》《采菱》与后来的榜歌、棹歌等都是江南水乡民间盛行的船歌。"汉代民间船歌甚为流行。《乐府诗集》收有'江南可采莲'一曲，题'古辞'，一般认为是汉代民歌，可视为现存最早的'采莲歌'。"[2] 到了南朝时期，《幽明录》中记载的"采菱女"[3] 故事使得这类歌谣又增添了传奇和浪漫色彩。还有少数运用江南吴歌的也较有代表性，如"丁年汉使殊方老，子夜吴歌昨梦残""回首家山又千里，不堪醉里听吴歌"等。陆游在诗中还用到了在长江中游比较流行的《欸乃歌》，如"半生蓬艇弄烟波，最爱三湘欸乃歌""人语朱离逢峒獠，棹歌欸乃下吴舟"等。

---

① （北齐）颜之推撰，王利器集解：《颜氏家训集解》，中华书局 2016 年标点本，第 638—639 页。

② 黄天骥、康保成主编：《中国古代戏剧形态研究》，河南人民出版社 2009 年版，第 388 页。

③ 鲁迅校录：《古小说钩沉》，齐鲁书社 1997 年版，第 181 页。

"汉自孝武表章六经之后，师儒虽盛，而大义未明，故新莽居摄，颂德献符者遍于天下。光武有鉴于此，故尊崇节义，敦厉名实，所举用者，莫非经明行修之人，而风俗为之一变。"① 从东汉以来形成的崇尚节义名实的政坛士风对谣谚的创作产生了深远的影响，促使文人经常运用谣谚抒发理想抱负和寄托高洁志行。陆游的诗作中也常用此类谣谚来表现积极用世的人生追求和高洁志行。如"不作王猛傲睨坐扪虱，不作宁戚悲歌起饭牛""骏马宝刀俱一梦，夕阳闲和饭牛歌""功名老大从来事，且复长歌起饭牛""微风吹醉醒，起和饭牛曲"等都用到了《宁戚饭牛歌》的典故。《吕氏春秋》记载了此歌的创作背景："桓公郊迎客……宁戚饭牛居车下，望桓公而悲，击牛角疾歌。桓公闻之，抚其仆之手曰：'异哉！之歌者，非常人也。'命后车载之。"② 陆游反复用此歌表达自己怀才不遇、自荐求官的意愿。再如"便欲唤钓舟，散发歌沧浪"，陆游在蜀地纪游诗作中用《沧浪歌》的典故，寄托了自己高洁的志向。

二 谣谚的运用增强了陆游诗作的艺术表现力和语言吸引力

"凡是含有'兴'的诗和歌谣，总比无兴的诗和歌谣，显得生机勃勃，意趣深长，情味无尽。"③ 谣谚中比兴手法的成功运用，既能够增强其含蓄隽永的表达效果，也能够使接受者明晓事理、易于教化。陆游在诗歌创作中较为重视将谣谚作为比兴的媒介，以此表明心志、抒发情感。如"半生蓬艇弄烟波，最爱三湘欸乃歌"，用《欸乃歌》起兴，向友人表白了自己半生漂泊但乐观放达、坚韧不拔的心志。再如"木莲花下竹枝歌，欢意无多感慨多"，用《竹枝词》起兴，抒发了其客游巴蜀、报国无门、怀才不遇的抑郁之情。

在社会生产力和生活水平不断提高的过程中，民众对谣谚的艺术特征的认识也在不断地丰富。"一开始，人们可能是在日常的歌咏等言语活动中偶然发现了语言文字的声韵协调、句式整齐等艺术上的美感。"④ 在这种

---

① （清）顾炎武著，（清）黄汝成集释，栾保群、吕宗力校点：《日知录集释》，上海古籍出版社 2013 年全校本，第 752 页。
② 许维遹撰，梁运华整理：《吕氏春秋集释》，中华书局 2009 年整理本，第 542—543 页。
③ 朱介凡：《中国歌谣论》，台湾"中华书局"1984 年版，第 120 页。
④ 吴承学、李冠兰：《论中国早期文体观念的发生》，《文艺理论研究》2016 年第 6 期。

审美认知的基础上,民众发现谣谚具有"同自然万物运动的节律及人生理反应的节奏相和谐、相对应的"① 节奏感。这种节奏感使谣谚的创作者"出于追求艺术之美的内在驱动"②,创作出的谣谚"因而呈现出活泼自然的音韵"。③ 陆游在诗歌创作中征引谣谚时注重承上叶韵,力求达到声韵婉转的表达效果。如"长歌相赠答,宛转含豳风",与诗作上下文中的"中""鸿""浓""冬""童""公""丰"等押韵,声律严谨。再如"分留端有待,剩赋竹枝词",与上文中的"时""悲""遗"等押韵,韵律整齐。还有"骚客久埋骨,巴歌犹断肠",与上下文中的"凉""湘""觞"等押韵,韵律协和而能与诗作要表达的情感相契合。

"我国自古就是以礼乐治国的国家,乐字中固然以歌舞为重,礼字中含有舞的成分也不少,简单地说就是一个重舞的国家。"④ 谣谚自产生以来,受到全民重舞、载歌载舞的乐教传统的影响,与音乐和舞蹈有着密不可分的关系。"夫哥者,固乐之始也。咏哥不足,乃手之舞之,足之蹈之,然则舞又哥之次也。咏哥舞蹈,所以宣其喜心。"⑤ 陆游在诗歌创作中重视征引带有歌舞结合特征的谣谚。如"明朝不见知何处,又向江湖醉踏歌",古代的踏歌是一种具有载歌载舞艺术特征的歌谣形式。《西京杂记》记载:"(戚夫人侍儿贾佩兰)又说在宫内时,尝以弦管歌舞相欢娱,竞为妖服,以趣良时。十月十五日,共入灵女庙,以豚黍乐神,吹笛击筑,歌《上灵》之曲。既而相与连臂,踏地为节,歌《赤凤凰来》。"⑥ 踏歌之表演风尚在汉代就已经开始出现。再如"竹枝歌舞新教成,凄怨传得三巴声",《竹枝词》的传唱伴随有轻歌曼舞,显示了民间歌谣较强的表演性。

三 陆游诗歌创作中运用谣谚的原因

陆游作为南宋文人的代表,在诗歌创作中对谣谚的运用,既与他的创作实践与文学理论修养有密切关系,也是在"中兴"时期文学思想发展的

---

① 祁连休、程蔷、吕微主编:《中国民间文学史》,河北教育出版社 2008 年版,第 587 页。

② 吴承学、李冠兰:《论中国早期文体观念的发生》,《文艺理论研究》2016 年第 6 期。

③ 朱介凡:《中国谚语论》,台湾新兴书局 1984 年版,第 442 页。

④ 齐如山:《国剧艺术汇考》,辽宁教育出版社 2010 年版,第 9 页。

⑤ (南朝梁)沈约:《宋书》,中华书局 2018 年标点本,第 596 页。

⑥ (晋)葛洪撰,周天游校注:《西京杂记》,三秦出版社 2005 年校注本,第 146 页。

背景下的产物。

1. 陆游的创作实践与文学理论修养

书香门第、官宦世家的出身，又经历了国破家亡、被迫南渡和人生道路上的几进几退，使陆游既有丰富的创作实践，也有深厚的文学理论修养。

"我昔学诗未有得，残余未免从人乞。力屡气馁心自知，妄取虚名有惭色。四十从戎驻南郑，酣宴军中夜连日。打球筑场一千步，阅马列厩三万匹。华灯纵博声满楼，宝钗艳舞光照席。琵琶弦急冰雹乱，羯鼓手匀风雨疾。诗家三昧忽见前，屈贾在眼原历历。天机云锦用在我，剪裁妙处非刀尺。世间才杰固不乏，秋毫未合天地隔。放翁老死何足论，广陵散绝还堪惜。"① 陆游在回顾自己的创作实践时指出，自四十五岁西入巴蜀、从戎南郑时期开始才是自己诗歌创作真正具有个性、真正有成就的开始。其中很重要的原因，就是从这一时期开始他体悟到了"直接从社会生活中汲取诗情"②"直接从现实生活中汲取灵感"③ 的重要性并加以实践。

而以陆游为代表的南宋文人"学习上主张兼收并蓄，其创作实践中必然反映出杂取百家的特色，在观念上也就对'俗'的东西、'异端'的东西比较宽容"。④ 当地民间广泛流传的竹枝词、巴歌等对峡江风情的雄奇险秀和成都平原的物阜民丰都有生动的展现。如刘禹锡《竹枝词九首并引》云："四方之歌，异音而同乐。岁正月，余来建平，里中儿联歌《竹枝》，吹短笛，击鼓以赴节。歌者扬袂睢舞，以曲多为贤。聆其音，中黄钟之羽，其卒章激讦如吴声。虽伧儜不可分，而含思婉转，有淇濮之艳。昔屈原居沅湘间，其民迎神，词多鄙陋，乃为作《九歌》，到于今荆楚鼓舞之。故余亦作《竹枝词》九篇，俾善歌者飏之，附于末，后之聆巴歈，知变风之自焉。"⑤《竹枝词》既继承了《九歌》通常在祭祀迎神场合下载歌载舞传唱的传统，也和巴歌共同继承了以"国风"为代表的民间歌谣歌咏民情、反映民志的传统。《五祖唱绵州巴歌》云："豆子山，打瓦鼓。杨平

---

① （宋）陆游著，钱仲联校注：《剑南诗稿校注》，上海古籍出版社 2005 年版，第 1802—1803 页。

② 张毅：《宋代文学思想史》，中华书局 2016 年版，第 218 页。

③ 张毅：《宋代文学思想史》，中华书局 2016 年版，第 218 页。

④ 杨胜宽：《东坡与放翁：隔代两知音——论陆游对苏轼思想和文艺观的全面继承》，《西南师范大学学报》（哲学社会科学版）1995 年第 2 期。

⑤ （唐）刘禹锡著，陶敏、陶红雨校注：《刘禹锡全集编年校注》，岳麓书社 2003 年版，第 317 页。

山，撒白雨。白雨下，取龙女。织得绢，二丈五。一半属罗江，一半属玄武。"① 是五祖弘忍歌咏巴蜀地区的雷雨、龙女与河伯水神，是玄武民间神话故事白龙嫁女之歌。清人陈祥裔在《蜀都碎事》一书中亦引此歌并有考证："'豆子山，打瓦鼓，阳平山，撒白雨。'此绵州巴歌也，巴歌二字始见此。后刘禹锡之《竹枝词》、李白之《巴女词》皆其变体也。若常璩《巴志》所载，则皆古诗者流，非通俗之唱矣。"② 此歌不仅是对当地地形地貌的记载反映，也是当地众多形式民间歌谣的源头之一。这些民间歌谣都是陆游诗歌创作深入现实生活取材的重要来源。

2. "中兴"时期文学思想发展的背景

以陆游为代表的南宋文人在"欲战不能，欲罢不甘的窘困现实中高唱英雄豪杰之歌，本身就有一种悲怆沉郁的心绪难以排除"。③ 为了消解这一心绪带来的痛苦，他们在诗歌创作中运用谣谚抒写日常生活中的情趣和体悟，"促进了诗歌风格向通俗化方向发展，使宋诗带上了更多理性色彩"。④陆游在诗歌创作中反复运用《宁戚饭牛歌》和《沧浪歌》来抒情言志，即体现了这一发展趋势。

另外，谣谚作为儒家施行诗教的重要媒介，其宣传作用和交际作用也受到了陆游的重视。陆游较为重视谣谚的交际作用，在其诗作中多次运用了谣谚进行唱和，如"彭城戏马平生意，强为巴歌一解颐""不作王猛傲睨坐扪虱，不作宁戚悲歌起饭牛""竹枝歌舞新教成，凄怨传得三巴声""半生蓬艇弄烟波，最爱三湘欸乃歌"等。

陆游在诗歌创作中对谣谚的运用，与道家哲学思想密不可分。陆游"认同了庄子的相对主义人生哲学，仕与不仕，出处进退，辄以随缘任运、纵浪大化处之"⑤。除闲居在山阴期间诗歌创作中多用采莲歌、吴歌来描绘水乡风情，表现超然物外的心态外，陆游在宦游巴蜀、报国无门之时，也常用采莲歌来寄托对故乡的思念、消解现实的痛苦。如"何时却泛耶溪

---

① （清）杜文澜辑，周绍良点校：《古谣谚》，中华书局 1958 年点校本，第 829 页。

② （清）陈祥裔编，王斌、靳雅婷校注：《蜀都碎事校注》，西南交通大学出版社 2017 年校注本，第 51 页。

③ 张毅：《宋代文学思想史》，中华书局 2016 年版，第 210 页。

④ 赵瑶丹：《论谣谚与两宋诗歌的关系》，《清华大学学报》（哲学社会科学版）2020 年第 2 期。

⑤ 杨胜宽：《东坡与放翁：隔代两知音——论陆游对苏轼思想和文艺观的全面继承》，《西南师范大学学报》（哲学社会科学版）1995 年第 2 期。

路，卧听菱歌四面声""莲房芡茈采无主，渔歌菱唱声满川"等。

"谣谚与诗歌相互交融、相互映证是一种不容忽视的文学史现象。"①陆游在诗歌创作中广泛运用与借鉴古代谣谚，在民间文学史上具有重要意义。陆游在诗歌创作中继承了谣谚与诗歌融合的传统，对于宋代乃至后世诗歌创作产生了深刻的影响，同时也将古代民间文学史上对谣谚文体特征的认识引向深入。

---

① 赵瑶丹：《论谣谚与两宋诗歌的关系》，《清华大学学报》（哲学社会科学版）2020年第2期。

传说、景观与地方记忆：论陆游的大禹书写

赵宏艳

（越秀外国语学院 文学院）

摘要： 诗人是文化的传承者和传播者。陆游数量颇丰的"咏禹"诗文在大禹文化传播史上具有重要的价值和意义。首先，诗人以史学家理性精神重新论定大禹治水方法，盛赞大禹功绩、高扬大禹治水精神；其次，记载了宋代禹文化氛围最浓烈的两个地区——以绍兴府为核心的越地和以三峡为核心的川渝地区的大禹文化景观。物质文化景观以祠庙、历史遗迹为主，非物质文化景观以大禹信仰民俗的展示为主。通过诗人全方位的书写，展现了越地和三峡一带具有鲜明地域文化特色的大禹祭祀与信仰文化，印证了祭禹中心的转变历程，同时内化为诗人历久弥新的地方记忆。

关键词： 陆游；大禹；景观；地方记忆

引 言

大禹是儒家道统论中上承尧、舜，下接周、孔中的重要一环，是三代历史开启"家天下"政治模式的第一人。历史转折时期的伟大人物往往会成为后世争议不休的"话题式"人物，历代围绕大禹治水、立国以及传子等问题众说纷纭、莫衷一是，笔仗一直打到近代，至"古史辨派"而初步解开一些谜团。作为掌握知识书写话语权的古代诗人群体，他们是如何描摹大禹形象、评说大禹功绩和论定其历史地位的，他们在大禹文化传播中又起到了何种作用，这些问题至今尚缺乏系统论述与研究。

陆游及其诗文是研究这一问题的典型案例。陆游一生任职与生活的地

区主要在浙江、四川、陕西、福建、江苏、江西等地。从时间来看，浙江最长，其次就是四川时期（1609—1178），共八年。这两个地区也恰恰是从古至今禹文化氛围最浓烈的地区。通过检索，我们发现陆游诗、赋、文、笔记中有百余首"咏禹"诗文，本文即以这些诗文为研究内容，运用文化地理学"文化景观"理论和民俗学理论与方法，探讨陆游大禹书写的内容、特点与意义。

一　以史家笔法论赞禹功

四川是大禹的出生地，浙江是大禹的葬地，这两个区域有着源远流长和极为丰富的大禹传说、民间故事、历史遗迹、文化景观、民间信仰等。禹一生功绩，始于治水，终于立夏。在诗歌史上，也形成了独特的"咏禹诗"。宋以前多有诗人或诗篇题咏大禹，如《诗经》"洪水芒芒，禹敷下土方"（《商颂·长发》），屈原"禹之力献功，降省下土四方"（《楚辞·天问》），魏晋曹植"嗟夫夏禹，实劳水功。西凿龙门，疏河道江。梁岐既辟，九州以同。天锡玄圭，奄有万邦"（《禹治水赞》）。唐代许多大诗人都有歌咏大禹的诗篇，如陈子昂"荒服仍周甸，深山尚禹功"（《白帝城怀古》），李白"大禹理百川，儿啼不窥家。杀湍堙洪水，九州始蚕麻"（《公无渡河》），杜甫"禹功饶断石，且就土微平"（《移居夔州郭》），元稹"禹功九州理，舜德天下悦"（《谕宝二首》），白居易"不尔民为鱼，大哉禹之绩"和"安得禹复生，为唐水官伯。手提倚天剑，重来亲指画"（《自蜀江至洞庭湖口有感而作》）的豪迈感喟。至两宋，王安石、苏轼、黄庭坚、辛弃疾等著名诗人屡屡提及大禹，评论其功绩，然以陆游咏禹诗数量最多、内容最丰富、成就最高、影响最大。

评论大禹，首要的自然是与治水相关的话题。陆游也认识到"自古水土之功，莫先乎禹"①，所以诗文中对此着墨极多。从内容来看，陆游论赞大禹政治功绩主要强调两个方面。第一，盛赞大禹治水功绩，如"禹迹茫茫始江汉，疏凿功当九州半"（《登灌口庙东大楼观岷江雪山》）②，"禹功

---

① 陆游著，马亚中、涂小马校注：《渭南文集校注》第二册，浙江古籍出版社 2015 年版，第 167 页。

② 钱仲联：《剑南诗稿校注》第二册，上海古籍出版社 2005 年版，第 489 页。

何巍巍，尚睹镌凿痕。天不生斯人，人皆化鱼鼋"（《入瞿唐登白帝庙》）①，"羲皇受图抚上古，神禹治水开中原"（《送潘德久使蓟门》）②，"百谷蘸蘸知稷功，九州茫茫开禹甸"（《溪上杂言》）③，"江汉""中原""九州"等皆言大禹治水的地理范围。"禹吾无间圣所叹，治水殆与天同功"（《春晚出游》）④，前句化用孔子"禹，吾无间然矣"（《论语·泰伯》），后句"与天同功"源自荀子"天功"概念，这两句是对大禹德、能、才、绩的总论。第二，论大禹对农业的贡献，如"洪水昔滔天，得禹民乃粒"（《农家》）⑤，强调大禹治水对农业生产与发展的重大意义。在《商颂》和豳公盨铭文等较早文献中，禹的职能是"敷土"，禹的稼穑职能大概由此而来。

陆游另有一篇《禹庙赋》⑥，全文七百余字，尤能体现陆游对大禹的整体评价与客观认识。在这篇赋中，陆游开篇即反驳"世传禹治水，得玄女之符"的世俗观点；继而以夸张铺排手法描写了大洪水到来时的情景以及给人类带来的巨大破坏，这也是为大禹治水任务的艰巨张本铺垫；次而论述大禹临危受命，最终"张天维于已绝，亟救命于将湮。九土以奠，百谷以陈。阡陌鳞鳞，原隰畇畇"，可谓力挽狂澜，拯救万千生灵于涂炭，故陆游提出"凡人之类至于今不泯者，禹之勤也"的论点；复次，分析了禹治水成功的方法与原因，这也是对"叹世之妄"的正面回答。他引用了孟子的话，"禹之行水也，行其所无事也"（《孟子·离娄下》），并对"行其所无事"做出了自己的分析："世以已治水，而禹以水治水也。……以水治水者，内不见已，外不见水，惟理之视。避其怒，导其驶，引之为江、为河、为济、为淮，汇之为潭、为渊、为沼、为沚。盖滫于性之所安，而行乎势之不得已。方其怀山襄陵，驾空滔天，而吾以见其有安行地中之理矣。"大禹之所以会成功，就在于他以水治水，即在充分掌握和了解水性的基础上，因势利导，而不仅仅是从个人的主观意愿和想法出发；最后，陆游认为大禹的治水方法具有普遍适用性，"岂惟水哉，禹之服三苗，盖

① 钱仲联：《剑南诗稿校注》第一册，上海古籍出版社 2005 年版，第 177 页。
② 钱仲联：《剑南诗稿校注》第三册，上海古籍出版社 2005 年版，第 1571 页。
③ 钱仲联：《剑南诗稿校注》第四册，上海古籍出版社 2005 年版，第 1919 页。
④ 钱仲联：《剑南诗稿校注》第七册，上海古籍出版社 2005 年版，第 3915 页。
⑤ 钱仲联：《剑南诗稿校注》第七册，上海古籍出版社 2005 年版，第 3819 页。
⑥ 陆游著，马亚中、涂小马校注：《渭南文集校注》第四册，浙江古籍出版社 2015 年版，第 259—260 页。

有得乎此矣"。收服三苗也发挥了同样的效果，不但收服三苗，而且令其心服口服，永世臣服不生叛逆之心。这篇赋文有三个亮点：一，陆游不盲从流于世俗的观念，大胆怀疑，敢于提出自己的观点；二，大禹治水成功，行动上贵在"勤"，方法上贵在"导"，与神仙无关；三，大禹治水方法具有普遍适用性，可以用在调解民族矛盾和国家政治管理方面。总之，在陆游看来，无论治水还是治国，大禹都可谓模范，故以"天功""神禹"论之，可见大禹在宋人心目中的崇高地位。

陆游对大禹治水的再评价有着特定的历史文化背景。首先，这是宋学怀疑精神的体现。皮锡瑞称宋代为"经学变古时代"①，从经学领域开始的"疑经"思潮，遍及经史子集各个领域，使得怀疑精神成为宋学的基本特征之一，陆游继承了宋学怀疑、批判的精神。史学领域掀起了轰轰烈烈大规模的古史整理热潮，对大禹传说进行历史化整合与改编的史学类著作有司马光《稽古录》、刘恕《通鉴外纪》、罗泌《路史》、苏辙《古史》、胡宏《皇王大纪》等，但对大禹及夏史的叙述基本没有脱离《史记·夏本纪》的樊篱。其中罗泌《路史》采用资料最为丰富，也最为芜杂，大量引用谶纬资料和民间传说，对大禹治水附加了"河精授图""得绿字于浊水""受策鬼神之书""复岳下龙门受玉简以揆地"② 等细节，杂糅《书中候》《予福地记》《岳渎经集仙录》《仙灵符会稽纪》等道教秘书。大禹治水时上天入地，似乎无所不能，大禹被严重仙化，③ 从而削弱了大禹在治水过程中作为"人"的主体性和主观能动性。所以陆游《禹庙赋》"世传禹治水，得玄女之符。予……思禹之功，而叹世之妄"的议论是非常有针对性的，他严厉批评了从民间到各类史书对大禹治水过度神话和仙化的行为。虽然陆游自己具有浓烈的道家思想底蕴，但是在大禹治水问题上他是清醒而客观的，治水是不容置疑的历史史实，治水方法来自人的主观能动性。他提出大禹治水成功的指南是行动上在于"勤"，方法上在于"导"。其次，显示了陆游卓越不凡的史学才能。陆游一生勤于为诗，史学著作《南唐书》"简核有法""文采杰然"，处处彰显"春秋笔法"，隐含"微言大

---

① （清）皮锡瑞：《经学历史》，中华书局 2008 年版，第 220 页。
② 罗泌：《路史》卷二十二，清文渊阁四库全书本。
③ 道教和佛教都曾收编和改造大禹神话与传说。道教的改造具有鲜明的"仙化"特点，关于这一点宁稼雨先生《诸神的复活：中国神话的文学移位》第五章"大禹游历传说的仙话化"所论甚详，中华书局 2020 年版，第 251—269 页。

义"。他对大禹以"玄女之符"治理天下水患这一谬论的有力批判，剥掉了笼罩在大禹治水史实上的神话外衣与仙化色彩，充分彰显了一位史学家的才华与理性。

二　禹庙及相关文化景观书写

什么是文化景观？"在人文地理研究中，我们可以把景观看成地理综合体，即由自然景观和文化景观组成。"① "文化景观是地球表面文化现象的复合体，它反映了一个地区的地理特征。"② "构成文化景观的人文因素可以分成两类，即物质因素和非物质因素。物质因素是文化景观的最重要组成要素，指具有色彩和形态，可以被人们肉眼感觉到的、有形的人文因素。……非物质因素主要包括思想意识、生活方式、风俗习惯、宗教信仰、审美观、道德观、政治因素、生产关系等。"③ 将文化景观引入大禹传说与大禹文化研究中，可以有效地解决文献文本以外，其他记录、展现大禹传说与传播方式及载体的问题。根据载体可以将传播方式分成"口头传播""文字传播""图像传播""景观传播"四大类。"口头传播"最不稳定，"文字传播"最持久，"图像传播""景观传播"直观而相对稳定。"景观传播"是"口头传播""文字传播""图像传播"的物化形态，也是对前三者的综合反映。大禹研究中，前两种比较受重视，图像与景观研究却严重不足。大禹文化景观可以分成物质文化景观和非物质文化景观两种。物质文化景观指祭祀大禹的各类祠庙或纪念大禹的各类建筑，非物质文化景观指大禹信仰民俗及其展演仪式等。

时间和空间是生命的存在方式。时间的不可逆性决定了人类对生命永远处于未知与敬畏的心理，而空间却可以在一定时间之内保存对生命的记忆。于是，墓穴、陵寝成了安放生命的处所；宗庙、祠堂成了纪念生命存在的印记与展现敬畏之心的空间。空间成为时间的存在方式。禹庙作为一种空间存在，从地理视角看，它是一种景观，一种物化形态，但它并非冰冷的材料与建筑，它连接着民众和大禹，是纪念的场所，是仪式的展示空

---

① 汤茂林:《文化景观的内涵及其研究进展》，《地理科学进展》2000 年第 1 期。
② 李旭旦:《人文地理学》，中国大百科全书出版社 1984 年版，第 223—224 页。
③ 汤茂林:《文化景观的内涵及其研究进展》，《地理科学进展》2000 年第 1 期。

间，是民间信仰的主要载体。

从陆游诗歌来看，两宋时期越州与川渝地区大禹物质文化景观以各类由官方或民间为祭祀大禹而建的祠庙为主要形式。作为祭祀空间的禹庙，其分布、数量、规模、用途等，成为展示地域性大禹文化形态的重要内容。那么，陆游对这两个区域大禹物质文化景观的书写有何特点，又有何差异呢？

（一）禹庙：大禹物质文化景观的主要形态

川渝地区的大禹文化景观，陆游记述了三处祠庙（黄牛庙、妙用真人祠、忠州禹庙），一处历史遗迹（瞿塘峡）。从地理位置来看，主要分布在长江中上游地区，范围集中在今湖北夷陵和重庆忠县。这一带俗称川东鄂西地区，属于巴文化圈。"巴文化区的地域范围，大致上北起汉中，南达黔中，西起川中，东至鄂西。"① 古今地理、行政区域变化甚大，为便于描述，故以"巴文化圈"统称。对这个地区大禹景观的描写，一是见于《入蜀记》，二是出入蜀中所作诗歌，如《黄牛峡庙》《谒巫山庙》《入瞿塘登白帝庙》等。陆游行船至三峡中上游以后，有关大禹的民间传说渐次增多。黄牛庙配享灵感神，妙用真人祠奉祀神女、配享白马将军，都和大禹治水有关。这两座祠庙属于祭祀类文化景观，是大禹治水民间化、道教化的表征。淳熙五年春天，陆游踏上东归之旅，走到忠州时，拜谒了忠州禹庙，并题诗一首："古郡巴蛮国，空山夏禹祠。鸦归暗庭柏，巫拜荐江蓠。草蔓青缘壁，苔痕紫满碑。欲归频怅望，回棹夕阳时。"（《忠州禹庙》）② 这是陆游行迹所至，唯一提到的一座大禹祠庙，具有鲜明的民间色彩。

祭禹中心在历史上经历了由北到南的转变。唐代以前，山西安邑为官方祭祀中心；自北宋始，越地禹陵地位渐次上升。至南宋，绍兴府成为祭禹中心，当时仅内城就有涂山禹庙和会稽山禹庙并立。官方祭祀中心的变化，一方面显示出大禹传说在地域上的不断扩展与流播，另一方面也是国家政治、文化、经济中心转移的结果，显示出传说、信仰与政治、经济变迁的密切互动关系。陆游恰好生活在这个历史转变时期，因此他的诗文作品就成为考察这种历史转变与轨迹的绝佳范本。

这个范本的意义首先体现在大量与禹庙相关的庙观诗的创作。在一百

<hr>

① 段渝：《巴人来源的传说与史实》，《历史研究》2006 年第 6 期。
② 钱仲联：《剑南诗稿校注》第二册，上海古籍出版社 2005 年版，第 782 页。

余首"咏禹诗"中，"禹庙"诗五十余首，几乎占到"咏禹诗"的一半，可见在绍兴府周边的大禹文化景观中，陆游对禹庙投入了更高的关注。"禹庙"诗为我们提供了南宋时期禹陵建筑面貌和形制等基本信息。从内容来看，陆游到禹陵，一是祭拜大禹，参加祭祀活动。如《早春出游》："闻道禹祠游渐盛，也谋随例一持杯。"① 二是踏春旅游，如"惟有禹祠春渐好，从今剩判典春衣"（《开岁》）②。这两点又体现了陆诗范本意义的第二方面，对禹庙的高度关注正好契合了两宋以来绍兴府禹庙地位上升的历史背景。北宋初，赵匡胤"诏吴越立禹庙于会稽，置守陵五户，长吏春秋奉祀"③，大禹位列最高一级帝王祭祀序列，"置守陵五户，岁春秋祠以太牢"④。宋高宗绍兴元年，又"命祠禹于越州"。⑤ 加上禹庙所在会稽山自隋唐以来被敕封为南镇，成为"国家礼法地理大坐标"⑥。至此，国家政治中心与信仰中心合一，禹庙在国家祭祀序列中的核心地位就此确立。在《故山》诗中，陆游写道："禹祠行乐盛年年，绣毂争先翠画船。十里烟波明月夜，万人歌吹早莺天。"⑦ "盛年年"写大禹祭祀典礼之盛大与悠久，"万人歌吹"则是参与人数之众多，极写禹祭时节的盛况，而这种盛况的出现和以上背景密切相关，或者说是政治、地理、信仰融合的具体体现。陆游笔下禹庙集地理坐标、游览胜地与信仰中心于一体，是多种因素综合交织的结果。当然，这种盛况与同时期川渝地区"古郡巴蛮国，空山夏禹祠"的落寞无疑形成一种强烈的对比，作为禹文化源头的巴国禹庙似乎已落入了历史的尘烟当中。

（二）遗迹：圣王存在的历史印记

近代以来，大禹是否确有其人、是否有过治水其事曾遭到强烈质疑。但是在古代知识分子那里，这些都是事实确凿、不容怀疑的史实，并且作为历史印记在文学作品中反复书写与传播。陆诗写川渝地区的大禹遗迹主要是三峡瞿塘峡，越地则是禹穴和禹窆。

---

① 钱仲联：《剑南诗稿校注》第八册，上海古籍出版社2005年版，第4094页。
② 钱仲联：《剑南诗稿校注》第六册，上海古籍出版社2005年版，第2978页。
③ （明）萧良幹修，（明）张元忭、孙鑛纂，李能成点校：《万历绍兴府志》，宁波出版社2012年版，第415页。
④ （元）脱脱：《宋史》卷一百五，中华书局2000年版，第1721页。
⑤ （元）脱脱：《宋史》卷一百五，中华书局2000年版，第1722页。
⑥ 张炎兴：《大禹传说与会稽山文化演变研究》，商务印书馆2018年版，第226页。
⑦ 钱仲联：《剑南诗稿校注》第三册，上海古籍出版社2005年版，第1626页。

　　大禹传说具有鲜明的地理与地域特征。不同时期、不同地域，大禹传说的侧重点各有不同。如果以《诗经》为原点，把渭水流域作为大禹传说的起点，我们会发现，由北向南，由西向东，大禹传说逐渐进入黄河流域、长江流域、淮河流域、太湖流域，并且不断补充和形成各自传说重点。

　　大禹传说进入长江流域后，形成的典型传说是"禹开三峡"。但凡游历过三峡的诗人，都会把瞿塘峡作为大禹治水遗迹加以描述。如杜甫"我未下瞿塘，空念禹功勤"（《寄薛三郎中》）①，范成大"蜀山欲穷此盘礴，禹力且尽犹镵镵"（《扇子峡》）②，傅文翁"滟滪拓瞿塘，二孤障澜蠡。大哉神禹功，天地相终始"（《小孤山》）③，沐昂"凿铁开青壁，翻云泻素波"（《次瞿塘峡》）④，陆游《入瞿唐登白帝庙》写道："禹功何巍巍，尚睹镵凿痕。"⑤ 可见"导江三峡，神禹之迹"⑥ 的观念在古代诗人群体中已经成为普遍共识，瞿塘峡为大禹治水时所开凿的观念在文人群体中是一个悠久的书写传统。

　　大禹传说进入钱塘江流域后，因为禹庙在国家祭祀系统中的地理优势而形成了以越地为中心的传说，产生了具有地域特点的"禹穴藏书"说。陆游有十几篇诗文反复提及，是传说演变为地方记忆后在诗人作品中的反映。"禹穴藏书说"蕴含着两个命题：一是禹穴到底指什么；二是"禹穴藏书"的寓意。

　　会稽"禹穴"之说始于司马迁，《太史公自序》中司马迁"二十而南游江淮，上会稽，探禹穴"⑦。但禹穴到底是什么、具体位置，都未曾言明。周幼涛认为禹穴就是宛委山的飞来石，是古代灵石崇拜的产物。⑧ 唐宋以后史籍文献、诗人作品多有禹穴藏书之咏。明万历《绍兴府志》总结了禹穴的三种说法：一指禹陵，二指禹井，三指阳明洞天。⑨ 这三种说法

① （唐）杜甫撰，（清）仇兆鳌注：《杜诗详注》，中华书局2015年版，第1962页。
② （宋）范成大：《范石湖集》，中华书局1962年版，第273页。
③ （清）陆心源：《宋诗纪事补遗》，山西古籍出版社1997年版，第2152页。
④ （明）沐昂撰，朱蕊注：《沧海遗珠注》，云南大学出版社2018年版，第160页。
⑤ 钱仲联：《剑南诗稿校注》第一册，上海古籍出版社2005年版，第177页。
⑥ 马亚中、涂小马校注：《渭南文集校注》第三册，浙江古籍出版社2015年版，第9页。
⑦ （汉）司马迁：《史记》，中华书局1982年版，第3293页。
⑧ 周幼涛：《禹穴新探》，《浙江学刊》1995年第4期。
⑨ （明）萧良幹修，（明）张元忭、孙鑛纂，李能成点校：《万历绍兴府志》，宁波出版社2012年版，第141页。

应该是不同时代的产物。《太史公自序》里的禹穴指的是禹陵①。从《史记》到《汉书》，再到西晋张勃《吴录》，禹穴都是禹陵之谓。《水经注》最早提出"禹穴为禹井"的说法，因郦道元本人从未到过江南，对禹穴的认识多源于书面文献的记载，可能理解有误，所以这类说法影响最小②。"禹穴"为阳明洞天，这种说法形成于唐代，经司马承祯、贺知章、杜光庭而成定论，"是大禹传说与会稽山结合后逐渐道教化的产物"③。唐大和三年（829），浙东观察使元稹在禹穴作投龙仪式，作《春分投简阳明洞天作》诗，撰《禹穴碑铭》，可见唐代会稽山阳明洞已被道教收编。宋代阳明洞天位列道教三十六小洞天之第十位，名为"会稽山洞"；会稽山地区的"沃洲""天姥岭""若耶溪""菱湖鱼澄洞"也属于七十二福地，④ 可见会稽山一带已然成为道教信仰之势力范围。所以施宿在《嘉泰会稽志》中说"里人以阳明洞为禹穴"⑤，洪迈也认为禹穴即阳明洞天。陆游曾为《嘉泰会稽志》作序，与洪迈又是同时，所以陆游诗歌中的禹穴应当是阳明洞天之谓。

从文献来看，"禹穴藏书"说经历了漫长的敷衍过程，从《吴越春秋》《越绝书》《太上灵宝五符序》，再到贺知章《龙瑞宫记》和杜光庭《洞天福地岳渎名山记》，形成一条清晰的演变轨迹。其说肇始于汉，形成于唐，流行于宋元明清，史籍、方志、道教典籍、文人诗歌等都加入了"禹穴藏书说"的整合运动中。"禹穴藏书"至少包含三个层次的含义：一是黄帝传授大禹治水天书，二是大禹编纂叙说长生术的《灵宝五符》⑥，三是泛指珍贵图书。其中第二、第三种含义在唐宋文人诗歌中所见更多，如唐代诗人把禹穴藏书称为"仙书""灵笈""鹤书"，可见唐人心目中更倾向于把禹穴理解为道家藏书之地。

---

① 按：从《史记》到《汉书》，再到西晋张勃《吴录》，禹穴都是禹陵之谓。《汉书·司马迁传》注引张晏曰："禹巡狩至会稽而崩，因葬焉，上有孔穴，民间云禹入此穴。九疑，舜墓在焉。"《史记索隐》引西晋张勃《吴录》云："禹会诸侯计功，改曰会稽。上有孔，号曰禹穴也。"

② 郦道元《水经注》："山形四方，上多金玉，下多玞石。……山东有湮井，去庙七里，深不见底，谓之禹井，云东游者多探其穴也。秦始皇登会稽山刻石纪功尚存山侧。"

③ 张炎兴：《阳明洞天考》，《贵州大学学报》（社会科学版）2014 年第 6 期。

④ 程民生：《宋代地域文化》，河南大学出版社 1997 年版，第 286 页。

⑤ （宋）施宿撰，李能成点校：《嘉泰会稽志》，安徽文艺出版社 2012 年版，第 157 页。

⑥ 大禹和道教早期经典《灵宝五符》的关系，可参看［日］小林正美《六朝道教史研究》，李庆译，四川人民出版社 2001 年版，第 49 页；陈昭吟《早期道经诸天结构研究》，博士学位论文，山东大学，2006 年。

关于"禹穴藏书",施宿批之为"上说不经"①,洪迈驳之"不经之尤者"②,元代徐天祐认为"诸若此类盖传疑尚矣"③。陆游博学多识,富有批判精神,按理对"禹穴藏书"这种荒诞的民间传说不会随意附和,但为什么他却屡屡谈及"禹穴藏书",而且编撰出"老眼曾窥禹穴书"这种子虚乌有的说法来呢?

首先,这和陆游"平生爱山水,游陟老不厌。此外惟读书,垂死尚关念"(《思归示子聿》)的读书、藏书兴趣密不可分。其次,源于陆游深厚的道家思想。宋代的禹穴已经是完全道教化了的阳明洞,崇道、信道、爱道书的陆游自然不会放过有着道教意味的"禹穴藏书"。最后,诗人尚奇的审美心理的驱使。陆游自谓"放翁百念俱已矣,独有好奇心未死"(《杜敬叔寓僧舍……》)④。他渴望做"奇才",为君出"奇策",建立不朽之"奇功";他"奇伟"而有"奇骨"和"奇趣",所以对一切"奇声""奇观""奇事"都颇有兴趣。一位尚奇、爱书又崇道的诗人自然不会错过"禹穴藏书"这样新奇的传闻。

三 非物质文化景观的展演:大禹民间信仰及仪式

信仰民俗是民间大众中自发产生的一套有关神灵崇拜的思维观念、行为方式及与其相应的仪式、习俗惯制,民众间流行的偏重于独特心理观念的崇信,也称为"民俗信仰"。大禹信仰的对象当然就是大禹,它的物质形态就是自古至今遍布全国各地的禹庙,禹庙是地域信仰与交流活动的公共空间,是大禹信仰最集中的体现方式。人们在禹庙、禹祠举行的祭祀仪式与相关活动属于民俗信仰范畴,是一种非物质文化景观。三峡、越地分属于不同的文化系统,陆游诗文给我们记录并展示了这两个区域富有鲜明地域文化特色的大禹信仰民俗。《禹祠》和《喜雨》诗比较典型地描述了两个地区的大禹信仰与仪式。

---

① (宋)施宿撰,李能成点校:《嘉泰会稽志》,安徽文艺出版社 2012 年版,第 157 页。

② (明)萧良幹修,(明)张元忭、孙鑛纂,李能成点校:万历《绍兴府志》,宁波出版社 2012 年版,第 142 页。

③ (汉)赵晔撰,(元)徐天祐音注:《吴越春秋》,江苏古籍出版社 1990 年版,第 96 页。

④ 钱仲联:《剑南诗稿校注》第四册,上海古籍出版社 2005 年版,第 1889 页。

陆游·禹祠

我昔下三峡,南宾系归舻。渡江谒神禹,拜手荐俎壶。

寿藤枝如虯,巨柏腹若刳。门庭虽日荒,殿寝犹枝梧。

巴俗喜祷祠,解牛舞群巫。巍巍黻冕古,食与夷鬼俱。①

陆游·喜雨

去年禹庙归梅梁,今年黑虹见东方。巫言当丰十二岁,父老相告喜欲狂。

插秧正得十日雨,高下到处水满塘。六月欲尽日杲杲,造物已命摧骄阳。

夕云如豚渡河汉,占书共谓雨至祥。南山雷车载膏泽,枕上忽送声淋浪。

猛思浊酒大作社,更想红稻初迎霜。六十日白最先熟,食新且领晨炊香。②

诗人以旁观者身份亲临两场禹庙祭祀活动。"巴俗喜祷祠,解牛舞群巫"是三峡大禹祭祀仪式,描写巫师念祭词、献牺牲、跳祭舞的场景。禹庙祭祀由巫师主持,牺牲是牛,牛是农业生产的重要工具,人们甘心情愿把生产工具进献出来作为祭品,显示出大禹祭祀的盛大与隆重,也可见信仰活动对农业生产的影响。"舞群巫"即"群巫舞",众多巫师集合在一起,跳舞娱神,这也符合巴人善舞的文化特点。北宋景祐四年(1037),欧阳修出任夷陵县令,作《黄牛峡祠》诗云:"大川虽有神,淫祀亦其俗。石马系祠门,山鸦噪丛木。潭潭村鼓隔溪闻,楚巫歌舞送迎神。"③此诗描写鄂西一代人们在黄牛峡祠祭祀的热闹场景。把《黄牛峡祠》和《禹祠》放在一起比对,我们会发现极为有趣的现象和问题:一百五十余年过去,三峡一带(从夷陵至忠州)巫风兴盛,崇祀依然浓烈。

大禹因治水而演变为职能神,成为民间求雨的对象,这是大禹神格在民间的一次裂变。从现存各地禹庙来看,求雨、防水消灾是禹庙的重要功

---

① 钱仲联:《剑南诗稿校注》第四册,上海古籍出版社 2005 年版,第 1647 页。

② 钱仲联:《剑南诗稿校注》第五册,上海古籍出版社 2005 年版,第 2519 页。

③ (宋)欧阳修著,李逸安点校:《欧阳修全集》第一册,中华书局 2001 年版,第 10 页。

能。《喜雨》就描写了绍兴地区禹庙求雨的仪式。这首诗作于庆元五年
（1199）夏天，为我们详尽地展示了人们祭祀大禹而求雨的仪式与过程。
首四句是求雨的"巫"所说的话，根据去年和今年的种种吉利的征兆，今
后几年都是丰收之年，"当丰十二岁"略有夸张，但是老百姓听了这些话
却"喜欲狂"，因为"插秧正得十日雨，高下到处水满塘"，可见人们对雨
水之急切的企盼；"六月欲尽日杲杲，造物已命摧骄阳"两句极言酷暑与
炎热；"夕云如豚渡河汉，占书共谓雨至祥"写人们再次占卜问询雨水情
况，占书显示有雨，果不其然，不久"南山雷车载膏泽，枕上忽送声淋
浪"，雷声阵阵，大雨倾盆而下；末尾四句是诗人想象之语，稻谷丰收，
人们作社庆祝，一片欢声笑语，诗人甚至都闻到了用新收稻米烹饪的第一
碗米饭的淡淡清香。

　　以上的对比可以发现，尽管处于长江上游和下游的两个端点，但是大
禹民间信仰却有着强烈的共性。第一，民间祭禹仪式和农业生产关系非常
密切；第二，民间祭禹笼罩着浓郁的巫文化氛围，不管是忠州禹庙还是越
地禹庙，主持祭祀仪式的核心人物都是巫师，巫师把持和操纵着仪式的过
程、卜辞的解释，甚至祭品的分配。巫风兴盛是宋代民间信仰典型特征，
大禹信仰与相关仪式活动也深受影响。此中特别值得玩味的是，观看、描
摹和书写仪式过程的文人士大夫的态度。尽管对民间信仰中的巫风从来都
不缺少批评的声音，但我们看不到陆游对此有何否定和批判。相反，《渭
南文集》有不少庙记、碑文、祝文、求雨谢雨青词。由此可见宋代士大夫
对民间信仰的态度，以及他们在民间信仰及仪式活动中参与到何种程度。

余　论

　　两宋以前，没有任何一个诗人像陆游这样以丰富的诗文全方位地书写
大禹；宋代以后，再也没有任何一个诗人像陆游这样倾情书写与讴歌大
禹。陆游的大禹书写给我们真实记录了南宋时期越地和三峡一带丰富而又
面貌各异的大禹传说、文化景观与民间信仰，也给我们提供了考察与研究
诗人群体在大禹文化传播中地位、作用的新视角。

　　第一，陆游的大禹书写为我们呈现了巴文化和越文化背景下的大禹物
质文化景观。有祭祀建筑、历史遗迹、纪念式文化景观等，从而构筑起自
然地理与文化风貌的重要内容。更为关键的是，通过陆游细致的描绘，向

我们展示了三峡和越地大禹景观风貌的变迁,陆游诗歌中绝大部分与大禹
有关的建筑与景观都保存至今。而越地禹庙集会稽山水的美丽风景、佛道
信仰的中心与古代圣王崇拜于一体,陆游咏禹诗也印证了南宋以后绍兴禹
陵成为官方大禹祭祀中心的转变历程。

第二,陆游的书写展现了具有地域特色的大禹非物质文化景观——大
禹民间信仰,他对大禹民间信仰的书写也给了我们一次省察和研究诗人思
想世界的契机。截至目前,学界对陆游的儒释道思想多有论述,但对他的
民间信仰思想却鲜有论及。但仅唯儒释道而论士大夫思想,是否足以展示
士人群体思想之复杂?尤其是涉及宋代士人的信仰问题。因此,这给我们
提供了一个研究诗人思想世界的新角度。陆游和民间信仰的关系非常密
切,他不仅是一个旁观者,甚至也是参与者,更是一个热忱的书写者和积
极的传播者。

第三,陆游对大禹文化景观的书写因情感和地域不同而具有差异性。
他对越地的大禹传说相当熟稔,对依附于传说而产生的文化景观流露出深
挚的"地方依恋"情结,从而使越地的大禹书写呈现出鲜明的地域性特
征。对三峡地区的大禹文化景观更像一个冷静的旁观者和猎奇的游览者。
这在诗歌数量上就表现出巨大的差异,描写越地大禹景观的诗文在数量上
占到绝对优势。从军剑南期间,大禹甚至成为陆游思乡的一个符号。淳熙
元年,诗人刚到达蜀州,几千里舟车劳顿,加之初到新地人生地不熟,他
就开始念叨家乡,上来就是"梦泛扁舟禹庙前,中流拂面风泠然"(《记
梦》);嘉泰三年,耄耋之年的诗人在临安修史,"旅梦游何地?分明禹庙
傍"(《记梦》),似乎只要一离开家乡,他就开始做"思乡梦"!陆游最晚
的咏禹诗写于开禧三年所作《禹祠》和《新秋往来湖山间》①。八十三岁
高龄的诗人在儿孙的搀扶下最后一次来到禹陵祭拜,看到巍峨的大殿和已
经倾塌一半的长廊,诗人不胜惋惜。大禹传说及物质景观成为诗人"地方
记忆"的重要内核。

第四,陆游的士大夫身份向我们展示了诗人群体在大禹文化传播中的
作用。作为士大夫群体,他们掌握着文化的书写权力。他们的书写为后人
保存了丰富的历史文献资料,另外,这种带有个性化色彩的书写,基于书
写者的生存背景与环境,必然带有深刻的时代文化印记。这种印记仿佛

① 钱仲联:《剑南诗稿校注》第七册,上海古籍出版社 2005 年版,第 3984 页。

"胎记"一样,深深地烙在每一个个体身上,成为"地方记忆",从而成为解读一个时代、一个地域、一个群体,甚至是区域共同体文化基因的密码。大禹文化在不同群体的传播内容、方式、形态有很大的差异性,尤其是涉及信仰问题时,这种差异更为明显。官方的崇拜与信仰更多是体现在对大禹、禹庙等祭祀建筑的诏封,它是皇权的昭示与体现;地方官员对大禹的崇拜则是在特定事项上,如在禹庙进行求雨、祈晴等活动,是职责所在;民间的大禹崇祀具有世俗性,祭祀供奉的目的是"求子""祈雨""祈晴""丰年"等最实际也是最功利的。陆游的书写给我们真实再现了南宋时期长江流域大禹民间信仰。民间信仰是与制度性宗教相对的信仰,是与成文教义相对的生活中的信仰,是与精英意识形态相对的普通人的信仰。[①]精英文化、地方政府是把大禹作为帝王来书写的,民间(大众文化、民间文化)的大禹却是很接地气的俗神一个。这也提示我们在大禹研究中,要重视不同群体在传播内容、传播方式上的特点和差异。

---

① 高丙中:《作为非物质文化遗产研究课题的民间信仰》,《江西社会科学》2007 年第 3 期。

岂止器用雅趣更以比诸才德

——陆游论砚

王旭初

（绍兴文理学院 人文学院）

摘要： 除了以诗文名世，陆游在书法方面也取得了巨大成就，并被誉为南宋"书法四大家"之一。作为杰出的诗人和书法家，陆游嗜砚台，他一生阅砚、用砚、藏砚无数，对于砚之掌故、来历和质地等无不谙熟于心。加之深厚的艺术修养，其品鉴眼光也自然迥出常人。在陆游一生的诗文创作中，就有大量题咏砚台的诗篇，这些诗篇完整呈现了他从日常器用的雅趣享受，到相伴左右的良友助兴，直至比诸才德、示教子孙的赏砚、鉴砚的思想境界。

关键词： 陆游；砚台；器用；雅趣；才德

陆游（1125—1210），以爱国诗文闻世，诗风雄浑豪放，与范成大、杨万里、尤袤并称"南宋四大家"。作为传统文人，陆游又精于翰墨，书法遒劲奔放直抒胸臆。曹宝麟先生套用南宋文学"中兴四大家"，把陆游、范成大、朱熹、张孝祥列为南宋书法的"中兴四大家"①。文房四宝是传统文人的日常标配，而砚居文房四宝之首，有宋一代欧阳修、苏东坡、黄庭坚和米芾等文人书家皆爱砚藏砚，陆游是继苏黄米等人之后的又一嗜爱砚台的性情中人，他一生写作了大量歌咏砚台的诗篇。陆游过眼砚台无数，于砚之掌故、来历和质地等谙熟于心、如数家珍。加之深厚的文艺修养，

---

① 曹宝麟：《中国书法史·宋辽金卷》，江苏教育出版社 1999 年版，第 291 页。

品鉴眼光自然迥出常人。如《桑泽卿砖砚铭》："古名砚以瓦，今名砚以砖。瓦以利于用砖以全齐天……"① 该砚铭简要介绍了古今砚台历史演变和材质变化、不同材质的优点。在《金崖砚铭》中讲述得砚经历，想象瑰奇，气势飞动，笔挟风雷，充满诗人豪放不羁的性格和浪漫诗情。"我游三峡，得砚南浦。西穷梁益，东掠吴楚。挥洒淋漓，鬼神风雨。百世之下，莫予敢侮。"②《延平砚铭》："延平双龙去无迹，收敛光气钟之石，声如浮磬色苍璧，予文日衰愧匪敌。"③ 此铭笔意开合纵横，充满英雄豪气，极力赞叹延平砚之形色材质，引为珍贵。《蛮溪砚铭》中详述砚之来历（产地、材质、制作等）："斯石也，出于汉嘉之蛮溪，盖夷人佩刀之砺也。琢于山阴之镜湖……质如玉，文如縠……"④ 对质地和纹路等也大加赞赏。造就一双高超独特的鉴赏眼光显然不是陆游最终的追求。从单纯的来历、质地鉴别，各种掌故的稔熟，只是一个嗜砚者的基本功夫，作为一名卓越的诗人和书法家，他在鉴藏中完整展示了从日常器用的雅趣享受，到相伴左右的良友助兴，直至比诸才德、示教子孙的三重境界。

一　赏砚鉴藏，器用雅趣

陆游出身官宦世家，自幼却得到简朴勤学的良好家庭教育，故对砚要求不高，在《予素不工书故砚笔墨皆取具而已作诗自嘲》中"仅能记姓名，笔砚固不择……笔惟可把握，墨取黑非白，砚得石即已，殆可供捣帛……"⑤ 流露出尚简实用、戒奢华名贵的器用观。而作为收藏则"以稀为贵"，时有"奇"物"奇"闻记载："吾儿得岩砚，其径甫逾寸；奇哉掌握物，乃有琼璧润……"（《桐江哲上人以端砚遗子聿才寸余而质甚奇天将雨辄先流泚予为效宛陵先生体作诗一首》)⑥，记述桐江一和尚送给他儿子陆聿一方端砚，只有一寸多长，感到好奇，遂作此铭。秘阁有端砚，上有绍兴御书一"顽"字。唐有准敕恶诗，今又有准敕顽砚耶⑦ 历史巧合，

---

① 《渭南文集》卷二十二，《陆游集》，中华书局 1976 年版，第五册，第 2182 页。
② 《渭南文集》卷二十二，《陆游集》，中华书局 1976 年版，第五册，第 2181 页。
③ 《渭南文集》卷二十二，《陆游集》，中华书局 1976 年版，第五册，第 2182 页。
④ 《渭南文集》卷二十二，《陆游集》，中华书局 1976 年版，第五册，第 2182 页。
⑤ 《剑南诗稿》卷七十，《陆游全集校注》，浙江古籍出版社 2005 年版，第 3919 页。下同。
⑥ 《剑南诗稿》卷三十一，第 2114 页。
⑦ 《老学庵笔记》卷一，中华书局 1979 年版，第 6 页。

成为"奇"闻，同时也反映了陆游广闻博记的文学艺术知识和修养。陆游在砚的日常使用和偶尔听闻的诗文记载中，又反映出务实求新的精神："唐彦猷《砚录》言：'青州红丝石砚，覆之以匣，数日墨色不干。经夜即其气上下蒸濡，着于匣中，有如雨露。'又云：'红丝砚必用银作匣'。彦猷贵重红丝砚，以银为匣，见其蒸润，而未尝试他砚也。"① 陆游绝不轻信传闻，务求真实。高庙谓："端砚如一段紫玉，莹润无瑕乃佳，何必以眼为贵耶。"晁以道藏砚必取玉斗样，喜其受墨汁多也。每曰："砚若无池受墨，则墨亦不必磨，笔亦不必点，惟可作枕耳。"② 长有石眼的端砚石十分宝贵。但宋高宗却重质，以晶莹高洁、细润无瑕为贵。晁以道藏砚重形，且为了实用"受墨汁多也"。陆游肯定了君臣两人独特的鉴藏观，反映出作者反对因循守旧、赞同独特见解的开拓包容胸怀。

用砚当需养护，陆游事事留意用心，处处修身进德："研，每遇磨墨用毕，即以盖覆之。……又，研不免近窗，故昔人用研屏障日气，畏速干也……研水必日一换，仍用清泉。尘多处，密覆乃佳。"③ 通过一些细节可以看出主人的细心、用心。《涤砚法》中："用蜀中贡鱼纸，先去墨，徐以丝瓜磨洗，余渍皆尽，而不损砚。"④ 蜀中贡鱼纸，纸质细润，有强吸水性；此处"丝瓜"，当为"丝瓜巾"，即待丝瓜老熟，晒干后去皮和籽，常用于刷锅洗碗，陆游用以磨洗墨渍，当为深通家务，俗具雅用，乃创新之举。

称心的笔砚，当然能促诗兴、助笔墨、造意境、享悠闲。在《龟堂避暑》诗中："砚池湛湛一泓墨，衣焙霏霏半篆香。团扇题诗无滞思，清泉洒地有余凉。"⑤ 砚池中的一泓湛湛墨，和纱帱、篆香和清泉，给作者带去团扇题诗的诗意和清凉。而在《夏日杂咏》里："蛮砚深潴墨，吴笺熟捣蹾。新诗与醉帖，自笑尚童心。"⑥ 诗由远及近，由景及人，由人及物，由物触情。砚台的潴墨，引发了主人的诗兴和对自己童心认可的喜悦。《砚湖并引》："群山环一湖，湖水绿溶漾，微风掠窗过，亦解生细浪，余流浸翠麓，倒影写青嶂，……时时挹清泚，笔墨助豪宕……"⑦ 作者以小见大，

---

① 《老学庵笔记》卷八，中华书局 1979 年版，第 105 页。
② 《老学庵笔记》卷八，中华书局 1979 年版，第 104 页。
③ 陈耀东、王小义：《陆游谈艺录》，浙江教育出版社 2008 年版，第 373 页。
④ 《老学庵笔记》卷一，中华书局 1979 年版，第 12 页。
⑤ 《剑南诗稿》卷五十八，第 3352 页。
⑥ 《剑南诗稿》卷七十二，第 3973 页。
⑦ 《剑南诗稿》卷二十，第 1553 页。

在小小空间里，依靠丰富的想象力和生花妙笔"绘就"了一幅迷人的山水画，引人入胜。而此美景时时激发主人的创作激情（"时时挹清泚，笔墨助豪宕"），抒发豪宕气概（"帖成龙蛇走，诗出雷雨壮"）。砚湖俨然成了作者纵横想象、肆意挥洒的广阔天地。《书室明暖，终日婆娑其间，倦则扶杖至小园，戏作长句二首》中更具趣味："重帘不卷留香久，古砚微凹聚墨多。"① 《红楼梦》第四十八回里，香菱说"我只爱陆放翁的诗'重帘不卷留香久，古砚微凹聚墨多'，说的真有趣！"② 此诗细腻地将读者带入古雅娴静的意境。近代学者王国维说："昔人论诗，有景语情语之别，不知一切景语皆情语也。"③ 我们认真读这首诗，就能体味陆游恬静悠闲的心境。

二 视砚如人，相伴为友

作为"君子侧"的砚，陈继儒有言："文人之有砚，犹美人之有镜也，一生之中最相亲傍。"④ 苏东坡有《端砚石铭》曰："懿矣兹石，君子之侧。"⑤ 既强调砚对于文士笔耕之重要性，同时亦指出砚与文士间如影随形、亦步亦趋之亲密关系。为其甥所作的《桑泽卿砖砚铭》中："砖乎砖乎，宁用之钝而保其全乎。尚无愧之，日陈于前。"⑥ 准确表达收藏者（或是自己）希望"保其全"，能每日相伴为友（"尚无愧之，日陈于前"）的心理。"笔砚行常具，轩窗晚更明。尘埃幸不到，那得废诗情。"（《雨后》）⑦ 笔砚作为"常具"几乎随身携带，"觅句有时携笔砚，遣怀随事具杯箸"（《小圃》）⑧ 成为身边几乎形影不离的朋友，不仅激发主人的诗兴，更能随时把主人即兴精彩的诗情记录下来。

作为相伴主人左右的书房好友，"草书学张颠，行书学杨风；平生江

---

① 《剑南诗稿》卷二十，第 2079 页。
② 曹雪芹、高鹗著，王蒙评点：《红楼梦》，上海文艺出版社 2005 年版，第 474 页。
③ 滕咸惠校注：《人间词话新注》（修订本），齐鲁书社 1986 年版，第 54 页。
④ 陈继儒：《妮古录》，沈阳出版社 2016 年版，第 116 页。
⑤ 《苏轼文集》卷十九，中华书局 1986 年版，第 552 页。
⑥ 《渭南文集》卷二十二，《陆游集》，中华书局 1976 年版，第五册，第 2182 页。
⑦ 《剑南诗稿》卷十七，第 1368 页。
⑧ 《剑南诗稿》卷三十二，第 2143 页。

湖心，聊寄笔砚中""惟有著书殊未厌，暮年铁砚亦成凹"（《戏书》）①。与他们行走江湖，尝遍人生况味，同喜同乐，共悲共苦。把自己的理想和抱负诉诸笔砚"懒不近笔砚，何以纾幽情"（《秋思》）② 把坚持和悲愤藏诸笔砚。

好友久相处，自然会引为知己："闲试新收砚，重寻久废琴。何时见朋旧，细话别来心？"（《新春》）③ 陆游喜欢砚台，在新春的愉悦心情中，把"试砚"、"寻琴"和见"朋旧"等同起来，一起来慢慢细细地叙说相互分别的牵挂和相聚的快乐。"砚传百岁玺阙角，笔擅一时锥出囊。纸欲穷时瘦蛟举，已看雷雨跨苍茫。"（《杂兴》）④ 作者有诗云："穷交谁耐久？晨暮一破砚。"⑤ 此砚成为作者不可或缺的称心顺手的文房珍爱，作者面对百年古砚，顿时文思泉涌，于是欣然命笔，蛟雨临窗，心廓苍茫。这岂不是诗人与砚的一种心灵沟通吗?!《洪雅葛仙砚（探斋中物作题）》中："才高德亦全，终月不更笔。……摩拂不去手，有若琴在膝。……惟当草太玄，不污管商术。"⑥ 因为琴是文人士大夫一日不可或缺的伴侣，这既是身份的象征，也是修身养性的工具，可以熏陶情志，可以体悟道性。以琴作比，更显高洁。（"摩拂不去手，有若琴在膝"）。并表达自己笔耕不辍、以砚作田，立志完成自己的事业抱负。用它来仿写扬雄的妙文，也可兴来挥笔填写诗词，不玷污古代先贤管（仲）、商（鞅）经世纬民之谋略、富国强民术道，尽情抒写永恒的精忠报国情怀（"惟当草太玄，不污管商术"）。

三 砚比才德，示教子孙

由物及人，由砚之才德到人之才德，陆游提到了许多砚之才德。略举一例："异砚出汉嘉，温润苍玉质。因形作兽背，得墨如点漆。才高德亦全。"⑦（《洪雅葛仙砚（探斋中物作题)》）葛仙即道教仙班人物葛洪，

---

① 《剑南诗稿》卷七十一，第 3992 页。
② 《剑南诗稿》卷七十九，第 4267 页。
③ 《剑南诗稿》卷四十二，第 2633 页。
④ 《剑南诗稿》卷五十八，第 3356 页。
⑤ 《剑南诗稿》卷七十一，第 3923 页。
⑥ 《剑南诗稿》卷四十一，第 2599 页。
⑦ 《剑南诗稿》卷四十一，第 2599 页。

史传在洪雅得道成仙。洪雅葛仙砚因"温润苍玉质",被陆游视若珍宝,并且相伴放翁万日(近三十年),痴情依恋,故写诗(铭)咏怀。铭中才德当为砚之"材质上乘,刻制精良,品相雅正",能"得墨如点漆"。但尚未比之于人(主人)的才德。

苏东坡有《端砚石铭》,曰:"与墨为入,玉灵之食。与水为出,阴鉴之液。懿矣兹石,君子之侧。匪以玩物,维以观德。"①反映了他以砚鉴人、比诸才德的鉴藏思想,但在实际生活中,却常常会为"物"(砚)所惑所役,不能自拔。米芾嗜砚已成"痴癫",世人皆知。苏东坡思想境界自然高迈,而在"心爱之物"面前,也常难自控。收藏于台北"故宫博物院"的米芾《紫金研帖》见证了两位书家嗜砚者的交往趣闻:"苏子瞻携吾紫金研去,嘱其子入棺。吾今得之,不以敛。传世之物,岂可与清净圆明本来妙觉真常之性同去住哉。"②

东坡借米芾紫金砚不还,还嘱托儿子要把砚陪葬。米芾闻讯后随即竭力讨还。虽成佳话,却反映了藏者在"宝物"前很难放手超脱!陆游鉴藏思想境界与苏东坡完全相同,但在收藏中不惟珍贵崇尚简朴,还不失时机示教后代,"爱物而不为物所役",唯比才德。"吾儿得岩砚,其径甫逾寸;奇哉掌握物,乃有琼璧润。器宝备才德,初不以形论。汝能志山林,怀之可嘉道。"(《桐江哲上人以端砚遗子聿才寸余而质甚奇天将雨辄先流泚予为效宛陵先生体作诗一首》③)除对这方微仅一握的小砚作了描述外,更借机发挥,从"奇"("其径甫逾寸,奇哉掌握物")到"宝"("乃有琼璧润。器宝备才德"),告诫陆聿"宝""不以形论",而重在"备才德",正是由砚及人,"比诸才德",勉励儿子要以小砚而寄宏志,砚虽小却才德齐备。用砚台来教育子女成才立德,陆游或数古今第一人,陆氏良好的家风家训由此可见一斑。晚年作《示子孙》二首,正可印证:"累叶为儒业不隳,定知贤杰有生时。学须造次常于是,道岂须臾或可离?我老已无明日计,心存犹惜寸阴移。巍巍夫子虽天纵,礼乐官名尽有师。"④(其一)"吾家世守农桑业,一挂朝衣即力耕。汝但从师勤学问,

---

① 《苏轼文集》卷十九,中华书局1986年版,第552页。
② 朱仲岳编:《米芾墨迹大观》,上海人民美术出版社1989年版,第42—43页。
③ 《剑南诗稿》卷三十一,第2114页。
④ 《剑南诗稿》卷五十八,第3386页。

不须念我叱牛声。"① （其二）

比诸才德，最终要落实在建功立德上。东坡有《端砚铭》曰："千夫挽绠，百夫运斤。火下镕，以出斯珍。一嘘而泫，岁久愈新。谁其似之？我怀斯人。"② 古代知识分子以"修齐治平"为终生价值追求，十年寒窗换来一身衣冠，自然尽力作为，以建政绩。陆游也不例外，虽然一生坎坷、任职多变，但每到一地，无不为民尽职。略举一二：明《永乐大典》和弘治《温州府志》记载："陆游，字务观，号放翁，为瑞安簿。赞治得宜，吏民爱之。尤善为诗，至今称之。"由此可见，陆游为瑞安簿，政绩显著，品德优良，早在明永乐年间或更早些时候，入列瑞安名宦祠，享受春秋祭祀。陆游是瑞安吏民建祠奉祀、造亭纪念的唯一外籍人。在旧县署西，有陆公祠、放翁亭，两者连檐而建，祠前为亭，均为纪念陆游而建筑。瑞安历史上为纪念外籍人建祠造亭的仅此一处。③ 陆游在蜀州时为官宽厚，简政省刑，关心人民生活。蜀州人民在罨画池旁建有赵陆公祠（为他和赵抃修），后改称"二贤祠"，现在已改建为"陆游纪念馆"。④ 睹物思人，以砚怀德，陆游对勤政爱民故人自然惺惺相惜，更加情切意深，在《钱侍郎海山砚铭》中尽显无比真情和崇敬。"云涛三山，饰此怪珍。谁其宝之，天子侍臣。煌煌绣衣，福我远民。一字落纸，活亿万人。勿谓器小，其重千钧。从公遄归，四海皆春。"⑤ 铭中所称钱侍郎，当为钱佃，高宗绍兴十五年进士。累迁吏、兵、工三部侍郎。孝宗淳熙八年知婺州，移粟赈饥，全活七十余万口。临政以民为先，治绩为诸郡最，朱熹极称之。铭文突出砚在钱侍郎仕途中起草书表启牍、决断方策时的重要作用（"一字落纸，活亿万人。勿谓器小，其重千钧"），仿佛看到了砚台时时在钱侍郎之侧，陪伴他兢兢业业，勇于担当，为民造福的一个个充满真情的真实场景，极力赞扬了钱侍郎作为父母官为民造福的高贵品德（"煌煌绣衣，福我远民"）。

砚台与文人骚客结缘，多少诗意豪情出自砚中，砚铭中可释读出博大精深的中华文脉，可细闻出翰章笔墨的缕缕书香。由一斑窥全豹，

---

① 《剑南诗稿》卷四十九，第 2943 页。
② 《苏轼文集》卷十九，中华书局 1986 年版，第 549 页。
③ 周步光：《瑞安县主簿第一人：陆游》，《瑞安日报》2016 年 4 月 18 日第 12 版。
④ 马寅：《陆游在巴蜀的政绩》，《西昌学院学报》（社会科学版）2010 年第 3 期。
⑤ 《渭南文集》卷二十二，《陆游集》，中华书局 1976 年版，第五册，第 2182 页。

通过这些诗文，我们看到了一个从小简朴勤学，坚持修身养性，注重严谨考据，直抒真情实感，饱含爱国激情，又充满生活雅趣，重视家庭教育，尊崇立功立德的文人。无疑，在陆游身上，我们可以不断寻找出今天所要大力弘扬的中国优秀文化传统元素，以利我们加强日常修养，提高人文素质，"爱物而不为物所役"，崇尚德才兼备，不断提升人生思想境界。

描摹、追忆与同化

——陆游诗歌中的儿童书写

魏秀琪　邢蕊杰

（绍兴文理学院 人文学院）

摘要： 中国古代文人在诗歌中表现儿童形象，惯常使用的是旁观者视角，描写儿童的劳作、游戏、读书等日常生活场景，刻画儿童的种种娇憨天真之态，表达对这些年幼生命的感知、审美和期许。陆游诗歌中也有大量的儿童形象，通过对相关文本的考察，不难发现，陆游笔下不仅有对儿童生活的观察、描摹和呈现，还有对自己童年生活的追忆，更将自己同化于儿童之中，热情参与儿童游戏，重新以儿童的眼光观察和认识世界，将现实中的"衰翁"与心理上的"儿童"合而为一。

关键词： 陆游；儿童；描摹；追忆；同化

　　"儿童"这一形象在中国古代诗歌中出现得颇早，《诗经·卫风·芄兰》中就出现了一个"佩觿""佩韘"之后"容兮遂兮"故作老成而实则幼稚可笑的贵族"童子"；西晋左思《娇女诗》中"明朝弄梳台，黛眉类扫迹。浓朱衍丹唇，黄吻烂漫赤"的小女儿纨素和唐代诗人施肩吾"向夜在堂前，学人拜新月"的六岁幼女，则是不解世事的小女孩，却学大人画眉描唇、拜新月，笨拙天真，着实令人忍俊不禁；白居易那"怜渠已解咏诗章，摇膝支颐学二郎"小侄子龟儿聪慧勤学，小小年纪就能诵读诗章；杨万里的"稚子金盆脱晓冰，彩丝穿取当银铮。敲成玉磬穿林响，忽作玻璃碎地声"则生动地描写了冬天孩子们的一场嬉戏……这些作品都是从成人的角度描写儿童的日常生活，重在刻画儿童的娇憨天真之态，表达对这些年幼生命的感知、审美和期许。陆游现存诗歌中有近300首涉及儿童的作品，这其中不仅有对儿童生活的观察、描摹和呈现，还有对自己童年生活的追忆，更将自己同化于儿童之中，热情参与儿童游戏，重新以儿童的眼光观察和认识世界，将现实中的"衰翁"与心理上的"儿童"合而为一。

一 描摹：成人视角下儿童生活的呈现

陆游在家乡山阴农村度过大半生，尤其是晚年，有将近20年的时间久居乡间，在此期间，诗人创作了大量反映农村生活的诗篇，而生活在乡间村落里的儿童，也时时出现在其诗歌中。

（一）乡村田野的辛勤劳作

农家孩子自小就要学习农事，在各种劳动中都可见到儿童的身影：捕鱼捕雀的儿童："童儿冲雨收鱼网，婢子闻钟上佛香"（《自云门之陶山肩舆者失道行乱山中有茅舍小塘极幽邃求主人不可意其隐者也》）①、"如今老病茅檐底，卧听儿童吓雀声"（《昔在成都正月七日圣寿寺麻子市初春行乐处也偶晨兴闻邻村守麻有感》）；放牧的儿童："牧童一声笛，落日无余晖"（《初秋梦故山觉而有作四首·其一》）、"儿童牧鹅鸭，妇女治桑麻"（《泛湖至东泾三首·其一》）；采摘的儿童："群童挑燕笋，幼妇采鸡桑"（《访野人家》）、"妇女窥篱看，儿童拾穗歌"（《野步》）；等等。

且看一首《浣花女》：

> 江头女儿双髻丫，常随阿母供桑麻。当户夜织声咿哑，地炉豆秸煎土茶。
>
> 长成嫁与东西家，柴门相对不上车。青裙竹笥何所嗟，插髻烨烨牵牛花。
>
> 城中妖姝脸如霞，争嫁官人慕高华。青骊一出天之涯，年年伤春抱琵琶。

淳熙四年（1177）陆游在成都写下了这首七言古诗，前四句写"江头女儿"未成年时的劳动生活，织布机声咿呀，土茶香气氤氲，中间四句写

---

① （宋）陆游著，钱仲联校注：《剑南诗稿校注》，上海古籍出版社2005年版，第834页。本文所引陆游诗皆出自此书，不另加注。

农村男女婚嫁习俗，透露出一个纯朴的农家女孩对婚姻和生活的满足喜悦，也流露出诗人的深情赞美。正是农村的生活条件赋予女孩勤劳质朴的品性，使她不像一般城中的女孩那样，注意打扮，争嫁豪门，最后却落得"伤春抱琵琶"的下场。

再如这首《山村书所见二首》其二：

> 荒坡茫茫牧牛童，扳角上背捷如风。腰间一枝撂枯竹，横吹短笛过村东。

小小牧童，抓住牛角翻身上牛背，动作迅速如风，脚踩牛背、横吹短笛是何等的英姿飒爽！

（二）无忧无虑的游戏嬉闹

宋人夸奖儿童，最常见的说法是"如成人""若成人""宛如成人"等等，老成持重的儿童形象，在宋人笔下频频出现，其中最为重要的标准是稳重，"弱不好弄"①。尤其到了陆游生活的南宋，这种"不好弄"的特质成为理学家规训蒙童的要求："凡喧哄争斗之处不可近，无益之事不可为（谓如赌博、笼养、打球、踢球、放风禽等事）。"② 然而游戏是儿童的天性，完全"弱不好弄"的儿童并不存在，相反，宋代诗歌中随处可见儿童游戏的欢乐身影。

陆游诗歌中出现频率最高的儿童游戏莫过于"骑竹马"。"竹马"是一种古老的儿童玩具，即以一根竹竿子"骑"在两胯之间，一手握住竿头，竿尾则曳于地，奔走如骑马之状，谓之骑竹马，此游戏最早的明确记载，见于汉代。《后汉书·郭伋传》："始至行部，到河西美稷，有童儿数百，各骑竹马，道次迎拜。"③ 白居易《赠楚州郭使君》"笑看儿童骑竹马，醉携宾客上仙舟"指的就是这个典故。李白《长干行》亦云："妾发初覆额，折花门前剧。郎骑竹马来，绕床弄青梅。"在陆游诗歌中，描写儿童骑竹马的诗句俯拾皆是："截竹作马走不休，小车驾羊声陆续"（《喜小儿辈到行在》）、"竹马踉蹡冲淖去，纸鸢跋扈挟风鸣"（《观村童戏溪上》）、"喜

---

① 周扬波：《宋人的儿童观——兼论"近世幼教文化两大路线之争"》，《江苏师范大学学报》（哲学社会科学版）2016年第5期。
② （宋）朱熹：《朱子全书》，上海古籍出版社、安徽古籍出版社2002年版，第375页。
③ 《辞源》，商务印书馆1981年版，第3册，第2345页。

见吾家玉雪儿，今朝竹马绕廊嬉"（《喜小儿病愈二首·其一》）、"小甑有米可续炊，纸鸢竹马看儿嬉"（《春日杂兴十二首·其三》）……竹马是以运动为形式的游戏，最能表现儿童欢跃活泼的情绪特征，呈现出一种生机和进步的希望，因此频频出现在陆游诗中。

除了骑竹马，还有一种游戏在陆游诗歌中出现频繁："斗草"，如其《蔬圃绝句七首》其七写道：

> 懒随少年爱花狂，且伴群儿斗草忙。行遍山南山北路，归时新月浸横塘。

"斗草"游戏不知始于何时，魏晋南北朝时已可见于文献记载，唐代以后更是流行于妇女儿童之间。白居易《观儿戏》诗云："弄尘或斗草，尽日乐嬉嬉。"范成大在其《四时田园杂兴六十首》之一中也有写道："庄下烧钱鼓似雷，目斜扶得醉翁回。青枝满地花狼藉，知是儿孙斗草来。"游戏时儿童以草的叶柄相勾，捏住相拽，断者为输，再换一叶相斗，因其取材便利、规则简单而深受欢迎。斗草游戏反复在陆游诗歌中出现："闲投邻父祈神社，戏入群儿斗草棚"（《遣兴四首·其三》）、"今朝雨歇春泥散，剩伴儿童斗草嬉"（《定命》）、"更就群童闲斗草，人间何处不儿嬉"（《幽居述事四首·其二》）、"身入儿童斗草社，心如太古结绳时"（《老甚自咏二首·其一》），足见此游戏的流行。

儿童的游戏是丰富多样的，他们放纸鸢："出从父老观秧马，归伴儿童放纸鸢"（《题斋壁四首·其四》），就地下棋："儿童殊可念，画地作棋枰"（《舍南杂兴三首·其一》），相约踏春："桃杏酣酣蜂蝶狂，儿童相唤踏阳春"（《春日暄甚戏作》），爬树："更有山家堪喜事，吾孙上树欲千回"（《中春连日得雨雷亦应候》）……各种游戏无所不能、样样精通，正是在各种的游戏中，展现出儿童最为无忧无虑、天真烂漫的样貌。

（三）村塾家中的勤勉求学

陆游笔下的乡村田野孩童是勤劳的，是欢快的，同时也不乏学习的热忱。其《秋日郊居八首》其七云：

> 儿童冬学闹比邻，据案愚儒却自珍。授罢村书闭门睡，终年不著面看人。

诗人自注：农家十月乃遣子入学，谓之冬学，所学杂字、《百家姓》之类，谓之村书。爱玩是儿童的天性，学习时又有伴，当然同学间的嬉闹是少不了的，声音之大，以至于影响到了邻居，而先生却不加制止，教授完课程就自顾自睡觉去了。

虽然进入学堂的儿童仍然难免顽皮，但是诗人寄予他们殷切的期望："成童入乡校，所愿为善士"（《冬日读白集爱其贫坚志士节病长高人情之句作古风十首·其四》），他们所学亦很丰富："孝经论语教儿童"（《农事稍间有作》）、"朴学教儿童"（《农家六首·其一》）、"诗书幸可教儿童"（《雪后龟堂独坐四首·其二》），成群结队的儿童忙着赶赴学校："采桑妇女集，入学儿童忙"（《出游二首·其二》），他们勤奋："妇女晨炊动井臼，儿童夜诵聒比邻"（《闲居初冬作》）、爱书："儿童抱图书，衣屦那暇救"（《大雨》），学习同时也不废农耕："三冬暂就儒生学，千耦还从老父耕"（《观村童戏溪上》）。

二 追忆：时代离乱中苦难童年的书写

虽然中国古代诗歌中以旁观者角度书写儿童的作品出现得较早，且至唐代以后数量趋多，但是回忆自己童年往事的诗歌作品却相对出现较晚，且童年形象模糊，如陶渊明《戊申岁六月中遇火》说自己"总发抱孤介，奄出四十年"只是为了强调自己"贞刚自有质，玉石乃非坚"的个性品质是自小就有的；李白的《古朗月行》所描写的"小时不识月，呼作白玉盘"的儿童，既可理解为是诗人小时候，也可看作任何一个天真的孩童。至唐代诗人杜甫，其诗歌中才有了对自己童年的完整叙述，如其《百忧集行》：

> 忆年十五心尚孩，健如黄犊走复来。庭前八月梨枣熟，一日上树能千回。即今倏忽已五十，坐卧只多少行立。强将笑语供主人，悲见生涯百忧集。入门依旧四壁空，老妻睹我颜色同。痴儿未知父子礼，叫怒索饭啼门东。①

上元二年（761），五十岁的杜甫栖居成都草堂，家贫如洗，又年老体

---

① （唐）杜甫撰，（清）仇兆鳌注：《杜诗详注》，中华书局2015年版，第1020页。

弱。此诗实为写"忧"而开篇谈"喜",先回忆自己年少之时,无忧无虑、身强体健、精力充沛,所谓"健如黄犊走复来",十五岁的少年杜甫"心尚孩",正是因为少年时代生活无忧无虑,所以才能保持一颗天真无邪的童心。"倏忽"二字之后,诗人开始叙写从"十五"至"五十"的变化:年老力衰,行动不便,因此坐卧多而行立少。体弱至此,却不能静养,因生活无着,还需出入于官僚之门,察言观色,养活一家老小。一生不甘俯首低眉,老来却勉作笑语,迎奉主人。"十五"的诗人与"五十"的诗人形成了鲜明的对比,童年回忆越美好,现实生活就越显得残酷。

如果说杜甫是因为步入老年之后,因老而悲、因贫而悲引发的童年回忆相对美好,那么陆游的童年追忆则更多的是对国破家亡、生民涂炭的惨痛回顾。其《十月十七日予生日也孤村风雨萧然偶得二绝句》云:

> 少傅奉诏朝京师,舣船生我淮之湄。宣和七年冬十月,犹是中原无事时。
>
> 我生急雨暗淮天,出没蛟鼍浪入船。白首功名无尺寸,茅檐还听雨声眠。

这二首七绝写于庆元元年(1195)诗人七十一岁生日。小序中说:"予生于淮上,是日平旦大风雨骇人,及予堕地雨乃止"。陆游生于宣和七年(1125)初冬,中原还是一片升平景象,但金人亡宋之心已昭然若揭,而朝廷竟昏昏然视若无事。明年,即靖康元年(1126),金攻下东京,掳徽、钦二宗北去,自此,宋室南渡,偏安一隅。陆游就出生在北宋王朝摇摇欲坠但仍维持着短暂平静的时候,因此他时时忆起的童年是与战火、逃难、饥饿联系在一起的,即使到了老年,依然刻骨铭心:

> 我生学步逢丧乱,家在中原厌奔窜。淮边夜闻贼马嘶,跳去不待鸡号旦。
>
> 人怀一饼草间伏,往往经旬不炊爨。呜呼!乱定百口俱得全,孰为此者宁非天!

> 《三山杜门学歌》

刚刚蹒跚学步的陆游,就跟着家人在兵荒马乱的环境中四处奔窜,躲避战火。夜里一听到敌军战马的嘶叫就赶紧摸黑逃离，都不敢等到鸡鸣天亮。每个人都怀揣着干粮，略有风吹草动就跳到草丛中躲避，常常连着十几天都不敢生火做饭。与其说这是诗人个人童年生活的回忆，不如说是乱离时代历史画卷的缩影。

这样的记忆反复出现在陆游的诗歌中："儿时万死避胡兵，敢料时清毕此生"（《戏遣老怀》）、"我昔生兵间，淮洛靡安宅"（《予素不工书故砚笔墨皆取具而已作诗自嘲》）"、"惟有衰翁最知达，避胡犹记建炎年"（《书喜三首·其三》）等。

除了跟随父母在战火中逃难的经历，陆游童年记忆中还有的一个重要内容是他的父亲陆宰以及与之交游的士人对于国事的谈论，这些在其诗歌中似未记载，但在文章中却多次出现：

> 建炎绍兴间，予为童子，遭中原丧乱，渡河沿汴，涉淮绝江，间关兵间以归。①
>
> 某生于宣和末，未能言，而先少师以畿辅转输饷军，留泽潞，家寓荥阳。及先君坐御史徐秉哲论罢，南来寿春，复自淮徂江，间关兵间，归山阴旧庐，则某少长矣。一时贤公卿与先君游者，每言及高庙盗环之寇、乾陵斧柏之忧，未尝不相与流涕哀恸。虽设食，率不下咽引去。先君归，亦不复食也。②
>
> 绍兴初，某甫成童，亲见当时士大夫，相与言及国事，或裂眦嚼齿，或流涕痛哭，人人自期以杀身翊戴王室，虽丑裔方张，视之蔑如也。③

"几乎每一个作家都把自己的童年经验看成是巨大而珍贵的馈赠，看成是取之不尽、用之不竭的创作的源泉。"④ 生于乱世、长于苦难的童年经历，成为陆游一生的盼恢复、求统一、希望上战场抗金杀敌爱国热情的重

---

① （宋）陆游著，马亚中、涂小马校注：《渭南文集校注》卷二十《诸暨县主簿厅记》，浙江古籍出版社 2015 年版，第二册，第 279 页。

② （宋）陆游著，马亚中、涂小马校注：《渭南文集校注》卷三十《跋〈周侍郎奏稿〉》，浙江古籍出版社 2015 年版，第三册，第 307 页。

③ （宋）陆游著，马亚中、涂小马校注：《渭南文集校注》卷三十一《跋傅给事帖》，浙江古籍出版社 2015 年版，第四册，第 21 页。

④ 童庆炳：《作家的童年经验及其对创作的影响》，《文学评论》1993 年第 4 期。

要源头，而对于这些童年往事的不断回忆和书写，也成为陆游儿童诗歌中的一个重要内容。

三　同化：白首衰翁与天真儿童的融合

"儿童"形象的普遍介入，使宋代诗歌在以"老境"为美的时代风尚基础上，呈现出一种以"童"衬"翁"、"翁童一体"的独特模式，范成大、杨万里、刘克庄等诗人的集子几乎到了"卷卷有童子""翁童不离诗"的地步。陆游更是将"白首衰翁"的自我形象融入"群儿嬉"中，并且用儿童般的眼光重新去认识世界，这既是诗人童心的复萌，亦是对自己老境已至的不安心理的消解。

（一）童心的复萌和"惧老"心理的消解

寒暑易节，年岁渐增，这是自然的规律，陆游三十岁之后的诗歌中，开始频频出现"病满身""鬓白""衰态"等写老境之词，这自然是因其"平生万里心，执戈王前驱"的抱负未能实现但"流年不贷人，俯仰遂成昔"而带来的心理上的"衰老"和"时不我待"的急迫感。而当生理上的衰老真正来临时，这种体会更加深刻：

> 抱病齿发非，阅世城市换。朋侪冢累累，在者亦云散。穷居懒出户，俯仰秋已半。疏钟到倦枕，微火耿幽幔。平生疑著处，忽若河冰泮。百年寓逆旅，万事真既灌。纷纷彼方孃，袖手不须唤。萝月忽满窗，悠然付长叹。
>
> ——《秋夜》

这首作于嘉泰元年（1201）的诗，写尽了诗人的"惧老"之情：老病之痛、漂泊之苦、朋友死散之悲、报国无门之慨、被迫隐居之无奈。

既然衰老无可避免，唯有自己寻求消解之法。除了寄情山水、赏花咏物，陆游更是以极大的欣赏和赞同态度来看待儿童，"无视实用主义者的关注，摈弃社会陈规，崇尚天真而率直的内心情感"①，他不仅以成人的角

---

① ［美］艾伦·奇南：《秋空爽朗：童话故事与人的后半生》，刘幼怡译，东方出版社1998年版，第107页。

度去呈现儿童生活，他还能充分地理解儿童好游玩、不喜拘束的自由天性，其《农家六首》（其六）云：

> 诸孙晚下学，髻脱绕园行。互笑藏钩拙，争言斗草赢。爷严责程课，翁爱哺饴饧。富贵宁期汝，它年且力耕。

诗人的孙子们放学归来，在园中玩得发髻散脱，藏钩斗草，父亲严苛，责问孩子们的课业是否完成，而作为祖父的诗人却摆脱了功利和焦虑、摆脱了孙辈的双亲所奉行的约束和节制，不仅不制止孩子们的玩闹，反而认为孙儿们不能大富大贵又如何，能够躬耕自养就足够了。处在人生"第二个儿童期"的老人，对待人生的态度更通透，对于生命初始阶段的儿童，有着较人生其他阶段更深刻的理解和欣赏。

杜甫曾说自己"忆年十五心尚孩"，而陆游反复说自己："老翁七十如童儿"（《秋晴每至园中辄抵暮戏示儿子》)、"白发短欲尽，人嗤心尚孩"（《老境》）、"老客天涯心尚孩"（《春晚书怀三首·其三》），在"童心"指引下，陆游热衷于儿童的游戏，骑竹马、斗草、扑流萤、惊蛱蝶："不如扫尽书生事，闲伴儿童竹马嬉"（《纸墨皆渐竭戏作》）、"花前自笑童心在，更伴群儿竹马嬉"（《园中作二首·其一》）、"垂老始知安乐法，纸鸢竹马伴儿嬉"（《村居书事六首·其六》）、"每驾柴车游古寺，间骑竹马伴群儿"（《春游二首·其二》）、"老翁终日饱还嬉，常拾儿童竹马骑"（《老叹》）、"客来莫怪逢迎懒，正伴曾孙竹马嬉"（《岁暮六首·其二》）、"小甑有米可续炊，纸鸢竹马看儿嬉"（《春日杂兴十二首·其三》）"闲投邻父祈神社，戏入群儿斗草棚"（《遣兴四首·其三》）、"今朝雨歇春泥散，剩伴儿童斗草嬉"（《定命》）、"更就群童闲斗草，人间何处不儿嬉"（《幽居述事四首·其二》）、"身入儿童斗草社，心如太古结绳时"（《老甚自咏二首·其一》）、"懒随年少爱花狂，且伴群儿斗草忙"（《蔬圃绝句七首·其七》）、"老翁七十如童儿，置书不对事游嬉"（《秋晴每至园中辄抵暮戏示儿子》）、"老子方惊飞蛱蝶，群儿已说聚狻猊"（《雪》）、"衰翁不减少年狂，走马直与飞蝶竞"（《二月十六日赏海棠》）等。

经过岁月洗礼之后的老年陆游，在与儿童的共处共情之中重新回归到了人生的最初阶段，以一颗"童心"来消解自己对于衰老的一种忧惧之情。"儿童与自然'同构'、老人与经验'同一'：一者睿智、深邃；一者自然、简单。这两种生命状态相互比较、对照、映衬，彼此从对方身上汲取力量，寻求互补，共生共存，缔造一个生存的'神话'。"①

（二）"陌生化"：重新以儿童的眼光观察世界

人们对世界的观察有"趋新""好奇"的特点，那些司空见惯、无新奇、无惊奇、无挑战的事物是极少能引起人们兴趣或使人维持兴趣的。苏联教育家苏霍姆林斯基曾说："人的心灵深处，都有一种根深蒂固的需要，就是希望自己是一个发现者、探究者和成功者。在儿童的精神世界中，这种需要特别强烈。"② 好奇是儿童的天性，因为他们年龄尚小，心智尚未成熟，周围出现的新奇事物或者处于一个新的环境会对他们产生较大的影响，引起他们的注意、提问，甚至会做出一些成人看来比较奇怪的举动。而对于一个成年人，尤其是穿越了生命各阶段的老人来说，世间万物应已觉寻常，但当他们能将之"陌生化"，即重新以儿童的眼光去观察时就又能从一个新的视角、新的层面上发掘出生命返璞归真的力量并进而保持它。

成人视角的陆游也曾对儿童的奇怪举动而感到不解：

> 云生海滋初飞雨，日漏山椒旋作晴。箬笠芒鞋桥下路，儿童争逐放翁行。
>
> ——《小雨偶出邻里小儿竞随吾后不知其意何也》

正如诗题所示，诗人雨天出行，结果被邻里群儿追逐，不免困惑"不知其意何"。成人眼中儿童的这种行为让人费解，其实诗人"箬笠芒鞋"的打扮在儿童眼中又何尝不奇怪呢？闲居山阴的诗人诗酒度日："半醒半醉常终日，非士非农一老翁"（《题传神》），出门时经常"闲撑野艇渔蓑湿，乱插山花醉帽欹"（《简邻里》），这样的诗人，在儿童眼中也是怪异新奇的，不止一次地引发儿童对他因好奇而产生的追逐："插花处处引村童，失道时时问耕叟"（《娥江野饮赠刘道士》）、"儿童拍手看翁醉，山杏溪桃簇帽檐"（《春来食不足戏作》）、"草塞瓶头沽浊酒，花簪笠顶引群儿"（《纵步近村》）、"童稚相追逐，渔樵习送迎"（《野步至

---

① 何卫青：《小说儿童》，中国海洋大学出版社 2005 年版，第 50 页。
② ［苏］苏霍姆林斯基：《教育的艺术》，肖勇译，汕头大学出版社 2009 年版。

近村》）、"儿童共道先生醉，折得黄花插满头"（《小舟游近村舍舟步归四首·其三》）、"儿童随笑放翁狂，又向湖边上野航"（《九月三日泛舟湖中作》）等。

那么陆游诗歌中又是如何表现自己似儿童般的好奇情态的呢？请看其《蔬圃绝句七首·其四》：

> 瓦叠浮屠盆作池，池边红蓼两三枝。贪看忘却还家饭，恰似儿童放学时。

《书适二首·其一》：

> 老翁垂七十，其实似童儿。山果啼呼觅，乡傩喜笑随。群嬉累瓦塔，独立照盆池。更挟残书读，浑如上学时。

年已七十的诗人在诗歌中完全是个儿童的形象：跟随小伙伴们"累瓦塔"，独自一人"照盆池"，还像个上学孩童一样找出破书来读。因为贪看浮屠水池边的红蓼花，连回家吃饭也忘记了，就好像放学孩子贪玩不肯回家一样。这些成人早就不会做或者不屑做的事，陆游却重新以儿童的身份进行了体验，并从中发现了乐趣。

再如其《秋晴见天际飞鸿有感》（节选）：

> 新晴天宇色正青，群鸿高骞在冥冥。儿童相呼共仰视，我亦扶仗来中庭。

秋天，大雁成群结队南飞本是寻常事，但是在孩子们眼中却是那么新奇，一个"相呼"写出了儿童初见鸿雁时的惊奇，"共仰视"则描摹出了儿童抬头看鸿雁时的专注认真。儿童"相呼而看"是因为初见，而忍不住也扶杖来中庭看大雁的诗人，则是因为"老翁白首如小儿"，与儿童同化之后重新以新奇的眼光来看自己曾经无比熟悉的世界。

自魏晋至唐，诗歌中的儿童形象多是通过父亲（祖父、叔伯）的视角来进行书写，如左思的《娇女诗》、陶渊明的《责子诗》及白居易、杜甫等为数不少的描写儿童的作品。而陆游诗中除了有对自己儿孙生活情态的记录和描写，更多的是从一个陌生的旁观者视角来书写儿童，不管是对儿童劳动、游戏、读书场景的记录，还是对自己的童年的追忆，抑或是与儿童的同化，陆游都展示出除爱国诗歌中的激越、隐逸诗词中的闲淡之外，作为长者温情的一面和不泯的童心童趣。

陆游山阴诗的人文内蕴

林素玲

（台湾高雄市孔孟经典文教协会）

摘要： 陆游退隐定居山阴时期的诗。可以说是一部生活诗，无论是节气、气候、习俗、景物，所见所闻皆可入诗，将生活之中，观察到天地间万物的变化，体悟人生的哲理，皆一一入诗。诗蕴含了人文及农村景象和岁时风俗，诗的风格语言平淡、自然、朴实，凡自然界之种种，无一不成诗。

关键词： 陆游诗；山阴诗；山阴人文

一 前言

淳熙八年（1181）陆游 57 岁，回故乡山阴定居，至嘉定二年（1210）85 岁逝世，其间有二度奉召离开山阴，分别赴严州及临安短期任职，其余时间都生活在山阴。是以，他大量的创作，都是写山阴的景物、风土民情。特别值得注意的是其定居山阴的农村生活，活动范围几乎都在山阴及周边，然每年所看到一样的景物、事物，都能以不同情境语汇描摹，而引人入胜，充满着当时的人文气息。

陆游晚年的心境已达"书册懒看聊作伴，酒壶不饮亦常携"① 之境地，诗呈现的是洒脱、随心所欲而不逾矩了。他的佛家思想偶于诗作中呈现，

---

① 陆游著，钱仲联校注：《剑南诗稿校注》，上海古籍出版社 2005 年版，第 1908 页。下面引陆游诗均用该书简称《诗稿》，不明页码，不备注。

如"性中汝本具光明，蔽障除时道自成"①，此心境已完全超越凡俗了，因此，诗呈现的都是率性、自然、平淡之风格。

本文将由陆游晚年定居山阴时写的诗，探讨他诗作中呈现的平淡自然之诗风，以及承载的人文内蕴。他在山阴写景或描写农村生活的诗，手法细腻，让人犹如亲入其境，有特别的感悟及亲切之感。

二　古风朴实，山河卷画图

陆游"平生绝爱山居乐，老去初心亦渐偿"②。他是爱故乡山阴的，故时常骑驴于山林、荒畦、阡陌或乘舴艋乘风破浪，闲游观赏捕捉美景于诗作。在秋天萧条的夕阳下，他对纯朴的农村各有不同的生活描写："夕阳下平野，落叶满荒街。村店卖荞面，人家烧豆秸"，将一片古朴的民风贴切自然地呈现。在农事、习俗、节庆等习俗，也一一入诗作之中。而山阴山川之美，无论西村东村，溪南溪北，舍北舍南，北陌东阡，还是雁、鹭鸶、蛱蝶等，在诗人眼里，这些意象都是一幅幅美景。

（一）简朴民情古风存

淳熙十年，陆游回山阴已三见故园秋，渐融入农村生活，每当出游归来见丰收的农家情景，不由羡慕地说："归来每羡农家乐，月下风传打稻声。"③ 此民风纯朴的生活，或许是陆游仕途不顺回归故乡最好的选择。对山阴保有纯朴的民风，陆游说："今年端的是丰穰，十里家家喜欲狂。俗美农夫知让畔，化行蚕妇不争桑。酒仿饮客朝成市，佛庙村伶夜作场。"④ 农村的纯朴人文气息，千古不变的良善民风一直保存，可见文化的底蕴深植民心。《东西家》：

> 东家云出岫，西家笼半山。西家泉落涧，东家鸣佩环。相对篱数掩，各有茆三间。芹羹与麦饭，日不废往来。儿女若一家，鸡犬意自闲。我亦思卜邻，余地君勿悭。⑤

---

① 陆游著，钱仲联校注：《剑南诗稿校注》，上海古籍出版社 2005 年版，第 4418 页。
② 陆游著，钱仲联校注：《剑南诗稿校注》，上海古籍出版社 2005 年版，第 4396 页。
③ 陆游著，钱仲联校注：《剑南诗稿校注》，上海古籍出版社 2005 年版，第 1177 页。
④ 陆游著，钱仲联校注：《剑南诗稿校注》，上海古籍出版社 2005 年版，第 2417 页。
⑤ 陆游著，钱仲联校注：《剑南诗稿校注》，上海古籍出版社 2005 年版，第 2389 页。

　　此诗首先将山村的景致带出，东西家所处的地理位置各有不同，所以呈现风貌也略有差别，然而，都是生活简单纯朴的气象、代代相传的农村生活。《牧牛儿》：

　　　　溪深不须忧，吴牛自能浮。童儿踏牛背，安稳如乘舟。寒雨山陂远，参差烟树晚。闻笛翁出迎，儿归牛入圈。①

　　此诗犹如一幅写实的牧牛图，充满野趣，同时也展现出幸福、无忧、自然的农家朴质画面。诗人观望此景，从牧童骑在牛背上渡溪，如乘舟一样安稳地渡深溪。在寒雨漠漠的暮色中，见着老翁出来迎接。陆游以平淡自然的笔法写出一幅美丽的农村牧童及羊晚归、老农关爱的温馨画面。《村居》：

　　　　舍后盘高冈，舍前面平野。防盗枳作藩，蔽雨筱代瓦。数家相依倚，百事容乞假。薄暮耕樵归，共话衡门下。②

　　此诗将农村的景象和农事描摹得历历在目，仿佛亲莅其中。而且，人与人之间的互动，有传统社会彼此联系的人伦关系，透露出群聚生活互助的牵连性。《丰年行》：

　　　　南村北村春雨晴，东家西家地碓声。稻陂正满绿针密，麦陇无际黄云平。前年谷与金同价，家家涕泣伐桑柘。岂知还复有今年，酒肉如山赛村社。吏不到门人昼眠，老稚安乐如登仙。县前归来传好语，黄纸续放身丁钱。③

　　此诗作于庆元二年春。依诗题即知是丰收年，因风调雨顺，农作物生长佳，故酒肉非常丰盛，家家户户老幼为丰收年庆有余。由县府带回好消息，征收的税依据"庆元元年春正月丁巳朔，蠲两淮租税。……乙

---

① 陆游著，钱仲联校注：《剑南诗稿校注》，上海古籍出版社 2005 年版，第 2548 页。
② 陆游著，钱仲联校注：《剑南诗稿校注》，上海古籍出版社 2005 年版，第 3551 页。
③ 陆游著，钱仲联校注：《剑南诗稿校注》，上海古籍出版社 2005 年版，第 2248 页。

巳，蠲台、严、湖三州贫民身丁，折帛钱一年。二年春二月，辛未，再蠲临安府民身丁钱三年".① 诗人将农村的农事观察入微，一一说来。《野步至近村》：

> 耳目康宁手足轻，村墟草市偏经行。孝经章里观初学，麦饭香中喜太平。妇女相呼同夜绩，比邻竭作事春耕。勿言野馌无盐酪，笋蕨何妨淡煮羹。②

野步到邻近村走走，农村作息呈现眼前，人们安逸不争，安贫乐道，粗茶淡饭也是美味可口，和睦生活在一村落之中，相互帮助，除了耕作亦有文化传承的读书声。《梅市道中》：

> 去去浮官浦，悠悠数客樯。蓼花低蘸水，枫树老经霜。箫鼓迎神闹，锄耰下麦忙。城西小市散，归艇满斜阳。③

此诗，除了将目的地点出，亦将景物写实描写，最后将小市迎神习俗热闹非凡的庆典点出，接着又是农事一桩一桩忙。

（二）村村皆是画本

陆游，因山阴之美，而留住了他曾漂泊多年的心。他最爱故乡山阴，故而言："舍前烟水似潇湘，白首归来爱故乡。五亩山园郁桑拓，数椽茅屋映菰蒋。翻翻小伞船归郭，渺渺长歌月满塘。却掩柴荆了无事，篆盘重点已残香。"④ 因生性喜好山水，所以又说"平生偶有爱山僻""平生爱山水，游陟老不厌"⑤ "溪上之丘，吾可以休。溪中之舟，吾可以游"。⑥ 他几乎爱山水成痴了，纵情于山水间，也是晚年心情的寄托。然，诗人的内心是浪漫的，掩不住内心对山阴农村自然之美的观察与享受。山阴"湖村好景吟难尽，乞与侯家作画屏"⑦ 的湖村溪桥的景色都像在图画之中，是

---

① （元）脱脱等撰：《宋史·本纪第三十七》，中华书局1977年版，第718、720、721页。
② 《诗稿》，第3319页。盐酪：豆腐也。
③ 《诗稿》，第3632页。
④ 《诗稿》，第4252页。
⑤ 《诗稿》，第3122页。
⑥ 《诗稿》，第1919页。
⑦ 《诗稿》，第2982页。

美不胜收的地方，而让诗人流连忘返于山水之间。定居山阴，时时兴来，无论是泛舟于烟雨濛濛还是波光粼粼的鉴湖，抑或是筇枝到处一萧然，时而葛衣沾露才兴罢而归，此因为"家住烟波似画图"就是要望穿家乡一切的美景。所以他说"村村皆画本，处处有诗材"了；尤其秋天时节在陆游审美心境是"舍南舍北秋光好，到处皆成一画图"。春天时节山阴多雨，田野间烟雨弥漫，似一幅美图"山川烟雨参差出，水赴陂塘散漫流。隔夜雄雌鸣谷鸟，傍林子母过吴牛。数家清绝如图画，炊黍何妨得小留"。① 此些微处之美景，都逃不出诗人锐利的审美眼光。又如"小浦闻鱼跃，横林待鹤归。闲云不成雨，故傍碧山飞"。② 简短的绝句，将一幅闲静的画面言尽。一年四季的景色各异，各有其美之处。秋天是秋收季节，农村处处是一片收割丰收的欢乐氛围，同时又呈现出萧条的气象，在诗人眼里秋天是多愁善感的季节，让人有许多怀思。陆游观察到故乡的秋景是"平野沉寒日，远村生暮烟。离离立红树，点点散乌犍……江湖初见雁，着眼送云边"③ 的宁静美、意境美之画面。"水生浦溆多浮鸭，风急汀洲有断鸿。渺渺江天无限景，一时分付与樵翁。"④ 山阴水泽美景多，泽边处处有水鸭候鸟栖息，在渺渺的水洲上勾勒出蒙蒙之美景，这就是诗人审美视角捕捉出的雾时间之美景。景物影响着诗人的心境，数十年如一的生活场景，总是有新的惊奇与赞叹，如"横林渺渺夜生烟，野水茫茫远拍天。菱唱一声惊梦断，始知身在钓渔船"。⑤ 虚无缥缈宛如一幅画图，远景渺渺处有人家已开始生烟，茫茫的水连天，令人陶醉在濛濛的画图之中，如此的江干美景，难怪陆游说："漠漠渔村烟雨中，参差苍桧映丹枫。古来画手知多少，除却范宽无此工。"⑥ 山阴之美如画，唯有范宽之妙手，才能将此美景画于画作，然，陆游却能将之以诗人感悟到的物我合一的境界，呈现在诗里，故他要感叹说"今代江南无画手，矮笺移入放翁诗"⑦ 了。《西村》：

　　　　乱山深处小桃源，往岁求浆忆叩门。高柳簇桥初转马，数家临水

① 《诗稿》，第 3009 页。
② 《诗稿》，第 2856 页。
③ 《诗稿》，第 3228 页。
④ 《诗稿》，第 3871 页。
⑤ 《诗稿》，第 3553 页。
⑥ 《诗稿》，第 3965 页。
⑦ 《诗稿》，第 2647 页。

自成村。茂林风送幽禽语，坏壁苔侵醉墨痕。一首清诗记今夕，细云新月耿黄昏。①

在深山处有几户农家，笼罩在幽美清境的景色之中。山林时时有鸟禽的鸣声，与村落相呼应，处处显现一片与世隔绝的景象，原始朴实。《晚行舍北》：

　　　　逆旅将归客，扶衰取次行。霜浓木叶尽，水落岸痕生。凫雁浮寒浦，牛羊满晚晴。东村隔烟寺，杳杳送钟声。②

此诗作于嘉泰三年冬。寒冬的自然现象霜、水岸、候鸟连成的一幅银色晶莹的美图，在宁静的氛围中，悠然传来钟声，勾勒出动与静的冬景。

三　四序更迭，万物各现生机

久居山阴，陆游对于四序的更迭、物候的变化特别敏感，如对春天的雨季"东吴春雨多，略无三日晴。濛濛平野暗，淅淅空阶声。百花雨中尽，三月未闻莺"③，又"乱云重迭藏山寺，野水纵横入稻陂"（《剑南诗稿》卷三九）。突然一场急雨，先告知秋天来临，他说："急雨消残暑，旷然天地秋。露萤矜熠熠，风叶送飀飀。"（《剑南诗稿》卷六七）天地间万物已徐徐更迭。看到花开花谢"落叶残芜又一冬"时序又是冬天了，皆在他静观自然界的变化中体悟出来。陆游说"东吴七月暑未艾，川云忽兴天昼晦。蔽空雨点弩发机，平地成渠屋穿背。早禾玉粒自天泻，村北村南喧地碓"④，以及"年丰人乐我作诗，朝耕夜织谁能画"，因气候流年佳，农作物收成好，农村处处庆丰年的欢乐气息，他目睹一切而写成诗，然而他更希望朝耕夜织的农村景象能入画作之中，谁能为丰收勤奋的农夫农事之景入丹青呢！他对农家一年的农活，在《农家》言："吴农耕泽泽，吴牛

---

① 《诗稿》，第2812页。
② 《诗稿》，第3244页。
③ 《诗稿》，第2480页。
④ 《诗稿》，第3790页。

耳湿湿。农功何崇崇，农事常汲汲。冬休筑陂防，丁壮皆云集。春耕人在野，农具已山立。房栊鸣机杼，烟雨暗蓑笠。"① 写实地将农家一年的农活点出。

（一）四序的更迭

陆游于山阴时，似乎是能仰天知天文，俯地知地理，所以他观天地间些微的变化时，即能判断季节的更迭、时序的变化，此敏锐的感悟诚如所言"岁时无历叶知秋"②"月晕知将雨，风声报近秋"③"蟋蟀独知秋令早，芭蕉正得雨声多"④"江云莫莫雨昏昏"，这是典型的山阴春雨绵绵的雨景，表示春天来了，万物苏醒。"来禽海棠相续开，轻狂蛱蝶去还来。山蜂却是有风味，偏采桧花供蜜材。"⑤ 有海棠、蛱蝶、蜜蜂，春天丰富热闹起来了。"春来无处不春风，偏在湖桥柳色中。看得浅黄成嫩绿，始知造物有全功。"⑥ 此诗陆游敏锐地观察到，柳的纤细枝条的生长变化，丝丝细条有飘逸之美感，因此感悟到宇宙之深奥神妙。春天柳树嫩芽是浅黄色，随着春天的流逝，嫩芽逐渐成长，而转成绿色，这是自然规律，由柳树的成长变化知春来无处不春风。陆游对山阴的绵绵春雨，其言"湖上青山古会稽，断云漠漠雨凄凄。篮舆晚过偏门市，满路春泥闻竹鸡"。⑦ 极古农村的雨景，走在泥路上，不时听到竹鸡的鸣声。"晚过"与"竹鸡"⑧ 是相对应的，竹鸡好啼，傍晚时分亦复如是。于绍熙四年春天，陆游写了《早春》⑨ 五言绝句诗组，将当时山阴的春事即景写的犹如与世无争的世外农村"具牛将犊行，野雉挟雌鸣。农事不可缓，闲人亦勤耕"，又"近陂牛浑白，远浦鸭头绿。一棹悠然去，东风吹酒醒"，又"西村一抹烟，柳弱小桃妍。要识春风处，先生拄杖前。"农村景象无论是候鸟、柳、桃、风、雨、云等，都是大自然所赋予最高与世无争的朴质之美，而这

① 《诗稿》，第 3819 页。
② 《诗稿》，第 1685 页。
③ 《诗稿》，第 2695 页。
④ 《诗稿》，第 1785 页。
⑤ 《诗稿》，第 3286 页。
⑥ 《诗稿》，第 3886 页。
⑦ 《诗稿》，第 4390 页。
⑧ 竹鸡：依据《诗稿》卷六九《岁暮遣兴》第二首注：李时珍《本草纲目》："竹鸡生江南川广，处处有之。多居竹林，形比鹧鸪差小。"又，"南人呼为泥滑滑，因其声也"。
⑨ 《诗稿》，第 1877 页。

种美是令人陶醉的。骎骎岁月，又到"淡霭轻飔入夏初，一窗新绿鸟相呼……花径蝶闲无坠堕蕊"夏日悄悄来，它带来大地一片生机盎然。在绿意盎然的夏季，陆游陶醉在"暮看白烟横水际，晓听清露滴林梢"① 的大自然天籁声，以及湖上濛濛一片白墙似的美景，此何其享受山阴之美景啊！他在山阴度过几十年的夏天，并将年年不一样的感触写实地寄于诗中。《夏夜》：

> 夏夜谁知亦自长，幽居渺在水云乡。月侵竹簟清无暑，风度衣襟润有香。栖鹊自惊移别树，流萤相逐过横塘。放翁尚苦余酲在，细绠铜瓶落井床。②

此诗，完全将夏日山阴景象与生活小细节写实描述，仿佛亲历其中。《晨雨》：

> 过云生谷暗，既雨却窗明。低燕争泥语，浮鱼逆水行。山川增秀色，草木有奇声。处处青秧满，长歌乐太平。③

此诗作于嘉泰元年（1201）夏天，此年陆游77岁，对山阴的夏天，有无数次的感悟，此诗呈现的是农村生机盎然。整个时空由远景的云到近景的窗，由暗至明。燕的泥语，鱼的逆水而行，都表示风和日丽，处处见生机。山川秀丽，草木繁密深处都有声音，而此声音是多种复杂的，如候禽鸣、候虫鸣、水流声、风涛等，如此种种显示此年是丰收年。《东园晚兴》：

> 宿叶自脱新叶生，东园忽已清阴成。老夫东行复西行，乌藤瘦劲青鞋轻。竹鸡群号似知雨，鹁鸪相唤还疑晴。萋萋幽草上墙绿，漈漈细水循阶鸣。萧然濯手坐盘石，心地平安体纾适。青山缺处红日沉，杳杳长空送归翮。④

---

① 《诗稿》，第2486页。
② 《诗稿》，第2378页。
③ 《诗稿》，第2809页。
④ 《诗稿》，第3948页。

此诗意境深，有念天地之悠悠之感。自然界中万物生生息息，汰旧换新，陆游于山阴年复一年，看到时序的更迭变化，从大地间的变化（无论是植物还是动物间）长期观察到的感悟，他知道整个大地在微妙地酝酿着，而他以诗人的内敛、深思、体悟，将之化为优美的诗句呈现。四季之中，陆游说"四序虽悉佳，莫若新秋时"。①"四时可爱是新凉"在秋天初来临时，已闻到秋天的气息。"初夜月犹淡，入秋风已清。萤孤无远照，蝉断有遗声"②，这些夏季的物种纷纷退场，而另一些物种将接续登场，自然界间无论是春夏秋冬，还是万物都生生不息。悄悄地，已近深秋，大地呈现一幅萧条景象，在陆游的眼里是"霜雕老树寒无色，风掠枯荷飒有声"以及诗意的"萧瑟一窗秋"的感悟。他对山阴物候的变化而知道时序秋天到了大地，任凭是气候影响着物候的变化，此为自然定律，如候鸟的迁徙"嘎嘎天际雁初度""过雁声中又一秋"即知秋冬将近了。又如"暮秋木叶已微丹，小雨萧萧又作寒。目送断云归谷口，身随江雁寄江干"③对秋景的独特感悟，大地景象的变化，秋雨中似乎闻到特别有意境的秋意，此时，陆游已陶醉融入在万物中了，此就是诗人的浪漫不拘，与天地遨游之心境。《微雨》：

> 晡后气殊浊，黄昏月尚明。忽吹微雨过，便觉小寒生。树杪雀初定，草根虫已鸣。呼童取半臂，吾欲傍阶行。④

大自然的循环现象，诗人见到的凭证是气候的微变、万物的生生不息、物候的轮番登场，这些都预知季节已是秋天了。《秋兴》：

> 拒霜惨淡数枝红，石竹凋零不满丛。小蝶一双来又去，与人都在寂寥中。⑤

---

① 《诗稿》，第 3395 页。
② 《诗稿》，第 3557 页。
③ 《诗稿》，第 4241 页。
④ 《诗稿》，第 2896 页。依据《诗稿》注释"半臂"："隋大业中，内官多服半襟，即今之长袖也，唐高祖减其袖，谓之半臂。"
⑤ 《诗稿》，第 3200 页。拒霜：芙蓉别名，艳如荷花，因八、九月开花，故又名拒霜。

陆游对于景物的变化，总是观察入微。此诗以拒霜、石竹、小蝶以及诗人自己，在秋天的时空中串联成一体，在残酷变化的环境中在生命的尾声中，韧性搏斗到最终。在秋景萧瑟中，见景生情，以物感怀自己晚年的孤寂。时序匆匆过，又到了入冬时，陆游是"风光最爱出寒候"（《园中作》卷四八），所以他说"平生诗句领流光，绝爱初冬万瓦霜。枫叶欲残看愈好，梅花未动意先香"（《初冬》卷四八），"霜有连薏白，林无一叶青"（《霜晓》卷五五），他喜欢富有自然意境之美的景象，这景象总能唤起内心深处最真实的意象，让心境融入大自然的意境之中。《十二月十日暮小雪即止》：

> 夜来急雪打船窗，今夜推窗月满江。堪恨无情一枝舻，水禽惊起不成双。①

此诗意境深。在二十四节气中，立冬之后是小雪，小雪天候已寒，大雪更是又寒又下雪。此诗将大寒来临时的情境，突如其来的急雪惊动了江边栖息的水鸟，以及催打着停在江边的船，也惊起了船上的主人。是夜月满江，配上雪景，大地透出银白景色，波光荡漾，是迷人的雪夜。

（二）时序作物

随着季节的变化，农作物、动植物也随之而有各种适应季节的物种登场。宋代农民根据二十四节气的气温、雨水和物象变化，进行农事耕作及收藏。②陆游对山阴的风物描写："故乡风物胜荆吴，流水青山无处无。列植园林多美果，饱锄畦垄富嘉蔬。桥边来淬剥桑斧，池畔行芟缚粽菇。"③ 同时对山阴当时的农产山产美食也一一述说于诗，如《戏咏乡里食物示邻曲》：

> 山阴古称小蓬莱，青山万叠环楼台。不惟人物富名胜，所至地产皆可环。茗芽落硙压北苑，药苗入馔逾天台。明珠百斛载芡实，火齐千担装杨梅。湘湖莼长涎正滑，秦望蕨生拳未开。箭萌蛰藏待时雨，桑蕈菌蠢惊春雷。棕花蒸煮蘸酰酱，姜苗披剥腌糟醅。细研罂粟具汤

---

① 《诗稿》，第4324页。
② 参考徐吉军等《宋代风俗》，上海文艺出版社2018年版，第404页。
③ 《诗稿》，第1665页。

液，湿裹山蔌供炮煨。①

此诗除了介绍山阴农产及珍美山产的美食，也述明山阴是钟灵毓秀之地。在《稽山行》也将山阴的风俗名胜、山川之美、物产富饶、朴实的民风，很自然地在诗句中流露。宋代时期山阴的春耕桑事苦乐，在陆游的《农桑》诗组中几乎都有呈现：

> 农事初兴未苦忙，且支漏屋补颓墙。山歌高下皆成调，野水纵横自入塘。（其一）
> 水长人家浸稻秧，蚕生女手摘桑黄。差科未起身无事，邻曲相过日正长。（其二）
> 采桑蚕妇念蚕饥，陌上匆匆负笼归。却羡邻家下湖早，画船青伞去如飞。（其三）
> 蚕如黑蚁稻青针，夫妇畊桑各苦心。但得老亲供养足，不羞布袂与蒿簪。（其四）②

春天的农忙已开始，首先要做的事是补屋漏、补危墙等修缮的工程。随即各种农事开始忙碌起来。桑农忙着养蚕，采摘桑叶喂蚕。诗中亦将农事之苦与乐述说出，呈现一片祥和知足常乐的氛围。同样的，春事农忙景象，陆游亦于《蚕麦》有感而言："村村桑暗少桑姑，户户麦丰无麦奴。又是一年春事了，缫丝捣麨笑相呼。"③

麦秀蚕眠后，蚕忙抽丝剥茧，麦丰收，村村充满丰收的喜悦！夏季处处草木欣荣："藩篱处处蔓牵牛，薏苡丛深稗穗抽。"④ 这是农村的夏季景象，我们可以憧憬着农家藩篱有牵牛花以及农作物围绕的景色，多令人陶醉！诗人的审美观就是能捕捉到些微处之美，如"何处轻黄双小蝶，翩翩与我共徘徊。绿阴芳草佳风月，不是花时也解来"。⑤ 观察入微，与翩翩黄蝶共赏短暂的夏日时光，何等的随兴自在！山阴夏季农忙时是"暑

---

① 《诗稿》，第 2749 页。
② 《诗稿》，第 3712 页。
③ 《诗稿》，第 3934 页。
④ 《诗稿》，第 3777 页。
⑤ 《诗稿》，第 4415 页。

雨初晴昼漏迟，江乡乐事有谁知。村村垄麦登场后，户户吴蚕拆簇时"。①
陆游在此诗叙述，各家忙着各家的农事，此乐事有谁能知道呢。复如《江村初夏》：

> 紫葚狼藉桑林下，石榴一枝红可把。江村夏浅暑犹薄，农事方兴
> 人满野。连云麦熟新食杪，小裹荷香初卖鲊。蘋洲蓬艇疾如鸟，沙路
> 芒鞋健如马。君看早朝尘扑面，岂胜春耕泥没踝。为农世世乐有余，
> 寄语而曹勿轻舍。②

此诗作于绍熙二年，诗中是山阴夏季农事景象，尤其表现了农作物成
长丰收的喜悦。首句即是成熟的桑葚落满桑林，石榴也红熟了，诗人观物
细微处的美，一枝红熟的石榴正是斜一枝更美。整首诗呈现的就是农家乐
的喜悦，就因这场面，作者认为为农世世乐有余。《初夏》：

> 新绿阴中燕子飞，数家烟火自相依。童夸犊健浮溪过，妇闵蚕饥
> 负叶归。地暖小畦花渐长，泥融幽径药苗肥。却居乐事何胜数，一醉
> 旗亭又典衣。③

新绿的草木，雏燕展翼学飞，牧童、养蚕妇女都各司其职忙碌着。小
畦的野花、药苗都生长得很好，大地处处呈显出一片和乐。农事已到秋
收，"八月暑退凉风生，家家场中打稻生。穗多粒饱三倍熟，车轴压折人
肩赪"④，这是稻谷收成时的场景，农夫辛苦任劳任怨地农忙着。另外，秋
收的农作物尚有"露浓压架葡萄熟""万里秋风菰菜老，一川明月稻花
香"⑤，点出秋天季节作物。在秋天的季节里，陆游以《秋日村舍》的景
象，写实地将当时山阴秋天的生活描摹："川云惨惨欲成雨，宿麦苍苍初
覆土。芋肥一本可专车，蟹壮两螯能敌虎。村村婚嫁花簇檐，庙庙祷祠神

---

① 《诗稿》，第 4427 页。
② 《诗稿》，第 1666 页。
③ 《诗稿》，第 4401 页。
④ 《诗稿》，第 3791 页。
⑤ 《诗稿》，第 1781 页。

降语。儿孙力稼供赋租，千年万年报明主。"① 在此诗看到了丰收的喜悦，农余是办喜事之时，祈神降福，家家都在欢乐之中。此传统农村人文的气息，在陆游的诗句时时呈现。《晚秋农家》：

> 东邻稻上场，劳之以一壶。西邻女受聘，贺之以一襦。诚知物寡薄，且用交里间。努力必农功，租赋勿后输。②

《秋社》：

> 明朝逢社日，邻曲乐年丰。稻蟹雨中尽，海氛秋后空。不须诔土偶，正可倚天公。酒满银杯绿，相呼一笑中。③

前首诗将秋收的农家生活与闾里间互相帮助的农事文化一一述说。后首诗将秋收的喜悦在酒满银杯绿时、相呼一笑中，呈现一幅朴质乐天的农村景象。到了秋收冬藏的季节，农家要验收一年的收成结果。陆游的《初冬步至东村》："八月风吹粳稻香，九月荞熟天始霜。男耕女馌常满野，宿麦覆块皆苍苍。丰年比屋喜迎客，花底何曾酒杯迕。家人但觅浩歌声，不在东阡在南陌。"④ 真是一幅农家丰收欢乐的画面。《冬晴》：

> 岁暮常年雪正豪，今年暄暖减绨袍。春回山圃梅争发，睡足茆檐日已高。仓庾家家储旧谷，笙歌店店卖新醪。太平气象方如许，寄语残胡早遁逃。⑤

此诗描写岁暮农家庆丰年的景象。诗中说了此年的天气暖和，岁末了，因暖冬之故，春天似乎早来。国泰民间祥和的气象，陆游非常珍惜，希望此气象永远长存。不愧是爱国诗人，最后还祈望胡军能早日遁逃，让国家永远有太平之日。

---

① 《诗稿》，第 4010 页。
② 《诗稿》，第 1695 页。
③ 《诗稿》，第 1689 页。
④ 《诗稿》，第 3840 页。
⑤ 《诗稿》，第 3872 页。

四 结论

陆游说:"不饥不寒万事足,有山有水一生闲。"所以他的闲居生活是"出寻邻叟语,归读古人书。过店亦沽酒,登山时跨驴",或"横塘供晚钓,孤店具晨炊",或在景色宜人的地方"约客同看竹,留僧与对棋"①,或邀"邻翁唤午茶"。有时"一叶轻舟一破裘,飘然江海送悠悠。闲知睡味甜如蜜,老觉羁怀淡似秋"②,或"日日亲蔬圃,时时弄钓舟"③。这就是陆游定居山阴时的生活,自由自在逍遥游。他晚年除疾病缠身,以及"米尽时炊稗"或摘蔬食度日,安贫乐道地过着米竭炊烟静,家贫菜粥香的生活之外,确实是万事不足论,人生夫复何求!陆游将山阴的人文融于诗中,而他的诗作寻求或启发灵感,都来自闲游山川林野间,有时他并不是特意出游,而是为了觅诗而闲游,以闲游之心境,才能觅得佳诗句,如他所言"三百里湖新月时,放翁艇子出寻诗"④"湖上霜高水落时,一藤信步出寻诗""秣蹇投山驿,寻诗倚寺楼"⑤。他有时也说"若非诗满卷,只道梦还家"⑥"有诗仍懒记,零落水云间"⑦"满眼是诗渠不领,可怜虚作水云身""唤得放翁残酒醒,锦囊诗草不教空"⑧,这种率性、随兴而为的心态是诗作的泉源,且灵感兴起时"诗在空阶雨滴中"及"身闲诗旷逸"处处有诗意。

在秋色中"孤蝶弄秋色,乱鸦啼夕阳。诗情随处有,信笔自成章"⑨。孤蝶、啼鸦在夕阳中,点缀成了美丽的秋景,陆游以诗人的审美视角,捕捉了霎时间秋天夕阳美景的诗怀。此即是诗人能以独有的视觉,虚心融入天地间的感悟心境。然,他是孤独的,故以诗、酒为友,他说:"断云新月供诗句,苍桧丹枫列画图。风叶萧萧归独鹤,烟波渺渺漾双凫。孤村薄

---

① 《诗稿》,第 3169 页。
② 《诗稿》,第 3470 页。
③ 《诗稿》,第 3505 页。
④ 《诗稿》,第 2721 页。
⑤ 《诗稿》,第 3169 页。
⑥ 《诗稿》,第 3168 页。
⑦ 《诗稿》,第 3188 页。
⑧ 《诗稿》,第 3554 页。
⑨ 《诗稿》,第 3640 页。

暮谁从我，惟是诗囊与酒壶。"① 将自己譬喻独鹤，居住在孤村，"孤鹤""孤村"道出心灵深处的孤独，唯一的寄托就是诗与酒，它们才是知己，才是心灵的伴侣。晚年更率性地说"沽酒遍山步""一枝藜杖一壶酒，何处人间无醉乡"。何处人间非梦境呢！

---

① 《诗稿》，第3435页。

陆游"村居"组诗研究

刘喻枫　高利华

（绍兴文理学院 人文学院）

摘要： 陆游"村居"组诗是陆游诗歌中值得探究的"个案"，是指《剑南诗稿》中以"村居"二字为题，或以"村居"为核心的系列组诗。在陆游笔下，"村居"只是创作的场域，这就使"村居"组诗具有比田园诗更广泛的表达空间。同时，"村居"组诗具有诗歌"日记化""画册"模式、散文意脉等艺术特征和诗艺追求。"村居"组诗是诗人陶铸前人、主动选择的产物，代表着南宋中期诗坛以组诗表现乡村生活的创作风尚，并影响着后世诗人的创作。

关键词： 陆游；"村居"；组诗；个案研究

陆游诗歌研究中，其晚年的乡居诗是一大热点。学界对陆游晚年乡居诗歌的内容、风格、艺术特征及后世影响都有深入的研究，但对陆游晚年诗歌中的重要"个案"——"村居"组诗却未予以特别关注。

陆游"村居"组诗是指《剑南诗稿》中以"村居"二字为题，或以"村居"为核心的系列组诗。陆游"村居"诗共49首，其中组诗10组，共35首。①

---

① 10组诗歌中，两首为一组的有4组，三首为一组的有2组，四首为一组的有1组，五首为一组的有1组，六首为一组的有2组。具体诗题为：《村居初夏五首》（卷二十二）、《春晚村居杂赋绝句六首》（卷二十四）、《戏咏村居二首》（卷二十四）、《村居二首》（卷二十八）、《村居书事二首》（卷五十）、《村居四首》（卷五十四）、《村居遣兴三首》（卷五十八）、《村居书事六首》（卷六十四）、《村居闲甚戏作二首》（卷六十九）、《村居即事三首》（卷八十四）。文中所引陆游诗作均出自陆游著，钱仲联校注《剑南诗稿校注》，上海古籍出版社2005年版。

陆游"村居"组诗大部分应属于"广义田园诗"①，但需要指出的是，陆游"村居"组诗的某些内容已经逸出田园诗的范畴，不能归为田园诗。从这个角度而言，"村居"只是诗人创作的场域，并未对诗歌的内容产生限制。由此，可以推知，"村居"在诗人笔下，具有"无题"的意味。这正是"村居"组诗的特质。比较"村居"组诗与陆游晚年其他组诗，"村居"组诗的独特性更为凸显。陆游晚年诗歌中，有以"郊居""山居""贫居""幽居"为题的组诗，但相比于"村居"组诗的体量和规模则显得不足。② 同时，以组诗形式表现乡村生活似乎是陆游时代诗坛的共同取向③，陆游的"村居"组诗是具有历史传承和时代意义的。

一 陆游"村居"组诗的内容风貌与精神世界

陆游自淳熙十六年（1189）返回故里，至嘉定二年（1210）去世，乡居 20 年，"村居"组诗的创作与诗人生命的最后 20 年相依。考察"村居"组诗的诗题，可以推知诗人的创作态度和创作心理。"戏咏""遣兴"，表明诗人是以一种轻松、随性的姿态进行创作的，这种"随性"并不意味着对诗艺追求的降低，而是指向诗歌的内容与庙堂、军旅有了本质的不同；"书事""即事"则说明，诗人是将这类诗歌当作"日记"，目之所遇、身之所历、心之所想，皆可寄寓其间。因此，在研究陆游的"村居"组诗时可以看到诗人真实的生活状态。

在"村居"组诗中，诗人屡屡提到自己早有归隐之志，并流露出宦途之悔。淳熙十六年，陆游罢官乡居，写道："宦涂自古多忧畏，白首为农信乐哉。"（《村居初夏五首》其一）④ "颓然一醉茆檐下，且免西曹议吐

---

① 刘蔚：《宋代田园诗研究》，博士学位论文，南京师范大学，2003 年。该文认为田园诗有狭义和广义之别，广义的田园诗是指"在田园（包括庄园别业和农村两种含义）这一空间取材的诗歌，它既有描写田园风光和士人田园生活的一面，也包括农村的风土人情、农民的劳动生活、封建制度下农村的阶级剥削和压迫等内容"。

② 《剑南诗稿校注》中收有"郊居"组诗 2 组《郊居二首》（卷二十三）、《秋日郊居八首》（卷二十五），"山居"组诗三组《山居戏题二首》（卷十七）、《病起山居日有幽事戏作二首》（卷二十八）、《秋日山居四首》（逸稿卷下），"贫居""幽居"组诗，或暮年忧贫，或纵谈退隐，表现题材相对固定。

③ 关于陆游时代诗坛以组诗表现乡村生活的共同取向，刘蔚在《宋代田园诗研究》中以范成大的七绝组诗为例有所论述，后文在论及陆游"村居"组诗的时代定位时也将进一步展开。

④ 《村居初夏五首》其一，《剑南诗稿校注》卷二十二，第 1663 页。

茵。"（其二）① "老夫见事真成晚，浪走人间两鬓霜。"（其三）② 诗人深感宦途蹉跌，因而悔恨见事之晚，聊以"白首为农""颓然一醉"自我安慰。而在《春晚村居杂赋绝句六首》中（其六），诗人又言："午枕闭门无客搅，夜灯开卷有儿同。若为笺与天公道，尽乞余生向此中。"③ 如果说《村居初夏五首》中，诗人尚有"忧谗畏讥"之感，而在归隐中寻求安慰，诚属不得已之举，那么诗人此刻主动上表，请求在故园终老，则是一种主动的选择。这种选择的背后隐藏着诗人同自我和解的努力——年华渐去，料想功业难成，不妨安居乡里，躬耕自食，教养儿孙。这种努力也体现在诗人的另一组"村居"诗中。"陈蕃壮志消磨尽，一室从今却扫除。"（《戏咏村居二首》其二）④ 诗人的志向固然在于扫除天下，廓清胡尘，然而壮志已然难酬，扫清一室也是儒者职分所在。但诗人从未完全忘情于朝廷，致仕之后，诗人写下这样的诗句："春残睡足东窗下，闻道长安依旧忙。"（《村居书事二首》其一）⑤ 一面是高卧故乡自可安睡，一面是帝京朝堂纷扰依旧。诗人似乎满足于故乡的安闲当中，但是倘若内心毫无顾念，又何必时刻关注"长安"的情况呢？此时的诗人已经是 78 岁的老人，但他依然关注着朝局，或许他内心还时刻挂怀着"铁马秋风大散关"。

　　陆游用心灵体贴故土，记录下山阴的景物之美。《村居初夏五首》其五⑥："故乡风物胜荆吴，流水青山无处无。列植园林多美果，饱锄畦垄富嘉蔬。桥边来淬剥桑斧，池畔行芟缚粽菰。我有素纨如月扇，会凭名手作新图。"诗人饱含热情，多有偏爱地直言家乡风景远胜吴楚，更欲求得名家图画其形。诗中所写，实是南方农村常见的场景，但在诗人笔下，处处显出清新自然，满溢水乡气韵。《春晚村居杂赋绝句六首》中的描写则更为细致："春雨乍晴桑吐叶，秋风初冷稻吹花。"（其一）⑦ "一篙湖水鸭头绿，千树桃花人面红。"（其三）⑧ 桑叶、稻花、水绿、桃红，具有代表性的乡间景物和极富对比性的颜色词，带给人脱离日常生活的诗意感受，而

　　① 《剑南诗稿校注》卷二十二，第 1664 页。
　　② 《剑南诗稿校注》卷二十二，第 1664 页。
　　③ 《剑南诗稿校注》卷二十四，第 1756 页。
　　④ 《剑南诗稿校注》卷二十四，第 1757 页。
　　⑤ 《剑南诗稿校注》卷五十，第 3012 页。
　　⑥ 《剑南诗稿校注》卷二十二，第 1665 页。
　　⑦ 《剑南诗稿校注》卷二十四，第 1755 页。
　　⑧ 《剑南诗稿校注》卷二十四，第 1755 页。

这既是诗人对诗歌语言多方锤炼的结果，更是诗人情之所至，满溢于纸。诗人在家乡景物的感召之下，不禁大呼"聊将醉舞答春风"，对美景，饮美酒，酒酣之时不由起舞，这样的狂态让人忘记诗人已是年近七旬的老翁，陆放翁的豪放在这里也得到体现。

陆游在村居组诗中，也记录了自身的耕读之乐以及与邻人的交往之乐。《春晚村居杂赋绝句六首》其六①："午枕闭门无客搅，夜灯开卷有儿同。"《村居四首》其四②："父子还家更何事，断编灯下讲唐虞。"《村居遣兴三首》其三③："筑陂浚畎更相勉，伐获剥桑敢爱劳。亦念耄荒当自佚，欲将世业付儿曹。"诗人以同儿辈读书、讲论为乐，将其作为老年生活的慰藉，躬耕陇亩，自嘲"天遣为农老故乡""相逢但喜桑麻长"（《村居初夏五首》其四）④。可见陆游是以积极的心态享受村居耕读之乐的。而故乡那一群淳朴的乡人也带给老诗人颇多感动。《春晚村居杂赋绝句六首》其二⑤："处处乞浆俱得酒，杖头何恨一钱无？"《戏咏村居二首》其二⑥："马迹车声断已无，邻翁笑语自相呼。"《村居即事三首》其二⑦："载醪问字今牢落，犹有邻翁裹饭来。"这是一群什么样的乡邻呢？他们以村酒赠给讨水喝的老诗人，从未想过估价取值；他们以真心对待诗人，不因诗人之穷有所改变；他们更在诗人贫病交加之际，殷切地施以援手。在诗人笔下，乡邻淳朴热情，而诗人和他们的感情也是平等真挚的。诗人尽己所能，勉力相帮，以期回报乡人："朝书牛券拈枯笔，暮祭蚕神酌冻醪。"（《春晚村居杂赋绝句六首》其四）⑧"但愿清平好官府，眼中历历见豳风。"（《村居即事三首》其一）⑨ 诗人为乡邻书写买卖牲畜的文书，更站在乡农的立场向统治者陈情。这些诗句记录下的是诗人与邻里交往的快乐与真情。

当然，村居生活中难免有"苦涩"，这些苦涩在"村居"组诗中也有所体现。陆游于庆元四年（1198）十月，祠禄满，遂不再复请。74 岁的诗

---

① 《剑南诗稿校注》卷二十四，第 1756 页。
② 《剑南诗稿校注》卷五十四，第 3183 页。
③ 《剑南诗稿校注》卷五十八，第 3389 页。
④ 《剑南诗稿校注》卷二十二，第 1664 页。
⑤ 《剑南诗稿校注》卷二十四，第 1755 页。
⑥ 《剑南诗稿校注》卷二十四，第 1757 页。
⑦ 《剑南诗稿校注》卷八十四，第 4487 页。
⑧ 《剑南诗稿校注》卷二十四，第 1756 页。
⑨ 《剑南诗稿校注》卷八十四，第 4486 页。

人在失去这一份俸禄之后，生活陷入困顿当中，"忧贫"成为"村居"组诗中常见的内容。"野市秋阴更萧瑟，书生老瘦转酸寒。"（《村居遣兴三首》其二）① "矮瓶煮粥犹难继，小甑蒸糕岂解常。偶得盐醢便豪侈，晨飧满舍野蔬香。"（《村居书事六首》其二）② "炊甑生尘榻长苔，柴门日晏未曾开。"（《村居即事三首》其二）③ 难以想象，一生豪放的诗人竟遇如此老境，一句"偶得盐醢便豪侈"，不知牵动几多后人之泪。而生活的贫苦还不是诗人全部的"苦涩"，老年的陆游，妻死友亡，儿辈亦多在外奔忙，更有"孤梦"时时萦绕在心。《村居遣兴三首》其一④："追数交朋略散亡，臂屡足蹇固其常。一年又见秋风至，孤梦潜随夜漏长。"亲友凋零，身已老病，"孤梦"萦怀，是南郑军幕铁马秋风之梦，还是城南沈园惊鸿照影之梦？诗人只留下一声"只借朝衫作戏场"的喟叹。

陆游"村居"组诗的内容，是诗人晚年生活的"实录"，透过这些内容，可以感受到诗人的欢乐与痛苦以及那一颗始终热血而真挚的心。

二 陆游"村居"组诗的两期比较与艺术特征

陆游的"村居"组诗均创作于诗人晚年乡居野处的 20 年间，值得注意的是，根据创作时间的不同，陆游"村居"组诗天然分为两个不同的阶段。10 组诗中，有 4 组创作于诗人 69 岁之前，分别为《村居初夏五首》（67 岁）、《春晚村居杂赋绝句六首》（68 岁）、《戏咏村居二首》（68 岁）、《村居二首》（69 岁），计 15 首；6 组创作于诗人 78 岁之后，分别为《村居书事二首》（78 岁）、《村居四首》（79 岁）、《村居遣兴三首》（80 岁）、《村居书事六首》（81 岁）、《村居闲甚戏作二首》（82 岁）、《村居即事三首》（85 岁），计 20 首。当然这并不意味着陆游 69 岁到 78 岁之间没有进行"村居"类诗歌创作。⑤ 但从创作阶段的连续性和组诗的形式要求来看，陆游"村居"组诗的前后分期特征是非常明显的。

---

① 《剑南诗稿校注》卷五十八，第 3389 页。
② 《剑南诗稿校注》卷六十四，第 3643 页。
③ 《剑南诗稿校注》卷八十四，第 4487 页。
④ 《剑南诗稿校注》卷五十八，第 3388 页。
⑤ 考察《剑南诗稿校注》，陆游 69 岁到 78 岁之间仍写有《春晚村居》（卷二十九）（绍熙五年春 70 岁）、《村居》（卷三十六）（庆元三年夏 73 岁）、《村居》（卷三十七）（庆元四年秋 74 岁）、《村居书事》（卷四十六）（嘉泰元年夏 77 岁）、《村居书喜》（卷五十一）（嘉泰二年春 78 岁）。

陆游前期的"村居"组诗多有对家乡风物之美的细致描绘，而在后期组诗中，关于自然风景的内容大大减少，但"忧贫""忧病"的内容却大大增加。前期组诗中，诗人尚有"斗酒只鸡人笑乐，十风五雨岁丰穰"（《村居初夏五首》其四）① 的快慰，后期诗歌中却只有"矮瓶煮粥犹难继，小甑蒸糕岂解常。偶得盐醢便豪侈，晨飧满舍野蔬香"（《村居书事六首》其二）② 的不堪，甚至到了"炊甑生尘榻长苔，柴门日晏未曾开"（《村居即事三首》其二）③ 的境地。一"减"一"增"之间，反映出诗人的生活境遇和个人心态的变化，这种改变也必然影响到诗歌的情感与风格。以前后两期组诗中都写到的辞官归隐为例，前期诗歌中，诗人以辞官去国、乡居为农作为一件乐事，自言"白首为农信乐哉"（《村居初夏五首》其一）④，虽然偶有"陈蕃壮志消磨尽"（《戏咏村居二首》其二）⑤ 的感慨，但诗风豪放俊逸，不见衰疲之态。后期诗歌当中，诗人时时忧贫，又常染疾病，萌发出避居人世的想法，"暮闻鼓角犹人境，更欲移家入剡溪"（《村居四首》其一）⑥，并流露出人生虚幻的思想，"回看薄宦成何味，只借朝衫作戏场"（《村居遣兴三首》其一）⑦，此时诗人的心绪格外复杂，儒者的操守和道家的隐逸都在诗人心中浮现，诗风也因此显得颇为消沉。这样的陆放翁会让人感到陌生，有别于人们心中铁骨铮铮的爱国志士形象，不过如果想到这是一位饱经沧桑的老人，这样的诗句足以让人堕泪。从这个层面而言，单纯地以"闲适"概括陆游"村居"组诗的风格，未免不太恰当。实际上陆游前期"村居"组诗清丽并颇有豪气，而后期的"村居"组诗则较为低沉沧桑。

出现这种内容和风格差异的原因也不难理解。陆游自 65 岁罢官归乡后，仍提领武夷山冲祐观，享有祠禄，生活较为安逸，在 68 时还受爵为山阴县开国男。这一时期，诗人尽管有壮志未酬之叹，但基本的生活得到保障。不过，自陆游 73 岁后，生活境况逐渐恶化。诗人 73 岁当年五月，妻子去世；74 岁祠禄满后，不再复请；76 岁时，甚至因为贫甚，出卖常用的

---

① 《剑南诗稿校注》卷二十二，第 1664 页。
② 《剑南诗稿校注》卷六十四，第 3643 页。
③ 《剑南诗稿校注》卷八十四，第 4487 页。
④ 《剑南诗稿校注》卷二十二，第 1663 页。
⑤ 《剑南诗稿校注》卷二十四，第 1757 页。
⑥ 《剑南诗稿校注》卷五十四，第 3182 页。
⑦ 《剑南诗稿校注》卷五十八，第 3388 页。

酒杯；78 岁时入都的短暂为官经历，也没能改变诗人的生活境遇，此后直到诗人逝世，经历的也多是贫困、丧友、疾病、被劾。生活境遇和诗人心态的改变，最终反映到"村居"组诗的创作中，使其呈现出前后期不同的面貌。

"村居"组诗的不同面貌，反映的是陆游晚年的心境变化。而这种情感的自然流露也体现出陆游"村居"组诗在艺术上的第一个特征，即诗歌的"日记化"。所谓"日记化"，一方面是指创作的"即事性"，陆游在"村居"主题下的组诗创作，正如其常用的诗题，是为了"即事""书事"，而这一特征正与日记的基本功能相同；另一方面，则是指情感的真实性，陆游在"村居"组诗中流露的喜怒哀乐都是真实的内心反映，而具有高度隐私性的日记所记录的情感也是真实无伪的。这种诗歌的"日记化"，于诗人自身而言，是为了"遣兴"，而就诗歌艺术而言，则是对诗人形象的还原。陆游在"村居"组诗的创作中，无意于树立自身的形象，读者所感知到的士大夫、隐者、老农、爱国志士都是诗歌的自然呈现。

"村居"组诗在艺术上的第二个特征是"画册模式"。"组诗"本就意味着表达空间的大幅扩张。如果说，一首优美的风景诗呈现的是一幅画面，相对的，一组诗歌呈现的画面更像是一本画册。"组诗"要求诗歌主题一致，但对具体内容的限制并不严格。因此，利用组诗描写乡土风景，可以表现乡村之美的各个方面。陆游的"村居"组诗，某种程度上就是一本山阴风景画册。以《村居初夏五首》为例，第一首写农家麦收、养蚕风貌，第二首写湖滨白鹅出笼、鱼鲜丰饶的场景，第三首写农家蔬食为乐、农忙插秧的景况，第四首写雨后秧绿、黄蝶穿花的美景，第五首则写园林美景、畦垄嘉蔬的丰饶。五首诗所写俱是乡村初夏的常见景物，但在诗人用笔调度之下，俨然五张各有特色的水乡风景画，而五张画卷组合在一起又可以让人窥见诗人故乡山阴初夏时节优美风景的全貌。这样广阔的表现力是单首诗歌所不能具备的。

"村居"组诗在艺术上的第三个特征是"散文意脉"。所谓的"散文意脉"，是指陆游"村居"组诗的编排暗合散文结构的法度。陆游本人就是散文大家，而在他的"村居"组诗中，也时时可以见到"散文意脉"。《村居杂赋绝句六首》虽言"杂赋"，但极有章法、意脉连贯。第一首言家乡风物之美，第二、三、四首分言乡居之邻里谐和、自身心情畅快及与乡人之交往事，第五、六首则言退隐之志、乡居之乐。六首绝句所言内容都不相同，但仔细考量，彼此之间却相互关联。家乡风物优美，邻里交往谐和，诗人才能心情畅快、安居是乡，也正因此，能够暂时忘却朝廷纷争，甘心退隐，享受耕读之乐。这样读来六首绝句构成的组诗又何异于一篇自述归隐情状的散文呢？这种"散文意脉"在另一组"村居"诗中也有所体现。《村居书事六首》是诗人81岁时的作品，前两首自叙生活贫苦，屋漏书残、饮食不继，中两首借自嘲以自慰，后两首回顾宦途、着眼当下，求得内心宁静。这一组诗，似乎可以让后世读者想见诗人当时的境况，而之所以将六首诗如此编排，想必诗人内心定是有所考量。这种"散文意脉"是对组诗的发展和突破，使组诗的内容联系更为紧密。同时在"散文意脉"的编排之下，诗人的情感表达更加自然顺畅，诗歌所具有的艺术感染力也因此而增强。

当然，陆游"村居"组诗的语言也值得称道。老年的诗人对诗句的锤炼更加炉火纯青，这些特征在"村居"组诗中也得到体现。

三 陆游"村居"组诗的源头活水与创作影响

"村居"组诗并非陆游首创。在陆游"村居"组诗中可以看出诗人向前人学习的痕迹，不过诗人的学习并非被动接受，而是主动选择。同时，如果仔细考察诗人时代的诗坛风貌，更可以发现，陆游"村居"组诗影响着当时的诗坛并泽及后世。

陆游最后一组"村居"组诗，作于嘉定二年，其中有"但愿清平好官府，眼中历历见豳风"（《村居即事三首》其一）[1] 之句，其中"豳风"一语，指代的是诗经中的《豳风·七月》，由此可见诗人对于农事的关注。实际上，陆游对农事的关注，不仅源于其先辈业农的影响，陆游的"村居"组诗也传承了源自《诗经》的"重农"意识，因此诗人不仅"筑陂浚畎更相勉，伐荻剥桑敢爱劳"（《村居遣兴三首》其三）[2]，更将这种意识传与儿孙，"呼儿时与话耕桑"（《村居四首》其二）[3]。这种对农事的关注影响了陆游"村居"组诗的题材，也说明诗人对于前代诗歌的继承。

---

① 《剑南诗稿校注》卷八十四，第4486页。
② 《剑南诗稿校注》卷五十八，第3389页。
③ 《剑南诗稿校注》卷五十四，第3182页。

陆游学习前人，陶渊明是绕不开的诗人。陆游对陶渊明的敬仰屡屡见诸诗篇，"村居"组诗也受到陶渊明《归园田居》的影响。陶渊明《归园田居》其二言："相见无杂言，但道桑麻长。"其六言："但愿桑麻成，蚕月得纺绩。"陆游《村居初夏五首》其四①亦言："相逢但喜桑麻长，欲话穷通已两忘。"其诗句对于陶诗的借鉴和化用是一目了然的。陶渊明欣慕于"久在樊笼里，复得返自然"（《归园田居》其一），陆游也自陈"若为笺与天公道，尽乞余生向此中"（《春晚村居杂赋绝句六首》其六）②，这种对自然、对田园的向往，是两位诗人的共通之处。而陶诗中颇值得商榷的"人生似幻化，终当归空无"（《归园田居》其四）的虚无思想，在陆游"村居"组诗中也表现为"回看薄宦成何味，只借朝衫作戏场"（《村居遣兴三首》其一）③的嗟叹。此外，陶渊明《归园田居》中的父子之乐、饮酒之乐、乡居之乐在陆游的"村居"组诗中都有体现。

陆游"村居"组诗与陶渊明《归园田居》的相似并非偶然。陶渊明弃官归隐，躬耕垄亩，陆游亦乡居山阴，自耕维生，可以说，两位诗人对于"村居"生活是有切实体会的，这种切实体会是诗人创作的宝贵财富；陶渊明的归隐源于世路险恶、抱负难成，陆游的归隐是因为朝廷畏葸、报国无望，二者的归隐最初都带有"被迫"的性质。这种生活经验和人生际遇的相似性，让相隔数百年的两位诗人可以达到精神的感通。可以说，陆游对陶渊明的推崇是因为理解与认同，更是对自身价值的肯定。陶渊明《归园田居》组诗与陆游的"村居"组诗不仅仅是题材内容的相似，更深层次的是一种精神的接续与相通。

陶渊明之外，杜甫对陆游的影响甚大。陆游（《村居书事二首》其二）④有"题诗非复羌村句，谁与丹青作画图"句，其中"羌村"一语指向的是杜甫《羌村三首》。陆游"村居"组诗的精神内涵也源自杜甫的《羌村三首》。《羌村三首》其二写家人团聚、聊以自慰；其三写邻人赠酒、共叙艰难。除了亲人团聚的深挚情感，更有"请为父老歌，艰难愧深情"（《羌村三首》其三）的儒者担当与悲悯情怀。陆游所生活的时代，百姓的温饱尚成问题，在诗人晚年亲自耕种，并经历断炊绝粒的生活之后，他更

---

① 《剑南诗稿校注》卷二十二，第 1664 页。
② 《剑南诗稿校注》卷二十四，第 1756 页。
③ 《剑南诗稿校注》卷五十八，第 3388 页。
④ 《剑南诗稿校注》卷五十，第 3012 页。

能理解普通百姓的艰难与痛苦。虽然陆游晚期的"村居"组诗，时时流露出"更欲移家入剡溪"（《村居四首》其一）① 的避世思想，但其儒者本色始终不灭，常念"修身世世诗书业"（《村居书事六首》其五）②，更为百姓疾呼"但愿清平好官府，眼中历历见豳风"（《村居即事三首》其一)③。这种儒者担当也是"村居"组诗中最为闪亮的一部分。

在向前人学习的基础上，陆游"村居"组诗也影响着当时及后世的"村居"组诗创作。如果对"村居"组诗的创作情况进行追溯，可以看到，唐代的"村居"组诗创作相对寂然，仅有白居易、许浑等少数诗人进行"村居"组诗创作。④ 而宋代特别是南宋诗坛，"村居"组诗的创作则蔚然成风。⑤ 其中，陆游与范成大的创作引领着当时诗坛的风气。相比于陆游的"村居"组诗，范成大晚年在家乡苏州所写的《四时田园杂兴六十首》更早受到学界的关注。刘蔚专门就范成大的四时田园体七绝组诗展开研究，指出"范成大创造性地采用了七绝组诗的形式，丰富了代言体田园诗的艺术体式"⑥。实际上，陆游"村居"组诗的体式更具多样性。陆游10组"村居"组诗中，七律组诗有 5 组，七绝组诗有 4 组，五律组诗 1 组。而从南宋诗坛"村居"组诗创作的实际情况来看，七言律绝、五言律绝乃至六言都有诗人涉及，从这个角度而言，陆游"村居"组诗更为自由的诗体选择更为当时诗坛所接受。而从内容角度而言，陆游的"村居"组诗与范成大的《四时田园杂兴》有很多相通之处。试举范成大《晚春田园杂兴十二首》与陆游《春晚村居杂赋绝句六首》参看比较。这两组七绝表现的都是晚春时节的江南农村，因此两位诗人笔下的风物大体不出蚕桑、稻禾。范诗"新绿园林晓气凉，晨炊早出看移秧。百花飘尽桑麻小，夹路风来阿魏香"（《晚春田园杂兴十二首》其五）与陆诗"作堤蜿蜒六百尺，西崦东村成一家。春雨乍晴桑吐叶，秋风初冷稻吹花"（《春晚村居杂赋六

① 《剑南诗稿校注》卷五十四，第 3182 页。
② 《剑南诗稿校注》卷六十四，第 3644 页。
③ 《剑南诗稿校注》卷八十四，第 4486 页。
④ 据搜韵网站检索统计，唐代诗人中进行"村居"组诗创作的诗人诗篇有：李洞《迁村居二首》、熊孺登《青溪村居二首》、白居易《村居二首》《村居卧病三首》、许浑《村居二首》，ht-tps：//sou-yun.cn/。
⑤ 据搜韵网站检索统计，南宋诗人中，除陆游、范成大外尚有刘子翚、刘克庄、俞德邻、张炜、章甫、胡寅、郑刚中、陈造、陈傅良、阳枋等写有"村居"组诗，https：//sou-yun.cn/。
⑥ 刘蔚：《宋代田园诗研究》，博士学位论文，南京师范大学，2003 年。

首》其一)① 风格极为相似，范诗写"移秧"，陆诗写"吹花"，竟似出自同一手笔。陆游"村居"组诗与范成大《四时田园杂兴》的相似性，在一定程度上代表了当时诗坛的风气——以组诗表现乡村生活。这种风气由陆游、范成大等大诗人引领，同时也对这些诗人本身的创作造成影响。

当然陆游"村居"组诗与范成大田园组诗也存在差异。最大的差异在于陆游是"自抒胸臆"，而范成大是"代人陈言"。陆游是以一位亲历者的姿态进行"村居"组诗的创作的。正因为如此，陆游使得"村居"组诗的范畴不再局限于田园。这种题材界限的打破，使"村居"组诗获得了更为持久的生命力。此后，陆游的"村居"组诗代有嗣响，成为其后历代诗人笔下的常见体式。②

总之，陆游的"村居"组诗，是陆游学习前人、主动选择的产物，作为陆游诗歌中具有深入研究价值的"个案"，还原了诗人晚年乡居的真实生活状态，体现出诗人诗风的多样和对"村居"题材以及组诗体式的开拓与发展，更引领着南宋时期以组诗形式表现乡村生活的诗坛风潮，对后世具有重要影响。

---

① 《剑南诗稿校注》卷二十四，第 1755 页。
② 据搜韵网站检索统计，南宋后，元代诗人如杨基、王冕，明代诗人如唐顺之、李攀龙、王世贞、袁宏道，清代诗人如屈大均、汪琬、陈恭尹、查慎行等均有"村居"组诗创作，ht-tps：//sou-yun. cn/。（上述为不完全列举）

陆游"自咏诗"研究

徐丹丹　　高利华

（绍兴文理学院 人文学院）

摘要：诗人"自咏"是较普遍的话题，而陆游自咏诗却是值得探究的个案。自咏诗主要凸显了他强烈的时间观念和生命意识，流露出因年华易逝、功业未成而生发的满腔愤懑，书写了诗人晚年退隐闲居，寄情山水，怡然自在的生存状态。218 首自咏诗，宛如一幅幅静态"写真"与动态"剪影"，呈现出放翁狂达、自省的精神气质。陆游自咏诗师法唐人，拓宽了自咏诗的体式和表现范围，反映了宋代自咏诗不同于唐韵的个性风貌。

关键词：陆游；自咏诗；狂达

何谓"自咏诗"？有学者认为，"自咏诗"是指作者在生老病死、苦乐忧悲之中，因感奋而写下的以自身境遇和感受为题材的诗篇，诸如自况、抒怀、自寿、自喜等。① 这或可算作广义自咏诗。而本文所指是狭义自咏诗，即诗人有意识地将自身作为观照对象，在题目中明确写作对象是自己，以展示自我为中心的诗歌。陆游自咏诗包括两类：一是以"自咏"为题的诗歌，有 42 首。二是题目含义等同于"自咏"的诗歌，包括自戏、自嘲、自勉、自赞、自题传神诸项，共 176 首，合计 218 首。② 自咏诗反

---

① 黄君：《中华自咏诗词精选》，华龄出版社 2001 年版，第 1 页。

② 笔者据陆游《剑南诗稿校注》（钱仲联校注，上海古籍出版社 2005 年版）、《渭南文集校注》（马亚中、涂小马校注，浙江古籍出版社 2015 年版）所统计。

映了陆游外任期间与致仕后的精神世界与生存状态,① 其中"骑驴"图和"狂道士""狂豪""狂圣"等意象,更展现了狂达的诗人形象,俨然一幅诗意画像。当代学界对陆游自咏诗进行专题研究的成果并不多见,如李旭婷的陆游自题写真诗研究、② 胡颖《宋代自咏诗研究》,③ 蒋瑜则从"耿介、孤傲的奋斗者""怀疑与理性精神""身体与时间""人间烟火与闲情雅趣"等四个方面对陆游"自嘲"诗及其日常化倾向作了细致分析。④ 其中涉及对陆游自咏题材或自我形象的个案研究,但尚有可推究发明之处,故拟撰文述之。

一 老病穷愁的身体书写与生命意识

陆游自乾道二年（1166）隆兴判任上,至嘉定二年（1209）终老山阴,其自咏诗创作跨 40 余年,并呈增长态势。考察自咏诗内容,可推知诗人的创作态度。"自嘲""自戏""自勉",表明诗人是以一种"戏谑"姿态进行创作,这种"戏谑"并非仅是发牢骚,更是诗人对自我的反思和期许。诗人将自身作为写作对象,不同于边塞军旅的宏大叙事,试图展现自我内在心态和外在容颜、身体状况的私密化写作。陆游自咏诗中既有对客观日常生活的描写,亦不乏自我咏怀,⑤ 其自咏诗更像是诗人面对自我形象时的内心独白。因此,在研究自咏诗时可以看到更真实的自我书写。

自咏诗中体现了强烈的时间观念,伴随而来的便是对自身形象的描画以及对岁月沧桑的感慨。乾道二年,陆游时任隆兴通判,将这诸多的辛酸熔铸于"衰发萧萧老郡丞"⑥ 里,把近年宦海生涯概括为"羞将枉直分寻尺,宁走东西就斗升"。诗人将这份特殊的人生痛苦和壮志难酬的哀愁寄

---

① 笔者据《剑南诗稿校注》所统计,陆游作于外任期间的自咏诗共 15 首,以《自咏》居多,集中于 42—63 岁之间。仅 1 首《自咏》诗作于嘉泰二年（1202）;而退居山阴期间所作自咏诗有 203 首,仅 4 首作于 40—60 岁,其余皆作于 61—85 岁之间。

② 李旭婷:《唐宋士人心态内转的脉络——以南宋自题写真诗为视角》,《重庆师范大学学报》（哲学社会科学版）2017 年第 4 期。

③ 胡颖:《宋代自咏诗研究》,硕士学位论文,陕西师范大学,2018 年。

④ 蒋瑜:《宋士人自我书写研究》,硕士学位论文,青海师范大学,2018 年。该文中与陆游自咏诗有关的主要集中在第 4、5 章。

⑤ 关于"咏怀诗"与"自咏诗"的区别,参见张敬雅、李定广《白居易与中国古代"自咏诗"》,《学术界》2015 年第 6 期。而本文所论自咏诗亦涉及咏怀。

⑥ 《自咏示客》,《剑南诗稿校注》卷一,第 91 页。

寓其间，奠定了自咏诗的悲凉基调。同年三月，陆游因"交结台谏，鼓唱是非，力说张浚用兵"①的罪名被免归后，又辗转于巴蜀、福建、江西等地，往返于任所与山阴之间。仕途艰辛与官宦险恶，引发了陆游的乡关之思，"梦归不恨故山深"。② 身为异乡游子的陆游，早已有未老先衰之感。陆游外任期间所作自咏诗并不多，不乏叹老嗟病之态，流露出迟暮之感，"那知病叶先摧落"，③"华发萧萧居士身"。④ 如果说陆游外任期间的自咏诗还只是初露对年华易逝的感慨，那么这种叹暮嗟老的满腹牢骚在致仕后的自咏诗中更为突出。自淳熙十六年（1189）十一月，以作诗"嘲咏风月"罪再次被斥归故里。此后陆游常居山阴农村赋诗自适，也迎来了自咏诗创作的高潮。退居后，陆游远离案牍劳形，生活在自我世界中，时常进行自我审视和反省，对时间和身体的书写更为集中。敏感多情的陆游感受到人生短暂、岁月不饶人，"岁月推迁万事非，放翁可笑白头痴"。⑤ 在这必然流逝的时光面前，诗人无限惆怅和无奈的背后，实则是对生命的眷恋，时常通过"买药""储药"等行为，表达对健康长寿的渴望。当诗人深切感受到生老病死不可违的天命后，逐渐接受这一现实，毫不避讳地描写自己的衰老容貌，如《悲齿落自解》，嗟叹自己头发稀疏斑白、牙齿松动、头晕目眩："齿落发斑儿亦老"，⑥"似见不见目愈衰，欲堕不堕齿更危"。⑦ 与须发斑白相伴的还有身体僵硬和肢体疼痛。当这两种生理感知结合在一起，在自咏类诗歌中，便形成了老病穷愁的身体书写，抒发今不如昔的感慨。诗人审视人物画像时，所用到"老""病""贫"等字样，似乎对自己充满了贬斥，在指摘身体伤病残缺的同时，反而塑造了一个真实的自我形象。赋闲领祠禄并非诗人所愿，英雄梦无处施展，引发了时光飞逝与仕途不济的愤懑："青蔬半亩老生涯，霜鬓萧萧只自嗟。勋业蹉跎空许国，文词浅俗不名家。"⑧ 但诗人仍希望能建立"新功"，"诗书修孔业，场圃嗣豳风"，⑨ 即钻研儒家

---

① （元）脱脱等撰：《宋史·陆游传》，中华书局1977年版，第5837页。
② 《自咏》，《剑南诗稿校注》卷十二，第981页。
③ 《自笑》，《剑南诗稿校注》卷二，第122页。
④ 《自咏》，《剑南诗稿校注》卷八，第663页。
⑤ 《自嘲》，《剑南诗稿校注》卷七十二，第1917页。
⑥ 《古寿人至闻五郎颇有老态作长句自遣》，《剑南诗稿校注》卷八十二，第4403页。
⑦ 《老态自遣》，《剑南诗稿校注》卷六十七，第3771页。
⑧ 《自嗟》，《剑南诗稿校注》卷二十七，第1892页。
⑨ 《自述》，《剑南诗稿校注》卷五十一，第3029页。

学说和从事农田劳作。除了书写自然的衰老和死亡，亦有对自己衣食无着、生活困顿的描写。诗人曾自言"辛苦为斗米，残年走巴峡"。① 尤其是嘉定元年，"忍贫辞半俸"② 后，家计更为困难。陆游的部分自咏诗中还有明显的年龄标记，"残年过六十"，③ "年过七十日夜衰"。④ 诗中以"野叟""病禅师""老白痴""老樵""村翁"等自称，突出老病的生理特点。可见，自咏诗中的时间观念主要体现在对身体衰老、疾病、岁月轮转的嘲解。

尽管陆游心中愁肠百结，富有功业未成的悲怆意味。但并非所有论及衰老的自咏诗都充满了悲伤论调，如"忽忽残年及耄期，清晨对镜不须悲"，⑤ "世念秋毫尽，浑如学语儿"。⑥ 诗人以老人和婴儿的相似之处来表达自己的返璞归真，超越了对老境的惶恐不安，心态也逐渐转向冲融平和。陆游这类自咏诗中有其固定内容：日渐老去的无力与无奈，面对无法逆转的生命规律的释怀和坦然，对卑微的个体生命在自然规律面前的清醒认识。"自嘲"诗中还时常流露出丝毫不带衰老之气的老人返回孩提时的天真、宁静的心态。而这种超越生死、衰老的方式有两种：一是向内的自我排遣。如《题传神》，陆游虽以自嘲"邂逅风云妄自期"落笔，然而自嘲自贬并非最终的情感落脚点。诗人在一系列的自我审视和剖析之后，转为对自我的期待。年纪虽老，却仍渴望能像李英公一样建功立业。陆游自注"李英公平辽东时，已八十余"，⑦ 便是为了强调年龄的无关紧要。他以自期的方式消解自嘲，在自省质疑的嘲讽中又转为自遣。

二是寄情山水，追求"曲肱饮水"的山野生活。或与志同道合的好友举杯相邀，吟诗作赋；或与邻里乡亲躬耕陇亩，相互问候。嘉泰四年（1204），诗人记录自己与儿童一起斗草嬉戏，"深入儿童斗草社，心如太古结绳时"。⑧ 归田后，读书和出游成了陆游生活中的两大乐事，"自喜如今无一事，读书才倦即游山"。⑨ 诗中亦不乏对民俗风物的记录，如描写社

---

① 《投梁参政》，《剑南诗稿校注》卷二，第135页。
② 《自述·其三》，《剑南诗稿校注》卷五十一，第3030页。
③ 《自嘲用前韵》，《剑南诗稿校注》卷十七，第1329页。
④ 《老疾戏自赠》，《剑南诗稿校注》卷三十三，第2134页。
⑤ 《自咏·其一》，《剑南诗稿校注》卷七十一，第3959页。
⑥ 《自嘲老态》，《剑南诗稿校注》卷六十四，第3653页。
⑦ 《题传神》，《剑南诗稿校注》卷十六，第1243页。
⑧ 《老甚自咏》，《剑南诗稿校注》卷五十六，第3288页。
⑨ 《自喜》，《剑南诗稿校注》卷二十三，第1705页。

日观看乡民以酒食祭田神，击鼓吹笙相与饮酒作乐的场景："鸡豚杂遝祈蚕社，鼓笛喧哗竞渡船。"① 对于陆游这样的乡宦，除米饭外，多半是以"粝食"等杂粮充饥，所以他不免经常喟叹生不逢时："陆君拙自谋，七十犹粝食。著书虽如山，身不一钱直。"② 嘉泰二年，陆游撰《自述》诗，感怀生平。诗中一方面强调乡居乐趣，村酒野行，人伦亲情，友朋交游；另一方面，对于自己壮怀激烈，耿耿于怀，这使得他尤为在意自己的贫困和衰老。而这种感怀几乎成了陆游自咏诗创作中的重要主题，并在诗中反复吟咏。

基于不利的现实处境和外向淑世的诗人气质，陆游时常进行自嘲。这自我嘲解的背后，则是诗人对人生境遇的理性思考。如"自赞"四首，分别作于不同的时间和地点，更能凸显出心态变化。在第1首中，陆游对自己评价很高，尤得意于才华和诗名，对其境遇，充满了不平。他认为"遗物弃智"便可做到"贵身全真"，自诩是幅巾飘飘的剑客和乘风飞翔的野鹤，想在湖海与陇亩间取得平衡，却因触怒秦桧而落得"身老空山"的结局。诗人回首往事，自嘲入仕不显于时，也未做到真正隐退。既不如工于刀笔的小吏，又不如善于农事的妇女。"腹容王导辈数百，胸吞云梦者八九也"，③ 正是他对自己穷愁境遇的哀叹和最后回归理性的释怀。

陆游外任期间的自咏诗多抒写乡关之思和仕途险恶，充满了悲凉色彩；致仕后的自咏诗书写身体和时间的同时，关注乡居生活，增加了谈诗论艺、家风修养、勤俭养生等内容，甚至还以绝句组诗回忆往昔生活。从创作地域的比较中，可以看出陆游的心态变化以及对待生死穷通的态度：由畏惧衰老转变为乐知天命。在生与死、青春与衰老的对立中，揭示了陆游生命意识的蜕变，凸显了自嘲反省、宠辱自适的诗人形象。

二 狂达自画像及其艺术特色

陆游自咏诗内容丰富，带有诗人独特的身份印记，揭示了陆游退居后

---

① 《春欲尽天气始佳作诗自娱》，《剑南诗稿校注》卷五十，第 3019 页。
② 《自规》，《剑南诗稿校注》卷三十二，第 2137 页。
③ 《放翁自赞》，《渭南文集校注》卷二十二，第 29 页。

的生存状况和心理状态，折射出狂达的诗人形象。① 而这一狂达形象，离不开"骑驴"和饮酒。晚年乡居的陆游，即使生活清贫，依然保持乐观旷达的本性，他很难安于隐士般的幽居闲静生活，最喜读书和随意出游，注重养生修性，而且身体也颇为康健，自称："八十可怜心尚孩，看山看水不知回。"② 即使在垂暮之年，他仍以"老健"自诩，在 84 岁时还说："白发萧然还自笑，风流犹见过江初。"③ 甚至与儿童嬉戏斗草，童心未泯，并始终保持阅读习惯和创作热情。在山阴的乡村生活环境中，陆游多以驴为代步工具。但祠禄官的微俸常使他生活拮据，其所骑之驴多为邻人所借，"山行可借驴"。④ 诗人所骑之驴通常为"青驴""蹇驴"，青是其颜色，"蹇"言其体型瘦小，甚至还驾"秃尾驴"。诗人出游时，驴背上悬挂着常备的酒壶、药囊。陆游喜饮酒，随处可饮，饮辄常醉："骑驴两脚欲到地，爱酒一樽常在傍。"⑤ "逆旅门前拨不开，先生醉策蹇驴来。"⑥ 陆氏为山阴望族，诗人在乡里颇负盛名。因此，陆游骑驴也成为当地的独特景致，为画工所描摹："小市跨驴寒日里，任教人作画图传。"⑦ "小蹇鞍鞯黑，羸僮骨相酸。丹青能写此，千载尚传观。"⑧ 骑驴呈现的典型状态是"闲"，而骑驴出游也给陆游自咏诗增添了无限的乡野意趣和闲适意味，体现了诗人轻松自在的生存状态和旷达乐观的心性。

归乡后，陆游告别了戎马倥偬的军旅生活，游走于荒野山泽之间，淳朴简古的民风以及自然山水给他带来了心灵的慰藉。如果说马背上的陆游代表了宦途中的游子；那么驴背上的陆游则是萧散的村翁。自咏诗中的一幅幅动态"骑驴"图与"自题写真""自赞"中的静态人物肖像，鲜活地呈现了放翁疏放、豁达的精神气质。

饮酒赋诗，于醉态下"自咏"是陆游自咏诗的一个显著特征。换句话说，陆游自咏诗多与饮酒有关，是诗人在半醒半醉精神状态下的内心独

---

① 笔者据《剑南诗稿校注》统计，"狂"字在陆游自咏诗中出现了 14 次，其中包括"狂态""狂歌""狂舞""狂吟""猖狂""狂蝶梦""狂豪""圣狂""接舆狂""狂道士"。

② 《初归杂咏·其三》，《剑南诗稿校注》卷五十三，第 3165 页。

③ 《自笑》，《剑南诗稿校注》卷七十六，第 4159 页。

④ 《自遣》，《剑南诗稿校注》卷五十九，第 3440 页。

⑤ 《自嘲》，《剑南诗稿校注》卷四十三，第 2687 页。

⑥ 《自咏绝句·其四》，《剑南诗稿校注》卷六十一，第 3494 页。

⑦ 《自咏绝句·其三》，《剑南诗稿校注》卷六十一，第 3493 页。

⑧ 《读穷居五字慨然有感复作一首自解》，《剑南诗稿校注》卷七十一，第 2943 页。

白。陆游常借狂饮痛醉，一伸心中郁塞不平之气。关于这一点，自咏诗中屡有提及，"半醉半醒常终日"，①"醉里猖狂醒自笑"。②陆游早年曾以"狂道士"自诩，可见其狂放之态："狂歌声跌宕，醉草笔横斜。"③醉中作草，借酒浇愁。狂歌中尽管流露出痛苦牢骚，但并不消沉，有愤怒狂放却不失豪壮。嘉定二年，85 岁的陆游在病痛小愈后，借酒起兴，"狂豪扫去得衰残，数啜芳醪兴亦阑。"④此时的狂气因衰老而略有所减。醉酒吟诗，不仅是自咏诗的一个突出特点，更是贯穿于陆游诗歌创作始终，是触发诗兴的主要催化剂之一。关于陆诗与酒的关系，陆游在《梅花》诗中总结道："诗情恰在醉魂中。"⑤事实上，陆游的诸多诗是与酒联系在一起的。正如徐宏先生所认为的那样：爱国情怀、爱情悲苦和乡土情结，都在酒诗中得到了最极致的释放。⑥陆游嗜酒，动辄与好友饮酒高歌，时常于醉后饮酒题词，纵谈天下事。宋孝宗时陆游便已有"小李白"的雅号。不仅说明陆游诗数量多且质量高，也说明他爱酒如同李白一般"斗酒诗百篇"。陆游好借酒自咏，把自己对人生的理解、对生命价值的追求阐释得淋漓尽致。诚如陆游所作注解："生涯落魄惟耽酒，客路苍茫自咏诗。"⑦此外，陆游自咏诗中刻画了多面的诗人形象，除狂放旷达的形象外，还塑造了理性自省、感怀自伤、爱国奋进的形象。

自咏诗中多关注诗人的日常生活和生存状态，语言质朴平实，流露出一种冲淡自然的情感。总体而言，其自咏诗中少有意气风发，或痛心疾首、指摘时弊的作品，更多的是对失意人生的喟叹，包括时光飞逝、身形衰老的迟暮之感，仕途坎坷、蹉跎岁月的无奈之感，饥寒交迫的困顿之感。此时的陆游主要有两种解脱之法：一则借酒消愁；二则换个角度看问题，改变自己的心态，视富贵功名如浮云。如"恶路惯曾经滟滪，浮生何啻梦邯郸。镜湖五月秋萧爽，剩傍滩头把钓竿"。⑧尽管诗中仍掺杂着年华

---

① 《题传神》，《剑南诗稿校注》卷四十二，第 2625 页。

② 《自咏·其一》，《剑南诗稿校注》卷七十九，第 4273 页。

③ 《自喜》，《剑南诗稿校注》卷五十四，第 3206 页。

④ 《病后自咏》，《剑南诗稿校注》卷八十五，第 4522 页。

⑤ 《梅花四首·其四》，《剑南诗稿校注》卷四，第 366 页。

⑥ 转引自徐宏《浅析陆游的酒诗》，中国陆游研究会编《陆游与鉴湖》，人民出版社 2011 年版，第 600 页。

⑦ 《晚泊松滋渡口·其二》，《剑南诗稿校注》卷二，第 159—160 页。

⑧ 《自笑》，《剑南诗稿校注》卷二十二，第 1672 页。

易逝的伤感，但诗人最终释怀，找到了生命的意义。陆游自咏诗善于发现生活点滴，展示诗人真实的内心感受以及对人生的思索，读来别具风味，且艺术特征丰富多样。

其一，体裁多样，句式丰富。诗中使用最多的是律诗，其次是绝句，最后是古体诗。陆游自咏诗体式多样，有近体、古体、赞、箴，有四言、五言、七言、杂言等句式。如"赞"直到汉代，才具有文体意义。关于"赞"的流变，一方面，论述完一件历史人物的事迹或某一时期的事件时，史学家喜用"赞曰"加以总结，这一文体功能类似于春秋笔法；另一方面，单篇的人物赞、咏物赞经过不断发展，后来逐渐诗化。试看《放翁自赞》：

> 名动高皇，语触秦桧。身老空山，文传海外。
> 五十年间，死尽流辈。老子无才，山僧不会。（其二）
> 皮葛其衣，巢穴其居。烹不糁之藜羹，驾秃尾之草驴。闻鸡而起，则和宁戚之牛歌。戴星而耕，则稽泛胜之农书。谓之瘁则若腴，谓之泽则若癯。虽不能草泥金之检以纪治功，其亦可挟兔园之册以教乡闾者乎。（其三）①

《放翁自赞·其二》皆为四言句，句式整齐，因字数有限，尽管在表情达意上有所欠缺；但简洁有力，刻画出一个才高气傲的少年形象。后者有四言、六言、七言、十四言，错落有致，尤以"闻鸡而起"两联对仗工整。《自赞》二首，诗人以少年时"名动高皇，语触秦桧"之锋棱自负；以"挟兔园之册以教乡闾"落笔，虽自慨事功不就，"仍以施教乡间的生活自慰，足见诗人内心的释怀。"陆游还有"自箴"诗，"箴"作为一种文体，具有规劝警示之意。《自箴》采用七言绝句的形式，诗人告诫自己应正视衣带渐宽、容颜不复的衰老之态，规劝自己不要为外物所累。

其二，叙事抒情，有详有略。自咏诗大部分篇幅短小，能承担的内容有限，这意味着诗人只能截取生活的某个片段，或围绕某种情感加以展开。但有的自咏诗篇幅较长，能比较清晰地勾勒诗人的生平经历，如《予素不工书故砚笔墨皆取具而已作诗自嘲》以五古体裁铺叙身世，叙写自己

---

① 《放翁自赞》，《渭南文集校注》卷二十二，第27、28页。

生于兵祸之间，以及髫龀入小学乃至初登翰墨的经历，带有自我回顾的性质。时间跨度较大，同时叙事、抒情相结合，丰富了诗歌内容。

其三，结合自身，巧用典故。一是通过富有胆识谋略，能左右国家命运的管仲、诸葛亮等人，暗示自己对建功立业、名垂青史的渴望："少年不自量，妄意慕管葛。"① 诗人感慨自己未能与之比肩，但内心深处希望能担负起家国责任，成为朝廷栋梁，一展抱负。二是通过人格修养、行为端正的孔子、伯夷等人，表达自己对自我品行完善的要求："往从二士饿首阳，千载骨朽犹芬芳。"② 陆游使用这一典故，意在说明自己将要效仿伯夷、叔齐，拥有高洁品性，忠君爱国。三是通过诗才横溢的白居易、陶渊明等人，衬托自我热爱诗歌、醉心于作诗的形象，或刻画自己呕心沥血写诗的情态，如《自嘲》。自咏诗中的典故大都耳熟能详，诗人在写作过程中有感于先辈事迹，借以自警、自省、自戒，表明自己的心志。

三　《剑南诗稿》自咏诗的源流与价值

自咏诗并非陆游首创，而是陆游陶铸前人、主动学习的产物。如果考察与陆游同时代诗人的自咏诗创作和诗坛风貌，方可窥见陆游自咏诗在宋代自咏诗中的地位，折射出宋代自咏诗的初步面貌。

现存文献中，较早提及自咏诗写作，与盛唐范液的《自咏》诗有关："长吟太息问皇天，神道由来也已偏。一名国士皆贫病，但是裨兵总有钱。"③ 此诗在写作之前，便已拟题为"自咏"。诗人以戏谑的口吻叩问苍天，发出了对命途多舛的不平之鸣。其后，杜诗以人喻己的方式中也带有自咏色彩，如顾宸评杜甫《花鸭》曰："此虽咏物，实自咏耳。"④ 如果自咏诗从范氏开始还只是别人要求诗人自咏以更深入了解其人，而作为一种社交方式，那么随着自我意识的不断觉醒，自咏诗更多的是有意为之，是诗人想要审视自我的生活经历、外貌、情感的载体。同时，自咏是诗人主动、明确地向他人展示自我、直面自己的一种表达方式。

到中唐，白居易创作了 60 余首以"自咏"为题的诗歌，从此自咏诗

---

① 《自警》，《剑南诗稿校注》卷四十三，第 2668 页。
② 《自伤》，《剑南诗稿校注》卷三十六，第 2328 页。
③ （唐）封演著，赵贞信校注：《封氏闻见校注》，中华书局 1958 年版，第 94 页。
④ （唐）杜甫著，仇兆鳌注：《杜诗详注》卷八引，中华书局 1999 年版，第 879—880 页。

得以形成，并成为一种诗歌题材。白居易自咏诗的内容主要体现了三个特点：对自身外貌形象描写，对个人赋诗能力的夸耀，对自我知足知止心性的高扬。① 其自咏诗的开创价值主要体现在对古代诗歌题材类型的开拓上，并形成了独特的风格类型，即"白乐天体自咏"。陆游与白居易都自学诗始每日吟咏，陆诗形貌颇与白诗一脉相承，是继白居易之后自咏诗创作最多的诗人。"闭门谁共处，枕藉乐天诗。"② 陆游把白诗当作支柱力量，早年偏于对现实生活的关注，中晚年后则倾向于闲适细腻的风格。陆游的自咏诗师法"乐天体"，反对语言雕琢，追求平易晓畅的语言风格。后人将白陆并称，源自放翁有意模仿乐天，对此前贤多有臧否。如李重华所言："陆放翁堪与香山踵武，益开浅直路径，其才气固自沛乎有余。"③ 肯定了他们浅直自然的语言风格。明代李东阳也认为："陆务观学白乐天，更觉直率。"④ 在创作态度上，陆游与白居易一样，皆以诗人身份自信自豪。白氏对自己作为诗人的夸耀，还体现在："我亦定中观宿命，多生债负是诗歌。"⑤ 尽管陆游自咏诗中并未直言，从以"此身合是诗人未"⑥ 自许，可见其自信。陆游与白居易的师承关系可见一斑，而陆游自咏诗也受其影响。虽不见其化用白诗的痕迹，但诗中对身体和时间的书写却是一致的，白居易《自问》言："黑花满眼丝满头，早衰因病病因愁。"⑦ 二人自咏诗中皆流露出强烈的时间观念，也都主要通过对自我外貌的描写和感叹岁月沧桑得以体现。陆游注重养生，较之白诗，陆诗中还表达了对健康长寿的渴望。元和五年（810），白氏在长安作《自题写真》诗，表达了在山河盛景中安闲度日的意愿："宜当早罢去，收取云泉身。"⑧ 陆游也坦言被迫归隐："归装渐理君知否，笑指庐山古涧藤。"至乾道七年，陆游乡关之思越发浓烈，"头白伴人书纸尾，只思归去弄烟波。"⑨ 面临险恶仕途时，他们都选择了回归自然田园与狂饮大醉。白诗中描写居所环境、生活乐趣、嗟

---

① 参见张敬雅、李定广《白居易与中国古代"自咏诗"》，《学术界》2015 年第 6 期。
② 《自咏》，《剑南诗稿校注》卷四十一，第 2589 页。
③ 王夫之撰，丁福保辑：《清诗话》，中华书局 1985 年版，第 927 页。
④ 李东阳著，李庆立校释：《怀麓堂诗话校释》，人民文学出版社 2009 年版，第 215 页。
⑤ 白居易：《白居易集》，顾学颉校点，中华书局 1999 年第 6 版，第 791 页。
⑥ 《剑门道中遇微雨》，《剑南诗稿校注》卷三，第 269 页。
⑦ 白居易：《白居易集》，顾学颉校点，第 414 页。
⑧ 白居易：《白居易集》，顾学颉校点，第 109 页。
⑨ 《自咏》，《剑南诗稿校注》卷二，第 188 页。

老叹病在陆诗中都有体现。可以说,白居易和陆游的自咏诗中体现了共同的生死观、义利观以及生活追求。这种共同之处并非偶然,离不开儒家思想的熏陶。官场的尔虞我诈以及"同是天涯沦落人"的宦游经历,使得诗人更关注自我的生存境遇。陆游对香山诗派的继承,正如清人袁寿龄论诗绝句《白乐天》所云:"一生劲敌惟元相,齿长七年名却低。毕竟千秋有定论,香山诗派放翁齐。"① 放翁对醉吟诗风的传承是多方面的,如学者陈才智先生所言:其中突出的,一是大量撰写"戏作""戏题""戏书"之作,二是大量创作自咏诗。② 陆游自咏诗与白居易自咏诗不仅仅是题材内容的延续,更是对前辈思想精神的接续和对自我价值的确认。

值得注意的是,陆游沿着白居易自咏诗的路径,后出转精。家居生活,山川风物,事无巨细,无不入诗,情事兼备。从题材内容来说,陆游自咏诗不仅有对日常生活的书写,亦有对国事的忧虑,还发展了自戒、自省、自规、自警等内容。而白居易的自咏诗则体现出其非凡的自信和自恋情结。从体裁上说,陆游除古体诗、绝句、律诗外,还有"自赞""箴"等其他文体。从创作地域来看,白居易在洛阳所作自咏诗有 28 首;陆游自咏诗多作于故居山阴,体现了明显的地域特征,出现了"剡曲""镜湖""画桥"等意象。白居易自咏诗中塑造了闲适、自信的唐人形象,陆游自咏诗则呈现了自省、理性的宋人形象。

白居易开辟了自咏诗的新境界,经过晚唐的发展,宋代自咏诗已是蔚为大观。其中北宋李昉 7 首、王禹偁 10 首、宋庠 13 首、宋祁 13 首、邵勇 28 首。尤其是到了南宋,自咏诗中融入了新的时代元素。而陆游自咏诗中融入了自己的身世之感,揭示了南宋初期士人心态内转和自我认知的心路历程。从中可以窥见在南宋王朝风雨飘摇之际,诗人面临"进""退"两难选择的矛盾心态及其苦难的生命体验。

当然,陆游自咏诗更是时代影响和个人选择的产物。与陆游同时代的大诗人范成大、杨万里等均有创作自咏诗。范成大过早地经历了年少失怙和生死一线,让这个性格处于成型期的少年提前体会到了人生苦涩与悲哀,养成了他异于同龄人的少年暮气。双亲早逝以及先天身体的孱弱,使

① 郭绍虞、钱仲联、王遽常编:《万首论诗绝句》第二册,人民文学出版社 1991 年版,第 682 页。

② 陈才智:《放翁气象与醉吟诗风》,2020 爱国诗人陆游与浙江诗路文化国际学术研讨会,绍兴,2020 年,第 20 页。

他的自咏诗中充满了嗟叹老病的悲凉，以及面对衰亡的无奈和对于健康长寿的渴望。① 以"自嘲"题材居多，体式以六言为主。由于生活经历、性格特征、创作心态等的不同，陆范二人的自咏诗体现出不同的风格特征，相比之下，陆游的自咏诗中多了份释然和旷达。杨万里的自咏诗中体现了诗人心态变化，早期的自咏诗中多是对于病痛和衰老的描写，往往呈现出一个粗鄙老丑的病翁形象；而在《自嘲白须三首》中，面对年华的逝去，诗人的心境已经开始慢慢变化。② 三人相比，最明显的特征是范成大以六言创作自咏诗，都体现了对建康长寿的渴望。与同辈诗人相比，陆游的自咏诗数量最多，且题材内容丰富，体式也更多样化。

总之，唐代自咏诗以表达忧愁、排遣苦闷为主要内容；宋代自咏诗既有类似前代的书写，抒发自伤自适的情感，又展现出新的时代特色：注重自我反省、修养品德。到了南宋，又新增了关注时局、心系家国等现实性内容。随着宋代人物画的兴盛，出现了许多自题写真诗。比起唐人的感伤苦闷，爆发式宣泄，宋代自咏诗人选择了以自我期许来消解负面情绪，能更好地克制自我情绪，诗中也体现了宋代文人自持内敛、理性沉稳的性格特征。陆游自咏诗凸显了宋代自咏诗的整体风貌，体现了宋代士大夫某些共同的精神特征和生命感受。

陆游自咏诗，是陆游主动学习前人的产物，凸显了诗人强烈的时间观念和生命意识，还原了陆游退隐后的真实形象和生存状态，体现出诗人多样的诗风和对自咏题材的开拓与发展，更展现了南宋时期偏向理性和情绪消解的自咏诗风貌，使其成为宋代自咏诗中有狂达、自省精神气质的诗人。

---

① 据搜韵网站检索统计，范成大的自咏诗共20首，包括1首五古、3首七绝、1首五律、1首七律、1首五排、13首六言诗，https://sou-yun.cn/。
② 据搜韵网站检索统计，杨万里的自咏诗共7首，包括：五绝1首、七绝4首、古体1首、五律1首，https://sou-yun.cn/。

陆游《钗头凤》本事及若干意象再辨析

丁雨秋　　高利华

（绍兴文理学院 人文学院）

摘要：关于陆游《钗头凤》的本事，清代以来不断有人提出质疑。其中"红酥手""宫墙柳""东风"等意象也成了分歧的焦点。本文从陆游诗词文本新材料印证、《钗头凤》词调的来源和流行路径进行新证，认为《钗头凤》确系沈园题壁之作。词中"红酥手"是指唐氏那双点酥巧手，"宫墙柳"是交代春日相会的场景，"东风"意象喻指强劲的命运之风。作者借题壁词追忆初婚的甜蜜和仳离后的伤痛，词上下片对比明显。

关键词：《钗头凤》本事；红酥手；宫墙柳；东风

关于《钗头凤》的本事，最早见于宋人刘克庄《后村诗话》、陈鹄《耆旧续闻》和周密《齐东野语》三家笔记。三家大致具言陆游与唐氏伉俪情深，由于母亲的压力不得已与唐氏仳离，各自嫁娶，后二人相遇于绍兴沈园，陆游遂于沈园题壁，作《钗头凤》。时至清代，吴骞《拜经楼诗话》、王渔洋《带经堂诗话》、吴衡照《莲子居词话》均对宋人笔记所载的《钗头凤》本事提出质疑，但并未深究。20 世纪 50 年代，词学大师夏承焘先生在为陆游词编年时，曾推断《钗头凤》作于乾道九年至淳熙五年（1173—1178）之间，是陆游寓居成都期间的冶游之作，与唐氏无涉。半个多世纪以来，围绕《钗头凤》本事问题的研究，词作中的红酥手、宫墙柳、东风等意象也成为讨论的焦点。本文拟从陆游诗词文本印证、《钗头凤》词调的来源和流行路径进行了新证，就《钗头凤》本事以及诸意象问题，略陈己见。

一 《钗头凤》词本事再辨析

《钗头凤》本事研究最核心的问题在于该词是何时、何地、为何人而作，对此目前大约有四种说法：①绍兴年间，沈园题壁，为唐氏而作①；②乾道淳熙年间，蜀中冶游的赠妓之作②；③蜀中，为小妾杨氏而写③；④乾道八年，南郑，为唐氏而作④。

宋代的笔记小说有"野史"之称，或可补正史之缺。宋人三家笔记是探究《钗头凤》本事绕不开的文献材料。刘克庄《后村诗话》言："旧读此诗，不解其意，后见曾温伯言其详。"⑤曾黯，字温伯，是陆游老师曾几的曾孙，也是陆游的学生，陆游有《赠曾温伯邢德允》《除宝谟阁待制举曾黯自代状》等作品传世。作为学生的曾黯绝不会去附会一段子虚乌有的往事强加给自己敬重的老师，因此曾黯所说基本可信。曾黯与刘克庄曾有交往，刘克庄在《跋放翁〈与曾原伯帖〉》中记录了向曾黯几番索帖的往事，并赞其"人物高雅，词翰精丽，有晋、唐风韵"⑥。二人既有往来，那么曾黯为刘克庄一解放翁《沈园》二首背后故事也就合情合理。退一步讲，除非确有其事，否则刘克庄不可能在书中指名道姓、信誓旦旦地说"曾温伯言其详"。由此，《后村诗话》这一段记载可谓实录，大家的认可度高。陆、唐二人仳离后又在沈园相遇确有其事。

陆游曾于沈园题词也是事实，这在陆游的许多诗歌中都可以得到印证，"坏壁醉题尘漠漠，断云幽梦事茫茫"（《禹迹寺南有沈氏小园，四十年前尝题小阅壁间，偶复一到而园已易主，刻小阅于石，读之怅然》）、"玉骨久成泉下土，墨痕犹锁壁间尘"（《十二月二日夜，梦游沈氏园

---

① 见宋人三家笔记。

② 吴熊和《陆游〈钗头凤〉词本事质疑》（《唐宋词通论》附录，商务印书馆2003年版）、周本淳《陆游〈钗头凤〉主题辨疑》（《江海学刊》1985年第6期）等。

③ 陶喻之《陆游婚外情释证——〈钗头凤〉词本事发微》（《陆游与越中山水》，人民出版社2006年版）、陈祖美《论〈放翁词〉的"创调"和"压调"之作》（《文学遗产》2008年第5期》）等。

④ 赵惠俊：《〈渭南文集〉所附乐府词编次与陆游词的系年——兼论〈钗头凤〉的写作时地及其他》（《文学遗产》2016年第5期）等。

⑤ 刘克庄撰，王秀梅点校：《后村诗话》，中华书局1983年版，第100页。

⑥ 刘克庄著，辛更儒校注：《刘克庄集笺注》，中华书局2011年版，第4288页。

亭》)、"故人零落今何在？空吊颓垣墨数行"（《禹祠》）、"尘渍苔侵数行墨，尔来谁为拂颓墙"（《城南》）、"绍兴年上曾题壁，观者多疑是古人"（《禹寺》）。晚年定居三山的陆游常常跑到城南一带，去凭吊、缅怀他逝去的爱人和爱情。而那一首曾经题写在沈园墙壁上的"小阕"就是一曲爱情的悼歌，是他一生情感伤痛的症结所在，这也就不难理解为什么陆游的沈园诗总要喋喋不休地提起那坏壁颓垣上的"墨数行"。

　　既然沈园相遇和沈园题壁都是既定事实，那么问题就转变为那一首沈园题壁的"小阕"是否就是《钗头凤》了。

　　《耆旧续闻》和《齐东野语》都提到《钗头凤》就是题壁沈园的"小阕"。《耆旧续闻》作者陈鹄其人，据学者考证，生活在1140—1225年或更晚一些，他与陆游的兄长陆淞相熟，对陆氏兄弟都比较熟悉。据《耆旧续闻》所载，陈鹄亲眼看到过题壁沈园的《钗头凤》，不仅时间、地点、词作内容、唐氏和词残句都非常明确，而且连题词的"笔势飘逸"之态这样的细节都提到了，若非亲眼所见恐不至此。或以为《耆旧续闻》"系抄撮而成，故所谓余者，不知是何人"①，笔者认为，纵然这一段记载非陈鹄自述，而是录他人之文，那么在抄录的源头，必然有一个"余"存在，这个"余"亲眼目睹过书于沈园、笔势飘逸的《钗头凤》。此外，《耆旧续闻》所记的题壁时间与陆游自述高度吻合。陆游本人在宋光宗绍熙壬子年（1192）秋天，曾游沈氏园，作《禹迹寺南有沈氏小园，四十年前尝题小阕壁间，偶复一到而园已易主，刻小阕于石，读之怅然》，据此向前倒推40年，是1152年，与《耆旧续闻》所记的"辛未"（1151）仅差一年，这一年可能是月份或算法上的差异造成的。

　　《齐东野语》所记《钗头凤》的题壁时间是"绍兴乙亥岁"（1155），比《耆旧续闻》所记晚了四年。两家笔记在时间上的抵牾成为后来许多人质疑甚至反驳《钗头凤》本事真实性的重要依据之一。然而，《齐东野语》比《耆旧续闻》晚出，作者周密（1232—1298）与陆游生活的时代相去约百年，所记题词时间有误差也是情理之中。亲见亲闻也好，传抄杂录也好，《耆旧续闻》和《齐东野语》在题壁时间上的不同记载恰好说明他们的信息材料是来源于两个完全不同的出处，两个不同的出处都不约而同地表明《钗头凤》就是沈园题壁词，其实正是反证了《钗头凤》即沈园题壁

---

　　①　欧小牧：《陆游年谱》，人民文学出版社1981年版，第50页。

词这一论断的真实性。

在三家笔记的记载中，关于陆游和唐氏仳离的原因、沈园相遇的具体细节等的描述不尽一致，甚至相去甚远，但三家所记的本事大意是一致的。陆唐仳离的原因、沈园相遇的细节等都是个人隐私，除了当事人，谁也无法明确知晓。三家笔记的作者（即使陈鹄、刘克庄都与陆游有间接的联系）毕竟都不是当事人，他们在听闻故事之后再将其转化为文字时，在故事整体脉络不变的基础上，难免带入一些主观性甚至是创造性的描述，尤其是《齐东野语》的叙述，颇具传奇色彩。

此外，陆游曾在严州删诗定稿，但于词，并无删削一说。他在淳熙十六年（1189）作《长短句序》曰："予少时汩于世俗，颇有所为，晚而悔之，……念旧作终不可掩，因书其首以识吾过。"① 可见陆游虽对年少所作之词非常后悔，但并没有对其进行删削，而是编为一集，以识其过。从陆游晚年沈园诗中表现出的对唐氏的悼念与深情，以及诗中多次提及壁间"小阁"来看，这"小阁"他一直记在心里，是记了一辈子的，因此他在编词集时是绝对不可能忘记或者漏收沈园题壁词的。从现存词稿看，沈园题壁词非《钗头凤》莫属。从《钗头凤》词调的来源、流行路径看，应该写于绍兴。

二　《钗头凤》词调的来源、流行路径

《钗头凤》，本名《撷芳词》，又名《摘红英》《玉珑璁》《惜分钗》《折红英》《清商怨》等，"钗头凤"一名取自无名氏词"可怜孤似钗头凤"② 一句。关于词调，《花草粹编》卷六引宋杨湜《古今词话》："政和间，京师妓之姥曾嫁伶官，常入内教舞，传禁中《撷芳词》以教其妓，人皆爱其声，又爱其词，类唐人所作也。张尚书帅成都，蜀中传此词，竟唱之；却于前段下添'忆，忆，忆'三字，后段下添'得，得，得'三字。又名《摘红英》，殊失其义，不知禁中有撷芳园，故名《撷芳词》也。"③ 张尚书即张焘，政和八年进士，因上书反对议和，得罪秦桧，于绍兴十年

---

① 陆游：《陆游集》，中华书局 1976 年版，第 2100 页。
② 无名氏《撷芳词》云：风摇荡，雨濛茸，翠条柔弱花头重。春衫窄，香肌湿。记得年时，共伊曾摘。都如梦，何曾共，可怜孤似钗头凤。关山隔，晚云碧，燕儿来也，又无消息。
③ 陈耀文：《花草粹编》，河北大学出版社 2017 年版，第 494 页。

（1140）以宝文阁学士出知成都府兼本路安抚使，在蜀四年，绍兴十三年乞祠归，卧家十余年，直到秦桧死后才再次出仕。据此可知，《撷芳词》本是由皇宫内苑传出经歌妓演唱而流行于民间的曲调，张焘帅成都之后，此调在蜀中盛行开来，并且体式、名称都有所变化，用这种蜀中新调来作词的，有程垓、无名氏、曾觌等。

程垓是眉山人，其词名《折红英》：

> 桃花暖。杨花乱。可怜朱户春强半。长记忆。探芳日。笑凭郎肩，殢红偎碧。惜惜惜。
> 春宵短。离肠断。泪痕长向东风满。凭青翼。问消息。花谢春归，几时来得。忆忆忆。

无名氏词名《玉珑璁》：

> 城南路。桥南路。玉钩帘卷香横雾。新相识。旧相识。浅鬈低拍，嫩红轻碧。惜惜惜。
> 刘郎去。阮郎来。为云为雨朝还暮。心相忆。空相忆。露荷心性，柳花踪迹。得得得。

曾觌（1109—1180）是宋孝宗的宠臣，根据《宋史》记载，曾觌未到过蜀地，其词名《清商怨》：

> 华灯闹。银蟾照。万家罗幕香风透。金尊侧。花颜色。醉里人人，向人情极。惜惜惜。
> 春寒峭。腰肢小。鬓云斜軃蛾儿衮。清宵寂。香闺隔。好梦难寻，雨踪云迹。忆忆忆。

在三叠字的蜀中新体之外，还有一种与之相似的二叠字体式存在，吕渭老的《惜分钗》词二首都是二叠字体式的：

> 春将半。莺声乱。柳丝拂马花迎面。小堂风。暮楼锺。草色连云，暝色连空。重重。

秋千畔。何人见。宝钗斜照春妆浅。酒霞红。与谁同。试问别来，近日情悰。忡忡。

重帘挂。微灯下。背兰同说春风话。月盈楼。泪盈眸。觑著红裀，无计迟留。休休。

莺花谢。春残也。等闲泣损香罗帕。见无由。恨难收。梦短屏深，清夜悠悠。悠悠。

与程垓、无名氏词中的三叠字结句相比，吕渭老《惜分钗》的上下阕末都是以二叠字为结句的，显然这是一种比蜀中新体更为简单、初始的状态。吕渭老，字圣求，浙江嘉兴人，有《圣求词》一卷，赵师岅《圣求词序》云："宣和末，有吕圣求者，以诗名……归老于家。"① 吕渭老的主要活动时间是在宣和年间，经历过"靖康之难"，是典型的南渡词人，晚年在故乡嘉兴度过。

根据词体演进由简单到繁复的一般规律以及吕渭老的大致生活年代，我们可以得出结论：吕渭老的《惜分钗》二首创作时间要早于程垓、无名氏等人的蜀中新体。也就是说，《撷芳词》最早是由浙江嘉兴人吕渭老改造，在原词调的上下阕末尾加二叠字。而张焘在帅成都之前，曾除文林郎、起居舍人、中书舍人、提举台州崇道观等职，任职范围均未出浙江一带，"张尚书帅成都，蜀中传此词，竟唱之"，显然《撷芳词》在蜀中的流行与张焘有密切关联。据此我们不妨大胆推测，《撷芳词》由吕渭老改造后在浙江一带流传，后由张焘带入蜀中，该曲调进入蜀地之后在吕渭老的基础上又被进行了第二次改造，由二叠字变成了三叠字，三叠字的新体从此在蜀中广为流传。这种三叠字的新体很可能在张焘离开成都时被带回浙江一带。这也就解释了为什么宋孝宗的宠臣曾觌不曾涉足蜀地，却也依着蜀中新体作有《清商怨》一首。

绍兴十三年，张焘离蜀还家，三叠字的《撷芳词》传入浙江一带应当是本年前后的事情。大约七八年后，陆游与唐氏相逢于沈园，陆游按此曲调题词壁间也就顺理成章了。

综上，《钗头凤》就是陆游与唐氏仳离后相逢于沈园时的题壁之作。

---

① 金启华等：《唐宋词集序跋汇编》，江苏教育出版社 1990 年版，第 128 页。

三 "红酥手""宫墙柳""东风"诸意象的内涵

围绕《钗头凤》本事，词中的"红酥手""宫墙柳""东风"三个意象的内涵也成为探讨的焦点。

目前关于"红酥手"的解释大致有三种：①红润白嫩的手[1]；②红酥指唐宋时期妇女们制作的一种果品兼工艺品，陆游所谓"红酥手"乃是赞许唐婉有一双点制红酥的巧手[2]；③食品红烧猪脚[3]。

笔者以"红酥"为关键词检索《全唐诗》和《全宋词》，得到结果如下：

> （唐）两楼相换珠帘额，中尉明朝设内家。一样金盘五千面，红酥点出牡丹花。（王建《宫词一百首》）
>
> 春冰消尽碧波湖，漾影残霞似有无。忆得双文衫子薄，钿头云映褪红酥。（元稹《杂忆五首》）
>
> 莺锦蝉罗撒麝脐，狻猊轻喷瑞烟迷。红酥点得香山小，卷上珠帘日未西。（和凝《宫词百首》）
>
> （宋）恰则小庵贪睡著。不知风撼梅花落。一点儿春吹去却。香约略。黄蜂犹抱红酥萼。
>
> 绕遍寒枝添索寞。却穿竹径随孤鹤。守定微官真个错。从今莫。从今莫负云山约。（毛滂《渔家傲》）
>
> 红酥肯放琼苞碎。探著南枝开遍未。不知酝藉几多香，但见包藏无限意。
>
> 道人憔悴春窗底。闷损阑干愁不倚。要来小酌便来休，未必明朝风不起。（李清照《玉楼春》）

---

① 朱东润主编《中国历代文学作品选》注（上海古籍出版社 2002 年版），中国社会科学院文学研究所编《唐宋词选》注（人民文学出版社 2016 年版），王双启、叶嘉莹《陆游词新释辑评》（中国书店出版社 2001 年版），孟晖《花间十六声》（生活·读书·新知三联书店 2006 年版）等。

② 严孟春《"红酥手"新解》[《兰州文理学院学报》（社会科学版）2017 年第 3 期]、车淑娅《"红酥手"应是一种佛手形的点心》（《江海学刊》2017 年第 5 期）等。

③ 彭柏林《"红酥手"应释为"红烧猪脚"》[《衡阳师专学报》（社会科学版）1990 年第 2 期]、刘如瑛《"红酥手"解》[《扬州大学学报》（人文社会科学版）2002 年第 4 期] 言景幼南教授（哲学）在 1965 年讲授此词时说："红酥手"指猪蹄，释为女子之手者误。

推愁何计，车下忘乘坠。日上南枝春有意，已讶红酥如缀。

儿童缓整余杯，芒鞋午夜重来。素面应憎月冷，真香不逐风回。
（李弥逊《清平乐》）

十月小春天。红叶红花半雨烟。点滴红酥真耐冷，争先。夺取梅
魂斗雪妍。

坐待晓莺迁。织女机头蜀锦川。枝上绿毛幺凤子，飞仙。乞与双
双作被眠。（李石《南乡子》）

一番飞次春风巧，细看工夫。点缀红酥。此际多应别处无。

玉人不与花为主，辜负芳菲。香透帘帏。谁向钗头插一枝。（王
炎《采桑子》）

香摇穗碧。梅巧红酥滴。云浣宝钗蝉坠翼。娇小争禁酒力。

绣窗芳思迟迟。无端又敛双眉。贪把兰亭学字，一冬忘了弹棋。
（石正伦《清平乐》）

谁染深红酥缀来。意浓含笑美颜开。误认浣溪人饮罢，上香腮。
辨杏疑桃称好句，名园色异占多才。折得一枝斜插鬓，坠金钗。（无
名氏《添字浣溪沙》）

由此可知，在唐代，王建、和凝诗中的"红酥"都是指点酥工艺，元
稹诗中的"红酥"是形容女子红润的面庞。在宋词中，基本上是用"红
酥"来喻花的。以此为基础可以帮助我们辨析"红酥手"的确切含义。

在诗词中，用"红酥"来形容女子的面容是有例可循的，然未见以
"红酥"喻手。所谓的"酥"，是从牛、羊等乳汁中提炼出来的精华，为细
腻的莹白色。这种白酥若加入红色染料，就成为"红酥"，用白酥和红酥
制作食品，相关的技艺，称为"点酥"。点酥工艺在唐诗宋词中常常被提
及，如"暖金盘里点酥山"（和凝《宫词百首》）、"天应乞与点酥娘"（苏
轼《定风波》）、"手点酥山，玉筋人争莹"（王安石《蝶恋花》），陆游本
人也在《月上海棠》（斜阳废苑朱门闭）写道："淡淡宫梅，也依然、点酥
剪水。"因此，以"红酥手"来赞女子手巧、点酥做得好是合乎情理的。
此外，类似"红酥手"一类的词，即"技艺或本事＋手"这样结构的词
语，我们在宋词中可以找到很多，比如丹青手、调羹手、擎天手、补天
手、平戎手、丝簧手、匀妆手等。

《钗头凤》中的"红酥手"其实是指唐氏那双点酥技艺高超的巧手，

并非"艳笔"。至于将"红酥手"解释为红烧猪蹄的，实在不符合唐诗宋词的雅致特征，也与词作的意境、情感等格格不入。将"红酥手"解释为红润白嫩的手，虽不如点酥的巧手来得确切，也是符合词意的。陆游晚年所作沈园诗在怀念唐氏时称其是"惊鸿""玉骨""美人"，唐氏早已香消玉殒几十年，但是她最美的模样永远定格在了陆游的记忆中。既然唐氏是这样一个冰清玉洁、青春美丽的女神形象，那么她的手自然也是非常美丽的。综上，笔者更倾向于将"红酥手"解释为一双又美又巧的手。

"宫墙柳"的解释有以下五种：（1）故蜀燕王宫，即五代时蜀王孟知祥燕宫①；（2）古越国宫墙的遗址②；（3）庙宇之墙（沈园旁有禹迹寺）③；（4）禹迹寺西南有唐浙东节度使董昌所建的"第四宫"④；（5）"宫墙柳"是喻体，指唐氏⑤；（6）指龙瑞宫（道观）⑥。

第一种说法由吴熊和先生在《陆游〈钗头凤〉词本事质疑》一文中提出，吴先生以"凤州三出：手、柳、酒"的俗谚与"红酥手，黄縢酒，满城春色宫墙柳"相对应，认为《钗头凤》作于成都，词中的"宫墙"就是陆游在成都时经常宴游的故蜀燕王宫，燕宫多柳，故曰"宫墙柳"。按此说，"宫墙柳"是实写，由此推论"红酥手"和"黄縢酒"也应当是实写。凤州在陕西省的西南部，与燕王宫所在的成都相隔千里，身在蜀地的陆游不可能无缘无故就想到凤州三出，还将其写入词中。若说是凤州"三出"同时在燕王宫、在陆游面前出现，未免太过巧合。

至于第二种说法，古越国的宫殿宫墙已不复存在，陆游题词时思绪不可能莫名其妙地遥接到千年前的古越国。况"宫墙柳"是一个整体，墙若不存，柳又何依？第三种和第六种说法可归为一类，将道观、庙宇之墙称

①　吴熊和《陆游〈钗头凤〉词本事质疑》（（《唐宋词通论》附录，商务印书馆 2003 年版）、曹汛《陆游〈钗头凤〉的错解和绍兴沈园的错定》（《中国典籍与文化》1993 年第 2 期）等。

②　陈正贤《一阕钗头凤　百年缱绻情——陆游沈园情诗及事件真实性述略》（《浙江档案》2012 年第 2 期）等。

③　尹占华《陆游〈钗头凤〉词本事再辨》（《菏泽学院学报》2012 年第 1 期）等。

④　高利华《陆游〈钗头凤〉是"伪作"吗——兼谈文本中"宫墙"诸意象的诗词互证》（《学术月刊》2011 年第 4 期）等。

⑤　白效咏《陆游〈钗头凤〉与沈园再考》（卢敦基主编《浙江历史文化研究》第 3 卷，浙江大学出版社 2011 年版）等。

⑥　范新阳《山盟虽在　锦书难托——陆游〈钗头凤〉词赏析兼论其本事》（《名作欣赏》2008 年第 17 期）等。

为"宫墙"的,除了杜甫的"森罗移地轴,妙绝动宫墙"(《冬日洛城北谒玄元皇帝庙》)、"塔劫宫墙壮丽敌,香厨松道清凉俱"(《岳麓道林二寺行》)两句,其他诗词中都找不到相同的表述。且在诗词中,当"宫墙"和"柳"这两个意象同时出现的时候,"宫墙"一般指的是宫殿之墙,如"日映宫墙柳色寒"(张祜《长门怨》)、"迟日犹寒柳开早。……千条万条覆宫墙"(刘商《柳条歌送客》)、"御沟柳,占春多。半出宫墙婀娜"(毛文锡《柳含烟》)。因此将《钗头凤》中的"宫墙"视为禹迹寺或者龙瑞宫之墙,并不合适。

第五种说法言"宫墙柳"喻唐氏。诗词中以柳喻美人者颇多,其中最著名的要数韩翃的《章台柳》。纵观这些以柳喻美人的诗词,往往显得轻浮艳丽,描写对象一般是歌女、妓女,将唐氏比作"柳"是对她的贬低与亵渎,以陆游对唐氏的深情,是绝不可能将其比作"宫墙柳"的。

第四种说法与词意环境比较符合。明代的徐渭在寓居禹迹寺内的"一枝堂"时自撰堂联曰:"宫墙在望居三卜,天地为林鸟一枝。"禹迹寺西南有唐浙东节度使董昌所建的"第四宫","宫墙在望"说明"第四宫"至明犹存,并且从禹迹寺可以望见其宫墙,那么南宋时期的陆游自然也能从沈园望见宫墙。

人们在诠释"宫墙柳"时,都将其当作陆游题词时的实景,因此几乎所有研究者都在寻找题词地附近的宫墙,以便与词中的"宫墙"相互印证。其实词的上阕包括"宫墙柳"在内的所有描写都是虚写。从"春如旧"可以看出,词中其实隐含着一个今与昔的对比,上阕是对往昔的追述,下阕是对如今的描摹。"红酥手,黄滕酒,满城春色宫墙柳"这三句当是陆游对唐氏以及与唐氏在一起做过的事情(如采菊作枕囊等)的整体概述。然而,强劲的东风突然吹来,吹醒了沉浸在美好春天里的有情人,吹散了彼此相爱的夫妇二人。一对爱侣被强行分开,带着相思离愁,一别就是好多年。在这里我们可以清楚地看到,《钗头凤》的上阕带有一定的先后顺序和因果关系,它是陆游对往事的一种整体性的描绘。未必要找出与之相对应的实体。

关于"东风恶"的解释有以下四种:(1)姑恶,指陆游母亲[①];(2)

---

① 朱东润主编《中国历代文学作品选》注(上海古籍出版社 2002 年版)、甘久生、鲁期仪《陆游〈钗头凤〉词本事考论》[《南昌大学学报》(工科版)1988 年第 1 期]等。

指封建礼教①；（3）指王氏②；（4）"恶"在此句中是表示事物程度的"甚辞"③。

对于第一种解释，笔者以为颇荒谬。对于陆游这样一个传统的知识分子来说，不管怎么样他都不可能去公然指责母亲"恶"。"姑恶"恐怕是我们后人出于对有情人不能眷属、唐氏香消玉殒的陆唐爱情悲剧的无限同情和惋惜所作出的解释。至于陆游的十几首姑恶诗，都是退居山阴所作。民间传说姑恶鸟是一个被婆婆虐待至死的媳妇所化的怨鸟，所以叫起来总是"姑恶姑恶"。陆游关注姑恶鸟这个意象是与其居住的自然环境有关，山阴是南方水镇，是姑恶鸟喜欢出没的地方，目之所见，下笔成诗，姑恶就自然而然地进入了诗歌中。陆游笔下的姑恶鸟有的只是田园生活的一部分，有的是借鸟之哀鸣抒发内心的不平，其中争议最大的是《夏夜舟中闻水鸟声甚哀若曰姑恶感而作诗》，许多人以此诗作为"东风恶"是陆游暗喻陆母恶的证据。但是陆游作此诗时陆母早已故去多年，普天下绝没有儿子会一直记恨已故的母亲，还要不依不饶地作诗加以指责。因此此诗应当是对民间姑恶鸟传说的一种感慨，我们不必对它作太多牵强附会的解说。

如何去对待以往历史以及以往历史中的人和事？钱穆先生在《国史大纲》中提出："不会对其本国已往历史抱一种偏激的虚无主义，亦至少不会感到现在我们是站在已往历史最高之顶点。"④ 第二种说法很显然是站在了以往历史最高之顶点，我们现代社会所谓之万恶的封建礼教、封建婚姻制度都是当时社会合情、合理、合法的存在，是包括陆游在内所有人从小耳濡目染并且内化为一种价值观的东西，在他们眼中，婚姻就是这个样子的、世界就是这么运行的，一个在这样的社会环境下生活，终身受其教化、熏陶的人是绝不可能去质疑社会制度和社会存在的合理性的。

按照上文《钗头凤》为沈园题壁词的结论，第三种解释已然是个伪命题。或以为"东风恶"是陆游责怪妻子王氏拆散他与杨氏，这是一种缺少前提的推测。

---

① 胡云翼《宋词选》（上海古籍出版社 2007 年版）、王文生主编《中国文学史》（武汉大学出版社 2009 年版）等。

② 欧明俊《陆游〈钗头凤〉"东风恶"解读》（《中国诗学研究》2017 年第 2 期）有所提及，未具体展开，亦备作一说。

③ 李汉超：《陆游〈钗头凤〉词若干问题质疑》《辽宁大学学报》（哲学社会科学版）1982 年第 4 期。

④ 钱穆：《国史大纲（修订本）》，商务印书馆 1996 年版，第 1 页。

第四种说法是目前最为妥当的一种解释。"恶"是程度副词，表示东风很强劲，这在诗词中是很常见的说法，如"叹西园，已是花深无地，东风何事又恶"（周邦彦《瑞鹤仙》）、"酒恶时拈花蕊嗅"（李煜《浣溪沙》），同时还与下片的"桃花落"形成一种因果的联系。进一步深究，这股强劲的东风也是命运之风，它说来就来了，吹落了繁花，吹散了爱侣，喻指的是人生的无常，命运的不可捉摸。

综上所述，《钗头凤》确是陆游与唐氏相遇于沈园所作，陆游正是借由题壁沈园的这一小阕追忆了少年时与唐氏相依相伴的甜蜜时光，诉说了世事无常、恩爱夫妻劳燕分飞的伤痛往事，记录了昔日爱侣再相见却咫尺天涯的无奈场景，也道尽了他一世的眷恋与深情。

论陆游词中颜色词的审美作用及文化内涵

刘淑珍

（陕西理工大学 文学院）

摘要： 陆游现存词145首，其中多次选用颜色词。无论是先色夺人，还是曲终着彩，都有着极强的视觉性。通过颜色词来营造氛围、构造意境，从而彰显作者独特的心理感受。颜色词的使用不仅是描绘客观事物的需要，更蕴含了词人丰富的情感。陆游词中颜色词具有以下审美作用：摹写色彩鲜明的客观事物、彰显人物多样的主观情感、突出创作主体的审美趣尚。更加值得注意的是，不同的颜色词的使用，展现了特殊的、多样的文化内涵，对解读陆游作品、体悟陆游的思想情感、知晓宋代社会状貌发挥着不可替代的作用。

关键词： 陆游；词颜色；词审美；作用；文化；内涵

宋词把色彩作为意象建构的关键之一，在前代文学作品的基础上对色彩的运用更胜一筹。词人借助颜色词及颜色搭配技巧，使颜色词表情达意的功能进一步拓宽，促使宋词不仅呈现出可视的画面美，而且具有可感的内涵美。陆游作为宋词的创作者之一，对颜色词的应用更是信手拈来。词人赋予本不具备任何生命特征的颜色词以深厚的内涵，不仅蕴含着陆游的审美趣尚，而且作者寄情于颜色词，借助不同颜色词来抒发自己的真情实感。清代刘熙载曾言："词之为物，色香味宜无所不具。以色论之，有借色，有真色，借色每为俗情所艳。不知必先将借色洗尽，而后真色见也。"① 其认为

---

① 唐圭璋：《词话丛编》，中华书局1988年版，第3706页。

上乘词作,理应具备颜色词,才能构成一阕兼具形式与内容的词章,刘熙载亦针对颜色词的使用提出自己的真知灼见。同时代的谢章铤亦指出:"设色,词家所不废也。今试取温尉与梦窗较之,便知仙凡之别矣。"[①] 开门见山地指出颜色词使用与否的重要性,并列举温庭筠与吴文英的词做比较。可知,颜色词在宋词中发挥着不可忽视的作用。

目前学界关于宋词中的颜色词的研究成果主要如下:董佳的《宋词中的颜色词语》一文,分别从语言学层面和文学体裁、题材及审美文化方面展开研究,作者认为"宋词中颜色词语的使用,不但在使用的结构形式上更加多变,而且在表义内容和语用功能上也更加丰富,往往能表现出颜色义以外的诸多附加涵义"[②]。此外,该作者的《宋词中颜色词的审美功能》一文指出"颜色本身是自然现象,但当进入语言表达和艺术创作时,颜色词往往显示出一定的人文性,表现出特有的审美情趣和诸多语用功能"[③]。同时,学界关于李清照词中的颜色词亦有所关注,如曾若凡的《李清照词中的颜色词对比分析》,作者认为"词人巧妙地利用了多种表达方式,将所描绘的景物与所抒发的思想感情相结合"[④]。对李清照词中涉及的颜色词进行统计与分析,并指出其中蕴含的审美技巧及审美作用。同时还有姜美的《论李清照词中颜色词的审美作用》,作者集中笔墨,认为"颜色词在其词中充当着重要的角色,有着丰富的审美作用"[⑤]。以及侯海燕的《论李清照词中的颜色词运用技巧》一文,主要"从其词对于自然客体的色彩组合、对颜色词词性的转变、颜色词使用频率、色彩与其他艺术手段相结合等四个方面对李清照的颜色词的使用技巧展开论述"[⑥]。以此对李清照词中的颜色词进行深入分析,并结合其生平经历及审美趣尚进行探索。综上,目前关于宋代文学作品中的颜色词的研究初具规模,然其研究一方面是从宏观角度进行分析,另一方面是以个案研究为主。因此,对个案研究亦有空白之处。而前人对陆游词的研究,主要围绕其词中的意象、内容特色、词风转变等展开,目前尚未对其词中包含的颜色词进行专门论述。鉴于

① 唐圭璋:《词话丛编》,中华书局 1988 年版,第 3421 页。
② 董佳:《宋词中的颜色词语》,《西北大学学报》(哲学社会科学版) 2012 年第 3 期。
③ 董佳:《宋词中颜色词的审美功能》,《渭南师范学院学报》2012 年第 9 期。
④ 曾若凡:《李清照词中的颜色词对比分析》,《科学咨询》(教育科研) 2019 年第 11 期。
⑤ 姜美:《论李清照词中颜色词的审美作用》,《文教资料》2012 年第 17 期。
⑥ 侯海燕:《论李清照词中的颜色词运用技巧》,《宁夏师范学院学报》2011 年第 4 期。

此，笔者将以陆游词中涉及的颜色词为研究对象，剖析其所具备的审美作用与文化内涵。希望能够对陆游词章的拓展研究有所补益。

一　陆游词中的颜色词

颜色词出现在文学作品中，最早可以追溯到《诗经》。《诗经》作者取材于生活，将五颜六色的社会生活，加以文人化的书写，因此就为后世呈现出色彩斑斓的《诗经》状貌。《诗经》为后代文学的发展在内容与形式两方面都树立了典范，颜色词的使用亦不例外。陆游在其诗词创作中也深受《诗经》之影响，然陆游更是受到花间派创作风格的影响。花间派距离陆游生活的年代更为接近，因此陆游在填词过程中会参考花间派的创作。清代王世禛在《花草蒙拾》中云："花间字法，最著意设色，异纹细艳丽，非后人纂组所及。"[①] 针对花间派在颜色方面的成就给予极大肯定，并认为其取得后人难以企及的成就。陆游就是在这些因素的影响之下，在自己填词过程中，锐意进取，大量使用颜色词，力求兼顾词境与词义，使得词达到视觉与感觉的融合。

本文以夏承焘和吴熊和笺注的《放翁词编年笺注》所收词篇涉及的所有颜色词为研究对象。根据笔者统计，陆游现存145首词作中，涉及颜色词的多达105首，约占其词作总量的72.4%。涉的主要颜色有：青、碧、翠、绿、红、黄、金、霜、朱、丹、粉、白、银等，根据前人对颜色词群的划分，本文在此亦借助中国传统的"五色"划分法。现将所涉及的颜色词按照"青""红""白""黄""黑"五个词群进行分类统计，具体的情况如下表：

《放翁词编年笺注》中的颜色词统计表

词群	青色						红色							黄色		白色								黑色			
数量	73个						67个							33个		46个								8个			
	28	4	13	24	3	1	38	3	4	2	8	11	1	11	21	4	4	6	7	2	5	6	11	1	3	1	3	1
颜色词	青	碧	翠	绿	苍	蓝	红	霞	紫	铜	朱	丹	赤	黄	金	白	粉	素	银	纨	玉	雪	霜	皤	黑	灰	乌	黛

---

① 唐圭璋：《词话丛编》，中华书局1988年版，第673页。

由上表可知，陆游在其 105 首词篇中使用了 227 次颜色词，使用频率由高到低的词群分别是：青色、红色、白色、黄色、黑色。同时在五个词群中灵活应运同类型颜色词，在不同场合中使用不同的颜色词，严格遵循客观实际，在此基础上充分发挥自己的主观能动性。此处划分标准仅参照颜色词的本义，后文中将对不同词章中出现的颜色词进行实义的分析。颜色词出现频率之高、涉及种类之多、使用范围之广，足以说明陆游在填词过程中对颜色词的钟爱。词人将颜色词纳入词篇之中，借助其本义、引申义与附加义，实现自己填词之初心——词境、词情与词义三者的高度契合。正如美国学者鲁道夫·阿恩海姆在《艺术与视知觉》中所说："色彩能够表达情感，这是一个无可辩驳的事实。"① 作者借助多样的颜色来呈现自己丰富的内心世界，并借此表达自己细腻的情感。颜色词的使用，不仅对意境的营造有至关重要的作用，而且在情感表达方面扮演着不可替代的角色。陆游通过形象可感的颜色词，丰满词篇内容，加强词章的文化内涵，可谓实现了一举多得。

二 颜色词的审美作用

陆游词中的颜色词屡见不鲜，作者抑或借助颜色词摹写色彩鲜明的客观事物，抑或通过使用不同的颜色词来凸显自身的审美趣尚，抑或通过色彩词来抒发自己独特的情感。现将陆游词章中颜色词的审美作用详列于下。

1. 摹写色彩鲜明的客观事物

陆游许多词中色彩的使用不是单一乏味的，而是综合使用各种颜色。词人熟练掌握各种颜色的搭配技巧，多种颜色互相平衡，鲜活生动地将色彩斑斓的客观事物呈现出来。此举不仅能够给读者以身临其境的真实感，而且能够营造出可感的意境。如《临江仙·离果州作》：

> 鸠雨催成新绿，燕泥收尽残红。春光还与美人同。论心空眷眷，分袂却匆匆。

———————————

① ［美］鲁道夫·阿恩海姆：《艺术与视知觉》，滕守尧、朱疆源译，四川人民出版社 1998 年版，第 457 页。

只道真情易写，哪知怨句难工。水流云散各西东。半朗花院月，一帽柳桥风。①

陆游在词题中交代清楚创作此词的地点——果州，也就是今天的四川南充。结合其生平经历，可知乾道八年（1772）四十八岁的陆游，离开夔州通判任，前往四川宣抚使王炎幕下任职，春日途经果州，有感而发作此篇。上阕首二句"鸠雨催成新绿，燕泥收尽残红"巧妙地借用色彩鲜丽的颜色词的搭配，将勃发的春机生动再现。极为强烈的红与绿的对比，以这样的笔法来调和红与绿实则是为了突出果州春景之繁华，使得这对比并不突兀，反而十分妥帖地描绘了果州之春光。在鸠鸟的鸣叫声中，将绵绵春雨呼唤到来。在春雨的洗礼之下，小草、树木，催成一片新绿。雨后，燕子将满地残败的红花和泥衔尽。作者将自己离开果州所见真实记录，鞭辟入里描摹出如"花褪残红青杏小"② 一般的实景。词的上阕营造出鸠鸟、燕子、残红、新绿等丰富的意象，颜色对比鲜明，工整对仗。更让人值得注意的是，其着色用对，更是贴切自然、精妙绝伦。上阕乐景的描绘，为下阕离别的哀情奠定了感情基调，完美地实现了以乐景写哀情。

除此之外，陆游词中还有诸多类似词句，描摹客观事物时融入大量颜色。现按照颜色多寡分为两类。第一类，一色为主。如"绿树暗长亭"（《浪淘沙·丹阳浮玉亭席上作》）、"红日宫砖暖"（《蓦山溪·送伯礼》）、"淡黄杨柳又催春"（《鹧鸪天·薛公肃家席上作》）、"危堞朱栏"（《满江红》）、"水亭幽处捧霞觞"（《浣溪沙·南郑席上作》）、"几点妓衣红"（《蓦山溪·游三荣龙洞》）、"山开翠雾"（《齐乐天·三荣人日游龙洞作》）等，上述词章作者多用一色，抓住所描绘客观事物的主要特征。第二类，多色浑融。如"待绿遮岸，红蕖浮水"（《苏武慢·唐安西湖》）、"放轻绿萱芽，淡黄杨柳"（《齐乐天·三荣人日游龙洞作》）、"粉破梅梢，绿动萱丛"（《沁园春·三荣横溪阁小宴》）、"两岸白蘋红蓼，映一蓑新绿"（《好事近》）、"乱红飞尽绿成阴"（《太平时》）、"三扇香新翠箬篷。蘋绿叶，蓼花红"（《渔父·灯下读玄真子渔歌因怀山阴故隐追拟》）、"朱桥翠径"（《谢池春》）、"江头绿暗红稀"（《上西楼》）、"绿苔红萼"（《解连环》）、

---

① 夏承焘：《放翁词编年笺注》，上海古籍出版社 2012 年版，第 37 页。
② 刘乃昌：《放翁词》，上海古籍出版社 1992 年版，第 148 页。

"素壁栖鸦应好在"（《赤壁词·招韩无咎游金山》）、"雪压青毡"（《汉宫春·初自南郑来成都作》）等。不难发现，陆游对颜色的使用可以说是信手拈来，如对比色的使用。对比色即是指存在明显色彩差异的两种词，包括色相、明暗、冷暖的差异。经笔者统计，陆游词中出现频率最高的对比色是红绿色，给读者产生一种强烈的视觉冲击。此外亦有红白色、白绿色以及黄绿色等，大胆的色彩浑融，使作品充满了艺术的张力与感染力，设色之中亦蕴藏无穷章法。

2. 彰显人物多样的主观情感

陆游的词如白话一般，易于理解，然在平易晓畅的词句背后，于不经意间却最是用心。词人将人物的主观情感暗含在所选用的颜色词中，虽没有做到"不著一字"，但却实现了"尽得风流"的艺术美。如《乌夜啼》：

> 金鸭余香尚暖，绿窗斜日偏明。兰膏香染云鬟腻，钗坠滑无声。
> 冷落秋千伴侣，阑珊打马心情。绣屏惊断潇湘梦，花外一声莺。①

纵观全词，不难看出这是一首艳词，词人"男子而作闺音"②，为其发声——寂寞孤独，并细致入微地描绘了上层贵妇之富丽堂皇。该词以"冷落"为感情基调，意境幽深。上片首句"金鸭"二字，颜色词金的使用，首先让我们知晓词所叙述的主人公出身于上层贵族阶级。女子闺房中镀金色的香炉中，尚存一丝余温，然在这偌大的房间里，似乎微不足道。夕阳的余晖照射在院中的树木上，照耀在涂上绿漆的窗户上。一个金字点明了身份，一个绿字渲染了环境，为读者理解女主人公的身份与所处的环境做好铺垫，更奠定了全词的感情基调。此后全词都围绕深闺寂寞妇女展开，一字一词尽显其孤独，此刻就连院中的秋千都是"冷落"的，女主人公的心境就显而易见了。词人巧妙地将女主人的身份与其处境进行对比，于对比之中凸显其寂寞孤独，这种巨大的反差将其情感表达推向高潮。此处颜色词的使用对情感的表现发挥了至关重要的作用。陆游娴熟地使用颜色词，无论是有意为之，还是不经意间为之，便于通晓词章主人公身上所蕴含的感情，不仅对读者接受其词减少阻力，更益于其词的传播与接受。

---

① 夏承焘：《放翁词编年笺注》，上海古籍出版社 2012 年版，第 171 页。
② 唐圭璋：《词话丛编》，中华书局 1988 年版，第 1449 页。

与此篇有着异曲同工之妙的《夜游宫·宫词》，陆游亦采用相同的创作技巧——融情于色。假借女子身份，既抱怨心上人的难以依靠，也感慨世事难料，并在创作中融入自身的处境，即感慨自己壮志难酬。全词如下：

> 独夜寒侵翠被，奈幽梦、不成还起。欲写新愁泪溅纸。忆承恩，叹余生，今至此。
> 蔌蔌灯花坠，问此际、报人何事？咫尺长门过万里。恨君心，似危栏，难久倚！①

"翠"在全词奠定了悲戚的感情基调，作为一个冷色调的词，难免使人读来悲怆。上片描写女子独守空房，漫漫寒夜，独身一人难以将翠被捂热。更有甚者，一夜幽梦萦绕，难以清醒。此处人物的活动，不是团圆欢喜的，而是冷清的"独夜"，使人滋生同情之心。想要将负心汉的种种行为控诉于纸，谁料想，却是一番"欲语泪先流"②的场景。回想携手度过的良辰美景，然时下处境令人堪忧，放眼未来，更是凄凄惨惨。词人生动鲜明地叙述了痴心女子负心汉的故事，对被辜负的女子深表同情。而这位女子身上亦暗含着作者自己的身影，这亦是作者的自我书写。纵观陆游一生，渴望建功立业，然却报国无门，他何尝不是被辜负的那一个？主人公的主观情感在"翠"色的协助下，表达得更加深入透彻。

3. 突出创作主体的审美趣尚

陆游在词中大量使用颜色词，使得其词更加丰满形象，从另一方面来看，颜色词的选用，也彰显了陆游的审美趣尚：追求色彩美、自然美，追求艺术美，追求内在美与外在美的融合。通览陆游的词篇，屡次使用颜色词，无论是实指还是虚指，都突出了作者的审美倾向。如《好事近》：

> 秋晓上莲峰，高蹑倚天青壁。谁与放翁为伴，有天坛轻策。铿然忽变赤龙飞，雷雨四山黑。谈笑做成丰岁，笑禅龛榔栗。③

---

① 夏承焘：《放翁词编年笺注》，上海古籍出版社 2012 年版，第 51 页。
② 徐培均：《李清照集笺注》上海古籍出版社 2002 年版，第 140 页。
③ 夏承焘：《放翁词编年笺注》，上海古籍出版社 2012 年版，第 139 页。

　　这首词有着天马行空的想象，因为结合陆游生平行迹，可知其一生并没有攀登华山的经历，因此作者发挥其无穷的想象力，描绘秋登华山之场景。展现了华山的巍然屹立，想象自己摇身一变为赤龙，在"黑云压城城欲摧"的处境下，盘旋在华山之上，此刻依然心系人民，渴求岁稔年丰。作者在此分别借助三个颜色词："青"——描摹华山，"赤"——刻画化身为龙的自己，"黑"——渲染环境。此举足以看出陆游不仅追求自然美，合理再现华山状貌，而且追求艺术美与色彩美，充分发挥其想象力，象征正义与希望的红色，让其身处"黑"的恶劣环境中依然能够所向披靡、无畏无惧。更值得一提的是，此处作者巧妙地利用黑与赤来平衡与调和色调，可以看出陆游不凡的审美趣尚。

　　这首词虽然是作者想象之作，但全词却是合情合理的。作者动静结合，赋予华山这一自然景观以静态的美，而且赋予自身强大的生命力与感情，想象自己成为正义的化身，尽管历经千难万阻，也要造福于人民。这首词的最终指向就在于此，陆游魂牵梦萦于"上马击狂胡，下马草军书"①的凌云壮志，心系苦难民众，希望通过贡献一己之力，造福人民。然而却是"胡未灭，鬓先秋，泪空流"②。

　　陆游的词作读来并不佶屈聱牙，这与作者在创作过程中采用简单明了的词汇与意象有关。颜色词的使用就是例证之一。词人借助颜色词，描绘色彩鲜明的客观存在，使被刻画对象的状貌形象可感，同时颜色词所营造的意境，也容易使得读者身临其境、感同身受。经笔者统计，陆游多次在颜色词中凸显自己年老而一事无成，或感慨，或戏谑，或自嘲。主要有以下 16 处："短鬓无多绿"（《赤壁词·招韩无咎游金山》）、"少壮相从今雪鬓"（《定风波·进贤道上见梅赠王伯寿》）、"雪霜从点鬓，朱颜在"（《感皇恩·伯礼立春日生日》）、"不妨青鬓戏人间"（《鹧鸪天·葭萌驿作》）、"忍教霜点相思鬓"（《蝶恋花·离小益作》）、"一事无成两鬓霜"（《鹧鸪天·送叶梦锡》）、"叹绿鬓，早霜侵"（《木兰花慢·夜登青城山玉华楼》）、"漫一事无成霜鬓侵"（《沁园春·三荣横溪阁小宴》）、"朱颜绿鬓，作红尘、无事神仙"（《汉宫春·张园赏海棠作园故蜀燕王宫也》）、"愁鬓点新霜"（《南乡子》）、"点鬓霜新"（《沁园春》）、"面苍然，鬓皤然"

---

① 钱仲联：《剑南诗稿校注》，上海古籍出版社 2005 年版，第 365 页。
② 夏承焘：《放翁词编年笺注》，上海古籍出版社 2012 年版，第 124 页。

（《长相思》）、"朱颜青鬓"（《谢池春》）、"镜里新霜空自悯"（《珍珠帘》）、"秋风霜满青青鬓"（《桃源忆故人·题华山图》）、"渐凋绿鬓"（《月照梨花·闺思》）。此类颜色词的使用，让读者读来不禁潸然泪下，作者力求能够有所作为，奈何世事艰难，难以遂愿。颜色词作为媒介，不仅使自我形象更加立体、丰满，而且有助于情感的抒发，作者寓情感于所取的意象与所营造的意境中，将自己凄情浓愁娓娓道来。此举足以窥探其精妙的填词章法以及对颜色词的表现力的重视，其审美趣尚更是自不待言。

三　颜色词的文化内涵

颜色词的产生源于人类对客观事物认识不断深入的过程中，这不仅仅是事物客观表现的结果，也是创作主体情感及心理状态的具体体现，因此其背后蕴含着深厚的文化内涵。通过分析陆游词中颜色词的使用，一方面可以剖析词人的心理，另一方面也可以了解宋代民众的习俗、文化、宗教等内容，有利于全面了解宋文化。现结合陆游词中出现频率较高的"红""青""黄"等，按照三个颜色词群的划分，来分析其文化内涵。

1. 红色

在陆游词中，红色既被用来描绘事物的色彩，如"斜阳废苑朱门闭""小槽红酒""红日宫砖暖""红云瑞霞"等，分别是对红色的门、红酒、红日、红云的描绘。此外，也有其文化意义的运用。首先"红"被用来描述花的颜色，进而在词中指代"花"意象。如"燕泥收尽残红""红绿参差春晚""一朵鞓红凝露""谁惜泥沙万点红""卷残红如扫""残红转眼无寻处"。这些词句中"红"都可以理解为红花。其次，"红"常常用来表示与女子相关的事物，在陆游词中涉及的有：

"红酥手"：此处是指女子的手；

"红泪伴秋霖"：此处专指女子所流之泪；

"红棉扑粉玉肌凉"：此处特指女性化妆所用之物；

"几点妓衣红"此处指女子所穿服装之颜色。

最后，"红"还有约定俗成的特殊的含义——"红尘"。如词句"插脚红尘已是颠"、"朱颜绿鬓，作红尘、无事神仙"、"酒隐红尘"和"况肯到红尘深处"，意思是人世、人生。

2. 青色

在表示绿色调的词中，青、翠、绿出现次数较为多，然其使用的效果与作用却是大相径庭的。其描绘客观事物颜色的词句在此不再赘述，此处特别指出其所蕴含的不同文化内涵。首先是"青门"，代指贫贱、低微。如"回首紫陌青门"，尤其"紫陌"与"青门"的对比，越发突出"青门"的象征性，再如"懒向青门学种瓜"和"青门后游谁记"亦是如此。其次是"青史"，代指史书，如"青史功名"，寓作者之理想于颜色中，读来一目了然。

值得一提的是，在青色系中的"绿"，在特定词境中并不是表示其本义，而是指黑色。如"短鬓吴多绿""叹绿鬓，早霜侵""绿云堆一枕""朱颜绿鬓，作红尘、无事神仙""渐凋绿鬓"。陆游多次在词中感叹年华流逝，无论是单独使用"绿"还是"红"与"绿"对比，都直观地表现了他外貌上的衰老。同时还要注意"绿"在特定词境中象征着尊贵，如"绿窗斜日偏明"和"记绿窗睡起"两处，只有拥有一定经济实力的大户人家，才能有财力将家中窗户漆成绿色，作者从小细节入手，于不经意间为读者传递重要信息。

3. 黄色

"金"和"黄"一样，都是可以用来表示黄色调的颜色词。然金色不仅表示事物本身的颜色，还象征着高贵的地位、富裕的家境。如"行对金莲宫烛""金鸭微温香缥缈""看金鞍争道""青骢正摇金辔""咫尺玉堂金马""金鸭余香尚暖""深闭金笼"等。在宋代，只有上层阶级或者富裕人家才有一定的经济实力使用金色的器皿与物件。因此作者在选用颜色词之时，也是颇费心思。既要符合主人公的身份，又要与所描绘事物妥帖。此外，金色与其他词汇搭配，特指酒具。如"花覆金船"、"金杯到手君休诉"和"烛焰动金船"三例，都是指喝酒所用器具，可以窥探出宋代酒文化之发达，不仅饮酒风气盛行，而且对饮酒器具有所考究。

"黄色"也暗含与中央统治集团相关的事物。如"沙堤黄阁"与"黄阁紫枢"中的"黄阁"都是指朝廷的行政机构。更值得注意的是，"黄色"在陆游笔下还有一定的宗教象征。如"卷罢黄庭卧看山"、"谁见五云丹灶，养黄芽初熟"和"黄庭读罢心如水"，这些都是道家的专业术语，"黄庭"是道经的代指，是道家的养生之书，而"黄芽"是道家烧炼的术语。由此，不仅可以知晓陆游个人的宗教倾向，有助于对其词作的解读，进一步了解其人，而且能够对宋代道教的发展有一定的了解。

通过分析陆游词中不同颜色词所蕴含的文化内涵，不仅为解读陆游的词提供了诸多便利之处，同时，也有利于读者了解宋代社会政治、经济、文化、宗教等的状貌，可谓一举多得。当然陆游词中的其他颜色词亦包含诸多文化内涵，由于篇幅有限，不一一论述。

陆游"渭南文"综论

朱迎平

（上海财经大学 人文学院）

摘要： 爱国诗人陆游又是宋代杰出的文章家。陆游在文章创作上骈、散并擅，在古文、四六两大领域都取得了杰出成就。其古文创作继承唐宋大家的优良传统，又努力开拓创新，在南宋文坛卓然独立；其四六文述事陈情，驰骋议论，应对公务，充分而得体地发挥了骈体的特殊作用，在南宋四六中自成一家。渭南文的鲜明特点表现为内容基调突出、文学特质突出和个性风格突出：强烈的"娱忧舒悲"和丰富的文人情趣是其内容基调，长于记叙、抒情，文学性强是其表述特点，自然稳健、秀雅凝练是其个性风格。渭南文在南宋文坛上，无论就思想内容还是艺术创造性而言，都应该归入"第一流"之列。

关键词： 陆游；渭南文；综论

南宋伟大的爱国诗人陆游，又是两宋文坛上杰出的文章家。由于陆游诗歌的突出成就和重要地位，也由于南宋散文向来不受重视，长期以来，陆游的文名为诗名所掩。大多数文学史只论其"剑南诗"而不及其"渭南文"；各种陆游诗集、诗选层出不穷，而陆游的文集、文选则难觅踪影。这是陆游研究中极大的偏颇。历代文学家中，有偏长于一体的，也有兼擅诸体的。如李白、杜甫是伟大的诗人，但文章流传很少；韩愈、柳宗元是古文大家，而诗作也都在唐诗中占据重要地位。宋代文学家的文化修养往往更为全面。欧阳修、苏轼都是诗、词、文俱精，并有突出成就，欧阳修还是史学家、金石学家，苏轼则又是著名的书法家和画家。陆游也是如此，他不但以"剑南诗"著称，"放翁词"亦多有名篇，他又是史学家和书法家，而他在文章创作上的成就，更足以与其诗歌成就相颉颃。

陆游的文章创作理论

陆游颇以文章自负，其《上辛给事书》自述学文心得有云：

> 某束发好文，才短识近，不足以望作者之藩篱，然知文之不容伪也，故务重其身而养其气。贫贱流落，何所不有，而自信愈笃，自守愈坚，每以其全自养，以其余见之于文。文愈自喜，愈不合于世。夫欲以此求合于世，某则愚矣，而世遂谓某终无所合，某亦不敢谓其言为智也。①

这段文字明显承袭韩愈之说，但反映的则是对自己文章的自信。陆游的这种自负更可从其诗集《剑南诗稿》与其文集《渭南文集》分别编纂上看出，他称"《剑南》乃诗家事，不可施之文，故别为《渭南》"。② 可见陆游认为"诗家事"与"文章事"有别，自己的诗、文各有其独立的价值，故诗、文不宜合刊，不应相淆。宋人文集，或仅存诗，或仅存文，更多的是诗文合集，像陆游这样诗文分编、各自命名的情况极为少见。陆游不仅以"诗家"自命，也确以文章自得，并有丰富的文章创作理论。

陆游从自己的学文经历中，体悟出文章"与至道同一关捩，惟天下有道者，乃能尽文章之妙"的道理。他在《上执政书》中说：

> 某小人，生无他长，不幸束发有文字之愚，自上世遗文、先秦古书，昼读夜思，开山破荒，以求圣贤致意处，虽才识浅暗，不能如古人迎见逆决，然譬于农夫之辨菽麦，盖亦专且久矣。原委如是，派别如是，机杼如是，边幅如是，自六经、左氏、离骚以来，历历分明，皆可指数。不附不绝，不诬不紊，正有出于奇，旧或以为新，横骛别

---

① 陆游：《上辛给事书》，《渭南文集》卷13，《陆游集》第5册，中华书局1976年排印本，第2087页。

② 陆子通：《渭南文集跋》，《渭南文集》卷首，《陆游集》第5册，第2491页。

驱，层出间见。每考观文词之变，见其雅正，则缨冠肃衽，如对王公大人；得其怪奇，则脱帽大叫，如鱼龙之陈前、枭卢之方胜也。间辄自笑曰："以此娱忧舒悲，忘其贫病，则可耳。持以语人，几何其不笑且骂哉！"诚不自意，诸公闻之，或以为可。书生所遭如此，虽穷死足以无憾矣。……夫文章小技耳，然与至道同一关捩。惟天下有道者，乃能尽文章之妙。①

依据这种文与道之关系，陆游主张言为心声，文不容伪；文如其人，观文知人。他说："君子之有文也。如日月之明，金石之声，江海之涛澜，虎豹之炳蔚，必有是实，乃有其文。夫心之所养，发而为言，言之所发，比而成文：人之邪正，至观其文则尽矣决矣，不可复隐矣。"又说："贤者之所养，动天地，开金石，其胸中之妙，充实洋溢，而后发见于外，气全力余，中正闳博，是岂可容一毫之伪于其间哉！"②

基于此，陆游对南渡初期丧乱流离中产生的文章评价极高。他一则曰："我宋更靖康祸变，高皇帝受命中兴，虽艰难颠沛，文章独不少衰。得志者司诏令，垂金石；流落不偶者，娱忧舒悲，发为诗骚：视中原盛时，皆略可无愧，可谓盛矣！"③ 二则曰："迨建炎、绍兴间，承丧乱之余，学术文辞，犹不愧前辈。"④ 建炎、绍兴之文，自然主要指慷慨昂奋、力主抗战、痛斥投降之文，对于此类大气磅礴之作，陆游竭力推崇。如《傅给事外制集序》称："文以气为主，出处不愧，气乃不挠"，并谓傅氏"白首一节，不少屈于权贵，不附时论以苟登用，每言虏，言畔臣，必愤然扼腕裂眦，有不与俱生之意；士大夫稍有退缩者，辄正色责之若雠。一时士气为之振起，今观其制告之词，可概见也"。⑤ 在陆游看来，这些"愤然扼腕裂眦"之作，正是表达了时代的心声。与此同时，陆游又强调："以文知人，非必巨篇大笔、苦心致力之词也，残章断稿，愤讥戏笑，所以娱忧舒悲者，皆足知之。甚至于邮传之题咏，亲戚之书牍，军旅官府仓猝之间，符檄书判，类皆可以洞见其人之心术才能，与夫平生穷达寿夭，前知逆

---

① 陆游：《上执政书》，《渭南文集》卷13，《陆游集》第5册，第2085页。
② 陆游：《上辛给事书》，《渭南文集》卷13，《陆游集》第5册，第2087页。
③ 陆游：《陈长翁文集序》，《渭南文集》卷15，《陆游集》第5册，第2117页。
④ 陆游：《吕居仁集序》，《渭南文集》卷14，《陆游集》第5册，第2102页。
⑤ 陆游：《傅给事外制集序》，《渭南文集》卷15，《陆游集》第5册，第2112页。

决，毫芒不失，如对棋枰而指白黑，如观人面而见其目衡鼻纵，不待思虑搜索而后得也。何其妙哉！"① 可见，除了垂诸金石的"巨著大笔"，陆游同样重视"愤讥戏笑""娱忧舒悲"的短篇小文，只要是抒写真情，同样是能洞见人心的好文章。

在文章传统方面，兼擅古文、四六的陆游对二体的相互消长有着清醒的认识："自汉、魏之间，骎骎为此体（按指骈体），极于齐、梁，而唐尤贵之，天下一律。至韩吏部、柳柳州大变文格，学者翕然慕从。然骈俪之作，终亦不衰……本朝杨、刘之文擅天下，传夷狄，亦骈俪也。及欧阳公起，然后扫荡无余。后进之士，虽有工拙，要皆近古……则欧阳氏之功，可谓大矣。"② 他论及科举对文章的影响时又说："故自科举取士以来，如唐韩氏、柳氏，吾宋欧氏、王氏、苏氏以文章擅天下者，莫非科举之士也。"③ 陆游对文体演进的概括，对唐宋大家的揭举，都是十分准确的。与此同时，他对当时文坛偏离古文优良传统的倾向也提出了尖锐的批评，如指出："近时颇有不利场屋者，退而组织古语，剽裂奇字，大书深刻，以眩世俗，考其实，更出科举下远甚，读之使人面热。"④ 又如说当时"或以纤巧摘裂为文，或以卑陋俚俗为诗，后生或为之变而不自知"。⑤ 这些都说明，在古文优良传统的继承上，陆游是一位清醒而自觉的文章家。

陆游的古文、四六文创作成就

宋代自欧阳修接续韩柳传统、重倡古文以后，王、曾、三苏继起，文坛纷纷响应，古文逐渐占据了主导地位；与此同时，讲求骈俪的四六之文仍然据守着传统地盘，继续在社会生活中发挥着作用。同宋代大多数文章家一样，陆游于文章创作上骈、散并擅，在古文、四六两大领域都取得了杰出的成就。以下分别述之。

---

① 陆游：《上辛给事书》，《渭南文集》卷13，《陆游集》第5册，第2087页。
② 陆游：《入蜀记》四，《渭南文集》卷46，《陆游集》第5册，第2442页。
③ 陆游：《答邢司户书》，《渭南文集》卷13，《陆游集》第5册，第2088页。
④ 陆游：《答邢司户书》，《渭南文集》卷13，《陆游集》第5册，第2088页。
⑤ 陆游：《陈长翁文集序》，《渭南文集》卷15，《陆游集》第5册，第2117页。

一 陆游的古文成就

对于欧、苏奠定的北宋古文传统，陆游是自觉的继承者，他在文章创作上的成就，也主要体现在古文领域。平易畅达的宋代古文，应用范围大为拓展，举凡论政言事、说理论道、言志抒怀、寄情遣兴、叙事记人、状景述游，直至伤悼哀祭、立传树碑等，几乎无施不可。陆游的古文充分体现了这一特点，尤其在奏札、序记、跋文、碑志、哀祭等体类中取得了突出的成就。

（一）奏札文

对于论政言事、垂诸金石的"巨篇大笔"，陆游向来十分推崇，而《渭南文集》中札子、奏状诸体，也不乏可圈可点之作。坚持抗金，力主恢复，是陆游一生孜孜不倦的追求目标，也是贯穿其大部分奏札之文的中心思想。如隆兴和议订立之前，陆游在《上二府论都邑札子》中列举历代"舍建康而他都"的教训和"驻跸临安"的不利因素，主张"及今当与之约，建康、临安皆系驻跸之地，北使朝聘，或就建康，或就临安。如此，则我得以闲暇之际建都立国……不一二年，不拔之基立矣"。① 宋室南渡后，建都临安还是建康，一直是投降派和抗战派争论的一个焦点。陆游明确地提出将建康建成恢复中原的"不拔之基"，鲜明地体现了他的抗战立场，文章援古证今，正反对照，颇具说服力。又如淳熙十三年的《上殿札子》，陆游由孝宗称赞苏轼"气高天下"一语引发议论："窃谓天下万事，皆当以气为主，轼特用之于文尔。"然后列举北宋韩琦、富弼、文彦博、唐玠、包拯、孔道辅之勋劳、风节，强调其"大抵以气为主而已。盖气胜事则事举，气胜敌则敌服。勇者之斗，富者之博，非有他也，直以气胜之耳"。这显然是在激励坚持抗金的士气。后文又提醒孝宗对这种士气要"作而起之，毋使委靡；养而成之，毋使沮折"，努力达到"人才争奋，士气日倍"。② 全文引申发挥，婉转自然，谆谆告诫，诚笃恳挚，文句多用排偶，极富气势，可称奏札佳作。其他如绍兴末年的《代乞分兵取山东札子》谋划军事，力主抗敌；淳熙十三年《上殿札子》预测形势，提出"力

---

① 陆游：《上二府论都邑札子》，《渭南文集》卷3，《陆游集》第5册，第2000页。
② 陆游：《上殿札子》，《渭南文集》卷4，《陆游集》第5册，第2002页。

图大计，宵旰弗怠"；淳熙十六年《上殿札子》奏请"轻赋"，以救民之贫等，也都论事剀切，说理周详。再如绍兴三十二年应孝宗征求"当今弊事"之诏所上《条对状》，一气罗列了七项举措，洋洋洒洒，逐条阐述，援古证今，观点鲜明，充分体现出陆游议事论政的能力。

（二）序记文

叶适曾准确地揭示："韩愈以来，相承以碑志、序记为文章家大典册。"① 其中尤以序记类文体功能最为广泛，表达最为灵活。序记文可以叙事，可以议论，可以状景，可以抒情，几乎无施不宜，最能见出作者的才情风采，故为唐宋古文家特别看重。陆游的这类"大典册"之作总计七卷、八十八首，约占文集篇目总数的1/8，数量十分可观。

陆游序记文的题材极为广泛，内容极为丰富。它们或纵笔评诗论文，或慷慨娱忧舒悲，或记录营造始末，或依托居室遣怀，展现出作者多姿多彩的精神世界。陆游深得诗体三昧，其诗论也是见解独到，体验深切。如《澹庵居士诗序》揭示"悲愤积于中而无言，始发为诗"的现象，② 阐明诗歌创作的重要规律，与欧阳修"诗穷而工"的观点可谓一脉相承。又如《曾裘父诗集序》认为居庙堂之高，"得志而形于言"固然是"言志"；处江湖之远，"自道其不得志"，也是一种"言志"；甚至"安时处顺，超然事外"，发为"冲淡简远"之文辞，同样是"言志"。③ 这三类"言志"囊括了诗人的各种生活体验，大大拓展了传统的"诗言志"的内涵。他为自己旧作所写的《长短句序》，勾画了音乐和乐辞的变化过程，阐明了词体的源流，并对自己的词作表达了既悔"吾过"但又"犹不能止"的复杂心情，在宋代士大夫中颇有代表性。"娱忧舒悲"是陆游诗文作品的中心，这种基于家国情怀的忧患和悲愤在序记文中更多地在怀古忆旧、状景叙事中流露出来。《东屯高斋记》凭吊杜甫遗迹，感叹其身世，如同贾谊之吊屈原，"吊杜甫"实际是"自吊"。《师伯浑文集序》借伯浑高才而不遇，"放意山水，优游以终天年"，同样寄托了深沉的命运之叹。除了个人身世之感，"娱忧舒悲"同时包含着对国家命运、抗金形势的关切和期盼。作于成都的《筹边楼记》和《铜壶阁记》，都明确提出收复失地的主张，期

① 叶适：《习学记言序目》卷49，中华书局1977年版，第733页。
② 陆游：《澹庵居士诗序》，《渭南文集》卷15，《陆游集》第5册，第2110页。
③ 陆游：《曾裘父诗集序》，《渭南文集》卷15，《陆游集》第5册，第2114页。

盼主帅举此"大事";《庐帅田侯生祠记》在开禧北伐失败的背景下，称颂田琳抗敌"光明卓绝"的功业，坚信"祀典之请，必有任其事者"，不屈的意志正可与"王师北定中原日，家祭无忘告乃翁"的绝笔诗互相发明。记录营造的记文，在陆游记文中占很大比例，他区别对象，应对得体，议论正大，挥洒自如，充分体现出大家风范。楼阁斋堂之记，在记录营造始末之余，多以阐释命名、发挥大义为主旨。陆游的《静镇堂记》《万卷楼记》《对云堂记》《圜觉阁记》等，都是释义准确，立意高远，颇具高屋建瓴之势。佛寺殿院之记数量颇多，但阐释佛理的并不多见，更多的是在记叙佛寺兴废的基础上，或揭示其折射出的社会治乱规律（如《黄龙山崇恩禅院三门记》），或颂扬佛徒的坚忍不拔，揭露士大夫的苟且偷安（如《建宁府尊胜院佛殿记》）。另有一组陆游记述自己居处、遣怀抒情的记文，尤能见出作者的真实性情，历来最为传诵。如《书巢记》铺叙自己的居室如书籍堆成之巢，展现坐拥书城、孜孜不倦、老而弥笃的情景；《居室记》诉说自己率性自适，随遇而安的老年生活和心境，写得平和坦适，体现了一种超脱的人生感悟。

陆游的序记文恪守文体规范，或"以叙事为主"，或"以议论杂之"，①而少有主于议论的"破体"之作。其作品叙述明晰，议论点睛，叙议结合，格局多变，写景状人，形神皆备。这近九十首序记文可谓精彩纷呈，不愧为古文家的"大典册"。

（三）跋文

题跋文勃兴于宋代，并迅速成为士大夫十分喜爱并大量使用的文体。作为宋代题跋名家之一，陆游的跋文数量颇多，凡六卷二百五十余首，且特色鲜明，足以自成一家。

陆游这些短篇小简的最大价值，在于它们全面而典型地反映了宋代士大夫丰富的精神世界。《跋李庄简公家书》《跋傅给事帖》《跋韩干马》《跋曾文清公奏议稿》等篇章，都在怀古忆旧之中，流露出感念时事、娱忧舒悲的浓厚家国情怀。而《跋花间集》《跋东坡七夕词后》《跋中兴间气集》《跋渊明集》《跋欧阳文忠公疏草》等品评诗文之作，或为正面阐述，或作引申发挥，或抒直觉，或掉书袋，往往见解独到，一语中的。陆游是书法名家，他的大量书画跋文可见出其书艺渊源所自和艺术趣味所在。对

---

① 徐师曾：《文体明辨序说》，《历代文话》第 2 册，复旦大学出版社 2007 年版，第 2116 页。

《兰亭序》《乐毅论》等名家碑帖，对苏轼、黄庭坚等前辈遗墨，陆游都有精彩评述，而《跋司马端衡画传灯图》《跋画橙》《跋韩晋公画牛》《跋韩干马》等画跋，都展现出他对绘画的非凡鉴赏和联想能力。陆游继承家族的藏书传统，终身以藏书为乐，他还亲自参与刻书活动，刻书二百余卷。大量的藏书、刻书跋文，记录着其中的甘甜苦涩，也充满着"书痴"的无限情趣。除文学和艺术之外，陆游广泛涉猎经、史、子三部和佛、道二藏，儒家的易学、书学，子部的诸子、典制、考据、金石、杂学，佛家的经典、语录，道家的经论、歌诀，等等，都在他的视野之中，其题写的各类载体达六十余种，反映出作者宽阔的学术视野和丰富的精神追求。陆游一生交游极广，其中最多的还是中下层士大夫，乃至布衣乡邻。他亲身结识的故人、经历的故事、读过的旧书遗墨，都写入了相关跋文，充满着追昔忆旧、怀念故交的浓郁情怀。而所有这些跋文，展示了士大夫精神生活的多种侧面，使我们看到了一个有血有肉的真实而丰富的陆游。

陆游的跋文作品有的直抒胸臆，袒露真情，有的幽默诙谐，情趣盎然；体式多种多样，表述多姿多彩，具有鲜明的文学色彩。在宋代题跋创作中，他大力开拓用跋文直抒胸臆的功能，并在感念时事中渗入家国情怀，提升了跋文的内涵和境界。他的作品更为全面地展现出文人士大夫的丰富精神世界，并在跋文体式和表述上作了更多的探索，为文学类题跋的创作开辟了更为广阔的道路。

（四）碑志文

碑志文的源头是碑文，从"识影、系牲之用"到"纪功德"、求"不朽"，①经历了漫长的发展过程。唐宋以降，用于墓葬的墓志铭和墓碑文成为碑志文的主体，宋人文集中普遍有大量的此类作品。陆游的碑志文总量有十卷五十三首，除六首碑文外，均为铭墓之作，是其叙事类文章的重要组成部分。

神庙家庙和佛寺道观是陆游六篇碑文的主要题材，都选取重大题材和重要人事为对象，记录其历史的变迁沿革，突出其传承垂范的价值。《成都府江渎庙碑》和《严州乌龙广济庙碑》两篇山川神庙碑尤为精彩，二者均为民间的山川之祀，体现出神祇的超自然之力和民众的虔敬之心。陆游将经典和传说、想象和文采熔于一炉，展现出雄浑磅礴的气势，可称碑文

---

① 徐师曾：《文体明辨序说》，《历代文话》第 2 册，第 2115 页。

中的精品。陆游的墓葬碑文主要有墓志铭、墓表、圹记、塔铭几类，其对象主要是陆氏族人、交往师友、朋友亲属和高僧禅师。陆游为曾几所撰的《曾文清公墓志铭》突出恩师的立身大节，颂扬其高尚人格，体式严谨，又洋溢着充沛的情感，是墓志铭的典范之作。为几位布衣朋友所作的《方伯谟墓志铭》《陈君墓志铭》《何君墓表》等，则少受体式束缚，写得尤为放开，感情真挚充盈，颇具文学色彩。陆游为多位族人撰写的铭墓之文，梳理了陆氏先祖的源流变迁，留下了研究陆氏家族的珍贵史料。陆游为爱女所作的《山阴陆氏女女墓铭》，对夭折的幼女无比挚爱又深切自责之情喷涌而出，令人无不动容。陆游为之铭墓者，少有达官富豪、上层显贵，而多为中下层官吏、士大夫，乃至布衣平民，记载了一批鲜活的中下层人物形象，体现了博大的亲情、友情和平民情怀。

陆游的碑志文写作，大都中规中矩，坚持文体的体式规范，以记事写人为主；偶有"破体"之作，如《严州乌龙广济庙碑》《何君墓表》插有大段的议论，但仅是特例。陆游是杰出的史家，他以修史之笔撰写碑志文，叙事赅要，完备简洁，注重细节描绘，传神出彩，具有独到的魅力。他精心结撰碑志文的铭文部分，体式丰富，文采允集，体现出史学家叙事功力和文学家铺采摘文的完美结合，同样能见出"文章家大典册"的风范。

（五）哀祭文

哀祭文是祭奠死者、抒写悲哀的文类，主要包括诔文、哀辞、吊文、祭文等文体。唐宋以降使用得最为普遍的是祭文，其突出特点是专主抒情，因而表现出鲜明的文学色彩。陆游所作哀祭文共二十三首，数量虽不算多，但颇具典范性。

陆游祭文的哀悼对象十分广泛，有朝廷重臣，也有文坛名家；有生平挚友，也有家属亲人；此外如皇族、女眷、循吏、方外等，也都入其笔下。其中祭奠挚友和亲属的篇章尤其写得深情动人。由于这些对象大部分是身边的亲人、朋友或同僚，都是自己生命中与之有过交集的人物，因此陆游抒发悲痛的切入点，往往就是二者之间的交集点。如告慰五子子约的《祭十郎文》、祭奠亲家许氏的《祭许辰州文》、悼念布衣朋友的《祭方伯谟文》，都写得如怨如慕，如泣如诉，情真意切，荡气回肠。陆游还在抒情中穿插与悼念对象相关细节的回忆描述，从而使祭文抒写的悲恸更具震撼人心的力量，如《祭周益公文》《祭张季长大卿文》等，都用生动的细节突出了送别挚友时刻骨铭心的伤痛。《尤延之尚书哀辞》则别开生面，通篇采用骚体，配以繁缛的辞藻文采，句句用韵，一韵到底，一气呵成，由对尤袤去世的哀悼引发出对整个文坛衰败的哀悼，将对一人之悲情升华为深邃的历史悲情，成就了哀祭文体史上罕见的雄文大篇。

体式繁复、使用灵活是陆游哀祭文的一大特点。其辞有韵语，有散文，有俪辞；韵语之中，又有四言、杂言、骚体等多种体式。其中大部分篇章写得情深词简，如《祭朱元晦侍讲文》："某有捐百身起九原之心，有倾长河注东海之泪。路修齿耄，神往形留。公殁不亡，尚其来飨。"① 陆游在特定的历史条件下，用最简省的文字，表达出最强烈的痛悼之情，弃华藻，入沉潜，成就了哀祭文的又一典范之作。

除上述之外，在书、传、铭、赞、杂书等文体中，陆游古文也都有不俗的表现，《上辛给事书》《姚平仲小传》《书浮屠事》《放翁自赞》等，都是其中脍炙人口的名篇。总之，陆游的古文创作一方面继承了唐宋大家的优良传统，另一方面又努力开拓创新，在南宋文坛卓然独立，自成一家。

二 陆游的四六文成就

六朝成熟的骈俪之文，经唐宋古文运动的反复冲击，渐渐退出了文坛的主导地位，但仍在庙堂文书、文人交际等领域普遍使用。欧、苏在大力倡导古文的同时，努力融散入骈，以古文为四六，变格为文，开创了不同于"唐体"的"宋四六"新体式。宋代文人普遍兼擅骈散，以之应对仕途和社会生活中的不同需求。作为文章大家的陆游，在古文创作领域取得杰出成就的同时，在四六文写作方面同样成为翘楚。陆游的四六文主要涉及表、笺、启、疏文、祝文、青词、劝农文、致语等文体，总数达二百五十余首，占到渭南文集总篇数的1/3，是陆游文章中不可忽视的组成部分。

（1）表笺文

作为直接呈递皇帝和太后、太子所用的上行文书，表笺文在古代文体中具有特殊地位，宋代使用四六之体以示典重，并被列入词科专用文体。对表笺文的作者来说，这是与最高统治者的直接交流，关系身家出处，不

① 陆游：《祭朱元晦侍讲文》，《渭南文集》卷41，《陆游集》第5册，第2394页。

容丝毫的疏忽怠慢。陆游仕途并不顺畅，所作表笺文数量不能算多，总计五十余首作品中约一半为以自己名义所呈递，另一半所谓"南宫表笺"则是任职礼部郎中期间代丞相拟写之作。这些表笺文的功能，主要有庆贺、陈谢、请劝几类。

由于是应用性文书，表笺文常被视为官样文字、陈词滥调，其实对于作者来说，它们同样具有不可忽视的价值。陆游的七首到任、离职谢表，都与陆游的生平出处直接相关。其中诚然少不了感恩戴德、尽忠报国的表态，但不少地方还是陆游在特定背景下真情实感的流露，是考察陆游生平和心路历程的重要第一手材料。如《福建到任谢表》称："侵寻半世，转徙两川，三为别乘之行，再忝专城之寄。五十之年已过，非复壮心；八千之路来归，恍如昨梦。"① 将蜀中八年的奔波生涯和内心世界，浓缩在短短几联对句中，吐露出无限感慨、无比辛酸。文中每每提及自己的家世出身，所谓"元祐党家""先臣孤学"，凸显陆氏家族的政治、学术和文学传统，这是陆游引为自豪的立身根基，也是其高尚人格形成的渊源，同样值得注意。陆游生命最后三年中所上表笺达十首之多，占总数的1/5，除祝贺叛贼吴曦被诛杀的三首贺表、贺笺外，其余都反映了"开禧北伐"失败后这位耄耋老人对现实政治的担忧以及对终身信念的坚守。《落职谢表》在强调自己晚景凄凉、内心惶恐的同时，却并无认罪乞求之词，末尾"尸居余气，永无再瞻轩陛之期；老生常谈，莫叙仰戴丘山之意"② 一联，包含着与朝廷决绝告别之意，也保留了一份自尊和执着。

表笺文的第一要义是"得体"，这就需要区别对象，稳妥措辞。如淳熙十六年立光宗李皇后之时代丞相所拟的五首贺表贺笺，其对象分别为寿皇（孝宗）、皇帝（光宗）、皇太后（高宗吴皇后）、寿成皇后（孝宗谢皇后）和皇后（光宗李皇后）。这是最高统治集团内部的权力大调整，关系错综复杂，陆游区别对待，各有侧重，使其各得其所，处理得极为得体。上述晚年的《落职谢表》一文态度不卑不亢，措辞委婉有力，同样体现了"得体"的要义。陆游表笺文的总体风格以简洁精致为特色，与其古文风格相近。其作品在程序化倾向更为明显的同时，格外注意锤炼独创性的对句，达到了巧妙而精致的效果。

---

① 陆游：《福建到任谢表》，《渭南文集》卷1，《陆游集》第5册，第1975页。
② 陆游：《落职谢表》，《渭南文集》卷1，《陆游集》第5册，第1979页。

（二）启文

古代的"启"体经历了由表奏类公文向官场交际文体演变的过程。宋代启文功能、篇幅、体式逐步固定，语体全用四六，应用也更为普遍，成为宋代仕途交际的必备文体，宋人文集中几乎家家有启。故周必大有云："仕途应用，莫急笺启。"陆游的启文之作共七卷一百一十五首，在《渭南文集》中数量仅次于跋文，几乎占到其四六文总数的一半，值得充分重视。这些启文主要包括谢启（谢除授、谢到任）、贺启、答启、上启（致上司）、与启（致平级）、问候启等，受启对象包括朝廷宰执、京朝官、地方官等，总计八十余人。

作为官场必用的交际文体，陆游的全部启文，从首获发解后所作的《谢解启》，到致仕后所作的《答胡吉州启》，构成了其仕宦生涯的全记录。陆游启文的内容涉及面极广，而抗金报国、收复中原的毕生志向，也时时体现于其中。隆兴初，抗金老将张浚任枢密使，执掌东南军事大权，陆游致启祝贺，对于抗金策略，提出要有"必取之长算"，更需"熟讲而缓行"，① 并表明了自己愿执鞭效力的鲜明态度。陆游到达蜀地之后，迫切希望加入前线幕府，致启王炎，称自己"抚剑悲歌，临书浩叹，每感岁时之易失，不知涕泗之横流。……奋厉欲前，驽马方思于十驾；羁穷未慭，沉舟又阅于千帆。……心危欲折，发白无余。如输劳效命之有期，顾陨首穴胸而何憾"，② 表达了奋厉向前、抗金报国的意志。蜀地东归之后，陆游对偏安局面发表了一针见血的见解，并曾在启文中称："某少颇激昂，老犹矍铄。志士弗忘在沟壑，固当坚马革裹尸之心；薄福难与成功名，第恐有猿臂不侯之相"，③ 表明自己虽万里封侯之功名难成，但马革裹尸之壮心不变。

感慨身世，袒露心声，也是陆游启文中值得关注的内容。陆游每获除授迁转，都要向朝廷宰执和有关官员致送谢启。如《谢梁右相启》云："伏念某乡校孤生，京尘下吏。学徒尽力，徐而察之则鹢退飞；仕已冥心，非敢后也而马不进。顷者南游七泽，西上三巴，缪见推于文辞，因颇交其秀杰。爱憎遂作，誉毁相乘，肆为部党之谗，规动朝端之听。虽渐能忍

---

① 陆游：《贺张都督启》，《渭南文集》卷7，《陆游集》第5册，第2030页。
② 陆游：《上王宣抚启》，《渭南文集》卷8，《陆游集》第5册，第2039页。
③ 陆游：《谢周枢使启》，《渭南文集》卷11，《陆游集》第5册，第2065页。

事，听唾面之自干；犹竞起浮言，至擢发而莫数。湏洞风波之上，流离道路之旁。"① 此类自述在谢启、上启中几乎每首都有，其中的伤感、愤懑、感慨、无奈，为我们留下了彼时彼地作者真情实感的记录。尤其是出知严州前后的十余首谢启，将陆游面临仕途转机时的欣悦憧憬、屡遭诬陷攻讦的痛苦委曲、对自己发展前景的低调期待等等复杂微妙的心理，表述得淋漓尽致，展现了士大夫在坎坷仕途上的真实内心世界。

陆游启文具有较为鲜明的特色。使事用典是四六文的基本表现手法，陆游启文中也用传统的经史之典，但更喜突破陈事，使用唐宋新典。他善于运用剪裁、融化之法，体现出文章大家驱遣典故、融会意境的功力。不少启文明显带有古文的气息，叙述流利，议论酣畅，体现了宋四六的特色。在南宋日趋冗滥庸俗的官场交际活动中，陆游启文植根于浓郁的诗人气质和深厚的文化底蕴，直抒胸臆，展露真实心声和人生感悟，在大量同类作品中脱颖而出，自成一家。清代孙梅在《四六丛话》中将陆游列为唐宋启文八家之一，称道其作品"素称作达，语带烟霞"，给予很高的评价。

（三）疏文等其他文体

宋代四六除用于制诰、表笺等朝廷公文和启文等交际文书外，还普遍在宗教活动、民间祭祀、聚会娱乐等场合使用，表现出向民间渗透的倾向。陆游此类作品也作有不少，主要有佛教活动所用疏文，道教活动所用青词，谒庙祈雨等祭祀活动所用疏文、祝文，春耕所用劝农文，节庆娱乐所用致语，总计约九十首，而尤以疏文、祝文为多。这些四六文虽非庙堂巨制，陆游也精心撰写，颇有特色。

疏文为佛事活动常用的文体，道教活动亦有用之。疏文可分为道场疏、募缘疏、法堂疏等细类。道场疏为佛家庆祷之词，又称生辰疏、功德疏；募缘疏为佛徒广求众力之词，凡修建寺庙、经像及求取衣食、度牒等，必撰疏以募之；法堂疏者乃长老主持之词，法师未至用以启请，既至用以开堂，将行用以相送。陆游所作共五十首，各类均有。他为天申节、瑞庆节之类皇帝圣节所作的道场疏、功德疏都写得庄重肃穆，堂皇典雅。他为各地修造寺庙佛殿及信徒求取度牒写有大量募缘疏，力陈理由，竭力成全。他为启请高僧说法撰写的法堂疏，精于佛典，多用禅语，表现出极高的佛学修养。不少疏文运用禅宗的机锋和惯用的语汇，有的还颇为诙

---

① 陆游：《谢梁右相启》，《渭南文集》卷11，《陆游集》第5册，第2064页。

谐，如《梁氏子求僧疏》："名家有千里驹，本意折一桂枝。忽厌鲁章甫，拟着僧伽黎。可谓人英，堪承佛种。长者若能成就，放翁为作证明。"[1] 明白如话，意旨醒豁。

陆游于淳熙十三年至十五年知严州，两年的地方官任上，为尽父母官职责，祈求风调雨顺，陆游作有谒庙、谒神、祈雨、谢雨、谢雪、祈晴、谢蚕麦、秋祭等内容的疏文、祝文、青词计二十四首，另有劝农文二首，数量之多，令人惊叹。如《严州祈雨祝文》："某被命来守，幸及终更，不敢以去郡有期，怠荒厥事。屏逐暴吏，慰安疲民，稽于幽明，悦迪咎责。而嘉谷方秀，时雨未渥，维神正直，宜监于兹。敢列忧辞，恭俟嘉泽。"[2] 又如《严州谢雪祝文》："四时冬为元英，闾里毋虞于疠疫；平地尺为大雪，麦禾预卜于丰穰。敢忘薄荐之陈，少答明神之赐。尚祈孚佑，永保安宁。"[3] 自明职责所在，祈谢上苍保佑，体现了陆游系心民瘼、恪尽职守的品格，而四六之体，既明白晓畅，又展示了恭敬典重之情，起到了很好的表达效果。

在宋代文苑中，四六虽为应用之体，但在社会生活中仍发挥着不可替代的作用，因而也是文人的必备素养。陆游熟练地驱遣文词，推敲典故，组织偶句，并努力突破陈词滥调，用四六述事陈情，袒露心声，驰骋议论，应对公务，充分而得体地发挥了四六文的特殊作用，在南宋四六中卓然自成一家。陆游四六创作的成就是其文章总体成就的重要组成部分，应该引起充分的重视。

渭南文的总体特点和评价

从古文、四六创作的总体着眼，陆游"渭南文"有着鲜明的特点，表现为内容基调突出、文学特质突出和个性风格突出。

渭南文的内容基调是强烈的"娱忧舒悲"和丰富的文人情趣。同他的不朽诗篇一样，陆游的文章同样贯穿了其一如既往的爱国激情。但这种激情在文中较少直接的喷涌，而更多地表现为在怀古忆旧、状景叙事中流露

---

① 陆游：《梁氏子求僧疏》，《渭南文集》卷24，《陆游集》第5册，第2205页。
② 陆游：《严州祈雨祝文》，《渭南文集》卷24，《陆游集》第5册，第2210页。
③ 陆游：《严州谢雪祝文》，《渭南文集》卷24，《陆游集》第5册，第2211页。

出来的忧患和悲愤。这种情感似乎不如诗篇中那么激烈奔放，但它植根于真实而具体的人事，因而更为深沉有力。他的《跋韩干马》称："大驾南幸，将八十年，秦兵洮马不复可见，志士所共叹也。观此画使人作关辅河渭之梦，殆欲霣涕矣！"① 寥寥几句，由韩干所画之马，联想到"秦兵洮马"，再引发出"关辅河渭之梦"，真是魂牵梦萦，深极骨髓。观画尚且不忘家国，可谓其文中反复出现的"娱忧舒悲"基调的最好注解。陆游评论南渡初期文坛"得志者司诏令，垂金石；流落不偶者，娱忧舒悲，发为诗骚：视中原盛时，皆略可无愧，可谓盛矣"！② 陆游在政坛上无疑难算"得志者"，但他以"流落不偶者"的身份，同样在南宋中期文坛上作出了"略无可愧"的成就。或许正因为陆游"流落不偶"的经历，使他将关注的视野更多地倾向社会中下层，也使其文章的内容更多地展现一个普通文人士大夫的生活天地。江山胜迹的徜徉，前辈诗文的吟赏，书画艺文的考辨，典籍文献的研藏，故人旧事的追忆，亲情友情的体味，佛理禅心的感悟，田园生活的陶醉，这些丰富多彩的文人情趣，共同构成了陆游的文章世界。在道学气息十分浓厚的南宋文坛上，陆游散文以其坦露普通文人的真实心声而显得格外清新。

渭南文表述上的突出特点是长于记叙、抒情，而较短于议论。宋人普遍好议论，宋文中策论、奏议等议论诸体特别发达，驰骋议论的名篇层出不穷，而序记、碑志、题跋等文体也呈现出明显的议论化倾向。与大多数擅长议论的宋代作家相比，陆游较短于此道，除了情有独钟的诗论，只有数量不多的论政奏札；他也有不少配合记叙、抒情的精彩议论段落，但各种文体中都不见高头讲章、长篇大论。相反，陆游把主要创作精力用于记叙、抒情类文字，对叙事、写景、状人、抒怀、寄慨、遣兴等各种表达方式都能融会贯通、运用自如，从而在序记、题跋、碑志、哀祭诸体中都留下了传世之作。陆游是著名史家，多次出任史职，参与修史，并著有独立史著《南唐书》。他深谙史书叙事之道，并将其用于序记、碑志类叙事文体的写作，或叙事赅要，细节传神；或写景状人，形神兼备；或叙议结合，画龙点睛，表现出高超的叙述技巧。陆游的哀祭文专主抒情，其他文体包括四六中也多有抒情段落的穿插、抒情文句

① 陆游：《跋韩干马》，《渭南文集》卷30，《陆游集》第5册，第2274页。
② 陆游：《陈长翁文集序》，《渭南文集》卷15，《陆游集》第5册，第2117页。

的点染，或真情袒露，直抒胸臆；或委婉曲折，寄慨遥深；或融会细节，情韵无限，在抒情手法上多有创获。由于议论文章多用于论政、论道而较少文学性，记叙、抒情类文章的文学色彩本来就较鲜明，因此，从总体看，文学特质成为陆游文章创作的鲜明个性。宋代士大夫往往集从政、治学、著文于一身，陆游仕途不畅，又不入道学，而以修史、撰文为毕生事业，尤以文学著称，其渭南文的文学性在南宋文坛上显得十分突出。

渭南文的总体风格是自然稳健、秀雅凝练。继承北宋散文的优良传统，陆游崇尚自然畅达的文风，他的《文章》诗称"文章本天成，妙手偶得之"，他严肃批评当时文坛"组织古语，剽裂奇字，大书深刻，以眩世俗"的不良倾向。他的创作不染雕缋习气，但也不故作简古，而是以平实自然为特色。他的文章不以宏肆博辩争胜，但也不流于柔弱，而是表现出凝练稳健的风格。陆游是学问广博的学者，又是"才气超逸"的诗人，他的作品书卷气颇重，但在典雅中透出灵秀之气，不显得凝滞呆板；他恪守各种文体规范，但追求体式的变化和丰富，也偶有"破体"之作；他的语言准确规范，修洁凝练，没有当时文坛冗沓的通病。总之，陆游文章的这种总体风格，与北宋诸大家的文风都不相类似，而是独具个性，自成一家。这里可以再举两首短文为例：

> 李固、杜乔、臧洪之死，士以同死为荣。范文正之贬，士以不同贬为耻。今著作之免归也，御史以风闻言之，天子以无心听之，与前事固大异，而坐客赋诗，或危之何也？风俗异也。某既列名众诗之次，又承命作序，二罪当并按矣。乾道六年十二月七日，笠泽陆某序。[1]

> 予居镜湖北渚，每见村童牧牛于风林烟草之间，便觉身在图画。自奉诏绸史，逾年不复见此，寝饭皆无味。今行且奏书矣，奏后三日，不力求去，求不听辄止者，有如日。嘉泰癸亥四月一日，笠泽陆某务观书。[2]

前文论述前代士大夫以与名流贤臣同死为荣、不同贬为耻，今日关漕

---

[1] 陆游：《送关漕诗序》，《渭南文集》卷14，《陆游集》第5册，第2095页。
[2] 陆游：《跋韩晋公牛》，《渭南文集》卷29，《陆游集》第5册，第2267页。

"免归"，只因御史"风闻"、天子"无心"，惩罚也罪不至死，而士大夫却纷纷以之为危。"危之何也？风俗异也。"短短八字的设问自答，揭示了当今士大夫明哲保身、趋炎媚俗的"乡愿"嘴脸，也间接地嘲讽了朝廷赏罚黜陟的无当，力透纸背，却以平淡出之。区区百字内，既有典故的铺排，又有今昔的对照，还有点睛的设问，连带交代了作序缘由和日期署名。后文则由韩滉画牛名作引发联想，回忆故乡镜湖"风林烟草"中"村童牧牛"的明丽图景，抒写了"寝饭无味"的迫切回归之情，甚至引用《诗》典发出了"谓予不信，有如皦日"①的誓言。尺幅之间，迂回转折，情景交融，可谓酣畅淋漓。两首短文都是精练到极致，雅致到极点，确实可为渭南文自然稳健、秀雅凝练风格的典范。

综合上述，内容基调突出，文学特质突出，个性风格突出，构成了陆游文章的主要特色。这种特色的渊源所自，陆游曾在《杨梦锡集句杜诗序》中谈道："文章要法，在得古作者之意。意既深远，非用力精到，则不能造也。前辈于左氏传、太史公书、韩文、杜诗，皆熟读暗诵，虽支枕据鞍间，与对卷无异。久之，乃能超然自得。"②在"熟读暗诵"经典的基础上追求"超然自得"，是这位文章大家的心得之言。子遹在《渭南文集跋》中论及陆游文章的渊源时说："先太史之文，于古则《诗》、《书》、《左传》、《庄》、《骚》、《史》、《汉》，于唐则韩昌黎，于本朝则曾南丰，是所取法。然禀赋宏大，造诣深远，故落笔成文，则卓然自为一家，人莫测其涯涘。"③子遹之说，揭示出先秦两汉文学经典和史学典范对陆游文章的影响；而所谓于唐取法韩愈，恐是指陆游文章刚健的一面；于宋取法曾巩，当是指其晚年部分平和温雅之作；而广泛地师法众家，终于"卓然自为一家"，这倒的确道出了渭南文的独到之处。

最早对陆游文章作出极高评价的是朱熹。陆游虽不与道学，但与朱熹一直诗书往来，保持着深厚的交谊，即使在朱熹遭"伪学党禁"时亦未停止。朱熹白鹿洞书院成，曾向陆游求书；陆游老学庵成，则向朱熹求铭；朱熹逝世后，陆游撰写了声情并茂的《祭朱元晦侍讲文》痛悼。庆元初，朱熹在给弟子巩丰（字仲至）的书简中多次提及"放翁笔力愈健""笔力

---

① 《诗·王风·大车》，《十三经注疏》之《毛诗正义》卷4，中华书局1998年影印本，第333页。

② 陆游：《杨梦锡集句杜诗序》，《渭南文集》卷15，《陆游集》第5册，第2108页。

③ 陆子遹：《渭南文集跋》，《渭南文集》卷首，《陆游集》第5册，第2491页。

愈精健",并称"放翁老笔尤健,在今当推为第一流"。① 推许渭南文为当今文坛"第一流",这是朱熹这位理学兼文学大师作出的独具慧眼的评判。而当时文坛对陆游创作成就的关注仍主要集中在其诗歌,朱熹"第一流"之论,可谓空谷足音。

可惜此论并未受到重视,随着朱熹、陆游的先后辞世,文坛称扬的仍然是陆游的诗名,对其文只注意《南园》《阅古泉》二记之撰写始末及所谓"晚节"的争议。元代刘埙则注意到陆游的四六文成就,其《隐居通议》称:"(陆游)有四六前、后、续三集。其文初不累迭全句,专尚风骨,雄浑沉着,自成一家,真骈俪之标准也。因摘其妙语,以训诸幼。……以上皆放翁集中语。凡此皆以议论为文章,以学识发议论,非胸中有千百卷书、笔下能挽万钧重者不能及。"② 后清人孙梅编《四六丛话》,亦将陆游列入宋四六名家,并称其启文"素称作达,语带烟霞"③;阮元《四六丛话后序》亦称"渭南、北海(綦崇礼),并号高文",④ 都对其评价颇高。此外,明代刊行了多种《渭南文集》的版本,诸序跋对渭南文多有称扬,但都泛论而不精。

对渭南文作出有分量的评骘的是《四库全书总目》,其《渭南文集》提要评曰:

> 游以诗名一代,而文不甚著。集中诸作,边幅颇狭。然元祐党家,世承文献,遣词命意,尚有北宋典型。故根柢不必其深厚,而修洁有余;波澜不必其壮阔,而尺寸不失。士龙轻省,庶乎近之。较南渡末流以鄙俚为真切、以庸沓为详尽者,有云泥之别矣。游《剑南诗稿》有《文章》诗曰:"文章本天生,妙手偶得之。粹然无瑕疵,岂复须人为。君看古彝器,巧拙两无施。汉最近先秦,固已殊淳漓。"其文固未能及是,其旨趣则可以概见也。⑤

由于四库馆臣的权威性,长期以来,这一评价就成为对渭南文的权威

---

① 朱熹:《答巩仲至》第4、6、17 书,《晦庵先生朱文公文集》卷64,《四部丛刊》初编本。
② 刘埙:《隐居通议》卷21,文渊阁四库全书本。
③ 孙梅:《四六丛话》卷14,《历代文话》第5册,第4525 页。
④ 阮元:《四六丛话后序》,《四六丛话》卷首,《历代文话》第5册,第4224 页。
⑤ 《四库全书总目》卷160《渭南文集》提要,中华书局1965 年影印本,第1381 页。

评定。

我们认为，对四库馆臣的这一评述，还要作具体分析：说陆文"修洁有余""尺寸不失"，与鄙俚、庸沓者"有云泥之别"，这无疑是正确的；说陆文"边幅颇狭"，如果指其缺少气势磅礴的雄文大篇，这也是中肯的；但将陆文以"士龙清省"拟之，则明显是将其贬低了。晋代陆云自称于文"乃好清省"，刘勰则谓"士龙思劣，而雅好清省"①，这里的"清省"，主要是指与"繁褥"相对的清朗简约的风格。因而，用"清省"来表达陆游文章某方面的特色是可以的，但用它来概括陆游全部丰富的创作，则显然是片面地认识了陆游的文章创作才华和成就。陆游散文长期不受重视，与这一评价不能不说有相当关系。这里涉及一个文章批评的标准。自"唐宋八大家"之称兴起于文坛，长期以来，对唐宋文甚至后代文章的评价很大程度是以"八大家"为准绳的。像陆游这样的较少载道内容、风格又与八家不相类似的文章，就难以得到文论家的充分首肯。其实，就创作成就而言，渭南文在南宋文坛上，无论就思想内容还是艺术创造性而言，都应该归入"第一流"之列，朱熹当年的判定是独具只眼的。今人钱锺书先生亦称："陆氏古文，仅亚于诗，亦南宋一高手，足与叶适、陈傅良骖靳。"②即使与北宋六家中的一些成员相比，渭南文也未必逊色。撰写过《陆游传》、编选过《陆游选集》（包括文选）的朱东润先生就曾直言："平心而论，他的成就（按指散文）远在苏洵、苏辙之上。"③ 这些意见是值得充分重视的。

当然，我们无意要在这些作家中强分高下，关键要在扎实的研究基础上作出理性的判断。由于除北宋六家之外，宋文的研究历来不受重视，南宋文更是少人问津，许多作家的别集尚未得到全面的整理，更谈不上深入研究。因此，在对众多宋文名家进行全面研究的基础上，进一步对陆游文章作深入的探讨，正确评价他在宋文发展史上的地位，仍是宋代文学研究中的重要课题。

---

① 范文澜：《文心雕龙注·镕裁》，人民文学出版社 1978 年版，第 544 页。
② 钱锺书：《管锥编》第 218 则，《管锥编》第 4 册，中华书局 1979 年版，第 1442 页。
③ 朱东润：《陆游选集序》，《陆游选集》卷首，上海古籍出版社 1979 年版。

论陆游的制诰文体观

戴 路

（四川大学 中国俗文化研究所）

宋元之际文人刘壎对陆游的四六文颇为推崇，独标"陆体"。《隐居通议》卷二三云："若意脉沉厚，风骨苍劲，虽不用古人语，而自作议论，辞意俱到，尤为超绝。近世惟陆放翁深得此体，故其表启独步一时，惜乎其不大用也。使之当制，必能黼黻皇猷，以名百世。其后惟后村刘潜夫力学陆体，故代言之作、应用之文皆非时辈能及。杨诚斋表笺亦自超出翰墨畦径，可讽而诵，然病于大奇，遂至刻露，曾不如陆之深沈浑厚也。"① 刘壎强调的"陆放翁深得此体"和"后村刘潜夫力学陆体"，风格特征是沉厚苍劲，内容上不为典故所束缚，能够自由发表见解。同书卷二一"陆放翁诸作"亦云"有四六前、后、续三集，其文初不累叠全句，专尚风骨，雄浑沉着，自成一家，真骈俪之标准也"，"凡此皆以议论为文章，以学识发议论，非胸中有千百卷书，笔下能挽万钧重者不能及"。② 可见"陆体"除了"风骨"与"议论"，还有"学识"的积累。《隐居通议》的评价让我们看到"陆体"四六的基本面貌，又提供了诸多可以深入挖掘的线索。诚如刘壎所言，"使之当制，必能黼黻皇猷，以名百世"，陆游虽没有担任翰林学士与中书舍人的经历，但对制、诏等文体并不陌生。《渭南文集》《南唐书》《家世旧闻》《老学庵笔记》等对这类文章的撰写、流传、删改等多有讨论，从中可以总结出更加丰富的文体观，也有助于弄清陆体"四

---

① 刘壎：《隐居通议》卷二三，《丛书集成初编》，商务印书馆 1937 年版，第 242 页。
② 《丛书集成初编》，商务印书馆 1937 年版，第 212、215 页。

六"的风格源流。

近年来，陆游四六文研究在文献搜寻、阶段划分、文本细读、功能辨析上逐渐深入①。刘壎见过的陆氏"四六前、后、续三集"虽已不存，但按体编排的《渭南文集》仍保留了相当数量的四六文。明人据此辑抄成《陆务观先生四六》两卷，包括表、笺、状、启、致语、青词、疏等七种文体，施懿超《宋四六论稿》对此有详细介绍②。这在刘氏所推崇的表、启之外，呈现出陆游四六文的更丰富面貌。事实上，于景祥《唐宋骈文史》论及陆游骈文时，就举到疏与祭文的例子，这对于拓宽"陆体"的研究范围颇具借鉴意义③。我们研究陆游的制诰文体观，就是进一步拓宽陆游的骈文体系，将文体观念和文章创作置于"骈文学"的框架之内。所谓"骈文学"，通常包括骈文批评、骈文文体论、骈文文献、骈文史、骈文研究史等④。在此视野下，"陆体"四六的源流演变势必得到更深入的呈现。

陆游虽然没有"代王言"的机会，但面对本朝制诰文字，体现出史家考证制度文献、辨析文章体制、寄寓道德褒贬的眼光。如果说两制词臣的起草、铺陈与润色代表了制诰文书撰写的第一阶段，那么史官在实录、会要、国史等编撰过程中，对朝廷除授封拜等相关文书的记录，则属于制诰流传中的重要环节。陆游在为周必大文集作序时谈到"发册作命，陈谟奉

---

① 例如于景祥《唐宋骈文史》第七章第三节将陆游的骈文创作分为早中晚三期（辽宁人民出版社 1991 年版，第 210—217 页），曹丽萍《南宋骈文研究》谈到陆游表启在内容风格上对陆贽骈文的继承（江西高校出版社 2009 年版，第 238 页），朱迎平《读〈渭南文集〉启文札记》，对陆游 115 首启文从时段、功能、内容、风格上进行了细致解读［《绍兴文理学院学报》（哲学社会科学）2016 年第 3 期］。此外如李由《陆游文三论》（硕士学位论文，南京大学，2012 年）、金婷婷《陆游启文研究》（硕士学位论文，辽宁大学，2015 年）对陆游表、启等文体的相关篇章进行了细致解读。

② 参见施懿超《宋四六论稿》，上海古籍出版社 2005 年版，第 162—163 页。

③ 参见于景祥《唐宋骈文史》，辽宁人民出版社 1991 年版，第 210—217 页。

④ 民国时期的骈文研究著作就有以"骈文学"命名的，如刘麟生《骈文学》（商务印书馆 1934 年版）。1949 年以后，"骈文学"的概念日渐受到研究者的重视。如张仁青《骈文学》（文史哲出版社 1984 年版）从骈文界说、源流、要件、代表作家、地域分布、书目等角度进行了论述。莫道才《骈文学探微》（广西师范大学出版社 2017 年版）分为上编"骈文理论"和下编"骈文史"。莫山洪《骈文学史论稿》（广西师范大学出版社 2017 年版）通过对历代具有代表性的骈文学现象的研究，探讨了骈文发展的规律。在断代骈文研究中，"骈文学"的概念也得到应用，如吕双伟《清代骈文研究》（上海古籍出版社 2018 年版）第九章"清代骈文学初探"介绍了骈文风格论、地位论、文体论、骈文史论等。

议"的文章，称"其文足以纪非常之事，明难喻之指，藻饰治具，风动天下，书黄麻之诏，镂白玉之牒，藏之金匮石室，可谓盛矣"①。这可看作他对制诰撰写的价值认同。而当陆游亲自接触制诰文字时，他更多地秉持了史家眼光。陆游一生先后担任枢密院编修官兼编类圣政所检讨官、礼部郎中兼实录院检讨官、同修国史实录院同修撰等，有机会整理、编选和修改朝廷文书。据《老学庵笔记》卷一载：

> 秦会之丞相卒，魏道弼作参政，委任颇专，且大拜矣，翰苑欲先作白麻，又不能办，假手于士人陈丰。丰以其姓魏，遂以"晋绛和戎"对"郑公论谏"。久之，道弼出典藩，而沈守约、万俟元忠并拜左右揆。翰苑者仓猝取丰所作制以与沈公，而忘易晋绛、郑公之语。实录例载拜相麻，予在史院，欲删此一联，会去国不果。②

"晋绛"与"郑公"都是针对魏氏的切姓用典，用到沈氏身上是张冠李戴。在实录院供职的陆游发现翰苑词臣"依样画葫芦"的错谬，萌生删汰的意念。不同于词臣的"润色鸿业"，面对制诰文书，史官拥有"笔削"的权力。欧阳修《新五代史》记载南唐忠臣刘仁瞻的除官制词时，进行了节录和润色，陆游对此进行了详细考辨。《南唐书·刘仁瞻传》论曰：

> 乾道、淳熙之间，予游蜀，在成都见梓潼令金君所藏周世宗除仁瞻天平军节度使告身，白纸书，墨色印文皆如新。金君言：仁瞻独一裔孙，卖药新安市，客死无后，故得之。其词与王溥所修《周世宗实录》皆合。若欧阳氏《五代史》所称："尽忠所事，抗节无亏。前代名臣，几人可比。予之南伐，得汝为多。"盖摘取制中语载之，本不相联属，又颇有润色也。"③

所谓"摘取""颇有润色"与"删此一联"一样，都是修史者对制

---

① 陆游：《周益公文集序》，钱仲联、马亚中主编：《陆游全集校注》，《渭南文集》第二册，浙江古籍出版社 2016 年版，第 153 页。

② 陆游撰：《老学庵笔记》，李剑雄、刘德权点校，中华书局 1979 年版，第 9 页。

③ 陆游：《南唐书》卷十三，钱仲联、马亚中主编：《陆游全集校注》，浙江古籍出版社 2016 年版，第 9 页。

诰文字的再加工。从"告身"的书写、《周世宗实录》的记载到《新五代史》的润色，制诰文字的流传途径在此得到清晰的呈现。陆游对制诰的关注，涉及撰写和流通的各个环节，从书写体例、材质到制诰的宣读与接受。

关于诏书、手札与国书所用玉玺的差别，陆游从父亲处有所听闻："凡诏书，别铸'书诏之宝'，而内降手札及与契丹国书，用'御前之宝'而已。"① 而对于"国书"的措辞口吻，陆游有更详细的考证："周世宗时，李景奉正朔，上表自称唐国主，而周称之曰江南国主。国书之制曰：'皇帝致书恭问江南国主。'又以'君'字易'卿'字。至艺祖，于李煜则遂赐诏如藩方矣。仁宗时，册命赵元昊为夏国主，盖用江南故事。然亦赐诏，凡言及'卿'字处，既缺之，亦或以'国主'代'卿'字。当时必有定制，然不尽见于国史也。"② 南唐二主改称"江南国主"的过程在陆氏《南唐书》元宗本纪和后主本纪中有详细记载，此处《老学庵笔记》则侧重谈国书行文的措辞问题。从南唐到西夏，"卿"字的回避涉及宋廷对外交往中的地位和等级。与陆游同时代的周必大在撰制时亦遇到类似的问题。《玉堂杂记》卷中谈及赐安南国书的撰写过程："按故事，其王初立，即封交趾郡王，久之进南平王，死则赠侍中南越王……安南为国，盖曾丞相之失。闻奏章行移，旧止称'安南道'，加封之后，浸自尊大，文书称'国'，不复可改。丁酉三月二十四日……予适当制，其云：'即乐国以肇封，既从世袭；极真王而锡命，何待次升。'盖言不封郡王也。"③ 君臣的称呼、封赠的表述等都是对外交往过程中文书撰写的重要因素。陆游虽未亲自参与书写，但对文书体制的考辨却颇有兴趣。

除此之外，陆游特别关注制诰文书宣读和传递过程中的实际场景。《南唐书》记载了不少朝廷"宣制"的细节：

> 及宣制至"布衣之交"，忽抗声曰："臣为布衣时，陛下亦一刺史耳。今为天子，可不用老臣矣。"④

---

① 陆游撰：《家世旧闻·下·先君言玉玺》，孔凡礼点校，中华书局 1993 年版，第 211 页。
② 陆游撰：《老学庵笔记》卷六，李剑雄、刘德权点校，中华书局 1979 年版，第 72 页。
③ 周必大：《玉堂杂记》卷中，文渊阁四库全书本，第 24 页。
④ 陆游：《南唐书》卷四，钱仲联、马亚中主编：《陆游全集校注》，浙江古籍出版社 2016年版，第 150 页。

方宣延已制，百官在廷，常梦锡大言曰："白麻虽佳，要不如江文蔚疏耳。"①

朝堂宣读是制诰应用环节中较为郑重的场面，人们往往关注四六句式与宣读的关系。欧阳修《内制集序》云："制诏取便于宣读，常拘以世俗所谓四六之文。"② 谢伋《四六谈麈序》云："先唐以还，四六始盛，大概取便于宣读。"③ 但陆游善于呈现南唐君臣朝堂互动的情境。与烈祖为布衣之交的宋齐丘，厉声打断宣读者，呼吁烈祖的优待。而常梦锡亦是在朝堂之上当着百官的面评价制诰文字的优劣。除了南唐朝堂，本朝的"宣制"掌故也是陆游所关注的。《老学庵笔记》卷十云："苏子容诗云：'起草才多封卷速，把麻人众引声长。'苏子由诗云：'明日白麻传好语，曼声微绕殿中央。'盖昔时宣制，皆曼延其声，如歌咏之状。张天觉自小凤拜右揆，有旨下阁门，令平读，遂为故事。"④ 这是对宣读者声调的关注，从"歌咏状"到"平读"，应与文体句式的变化有关。

此外，制诰宣读前的撰写修改与制诰流传中的接受效果亦是陆游所关注的。《跋熊舍人四六后》云："裕陵见伯通外制，手批付中书曰：'熊本文词，朕自知之。'荆公亦曰：'读熊君奏报，如面相语。'⑤ 制诰撰写本是"代王言"，"朕自知之"一方面是宋神宗了解熊本制词的水平，更重要的是熊文道出君王心声。宋人常常以此来赞誉代言者，如《鹤林玉露》卷三云："陈正甫草保安赦文云：'朕寅畏以保邦，严恭而事帝。虽不明不敏，有惭四海望治之心。然无怠无荒，未始纵一毫从己之欲。'真能写出宁宗心事，天下诵之。"⑥ 除了君王的反应，陆游也关注臣僚和普通百姓的接受效果。《老学庵笔记》卷四记载了制文受主对撰文者的不满："赵相初除都督中外军事，孙叔诣参政时为学士，当制，请曰：'是虽王导故事，然若兼中外，则虽陛下禁卫三衙皆统之，恐权太重，非防微杜渐之意。'乃改

① 陆游：《南唐书》卷十，钱仲联、马亚中主编：《陆游全集校注》，浙江古籍出版社 2016 年版，第 295 页。

② 欧阳修：《欧阳修全集》卷四一《内制集序》，李逸安点校，中华书局 2001 年版，第 598 页。

③ 王水照编：《历代文话》第一册，复旦大学出版社 2007 年版，第 29 页。

④ 陆游撰：《老学庵笔记》卷十，李剑雄、刘德权点校，中华书局 1979 年版，第 127 页。

⑤ 钱仲联、马亚中主编：《陆游全集校注》，《渭南文集》第四册，浙江古籍出版社 2016 年版，第 22 页。

⑥ 罗大经撰：《鹤林玉露》，王瑞来点校，中华书局 1983 年版，第 42 页。

为都督诸路军马。制出，赵乃知之，颇不乐。"① 虽无朝堂宣读的具体场景，但受官者读制的心理感受却被记录下来。《老学庵笔记》卷十提到蔡京谪官之制："谢任伯参政在西掖草蔡太师谪散官制，大为士大夫所称。其数京之罪曰：'列圣诒谋之宪度，扫荡无余；一时异议之忠贤，耕锄略尽。'其语出于张文潜论唐明皇曰'太宗之法度，废革略尽；贞观之风俗，变坏无余'也。"② 虽是介绍联语的出处，但大快人心的褒贬之意已溢于言表。而在《上殿札子》中，陆游回忆起百姓诵读朝廷制诰的情景：

> 高宗皇帝宵旰焦劳，每欲俟小定而悉除之，故诏令布告天下曰："惟八世祖宗之泽，岂汝能忘；顾一时社稷之忧，非予获已。止俟捍防之隙，首图蠲省之宜。"臣幼年亲见民诵斯诏，至于感泣，虽倾赀以助军兴，而不敢爱。③

汪藻所撰《建炎三年十一月三日德音》是南渡初期的制诰名篇。值得注意的是，陆游曾指出"八世祖宗"一联的文病。《老学庵笔记》卷四云："汪彦章草赦书，叙军兴征敛，其词云：'八世祖宗之泽，岂汝能忘；一时社稷之忧，非予获已。'最为精当。人以比陆宣公兴元赦书。然议者谓自太祖至哲宗方七世，若并道君数之，又不应曰'祖宗'，彦章亦悔之。信乎文之难也。"④ 因为徽宗还在世，"八世祖宗"之称便显得不妥当。但这并不妨碍百姓感泣不已、倾囊助君的情怀，给陆游的幼年留下深刻印象。

正因为对制诰接受效果的看重，陆游对文章感染力提出更高要求。在《傅给事外制集序》中，陆游指出："国家自崇宁来，大臣专权，政事号令，不合天下心，卒以致乱。"而要"合天下心"就要坚守基本的道德立场。在序文中陆游指出："某闻文以气为主，出处无愧，气乃不挠，韩柳之不敌，世所知也。公自政和讫绍兴，阅世变多矣，白首一节，不少屈于权贵，不附时论以苟登用。每言虏，言畔臣，必愤然扼腕裂眦，有不与具生之意。士大夫稍有退缩者，辄正色责之若仇。一时士气，为之振起。今

---

① 陆游撰：《老学庵笔记》，李剑雄、刘德权点校，中华书局1979年版，第49页。
② 陆游撰：《老学庵笔记》，李剑雄、刘德权点校，中华书局1979年版，第133页。
③ 钱仲联、马亚中主编：《陆游全集校注》，《渭南文集》第一册，浙江古籍出版社2016年版，第133页。
④ 陆游撰：《老学庵笔记》，李剑雄、刘德权点校，中华书局1979年版，第52页。

观其制诰之词，可概见也。"① 他在评价傅崧卿的制诰时，没有正面介绍文章内容，而是概述了撰者的为官经历和立朝大节。陆游多次称扬傅氏气节，如《跋傅给事〈竹友诗稿〉》云："事方南渡之初，忠义大节，为一时称首，虽困于谗诬，用之不尽，然至今闻其风者，可立衰懦。"②《跋傅给事帖》感叹："死者可作，吾谁与归。"③ 这种廉顽立懦的"不挠"之气正是制诰文章需要的。

无论是词句的删改、制度的考辨、应用场景的关注还是文气的标举，都让我们看到陆游对制诰文体功能的丰富体认，更能理解刘壎"惜乎其不大用也，使之当制，必能黼黻皇猷，以名百世"的感慨之情。与此同时，刘壎概括的"陆体"特征，诸如"专尚风骨，雄浑沉着""以议论为文章，以学识发议论"等，又能从陆游的制诰文体观念中找到源头。

① 钱仲联、马亚中主编：《陆游全集校注》第 14 册，《渭南文集》第二册，浙江古籍出版社 2016 年版，第 150 页。
② 钱仲联、马亚中主编：《陆游全集校注》第 16 册，《渭南文集》第四册，浙江古籍出版社 2016 年版，第 14 页。
③ 钱仲联、马亚中主编：《陆游全集校注》第 16 册，《渭南文集》第四册，浙江古籍出版社 2016 年版，第 21 页。

《老学庵笔记》引诗研究

郑　鑫　方新蓉

（西华师范大学 文学院）

摘要：《老学庵笔记》引诗丰富，或注释词汇、考辨名物；或揭示背景、交代本事；或追根溯源、相互比较；或纠正错误、提出疑问；或言志抒怀、发表议论。通过对其研究，我们既可以看到陆游自身的人生经历和文学观点，又可以了解两宋的风土民情和名人逸事。

关键词：陆游；《老学庵笔记》；引诗

《老学庵笔记》[①] 是陆游一生经历和思想的总结，具有丰富的文学和史学价值。清代李慈铭《越缦堂读书记》称："放翁此书，在南宋时足与《猗觉寮杂记》《曲洧旧闻》《梁溪漫志》《宾退录》诸书并称。其杂述掌故，间考旧闻，俱为谨严；所论时事人物，亦多平允。"[②] 检《老学庵笔记》，共引他人诗 242 句，其中尤多陶渊明、李白、杜甫、白居易、杜牧、欧阳修、王安石、苏轼等大家的作品，它们都有其独特意义。

一　注释词汇　考辨名物

陆游自乾道五年（1170）由山阴赴任夔州通判，后又在南郑、成都一

---

① （宋）陆游：《老学庵笔记》，李剑雄、刘德权点校，中华书局 1979 年版。以下此书，不再出注。

② （清）李慈铭：《越缦堂读书记》，上海书店出版社 2000 年版，第 684 页。

代盘桓，直至淳熙五年（1178）才离开成都。巴蜀一带的长期生活，使他对当地的民风民俗多有了解，《老学庵笔记》中有不少关于蜀地的词汇、名物的考证。如：

> 东坡《牡丹》诗云："一朵妖红翠欲流。"初不晓"翠欲流"为何语。及游成都，过木行街，有大署市肆曰"郭家鲜翠红紫铺"。问土人，乃知蜀语鲜翠犹言鲜明也。东坡盖用乡语云。蜀人又谓糊窗曰"泥窗"，花蕊夫人《宫词》云："红锦泥窗绕四廊。"非曾游蜀，亦所不解。
>
> ——《老学庵笔记》卷八

苏轼诗即《和述古冬日牡丹四首》，诗中的"翠欲流"，陆游原不知何意，等到了成都问当地人才知道四川方言说的"鲜翠"即"鲜明"之意，因此推断苏轼在诗中用的方言。清代学者查慎行《苏诗补注》引高似孙《纬略》："翠，鲜明貌，非色也"，"不然，东坡诗既曰红矣，又曰翠，可乎？"① 这些和陆游的解释如出一辙，冯应榴注苏诗亦引陆游此则材料。陆游为了表示对蜀地方言知识了解的自豪感，还举了花蕊夫人《宫词》中"泥窗"也是蜀语但没有到过蜀的人就不明白的例子。

又如：

> 欧阳公、梅宛陵、王文恭集，皆有《小桃》诗。欧诗云："雪里花开人未知，摘来相顾共惊疑。便当索酒花前醉，初见今年第一枝。"初但谓桃花有一种早开者耳。及游成都，始识所谓小桃者，上元前后即著花，状如垂丝海棠。曾子固《杂识》云："正月二十间，天章阁赏小桃。"正谓此也。
>
> ——《老学庵笔记》卷四

陆游发现欧阳修、梅尧臣、王珪的诗集中都有《小桃》。欧诗引文已列，梅尧臣《和江邻几省中赏小桃》云："年年二月卖花天，唯有小桃偏占先。初见嫩红无不喜，终知俗艳几多妍。"王珪《小桃》云："小桃常忆

---

① （清）冯应榴辑注：《苏轼诗集合注》，黄任轲、朱怀春校点，上海古籍出版社2001年版，第498页。

破正红，今日相逢二月中。"这二人都与欧阳修诗意一致，故而陆游最初认为小桃只是一种早开的桃花罢了，可到了成都，才真正认识小桃是一种上元前后开花、外形如垂丝海棠之花。

又如：

> 予在成都，偶以事至犀浦，过松林甚茂，问驭卒："此何处？"答曰："师塔也。"盖谓僧所葬之塔。于是乃悟杜诗"黄师塔前江水东"之句。

> ——《老学庵笔记》卷九

犀浦，今为成都市郫都区犀浦镇。陆游至犀浦，经过一片茂盛的松树林，问人得知是师塔，于是明白此即杜甫《江畔独步寻花七绝句》诗中的"黄师塔"。据《太平寰宇记》载："杜甫宅，在西郭外，地属犀浦县，接浣花溪，地名百花溪。"① 可见陆游之言可信，仇兆鳌《杜诗详注》注《江畔独步寻花》其五时亦引陆游此材料。

陆游对地域词汇、名物的考证不限于蜀地，如《老学庵笔记》卷三"吴人谓杜宇为'谢豹'……若非吴人，殆不知谢豹为何物也"一则，陆游以吴地方言"谢豹"为"杜宇"来解释顾况《送张卫蔚诗》的"绿树村中谢豹啼"一句；卷五"故都里巷间，人言利之小者曰'八文十二'，谓'十'为'谌'"一则，引白居易、宋白、晁说之之诗为证；卷六"会稽镜湖之东，地名东关，有天花寺"一则，引吕夷简之诗和今之所见做对比，考证天花寺地理位置的变化。此外，诸如卷三对"八千""三千"的解释，卷四对"长夜之饮"的解释，卷五对"石烛"的解释等，都有引诗为证，在此不一一赘述。这些材料，既是陆游宦游见闻的记录，又是陆游饱览群书的总结，于后人研究古代文学作品、方言音义、词汇训诂、地貌变化、风土民情都有重要的价值。

二 揭示背景 交代本事

陆游对史料掌握得非常翔实，据《宋史》载，陆游祖父陆佃曾修《神

---

① （宋）乐史：《太平寰宇记》，中华书局 2007 年版，第 1470 页。

宗实录》和《哲宗实录》，自己也曾"以孝宗、光宗两朝实录及三朝史未就"被诏"权同修国史、实录院同修撰"①，并撰有《南唐书》。《老学庵笔记》中也多有揭示写作背景或者交代本事的，其中以记载王安石最多、最详，如：

> 荆公素轻沈文通，以为寡学，故赠之诗曰："翛然一榻枕书卧，直到日斜骑马归。"及作文通墓志，遂云："公虽不常读书。"或规之曰："渠乃状元，此语得无过乎?"乃改"读书"作"视书"。又尝见郑毅夫《梦仙诗》曰："授我碧简书，奇篆蟠丹砂。读之不可识，翻身凌紫霞。"大笑曰："此人不识字，不勘自承。"毅夫曰："不然，吾乃用太白诗语也。"公又笑曰："自首减等。"
>
> ——《老学庵笔记》卷一
>
> 王荆公素不乐滕元发、郑毅夫，目为"滕屠""郑酤"。然二公资豪迈，殊不病其言。毅夫为内相，一日送客出郊，过朱亥冢，俗谓之屠儿原者，作诗云："高论唐虞儒者事，卖交负国岂胜言。凭君莫笑金槌陋，却是屠酤解报恩。"
>
> ——《老学庵笔记》卷七

材料一中沈文通，即沈遘，北宋官员，有治名，王安石认为他学问少看不起他，作《省中沈文通厅事》诗讥之，"翛然一榻枕书卧，直到日斜骑马归"。王安石原句为"萧萧一榻卷书坐，直到日斜骑马归"，陆游之引稍有差误。及其死后王安石写墓志铭仍指其"不常读书"。后半段中郑毅夫即郑獬，《宋史》载其不肯用新法而为王安石所恶，王安石不喜其人，笑他不识字，郑獬解释说他的诗是化用李白之作，王安石大笑道承认抄袭罪行减等。材料二中的朱亥本是一屠户，为报答信陵君知遇之恩于窃符救赵中立下汗马功劳，郑獬过其墓而作诗咏之，提到了"屠酤"。而这二字来源于王安石对滕元发、郑獬取的贬义绰号"滕屠""郑酤"，但这二人豪迈，不以为意，反以为自嘲。

又如：

---

① （元）脱脱等：《宋史》，中华书局 1985 年版，第 12085 页。

　　孙少述一字正之，与王荆公交最厚。故荆公《别少述诗》云：
"应须一曲千回首，西去论心有几人！"又云："子今此去来何时，后
有不可谁予规？"其相与如此。及荆公当国，数年，不复相闻，人谓
二公之交遂暌。故东坡诗云："蒋济谓能来阮籍，薛宣真欲吏朱云。"
刘舍人贡父诗云："不负兴公《遂初赋》，更传中散《绝交书》。"然
少述初不以为意也。及荆公再罢相归，过高沙，少述适在焉。亟往造
之，少述出见，惟相劳苦及吊元泽之丧，两公皆自忘其穷达。遂留荆
公置酒共饭，剧谈经学，抵暮乃散。荆公曰："退即解舟，无由再
见。"少述曰："如此更不去奉谢矣。"然惘惘各有惜别之色。人然后
知两公之未易测也。

——《老学庵笔记》卷七

　　孙侔，知名隐士。王安石与其私交甚笃，材料中《别少述诗》第一首
今题作《无锡寄孙正之》，原句为"应须一曲千回首，西去论心更几人"，
陆游之引稍差。第二首今全篇已不存。从这两首诗看，王安石是将孙侔引
为知音的，但王安石主持朝政数年之间，两人竟没有往来，外界都以为两
人不合。为此，陆游举了例子，苏轼在寄给刘颁（字贡父）诗时用典故：
蒋济欲用阮籍而阮籍推辞不出，后勉强就任不久便辞官；薛宣欲推荐好友
朱云做官，朱云却无心仕途。刘颁全诗不存，观陆游所引之句，孙绰（字
兴公）写《遂初赋》表达隐逸之乐，嵇康写《与山巨源绝交书》示决交之
意，但这二人没有看到二人真正的关系所在。王安石罢相经过高沙，知孙
侔在此，便立刻前去拜访，孙侔立即相见，安慰丧子之痛（王雱，字元
泽），没有尊卑穷达之分，也没有任何隔阂。孙侔还留王安石吃饭喝酒，
痛快讨论经学，直到暮色四起。王安石说退居江湖，我们没有理由再相见
了，孙侔说放心，我不会去打扰你的。话虽如此，但分手时都有惜别之
色。于是人们才知道这二人的关系是不容易猜测的。孙侔在好友主政时不
去攀附，在好友落魄时也不落井下石，二人都洒脱放达，将深厚友情深藏
心中。陆游祖父陆佃曾受经于王安石，陆游对王安石的了解承袭于其，应
当可信。《老学庵笔记》中这类材料既有辑佚补阙诗文之用，也可帮助读
者了解宋时文人之言行。

三 追根溯源 相互比较

《诗人玉屑》云："陆放翁诗，本于茶山……然茶山之诗，亦出于韩子苍，三家句律大概相似。"① 陆游早年师从江西诗派曾几，中年时入南郑，经过前线生活的洗礼，体会到诗歌和生活的关系，挣脱了江西诗派的桎梏而自成一家，其诗作"忆在茶山听说诗，亲从夜半得玄机"和"四十从戎驻南郑……诗家三昧忽见前"都是证明。但陆游并非完全抛弃了江西诗派的方法，《老学庵笔记》中多有提及黄庭坚、吕本中、韩驹、曾几等江西诗派人以及他们对诗词的化用，如卷四写黄庭坚"草色青青柳色黄"取贾至原句，吕本中"蜡烬堆盘酒过花"取自司马光的"烟曲香寻篆，杯深酒过花"，等等。

除江西诗派，陆游还写到其他人的化用，如：

> 郑康成自为书戒子益恩，其末曰："若忽忘不识，亦已焉哉！"此正孟子所谓"父子之间不责善"也。盖不责善，非不示于善也，不责其必从耳。陶渊明《命子诗》曰："夙兴夜寐，愿尔斯才。尔之不才，亦已焉哉！"用康成语也。

——《老学庵笔记》卷八

郑康成，即郑玄。其《诫子书》最后一句"若忽忘不识，亦已焉哉"② 句正是化用孟子语"父子之间不责善"。《孟子·离娄上》曰："古者易子而教之，父子之间不责善。责善则离，离则不祥莫大焉。"③ 孟子此言针对"易子而教"，与郑康成的诫子有区别，此处或是陆游理解之误。陶渊明的《命子诗》表达了对儿子成才的期盼，其用语用意都和《诫子书》相近，化用郑玄当属实。

又如《老学庵笔记》卷一提到苏轼《鱼蛮子》取意张舜民《渔父》，杨万里"近红暮看失燕支，远白宵明雪色奇。花不见桃惟见李，一生不晓

---

① （宋）魏庆之：《诗人玉屑》，上海古籍出版社 1959 年版，第 418 页。
② （南朝宋）范晔：《后汉书》，中华书局 1965 年版，第 1210 页。
③ 杨伯峻译注：《孟子》，中华书局 2008 年版，第 134 页。

退之诗"取意王安石"积李兮缟夜，崇桃兮炫昼"；卷二提到柳宗元"海上尖山似剑铓，秋来处处割愁肠"和"割愁还有剑铓山"之"割愁"取意于张望"愁来不可割"；卷三提到吕本中"好诗正似佳风月，解赏能知已不凡"取意于阮裕"非但能言人不可得，正索解人亦不可得"，张舜民"我到左冯今一月，何曾得见好髯颜"全诗取意于俗语"世间多少不平事，却被同州看华山"；卷六提到王维"水流天地外，山色有无中"在权德舆"远岫有无中，片帆烟水上"和欧阳修"平山阑槛倚晴空，山色有无中"中的化用；卷九提到"车骑拥西畴""船拥清溪尚一樽"取意于钱起"城隅拥归骑"；卷十提到苏轼"惆怅东阑一株雪，人生看得几清明"取意于杜牧"砌下梨花一堆雪，明年谁此凭阑干"等。陆游关注、在意这些大量的化用，一方面表明陆游的知识面广，另一方面也说明江西诗派的点铁成金、夺胎换骨①的写法已经深入其心，融入其血。

后人化用前人之句，陆游有时会给予评价，通常认为后人之句比前人更佳，如：

> 唐韩翃诗云："门外碧潭春洗马，楼前红烛夜迎人。"近世晏叔原乐府词云："门外绿杨春系马，床前红烛夜呼卢。"气格乃过本句，不谓之剽可也。
>
> ——《老学庵笔记》卷五
>
> 荆公诗云："闭户欲推愁，愁终不肯去。"刘宾客诗云："与老无期约，到来如等闲。"韩舍人子苍取作一联云："推愁不去还相觅，与老无期稍见侵。"比古句盖益工矣。
>
> ——《老学庵笔记》卷八

宋晏殊的词句虽化用唐韩翃诗句，但气格充盈，超过了原句，说其创新也可。宋韩信驹的诗虽然是将王安石诗与刘禹锡诗互相融合在一起，但是比他们更工整。《老学庵笔记》中唯一一则认为化用不及原句的，即卷八将刘长卿"千峰共夕阳"与僧癫可"乱山争落日"作比较，认为后者

---

① "诗意无穷，而人之才有限，以有限之才追无穷之意，虽渊明少陵不得工也。然不易其意，而造其语，谓之换骨法；窥入其意而形容之，谓之夺胎法。"郭绍虞主编：《中国历代文论选》（2），上海古籍出版社 2001 年版，第 331 页。

"虽工而窘，不逮本句"。两相比较，刘长卿原句描写意象更为宏大，大有盛唐气象，巅可用之句则气势不足。陆游评诗，始终以"气"（内在意蕴的美妙）和"工"（外在形式的工整）为基准，卷十评价王建《牡丹》"可怜零落蕊，收取作香烧""虽工而格卑"，也是如此。

四 纠正错误 提出疑问

陆游读书，以"纸上得来终觉浅，绝知此事要躬行"[1] 为准绳，精微细致，往往能发现前人的讹误。在《老学庵笔记》中陆游对诗句的纠误可分为以下两类。

第一类作者因了解不够或其他原因在写作时出错。

《唐诗别裁集》评韦应物《淮上喜会梁州故人》"何因不归去？淮上有秋山"云："语意好，然淮上实无山也。"[2] 古人写诗重意境而轻实践，难免不合事理，《老学庵笔记》对此有记载，如卷十引欧阳修对"姑苏城外寒山寺，夜半钟声到客船"的评价："句佳矣，其如三更不是打钟时。"[3] 又如：

> 张文昌《成都曲》云："锦江近西烟水绿，新雨山头荔枝熟。万里桥边多酒家，游人爱向谁家宿。"此未尝至成都者也。成都无山，亦无荔枝。苏黄门诗云："蜀中荔枝出嘉州，其余及眉半有不。"盖眉之彭山县已无荔枝矣，况成都乎！
>
> ——《老学庵笔记》卷五

> 杜子美《梅雨》诗云："南京犀浦道，四月熟黄梅。湛湛长江去，冥冥细雨来。茅茨疏易湿，云雾密难开。竟日蛟龙喜，盘涡与岸回。"盖成都所赋也。今成都乃未尝有梅雨，惟秋半积阴气令蒸溽，与吴中梅雨时相类耳。岂古今地气有不同耶？
>
> ——《老学庵笔记》卷六

---

① （宋）陆游：《冬夜读书示子聿》，钱仲联、马亚中主编：《陆游全集校注》，浙江教育出版社 2011 年版，第 213 页。

② （清）沈德潜：《唐诗别裁集》，上海古籍出版社 1979 年版，第 371 页。

③ （清）何文焕：《历代诗话》，中华书局 1981 年版，第 269 页。

材料一陆游认为张籍《成都曲》中的"新雨山头荔枝熟"不合常理。因为成都没有山也没有荔枝，陆游自己在四川一带住过相当长一段时间，对四川地貌、物产了解清晰，又引苏辙诗为证，应是真实可靠的。但杜甫在《解闷十二首》之一写道："忆过泸戎摘荔枝，青峰隐映石逶迤。京中旧见无颜色，红颗酸甜只自知。"白居易《荔枝图序》也说："荔枝生巴峡间。"可知唐代泸（今四川泸州）、戎（今四川宜宾）、巴（今四川巴中）、峡（今湖北宜昌）皆有荔枝，观今地图已跨四川南北，因此成都有荔枝也不足为奇。或是时移世易、沧海桑田，南宋时成都已无荔枝。材料二就说明了这样的疑问与慨叹，"岂陵谷之变，遽已如此乎？"犀浦在杜甫草堂附近，此诗系杜甫在成都所作。梅雨是每年六七月在长江中下游的持续天阴多雨的气候，因在梅子成熟的季节，故谓梅雨。陆游是浙江人，自然对梅雨有深刻印象。杜甫诗中所写的成都四月梅雨天气，陆游入蜀后发现与实际不符，因此发出是否古今气候不同的疑问。

第二类是后人传播、注解时理解出错。

> 唐拾遗耿湋《下邽喜叔孙主簿郑少府见过》诗云："不是仇梅至，何人问百忧。"苏子由作绩溪令时，有《赠同官》诗云："归报仇梅省文字，麦苗含穟欲蚕眠。"盖用湋语也。近岁均州版本辄改为"仇香"。
>
> ——《老学庵笔记》卷四
>
> 东蒙盖终南山峰名。杜诗云："故人昔隐东蒙峰，已佩含景苍精龙。故人今居子午谷，独在阴崖结茅屋。"皆长安也。种明《东蒙新居》诗亦云："登遍终南峰，东蒙最孤秀。"南士不知，故注杜诗者妄引颛臾为东蒙主，以为鲁地。
>
> ——《老学庵笔记》卷九

材料一中耿湋诗今题作《下邽喜叔孙主簿郑少府见过》，原诗为："良宵复抄秋，把酒说羁游。落木东西别，寒萍远近流。萧条旅馆月，寂历曙更筹。不是仇梅至，何人问百忧。"诗人对友人探望感到欣喜。所谓"仇梅"中的"仇"即东汉仇览，曾为王涣主簿；"梅"即西汉人梅福，曾任南昌县尉。耿湋诗中以此二人来代指主簿郑少府，苏辙《赠同官》袭用耿湋之意，均州版本将苏辙诗中的"仇梅"改为"仇香"则是传播之误。《四库全书总目提要》称"今此仍作'仇梅'，则所据犹宋时善本矣"，肯定了陆游的辨误。材料二中的东蒙原有两处，一指山东蒙山，二为终南山山峰名。陆游认为杜诗中的东蒙当为后者，并引种明《东蒙新居》诗为证，指斥南士的注解。但观杜甫其他诗中所出现的"东蒙"，其意更接近前者，如《与李十二白同寻范十隐居》"余亦东蒙客，怜君如弟兄"之句，此诗作于天宝四载（745），杜甫和李白相约同访鲁郡城北的范十居士，李白亦留有诗作《寻鲁城北范居士失道落苍耳中见范置酒摘苍耳作》，因此杜甫之"东蒙"显然指鲁地。此处为陆游判断之误，仇兆鳌在《杜诗详注》亦言："陆放翁谓东蒙山乃终南山山峰名，引种明逸诗'登遍终南峰，东蒙最孤秀'为证，乃喜新之说，未足信也。"①

其他如卷六指出杜甫和韩驹对"蔚蓝"一词的误用，卷九指出"诸晁"对"文"和"笔"的混用等。陆游的辨错纠误虽不是完全正确，但往往引经据典，或者是实地考察的结果，其不能下定结论的则提出来留待后人考证，因此仍具有重要的学术价值。

五 言志抒怀 发表议论

自陆机在《文赋》中提出"诗缘情"，诗歌的抒情性便成为文坛共识。陆游的满腔热血不能挥洒在战场上，就形成文字，有的留在《剑南诗稿》里，有的留在《渭南文集》《老学庵笔记》中。在此，陆游不再局限于字词的训诂或者诗句本身的内涵，而是借用他人的作品，抒发复杂情感。如：

> 西山十二真君各有诗，多训戒语，后人取为签，以占吉凶，极验。射洪陆使君庙以杜子美诗为签，亦验。予在蜀，以淳熙戊戌春被召，临行遣僧则华往求签。得《遣兴》诗曰："昔者庞德公，未曾入州府。襄阳耆旧间，处士节独苦。岂无济时策？终竟畏网罟。林茂鸟自归，水深鱼知聚。举家隐鹿门，刘表焉得取？"予读之怆然。顾迫贫从仕，又十有二年，负神之教多矣。
>
> ——《老学庵笔记》卷二

射洪陆使君庙以杜甫诗为签，为人占吉凶，非常灵验。陆游在蜀，因

---

① （唐）杜甫著，（清）仇兆鳌注：《杜诗详注》，中华书局 1979 年版，第 135 页。

为皇帝召见，离开四川，遣僧人去陆使君庙求签，得杜甫《遣兴》诗。陆游读之，惶恐不安，想起自己因为贫穷才去当官，在宦海沉浮十二年之久，深深感到辜负了神灵的教导。杜甫《遣兴》诗五首表达的是出仕与归隐之间的矛盾。据邱鸣皋《陆游评传》① 言陆游在入蜀时的路费是到处筹措而成，可知其"迫贫从仕"所言不虚。陆游一生可谓古代文人用行舍藏的代表，在南郑时是"悲歌击筑，凭高酹酒"，何等意气风发；闲居时则"要当弃百事，言从老聃役"，以陶渊明的归隐田园为志向。卷五"种徵君明逸，既隐操不终……世传常夷甫晚年悔仕，亦不足多怪也"一则，陆游引种放和常佚之事，也表达了不可"轻出"的想法。

陆游的爱国思想在《老学庵笔记》中时常可见，或表现为对奸臣的指斥，如卷一"李庄简公泰发奉祠还里……谓秦相曰'咸阳'……问其得罪之由，曰不足问，但咸阳终误国耳"一则，借李泰发之口对秦桧误国直言不讳；或表现为对爱国志士的赞扬，如卷一"张德远诛范琼于建康狱中，都人皆鼓舞；秦桧之杀岳飞于临安狱中，都人皆涕泣，是非之公如此"一则，贬秦桧扬岳飞；或引前人诗句来表达自己的家国情怀，如：

> 刘随州诗："海内犹多事，天涯见近臣。"言天下方乱，思见天子而不可得，得天子近臣亦足自慰矣。见天子近臣已足自慰，况又见之于天涯乎！其爱君忧国之意，郁然见于言外。
>
> ——《老学庵笔记》卷五
>
> 晁以道《明皇打球图诗》："宫殿千门白昼开，三郎沉醉打球回。九龄已老韩休死，明日应无谏疏来。"又《张果洞》诗云："怪底君王惭汉武，不诛方士守轮台。"皆伟论也。
>
> ——《老学庵笔记》卷七

材料一刘长卿诗《送王员外归朝》，今作"海内罹多事，天涯见近臣"，据储仲君《刘长卿诗编年笺注》："王员外，名未详。至德中在润州，与独孤及、刘长卿等人游。"② 安史之乱后，刘长卿与王员外相遇，悲喜交加，所谓"魏阙心常在，随君亦向秦"，思君忧国之情溢于言表。材料二

---

① 邱鸣皋：《陆游评传》，南京大学出版社 2002 年版。
② 储仲君：《刘长卿诗编年笺注》，中华书局 1996 年版，第 181 页。

《明皇打球图诗》前半段写唐代宫门大开的升平气象和唐玄宗打球回来的得意神态，后半段写张九龄、韩休等诤臣隐退，朝廷将不再有谏疏，表达了对当政者昏庸的愤慨和对良臣的惋惜。《张果洞》诗今已有句无篇，汉武帝迷信方术，重用李少君、李少翁、栾大、公孙卿等方士，晁说之在诗中讽刺了汉武帝的荒诞。南宋朝廷偏安一隅，不思收复，"王师北定中原"之日遥遥无期，陆游痛心疾首，对晁说之之论深以为然，故而称之为"伟论"。

《老学庵笔记》中还有一类诗词的出现，是陆游作为表达自己文学观之用，如：

> 今人解杜诗但寻出处，不知少陵之意初不如是，且如《岳阳楼》诗："昔闻洞庭水，今上岳阳楼。吴楚东南坼，乾坤日夜浮。亲朋无一字，老病有孤舟。戎马关山北，凭轩涕泗流。"此岂可以出处求哉？纵使字字寻得出处，去少陵之意益远矣。盖后人元不知杜诗所以妙绝古今者在何处，但以一字亦有出处为工。如《西昆酬倡集》中诗，何曾有一字无出处者，便以为追配少陵，可乎？且今人作诗，亦未尝无出处，渠自不知，若为之笺注，亦字字有出处，但不妨其为恶诗耳。
>
> ——《老学庵笔记》卷七
>
> 《诗正义》曰："络纬鸣，懒妇惊。"宋子京《秋夜诗》云："西风已飘上林叶，北斗直挂建章城。人间底事最堪恨，络纬啼时无妇惊。"其妙于用事如此。
>
> ——《老学庵笔记》卷七

材料一中"今人解杜诗但寻出处"，源于黄庭坚《答洪驹父书》："自作语最难，老杜作诗，退之作文，无一字无来处，盖后人读书少，故谓韩、杜自作此语耳。"[①] 作为开宗立派的人物，黄庭坚"无一字无来处"的主张对江西诗派的人影响很大，所谓取法乎上，得乎其中；取法乎中，得乎其下，江西诗派作品多有艰涩生硬之害。《西昆酬唱集》与江西诗派有同样的毛病，注重形式而忽略内容，陆游对此不以为然，这和其"工夫在诗外"的观点是相通的。虽然在这里，陆游反对江西诗派的字字有来历，

---

① 郭绍虞主编：《中国历代文论选》（2），上海古籍出版社2001年版，第316页。

但就像前面已经论述到的黄庭坚的"点铁成金""夺胎换骨"对其影响深远一样,陆游对好的化用十分推崇,材料二中《马上作》之"杨柳不遮春色断,一枝红杏出墙头",后一句就完全用的唐代吴融原句而别有韵味,其后叶绍翁再用为"春色满园关不住,一枝红杏出墙来",更是广为流传。陆游晚年诗作《夜吟》"六十余年妄学诗,工夫深处独心知。夜来一笑寒灯下,始是金丹换骨时",仍可见江西诗派的影响。

综上所述,《老学庵笔记》涉及音韵训诂、地理风貌、诗话词话、名人逸事、民风民俗等方方面面,是陆游亲历、亲闻或亲自考证,虽然因篇幅所限,还不能称作宋代的百科全书,但却有丰富的研究价值。大量的引诗是全书的一个缩影,对于研究陆游本人和两宋文化有重要的意义。

陆游笔记阅读史析论
——以《老学庵笔记》为中心的考察

胡 鹏

（浙江大学 人文学院）

摘要： 笔记文体发端于魏晋南北朝时期，至宋而大盛。宋室南渡以后，一般士人圈层的社会阅读出现了新的变化：逐渐由精读经史经典，转为博读各类文本，就中又以笔记为一大宗。长期以来，学界对陆游的受容一直局限于"爱国诗人"，一定程度上遮蔽了其笔记作家的身份。作为南宋时代留存阅读史资料较为丰富的特定个案，仔细分析陆氏《老学庵笔记》及相关文本，还原其材料来源和创作概貌，可以管窥此期社会阅读所反映出一般知识、精神世界的近世化征象，进而把握宋元明转型在社会阅读领域里的切实脉动。

关键词： 陆游；老学庵笔记；阅读史；宋元明转型

笔记自魏晋南北朝时代所谓的"志人小说""志怪小说"肇始，中经唐、五代的潜滋暗长，作者与作品逐渐增多，至宋遂由附庸蔚为大国，成为重要的文章体裁。[①] 两宋笔记题材丰富多样、不拘一格，既涵括政治、

[①] 关于笔记含义的界定，学界目前众说纷纭，尚未达成共识。传统四部分类法中，笔记一般分属史部的别史、杂史、传记类，子部的小说家、杂家类等，而往往统摄于《汉书·艺文志》的"小说"概念中。由于现代西方学科划分体系视域下的"小说"概念与中国传统"小说"并不完全一致，因此在术语使用中不可避免会出现淆乱不清、治丝益棼的情况。学界前此讨论甚多，为免葛藤，笔者参考前贤时彦的相关争鸣，将本文的研究对象规定为著述体式上分条记录、丛脞成书；内容上篇幅短小，以纪实性为主、间涉虚幻的文言随笔。凡因引文、行文需要而使用的"笔记""笔记小说""小说"等概念，皆指此文体。

经济、军事之类宏观社会生活领域，又涉及文人衣食住行、异闻逸事等日常生活诸层面。在众多的笔记作家中，陆游（1125—1210）便是光彩夺目的一位。陆氏所撰笔记包括《入蜀记》《老学庵笔记》《家世旧闻》《放翁家训》《斋居记事》①等数种，富有文学意味，洵为两宋笔记中的精品力作。陆游之所以能够取得如此成就，原因多元，但其中之一必然与陆游淹博的阅读量有关。陆游曾说过："两眼欲读天下书，力虽不迨志有余。"②翻开《剑南诗稿》，触目皆是题为读书相关的诗句。《渭南文集》收录的题跋，也可以管窥陆游个人阅读史之一斑。考察其最负盛名的《老学庵笔记》，我们不仅可以条分缕析出仕宦经历不过中下层官员、长期退居地方乡村的普通士大夫陆放翁晚年笔记阅读与创作概况，还可以借此窥探南宋社会阅读的诸多面相，从而更新对当时一般知识、精神世界笼统的刻板印象。

一 物质载体、文本性质与身心状态对笔记阅读的规制

读者阅读一本书前，首先进入视野的并非纸上之文本，而是书本的"物质实体"③。书本的不同形制——稿本、抄本、印本、揭（拓）本乃至当下的电子本——对于读者而言，其意义迥然不同。陆游时代的读者，对于稿本、抄本和印本书籍的重视程度有着显著差别。由于种种原因而辗转流传的前辈作者手稿，必然备受珍视，自不待言。对于精心誊录的手抄本，读者也是推崇备至，鲜见对其文本有所苛责酷评。《渭南文集》卷二六《跋尹耘师书〈刘随州集〉》云陆游看到抄书匠用来充作枕头的著名书手尹耘师手抄《刘随州集》，"乃以百钱易之，手加装褙。"④这里可以看出，陆游对精心抄写书籍这种从阅读效率上来看十分不划算的行为仍持褒

---

① 另有一部题为陆游纂抄的《避暑漫抄》，《全宋笔记》《陆游全集校注》皆作为放翁作品收录，然经过李成晴的考证，《避暑漫抄》实乃明人编纂的丛脞之书，为炫声价而伪托陆游，论证扎实，可称定谳。见李成晴《陆游〈避暑漫抄〉系伪书考》，《浙江学刊》2015年第2期。
② （宋）陆游撰，钱仲联校注：《剑南诗稿校注》卷35，《读书》，上海古籍出版社1985年版，第2309页。下文再次引用本书，简称《诗稿》，仅随文括注卷次、篇名、页码等信息。
③ ［美］罗伯特·达恩顿：《屠猫狂欢：法国文化史钩沉》，吕健忠译，商务印书馆2018年版，第258页。
④ （宋）陆游著，马亚中、涂小马校注：《渭南文集校注》卷26，《跋尹耘师书〈刘随州集〉》，浙江古籍出版社2015年版，第136页。下文再次引用本书，简称《文集》，仅随文括注卷次、篇名、页码等信息。

赞的态度，对抄本书也青眼有加。印本书易得，阅读固然更加便利，但物以稀为贵，"书籍实现批量印刷后，旋即丧失了其独一无二的品质，成为可即时更换的物品"①，读者对于书籍的珍视态度定会大为削弱，且印刷术使得"书籍的内容成为公有领域"②，读者对印本缺少毕恭毕敬的心理，由此进一步，便对印本所载的文本，也不再奉若圭臬，或疑之，或驳之，甚者或毁之。印本时代笔记类作品的传播，呈现出读者主动辨择、采用肯定或否定的阅读策略加以受容的新态势。笔记文本权威性的界定权，由作者一方转移到了读者一方。这种新动向，与宋代经学领域中盛行突破汉唐注疏的疑经思潮、史学领域中不断更新史书编纂观念和史料去取标准、诗文集创作中对唐代诗文审美轨范的反动以及题材场域的拓殖等桴鼓相应，是宋型文化的内在要求。一卷印本笔记在手，作为读者的放翁首先从心理上就不会对之顶礼膜拜，阅读过程中时时审视、评判其文本，也就在情理之中。两宋之交的叶梦得（1077—1148）恰处在中国书籍史从写本时代向印本时代全面转型的历史节点，他从自己的切身观察出发，有一番广被引用的议论：

> 唐以前，凡书籍皆写本，未有模印之法，人以藏书为贵。人不多有，而藏者精于雠对，故往往皆有善本。学者以传录之艰，故其诵读亦精详。五代时，冯道始奏请官镂《六经》板印行。国朝淳化中，复以《史记》、前、后《汉》付有司摹印，自是书籍刊镂者益多，士大夫不复以藏书为意。学者易于得书，其诵读亦因灭裂，然板本初不是正，不无讹误。世既一以板本为正，而藏本日亡，其讹谬者遂不可正，甚可惜也③。

陆游对此说法也颇为赞同。他在《跋唐〈卢肇集〉》中说："前辈谓印本之害，一误之后，遂无别本可证，真知言哉。"（《文集》卷二八，第235页）明是叶氏观点的拥趸。由于印本书的传播速率大大超过稿抄本，

---

① ［新西兰］史蒂文·罗杰·费希尔（Steven Roger Fischer）：《阅读的历史》，李瑞林、贺莺、杨晓华译，党金学校，商务印书馆 2009 年版，第 190 页。

② ［新西兰］史蒂文·罗杰·费希尔（Steven Roger Fischer）：《阅读的历史》，李瑞林、贺莺、杨晓华译，党金学校，商务印书馆 2009 年版，第 190 页。

③ （宋）叶梦得撰，宇文绍奕考异，侯忠义点校：《石林燕语》卷 8，中华书局 1984 年版，第 116 页。

一旦出现错误，很难在读者群中进行校正，凭借"印刷的固化功能"① 而劣币驱逐良币，流害无穷。对于《卢肇集》印本中《病马诗》的拙劣异文，放翁就愤怒地指称"坏尽一篇语意，未必非妄校之罪也。可胜叹哉！"此外，《文集》卷二八有一篇《跋〈皇甫先生文集〉》云：

> 右一诗，在浯溪《中兴颂》傍石间，持正《集》中无诗，诗见于世者，此一篇耳。近时有《容斋随笔》亦载此诗，乃曰风格殊无可采。人之所见，恐不应如此，或是传写误尔。庆元六年五月十七日，龟堂书。（《文集》，第237页）

所谓"右一诗""近时有《容斋随笔》亦载此诗"，见于《容斋随笔》卷八"皇甫湜诗"条："皇甫湜、李翱虽为韩门弟子，而皆不能诗，浯溪石间有湜一诗……味此诗，乃论唐人文章耳，风格殊无可采也。"② 据洪迈（1123—1202）《容斋随笔》《续笔》自序，淳熙七年（1180）《随笔》书成，但其本人并未付梓。直到淳熙十四年八月，因孝宗向他问起，他才查知该书已被盗刻："乃婺女所刻，贾人贩鬻于书坊中。"③ 虽无法确考婺州本具体刊刻时日，但放翁此条记录在庆元六年五月十七日（1200年6月29日），相差至多不过二十年，刊本就传入陆游手中并被阅读，且致其不满，由此可以见出放翁对于印本笔记审慎存疑的态度。

不仅物质载体对读者阅读行为有潜在的影响，文本的性质也会牵涉对书籍的态度。阅读正经正史时，陆游态度是严肃而认真的。相比较而言，一般属史部杂史类、子部小说家类、杂家类的笔记作品，传统上被视为乃"其于大达亦远矣"（《庄子·外物》）的稗官野史之语、荒诞不经之书，细碎丛杂，非关大体，士人纂录材料来源庞杂，创作目的大多为师友林下闲谈、家居闲览所资，阅读这类作品时便非常随意。陆游对笔记小说的轻视不时溢于言表：在《除修史上殿札子》中，他就表示野史小说"谬妄"

---

① 所谓印刷的固化功能（Typographic Fixity），是伊丽莎白·爱森斯坦（Elizabeth Eisenstein）使用的概念，大意指15世纪以后欧洲印刷技术的改进，使得快速以相同形式批量生产同一文本成为可能，因此对文本的受容产生了重大影响，书面文字被以固定下来的方式传播开来。详见〔美〕伊丽莎白·爱森斯坦《作为变革动因的印刷机：早期近代欧洲的传播与文化变革》，何道宽译，北京大学出版社2010年版，第67—74页。本文借用来概括印本书出现后文本统一的现象。

② （宋）洪迈撰，孔凡礼点校：《容斋随笔》卷8，中华书局2005年版，第106页。

③ 《容斋随笔·续笔》卷1，第219页。

（《文集》卷四，第 136 页）；谈及皮日休投靠黄巢任伪翰林学士的谤言，陆游复叹道："《新唐书》喜取小说，亦载之。岂有是哉！"（《文集》卷三《跋〈松陵倡和集〉》，第 294 页）可见其是真心实意认为此类小说家言乃"街谈巷语，道听涂说者之所造也。"（《汉书·艺文志》）

陆游在读此类书籍时往往怀着消遣放松的心情、甚至用怀疑与批判的眼光来审视他所能接触到的笔记。如唐人陆羽（自号竟陵子、桑苎翁，733—804）的《茶经》。《崇文总目》卷二八"小说类下"著录"《茶记》二卷"①，"记"是"字之误"②，实即"经"字。《新唐书》卷五九《艺文三》"小说家类"也著录"陆羽《茶经》三卷"③，可见到放翁之时，宋人皆以该书为子部小说家类。放翁不仅平时对这位先祖的著作爱不释手，自称："《水品》《茶经》常在手"（《诗稿》卷七一《戏书燕几》，第 3949页）；阅读时也是身心俱闲，毫无精神压力："闲客逍遥无吏责，茂阴清润胜花时。《茶经》每向僧窗读，菰米仍于野艇炊"（《诗稿》卷七《野意》，第 572 页）；甚至亲自动手续写起《茶经》来："十年萧散住林间，只是幽居不是闲。续得《茶经》新绝笔，补成僧史可藏山。"（《诗稿》卷三七《亲旧或见嘲终岁杜门戏作解嘲》，第 2384 页）"遥遥桑苎家风在，重补《茶经》又一编。"（《诗稿》卷四四《开东园路北至山脚因治路傍隙地杂植花草》，第 2738 页）又如沈括的《梦溪笔谈》。该书撰成不久后就被镂版刊布，最初为三十卷本，虽因两宋之交的战乱而未能保存此北宋本，但流传至今的二十六卷刊本在晁公武于绍兴二十一年（1151）完成的《郡斋读书志》已著录，是当时非常热门的笔记。

《渭南文集》卷二八《跋魏先生〈草堂集〉》曰：

> 按国史，野，陕人。沈存中《笔谈》以为蜀人，居陕州，不知何所据也。予在蜀十年，亦不闻野为蜀人，《笔谈》盖误也。（第229 页）

魏野（960—1019）是宋初著名隐士。《梦溪笔谈》卷一六载："蜀人

① （宋）王尧臣等编次，钱东垣等辑释：《崇文总目（附补遗）》，中华书局 1985 年版，第162 页。
② （清）周中孚：《郑堂读书记》卷 50，商务印书馆 1958 年影印本，第 999 页。
③ （宋）欧阳修、宋祁：《新唐书》卷 59，中华书局 1975 年标点本，第 1543 页。

魏野隐居不仕宦，善为诗，以诗著名。卜居陕州东门之外。"① 陆游复核《国史》及亲身见闻，证明魏野籍贯陕州，并非蜀人。不过，陆游对沈括的另一次批评就有些冤枉沈氏了。《老学庵笔记》卷八"沈存中辨鸡舌香为丁香"② 条，批评他不引贾思勰《齐民要术》卷五中关于鸡舌香的考证，认为沈括"亹亹数百言，竟是以意度之。""以此知博洽之难也。"然而《梦溪笔谈》卷二六《药议》第二条明谓"按《齐民要术》"③ 云云，可见沈括确实引用了《齐民要术》，而且该条完整内容总计也才百字有余，何来"亹亹数百言"？看来放翁写下此条笔记时，应是只看到了《灵苑方》，尚未阅读到《梦溪笔谈》。

　　除此之外，陆游还经常与儿子一起读书，这是一个十分温馨幸福的阅读场景。途经黄州的行旅之中，读书稍倦，儿子就会主动接着朗读下去："琅然诵经史，少倦儿为续"（《诗稿》卷一《灯下读书》，第 807 页）；退居乡里时，也以亲子共读为乐："旧书日伴吾儿读"（《诗稿》卷二一《自笑》，第 1619 页）；"独取残书伴儿读"（《诗稿》卷三五《上元夜作》，第 2307 页）；父子有时会分处小山顶与山脚下的茅屋之中读书："乃翁诵书舍东偏，吾儿相和山之巅。翁老且衰常早眠，儿声夜半方泠然"［《诗稿》卷四九《诵书示子聿》（其一），第 2975 页］；但大部分时间共处一室，同用一支灯盏："读书父子共昏灯"（《诗稿》卷三《乞奉祠未报食且不继》，第 2063 页）"短檠相对十年余"（《诗稿》卷四六《舍西晚眺示子聿》，第 2829 页）。每当二人相对亲子阅读的时刻，即使"食且不继"，他仍然感到满心欢喜。这里我们还会注意到一个现象，即尽管陆游的时代已经可谓之"知识大爆炸"，大量书籍充斥寻常家庭，但并未出现欧洲从中世纪向近世社会转型过程中阅读形式由"高声朗读"到"现代读法仅仅是用眼默看"④ 的演化。从前述引文中我们可以明确地知道，至少在阅读经史著作时，此期读书人仍

---

① 沈括撰，胡道静校证：《梦溪笔谈校证》，虞信棠、金良年整理，上海人民出版社 2016 年版，第 405 页。

② （宋）陆游撰，李剑雄、刘德权点校：《老学庵笔记》，中华书局 1979 年版，第 107 页。下文再次引用本书，简称《笔记》，仅随文括注卷次、页码等信息。

③ 沈括撰，胡道静校证：《梦溪笔谈校证》，虞信棠、金良年整理，上海人民出版社 2016 年版，第 608 页。

④ ［法］罗杰·夏蒂埃（Roger Chartier）：《书籍的秩序——14—18 世纪的书写文化与社会》，吴泓缈、张璐译，商务印书馆 2013 年版，第 92 页。更详细的讨论见 Roger Chartier, "Loisir et sociabilité: lire à haute voix dans l'Europemodern", Littératuresclassiques, Année, 1990 (12), pp. 127 – 147。

是放声朗读的，加上在欣赏诗文一般需要摇头晃脑地"吟哦"——另一种有节奏韵律的朗读，似乎只有在阅读子部尤其是小说类的笔记时，才会采用默读的方式。阅读时口耳并用能够直接感受诗文的气韵格调、作者的感情态度，明显加深记忆；而默读因"口腔喉舌绝不运动，只用眼睛在纸面上巡行"①，其好处在大大提高了阅读速度，但记忆效果则打了折扣。放翁以及宋代其他笔记作者创作的笔记文本中存在不少疏失，致误原因多种多样，但其中因默读原材料而记忆不深，以致误记的可能性是不可忽视的一种。

二 《笔记》中所见放翁笔记阅读史考源

在梳理了读者目之所及的书籍形制、文本性质、阅读时的身心状态等准备程序之后，我们现在可以真正打开陆放翁手中正在阅读的笔记，看一看他究竟阅读的是哪些文本了。陆游的笔记阅读史可以"繁夥"二字来形容。兹就《笔记》中明确提及的笔记作品略按时代先后顺序表列如下：

书名	朝代	责任者	出处卷次
《世说新语》	（南朝宋）	刘义庆	卷六
《隋唐嘉话》	（唐）	刘餗	卷四
《酉阳杂俎》	（唐）	段成式	卷二、卷六、卷八
《河东记》	（唐）	薛渔思	卷十
《北户录》	（唐）	段公路	卷二、卷六
《唐逸史》	（唐）	卢肇	卷十
《南楚新闻》	（唐）	尉迟枢	卷十
《稽神录》	（宋）	徐铉	卷十
《太平广记》	（宋）	李昉等	卷八
《该闻录》	（宋）	李畋	卷十
《砚录》	（宋）	唐询	卷八
《嘉祐杂志》	（宋）	江休复	卷六
《杂识》	（宋）	曾巩	卷四
《燕魏录》	（宋）	吕颐浩	卷十

---

① 叶圣陶：《中学国文学习法》，载中国教育科学研究院编《叶圣陶语文教育论集》，教育科学出版社 2015 年版，第 91—92 页。

除上表中所列诸书外，还有一些并未明载材料来源的条目需要探讨。《笔记》卷四"隋唐嘉话"条：

> 又小说载：御史久次不得为郎者，道过南宫，辄回首望之，俗号"拗项桥"。如此之类，犹是谤语。（第52页）

所谓"小说"，实为唐赵璘所撰《因话录》。《因话录》卷五曰：

> 尚书省东南隅通衢，有小桥，相承目为"拗项桥"。言侍御史及殿中，久次者至此，必拗项而望南宫也①。

这并非《笔记》唯一一次不具名地引用《因话录》。卷九"唐小说载"条："唐小说载：有人路逢奔马入都者，问何急如此。其人答曰：'应不求闻达科。'"（第113页）此条记事出自《因话录》卷四"元和以来，京城诸僧及道士"条：

> 昔岁，德宗搜访怀才抱器不求闻达者，有人于昭应县逢一书生，奔驰入京，问求何事，答云："将应不求闻达科！"此科亦岂可应耶？号欺聋俗，皆此类也②。

太祖建隆元年（960）建国伊始即开制举，后时设时废，至仁宗天圣七年（1029）始固定为"天圣九科"。宋承唐制，制举确实允许士人自荐。庆历六年（1046），在监察御史唐询（1005—1064）的抨击下，宋仁宗方下诏正式叫停举子自应高蹈丘园、沉沦草泽、茂材异等后三科，要求"仍

---

① （唐）赵璘：《因话录》，中华书局1985年版，第31页。按：《因话录》较为常见的明商濬《稗海》本及此后以此为祖本进行点校的六卷本诸如《丛书集成初编》本（商务印书馆1939年版；中华书局1985年版）、《中国文学参考资料小丛书》本（古典文学出版社1957年版）、上海古籍出版社排印本（1979年版）等，此条"殿中"后均衍"诸郎"二字。鲁明认为殿中即殿中侍御史，诸郎则是尚书省郎官，与文意不协，其据《太平广记》卷一八七《职官》"省桥"、《南部新书》卷一、《近事会元》卷二"拗项桥"、《长安志》卷七、《类说》卷一四"拗项桥"、《锦绣万花谷》卷一、《翰苑新书》前集卷一三等所引文本进行对校，删去"诸郎"二字。见鲁明《〈因话录〉研究》，硕士学位论文，复旦大学，2010年，第124页。今采其说。

② （唐）赵璘：《因话录》，中华书局1985年版，第25页。

须近臣论荐，毋得自举。"① 据陆游《家世旧闻》卷下"彦猷侍读（询）"②条可知，唐询是陆游外曾祖父唐介（1010—1069）的从兄，属陆氏外家。《笔记》卷八"唐彦猷《砚录》"条（第 105 页）还曾记录唐询重视红丝砚之事。此处载士人奔竞应制科的笑谈，正是向姻亲先辈奏罢陋习致敬之举。

《笔记》卷十：

> 唐小说载李纾侍郎骂负贩者云："头钱价奴兵。""头钱"，犹言"一钱"也。故都俗语云："千钱精神头钱卖"，亦此意云。（第 134—
> 135 页）

此处的"唐小说"同样指《因话录》，出自后书卷四"李纾侍郎好谐戏"③ 条。王谠《唐语林》卷五④曾引述，曾慥《类说》卷三二《语林》又从《唐语林》节引，拟题"八钱价措大"⑤。

之所以提出陆游暗引《因话录》却处处以"唐小说"专门指代的问题，更重要的疑问是，陆游阅读的究竟是单行本《因话录》，还是笔记总集、类书中引录的部分条目？据今人研究，《因话录》六卷"自唐以来，迄于晚清，代代相沿，著录有序，未曾亡佚，足证仍为唐人旧本"⑥，我们已经知道，前引"拗项桥"的故事，在六卷本《因话录》中是有衍文"诸郎"的。陆游所引却没有衍文，由此可知，其并非在单行本《因话录》中看到这则逸事。陆游生前能够看到引录此事者，有《太平广记》（下文省称《广记》）卷一八七、《南部新书》卷一、《近事会元》卷二、《长安志》卷七、《类说》卷一四，或许还包括《锦绣万花谷》卷一⑦。"应不求闻达

---

① （宋）李焘：《续资治通鉴长编》卷 158，庆历六年六月丙子，中华书局 1985 年标点本，第 3835 页。

② （宋）姚宽、陆游撰，孔凡礼点校：《西溪丛语家世旧闻》，中华书局 1993 年版，第 225 页。

③ （唐）赵璘：《因话录》，中华书局 1985 年版，第 28 页。

④ （宋）王谠撰，周勋初校证：《唐语林校证》，中华书局 1987 年版，第 504 页。

⑤ （宋）曾慥编纂，王汝涛等校注：《类说校注》，福建人民出版社 1996 年版，第 970—971 页。

⑥ 鲁明：《〈因话录〉研究》，硕士学位论文，复旦大学，2010 年，第 56 页。

⑦ 据今人考证，《笔记》"一书应作于绍熙三年冬至绍熙五年之间，即 1192 年冬至 1194 年。"见阮怡《〈老学庵笔记〉研究》，硕士学位论文，四川师范大学，2010 年，第 5 页。《太平广记》五百卷目录十卷，为李昉（925—996）等人于宋太宗太平兴国二年（977）年奉敕编纂，次年完成。《南部新书》十卷为钱易（968—1026）所撰，又经过其子钱明逸的整理，至迟在钱明逸嘉祐元年（1056）自序时已经形成定本，后被收入曾慥的《类说》中。《近事会元》五卷，（转下页）

科"事,则可从《广记》卷二六二"昭应书生"①条、《类说》卷一四征引《因话录》"应不求闻达科"②条获知。《唐语林》则未见陆游引证过。另外,由于曾慥(? —1155)在靖康之变中有投敌嫌疑,因此免官;又被秦桧(1090—1155)起用,绍兴二十五年卒于任,前半生为叛臣,后半生属秦党。陆游与之道不同,不大可能阅读或者即使读过也不大可能引用这种身处对立阵营"小人"编纂的杂著,何况《类说》于绍兴十年由麻沙书坊始刊,恐入不得曾在《笔记》中讥讽建本误人的放翁法眼。遍查陆氏著述,亦未见一语提及曾慥者。综上,陆游应是并未见到《因话录》原书,而是透过《广记》中收录的条目来获悉逸闻逸事。尚有旁证可参。《笔记》卷八"陈师锡家享仪"条有"予读《太平广记》三百四十卷,有《卢顼传》"(第104页)一语,此处明言已读至《广记》第三百四十卷,则卷一八七、卷二六二征引《因话录》内容,自然是早就寓目了的。

另外疑为通过类书、总集得见的笔记作品还有段成式(约803—863)《酉阳杂俎》与徐铉(916—991)《稽神录》。《酉阳杂俎》自晚唐成书后直至宁宗嘉定七年(1214)方有永康周登刊本,其间流传方式无非小范围传布的手抄本与类书、总集选录两种。周登本《后叙》中就说:"余旧不识此书,惟见诸家诗词多引据其说。"③可见到南宋中期,一般读书人还很难见到《酉阳杂俎》,其流传"很大程度上是依靠类书来完成的。"④陆游逝前宋人出版的《广记》《绀珠集》《类说》《海录碎事》(绍兴十九年纂成,1149)、《锦绣万花谷》《事物纪原》(庆元三年建安刊刻,1197)、《记纂渊海》(嘉定二年刊,1209)等都摘录大量条目,尤以《广记》为甚。《稽神录》情况更为特殊。徐铉积数十年笔力撰此书,时方修《广

(接上页)作者李上交行实俱不详,自序称书成于嘉祐元年;该书直至清代收入《四库全书》,尚无梓本,均以手抄流传,似乎布传不广。《长安志》二十卷,宋敏求撰,书前有熙宁九年(1076)赵彦若序。《类说》六十卷,两宋之交的曾慥所编,据自序,书成于宋高宗绍兴六年(1136)。据宋理宗宝庆三年(1227)重刊本序,知《类说》问世后即有"麻沙书坊绍兴庚辰年(1140)所刊本"(《类说校注》,第2页)。《锦绣万花谷》前集、后集、续集各四十卷,佚名编,书前有淳熙十五年(1188)序。不知放翁完成《笔记》前是否已见过该本。

① (宋)李昉等编:《太平广记》,中华书局1961年点校本,第2054页。
② 《类说校注》,第437页。
③ (唐)段成式撰,许逸民校笺:《酉阳杂俎校笺》,中华书局2015年版,第2183页。
④ 李一如:《〈酉阳杂俎〉在宋代的接受——以宋诗用典为例》,硕士学位论文,华东师范大学,2020年,第13页。

记》,徐通过中间人宋白(936—1012)向宰执李昉(925—996)请求收录,"此录遂得见收。"① 四库馆臣考校传世诸本,"疑是《录》全载《太平广记》中,后人录出成帙。"②《稽神录》并未单行,因此放翁所读,实为收入《广记》的本子。

以上所述,皆唐五代笔记。《稽神录》虽晚至宋初,但主体完成于徐铉仕南唐时期。陆游阅读的文本,大部分很可能是载录于《广记》等笔记类书、总集之中的,单行本极少。

引用本朝人笔记而未具书名者,则有《笔记》卷三"张文潜言王中父诗喜用助语自成一体"(第32页),出自张耒(1054—1114)《明道杂志》"王中父名介衢州人"③ 条。不过,该书直至庆元六年(1200)方有陈升刻本,此前一直以抄本形式流传。放翁著成《笔记》前,只可能见过手抄本。还有一种可能,陆游乃从吴曾《能改斋漫录》中得知张耒此语。《能改斋漫录》十八卷,绍兴三十二年撰,京镗序其书,称"往时仇家摘其中一二不合载事,谓非所宜言,遂闭不传。"④ 绍熙元年(1190),京氏为之刊于成都郡斋。所谓王介诗用助语一事,正见该书卷十"诗因助语足句"⑤条转引张耒记事。《笔记》卷三又有"黄鲁直有日记谓之《家乘》"及"范寥言鲁直至宜州"二条(第33—34页)。据范寥序黄庭坚(1045—1105)《乙酉宜州家乘》,范氏于崇宁四年(乙酉,1105)追随黄庭坚于宜州贬所,庭坚故后,此书仓促之间失落,直到"绍兴癸丑岁,有故人忽录以见寄""因镂板以传诸好事者"⑥。范序作于甲寅四月望日,即绍兴四年(1134)。由于从"建炎初就已展开""目的在于更改熙、丰及绍圣以来的政治而恢复元祐政术"⑦ 的"绍兴更化"的实施,尤其是宋高宗绍兴四年

---

① (宋)袁褧、周辉撰,袁颐续,尚成、秦克校点:《枫窗小牍清波杂志》,上海古籍出版社2012年校点本,第10页。

② (清)永瑢等:《四库全书总目》卷142,中华书局1965年影印本,第1211页。

③ (宋)张耒撰,查清华、潘超群整理:《明道杂志》,《全宋笔记》第2编第7册,大象出版社2006年版,第9页。

④ (宋)吴曾撰,刘宇整理:《能改斋漫录》(上),《全宋笔记》第5编第3册,大象出版社2012年版,第5页。

⑤ 《能改斋漫录》(下),《全宋笔记》第5编第4册,第22页。

⑥ (宋)黄庭坚撰,黄宝华整理:《乙酉宜州家乘》,《全宋笔记》第2编第9册,大象出版社2006年版,第5页。

⑦ 沈松勤:《南宋文人与党争》,人民出版社2005年版,第25页。

"最爱元祐"① 的政治表态，社会上迅速掀起刊刻元祐党人文字的热潮。《乙酉宜州家乘》稿本就被高宗获得，"大爱之，日置御案"（《笔记》第33 页），且向庭坚之甥徐俯（1075—1141）询问过范寥为何人，可见范序当无伪诈。不管是癸丑岁（1133）还是甲寅年《家乘》梓行，在当时苏、黄片言只字尽皆遍天下的情势下，放翁必是可以迅速看到的。

三 《笔记》所反映的南宋社会阅读现场

莉亚·普莱斯（Leah Price）在《从书的历史到"书籍史"》中，倡导书籍史研究应该实现"从考察一本书在读者手中耗费的全部生命周期，代之以印刷品所昭示的整个儿社会实践"② 的新转向。在书籍史与阅读史尚未完全实现学科分化的当下而言，这一要求对于阅读史研究来说，不啻同样适用。学界对于陆游藏书、刻书的情况已有一定的研究，在总体鸟瞰式的印象批评基础上，有必要进一步探究其阅读现场，以免仅以少数放翁所藏、所刻之书论断其知识结构与思想背景，缺乏更趋近历史真实的讨论。上述较为细密的复原，可以发现晚年陆游除却经、史、文集的精读外，还博览了大量唐宋人笔记。我们不禁要进一步追问：对这些向来为人所轻视的"小说"津津有味地阅读，于陆游个人乃至当时的知识界而言，究竟反映出怎样的历史图景？

首先是昭示着儒家博物观念在阅读活动中的潜归。自孔子提倡读《诗》可以"多识于草木鸟兽之名"（《论语集释·阳货》）以来，"耻一物之不知"（《法言·君子》）的博物观或曰博物传统便成为古代中国知识人学问传习的重要内容。余欣甚至认为"方术之外，博物之学亦为中国学术本源之一端，同为构建古代中国的知识与信仰世界的基底性要素"。③ 尽管确如部分学者所言，自中古时期开始，博物逐渐成为"被压抑的传统"④，但从晋张华（232—300）《博物志》、干宝《搜神记》至唐段成式《酉阳

---

① （宋）李心传编撰，胡坤点校：《建炎以来系年要录》卷79，中华书局 2013 年点校本，第 1487 页。

② Leah Price, "From The History of a Book to a 'History of the Book'", *Representations*, Vol. 108, No. 1（Fall 2009），University of California Press, p. 120.

③ 余欣：《中古异相：写本世代的学术、信仰与社会》，上海古籍出版社 2015 年版，第 10 页。

④ 葛兆光：《序》，载余欣《中古异相：写本世代的学术、信仰与社会》，上海古籍出版社 2015 年版，第 6—7 页。

杂俎》、五代徐铉《稽神录》、宋刘斧《青琐高议》、章炳文《搜神秘览》、沈括《梦溪笔谈》、洪迈《容斋随笔》《夷坚志》、李石（1108—1181）《续博物志》等笔记，博物传统一脉相承，在经史知识的主流话语之外，不绝如缕地顽强延续。陆游对博物知识素感兴趣，他曾希冀能与同道共同探究"自六经、百氏、历代史记，与夫文词议论、礼乐耕战、钟律星历、官名地志、姓族物类之学"（《文集》卷一三《答刘主簿书》，第91页）；其《采药有感》云："蒹葭记霜露，蟋蟀谨岁月。古人于物理，琐细不敢忽。我少读苍雅，衰眊今白发……虽云力探讨，疑义未免阙。屏居朋友散，奥妙谁敢发。穷理已矣夫，置觯当自罚。"（《诗稿》卷六七，第3763页）"蒹葭""蟋蟀"二句，指《诗经》中的《秦风·蒹葭》和《唐风·蟋蟀》①。一起即引《诗》并说自己自少至衰探研"三苍""二雅"等名物辞书，可见终身浸淫于博物之学。前文论及陆游对沈括"辨鸡舌香为丁香"的批评，就可以看出其对"草木"的关注和对"博洽"的追求。这里还可以举出一例，《笔记》卷四谈到欧阳修、梅尧臣等人都有描述雪里开花之《小桃》诗：

> 初但谓桃花有一种早开者耳。及游成都，始识所谓小桃者，上元前后即着花，状如垂丝海棠。曾子固《杂识》云："正月二十开天章阁赏小桃。"正谓此也。（第51页）

常态下，桃花乃孟春方始盛开。陆游偶读《小桃》诗，初只是耳食之言；及至成都，见到真正的初春即盛放的小桃，方将之前炫奇记异的文本转化为日常的、地方的、实用的知识。这一转化，所凸显的是陆游不仅仅在书面记载上"讨生活"，更强调在现实实践中对知识的验证，与中晚唐段公路、房千里、刘恂等博物笔记作者一样"在对'博'的追求同时，又坚持着'信'的标准"②，承袭了传统博物学"博而且信"的传统。作为"博物君子"（《左传·昭公元年》），放翁对于人文方面知识的传扬、考

---

① 对于本诗中"蟋蟀"句所据之《诗》，钱仲联校注注曰见卷六四《暮秋中夜起坐次前韵》注。而该诗注认为蟋蟀典故乃引《豳风·七月》"七月在野，八月在宇，九月在户，十月蟋蟀入我床下"句。详味原诗，窃以为不然。其一，既然言"谨岁月"，还是以明言岁暮、日月流逝之《唐风·蟋蟀》为贴切；其二，《蒹葭》乃篇名，理当以篇名《蟋蟀》对举。

② 余欣、钟无末：《博物学的中晚唐图景：以〈北户录〉的研究为中心》，《中华文史论丛》2015年第2期。

证、品评、反馈，在所多见，如《笔记》卷二"予童子时，见前辈犹系头巾带于前"（第23—24页）条，对北宋士大夫头巾的戴法、背子须系腰、袴与裹肚的颜色等服制情况详细的介绍，表现出对前辈生活风尚的怀想。时世妆变动不居，过往的衣着搭配无法再成为当下的潮流。这样的追忆，相当程度上只能是一种"死"的知识。对它的掌握，并无当下实用的意义，而纯然出自博学多闻的需要。似此之处甚多，不备举。要之，陆游的笔记创作，氤氲着浓郁的博物传统。与中古时代中国博物学主要求"物"之"奇""异"不同，"宋代博物学则将'物'作为认识的对象"①，陆游之"博物"，并非简单地复述已有的知识，而是有所品评、辩正乃至驳斥，这体现了从"博物"到"格物"的价值取向，也是与宋代理学发展若合符契的。陆游虽未必是道学中人，但与道学诸老过从甚密。朱熹（1130—1200）送给他的纸被，他珍视非常，一再吟咏；对朱子之学也推崇备至。彼时理学"格物致知"的考论精神已经成为有宋士人圈层的普遍追求。陆游的脑海中，同样激荡着求真务实的浪潮。

其次是刺激了笔记的创作与回应。有些读者在阅读过大量笔记过后，一时技痒，产生了自己也进行创作的想法并付诸实践。如《云斋广录》（成书于徽宗政和元年，1111）的作者李献民在自序中就声称受杨亿、欧阳修、沈括及师朋都著有笔记以及唐代《甘泽谣》《松窗录》《云溪友议》《戎幕闲谈》等的影响，将曾听闻的"士大夫绪余之论""清新奇异之事""编而成集，用广其传，以资谈宴"②。上官融（995—1043）也说："余读古今小说泊志怪之书多矣，常有跂纂述之意。"③ 尽管陆游并没有留下像李献民、上官融这样的自白可以直观地了解其创作动机，但大量笔记阅读的事实与自撰笔记的结果之间，很难说绝无关联。陆游作为南宋第一流文学家，其所撰笔记的影响很大，后人的回应很多。有趣的是，后来者固然有引证放翁之文以自重者，但纠谬之处似乎更多。仅以《笔记》为例，史绳祖（1192—1274）《学斋占毕》卷四"煎糖始于汉不始于唐"条云：

---

① 温志拔：《宋代类书中的博物学世界》，《社会科学研究》2017年第1期。
② （宋）李献民撰，储玲玲整理：《云斋广录》，《全宋笔记》第9编第1册，大象出版社2018年版，第282页。
③ （宋）上官融撰，黄宝华整理：《友会谈丛》，《全宋笔记》第8编第9册，大象出版社2017年版，第5页。

《老学庵笔记》，其中一条云：闻人茂德，博学士也，言"沙糖中国本无之。唐太宗时外国贡至，问其使人：'此何物？'云：'以甘蔗汁煎。'用其法煎成，与外国者等。自此中国方有沙糖。凡唐以前书传及糖者，皆糟耳。"是未之深考也。闻人固不足责，老学庵何至信其说而笔之①？

其后旁征博引经传注疏驳斥中国砂糖始于唐代的传闻。然而史绳祖并不对此论的始作俑者闻人茂德有所腹诽，却对记载其论的陆游非常不满，尽管陆游只是诗人，闻人茂德才是"尤邃于小学"（《笔记》第7页）的学者，本不该犯此错误。这一来可以看出《笔记》的影响远远大过专业学者的学术讨论；二来可见后人对陆游的期待值甚高，以至于脱离实际，对其学术水平寄予了过分的幻想。相似的例子还有王应麟（1223—1296）《困学纪闻》卷一四揭露陆游所记中书、门下班次迁改之误②；韦居安《梅磵诗话》卷中也批驳陆游因未详览《江表传》而弄错了"帕头"所指③。以上事例清晰地表明，不少宋代笔记条目是在阅读了前辈作品之后受到刺激而产生，此种情况一般是中小作家撰写笔记的缘起之一。一流作家的笔记，则成了后人严格审视的对象，不管是引述典故，还是纠谬指瑕，均是学习型阅读的结果，成为后世笔记中知识生产的来源。阅读—回应—自撰，乃是宋人笔记生成的重要进路之一。

然事不止此。之所以出现上述情形，原因在于经济社会繁荣稳定、印刷出版愈加便利、科举制度定型导致的受教育人口急剧增长等多方合力，促发了文化消费市场的蓬勃兴旺。处于宋元明转型④历史大潮之初的知识

---

① （宋）史绳祖撰，汤勤福整理：《学斋占毕》，《全宋笔记》第8编第3册，大象出版社2017年版，第128—129页。标点有改动。

② （宋）王应麟著，翁元圻辑注：《困学纪闻注》第6册，中华书局2016年点校本，第1741页。

③ （宋）韦居安：《梅磵诗话》，载丁福保《历代诗话续编》，中华书局1983年点校本，第551页。

④ "宋元明转型"（The Song-Yuan-Ming Transition）是近年来国际史学界兴起的中国史学研究范式，以期在内藤湖南（1866—1934）"唐宋变革论"基础上进一步反思过往未足够重视南宋至明中叶（12—15世纪）约四百年历史、甚至视之为近世时代停滞期的历史认知，并将之继续向前推进。目前，学界对该议题的讨论尚处在起步阶段，并未对其总体历史形象有较为一致的判断。但综括国内外研究进展概而言之，所谓"宋元明转型"，更加强调此期"士的地方化"与"地域社会"，强调"沿着中国本身"的研究（China Centered Approach，见 Paul Jakov Smithand Richard von Glahneds, *The Song-Yuan-Ming Transition in Chinese History*, Harvard University Press, 2003。），认为宋元明时期并非停滞阶段，应在整个近世化进程中对其予以重新定位。

生产，除因应进入仕途所需的经史讲章外，更多的是着眼于日渐崛起的包括地方化士大夫圈层和城居之民在内的新兴读者群。该读者群的阅读消费呈现趋俗的态势：一是俗文化的流衍，包括虽日渐雅化但仍能应歌的词、以口语白话为主的话本小说和勾栏瓦肆搬演的杂剧、南戏。二则是雅文学的下移，除越来越多知识人特别是下层文人对"诗人"身份不再避忌而开始刊刻诗文别集①以外，能够满足消费者猎奇心理的短篇文言笔记小说集也成为重要的文化商品，甚至出现了专事笔记刊刻的书商②。生产决定消费，消费促进生产。在出版发行一端和消费者一端的互动之下，两宋从收集刻印前代笔记始，逐渐出现了业余乃至专业笔记作家，如陆游前辈王铚家族、与其同时的洪迈家族等。宋人自撰笔记大量流通于市场。《全宋笔记》辑录、整理了近五百种宋人笔记，而据顾宏义的"不完全统计，宋代笔记多达 1000 余种，5000 余卷"③，可说是异常繁荣了。黄镇伟认为宋人笔记小说的勃兴，具有"自述读书经历""劝勉读书，追求博学""弘扬阅读精神""考辨书籍讹误，指导阅读""传播阅读的方法与理念"④ 五个方面重要的意义，在古代阅读史上占有重要地位。

如此繁多的笔记文本出现在文化消费市场上，导致了宋人知识结构和精神世界的重大变化。苏轼在《李氏山房藏书记》中曾表示"余犹及见老儒先生，自言其少时，欲求《史记》《汉书》而不可得，幸而得之，皆手自书，日夜诵读，惟恐不及"⑤。苏轼所见老儒之"少时"至少在北宋初年。然情况很快就发生了变化："昔之君子见书之难，而今之学者有书而

---

① 内山精也关注到宋代士大夫对生前刊行诗集的回避态度："诗歌在用文言文创作的各种文体中是最能表现个人感情的一种媒介。对于经常要站在官吏立场的士大夫来说，原本就是最需要与它保持微妙距离的文体。生前刊行诗集会将自己最真实的一面暴露在当世未知的众人面前，同时还有可能被人认为是在进行自我宣传，以及让全天下人都知道自己不适合或者没有能力成为士大夫。"见［日］内山精也《庙堂与江湖：宋代诗学的空间》，朱刚、张淘、刘静、益西拉姆译，慈波校译，复旦大学出版社 2017 年版，第 173 页。
② 如临安府太庙前尹家书铺，王国维（1877—1927）考证其除刻有集部的《箧中集》一卷外，先后出版了《北户录》三卷、《却扫编》三卷、《钓矶立谈》一卷、《渑水燕谈录》十卷、《曲洧旧闻》十卷、《述异记》二卷、《续幽怪录》四卷、《茅亭客话》十卷，见王国维撰《两浙古刊本考》，载《王国维全集》（第 7 卷），浙江教育出版社 2009 年点校本，第 37—38 页。
③ 顾宏义：《两宋笔记研究》，大象出版社 2020 年版，第 3 页。
④ 黄镇伟：《中国阅读通史·隋唐五代两宋卷》，安徽教育出版社 2017 年版，第 302—313 页。
⑤ （宋）苏轼撰：《李氏山房藏书记》，《苏轼文集》卷 11，中华书局 1986 年点校本，第 359 页。

不读"①——对于《史记》《汉书》等经史名著束书不观——除了科举应考必读以外，宋人大量阅读的其实是非经、非史的子书尤其是笔记作品。大型笔记类书的编纂及其被阅读，对该文体的传播有着特别重要的意义。前文已几乎可以推定，陆游是通过《广记》等类书而非单行本来完成对大量唐、五代笔记的阅读的。《广记》于太平兴国六年镂版后，虽因"非学者所急，收墨板藏太清楼"②，但北宋即已流传开来。特别是陆游家族世交的昭德晁氏，经金相圭考证，"所藏的《广记》有可能是刻本"③。陆游又常向晁氏借书抄录，《剑南诗稿》卷一二《抄书》一诗便自注曰"借书于王、韩、晁、曾诸家"（第991页），其所见《广记》，有可能是晁氏藏本。更何况宋高宗初年官府就刊刻过该书并分送大量臣僚④。陆游躬逢其时，正是《广记》大流行的时代。尽管宋代雕版印刷技术突飞猛进，还出现了便捷低廉的活字印刷术，但实际上，书籍出版仍有一定困难。常见经史之书因科举需要，自然不断有官刻、坊刻的各种版本问世。子部与集部书籍，非有大力者或因缘际会，则很难上梓。即便印刷，印数也很小。经过一段时间市面流通后，大量子书、诗文别集就很难寻觅了。其文本只有进入选本、类书，方能够实现较大范围与较长时段的传布。《广记》卷帙浩繁，合计引录了自汉至宋四百七十余种笔记作品，集历代笔记之大成。尤其是将一些珍秘罕见、流传不广的著作收入其中，不仅有助于宋前笔记的保存与校勘，也更加便利了它们的传播受容。陆放翁经由《广记》阅读众多唐人笔记小说，转述与改写进《笔记》等作品中，正反映出宋代大型笔记类书"使唐代小说成为许多话本、戏曲故事题材的渊薮"⑤的文体功能。除大型类书外，宋人自撰笔记在放翁阅读史中也占据较大比重。这些笔记或因抄录、或因本地新近印刷、或因他人持赠等途径而进入放翁

① 《苏轼文集》，第360页。

② （宋）王应麟：《玉海》卷54，广陵书社2003年影印清光绪九年浙江书局刊本，第1031页上栏。

③ ［韩］金相圭：《〈太平广记〉异文研究——以韩国所藏〈太平广记详节〉〈太平通载〉为中心》，博士学位论文，浙江大学，2012年，第11页。

④ 陈骙（1128—1203）《南宋馆阁录》卷六记载了绍兴二十九年（1159）闰六月秘书省"曝书会"分送《太平广记》《春秋左氏传》各一部之事，可参（宋）陈骙《南宋馆阁录》，中华书局1998年点校本，第68—69页。

⑤ ［马来西亚］陈依雯（Tang Yee Woon）：《唐代小说的传播与接受》，博士学位论文，南京大学，2016年，第84页。

的书房。尽管时人常常对笔记嗤之以鼻——陈振孙就评价洪迈撰写《夷坚志》的行为乃"不亦谬用其心也哉!"①——但其实并不妨碍其如饥似渴地阅读,甚至深闺之中的女性,也在常见女德书籍之外泛览笔记小说。晁补之《李氏墓志铭》就说道:"闻之夫人于书无不读,读能言其义,至百家方技小说皆知之。"②虽不无谀墓之嫌,然"小说"厕其间,亦可见宋代普通官宦人家女子的阅读范围。唐代社会阅读还偏向儒家经典。敦煌写本杂曲中有《十二时》套曲,其中涉及普通民众所读有"发愤勤学"里的"礼乐诗书""诗书""诗史"③、"劝学"里的"先贤经典"④、"求宦"里的"先王典籍"⑤;统治圈层所读书更是以儒家经典为大宗,辅以道、释二氏之书。可见直至隋唐之世,社会阅读仍集中于精英化的经典文本。宋人尤其是进入南宋以后,社会阅读更趋向求新求异,传统经典已经无法满足阅读需求。绍兴二十七年进士登第的张淏在所著《云谷杂记》卷末曰:

> 予自幼无他好,独嗜书之癖,根着胶固,与日加益。每获一异书,则津津喜见眉宇,意世间所谓乐事,无以易此。虽阴阳方伎、种植医卜之法,辐轩稗官、黄老浮图之书,可以娱闲暇而资见闻者,悉读而不厌⑥。

这里令张淏"津津喜见眉宇"的"异书",自然不是四书五经、《史记》《汉书》这些常见书目,其自叙的阅读范围,就包括了"辐轩稗官"亦即笔记小说在内。叶廷珪在成书于绍兴十九年的《海录碎事》自序中说:"每闻士大夫家有异书无不借,借无不读,读无不终篇而后止。"⑦对

---

① (宋)陈振孙撰:《直斋书录解题》卷11,上海古籍出版社2015年点校本,第336页。
② (宋)晁补之:《济北晁先生鸡肋集》卷66,明诗瘦阁仿宋刊本。
③ 任中敏编著,何剑平、张长彬校理:《敦煌歌辞总编》卷5,凤凰出版社2014年版,第818页。
④ 任中敏编著,何剑平、张长彬校理:《敦煌歌辞总编》卷5,凤凰出版社2014年版,第989页。
⑤ 任中敏编著,何剑平、张长彬校理:《敦煌歌辞总编》卷5,凤凰出版社2014年版,第993页。
⑥ (宋)张淏撰,李国强整理:《云谷杂记》,《全宋笔记》第7编第1册,大象出版社2015年版,第80页。
⑦ (宋)叶廷珪:《海录碎事》卷首,明万历卓显卿刻本。

于自己收集抄录的各种片段材料，叶氏矜夸："虽摘裂章句、破碎大道，要之多新奇事，未经前人文字中用，实可以为文章佽助，岂小补哉！"① 可以见出南宋初年士大夫对异于经史常谈的新奇知识的特殊嗜好。绍兴二十九年，时年三十五的陆游曾记载"三二十年来"士人不乐经典之学的鄙陋风气："诋穷经者，则曰传注已尽矣；诋博学者，则曰不知无害为君子。"（《文集》卷一三《答刘主簿书》，第 91 页）逆向推理，读书人所乐于翻阅者，当是非经非史之作了。这些事实都毫无疑问地表明，宋人知识、精神世界的构成方式已经由中古时代以儒家典籍为主的较为狭隘的经史精读向博读诸种知识演化；子部尤其是说部书，正成为宋人积极追求、津津"悦"读的新贵对象。随着笔记数量的剧增和笔记作家的规模化出现，其文学市场的繁荣大大拓宽了宋人的阅读面，整个社会阅读迈入非经典的平民化、或曰近世化进程。到了明代，笔记小说又以小品文的面貌出现在文学史长河中，"以生活化、个性化、审美化为主要特征"②，与长篇小说一起进一步呈现出社会阅读的近世化征象。"笔记构成了宋人阅读世界的一块大陆，是建构其知识结构的生力军。"③

四 余话

正如叶晔在考察近世文人之阅读局限及文本、知识变异情况时所指出的："我们不能倚借当代学术的海量文献及严谨态度，去想象与规范一位古代诗人的文学阅读经历。"④ 本文着重探讨的放翁笔记阅读的书籍实物与知识构成及其反映的南宋时代知识人的阅读史图景，当然无法完全还原彼时的文学现场；个别讨论，可能还有较大的疏误。笔者不拟作知识考古式的重建陆游经眼书录的工作，真正用意不仅在尽力搞清楚作为笔记作家的陆游阅读哪些笔记文本这样的细微之处，更看重此中反映出南宋知识界阅读史概貌的历史真实。阅读从来"不仅是个人行为，也是社会行为"⑤，作

---

① 《海录碎事》卷首。
② 吴承学：《遗音与前奏——论晚明小品文的历史地位》，《江海学刊》1995 年第 3 期。
③ 胡鹏：《略论北宋笔记的传播及其意义》，《师大学报》2020 年第 1 期。
④ 叶晔：《〈牡丹亭〉集句与汤显祖的唐诗阅读——基于文本文献的阅读史研究》，《文学评论》2019 年第 4 期。
⑤ 戴联斌：《从书籍史到阅读史：阅读史研究理论与方法》，新星出版社 2017 年版，第 58 页。

为南宋王朝的典型知识人，陆游笔记阅读史实际上具有相当的代表性。它揭示了经历仓皇南渡、偏安半壁的文人士大夫的阅读取向。对陆游笔记阅读史个案的追溯，可以借机管窥地方化士人圈层的知识构成与精神世界，进而对宋元明转型的历史脉动有一更真切的感知。

《剑南诗稿校注》中"天和"释义考辨

周黎杰　　王敏红

（绍兴文理学院 人文学院）

摘要：钱仲联、马亚中主编的《陆游全集校注》由于工程浩大，有一些字词的解释仍有可商榷之处。对于该校注中陆游《蓬门》诗中"天和"一词的解释，本文从文字学、中医学等多个角度结合文献资料考证，认为该诗中把"天和"释为"自然和顺之理；天地之和气"未为确当，提出了"天和"在诗中指"人的元气"的观点。

关键词：《剑南诗稿校注》；《蓬门》；天和人的元气

陆游是我国著名的爱国诗人，与杨万里、尤袤、范成大并称为南宋"中兴四大诗人"。陆游自言"六十年间万首诗"，其存世的诗数量有九千三百余首之多，而其中又以《剑南诗稿》最为著名，汇集了陆诗中的精品。由于陆游诗歌数量很多，历代未有全注者。钱仲联教授出版于 2005 年的《剑南诗稿校注》作为《陆游全集校注》的一部分，是陆诗校注的创举，该校注工程浩大，校注精良，是目前陆诗校注的集大成者。但百密一疏，有些字词的解释仍有一些可商榷之处。本文主要探讨"天和"一词在陆游《蓬门》诗中的准确意义。

陆游《蓬门》中有"天和"一词：

> 莫笑蓬门雀可罗，老农正要养天和。
> 穿林袅袅孙登啸，叩角呜呜宁戚歌。
> 睡美到明三展转，饭甘捧腹一摩挲。

床头更听糟床注，造物私吾亦已多。①

钱仲联教授在《剑南诗稿校注》中对于"天和"一词的解释，仅引用了《庄子·知北游》中的一句话："若正汝形，一汝视，天和将至。"② 可以肯定的是，编者认为两者义同，故未另作解释而根据《汉语大词典》的解释，"天和"的其中一个义项为"自然和顺之理；天地之和气"③，并将《庄子·知北游》中此句作为书证，同时引用了唐代成玄英的疏："汝形容端雅，勿为邪僻，视听纯一，勿多取境自，然和理归至汝身。"④ 成玄英提到的"和理"就是指"天和"。因而《剑南诗稿校注》中应是采纳了这个解释，认为《蓬门》中的"天和"也是"天地之和气，自然和顺之理"。那么陆游诗中的"天和"与《庄子》中的"天和"所指究竟是否一致呢？先看《庄子》中的"天和"：

包括上述提到的《庄子·知北游》中的一句，"天和"在《庄子》中共出现了三次。

（1）夫明白于天地之德者，此之谓大本大宗与天和者也，所以均调天下与人和者也。⑤

（2）与人和者谓之人乐，与天和者谓之天乐。⑥

以上这两句话均出自《庄子·天道》，这两句话中的"天和"与《知北游》中的"天和"有一定区别，是与前面的"与"连起来看的一个短语"与天和"，此处的"和"为"和谐""应和"，整个短语即"与天应和"之义。第一句话中，"郭云：'天地以无为为德，故明其宗本则与天地无逆也。'"⑦ 此处郭象的注提及了"与天地无逆也"，由此可见，这里的"天和"虽然与《知北游》中的"天和"有所区别，但主体内涵也是与"天地之和气，自然和顺之理"相类似的天地自然和谐的观点。第二句话中，"郭云：'顺天所以应人，故天和至而人和尽也。'成云：'均平调顺也。'"⑧ "成云：

---

① 钱仲联、马亚中主编：《陆游全集校注》第 4 卷，浙江教育出版社 2011 年版，第 85 页。

② 钱仲联、马亚中主编：《陆游全集校注》第 4 卷，浙江教育出版社 2011 年版，第 85 页。

③ 罗竹风等编辑：《汉语大词典》，上海辞书出版社 2011 年版，第 3164 页。

④ 此处《汉语大词典》标点有误，应为"误多取境，自然和理归至汝身"。

⑤ （清）王先谦：《庄子集解》卷 4《天道第十三》，中华书局 1987 年标点本，第 114 页。

⑥ （清）王先谦：《庄子集解》卷 4《天道第十三》，中华书局 1987 年标点本，第 114 页。

⑦ （清）王先谦：《庄子集解》卷 4《天道第十三》，中华书局 1987 年标点本，第 114 页。

⑧ （清）王先谦：《庄子集解》卷 4《天道第十三》，中华书局 1987 年标点本，第 114 页。

'俯同尘俗，仰合自然。'"① 根据郭象和成玄英的注疏，"顺天"与"应人"相对应，也是包含有天人合一的思想观点。同时，郭象的注解中也出现了"天和"一词，"天和"与"人和"相对应，也就是"顺天"才能达到"天和"，"天和"至才能达到尽"人和"的境界，体现了人与自然的和谐。成玄英在其疏中的这一俯一仰之说，也正是天地人和的体现。

综上，《庄子·天道》中的"天和"虽与《知北游》中的"天和"不同，但是郭注中提及了"天和"，并且这两句话整体的内涵和《知北游》中的"天和"所表达的顺应天地自然、天人合一的"天地之和气，自然和顺之理"意义非常相近。

（3）敬之而不喜，侮之而不怒者，唯同乎天和者为然。②

这句话出自《庄子·庚桑楚》，晋代郭象在注中说："彼形残胥靡而犹同乎天和，况天和之自然乎？"以及"成云：'忘其逆顺。'"③ 根据原句及注解，郭象认为"天和"与自然密不可分，成玄英则直言"忘其逆顺"，表达的也是一种遗世独立、天人合一的意境。因而笔者认为，这里的"天和"是指顺境时不狂喜，遭遇侮辱时不发怒的天地和顺的和气和自然之气，《汉语大词典》的"天和"解释中"天地之和气，自然和顺之理"这一义项下也将这句话作为书证。

故根据以上例证，"天和"在《庄子》中所侧重的是人与自然的关系，即《汉语大词典》所释的"天地之和气，自然和顺之理"之义。

然而，笔者对《蓬门》诗进行整体分析，诗人所用的意象都是普通农家常见之物，描写的也是平常的生活，营造了一种平淡朴素的农家生活，体现了作者对于这种晨起而作，日落而息，含饴弄孙，颐养天年的生活的描绘。全诗首联"莫笑蓬门雀可罗，老农正要养天和"即点出了诗人归隐田园，门可罗雀，保养自身的基调，有无可奈何的自嘲意味。诗中第二联"穿林袅袅孙登啸，叩角呜呜宁戚歌"运用了"孙登啸"和"宁戚歌"两个典故。"孙登啸"指晋隐士孙登长啸事。《晋书·阮籍传》："籍尝于苏门山遇孙登，与商略终古及栖神导气之术，登皆不应，籍因长啸而退。至半岭，闻有声若鸾凤之音，响乎岩谷，乃登之啸也。"④ 后用为游逸山林、长

---

① 王先谦：《庄子集解》卷4《天道第十三》，第115页。
② （清）王先谦：《庄子集解》杂篇《庚桑楚第二十三》，第207页。
③ （清）王先谦：《庄子集解》杂篇《庚桑楚第二十三》，第207页。
④ （唐）房玄龄等撰：《晋书》卷49《阮籍传》，中华书局1974年版，第6册，第3220页。

啸放情的典故。诗中用此典故展现了陆游归隐田园的自由与散漫的心理状态，而且阮籍寻访孙登也是为了学习气功引导之术用以强身健体。"宁戚歌"指春秋时，宁戚想向齐桓公谋求官职，在齐桓公经过的路边，"击牛角而疾商歌"，引起齐桓公的注意，被其带走，成就了事业。后遂以"宁戚歌"指不遇之士自求用世。"宁戚歌"是陆诗中常见的典故，有怀才不遇的落寞和仍想为国效力，自求用世的忠心，这也与陆游忧国忧民的爱国情怀紧密契合。第三联"睡美到明三展转，饭甘捧腹一摩挲"并未对自然景物进行描写，展现的是农家生活中的起居日常，对安逸的寝与食的描写体现了农家生活的美好。第四联"床头更听糟床注，造物私吾亦已多"，同样描写了农家生活的物质条件虽然不高，但诗人仍已觉满足。扬榷而论，《蓬门》一诗中鲜见自然景物的描写，更多的是描述诗人告老还乡，归隐田园，保养身体的状态。故根据整首诗所表达的内涵，涉及的应该是关于个人养生，而与《庄子》中的用法并不很对应，并未扩大、上升到天人合一的境界。笔者认为，诗中的"天和"解释为"人的元气"更为适合。

一

首先，从文字学的角度来说，"天"字的甲骨文字形为𠀡，金文字形为𠀡，可以很明显地看出"天"字的甲骨文和金文字形都与人形比较相似，同时对于人的头部都作了着重强调，可见"天"字的本义就是与人的头部有关。《说文解字·一部》："天，颠也。至高无上，从一、大。"[1]《集韵》："铁因切，颠也，至高无上，文一。"[2] 这里提到的"颠"就是头顶之义。而"高空、上天"这一义项是由"头顶"这一义项引申而来。从这一角度来看，"天和"这个词本身来说就与人体及人自身有关。"和"字的金文字形为𠂤，从字形角度看，"和"字从"口"，也与人体的一部分有关。《说文解字·口部》："咊，相应也，从口，禾声。"[3]《集韵》："胡戈切，《说文》：'相应也。'"[4]《广韵》："尔雅云：'笙之小者谓之和。'和，

---

① （东汉）许慎：《说文解字》《弟一上》，中华书局1963年影印本，第11页。
② （宋）丁度等奉敕撰：《集韵》卷2《臻第十九》，中华书局1988年影印本，第37页。
③ （东汉）许慎：《说文解字》《弟二上》，中华书局1963年影印本，第36页。
④ （宋）丁度等奉敕撰：《集韵》卷3《戈第八》，第58页。

顺也，谐也，不坚不柔也。"① 由此可见，"和"本义为声音相应，协调地跟着唱或者伴奏。从文字学角度来看，"天和"就是指人身体内的一种互相呼应与协调。同时，从传统中医学的角度，在《黄帝内经》中的"和法"是治疗疾病的最高法度，是"和"的中国传统哲学思想在中医上的体现。"因而和之，是谓圣度"②，所谓"和法"就是调整人体阴阳、五行的太过、不及，恢复机体"和"的状态。同时"和法"在《黄帝内经》中就是以"自和"为基础，以调和为法度，协调机体阴阳表里、脏腑经脉、营卫气血、寒热气血等，使人恢复阴阳平衡。作为"和法"的所调和的对象之一，"元气"一词在《汉语大词典》中有"人的精神、精气"③ 这一义项。

由此可见，"天和"所表示的是传统医学观念中的"调和"之法，通过人体自身内部的调和从而达到人的精神、精气处于最佳状态。那么"天和"解释为"人的元气"也就有迹可循，有理可依。

同时，《汉语大词典》中"天和"即有"人体之元气"④ 这一义项。中国台湾的《重编国语辞典》中也将"天和"解释为"人的元气"⑤，也在一定程度上为"天和"解释为"人的元气"提供了佐证。

其次，在《剑南诗稿》中，除了这首《蓬门》，还有其他六处"天和"的使用例证。

（4）《秋兴》："蓬蒿门巷绝经过，清夜何人与晤歌。蟋蟀独知秋令早，芭蕉正得雨声多。传家产业遗书富，玩世神通醉脸酡。如许痴顽君会否，一毫不遣损天和。"⑥

（5）《明日观孤寂诗不觉大笑作长句自解》："独处将如长夜何，直将寂寞养天和。爱身不惰如怀璧，守气无亏似塞河。尘箧空存获麟笔，烟陂懒和饭牛歌。"⑦

（6）《自述》："勃落为衣隐薜萝，扫空尘抱养天和。过期未死更强健，

---

① （宋）陈彭年等奉敕重修：《宋本广韵·永禄本镜韵》卷第二《戈第八》，江苏教育出版社 2005 年版，第 45 页。

② 姚春鹏译注：《黄帝内经·素问·生气通天论》，中华书局 2009 年版，第 33 页。

③ 罗竹风等编辑：《汉语大词典》，上海辞书出版社 2011 年版，第 1958 页。

④ 罗竹风等编辑：《汉语大词典》，上海辞书出版社 2011 年版，第 3164 页。

⑤ 中国台湾《重编国语辞典》，台湾商务印书馆 1981 年版，第 1366 页。

⑥ 钱仲联、马亚中主编：《陆游全集校注》第 4 卷，浙江教育出版社 2011 年版，第 10 页。

⑦ 钱仲联、马亚中主编：《陆游全集校注》第 7 卷，第 131 页。

与世不谐犹啸歌。野市萧条残叶满，酒家零落废墟多。石帆山下孤舟雨。借问君如此老何。"①

（7）《醉中示客》："四座无哗听我歌，百年生计一烟蓑。清尊溆溆犹狂在，白发萧萧奈老何。远适安能缩地脉，高眠聊足养天和。吾徒看尽人间事，莫爱车前印几寰。"②

（8）《即事》："身向人间阅事多，杜门聊得养天和。盛衰莫问萧京兆，壮老空悲马伏波。日莫城楼传戍角，风生岭路下樵歌。"③

（9）《杂赋》："中年畏病杯行浅，晚岁修真食转多。谢客杜门殊省事，一盂香饭养天和。"④

包括《蓬门》在内，陆游在《剑南诗稿》中使用"天和"的七首诗笔者都选择完整收录而非只选取带"天和"的句子，目的就是更全面地把握整首诗的意境和作者所要传达的思想内涵，避免有断章取义之嫌。我们可以看到，以上陆游所写的诗歌从整体上看都是描写日常生活的细节，都是跟生活有关，侧重于陆游自身对于平淡生活的向往和追求。同时细读之下，例4中全诗主体是描写乡村生活中的自由恣肆，《剑南诗稿校注》中引用了韩愈的《寒食日出游夜归》中的"自然忧气损天和"⑤，意在说明两句中的"天和"义同，韩愈诗中体现的是中医上所说的"忧气"损伤人的元气和身体，与本文所论述的观点相同。例5中的"爱身不惰如怀璧"，写的是爱惜自己的身体就如同怀揣着宝贵的玉璧；例6中的"扫空尘抱养天和""过期未死更强健"，写的就是要强身健体；例7的"高眠聊足养天和"写的就是通过充足的睡眠来保养自身的元气；例8中的"杜门聊得养天和"写的是一种年老退休后的闲适自得、不问世事的生活状态。例9诗描写的是诗人中年畏病，通过调养"修真"，锻炼心性，进而身体好转，同时闭门谢客，用"一盂香饭"来"养天和"，保养身体。上述6例，1例为"损天和"，5例为"养天和"，都是描写一种自身的养生状态，爱惜自己的身体，通过保持良好的生活作息和生活习惯来保养自身，达到强身健体、颐养天年的目的。由此可见，陆游在创作诗歌的过程中，对于"天

---

① 钱仲联、马亚中主编：《陆游全集校注》第7卷，浙江教育出版社2011年版，第239页。
② 钱仲联、马亚中主编：《陆游全集校注》第7卷，浙江教育出版社2011年版，第459页。
③ 钱仲联、马亚中主编：《陆游全集校注》第8卷，浙江教育出版社2011年版，第4页。
④ 许瑞琪评注：《陆游诗注评》中编第1章《养生意义》，齐鲁书社2009年版，第186页。
⑤ 钱仲联、马亚中主编：《陆游全集校注》第4卷，浙江教育出版社2011年版，第11页。

和"这一词的主要使用场景就是在描写琐碎的日常生活，表达一种年老后闲适的生活态度，进而调养自身的元气，达到健康的目的。因此，陆游诗中"天和"的主要意思就是"人的元气"。

此外，笔者查阅了陆游诗歌的其他选本，许瑞琪的《陆游诗注评》在《蓬门》和《自述》两首诗中均注解"天和"为"指人体阴阳平衡"，并提出"'养天和'首先要有一副安然的心态，其次要有一个安谧的环境，再次是随情任性，动静结合，在饮食起居间注意养生"。① "人体阴阳平衡"这一解释虽不够贴切，但其也主要体现了诗人通过调节情致和生活起居来保养自身身体健康，与本文所论述的观点大抵相同。

二

此外，综合其他文献资料考证，"人的元气"这一义项在其他文献资料中也被广泛使用。文章方面，例如：

（10）《庄子·德充符》："故不足以滑和，不可入于灵府。"②

（11）《文子·下德》："目悦五色，口肥滋味，耳淫五声，七窍交争，以害一性，日引邪欲，竭其天和，身且不能治，奈治天下何！"③

（12）晋·葛洪《抱朴子·道意》："精灵困于烦扰，荣卫消于役用。煎熬形气，刻削天和。"④

（13）唐·李华《李遐叔文集》："携手长望可以颐神远寿，畅其天和。"⑤

（14）宋·毕仲游《西台集》："居处饮食仰计足以卫天和而固生理也。"⑥

（15）宋·晁迥撰《法藏碎金录》："似用不用如来空空之心，心息相依，息调心净混融纯熟名曰精修真隐之深者身心俱，身隐之深则人伦不能见其迹，心隐之深则鬼神不能察其意，陶然得天和。"⑦

在例 10 的注疏中"成云：'滑，乱也。'郭云：'灵府，精柙之宅。'宣云：'惟其如是故当任其自然不足以滑吾之天和，不可以扰吾

---

① 许瑞琪评注：《陆游诗注评》中编第 1 章《养生意义》，齐鲁书社 2009 年版，第 184 页。
② （清）王先谦：《庄子集解》卷 2《德充符第五》，中华书局 1987 年标点本，第 47 页。
③ 魏征、虞世南等编：《群书治要译注》，中国书店出版社 2012 年版，第 21 册，第 44 页。
④ （晋）葛洪撰，王明著：《抱朴子内篇校释》《道意卷九》，中华书局 1986 年版，第 171 页。
⑤ （唐）李华：《李遐叔文集》，浙江大学图书馆馆藏四库全书影印本，第 243 页。
⑥ （宋）毕仲游：《西台集》，浙江大学图书馆馆藏四库全书影印本，第 2 册，第 235 页。
⑦ （宋）晁迥：《法藏碎金录》，浙江大学图书馆馆藏四库全书影印本，第 486 页。

之灵府。'"① 宣颖的注释中提及了"天和"一词，认为"灵府"是人精气所在之匣，宣颖所言"天和"和"灵府"相对，也应是与人体自身相关，这里的"天和"也可以解释为"人的元气"。例11中的"竭其天和"与目、口、耳等人体组成部分息息相关，最后引出了"身且不能治，奈治天下何"，可见这里的"天和"正是与人体自身密切相关的"人体自身元气"之义。例12中，葛洪在书中一直宣扬的是庄子的"贵生"思想，对精神赖以存在的人的肉身十分重视，将其视为修炼成仙的重要基础，并且提出"以药物养身，以术数延命，使内疾不生，外患不入，虽久视不死，而旧身不改，苟有其道，无以为难也。"② 由此可见，《抱朴子·道意》中提及的"精灵"即"人的精神"③，"荣卫"即"泛指人的气血身体"④，"形气"和"天和"一样都是有人的元气之义。因此，结合起来看，《抱朴子·道意》中的"天和"也应是与人自身身体相关的"人的元气"或"人体之元气"之义。例13、14中的"天和"也都是与人自身生理与身体有关，于日常生活中保养人的元气。例15中为佛经中的用例，所描写的也是身心协调，心息相依，才能陶然得到人体的元气。

诗歌方面，"天和"一词的使用也是较为广泛，例如：

（16）唐·白居易《吟四虽杂言》："酒酣后，歌歇时。请君添一酌，听我吟四虽。年虽老，犹少于韦长史。命虽薄，犹胜于郑长水。眼虽病，犹明于徐郎中。家虽贫，犹富于郭庶子。省躬审分何侥幸，值酒逢歌且欢喜。忘荣知足委天和，亦应得尽生生理。"⑤

（17）宋·陈岩《菖蒲间》诗："膜外浮云不较多，只将无事养天和。生来懒觅仙人药，九节菖蒲奈我何。"⑥

（18）宋·林尚仁《怀蒲一庵许紒岩》："新营一榻养天和，独喜身闲鬓未皤。药性不谙缘病少，花名惯识为吟多。移书晒日防留蠹，写帖临池拟换鹅。不到玉峰今两载，故人情味近如何。"⑦

① （清）王先谦：《庄子集解》卷2《德充符第五》，中华书局1987年标点本，第52页。
② （晋）葛洪撰，王明著：《抱朴子内篇校释》《论仙卷二》，中华书局1986年版，第14页。
③ 罗竹风等编辑：《汉语大词典》，上海辞书出版社2011年版，第12747页。
④ 罗竹风等编辑：《汉语大词典》，上海辞书出版社2011年版，第6299页。
⑤ （唐）白居易撰，顾学颉点校：《白居易集》，中华书局1979年版，第676页。
⑥ （宋）陈岩：《九华诗集》，浙江大学图书馆馆藏四库全书影印本，第37页。
⑦ （宋）陈起：《江湖小集》，浙江大学图书馆馆藏四库全书影印本，第518页。

（19）宋·苏轼《和寄天选长官》："虚怀养天和，肯徇奔走闹。"①

（20）清·顾炎武《寄子严》："不幸丧厥明，犹能保天和。"②

例 16、17、18 三首诗都跟陆游所创作的诗歌一样，是描写日常普通平淡的生活，直抒胸臆，意境方面也跟陆诗一样，对自然景物描写不多，主要表达的正是诗人心中对于平淡生活的赞美和向往，体现了年老后的自身生活。而这三首诗中的"天和"也都主要是与人自身的元气相关。例 16 中"忘荣知足委天和，亦应得尽生生理"一句正是体现了诗人淡泊名利，聚集天和，使自身元气生生不息。诗中并没有自然景物的描写，"天和"解释为"人的元气"更为符合诗的意境。例 17 中"只将无事养天和"一句作者意在说明用无为平和的心态来保养自己的身体。例 18 中，"新营一榻养天和"一句和陆游诗歌一样用良好的生活作息和情志来保养自身元气。例 19、20 也都与陆诗一样，用"人与自然的和顺之气"来解释就未免过于宽泛，都仅有颐养天和之义，解释为"人的元气"则更为妥当。

小说方面，使用"人的元气"这一义项的作品也不少见，例如：

（21）宋·文莹《湘山野录》中卷："挂冠归去旧烟萝间，身健养天和，功名富贵非由我，莫贪他这歧路。"③

（22）明·许仲琳《封神演义》第一百回："李靖等慰之曰：'陛下当善保天和，则臣等不胜庆幸。'"④

（23）明·邓志谟《锲唐代吕纯阳得道飞剑记》："纯阳子于此静养天和，心旷神怡。"⑤

这些小说中的"保天和""养天和"结合语境来看，也正是类似于我们现在的"强身健体，保养身体元气"之义。

三

从中医学角度讲，除了上文已经提及过的《黄帝内经》中的"和法"，

---

① （宋）苏轼撰，（清）王文诰辑注：《苏轼诗集》，中华书局 1982 年版，第 6 册，第 2588 页。

② （清）顾炎武撰，王蘧常辑注，吴丕绩标校：《顾亭林诗集汇注》，上海古籍出版社 1983 年版，第 1194 页。

③ （宋）文莹：《湘山野录·中卷》，浙江大学图书馆馆藏四库全书影印本，第 92 页。

④ （明）许仲琳：《中国古典小说最经典：封神演义》第一百回，中华书局 2013 年版，第 1456 页。

⑤ 邓志谟、杨尔曾、汪象旭：《八仙全书》，春风文艺出版社 1987 年版，第 331 页。

"养天和"即自己调理自身元气，一直有着较为深厚的中医理论依据。《黄帝内经》记载："必先岁气，无伐天和。"①《勿药玄诠》中有言："终日扰攘营谋使乖弄巧，有伤天和。"② 所说就是指人劳费苦心，机关算尽对人的元气有损害。两句话中的"天和"即指"人的元气"。简而言之，"养天和"就是指激发人自身体内维持和协调动态平衡的能力和趋势，因为只有当机体的阴阳动态平衡无法自己修复调和时，人才会出现病态。③ 上述文献材料都是隐含一种"不治自愈"的养生观点，通过调理情志，调节作息以及享受安逸的生活来使自身气血通畅，达到一种阴阳调和，不偏不倚的状态。

中国古代文人大多与中医有不解之缘，比如杜甫、刘禹锡等都是有名的中医，有深厚的中医学造诣。陆游也正是这样一位文人，他还留下了诸如《药圃》《养生》这样与中医养生及中医药材密切相关的诗歌。因此，陆游在生活中也正是亲身实践着中医传统的养生思想，他一贯主张养生贵在自慎，从点滴做起，正如《养生》诗所言："孽不患天作，戚惟忧自诒。"④ 陆游认为人得病主要原因是在于人的自身失养，因而"养天和"所代表的保养自身的元气，强身健体的方法，这是陆游一贯以来的养生思想。在上述带有"养天和"的诗歌中，调情志、慎起居的思想显而易见。此外，"天和"前大多带有"养"字，"养"这个动词本身就有使身心得到休息和滋补的意思，也有"颐养天和"一词可以佐证。"养天和"中的"天和"如果解释为宽泛高深的"天地之和气，自然和顺之理"之义，就很难由人自身去保养滋补。只有解释为"人的元气"或"人体之元气"，才能由人自己去保养调理，通过生活中的活动和情志去调节。

综上所述，从文字学、中医学等多个角度，结合文献资料综合考证，笔者认为钱仲联先生在《剑南诗稿校注》中对《蓬门》诗中的"天和"一词的解释，引用《庄子·知北游》的句子作为注解是欠妥当的。《庄子》中"天和"一词都是与"天地之和气，自然和顺之理"相关，在诗

① 姚春鹏译注：《黄帝内经·素问·五常正大论》，中华书局2009年版，第698页。
② （清）汪昂：《勿药玄诠》，清刻本复印本，第15页。
③ 张立平：《中医"和法"的概念和研究范畴》，硕士学位论文，中国中医科学院，2012年，第26页。
④ 许瑞琪评注：《陆游诗注评》中编第一章《养生意义》，第180页。

中这一意思太过宽泛，并不妥当。结合多个角度考证，笔者认为"人的元气"或"人体之元气"这一义项用在诗中更为合适，并且在陆诗中所有使用"天和"的诗都是与闲适生活及个人养生有关，符合其一贯的养生思想。

陆游接受研究

高利华《陆游集》简评

［日］三野丰浩

（日本爱知大学）

摘要：南宋的伟大爱国诗人陆游为后世留下了将近万首作品。因为陆游诗歌艺术成就很高，而且作品数量多，从古到今，许多文人和学者都编著了各种各样的诗歌选集。其中，高利华女士的《陆游集》是很有特色的、值得一读的一本。我为它写简单的书评，以此代替正式的论文。

关键词：陆游；高利华；诗歌选集；书评；《剑南诗稿》；《放翁词》

陆游是南宋的伟大爱国诗人，他的《剑南诗稿》85 卷辑录了将近万首作品。因为陆游诗歌艺术成就很高，而且作品数量多，从古到今，许多文人和学者都编著了各种各样的诗歌选集。其中，中华经典好诗词唐宋卷《陆游集》（河南文艺出版社，作者高利华，2018 年出版）是一部很有特色的作品，值得一读。这里，我为它写简单的书评，以此代替正式的论文。

从 1993 年到 1994 年，我在南京大学做访问学者一年。那时，跟几个日本朋友第一次去绍兴，访问绍兴文理学院，认识了高利华女士。2005 年，我到绍兴参加"陆游与越中山水国际研讨会"。高女士亲自送给我她写的唐宋诗词名家精品类编《但悲不见九州同·陆游卷》（河南文艺出版社 2002 年版）①。这本书可能是《陆游集》的主要基础。把两种选集比较，

---

① 此外，还有这本书的新版（河南文艺出版社 2015 年版）。2002 年版和 2015 年版的内容是基本上一致的。

2018 年新版的作品总数比 2002 年旧版少，没有旧版卷尾的《陆游简明年谱》。但是陆游最重要的作品差不多都包括在内。钱锺书《宋诗选注》① 选录的《游山西村》《剑门道中遇微雨》《五月十一日夜且半》《小园》《书愤》《临安春雨初霁》《秋夜将晓出篱门迎凉有感》《十一月四日夜风雨大作》《沈园》《示儿》，龙榆生《唐宋名家词选》② 选录的《鹧鸪天》《钗头凤》《卜算子·咏梅》《渔家傲》《鹊桥仙》《诉衷情》都被选录。《陆游集》的作品选择妥帖而合适，比旧版选得更加精练。每首作品都有简单的注释和详细的点评，帮助读者了解每首作品的具体内容和写作背景。不但内容非常充实，而且封面也设计得很漂亮，富有文雅的感觉，可以说是一本很好的陆游选集。③

高女士的《陆游集》一共选录了 84 首陆游诗词。具体地说，七古 11 首、杂古 4 首、七律 15 首、七绝 38 首、五古 4 首、五绝 1 首、六绝 2 首和词 9 首。虽然没有五律，但是差不多具备了主要的诗歌形式。它的过半是七言的作品，其中最多的是七绝，占百分之四十五。钱锺书的《宋诗选注》只选录七古、七律、七绝三体，高女士的《陆游集》比它丰富多彩。此外，它的作品排列也有自己的特色。一般来说，大部分的陆游诗歌选集是由于编年体而成书的。这本书不采取编年的方式，也不采取由诗歌形式来整理的方式，却把陆游的作品分为九个大类，格外自由地排列作品。这样，她发挥了自己的独创性，从九种不同的角度来探讨陆游的作品世界，给读者提供了她心目之中的陆游形象。通过这些诗词的阅读，读者可以了解陆游作品世界的概略和特色。以下，简单地介绍每个大类的特点。

第一类"寸心如丹：位卑未敢忘忧国"主要选录陆游"悲愤激昂"方面的诗词，一共有 13 首。这一类的作品数量较多，而且形式也各种各样。这一类的主要题目就是理想和现实的对比。诗人终生抱着收复失地的远大抱负，但是他面对的现实并不是这样。开头一首是七绝《灌园》（《剑南诗稿》卷 13）。诗云；"少携一剑行天下，晚落空村学灌园。交旧凋零身老病，轮囷肝胆与谁论？"④ 这样，这首诗象征地概括了陆游的一生。我看过

---

① 钱锺书选注：《宋诗选注》，人民文学出版社 1958 年版。

② 龙榆生编选：《唐宋名家词选》，上海古籍出版社 1980 年版。

③ 除了《陆游集》以外，高利华还有《亘古男儿——陆游传》（浙江人民出版社 2007 年版），可以参考。

④ 高利华：《陆游集》，河南文艺出版社 2018 年版，第 3 页。

好几种陆游选集,但是除了这本以外,没看过从这一首开始的一本。把这一首放在卷头,让它带有深刻的意义,这就是高女士《陆游集》的独到之处。此外,《夜读范至能揽辔录》《书愤》《诉衷情》《关山月》等作品都诉说陆游内心的悲哀和苦闷。最后一首《感事六言》(《剑南诗稿》卷76)云;"双鬓多年作雪,寸心至死如丹。"① 从此可见,直到晚年,诗人的精神没有失去力量。

第二类"梦里关山:铁马冰河入梦来"主要介绍陆游歌咏自己梦境的诗,一共有6首。清人赵翼在《瓯北诗话》里指出陆游有九十九首咏梦诗②,高女士选了其中几首。其中最有名的是七绝《十一月四日风雨大作》其二(《剑南诗稿》卷26),这就是陆游爱国诗歌的代表作之一。诗云;"夜阑卧听风吹雨,铁马冰河入梦来。"③ 这一联给人以强烈的印象。此外,这本书还选录七古《梦范参政》(《剑南诗稿》卷30)。从淳熙二年到淳熙四年(从公元1175年到1177年),陆游和范成大在成都(四川省成都)亲密地交流,但是离开成都以后,基本上没有再会的机会。这首诗里充满了陆游对好友范成大的哀悼之念,令人伤痛。

第三类"沈园鸿影:灯暗无人说断肠"主要介绍陆游的爱情诗词,一共有10首。其中最有名的就是七绝《沈园》二首(《剑南诗稿》卷38),清人厉鹗的《宋诗纪事》④、近人陈衍的《宋诗精华录》⑤ 和钱锺书的《宋诗选注》⑥ 都选录这两首。可以说,它们是古今爱情诗歌的绝唱。我去过几次绍兴,参观过沈园;看过两首《钗头凤》的石刻,也看过以陆游和唐婉的爱情悲剧为题材的越剧。对我来说,这些都是难忘的回忆。

第四类"酒醉无言:诗魂恰在醉魂中"主要选录陆游歌咏自己醉酒的诗,一共有5首。这一节的作品比较少,而且都是七言和杂言的古诗,没有律诗和绝句的作品。其中比较易懂的是开头的七古《三月

---

① 高利华:《陆游集》,河南文艺出版社2018年版,第31页。

② (清)赵翼著,江守义、李成玉校注:《瓯北诗话》,人民文学出版社2013年版,第233页;"即如《纪梦》诗,核计全集,共九十九首。人生安得有如许梦!此必有诗无题,遂托之于梦耳。"

③ 高利华:《陆游集》,河南文艺出版社2018年版,第36页。

④ (清)厉鹗辑撰:《宋诗纪事》,上海古籍出版社1983年版,第3册,第1342页。诗题为《沈园二绝》。

⑤ 陈衍评点,曹中孚校注:《宋诗精华录》,巴蜀书社1992年版,第561页。

⑥ 钱锺书选注:《宋诗选注》,人民文学出版社1989年版,第188页。

十七日夜醉中作》（《剑南诗稿》卷3）。诗云；"谁知得酒尚能狂，脱帽向人时大叫。"①《醉倒歌》（《剑南诗稿》卷25）又云；"如今醉倒官道边，插花不怕癫狂甚。"② 可见，他的醉态如此狂放。我当然尊敬陆游，但是想象他喝醉的时候变得怎么样，却有点儿害怕。此外，《对酒叹》《长歌行》《草书歌》也有特色。陆游以他的草书取名，但是高女士说；"他的大多数作品都是信笔写来，比较随意。特别是陆游诗中最自负的狂草，至今不传，所以也很难评论。"③ 真是这样的话，那么太遗憾了。

第五类"梅香如故：为爱名花抵死狂"主要选录陆游的咏花诗词，一共有7首。陆游喜爱各种花儿，其中最喜爱梅花，高女士也主要选录了歌咏梅花的作品。《陆游集》选录了两首不同的《梅花绝句》，一首（《剑南诗稿》卷24，首句为"幽谷那堪更北枝"）歌颂梅花高尚的品德，另一首（《剑南诗稿》卷50，首句为"闻道梅花坼晓风"）歌咏诗人对梅花的喜爱，都有特点。此外，《卜算子·咏梅》词象征地表达出词人高洁的品格，富有余韵。

第六类"军中足迹：远游到处不销魂"主要选录陆游在旅途上写的作品，一共有10首。开头的五绝《泛瑞安江，风涛贴然》（《剑南诗稿》卷1）是作者年轻时的作品。诗云；"俯仰两青空，舟行明镜中。蓬莱定不远，正要一帆风。"④ 这首诗生动地描写诗人舟行的情景，表达了他旷达的胸怀。这一类还选录了七绝《剑门道中遇微雨》（《剑南诗稿》卷3），这就是陆游七绝的代表作之一。诗云："衣上征尘杂酒痕，远游无处不销魂。此身合是诗人未？细雨骑驴入剑门。"⑤ 此外，这一类选录了《黄州》《哀郢》等陆游离山阴赴夔州时的作品。读者一边看这些诗，一边看著名的《入蜀记》，可能更有趣。

第七类"故土小园：柳暗花明又一村"主要选录陆游歌咏自己故乡山阴（浙江省绍兴）的诗，一共有21首。在九个大类之中，这一类的作品数量最多，占整体的1/4，可以看出作者对故乡绍兴的热爱。高女士说；"陆游一生有三分之二强的时间是在故乡山阴度过的。"⑥ 尤其是离蜀东归

① 高利华：《陆游集》，河南文艺出版社2018年版，第67页。
② 高利华：《陆游集》，河南文艺出版社2018年版，第79页。
③ 高利华：《陆游集》，河南文艺出版社2018年版，第78页。
④ 高利华：《陆游集》，河南文艺出版社2018年版，第95页。
⑤ 高利华：《陆游集》，河南文艺出版社2018年版，第96页。
⑥ 高利华：《陆游集》，河南文艺出版社2018年版，第133页。

以后，他基本上在故乡度过了晚年的岁月，留下了很多作品。日本学者吉川幸次郎说，在陆游的诗歌当中"淋漓尽致地展现了十二十三世纪浙江东部农村的生活场景"①。其中我最感兴趣的是《秋日郊居》（《剑南诗稿》卷25）。诗云；"儿童冬学闹比邻，据案愚儒却自珍。授罢村书闭门睡，终年不著面看人。"② 这首诗好像是一篇漫画似的，生动地描写了农村冬学的情景。诗人笔下的人物形象格外幽默，令人失笑。这一类还选录了《小园》《小舟游近村，舍舟步归》《游山西村》等名篇，不胜枚举。此外，《春日杂兴》（《剑南诗稿》卷81）表达了已经退休的老诗人对社会现实的责任感，真令人佩服。

第八类"听雨忆人：小楼一夜听春雨"主要选录陆游的怀人诗和咏雨诗，一共有6首。在怀人方面，最有印象的是七律《陈阜卿先生为两浙转运司考试官》（《剑南诗稿》卷40）。在这首诗里，陆游回忆自己失败锁厅试时的前后遭遇，对当时的考试官表示了衷心的感谢。从很长的诗题可以看出，诗人当时的悲哀多么沉重。在咏雨方面，最有印象的是七律《临安春雨初霁》（《剑南诗稿》卷17）。这首诗很巧妙地描写临安（浙江省杭州）早晨的气氛，尤其"小楼一夜听春雨，深巷明朝卖杏花。"③ 一联脍炙人口。此外，七绝《湖上急雨》（《剑南诗稿》卷54）描写鉴湖的一场急雨，也给人以鲜明的印象。

第九类"父德子贤：家祭无忘告乃翁"主要选录陆游的示儿诗和示孙诗，一共有6首。从每首诗都可以看出诗人的深厚感情。其中最有名的当然是七绝《示儿》（《剑南诗稿》卷85）。诗云；"死去元知万事空，但悲不见九州同。王师北定中原日，家祭勿忘告乃翁。"④ 这是无人不知的陆游绝笔诗，表达了他一生的抱负和对于后代的期待。

综上所述，高女士的《陆游集》是很有特色、很精彩的一本陆游作品选集。它包括了陆游的主要作品，而且有周到的注释和点评，给读者提供了贵重而且丰富的文学遗产。因为我的汉语能力有限，这篇文章可能有很多"言不尽意"的地方，请原谅。

---

① ［日］吉川幸次郎：《宋元明诗概说》，李庆、骆玉明等译，复旦大学出版社2012年版，第108页。
② 高利华：《陆游集》，河南文艺出版社2018年版，第118页。
③ 高利华：《陆游集》，河南文艺出版社2018年版，第161页。
④ 高利华：《陆游集》，河南文艺出版社2018年版，第168页。

陆游诗中的三泉县龙洞及唐宋人题咏考论

孙启祥

（汉中市档案馆）

摘要： 唐宋三泉县西南之龙洞，是蜀道南线著名的天然溶洞和游览胜地。南宋乾道八年陆游供职于设于兴元府南郑县（今陕西汉中）的四川宣抚使司期间，三次游览，两度赋诗，表达抗金杀敌、恢复故土的爱国情怀。北宋苏在廷作《龙洞记》，盛赞"岩洞之可喜者，莫如龙洞"；清代魏源誉其"天下洞壑之奇，莫过此者。"唐宋时沈佺期、武元衡、赵宗儒、郑馀庆、宋祁、文彦博、张方平、赵抃、韩琦等达官显贵和诗文巨擘，皆有题咏流传至今，或赞美山水风光，或抒发人生感慨。元明以后龙洞日渐淡出人们的视野，一则因道路改线，前往不便；一则因环境破坏，风光不再，只能从古人诗文中想象昔日的繁盛。

关键词： 蜀道；龙洞；唐宋诗；陆游

南宋乾道八年（1172）三月至十一月，诗人陆游供职于设于兴元府南郑县（今陕西汉中）的四川宣抚使司。其间，数次经金牛蜀道往返于阆中—南郑、南郑—成都之间。当年三月初，陆游到达南郑，即有《次韵张季长题龙洞》五言古诗。十月，陆游因公务往阆中（今属四川），返回时又游玩龙洞。十一月离南郑往成都，陆游最后一次畅游龙洞，作诗追述前次游玩的经历，诗题为《壬辰十月十三日自阆中还兴元游三泉龙门十一月二日自兴元适成都复携儿曹往游赋诗》。龙洞是如何的一处景观，值得诗人三次游览，两度赋诗；在陆游之外，还有什么人游赏、题咏过龙洞；这些作品有何特点和意蕴？本文试做一探讨。

一 龙洞盛况及题诗缘起

龙洞位于唐宋时三泉县（今陕西宁强县阳平关镇西）西南2千米山边路旁，倚凭龙门山，俯瞰嘉陵江，是一处天然溶洞，以洞窟蜿蜒叠加，钟乳石千奇百怪，周边奇花异木繁盛取胜。相传古时有蛰龙腾去，裂土擎岩而有此洞，故名；因其位于龙门山麓，亦名龙门洞；① 又因其洞口巨石环峙，唐时亦称石门洞。世传有上、中、下三洞，称"龙门三洞"。头洞深70余米，高5—10米，风光旖旎，景致幽邃。据《舆地纪胜·利州路·大安军》载："龙门，在（大安）军五里外官道之傍，悬壁环合，上透碧虚，中敞大洞，下漱清泉，宛然天造。水帘悬夏，冰柱凝冬，真异境也。……行三里，又有后洞……"② 对于后洞，《舆地纪胜》又曰："自龙门溪行仅一里，水石登山仅二里，山半有洞，即苏元老所记谓'重檐夏屋'者是也。洞中百余步，傍有石室、石床，又有石盘，储水清冷甘冽，乳柱彻上下者甚多，乳株长五六尺，森列如笋状，各径尺许，叩之镗然。"③ 而宋人苏元老在《龙洞记》中则誉其曰："自利（州）至兴（州），几半蜀道，岩洞之可喜者，莫如龙洞……予不能尽名其状，盖造物者专为是瑰诡以耸闻世俗，天地间一尤物也。"④ 令人浮想联翩，生一睹方休之情。

龙洞之所以成为游览胜地，除天工造化，得力于北宋时三位三泉县令先后修葺维护、诗文传扬。先有太宗淳化年间（990—994）县令钱泳将其地"始辟为游宴之所"⑤，修建桥阁馆舍、亭榭台圃；继有仁宗景祐年间知县钱丞"增葺亭榭，间植夭桃"⑥，维修建筑，栽桃植柳；再有徽宗宣和年间县令李山甫请苏元老撰写《龙洞记》，弘扬宣传。按照古代官吏的文化

---

① 《舆地纪胜》卷一九一引《晏公类要》云，在三泉故县（即唐初三泉县，治所在今四川广元市北大滩一带）西七十里亦有山名"龙门"，"巉岩奇峭，出于天巧。文彦博尝赋诗云：'壶中别有境，天下更无奇'"。《晏公类要》中的龙门山位于今广元市东北，今名龙洞背。广元之龙门山亦有龙门洞之称，为免混淆，本文表述中称三泉县之溶洞为龙洞。

② （宋）王象之：《舆地纪胜》卷一九一，中华书局（影印）1992年版，第4934页。

③ （宋）王象之：《舆地纪胜》卷一九一，中华书局（影印）1992年版，第4934页。

④ 陈显远：《汉中碑石》，三秦出版社1996年版，第117页。原为碑文，碑犹在。

⑤ （宋）苏在廷：《龙洞记》，陈显远《汉中碑石》，第117页。

⑥ （宋）韩琦：《题三泉龙门二阕》诗自注，《全宋诗》卷三二一，北京大学出版社1992年版，第3995页。

素养和生活习惯，几位县令和他们的同僚，当时应当有赞颂龙洞景致和建设行为的诗文唱和，只是未能留下历史记载而已。

不过，史料显示，至迟从唐代开始，龙洞就是文人雅士留恋徜徉、赋咏题刻之地。其所以如此，此地乃宋代之前自关中、陇右进入成都平原之金牛道必经之处，"介居二大国（指古秦国的中心关中和古蜀国的中心成都——引者）之间、冠盖往来之冲"，① 在兴元府、三泉县为官者，自金牛道入蜀者，为此地风光所浸染，往往像苏元老和后来的陆游一样，"过未尝不游，游未尝不饮酒赋诗而去"②。他们所赋之诗，或当时，或事后，常常被人镌刻于石崖，日久天长，形成了类似褒斜道石门洞那样的摩崖石刻群，造就了一方文化胜地。经行蜀道，"有三泉龙门之境可以娱玩"③，也被写进了《舆地纪胜》这样的地理名著。

二　唐代的龙洞题诗

唐五代时，"初唐四杰"、沈佺期、陈子昂、张说、苏颋、李白、高适、杜甫、岑参、韦应物、欧阳詹、武元衡、羊士谔、元稹、贾岛、雍陶、温庭筠、薛能、李商隐、薛逢、方干、张蠙、于武陵、郑谷、王仁裕等，皆有循金牛道入蜀的记录；李元裕、元结、陆贽、严震、郑馀庆、权德舆、裴度、李德裕、令狐楚、李茂贞、姚合、曹邺、唐彦谦等，都有在汉中为官的经历，他们中的许多人，具有游览龙洞并题诗的可能。但岁月流逝，文籍失传，龙洞诗作流播于今日的，只有盛唐时的沈佺期和中唐时的武元衡、赵宗儒、郑馀庆等人。

沈佺期（约656—714?），字云卿，相州内黄（今属河南）人。高宗上元二年（675）进士，官至太子少詹事。因贪渎及谄附张易之，中宗神龙元年（705）被流放驩州（治今越南荣市）。贬谪途中，沈佺期行褒斜、金牛道，作《过蜀龙门》五言古诗，《舆地纪胜·利州路·大安军》收有其中"长窦亘五里，宛转复嵌空。伏湱煦潜石，瀑水生轮风"4句，全诗见于明人所辑《沈佺期集》卷一，收入《全唐诗》卷九五。诗曰：

---

① （宋）王象之：《舆地纪胜》卷一九一，第4933页。
② （宋）苏在廷：《龙洞记》，陈显远《汉中碑石》，第117页。
③ （宋）王象之：《舆地纪胜》卷一九一，第4933页。

龙门非禹凿，诡怪乃天功。西南出巴峡，不与众山同。长窦亘五里，宛转复嵌空。伏湍煦潜石，瀑水生轮风。流水无昼夜，喷薄龙门中。潭河势不测，藻葩垂彩虹。我行当季月，烟景共春融。江关勤亦甚，巇崿意难穷。势将息机事，炼药此山东。

武元衡（758—815），字伯苍，河南缑氏（今河南偃师市缑氏镇）人。德宗建中四年（783）进士，历官比部员外郎、御史中丞等职。宪宗元和二年（807）擢门下侍郎、同平章事，出为剑南西川节度使。元和八年还朝，复为宰相。元和十年遇刺身亡。有《临淮诗集》10 卷。元和八年（813）武元衡由蜀返京，有多首"蜀道诗"，其中五言律诗《元和癸巳余领蜀之七年奉诏征还二月二十八日清明途经百牢关因题石门洞》①，收入《全唐诗》卷三一六。诗曰：

　　昔佩兵符去，今持相印还。天光临井络，春物度巴山。鸟道青冥外，风泉洞壑间。何惭班定远，辛苦玉门关。

这首诗语言铿锵、节奏明快，既是武元衡诗作的代表，也是题写龙洞的代表作品。

在武元衡题写龙洞之后，当时的兴元尹赵宗儒（746—832），和继任的兴元尹郑馀庆（746—820），都有和诗，被清人收入《全唐诗》卷三一八。赵宗儒作《和黄门武相公诏还题石门洞》：

　　益部恩辉降，同荣汉相还。韶华满归路，轩骑出重关。望日朝天阙，披云过蜀山。更题风雅韵，永绝翠岩间。

郑馀庆作《和黄门相公诏还题石门洞》：

　　紫氛随马处，黄阁驻车情。嵌嵝惊山势，周滩恋水声。地分三蜀限，关志百牢名。琬琰攀酬郢，微言鼎饪情。

---

① 《全唐诗》卷三一六，中华书局 1960 年版，第 3551 页。

武元衡诗题中"途经百牢关因题石门洞"句，郑馀庆诗中"地分三蜀限，关志百牢名"句①，提供了石门洞、百牢关在三泉县所处位置的重要线索，成为考证杜诗"夔门险过百牢关"和其他唐诗中百牢关地望的直接依据。②

三　宋代的龙洞题诗

宋代，龙洞辟为游览胜地，史料记载于此题诗者很多，在今天能看到的只是一小部分。仅按《舆地纪胜》之记载，在龙洞内，宋人"文潞公、宋景文、赵清献、王素、韩绛、田况、吕公弼、吕大防诸公，皆有留题。"③ 这里所说的是直接留题或镌刻于龙洞摩崖上的诗人，不包括大量仅留存于诗文集中的诗作。他们题写龙洞之诗，有的流传至今，有的已湮没无闻。

文潞公，即文彦博（1006—1097），字宽夫，汾州介休（今属山西）人，仁宗天圣五年（1027）举进士，知翼城县。一生事仁、英、神、哲宗四朝，历官御史、转运副使、知州判府、枢密副使、参知政事、平章军国事，拜太师，封潞国公，谥忠烈。有《潞公文集》40 卷。文彦博曾在仁宗皇祐年间知益州（治今四川成都）、英宗治平年间任剑南西川节度使、哲宗时任山南西道节度使。这些经历，都有机会与蜀道发生联系。文彦博的"蜀道诗"，有著名的《题韩溪诗四章》，见《潞公文集》卷三。而他的龙洞题诗，却没有完整流传，只在《舆地纪胜》中记载两句："壶中别有境，天下更无奇。"④

宋景文，即宋祁（998—1061），字子京，开封雍丘（今河南杞县）人。仁宗天圣二年（1024）进士，累官国子监直讲、三司度支判官、知制诰、翰林学士等，预修《唐书》。十余年间出入内外，皇祐、嘉祐间知益州。官至工部尚书，拜翰林学士承旨，谥景文。有《益州方物略记》和清

---

① 《全唐诗》卷三一八，第 3582 页。

② 参见孙启祥《杜甫〈夔州歌〉中百牢关地理位置考述》，《杜甫研究学刊》2018 年第 3 期。

③ （宋）王象之：《舆地纪胜》卷一九一，第 4934 页。

④ 兹依《方舆胜览》卷六八之记载，见《宋本方舆胜览·利州东路·大安军·山川》，上海古籍出版社 1991 年版，第 581 页。《舆地纪胜》卷一九一以此为描写利州龙门山之诗作，见中华书局（影印）1992 年版，第 4945 页。

四库馆臣辑编《景文集》62 卷等。他有《三泉县龙洞洞门深数十步呀然复明皆自然而成》五言古诗一首，见清人孙星衍辑《景文集拾遗》，收入《全宋诗》卷二二零。诗曰：

虬洞闭灵峰，缘虚一线通。云披双壁敞，树补半岩空。槪竹桑烟蔡，飞泉曳玉虹。重萝不肯昼，阴壑自然风。岭断天斜碧，崖倾日倒红。浮邱邈难遇，留恨翠微中。

赵清献，即赵抃（1008—1084），字阅道，衢州西安（今浙江衢县）人。仁宗景祐元年（1034）进士，除武安军节度推官。嘉祐元年（1056）出知睦州，移梓州路转运使，旋转益州。诏还，历右司、度支副使、河北都转运使。英宗治平元年（1064）和神宗熙宁五年（1072）两度知成都。晚年退居于衢，谥清献。有《清献集》10 卷。赵抃一生多次出入巴蜀，故有"青泥岭上青云路，二十年来七往还"①之咏。他的《题三泉县龙洞》七言律诗，见《清献集》卷三，收入《全宋诗》卷三四一。诗曰：

蜀道群山尽可名，更逢佳处愈神清。初疑谷口连云掩，入见天心满洞明。怪石磷磷蹲虎豹，飞泉落落碎瑶琼。崑巅别有神仙路，又得攀跻向上行。

宋代有两个王素都有可能与龙洞发生关系，一个是北宋知成都府王素，一个是南宋知兴元府王素。《舆地纪胜》中的王素，应指北宋王素（1007—1073），因为其生活年代与赵抃、韩绛等大体同时。北宋王素，字仲仪，开封（今属河南）人，真宗朝宰相王旦次子。赐进士出身，累擢天章阁待制、龙图阁直学士等。嘉祐年间知成都府。官至工部尚书，谥懿敏。其题龙门之诗已佚，而宋人阮阅所编《诗话总龟》前集所录王素的一首思梦诗，却颇具龙门题诗之味。诗曰："虚碧中藏白玉京，梦魂飞入黄金城。何时再步烟霄外，皓齿仙童已扫厅。"②

---

① （宋）赵抃：《清献集》卷五《过青泥岭》，文渊阁四库全书本，上海古籍出版社（影印）1987 年版，第 1094—800 页下。
② （宋）阮阅编，周本淳校点：《诗话总龟》前集卷三五，人民文学出版社 1987 年版，第 341—342 页。《全宋诗》卷三四收。

　　韩绛（1012—1088），字子华，开封雍丘（今河南杞县）人，名臣韩亿之子。以父荫补太庙斋郎，累迁大理评事。仁宗庆历二年（1042）进士，除太子中允、通判陈州。嘉祐中知成都府。父亿、弟缜曾先后知洋州（今陕西洋县）。田况（1005—1063），字元均，信都（今河北冀县）人。仁宗天圣八年（1030）进士，举贤良方正，累擢知制诰，迁右谏议大夫、知成都府。吕公弼（1007—1073），字宝臣，寿州（今安徽凤台）人。仁宗明道二年（1033）赐进士出身，同判太府寺将作监，迁直史馆。历河北转运使，权知开封府。嘉祐五年（1060）以龙图阁学士知成都府。英宗即位，加给事中，官至枢密使，谥惠穆。吕大防（1027—1097），字微仲，蓝田（今属陕西）人。仁宗皇祐元年（1049）进士，调冯翊主簿，知永寿、青城县，入权盐铁判官。元丰年间知成都。上述四人虽俱有为官蜀中、往来蜀道之行迹，甚或有歌咏蜀道、成都之诗作传世，但他们题刻龙洞之诗俱已失传。

　　除了《舆地纪胜》中的记述，张方平、韩琦、张缜、张伯威等也有题写龙洞之诗。

　　张方平（1007—1091），字安道，号乐全居士，应天宋城（今河南商丘）人。仁宗景祐元年（1034），举茂材异等，为校书郎、知昆山县。历知制诰，权知开封府，御史中丞，三司使。以侍读学士知滑州，徙益州。神宗即位，除参知政事，与王安石政见不合，又转徙中外，以太子少保致仕，谥文定。有《乐全集》40卷。张方平曾夜宿龙门，并赋七言律诗一首，其诗见《乐全集》卷三，收入《全宋诗》卷三七。其《宿龙门洞》诗如下：

　　　　路到葭萌古道边，层崖叠磴入苍烟。忽逢方丈在平地，何意中途过洞天。四面浓岚围碧嶂，半空急雨迸飞泉。一宵身世离尘境，却抚征骖懒下鞭。

　　《宿龙门洞》诗题后有作者自注："在三泉县，西即古葭萌"①。这里的"西"，应为"西南"。龙洞所在之地属于战国时的葭萌国、秦汉时的葭

---

　　① 此处引文依台湾商务印书馆发行《景印文渊阁四库全书·乐全集》断句，北京大学出版社《全宋诗》断句为"在三泉县西，即古葭萌"，以作者视三泉县为古葭萌，与史实出入太大。

萌（葭萌）县，故诗中有"路到葭萌古道边"句。葭萌县的治所在今四川广元市西南的昭化，位于三泉县西南约 110 千米。

韩琦（1008—1075），字稚圭，相州安阳（今属河南）人。仁宗天圣五年（1027）进士，初授将作监丞、通判淄州，不久回朝任官，曾奉命救济巴蜀饥民。宝元年间与范仲淹等领兵陕西抗击西夏，功绩卓著，并称"韩范"。庆历时与范仲淹、杜衍等主持新政，出知州军。皇祐年间拜武康军节度使。嘉祐时历枢密使、拜同平章事。英宗时封魏国公。神宗时因反对王安石之"青苗法"出判相州。卒于任，谥忠献。有《安阳集》50 卷。他的《题三泉龙门二阕》见《安阳集》卷四，收入《全宋诗》卷三二一。诗曰：

> 洞户呀然透碧溪，竹轩茅榭映高低。行人不待桃李发，一到仙扃已自迷。
>
> 欣过龙门枙使车，顿惊凡目识仙都。海中知有三山在，未信能加此景无？

张伯威，号无辩居士，大安军（今陕西宁强县西北）人。光宗绍熙二年（1190）武进士。大安军的治所即三泉县，作为一生主要生活于故乡之人[①]，张伯威见于《舆地纪胜》卷一九一、收入《全宋诗》卷二七七五的《偶题》诗，应即咏龙洞之作：

> 壶中别景绝尘埃，不是山灵闭不开。午夜月华冬夜雪，为无人向此时来。

与上述诗人多数对龙洞只是偶一过之，因而也往往赋诗一次不同的是，陆游三次游赏、两次赋诗就显得与众不同。陆游的第一首咏龙洞诗题为《次韵张季长题龙洞》。张季长即张缜，唐安（今四川崇州市东南）人，为孝宗隆兴二年（1163）进士，此时也在四川宣抚使司幕府，次年除秘书省正字。陆游之诗既为次张缜之韵而作，说明张缜亦有题龙洞诗，可惜张缜之作未能传至今日。陆游的两首游龙洞之作，皆收入其《剑南诗稿》卷

---

① 参见（元）脱脱等《宋史》卷四五六《张伯威传》，中华书局 1985 年版，第 13414 页。

三，被后人录入《全宋诗》卷二一五六。

《次韵张季长题龙洞》曰：

> 我昔谒紫皇，翳凤骖虬龙。俯不见尘世，浩浩万里空。谪堕尚远游，忽到汉始封。西望接蜀道，北顾连秦中。壮哉形胜区，有此蜿蜒宫。雷霆自鞈鞳，环玦亦璁珑。石屋如建章，万户交相通。来者各有得，尽取知无从。凭高三叹息，自古几英雄？老我文字衰，挥毫看诸公。

《壬辰十月十三日自阆中还兴元游三泉龙门十一月二日自兴元适成都复携儿曹往游赋诗》曰：

> 胜地惜轻别，短筇成后游。门呀一境异，木落四山秋。野鹘翔深窦，蟠蛟擅古湫。栈危萦峭壁，桥迥跨奔流。白雨穿林至，腥风卷地浮。真成起衰病，不但洗孤愁。登陟知难再，吟哦为小留。回头即万里，雪满戴溪舟。

四 唐宋龙洞题诗的意蕴

上述题咏龙洞并有作品流传至今的诗人，无论是唐代的沈佺期、武元衡、赵宗儒、郑馀庆，还是宋代的宋祁、文彦博、张方平、韩琦、赵抃、陆游，都是诗坛或政坛上的佼佼者。偶有像张伯威这类名气稍逊者，也因故人咏故土而得以流传。他们的诗歌，赋予了龙洞浓郁的人文之美，极大地提高了龙洞的声誉。作为对一处自然景观的题咏，龙洞题诗大体属于山水风景诗范畴，这也是魏晋以来的一种主要诗歌类型。但是，由于题咏者大都是学问深厚、抱负远大、志趣高洁之人，这些诗歌中又难免反映出他们的人生感慨、家国情怀、浩然之气。

龙洞题诗有众多写景名句。"壶中别有境，天下更无奇""行人不待桃李发，一到仙扃已自迷""海中知有三山在，未信能加此景无"，对龙洞景色给予高度概括和深情赞誉；而"虹洞闭灵峰，缘虚一线通""嵌壑惊山势，周滩恋水声""怪石磷磷蹲虎豹，飞泉落落碎瑶琼""四面浓岚围碧嶂，半空急雨进飞泉"，"伏湍煦潜石，瀑水生轮风。流水无昼夜，喷薄龙门中。潭河势不测，藻葩垂彩虹""雷霆自鞺鞳，环玦亦璁珑。石屋如建章，万户交相通"等诗句，则具体描述了龙洞的神秘脱凡和瑰丽多彩。这些清丽之句、高洁之气，也是诗人们丰富的、高雅的精神世界的写照。

"诗言志，歌咏怀。"借景抒怀、寄情山水，是诗人们不懈的追求，也是各首龙洞题诗的共同特性。由于个人志向、人生阅历和所处时代的不同，反映在诗中的思想感情也各异。武元衡作为唐后期的"铁血宰相"，一生致力于削弱藩镇割据，所以当他在蜀中整饬治安，平息因藩镇作乱而引起的社会混乱后，在艰难崎岖的归程中歌咏龙洞，感受的是"昔佩兵符去，今持相印还。天光临井络，春物度巴山"，流露着难以掩饰的得意与快乐，同时希望像东汉平定西域的班超那样，在遥远的边陲建功立业。而赵宗儒、郑馀庆的和诗，则充满了对武氏勋绩的钦羡与敬佩。二百多年后，与"铁血宰相"武元衡禀赋相类，亦有宰执阅历，且亦对治蜀有卓越贡献的宋代"铁面御史"赵抃，面对飘忽不定的仕途，在龙洞前发出"嵬巅别有神仙路，又得攀跻向上行"的喟叹。武进士张伯威，生逢衰世，朝廷苟安，自己有"武"却无用武之地，故"注神泉簿尉，以奉亲不赴，自此遂隐而不仕"[1]。他在龙洞诗中，表达的是志士择时而出、因势而为的情致，"不是山灵闭不开"，因"为无人向此时来"。依附奸佞而遭贬斥的沈佺期，在漫漫的谪迁道路上有了一丝清醒，幻想着远离尘世，修道成仙，"势将息机事，炼药此山东"，也不过聊遣失落而已。

陆游一生呼吁抗击金人，收复故土，他的两首龙洞题诗与这种信念紧紧相连。"西望接蜀道，北顾连秦中"，表面上写的是龙洞的地理位置，其实表达的是蜀中和秦中本为一体，因而应像兴于巴蜀的汉高祖刘邦那样，直捣中原，一统天下的愿望。而面对严酷的现实，又不能不"凭高三叹息，自古几英雄"，感叹没有盖世英雄成就大业。如果说春天初抵南郑时这首《次韵张季长题龙洞》还对抗金大业充满希望的话，几个月后深秋季节诗人离开南郑途中所作的第二首龙洞诗，则难以掩饰对前景的失望。此时，先前的美景已经成了"木落四山秋""腥风卷地浮"，而自己"登陟知难再"，也不会再有前线杀敌的机会，看来只能退隐江湖，"雪满戴溪舟"，像东晋戴逵那样做一个隐士。当然，这只是陆游一时的失意，几个月后，

---

① （宋）王象之：《舆地纪胜》卷一九一，第 4942 页。

诗人在成都，又发出"逆胡未灭心未平，孤剑床头铿有声"① 的强音，显示出英雄诗人本色。

余论 明清的龙洞诗及龙洞的衰落

元明以后，自汉中前往成都的道路金牛道改线，自秦汉以来进入蜀中均经过龙洞、自唐宋时即自三泉县沿嘉陵江而行的状况彻底改变，"金牛道"新线开始翻越五丁关向西南而行，龙洞远离了交通干线。但是，作为一处兴盛了几百年的以自然景观为主的游览胜地，龙洞依然对文人雅士具有吸引力。明代陈孜、陈昌言、谢恺等宁羌地方官吏和乡贤，都有歌咏龙洞之作。宋仁宗景祐年间知三泉县钱丞开始在龙洞周围栽种桃树，几百年后这里的桃树已经蔚然成林，"龙洞仙桃"已成为明代"武安八景"② 之一。清代思想家、政治家、文学家魏源，对陕西、四川的山川道路颇有研究。嘉庆二十四年（1819），魏源入蜀，专门寻访龙洞，并赋《三龙洞》五言古诗二首，在诗中赞叹"日月入其中，万古不得烛……因疑九地底，脉络互相族"，并自注："天下洞壑之奇，莫过此者。"③

但是，如同人世的盛极而衰，元代以后，龙洞胜地还是走向了衰落。明万历《宁羌州志·舆地一·古迹》载："（龙洞）洞口有二碑，书'龙门'二大字，宋景文镌。魏公、潞公具有题字，今皆剥落。"④ 清代道光《续修宁羌州志》、光绪《重修宁羌州志》基本沿袭此说。题刻剥落，应属于一种自然现象，但毕竟是败相的体现。到了民国 32 年（1943）的《宁强全县经济调查报告书》中，对龙洞记载则简单得多："龙门寺在龙洞沟口外，宋宣和四年眉山苏在廷氏撰书之碑记尚存……洞在庙西北两岩间，溪水自此出，附壁穿洞行，谷复舒。"⑤ 已不提及题刻、钟乳石等，显然龙洞已不复往日。而 20 世纪 90 年代新修的《宁强县志》的记载显示，久享

---

① （宋）陆游：《三月十七日夜醉中作》，钱仲联校注《剑南诗稿校注》，上海古籍出版社1985年版，第299—300页。

② 此说出自明万历卢大谟《重修宁羌州志·舆地一》。武安为宁羌别称。

③ （清）魏源：《三龙洞》序，《魏源集》，中华书局1976年版，第624页。

④ 宁强县史志办编，宋文富校注：《宁羌州志校注集·明万历宁羌州志校注》，华夏出版社2006年版，第14页。

⑤ 宁强县史志办编，宋文富校注：《宁羌州志校注集·明万历宁羌州志校注》，华夏出版社2006年版，第30页。

盛名的三龙洞现在已只有二洞，且属于一处"遗址"，除《龙洞记》尚存残碑，龙门寺已被拆毁，"碑石损毁殆尽"①，洞内外题刻、怪石、名木、仙桃，荡然无存。龙洞已满目疮痍，面貌全非。

龙洞的损毁主要是人类活动造成的。从清代中期即大规模进行的移民陕南及伐木垦荒行为，对自然环境形成了破坏。1949 年以后，结合合作化、"大跃进"、人民公社而开展的砍伐树木、开荒种地、平山改河活动，对自然景观和人文胜地造成了毁灭性破坏。《宁强县志》记载："1958 年以后几年，大炼钢铁、大办食堂、大开'八边地'中，本县森林资源又受破坏。"1969 年之前，宁强县全县森林面积、森林覆盖率均比 1949 年大幅度下降。② 在这样的生态环境下，龙洞的衰落则是必然的结果。今人只能从前人的诗文中品味美景、遥想辉煌。

---

① 宁强县地方志编纂委员会编：《宁强县志》卷二一《文化文物志》，陕西师范大学出版社 1995 年版，第 522 页。
② 参见宁强县地方志编纂委员会编《宁强县志》卷六《林业志》，第 155 页。

陆游诗何以雄踞《瀛奎律髓》所选宋诗之首

李成文

（枣庄学院 文学院）

摘要： 陆诗居《瀛奎律髓》所选宋诗之首受到其审美理想——"真诗人"的制约。真诗人以求真为本，做真人，说真话，抒真情，追求真理，反映生活的本质真实。唐人的诗歌重情韵，讲兴趣，以求美为本，这是严羽、"永嘉四灵"派的审美追求。晚宋诗歌这两种不同的审美理想并不是绝对对立关系，而是可以互相打通的。方回的贡献在于树立宋诗独特审美理想的同时并不排斥学习盛唐，打通这两种审美理想的界限，他反对的是格调卑弱斤斤于技巧的模仿。从这个意义上说，陆游恰好是宋诗审美理想的典范，陆游具备两个方面的基本要素：一是高尚的人格，这是真诗人的决定因素；二是融通百家，自成一家，陆游出入于江西诗派而不为其所囿，广泛取法前人的艺术成就，加以融会贯通，自立成家。

关键词： 陆游诗；《瀛奎律髓》；宋诗；首位

在南宋灭亡四年后，即元世祖癸未（1283 年），方回编选《瀛奎律髓》，体例是"所选，诗格也。所注，诗话也"①，将所选的诗歌作品作为其审美理想的范本并加以评说、诠释，根据唐宋诗人成就的高低，确立他们在诗歌发展史上的地位，建构了宋代诗歌发展史的框架。他论诗标举高格，"诗以高格为第一"②，就是诗人高尚人格通过高超的诗歌艺术表现出

---

① （元）方回选评，李庆甲集评校点：《瀛奎律髓汇评》卷四，上海古籍出版社 1986 年版，第 1 页。

② （元）方回：《唐长孺艺圃小集序》，李修生等《全元文》卷 214，江苏古籍出版社 1999 年版，第 7 册，第 134 页。

来，是人格与诗格的有机统一。

在唐代诗人中，《瀛奎律髓》选杜甫诗 214 首，数量居全书所选诗人第一位。无论是杜甫忧国忧民的情怀、崇高的道德责任感和博大的仁爱之心，还是诗歌艺术的独创性，熔铸百家，自成一家，方回将杜甫视为唐宋诗歌的最高典范，是无可厚非的。但是，在评价宋代诗人哪位成就最高时，方回的评判不免有些混乱，主要表现在评判结论和选诗数量之间存在很大差异。他称赞黄庭坚为"山谷诗三百年第一人"①，但《瀛奎律髓》只选 35 首黄诗，又称许梅尧臣有盛唐之风，为宋诗第一，"宋诗孰第一，吾赏梅圣俞。绰有盛唐风，晚唐其劣诸"②，《瀛奎律髓》选梅尧臣诗 127 首，居宋诗第二，基本上名副其实。他转而又推尊陈师道为宋诗第一人，"三百年来工五七，追雅媲骚谁第一。独闻彭城陈正字，向来得法金华伯"③。可是，《瀛奎律髓》选陈师道诗 111 首，居宋诗人第三位。莫砺锋先生认为，方回表面尊崇黄庭坚，"编检《瀛奎律髓》选的陆游和梅尧臣的作品多于陈师道，但事实上方回最推尊的宋代诗人是陈师道"④。这种观点是值得商榷的。《瀛奎律髓》选入陆游诗 184 首⑤，雄踞宋代诗人首位，与陈师道相比悬殊。其他几位重要宋代诗人入选《瀛奎律髓》在所选宋诗的排名顺序分别是：王安石 81 首，居第四位，张耒 79 首，居第五位。陈与义 68 首，居第六。曾几 63 首，居第七。苏轼 42 首，居第八。黄庭坚才 35 首，屈居第 11 位。⑥ 从入选作品数量排名来看，陆游比第二位的梅饶臣入选诗歌多 57 首，比陈师道多 73 首。

---

① （元）方回：《刘元辉诗评》，李修生等《全元文》卷 219，江苏古籍出版社 1999 年版，第 7 册，第 259 页。

② （元）方回：《学诗吟》，北京大学古文献研究所编《全宋诗》卷 3508，北京大学出版社 1998 年版，第 66 册，第 41882 页。

③ （元）方回：《过李景安论诗为作长句》，北京大学古文献研究所编《全宋诗》卷 3494，北京大学出版社 1998 年版，第 66 册，第 41641 页。

④ 莫砺锋：《从〈瀛奎律髓〉看方回的宋诗观》，《莫砺锋文集》第三卷，凤凰出版社 2019 年版，第 601 页。

⑤ 《瀛奎律髓》选陆放翁五言律诗 56 首，七言律诗 132 首，总计 188 首。其中，《五月初病体觉欲轻偶书》与"夏日类"《五月初病体轻偶书》重出，《枕上作》重出，《病足累日不能出庵门折花自娱》重出。另，《暖甚去绵衣》诗为赵蕃作，方回误认为陆游作。实际上，《瀛奎律髓》选陆游诗 184 首。

⑥ 莫砺锋：《从〈瀛奎律髓〉看方回的宋诗观》，《莫砺锋文集》第三卷，凤凰出版社 2019 年版，第 611 页。

一 《瀛奎律髓》所选陆诗的情况

毫无疑问，方回根据自己的审美理想对众多的陆游诗歌作品作出判断、选择，选择诗歌的主题取向是什么，选择什么风格的诗歌作品，总会受到他的审美观制约。方回选出来的陆诗具有以下两个特点。

首先，入选《瀛奎律髓》的陆游诗歌主题比较集中。大多属于晚年归隐山阴的生活，正面表现陆游多方面真实的生活，展现诗人的真性情，有清新自然、平淡悠远之妙。现在我们将《瀛奎律髓》选陆游诗的情况列表如下：

卷4	卷5	卷6	卷9	卷10	卷11	卷12	卷13	卷14	卷15	卷16	卷17	卷19	卷20	卷21	卷22	卷23	卷24	卷32	卷33	卷37	卷39	卷41	卷42	卷44	卷45	卷48
类别 风土类	升平类	宦情类	老寿类	春日类	夏日类	秋日类	冬日类	晨朝类	暮夜类	节序类	晴雨类	酒类	梅花类	雪类	月类	闲适类	送别类	忠愤类	山岩类	技艺类	消遣类	子息类	寄赠类	疾病类	感旧类	仙逸类
入选数量 2	4	10	4	17	9	6	9	1	3	5	7	6	15	10	1	28	3	2	4	3	13	2	2	8	6	2

从表中不难看出，选诗有三类：第一类主要表现陆游在山阴闲居生活的情景。如风土类2首、疾病类8首、闲适类28首、山岩类4首、老寿类4首、春日类17首、夏日类9首、秋日类6首、冬日类9首、暮夜类3首、节序类5首、子息类2首、酒类6首、消遣类13首，总计116首，占入选陆诗63.04%，数量很多。第二类，咏物诗。梅花诗15首、晴雨类7首、月类1首，总计23首，占入选陆诗的12.5%，属于第二大类，其中，晴雨类、月类从内容和风格上与第一大类相似，可归入其中。第三类，涉及政治内涵的诗歌。它们主要表现了陆游抗金复国的远大理想，抒发了强烈的爱国主义精神，如庆元三年春作于山阴的《书愤二首》歌颂苏武坚持民族气节、张巡守睢阳而殉国的事迹，慷慨悲壮。还有的表现陆游与权贵之间的复杂关系，比如陆游参加科举受到秦桧排抑、陆游为韩侂胄撰写《南园记》等。可惜这类诗歌数量太少，忠愤类只有2首，感旧类只有6首，这招致纪昀的不满。实际上，纪昀不理解方回的处境，身为南宋的降臣，如果方回多选这类作品，就有可能引起元朝

统治阶级的猜忌。

其次，创作时间比较集中。选入的陆诗集中在三个阶段：一是陆游四十六岁赴蜀任职时期。陆游身临前线，广泛深入地接触了实际生活，以豪迈的诗风为主导，方回只选取了陆游的 15 首梅花诗。选入《瀛奎律髓》最早的一首陆诗《梅花》，作于乾道八年（1172）岁暮抵成都，任安抚使参议官的时候。二是陆游任严州知州时期，一共选了 6 首。第三时期，陆游归隐山阴时期的二十年，上文所说的第一类诗大多作于此时，最能体现方回的审美理想。

二　方回对陆诗的认同

方回对陆游的认同感，经历了一个由以钦慕为主的情感认同到审美反思的理性评价过程。

陆游诗数量很多，艺术成就很高，方回对陆游充满敬畏之情，"讵敢望放翁，至有万首传"①。方回以陆游为榜样，孜孜不倦地创作诗歌，有时一天创作多首诗，与陆游比诗歌创作的数量，"一事略如陆务观，囊中真有万篇诗"②。在此基础上，他反思自己的人生经历，仕途坎坷，功业并不显达，在立言上倒是可以继承陆游的传统，"一第仅如晁济北，万诗堪继陆严州"③。在方回看来，诗歌创作也是一项不朽的事业，"士所以异于众人者，言立而不朽"④，可以传圣人之道，教化人心。方回对陆游的认同从单纯的惊奇、震动、羡慕转向了肯定陆游立言事业的道德价值，发生了质的改变。

戴表元对方回钦慕陆游有所论述，主要有四个层次。一是出于广泛学习前人诗歌创作经验的需要。方回学习陶渊明、谢灵运的"纤徐"，韩、白的条达，黄、陈的沉鸷，渴望学习陆游，因为"放翁维生长东南，承接

---

① （元）方回：《示长儿存心》，北京大学古文献研究所编《全宋诗》卷3485，北京大学出版社 1998 年版，第 66 册，第 41499 页。

② （元）方回：《立夏五首》，北京大学古文献研究所编《全宋诗》卷3508，北京大学出版社 1998 年版，第 66 册，第 41878 页。

③ （元）方回：《丁酉元日年七十一》，北京大学古文献研究所编《全宋诗》卷3503，北京大学出版社 1998 年版，第 66 册，第 41789 页。

④ （元）方回：《跋昭武黄溁文卷》，李修生等《全元文》卷216，江苏古籍出版社 1999 年版，第 7 册，第 185 页。

中原文献，独其为诗亲经东莱、茶山诸先生指受"①，陆游不仅承接中原文献之脉，而且深得吕本中的"活法"精髓，又得曾几指点诗法，诗歌创作取得了很高的成就。二是暮年境遇相同，安贫守约，忘怀出处，引为同道，以获得精神上的寄托、安慰。三是相同的任严州知州经历。方回、陆游及陆游之子陆子遹都先后做过严州知州。陆游六十三岁被起复，做严州知州，政绩卓著，为人十分豁达豪爽，不计个人得失，与江湖诗人交往频繁，深受百姓爱戴，士人自觉捐资将陆游的严州诗刻版、传播。方回任严州知州时，也颇有政绩，离开严州时大宴宾客，士人也曾捐资刻印《桐江诗集》。大概由于这一共同的人生经历、相近的性情，拉近了他们之间的情感距离，增加了他们的认同感。

不仅如此，在诗歌创作上，方回还受到陆游诗歌翰墨淋漓、情感奔放的艺术风格影响，与陆游诗风在神韵上有相同之处。戴表元称方回诗酷似陆游："锦峰秀壑，淋漓翰墨，前后照应于百年间，良堪绘画。……故其为诗，笙鸣镛应，磁动针合，虽不规规求与之似，而自有不容不似者。"②方回在创作实践中主动学习陆游，具有明确的目的性。

方回推尊陆游除了诗歌艺术上的原因外，还与陆游高尚的人格密不可分。前面已经论述了陆游以抗金复国为己任，曾亲身到抗金前线，忠心报国。他与权奸斗争坚决，绝不妥协，晚年归隐田园，表面上忘怀尘世，背后隐藏着强烈的爱国主义情怀，始终为国家的前途命运而忧虑。

由此看来，方回对陆游的推崇不是出于偏见，而是与陆游高尚的人格和高超的艺术成就密不可分。

三　陆游的诗歌创作体现了方回"真诗人"的审美观

方回的诗学理想是"真诗人"。真诗人就是要抓住社会现实生活的本质及其发展趋势，肯定积极的、有生命力的新鲜事物，直面现实人生，批判保守、腐朽、堕落的邪恶现象，引导人们树立正确的价值观，做到真善美的有机统一。

---

① 戴表元：《桐江诗集序》，《剡源戴先生文集》卷六，四部丛刊初编本，上海商务印书馆1912年版，第76页。

② 戴表元：《桐江诗集序》，《剡源戴先生文集》卷八，四部丛刊初编本，上海商务印书馆1912年版，第76页。

在《送胡植芸北行序》中，方回最推许梅圣俞、陈无己、赵蕃，称他们为宋代的真诗人。方回说："梅圣俞陶粹冶和，春融天睟，欧阳永叔敬之，畏之；陈无己锻劲炼瘦，岳握匡耸，黄鲁直敬之，畏之；赵昌甫闭芳销花，霜枯冰涸，赵蹈中敬之，畏之。"① 梅尧臣的诗歌抒写下层人民的生活艰难以及个人的不幸，诸如悼亡伤昔、啼寒哭饥、民生疾苦之类，多感慨愤激之词，但他善于陶冶熔炼，把冷峻的人生感慨蕴含在冲和闲淡的意境中，言浅意深，平淡中有至味，已经达到"一种炉火纯青的艺术境界，一种超越了雕润绮丽的老成风格"②。这是从真诗人的诗歌风格方面着眼的。陈师道的诗歌"真趣自然"③，真实反映了自己饥寒交迫的困窘之态，体现了高洁耿直、坚持操守的品格，语言清新质朴，自然真纯，不暇雕饰，在简洁的语言中蕴含深远的韵味。这是就真诗人的自然风格而言。方回举赵昌甫这个例子则是从语言的角度来论述的。赵昌甫将华丽丰赡的辞藻转化为枯槁瘦硬之语，颇受黄庭坚的诗风影响。除了这三位真诗人外，方回也把陆游视为真诗人。在《瀛奎律髓》中，方回评陆游的《夏日二首》，说："真诗人难得如此格律，信手圆成，不吃一丝毫力也。"④ 陆游的这两首诗选择自然界的常见之景，抒发诗人夏日里闲雅恬淡的生活，信笔挥洒，自由洒脱，不费经营，自然天成。他们的共同特点就在于，以韵味丰富、含蓄不尽的风格、朴实无华的鲜活语言广泛而深刻地反映了两宋社会的真实面貌，对人民的疾苦寄予深深的同情，对社会的丑恶和虚伪进行剖析。

要想成为真诗人，诗人必须具备三个主要条件，即体验的真切性、情感的真实性、表达的真诚性。

首先，真诗人必须具有丰富的、真切的生活体验。方回所说的"高年仕宦不达而以诗名世"⑤。"仕宦不达"的诗人常常面临着入仕与行道之间

---

① （元）方回：《送胡植芸北行序》，李修生等《全元文》卷208，江苏古籍出版社1999年版，第7册，第34页。

② 莫砺锋：《论梅尧臣诗歌的平淡风格》，《莫砺锋文集》第三卷，凤凰出版社2019年版，第62页。

③ 陈振孙：《直斋书录解题》卷20"后山集"，上海古籍出版社1987年版，第327页。

④ （元）方回选评，李庆甲集评点校：《瀛奎律髓汇评》卷四，上海古籍出版社1986年版，第418—419页。

⑤ （元）方回：《送胡植芸北行序》，李修生等《全元文》卷208，江苏古籍出版社1999年版，第7册，第34页。

的矛盾。他们渴望仕宦显达，拥有更多的机遇来实现自己的政治理想，没有官位就没有权势，行道也就不可能了。没有官位，没有丰厚的俸禄，生活就不能保证，只好沉沦在社会的底层，饱受生活的艰难。而那些仕宦显达的人，一旦获得高位，生活安逸，饱食终日，就失去了行道的热情和动力，行道就化为泡影。他们的生活面极为狭窄，因而不可能创作出感人的诗歌作品，只有附庸风雅。

其次，真诗人必须具有真实的不得不发的感情。由于生活在民间，历经坎坷，他们积累了丰富的创作素材，体验到各种各样的凄凉悲惨之事，产生丰富复杂的思想感情。这些复杂的感情凝聚成无法阻遏的万钧气势，喷薄而出，正所谓"怀惜悼今，其音哀以思，哀而伤，亦人情不能已也"①。是说，诗人面临故国倾覆，激起强烈的故国之悲，悲哀之情进一步发展，伤痛不已，情感难以控制，发而为诗，感人至深。

再次，真诗人必须具有艺术表达的真诚态度。在强大气势推动下，任何语言、形式、以及表现技巧都能恰到好处、自然而然地表达诗歌的情感，毫无炫奇逞博之嫌，哪怕是生活中常用的俗语、常见的琐事，一经诗人点化，都能准确表达情感，趣味盎然。方回评述陆诗《春夏之交风日清美欣然有感》云："'擘纸'二字本俗语，放翁既用之，即诗家例也。"②陆游从生活中选择熟语，加以提炼，上升为诗歌语言的范式。方回坚决反对无病呻吟、为形式而形式的江湖派诗风。江湖诗人由于没有远大的理想抱负，没有不得不发的真情，内容十分苍白无力，只是以诗来干谒权贵。"近世乃有刻削以为新，组织以为丽，怒骂以为豪，谲觚以为怪，苦涩以为清，尘腐以为熟者，是不可与言诗也。"③他们为了掩盖内容的贫乏，满篇华丽词语，精心布局，刻意为新，连篇累牍，陈陈相因，不可能成为真诗人。

真诗人的诗歌作品必须有"真趣"。在方回看来，"真趣"是客观生活所具有，被诗人的主观认识所把握、情感所体验并使之得到集中而又突出的生活之真，是诗歌艺术整体不可缺少的灵魂和精神。在《三月初五日同

---

① （元）方回：《送罗架阁弘道》，北京大学古文献研究所编《全宋诗》卷3485，北京大学出版社1998年版，第66册，第41495页。

② （元）方回选评，李庆甲集评点校：《瀛奎律髓汇评》卷四，上海古籍出版社1986年版，第382页。

③ （元）方回：《跋遂初尤先生尚书诗》，李修生等《全元文》卷216，江苏古籍出版社1999年版，第7册，第183页。

诸友自城南游水西书事》一诗中，在他眼前展开一幅绝妙的风景画，和风徐徐，花香四溢，溪水潺潺，通向幽静之处，山峰高耸入云，巉岩巍巍，滩水奔腾咆哮，构成一个和谐的有机整体。这是诗人经过审美选择，对客观物像进行综合、概括、集中提炼的结果，排除了可有可无的偶然性因素，找到了它们各自的本质联系，并且把自己游览时的感情融入其中，"更有真趣泉，一泓磨精铜。足用展极目，遥天送归鸿"①，他流连忘返，不仅感受到泉水清澈可鉴的乐趣，还体验到登高望远、目送归鸿的洒脱。这样，一切客观物象都注入了诗人的精神个性，具有了鲜活的灵魂。

表现诗歌的真趣主要从两个方面入手。

第一，真趣的基本特点是"真言写实事"②。这里的"实事"就是生活真实，是现实生活中已经发生的客观事实，事实与事实之间往往缺乏必要的联系。诗人要善于从生活中精心提炼、选择最能集中体现诗人人生体验的典型事物、典型情景，挖掘它们内在的、本质的联系，还要倾注真情，进行体验，灌注活泼的性灵，创造出趣味盎然的独特艺术真实，然后用准确、生动、朴实的语言表达出来。方回称道陆游善于写"眼前事"，评陆游《游山二首》第二首"所点两联，前一联眼前事耳，诗家自难道。后一联却易道也"③。方回所点的两联即"僧亡犹见塔，树老已无花。世事虽难料，吾生固有涯"，僧亡、塔存、树老、无花是诗人所看到的现实生活中确实发生的事情，但是把人亡与物存、老树与无花两种互相对立的情事组织起来，形成精工的对仗，如果没有对人世沧桑的深沉把握与感喟，是不可能做到的。后一联是对现实境遇的深层体验，有感而发，自然成对，毫不费力。学者自当审知。方回还曾以画马为例来说明"真趣"的创造与表达：

　　荀氏八龙，慈明无双。岂有头与角，可以模形容。贾氏三虎，伟节最怒。岂有毛与皮，可以析毫缕。古人画马非画马，借此绘写英雄姿。东方角龙西奎虎，天有之人亦有之。善书画意不画像，妙在托兴

---

① （元）方回：《三月初五日同诸友自城南游水西书事》，北京大学古文献研究所编《全宋诗》卷3495，北京大学出版社1998年版，第66册，第41656页。

② （元）方回：《学诗吟》，北京大学古文献研究所编《全宋诗》卷3508，北京大学出版社1998年版，第66册，第41882页。

③ （元）方回选评，李庆甲集评点校：《瀛奎律髓汇评》卷四，上海古籍出版社1986年版，第1381页。

如声诗。点睛飞去果有许，烈裔顾凯亦未奇。卧龙未飞，睡虎不吼。
一飞鳞虫附之皆上升，一吼百兽闻之悉窜走。人见此图指点爪牙然不
然，我得此图屈伸语默观圣贤。①

　　画家既要准确抓住事物的个别特点，又要通过事物一个个的具体特征
概括其本质，赋予其生命和灵魂，形成主客观有机统一的、浑然一体的完
整画面。例如，一个画家，画龙要抓住龙头、角、躯体的特点，画虎要精
确到皮、毛的毫厘之差，更重要的是，把画家的生命之"意"融入其中，
使描绘的龙、虎有生气。观画者可以不斤斤计较龙、虎的爪、牙等局部细
节的准确，要能从所画的龙、虎身上体悟画家的精神个性，进而领悟其中
蕴含的圣贤之道。需要说明的是，作为生活真实的"实事"，必须保持个
别的、局部的准确无误，因为不准确，就意味着描写的事物失去本质的特
征，作者所寄托的"意"就失去了依托，就不可能形成完整统一的艺术整
体。但是，也不可以面面俱到，作照相似的、纤毫毕现的描绘，这些局部
的、偶然性的因素尽管真实准确，但缺乏提炼、缺乏选择，不能深刻揭示
事物之间的内在联系，仍然不能显示"真趣"。

　　第二，诗的"真趣"需要创造一个自然天成的艺术境界作为依托。方
回评陆游的《幽事》"伴蝶行花径，听蛙傍水涯"为"五、六眼前事耳，
能道者不妨自高于人，有工无迹"②。穿行在花园小径中，人与翩翩起舞的
蝴蝶为伴，在水涯边无意中听到阵阵蛙声，这些都是日常生活常见的景，
诗人只不过按照生活的本来面貌如实表现出来，毫无雕琢之迹。方回论述
南宋四大家诗风的时候，说：

　　　　回谓光尧龙渡时，则有诗人陈去非、吕居仁、徐师川、韩子苍之
　　徒，所谓及闻正始之音者。至阜陵在宥，而四矩公出焉，非以其浑大典
　　正，与中原之老并驱？诚斋时出奇峭，放翁善为悲壮，然无一语不天
　　成。公与石湖冠冕佩玉，度骚媲雅，盖皆胸中贮万卷书，今古流动，是
　　惟不出，出则自然。近世乃有刻削以为新，组织以为丽，怒骂以为豪，

---

　　① （元）方回：《赠善画龙虎吴伯原杂言》，北京大学古文献研究所编《全宋诗》卷3500，
北京大学出版社1998年版，第66册，第41741页。
　　② （元）方回选评，李庆甲集评点校：《瀛奎律髓汇评》卷四，上海古籍出版社1986年版，
第982页。

谲觚以为怪，苦涩以为清，尘腐以为熟者，是不可与言诗也。①

在方回看来，南宋乾淳诗坛的共同追求是"浑大典正"，内蕴充实，浑厚圆融，庄重典雅，坚守诗经的"正音"传统，与北宋诗人黄庭坚、陈师道等人并驾齐驱。但是，在这种共同性中也有新变，那就是浑然天成。杨万里诗虽然"时出奇峭"，但圆转流丽、自然清新是主要风格。陆游虽然以豪迈悲壮见长，但也出语天成，妙手偶得。范成大、尤袤虽然通古今之变，学富五车，但陶冶咀嚼，"出则自然"，毫无掉书袋的造作之气。

当然，这种毫无雕琢的化工境界并不排斥艺术上的苦心经营。但是，惨淡经营的目的不是为形式而形式，而是为了更准确地表达诗人的独特体验和真挚感情，其至高之境就是达到不工而工、绚烂至极而归于平淡的自然之境。

四　陆游在宋诗发展史中的地位

方回将宋诗与整个中国诗史联系起来，他不仅肯定了宋诗与唐诗都是中国古代诗史发展的不可缺少的阶段，而且宏观地勾勒了宋诗发展的整个过程，厘清了不同流派之间的复杂关系。

宋诗是中国诗歌发展的一个重要阶段。在方回看来，中国诗歌经历了不可缺少的三个阶段，即"诗三体，唐虞三代，一也；汉魏六朝，二也；唐宋始尚律诗，三也"②。中国诗歌的源头是上古歌谣、《诗经》《楚辞》，经过汉魏古诗的发展、南北朝诗歌注重声律、辞藻之美，唐宋诗崇尚律诗。唐诗和宋诗一样，都是中国古代诗歌发展的有机整体，本来没有什么厚薄之分，贵贱之别。他说："离骚谓绝响，此道传人心。外物有鼎革，能言无古今。曹刘与陶谢，五柳擅正音。李杜与韩柳，一字直万金。欧苏与黄陈，孰浅而孰深。尤萧杨陆范，乾淳鹤在阴。二涧可继之，章泉亦骎骎。奈何近百载，种火灰中深。"③ 方回认为，诗歌出于人心之真诚，是人

---

① （元）方回：《跋遂初尤先生尚书诗》，李修生等《全元文》卷216，江苏古籍出版社1999年版，第7册，第183页。

② （元）方回：《跋俞伯初诗》，李修生等《全元文》卷217，江苏古籍出版社1999年版，第7册，第209页。

③ （元）方回：《学诗吟》，北京大学古文献研究所编《全宋诗》卷3508，北京大学出版社1998年版，第66册，第41882页。

的思想感情的自然流露，外界社会尽管有发展变化，但是传达人们情感、寄寓道德使命感的诗歌不会变化，那就是"天地之心一也"①。从这个意义上说，方回把宋诗提高到诗道尊严的高度，从屈原的《离骚》到汉魏六朝、唐以至于宋末的诗都贯穿着儒家之道。这就从根本上改变了尊唐抑宋的偏见，确立了宋诗存在的独立价值，具有十分重要的意义。

与方回肯定宋诗的独立地位不同，南宋时期的诗坛，尊唐抑宋的倾向十分突出，唐诗与宋诗之争成为贯穿南宋诗歌发展史始终的核心问题。严羽极力提倡以盛唐诗为创作师法的规范，推尊李、杜诗，力诋宋诗之非，尤其是反对苏轼、黄庭坚为代表的以文字为诗、以才学为诗、以议论为诗的宋诗审美规范，称苏黄诗为"野狐"禅，进而把宋诗完全看作唐诗的附庸，否定了宋诗的独立价值。严羽以古人之诗（主要是指盛唐诗）的"兴致"为标准来衡量宋代的诗歌，无论是宋初学习白居易、李商隐、韦应物、韩退之，还是江湖诗人学晚唐诗，以贾岛、姚合为宗，把学习唐诗的宋代诗人都加以肯定。区别在于，是学盛唐诸公大乘正法眼，还是声闻辟支之果。他把自出己意的苏黄诗，斥之为"盖于一唱三叹之音，有所歉焉。且其作多务使事，不问兴致，用字必有来历，押韵必有出处，读之反复终篇，不知着到何在。其末流甚者，叫噪怒张，殊乖忠厚之风，殆以骂詈为诗。诗而至此，可谓一厄也"②，从语言、用事、用字、押韵以至于风格诸方面进行全面的批评，否定了苏黄诗的独创性，进而否定了宋诗的独特审美价值，因为苏黄诗是宋诗独特审美范式的典范，集中体现了宋诗重理趣的特点，而这正是宋诗与重兴致的唐诗的根本区别之所在。严羽这种以盛唐诗为审美范式的观点本来无可厚非，但是他以此为唯一标准，取消了其他审美范式，未免以偏概全，走上极端。为此，方回十分不满，讥讽严羽不懂诗，所论往往是非参半。③ 江湖诗人缺乏宏观的诗史观念，不能从上下三千年诗歌发展演变的历史长河中汲取营养，而只是选取南宋后期六七十年的晚唐体作为师法对象，方回也深表不满。

---

① （元）方回：《学诗吟》，北京大学古文献研究所编《全宋诗》卷3508，北京大学出版社1998年版，第66册，第41881页。

② 郭绍虞：《沧浪诗话校释》，人民文学出版社1983年版，第26—27页。

③ 方回对严羽贬低宋诗不以为然，称之为"严沧浪、姜白石评诗虽辩，所自为诗不甚佳，凡为诗不甚佳而好评诗者，率是非相半，晚学不可不知也"。参见（元）方回《诗人玉屑考》，李修生等《全元文》卷219，江苏古籍出版社1999年版，第7册，第274页。

在推尊宋诗的基础上，方回构建了宋诗发展的完整历史。他说："近世之诗莫盛于庆历、元祐，南渡则有乾淳、永嘉。"① 他认为，宋诗的发展经历了一个从学习、模仿唐诗到自立面目再到学习唐诗的过程。在这个过程中，宋诗出现了四个高潮期。宋初，诗人学习唐代诗风，先后分别选择了白居易、晚唐体和李商隐，形成了白乐天体、晚唐体和昆体。但是，这些流派都没有超越唐诗的审美规范，诗人们试图积极探索宋诗的独特风格，为宋诗的独立发展做准备。北宋中期（主要是庆历时期）的诗坛，欧阳修、梅尧臣力主革新宋初沿袭唐人的诗风，尤其是改变西昆体风花雪月、小巧呻吟的弊病，追求平淡流丽的风格，宋诗开始迈向独立探索的道路。北宋后期（元祐时期）是宋诗发展的极盛时期，苏轼、黄庭坚、陈师道、张耒、陈与义等大诗人出现，北宋诗坛最重要的江西诗派不断发展壮大，延续到南宋初期，标志着宋诗形成了独立的审美规范。南宋初的乾淳时期，以陆游、杨万里、范成大、尤袤"中兴四大"诗人、稍晚的"永嘉四灵"等众多流派的诗人活跃在诗坛上，他们力图改变江西诗派的影响，向唐诗的审美规范回归。不过，他们的取法对象各不相同，陆游兼取初、盛唐诗风之长，杨万里力主学习晚唐，"永嘉四灵"学习许浑、贾岛、姚合等晚唐诗人。南宋末期，江湖诗人风行一时。方回对江湖诗派诗人格调卑俗十分不满，斥之为"禽虫鸣啁啾"②。

宋诗典范的代表莫过于以黄庭坚为领袖的江西诗派。江西诗派的诗学价值观、方法论以及具体的作诗技巧集中体现了宋诗的审美范式。以理趣为核心的宋诗审美范式的确立打破了以兴趣为中心的唐诗审美规范。贯穿在南宋诗坛始终的是江西诗派与唐诗之风的争论。因此，方回构建了江西诗派完整的传承谱系，方回把陆游放到这个谱系中，厘清了陆游与江西诗派的离合关系，确立了陆游在宋诗发展中的地位。③ 南宋初期，由于北宋的灭亡，战争连绵不断，人民流离失所，诗人们再也不能坐在书斋中，空

---

① （元）方回：《孙仁近诗跋》，李修生等《全元文》卷 217，江苏古籍出版社 1999 年版，第 7 册，第 208 页。

② （元）方回：《学诗吟》，北京大学古文献研究所编《全宋诗》卷 3508，北京大学出版社 1998 年版，第 66 册，第 41882 页。

③ 莫先生认为，方回构建了以"一祖三宗"为核心的传承谱系，从黄庭坚学杜开始，中经陈师道、陈与义、吕本中、曾几，直至南宋赵蕃、韩淲等人一脉相传的发展历史。关于陆游与江西诗派的关系，终其一生，陆游并没有脱离与江西诗派的关系，对江西诗派的学习和借鉴贯穿其整个创作过程。分别参见莫砺锋《从〈瀛奎律髓〉看方回的宋诗观》《陆游"诗家三味"辨》，《莫砺锋文集》第三卷，凤凰出版社 2019 年版，第 611、502 页。

发议论，以文字为诗，从故纸堆中寻找诗料，创作发生了根本的转变，从书斋走向社会，逐渐摆脱了江西诗派的影响。陆游就是其中典型的代表。方回在《瀛奎律髓》中评陆游的《顷岁从戎南郑屡往来兴凤间暇日追怀旧游有赋》诗，说："放翁诗出于曾茶山，而不专用江西格，间出一二耳，有晚唐，有中唐，也有盛唐。此篇虽陈、杜、沈、宋亦不过如此"①。在方回看来，一方面，陆游学诗于曾几，受到江西诗派的影响；另一方面，陆游已经逐渐摆脱江西诗派的影响。陆游"不专用江西格"，没有门户之见，不避初唐、盛唐、中唐、晚唐之间的界限，广泛汲取杜甫、李白、岑参、王维、苏轼、黄庭坚、陈师道、陈与义、曾几等人的艺术营养融会贯通，形成了独特的创作风格。

不难看出，方回对宋诗发展历程的宏观把握是建立在唐诗与宋诗何者为本体的基础上，他站在维护宋诗独立价值的立场上，对宋诗发展的过程及其不同流派的渊源、纷争及其递嬗关系进行了分析，厘清了两宋诗坛各个流派之间的复杂关系，反对南宋格调卑弱、缺乏高致的晚唐体诗。

综上所论，陆诗居《瀛奎律髓》所选宋诗之首受到其审美理想——"真诗人"的制约。真诗人以求真为本，做真人，说真话，抒真情，追求真理，反映生活的本质真实。唐人的诗歌重情韵，讲兴趣，以求美为本，这是严羽、"永嘉四灵"派的审美追求。晚宋诗歌这两种不同的审美理想并不是绝对对立关系，而是可以互相打通的。方回的贡献在于树立宋诗独特审美理想的同时并不排斥学习盛唐，打通这两种审美理想的界限，他反对的是格调卑弱斤斤于技巧的模仿。从这个意义上说，陆游恰好是宋诗审美理想的典范，陆游具备两个方面的基本要素：一是高尚的人格，这是真诗人的决定因素；二是融通百家，自成一家，陆游出入于江西诗派而不为其所囿，广泛取法前人的艺术成就，加以融会贯通，自立成家。

---

① （元）方回评选，李庆甲集评点校：《瀛奎律髓汇评》卷四，上海古籍出版社 1986 年版，第 181 页。

译作越洋虽万里，放翁不携西洋剑

——基于"剑"的意象图式分析陆游英译作品

周丹烁

（绍兴文理学院 人文学院）

摘要： 陆游作为我国著名诗人，拥有较多诗词作品外译版本。其中《陆游的剑——中国爱国诗人陆游作品选》（*The Rapier of Lu: Patriot Poet of China*）为较早出现的译作，也较有代表性。由于民族经验差异等原因，译者克拉拉·M. 凯德琳·扬（Clara M. candlin young）以"西洋剑"（rapier）一词对译中国"剑"一词，这两个意象图式的不同不仅使得陆游的英译诗词词不达意，甚至还使得诗人在个体语境中自塑的形象产生了变形。

关键词： 陆游；英译；图式理论

陆游作为我国著名诗人，其一生作品近万首，是从古至今中华诗坛宇宙中最为绚烂的一片星团。20 世纪 40—50 年代，随着海外汉学的勃兴，西方汉学家们对创作体量巨大的南宋爱国诗人陆游表现出了莫大的兴趣，如叶甫盖尼·谢列布里雅科夫①、巴顿·华兹生②等人，都曾撰有陆游的译作。陆游的诗词在与其生活年代相隔六七百年的时光之后远渡重洋，他曾挥毫写下的一撇一捺方块字，通过译介成为连体字母；其诗作韵律由汉声

---

① 圣彼得堡国立大学东方系教授，多年研究陆游，不仅翻译他的诗词，还把他的游记《入蜀记》和散文《老学庵笔记》翻译成俄语。

② 美国哥伦比亚大学教授、著名汉学家、当今英语世界久负盛名的翻译家，译作包括《史记》《墨子》《荀子》《韩非子》《庄子》《汉书》《左传》，以及苏东坡、寒山、陆游、白居易、王维、杜甫的诗歌。

的平平仄仄转为音节的轻重抑扬。在这些译作中，较有代表性的是英国汉学家克拉拉·M. 凯德琳·扬（Clara M. candlin young，以下简称扬女士）女士于 1946 年出版的《陆游的剑——中国爱国诗人陆游作品选》（*The Rapier of Lu: Patriot Poet of China*）。书中共选择 40 余首陆游诗词，其中不乏类似"如听萧韶奏九成""病身能斗竹清癯"等难以翻译之句，同时配有陆游生平简介及年表，可见扬女士为此作确实耗费不少心血。

然而，这 40 余首陆游诗作在拆解一种语言重新编织为另一种语言的过程中，由于中外文化差异、民族集体经验的不同而导致了对译落差，就好比原本绵密柔软的语言织体经过重构变得零落生硬，不可不谓缺憾颇多。其中，扬女士以"西洋剑"（rapier）一词对译中国"剑"一词，便是这副织体中典型的一眼孔洞，甚至读者的眼光在透过这个孔洞观照陆游时，诗人在个体语境中自塑的形象也产生了变形。因此，本文将对比中西方"剑"意象图式的不同，并分析扬女士在翻译陆游作品时选取"西洋剑"（rapier）一词的原因。

一　中西意象图式比较：剑与 rapier

"图式"（schema）一词原为心理学术语，由德国哲学家、心理学家康德提出，指概念的感性方式。近年来被学界运用于各种文本分析的"意象图式"由 La. koff 和 Johnson 于 1980 年在《我们赖以生存的隐喻》一书中将"意象"和"图式"这两个概念结合而成，它指的并不单纯是具体的形象，更是围绕其空间描述的一种感觉、知觉和互动体验之上的、先于概念和语言的抽象结构，可以帮助译者分析意象选择原因、理解其在诗歌中的具体内涵，有利于译者对于原诗进行更加深刻的解读与解码。① 基于此，我们将在本节对比"剑""西洋剑"（rapier）两个意象图式之间的相似性与差异性。

自春秋时期的越王勾践剑到近代谭嗣同的七星剑，在中国文化中"剑"这个意象图式一般而言包含以下几要素：①为金属所制，具有总长为三或七尺、刃宽不超 6 厘米、两面开刃的形态；②产生年代最早可追溯至商代（约公元前 1600 年—约公元前 1046 年）；③攻击方式为砍、刺，

---

① 黄红霞：《意象图式理论指导下的宋词意象翻译研究》，《海外英语》2020 年第 3 期。

具有抵御外敌的杀伤性功能；④被称为"百兵之君"，含有"君王""君子"的象征性。在中国历朝历代的古代文学作品中，"剑"更是文士们寄托建功立业、惩恶扬善理想的意象载体。陆游诗词作品中也曾多次出现"剑"意象，就其物理形态而言，有长剑，"凛然猛士抚长剑"（《风雨中望峡口诸山奇甚戏作短歌》）、"夜宴看长剑"（《五十》）；亦有短剑，"或携短剑隐红尘"（《对酒叹》）、"短剑悲秦侠"（《九月六日小饮醒后作》）。就所写之剑映射出的剑主身份而言，有军士之剑，"壮士抚剑精神生"（《秋声》）、"百金战袍周鸟鹘盘，三尺剑锋霜雪寒"（《秋兴》）；有侠客之剑，"醉中拂剑光射月，往往悲歌独流涕"（《楼上醉歌》）、"饮罢别君携剑起，试横云海翦长鲸"（《野外剧饮示坐中》）；有道人之剑，"拂剑当年气吐虹，喑呜坐觉朔庭空"（《观华严阁僧斋》）、"转盼跳下千仞渊，已复取剑升层巅"（《赠宋道人》）；有隐士之剑，"短剑隐市尘，浩歌醉江楼"（《步出万里桥门至江上》）、"一琴一剑白云外，挥手下山何处寻"（《绝胜亭》）。由此可见，陆游诗作中的"剑"意象八分是被统摄在中国传统"剑"的意象图式之中的，另外二分则被收藏于个体语境中。其一，心有"藏剑"；其二，身为"藏剑"。

心有"藏剑"，谓陆游写及"剑"的诗歌都有一股豪壮慷慨的凛然剑气。陆游为越州山阴人，而提及越人的性格，常常叫人想起《史记》中"文身断发，披草莱而邑焉"①和《越绝书》中"锐兵任死，越之常性也"②的描述。古越人民确实好勇尚斗，以至于在文化交融之前，被称为"东夷"。最为著名的勇武者当属越王勾践，卧薪尝胆、忍辱负重三年，携欧冶子夫妇所锻越王剑实现了复国开疆的大业，从此"胆剑"故事家喻户晓由古至今流传不绝。近年也有越来越多越文化研究者将越地的人文精神归纳为一种"胆剑"精神，其中"胆"代表着忍让、等待、坚忍的性格，带有励精图治的"柔性"；"剑"可引申为披荆斩棘、战无不胜的勇气，蕴含着越地人强悍豪爽的"刚性"③。像他五十岁时有感而作的《五十》一诗就是如此：

① （汉）司马迁：《史记》，中华书局1982年版，第1739页。
② 张仲清：《越绝书译注》，人民出版社2009年版，第164页。
③ 朱文斌：《胡愈之：胆剑精神的传人》，载谢一彪主编《中国越学第五辑》，中国社会科学出版社2013年版，第236页。

五十未名老，无如衰疾何。肺肝空激烈，颜鬓已蹉跎。夜宴看长剑，秋风舞短蓑。此身如砥柱，犹足阅颓波。（《剑南诗稿校注》卷五，第339页）

陆游时在蜀州任，正赴知天命之年。诗首句即直面岁月老去的事实，却无一句颓丧消极的情绪，以"看长剑""舞短蓑"这一行动表达年虽老而志不衰的心境，结尾全作刚强语，言符其人，不禁令人击节而叹：亘古男儿一放翁！实际上，不单是写"剑"的篇章，我们也常常能在陆游其他行军作品、具有强烈爱国声气的作品中感受到这一特点，如"丈五十功未夫立，提刀独立顾八荒"（《金错刀行》）、"壮心未与年俱老，死去犹能作鬼雄"（《书愤二首》）等，即便时光染白了他的鬓发，衰老了他的躯体，却永远无法磨灭其诗词中的纵横剑气。

身为"藏剑"，谓陆游自比匣中之剑，既寄托他建功立业的壮志豪情，又蕴含壮志难酬的失意落拓。"匣中鸣剑"典出自晋王嘉《拾遗记》，原本指高阳氏的曳影之剑，其未用之时常于匣中作响，如龙虎之吟。[①] 后常为诗人们化用以寄托壮志难酬的感慨。陆游身怀才华却不得重用，晚年时期血犹未冷，恨不得亲上战场从军杀敌，他浩繁的篇章中亦多"孤剑床头铿有声"（《三月十七日夜醉中作》）、"国仇未报壮士老，匣中宝剑夜有声"（长歌行）之语。试举最为典型的《宝剑吟》一例：

幽人枕宝剑，殷殷夜有声。人言剑化龙，直恐兴风霆；不然愤狂虏，慨然思遐征。取酒起酹剑：至宝当潜形，岂无知君者，时来自施行。一匣有余地，胡为鸣不平？（《剑南诗稿校注》卷四，第272页）

此诗作于乾道九年（1173）陆游权知嘉州时。前六句写"宝剑"的雄豪气概和杀敌之志，映射着诗人生平志节；后半为"幽人"劝导宝剑韬光养晦、静待时机的话语，表现出诗人壮志难酬的愤懑。宝剑、幽人均为作者自况，与其说是幽人安慰宝剑，毋宁说是作者以幽默的方式安慰想要建功立业、报效国家而不得的自己。在此，宝剑的鸣声正如陆游的心声，宝

---

① （晋）王嘉《拾遗记》卷一《颛顼》："有曳影之剑，腾空而舒，若四方有兵，此剑则飞起指其方，则克伐，未用之时，常于匣里，如龙虎之吟。"

剑是作者爱国心志的汇聚和表白。

而扬女士翻译陆游诗选时所使用的"西洋剑"（rapier），似乎与陆游笔下那兼具传统内蕴与个人特色的"剑"意象并不贴合。先看其形态，西洋剑（rapier）主要为金属制，是一种较轻、较长、较细、两面开锋的尖端剑（a long thin light sword that has two sharp edges）[①]，其剑刃约 2—3.2 厘米宽，1—1.5 米长，中央有脊，有护手，包括单纯的十字形、杯形和极为花哨的环形。其攻击方式主要为刺击，据说本是为检验铠甲的制造质量而诞生，戳刺铠甲看能否刺穿，故仅有前端才开刃，因此"多用于装饰、防身和决斗，杀伤力极小，只要不被刺中要害，决斗者不会有生命危险"[②]。就其出现时间来说，西洋剑（rapier）盛行于 16—17 世纪的欧洲社会，正值西方火枪、炮等热武器刚刚开始兴起，宽刃剑、铠甲与盾牌逐渐式微的年代。当时社会生产力提高，富有的新贵阶级开始兴起，过去由贵族垄断的剑斗技艺重心也逐渐下移，越来越多的人配有这种轻巧、杀伤力小的剑，随波逐流投入热衷于决斗的社会风气中。在西方文学作品里也常出现使用西洋剑（rapier）进行决斗的人物，如法国作家大仲马《三个火枪手》中剑术高明的法国皇家火枪队队员、沙翁笔下的哈姆雷特与莱尔提斯。

经此对比，暂且抛开陆游个体语境中有所发挥的"剑"意象不说，中国"剑"与西方"西洋剑"（rapier）尽管都是具有一定杀伤性、同属剑类的冷兵器，而在物理形态、产生年代、使用功能、使用群体等方面存在巨大的不同，并不适合转译。

二 由"剑"意象图式差异而导致的言语织体孔洞

扬女士虽将诗集冠以"剑"之名并点明陆游爱国志士的身份（Patriot Poet of China），但纵览诗词选集，仅有 2 首译作出现了"剑"（rapier，sword），而能够呈现陆游爱国气象的，仅 9 首而已。故钱锺书先生曾在对该选集的书评中以"这书名太有想象力了吧？"（Why this fanciful title？）这一具有调侃意味的话语作为文首，并认为扬女士只是将"剑"作为陆游尚武精神的象征。陆游的诗集原名《剑南诗稿》，结合其爱国志士的身份及

① 《牛津高阶英语词典（第7版）》，商务印书馆 2005 年版，第 1249 页。
② 秦泉主编：《兵器知识博览》，汕头大学出版社 2013 年版，第 8 页。

大量写及"剑"的篇章，并非以汉语为母语、擅长拆解汉语字词句的扬女士①为何会选取"剑"这个意象作为陆游爱国精神的代表物乃至作为译著的书名，也就不那么令人费解了。钱锺书的调侃虽然有分夸张色彩，不过也说明该书名确实让人感到几分违和之处——文本的语言织体一旦不是那么严丝合缝，产生了零落孔洞，读者在阅读过程中就容易产生类似的微妙体验。而这依然是由于"剑"与"rapier"两个意象图式差异所导致的。试看《闻虏乱有感》：

原文《闻虏乱有感》（节选）	Clara M. candlin 英译 On hearing of disorder amongst thdprisoners of war（节选）
近闻索虏自相残，秋风抚剑泪决澜。（《剑南诗稿校注》卷四，第 267 页）	In the autumn wind I grasp my rapier with surging tears.

原诗作于乾道九年（1173），正逢陆游听闻金廷"内乱"，有感而成。前八句忆昔从军行，夜出驰猎、手曳虎毛的豪壮过往，气势如虹；登高思国、以身报主的慷慨悲歌，九死未悔。后八句感今，自"近闻"一句开始，情感陡然一转，"剑"在此处只堪"抚"，一是说明自己已远离前线、脱离行伍，无法提剑手刃敌人；二是表达自己对战场的深刻回忆与深深眷恋；三是以曾经的能够提剑衬托此刻只能抚剑的无奈，战士失去为收复失地贡献力量的机会，只能在后方数说从前的历史，这对陆游来说是莫大的耻辱。全篇重申诗人一贯的从军杀敌、殉身报国的志愿，十分凄壮感人。而在英译篇章中，"抚剑"被译为"抓紧我的西洋剑"（grasp my rapier），一位满腔豪情却报国无门、肝胆俱碎的诗人形象，瞬间在言语织体的孔洞中被变形为似乎马上要抽出腰间细剑与金人强豪决斗的佐罗式绿林豪侠。至此，我们也就不难理解切换语言后汉语原作与英文译作间的阅读落差感到底从何而来了。

重构语言织体时所产生的孔洞不仅会让另一语言的阅读者无法体会到原诗饱含的情愫，更为致命的是，不完整的语言织体也无法令读者，甚至

---

① 涂慧《词韵逦逦：宋词在英国的译介》："在翻译方法上……甘淋（Clara M. candlin young）比较偏爱短句译文，擅长将长句拆为短句，比较近似于劳伦斯·韦努蒂（Lawrence Venuti）在《译者的隐身》中所提出的'归化法'。"载《中华读书报》2019 年 12 月 20 日第 18 版。涂慧《〈风信集〉：中国古典词作的英译路标》："她（Clara M. candlin young）喜欢将长句转化为短句，分行翻译，使得一些词风含蓄凝重的词作变得洗练。"《中华读书报》2020 年 1 月 15 日第 18 版。

译者自身,通过经由转译的文本去获取作者自塑于文字中的形象。"剑"一词在中西意象图式中的差别,就使得扬女士在翻译陆游其他诗词作品的过程中虽能较好地保持作品文字原意,但在全文情感上始终"隔了一层","rapier"这个孔洞弱化诗人形象(或曰使诗人形象发生变形)的同时,无法将陆游"身为藏剑"的特点展现出来;反观国内译者的译例,则能在减少文意更改的基础上最大限度地再现陆游的"藏剑"——那些隐藏在字里行间、诗林典故中的情感。以《诉衷情·当年万里觅封侯》为例试分析:

《诉衷情·当年万里觅封侯》原文	Clara M. candlin 英译 The aged warrior	许渊冲英译 Tune: "Telling of Innermost Feelings"
当年万里觅封侯,匹马戍梁州。关河梦断何处,尘暗旧貂裘。胡未灭,鬓先秋,泪空流。此生谁料,心在天山,身老沧州。(《放翁词编年笺注》下卷,第101—102页)	Ten thousand miles I travelled, in the past, To seek distinction: military fame. I gauarded Liang Chou all alone Astride my horse. Of frontiers, Of boudaries, Where are those faded dreams? Where vanished now? My sable robe is darkened by the dust. The Mongols are un conquered still. My hair has reached its autumn time. My tears unheeded fall. Who understands this life? My heart is still in Turkestan – My being in the South.	Alone I went a thousand miles long, long ago To serve the army well at the frontier. The fortress town in dreams I could not go. Dusty and outworn my sable coat of cavalier. The foe not beaten back. My hair no longer black. My tears have flowed in vain. Who could have thought that in this life I would remain With a mountain-high aim But an old mortal frame!

　　《诉衷情·当年万里觅封侯》为陆游古稀之年所作,全诗苍凉悲慨、尽诉忠愤,虽无一字说"剑",却处处透露着诗人意欲提剑上马、破阵杀敌的渴望,充分体现了陆游"诗有剑气"的特征。首句"觅封侯"原为诗林典故①,在此被译为"找寻军中的功勋"(To seek distinction: military fame),意思虽大致吻合,在汉语阅读者看来也许就少了一层深意;后面"锦帽貂裘"②一句的缺憾亦是如此,英文阅读者只能看到一位轻拍着貂绒长袍的失意诗人,而不见其郁郁不得志之情思。另一译例为我国翻译家许

---

　　① 出自《后汉书·班超传》:班超少有大志,尝曰,大丈夫应当"立功异域,以取封侯,安能久事笔砚间乎?"
　　② 借用苏秦典故,意在表达自己不受重用,未能施展抱负。

渊冲先生的作品。同样地，"觅封侯""锦帽貂裘"等典故与英文文本之间的联系，因不同语系文字信息承载量的不对等、词语文化图式的差异而被割裂。但值得注意的是，许先生很巧妙地将陆游这部分被迫割裂的情感融入译作的其余段落中去，很好地还原了陆游"身为藏剑"的特点：他不像扬女士一样逐句翻译，如指代金人的"胡"被泛化为"敌人"（foe），而最后"心在天山，身老沧州"一句直接被译为"心之所向为高山，奈何一副衰形骸"（With a mountain-high aim, But an old mortal frame!）。虽然牺牲了"天山""沧州"的地域意象，但却能够让英文阅读者更为直接地体会到陆游此时、此刻心中澎湃的情思、喷薄而出的报国志向，与残酷现实之间的落差，"三美"译法着实高明。①

三　关于扬女士赠予陆游西洋剑（rapier）的原因

扬女士在中国"剑"与"西洋剑"（rapier）转译过程中所制造的言语织体孔洞似乎难以填补，无论如何英文读者在接受英译文本时似乎都难以感受到陆游那复杂的爱国情怀，以及空有万丈豪情却不得施展的抱负志向。这不禁令人思考，难道就没有一把由西方言语之钢淬炼而成的"剑"能端正地佩在诗人陆游的腰间，伴他征战、伴他宦游，听他诉说那些愤懑之言，而又不失一人一剑之间的和谐感？其实是有的。扬女士所译的陆游诗词选集中有 2 首出现剑类意象，1 首于上一节已分析，而另 1 首描写的，是"阔剑"（sword）：

原文《秋风曲》（节选）	Clara M. candlin 英译 Camps of Han and Ch'u
百斤长刀两石弓，饱将两耳听秋风。（《剑南诗稿校注》卷十五，第 3 页）	With long, long swords that weigh a hundred catties, strike: Bows that weigh two hundred bend. Enough, two ears are satisfied with listening to the Autumn Wind.

从淳熙十年（1183）到十二年（1185），陆游伏处家乡，但是他的心

① "三美论"是许渊冲先生基于鲁迅在《汉文学史纲要》中所说的"意美以感心，音美以感耳，形美以感目"而提出来的。"意美"指译文要再现原文的意境美，比如象征义、双关义、深层义、言外义等。"音美"主要指平仄、节奏、双声、叠韵、押韵等。"形美"包括语言简练整齐、句子对仗工整等。

始终没有安定下来，依然涌动着对敌征战、收复中原的向往。在这首《秋风曲》中，诗人因秋风打窗之声而无法入眠，想象着万里之外前线画角声声、横飞渡辽的军人生活。最后四句表达投笔从戎之志，重达百斤的"长刀""两石"力量才能拉开的"弓"，以夸张手法将军事意象的重型感推向极致，以气吞天地之势表现自己投身军旅的意愿。在原作中，陆游使用的是"刀"意象，扬女士将其译为"剑"（sword）。"剑"（sword）在《牛津词典》中的解释为：金属制成，具有长长刀刃、刀柄、护手，用于砍、刺，目前是一种重要仪式所使用的穿戴器具（A weapon with a long metal blade and a hilt with a hand guard, used for thrusting or striking and now typically worn as part of ceremonial dress）。[1] 剑（sword），实际是西方短剑（short sword）、武装剑（arming sword）、混种剑（bastard sword）、长剑（long sword）等剑类兵器的统称。相对于中世纪才出现的西洋剑（rapier），剑（sword）早在古罗马帝国时期（公元前 27 年—1453 年）就已出现，其剑长一般在 1 米以内，剑宽 5—11 厘米不等，两面开刃，通过劈、横扫、突刺等攻击方式，即便面对身着铠甲的对手，也能有效地将其杀伤。在牛津字典的释义中，还有对此剑所具有的文学性象征及隐喻的注解：军事、力量（Military power, violence）。虽然军事门类不大相同，但是转译后的"With long, long swords that weigh a hundred catties"为英文读者们呈现出的陆游形象至少是豪迈雄壮、气盖乾坤的军人，而非轻逸的绿林侠客。也许这种翻译依然无法体现其"身为藏剑"的特点，但至少能让重构之后的文本里透出那股凛然剑气。

从产生年代、物理形态、使用群体等剑意象图式相似性的契合度而言，剑（sword）一词较西洋剑（rapier）都更适用于扬女士译作的书名。作为英国汉学家的扬女士最终选择赠与放翁一把细小的 rapier 而非 sword，原因大约在于以下几点。

一，作者母语语系中"sword"意象图式的特殊性。陆游的"剑"能够染有其个人色彩，更遑论国外的"sword"意象了。扬女士是英国汉学家，而我们在谈论其故土的"sword"时特别容易联想到的便是世界文学史中最负盛名的宝剑之一——亚瑟王的石中剑（The Sword in the Stone）。此剑令亚瑟的身份从一介平民跃升为英格兰全境之王，颇带有些君权神授的

---

① 《牛津高阶英语词典（第 7 版）》，商务印书馆 2005 年版，第 1555 页。

"宗教性"与"神圣性"。而同样是亚瑟王宝剑的另一柄宝剑——圣剑（Excalibur）①，更是在代表着"王权""战争""正义"，据说亚瑟王靠着此剑威力，在众多的战役中获得胜利，成为凯尔特传说中的民族英雄。在之后的西方文学作品中，"剑"（sword）多为贵族英雄所使用，如《罗兰之歌》主人公圣骑士罗兰、《尼伯龙根之歌》的尼德兰王子齐格飞、《指环王》中的人皇阿拉贡，其意象图式被融入了"高贵""正义""公平"等含义，是骑士精神的象征。联系扬女士成长的故土及其文化背景，她也许是出于"sword"与宗教、王权、贵族的种种联系而未将其作为中国"剑"的转译。

二，陆游个体语境中所呈现的个人形象，更近乎仗剑（rapier）而行的侠客而非身负大剑（sword）的骑士。关于 rapier、sword 的使用群体前文已有所论，前者多为兴起的新贵、佣兵、侠士，后者多为传统的王公贵族、宫廷骑士。相对于西方那些挥舞着"神圣之剑"（sword）的民族英雄，中国古代的剑士们更多的是"依附于君主为国建功实现自我价值的趋向"②，或在"礼"的伦理正义指导下除暴安良、行侠仗义。而在陆游的诗歌中也确实体现出这种倾向，如其爱国诗篇中"百金战袍周鸟鹘盘，三尺剑锋霜雪寒"（《秋兴》）、"引杯抚长剑，慨叹胡未灭"（《客从城中来》）、"孤剑空怀许国心"（《残年》）等句就流露出了强烈的建功立业以报主的意愿；"挺剑刺乳虎，血溅貂裘殷"（《怀昔》）、"战血磐长剑，尘痕洗故裘"（《记梦》）、"短剑悲秦侠，高歌忆楚狂"（《九月六日小饮醒后作》）等句则处处体现快意恩仇的道德观，这些都与西方骑士注重公平、强调公义的一面相悖，使得陆游在扬女士的转译下，最终由一位策马杀敌的爱国豪杰，成了荆轲式刺客的形象。

三，西洋剑（rapier）意象图式的动态流变。文化无时无刻不在更新，原有的文化图式总要为适应时代的变化进行自我调整，经过转变（turning）、累积（accretion）和重构（re-structuring），以适应新的环境③。西洋剑（rapier）的图式内涵较之中世纪已然在过往文化的层积中发生了一系

---

① 圣剑虽然名为 Excalibur，但也属于 sword 的武器体系。牛津在线词典对它的解释是：King Arthur's magic sword（亚瑟王的魔力宝剑），https：//www. lexico. com。

② 王立：《西方骑士与中国古代的侠——中西方文学共同母题中表现的正义精神》，《上海师范大学学报》（哲学社会科学版）2009 年第 4 期。

③ 戴晓东：《跨文化交际理论》，上海外语教育出版社 2011 年版，第 276 页。

列转变与重构。近现代的西洋剑（rapier），早已失去了刺杀敌人的军事功能，在 19 世纪后期时已成为一项竞技性体育运动；而它作为"清贵身份"的符号，其中的部分象征色彩得到保留，在一些荣誉仪式上我们依然能看见这种剑的身影。也许是考虑到陆游望族出身的家庭背景，也许是联想到陆游一生大多数时间的郁郁不得志，扬女士最后决意用异国他乡的西洋剑（rapier）赠予陆游，授予一个他本该得到的爱国将士的功勋。

文化背景、民族经验的差异确实是一条难以逾越的鸿沟，而中国文学作品外译过程中文本解读、词句拆解等方面的错误几乎无法回避，尤其在翻译中国古代文学作品时，更是常常出现"桑干"被译为"枯萎的桑树"（withered mulberry trees）之类的误译。扬女士对陆游"爱国诗人"的定位应该是无可指摘的，而"剑"这个意象也确实值得作为陆游其人、其精神的象征，若扬女士在翻译陆游诗歌的时候，更好地考量中外意象图式间的差异，对陆游的爱国之情作更加细致入微的揣摩，敢于摒弃拆句而译的方法使得原文整体文意得到较好保留，也许《陆游的剑——中国爱国诗人陆游作品选》（*The Rapier of Lu*：*Patriot Poet of China*）这部作品能够让陆游与他的爱国篇章在西方世界得到更好的推介。

民国期刊陆游研究的特点及其意义

邰　旻　　曹辛华

（上海大学 文学院）

陆游（1125—1210），字务观，号放翁。越州山阴（今浙江绍兴）人。南宋文学家、史学家、爱国诗人。20 世纪初以来，对陆游的研究越发深入，角度全面丰富，涌现了不少专著和研究文章。这些研究成果从不同角度对陆游进行探讨，深化、拓宽了其研究领域，为我们提供了有益的参考价值。在民国时期报刊事业迅速发展的势头下，关于陆游研究的论文数量颇丰，而这些零散于各个报刊上的文献资料被学界所忽略，尚无人进行系统的整理与评述。如，从 20 世纪初至 2007 年间，共发表相关著作和论文 443 篇，基本都是中华人民共和国成立后的文章，民国时期的大量论文却未能收入。① 因此本文将在搜集近现代报刊陆游研究等相关文献的基础上，从相关考证及评传、作品研究、摘录仿拟之作、新文体形态创作等四个方面进行梳理，以期为民国时期陆游研究提供新的视角。

一　民国期刊陆游研究的热点问题

民国时期报刊事业发达，各类期刊可谓浩如烟海，笔者经过统计，发现 1911—1948 年共发表陆游研究相关论文 206 篇。这些论文从内容上看，大致涉及陆游相关考证及评传、作品研究、读陆游作品感赋、诗词摘录、步韵仿拟之作等方面，本文据此进行如下分类整理。

---

① 李建英：《陆游诗研究综述》，《新疆师范大学学报》（哲学社会科学版）2009 年第 3 期。

（一）陆游相关考证及评传文献考述

民国期刊上关于陆游的相关考证文章不多，主要是对于其作品的版本考证。如吴之英发表于《国专月刊》的《陆放翁所著书版本考》，该文对《渭南文集》《剑南诗稿》《南唐书》《老学庵笔记》《家世旧闻》《山阴诗话》《放翁题跋》《放翁家训》等文集、著作一一进行版本考证，考其相承，以见源流。彭重熙发表于《中国文学会集刊》的《放翁词考证》对陆游的113首词进行考证。据王兆鹏先生统计，陆游词共145首，版本数为14种①，彭重熙从地名、人名、事件等方面考证了绝大部分陆词，在陆词一向不如陆诗受重视的背景下，将陆词研究扩大进人们视野。唐圭璋先生在《明人伪作陆放翁妻词》中指出，沈园中相和的《钗头凤》并非唐婉所作，"'人情恶，世情薄'原系四五两句和词，竟乃颠倒其句，作为起首二句，以下则换平韵足成之"②。乐无恙的《陆放翁出妻事迹考》、顾远芗的《陆放翁的恋爱悲剧考》两篇论文以陆游与唐婉的情感故事为对象进行考证，前者以"陆游逐妻"为本，结合当时社会状况、史料、诗作详细考证了该事件的前因后果，认为陆游虽迫于母命而出妻，但终其一生都未忘唐婉。顾远芗梳理了"放翁逐妻"本事的传播情况：最早记载该故事的是陈鹄的《耆旧续闻》，随后有刘克庄的《后村先生大全集》、周密的《齐东野语》等。顾作还考证了"放翁悲剧"改编成剧本的流变，最早编为杂剧的是清朝中叶的桂馥，之后陈墨香的《钗头凤》被编成剧本上演，但该剧本与实事乖背，荒谬殊甚，因而作者提出"写历史剧须不背原事，至少重大的情节要不背原事"③的主张。

关于陆游的生平、思想、家学渊源等评传类文献较多，其中宣扬其爱国主义精神的文章接近一半，如叶郁鎏的《爱国诗人陆游》、于秋水的《爱国诗人陆游评传》、陈丹崖的《民族诗人陆放翁》、愚川的《亘古男儿一放翁》等，这些文章大多发表于1931—1945年间，正值"九一八"事变后中国抵抗日本侵略的全面抗战期间。作为南宋爱国主义诗人，陆游将抵御外族入侵，维护国家统一当成自己的志向。陆游生活的南宋王朝积贫积弱，中原沦陷于金人之手，民族生存受到严重威胁。然统治阶级内部出

---

① 王兆鹏：《唐宋词史论》，人民文学出版社2000年版，第87—95页。

② 唐圭璋：《明人伪作陆放翁妻词》，《中国文学》（重庆）1944年第2期。

③ 顾远芗：《陆放翁的恋爱悲剧考》，《小说月报（上海1940）》1942年第22期。

现严重分化，一部分人宁愿屈膝求和，以求苟安；而另一部分有志之士则主张积极抗金，收复中原，维护国家统一和民族尊严。陆游的爱国诗即是在这种政治环境中产生、发展的，其作充分反映了驱逐敌人、恢复祖国统一的正义要求和愿望，也抒发了誓死报国、投身收复大业的雄心壮志。中国近代思想家、维新派代表人物梁启超有诗曰："诗界千年靡靡风，兵魂销尽国魂空。集中什九从军乐，亘古男儿一放翁。"（《读陆放翁集》）该诗热烈赞扬了陆游诗歌中渴望建功立业的高昂格调，高度评价了陆游执着奋进的男子气概。田曲1943年发表于《文学创作》的《大爱国诗人陆放翁》一文，开篇即引用梁启超的这首诗，随后将当时国际社会现状与陆游所处的南宋进行对比，认为都处于内忧外患的境地，因而更能体会陆游当时对国家命运的关切和壮志难酬的悲愤。除了爱国思想评述的文献资料，民国学者的关注点多集中在了陆游与唐婉的爱情悲剧上，出现了大量相关评传，如寺言的《陆游与其故妻》、黄浩然的《恋途中不幸之陆放翁》、沈重的《不堪回首话当年：陆放翁与唐蕙仙的故事》、沈雨苍的《陆放翁与〈钗头凤〉》等文章。陆游失去唐婉所留下的心灵创伤一直无法治愈，无论是分手之初的痛苦，还是沈园重逢的伤感，抑或是暮年回首的怅惘，这些情感融入诗词，感人至深。因而民国学者在论及放翁时，总也离不了这段爱情悲剧。此外，民国学者还从其家学渊源进行了深入探讨，如顾伟议于《文艺复兴》发表的《陆放翁的家学渊源：家庭盛弦诵，父子相师友》，该文系统论述了陆游的家学渊源。其高祖陆轸幼即颖悟，进士出身；曾祖陆珪好学尚文，被称为"奇才"；祖父陆佃少从王安石学经，曾拜尚书左丞，著书二百四十二卷；父亲陆宰继承陆氏家学，工于七律；陆游的长兄族弟亦工诗词，大哥陆淞、二哥陆子清均富诗名。陆游就是在这样一个仕宦世家、书香门第的家庭中成长起来的，爱好诗文的家风潜移默化地影响着陆游，培养了他的诗人气质。

（二）陆游作品研究文献考述

关于陆游作品的内容与艺术研究，基本贯穿整个民国时期，是民国学者研究的热点，并且随着时代的演进，研究成果不断深入。按文体分类，笔者将从三个方向分论：诗、词、文。

民国学者以自己独特的眼光从多角度研究陆游的诗歌作品。一方面，有不少论文对陆游诗歌进行过总论。如安大头《陆游的诗》概括陆游诗歌特点"感激豪爽，淋漓尽兴"，并从古体、绝句、律诗三方面进行诗体分论；府丙麟的《陆放翁诗之研究》从陆游诗歌的渊源、流变入手分析，提出四点长处：慷慨沉郁、清真温润、深沉典雅、作诗繁复；戚二的《陆放翁诗的分析》以随笔的形式，结合陆游的个性和时代背景，具体分析了《示儿》《十一月四日风雨大作》等诗歌蕴含的感情；此外，还有汪统的《陆放翁诗之研究》、李钊的《雨夜读放翁诗》、厉星槎的《陆放翁七绝诗评》等文章，均是从总体上对陆诗进行点评和分析的。另一方面，不少学者亦从多个不同角度对陆游诗歌的内容和艺术进行比较深入的研究。如康君的《陆放翁的杀贼诗》、韩敏的《读陆游〈书愤〉书后》、率意居士的《放翁〈书愤〉》、《读放翁〈剑门〉诗》等文献针对陆游的某一类诗歌或单篇名作进行赏析点评；唐国梁的《郑板桥与陆放翁的诗》、王进珊的《郑板桥论放翁诗》、施仲言的《南宋民族诗人陆放翁辛幼安之诗歌分析》、东野的《杜甫与陆游》等文献是将陆游的诗与郑板桥、辛弃疾、杜甫等进行比较，结合时代背景、人生经历探讨其创作风格的异同。

民国时期对于陆游词的研究比较少。相对于"六十年间万首诗"的高产而言，陆游词的创作数量显得微不足道，加之他是以"余力"来创作词，因而其词名远不如诗名，未能跻身词中大家。郑文焯1935年在《词学季刊》上发表的《大鹤山人词籍跋尾：放翁词跋》，对放翁词给予高度评价，认为其诗"既滋多口，议其浅薄，颇有复杳之讥"，而词"则能摆落故态，斐娓可观，其高淡处出入于稼轩、于湖之间"。郑文焯之论为后学进一步研究陆游词作奠定了良好的基础。

另外，民国期刊还有一些研究陆游文章的论文出现。陆游是一位诗文兼擅的作家，十分重视文章创作，晚年致力于《渭南文集》的编纂。但是在其巨大诗名所掩盖下，陆游文章领域的创作成历来就不太受到关注。民国学者在此方面也有所涉及，杨凤翔的《书陆游〈烟艇记〉后》剖析了陆游向往隐逸、怀才不遇的内心情感；霍子敬的《读陆游〈书包明事〉》一文，赞扬小人物包明的骨气，不愧为有"古烈士之风"，呼吁人们以包明为榜样，时刻坚守自己的节操。

（三）摘录、仿拟陆游作品文献考述

近代以来，尽管新文学发展迅速，但以传统诗词为代表的旧体文学也没有退出历史舞台，仍有不少创作者喜欢这种传统文学体式，并摘录、创作了大量旧体诗词作品。民国报刊上出现的摘录、仿写陆游作品的文献不在少数，摘录之作大致分为两类：一类是直接将陆游的原诗或原句摘录作为一个版块，如《陆放翁诗（录剑南集）》《陆放翁句》《陆放翁〈示儿〉诗》《夏日诗选：初夏闲居即事（陆游）》等；另一类是集陆游诗句而成新诗，如啸天的《旅感：集陆放翁句》、王景岐的《夏日小病集放翁句述怀排闷》、鹣雏的《海上赠兰芳集放翁句》等，这类集句诗具有较高的艺术性，尽管全篇都是借用陆游的原句，但需要遵循诗歌"起承转合"的创作原则进行再创造，达到状物抒怀、浑然一体的艺术美感，而无牵强附会之嫌。

步韵、仿拟之文献也是民国学者再创作的形式之一，一类作品是步陆游原诗之韵，如《次韵陆游〈读李杜诗〉》、姚洪淦《题酒家壁（用〈剑南集〉原均）》、在宥道人《野外剧饮示中坐：次陆放翁原韵（原作见〈剑南诗稿〉）》等，民国学者按照陆游原诗的韵和用韵的次序来和诗次韵，是和诗中限制最严格的一种，从中足可见民国学者具有一定的诗词创作水平；另一类作品是仿拟陆游作品，如施亮功的《拟陆游〈烟艇记〉》，用作者自己的语言复述陆游《烟艇记》原文，合理添加人物对话、环境描写等细节，使文章更加生动具体；胡寄尘的《拟陆放翁〈村居〉诗》："乱书为枕竹为床，暂得偷闲便自忘。薄酒留宾烹笋食，简方疗肺煮梨尝。茶脾差胜当时健，诗思初抽一缕长。雨后踏青出门去，垂杨暗里换春光。"① 作者自比陆游，表现对田园风光的喜爱与向往。再如朱伟的《田家秋兴学放翁体》、刘用锟的《秋日读〈剑南集〉"徂岁真同下饭轮"句感怀得赋》等，这些作品多为学者读了陆游诗作后，有感而发，遂写下仿拟之作。

（四）陆游作品新表现形式文献考录

除了逻辑严谨、行文工整的研究陆游的论文外，民国期刊上还出现了一些新的文体形式，大体可分为两类：一类是通过漫画、图像、书法重现陆游的生活状态；一类是以歌谣、鼓词、歌曲等形式重新演绎陆游故事。这些文体新颖独特，极具民国社会特色，是民国报刊上演绎的一道新风尚。

漫画、画像、书法也是文学表达的重要手法之一，出现最多的是陆游像。或是出自当时画师的工笔画，或是从教科书上翻印下来，或是相机实拍的图像，往往在画像旁附上一排小字以标明此为陆游，如《建国月刊（上海）》上有一幅"宋爱国诗人陆放翁先生游"的画像。在《中华（上海）》上刊登有一幅王济远的《陆放翁读书处》的图画，以山水、村庄为

① 胡寄尘：《拟陆放翁〈村居〉诗》，《美育》1920年第2期。

背景；《少年杂志》上刊登了一组陆游诗句的配图，作者以画笔描绘陆游诗句所展现的意境，别有一番风味。在民国期刊上还出现了不少翻印陆游书法的作品，如《故宫周刊》上以"宋诸名家墨宝册"为专栏，连载好几期陆游的书法作品，以更形象直接的形式告诉读者，陆游不仅是一位文学家，也是一位书法家。

歌谣、戏曲、鼓词、小说也是百姓所喜闻乐见的文学表现形式，艺术家将陆游的诗作以新的形式演绎出来，使其作品更易为广大人民群众所接受。如刘树纲的《演译陆游〈梦招降诸城〉为一篇小说》，将陆游的诗《九月十六日夜，梦驻军河外，遣使招降诸城，觉而有作》改编为一篇小说，一位渴望出师北伐、恢复中原的充满战斗热情的诗人形象呼之欲出。该小说发表于1937年，作者希望借此呼吁人们为抗战胜利而不懈努力。

二　民国期刊陆游研究的特点

民国报刊出版业的迅速发展，催生种种社会思潮，这些思潮既是社会、经济近代化的体现，也是中国文化近代化的推力。清末民初的报刊出版业一定程度上推动了陆游作品的传播，使民众更易于接受陆游的相关知识。同时，民国报刊上所树立的陆游形象也深深濡染了独特的时代环境。这一时期报刊上发表的陆游相关研究呈现如下特点。

其一，侧重"爱国"形象塑造，弱化艺术特色研究。民国期刊上出现了大量陆游传记、陆游评论的文章，其中接近一半是以"民族诗人""爱国诗人"为标题的，如苏雪林《爱国尚武的诗人陆放翁》、叶郁鎏的《爱国诗人陆游》、陈松英的《爱国诗人陆放翁》、陈丹崖的《民族诗人陆放翁》、周沫华的《民族诗人陆放翁》等，这类文章的出现离不开当时特定的社会状况。作为"三民主义"之一的"民族主义"，它是社会思潮和时代环境的产物，同时又引导着社会思潮的发展方向，支配着文学艺术的表达方式，自然不可避免地指导着20世纪初陆游"民族诗人""爱国诗人"形象的树立。孙中山提出，"我们今天要恢复民族的地位，便先要恢复民族的精神"，这包括忠孝、仁爱、信义、和平等道德意识。陆游作品中忧时愤世、忠君爱国的情感符合三民主义中的思想要求，因而被着重强调，受到重视。从发表时间看，这类文章大多发表于二十世纪三四十年代，正值1931年"九一八"事变后，日寇入侵，中国长达十余年的抗日热潮之间。陆游作为南宋著名的倡导北伐、抵御外辱的爱国诗人,其爱国事迹与爱国作品在当时能够广泛传播,具有一定的必然性。万启煜于 1932 年在《津逮》上发表的《爱国诗人陆放翁》,是较早的一篇以弘扬陆游爱国主义精神为主旨的文章,该文分析了社会、家庭、交游、性格等因素对陆游成为一名爱国诗人所造成的影响,认为陆游的作品能在读者心中留下深刻的印象,借此鼓舞民众奋起抗日。振甫于《读书中学》上发表的《爱国诗人陆放翁》,在批评政府软弱无能的同时,激励青年人要斗志昂扬。从发表期刊上看,可知该文的受众是广大青少年,作者"反对一班躲在象牙之塔里,唤出为艺术而艺术的懦弱者",反对空谈,鼓励青少年学习陆游去参军,以实际行动投身爱国运动。① 孙明梅 1937 年在《现代青年》上发表《爱国诗人陆放翁》,该文介绍了陆游的生平和政治生涯,对其作品给予高度评价:"陆游不但是南宋唯一的伟大作家,即以全宋来论,也没有像他写作的清丽可喜,激烈雄壮的。这完全由于他天才的具备,境遇的背景吧?"在文章末尾,作者呼吁道:"东北在关内的同胞们,还能想起你们的家属亲邻? 关内的人士,还能想象到我们亡省的同胞今日的苦难,悲哀,可怜!"② 其文章的目的是想借陆游的爱国事迹与爱国精神鼓舞人们积极抗战、恢复东北,尽管对于陆游的评价有所拔高,也无可厚非。

除了以上陆游的相关评传性文章,传统诗词创作依然是受到民国学者欢迎的创作形式,因而民国期刊上还收录了不少体现陆游爱国精神的旧体诗词作品,大致分为读后感、依韵、用韵、次韵、拟作等几大类。以陆游为题材,或读了陆游作品有感而发所创作的旧体诗词较多,如收录在《南社湘集》中陈家庆的一首《读放翁〈剑门诗〉》:"细雨骑驴客,秋风入剑门。百年伤远役,万里滞羁魂。短鬓余霜影,征衫半酒痕。词源三峡水,佳咏满乾坤。"③ 该诗重现陆游四处征战、为国奔波之身影,寄予了深深的同情和哀叹,希望借以激发民众抵御外敌的热情。依据陆游的诗作而依韵、用韵、次韵、拟作也层出不穷,如老金的《秋日杂咏次放翁韵》发出"多少兴亡儿女泪,只今愁断绣花肠"的感慨;冒鹤亭的《放翁生日得还字》为陆游生日雅集赋诗之作,末句"十载蹉跎庐上冢,因公合眼木贯

---

① 振甫:《爱国诗人陆放翁》,《读书中学》1933 年第 1 卷第 3 期。
② 孙明梅:《爱国诗人陆放翁》,《现代青年》1937 年第 7 卷第 3 期。
③ 陈家庆:《读放翁〈剑门诗〉》,《南社湘集》1937 年第 7 期。

山"，表现内心无以言说的遗憾与怅惘；三好的《拟放翁体》回顾陆游一生种种爱国事迹，抒发对其壮志未酬的无限惋惜。

其二，内容偏通俗化，学术性削弱。民国期间报刊上刊载了不少陆游相关研究和评论的文章，这些报刊文章大多通俗易懂、简短快捷。相对于学术论著，报刊的受众是广大人民群众，通俗性文章更易于被群众所接受，也更便于各种意见的传播与交流。同时，报刊作为一种有效的"宣传工具"，当时的社会思潮、主流意识形态可以很顺利地渗透到文章中，从而被更广泛的人接受。陆游作为南宋著名爱国诗人，其一生志在恢复中原、收复失地的强烈愿望对当时的民众能起到极大的鼓舞作用。纵观这一类文章，在特定时代环境的影响下，这些作品大同小异，在介绍陆游方面较为粗疏，缺乏学术性，其观点和材料多依赖通行的学术史著作，缺少创新性见解。如将陆游所处的南宋与时局进行对比，提醒民众抗战局势的紧迫较之南宋有过之而无不及，是很多文章共有的特点。叶郁鎏的《爱国诗人陆游》在按部就班地讲述了陆游的生平和诗作特点后总结道："我想，在国难严重的时期，凡全国能文之士，苟能不乱用他的情感，而集中他的意志，提起了他的笔锋，恸哭流涕地写了一阵像陆先生一般的激昂浑健的文字，以融合成一个整个民族的呼声，那末，我相信，这个呼声，必能化成一个十足大的霹雳，把我们的敌人，先震他个头晕目眩，魂飞魄散哩！"① 再如，论及陆游与唐婉的爱情悲剧或《钗头凤》词本事研究时，大致按照生平、家世、科考等顺序介绍，突出陆母的反对是造成爱情悲剧的主要原因。尚秋的《陆放翁之失恋》中写道唐婉被陆母逐出家门，但"放翁以情好意笃，不忍绝之，则为之别馆，时时往焉。后卒为姑所知，不得已，绝之，唐氏乃他适"②。作者以文言句式讲述该故事，言简而情深。相对于循规蹈矩的学术研究文章，这类期刊文章上，社会观照、政治意图以更大方、洒脱的姿态与陆游的知识交叉在一起，作者可以在文章中尽情呼吁，大胆地表达自己的看法，带有强烈的主观感情色彩，在最普通的文学常识中渗入明显的现实观照，能起到很好的引导作用。

但也并非所有文章都这般通俗简单，还是存在部分内容详尽，富有创造性和学术价值的论文的。柳诒徵发表于《国史馆馆刊》上的《陆放翁之

① 叶郁鎏：《爱国诗人陆游》，《丽泽》1937年第6期。
② 尚秋：《陆放翁之失恋》，《南大周刊》1925年第26期。

修史》即是一篇学术性极强的论文，从史学角度进行探究，详细考证了陆游三为史官及其修史的经过，认为陆游的史识具于《南唐书》。通过对马令和陆游的两本《南唐书》进行比较分析，得出陆游的史识和史书编排体例优于马令的结论。吴之英的《陆放翁所著书版本考》对陆游诗文集作品进行目录梳理，并对版本进行详细考证。府丙麟的《陆放翁诗之研究》在前言中先阐释了唐宋诗的发展规律，否定明七子"诗必盛唐"之说，在唐宋诗之争的背景下肯定陆游诗作的价值与个性。正文则从"放翁之时代及事迹"和"放翁之诗"两部分进行论述。文末回归现实，感慨陆游不仅是一位诗人，更是一位深沉的爱国者，以此感发激励时人奋起抗日。李长之的《"陆放翁的思想及其艺术"序》是为郭银田著书所作的序言，从为人和作诗两方面给予肯定，认为"以人论，他时刻有一种家国之感，而且是出于至诚"，"以诗论，我的感觉是勤快和亲切"，但文章也指出放翁的不足："陆游自称放翁，可是我看他不够'放'，时时免不了拘谨、迂腐。"并以其作《喜小儿辈到行在》与杜甫的《闻官军收河南河北》作比较，指出其缺乏"放"的气概。此外，汪统的《陆放翁诗之研究》、戚二的《陆放翁诗的分析》、施仲言的《南宋民国诗人陆放翁辛幼安之诗歌分析》、张肇科的《陆放翁的文学批评述要》等文章均具有一定学术价值，值得后人研究探讨。

其三，创作群体扩大，创作形式新颖，民国期刊上刊登的陆游相关文章作者不再局限于专家学者，普通民众、文学爱好者在陆游爱国精神的感染号召下，都积极参与到撰写文章的热潮中来，尤其是旧体诗词的创作。如佚名《读放翁集》："平生未遂澄清志，痛写商声寄叹吁。万里秋风天地肃，一声鹤泪海云孤。老希李广心逾壮，冢旁要离死有徒。最是沈园花落后，春波倩影两模糊。"① 该诗长于用典，以李广、要离为衬托，突出陆游壮志未遂的悲哀。再如一位不知名的文学爱好者发表的一篇文章《民族诗人：陆放翁》，该文从谈论宋诗入手，称"吾国诗到宋代后，日趋平淡幽恬，多柴门月新，江村翠竹之趣"，由此反观当时社会的状态。陆游生于南宋偏安之初，一直抱有金戈铁马、恢复中原的壮志，但总是不得其志，只能"以豪宕悲壮的呼喊，发为诗歌，去泄其悲愤郁塞的情绪了"。② 该文

---

① 佚名：《读放翁集》，《红蓼》1938 年第 1 卷第 1 期。
② 佚名：《民族诗人：陆放翁》，《浙江保卫月刊》1934 年第 7 期。

结合南宋时代背景分析陆游诗歌风格的形成原因，高度赞扬其民族精神。综观这类创作，我们可以发现，尽管大批量的文章不断发表，但主要内容是关于陆游常识的重复，过度拔高陆游的地位，且创新性不够。但在当时民族内忧外患的特殊环境下，报刊作为一种有效的"宣传工具"，有意识地扩大创作群体，激发民众保家卫国的热情，也不乏为一种方式。

民国期刊上的陆游相关研究的形式也很丰富，传统与现代表现手法相得益彰。有作家坚持使用传统文言文来创作，如尚秋的《陆放翁之失恋》，全篇以文言笔法记叙了陆游与唐婉的爱情故事，伤感而不乏韵味；有作家以诗歌创作来表现陆游的爱国精神，如骏丞《读放翁诗感赋四绝》、潇湘渔父《读陆放翁〈戒杀诗〉有感因步原韵》、俞道就《读〈剑南诗稿〉多哀时忧国之吟率成一律聊抒孤愤》等；在新文学运动的影响下，更是出现了白话文创作热潮，如蛰复《爱国诗人陆放翁》、顾伪议《爱国诗人陆游别纪》等，以通俗的语言进行叙述；此外，还有作者别出心裁地以歌谣、鼓词、歌曲等形式重新演绎陆游故事，如刘树纲将陆游的诗《九月十六日夜，梦驻军河外，遣使招降诸城，觉而有作》改编为一篇小说，取名为《演译陆游〈梦招降诸城〉为一篇小说》，便于广大群众理解陆游作品。还有值得注意的是，除了以文字形式表达外，民国期刊上还出现了一些新的文体形式，即通过漫画、图像、书法等直观的表现，让民众从不同角度接触陆游、认识陆游。这类文体新颖独特，极具民国社会特色，是民国报刊上演绎的一道新风尚。

三 民国期刊陆游研究意义

二十世纪以来，作为"爱国诗人"的陆游备受人们尊崇，被梁启超誉为"亘古男儿一放翁"。陆游作品所体现的爱国情感，激励着一代又一代爱国志士，成为中华民族宝贵的精神遗产。除了爱国诗以外，诗人的家世、生平、交游、风格等方面的研究，也不断有新的成果问世。随着近代报刊事业的发展，民国时期出现大量研究陆游的论文，因而对该领域进行梳理很有价值。

首先，民国期刊文献的梳理是全面系统研究陆游必备的史料。陆游研究自南宋起就不乏其人，直至近现代依然是学界研究的热点。作为爱国诗人，陆游在二十世纪初尤其受到重视，出现了大量相关研究文章。目前，对于陆游研究所取得的成就，已有学者做了总结，如叶帮义的《20 世纪对陆游和杨万里诗歌研究综述》，该文将时间段分为中华人民共和国成立前、中华人民共和国成立后三十年、新时期三部分，分别论述陆诗的思想性和杨诗的艺术性，但仅对几部诗话进行评论，忽略了单篇论文的研究①；傅明善的《近百年来陆游研究综述》从生平、晚节、《钗头凤》词本事、诗歌艺术等方面进行了梳理，但对民国陆游研究相关文献统计不够全面，尤其在期刊方面尚有补充的余地。② 高利华的《陆游研究三十年述评》研究了从 1985 年改革开放后的第一次全国性陆游研讨会到 2015 年"纪念陆游诞辰 890 周年国际学术研讨会"三十年学界对陆游的研究态势。这些研究综论均在一定范围内总结了陆游的研究成果，但是在一定程度上忽略了对民国期刊上陆游研究的整理和述评。民国时期陆游研究文献材料多零散分布在期刊中，而近代期刊多如牛毛，易被人们所忽略。本文将期刊中的文献收集并分类整理，补充了之前所遗漏的珍贵文献资料，厘清了民国学者或文学爱好者对于陆游的接受问题，有助于人们对陆游其人、其作进行深入、系统的研究。

其次，有助于深入了解在特定时代背景下民国学者眼中的陆游形象。任何一个作家都生活在某一特定的历史时期，这一时期主导的社会矛盾、时代精神、审美取向总会或多或少对作家创作产生影响，使其作品在思想和艺术上呈现鲜明的时代特点。陆游生活在积贫积弱的宋代，国家的半壁江山沦陷异族，人民遭受民族压迫。而统治者偏安一隅，主和派独擅朝政，这对于"平生铁石心，忘家思报国"的陆游来说是无法忍受的，这也决定了他的诗歌作品在反对投降、抵御外辱的主导思想下，始终响彻着悲凉忧郁的爱国之情。晚清民国时期，是中华民族充满考验的阶段，既要反对清朝统治者的压迫，又要抵御西方列强的侵略，时代危机日趋加重，因而诗人以这种时代的同情阅读陆游的诗歌作品，自然对其"爱国诗人"的形象产生极大共鸣。如南社领袖柳亚子的《王述庵论诗绝句诋諆放翁感而赋此》，认为主战即正义，从民族的高度为陆游的晚节问题翻案，这也是在近代民主思想、反帝反封建思潮下的特定产物。当然，南社诗人

---

① 叶帮义：《20 世纪对陆游和杨万里诗歌研究综述》，《南京师范大学文学院学报》2004 年第 3 期。

② 傅明善：《近百年来陆游研究综述》，《中国韵文学刊》2001 年第 1 期。

们对陆游作品关注的重点还是在于艺术特色，但他们已经开始重视其作品中有关国家政治的内容，这是近代陆游形象转变的开端。此后沿着这条民族主义的道路，陆游逐步由淡泊、闲适的隐者转变成纯然、刚毅的爱国志士。

抗日战争爆发后，国家陷入危机，这一时期学者大多抓住陆游"爱国诗人""民族诗人"的形象，如苏雪林《爱国尚武的诗人陆放翁》、胡才父的《民族诗人陆放翁》、陈松英《爱国诗人陆放翁》等一大批文章涌现出来。这类文章所树立的陆游形象较为通俗单一，对其评价存在片面拔高的问题。相对于清末民初"爱国忠君""感激豪宕"与"尖新刻露""队仗精工"的官方、民间二元对峙的审美趣味，已经转向了情感上以爱国为主、题材上以政治批评为主、风格上以豪迈雄健为主的评价风格。① 总之，在这特殊的历史时期，民国学者眼中的陆游形象刻上了时代的烙印，具有鲜明特色。

但从总体上看，仍存在几点不足：一是研究多局限于晚清以前、中华人民共和国成立以后，较少涉及民国时期对于陆游诗学的研究；二是论及民国时期陆游研究时，仅以个别著作为代表进行探讨，如张毅《回归历史情境来观察——从陆游接受史的角度理解钱钟书〈谈艺录〉的陆游批评成就》② 等，缺少宏观把握，难以展示民国时期陆游研究的全貌。

再次，民国期刊的陆游研究启示我们当发挥古典文化的优秀传统，以利于现当代文化建设。一个优秀的诗人，必然是两种身份的并合，一个是文学家，一个是思想家。近百年来，我们接受了从西方引进的"纯文学"观念，把一个作家或诗人单纯地看成"文学家"，而忽略了他的思想与现实意义。民国时期陆游研究很好地填补了这一缺失，重新以传统"大文学"观念认识陆游，加强对其作为"思想家"的研究。陆游面对国难，不得不思考现实问题，寻求答案。他胸怀天下，希望能建功立业，为国家效命，他的创作因而也都跟现实紧密相连。民国年间，尤其是二十世纪三四十年代，中华大地面对日本军国主义的入侵，掀起了救亡图存的热潮，与陆游所处的南宋时期具有一定的相似性。这一时期，不仅学者、史学家给

---

① 张毅：《回归历史情境来观察——从陆游接受史的角度理解钱钟书〈谈艺录〉的陆游批评成就》，《前沿》2010 年第 4 期。

② 张毅：《回归历史情境来观察——从陆游接受史的角度理解钱钟书〈谈艺录〉的陆游批评成就》，《前沿》2010 年第 4 期。

予陆游充分的评价，大众传媒、文学爱好者也热切关注，而他们在研究时，自然结合其所处的社会、时代进行分析，并与当下现实呼应对照。由此来论，民国期刊的陆游研究，也为当代陆游研究提供了有益的借鉴，促进文化陆游与当代价值的无缝对接。

民国白话语境下的放翁词研究

——围绕胡适的"白话词"判断来谈

汪　胜　高利华

（绍兴文理学院 人文学院）

摘要： 在白话文运动中，胡适作出了放翁词是"白话词"的判断。胡适先生既看到了放翁词的某些特征，也遮蔽了放翁词的一些本来面貌，其判断虽具一定合理性，但总体仍不免牵强、机械。胡适的判断，同时也为我们从"现代性"角度批评放翁词提供了重要启示。

关键词： 放翁词；胡适；国语文学史；白话词；现代性

民国时期，白话文运动如火如荼地展开，运动中，胡适将陆游诗词作为他推行白话的历史依据之一，并作出了放翁词是"白话词"的判断。胡适颇具史家眼光，他看见了文学的历史渐变，独到地从白话角度抓住了放翁词的某些特征。但回到历史现场，我们发现，胡适对放翁词的判断毕竟还是带了一些主观与时代色彩，白话语境下的放翁词并非历史上的放翁词。而胡适先生从"白话"角度审视放翁词，其实也为我们发现放翁词的现代价值提供了宝贵启示。

一　胡适将放翁词判断为"白话词"

胡适论及宋词、放翁词的著作主要是《国语文学史》。胡适在书中这样揭示宋词总的性质和发展状态："词的方面，北宋南宋都是白话词的极盛时代。"① 在分述南北宋词时，他又如是说：

> 词的进化到了北宋欧阳修、柳永、秦观、黄庭坚的"俚语词"，差不多可说是纯粹的白话韵文了。不幸这个趋势到了南宋，也碰着一个打击，也渐渐的退回到复古的路上去。
>
> 南宋的词人有两大派。一派承接北宋白话词的遗风，能免去柳永、黄庭坚一班人的淫亵习气，能加入一种高超的意境与情感，却仍能不失去白话词的好处。这一派，我们可用辛弃疾、陆游、刘遇（按：或为"刘过"之误）、刘克庄作代表。一派专在声调字句典故上做工夫；字面越文了，典故用的越巧妙了，但没有什么内容，算不得有价值的文学。这一派古典主义的词，我们可用吴文英做代表。②

这里显然体现了胡适的文学进化论观点，他认为"文学向来是向着白话的路子走的，只因有许多障碍，所以直到现在才入了正轨"③，古文（文言）作为死文字会逐渐被白话替代。在胡适看来，陆游是接续北宋白话词遗风的代表，放翁词自然也就被归为"白话词"，被断定为具有生命力的进步词作：它重视意境和情感，与古典词的"文"相对，它是"白"的，是不拘于声调字句的，不太讲究典故，甚至会运用俚语。

胡适作出放翁词为"白话词"的判断，为我们抛出了"白话"这个关键概念，而依托这一关键，我们必须提出这样一个问题，即胡适判断"白话词"的标准是什么？

除前文所述几点外，我们还可作如下补充：《国语文学史》说："这种俗话词，在当日已经成为一种风气。……柳永的词所以能这样流行，全因为他最能用俗话作词。"④ 这里提及了"俗话"，加进了"通俗"的意思，涉及雅俗这一命题。"第二类便是宋朝文人做的'俚语'词。……这种词用的当日小百姓的言语，写的是当日的感情生活，所以他们是宋代白话文学的正式代表"⑤，上文提及的"俚语"在这里得到确定，"小百姓"和

---

① 胡适：《国语文学史》，文化学社 1927 年版，第 110 页。
② 胡适：《国语文学史》，文化学社 1927 年版，第 167 页。
③ 周作人：《中国新文学的源流》，华东师范大学出版社 1995 年版，第 59 页。
④ 胡适：《国语文学史》，文化学社 1927 年版，第 151 页。
⑤ 胡适：《国语文学史》，文化学社 1927 年版，第 166 页。

"当日"分别缩小了阶层和时间范围，尤其是"当日"，总能让我们想到什么时代说什么样的话。胡适还认为，诗歌"虽然经过几百年的白话化，究竟不能完全免去庙堂文学与贵族文学的影响"①，而"词曲便不同了。长短不齐的体裁和说话的自然口气接近多了。……故宋人的白话词真可以代表那时代民间文学"。② 这里将白话词归入了民间文学范畴，它和贵族文学对立，与前面提及的"小百姓"相呼应，并提出了"自然"一词。讲到词体与诗体的区别，胡适还说："北宋白话文学最发达的方面是在词方面。我们说过'白话韵文的自然趋势应该是朝着长短句的方向走的。'长短句的词比那五言七言的诗，更近于说话的自然了。"③ 他对词大加赞许，再次确认其"自然"的特征，认为长短形式对于固化韵文的冲决作用是空前的。

另外，关于"白话"，胡适1917年11月致钱玄同的信中有一段话：

> （胡适）曾作《白话解》，释白话之义，约有三端：（一）白话的"白"，是戏台上"说白"的白，是俗语"土白"的白。故白话即是俗话。（二）白话的"白"，是"清白"的白，是"明白"的白。"白话"但须要"明白如画"。不妨夹几个文言的字眼。（三）白话的"白"是"黑白"的白。白话便是干干净净没有堆砌涂饰的话，也不妨加入几个明白易晓的文言字眼。④

"俗""明白""不涂饰"这些要素都在1927年出版的《国语文学史》中有体现，值得注意的是，其中也允许符合"明白"标准的文言存在。胡适在《白话文学史·自序》中也说："我把'白话文学'的范围放的很大，故包括旧文学中那些明白清楚近于说话的作品。"⑤

持以上主张的胡适在当时不乏同调者，在其后则不乏嗣响者。与胡适同时的梅光迪就曾说"小说词曲固可用白话，诗文则不可"⑥，梅与胡在白话是否适用于诗文的问题上有争执，但他对用白话作词却是不存疑的。稍

---

① 胡适：《国语文学史》，文化学社1927年版，第159—160页。

② 胡适：《国语文学史》，文化学社1927年版，第160页。

③ 胡适：《国语文学史》，文化学社1927年版，第147页。

④ 胡适编选：《中国新文学大系·建设理论集》，上海文艺出版社2003年影印本，第86页。

⑤ 胡适：《白话文学史·自序》，见姜义华主编《胡适学术文集·中国文学史》上册，中华书局1998年版，第142页。

⑥ 胡适：《尝试集》，人民文学出版社2000年版，第143页。

后，1930 年由 ABC 丛书社出版，胡云翼所著的《词学 ABC》基本因袭了胡适的观点："南宋的白话词人，最伟大的要算朱敦儒、辛弃疾、陆游、刘过、刘克庄几位。"① 更后，一模一样的判断出现在了 1935 年由世界书局出版，由刘麟生等著的《中国文学讲座》中②。

胡适先生将放翁词判定为"白话词"，自有其一定的文本依据，但同时这种判断不无疑窦，胡适有主观上的考量，即他想通过冠以放翁词"白话词"之名，来为白话文运动寻找历史支撑，推动新文学的普及。民国白话语境下的放翁词，毕竟与放翁词本身有区别。为此，我们有必要对"白话词"判断作一检视。

二　从白话角度审视放翁词

胡适在《国语文学史》中曾引录陆游《鹊桥仙》（华灯纵博）、《鹊桥仙》（茅檐人静）、《点绛唇》（采药归来）、《卜算子》（驿外断桥边）四首词的原文，把它们作为陆游"白话词"的代表。且看《点绛唇》（采药归来）：

> 采药归来，独寻茆店沽新酿。暮烟千嶂，处处闻渔唱。醉弄扁舟，不怕黏天浪。江湖上，这回疏放，作个闲人样。③

这首词的语言较浅易通俗，特别是"江湖上，这回疏放，作个闲人样"，极具白话色彩，也非常自然。内容上，描写了词人采药归来，独自去买新酒，听渔舟唱晚，以及醉后独驾扁舟之事。但胡适《国语文学史》中的"第二类便是宋朝文人做的'俚语'词。……这种词用的当日小百姓的言语，写的是当日的感情生活，所以他们是宋代白话文学的正式代表"④，以及"故宋人的白话词真可以代表那时代民间文学"⑤ 语，只说对了一部分。语言上，这首词虽带有口语色彩，极个别语句白话特征还很明

---

① 胡云翼：《词学 ABC》，ABC 丛书社 1930 年版，第 53 页。
② 刘麟生等：《中国文学讲座》，世界书局 1935 年版，第 32 页。
③ 胡适：《国语文学史》，文化学社 1927 年版，第 176 页。
④ 胡适：《国语文学史》，文化学社 1927 年版，第 166 页。
⑤ 胡适：《国语文学史》，文化学社 1927 年版，第 160 页。

显，但其本质无疑还是文言。内容上，词的上阕描述的事件近于小百姓生活，而下阕描绘的醉后散发扁舟之态，以及刻意求疏放、求闲则是典型的文人态，词作更明显地透露出的，还是文人特征。此词应当属于文人士大夫文学，而非胡适所言的民间文学。

而当我们看胡适所举的其他三首《鹊桥仙》（茅檐人静）《卜算子》（驿外断桥边）和《鹊桥仙》（华灯纵博），会发现它们和"白话"也有不相符之处，尤其是后两首。先看《卜算子》（驿外断桥边）：

> 驿外断桥边，寂寞开无主。已是黄昏独自愁，更著风和雨。无意苦争春，一任群芳妒。零落成泥碾作尘，只有香如故。①

放翁这首词在严格遵守词律②的同时，语言却也晓畅自然，通俗易懂，有几分胡适所说的白话词的味道。但需要注意的是，放翁作此词时，正遭内外困境，他正是以孤傲不俗的梅花自比，以凄苦环境衬托君子品格。这首词的语言表面上看虽通俗，其根柢却依旧是文言，其内在语言更是极雅，梅花象征文人士大夫的孤高、坚毅，可见此词属于典型的文人士大夫文学，属于民间文学的对立面。再看《鹊桥仙》（华灯纵博）：

> 华灯纵博，雕鞍驰射，谁记当年豪举？酒徒一半取封侯，独去作江边渔父。轻舟八尺，低篷三扇，占断蘋洲烟雨。镜湖元自属闲人，又何必官家赐与？③

词人以雄慨、纤丽这两种极具士人气的语言，书写数千年来士人战场立功、江边隐居的主题，不难发现，其中文言、文人因素是压过白话、民

---

① 胡适：《国语文学史》，文化学社 1927 年版，第 177 页。
② 词的每一个词牌，都具有一定的格式，亦即词谱，词人一般需遵循词谱来填词，达到字数、平仄方面的要求。《卜算子》词牌盛行于北宋，有较为稳定的平仄格式，一般为四十四字，具体为："中仄仄平平，中仄平平仄。中仄平平仄仄平，中仄平平仄。中仄仄平平，中仄平平仄。中仄平平仄仄平，中仄平平仄。"据龙榆生先生纪念网站（http://longyusheng.org/cipai/cipai62.html）统计，陆游之前，苏轼《卜算子（缺月挂疏桐）》、王观《卜算子（水是眼波横）》、朱敦儒《卜算子（古涧一枝梅）》、朱敦儒《卜算子（旅雁向南飞）》都严格遵从了这一创作格式，陆游这首词也未例外。
③ 胡适：《国语文学史》，文化学社 1927 年版，第 176 页。

间因素的。

胡适所举的四首白话词，虽都有一定白话特征，但非白话特征总是更为明显。这并不是胡适在挑选代表词作上有不当，而是这种情况在陆游白话词作中属于普遍现象。以下这首《恋绣衾》（雨断西山晚照明）胡适不曾提及，但按胡适的标准，或能将其归为白话词，不妨来看：

> 雨断西山晚照明。悄无人、幽梦自惊。说道去多时也，到如今真个是行。远山已是无心画，小楼空、斜掩绣屏。你嚛早收心呵，趁刘郎双鬓未星。

这首词作于乾道二年夏，时陆游四十二岁，因主和势力排挤，被罢黜了隆兴通判的职位，正准备从南昌返回家乡。从语言风格来看，这首词可以说是雅俗参半，写景从雅，话心从俗。"说道去多时也，到如今真个是行"属于口语，带有明显的白话色彩，直接反映了因北伐失败，主战派失利，陆游内心产生的归乡念头。"到如今真个"和"你嚛早收心呵"，还掺入了越地方言。陆游以生而养成、最熟悉的母语，表达了自己难以抑制的、真切的无奈之感，确属于率真型的心境书写。但我们再看"雨断西山晚照明""远山（指眉色）""小楼空、斜掩绣屏"这类清雅的文言，看"刘郎"典故，看忧心社稷，忧心出处，便能领会这首词仍是以雅正为主，文人因素仍是占主导地位的。

以上从具体词作层面检视了放翁词的白话特征，下文，笔者将从放翁词整体的高度来检验"白话词"判断合理与否。

查看陆游现存的 145 首词作①，带有较明显白话特征的还有不少。如"插脚红尘已是颠，更求平地上青天！新来有个生涯别，买断烟波不用钱"（《鹧鸪天》），"苦海无边，爱河无底，流浪看成百漏船。何人解，向无常火里，跌打身坚……是非荣辱，此事由来都在天。从今去，任东西南北，作个飞仙"（《大圣乐》），"禁不过、晚寒愁绝"（《满江红》），"一般日月，只有仙家偏耐。……个时方旋了，功名债"（《感皇恩》），"秘传一字

---

① 南宋刘克庄《放翁词》一卷原收录陆游词 130 首，到了 20 世纪 60 年代，唐圭璋先生重新编定了《全宋词》，将其数量增补至 145 首，为学界普遍接受，《放翁词编年笺注》也收录了 145 首陆游词。

神仙诀，说与君知只是顽"（《鹧鸪天》），"又过了，一年春色……倩谁问得"（《望梅》），"好一个、无聊底我"（《蓦山溪》），"几日东归，画船平放溜"（《齐天乐》），"行遍天涯真老矣"（《渔家傲》），"莫怕功名欠人做。如今熟计，只有故乡归路"（《感皇恩》），"这回真个闲人"（《风入松》），"世界元来大"（《桃源忆故人》），"渔家真个好，悔不归来早"（《菩萨蛮》），"当年真草草"（《菩萨蛮》），"营营端为谁？……不归真个痴"（《破阵子》），"冉冉年华留不住……神仙须是闲人做"（《蝶恋花》），"觅个有缘人"（《好事近》），"满腹诗书不值钱"（《长相思》），"三十年来真一梦"（《南乡子》），"一个飘零身世，十分冷淡心肠"（《朝中措》），"万事收心也"（《安公子》），"从今判了，十分憔悴，图要个人知"（《一丛花》），"元来只有闲难得"（《醉落魄》），① 这23首词，都带着说话的口气，其中"好一个、无聊底我"简直就是现在的大白话。在此之外，放翁词还夹杂着一些方言俚语，比如前文的"禁不过"为越地方言"不禁"的表达，"熟计"为越地方言"筹谋打算"的表达，"收心""真个"也是越地方言口语中会提及的词语。

这23首词加上前文所举的5首白话词，共计28首，占现存145首陆游词的近1/5。参考夏承焘、吴熊和笺注，陶然订补的《放翁词编年笺注》，可知这些词作大致是陆游42岁到63岁时创作的，放翁词的白话特征在陆游中晚年较突出。夏承焘先生根据陆游《长短句序》[淳熙己酉（1189）作，时陆游65岁]、《跋后山长短句》[绍熙二年（1191），时陆游67岁]、《跋东坡七夕词》[庆元元年（1195）作，时陆游71岁]、《跋〈花间集〉》[开禧元年（1205）作，时陆游81岁]四篇题跋，得出陆游"对词的看法是逐渐由否定而趋向肯定"②的结论。63岁时，陆游对词体的态度应更近于《长短句序》所言："予（陆游）少时汩于世俗，颇有所为，晚而悔之；然渔歌菱唱，犹不能止"③，陆游原先作词是跟随世俗风潮，后逐渐清晰了对词体态度，即在观念上轻视词体，认为词无法取得与诗并列的地位，晚年的陆游虽悔作词，却不能立马停止，多半是由于少年培养而成的自发喜爱，率意为之，又或者正如他评价唐五代词人作词，自己也是

---

① 统计自夏承焘、吴熊和笺注，陶然订补《放翁词编年笺注》，上海古籍出版社2017年版。

② 夏承焘、吴熊和笺注，陶然订补：《放翁词编年笺注》，上海古籍出版社2017年版，第4页。

③ （宋）陆游：《长短句序》，转引自夏承焘、吴熊和笺注，陶然订补《放翁词编年笺注》，上海古籍出版社2017年版，第3页。

"出于无聊"①,而这种自发、随意、无聊,是很易使口语甚至方言俚语进入词作当中的。放翁词具有一定白话特征,除了时代影响,天性使然,和陆游的创作态度也有不小关系。

　　前文虽然肯定了放翁词的白话特征,但我们应该清醒地认识到,放翁词依然是以文言雅言为本质的。前文所述的 28 首词在放翁词中所占的比例很小,即使是按照 1917 年胡适致钱玄同信中所说的判断白话的标准:"白话便是干干净净没有堆砌涂饰的话,也不妨加入几个明白易晓的文言字眼"②,将符合条件的文言归入,白话也远远不是放翁词的主体。而像"泪痕红浥鲛绡透"(《钗头凤》)、"浴罢华清第二汤,红绵扑粉玉肌凉"(《浣溪沙》)、"星坛夜学步虚吟,露冷透瑶簪"(《木兰花慢》)、"何须幕障帏遮,宝杯浸、红云瑞霞"(《柳梢青》)、"倦客平生行处,坠鞭京洛,解佩潇湘"(《玉蝴蝶》)、"玉花骢,晚街金辔声骢珑"(《忆秦娥》)、"宝篆拆宫黄,炷熏香"(《昭君怨》)、"漫细字、书满芳笺,恨钗燕筝红,总难凭托"(《解连环》)这样雅致甚至艳丽的文言,在放翁词中也占有不可忽视的比重。

　　另外,放翁词语言虽算通畅易晓,但诸如"忙日苦多闲日少,新愁常续旧愁生,客中无伴怕君行"这样的句子,我们是无法说它是白话的。词以律句为主,其节奏、语法和日常白话有很大不同。在词的句子内部,四字句可以是一字豆加三字句;五字句可以是一字豆加四字句,也可以是上三下二;七字句可以是上三下四;八字句往往是上三下五;九字句子可以是上三下六,或上四下五;十一字句往往是上五下六,或上四下七③。放翁词的节奏有不少是符合王力先生所举的例子的,也有不尽然符合的,如放翁词中的五字句:"红日宫砖暖"(《蓦山溪》)、"瘦马行霜栈,轻舟下雪滩"(《南歌子》)、"归梦寄吴樯"(《南乡子》),为上二下三;七字句:"流浪看成百漏船"(《大圣乐》)、"欹帽闲寻西瀼路,弾边笑向南枝说"(《满江红》)、"樽前消尽少年狂"(《好事近》)为上四下三,和五言、七言诗的节奏联系密切,和词的一般节奏则有所不同。但正由于陆游以诗力为词,正由于诗歌节奏要求的谨严,我们更加可以说,放翁词的节奏绝非

---

　　① (宋)陆游:《跋〈花间集〉》,转引自夏承焘、吴熊和笺注,陶然订补《放翁词编年笺注》,上海古籍出版社 2017 年版,第 3 页。
　　② 胡适编选:《中国新文学大系·建设理论集》,上海文艺出版社 2003 年影印本,第 86 页。
　　③ 参见王力《诗词格律》,天津人民出版社 2016 年版,第 191—193 页。

白话的节奏。在词的语法方面，王力先生指出了"不完全句""语序变换""对仗""炼句"四个特点①。且看陆游《水调歌头》（江左占形胜）"不见襄阳登览，磨灭游人无数，遗恨黯难收"句，词句缺少主语，实为"（我/君）不见襄阳（游人）登览，（时间）磨灭游人无数，（我/历史）遗恨黯难收"之省略，句子虽不完全，但读者仍能领会其中意义："不见襄阳登览，磨灭游人无数"又是"不见登览襄阳，磨灭无数游人"的倒装，这是出于平仄的要求，也是为了区别于日常的白话语言，增加词味。对仗方面，放翁词有上下阕在字数、平仄上较为对仗的，如《钗头凤》（红酥手）、《浣溪沙》（懒向沙头醉玉瓶），更多的则是具体句子的对仗，如"金鸭微温香缥缈，锦茵初展情萧瑟"（《满江红》）、"半廊花映月，一帽柳桥风"（《临江仙》），这些句子都属于诗化的律句。炼句方面，单《卜算子》（驿外断桥边）中的"零落成泥碾作尘，只有香如故"一句，就堪当代表了。放翁词的语法完全具备王力先生所说的词的典型特点，和白话的语法存在很大区别。

还有一个问题，其实胡适自己在《国语文学史》中就已经提出了，但他并没有很好地解决。他引录刘克庄的话，说"放翁稼轩一扫纤艳，不事穿凿。高则高矣，但时时掉书袋，要是一癖"② 一语，拎出了"掉书袋"的问题。关于放翁词的"掉书袋"，历代诗家多有所论，华长卿《梅庄诗钞》云："剑南词笔辟仙根，修月全无斧凿痕。却怪时时掉书袋，惊他枵腹过雷门。"③ 陈廷焯《词坛丛话》又云："稼轩词，粗粗莽莽，桀骜雄奇，出坡老之上。惟陆游《渭南集》可与抗手，但运典太多，真气稍逊。"④ 翻看陆游《沁园春》（粉破梅梢）、《秋波媚》（曾散天花蕊珠宫）、《玉蝴蝶》（倦客平生行处）、《双头莲》（风卷征程）就可见陆游用典之隐秘，用典之繁多。"掉书袋"确是放翁词不可忽视的特点。"掉书袋"所指向的引经据典，卖弄才学，正是胡适所谓白话词对立面的古典主义词的特点。对于这一问题，胡适试图这样解决："这种词（指陆游的几首非白话长调）虽

---

① 参见王力《诗词格律》，天津人民出版社 2016 年版，第 195—204 页。
② 胡适：《国语文学史》，文化学社 1927 年版，第 168 页。
③ （清）华长卿：《梅庄诗钞》，转引自夏承焘、吴熊和笺注，陶然订补《放翁词编年笺注》，上海古籍出版社 2017 年版，第 167 页。
④ （清）陈廷焯：《词坛丛话》，转引自夏承焘、吴熊和笺注，陶然订补《放翁词编年笺注》，上海古籍出版社 2017 年版，第 168 页。

有'掉书袋'的毛病，但他们的口气都是说话的口气"①，胡适欲用"说话的口气"将放翁词好用典的特点盖过，显然太过牵强了。放翁词好"掉书袋"，较大程度上减弱了它的白话气质。

胡适用白话标尺度量放翁词，并作出放翁词是"白话词"的判断，有一定合理性。王国维在《人间词话》中说："南宋词人，白石有格而无情，剑南有气而乏韵"②，指出了放翁词虽有气势，但缺乏婉转曲折韵致的特点。其实从语言层面来看，这一特点就与放翁词具有一定白话特征有关。但综合上述，将放翁词定性为"白话词"仍是机械和牵强的，我们应注意尊重放翁词的历史原貌。

三　放翁词与现代性

尽管胡适"白话词"的有关说法存在诸种问题，但其意义仍然是重大的。

1918 年，胡适在《建设的文学革命论》中提出了"国语的文学，文学的国语"宗旨③，"国语"在很大程度上即是指"白话"，"白话"作为现代文学重要基础的地位早已被确认。1927 年，《国语文学史》出版，胡适由此书写出了新的"诗史""词史""散文史"，并在书中作出放翁词为"白话词"的判断，其书的要旨为"白话"与"文学进化论"。正如郭勇在《"言文一致"与中国文学观念的现代转型》一书所指出，"现代文学观念的确立与中国文学史的书写是一体两面"④，胡适书写新文学史的用意，正在于构建一种"现代"的文学观念。不惟如此，在语言进化的背后，还暗寓着传统中国向现代中国的"进化"的宏大构设。"白话"乃至"国语文学史"，皆服务于以"启蒙"为途径的"现代民族国家"的想象和叙事，因此，作为"国语"的"白话"是建立现代民族国家不可或缺的语言工具，是国之重器，在文化、政治层面都具有不可忽视的作用。

于是乎，胡适作出放翁词为"白话词"判断的背景是，建设现代文学，建设现代国家，其标的是"现代性"。针对胡适的文学进化论，周作

---

① 胡适：《国语文学史》，文化学社 1927 年版，第 169 页。
② 王国维著，周锡山编校注评：《人间词话》，上海三联书店 2013 年版，第 191 页。
③ 胡适编选：《中国新文学大系·建设理论集》，上海文艺出版社 2003 年影印本，第 128 页。
④ 郭勇：《"言文一致"与中国文学观念的现代转型》，人民文学出版社 2018 年版，第 316 页。

人曾说："我的意见是以为中国的文学一向并没有一定的目标和方向……古文和白话并没有严格的界限"①，认为不能以"死""活"来给文言、白话定性。胡适本人在分析白话文的写作时其实也曾提到要吸收文言字汇和古白话的成分②，对张扬白话而贬抑文言的观点作了重要矫正。文言与白话，是你中有我、我中有你的关系。白话是一种现代性因素，文言则是一种古典因素，他们共存于放翁词作中，验证了学界近年来在提的古代文学并非古典文学的说法。实际上，文言与白话在历史各阶段的文本中呈现消长变化，正是古典与现代性因素在文本内部的"变"的一大表征。"现代性因而是一个时间/历史概念，……也就是说，在把现时同过去及其各种残余或幸存物区别开来的那些特性去理解它"③，现代性与历史相关，在历史的变化中，放翁词的白话特征成为区别于传统雅言，接近于新生的、俗的、大众的、现代的文学标志物。放翁词中"到如今真个是行……你嚟早收心呵"这类语句，颇似戏曲的语言，若作一大胆推测，不妨说它带有由词向曲过渡的特点。但需要注意的是，这种"变"，不是胡适所说的"进化"，而是一种"变化"，正如周作人反对文学进化论，亦正如徐复观所说："进化的观念，在文学、艺术中，只能作有限度的运用。历史中，文学、艺术的创造，绝对多数，只能用'变化'的观念加以解释，而不能用'进化'的观念加以解释。"④ 胡适从"现代性"角度来着眼古代作品，虽有一定借助"古代"来为"现代"争取合理性的私心，但正由于其惊人的洞察，才一举击穿了百年来阻遏中国文学发展的障碍，虽大大小小的问题层出不穷，但具有生机的发展道路毕竟被开辟出来了。

21 世纪以来，王德威提出在晚清、五四以来的"启蒙""革命"之外（胡适主导的新文学运动即是主"启蒙"与"革命"），以"抒情"来代表中国文学现代性。王德威将中国的"现代性"定义为"中国文学传统之内一种生生不息的创造力"⑤。"抒情"与"现代性"挂钩，借助于个性：

① 周作人：《中国新文学的源流》，华东师范大学出版社 1996 年版，第 59 页。

② 参见郭勇《"言文一致"与中国文学观念的现代转型》，人民文学出版社 2018 年版，第 241 页。

③ ［美］卡林内斯库（Calinnescu, M.）：《现代性的五副面孔：现代主义、先锋派、颓废、媚俗艺术、后现代主义》，顾爱彬、李瑞华译，译林出版社 2019 年版，第 348—349 页。

④ 徐复观：《中国文学精神》，上海书店出版社 2004 年版，第 2 页。

⑤ ［美］王德威：《被压抑的现代性——晚清小说新论》，宋伟杰译，北京大学出版社 2005 年版，第 25 页。

"最广义的现代性，……对应于……个人的、主观的、想象性的绵延，亦即'自我'（self）的展开所创造的私人时间。"① 提及"抒情"，岂非放翁词的鲜明标志？陆游堪称摩罗诗人，个人情感浓烈，"情感"是陆游的"诗魂"，也是他的"词魂"，是陆游最应被称道的精神内核，足以成为中国现代文学尊奉的瑰宝。陆游作出了《钗头凤》这样描绘凄婉爱情的千古词作。满城春色，春日既好，词作主人公却消瘦不堪，原本和煦的春风在词人眼中却是不寻常的呼啸状态，境由情造；昔时的山盟虽仍在，如今的锦书却难托，以至漏出"泪痕红浥鲛绡透"一句，竟如此直接地描绘出私人化甚至脆弱不堪的悲伤状态，实属鲜见，此当出于情感投入后不可自拔，心境直落于笔端，无可避矣。而"错错错""莫莫莫"的重复，更可见其情感的炽烈、深重，必再三叹之，才足够将情绪表达完全。如此的抒情力度，如此的抒情韵味，个人情感不真不厚者，不可为之！

陆游浓郁的个人情感，较其他众多词家更具特色的是，他把"个性"与"社会性"更加纯粹地熔炼在了一起，其情感既是多维的，又是单纯的。徐复观曾解读过《正义》所谓的"一人（之）心乃是一国之心"语，并将其应用于诗人身上，称"诗人的个性即是诗人的社会性。……诗人先经历了一个把'一国之意'、'天下之心'，内在化而形成自己的心，形成自己个性的历程，于是诗人的心，诗人的个性……是经过提炼升华后的社会心，是先由客观转为主观，因而在主观中蕴含着客观的，主客合一的个性"。② 而"感情之愈近于纯粹而很少杂有特殊个人利害打算关系在内的……便愈能表达共同人性的某一方面，因而其本身也有其社会的共同性"③，这些解说用在陆游身上如同量身定制。陆游的个性自然纯粹地包含着家国之思，这在其词作中有明显体现。如《汉宫春》（羽箭雕弓），上阕回忆南郑舞台的如鱼得水，恢复故土抱负的逐步施展，如愿地从事了保家卫国的事业，下阕则尽显从前线被调回，在成都赋闲的愕然、怅惘、遗憾，即使是面对着歌舞升平，陆游也只能"闻歌感旧""时时流涕樽前"，家国情已然成为他生命的一部分。又如《诉衷情》（当年万里觅封侯）"胡未灭，鬓先秋，泪空流。此生谁料，心在天山，身老沧州"句，忧国之深

---

① ［美］卡林内斯库（Calinnescu, M.）：《现代性的五副面孔：现代主义、先锋派、颓废、媚俗艺术、后现代主义》，顾爱彬、李瑞华译，译林出版社2019年版，第3页。

② 徐复观：《中国文学精神》，上海书店出版社2004年版，第2页。

③ 徐复观：《中国文学精神》，上海书店出版社2004年版，第4页。

切，与"塞上长城空自许，镜中衰鬓已先斑"的千古诗句同根同源，其中之悲苦，其中之崇高，不让于后者。放翁词的这种情感抒发，真可谓"悲而郁，如秋风夜雨，万籁呼号"①。

放翁词包含着个性化的家国情感，小我与大我相互印证，此种抒情面貌，与"天人合一""家国同构"一样，带有浑融而无所区隔的文化特点，它属于中国独有之优秀传统。陆游浓烈的个人抒情，当然属于"现代性"范畴，但其情感层面的"个性"与"社会性"之统一，似难以被"现代性"涵盖。"现代性"概念之广博、复杂，素令治学者视其为畏途，但面对陆游此种情感特点，似乎无所不包的现代性罕见地束手无策了。但这并不就是说，陆游词作中寄寓的独特、崇高的情感就没有价值了，试观现代个人化社会所面临之种种物质精神危机，试观当今人类命运共同体之号召，无不可见陆游情感面貌所蕴藏的文化智慧在当下仍然活着，且生机益然，可称为宝贵财富。这是古代文化对当下发展仍有助推、补益作用的力证之一，也是我们亟须重新细致咀嚼传统文化的必要性所在。

---

① （清）陈廷焯：《云韶集》，转引自夏承焘、吴熊和笺注，陶然订补《放翁词编年笺注》，上海古籍出版社 2017 年版，第 169 页。

民国时期文学史讲义的宋诗观与陆游评价

胡雪盼　邢蕊杰
（绍兴文理学院 人文学院）

摘要： 民国时期文学史讲义因兼具创作者"个性"与时代"共性"，从而使其研究有很大的历史价值、现实价值。而对讲义中宋诗观与陆游评价部分的研究，一方面可以深化对其时宋诗的研究，另一方面陆游诗歌出于但不囿于江西诗派，一人之诗，足以见一人之心，亦足以见一时代之诗，陆游可以作为宋诗代表，侧面验证宋诗的研究。讲义中对宋诗的评价、对陆游诗学源头的探讨，均可以体现民国时期学术的多样性、复杂性、严谨性，也一定程度上对陆游研究提供一些新思路。此外，还可以新旧两个时期作对比，探索宋诗和陆游研究在新时期的发展。

关键词： 民国时期；文学史讲义；宋诗；陆游

关于民国时期文学史讲义中陆游部分的研究并非一时心血来潮，是在学习陆游诗歌的过程中，所发现的兴趣点和探索点。而之所以选择文学史讲义，一方面讲义在很大程度上体现创作者的"个性"，部分言论独一无二且引人深思；另一方面讲义又是民国时期重要的教育现象，是民国时期大学特殊的产物，具有时代的"共性"。近年来，古代文学研究领域"重写文学史"的提出，其实也是对中华人民共和国成立以来文学史书写的反思，民国时期文学史写作也可以提供一些经验教训。综上，民国时期文学史讲义研究有其必要性与合理性。而以南宋诗人陆游作为研究突破点，从全局讲，可观当时宋诗研究评价，即在新文化运动时期如火如荼的"白话诗运动"背景下来看时人的宋诗观；从部分看，陆游作为宋诗后期代表，直至清代在诗歌方面仍颇有影响，也存在部分争议，因此陆游评价研究也更具有代表性。

民国时期教育分为幼稚园、初等教育、中等教育、高等教育四部分，师范学校和幼稚师范科属于中等教育。高等教育则包括特别师范科、大学（学院）、专科学校、研究院，大学又根据学校性质分为国立大学、省立大学、私立大学三类，共有 70 所学校①。基本上和现在学校分层相似，较为完善。本文试以民国时期文学史讲义为基础，同时参考南开大学金鑫博士《民国大学中文学科讲义研究》，爬梳整理出 28 本包含陆游诗歌及其评价的文学史讲义（详见附录）。因部分教授曾在多所学校任教，他们更多的是对同一本讲义进行增补，其实只是一本讲义，如胡小石，曾先后在北京师范大学、金陵大学、东南大学任教。又因年代久远再加上战乱等各种原因，有些文学史讲义亡佚、缺损甚至尚未出版，28 本中有 6 本讲义无法找到②，因此还有 22 本讲义。此外有些讲义重点讲宋词，而不是宋诗，也未录入其中。

一　民国时期文学史讲义的宋诗观

民国时期文学史讲义的宋诗部分，体现了民国学者对宋诗在文学史中地位、成就、影响的不同看法。有的学者对宋诗持肯定看法，认为宋诗沿袭唐诗而来，发展变化出自己的特色，有值得学习的地方，如朱希祖《中国文学史要略》："宋初之诗尚沿袭唐人。……至苏轼黄庭坚，始自出己意以为诗。唐人之风变矣。苏诗用事繁多，失之丰缛。庭坚本于禅学，未脱苏门之习。然世之学宋诗者，视苏黄犹唐之李杜焉。"③ 又如苏雪林《中国文学史略》："且北宋之苏黄，南宋之范陆其于诗坛贡献不下于李杜韩白，一概抹杀古人有知，岂能心服。所以编文学史者，对于宋诗亦不易忽略。"④ 这种肯定宋诗成就的观点在民国讲义中占绝大多数，这种观点现在也是合

---

① 笔者通过梳理了开明书店 1934 年《第一次中国教育年鉴》，得出国立大学 15 所、省立大学 19 所，私立大学 36 所，共计 70 所。

② 尚未找到 5 本：齐燕铭《中国文学史略（上册）》、朱自清《宋诗钞略》、王玉章《中国诗史讲义》、汪辟疆《中国诗歌史讲义》、陈介白《中国文学史概要》。

③ 朱希祖：《中国文学史要略》，载陈平原辑《早期北大文学史讲义三种》，北京大学出版社 2005 年版，第 291 页。

④ 苏雪林：《中国文学史略》，国立武汉大学印，第 74 页。（文献资源来自国家图书馆出版社开发的"中国历史文献总库·民国图书数据库"，登录网址：http：//mh. nlcpress. com）

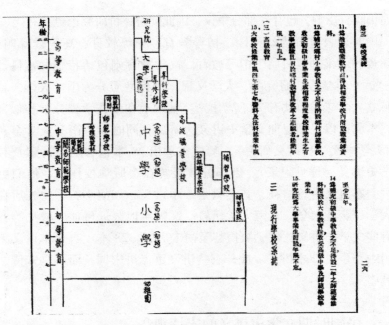

教育部编:《第一次中国教育年鉴丙编上》,开明书店 1934 年版,第 26 页。

理并得到认同的。

　　还有学者认为宋诗远远不如前朝诗歌,将宋诗与唐前诗歌之间的异处看为宋诗缺点。章太炎便极力反对白话诗,认为"诗至清末,穷极矣,穷则变,变则通;我们在此若不向上努力,便要向下堕落。所谓向上努力就是直追汉、晋,所谓向下堕落就是近代的白话诗,诸君将何取何从"?① 这其中有贯穿清代一直存在的唐宋诗歌之争的原因,也与民国时期"白话诗运动"息息相关。章太炎不只认为"宋人的诗,是合'好对仗、引奇字、考据'三点而成,以此病入膏肓"。② 更是往上溯源,连杜甫一并怪罪,"并且自杜诗开今,流于典故的堆叠,自然的气度也渐渐遗失,为功为罪,未可定论! 至于杜的古诗,和古人也相去不远;只排律一体,是由他首创,'子美别开新世界',就是这么一个世界罢"!③ 平心而论,诗歌"典故的堆叠"之病归于杜甫,未免过于苛刻,这与其认同唐前诗歌有关。不

---

①　章太炎、雷原等主编:《国学概论　国学略说》,四川人民出版社 2018 年版,第 94 页。
②　章太炎、雷原等主编:《国学概论　国学略说》,四川人民出版社 2018 年版,第 94 页。
③　章太炎、雷原等主编:《国学概论　国学略说》,四川人民出版社 2018 年版,第 93 页。

过正如陆游《老学庵笔记》所说："今人解杜诗，但寻出处；不知少陵之意，初不如是。且如《岳阳楼》诗：'昔闻洞庭水，今上岳阳楼。吴楚东南坼，乾坤日夜浮。亲朋无一字，老病有孤舟。戎马关山北，凭轩涕泗流。'此岂可以出处求哉？纵使字字寻得出处，去少陵之意益远矣。"① 况且后人作诗，未尝没有出处，如果为之笺注，也字字有出处，但不妨碍其为恶诗。

相较于章太炎的偏激，大部分文学史撰写者的态度则相对温和宽容，认为宋诗是研究中国诗歌必不可少的一部分，宋诗在唐诗之外自有其特色。如林传甲认为不能简单地以断代研究方式对诗歌文章进行划分比较，"文章难以断代论也。虽风会所趋，一代有一代之体制。然日新月异，不能以数百年而统为一体也。为惟揣摩风气者，动曰某某规摹汉魏，某某步趋六朝，某某诵习唐骈文，某某取法宋四六。然以文体细研之，则汉之两京各异，至于魏而风格尽变矣。至六朝之晋宋与齐梁各异，至于陈隋而音节又变矣"。② 各朝诗歌风格都是复杂的，这么复杂的诗歌风格用几个字或者一句话来概括，在某种角度是正确的，却忽略了所谓的"细枝末节"，导致经不起推敲。倘若对于诗歌风格这样简单归结，会有失偏颇，不够全面也不够有说服力。

顾随、钱基博对宋诗的论析，则在承认宋诗地位的基础上，进一步将宋诗视为可与唐诗进行比较的样本，并在唐音宋调的对比中挖掘文学史的丰富性。顾随《宋诗略说》对宋诗进行了全面细致的分析，认为"如此可知唐人说理与宋人不同；且有的宋人说理并不深，并不真，只是传统的。……宋人作诗一味讲道理，道理可讲，惟所讲不可浮浅，若庄严深刻，诗尽可讲道理，讲哲理，诗情与哲理通。……唐人重感，宋人重观，一属于情，一属于理。宋人重观察，观察是理智的。……感觉是个人的，而同时也是共同的。有感觉即使不能成为伟大作家，至少可以成功。宋人并非个个麻木，唯西昆感觉不是自己的，而是晚唐的，只此一点便失去了诗人创造的资格。……宋诗幻想不发达，有想象然又为理智所限，妨碍诗之发展。……宋诗无幻想，想象力亦不够，故七古好者少，反之倒是七绝真有好诗"。③ 不过他认为

---

① 陆游著，杨立英校注：《老学庵笔记》，三秦出版社 2003 年版，第 261 页。
② 林传甲：《中国文学史》，谋新室 1911 年版，第 197 页。
③ 顾随：《宋诗略说》，载《顾随全集 3·讲录卷》，河北教育出版社 2000 年版，第 212—217 页。

"诗之工莫过于宋，宋诗之工莫过于江西派，山谷、后山、简斋。宋人对诗用功最深，而诗之衰亦自宋始"。① 由此可见，顾随一方面认同宋诗为跳出唐诗樊篱所做出的努力，尤其在诗歌技术方面体现，另一方面他也认为诗歌的衰落从宋代开始。他承认宋西昆体之后，文学修辞影响了以后的诗歌，"不过西昆体亦尚有可得意之一点，即修辞上的功夫。于是宋以后诗人几无人能跳出文学修辞范围。后人诗思想、感情都是前人的然尚能像诗，即因其文学修辞尚有功夫"。② 但是西昆体继承发展了晚唐的使事用典，却失掉了诗歌最为重要的"感觉"，"而晚唐用故实乃用为譬喻工具，所写则仍为自己感觉。至宋初西昆体而不然，只是一种巧合，没有意义，虽亦可算作譬喻，然绝非象征，只是外表上相似，玩字"。③ 有感觉有真情的作家仍然能脱颖而出，但是一味堆砌典故毫无感觉的诗歌也大大增加。这也是钱基博对宋诗所诟病的地方，"南宋诗人，师法黄庭坚。庭坚于苏轼为转手，而陈与义、吕本中、曾几，又于庭坚为转手；三人之所以为转者不同，而欲化饾饤（杂凑堆砌）而成章，变捃摭（采取，采集）以造语则一也"。④ "化饾饤而成章"可以说是宋诗以及此后诗歌创作的一大弊病。

　　总体来看，民国时期文学史讲义除了章太炎对宋诗有较为严苛的看法，对宋诗的看法并不复杂，基本认可宋诗沿袭唐诗而来，发展变化出自己的特色。至于宋诗特色部分，则有褒有贬，若只是在讲义中简单介绍宋诗的讲义，对宋诗的评价也相对简单；若对宋诗研究用力颇多、宋诗部分篇幅较长的顾随、钱基博等先生，则更详细探讨了各人对宋诗的不同看法。而对于顾随先生所说："诗之工莫过于宋。……宋人对诗用功最深，而诗之衰亦自宋始。"笔者更加认同缪钺先生《论宋诗》之中的观点，"就内容而论，宋诗较唐诗更为广阔。就技巧而论，宋诗较唐诗更为精细。……故宋诗非能胜于唐诗，仅异于唐诗而已。"⑤ 诗之变、诗之工莫过于宋，对于顾随先生由宋诗失掉了诗歌"感觉"推出诗之衰自宋始这一观点，缪钺先生则认为"宋人情感多入于词，故其诗不得不另辟疆域，刻

---

①　顾随：《顾随全集3·讲录卷》，河北教育出版社2000年版，第217页。
②　顾随：《顾随全集3·讲录卷》，河北教育出版社2000年版，第213页。
③　顾随：《顾随全集3·讲录卷》，河北教育出版社2000年版，第213页。
④　钱基博：《中国文学史》，中华书局1993年版，第600页。
⑤　缪钺：《诗词散论》，陕西师范大学出版社2008年版，第31页。

画事理，于是遂寡神韵"。① "感觉"并非缺失，只是流于词体之中。

二 民国时期文学史讲义陆游部分的探讨

有意思的是，不论对宋诗持褒或贬的看法，几乎无一例外地承认陆游在南宋诗歌史上的地位——南宋屈指可数的大诗人。例如苏雪林《中国文学史略》："南宋诗人尤以尤杨范陆为大家。但他们以前尚有陈与义，也是不可忽略的。但南宋最伟大的诗人不是杨万里，也不是范成大，而是陆游"。② 浦江清《中国文学史讲义·宋元部分》："南宋代表性诗人，也是我国第十二世纪之代表诗人（前一世纪以苏轼为代表）"③。刘麟生《中国文学史》："南渡后大诗人，世称尤袤，杨万里，范成大，陆游四大家。其实陆放翁是南宋唯一的大诗人。"④ 这一论点在民国时期便已经确定。"爱国诗人""源出江西"等关键词在当时讲义中几乎都有探讨，有些作者甚至提出了时至今日读来仍颇精辟的见解。不过关于"陆游诗学源头"问题，不同讲义之间存在明显差异，也体现出不同学者对于陆游诗学源头的不同观点。如果将他们关于陆游诗歌部分仔细比较分析，便会发现"陆游宗法江西诗派"这一观点仍有值得商榷之处。

大部分讲义认同陆游诗学出于江西诗派，多少受到黄庭坚的影响。如张长弓《中国文学史新编》："稍后一点的，便是陆游、尤袤、范成大、杨万里等，号称四大家。四大家的诗，皆得法于曾几。几之为诗效法黄庭坚，所以四家的诗也是出于江西诗派的。"⑤ 这种观点在当时较为主流，这部分学者认为四家诗起于江西诗派，陆游又曾诗法江西诗派中大诗人曾几，多少又受到黄庭坚的影响。但较为可惜的是，学者们在编写这部分时并没有深入探讨陆游诗学源头，只是简单带过。并且因有的学者可能并不专攻于诗歌，在编写文学史时，有些观点直接是借鉴同时期学者的观点，导致会在不同讲义中看到关于陆游有些观点的趋同性。现节录如下：

---

① 缪钺：《诗词散论》，陕西师范大学出版社 2008 年版，第 40 页。

② 苏雪林：《中国文学史略》，国立武汉大学印，第 77—78 页。

③ 浦江清：《浦江清中国文学史讲义·宋元部分》，天津古籍出版社 2007 年版，第 120 页。

④ 刘麟生：《中国文学史》，世界书局 1933 年版，第 303 页。

⑤ 张长弓：《中国文学史新编》，河南大学出版社 2015 年版，第 147 页。

朱希祖《中国文学史要略》："元祐以后，诗人迭起，不出苏黄二体。而尤以江西诗派为盛。……然亦未能尽脱苏黄之习也。尤袤、范成大、陆游、杨万里继之，亦称作者。而游之诗每饭不忘君国。又见崇于当世。此数子者，皆于山谷为近。"①

吴梅《中国文学史（自唐迄清）》："陈简参瓣香老杜，大体不越于山谷。尤袤、杨万里、范成大、陆游为最着。而放翁尤杰出，四家虽不列吕本中《江西诗社宗派图》，而实得统于山谷。"②

容肇祖《中国文学史大纲》："南宋的四大家：陆游，范成大，杨万里，与尤袤四人称南宋四大家。他们都是江西派诗人曾几的弟子，所以多少受些黄庭坚的影响。"③

黄节《黄节诗学诗律讲义》："若夫放翁诗派源于江西，则尤足详述。放翁学诗于曾几，曾几之学出于韩驹，而韩驹列名于江西诗派。一传为曾几，再传为放翁。"④

胡小石《中国文学史讲稿》："（二）至于纯粹的南宋后江西诗派诗人，当推陆游。陆游是南宋的诗人第一。他诗的来源出自江西诗派。放翁受学于曾几（茶山），曾出于韩驹（子巷）之门。子巷见江西诗派图。"⑤

龚道耕《中国文学史略论》："而陆得名尤盛。四家皆得诗法于曾几。有《茶山集》。曾诗学黄，亦江西派之变。"⑥

此外，也有作者认为陆游诗学源头较多，陆游学诗不局限于江西诗派，但并未细讲。如陈衍《诗学概要》："放翁则无所不学，多至万首，熟而生巧矣。"⑦ 陈衍叙述较为简略，并未细讲诗学源头。部分学者则认为陆游诗学虽多，后归于学杜，如罗庸《箭吹弦诵传薪录》："茶山弟子即陆游

① 朱希祖：《中国文学史要略》，载陈平原辑《早期北大文学史讲义三种》，北京大学出版社2005年版，第291页。

② 吴梅：《中国文学史（自唐迄清）》，载陈平原辑《早期北大文学史讲义三种》，北京大学出版社2005年版，第473页。

③ 容肇祖：《中国文学史大纲》，朴社1935年版，第259页。

④ 黄节著，韩嘉祥整理：《黄节诗学诗律讲义》，天津古籍出版社2007年版，第42页。

⑤ 胡小石：《胡小石论文集续编》，上海古籍出版社1991年版，第189页。

⑥ 龚道耕著，李冬梅选编：《龚道耕儒学论集》，四川大学出版社2010年版，第86页。

⑦ 陈衍著，钱仲联编校：《陈衍诗论合集下》，福建人民出版社1999年版，第1038页。

（放翁），为南宋大家，以作诗为自己生命，工力非别家所及。其修养原出儒家，晚年学道，故其学问基础超过东坡，又肯多作，故笔调极熟练，晚年以工部为模范，杜诗佳处为其所熔化，故所作全非北宋面目。"① 林传甲《中国文学史》："陆游诗学老杜，为南宋第一人。"② 再如浦江清《中国文学史讲义·宋元部分》："1155 年曾几提点浙东刑狱，游曾从其游。曾几为江西诗派诗人，因此人或谓陆游亦出于江西诗派。实则不然。陆游的诗作是兼各名家之长，豪放而畅达。早期虽受到一点影响，但陆游的诗和江西诗派是不同的。入蜀以后，眼界扩大，创作成熟，接近杜甫风格。"③ 浦江清认为江西诗派对陆游只是"早期受到一点影响"，此外学杜这一观点似从《唐宋诗醇》而来，大多数讲义中均引用其对陆游诗歌的评价。

陆游与江西诗派的关系确有些复杂，毕竟在其当世曾从曾几游，又作过《吕居仁集序》，因此他出于江西诗派似乎板上钉钉，当代学者对于陆游与江西诗派的关系亦多有关注④，多围绕在江西诗派对陆游诗学的真正影响。不过钱基博先生经过仔细分析陆游诗歌内容之后，则认为他与江西诗派的关系并不那么紧密，认为"然游之于本中，未尝奉手；而于曾几，亦仅知己之感而已，未尝有请业请益之事也。盖吕本中、曾几皆江西诗派之健者，以黄庭坚为宗；而游之于庭坚，称其书法，访其游踪，具见诗稿文集，顾无一言及其诗。诗稿有《读渊明诗》、《读李杜诗》《读岑嘉州诗》《读王摩诘诗》、《读乐天诗》、《读韩致光诗》、《读许浑诗》、《读宛陵先生诗》、《读林逋魏野二处士诗》，而无读山谷诗之作；有《效香奁集体》、《效宛陵先生体》诸诗，而无效山谷体之诗；似在存而不论之列。固与吕本中之作《江西宗派图》，而以庭坚为宗者异趣也"。⑤ 钱先生这里提出陆游对黄庭坚，仅"称其书法"，诗作中也"无读山谷诗之作"，更无"无效山谷体之诗"。朱东润先生认为陆游《读近人诗》之中的"近人"乃是江西诗派鼻祖黄庭坚，但究其诗歌内容，仍然是对黄诗的否定。钱基博从诗歌内容上探讨，认为黄庭坚并非如一直以来认为的那样影响到陆

---

① 郑临川记录，徐希平整理：《箫吹弦诵传薪录——闻一多，罗庸论中国古典文学》，上海古籍出版社 2002 年版，第 350 页。

② 林传甲：《中国文学史》，谋新室 1911 年版，第 208 页。

③ 《浦江清中国文学史讲义·宋元部分》，天津古籍出版社 2007 年版，第 124 页。

④ 如杨理论《"灯传"江西与"不嗣"江西——论陆游对江西诗派的接受与拒斥》、郑永晓《南宋诗坛四大家与江西诗派之关系》等论文。

⑤ 钱基博：《中国文学史》，中华书局 1993 年版，第 607 页。

游，甚至认为他们俩的诗有较大不同，陆游诗"大抵托物抒兴，因事见道，称心而出，振笔以书；而不以饾饤成语，融裁古人为功；此亦所以异于黄庭坚而不欲逐其后尘"。这也是对陆游诗歌的超高评价，毕竟钱基博先生认为"化饾饤而成章"是宋诗一大病。综上，其实可以看出陆游本人对于黄庭坚诗歌的疏离，"固与吕本中之作《江西宗派图》，而以庭坚为宗者异趣也"。① 的确，陆游删定诗歌活动贯穿其一生，现存的诗歌作品可以说是代表着陆游中后期的诗歌主张，对比关于曾几的诗歌文章，多达23处②，而有关黄庭坚的诗歌却不存于陆游诗集之中，可以说是陆游本人的选择，也侧面验证了钱基博先生的观点。

但他也说："以清新为琢炼，此游与庭坚之所同。以生拗出遒岩，盖庭坚与游之所异。吕本中、曾几宗主庭坚以祀杜甫，游则出入梅苏以追杜甫；感激豪宕，岑参而亦兼李白；清新闲适，摩诘而参以香山；错综诸家而欲以自名一家，固非于江西门下讨生活者也。"③ 他认为相较于黄庭坚，苏轼对陆游的影响更大，"游清新刻露而出以圆润，为媲于苏。万里清新刻露而特为生拗，则原出黄"。④ 此外，他对陆游诗学源头的分析不可谓不精辟，梅苏、杜甫、岑参、李白、王维、白居易等人都是陆游诗歌创作学习的典范。相较于黄庭坚，钱基博先生更认同陆游诗歌特色媲美于苏轼。

总体来说，钱基博从诗歌内容角度分析，认为黄庭坚、吕本中、曾几对陆游影响并没有那么大，而对于以黄庭坚为首的江西诗派，陆游则是"固非于江西门下讨生活者也"。综上，笔者认为应从当时的诗歌环境入手。缪钺先生："而黄之畦径风格，尤为显异，最足以表宋诗之特色，尽宋诗之变态。……其后学之者众，衍为江西诗派，南渡诗人，多受沾溉，虽以陆游之杰出，仍与江西诗派有相当之渊源。……故论宋诗者，不得不以江西派为主流，而以黄庭坚为宗匠矣。"可说宋诗的特点便以江西诗派为代表，陆游既出于当时江西诗派盛行的时代，自然得到了江西诗派的浸润，陆游诗歌也不能完全跳脱出来。但是到南宋时期，江西诗派慢慢发展到末流，法久弊生，江西诗派存在的一些问题也显现出来。不只是陆游，

---

① 钱基博：《中国文学史》，中华书局1993年版，第607页。

② 杨理论：《"灯传"江西与"不嗣"江西——论陆游对江西诗派的接受与拒斥》，《杜甫研究学刊》2016年第4期。

③ 钱基博：《中国文学史》，中华书局1993年版，第608页。

④ 钱基博：《中国文学史》，中华书局1993年版，第630页。

南宋诗坛四大家都有对江西诗派的反思，既有肯定，也有不满之处。

三　宋诗观及陆游评价的发展

如果仅从文学史讲义撰写角度来说，可以看到文学史讲义中对宋诗、陆游诗歌的分析是基本完整且多样化的，当时学者们提出的很多观点也沿袭至今，并且得到了深入发展。需要注意的是大部分讲义对宋诗、陆游的介绍都很简单，或者说似是而非，主要是因为民国时期文章写作没有统一的标准，中国人评价诗歌又"没有以细致具体的分析为立论基础，不免流为模糊影响之谈"。① 这种评价语言在诗话中最为明显，初读之下似有道理，细品之后又觉得理论有些飘，不够具体、确切。但也不全是这样，顾随、钱基博两先生，则更加具体详细地表明了他们对宋诗、陆游的看法。

拿宋诗观来说，顾随、钱基博对宋诗都是持有否定的看法，一说"诗之工莫过于宋，宋诗之工莫过于江西派，山谷、后山、简斋。宋人对诗用功最深，而诗之衰亦自宋始"，② 一说"南宋诗人，师法黄庭坚。庭坚于苏轼为转手，而陈与义、吕本中、曾几，又于庭坚为转手；三人之所以为转者不同，而欲化饾饤（杂凑堆砌）而成章，变掯摭（采取，采集）以造语则一也"。③ 顾随先生尚且认证宋诗之工，而钱基博先生则对以黄庭坚为首的江西诗派所提倡的"点铁成金""脱胎换骨"颇有微词。宋诗研究发展到现在，很多问题得到了解决，认识得到了深化，尤其对宋诗"形式主义"问题进行了探讨，这也是顾随、钱基博所讨论的地方，更加辩证地看待宋诗之技巧，而不是一味地否定。对宋诗的研究，也不仅仅局限于以前的仅从诗歌方面入手，而是多理论、多角度的论证。

而对陆游部分的研究，总的来说，民国时期也处于初级阶段，不像现在这么深入。但是钱基博先生关于陆游与江西诗派的关系的探讨，还是值得深入思考，尤其是陆游与曾几、吕本中、黄庭坚之间的关系。陆游与曾几、吕本中的关系较为明确，而他与江西诗派的关系，现在学术界广泛认同的也是出于江西诗派而不囿于江西诗派，陆游与南宋其他诗人不同，与

---

① 莫砺锋：《论黄庭坚诗歌创作的三个阶段》，《文学遗产》1995 年第 3 期。
② 顾随：《宋诗略说》，载《顾随全集 3·讲录卷》，河北教育出版社 2000 年版，第 212 页。
③ 钱基博：《中国文学史》，中华书局 1993 年版，第 600 页。

江西诗派的联系更为紧密一些，厘清了"活法"理论由吕本中到曾几再到陆游这一过程，也通过梳理陆游诗歌中对于江西诗派理论的认同来证明，可以说关于陆游诗学源头这一问题基本探清。但是钱基博先生提到的陆游对黄庭坚，仅"称其书法"，诗作中也"无读山谷诗之作"，更无"无效山谷体之诗"。并得出了"以庭坚为宗者异趣也"这一结论。发展至今，陆游与黄庭坚在诗歌上的关系尚未有学者厘正，有关论文也比较少，日本学者坂井多穗子《"乾淳"与"元祐"——南宋诗人如何看待苏轼?》一文则梳理了包括南宋四大家的诗人对陆游的看法，指出"陆游与杨万里之言及苏轼的次数都是多于黄庭坚的"[①]，并且从陆游是否使用苏轼的创作技巧来看，陆游对苏轼的接受程度，不过陆游并不常使用此类技巧，并"推测陆游模仿苏轼的效果应该并不特别理想。""但毕竟对苏轼表示景仰，而且好读苏轼作品"。[②] 不过并未具体提及黄庭坚对陆游的影响。

　　笔者认为陆游之与苏黄的关系，除了从陆游诗集中找论据，还是要从陆游本人出发。苏黄之差别正如李杜之差别、苏李之才难得、苏李之诗亦难学。读陆游诗歌能感受到陆游走的仍然是黄庭坚的路子，这并不是说黄庭坚对其影响有多大，而是黄庭坚所代表的是宋诗的突出特色，具有代表性，而陆游则走了折中的路线，"他准确地看出了'江西派'作家失败的根本原因是为方法与才力所局限，因而以恢复杜诗的谏净精神来调理，使创作从痴迷于'句法'、'字法'的窘境中解脱出来……他没有放弃对诗法的追求，而是以自己的负世才华闯过了江西作家未能闯过的难关"。[③] 所以他也成功了，尤其是在"恢复杜诗的谏净精神"这一点上，更是使他居于南宋诗人之首。从根本上说，陆游走的应该是杜甫的道路，既"颇学阴何苦用心"，又"位卑未敢忘忧国"，是不那么极端的江西诗派。而对于以黄庭坚为主的江西诗派来说，他们应该可以称得上代表了宋诗特色，但终究是苏轼、陆游、杨万里的诗歌流入万家，影响颇大。这其实也是一种割裂，代表宋诗特色的没有得到广泛传播，但大众的选择其实也是一种无声的说明吧！

---

　　① 坂井多穗子：《"乾淳"与"元祐"——南宋诗人如何看待苏轼?》，黄伟豪译，《华南师范大学学报》（社会科学版）2020年第1期。

　　② 坂井多穗子：《"乾淳"与"元祐"——南宋诗人如何看待苏轼?》，黄伟豪译，《华南师范大学学报》（社会科学版）2020年第1期。

　　③ 王琦珍：《中兴四大诗人比较论》，《江西师范大学学报》1990年第4期。

参考文献：

1. 陈平原：《作为学科的文学史》，北京大学出版社 2011 年版。

2. 方孝岳：《中国文学批评》，世界书局 1934 年版。

3. 蒋鉴璋：《中国文学史纲》，亚细亚书局 1933 年版。

4. 金鑫：《民国大学中文学科讲义研究》，博士学位论文，南开大学，2014 年。

5. 李瑞山等：《民国大学国文教育课程教材概说》，《中国大学教学》2015 年第 8 期。

6. 朱东润：《陆游研究》，中华书局 1961 年版。

7. 莫砺锋：《黄庭坚"夺胎换骨"辨》，《中国社会科学》1983 年第 5 期。

8. 莫砺锋、陶文鹏、程杰：《回顾、评价与展望——关于本世纪宋诗研究的谈话》，《文学遗产》1998 年第 5 期。

9. 周裕锴：《苏轼黄庭坚诗歌理论之比较》，《文学评论》1983 年第 4 期。

10. 郑永晓：《江西诗派研究史》，博士学位论文，中国社会科学院研究生院，2003 年。

附录　　　　**本论文涉及陆游·民国大学中文学科讲义**

名称	著者	使用时间	施用学校	施用课程	出版与存藏
《中国文学史》	林传甲	1904 年起	京师大学堂	文章流别	1904 年广东育群书局出版，石印本今藏于国家图书馆古籍馆，1905 年《南洋官报》连载。1910 年武林谋新室校正再版，今"民国时期文献总库"影印收录。今《早期北大文学史讲义三种》收录，陈平原辑，北京大学出版社 2005 年版
《中国文学史》	黄人	1904 年起	东南大学	文学史	曾在东吴大学内部印行，为 30 册本，今藏于苏州大学图书馆。1926 年讲义经王文濡修改由上海国学扶轮社正式出版，今有杨旭辉点校，苏州大学出版社 2015 年版
《中国文学史略论》	龚道耕	1912 年起	四川高等师范学校	文学史	1919 年讲义编写完成出版，成为成都地区大学、中学普遍使用的教材。1925 年油印本今藏于国家图书馆古籍部，索书号：/79169。今《龚道耕儒学论集》收录，四川大学出版社 2010 年版
《文学研究法》	姚永朴	1912 年起	北京大学	文学研究	1916 年由商务印书馆出版，今有黄山书社 1989 年版，北京大学出版社 2009 年版等多个版本

名称	著者	使用时间	施用学校	施用课程	出版与存藏
《中国文学史辑要》	朱希祖	1916 年	北京大学	文学史	1920 年北京大学出版部以《中国文学史要略》为题出版，铅印本今藏于国家图书馆古籍部，索书号 79168 \ 。今《早期北大文学史讲义三种》收录，陈平原辑，北京大学出版社 2005 年版
《中国文学史（唐宋迄今）》	吴梅	1917 年起	北京大学	文学史	讲义原稿今藏于法兰西博物馆，陈平原辑《早期北大文学史讲义三种》有简要介绍
《诗学》	黄节	1918 年起	北京大学	中国诗	1918 年起北京大学校内先后印行七版，铅印本今藏于国家图书馆古籍部，今《黄节诗学诗律讲义》收录，天津古籍出版社 2007 年版（依据河北大学韩文佑藏 1929 年北京大学铅印本整理）
《中国文学史讲稿上编》	胡小石	1920 年起	北京女子师范大学、金陵大学、东南大学	文学史	1928 年因有人要窃取出版，匆匆取一学生笔记修改后出版。今《胡小石论文集续编》收录，上海古籍出版社 1996 年版
《国学概论》	章太炎	1922 年	江苏教育会邀请所做系列演讲	国学	曹聚仁课堂笔记经整理 1922 年由上海泰东图书馆出版（今《章太炎讲国学》收录，金城出版社 2008 年版）；张冥飞课堂笔记经整理 1922 年平民印书局以《章太炎先生国学讲演集》为题出版
《论诗》	吕思勉	1923—1925 年	江苏第一师范学校	中国文学（韵文部分）	未出版。今（《吕思勉遗文集》上册收录，华东师范大学出版社 1997 年版
《诗学概论讲义》	陈衍	1925 年	上海商务印书馆函授讲义	函授课程	今钱仲联编校《陈衍诗论合集》上册收录，福建人民出版社 1999 年版
《中国文学史》	刘麟生	1927—1931 年	金陵女子文理学院	文学史	1932 年由世界书局出版。今"读秀"数据库影印收录

名称	著者	使用时间	施用学校	施用课程	出版与存藏
《中国文学史简编》	陆侃如 冯沅君	1927 年起	中法大学、中国公学、安徽大学、北京大学等	中国文学史	1932 年开明书店出版，今"民国时期文献总库"影印收录
《唐宋诗举要》	高步瀛	1927 年起	北京师范大学	唐宋文学	1935 年由北平直隶书局出版，今"民国时期文献总库"影印收录。中华人民共和国成立后中华书局、上海古籍出版社均重版，但出于政治原因删去了一些内容，中国书店 2011 年版基本恢复了讲义原貌
《中国诗史讲义》	王玉章	1927 年起	复旦大学	诗歌史	校内印行，未出版。1934 年复旦大学出版部油印本，现藏于南开大学文学院资料室
《中国诗歌史讲义》	汪辟疆	1928 年起	东南大学	诗歌史	未出版。今《汪辟疆文集》中对该讲义有所介绍，上海古籍出版社 1988 年版
《中国文学史大纲》	容肇祖	1930 年起	岭南大学、辅仁大学	文学史	1935 年由光明书店出版。今"读秀"数据库影印收录
《中国文学史概要》	陈介白	约 1930 年后	北京大学	文学史	1937 年由北京书店出版，未再版
《中国文学史大纲》	刘锡五	约 1930 年后	中山大学、河南大学	文学史	1947 年，中国文化服务社河南分社出版，今"民国时期文献总库"影印收录
《中国文学史讲义》	浦江清	1931 年起	清华大学	宋元部分文学史	校内印行，未出版。今《中国文学史讲义（宋元部分）》《中国文学史（明清部分）》依据 20 世纪 50 年代北京大学中文系授课讲义整理而成，天津古籍出版社 2009 年版，今"读秀"数据库影印收录
《中国文学史略》	苏雪林	1931 年起	武汉大学	文学史	1933 年武汉大学，校内印行，未出版。铅印本今藏于武汉大学图书馆特藏部。今"民国时期文献总库"影印收录

名称	著者	使用时间	施用学校	施用课程	出版与存藏
《中国文学史略（上册）》	齐燕铭	1933 年	中国大学、中法大学、东北大学	文学史	校内印行，未出版，现存不详。今《中国现代文学家辞典》第二册《齐燕铭传略》对该讲义有所介绍，四川人民出版社 1992 年版
《中国文学史》	林庚	1934—1947 年	北京大学、厦门大学	文学史	校内印行，1947 年国立厦门大学出版，未再版。今"民国时期文献总库"影印收录
《宋诗钞略》	朱自清	1939 年	西南联大	宋诗	未出版，现存不详
《中国文学史》	钱基博	1939—1942 年	国立师范	文学史	先后完成《先秦两汉魏晋南北朝文学史》《唐代文学史》《宋金元文学史》，明代部分使用 1933 年出版的《明代文学史》为教本，《清代文学史》撰写但"文化大革命"中全部遗失。1993 年由中华书局依据国立师范学院铅印讲义出版
《中国文学史》	姚奠中	1942 年起	安徽师专、四川白沙女子师范学校、贵阳师范学院、云南大学	文学史	长期校内印行，未出版。现存解放初期编写文学史讲义残稿，四部分，《姚奠中讲习文集》第五卷"残稿篇"收录，研究出版社 2006 年版
《宋诗略说》	顾随	1942—1947 年	辅仁大学	宋诗	叶嘉莹根据 1942—1947 年课堂笔记整理而成，《顾随全集 3 讲录卷》收录，河北教育出版社 2000 年版
《笳吹弦诵传薪录》	罗庸	抗战时期	西南联大	中古、唐宋文学研究类课程	根据学生郑临川课堂笔记整理而成，上海古籍出版社 2004 年版

沈园：南宋文化的当代演绎

周玉儿

（绍兴鲁迅纪念馆）

摘要： 绍兴沈园，是南宋时江南著名园林。南宋爱国诗人陆游和唐婉被迫离异后曾在此邂逅，陆游怅然题《钗头凤》词于壁间，极言"离索"之痛。以《钗头凤》本事为中心的沈园爱情诗词流传至今。如何让这座文学名园重新进入当代人的审美视野？讲好南宋故事，在古迹中再现南宋遗存，在演艺中感受爱情故事，在游园中体会宋韵意境，在新媒体中提升景区形象，在文旅融合中创新发展，集中体现新时代沈园"守园人"的创新理念和文化情结。

关键词： 沈园；陆游；《钗头凤》；南宋园林

沈园，亦名沈氏园，坐落在古城绍兴的中心地带。它的历史，要追溯到南宋时期。据万历《绍兴府志》记载，沈园"在府城禹迹寺南会稽地，宋时池台极盛"。宋时的沈园占地 70 余亩，是当地一位沈氏富商的私家花园。沧桑巨变，绍兴城中众多宋代园林，大都湮灭在历史烟尘之中。幸若沈园，至 1949 年也仅存一隅，古迹遗存屈指可数，园内仅有小池、土丘、水井为宋代遗物。经多年营建，1994 年沈园已逐渐恢复当年景致，现占地 57 亩，分为古迹区、东苑和南苑三个部分。含孤鹤亭、半壁亭、双桂堂、八咏楼、宋井、射圃、问梅槛、琴台和广耜斋等景观，形成"断云悲歌""诗境爱意""春波惊鸿""残壁遗恨""孤鹤哀鸣""碧荷映日""宫墙怨柳""踏雪问梅""诗书飘香""鹊桥传情"十景。现为国家 5A 级景区。

沈园之闻名，源于南宋爱国诗人陆游的爱情伤痛。陆游初婚表妹唐婉恩爱甚笃，然最终被迫仳离，各自嫁娶。数年后的春天，陆游在沈园与前妻不期而遇。陆游感慨怅然，题《钗头凤》词于壁间，极言"离索"之痛。唐婉见而和之，情意凄绝，不久抑郁而逝。晚年陆游数度访沈园，赋诗述怀。"禹迹寺南有沈氏小园，四十年前，尝题小阕于石，读之怅然。"陆游为此哀痛至甚，后又多次赋诗咏沈园，有"伤心桥下春波绿，曾是惊鸿照影来"之名句。八百多年沧桑岁月和一段缠绵悱恻的情，造就了一座千古爱情名园。讲好这座南宋名园动人故事，是我们这一代沈园"守园人"的职责所在。

一　在古迹中再现南宋遗存

几乎每一位讲解员都会告诉来访的客人：整座沈园最精华的部分，在于《钗头凤》碑所承载的爱情本事。碑刻是沉默的，更是丰富的，让碑刻再现南宋故事，不能仅仅依靠解说，还须有更多维度的文化支撑。历史遗址、碑刻拓片、展览陈列，沈园的南宋故事正在用越来越多的形式来渲染陈述。陆游曾"泪溅龙床"，也曾"身为野老"，宦海沉浮数十载，唐婉与沈园，却始终是他终身遗恨，以致晚年"登寺眺望，不能胜情"。沈园藏着他戎马铿锵之外的柔情一面。对于如今的沈园而言，要全景式地呈现爱国诗人陆游的一生，这段爱情悲歌无疑是最好的切入点。因此，守园人在深入挖掘史料记载和陆游传世诗词的同时，逐步构建了以古迹区遗存为主体，南苑、东苑为羽翼的园林景观。

古迹区，顾名思义，便是以古沈园的遗存为基础复原的园林景观，1985 年，为修复沈园，文物工作者进行考古工作，发现六朝古井、唐宋建筑、明代水池及瓦当、滴水、脊饰、湖石等建筑遗址多处，是沈园悠久历史的实物见证。除了有《钗头凤》碑这一精华部分，还有宋池塘、葫芦池，可以还原"惊鸿照影"的动人场景；有孤鹤轩、闲云亭，可以凭吊诗人高洁的情怀；有六朝井亭、宋井亭，可以讲述沈园的历史变迁。

南苑的主要建筑有务观堂和安丰堂，风格古朴典雅，简洁明快。其中，务观堂取自陆游的字"务观"，主要陈列有陆游的书法碑拓作品，以及沈园、陆游在东湖边的故居的模型；安丰堂则取自陆游劝农文"安丰年而忧歉岁"一语，为陆游生平事迹陈列馆，通过爱国壮志、爱乡赤子、爱情悲歌三个版块，全面展示了陆游生平、文学成就、后世影响等。此外还有历代诗人歌咏陆游的碑拓作品，以及"铁马冰河""孤村夜雨"两组雕塑作品。东苑又名情侣园，花木扶疏，风光旖旎，主要建筑有广耜斋、琼瑶池、相印亭、琴台等，均以爱情为主题，园中景观多以江南雅致风情为特色，绮丽而不失端庄，含蓄而更添情韵。作为沈园的木之本、水之源，陆唐故事的精神内核，无不渗透在沈园的一砖一瓦、一草一木中，成就永恒的经典。东苑和南苑，作为古迹区的延伸与拓展，既一脉相承又各有千秋，东苑采用的是玲珑多孔的太湖石，山体小巧而秀气，象征了陆游与唐婉之爱的细腻多情。而南苑则是厚重硬直的黄色斧劈石，隐喻了陆游性格的直傲与不拘小节，这两种风格迥异的园林建筑语言来讲述南宋故事，给人以不同的观感与印象，更有着异曲同工之妙，是沈园围绕南宋故事做的两篇精品佳作。

二　在演艺中感受爱情故事

多年来，沈园以唯美、婉转的形式诉说和展现陆唐爱情故事，在尊重史实的前提下进行艺术加工，追求畅通无阻的讲述效果，让观者在耳濡目染中读懂沈园，读懂陆唐，读懂南宋。沈园撷取了沈园的诗意片段，以绍兴传统戏曲为主要表现手法，以陆游唐婉爱情故事为核心内容，打造了梦幻唯美的"沈园情"堂会。

"沈园情"堂会是沈园南宋故事的核心，推出至今已历经数次改版升级，演出场地也由原先较为狭窄的双桂堂移至南苑"连理园"，可容纳500名观众同时观演，接待能力大幅提升。"沈园情"的最新版本于2018年中秋上演。不同于以往的版本，这是一出精心编排的爱情大戏，故事脉络更清晰，人物形象更饱满，让人看得更明白，理解也更深刻，升华了爱情主题。整台堂会演出时长约50分钟，分为开园、游园、别园、归园、题园、惜园等六个章节。以优美的越剧、莲花落等绍兴传统戏曲串起了整个故事。陆唐爱情的千古绝唱便在这六个章节中徐徐展开，从游园时的缠绵情意，到沈园再见面时的情恨绵绵，从陆游归园时提笔在沈园写下《钗头凤》，到白头不堪回首的场景，令观者静静沉醉、潸然泪下。整台演出婉约而又磅礴大气，缠绵而不丧气、低沉，又因以沈园的桥间廊边为舞台，加之水乡风情的配置与屏上互动，引导观众走入一阕优美的《钗头凤》

中，让人感到整台堂会演出曲子美、意境美。

此外，"沈园情"堂会演出还提升了整体表演品质，制作了视频，内涵丰富深刻，场景美轮美奂。在音乐上，"沈园情"堂会有了全新面貌，绍兴戏曲元素丰富，吸收了绍兴曲艺，如越剧、莲花落、绍剧、鹦哥调等多种音乐元素，也吸收了现代音乐手段，如合唱、交响乐等，气势雄伟，给人全新的感觉。在舞美上，采用了国内最新技术的灯光，并在演出现场新增添了小桥流水等绍兴水乡元素，还利用大屏，让现场与屏幕互动交流。此外，沈园剧场还进一步强化了硬件水平，升级了部分音响、话筒、监听耳机、灯光、演员戏服等设施，优化了演出质量，观众席的舒适度也有了较大提升。为确保演出稳定性，园区还加强演职员队伍的培训管理，强化演员兼容能力。现在，每一位演员在能够饰演自己分配的角色之外，还能饰演其他一二个角色，确保突发状况下的"沈园之夜"演艺仍能正常进行。"沈园情"堂会，以其精巧取胜，以真挚动人，是沈园的园林艺术、史迹遗存、诗词文化的集大成者，更是讲活南宋故事的典范之作。

三 在游园中体会宋韵意境

国内园林大都在白天开放，能夜访寻梦的屈指可数，因此，月色掩映下的沈园之美往往鲜为人知。为了唤醒夜晚的沈园，丰富游客夜生活，让游客追寻宋式生活之美，营造秉"烛"夜游的文学梦幻氛围，让游客感受南宋历史文化，进一步推动文旅融合。2020年，江南的初秋，精致的微凉中，一场宋"潮"沈园游园活动会拉开了沈园的夜幕。

入夜时分，晚风微凉。沈园内，池岸浅草尽头，树木茂密，散发着自然的香气。园林深处，亮起了星星点点的灯光。宋风宋韵、宋装宋景，看着身着宋服的管家、仆人、商户、小贩等的身影，以及来来往往的游客，让人仿佛回到了繁华的南宋陪都绍兴。晚上7点，沈园家丁提灯在门口恭迎四海宾朋，沈园管家拱手作揖，开门迎宾，将游客迎入园中，成为园主的客人。在讲解员的带领下，游客们提着宋"潮"主题小夜灯，踱入沈园历史的幽深处，感受夜晚流光溢彩的亭台楼阁，体会诗词与景色的美妙结合。看完陆游的《钗头凤》后，游客们循着酒香行至孤鹤轩的"沈园品酒铺"，饮一杯侍女递上的绍兴美酒。孤鹤轩内，还设置了南宋时流行的投壶游戏，游客可以参与其中。投壶脱胎于射礼。在春秋战国时期，贵族宴请宾客，有射箭之礼，后来因为场地限制，就变成了投壶之礼，在当时是宴会中的正式礼仪。到了宋代，投壶已经发展成为既能登上大雅之堂又能走进平民巷陌、雅俗共赏的体育娱乐运动。离开孤鹤轩，沿着曲曲折折的小径慢行，就到了双桂堂。人还未至，已先闻音。铮铮的古琴声从双桂堂中流泻而出，悠扬动听。听着琴声，再吃一盏"宋茶"，自是惬意无比。宋代是中国茶文化的鼎盛时期，上至王公贵族，下至黎民百姓，无不以饮茶为时尚。而饮茶的手法也极其独特——将茶叶捣碾研磨成粉末，放在茶碗里，注入少量沸水调成糊状，再注入沸水，同时用茶筅击拂茶汤，使其孕育精华，形成粥面，即所谓"点茶法"。"晴窗细乳戏分茶"，陆游在《临安春雨初霁》一诗中曾这样描绘当时的点茶、分茶。此外，还有沈园扇子铺、印刷铺等互动环节，游客可以从中体验南宋文人的闲情逸致。宋"潮"沈园游园会在绍兴沈园景区开启，将各种生活美学、世事沧桑收入园中，再现了南宋绍兴繁华如梦的盛景，营造了浓厚的南宋历史文化氛围。

四 在新媒体中提升景区形象

在新网络时代，沈园更是与时俱进，借助网络的力量，紧跟新媒体发展步伐，通过微信公众平台、新浪微博、抖音短视频等新媒体平台，宣传提升景区形象，发布最新、最及时的景区新闻、信息和公告，为游客提供导览便利，与公共新闻媒体建立起沟通桥梁，向世界打开线上景区大门，景区新媒体成为云上宣传沈园南宋故事的新利器。

沈园景区微信公众号自 2015 年开通认证以来，已吸引 6939 名受众关注，今年更是快速增长，共吸引 1501 名受众关注。2020 年初，由于新冠肺炎疫情影响，微信公众平台推出《足不出户，带你游遍沈园》，让游客在疫情期间，足不出户，就可以实现在线上游览景区。景区还适时推出了"陆游诗词文化与南宋故事"微讲座系列，发布《陆游的端午日记》《诗情恰在醉魂中：陆游的那些酒诗》《以食为名：陆游的越州山水与饮食之趣》《陆游与古代绍兴的那些茶事》《独具匠心：陆游山水诗中的色彩学》等多篇文章，有效扩充了沈园南宋故事的线上宣传。景区微信公众号特色栏目"沈园物候"，在每个二十四节气日，通过景区美图美文，发布《沈园物候》系列节气文，向受众展现花鸟虫鱼，园林古建……展现江南园林之美。白露为霜秋风送，漫搜诗句答年华，在二十四节气有关的古诗里，都有陆游将四季的风韵倾注在江南的美景里的诗篇。2020 年底，景区还选取了 5 年来最为出彩的篇章、最为动情的文字，集为《藏在江南里的四季——沈园物候》一书出版，与读者一起欣赏这场与南宋故事有关的自然盛宴。

景区新浪微博自 2011 年注册认证以来，至今已有 9947 名受众关注。除微博日常发布景区新闻、信息和公告以外，还向受众宣传南宋时期，社会、文化、名人等相关知识，并与众多旅游同行单位保持互动，维持热点。在节庆活动期间，还与众多景区一起形成矩阵，共同宣传展现绍兴旅游业态。2020 年是抖音短视频爆发之年，景区紧跟潮流，注册抖音号并发布短视频。配合"绍兴绍兴""沈园南宋故事""江南南宋""沈园汉服节"等热门话题，发布多条视频。至今已有 1100 位粉丝关注，游览点击量近 50000 次。

五 在文旅融合中创新发展

守园人特别注重挖掘沈园中被忽略的南宋之美，让这些美好的瞬间连成片，构建一座南宋故事之园。沈园与多方联合，进一步拓展南宋故事文章，从不同角度诠释陆唐爱情的永恒经典。如越剧电影《唐婉与陆游》《钗头凤》、大型纪录片《亘古男儿一放翁，诗书清白赋家风》等在沈园取景拍摄，以传统地方戏曲、现代摄录手段全新演绎八百多年前那段荡气回肠的往事；"全国台企联百名台协会长绍兴行"绍兴站活动、第二届全球越迷嘉年华"天籁越音·艺术对话"见面会等盛会在沈园启幕，众多嘉宾们在沈园中观赏传统戏曲演绎的传世经典，在交流互动中觅得知音。

"莫因半壁忘全壁，最爱诗园是沈园。"沈园为传统诗歌和南宋文化提供了展示的舞台。沈园与越州诗社结缘 29 年，渊源深厚。每年端午、中秋、重阳等中华民族传统节日期间，沈园都会与越州诗社携手举办"越州诗会"。到场的越州诗社的诗人，既有博学前辈，也有后起精英，他们吟诗作画，以丹青和诗文为节日的沈园增添了一份风雅韵致。诗会现场，也有许多游客参与其中，一同分享传统诗歌的雅趣。2020 中秋，沈园双桂堂举行"'大美中国，声动九州'云上绍兴朗诵节"活动，全国各地朗诵爱好者云上相聚，并相约每月第一周的周日下午 2 点，在双桂堂举行朗诵活动。每次活动通过网络直播方式，与全国各地的朗诵协会连线交流，更为沈园添了一份南宋风韵诗情。

此外，沈园还利用传统佳节推出了一系列特色活动，赢得了社会各界的广泛关注。如七夕"汉文化"专场活动、中秋"桨声水月，诗话绍兴，沈园祭月赏桂"活动、端午"梦回宋朝，爱在沈园"汉服节活动。同时，沈园还举行绍兴乌篷船风情月开幕式、"越读越有味·全民读好书"绍兴市阅读联盟启动仪式、文理学院"旗袍秀""书香绍兴"诵读经典活动、"柳暗花明"中国书画十人展、"耶溪画坊"名家书画讲座、书画专家门诊等众多活动。园区还积极与社会各界合作，推广沈园风景和南宋故事。浙江卫视《青春环游记》打卡沈氏园，摄制团队在沈园《钗头凤》碑、孤鹤轩、葫芦池、六朝井亭、南苑剧场等景点留下足迹，将沈园的南宋人文历史、建筑艺术等展示给全国观众。2019 年 7 月，"2019 探寻绍兴"古城定向挑战赛鸣笛出发，选手们在刻有陆游手迹的诗境石前，抛绣球完成打卡任务，沈园再次进入了人们的视野。2019 年七夕节，基地还成功入选"国际爱情旅游目的地联盟"，在文旅融合中开拓路径，创新发展。

沈园以严谨、科学的态度考证和挖掘，以全景式呈现与沈园有关的南宋人文历史；以唯美、婉转的形式诉说和展现南宋文化，在尊重史实的前提下进行艺术加工，追求畅通无阻的讲述效果，让观者在耳濡目染中读懂沈园，读懂陆唐，读懂南宋。沈园只有准确抓住自身有别于其他园林的特色，才能真正讲活自己的故事，也只有对于沈园的南宋的历史、人文有着足够深刻的理解，才能拨云见日，使这座千古爱情名园找到最能衬托她的那一种美丽，在新时代焕发出独特的魅力。

沈园之夜：陆游文化创意展示的两个样本

李秋叶

（绍兴沈园文化旅游发展有限公司）

摘要：沈园与陆游有着千丝万缕的关联，"沈园之夜"堂会和清廉戏《放翁清气满人间》是陆游文化在沈园繁荣成长的两个典型样本。从爱情悲歌和忧国济世两个维度阐述了"沈园之夜"堂会和清廉戏《放翁清气满人间》的创作意图、展现手法，以此回顾沈园景区在陆游文化的传承与弘扬方面与时代相呼应所作的探索与创新。

关键词：沈园之夜；陆游；戏剧；文化传承

沈园原为南宋时期江南著名私家园林，现占地 57 亩，主要由古迹区、东苑、南苑组成。园中亭台错落，花木扶疏，形成"断云悲歌""诗境爱意""春波惊鸿""残壁遗恨""孤鹤哀鸣""碧荷映日""宫墙怨柳""踏雪问梅""诗书飘香""鹊桥传情"等十景，颇显私家园林之精致。

千古沈园，因爱而名。相传，南宋伟大的爱国诗人陆游初娶唐婉，伉俪情深，后被迫仳离。绍兴二十一年（1151），两人邂逅于沈园，陆游感慨怅然，题《钗头凤》词于园壁间，极言"离索"之痛。唐婉见而和答之，情意凄绝，不久抑郁而逝。陆游为此抱憾终身，数次造访，赋诗十余首，沈园也因这段刻骨铭心的爱情故事而流芳后世。

如今的沈园，已成为爱情名园，每年接待数十万海内外游客。一代代沈园的守园人，为了重现经典而不懈努力。他们立足沈园的园林艺术、人文史料，融入当地传统文化精髓，先后打造了"沈园之夜"堂会和清廉戏《放翁清气满人间》两场雅俗共赏的文化戏，植入陆游文化和宋代园林背景，再现沈园的人文之美。

舞台点染园林之美

作为南宋私家园林典范之作，沈园的园林建筑以玲珑精巧、错落有致见长。问梅槛、孤鹤轩、双桂堂、闲云亭……各式古典建筑在绿树碧荷之间若隐若现，给人以美的享受。《钗头凤》碑前，幽径曲折，翠竹掩映，吸引游人驻足细品，回味千年之前的惆怅情愫。

但沈园的守园人们并不满足于此，他们创造性地把讲故事的时机移至夜晚，既填补了绍兴夜游经济的空白，也为故事的讲述选择了一个梦幻的开端。

一件好作品，应该有一种特别的韵味，能把时间凝固住，它反映的不仅仅是一种景观，而更应该是一种时代画面的浓缩，让故事发生的时代背景在这里重现，让现代的游客们在此时此刻重回当年胜景。守园人们请来了专业设计团队，在充分尊重历史建筑和园林美学的基础上，以现代光影画龙点睛。入夜的沈园，灯光与建筑之美水乳交融，勾勒出静谧典雅的意境。游人流连此间，仿佛梦回南宋，有身临其境之感，这为"沈园之夜"故事的讲述奠定了基调，渲染了情绪。

在 2020 年推出的宋"潮"游园中，双桂堂化身"剑南书院"，孤鹤轩成为"品酒铺"，游人在侍女和家丁的引领下，品酒、投壶、听琴、描扇、拓印，尽享南宋文房雅趣、游园怡情之乐。

"沈园之夜"剧场的设计也别具匠心。剧场舞台位于南苑连理园，是整场堂会的核心。步入剧场，简洁朴素又颇具古意的现场布置映入眼帘，占地虽小，却给人空阔通达之感。拱桥水榭的前景布局，有绍兴特色。开放式的舞台和剧场空气清新如同露天会场，让人感觉舒适。舞台上廊与古亭形成半围合状，青瓦檐在通过照明设计的处理后轮廓鲜明，柳涛丝丝如幕，碧水盈盈如诉，尽显江南风味。

舞台设计是整个场景设计的点睛之笔。"沈园之夜"舞台整体风格古色古香、优雅大气。它的设计巧妙地利用了旧有亭榭、假山、水系等，继承了原有保存完好的香袖亭、春水亭两座古亭遗迹，通过复古手法的空间拓展，在古亭左侧、后方的空旷地带拓展为新的建筑空间，作为观演区，把仿古建筑与原有古建筑联结成一个完美的整体，在两座古亭之间铺设出舞台表演空间，满足舞蹈和亭台、游廊等场景表演的需要。古亭右侧的绿植与古柳，又恰好与建筑形成"刚"与"柔"的遥相呼应，将舞台背景营造得更为丰满。园中原有的连理池，又巧妙地成为观演区与表演区的天然分割。夜间照明灯光系统经过精心设计，既保留了建筑本身的视觉景观效果，让古建筑的轮廓更为清晰，更结合背景屏幕的流光溢彩，给整个舞台营造出如梦似幻的意境。

这样的场景与陆游文化、绍兴园林之美高度契合，使外在形式和文化内涵天然合一。

曲艺唱响音韵之美

如何提炼沈园之夜的文化主题，是创意者的思考和探索。

首先是着眼爱情名园，如何表现千年之前那场刻骨铭心的邂逅呢？守园人们的目光投向了绍兴地方传统曲艺。绍兴是戏曲艺术的一方重镇，历史悠久，剧种、曲种多样，声腔、唱调丰富，剧作、剧论高超，作家、艺人辈出，在中国戏曲史上具有重要地位。现有平湖调、莲花落、词调、宣卷、滩簧等五大曲种，均列入国家级非物质文化遗产项目。丰富的地方传统戏曲，是"沈园之夜"孕育的温床。"沈园之夜"堂会表演，融合了丰富的绍兴地方传统戏曲元素：既吸收了绍兴曲艺的精华，越剧、莲花落、绍剧、鹦哥调等多种音乐元素交相辉映，也融入了现代音乐手段，如合唱、交响乐等，气势雄浑，表现手法丰富，给人全新感受。整台演出极力铺陈以《钗头凤》爱情悲剧为主旋律的经典，婉约低回而又磅礴大气，缠绵悱恻而不失诗人豪情。

越剧唱腔婉转，长于抒情，唯美典雅，极具江南灵秀之气，与"沈园之夜"的爱情主题十分契合，因而成为整台堂会的主要表现形式。其中又穿插了节奏明快、语言简洁的莲花落，让"老管家"以主持人的身份出现，又穿插了绍兴滩簧、绍剧等。另外，为满足年轻人的爱好，还有通俗摇滚歌3首，包括主题曲《越歌》、通俗摇滚《钗头凤》，最后结尾是圆舞曲。

在婉转袅娜的唱腔中，陆游和唐婉延续千年的爱情故事徐徐演绎，余韵绕梁。开园、游园、别园、归园、题园、惜园等6个章节，约50分钟的表演时间，让观众亲临其境，逐一体会初见之惊艳钟情、深爱之欢愉缠绵、恨别之依依不舍、重逢之五味杂陈、凭吊之肝肠寸断……每一篇章都展现了不同的音韵底色，观众的情感被充分调动，步步推向高潮。

鲁迅先生曾说："悲剧就是将人生最有价值的东西毁灭给人看！"世间万物，若非失去，难见可贵。所以大团圆的喜剧往往随风飘散，而悲剧都保留了下来，成为隽永传说、成为千古绝唱。沈园铭刻的陆游与唐婉的爱情故事，跟"中国四大古典传说"都很相似，都演绎了悲剧的爱情故事。然而，难能可贵的是，沈园里的故事是真实发生过的，不是仅存在于戏文的传说，无处寻觅剧中人的遗踪，只能在口耳相传中重拾吉光片羽。陆游与唐婉却留下了一座故园，一壁残碑，让人怀想当年那对怨偶并蒂难连的恨事。

守园人们拾掇起延续千年的柔婉唱腔、缠绵故事，在山石池台间编织出一场唯美幻梦。在这里，传统戏曲艺术成为最好的承载，让故事讲述得更令人信服与感动。

匠心延续时光之美

"沈园之夜"的成功，开启了绍兴旅游的月光经济，让更多游客选择慢下来，留下来，停驻一晚，感受绍兴这座千年古城夜间的别样风情。它创造性地将园林、戏曲、人文、历史、诗词、民俗等元素熔铸一体，成就了沈园景区浙江省社会科学普及基地的美誉。

如何全方位表现陆游的思想精神、人格情操的文化魅力？2020年春季，沈园因受新冠肺炎疫情影响暂时闭园，"沈园之夜"停演，守园人们抗击疫情之余，也有了新的想法。

"无意苦争春，一任群芳妒。零落成泥碾作尘，只有香如故。"这是诗人陆游的名篇《卜算子·咏梅》。诗人最爱梅花。它的清新脱俗，朴实无华；它的孤芳自赏，傲雪情操，正是陆游一生清廉的写照。两阕《钗头凤》让沈氏小园凄美爱情绝唱百年，一位爱国诗人让古越绍兴清廉正气千古流芳。守园人们大胆设问，能否仿造"沈园之夜"，再排一出戏，将爱国诗人陆游的清廉风骨搬上舞台呢？

答案当然是肯定的。陆游几遭贬谪，一生刚正，所作爱国诗词近万篇，是取之不尽的素材宝库。他的诗极其深刻地反映了当时的社会现实，突出表现了他崇高的爱国主义精神和高尚的品格，八百多年来一直深深地激励着后人。陆游一生教育自己的子女做人要讲究道德，要讲究清廉，在生活上要克勤克俭奋发努力，在思想上要以农为本，自食其力，才能立足于社会，求得生存与发展。守园人们就地取材，以陆游勤政爱民、知行合一的为官之道为主调，以陆游爱国诗词为素材，以绍兴特色曲艺越剧作为表演形式，经过数个月的创作排演，清廉小戏《放翁清气满人间》成功问世。

7月13日晚，《放翁清气满人间》在沈园南苑剧场精彩上演。绍兴市纪委市监委、市直机关工委、驻市国资委纪检监察组有关领导及干部，市管企业纪委（监察办）全体纪检监察干部到场观看。在将近1个小时的演出中，演员们精彩的表演，配合绚烂多彩的舞台灯光和动听悠扬的曲调，赢得现场观众们的阵阵掌声。

《放翁清气满人间》由"序·忆园""忍辱负重为苍生""杏林春暖济乡民""两百年来世世同""位卑未敢忘忧国""遗风·千古"等六个部分构成，主体每一个部分都以一个清廉故事为主题，展现陆游的崇高情怀。

"忍辱负重为苍生"，讲述的是淳熙七年（1180）夏，江西抚州连雨水患，陆游挺身赈灾的故事。江西水灾，民不聊生，哀鸿遍野。时任江西提举常平茶盐公事的陆游号令各郡开仓放粮，并亲自"榜舟发粟"。同时上奏朝廷告急，请求开常平仓赈灾。十一月，陆游奉诏返京，给事中赵汝愚借机弹劾陆游"不自检饬、所为多越于规矩"，陆游被罢官夺职，重回山阴。临行前，百姓含泪夹道相送。一把万民伞，依依不舍情。此情此景，让人潸然泪下。

"杏林春暖济乡民"的故事发生在南宋开禧元年（1205），当时的陆游正在故乡山阴养老。村民缺医少药，陆游兼通医理，为民赠医施药，深受乡民爱戴。一日，陆游从一户人家门前经过，听闻这家女儿杜莹得了个怪病，晚上睡觉前常常大口吐血，脸上没有一点血色。妇人烧香拜佛甚至请了道士作法，都无济于事。陆游主动请脉，认为孩子只是血量不足之兆，服上几副药之后就会见好的。回城后，陆游立刻派人把草药送到妇人家中，而且分文不取。不久杜莹就病愈了，母女二人感激不尽。陆游治好怪病的事，很快传遍了鉴湖乡野，远近前去求医的人就更多了。每当陆游巡诊鉴湖，百姓夹道欢迎。他们还常常把自己的孩子以"陆"为名，以表示对陆游的敬意。（根据陆游的诗《山村经行因施药》："驴肩每带药囊行，村巷欢欣夹道迎。共说向来曾活我，生儿多以陆为名。"）

"两百年来世世同"的主题是陆游教育儿孙的故事。南宋嘉泰二年（1202）初，陆游次子陆子龙赴吉州（今江西吉安县）任司理参军职。陆游临行赠诗，殷殷嘱咐。吉州在赣西南，靠近井冈山地处偏僻。曾任秘书监的杨万里和益国公周必大当时都告老住在吉州，他们都是陆游的老友。陆子龙赴任前，希望父亲给杨万里和周必大修书一封，请他们对自己多加照顾。陆游希望儿子仕途顺利，又不愿意儿子依靠私人关系向上爬，便冷静地写了一首二百六十字的五言长诗，作为给儿子的临别赠言，告诉儿子，杨万里是位清白耿直的老人，你探望之时，莫要让他为你讨人情，以免败坏了他的名声（《送子龙赴吉州掾》："汝但问起居，余事勿挂齿。仁义本何常，蹈之则君子。"）。

"位卑未敢忘忧国"是在嘉泰四年初春，时任浙东安抚使兼绍兴知府的辛弃疾奉诏入朝，共商国是。赴任前夜，适逢元宵佳节，辛弃疾前往陆游家拜会辞行，二人把酒言欢，促膝长谈，共论国事。辛弃疾见陆游住宅简陋，提出帮他构筑田舍，被陆游婉拒了。陆游作诗送别，勉励他为国效命，协助韩侂胄谨慎用兵，早日实现复国大计。根据陆游的诗《送辛幼安殿撰造朝》："稼轩落笔凌鲍谢，退避声名称学稼。天山挂旆或少须，先挽银河洗嵩华。"

正如陆游家训所言："后生才锐者，最易坏。若有之，父兄当以为忧，不可以为喜也。切须常加简束，令熟读经子，训以宽厚恭谨，勿令与浮薄者游处。自此十许年，志趣自成。不然，其可虑之事，盖非一端。吾此言，后人之药石也，各须谨之，毋贻后悔。"放翁清气，正是后人药石也。他的临终绝笔《示儿》诗，至今耳熟能详："死去元知万事空，但悲不见九州同。王师北定中原日，家祭无忘告乃翁。"他满腔的热血、一生的壮怀，在千百年后的今天，依然令人肃然。

"辜负胸中十万兵，百无聊赖以诗鸣。谁怜爱国千行泪，说到胡尘意不平。"这是维新变法代表人物梁启超对陆游的评价。陆游的风骨，至今代代相传。沈园的守园人们，不负使命，以匠心延续时光之美，另辟蹊径，将陆游的生平事迹与时代的主旋律相结合，酝酿出了这台原创清廉戏，继"沈园之夜"之后，再次获得了社会各界的广泛关注与赞誉，让陆游与他的诗词文学，又一次彰显出旺盛的生命力。

"沈园之夜"堂会和清廉戏《放翁清气满人间》，具有异曲同工之妙。它们分别从爱情悲歌、忧国壮怀两个角度，呈现了诗人陆游波澜壮阔的一生，又以其形式的活泼多样，达到了"随风潜入夜，润物细无声"的效果。它们让高雅的诗词歌赋变得更接地气，是陆游的诗词文化在沈园繁荣生长的两个典型样本。今后，沈园的守园人们，还会继续寻找陆游文化与时代旋律的结合点，打造出更多雅俗共赏的陆游文化展示作品，更多维度地呈现这位爱国诗人的形象与精神内涵，让更多人理解陆游、理解陆游文化，让陆游文化在现实中扎根生长、繁荣茂盛。

放翁先生遗像梳理

陆泊之

（绍兴上虞乡贤研究会）

四川成都西门外的浣花溪畔，有个闻名全国的杜甫草堂博物馆。这里是纪念唐代诗圣杜甫行踪遗迹的一块圣地，称少陵祠，至今仍完整保留着明弘治十三年和清嘉庆十六年修葺扩建的古典园林建筑格局。

在五重主体建筑的最后一重为工部祠，供奉有杜甫像，一些曾经寓居蜀地的著名诗人如陆游、黄庭坚等也陪祀在侧。所祀陆游像为石刻全身坐像，线条流畅，笔力工致，曾为研究陆游的文章所广泛采用。中华书局出版的《古典文学研究资料汇编》丛书《陆游卷》开篇即是此石刻拓片图"放翁先生遗像"（见图1），其下注有："清道光二十二年二十一世孙陆文杰就旧像请杨子灵重刻。"

相似的陆游石刻像应该还有，比如我们绍兴沈园的陆游纪念馆"务观堂"内也有这幅陆游全身坐像拓片，所不同的是图片下端没有文字。（见图2）据参与此像制作的朱秀芳女士确认，其蓝本即源于四川杜甫草堂。

前不久在网上又有看到这幅相似的拓片像（据说是从国外回流）标有尺寸为127cm×56cm，约四平尺。（见图3）为光绪戊子（1888）据陆文杰石刻本重摹。

那么围绕少陵祠石刻像之"旧像"来历，其中又有怎样的历史故事？除了这幅全身坐像，陆游作为一个历史名人，流传于世的尚有很多画像。这些画像是否反映了真实的陆游形象？放翁石刻像制作者陆文杰有哪些鲜为人知的经历？诸如画像的历史传承脉络等问题，都需要做认真梳理和考释，这对了解先哲陆游和弘扬绍兴陆氏文化应不无裨益。对深入探讨、研

图1 放翁先生遗像

究陆游文化也能起到些积极的作用。

读《渭南文集》可知，陆游生前有过几帧肖像画，至少有四则自赞提及。

其中一则曰：

> 名动高皇，语触秦桧。身老空山，文传海外。五十年间，死尽流辈。老子无才，山僧不会。

这次画像虽没有确切的时间，却有文中"语触秦桧"达"五十年间"

图 2　沈园放翁先生遗像

可供推敲。笔者以为，陆游此说五十年间应为约数。其自赞或在此段时间内，即陆游七十五岁左右。

绍兴二十三年（1153），陆游"荫补登仕郎，锁厅荐送第一，秦桧孙埙适居其次，桧怒，至罪主司。明年试，礼部主事复置游前列，桧显黜之"。

陆游《剑南诗稿》卷四十有《陈阜卿先生为两浙转运司考试官时，秦丞相孙以右文殿修撰来就试直欲首选，阜卿得予文卷擢置第一。秦氏大怒，予明年既显黜，先生亦几蹈危机。偶秦公薨遂已。予晚岁料理故书，得先生手帖，追感平昔，作长句以识其事，不知衰涕之集也》。这首作于庆元五年秋的七律就详细述及"语触秦桧五十年间"的感慨。

于北山先生考证则认为"语触秦桧"事当在绍兴二十四年①。（见于北山《陆游年谱》）

其余三则都自注有明确的时间。

一是宋淳熙七年（1180），"时在临川，年五十六"：

_____

① 于北山：《陆游年谱》，上海古籍出版社 2006 年版，第 54 页。

图3 放翁先生遗像拓片

　　遗物以贵吾身，弃智以全吾真。剑外江南，飘然幅巾。野鹤驾九天之风，涧松傲万木之春。或以为跌宕湖海之士，或以为枯槁陇亩之民。二者之论虽不同，而不我知则均也。

　　自赞所画形象专注于述神，舍弃外形遗世独立，抛去智巧守朴养真。"剑外江南，飘然幅巾。跌宕湖海，枯槁陇亩。"飘逸行吟泽畔、隐身草野之儒士。

　　二是宋嘉泰四年（1204），"周彦文①令画工为放翁写真，且来求赞，时年八十"：

　　　　皮葛其衣，巢穴其居。烹不糁之藜羹，驾不尾之草驴。闻鸡而

————————

　　①　周彦文，名纪，宋吉州（今江西吉安）人。南宋名相周必大从子，陆放翁孙婿。

起，则和宁戚之牛歌。戴星而耕，则稽氾胜之农书。谓之瘁则若胈。谓之泽则若癯。虽不能草泥金之检，以纪治功。其亦可挟兔园之册，以教乡闾者乎？

自赞所画形象"皮葛其衣，巢穴其居。"谓"之瘁则若胈。谓之泽则若癯"。虽然生活艰难，衣食不继，自嘲尚能以浅显的知识，去做个执教乡间的私塾先生。我们能从这则自赞中看到有些熟悉的画面，虽藜羹为食而若胈，戴星而耕而仍腾。书满身侧，足以为人师表者。联想到裔孙陆文杰为少陵祠堂配享的《放翁先生遗像》，或可大胆猜测，原画本就是这帧周彦文令画工为放翁写真的像。其间多经摹写、翻刻、拓印、再摹写的延续方能传承至今。

三是宋开禧三年（1207），"陈伯予①命画工为放翁记颜，且属作赞。时开禧丁卯，翁年八十三"：

> 进无以显于时，退不能隐于酒。事刀笔不如小吏，把锄犁不如健妇。或问陈子何取而肖其像，曰：是翁也，腹容王导辈数百，胸吞云梦者八九也。

这次自赞所画形象虽较上次又过去了三年，"刀笔不如小吏，犁锄不如健妇"，仍需躬耕自食，但神态不减当年。画出了陆游的精神气概、博大胸怀。

除五十六岁至八十三岁这四次画像自赞外，放翁也有诗提到画像流传之事。

庆元二年六月二十四日，陆游有诗写道"吴中近事君知否？团扇家家画放翁"。虽是记叙梦中之事，也应是有此画像之实，而且这"团扇"画像多次被后人提到过。同时代的鄞县人史弥宁就有七绝《陆放翁画像》："诗酒江南剑外身，眼惊幻墨带天真。是谁不道君无对，世上元来更有人。"从此诗可知，史弥宁应该亲眼看到过放翁先生的画像。

稍晚些的宋人刘克庄《后村先生大全集》中也有《题放翁像》二首，可见此际陆游画像已流传甚广了。

---

① 陈伯予，宋浙江括苍人，曾任主簿。陆游友人，《剑南诗稿》有多首诗提及。

上述这些"写真、记颜"或摹画的像，当是陆游留给后人最为宝贵、真实的原始图像资料。

明代天启进士黄道周，在崇祯八年五月《跋陆放翁像》云："此老前身合是天边明月，团栾影里，见彼丰仪。杨吴兴《题雪上茅元仪家藏本》句云：'剑南丰采于今见，团扇沉思纪梦诗'。清峰上人以纨素属写，取茅氏本髣髴之意，供之千佛经前，又增得一阿罗汉像也。"

清代光绪进士、桐庐人袁昶也珍藏有从蜀刻石本重摹的陆放翁像，并题有六绝句，其一云：

老来祠禄觊田廛，八十山阴雪泛船。
还似蜀游疏气象，摩诃池上海棠颠。

其他诸如《陆氏族谱》或涉及研究陆游的文集等处，都能看到各式版本的陆游画像，或多或少蕴含有"放翁自赞"的意境和韵味（见图4—图10）。

图4　陆待制像

图 5　渭南伯开国伯像

图 6　光绪《国粹学报》：宋爱国诗人陆放翁像

图 7　陆游像

现今我们能见到的陆游画像，包括各地陆游纪念馆保存翻刻的历代《放翁先生石刻像》，虽已非宋代原作，仍有绝大可能是依据宋代这些第一手资料摹写的画本，如明、清之黄道周、袁昶等人。从陆文杰的《松月山庄诗钞》就可找到不下三处关于放翁先生遗像的线索。

1. 王之佐①思陆龛拓本

《赠王砚农之佐徵君》："兰渚梅溪引兴长，钓游全占水云乡。龛香一瓣君思陆，君家设思陆龛祠放翁像于中庭树三株我羡王。君与令弟咏之屏如俱有诗名故云玉印绘图红押尾，君得岳忠武玉印刻图名宝印金炉铸鸭绿生光。余家藏曹魏鸭炉绘图名宝鸭耽诗好古都成癖，莫讶时人说太狂。"

道光十二年（1832），陆文杰任江苏震泽丞时，在震泽梅花堰王之佐家曾得到思陆龛中供奉的源自蜀中石刻的陆游遗像拓本。清代著名画家乌程人费丹旭（1802—1850）也摹有思陆龛中供奉的另一幅陆游画像《笠屐图》：斗笠、长衫、芒鞋，脸颊瘦削清癯。他写道：

_____

① 王之佐，字砚农，清江苏震泽人。道光元年（1821）举孝廉方正制科。好诗求古，工吟咏，偶画兰。在家中设有思陆龛供奉陆游画像。著有《青来草堂稿》。

　　放翁先生像，抚蜀中石刻本，西吴费丹旭。震泽王砚农徵士家邑之梅花堰。宋时陆放翁尝过其地，作巢字韵七绝一首，志于邑乘。徵士能诗好古，求得蜀中石刻放翁像，属陆铁箫布衣摹写刻石，作思陆龛奉之，并为之图，与原像装池成卷，邀名流题咏，祀园。陆君于别下斋才见之，景仰先哲，属余摹此。丹旭再识。

图8　费丹旭摹放翁先生象及题跋

2. 绍兴快阁石刻拓本

　　《登快阁怀远祖放翁先生》："高阁登临亦快哉，卷帘爽气扑人来。窗中密树千岩合，槛外明湖一镜开。遗像不须团扇画，阁上悬有放翁石刻遗像，故巢犹有乱书堆。狂吟漫诩家风在，余为放翁二十一代孙，如我何堪一代才。时余有小放翁之目。"

　　道光十五年，陆文杰居杭州服阕三年期届满，于此年春、秋两次返回山阴家乡荷湖村，游兰亭、快阁、小云栖等古迹。

3. 赵桂生①收藏拓本

　　道光二十二年，岁在壬寅正月初八，陆文杰四十四岁生日。这一年他有诗43首，多是与蜀中名士唱和应酬之作。在成都他遇见旧友赵桂生（字竹庵）自会理来晤，相聚甚欢，在同游少陵祠时，言及放翁先生遗像，不无遗憾之感。知悉赵桂生亦藏有此拓本，遂大喜过望。自道光辛巳（1821）

---

　　① 赵桂生，号竹庵，清江苏吴江人，以诸生援例来川候补。少时著《兰坚阁丛稿》，小赋取法齐梁，有《榆关话别图》《万里长风入峡图》《从军日记》，题咏甚多。每随学使幕中，足迹遍东西两川。

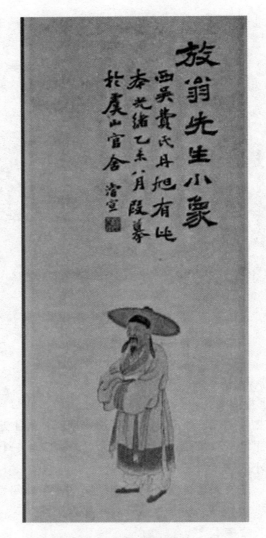

图9 陶浚宣摹写放翁先生小象

至壬寅（1842）二十余年间，少陵祠配享"有塑刻诸像，而公独无"之歉然得以释怀。于是即依此赵君所贻旧像为本，出资嘱名匠杨子灵镌石，择放翁先生十月十七日生辰这天供奉少陵祠中。

　　仔细辨认此幅遗像画面，左右两侧下方均有题跋和附诗，可看到有更详细的陆文杰亲笔记述——左边题跋直排四行（前三行每行 35 个字，末行 30 字，共 135 字）为：

图10 《笠屐图》

此二十一代祖务观公遗像也。江苏王君之佐，刻《笠屐图》供思陆龛中，文杰补官震泽丞时，曾以拓本见贻。藏之行箧，日久失去。今晤赵君桂生于成都，亦有是拓。前谒少陵祠，见公配享在侧。少陵有塑刻诸像，而公独无，意殊歉然。喜得此本，属杨君子灵重摹镌石，于公生辰，供奉草堂，并志一律。较之思陆龛似更亲切耳。道光壬寅冬日裔孙文杰谨识

文末印章有二，上为"文杰"，下为"敏斋"。
右侧直书有两行即陆文杰所题七律一首：

一龛配享少陵祠，遗像镌成供奉宜。

此日瓣香新俎豆，当年团扇旧丰姿。

醉酣霜叶千钟酒，笑咏梅花万首诗。

好为草堂添故事，称觞人拜岁寒时。

七律诗后亦有两枚印章，上为"放翁二十一世孙"，下为"上下千古"。

此七律在《松月山庄诗钞》中题为《放翁远祖配享杜公祠，有龛无像，友人以思陆龛像拓本见贻因重摹镌石於放翁生辰供奉草堂龛中系之以诗》。

由此可见，成都少陵祠之石刻"放翁先生遗像"，依据蓝本即为赵桂生所藏之拓本。而友人赵氏之拓本与思陆龛本均系原蜀中之石刻"放翁先生遗像"。

清人王培荀①在道光二十五年《听雨楼随笔》卷六也有写道："山阴陆敏斋文杰，放翁二十一世孙，幼随父宦蜀，游边徼。有《松月山庄诗钞》，以放翁像刻石配享浣花草堂祠。"

这个留有成都少陵祠之石刻"放翁先生遗像"的小放翁陆文杰，对今天的绍兴人来讲，却知之者甚少。

陆文杰（1799—1843），字敏斋，山阴人，放翁二十一代裔孙。室名松月山庄。介绍他的生平包括《清人室名别称字号索引》等资料都很简单。查遍山阴、会稽等陆氏族谱也无他的记载。后从荷湖支后人陆潮春先生的手抄家谱遗稿中找到文杰为荷湖第十支的部分线索。

《重校陆氏宗谱源流音绎》载：荷湖支始祖"放翁后十四世孙璇从绍城朝京坊往赘荷湖村遂居焉"。乾隆二年至荷湖六世族丁繁盛又肇分析派为荷湖十支。此族谱虽至宣统元年经文郁等续修，也未见陆文杰之载谱资料。

近年绍兴陆氏酝酿续修谱牒，族人广泛搜集资料。陆游后裔陆纪生数赴荷湖村，精诚所至，方从九旬高龄的宗亲陆潮春处获得荷湖第十支手抄草稿。但是在此支家谱遗稿中，也仅记录了关于陆文杰祖孙三代的简略资料："父民宝，生子三，长文杰，配李氏，生有三子：世正、世明、世恩。世正配潘氏，生应奎。陆文杰与其父民宝均归葬山阴荷湖村北之镬脐山。"

---

① 王培荀，字雪峤，一字景淑，清山东淄川人。道光元年举孝廉方正，道光八年官四川华阳知县，癸巳视学蜀中。有《寓蜀草》四卷、《听雨楼随笔》十卷等。

查会稽世德堂《陆氏族谱》等资料综合，自陆游至陆文杰的世系表为：游—子虡—元常—传琦—浩然—师明—彦中—太原—叔珉—永行—崖—训—芳—璇—万安—如山—及义—士雄—宗潮—丰玉—民宝—文杰。

这些资料可证实陆文杰系陆氏七十三世孙，为放翁二十一代裔孙无误。

但是他的生卒以及为宦经历，仍不清楚。后从陆文杰唯一的遗稿《松月山庄诗钞》以及查阅相关清人笔记入手，才基本了解他的生平经历。

清仁宗嘉庆四年，即己未正月初八日，陆文杰生于天津。

嘉庆二十四年（1819）春随父民宝就任（得尉建南）赴蜀。从天津行山东、河南，经湖北入长江，至成都。初入成都，曾在锦城小住三年。其间遍访名胜古迹，数入浣花草堂游玩。在道光辛巳（1821）作有三百字的五言长律《游浣花草堂》及七律二章。五言排律下另有题跋："道光辛巳仲春游少陵先生草堂，花径蓬门遗踪宛在，慨然想见其为人，低徊久之，爰成五排三十韵，镌石以志景仰，弄斧之讥知不免耳。"这三首诗是年均由其友人四川阆中王承志（字藕船）以隶书刻石成碑。碑文40行，满行14字。三诗全文如下：

　　游浣花草堂
　　一代骚人宅，千秋诗史祠。潭花红濯锦，溪柳绿垂丝。
　　舍北轩临水，桥西路绕篱。林塘多种竹，蓬户半遮栀。
　　新燕仍巢此，斯人不在兹。低徊怀往哲，辗展忆当时。
　　赋羡呈三礼，官怜拜拾遗。悲歌增感慨，季世值艰危。
　　褊躁情偏笃，贫穷志岂卑。思乡频对月，忧国每吟诗。
　　最是秦州苦，都因关辅饥。有薪皆自负，无米亦难炊。
　　未遂幽栖愿，弥深广厦思。终身何落拓，远道独奔驰。
　　流寓来巴蜀，浮踪半梓夔。依人蚕市外，结屋锦江湄。
　　僻静堪招隐，经营望寄赀。秋风苔径扫，春雨药栏移。
　　小艇三篙涨，疏帘一局棋。烹鱼银切脍，煮稻雪翻匙。
　　归梦云山阻，闲盟鸥鸟知。平生多著作，大笔极淋漓。
　　习俗能全矫，风骚可力追。余波成丽句，豪气铸宏词。
　　我为趋庭至，公缘作客羁。蓉城同眺望，锦里共栖迟。
　　遗像于今仰，高名亘古垂。敬焚香一瓣，聊奠酒盈卮。
　　言岂挥毫罄，讥甘弄斧贻。登堂空景慕，安得执鞭随。

放翁先生余二十一代祖也后人配飨少陵草堂敬题二律附刻于此
并跋

草堂蘋藻荐芳辰，异代诗龛自有真。
流寓同为西蜀客，忧怀应配杜陵人。
长镵歌古馨香久，团扇风高俎豆新。
我是裔孙爱吟咏，频年浪迹锦江滨。

其二：

海棠颠号最风流，白发还家卧一丘。
快阁卷帘山气爽，镜湖摇艇月明秋。
渭南书卷留千古，剑外诗篇傲五侯。
若忆浣花溪畔路，吟魂好伴少陵游。

道光甲申（1824）春，他谒成都武侯祠，作《武侯祠怀古》二首。
诗曰：

羽扇纶巾迥绝伦，卧龙遗像锦江滨。
是真名士能千古，如此奇才有几人？
直与伊周同事业，定教管乐逊经纶。
陨星洒尽英雄泪，汉祚存亡系一身。

其二曰：

曾过兴州访定军，锦官城外又斜曛。
丰碑蚀字多生藓，古柏参天半入云。
西蜀颇劳师六出，南阳早识国三分。
我来展拜情无限，隔叶黄鹂静不闻。

此二首诗被镌刻成石碑置于武侯祠诸葛亮殿内东次间之北壁。同年七
月初十他在成都结婚，娶邛崃李肃斋之女李篆仙，洞房夜有诗谓《篆
仙内子待字时见余诗多成诵，于归后愿受业焉因赠一律》。

在成都期间，他结识了潘时彤①、万存愚、吴湘亭（字雅笙）等蜀中名士以及武侯祠羽士张香亭（字合桂）、黄合初②等，这些文人墨客，吟诗作赋、分韵唱和，经常留饮武侯祠中。由于潘时彤是华阳县举人，刚修完《华阳县志》，爱好"三国"史，又熟悉祠内的文物和建筑，因此被祠中道士要求纂修《昭烈忠武陵庙志》，陆文杰也被邀全程参与采访兼校对的工作。庙志共分十卷二十万字，"自丁亥复迄己丑"历三年方始完成。他的诸首诗作如《武侯祠丹桂重开，超然羽士邀同严丽生舍人、潘紫垣孝廉听鹂馆小酌即用舍人前赠羽士韵二首》、《初秋偕潘紫垣孝廉游武侯祠用壁间韵赠超然羽士》和《丁亥人日偕潘紫垣孝廉、万存愚茂才、吴湘亭秀才游武侯祠，羽士张香亭黄超然留饮，以"屡入武侯祠"分韵，得屡字》及《种楠记》等，载在庙志卷六艺文志。

道光八年春偕弟雅亭入都谒选，"筮仕江南，权篆华亭丞"，居上海松江四年，又补官吴江笠泽，兼理震泽司。道光十三年起，服阕三年居杭州。乙未清明回家乡荷湖村，上家族墓地村北之镬脐山扫墓祭祖。此年因服阕期满，于重阳前复入都。"秋杪买舟南旋由运河达袁浦"至杭，复回绍兴谒大禹陵，登快阁，游小云栖等名胜。道光十七年"春日于役琴川"，补官南武。道光十八年正月初八昆山丞任上作有《四十初度》七律二首："悬弧三世月逢正"，自注："家君寿辰，世正儿生日俱在正月。家君仕蜀想身体愈健。"

道光十九年迁职镇洋（今太仓东），权篆太仓海防，有《量移镇洋留别鹿城》等诗。第二年是岁农历庚子，他携家眷返浙后，又与弟桂轩买舟入蜀。急匆匆去官原因，诗集中不见交代。

读到王培荀《听雨楼笔记》卷七有关陆文杰夫妇的一则记载："山阴陆敏斋尝以诗册相示余，有商榷应时更定。少年俊爽敏而好学者也，其室篆仙亦好吟咏。于归时，敏斋赠诗云：'最爱芸窗来伴读，青檠常伴夜三更'，可谓佳偶。来川迁父柩，还里途中，夫妇相继而亡。丧哉！"

王培荀道光戊子官四川华阳知县，与陆文杰有诗词交，其所说当可信。

---

① 潘时彤，字紫垣，清四川华阳人。嘉庆甲子（1804）举人，编撰有《华阳县志》《绥靖屯记》《昭烈忠武陵庙志》等。与文杰为友，时人号为"潘陆"。

② 黄合初，本名范，字超然，清四川简州（今四川简阳）人。嘉庆戊午（1798）曾司武陵庙，后云游荆楚诸地。道光乙酉（1825）还庙，年六旬矣。著有《听鹂馆诗集》。与潘、陆两人均有诗词唱和。

那陆文杰夫妇扶父枢还里究竟在何年？因何而亡？病耶？祸耶？所惜王氏并未注明陆文杰"迁父枢还里"时间。王老先生没说清，或载之时人的笔记中而未知，因此成了历史之谜。

好在遗作《松月山庄诗钞》是按年所编辑，诗抄最后之第十四卷，标有壬寅，即道光二十二年。此年录有诗43首。是年冬十月十七日为远祖放翁配享刻像后，又作有诗四首。按绍兴丧葬习俗推算，他扶枢返里回家乡山阴，当在此年冬至或者第二年清明之前。千里迢迢，山高水远，要在冬至前扶枢抵达山阴，时间相对紧迫。故而很有可能是在道光二十三年（癸卯）初春启程，这年他才过四十五岁生日，因此癸卯这年没有诗稿存世。因此可以推定陆文杰的卒年是道光二十三年初春。

陆文杰短暂而丰富的一生，遍访祖国大好河山，好游喜古，结交名士诗友，宦游二十载，留下诗作742首。嘉庆举人钱塘陈文述在为他诗抄作序评介称："山阴诗人，国朝为盛。……重开诗境山阴陆，合署头衔小放翁。……君方盛年为之不已，英辞墨妙将驾前人而上之。"若非中年遭际天妒，则必为绍兴陆氏之著名诗家。好在成都杜甫草堂（少陵祠）留有他所刻的《放翁先生遗像》，足可令后人尽缅怀之思，其功德岂可依享年而论哉。

放翁后裔陆泊之稿于三虚斋陋室

唐宋浙江诗路及其他

唐代越州与浙东诗路

胡可先

（浙江大学 人文学院）

唐代的越州，风景优美，人才荟萃。白居易《沃洲山禅院记》说：
"东南山水，越为首，剡为面，沃洲、天姥为眉目。"[①] 前期设都督府，后
期为浙东观察使治所，所辖范围有越、明、婺、台、温、括、衢七州。仅
越州辖区亦有会稽、山阴、诸暨、余姚、剡、萧山六县。州中镜湖、剡
溪、沃洲山、天姥山，都是诗人漫游所经之地，又是浙东唐诗之路的重要
组成部分。唐代越州文学有其自身的特点与演变规律，又与这一区域深厚
的文化积淀、众多的人文与自然景观有关。对越州文学发展作出重要贡献
者，既有本籍诗人，又有全国各地仕宦或漫游于此的文人墨客，因而越州
文学的发展，又与唐诗的整体发展相联系。因此，本文即以唐代越州为中
心，兼及浙东观察使所辖区域，对其文学的发展情况作简要的勾勒，这与
当前正在推进的浙东唐诗之路研究也较为契合。

一 唐代越州文学与唐诗之路

（一）唐代越州诗歌的渊源

唐代东南一地，具有悠远的文化渊源，又是经济发达的地方。山水的
美景，孕育了很多卓有成就的文学家。浙东更是唐代诗人漫游之路，很多
大诗人在此留下了绚烂的篇章。因此，唐代越州文学的成就是本土人士与

---

① 朱金城：《白居易集笺校》卷六八，上海古籍出版社 1988 年版，第 3684 页。

漫游越中的文人共同创造的。

　　光辉灿烂的文化渊源是越州文学发展兴盛的坚实根基。以越州为中心的浙东文化，源远流长，早在 7000 多年前，余姚河姆渡文化代表着新石器时代的早期文化，是中华民族的发祥地之一。在会稽，有关舜禹的传说，更吸引了古往今来多少文士为之探秘与景仰。越王勾践兴国复仇的史实，使得这个地区，在南方山水妩媚的环境之下，又增添了不少阳刚之气。这样一个刚柔相济的区域文化优势，也使得浙东一地，无论在文学、历史还是学术的发展演进中，都呈现出自己独有的特色。

　　魏晋以后，北方战乱，衣冠贵族大量南迁，黄河流域的中原文化随着人口的南迁而与浙东文化融合，更使得越中成为人文荟萃之地。加以东晋门阀制度的盛行，士族势力，门阀势力，北方贵族，南方土著等各大利益集团会聚在一地，组成了会稽文人集团。他们借江山之助，体物写志，留下了很多名垂千古的篇章。胡阿祥先生在《魏晋本土文学地理研究》中说：

　　　　东晋中期前后，以剧郡会稽为中心的东土，文坛空前活跃。活跃于东土的文学家，以侨姓世族及其后裔为主。……东土佳山水，美田园，人口宽稀，经济上则适宜于侨姓世族的广占田宅，文学上则耳目一新的侨姓世族之寄情自然，又促成了"庄老告退而山水方滋"的文风转变。据知晋宋间山水文学的兴盛，时间上可以说滥觞于东晋中期前后，空间上可以说发源于东土一带。东土的文学活动中心在会稽，这表现于：首先，移居会稽的北方世家大族最多，其中颇出文才的就有琅琊王氏，陈郡谢氏，太原王氏、孙氏，庐江何氏，高平郗氏，北地傅氏，陈留阮氏，高阳许氏，乐安高氏，鲁国孔氏，颍川庾氏、荀氏等；这颇出的文才，与会稽的青山秀水相融合，为后来世居会稽的谢灵运山水诗独立成派铺平了道路。其次，东晋永和九年三月三日王羲之主持的会稽山阴兰亭修禊，"群贤毕至，少长咸集"，参加的四十余人中，又以寓居东土的世族子弟为主。兰亭修禊使文人的聚会活动由不定期进入定期，其"渔弋山水"、"言咏属文"、优游风雅，较之西晋的华林、金谷，在当时及后世文坛的影响更大。①

　　①　胡阿祥：《魏晋本土文学地理研究》，南京大学出版社 2001 年版，第 166—167 页。

胡阿祥论述的第二点，对于越州文学影响尤大。以王羲之为首的兰亭修禊，就是这些文人雅士集结的最高形式。他们将文人的特质、士流的品位和会稽的山水有机地融合在一起，成为千年传承的会稽文化源头，以至唐代浙东文学的文化渊源，也肇始于此。王羲之兰亭修禊，写下了著名的《兰亭集序》：

> 永和九年，岁在癸丑，暮春之初，会于会稽山阴之兰亭，修禊事也。群贤毕至，少长咸集。此地有崇山峻岭，茂林修竹；又有清流激湍，映带左右，引以为流觞曲水，列坐其次。虽无丝竹管弦之盛，一觞一咏，亦足以畅叙幽情。是日也，天朗气清，惠风和畅，仰观宇宙之大，俯察品类之盛，所以游目骋怀，足以极视听之娱，信可乐也。夫人之相与，俯仰一世，或取诸怀抱，晤言一室之内；或因寄所托，放浪形骸之外。虽取舍万殊，静躁不同，当其欣于所遇，暂得于己，快然自足，不知老之将至。及其所之既倦，情随事迁，感慨系之矣。向之所欣，俯仰之间，已为陈迹，犹不能不以之兴怀。况修短随化，终期于尽。古人云："死生亦大矣。"岂不痛哉！每览昔人兴感之由，若合一契，未尝不临文嗟悼，不能喻之于怀。固知一死生为虚诞，齐彭殇为妄作。后之视今，亦犹今之视昔。悲夫！故列叙时人，录其所述，虽世殊事异，所以兴怀，其致一也。后之览者，亦将有感于斯文。①

晋穆帝永和九年三月三日，王羲之在会稽内史任，他和友人谢安、孙绰等聚于兰亭，饮酒赋诗，参加聚会者有官僚、文人与僧徒，都是一时名士。当时与会之人都有诗作，事后编辑成集，由王羲之作序与书写，这就是著名的《兰亭集序》。"像《兰亭集序》这样的早期宴集序的代表作，其抒情方式作为一种审美积淀而影响于后世。从某种意义上来说，它几乎含有一定的原型意味，后世的文人自觉或不自觉地有所应用或引申。"② 后来，每到三月上巳，越州多有修禊。唐代永淳二年，一批文人修禊于云门山王献之山亭，王勃作了《修禊于云门王献之山亭序》，其中有"永淳二

① 严可均：《全上古三代秦三国六朝文·全晋文》卷二六，中华书局 1958 年版，第 1609 页。
② 曹虹：《〈兰亭集序〉与后代宴集序》，《清代文学研究集刊》第一辑，人民文学出版社2008 年版，第 205 页。

年暮春三月，修祓禊于献之山亭也。迟迟风景出没，媚于郊原；片片仙云远近，生于林薄。杂花争发，非止桃蹊；迟鸟乱飞，有余莺谷。王孙春草，处处皆青；仲统芳园，家家并翠"① 等描写，则很明显与是王羲之的《兰亭集序》一脉相承的。至谢灵运更在越中留下大量的诗作，名篇《石壁精舍还湖中作》《登池上楼》都是描写此中山水之作。宋代孔延之所编的《会稽掇英总集》，分门别类辑集了六朝以来对于会稽形胜与山水的吟咏，更可以看出六朝王羲之、谢灵运等人的流风余韵。"兰亭集会的传统在唐代江南得到进一步的继承与发扬光大，成为唐代江南文化的重要内容之一。"②

自古以来，会稽尤称山水之首，王羲之以后的各代文人，都对其地投以青睐与仰慕的目光。大中时杨汉公为浙东观察使，李商隐祝贺道："越水稽峰，乃天下之胜概；桂林孔穴，成梦中之旧游。……虽思逸少之兰亭，敢厌桓公之竹马。况去思遗爱，遐布歌谣；酒兴诗情，深留景物。"③晚唐文人顾云《在会稽与京邑游好诗序》对会稽山水作了这样的描绘："造化之功，东南之地，独会稽知名，前代词人才子谢公之伦，多所吟赏，湖山清秀，超绝上国；群峰接连，万水都会。升高而望，尽目所穷，苍然黯然，兀然澹然，先春煦然；似画似翠，似水似冰，似霜似镜；削玉似剑者，霞布似窈窕者，霜清似英绝者，如是者千态万状，绵亘数百里间，则夫盘龙于泉，巢凤于山，蕴玉于石，藏珠于渊，固必有矣。真骇目丧眼之所也！其土沃，其人文。虽逼闽蛮而不失礼节，虽枕江海而不甚瘴疫，斯焉郁邑，一何胜哉！将天地之乐，萃于此耶？至于物土所产，风气所被，鸟兽草木之奇，妖冶婵娟之出，前圣灵踪，往哲盛事，此传记所详，不假重言也。斯但粗述其胜耳。仆虽乏才侍从，至此晨留心，习业之外，游览所得，吟咏烟月，摅散情志，自足一时之兴也，亦足快哉！"④

---

① （宋）孔延之：《会稽掇英总集》卷二〇，人民出版社 2006 年版，第 293 页。按，清蒋之翘《王子安集注》卷八收此文，题作《三日上巳祓禊序》，注云："此非子安所作，篇内有永淳二年句，计其时子安殁已数年。然自北宋沿讹迄今。故著其谬，仍存其文。"（上海古籍出版社 1995 年版，第 210 页）即使非王勃的作品，也可以看出唐宋时越州文人集会的情况。又王勃序文还有《越州秋日宴山亭序》《越州永兴李明府宅送萧三还齐州序》等作品。

② 景遐东：《江南文化与唐代文学研究》，人民文学出版社 2005 年版，第 189 页。

③ （唐）李商隐：《为荥阳公与浙东杨大夫启》，《樊南文集》补编卷七，上海古籍出版社 1988 年版，第 733 页。

④ 《全唐文》卷八一五，第 3806 页。

（二）浙东唐诗之路的起点

浙东唐诗之路的起点在越州。唐代以钱塘江为界，江北为浙西，江南为浙东，由杭州过江就到了越州。而过江到越州的起点是西陵驿，也就是现在杭州西兴大桥的地方，也是浙东运河的发源地。浙东唐诗之路还有一个起点就是渔浦，由渔浦入浦阳江就可以南行到婺州直至永嘉，由渔浦再沿江东行就到了西陵再由浙东运河进入会稽，再进入曹娥江到剡溪，这是浙东唐诗之路的主线。这两个地方，盛唐之前都是越州的永兴县，天宝元年改为萧山县，一直到现在。笔者正在写一篇文章专门论述浙东唐诗之路的起点问题，或者就起点问题，可以专门开一次讲座。这里就不展开论述。只是说明越州对于唐诗之路而言，地位极其重要。

二 唐代越州的本土诗人

谈浙东唐诗之路，最重要的当然就是本土诗人，因为本土诗人成为越州诗坛重要支柱，而其他类型的诗人如做官诗人、漫游诗人、贬谪诗人、流寓诗人在越州也留下很多诗作，这样使得浙东唐诗之路呈现多元化的格局。唐代越州本土诗人最著名者是贺知章，我们下面将会专门讲授。这里集中讲一下虞世南、骆宾王等人。

初唐诗人虞世南（558—638），字伯施，越州余姚人。在南朝陈时就为建安王法曹参军。入隋，又任秘书郎、起居舍人。唐朝建立，历秦府参军、弘文馆学士、太子中舍人、著作郎等职，官至秘书监。虞世南以书法与诗歌著名于唐初，书与欧阳询齐名，并称"欧虞"。他曾劝唐太宗毋为宫体诗。虞世南的诗，以咏物诗与边塞诗颇具特色，如其《蝉》等诗多有兴寄："垂緌饮清露，留响出疏桐。居高声自远，非是藉秋风。"借蝉咏怀，以蝉的高洁，隐喻自己为官的清廉，体现了高尚的人格精神，这样的诗与六朝的柔靡诗风已迥然不同。虞世南还有不少边塞诗，《从军行二首》《拟饮马长城窟》《出塞》《结客少年场行》等都较为雄健，成为唐代边塞诗的先驱。因此，我们说虞世南在转变六朝到唐的诗歌风气方面起了不少作用。

初唐诗人骆宾王，是献身于政治运动的诗人，为临海丞后，随徐敬业起兵讨伐武则天，作檄传之天下斥其罪，即使武则天亦为之赞叹。他描写的越中山水，往往在清新中带有刚健之气。如《早发诸暨》云："征夫怀远路，凤驾上危峦。薄烟横绝巘，轻冻涩回湍。野雾连空暗，山风入曙寒。帝城临灞涘，禹穴枕江干。橘性行应化，蓬心去不安。独掩穷途泪，长歌行路难。"

　　盛唐诗人崔国辅，越州山阴人。开元十四年登进士第，当时大诗人储光羲、綦毋潜与其同年登第。开元二十三年，为举牧宰科及第。历官山阴尉。其时大诗人孟浩然漫游吴越，宿永嘉江寄诗于崔国辅，有《宿永嘉江寄山阴崔国辅少府》："我行穷水国，君使入京华。相去日千里，孤帆天一涯。卧闻海潮至，起视江月斜。借问同舟客，何时到永嘉。"又有《江上寄山阴崔少府国辅》诗："春堤杨柳发，忆与故人期。草木本无意，荣枯自有时。山阴定远近，江上日相思。不及兰亭会，空吟被禊诗。"王昌龄有《同从弟销南斋玩月忆山阴崔少府》诗："高卧南斋时，开帷月初吐。清晖淡水木，演漾在窗户。苒苒几盈虚，澄澄变今古。美人清江畔，是夜越吟苦。千里其如何，微风吹兰杜。"

　　中唐诗人严维，字正文，越州山阴人。至德二载登进士第，又中辞藻宏丽科。之前有落第的经历，还江东时，大诗人岑参作了《送严维下第还江东》诗："勿叹今不第，似君殊未迟。且归沧州去，相送青门时。望鸟指乡远，问人愁路疑。敝裘沾暮雪，归棹带流澌。严子滩复在，谢公文可追。江皋如有信，莫不寄新诗。"严维中第后，以家贫亲老，不能远游，任诸暨尉。当时诗人刘长卿有《送严维尉诸暨》诗。严维在至德至大历时期十余年时间，都在越州，诗名很大，即如刘长卿、李嘉祐、鲍防、皎然、秦系、包佶、皇甫冉、耿湋、丘为、朱放、灵一等中唐著名文士都与他为诗友，江南的年轻诗人又多慕名从其学诗，严维实际上成为大历间江南本土文人之领袖。他在浙东诗会中的作用非常突出，既是诗会之组织者，又常常是诗会宴集场所之提供者，其庄园是诗会宴集的主要地点。

　　中唐诗人秦系，字公绪，号东海钓客，越州会稽人。天宝中应试未第，避乱归越，隐居剡山。因为未第而放弃宦情，归乡隐居。隐居地点是家乡的若耶溪。诗有"高吟丽句惊巢鹤，闲闭春风看落花"，就是隐居时环境和心态的写照。秦系在越州隐居时间很长，其后因与妻离婚而开罪于妻族，因而心态与环境都发生了变化。才离开越州，到达泉州。秦系诗在当时颇为著名，韦应物《答秦十四校书》诗云："莫道谢公方在郡，五言今日为君休。"皎然《与秦山人赠别》诗云："姓被名公题旧里，诗将丽句号新亭。"戴叔伦《题秦隐君丽句亭》诗云："北人归欲尽，犹自住萧山。

闭户不曾出，诗名满世间。"

晚唐诗人朱庆馀，名可久，以字行，越州人。宝历二年登进士第，官秘书省校书郎。朱庆馀应进士时有一段佳话，朱庆馀赠主考官张籍《近试上张水部》："洞房昨夜停红烛，待晓堂前拜舅姑。妆罢低声问夫婿，画眉深浅入时无。"张籍酬答作《酬朱庆馀》："越女新妆出镜心，自知明艳更沉吟。齐纨未是人间贵，一曲菱歌抵万金。"因为二人酬答的关系，使得朱庆馀名流海内。朱庆馀作为越州人，对于故乡的名胜一往情深，其《过耶溪》诗云："春溪缭绕出无穷，两岸桃花正好风。恰是偏舟堪入处，鸳鸯飞起碧流中。"《镜湖西岛言事》云："慵拙幸便荒僻地，纵闻猿鸟亦何愁。偶因药酒欺梅雨，却著寒衣过麦秋。岁计有余添橡实，生涯一半在渔舟。世人若便无知己，应向此溪成白头。"

三　唐代越州的漫游诗人

越州历来是文人墨客的游历之所，这种风气极盛于唐代。唐代诗人更是一生好入名山游，故越州秀丽山水，更为其欣赏与吟咏的对象。加以唐代官的南迁与北上，不少经过越州，在此留下了很多诗作，越州山水与诗人诗篇的融合，形成了独特的唐诗之路，至今仍为人们称道。

初唐时期的大诗人宋之问，曾为越州长史，在越中留下了不少吟咏山水之作。尽管被贬，但到此乐土，仍然是幸运的，故言"虽叹出关远，始知临海趣。赏来空自多，理胜孰能喻"。他"穷历剡溪山，置酒赋诗，流布京师，人人传讽"。他尤其致力于律诗的创作，既精丽缜密，又流畅自然，达到情景交融的境地。如《泛镜湖南溪》："乘兴入幽栖，舟行向日低。岩花候冬发，谷鸟作春啼。沓嶂开天小，丛篁夹路迷。犹闻可怜处，更在若邪溪。"又《游禹穴回出若邪》后半："石帆摇海上，天镜落湖中。水低寒云白，山边坠叶红。归舟何虑晚，日暮有樵风。"此外，尚有《谒禹庙》《游法华寺》《早春泛镜湖》《游云门寺》《湖中别鉴上人》《游称心寺》诸作共二十余首。

杜甫在二十岁前后也到吴越一带漫游，一直到晚年写《壮游》诗回忆道："剡溪蕴秀异，欲罢不能忘。归帆拂天姥，中岁贡旧乡。"尤其是"越女天下白，鉴湖五月凉"，这两句是写越州也就是现在绍兴人与景的最出色也是最精练的句子。可见越州的山水人物令杜甫流连忘返。他在这次漫游越中后，即要回到旧乡参加科举考试。惜其游历越中的诗篇并没有流传下来。杜甫后来作《解闷十二首》之一云："商胡离别下扬州，忆上西陵古驿楼。为问淮南米贵贱，老夫乘兴欲东游。"是对曾经南游的美好回忆，其中最重要的地方就是浙东和扬州。

盛唐诗人孟浩然自洛阳漫游浙东，写下的诗不少。其《自洛之越》诗云："遑遑三十载，书剑两无成。山水寻吴越，风尘厌洛京。扁舟泛湖海，长揖谢公卿。且乐杯中酒，谁论世上名。"游越中诗尚有《久滞越中赠谢南池会稽贺少府》《永嘉上浦馆逢张子容》《岁除夜会乐城张少府宅》《初年乐城馆卧病怀归》《永嘉别张子容》《与崔二十一游镜湖寄包贺二公》。

盛唐诗人崔颢也曾入越中，其《舟行入剡》诗："鸣棹下东阳，回舟入剡乡。青山行不尽，绿水去何长！"又《入若耶溪》诗云："轻舟去何疾，已到云林境。起坐鱼鸟间，动摇山水影。岩中响自答，溪里言弥静。事事令人幽，述桡向余景。"

四 越州大诗人贺知章

贺知章，越州永兴人。自号"四明狂客"。他的名号籍贯都会引起争论。其籍贯现在属于绍兴或萧山就有一些争议。实则上，据史料记载贺知章确实"永兴人"，永兴是越州永兴县，而永兴县在唐玄宗天宝元年改为萧山县，此后就没有变化。因此，这是不必争议的问题，因为无论是萧山还是永兴，都是属于越州的。"四明"是四明山，是地处浙东的山脉，在越州、明州境内。贺知章家乡因为在四明山附近，故称"四明狂客"。贺知章离开越州以后就到京城去，考中进士，做过国子四门博士、太常博士、太常少卿、礼部侍郎、工部侍郎、秘书监等官职。天宝三载请为道士还乡里，卒年八十六。关于贺知章，笔者讲一些新出的材料与实际的材料。

时代氛围的影响和自身经历的磨砺，养成了贺知章特有的个性精神。他为人性恢谐，善谈笑，旷达不羁，风流潇洒，晚年尤其纵诞，自号"四明狂客"。这种性格表现在文学方面："每醉，辄属辞，笔不停书，咸有可观，未始刊饬。"（《旧唐书·贺知章传》）表现在书法方面："每兴酣命笔，好书大字，或三百言，或五百言，诗笔唯命。问有几纸？报十纸，纸尽语亦尽。二十纸、三十纸，纸尽语亦尽。忽有好处，与造化相争，非人工所到也。"（窦臮《述书赋》）表现在交友方面，则更为突出。最为典型的例子，莫过于他和李白的第一次见面，李白后来回忆说："太子宾客贺公，于长安紫极宫一见余，呼余为'谪仙人'，因解金龟，换酒为乐。"（李白《对酒忆贺监诗序》）其豁达之为人，纵酒之情态，着实令人惊叹不已。

贺知章作为一个诗人，在繁星璀璨的盛唐诗坛上，无愧为一颗光芒闪耀的明星。贺知章的诗，就是盛唐精神的集中表现，或言事述怀，或写景咏物，或怀念故土，或张扬个性，写下了中国文学史上光辉灿烂的一笔。如《回乡偶书》《咏柳》都成为千百年来家喻户晓、流传不衰的名篇佳制。在当时，贺知章不仅自己诗名远扬，甚至经过他评赏的诗人，也能名满天下。大诗人李白就是明显的例子，李白从蜀中初到长安，慕名拜见贺知章，知章看了李白的诗文，尤其是奇而又奇的名篇《蜀道难》，叹赏说："你是个天上下凡的仙人（谪仙人）呵！"李白从此声名大振。

贺知章是浙东本土影响最大、地位最高的诗人。征圣元年在长安登进士第，其离乡赴京当前一年即延载元年秋冬时节。贺知章《晓发》诗云："江皋闻曙钟，轻桡理还舻。海潮夜约约，川露晨溶溶。始见沙上鸟，犹埋云外峰。故乡杳无际，明发怀朋从。"据末联"故乡杳无际"语，应是贺知章初离家乡时所作。贺知章为越州永兴人，诗当他离开家乡乘船到达西陵渡口即将过江时所作。诗写"江皋""海潮""川露""沙鸟"都与钱塘江拂晓的景色吻合。其数十年后的天宝三载还乡时，又作《回乡偶书》有"少小离家老大回"之句，其间相隔已达五十年。《旧唐书·贺知章传》云："先是神龙中，知章与越州贺朝、万齐融，扬州张若虚、邢巨，湖州包融，俱以吴越之士，文词俊秀，名扬于上京。……数子人间往往传其文，独知章最贵。"文学史上的"吴中四士"也以贺知章成就最大，四人分别是：贺知章、张若虚、张旭、包融。

1998年夏，洛阳偃师市南蔡庄村北出土一方《徐浚墓志》，云："至于制作侔造化，兴致穷幽微，往往警策，蔚为佳句。常与太子宾客贺公、中书侍郎族兄安贞、吴郡张谔、会稽贺朝、万齐融、余杭何謇为文章之游，凡所唱和，动盈卷轴。"这里是说徐浚颇为擅长诗歌，常与贺知章等人唱和。最值得注意的是提到的几个诗人，他们都是吴越一带人，且以越州为主，说明开元、天宝时期，吴越一带，唐诗非常繁盛。这篇墓志将贺知章排在诗人群体的第一位，说明他的诗歌在当时具有崇高的地位，同时代表南方吴越诗歌的特点。

　　贺知章一生与越州最有关系且影响最大的事是高龄以后辞官还乡。他在天宝三载八十余岁时，辞去秘书监，还乡为道士，唐玄宗在都门外祖席相送，百官朝臣赋诗饯别，现尚存诗三十余首，堪称一时盛事。这一组诗载于宋人孔延之的《会稽掇英总集》当中。诗为唐玄宗首唱，然后群臣赓和，玄宗《送贺秘监归会稽诗序》云："天宝三载，太子宾客贺知章鉴于止足，抗归老之疏，解组辞荣，志期入道。朕以其夙存微尚，年在迟暮，用修挂冠之事，俾遂赤松之游。正月五日，将归稽山，遂饯东路。乃命六卿庶尹三事大夫，供帐青门，宠行迈也。岂惟崇德尚齿，亦将励俗劝人，无令二疏，独光汉册。乃赋诗赠行。凡预兹宴，宜皆属和。"诗云："遗荣期入道，辞老竟抽簪。岂不惜贤达，其如高尚心。环中得秘要，方外散幽襟。独有青门饯，群僚怅别深。"他的还乡诗歌，写得最脍炙人口，如《回乡偶书》二首："少小离家老大回，乡音无改鬓毛衰。儿童相见不相识，笑问客从何处来！""离别家乡岁月多，从来人事半销磨。惟有门前镜湖水，春风不改旧时波。"对家乡的一往情深，跃然纸上。

　　还有一首逸诗，也为我们增添了贺知章与越州文学关联的事实。柯昌泗《语石异同评》卷四："唐人题诗石刻较多，其著录罕见者，为贺知章题抱腹寺诗，即刻抱腹寺碑右侧，传拓每不及之。诗前题'《醉后逢汾州人寄马使君题抱腹寺□》，四明狂客贺季真，正癫发时作。'诗凡六韵，十二句。诗曰：'昔年与亲友，俱登抱腹山。数重攀云梯，□颠□□□。一别廿余载，此情思弥漯。不言生涯老，蹉跎路所艰。八十余数年，发丝心尚殷。'附此一癫，此二州镇俯狂痫。第三韵下注云：'将与故人苏三同上梯，寺僧以两匹布（缺十字），然后得上狂喜。更不烦人力直上，至今不忘。忽逢彼州信，附此一首，以达马使君，请送至寺，题壁上幸也。'末署：'庚辰岁首十二日，故人太子宾客贺知章敬呈。'季真本盛唐诗家巨擘，此诗题及注，老笔挥洒，恢诡不群。说部言季真知举，立梯墙外，以避众举子。据此诗则游山亦梯而登，可为四明狂客又添故实矣，不独补唐诗之逸也。"［按，庚辰岁为开元二十八年（740）］

五　中唐前期的鲍防集团

　　安史之乱后，中原板荡，而南方安定，经济迅速发展，也给文学带来了繁荣的机运，南方文学得到了长足的发展，这又以越州为文学发展中心之一。以鲍防为首的浙东联唱集团为代表。穆员《工部尚书鲍防碑》说："天宝中天下尚文，其曰闻人则重伻有德、贵齿高位，公赋《感遇》十七章，以古之政法刺讥时病，丽而有则，属诗者宗而诵之。举进士高第，调太子正字。中州兵兴，全德违难，辞永王，去来瑱，为李光弼所致。光弼上将薛兼训授专征之命于东越，辍公介之。……东越仍师旅饥馑之后，三分其人，兵盗半之。公之佐兼训也，令必公口，事必公手，兵兼于农，盗复于人。自中原多故，贤士大夫以三江五湖为家，登会稽者如鳞介之集渊薮，以公故也。"

鲍防的文学成就与作为这一集团的中心人物，表现在他任职浙东时。当时文士投奔鲍防，在浙东唱和赋诗，联句次韵，一时蔚为风气。而且结集为《大历年浙东联唱集》。南宋桑世昌《兰亭考》录有一首《经兰亭故池联句》，注云："鲍防、严维、刘全白、朱迪共二十五人，具姓名。大历中唱（和）五十七人。"

分析《大历年浙东联唱集》的作者与所存诗篇，可以看出安史之乱后的越州文学有以下两个特点。

其一，文学群体的包容性。这一时期的文学集团的领袖人物无疑是鲍防，在他的组织与影响下，由不同类型的士人组成较大的群体。有官僚，如吕渭、裴冕、皇甫曾；有文士，如严维、刘全白、陈允初；有隐士，如丘丹、秦系、朱放、张志和；有僧人，如灵澈、清江。越州文学之所以有这样包容性的特征，主要是因为安史之乱后的社会变化。因为无论是幕府官吏，还是普通文人，或是僧人道侣，他们在较为安定的环境下，时常聚集。

其二，使府文学的区域性。安史之乱后，随着中央集权的削弱，经济文化的南移，方镇使府的崛起，区域化的政权中心也就不断出现。这时的方镇首领大多由京官莅任，他们在南方地区，既致力于经济的繁荣，又致力于文化的振兴。和京官相比，他们有了接触方外之士的机会，故而能将京官文化、方镇文化与方外文化融为一体。这种特点在南方的方镇上都不同程度地表现出来，而以越州为中心的浙东方镇最有代表性。

鲍防集团在越州，除了举行大型的联句，还集体从事组诗的创作，代表作品就是《状江南十二咏》和《忆长安十二咏》。这两组诗分别由十三位诗人集体完成的。

《状江南十二咏》，按照季节顺序排列，分别是：鲍防《孟春》，谢良辅《仲春》，严维《季春》，贾弇《孟夏》，樊珣《仲夏》，范灯《季夏》，郑概《孟秋》，沈仲昌《仲秋》，刘蕃《季秋》，谢良辅《孟冬》，吕渭《仲冬》，丘丹《季冬》。

《忆长安十二咏》，按照时间顺序排列，分别是：谢良辅《正月》，鲍防《二月》，杜弈《三月》，丘丹《四月》，严维《五月》，郑概《六月》，陈元初《七月》，吕渭《八月》，范灯《九月》，樊珣《十月》，刘蕃《子月》，谢良辅《腊月》。

这一组诗群体的作者，全部在《大历年浙东联唱集》的作者群体之中。可见，浙东这一作者群体是一个典型的诗歌创作集团，他们举行过多次聚会，创作了多种体裁的诗歌。而从这两组诗，可以折射出以下几个问题：第一，这组诗对于江南风光进行了诸多层面的描绘，成为中唐时期最能表现江南景物的诗章；第二，对于长安的想象和回忆，表现这一群诗人对于首都的憧憬与向往；第三，鲍防集团的诗人，对于诗歌体裁上作出了可贵的探索，并且与词体文学发生了紧密的关系，这一群文人按定题、定体、定韵、拈季、分咏，应歌倾向表现在《状江南》同为十二月词，又格调一致，更适宜于同声叠唱，乃宋代鼓子词《渔家傲》等调之先声。

六　中唐后期的元稹集团

中晚唐浙东文学最盛的时期莫过于元稹为越州刺史、浙东观察使时。元稹观察浙东，始于长庆三年（823）八月，终于大和三年（829）九月，首尾共七年，在唐代后期的浙东观察使中年限最长。他于长庆二年六月罢相，出为同州刺史，仅一年就转为浙东观察使。故元稹实集京官与地方官二者之长，研究中晚唐的越州乃至浙东文学，选取元稹为个案，最为切合实际。元稹本为宰相，出任浙东观察使实属贬谪，但山水的美景，仍使得他保持心理的平衡，并以此为乐。他作诗寄白居易说："我是玉皇香案吏，谪居犹得住蓬莱。"他对于越州文学发展的贡献主要有三个方面。

第一，营造了适合文学生长的环境。元稹观察浙东，也营造了适合文学生长的环境。他在越州辟署的僚佐，大多具有文学才能。《旧唐书·元稹传》称："会稽山水奇秀，稹所辟幕职，皆当时文士，而镜湖、秦望之游，月三四焉。而讽咏诗什，动盈卷帙。副使窦巩，海内诗名，与元稹酬唱最多，至今称兰亭绝唱。"

元稹《酬乐天余思不尽加为六韵之作》云："元诗驳杂真难辨。"其后注云："后辈好伪作予诗传流诸处，自到会稽已有人写宫词百篇及杂诗两卷，皆云是予所撰。及手勘验，无一篇是者。"可见元稹诗在社会上影响很大，故其到会稽担任浙东观察使时，自己就发现了被人伪托的诗歌两卷，而且都是《宫词》杂诗等很受社会关注的作品。从这样的伪托作品中，也可以看出浙东一地社会上对于诗歌的重视。这是我们要关注的唐诗之路研究的另一层面问题。

第二，结交了很多著名的文士。元稹以宰相的身份，出为方镇首领，自己又是著名的诗人，以其地位与影响，其幕府当然会受到文人们的青睐。当时与元稹交往的浙东文士有：1. 徐凝，睦州人，其《奉酬元相公上元》《酬相公再游云门寺》《春陪相公看花宴会》等诗，均与元稹浙东唱和作；2. 章孝标，睦州人，其《上浙东元相》诗称："雪晴山水勾留客，风暖旌旗计会春"；3. 赵嘏，山阳人，有《九日陪越州元相燕龟山寺》《浙东陪元相公游云门寺》诗；4. 冯惟良，相州人，《嘉定赤城志》卷三五《人物》："冯惟良，相人，字云翼，修道衡岳。元和中，入天台。廉使元稹闻其风，常造请方外事。后以三洞法行于江表，屡诏不起。"

第三，与邻近州郡诗人唱和。元稹观察浙东时，正值李德裕为浙西观察使，白居易为杭州刺史，李谅为苏州刺史，诸人唱酬颇多，故于长庆四年结集为《杭越唱和诗集》《三州唱和集》。大和元年，元稹与白居易二人唱酬诗结集为《元白唱酬集》；大和二年，又编成《因继集》。大和三年，将与李德裕、刘禹锡等唱和诗作，结集为《吴越唱和集》。越州、杭州、润州、苏州，环绕太湖，地理环境的一致性与文化氛围的趋同性，使得文学在元稹等官僚兼文士的影响下日趋繁盛。

因为元稹浙东幕府多文士，因而形成了颇为适应文学创作的环境。这时的幕府中的文学创作，以诗歌唱酬居多，与鲍防集团偏重联句有所不同。大约是联句之诗，需众人合作，既可逞才使气，亦需雕章琢句，故拘束与限制颇多。而唱和之诗，既能表现群体的氛围，又能发挥诗人的个性，因而颇受元稹等人的喜爱。加以唱和诗多了，可以编集，借以流传后世，因而在中唐后期，同地唱和与异地唱和诗都很兴盛。

七 《会稽掇英总集》的诗学价值

《会稽掇英总集》二十卷，宋孔延之撰，是集中存录北宋以前越州诗文的文学总集。孔延之（1014—1074），字长源，临江新淦人。他是孔子的四十六代孙。幼孤贫，昼则带经耕锄，夜则燃松读书。庆历二年举进士，授钦州军事推官，历知洪州新建县，筠州新昌县，擢知封州，移广南西路相度及转运判官，改荆湖北路提点刑狱，召为开封府推官，以母老辞。后知越州、泉州，改知宣州，未行，又改知润州，未赴任而得暴疾卒于京师，年六十二。凡九迁至司封郎。

孔延之编纂该书时的态度极为认真，不仅搜罗了很多传世文献，而且命其下属遍走岩穴，搜罗实物材料，再分门纂辑，才算完成一部体例完备的地方文学的总集。

1. 石伞峰聚会

《会稽掇英总集》卷四记载了齐推、杨於陵、王承邺、陈谏、卫中行、路黄中六人的《登石伞峰》诗。嘉泰《会稽志》卷一一称："石伞在会稽山之别峰，……齐抗于峰下置书堂，后为精庐，今寿圣院有齐相书屋遗址存焉。元和初，杨於陵与其属来游，赋诗刻石。"这次聚会提示了两个信息：一是与元稹一样，杨於陵为浙东观察使时，与其幕僚宾客也常常进行吟诗唱和活动，说明这种情况在中晚唐的郡守中颇为普遍；其二，陈谏为越州司马时作《登石伞诗》并序，为我们了解永贞革新打开了一扇窗口。

2. 禹庙诗会

《会稽掇英总集》卷八收薛苹《禹庙神座，顷服金紫，苹自到镇，申牒礼司，重加衮冕，今因祈雨，偶成八韵》诗。按：欧阳修《集古录跋尾》卷九《唐禹庙唱和诗》云："右薛苹唱和诗，其间冯宿、冯定、李绅皆唐显人，灵澈以诗名后世，皆人所想见者，然诗皆不及苹。岂唱者得于自然，和者牵于强作耶？"《宝刻丛编》卷一三《越州》引《集古录目》："《唐禹庙诗》，唐浙东观察使越州刺史薛苹诗，不著书人名氏。苹初至镇，易禹庙金紫服以冠冕，后因祈雨作此诗，其和者盐铁转崔远等凡十七首。"《嘉泰会稽志》卷一六云："薛苹《禹庙祈雨唱和诗》，薛苹及和者崔述等十七人，共十八诗。豆卢署正书。刻于夏禹衮冕碑之阴。"这一次唱和诗由于散佚较多，难以见出当时的规模。

3. 宋代诗会

唐代的越州诗会，集中体现了各个时期文人士大夫的群体活动，扩充地方文化的内涵，也对后世产生了很大的影响。至于宋代，这些雅集活动也频繁不断，即以《会稽掇英总集》记载，就有多次。比如其中一次是以孔延之为首的《题蓬莱阁》诗。《会稽掇英总集》卷一记载沈立、赵诚、沈绅、吴可几、裴士杰、孙昌龄、顾临、江衍的《和孔司封题蓬莱阁》诗共八首。很清楚是孔延之为郡守时组织的一次蓬莱阁的集会。因该为孔延主编，为表明自己的谦逊，故而不录自己的诗作。

结 语

　　唐代越州是浙江东道观察使的治所，是唐代东南的政治、经济、文化与文学中心。就浙东唐诗之路而言，越州是核心区域与灵魂所在，同时又涵盖了唐诗之路的起点，集中了唐诗之路的精华。无论是本土诗人还是漫游诗人、贬谪诗人、隐逸诗人，都能够在这里找到灵魂的栖息地。其本土诗人如虞世南、骆宾王、贺知章、严维、秦系、朱庆馀等，都以独特的风格雄居于唐代诗坛。而自初唐直到晚唐，越州也集聚了无数的诗人群体，其中最著者为中唐鲍防群体和晚唐元稹群体，这些群体有利于浙东唐诗地位大幅提升和全力推进。越州山川秀丽，宗教发达，寺宇众多，诗僧也不断涌出，会稽诗僧清江和灵澈活跃于中唐诗坛，与文人士大夫赠予唱答，成为江左诗脉一源。越州诗歌是浙东唐诗的核心与代表，也是整个唐代诗歌发达繁盛时的缩影与写照。

唐代诗路中严陵濑的情感与理性书写

渠晓云

（浙江工商大学 文学院）

摘要： 严陵濑及严陵钓台，是浙江诗路中的重要山水文化意象，引起后世文人墨客不断吟咏。从南朝开始，各个时代的诗人慕名前往严陵濑，行走在严陵濑的山水间。唐代严陵濑书写基本从情感联结与理性思考两方面展开。在情感联结中，诗人多从严陵濑的景物入手，抒发或惆怅，或悠闲，或向往，或惋惜，或欣赏等情绪。在理性思考方面，初盛唐诗人肯定严子陵的人生志趣、赞美其独立人格，中唐诗人多思考严子陵隐居的动机，晚唐诗人更从各个角度拓宽了思考的路径。作为文本化山水的严陵濑，既是一处自然山水，也是一处文化山水。因此其文化意义在生态文化和生存论意义两个面向中展开。

关键词： 严子陵；严陵濑浙江诗路；生态文化；生存论

严陵濑及严陵钓台，是浙江诗路中的重要山水文化意象。最早记录严子陵的是东汉刘珍《东观汉记》，后又有西晋皇甫谧《高士传》、东晋袁宏《后汉纪》，到南朝宋范晔《后汉书·严光传》子陵形象最为丰满，对严陵濑、严陵钓台皆有记录："严光字子陵，一名遵，会稽余姚人也。少有高名，与光武同游学。及光武即位，乃变名姓，隐身不见。帝思其贤，乃令以物色访之……除为谏议大夫，不屈，乃耕于富春山，后人名其钓处为严陵濑焉。"① 自此，严陵濑、严陵钓台已然成为文化象征，引来后世无数文

---

① （南朝宋）范晔：《后汉书》卷八三《严光传》，中华书局1983年版，第2763页。

人墨客不断吟咏。从南朝开始，各个时代的诗人慕名前往严陵濑，行走在严陵濑的山水间。那么唐代的诗人们缘何前往，他们在严陵濑看到了怎样的风景并抒发了何种感慨，严陵濑的内涵有无日渐丰富，其背后的文化意义为何？下文分述之。

一　南朝诗人的严陵濑书写

为了突出南朝到唐代的严陵濑诗歌书写的演变，有必要先论及南朝诗人的严陵濑书写。

严陵濑在浙江桐庐县南，相传为东汉严光隐居垂钓处，又名七里滩、七里濑、子陵滩、子陵濑。从现存诗歌来看，最早书写游览严陵濑的是刘宋谢灵运《七里濑》：

> 羁心积秋晨，晨起展游眺。孤客伤逝湍，徒旅苦奔峭。石浅水潺湲，日落山照曜。荒林纷沃若，哀禽相叫啸。遭物悼迁斥，存期得要妙。既秉上皇心，岂屑末代诮。目睹严子濑，想属任公钓。谁谓古今殊，异代可同调。①

此诗作于永初三年（422）秋，诗人赴永嘉途中经过七里濑。羁旅诗人在一个秋天的早晨，极目远眺。孤独的客子远望湍急的水流，险峻如奔跑的崖岸，越发伤感。奔走了一天，来到了严陵濑。此时落日照耀着群山，流水潺湲清澈见底。荒林落叶纷纷，哀禽不时叫啸。贬谪之人当此秋景更是哀伤，悟得在尘世中保持自我的妙处。既然保持了三皇时代的淳朴之心，岂会在意这个时代对自己的责难。面对严子陵垂钓的严陵濑，想到会稽山垂钓的任国公子，诗人不觉会心。谁说古今不同，诗人和他们虽不在同代，但却与其志趣相同。被贬谪的诗人，在严陵濑的秋景中、在垂钓的想象中，终于释然。

梁代三位诗人沈约、任昉、王筠来到严陵濑。

沈约、任昉的诗重在写景。沈约《新安江至清浅深见底贻京邑游好》："眷言访舟客，兹川信可珍。洞澈随清浅，皎镜无冬春。千仞写乔树，百

---

① 顾绍伯校注：《谢灵运集校注》，中州古籍出版社 1987 年版，第 51 页。

丈见游鳞。沧浪有时浊，清济涸无津。岂若乘斯去，俯映石磷磷。纷吾隔嚣滓，宁假濯衣巾。愿以潺潺水，沾君缨上尘。"① 诗人开头就向所有要去严陵濑的人对话，告诉人们此处江流是如此的珍贵。它是如此之美，美在洞彻皎洁。无论是春天还是冬天，它都是清澈如镜。可见诗人不止一次来到严陵濑。希望可以用潺潺的流水，洗去帽缨上的尘土，隐然表达了对隐士清洁生活的向往。任昉《严陵濑》："群峰此峻极，参差百重嶂。清浅既涟漪，激石复本壮。神物徒有造，终然莫能状。"② 前四句在写严陵濑的景致，群峰高峻，高矮不同的山峰如百重屏障。江流清浅处被风吹皱成涟漪，激流穿过巨石时则恢复它本来的壮美。后两句则是诗人的感慨：如此壮丽的景象有如神造，诗人的笔最终难以摹其美状。

王筠诗则不同，直接赞美严子陵品性的高尚，《东阳还经严陵濑赠萧大夫》：

> 子陵徇高尚，超然独长往。钓石宛如斯，故态依可想。③

诗人开头写到严子陵确实高尚，他的超然独往，令人神往。而今严陵的钓台宛然在，依然可以想象当年严光垂钓的身姿。

总之南朝的几首严陵濑诗，从谢灵运将严光引为同调，到沈约、任昉对严陵濑景物的赞美，皆是从自我情感出发书写严陵濑。到王筠的诗中，第一次拈出了"高尚"这个词，竭力赞美严子陵超然独往的独立人格。唐代的严陵濑书写正从情感联结与理性评价两方面展开。

二　唐代浙江诗路中的严陵濑书写

到了唐代，有五十多位诗人先后来到严陵濑，留下了近百首诗作。严陵濑的内涵更加丰富。

（一）初盛唐

这个时期洪子舆、孟浩然、崔颢、张谓、李白、吴筠等先后在严陵濑

---

① 逯钦立：《先秦汉魏晋南北朝诗》中册，中华书局 1983 年版，第 1635 页。
② 逯钦立：《先秦汉魏晋南北朝诗》中册，中华书局 1983 年版，第 1601 页。
③ 逯钦立：《先秦汉魏晋南北朝诗》中册，中华书局 1983 年版，第 2021 页。

行走。

诗人从严陵濑的景物入手，或怀想子陵的高风，或书写沉浸在此中的乐趣，或抒发对严陵濑的迫切期待。

一个冬日，洪子舆来到严陵濑，作《严陵祠》：

> 汉主召子陵，归宿洛阳殿。客星今安在？隐迹犹可见。水石空潺湲，松篁尚葱蒨。岸深翠阴合，川回白云遍。幽径滋芜没，荒祠幂霜霰。垂钓想遗芳，掇蘋羞野荐。高风激终古，语理忘荣贱。方验道可尊，山林情不变。①

诗人回想史书记载，犹可见严子陵隐居遗迹。水石因无严子陵而空自潺湲，松树竹林依然青翠茂盛。石岸深深，翠荫聚合，川流回转，白云遍周。幽静的小路在荒草中淹没，荒凉的严陵祠笼罩在白霜雪霰中。严子陵忘却世俗的荣与贱，隐居垂钓的高风激荡终古。

秋日时节，孟浩然来到严陵濑，作《经七里滩》：

> 予奉垂堂诫，千金非所轻。为多山水乐，频作泛舟行。五岳追向子，三湘吊屈平。湖经洞庭阔，江入新安清。复闻严陵濑，乃在兹湍路。叠障数百里，沿洄非一趣。彩翠相氛氲，别流乱奔注。钓矶平可坐，苔磴滑难步。猿饮石下潭，鸟还日边树。观奇恨来晚，倚棹惜将暮。挥手弄潺湲，从兹洗尘虑。②

诗人经过广阔的洞庭湖，进入清澈的新安江寻访严陵濑。重山叠嶂数百里，沿着水路一路看来不止一种趣味。多彩的翠色相互交错，支流乱奔注下。钓矶平整可坐，台阶上的青苔湿滑难走。猿猴在石下潭中饮水，鸟儿飞还在落日边的树上。严陵濑的奇观看不尽赏不足，无奈已是日暮。诗人不得不离去，但离开时挥手抚弄潺湲的闲适，没有丝毫遗憾。因为诗人在严陵濑的美景中，已洗去尘世的忧虑。严陵濑带给诗人的乐趣，尽在此间。

---

① （清）彭定求编：《全唐诗》卷一一，第 4 册，中华书局 1960 年版，第 1081 页。
② 佟培基笺注：《孟浩然诗集笺注》，上海古籍出版社 2000 年版，第 215 页。

崔颢在冬季南行，有诗《发锦沙村》：

> 北上途未半，南行岁已阑。孤舟下建德，江水入新安。海近山常雨，溪深地早寒。行行泊不可，须及子陵滩。①

岁末时节，诗人乘孤舟下建德江，又转入新安江。因近海山中常雨，因水深地早寒。一路行来不可停泊，为什么不可停泊呢？因为诗人想早早到达向往的子陵滩。迫不及待的心情在结尾尽现。诗中虽未写出到达之后的情形，却更显意味无穷。

张谓开始关注子陵千秋高名与生前选择的关系，以为正因子陵无心名位，隐居富春江，故其高名在千秋后可与巢由比肩，《读后汉逸人传二首》其一：

> 子陵没已久，读史思其贤。谁谓颍阳人，千秋如比肩。尝闻汉皇帝，曾是旷周旋。名位苟无心，对君犹可眠。东过富春渚，乐此佳山川。夜卧松下月，朝看江上烟。钓时如有待，钓罢应忘筌。生事在林壑，悠悠经暮年。于今七里濑，遗迹尚依然。高台竟寂寞，流水空潺湲。②

严陵对名声与权位皆无心，故面对君王犹可安眠。他乐在富春渚的佳山川中，夜卧可看松下月，朝可看江上烟。钓鱼时似有待，钓罢已忘筌。如今的七里濑，遗迹依然。

李白对严子陵的行为大为推崇，留下相关诗作有十首。《古风五十九首》其十二：

> 松柏本孤直，难为桃李颜。昭昭严子陵，垂钓沧波间。身将客星隐，心与浮云闲。长揖万乘君，还归富春山。清风洒六合，邈然不可攀。使我长叹息，冥栖岩石间。③

---

① （清）彭定求编：《全唐诗》卷一三，第 4 册，第 1328 页。
② （清）彭定求编：《全唐诗》卷一九七，第 6 册，第 2015 页。
③ （唐）李白著，（清）王琦注：《李太白全集》卷二，中华书局 1999 年版，第 84 页。

开头以松柏不同于桃李的孤高起兴，引出如松柏一样磊落光明的严子陵，守着自己的人生志趣垂钓于碧海沧波。严子陵辞去，只为依然可过心与浮云般悠闲的人生。所以他面对故人长揖不拜，还归富春山居。严子陵的行为如清风飘洒在天地四方，让人觉得太过高远而遥不可攀。诗人常常为严子陵松柏一样的品质赞叹，希望像严陵一样隐栖于山岩水石间。

李白最向往的是严子陵的独立人格，不必屈节侍主，可以平交王侯，更能过"心与浮云闲"的自由人生。诗人在送别友人时会想到严子陵不必屈节："光武有天下，严陵为故人。虽登洛阳殿，不屈巢由身。"[1]（《送岑征君归鸣皋山》）在酬答时也会提到"严陵不从万乘游，归卧空山钓碧流"[2]（《酬崔侍御》）。李白对于严子陵与光武贵贱结交相知，更是羡慕不已："贵贱结交心不移，惟有严陵与光武"[3]（《箜篌谣》）。道士吴筠与李白对严子陵的态度相似，突出的也是严子陵不为禄位所屈，过自己想过的人生："禄位终不屈，云山乐躬耕。"（《高士咏·严子陵》）

如果说洪子舆、孟浩然多从严陵濑的景物着笔，写严子陵隐居的高风与寻访遗迹所见的奇观异景，带给诗人对山林的喜爱，也使他们忘却尘虑，那么崔颢更直写对严陵濑的迫切深情，张谓以为子陵胸中澹然，故能无心名位，归卧富春，乐在山川。这是对子陵自我人生志趣的肯定，到了李白、吴筠这里，严陵濑的风景不再是关注的重点，主要突出严子陵无心世俗禄位、"心与浮云闲"的高风，更向往其不必屈节侍主、坚持自我的独立人格。

（二）中唐

中唐刘长卿、李嘉祐、秦系、钱起、戎昱、白居易、顾况、欧阳詹、张继、权德舆、唐彦谦等，先后来到或想象严陵濑。

刘长卿作睦州刺史，长期居住在严陵濑附近，留下八首诗作。诗人在秋季奉使行役，船经严陵钓台下，在景物的描摹中极写行人羁旅的惆怅。《奉使新安，自桐庐县经严陵钓台，宿七里滩下寄使院诸公》：

> 悠然钓台下，怀古时一望。江水自潺湲，行人独惆怅。新安从此

① （唐）李白著，（清）王琦注：《李太白全集》卷一七，中华书局1999年版，第831页。
② （唐）李白著，（清）王琦注：《李太白全集》卷一九，中华书局1999年版，第893页。
③ （唐）李白著，（清）王琦注：《李太白全集》卷四，中华书局1999年版，第103页。

始，桂楫方荡漾。回转百里间，青山千万状。连岸去不断，对岭遥相向。夹岸黛色愁，沈沈绿波上。夕阳留古木，水鸟拂寒浪。月下扣舷声，烟中采菱唱。犹怜负羁束，未暇依清旷。牵役徒自劳，近名非所向。何时故山里，却醉松花酿。回首唯白云，孤舟复谁访。①

诗人经过钓台下，只望一眼就引发怀古之情。江水犹自潺湲流淌，行人却孤独惆怅。新安江回转百里之间，青山万状千形，连绵不绝，对岭遥遥相望。在沉沉绿波之上，两岸笼罩在青黑色的愁雾中。夕阳下古木还在，水鸟轻拂寒浪。月下只听得扣舷声和烟波中采菱女子的歌声。可惜诗人不在此中，他的身上套着羁绊，无暇融入此清旷之景。行役牵绊，徒自劳苦，似是为了名声，但却并非自己所向往。何时才能回到故乡的山中、沉醉在松花酿美酒中。回首再望时，只有白云还在，自己的这一片孤舟下一处又飘向哪里呢？全诗突出的是诗人在旅途身不由己的无奈与惆怅。刘长卿友人李嘉祐来到七里滩后，抒发的也是难掩的惆怅，《至七里滩作》："迁客投于越，临江泪满衣。独随流水远，转觉故人稀。万木迎秋序，千峰驻晚晖。行舟犹未已，惆怅暮潮归。"②作为迁客到越地的诗人，临江泪满衣襟。此时万木迎接秋季，千峰笼罩于晚晖。诗人的行舟却不能止泊，空剩日暮潮归的惆怅。

刘长卿另一位友人秦系，在一首寄给刘长卿的诗中，提到二人想要同去严陵滩长钓的计划，《耶溪书怀寄刘长卿员外》曰：

时人多笑乐幽栖，晚起闲行独杖藜。云色卷舒前后岭，药苗新旧两三畦。偶逢野果将呼子，屡折荆钗亦为妻。拟共钓竿长往复，严陵滩上胜耶溪。③

诗人幽栖在耶溪。他晚起拄杖独自闲游，见前山后岭云自卷舒，岭上药苗两三畦。偶然遇到野果便想招呼孩子，有时也会为妻子折些荆钗。打算与刘长卿一起去严陵滩上长钓，那里的景致应该更胜过若耶溪。刘长卿

---

① （唐）刘长卿：《刘随州集》卷七，上海古籍出版社 1993 年版，第 45 页。
② （清）彭定求编：《全唐诗》卷二六，第 6 册，第 2149 页。
③ （清）彭定求编：《全唐诗》卷二六，第 8 册，第 2899 页。

当时在睦州。秦系诗与刘长卿诗正相呼应，虽刘诗惆怅，秦诗悠闲，但皆可见出两位诗人对严子陵人生的向往。

钱起在秋日泛舟严陵濑，尽兴而归，作《同严逸人东溪泛舟》：

> 子陵江海心，高迹此间放。渔舟在溪水，曾是敦凤尚。朝霁收云物，垂纶独清旷。寒花古岸傍，唳鹤晴沙上。纷吾好贞逸，不远来相访。已接方外游，仍陪郢中唱。欢言尽佳酌，高兴延秋望。日暮浩歌还，红霞乱青嶂。①

诗人早晨踏上溪水的渔舟，此时雨过天晴，乌云消散，在清旷的山水间垂纶。寒花依傍在古岸，白鹤晴空直上。诗人欢笑酌酒，兴致高昂地延伫远望。一日不觉过去，日暮长歌而归，只留青峰上的一片红霞。诗人在美景中兴尽而归。与钱起诗情类似，戎昱《题严氏竹亭》："子陵栖遁处，堪系野人心。溪水浸山影，岚烟向竹阴。忘机看白日，留客醉瑶琴。爱此多诗兴，归来步步吟。"② 诗人对子陵栖隐处，颇为系念。溪水浸湿山影，岚烟围向竹阴。白日、瑶琴皆醉人。诗人大爱此处美景，不免诗兴大发，归来步步吟哦。

中唐颇为有趣的是白居易的严陵濑书写。他想象在自己的日常生活中，过着如严子陵一般插鱼竿的闲适生活。《家园三绝》其一：

> 沧浪峡水子陵滩，路远江深欲去难。何似家池通小院，卧房阶下插鱼竿？③

虽然子陵滩路远难去，但是家园中的小池，也可以在卧房阶下插鱼竿。又《新小滩》："石浅沙平流水寒，水边斜插一渔竿。江南客见生乡思，道似严陵七里滩。"④ 只要在水边插一鱼竿，就会逗引出江南客对七里滩的思念。《秋池独泛》："萧疏秋竹篱，清浅秋风池。一只短舫艇，一张斑鹿皮。皮上有野叟，手中持酒卮。半酣箕踞坐，自问身为谁。严子垂钓

---

① （清）彭定求编：《全唐诗》卷二三六，第7册，第2616页。
② （清）彭定求编：《全唐诗》卷二七，第8册，第3025页。
③ 朱金城笺注：《白居易集笺校》卷三三，上海古籍出版社1988年版，第2246页。
④ 朱金城笺注：《白居易集笺校》卷三六，第2509页。

日，苏门长啸时。悠然意自得，意外何人知？"① 诗中描画了秋风竹篱下的清池，有一野叟持一酒杯坐在鹿皮舟上。诗人自问这位惬意的老者是谁？他就是垂钓的子陵、长啸的孙登。那份悠然自得，除了自己何人能知！在白居易诗中，只要身心皆适，无论身处何时何地皆可看作子陵滩。

中唐还有几位诗人，在其诗作中更多关注严子陵隐居的动机。顾况以为子陵耿洁，托志夷巢，虽被后世赞美，而在子陵当日不知其高，《严公钓台作》：

> 灵芝产遐方，威凤家重霄。严生何耿洁，托志肩夷巢。汉后虽则贵，子陵不知高。糠秕当世道，长揖夔龙朝。扫门彼何人，升降不同朝。舍舟遂长往，山谷多清飙。②

诗人以灵芝产自远方、威凤家在重霄来比喻严子陵之耿洁，其志比肩伯夷巢父。汉代之后虽被赞美可贵，但子陵自己并不知其高。他只是不愿与当世糠秕为伍，长揖夔龙，不愿扫门，一升一降，不与同朝。未若长往山谷，山谷中多清风。欧阳詹以为正是严子陵昔日的高节，成就了今日高名，《题严光钓台》："弭棹历尘迹，悄然关我情。伊无昔时节，岂有今日名？辞贵不辞贱，是心谁复行？钦哉此溪曲，永独古风清。"③

张继则有新的看法，其《题严陵钓台》："旧隐人如在，清风亦似秋。客星沉夜壑，钓台俯春流。鸟向乔枝聚，鱼依浅濑流。古来芳饵下，谁是不吞钩？"④ 此诗写出严光垂钓下了芳饵，后世人谁不吞钩。隐然指出严光垂钓有钓名之意。

权德舆观照的视角又不同，颇值得关注。他认为子陵心存颢气、归江栖隐，使东汉风俗醇厚，这正是他报答故人光武的特殊方式。《严陵钓台下作》：

> 绝顶耸苍翠，清湍石磷磷。先生晦其中，天子不得臣。心灵栖颢气，缨冕犹缁尘。不乐禁中卧，却归江上春。潜驱东汉风，日使薄者

---

① 朱金城笺注：《白居易集笺校》卷二九，第 2015 页。
② （清）彭定求编：《全唐诗》卷二六四，第 8 册，第 2933 页。
③ （清）彭定求编：《全唐诗》卷三四九，第 11 册，第 3907 页。
④ （清）彭定求编：《全唐诗》卷二四二，第 8 册，第 2719 页。

醇。焉用佐天子，特此报故人。人知大贤心，不独私其身。弛张有深致，耕钓陶天真。奈何清风后，扰扰论屈伸。交情同市道，利欲相纷纶。我行访遗台，仰古怀逸民。矰缴鸿鹄远，雪霜松桂新。江流去不穷，山色凌秋旻。人世自今古，清辉照无垠。①

子陵的大贤心，绝不只是为自己考虑。无论是张是弛，皆有深致，耕钓可陶养人性天真。后世人纷扰论屈伸，皆因世人还在利欲中沉沦。诗人寻访遗台，景仰怀念古代逸民，其精神如江水流逝不穷，无论古今都能像清辉一样烛照无垠。

如前所述，中唐严陵濑书写，主要在情感联结与理性思考两方面展开。情感联结主要有三类情形：第一类突出自我人生与严陵人生的对比，如刘长卿、李嘉祐的惆怅，秦系的悠闲；第二类对严陵濑山水的喜爱，诗人在山水流连中尽兴而归，如钱起、戎昱；第三类是白居易将七里滩日常化，只要有鱼竿，任何地方都可以是严陵濑。理性思考方面，中唐后期更多诗人开始关注严子陵隐居的动机。有的认为子陵无心名位，隐居江渚，留下高名，在千秋万岁后与巢由比肩。这是自然而然、无心而为，如顾况、欧阳詹；有的诗人则隐然指出严子陵江海垂钓是故意为之，有钓名之嫌，如张继；有的从子陵与光武的关系着眼，认为子陵此举使得东汉利欲纷纶的风俗变为淳厚，这是以特殊的方式报答光武，如权德舆。

（三）晚唐

来到严陵濑的晚唐诗人越来越多，一众诗人李德裕、张祜、许浑、杜牧、曾郢、刘驾、方干、李频、徐夤、吕洞宾、汪遵、崔道融、陆龟蒙、皮日休、齐己、神颖、王贞白、黄滔、韩偓、吴融、杜荀鹤、罗隐、韦庄、贯休等留下了诗歌。

诗人们面对严陵濑景色，或抒发自己人生的惆怅，或惋惜后世再无贤人，或以诗人之眼纯粹欣赏此地的山水之美。

杜牧任睦州刺史期间，颇为喜爱严陵濑山水，尤爱这里的春天。《睦州四韵》：

州在钓台边，溪山实可怜。有家皆掩映，无处不潺湲。好树鸣幽

___
① （清）彭定求编：《全唐诗》卷三二五，第10册，第3649页。

鸟，晴楼入野烟。残春杜陵客，中酒落花前。①

　　睦州就在严陵钓台边，诗人觉得此处山水非常可爱。屋舍掩映，处处潺湲。幽鸟在好树上鸣叫，野烟袅入晴楼。已是残春，客居此地的诗人醉倒在落花前。诗人的情绪似乎有些淡淡的落寞，因为诗人终究只是杜陵客。此地虽美，诗人却只是过客。又《寄桐江隐者》（一作许浑）②：

　　　　潮去潮来洲渚春，山花如绣草如茵。严陵台下桐江水，解钓鲈鱼能几人？③

　　这首诗描绘的也是严陵濑春景。那潮来潮去的洲渚上春天又来了，依旧山花如绣绿草如茵。严陵台下那不断流逝的桐江水，又有几人能懂得严子陵因何钓鱼呢？诗人也许短暂地懂了。杜牧在正月酬答朋友的诗中，又一次提到严陵濑美景。《正初奉酬歙州刺史邢群》："翠岩千尺倚溪斜，曾得严光作钓家。越嶂远分丁字水，腊梅迟见二年花。明时刀尺君须用，幽处田园我有涯。一壑风烟阳羡里，解龟休去路非赊。"④ 翠岩千尺倚靠斜溪，那曾是子陵垂钓处。诗人也许某日便会退居无限风光的阳羡别业，解龟归去可能并不遥远。诗人在睦州的美景中，体会到幽隐的趣味，萌生辞官归隐之意。但这只是一个念头，同年秋天杜牧离开睦州返回京城，作《秋晚早发新定》又一次提到严陵濑："解印书千轴，重阳酒百缸。凉风满红树，晓月下秋江。岩壑会归去，尘埃终不降。悬缨未敢濯，严濑碧淙淙。"⑤ 诗人在晚秋清晨离开，此时凉风正吹满红树、晓月落入秋江，面对碧水淙淙的严陵濑，诗人终究未敢濯缨。

　　杜牧自从离开睦州后，再提到钓台总有一丝惆怅难言的惘然："相如

---

① （清）彭定求编：《全唐诗》卷五二二，第16册，第5968页。
② 此诗一作许浑，笔者系于杜牧名下，原因有二。其一，从二人诗歌所写严陵濑的季节推断。许浑《晚泊七里滩》《子陵钓台贻行侣》二诗皆描写的是秋景。杜牧《睦州四韵》所写是春景，此诗所写也是春景。其二，从内容推断。许浑《晚泊七里滩》以"荣华暂时事，谁识子陵心"结束，此诗以"严陵台下桐江水，解钓鲈鱼能几人"结束。二诗最后的疑问颇为相似。同一位诗人不大可能就同一内容重复写作类似的诗句。
③ （清）彭定求编：《全唐诗》卷五二六，第16册，第6025页。
④ （清）彭定求编：《全唐诗》卷五二四，第16册，第5987页。
⑤ （清）彭定求编：《全唐诗》卷五二二，第16册，第5968页。

已定题桥志，江上无由梦钓台"（《寄湘中友人》）①、"翠岩三百尺，谁作子陵台"（《丹水》）②。那苍翠三百尺的岩石，与子陵钓台何其相似，但有谁会在此作钓台呢？无人，即使有，那人也不会是诗人自己。刘驾在一个月夜来到钓台。站在钓台之上领会子陵之高风，可一下钓台，明日走上自己的人生路，又会陷入迷津："我来吟高风，仿佛见斯人。江月尚皎皎，江石亦磷磷。如何台下路，明日又迷津。"③（《钓台怀古》）言外的怅惘与无奈可见。

有两位僧人在秋天先后来到钓台，看到的皆是寒冷荒芜之景。神颖《宿严陵钓台》：

> 寒谷荒台七里洲，贤人永逐水东流。独猿叫断青天月，千古冥冥潭树秋。④

诗人夜晚宿钓台之上，感受寒冷的山谷、荒凉的古台，可惜再无贤人。只有流水东逝、月下孤独的猿猴鸣叫和千年深潭边的秋树。与神颖情感相似，齐己在面对钓台周边的荒凉之景不免叹惋："夫子垂竿处，空江照古台。无人更如此，白浪自成堆。鹤静寻僧去，鱼狂入海回。登临秋值晚，树石尽多苔。"⑤（《严陵钓台》）

韦庄来到桐庐，纯粹以诗人之眼观看严陵濑胜境，《桐庐县作》：

> 钱塘江尽到桐庐，水碧山青画不如。白羽鸟飞严子濑，绿蓑人钓季鹰鱼。潭心倒影时开合，谷口闲云自卷舒。此境只应词客爱，投文空吊木玄虚。⑥

在诗人眼中此地水碧山青，即使画家都难以画出。严子濑上空白鸟飞翔，江上绿蓑垂钓，潭心倒影在微风下时开时合，谷口的闲云自在卷舒。

① （清）彭定求编：《全唐诗》卷五二六，第16册，第6026页。
② （清）彭定求编：《全唐诗》卷五二三，第16册，第5978页。
③ （清）彭定求编：《全唐诗》卷五八五，第17册，第6776页。
④ （清）彭定求编：《全唐诗》卷八二三，第23册，第9283页。
⑤ （清）彭定求编：《全唐诗》卷八三九，第24册，第9462页。
⑥ （清）彭定求编：《全唐诗》卷六九八，第20册，第8035页。

画家画不出此美景，但诗人却用文字绘出如画的风光，供后人想象。

晚唐不少诗人羡慕子陵钓鱼的人生，有人纯是向往，有人却付诸实行。李频《题钓台障子》："君家尽是我家山，严子前台枕古湾。却把钓台终不可，几时入海得鱼还？"① 李频，睦州寿昌长汀源（今浙江建德）人，与隐居桐庐的严子陵为邻，故有"君家尽处是我家"之说。可惜的是，晚唐局面混乱，诗人无法安心垂钓，故有"几时入海得鱼还"的向往与无奈。皮日休写了严陵滩钓鱼的渔翁，可作严陵的钓侣，《钓侣二章》其二：

> 严陵滩势似云崩，钓具归来放石层。烟浪溅篷寒不睡，更将枯蚌点渔灯。②

诗描画了渔翁的清冷生活。严陵滩水急似云崩，渔翁钓鱼归来。烟浪溅湿小舟顶篷，寒湿无法入睡，就点一盏枯蚌作渔灯。陆龟蒙也真作捕鱼翁，《自遣三十首》其十五："贤达垂竿小隐中，我来真作捕鱼翁。前溪一夜春流急，已学严滩下钓筒。"③ 诗人生活之处有一溪水，这一夜春流急，便学子陵下钓筒垂竿捕鱼，真作一次捕鱼翁。

晚唐诗人们从严陵濑的自然之景切入，体会子陵何以隐居垂钓的用心。

李德裕对严陵心有怀慕，特去寻访。《思平泉树石杂咏一十首·钓台》："我有严湍思，怀人访古台。客星依钓隐，仙石逐槎回。倒影含清沚，凝阴长碧台。飞泉信可挹，幽客未归来。"④ 虽然幽客未归，但诗人看到他生活过的美景，倒影清澈，碧台凝阴。另外一诗，诗人回忆那次寻访中山色溪水皆碧绿之情状，作《重忆山居六首·钓石》：

> 严光隐富春，山色溪又碧。所钓不在鱼，挥纶以自适。余怀慕君子，且欲坐潭石。持此返伊川，悠然慰衰疾。⑤

在回忆中，诗人指出严陵"所钓不在鱼"，而在一种自适其意的人生。

---

① （清）彭定求编：《全唐诗》卷五八七，第18册，第6613页。
② （清）彭定求编：《全唐诗》卷六一五，第18册，第7097页。
③ （清）彭定求编：《全唐诗》卷六二八，第18册，第7208页。
④ （清）彭定求编：《全唐诗》卷四七五，第14册，第5409页。
⑤ （清）彭定求编：《全唐诗》卷四七五，第14册，第5412页。

这种悠然的生活，可以慰藉衰老又疾病的自己。

许浑任睦州刺史，在秋日傍晚来到严陵濑，其《晚泊七里滩》详细描画了当时所见之景：

> 天晚日沈沈，归舟系柳阴。江村平见寺，山郭远闻砧。树密猿声响，波澄雁影深。荣华暂时事，谁识子陵心？①

悠远的日影正在西沉，归舟系在柳阴之下。近见江村普通寺庙，远闻山郭捣砧声。密林中似有猿猴声响，澄静水波可见大雁深黑倒影。一切是如此热闹，又如此寂静。与此中的宁静相比，人世的荣华实只是暂时之事。谁能真正识得子陵用心呢？诗人在问，同时也是在确认自己那一刻真正贴近了子陵之心。诗中似未明言"子陵心"是什么。但其实诗人在前面所书的景象中已然回答。人与万物皆处于自在中，子陵日日处于这份宁静中。

许浑写给后世来钓台的行人，《子陵钓台贻行侣》："故人天下定，垂钓碧岩幽。旧迹随台古，高名寄水流。鸟喧群木晚，蝉急众山秋。更待新安月，凭君暂驻舟。"② 此地碧岩幽静，旧迹像钓台一样古老，而严陵高名也像岩下水一样日夜长流。日落时分，众鸟在林中喧鸣，群山中秋蝉叫得正急。倘若你恰好能遇到新安江的明月，那你一定会停下小舟。行人因何驻舟？诗人未言，但和前诗一样实际也已说出。体会下山水中的热闹与寂静吧，那里蕴含着永恒。道长吕洞宾在某个秋日来到严陵濑，《钓台一日游》："独坐仙槎访道翁，双台高矗透玲珑。秋江无限风烟景，都在先生一钓中。"③ 他站到高台上，看到子陵垂钓所见之景，与子陵心灵相契。这秋江无限、一川风烟的静穆之景，"都在先生一钓中"。

有的诗人在极端天气下来到严陵濑，故对子陵何以隐居此处迷惑不解。

方干，睦州青溪人，为人质野，隐居会稽镜湖，布衣终身。诗人在日暮从七里滩出发，夜泊严陵台下，作《暮发七里滩夜泊严光台下》：

> 一瞬即七里，箭驰犹是难。樯边走岚翠，枕底失风湍。但讶猿鸟

---

① 罗时进笺证：《丁卯集笺证》，中华书局2012年版，第58页。
② 罗时进笺证：《丁卯集笺证》，中华书局2012年版，第113页。
③ 申屠丹荣主编：《富春严陵钓台集》，百家出版社1999年版，第260页。

定，不知霜月寒。前贤竟何益，此地误垂竿。①

小舟疾驰而来，像箭一样飞速前进。桅樯边的烟岚翠雾都在向后奔跑，诗人在风急水湍中大惊失色。但令人惊讶的是，山中猿鸟如此安定，它们仿佛不知霜月的寒冷。那么，那位在此处钓鱼的前贤呢？他是看中了此地的什么而在此垂钓？根据诗中的描述，诗人此次前往严陵濑，大概遇到极端天气，留下的印象并不好，故对子陵在此垂钓有所不解。

晚唐诗人对子陵隐居的动机从多方面开掘。方干另一诗《题严子陵祠》，指出了子陵在世选择与身后万古高名的关系：

> 物色旁求至汉庭，一宵同寝见交情。先生不入云台像，赢得桐江万古名。②

方干指出子陵不出仕，未入云台像，故赢得后世桐江万古高名。这是人生选择的自然结果。值得一提的是，方干在宋代之后也成为后人笔下的高士③。与方干看法类似的是徐夤《钓台》："金门谁奉诏，碧岸独垂钓。旧友只樵叟，新交惟野鸥。嘉名悬日月，深谷化陵丘。便可招巢父，长川好饮牛。"④ 无论深谷陵丘、沧海桑田如何变化，子陵的嘉名有如日月，其人足以和巢父相交为友。

如果说中唐的张继只是隐然指出子陵有钓名之嫌，而晚唐不少诗人直接指出子陵垂钓，只为钓名。杜荀鹤《经严陵钓台》（一作方干）⑤ 指出子陵将"道业"作为芳饵，以钓高名：

> 苍翠云峰开俗眼，泓澄烟水浸尘心。惟将道业为芳饵，钓得高名

---

① 《全唐诗》卷六四九，第 19 册，第 7456 页。
② 《全唐诗》卷六五三，第 19 册，第 7505 页。
③ 宋景祐年间，范仲淹为睦州，建严子陵祠，绘方干像于东壁配享。方干也进入后代诗人的书写中。
④ （清）彭定求编：《全唐诗》卷七八，第 21 册，第 1612 页。
⑤ 笔者将此诗系于杜荀鹤名下，以为不大可能是方干所作，原因有二：其一，前二句与方干之前对严陵濑的风景描述不一致；其二，无论是写景还是描述，此诗皆可见世俗尘心，与方干一生隐居、淡泊处世、门人私谥玄英先生的评价不符。

直到今。①

苍翠云峰能开启世俗名利之眼，泓澄烟水可浸润凡俗尘心。只有将道业作为芳饵，才有可能钓得高名。此诗表面上是对子陵坚持"道业"的赞美，但实际上更重视坚持的后果，即钓得的高名。韩偓也持此态度，《招隐》曰："立意忘机机已生，可能朝市污高情。时人未会严陵志，不钓鲈鱼只钓名。"② 此诗以为，子陵在立意忘机之时已生机心。子陵不钓鲈鱼，只为钓名。罗隐也是类似观点，《秋日富春江行》曰："远岸平如剪，澄江静似铺。紫鳞仙客驭，金颗李衡奴。冷叠群山阔，清涵万象殊。严陵亦高见，归卧是良图。"③ 秋天的富春江澄静似平铺，远岸平阔如剪裁。寂静重叠的群山更显辽阔，清澈江水蕴含着万象各殊。子陵高见，隐居此处，"归卧"是最好的谋划。谋划什么呢？此诗未言，但在另一诗中指明。《严陵滩》："中都九鼎勤英髦，渔钓牛蓑且遁逃。世祖升遐夫子死，原陵不及钓台高。"④ 一人为九鼎之尊，一人为牛蓑鱼钓。二人死去之后，那位葬入原陵的光武，终究不及子陵钓台的名高。罗隐认为子陵的良图，谋划的正是死后的名声。

晚唐后期有诗人认为子陵是真钓鱼，似与前期李德裕"所钓不在鱼"的观点不同，但本质却是一致的。钓鱼是表面，背后是闲适的人生。这些诗人强调子陵钓鱼，当是针对时人以为子陵钓名而言。崔道融《钓鱼》：

> 闲钓江鱼不钓名，瓦瓯斟酒暮山青。醉头倒向芦花里，却笑无端犯客星。⑤

崔道融写出子陵钓鱼不为钓名，只为享受垂钓的闲适，还有青山薄暮斟酒自醉的惬意。黄滔《严陵钓台》："终向烟霞作野夫，一竿竹不换簪裾。直钩犹逐熊罴起，独是先生真钓鱼。"⑥ 黄滔认为与姜太公直钩钓鱼等

---

① （清）彭定求编：《全唐诗》卷六九三，第20册，第7981页。
② （清）彭定求编：《全唐诗》卷六八二，第20册，第7827页。
③ （清）彭定求编：《全唐诗》卷六五九，第19册，第7568页。
④ （清）彭定求编：《全唐诗》卷六六三，第19册，第7602页。
⑤ （清）彭定求编：《全唐诗》卷七一四，第21册，第8027页。
⑥ （清）彭定求编：《全唐诗》卷七六，第21册，第8132页。

待时机不同，子陵是真钓鱼。他乐在此烟霞中作野夫的自在，簪裾哪能换去他的鱼竿。肯定了自在垂钓人生的价值。

有的诗人以为子陵不愿有宠辱，而选择垂钓，汪遵《桐江》："光武重兴四海宁，汉臣无不受浮荣。严陵何事轻轩冕，独向桐江钓月明。"① 子陵为什么会与汉臣如此不同，能够在四海安宁的光武重兴时代，轻视轩冕，选择独自面向桐江的明月垂钓呢？此诗以疑问结束。而在另一诗中诗人有了明确答案，《严陵台》："一钓凄凉在杳冥，故人飞诏入山扃。终将宠辱轻轩冕，高卧五云为客星。"② 独自在渺茫的江水之上钓鱼，看似颇为凄凉。故人飞诏入山是天降恩宠，可一旦为人臣，有宠不免也有辱，哪里比得上高卧五色瑞云之下的自在。

另外，还有个别诗人认为严子陵选择垂钓，并非出于爱钓鱼，只因光武恩波来得太晚，如曾郵《题山居》："扫叶煎茶摘叶书，心闲无梦夜窗虚。只应光武恩波晚，岂是严君恋钓鱼。"③ 有的诗人拈出严陵是真狂士，不怕傲视帝王而被旧交冠以僭越之名，如唐彦谦《严子陵》："严陵情性是真狂，抵触三公傲帝王。不怕旧交嗔僭越，唤他侯霸作君房。"④ 有的诗人将子陵与汉臣、姜太公对比，世人辛苦皆为浮名，如王贞白《题严陵钓台》："严陵爱此景，下视汉公卿。垂钓月初上，放歌风正轻。应怜渭滨叟，匡国正论兵。"⑤"何颜吟过此，辛苦得浮名。"⑥（《钓台》）

如前所述，晚唐严陵濑书写，无论是情感表达还是理性思考，皆越发丰富。

情感表达主要有四类情形：第一类是诗人们面对严陵濑景色，抒发自己人生的惆怅，如杜牧；第二类是诗人面对严陵濑之景，感慨后世再无贤人，如两位僧人神颖、齐己；第三类是羡慕子陵的垂钓人生，有人纯向往如李频，有人付诸实践作钓翁如皮日休、陆龟蒙；第四类以诗人之眼欣赏严陵濑的山川之美，如韦庄。

理性思考方面，晚唐诗人们尤为关注子陵为什么隐居的问题。第一类

---

① （清）彭定求编：《全唐诗》卷六二，第 18 册，第 6960 页。
② （清）彭定求编：《全唐诗》卷六二，第 18 册，第 6957 页。
③ （清）彭定求编：《全唐诗》卷五九二，第 18 册，第 6870 页。
④ （清）彭定求编：《全唐诗》卷六七一，第 20 册，第 7688 页。
⑤ （清）彭定求编：《全唐诗》卷七一，第 20 册，第 8062 页。
⑥ （清）彭定求编：《全唐诗》卷七一，第 20 册，第 8066 页。

诗人主要从严陵濑的景物切入，体会到子陵"所钓不在鱼"，而在于山水中的适意人生，如李德裕、许浑。第二类诗人与中唐诗人一样，以为子陵隐居湖山，留下佳名，是其人生选择的自然结果，如方干、徐寅。第三类诗人则与中唐张继隐然指出子陵有钓名之嫌不同，直接指出子陵不是钓鱼，只为钓名，如杜荀鹤、韩偓、罗隐。第四类与第三类针锋相对，崔道融、黄滔认为子陵隐居就是为钓鱼。但其背后的本质也是一种自适其意的人生。第五类诗人以为子陵不愿过宠辱人生，故能轻视轩冕，选择自在，如汪遵。第六类诗人从君臣关系入手，或认为子陵并非喜欢钓鱼，而是光武恩波来得太晚，如曾郢；或认为子陵是真狂士不怕得罪故交，如唐彦谦。第七类诗人将子陵与汉公卿、姜子牙对比，认为他们一生辛苦所为，皆是浮名，如王贞白。

三　唐代浙江诗路中严陵濑的文化意义

严陵濑是一处典型的文本化山水。胡晓明认为："'文本化山水'（The Textual Landscape），是近来文学研究借助人文地理学有关'地方'（Place）作为一种新认知方式而来的概念。强调空间中的历史记忆的积淀，重视山水自然中所注入、传承、不断经典化的人文内涵。"① 严陵濑既是一处自然山水，也是一处文化山水。严陵濑的文化意义，也在这两个面向展开。

（一）生态文化意义

从南朝谢灵运、沈约到唐代浙江诗路中的诗人们，几百年来行走在严陵濑。严陵濑历代的自然生态之景，就在诗人的描画中逼真地显现。

严陵濑的江水清澈见底，可见游鱼细石，有时皎洁如镜，可见山影："石浅水潺湲，日落山照曜"（谢灵运《七里濑》）、"洞澈随清浅，皎镜无冬春。千仞写乔树，百丈见游鳞"（沈约《新安江至清浅觉深见底贻京邑游好诗》）、"清浅既涟漪"（任昉《严陵濑》）、"溪水浸山影"（戎昱《题严氏竹亭》）、"远岸平如剪，澄江静似铺"（罗隐《秋日富春江行》）；有时激石湍流，乱流奔注："激石复奔壮"（任昉《严陵濑》）、"别留乱奔注"（孟浩然《经七里滩》）。

---

① 胡晓明：《从严子陵到黄公望：富春江的文化意象——〈富春山居图〉的前传及其展开》，《华东师范大学学报》（哲学社会科学版）2016 年第 4 期。

两岸群峰峻极，参差百嶂，万象各殊："群峰此峻极，参差百重嶂"（任昉《严陵濑》）、"叠嶂数百里"（《经七里滩》）、"回转百里间，青山千万状。连崖去不断，对岭遥相望"（刘长卿《奉使新安自桐庐县经严陵钓台宿七里滩寄使院诸公》）、"冷叠群山阔，清涵万象殊"（罗隐《秋日富春江行》）。

山中有树有花，时有猿叫鸟鸣："荒林纷沃若，哀禽相叫啸"（谢灵运《七里濑》）、"猿饮石下潭，鸟还日边树"（孟浩然《经七里滩》）、"夕阳留古木，水鸟拂寒浪"（刘长卿《奉使新安自桐庐县经严陵钓台宿七里滩寄使院诸公》）、"鸟喧群木晚，蝉急众山秋"（许浑《严陵钓台贻行侣》）、"好树鸣幽鸟"（杜牧《睦州四韵》）、"独猿叫断青天月"（神颖《宿严陵钓台》）；有时可见白鹤、大雁："唳鹤晴沙上"（钱起《同严逸人东溪泛舟》）、"树密猿声响，波澄雁影深"（许浑《晚泊七里滩》）。

景色变化，四时不同。春天绿草如茵，山花如绣："潮来潮去洲渚春，山花如绣草如茵"（杜牧《寄桐江隐者》）；秋天既色彩缤纷："彩翠相氤氲"（《经七里滩》），又绿满阶梯："苔蹬滑难步"（孟浩然《经七里滩》）、"倒影含清泚，凝阴长碧苔"（李德裕《钓台》）、"登临秋值晚，树石尽多苔"（齐己《严陵钓台》）；若错过花期，或红叶黄叶落尽后，尚有绿树葱茏："松篁尚葱蒨。"（洪子舆《严陵祠》）所以四季总是满眼绿意，水碧山青："山色四时碧，溪声七里清"（王贞白《题严陵钓台》）、"水碧山青画不如"（韦庄《桐庐县作》）。

江上山中常有白云飘过："岸深翠阴合，川回白云遍"（洪子舆《严陵祠》）；有时会有烟岚雾气："朝看江上烟"（张谓《读后汉逸民传》）、"岚烟向竹阴"（戎昱《题严氏竹亭》）；日暮时有红霞满天："红霞乱青嶂"（钱起《同严逸人东溪泛舟》）；夜晚朗月映江、明月穿松："夜卧松下月"（张谓《读后汉逸民传》）、"江月尚皎皎，江石亦磷磷"（刘驾《钓台怀古》）。

严陵濑的优美风景就这样凝定在诗歌中。于今的桐庐严陵濑，依然山青水碧，走在这里尚可想象一位又一位来访的诗人在此逗留，仿佛在瞬间穿越了千古。

（二）生存论意义

严陵濑引得无数诗人前来游览，固然有其山水之美，但诗人更想要追寻的是严子陵缘何在此垂钓。中国传统文化，无论是儒家还是道家，都颇重视此在人生的追求与选择。严子陵的垂钓人生提供了一种生存论意义的人生范式，引发后人不断思考。

儒家有三不朽的思想。《左传·襄公二十四年》："豹闻之：'太上有立德，其次有立功，其次有立言。'虽久不废，此之谓不朽。"① 在此思想的影响下，严子陵显然被认为是"立德"的典范。所以诗人们认为子陵超越了入云台的汉代名臣："先生不入云台像，赢得桐江万古名"（方干《题严子陵祠》），超越了直钩钓鱼的姜子牙："垂钓月初上，放歌风正轻。应怜渭滨叟，匡国正论兵"（王贞白《题严陵钓台》），甚至超越了光武："世祖升遐夫子死，原陵不及钓台高"（罗隐《严陵滩》）。对子陵评价如此之高，原因当是子陵在其一生完成了最高的立德，而其他人皆是其次的立功而已。也正是从这个观点出发，有的诗人提出子陵垂钓并不在钓鱼，其实在于钓后世的高名："时人未会严陵志，不钓鲈鱼只钓名"（韩偓《招隐》）、"唯将道夜为芳饵，钓得高名直至今"（杜荀鹤《经严陵钓台》）。

从道家视角来看，权势、功业的人生并不是唯一值得称道或实践的人生。垂钓草野，与山水为乐的人生依然有意义，甚至这种人生在某种程度上是对事功人生的超越，因为他摒弃了世俗生活的各种物欲，只愿在此生过一种自在的人生。而严子陵过着垂钓的素朴生活，是经过其选择的人生姿态，与不得不以钓鱼谋生的渔父并不相同。张祜来到七里濑，注意到了这里的普通钓叟与严子陵并不同，因作《七里濑渔家》："七里垂钓叟，还傍钓台旁。莫恨无名姓，子陵不卖鱼。"② 诗人看到在严陵钓台下的七里濑，依旧有钓叟在钓鱼。可是这个钓叟，是无名姓的，诗人来到此地，也不是因他们。普通钓叟，是为了卖鱼谋生；而子陵垂钓，并非为此。子陵垂钓一定是为了别的什么。为什么呢？诗人并未说明。但至少可以知道，子陵的人生不会为了谋生而活，他活着还有超越谋生的意义。在表面看来相似的生活状态下，实际有着本质区别。诗人指出子陵与普通钓叟的不同，思考了一个深刻的哲学问题：人为了什么活着。这也正是子陵的价值所在，是吸引后人不断寻访的原因之一。

严子陵出于何种原因垂钓江滨，儒道两种文化背景的讨论哪一方更接

---

① 杨伯峻编著：《春秋左传注》（修订本），第3册，中华书局1990年版，第1088页。

② （清）彭定求编：《全唐诗》卷五一，第15册，第5835页。

近严子陵呢？也许我们终究难以探测到其真实的想法。但是，严子陵垂钓人生的意义在于他不同于世俗价值的生存范式，从而为后人提供了一种生存论意义的思考。唐代诗人们一次又一次行走在严陵濑，观赏着这里的山水，思考着严子陵出处的话题。宋元明清各代，诗人们相继来到严陵濑，继续思考着严陵濑的永恒话题。

宋之问与浙东唐诗之路

俞 沁

（浙江大学 人文学院）

摘要： 宋之问与浙东地区相关的创作颇多。诗人前往越州的贬途创作，表现出心境平和、隐有期待的特点，可旁证宋之问对浙东山水的雅好之情。其在任越州期间，多有吟咏山水古迹的佳制，也显示出诗人在此地的部分行迹。同时，宋之问还有描写生活场景的诗歌、与友人酬唱的诗歌与浙东地区相关联。

关键词： 宋之问；浙东唐诗之路；浙东山水

宋之问是初唐著名诗人，其诗风上承六朝铺排华美的诗歌风格，下启盛唐近体诗歌形式，与沈佺期并称"沈宋"。《新唐书》本传云："魏建安后讫江左，诗律屡变，至沈约、庾信，以音韵相婉附，属对精密。及之问、沈佺期，又加靡丽，回忌声病，约句准篇，如锦绣成文。学者宗之，号为'沈、宋'。"① 他的诗歌主要有宫廷应制诗歌与贬谪中的山水诗歌两类。虽然应制诗往往因其先天的题材限制被批判浮浅，但宋之问的应制诗歌也因风格清丽、对仗精巧而颇受肯定。而宋之问的贬谪诗、山水诗更因曲折的人生经历而增加了其文学性与思想厚度。宋之问一生三次遭受贬谪。第一次是神龙元年（705）因张易之事件被贬为泷州参军，次年遇赦北归，迁为考功郎。第二次是景龙三年（709）因太平公主举报被贬为越州长史，在长史任上，适逢睿宗即位，又一次因武三思、张易之事被流放

---

① （宋）欧阳修、宋祁：《新唐书》卷二二，中华书局1975年版，第5751页。

钦州。因越州为浙江东道治所，又是浙东唐诗之路的重要节点，所以无论是宋之问在越州长史任上的创作，还是他奔赴越州的途中作品，都与"浙东唐诗之路"直接关联。

一　宋之问越州贬事钩沉

景龙三年秋，宋之问由考功员外郎被贬越州长史。《旧唐书》本传："景龙中，再转考功员外郎……寻转越州长史。"① 《新唐书》本传近同。② 值得一提的是，本年初秋，宋之问前往长安附近的普耀寺参观，有《秋晚游普耀寺》，诗云："薄暮曲江头，仁祠暂可留。山形无隐雾，野色遍呈秋。荷覆香泉密，藤缘宝树幽。平生厌尘事，过此忽悠悠。"诗歌内容与佛教关系不大，主要是写秋景，尾联"平生厌尘事，过此忽悠悠"直抒胸臆，苦涩难明，陶敏推测是贬越州长史之前作③，可见诗人对即将到来的贬谪是有所预料的，也因此心情极为失落不甘。宋之问南赴贬所，主要是沿水路前行，途中诗歌尚存 8 首，标识出诗人一路南行的 5 个节点，连缀起来，便能勾勒出诗人的赴越轨迹。

宋之问《初宿淮口》诗云："孤舟汴河水，去国情无已。晚泊投楚乡，明月清淮里。汴河东泻路穷兹，洛阳西顾日增悲。夜闻楚歌思欲断，况值淮南木落时。"即赴任越州长史途经淮口之作。谭优学《宋之问行年考》"中宗景龙三年己酉"云："本年冬，之问外出为越州长史，系沿汴水前往。"④ 陶敏《沈佺期宋之问集校注》注云："淮口：据诗，当指汴水（通济渠）入淮河处，在今江苏盱眙。"⑤ 这是目前赴任沿途创作诗歌中所见最北之处，因此淮口可谓诗人南下旅途的第一个节点，而此诗体现的也是诗人较为早期的赴越心境。诗云"孤舟汴河水"证明宋之问沿汴河南下，"淮南木落"说明作于秋日。诗以萧瑟之景写萧瑟之情，将去国思乡之情

---

① （后晋）刘昫：《旧唐书》卷一九中，中华书局 1975 年版，第 5025 页。
② （宋）欧阳修、宋祁：《新唐书》卷二二，第 5750 页。
③ （唐）沈佺期、宋之问著，陶敏、易淑琼校注：《沈佺期宋之问集校注》下册《宋之问集校注》卷三，中华书局 2001 年版，第 493 页。文中引宋诗颇多，文本皆据此本。为行文简洁，后引宋诗不再一一标注。
④ 谭优学：《唐诗人行年考续编》，巴蜀书社 1987 年版，第 23 页。
⑤ （唐）沈佺期、宋之问著，陶敏、易淑琼校注：《沈佺期宋之问集校注》下册《宋之问集校注》卷三，中华书局 2001 年版，第 494 页。

更添一层悲戚色彩。

扬州，是宋之问赴越途中的第二个节点。韦述有《广陵送别宋员外佐越郑舍人还京》诗云："朱绂临秦望，皇华赴洛桥。文章南渡越，书奏北归朝。树入江云尽，城衔海月遥。秋风将客思，川上晚萧萧。"① 诗中描绘的仍是秋景，是时宋之问已到达扬州。此诗便是韦述在扬州相送，诗云"文章南渡越"，盛赞了宋之问的文学才能。宋之问在扬州也有诗作。《伤王七秘书监寄呈扬州陆长史通简府僚广陵以广好事》诗云："王氏贵先宗，衡门栖道风。传心晤有物，秉化游无穷。学奥九流异，机玄三语同。书乃墨场绝，文称词伯雄。白屋藩魏主，苍生期谢公。一祗贤良诏。遂谒承明宫。补衮望奚塞，尊儒位未充。罢官七门里，归老一丘中。尝忝长者辙，微言私谓通。我行会稽郡，路出广陵东。物在人已矣，都疑淮海空。"王七，岑仲勉《唐人行第录》以为王珣，字伯玉，王方翼子。王珣官终秘书监，长安二年卒。实误。陶敏《全唐诗人名汇考》考证严密，与诗意契合，今从之："王七，王绍宗。《旧唐书》本传：'扬州江都人也。……少力学，遍览经史，尤工草隶。……则天驿召赴东都，……擢拜太子文学，累转秘书少监。……张易之兄弟亦加厚礼。易之伏诛，绍宗坐以交往见废，卒于乡里。'诗云王七'书乃墨场绝，文称词伯雄。……一祗贤良诏。遂谒承明宫。……罢官七门里，归老一丘中。'与传合。绍宗行七。《金石萃编》卷六《大唐中岳隐居太和先生琅琊王征君口授铭》：'伊垂拱二岁孟夏四月……吾六兄……先诰其第七弟绍宗曰……'，'季弟正议大夫、行秘书少监、东宫侍读兼侍书绍宗甄录并书。'诗云'我行会稽郡'，盖景龙三年作，宋之问时赴越州长史任，路经扬州。"② 扬州为王绍宗归老之地，宋之问触目伤情，而扬州陆长史曾为王七同僚，故而路经扬州时作诗寄赠。这首诗大部分篇幅都在叙述、称赞王绍宗的生平经历，结尾说明自己的行迹，并感叹斯人已逝的迷茫。王绍宗因结交张易之等被废逐，诗人自己也是因为受到政治牵连而远谪僻地，更在贬途中见此情境，王七的遭遇好像在预示诗人的结局。细玩诗味，隐约流露芝焚蕙叹之感。

丹徒是润州属县，因此今可见诗人共有 3 首与润州相关的诗歌。《酬李（或作季）丹徒见赠之作》诗云："镇吴称奥里，试剧仰通才。近挹人

---

① （清）彭定求：《全唐诗》卷一八，中华书局 1960 年版，第 1119 页。
② 陶敏：《全唐诗人名汇考》，辽海出版社 2006 年版，第 65 页。

披雾，遥闻境震雷。一朝逢解榻，累日共衔杯。连礜登山尽，浮舟望海回。以予惭拙宦，期子遇良媒。赠曲南凫断，征途北雁催。更怜江上月，还入镜中开。"末句"镜中"即指镜湖，显然是作于赴越州途中。又《陪润州薛司空（功）丹徒桂明府游招隐寺》诗云："共寻招隐寺，初识戴颙家。还依旧泉壑，应改昔云霞。绿竹寒天笋，红蕉腊月花。金绳倘留客，为系日光斜。"诗一作骆宾王诗，误。《嘉定镇江志》卷一六、《瀛奎律髓》卷四七皆作宋诗。比照前一首诗题中之"李（或作季）丹徒"，与此诗中之"丹徒桂明府"可能实为一人。这两首诗展现出诗人与"桂明府"等友人宴饮游玩的情况，《游招隐寺》诗写诗人喜爱寺中美景，诗末还使用"长绳系日"的典故表达流连之意。《酬李（或作季）丹徒见赠之作》诗，前半篇写与友人游处的深情厚谊、美好经历，后半篇写两人即将分离的惜别之意。又《登北固山》："京镇周天险，东南作北关。堠横江曲路，戍入海中山。望越心初切，思秦鬓已斑。空怜上林雁，朝夕待春还。"上述两诗"更怜江上月，还入镜中开"及"望越心初切"语，隐隐透露出对任所的期待，这是诗人在贬途中首次流露出对贬地的正面情绪。

离开润州，宋之问南下至苏州，有《过史正议宅》诗云："旧交此零落，雨泣访遗尘。剑几传好事，池台伤故人。国香兰已歇，里树橘犹新。不见吴中隐，空余江海滨。"史正议为史德义，陶敏《全唐诗人名汇考》云："《过史正议宅》，'议'当作'谏'。史正谏，史德义。《旧唐书》本传：'苏州昆山人也……天授初……周兴表荐之，则天征赴都。……后周兴伏诛，德义坐为所荐免官，以朝散大夫放归丘壑。'……龙朔二年改谏议大夫为正谏大夫，神龙元年复旧。故以'正谏'为是。"[1] 此诗是宋之问赴越州时途经苏州之证。诗歌触景生情，感伤物是人非，令人动容。又诗末"不见吴中隐，空余江海滨"在悼念古人的同时也表达出诗人对隐者的欣赏态度。

此后宋之问进入杭州，这也是他此次行程的最后一个节点。诗人有《钱江晓寄十三弟》诗云："晓泊钱塘渚，开帘远望通。海云张野暗，山火彻江红。客泪常思北，边愁欲尽东。从来梦兄弟，未似昨宵中。"这是一首家诗，因此思乡的意味是比较浓厚的。又《天台前集》卷上载宋之问《题杭州天竺寺壁》诗云："鹫岭郁岧峣，龙宫隐寂寥。楼观沧海日，门听

---

① 陶敏：《全唐诗人名汇考》，辽海出版社 2006 年版，第 69 页。

浙江潮。桂子月中下，天香云外飘。扪萝登塔远，刳木取泉遥。霜岸花更发，冰溪叶未凋。夙龄尚遐逸，搜对涤烦嚣。会入天台里，看予度石桥。"此诗孟棨《本事诗》云篇中警句"楼观沧海日，门听浙江潮"是骆宾王赠句①，情节奇异，近小说家言，已有学者提出质疑，如谭优学《宋之问行年考》详析六个疑点②，陶敏《沈佺期宋之问集校注》卷三注中也直言不可信③。此诗描写山寺景致，风格遒丽，不只"楼观沧海日"句，"桂子月中下，天香云外飘""霜岸花更发，冰谿叶未凋"等句都脍炙人口，诗中不见诗人被贬谪的沉郁，而只有对绝美景致的沉醉。诗中所云"观潮""桂子""霜岸"等皆为秋景，可见宋之问于景龙三年深秋抵越州长史任。

宋之问被贬越州长史后一路南行赴任，留下的诗作既勾勒出他行进的路线，又保存了他行路时的心境。梳理这些诗作可以发现，虽然初发时，如《初宿淮口》等诗传达出来诗人的心情是比较低落的，但是随着前进，被贬谪的痛苦逐渐平复，诗人开始激发"尚遐逸"的天性，一路有所登览，为江南的独特美景而惊艳，也对贬地越州山水产生了向往之情。当然，一路南行距离家乡越来越远，诗人的思乡之情是萦绕始终的。

宋之问的两次贬谪都与浙东发生关系，一次是由考功员外郎贬为越州长史，从洛阳前往越州任所，诗人一路有所创作，对越州山水的期待是渐次增加的。二是由越州长史贬为钦州长史，《旧唐书》本传云："睿宗即位，以之问尝附张易之、武三思，配徙钦州。"④《旧唐书·睿宗纪》："景龙四年夏六月……甲辰，少帝逊于别宫，是日即帝位。"⑤ 可知宋之问被贬钦州长史的时间是在景龙四年六月。宋之问再次被贬钦州，从越州出发再次南下。不过，诗人并未能到达钦州，在先天元年玄宗即位之后被赐死于桂州驿。从越州到桂州沿途，诗人也有一些创作。宋之问离开越州之后，经由苏州的水路南下。《渡吴江别王长史》："倚棹望兹川，销魂独黯然。乡连江北树，云断日南天。剑别龙初没，书成雁不传。离舟意无限，催渡复催年。"又《夜渡吴松江怀古》："宿帆震泽口，晓渡松江濆。棹发鱼龙

---

① 参见（唐）孟棨《本事诗》，上海古籍出版社 1991 年版，第 21 页。

② 参见谭优学《唐诗人行年考续编》，巴蜀书社 1987 年版，第 25—26 页。

③ 参见（唐）沈佺期、宋之著，陶敏、易淑琼校注《沈佺期宋之问集校注》下册《宋之问集校注》卷三，第 506 页。

④ （后晋）刘昫：《旧唐书》卷一九中，第 5025 页。

⑤ （后晋）刘昫：《旧唐书》卷七，第 153—154 页。

气，舟冲鸿雁群。寒潮顿觉满，暗浦稍将分。气赤海生日，光清湖起云。水乡尽天卫，叹息为吴君。谋士伏剑死，至今悲所闻。"吴江即松江，一名笠泽，在苏州，之问自越州赴钦州经此。两首诗的情绪都是比较低落的，再次被贬，眼前秋景，送别友人，韶华流逝，都使诗人难掩满腹惆怅。此后诗人渐行渐远，后续诗作与浙东关系已不大，总体皆是忧愁的基调。

其实出任越州长史，不是宋之问第一次被贬。诗人首次遭遇贬谪是在中宗神龙元年："及易之等败，左迁泷州参军。"① 今见泷州贬途诗作 8 首，是诗人从蕲州到泷州沿途的创作。最北的地点是属蕲州的黄梅县，诗人在此地与崔融等人有唱和之作。宋之问诗《途中寒食题黄梅临江驿寄崔融》云："马上逢寒食，愁中属暮春。可怜江浦望，不见洛阳人。北极怀明主，南溟作逐臣。故园肠断处，日夜柳条新。"崔融和诗《和宋之问寒食题黄梅临江驿》有云："明主阍难叫，孤臣逐未堪。"胡皓有《和宋之问寒食题临江驿》云："丹心终不改，白发为谁新。"此时崔融贬袁州刺史②，胡皓事迹缺载，当都在贬中，共同的身世遭遇结合眼前滔滔江水，更恰逢寒食节日，三人因凄凉惆怅的情绪产生了强烈共鸣。离开黄梅县之后，宋之问继续南下至洪府。在此地作有《自洪府舟行直书其事》，这首长诗较为原本地叙述了诗人遭遇贬谪的事情经过与心路历程，并为自己辩解，认为是被污蔑而遭致贬谪。这次政治失意与诗人之前的得意是形成剧烈落差的，表现在贬途作品中，便充满了强烈的不甘和卷土重来、重获重用的渴望，前诗《途中寒食题黄梅临江驿寄崔融》中"北极怀明主，南溟作逐臣"也是如此。其实，此次贬途的每一首作品都或多或少地传达出这样或怨明珠蒙尘，或盼回政治中心的想法。诗云"越淮乘楚嶂，造江泛吴氾"，交代了此次赴任所走的线路，是经淮河、楚地、长江以及"吴氾"前往泷州。因诗在洪府作，可以推知此"吴氾"应当是赣江。诗人溯流而上，到达大庾岭，以此为题留下三首相关作品，《题大庾岭北驿》《度大庾岭》与《早发大庾岭》，诗歌仍然流露出内心的憾恨不甘，如"我行殊未已，何日复归来"（《题大庾岭北驿》）、"但令归有日，不敢恨长沙"（《度大庾岭》）、

---

① （后晋）刘昫：《旧唐书》卷一九中，第 5025 页。
② 《旧唐书》本传："及易之伏诛，融左授袁州刺史。"参见（后晋）刘昫《旧唐书》卷九四，第 3000 页。

"生还倘非远，誓拟酬恩德"（《早发大庾岭》）。离开大庾岭后，诗人经韶州始兴县、端州，入泷州江，最终到达任所。途中有《早发始兴江口至虚氏村作》《至端州驿见杜五审言沈三佺期阎五朝隐王二无竞题壁慨然成咏》《入泷州江》三诗，诗歌基调仍然是忧郁难堪的。

综合来看，宋之问此次贬途作品，情绪主调都是较为消极的，被贬蛮荒僻地的强烈不甘、回归中央政治舞台的强烈渴望，是诗人一路南行都无法释怀的执念。与此相呼应的，诗中便多见对贬所岭南地区的万分不满。如云"百越去魂断，九疑望心死"（《自洪府舟行直书其事》）、"处处山川同瘴疠，自怜能得几人归"（《至端州驿见杜五审言沈三佺期阎五朝隐王二无竞题壁慨然成咏》）、"适蛮悲疾首"（《早发大庾岭》）、"泣向文身国，悲看凿齿氓"（《入泷州江》）等。不仅有对岭南地理位置、山水景貌的不喜，更甚有对此地风俗文化的不认同。同为贬所，相比诗人对浙东地区的态度可谓大相径庭。

对比三次贬谪经历，可以说宋之问赴任越州长史期间的心境是尤为特别的。贬谪诗的主题，决定了其感情基调必然是沉闷消极的，宋之问贬泷州、钦州途中的作品便是如此。但是往越州途中的诗歌，却不完全一致。虽然首途之时，如《初宿淮口》的情感，还是烦闷抑郁的，但随着诗人的脚步前进，诗歌中的负面情感却渐渐消弭，同时逐渐流露出对越州地区的向往。这份期待与向往，与诗人在越州长史任上丰富的游览作品，也可以相互印证。可以说，是浙东地区奇异秀丽的山水，治愈了诗人屡遭贬谪的心灵。

二　宋之问越州行迹初探

宋之问在越州长史任上创作丰富，史载他在越州期间"穷历剡溪山，置酒赋诗，流布京师，人人传讽"①，不惟数量甚多，亦颇有佳制。如果纵观诗人景龙三年秋到任之后至景云元年（710）六月流徙钦州之前所创作的登览诗歌，则可以大致勾勒出诗人越州长史任上的游览路线。

宋之问有《谒禹庙》诗云："夏王乘四载，兹地发金符。峻命终不易，报功畴敢渝。先驱总昌会，后至伏灵诛。玉帛空天下，衣冠照海隅。旋闻厌黄屋，更道出苍梧。林表祠转茂，山阿井讵枯。舟迁龙负蠡，田变鸟芸

---

① （宋）欧阳修、宋祁：《新唐书》卷二二，第5750页。

芜。旧物森如在，天威肃未殊。玄夷届瑶席，玉女侍清都。奕奕扃闱邃，轩轩仗卫趋。气青连曙海，云白洗春湖。猿啸有时答，禽言常自呼。灵歆异蒸糈，至乐匪笙竽。茅殿今文袭，梅梁古制无。运遥日崇丽，业盛答昭苏。伊昔力云尽，而今功尚敷。揆材非美箭，精享愧生刍。郡职昧为理，邦空宁自诬。下车霡已积，摄事露行濡。人隐冀多祐，曷唯沾薄躯。"① 禹庙在越州会稽，即诗人任所。《嘉泰会稽志》卷六"大禹陵"："禹巡守江南，上苗山，会计诸侯，死而葬焉。……苗山自禹葬后更名会稽。是山之东有陇隐若剑脊，西向而下，下有窆石。……窆石之左，是为禹庙，背湖而南向。然则古之宫庙，固有依丘陇而立者。"② 《舆地纪胜》卷一"绍兴府"："禹庙在会稽东南十二里。"③ 大禹陵集禹庙、禹陵、禹祠为一体，多有文人墨客造访，留下为数不少的文学作品，禹陵已不惟是一个历史遗迹，更成为越州地区一个著名的文化景观。诗歌末尾"郡职昧为理，邦空宁自诬。下车霡已积，摄事露行濡"数句暗示诗人下车伊始即前往拜祭。这是一首五言排律，诗人拜祭禹庙，抚今忆昔，有感而作。诗歌的第一部分罗列、歌颂了夏禹的功绩，到"旋闻厌黄屋，更道出苍梧"句，暗示了大禹的逝世。这一部分的主体是对大禹的书写，是诗人身在禹庙，自然而然会想象的斯人事迹与风采。"林表祠转茂"至"业盛答昭苏"，是诗歌的第二部分，关注点转移到了眼前的禹庙上，但诗歌的描写不是完全的写实，仍然存在相当一部分想象，着重表现的是禹庙从过去到当下的历史变迁，配合一系列自然景物的描写，突出了禹庙历史悠久、环境清幽、生机勃勃的特点。"伊昔力云尽"以下，诗人的注意则又从物转移到了人身上，从大禹的功绩、禹庙的昭盛联想到在此地担任郡职的自己，自谦虽然材质非美、忝为摄事，但是也愿意为了当地的生民贡献自己的微薄力量。诗歌大量使用对仗来写景、颂功，用词精巧，语言清丽，显示出诗人高超的技法。用典故书写禹庙的历史，用对仗书写会稽山水，在结尾处则含蓄地抒发了内心再次被贬谪的些许无奈和对越州之地的喜爱，对未来越州生活的向往。之问又有《祭禹庙文》云："维大唐景龙三年岁次己酉月日，越州

---

① （唐）沈佺期、宋之问著，陶敏、易淑琼校注：《沈佺期宋之问集校注》下册《宋之问集校注》卷三，第507页。文中引宋诗颇多，文本皆据此本。为行文简洁，后引宋诗不再一一标注。

② （宋）施宿：《嘉泰会稽志》卷六，《宋元浙江方志集成》第4册，杭州出版社2009年版，第1742页。

③ （宋）王象之编，赵一生点校：《舆地纪胜》卷一，浙江古籍出版社2012年版，第395页。

长史宋之问，谨以清酌之奠，敢昭告于夏后之灵……"记文作于景龙三年，与《谒禹庙》当属同时之作。

宋之问又有《游禹穴回出若耶》诗云："禹穴今朝到，邪溪此路通。著书闻太史，炼药有仙翁。鹤往笼犹挂，龙飞剑已空。石帆摇海上，天镜落湖中。水低寒云白，山边坠叶红。归舟何虑晚，日暮使樵风。"若耶溪，据《嘉泰会稽志》卷一"会稽县"："若耶溪在县南二十五里，溪北流，与镜湖合。"① 禹陵在会稽东南，诗人在拜祭完禹庙之后，便沿若耶溪顺流北上，直至镜湖。诗题与首联确指是诗为本年祭禹庙后顺流游若耶溪之作，诗中"水低寒云白，山边坠叶红"描写的是晚秋景致，可见此次游玩正在宋之问抵任不久。"著书""鹤往"两联化用此地典故，"石帆""水低"两联则实写眼前之景。尾联用"樵风"之典，言不虑归舟日晚，安然返回，可以想见诗人轻松写意的心境。综合来看，宋之问景龙三年深秋抵任之后不久即进行了一次游览，先祭禹庙，创作了祭文与《谒禹庙》诗；而后走水路从禹穴顺流进入若耶溪、镜湖，回到城中。他抵任不久即以"越州长史"的身份拜祭禹庙，可见诗人对为官此郡有所期待，并不因再次被贬谪而意志消沉；又久闻名浙东山水，迫不及待地前往游赏，诗文间只见对秀丽山水的赞叹，而不再感叹身世之沉痛。

到冬季，宋之问又有镜湖、若耶之游。景龙三年冬，有《泛镜湖南溪》诗云："乘兴入幽栖，舟行日向低。岩花候冬发，谷鸟作春啼。沓嶂开天小，丛篁夹路迷。犹闻可怜处，更在若邪溪。"镜湖，《嘉泰会稽志》卷一"会稽县"："镜湖在县东二里，故南湖也。一名长湖，又名大湖。《通典》云：'东汉永和五年，太守马臻始筑塘立湖，周三百十里，溉田九千余顷，人获其利。'王逸少有云：'山阴路上行，如在镜中游。'镜湖之得名以此。"② 诗有"岩花候冬发"语，又"乘兴"句当即化用王子猷"雪夜访戴"之典，因此诗作于冬季。宋之问为官越州仅至景云元年六月，不及冬季，故此诗只可能作于景龙三年冬。这首五律结构工整，首联引入主题，颔联、颈联描写诗人泛舟水上沿途所见景致，对仗工稳，尾联抒情。整体来说，这是一首比较纯粹的记游诗，没有非常深邃的思想内涵，对风景的体味是诗歌的主体内容。

---

① （宋）施宿：《嘉泰会稽志》卷一，《宋元浙江方志集成》第4册，第1846页。
② （宋）施宿：《嘉泰会稽志》卷一，《宋元浙江方志集成》第4册，第1857页。

　　到景龙四年（710），宋之问趁春色出游，所经之处与所作诗篇也更多。有《早春泛镜湖》诗两首，其一云："漾舟喜湖广，湖广趣非一。愉目野载芜，清心山更出。孤烟昼藏火，薄暮朝开日。但爱春光迟，不觉舟行疾。归雁空间尽，流莺花际失。"其二云："远情自此多，景霁风物和。芦人收晚钓，棹女弄春歌。野外寒事少，湖间芳意多。杂花同烂漫，暄柳日逶迤。为客顿逢此，于思奈若何？"题云"早春"，即景龙四年早春之作，因宋之问上年秋抵越州任所，今年六月又贬钦州长史，仅有本年春日在越州。与《泛镜湖南溪》诗相似，本诗主旨仍是写景，诗歌写来，节奏更为明快，表现镜湖春景较之秋冬，更多几分生机盎然。又有《春湖古意》诗，其一云："院梅发向尺，园鸟复成曲。落日游南湖，果掷颜如玉。含情不得语，转盼知所属。惆怅未可归，宁关须采箓。"其二云："碧水春逶迤，荡舟桃李枝。珠绮不相袭，铅华各自宜。好合花日晖，耐使春风吹。调笑路傍子，蹀躞黄金羁。"其三云："妾住若耶溪，溪深夜难越。妍袂湿香露，春歌邀明月。风新渚蒲暖，气渐江蓠发。喧玩日更多，愁心安可伐。"与前诗《早春泛镜湖》应为同时所作，而与之不相似的是，在此诗中被书以浓墨的不再是湖景，而是妇女的春心。在诗人眼中，女性美丽的身影与她们热烈又含蓄的情感，都是春季的镜湖边动人的风景，诗人不止欣赏山水景致，同时也喜爱此地风土人情。又宋之问《西施浣纱篇》诗云："西施旧石在，苔藓日于滋。几处沾妆污，何年灭履綦？岸花羞慢脸，波月教颦眉。君将花月好，来比浣纱时。"诗云"西施旧石"，西施石在若耶溪。《舆地纪胜》卷一："若耶溪，去会稽东二十五里。"① "浣纱石，在会稽若耶溪，一名西施石。"② 这是一首咏古诗。诗人游览至西施浣纱石，遥想西施容止，有感而发，创作是诗。

　　与此同时期，宋之问还游览了法华寺，亦有创作。《游法华寺》诗云："高岫拟耆阇，真乘引妙车。空中结楼殿，意表出云霞。后果缠三足，前因感六牙。宴林薰宝树，水溜滴金沙。寒谷梅犹浅，温庭橘未华。台香红药乱，塔影绿篁遮。果渐轮王族，缘超梵帝家。晨行踏忍草，夜诵得灵花。江郡将何匹，天都亦未加。朝来沿泛所，应是逐仙槎。"《嘉泰会稽志》卷七"山阴县"："天衣寺在县南三十里。晋义熙十三年高僧昙翼结

---

　　① （宋）王象之编，赵一生点校：《舆地纪胜》卷一，第383页。
　　② （宋）王象之编，赵一生点校：《舆地纪胜》卷一，第385页。

庵，诵法华经，多灵异，内史孟觊请置法华寺。"① 李邕有《秦望山法华寺碑》云："法华者，晋义熙十二年释昙翼法师之所建也。……与沙门昙学俱游会稽，觐秦望西北山。"② 天衣寺（法华寺）在秦望山西北山麓一个狭长山谷中，但是旧寺今已不存。诗有"寒谷梅犹浅"语，应是早春梅花初发时作。诗人巧妙地将眼前之景与佛法相结合，创造出精美又空灵的诗歌意境，必得既有对佛法的深刻领悟又有对山寺景物的独特审美才能做到。诗歌末尾"朝来沿泛所"句暗示了诗人是经水路泛舟到达法华寺的，也就是沿若耶溪南行至此。另一首《游法华寺》诗云："薄游京都日，遥羡稽山名。分刺江海郡，褐来征素情。松露洗心眷，象筵敷念诚。薄云界青嶂，皎日骞朱甍。苔涧深不测，竹房闲且清。感真六象见，垂兆二鸟鸣。古今信灵迹，中州莫与京。林峦永栖业，岂伊佐一生。浮悟虽已久，事试去来成。观念幸相续，庶几最后明。"这首诗与前诗的构建角度很不相同，开头以诗人官场生活及自己对浙东山水长期的向往引入，在描写了晨起欣赏到法华寺清幽缥缈的景象之后，得出万事浮云，不如栖居山林的结论。

与游法华寺时间接近，诗人还曾至云门寺一游。云门寺，《嘉泰会稽志》卷九"会稽县"："云门山在县南三十里。旧经云：'晋义熙二年，中书令王子敬居北，有五色祥云见，诏建寺，号云门。'"③ 云门寺与法华寺相距不远，且同在秦望山麓，不过前者在秦望山东南，而法华寺在山西北。两寺都始建于晋义熙年间，是当时颇为繁荣的名胜古迹。《游云门寺》诗云："维舟探静域，作礼事尊经。投迹一萧散，为心自杳冥。龛依大禹穴，楼倚少微星。沓嶂围兰若，回溪抱竹庭。觉花涂砌白，甘露洗山青。雁塔骞金地，虹桥转翠屏。人天宵现景，神鬼昼潜形。理胜常虚寂，缘空自感灵。入禅从鸽绕，说法有龙听。劫累终期灭，尘躬且未宁。摇摇不安寐，待月咏岩扃。"因诗人身处佛寺，故在诗歌大量引用佛教典故以应景。眼前之景与佛语相结合的创作手法，与前文《游法华寺》接近。

又《宿云门寺》诗云："云门若邪里，泛鹢路才通。贪缘绿筱岸，遂得青莲宫。天香众壑满，夜梵前山空。漾漾潭际月，飗飗杉上风。兹焉多

---

① （宋）施宿：《嘉泰会稽志》卷七，《宋元浙江方志集成》第4册，第1783页。

② 周绍良主编：《全唐文新编》第二部第一册卷二六二，吉林文史出版社2000年版，第2963页。

③ （宋）施宿：《嘉泰会稽志》卷九，《宋元浙江方志集成》第4册，第1821页。

嘉遁，数子今莫同。凤归慨处士，鹿化闻仙公。樵路郑州北，举井阿岩东。永夜岂云寐，曙华忽葱茏。谷鸟啭尚涩，源桃惊未红。再咏期春暮，当造林端穷。庶几踪谢客，开山投刹中。"后诗有"再咏期春暮"语，是作于春日，故系于景云元年春。举井、阿岩，陶敏《沈佺期宋之问集校注》云"未详"①，疑此井当为"何公井"。《嘉泰会稽志》卷九"会稽县"："云门山……山有谢敷宅、何公井、好泉亭、王子敬山亭、永禅师临书阁。"② 何公当为何胤，《南史》本传："胤以会稽山多灵异，往游焉，居若邪山云门寺。"③ 按此若邪山微误，云门寺位于云门山，近秦望山、若耶溪、樵风泾。若耶山，据《嘉泰会稽志》卷九"会稽县"："若耶山，在县东南四十四里。"④ 与前数地距离稍远，亦无佛寺。又《南史》本传云："胤以若邪处势迫隘，不容学徒，乃迁秦望山。……胤初迁将筑室，忽见二人著玄冠，容貌甚伟，问胤曰：'君欲居此邪？'乃指一处云：'此中殊吉。'忽不复见。胤依言而卜焉、寻而山发洪水，树石皆倒拔，唯胤所居室岿然独存。"⑤ 此事《嘉泰会稽志》亦记云："宋何胤居若耶山，山发洪水，树石漂拔，其室独存。"⑥ 综上所录，疑《南史》误倒两地，何胤先居秦望（云门）山，后迁至若耶山。云门寺位于秦望山东南一狭长山谷中，所谓"处势迫隘"或指此地。又此联《嘉泰会稽志》有异文，卷十一"山阴县"："何公井，在云门山西，梁何胤所居也。宋之问诗云：樵泾谢村北，学井何岩东。"⑦《会稽掇英总集》同⑧。何、阿形近，此异文亦可作何公井之旁证。虽同作于云门寺，但此诗咏谢敷、葛玄、何胤、谢灵运等隐逸之士，佛教相关内容却不多，末更云"庶几踪谢客，开山投刹中"，直接表达超尘脱俗、入山隐居的意愿，与诗人前期在朝中攀附求进的态度不同。可能诗人此时已经感受到政治斗争失败的不幸，对归隐山林、闲云野鹤的生活有所向往。宋之问对云门寺颇有深情，被贬钦州之后，还有

---

① （唐）沈佺期、宋之问著，陶敏、易淑琼校注：《沈佺期宋之问集校注》下册《宋之问集校注》卷三，第524页。

② （宋）施宿：《嘉泰会稽志》卷九，《宋元浙江方志集成》第4册，第1821—1822页。

③ （唐）李延寿：《南史》卷三，中华书局1975年版，第790页。

④ （宋）施宿：《嘉泰会稽志》卷九，《宋元浙江方志集成》第4册，第1820页。

⑤ （唐）李延寿：《南史》卷三，第792页。

⑥ （宋）施宿：《嘉泰会稽志》卷九，《宋元浙江方志集成》第4册，第1820页。

⑦ （宋）施宿：《嘉泰会稽志》卷一一，《宋元浙江方志集成》第4册，第1883页。

⑧ （宋）孔延之：《会稽掇英总集》卷七，《宋元浙江方志集成》第14册，第6417页。

《忆云门》诗："树闲烟不破,溪静鹭忘飞。更爱幽奇处,斜阳艳翠微。"描写的景色秀丽而静谧,透露出类似世外桃源的美好,这是诗人对云门风景的独特记忆,也流露出诗人对隐逸生活的向往之情。

景龙四年,诗人春游越州,一览周边主要景点,先游镜湖,在湖中泛舟进入若耶溪,见到溪中西施浣纱之处,又继续溯流而上进入秦望山区域,先后拜访了两所著名的佛寺法华寺和云门寺。其间诗人神采飞扬诗兴大发,留下了许多诗作,或沉浸于清幽的山水景色,或神往古人事迹,或感受佛教熏陶,或憧憬隐士的风流潇洒;诗人的笔触是清新优美的,心情是愉悦享受的,诗歌当中很少见到被贬谪的苦闷,而多是对清幽山水的品味与欣赏,可以说,是越州的山水治愈了诗人的心灵。

此外,宋之问还到过称心寺,这应当是诗人在任越州期间所到最远景点。称心寺,《嘉泰会稽志》卷七"会稽县":"称心资德寺在县东北四十五里。梁大同三年建,会昌中废。大中五年,观察使李褒奏重建。'称心'在唐为名山,与云门、天衣埒。宋考功之问守会稽时,有《游称心寺》诗曰:'步陟招提宫……明发坐盈叹。'考功诗名冠冕一代,李适以为自康乐以后推为绝唱。此诗尤高绝,信乎其似康乐也。又有唐律二篇,见集中。云门、天衣至今游会稽山水者必至焉,惟称心在海隅,独以僻远,寺又芜荑,故诗人骚客有终不一到者,名亦晦而不彰,岂独人才有不遇哉!"① 称心寺是位于越州北部的古庙,且较为孤立,不如云门、法华寺等可以与镜湖等名胜接续,所以在当时已较为冷门了。宋之问有《游称心寺》诗二首,其一云:"释事怀三隐,清襟谒四禅。江鸣潮未落,林晓日初悬。宝叶交香雨,金沙吐细泉。望谐舟客趣,思发海人烟。顾枥仍留马,乘杯久弃船。未忧龟负岳,且识鸟耘田。理契都无象,心冥不寄筌。安期庶可揖,天地得齐年。"其二云:"步陟招提宫,北极山海观。千岩递萦绕,万壑殊悠漫。乔木傅夕阳,文轩划清涣。泄云多表里,惊潮每昏旦。问予金门客,何事沧州畔。谬以三署资,来刺百城半。人隐尚未弭,岁华岂兼玩。东山芝桂芳,明发坐盈叹。"其中第二首,《宋之问集》诸本均未收,最早见于《嘉泰会稽志》卷七②。《全唐诗》卷五三收入,题作《称心

---

① (宋)施宿:《嘉泰会稽志》卷七,《宋元浙江方志集成》第4册,第1782—1783页。
② (宋)施宿:《嘉泰会稽志》卷七,《宋元浙江方志集成》第4册,第1782页。

寺》①。这两首诗都从佛事着笔，写景场面宏大开阔，而最终落脚到归隐上，可见诗人对长居山林的隐士生活有所向往。宋之问还有《称心寺》诗云："征帆恣远寻，逶迤过称心。凝滞蘅茝岸，沿洄楂柚林。穿潄不厌曲，舣潭惟爱深。为乐凡几许，听取舟中琴。"此诗《宋之问集》诸本均未收，最早见于《瀛奎律髓》卷四七。陶敏《沈佺期宋之问集校注》卷三收入，并注云："诗景龙三年至四年越州作。《全唐诗》卷八七②收此诗为骆宾王诗。陈熙晋《骆临海集笺注》卷五按云：'此诗见《宋之问集》，今据《全唐诗》补入。'今所见宋集无此诗，未知陈氏所见为何本，但诗非骆集原有无疑。此诗亦见《诗渊》三八二六页，所据为宋之问原集，故当为宋作。"③ 这首诗表现了诗人在此地山水间的美好体验，传达出恣意、闲适的情境，引人入胜。

除了游览之作，宋之问有《景龙四年春祠海》诗描写自己作为越州分刺长官参与祀海之事。诗云："肃事祠春溟，宵斋洗蒙虑。鸡鸣见日出，鹭下惊涛鹜。地阔八荒近，天回百川澍。筵端接空曲，目外唯雾雾。暖气物象来，周游晦明互。致牲匪玄享，禋涤期灵煦。的的波际禽，沄沄岛间树。安期今何在，方丈蔑寻路。仙事与世隔，冥搜徒已屡。四明背群山，遗老莫辨处。抚中良自慨，弱龄忝恩遇。三入文史林，两拜神仙署。虽叹出关远，始知临海趣。赏来空自多，理胜孰能喻。留楫竟何待，徙倚忽云暮。"陶敏《沈佺期宋之问集校注》注云："海：指东海。隋制，祀四海，各于近海处立祠，东海祠于会稽县界。唐武德、贞观之制，四海年别一祭，各以五郊迎气日祭之。见《通典》卷四六。故当于正月立春之日祠东海。"④ 虽云祠海，其实诗歌内容并非对仪式过程的记叙。首联说明"祠海"的事件，作为话题引入，"鸡鸣见日出"以下至"沄沄岛间树"句书写清晨的大海，海天辽阔不见边际，隐约的薄雾、海岛和翱翔的水鸟点缀其间，既有宏大开阔的气势，又兼有缥缈出尘的氛围。"安期今何在"至"遗老莫辨处"写的则是诗人面向东海，联想到神仙隐士的典故。"抚中"

---

① （清）彭定求：《全唐诗》卷五三，第 657 页。

② 按陶注此处误，当作卷七八。

③ （唐）沈佺期、宋之问著，陶敏、易淑琼校注：《沈佺期宋之问集校注》下册《宋之问集校注》卷三，第 537 页。

④ （唐）沈佺期、宋之问著，陶敏、易淑琼校注：《沈佺期宋之问集校注》下册《宋之问集校注》卷三，第 518 页。

以下，则是诗人宦游经历的自叙，虽然从政治中心被贬谪到了偏僻海隅，却也找到了在此地的乐趣，回想以往在官场的执着其实也是虚无的。这首诗写景境界开阔，写事温和理性，没有仅仅停留在对"祠海"事件的简单记叙，而是落脚到了对人生的思索与探究上。

公务之外，宋之问还有两首关于郡宅生活的诗歌，展现其日常生活状态。《郡宅中斋》云："郡宅枕层岭，春湖绕芳甸。云甍出万家，卧览皆已遍。渔商汗成雨，廛邑明若练。越俗镜中行，夏祠云表见。兹都信盘郁，英远常栖昞。王子事黄老，独乐恣游衍。谢公念苍生，同忧感推荐。灵越多秀士，运阔无由面。揆予谬承奖，自昔从缨弁。瑶水执仙羁，金闱负时选。晨趋博望苑，夜直明光殿。一朝罢台阁，万里违乡县。风土足慰心，况悦年芳变。淮稟仵滋实，沂歌非所羡。讼寝归四明，龄颓亲九转。微尚本江海，少留岂交战。唯余后凋色，窃比东南箭。"诗云"春湖绕芳甸"，可见是景龙四年春日宋之问在郡斋中作。这首诗的谋篇角度较为内省，虽然题作《郡宅中斋》，但是真正描写郡宅的诗句仅开头一联，之后诗人的视角便从宅邸往外拓展，描写越州地区的社会繁荣、风景秀美，然后由实入虚，写此地仙人隐士的传说。最后，诗人从隐者的事迹联想到自己生平仕宦经历，被贬谪的不甘与遗憾已被此地风土化解，甚至产生了归隐山林的想法。"微尚本江海，少留岂交战"道出了诗人在留任与隐居的选择中徘徊不定的内心情绪。

又《玩郡斋海榴》诗云："泽国韶气早，开帘延霁天。野禽宵未啭，山虿昼仍眠。目兹海榴发，列映岩楹前。熠燿御风静，葳蕤含景鲜。清晨绿堪佩，亭午丹欲然。昔忝金闱籍，尝见玉池莲。未若宗族地，更逢荣耀全。南金虽自贵，贺赏讵能迁。抚躬万里绝，岂染一朝妍。徒缘滞遐郡，常是惜流年。越俗鄙章甫，扪心空自怜。"因石榴夏日开花，故诗为夏日所作。诗歌借物抒情，以海榴自喻，材质虽美却身处偏遐，不得重用；且流光易逝，更增添了内心空茫。这首诗传达出来的感情，与前诗有了较大的反转。宋之问景云元年六月被贬钦州，因此此诗只可能作于景龙四年初夏。诗人景龙三年秋来到越州，至今已将近一年时间。贬至远地不被召回，一开始诗人还能沉浸于此地美景，甚至以隐者事迹自慰，但是内心对功名荣耀的渴望并未消失，而是随着时间的推移更加强烈，到此时只觉得流年匆匆，迫切希望复起，"归隐山林"的做法已经无法安慰焦虑的诗人了。

除此之外，宋之问在日常生活中还填词《江南曲》一首。诗云："妾住越城南，离居不自堪。采花惊曙鸟，摘叶喂春蚕。懒结茱萸带，愁安玳瑁簪。侍君消瘦尽，日暮碧江潭。"诗有"妾住越城南"语，宋之问在越州所作可能性较大。诗歌表面上写辛勤劳作却又抑郁失落的越女，实际是以越女的遭遇自比，隐喻被放逐远地的诗人自己，尾联"侍君消瘦尽，日暮碧江潭"更是抒发出一种难以消解的惆怅与痛苦。

研究宋之问在越州期间的日常创作，可以发现诗人在此期间的心灵是极度内化的，无论是什么题材的诗歌，最终都会落脚到内心的审视或感受。总体来说，在任越州长史期间，宋之问陶醉于浙东山水，频频出游，诗歌当中也得见其歆羡向往之意，甚至屡屡提及此地的仙人隐者，流露出归隐山林的意愿，可见清幽的山水景色给予了诗人沉溺其中的极致审美体验。

三 宋之问越州酬唱考论

宋之问在浙东境内的总时间其实不长，从景龙三年秋冬至景云元年六月，不到一年时间。但是诗人在其他地区时，也因与浙东友人酬唱，而创作了一些与浙东有关的诗歌。这些作品既涉及了诗人对浙东山水的感受，又体现了与友人酬赠的情谊。

宋之问早年问道嵩山，与司马承祯定交，两人多有往还。司马承祯后居天台，所以两人的赠答诗歌，也与浙东发生关系。宋之问有《送司马道士游天台》诗云："羽客笙歌此地违，离筵数处白云飞。蓬莱阙下长相忆，桐柏山头去不归。"诗中"桐柏"，应该就是天台山上的桐柏观，《嘉定赤城志》卷三"宫观"："天台，桐柏崇道观在县西北二十五里。旧名桐柏，唐景云二年，为司马承祯建。回环有九峰（玉女、卧龙、紫霄、翠微、玉泉、莲华、华琳、香琳、玉霄）。自福圣观北盘折而上，至洞门，长松夹道，孙绰赋所谓'荫落落之长松'是也。吴赤乌二年葛元即此炼丹，今有朝斗坛。洎承祯建堂，有云五色，因禁封内四十里毋得采樵。又传承祯所居，黄云常覆其上，故有黄云堂、元晨坛、炼形堂、凤轸台、朝真龙章阁，又有众妙台。"① 此云景云二年建，微误，当是早有旧观，景云二年重

---

① （宋）陈耆卿：《嘉定赤城志》卷二九，《宋元浙江方志集成》第 11 册，第 5404 页。

修。唐睿宗有《复建桐柏观敕》云："敕：台州始丰县界天台山废桐柏观一所，自吴赤乌二年葛仙翁已来，至于国初，学道坛宇，连接者十余所。闻始丰县人毁坏坛场，斫伐松竹，耕种及作坟墓，于此触犯，家口死亡，不敢居住，于是出卖。宜令州县准地数亩酬价，仍置一小观，还其旧额。更于当州取道士三五人，选择精进行业者，并听将侍者供养。仍令州县与司马炼师相知，于天台山中辟封内四十里，为禽兽草木长生之福庭，禁断采捕者。"①《天台山志》亦载其敕在景云二年。可见司马承祯的确居住于此。司马承祯前往天台之事见载于《旧唐书》本传："承祯尝遍游名山，乃止于天台山。则天闻其名，召至都，降手敕以赞美之。及将还，敕麟台监李峤饯之于洛桥之东。"② 应是当时一盛事，据《旧唐书·则天皇后纪》载"（圣历元年）冬十月……麟台少监李峤并同凤阁鸾台平章事"③，则此事当在圣历元年（698）十月前。今日仍能见到宋之问、李峤、薛曜送行诗。李峤《送司马先生》诗云："蓬阁桃源两处分，人间海上不相闻。一朝琴里悲黄鹤，何日山头望白云。"④ 薛曜《送道士入天台》诗云："洛阳陌上多离别，蓬莱山下足波潮。碧海桑田何处在，笙歌一听一遥遥。"⑤ 三首都是七绝诗，可见是同时所作。

司马承祯还天台后，宋之问又有《寄天台司马道士》诗云："卧来生白发，览镜忽成丝。远愧餐霞子，童颜且自持。旧游惜疏旷，微尚日磷缁。不寄西山药，何由东海期。"因为张说、沈如筠有同题诗，崔湜也有《寄天台司马先生》诗，题名近似，似乎是同时创作。张说诗云："世上求真客，天台去不还。传闻有仙要，梦寐在兹山。朱阙青霞断，瑶堂紫月闲。何时枉飞鹤，笙吹接人间。"⑥ 沈如筠诗云："河洲花艳爢，庭树光彩蒨。白云天台山，可思不可见。"⑦ 崔湜诗云："闻有三元客，祈仙九转成。人间白云返，天上赤龙迎。尚惜金芝晚，仍攀琪树荣。何年缑岭上，一谢洛阳城。"⑧ 可见在当时诗人眼中，天台山因其有高道隐居，的确是仙家之

---

① 李希泌主编：《唐大诏令集补编》卷三，上海古籍出版社 2003 年版，第 1364—1365 页。
② （后晋）刘昫：《旧唐书》卷一九二，第 5127 页。
③ （后晋）刘昫：《旧唐书》卷六，第 128 页。
④ （清）彭定求：《全唐诗》卷六一，第 729 页。
⑤ （清）彭定求：《全唐诗》卷八，第 870 页。
⑥ （清）彭定求：《全唐诗》卷八七，第 955 页。
⑦ （清）彭定求：《全唐诗》卷一一四，第 1164 页。
⑧ （清）彭定求：《全唐诗》卷五四，第 664 页。

地。作者张说、崔湜声名昭彰，沈如筠事迹较为隐晦。据《新唐书·艺文志》四《包融诗》下注："融与储光羲皆延陵人；曲阿有余杭尉丁仙芝、缑氏主簿蔡隐丘、监察御史蔡希周、渭南尉蔡希寂、处士张彦雄、张潮、校书郎张晕、吏部常选周瑀、长洲尉谈戫、句容有忠王府仓曹参军殷遥、硤石主簿樊光、横阳主簿沈如筠，江宁有右拾遗孙处玄、处士徐延寿，丹徒有江都主簿马挺、武进尉申堂构，十八人皆有诗名。殷璠汇次其诗，为《丹阳集》者。"① 《吟窗杂录》"沈如筠"条："殷璠曰：如筠早岁驰声，白首一尉。"② 沈如筠是吴越地区诗人，诗作入选殷璠《丹阳集》，曾任衡阳主簿，诗名颇显而官运不亨。

关于这组诗的创作时间，熊飞《张说集校注》卷七注云："《陈谱》不系此诗作年。按：《天台前集·别编》收有沈如筠同题作，《英华》收宋之问同题作及崔湜《寄天台司马先生》，崔作虽略有出入，但作时似应相同。崔湜开元元年赐死，据《旧唐书·司马承祯传》及《李适传》，睿宗景云二年（711），天台道士司马承祯被征至京师，及还，李适赠诗序，朝廷之士无不属和，凡三百余人，徐彦伯编而叙之，谓之《白云记》。此诗应为司马承祯还山后不久作。"③ 推测在景云二年之后作。这应当是不可能的。景云元年六月，宋之问被贬钦州，从越州长史卸任南下，至景云二年已到桂州，其间一直身处桂州，直至先天元年（712）秋冬之际，被赐死于桂州驿。同时期，张说则身在东都洛阳。景云二年十月，《旧唐书·张说传》："俄而太平公主引萧至忠、崔湜等为宰相，以为说不附己，转为尚书左丞，罢知政事，仍令往东都留司。"④ 崔湜在开元元年（713）七月被赐死前都在京师。先天元年崔湜为中书侍郎，据敦煌遗书S2423《瑜伽法镜经题记》，太极元年四月，银青光禄大夫、行中书侍郎、昭文馆学士兼太子右庶子崔湜。又见S2926《佛说校量数珠功德经题记》。据《资治通鉴·唐纪》，崔湜开元元年七月，与窦怀贞等人谋废立，又于赤箭粉中置毒进于上⑤，又《旧唐书·崔湜传》，开元元年，"时新兴王晋亦连坐伏诛，临刑叹曰：'本谋此事，出自崔湜，今我就死而湜得生，

① （宋）欧阳修、宋祁：《新唐书》卷六，第1609—1610页。
② （宋）陈应行：《吟窗杂录》卷二五，中华书局1997年版，第738页。
③ 熊飞：《张说集校注》卷七，中华书局2013年版，第347页。
④ （后晋）刘昫：《旧唐书》卷九七，第3051页。
⑤ （宋）司马光：《资治通鉴》卷二一《唐纪》，中华书局1956年版，第6683—6684页。

何冤滥也！'俄而所司奏宫人元氏款称与湜曾密谋进鸩，乃追湜赐死"。①
则崔湜卒于开元元年七月。虽然此期间沈如筠事迹不明，但是显然宋之
问、张说、崔湜都不在一地，不可能同时作诗寄赠司马承祯。司马承祯
多次被召入京师，此次征还之后不久，宋之问、崔湜便身死，因此这组
诗更可能在此前由李峤等送司马承祯还天台之后集体创作，即圣历元年
前后。

此外，宋之问还有《冬宵引赠司马承祯》诗云："河有冰兮山有雪，
北户墐兮行人绝。独坐山中兮对松月，怀美人兮屡盈缺。明月的的寒潭
中，青松幽幽吟劲风。此情不向俗人说，爱而不见恨无穷。"陶敏《宋之
问集校注》卷一注云："司马承祯，潘师正弟子。……宋之问早年居嵩山，
师潘师正，二人唱和当在高宗末、武后前期。"② 司马承祯有《答宋之问》
诗云："时既暮兮节欲春，山林寂兮怀幽人。登奇峰兮望白云，怅缅邈兮
象郁纷。白云悠悠去不返，寒风飕飕吹日晚。不见其人谁与言，归坐弹琴
思逾远。"③ 应该就是赠答此诗而作。宋、马的交往的真挚感情，在这组赠
答诗中可见一斑，诗中的情感抒发是世俗化、私人化的，没有丝毫信徒和
高道对宗教的探讨，只有友人之间深切的思念。

又景龙二、三年间，宋之问有《浣纱篇赠陆上人》诗云："越女颜如
花，越王闻浣纱。国微不自宠，献作吴宫娃。山薮半潜匿，苧萝更蒙遮。
一行霸句践，再笑倾夫差。艳色夺人目，教顿亦相夸。一朝还旧都，靓妆
寻若耶。鸟惊入松网，鱼畏沉荷花。始觉冶容妄，方悟群心邪。钦子秉幽
意，世人共称嗟。愿言托君怀，倘类蓬生麻。家住雷门曲，高阁凌飞霞。
淋漓翠羽帐，旖旎采云车。春风艳楚舞，秋月缠胡笳。自昔专娇爱，袭玩
唯矜奢。达本知空寂，弃彼犹泥沙。永割偏执性，自长薰修芽。携妾不障
道，来止妾西家。"也是一首填词之作。陶敏《沈佺期宋之问集校注》卷
二注云："《西溪丛语》卷上录此诗首十六句，云：'因观《唐景龙文馆
记》宋之问《分题得浣纱篇》云。'知此诗为与之问同任修文馆学士之武
平一载入其所著《景龙文馆记》，乃与同时学士分题所咏，当作于景龙二

---

① （后晋）刘昫：《旧唐书》卷七四，第2623—2624页。
② （唐）沈佺期、宋之问著，陶敏、易淑琼校注：《沈佺期宋之问集校注》下册《宋之问集
校注》卷一，第366页。
③ （唐）沈佺期、宋之问著，陶敏、易淑琼校注：《沈佺期宋之问集校注》下册《宋之问集
校注》卷一，第367页。

年五月至三年秋间。"① 这首诗是与同时学士分题所咏，虽然此时宋之问尚未前往越州，但是因"浣纱"是西施的典故，所以诗中仍然大篇幅地提及了越州风土，可见诗人早对越州地区有所了解。

在宋之问任官越州期间，与僧鉴来往密切。僧鉴生平事迹不详，应是越州僧人。今所见宋之问与其相关的诗作有四首。《湖中别鉴上人》诗云："愿与道林近，在意逍遥篇。自有灵佳寺，何用沃洲禅。"诗中将僧鉴比作晋代高僧支遁，全诗都用支遁的事迹隐喻鉴上人，表达的是对僧人隐居在越州镜湖的赞同，认为他也有"逍遥"的境界。《题鉴上人房二首》诗，其一云："落花双树积，芳草一庭春。玩之堪兴尽，何必见幽人。"描写寺院的花草幽美，景色宜人，虽然未得见僧人，但是诗人兴尽而返，不求必要相见，有六朝名士的洒脱风度。其二云："晚入应真理，经行尚未回。房中无俗物，林下有青苔。""俗物"与"青苔"的对比，反映僧鉴交往的朋友都是高尚风雅之人，生活是充满诗意的，表明诗人的欣赏之意。同时，诗歌也透露出诗人时常前去拜访僧人，并且乐于与其探究佛理的信息。又有《见南山夕阳召鉴师不至》诗云："夕阳黯晴碧，山翠互明灭。此中意无限，要与开士说。徒郁仲举思，讵回道林辙。孤兴欲待谁，待此湖上月。"诗有"孤兴欲待谁，待此湖上月"，可推僧鉴居住在镜湖。"此中意无限，要与开士说"则表明诗人与僧鉴的交流也已经上升到心灵的沟通。诗人自比陈蕃，有下榻之心而未等到僧人，抒发了相召不见的失落和对僧鉴的思念之请。

四　结语

宋之问是初唐时期大诗人，他的诗作主要产生于宫廷之中，而其越州的行迹与生活是他一生中的重要经历，也是诗歌创作与诗风形成的转折点。因此，他与浙东唐诗之路的关系，是非常值得研究的重要课题。

宋之问今见的与浙东相关的诗歌，数量和内容都是相当丰富的。越州作为浙东治所，也是浙东唐诗之路的一个重要节点，诗人因为官此地而有了丰富创作，作品也颇为时人所咏。这些作品以诗人记录游览此地山水风

---

① （唐）沈佺期、宋之问著，陶敏、易淑琼校注：《沈佺期宋之问集校注》下册《宋之问集校注》卷二，第490页。

光的游记诗为主，同时也有一些表现诗人日常生活状况以及与僧人交往的诗歌。而身在浙东地区以外的时间段中，诗人也因与居住天台的道士司马承祯诗歌酬唱，而创作了与浙东山水发生关系的作品。此外，诗人贬谪越州的路途之中，也多有创作，连带提及越州，因而也与浙东发生联系，这些作品的心境表现是由悲切渐趋平和以至期待的，因此也可与诗人在任越州期间的行迹和创作相互印证。

浙江诗路文化当代建设与发展的几点思考

陈国灿

（浙江师范大学 人文学院）

摘要：全面开展诗路文化建设是浙江省基于"诗路浙江"的人文传统和当代社会的发展需要而作出的一项重大决策，需要深入剖析诗路文化的传统形态，形成对诗路文化及其人文本质的正确认识；科学解读诗路文化的现实意义，准确把握在当今社会环境下开展诗路文化建设的基本出发点；明确诗路文化建设的战略定位，确立科学合理的建设目标。同时，还必须深入认识诗路文化产生发展的地域文明传统和人文精神，系统认识传统诗路的文化遗产及其特点，正确认识传统诗路的文化保护和传承。作为战略性的社会发展工程，诗路文化建设涉及文化、经济、生活三个基本层面，政府、社会、民众在其中有着不同的角色定位，需要彼此协调配合和共同努力，才能实现预期目标。

关键词：浙江；诗路文化；当代发展；社会工程

全面开展诗路文化建设是浙江省基于"诗路浙江"的人文传统和当代社会的发展需要而作出的一项重大决策，是从创新、协调、绿色、开放、共享的新发展理念出发，探索具有浙江特色发展道路的重要举措。毫无疑问，建设诗路文化不只是传统文化资源的开发利用问题，更是关系到社会发展战略的一项系统工程，需要多视角、多层次地完整认识和准确把握。

一 弄清诗路文化建设的三个关键问题

在当代社会环境下开展诗路文化建设，推进诗路文化的新发展，首先需要弄清"是什么""为什么""要什么"三个基本问题。

所谓"是什么"，就是要弄清什么是诗路文化的问题，即通过系统梳理诗路文化的历史演变过程和活动内涵，深入剖析诗路文化的传统形态及其主要表现，全面总结诗路文化的内在发展机制和地域特征，进而形成对传统诗路文化及其人文本质的正确认识。

"诗以明志，文以载道。"中国历来有赋诗抒情怀、叙文明事理的文化传统，而浙江地区在其中扮演了独特的角色。从先秦时期的古越风情诗到东晋南朝的玄言山水诗，再到唐宋以降诗家辈出，引领风骚，浙江诗坛在长盛不衰的同时，形成了底蕴深厚、特色鲜明的诗路文化。从表面上看，所谓"诗路"是"诗"和"路"的简单组合，是"诗"的具化和"路"的诗化的统一体。就实质而言，诗路是以诗为灵魂、以路为载体的地域文化升华形态，是浙江钟灵毓秀的自然环境和雄浑厚实的历史人文密切结合，文学、儒学、佛道、艺术、民俗等多诸多领域相互融合的文化体系。可以说，在漫长历史进程中逐渐形成的大运河诗路、钱塘江诗路、浙东唐诗之路和瓯江山水诗路，以及在此基础上发展起来的诗路文化，积淀了传统浙江厚重的文明底蕴，承载了传统浙江昌达的史迹文脉，凝聚了传统浙江深邃的先贤智慧，孕育了传统浙江诗意的社会生态，体现了传统浙江多彩的生活画卷。换言之，浙江传统诗路文化既是文明发展载体，也是文化活动形态，更是精神意境、社会观念和生活方式的一种升华，因而有着丰富的历史价值、文化价值、社会价值和时代价值。

所谓"为什么"，就是要弄清为什么在当代环境下要积极推进诗路文化建设，即如何科学地解读诗路文化的现实意义，准确把握新时期开展诗路文化建设的基本出发点。

从本质上讲，诗路文化是透视浙江人文传统之"道"，通过诗路文化建设，有助于深入总结和准确把握浙江文化长盛不衰的内在发展机制，更好地传承和发展浙江文明之路和人文精神。诗路文化是凝聚浙江文化精华之"核"，通过诗路文化建设，有助于保护、传承和复兴优秀的文化传统，推进相关的经典人文教育，树立历史与现实相结合的文化自信。诗路文化是串联浙江诗画山水之"链",通过诗路文化建设,有助于调整社会发展意识和生活追求意识,走出一条人与自然和谐共融的生态文明之路。诗路文化是推动浙江文化创新之"基",通过诗路文化建设与发展,有助于促进新时代的文化调整与升级,推进文化与社会和谐发展的实践探索。

所谓"要什么",就是要弄清当代诗路文化要达到什么目的,即根据当代浙江社会发展的实际需要,明确诗路文化建设的战略定位,确立科学合理的建设目标。

开展诗路文化建设是全面贯彻浙江省"八八战略"总纲和"两个高水平"战略规划的重要体现,是深入推进"文化浙江"发展和大花园建设的综合性社会工程,其核心是探索弘扬优秀传统文化的新思路,激发创新创业的新活力,打造和谐共融的新生态,构建合作发展的新格局,引导文明幸福的新生活。在此基础上,构建以诗路文化为基础的五个体系:一是通过系统整理和全面总结诗路文化的优秀传统,不断完善历史传承和当代创新相结合的文化发展机制,形成传颂千年、根植当代、会通古今、充满活力的人文发展体系;二是通过以诗路文化为基础的产业建设,不断完善开拓创新的产业发展机制,形成结构完整、特色鲜明、富有创意、竞争力强的文化产业体系;三是通过诗路文化资源的合理开发和科学利用,不断完善境像沉浸和文化体悟深度融合的文旅发展机制,形成遗产展示、文化研学、生态体验、民俗感受相结合的现代文旅服务业体系;四是通过传承诗路文化尊崇自然意识和绿色生活观念,不断完善自然与文化有效结合的生态发展机制,形成生产、生活、生态"三生共融",自然环境与社会生活和谐统一的可持续生态体系;五是弘扬传统诗路文化和谐包容、多元融会的人文精神,不断完善共享共赢的合作发展机制,形成人文交流和互利合作相得益彰的开放体系。

二 认识诗路文化建设的三个重要前提

浙江传统诗路文化是在钟灵毓秀的自然环境下,依托厚实的地域文明和发达的人文文化而逐渐发展起来的,有着厚实的历史积淀。全面开展诗路文化建设,必须对传统诗路文化的历史底蕴有深刻的认识。这当中,主要涉及三个方面。

一是深入认识地域文明传统和人文精神。浙江历史上活跃的诗路文化并不是凭空产生的，而是根植于深厚的文明传统和独特的人文精神。就文明传统而言，从发达的史前文明到长期延续的越文化，浙江地域文明不仅有自身的发展历程和体系，而且有陆地文明和海洋文明交会整合的地域特征，从而赋予传统诗路文化有力的文明活力。就人文精神而言，求真务实意识开启了文化发展之路，开放包容意识造就了文化昌盛之道，开拓创新意识汇聚了文化活力之源，自主平等意识促成了文化活动之则，由此塑造了传统诗路的文化性格。

二是系统认识传统诗路的文化遗产。浙江传统诗路的文化遗产丰富多样，既有诗路本身的各种人文活动和文化遗存，又有以诗路为纽带联结为一体的沿线地区历史文化遗存。就前者而言，主要有文学艺术文化，包括围绕诗路的历代诗词书画作品以及相关的文化活动；人文活动遗迹，包括诗路交通遗迹、文化活动遗迹、名人生活遗迹等。就后者而言，内容更加丰富，涉及地域文明遗迹、非物质文化遗产、历史聚落和生活形态遗存等诸多方面。其中，诗路沿线的非物质文化遗产是诗路文化与区域社会互动和融合的产物，属于传统诗路文化的重要延伸和拓展；诗路历史聚落和生活形态遗存主要是指诗路沿线分布的各类古城、古镇、古村等聚落遗存和遗址、遗迹，以及所呈现的空间布局、建筑风格、生活方式、民俗风情等。

三是正确认识传统诗路的文化保护和传承。对传统诗路文化的保护和传承，不能停留于简单的文化梳理和物质保存，而是要以科学的态度，坚持四个原则。

其一，系统保护和重点优先相结合。诗路文化遗产是庞大的历史文化遗存，需要有系统保护的观念与意识。所谓系统保护和传承，是指在对诗路文化遗产进行系统的调查、整理和总结的基础上，制定系统的保护传承规划，构建系统的保护传承制度。但系统保护和传承并不意味着对所有诗路文化不加区别地同等对待，而是要有不同领域、不同层次的主次之分，做到突出重点，有序进行。依据传统诗路文化的结构体系和特点，分门别类，选取其中具有标志性、代表性、完整性、精品性、特例性的文化遗产作为优先保护和传承对象。

其二，整体保护和精华为主相结合。任何一种文化遗产必须与相应的历史环境和文化生态联系起来才是完整的，否则只能是零散、孤立的历史碎片和文化陈迹。对诗路文化的整体保护和传承，一方面要超越只关注文化遗产本身的狭隘视野，将相关文化事项紧密结合的历史环境和文化生态合为一体加以保护传承；另一方面要避免分割文化遗产和只注重局部节点的做法，将文化遗产的各个方面作为统一整体加以保护和传承。同时，每一种诗路文化遗产所涉及的外在环境和内在结构都是多领域、多层次的，在进行整体保护时，也必须对其中的文化侧面有所取舍，以系列精华组合为主形成完整的保护和传承体系。

其三，原真保护和活态传承相结合。任何文化遗产的保护传承首先必须做到原真性，但原真性保护不仅仅是最大限度地再现文化事项的历史静态面貌，更重要的是保持其历史活动的生命力，即所谓的历史活态传承。对诗路文化的保护传承也是如此，在维护其文化原貌的同时，也要注重其文化生命力的传承。

其四，依法保护和人本主义相结合。对诗路文化的保护和传承，必须依法而行。在严格依照有关文化遗产保护传承的各种法律规范的同时，也要根据科学保护诗路文化遗产的具体情况与要求，制定相应体制建设和行为规范的基本准则，作为保护传承活动的指导。另外，依法保护和传承诗路文化必须得到广大民众的广泛理解和积极支持，坚持以人为本的原则。从根本上讲，民众既是文化遗产的创造者，也文化遗产保护和传承主体。因此，对诗路文化遗产的保护和传承需要在关注和尊重相关民众的现实需求与发展利益的基础上，激发民众的主动性和责任感，引导他们自觉地加入保护和弘扬诗路文化的行列。

三　把握诗路文化建设的三个基本层次

作为具有战略性和前瞻性的社会发展工程，当代诗路文化建设基于文化而又超越文化，其实施内容主要涉及文化建设、经济发展、生活引导三个基本层面。

诗路文化建设是一项文化工程。通过对传统诗路及其所积淀的人文内涵的系统发掘、全面总结和科学传承，推进当代浙江文化的现实重构和升华。以诗路为载体的浙江人文传统，既有思想和精神形态的学术文化，也有社会精英形态的雅文化，还有与人们日常生活紧密结合的俗文化。就学术文化而言，核心是传统"浙学"及其所蕴含的思想精华。由运河诗路、浙东诗路、钱塘江诗路和瓯江诗路构成的文化环，孕育了宋元时期兴盛一时的"婺州之学""四明之学""永嘉之学"和明清时期引导全国学术潮流的"阳明之学""启蒙思潮""浙东史学"等一大批学术流派，汇聚了传统浙学的理论成就和文化光辉。就雅文化而言，核心是传统士人精英文化，包括文学、艺术、史学、宗教等诸多文化形态。诗路本身就是雅文化活动的结果和表现形式，同时又是贯通雅文化体系的纽带和促进雅文化发展、传播的动力。就俗文化而言，核心是自然和谐的大众文化，包括传统演艺、手工技艺、建筑风格、服饰时尚、民俗风情等。贯穿浙江各地的诗路体系，充分展现了传统俗文化的不同活动形态和表现形式，折射出传统世俗社会的内在特质和基本特征。这些不同层面的人文传统是当代诗路建设需要传承的文化内核，也是浙江文化发展的历史基础和活力源泉。通过诗路文化的传承和复兴，着力构建古今结合、雅俗共赏，具有持续活力和浙江特色的诗性文化体系，推进名城、名镇、名村文化层次的不断提升。

诗路文化建设也是一项经济工程。依托深厚的诗路人文传统和丰富的历史文化资源，积极开展相关产业的拓展和创新，以此推进既有产业体系的调整和经济发展思路的转变。科学开发和合理利用诗路文化资源，需要突破"文化搭台，经济唱戏"的陈旧模式和一味追求经济实利的简单思维，应从三个方面探索文化与经济有效结合的发展机制：一是围绕诗路文化构建具有鲜明地域特色的文化产业体系。诸如基于传统工艺、传统戏剧、传统艺术、传统民俗等非物质文化遗产振兴、发展的产业开发；针对诗路文化特色内容展示和传播的全产业链演艺业和相关文化交易体系建设；结合诗路文化传统历史复原和意像演绎的影视动漫产业化拓展及相关衍生产品的市场开发等。二是依托诗路文化构建充满活力和魅力的新型旅游产业体系。推进诗路文化建设，重在充分利用贯穿全省的诗路网络及其所凝聚的各种文化资源，形成不同特色、不同内涵的文化旅游精品体系，诸如诗人名流遗迹游、名山名水养生游、古道古驿寻踪游、古镇古村探访游、古刹名观休闲游、非遗项目展示游、民俗风情体验游、名吃名店美食游等。与此同时，不断创新诗路旅游品牌营销体系，推进跨行业的数据整合和共享，建设全功能的数据平台，实现旅游的智慧化。三是借助诗路文化推进产业文化的发展。文化是引导产业发展的精神内核和价值支撑，诗路文化所蕴含的文明、自然、和谐、共享意识，正是当代社会产业活动所需的价值追求，也是推动产业持续发展的文化活力。

诗路文化建设又是一项生活工程。诗路既是一种精神境界，也是一种生活方式。传统诗路文化注重精神追求和物质满足有效结合的人生观和社会与自然和谐统一的生态生活观，这正是今天我们需要大力倡导和积极引导的生活形态。通过诗路文化的复兴、传播和体悟，有助于引导人们调整生活观念，转变生活方式，促进美好生活的不断提升。另外，借助诗路文化建设，也有利美化社会生活环境，丰富人们的生活内涵，推进文明的生活氛围和健康的生活模式。

四　明确诗路文化建设的三个实践角色

诗路文化建设涉及社会诸多领域和不同层面，政府、社会、民众在其中有不同的角色定位，需要彼此协调配合和共同努力。

政府和有关部门在诗路文化建设中主要承担"引导者"的角色。这种引导主要体现在两个方面：一是整体建设目标的确立和宏观规划的制定，包括明确诗路文化建设的总体目标和阶段性任务，提出诗路文化建设的基本思路和战略布局，规划诗路文化建设的实施内容和实践路径等。二是相关政策的制定和实施，包括与诗路文化建设相关的文化政策、产业政策、社会政策的调整，特定的教育政策、人才政策、宣传政策的探索，形成有效实施这些政策的动力机制和督察机制。与此同时，要科学合理地发挥政府引导作用，还要建立各级政府、各个管理部门之间相互结合、彼此协调、统一行动的内在联动机制。

社会力量在诗路文化建设中主要承担"主导者"的角色。这种主导作用主要体现于诗路文化建设的不同环节和层次，诸如诗路文化传统的挖掘整理和总结、诗路文化的保护和传承、诗路文化的复兴和发展、诗路文化的产业开发和利用等，都需要相应的社会组织和机构来自主实施和积极推进。可以说，能否充分发挥社会力量的主导作用，在很大程度上决定了诗路文化建设的成败。

民众是诗路文化建设的"践行者"。从根本上讲，诗路文化建设是基于民众的文化和生活需要进行的，民众既是诗路文化建设的出发点，也是诗路文化建设的最终归宿。一方面，只有广大民众了解、重视和接受诗路文化，准确地把握诗路文化传统并与自身的社会生活相结合，才能真正实现诗路文化的有效保护、科学传承和当代复兴；另一方面，只有广大民众积极主动地参加，才能推进诗路文化建设的全面展开和不断深入，实现诗路文化建设的社会价值。

唐诗之路上的璀璨明珠

——云门寺

王致涌

（绍兴新闻传媒中心）

提要： 云门寺始建于东晋，系王羲之第七子王献之旧宅，后舍宅建寺，迄今已有1700多年历史，是华夏年份最久的古刹之一。大凡来浙东的唐代名人，几乎没有不跨云门寺铁门槛的；大凡徜徉稽山镜水的唐代诗人，几乎都在此留下题咏，天下名刹多有名人光顾，但有这么多名人，尤其是唐代名人朝拜并留下众多题咏的无出其右，诗赋之盛，佳篇之多，叹为观止。这中间当然有佛教的缘由，也有书法的因素，因为它与王氏家族、与《兰亭帖》的关系可谓众所周知。其中应该还有一个原因，这就是大多数中国文人，特别是唐代诗人的雅好——黑白之道。这颗"唐诗之路"的璀璨明珠，也是一座与佛教、书法、围棋有紧密联系的寺庙。本文就此作一梳理。以期修复这座名刹，为唐诗之路增添一个亮丽的实景。

关键词： 云门寺；唐诗之路；书法；围棋；天下第一寺

说到唐诗之路，不能不提蜚声遐迩的云门寺，大凡来浙东的唐代名人，几乎没有不跨过云门寺铁门槛的；大凡徜徉稽山镜水的唐代诗人，几乎都在此留下题咏，天下名刹多有名人光顾，但有这么多名人朝拜并留下众多题咏的无出其右，诗赋之盛，佳篇之多，叹为观止。这里有古迹，这里有故事，应该说，云门寺吸引文人雅士之处不一而足。

它是名人故里：王献之、王羲之、智永、辩才、帛道猷、支遁、陆游、陈洪绶……又依附着这么多故事和典故：五彩祥云、笔冢、铁门槛、萧翼骗贴、琴棋书画、手谈、坐隐……留下丰富的诗文：几百首唐诗、王勃两次修禊和序文……

天下名寺不少，但有如此声名显赫者不多；云门寺既是"唐诗之路"上一颗璀璨的明珠，也是一座与书法和围棋有紧密联系的寺庙。云门寺声名显赫，受到中国历代帝王的器重。如晋安帝、梁武帝、唐太宗、吴越王、宋太祖、宋太宗、宋高宗和清顺治、康熙、乾隆等皇帝都十分关注云门寺，或赐名题额，或树碑建塔，或给予各种赏赐，等等。

云门寺始建于东晋义熙三年（407），迄今已有1700多年历史了，可谓华夏年份最久的古刹之一。相传原为王羲之第七子王献之之旧宅。云门和云门寺之出名，当从东晋王羲之之第七子王献之隐居于此算起。相传安帝义熙年间某夜，王献之位于秦望山麓其宅处屋顶忽然现五彩祥云，王献之便将此事上表奏帝，晋安帝得知下诏赐号将王献之的旧宅改建为"云门寺"，门前石桥改名"五云桥"。宋《嘉泰会稽志》卷七（宫观寺院）载：

> 淳化寺，在（会稽）县南三十里，中书令王子敬所居也。义熙三年（407）有五色祥云见。安帝诏建云门寺。①

同书卷九（山）又载：

> 云门山，在（会稽）县南三十里，旧《经》云，晋义熙二年（406），中书令王子敬居此，有五色祥云见，诏建寺，号"云门"。今为淳化、雍熙、显圣、广福。②

所引内容基本一致，虽有义熙三年和义熙二年之说（亦可能为上奏与下诏赐号或建成之时间前后差异），但王献之隐居云门，当为无可怀疑之事实。由于历朝历代云门寺声名显赫，规模也就越来越大，到后来云门寺也就成了个总称，它包括云门主寺及多个副寺，如显圣寺、雍熙寺、寿圣寺等。在当时云门主寺和几个主要依附云门主寺而别立的寺院被当地人称

---

① 《嘉泰会稽志》采菊轩藏版，嘉庆戊辰重镌卷七云门寺条。
② 《嘉泰会稽志》采菊轩藏版，嘉庆戊辰重镌卷九云门山条。

之为"一山四寺"、"一主四副"或云"一本而四名"。但在当地信众的观念中通常把这些寺院视其为云门一寺。至宋,云门已析为广孝、显圣、雍熙、普济、明觉、云门六寺。陆游曾在其《云门寿圣院记》中就有这样的记述:

> 云门寺自晋唐以来名天下,父老言昔盛时,缭山并溪,楼塔重复,依岩跨壑,金碧飞踊,居之者忘老,寓之者忘归,游观者累日乃遍,往往迷不得出,虽寺中人或旬月不相觌也。①

据此记,这个寺庙要花好长时间才能走遍,而且像迷宫一样找不到出路。因为太大了,寺中的人虽然个把月也不一定能见上一面,这种规模的寺院古今中外都是很少见的。清康熙《会稽县志》卷十六云门光孝寺条载:

> 先唐时,云门止有一寺,后乃裂而为四:雍熙者,忏堂也;显圣院者,看经院也;寿圣者,老宿所栖庵也……言云门,言光孝,其沿革有分合矣。寺在云门者皆得称以云门,今云门与光孝号分为二,而山中有六寺之目,题咏自昔共之,无从分属。②

庙宇可以析分,但总冠名只有一个,所有写于此地的诗词文赋也确实无从分家。乾隆抄本《越中杂识》记:

> 云门寺,在府城南三十里云门山,晋中书令王献之宅也,后改为寺。顺治中,赐币银修雪峤塔。按云门寺古有六寺,今存云门、光孝、宝严、寿圣四寺。③

据此,为叙述方便,下面也均以"云门寺"通称之。

王献之舍宅改寺后首任主持帛道猷,他是东晋高僧,本姓冯,山阴(今浙江绍兴)人,年轻研习儒学,写得一手好文章,后在若耶山中出家。

---

① (宋)陆游:《渭南文集》卷第十七《云门寿圣院记》,中华书局 1976 年版。

② 《康熙会稽县志》卷十六,民国 25 年七月版(绍兴县修志委员会校刊)。

③ (清)悔堂老人:《越中杂识》上卷寺观,云门寺条,浙江人民出版社 1983 年版。

帛道猷曾经遍游两浙名山胜水，写了不少诗，被人称为有"濠上之风"，可惜诗作大多都散失了。但却有诗记云门：

> 召道壹上人居云门
> 连峰数千里，修林带平津。
> 云过远山翳，风至梗荒榛。
> 茅茨隐不见，鸡鸣知有人。
> 闲步践其径，处处见遗薪。
> 始知百代下，故上有皇民。

这首诗又名《陵峰采药触兴为诗》，这也是帛道猷现在唯一留下的一首诗。帛道猷以云门寺的野趣和远离尘嚣来吸引竺道壹前来相聚。

竺道壹，出家前姓陆，吴地人。少年时就出家为僧，很有学问，跟从高僧竺法汰学习佛经，几年之内，他就对佛经有非常深刻的理解。在一次讲经时，帛道猷曾与道壹相识。他给道壹写信说：能够优游于山林之间，纵心于佛家和儒家的经书，触动兴致而作诗，在高高的山峰上采药，服下草药治疗疾病，这是多么快乐啊！但是，因不能和您一起享受这种快乐，我常耿耿于怀。

帛道猷在信中附上了这首诗。道壹早就对越中山水十分向往，收到这封信后，于是欣然来到若耶溪，与道猷相会，住在云门寺中，互相切磋佛学，以经书自娱自乐，并泛舟若耶，遨游鉴湖，访兰亭，探禹穴，走遍了附近的山山水水。过了没多久，会稽（今绍兴）太守王荟在城西建起嘉祥寺，因道壹的风范和德行高尚，请道壹为僧主。因为有这两位高僧在，越州一度成为当时的佛教中心。

云门寺历任住持者皆系当时著名高僧，到这里进行短期游学的就更是数不胜数了，且大多是书法高手并对围棋情有独钟。除上面所说的帛道猷、支遁外，智永、智果、辩才等均为此中翘楚，寺中僧人受他们的影响，大多精于书法、围棋而且高手迭出。甚至还有"一座云门寺，半部书法史"这样夸张的说法。

王羲之的第七代孙南朝智永禅师驻寺临书30年，留有铁门槛、笔冢，其侄惠欣曾在这里出家为僧，叔侄二人都是书法大家，备受梁武帝的推崇。梁武帝因器重寺僧智永、惠欣（两人皆以书名），故一度将云门寺敕改为"永欣寺"。王羲之的墓地有多种说法,其中有一说就在云门寺左近,据说智永与惠欣出家在云门寺,也是为了扫墓方便。智永有两个徒弟,一名智果,一名辩才,都是他的书法传人,当然也都随师学棋,均为弈林高手。

辩才,俗姓袁,唐越州山阴人,梁司空袁昂玄孙,拜智永为师,在大名鼎鼎的越州云门寺(此时敕改"永欣寺")出家,他在师父智永的传授下,多才多艺。唐张彦远《法书要录》卷三评价辩才的艺术才能时说:"辩才博学工文,琴、棋、书、画皆得其妙。"这是我们现在所能见到的最早的"琴、棋、书、画"的提法,,中国文人的才艺"琴、棋、书、画"一词的出典,也是从这云门寺辩才这里来的。智永身后,王氏传家之宝《兰亭帖》真迹由辩才收藏,结果就在这云门寺中被唐太宗派来的御史萧翼设计赚去。萧翼为太宗李世民扮成书生,进辩才所居永欣寺。邂逅而遇,寒暄一番,进入禅房,"即共围棋抚琴,投壶握槊,读说文史,意甚相得",终得辩才藏之《兰亭集序》真迹。

萧翼与辩的几盘围棋,在围棋史上也许十分平常。但在中国的书法史,却是惊天动地。有人说,这未始不是围棋种下的祸患;但笔者认为,从另一个角度讲,这其实也是围棋立下的一大功劳。如果《兰亭帖》没有落到萧翼手中交给唐太宗,这书法神品或许已毁于战乱和灾祸,因为至今没有看到书圣王羲之的真迹。而且这至少给后代留下一个念想——"兰亭茧纸入昭陵"。退一步讲,《兰亭帖》没有到唐太宗之手,肯定也没有这么多唐朝顶级书法家的最接近真迹的临本、摹本问世。所以我们今天还能看到这些优秀的书法精品,围棋其实功不可没。但云门寺则因为《兰亭帖》更加出名了。历朝历代诗人纷至沓来。正像清代山阴(今绍兴)诗人赵季莹在《古迹胜景诗》中说的:"为访辩才藏帖处,唯余塔址夕阳留。"

云门是王献之选的隐居之地,这景色肯定绝佳。唐代的皎然曾有诗称赞说:

> 寄题云门寺梵月无侧房
> 越山千万云门绝,西僧貌古还名月。
> 清朝扫石行道归,林下眠禅看松雪。

皎然(720—804),湖州人,俗姓谢,字清昼,是中国山水诗创始人谢灵运的后代,也是唐代最有名的诗僧、茶僧。在《全唐诗》编其诗为

815—821 共 7 卷，他为后人留下了 470 首诗篇，在文学、佛学、茶学等许多方面有深厚造诣，堪称一代宗师。他也是陆羽的师长与朋友，陆羽的《茶经》就受到皎然的指导、启发。

云门山冠绝越中诸山，应该指的不是纯粹的风景，这中间主要还是云门寺的因素，虽然寺庙也是风景，但云门寺则是充满人文和文化的风景，这与单纯的自然风景肯定不能同日而语。不仅华夏高僧纷至沓来，还吸引了外国的僧侣前来交流。作为一处林泉秀美、环境清幽的寺庙丛林，云门寺自然成为历代文人雅士山水游赏的主要对象。历代许多著名诗人、文人墨客也都慕名而来寄居、访师、游赏。晋以后多有诗人叩访，如六朝宋时，谢康乐与从弟谢惠连人称大小谢，曾泛舟耶溪，对诗于云门。唐朝因为《兰亭帖》一事，云门寺则更是声名大噪。再加上围棋的因素，文人雅士更是接踵而来。

说到云门寺，不能不说若耶溪，因为云门寺前的云门溪本就是若耶溪的上游，若耶溪就是去云门寺必经之路，而云门寺又是有道高僧、文人墨客的朝圣之地，故若耶溪也就与云门寺相辅相成、相得益彰。"越中十二景"中就有"若耶春涨"与"云门竹筏"两个著名的景点。这若耶溪水深岸宽，可通舟楫；云门溪水浅，只有竹筏能漂流。有的干脆就把它们归在一起，如南朝的释洪偃就有诗题为《游若耶云门精舍》。所以杜甫有"若耶溪，云门寺，吾独胡为在泥滓？青鞋布袜从此始"这样的诗句，也就不奇怪了。浙东有名的溪流不少，但有这么多诗人题咏的却没有，这是因为云门寺与若耶溪相得益彰。南朝诗人王籍虽只两首诗作留世，然亦有泛舟耶溪，写下"蝉噪林愈静，鸟鸣山更幽"之千古绝句。

若耶溪边上还有声名显赫的阳明洞，它离云门寺也不远。现在由于王阳明的名气越来越大，对于阳明洞的记述也五花八门，其中以讹传讹的很多。首先，这阳明洞其实古已有之，至少在唐以前，已经有阳明洞的称谓了。阳明洞又叫"禹穴"，相传是大禹得到治水秘籍"金简玉字之书"和禹完成治水大业后藏这书的地方。司马迁"上会稽，探禹穴"说的就是这个地方。汉代以后，就不断有人来寻访禹穴，也有不少名人在这附近隐居。唐代寻访禹穴的诗人更多，其中就有宋之问、贺朝、孙狄、李白、杜甫、元稹、白居易、郑鲂等。

李白在《送二季之江东》诗中写道："禹穴藏书地，匡山种杏田"；杜甫后来就在《送孔巢父谢病归游江东兼呈李白》诗中写有："南寻禹穴见李白,道甫闻讯今如何"句;刘长卿也在《无锡东郭送友人游越》中说"旧都怀作赋,古穴觅藏书";孟浩然同样在《送谢录事之越》中嘱咐道:"想到耶溪日,应探禹穴奇。"大概这些人到越州(今绍兴),禹穴应该是他们很重要的一个寻访地。

此洞被列为道家三十六洞天的第十一洞天,而若耶溪也是被道家列为七十二福地的十七福地,两者合起来就是"洞天福地"。

永淳二年(683)初唐四杰之首的王勃,率浙东诗人曾在云门寺王子敬山亭主持了一次模仿王羲之兰亭雅集的修禊活动,并仿《兰亭集序》写了一篇《修禊云门献之山亭序》。王勃也许意犹未尽,于同年秋再次修禊于此,作有《越州秋日宴山亭序》。此后又有大历浙东唱和(57诗人)的盛举。

于是乎,若耶溪和云门寺的名气也就越来越大,唐代大部分著名诗人都来过这里,写下了不少脍炙人口的诗篇。唐代诗人秦系就在云门这里建了一个"丽句亭",被人称赞为"诗名满世间"。

据粗略统计,《全唐诗》直接咏及云门、耶溪、禹穴的诗作数量不少,而唐代到过云门的诗人更不计其数。云门乃越中必游之地,而到云门者很多还夜宿于此。唐代名人先后有400余人来云门,所以有人说:"一座云门寺,半部盛唐诗。"例如李白、杜甫、杜牧、白居易、元稹、刘禹锡、皮日休、刘长卿、秦系、释皎然、顾况、严维、韦应物、卢纶、释灵澈、孟郊、张籍、柳宗元、贾岛、方干、温庭筠、李商隐等,这些著名诗人都先后来云门寺,这一方面是拜佛陀,一方面也是来观胜景,但其中也有一些是因书法与围棋而来的。其实到过这里的文人墨客更多,这是因为来过的外地名人不少,绍兴籍著名文人基本是来过,但来人不一定留下诗作、诗文,或者说收入典籍的只是比例很小的一部分。

公元823年,元稹调任浙东观察使兼越州刺史,也就是今天的浙江东部,绍兴一带,浙东、浙西最明显的分界线就是钱塘江,杭州在地理位置上是属于浙西的,恰好此时白居易任杭州刺史。两人有不少诗交流,而且各自夸耀自己所在地方胜于对方。因为两地相距不远,也给两人的围棋交流创造了条件。元稹还在绍兴(时称越州)龙山(为越州府衙所在地,故又称府山)上的越王台宴请宾客,白居易多次受邀来绍兴,还一起泛舟若耶溪,朝拜云门寺,路过平水,还看到当地的茶市上有人用抄写的白居易和元稹的诗作在换好茶,两人不禁相视大笑。在云门寺,他们看了当年辩才与萧翼下棋的所在，晚上也一同住在寺中，各自还写了留宿云门寺的诗作。至于两人有没有像辩才与萧翼那样通宵达旦地手谈，文献没有记载。但依两人的性情与对围棋的热衷，这种可能性还是相当大的。

到了宋代云门依然为文人所重，北宋的文豪（这些人同时也是围棋爱好者）范仲淹、苏舜钦、曾几等也均来云门并留下诗作。南宋时爱国诗人陆游一家经常住在云门寺，也是陆游的少年读书处。陆游在多处诗中提及云门，撰有云门《寿圣院记》。陆游对围棋的着迷同时也得益于家传（或许也有云门寺的功劳在里面），他家先辈仕宦并多藏书，其中不少事棋书和棋谱。父亲陆宰精通棋艺，常常与围棋高手（其中也不乏僧侣）切磋，陆游从小受到感染和影响。诗人年轻时在酬答妙湛和尚诗题中说，妙湛下得一手好棋。并回忆妙湛的师傅璘公棋艺奇佳，当年和他父亲的经常切磋，交情甚笃。诗云："昔侍先君故里时，僧中最喜老禅师。……可人不但诗超绝，玉子纹楸又一奇。"从中可看到他自小得到围棋高手的熏陶和指点，陆游年少时住在云门寺，寺中高手众多，在这里陆游的围棋显然打下了良好的基础。陆游年轻时学诗、学兵法、学围棋，这都成了日常的功课。陆游也是中国古代写围棋诗最多的诗人，一生留下了 100 多首围棋诗。他在诗中回忆自己中年时是"扫空百局无棋敌，倒尽千盅是酒仙"，诗作或许会有些夸张，但应该与事实相差不会太远的。晚年，陆游住在镜湖三山，但云门依然有书巢，他也经常来云门寺，看望老朋友，同时也不时下几盘棋："客撑小艇招垂钓，僧扫虚窗约对棋"；"遍游竹院寻僧语，时拂楸枰约客棋"。

明代的开国军师刘基曾在云门居住多日，留有大量诗作和散文：《游云门记》《自云峰深居过普济清远楼记》《发普济过明觉寺至深居记》《深居精舍记》《活水源记》便作于此。徐渭、陈洪绶、董其昌、张元忭、刘宗周等也经常来云门这块佛坛、书坛和棋坛的胜地——云门寺。明代状元张元忭辑有《云门志略》五卷。明后，陈洪绶、祁豸佳等十人出家云门寺，结成十子社，以寄寓对故国的怀念。清代的朱彝尊、厉鹗、商盘、李慈铭、平步青和近代的马一浮等均拜谒云门并留诗记述。

还有一事必须提一下。至今云门寺东厢房北端廊壁还留有《募修云门寺疏碑》，为明代末叶所立，"疏碑"用太湖石镌刻而成，高 1.48 米，宽 0.82 米。系明代绍兴籍政治家与文学家王思任撰文，明范允临书。碑文下方有明末著名的书画家董其昌、陈继儒、董象蒙三人跋语。王思任的碑文潇洒倜傥，笔墨寥寥而神情毕见，驱使典故熟极而流。范允临字长倩，系范仲淹十七世孙，明代著名书法家，与董其昌齐名，碑书结体遒劲。文书俱佳，相映成辉。王思任是一位围棋爱好者与围棋理论家。王思任写过一篇题为《自赞》的"三字经"，说自己是"酒不让，棋堪赌"。说明他的酒量与棋艺均很出色。他认为棋局如同政局，故仿照《大明律》，写下一部千古奇书《弈律》，共计四十二条。以夸张手法论述了有关棋品、棋规等极为严肃的问题，旨在重申棋规，提倡良好的棋风。王思任还有一首《漫咏》，诗中写道："朝来懊恼仍多事，病酒敲棋碎石磬。"一语成谶，隆武二年，清兵南侵过钱塘，绍兴被攻破，王思任就在云门寺不远处建孤竹庵。当时，清巡按御史王应昌请他出山，他拒不剃发降清，绝食数天后为国殉节。回过来说这块碑文，文中提及云门寺中曾经的主持帛道猷、支遁几位爱棋的高僧，同时还有"采芝访药，时见毛人博局"之句，博局即对弈也，"毛人"指的就是仙人，陆游有《秋兴》诗："羽客期烧药，毛人约卜邻。"指的就是仙人。这碑文请王思任来撰写，这里面当然就有围棋的因素，或者说围棋的考量在里面。

20世纪70年代末80年代初，笔者为了写兰亭帖与陆游的论文，曾多次到云门寺旧址造访。当时遗存还不少，其中印象最深的就是直径一米多的石础还能见到几个。但因为疏于保护，被当地农民陆续敲碎，移作他用，殊为可惜。后来去就再也见不到了，王思任撰文的碑至今犹存，已列为绍兴县（现改为柯桥区）文物重点保护单位。

这里还有两点不成熟的想法顺便说一下。一是唐代诗人来浙东的主要目标应该是稽山镜水，是越城，是云门寺、若耶溪和阳明洞。到过以后，还有余兴，则前往周边一游，这从留在各处的唐诗数量可以看出来。二是，现在专家划出的唐诗之路主干线恐怕有误，以现代的交通来规划古人的线路那是不一定正确的，在交通工具十分贫乏的古代，水路的优势十分明显。东镜湖有水路直通上虞蒿坝，显然比陆路更为便捷。又，到云门寺后，翻过日铸岭就有溪流直下剡溪，这样就不必走回头路了。这两个论点的资料和文章正在完善中，赶不上这次会议了，好在来日方长。

书法和围棋是中国优秀的古典文化之一。它们似耀眼的钻石，闪烁着绮丽的光彩。中国的书法缤彩纷呈，形成一门独特的艺术，成为中国传统文化的重要部分。而且中国的书法作为一门独特的文字书写艺术，几乎比肩绘画，这在世界上也是绝无仅有的。围棋则融合艺术、易理、谋略、智慧于一体，是中国古代与佛、道文化结合之典范。它以极高的艺术价值，富有趣味的智力角逐，成为一门永恒和谐的艺术与文明的象征！作为国务院首批历史文化名城，绍兴正在不遗余力地弘扬优秀传统文化，发掘、研究云门寺的历史遗存正是其中的一部分。当然，如果集绍兴、浙江乃至全国的力量，进一步深入研究"云门寺文化"，逐步修复这座历史悠久的古刹，功莫大矣！十分期待！

曾几家族事迹补考

——以新见绍兴出土之曾氏家族墓志为中心

钱汝平

（绍兴文理学院 人文学院）

近年出版的《宋代墓志》一书披露了十方宋代著名诗人、江西诗派巨擘曾几家族的墓志。这十方墓志分别是：《曾棨（曾几孙）墓志》、《曾棨妻王善贤墓志》、《曾栗（曾几孙）墓志》、《曾栗妻韩氏墓志》、《曾棐（曾几孙）墓志》、《曾勳（曾几曾孙）墓志》、《曾勳妻薛氏墓志》、《曾庶（曾几曾孙）及妻刘氏墓志》、《曾烝（曾几曾孙）妻钱氏墓志》、《曾知白（曾几曾孙）① 墓志》②。这些墓志对于考察曾几家族的迁徙路径及内部情况都具有很高的文献价值。兹不揣谫陋，就曾氏家族的籍贯、子嗣、婚姻、墓葬诸方面略作考述，尚祈博雅君子不吝赐教。

一 曾几落籍绍兴事实之考证

关于曾几的籍贯及子嗣，曾几的弟子陆游《渭南文集》卷三十二《曾文清公墓志铭》有较为详细的记述：

---

① 曾知白墓志因右上文字残缺，已难知其名，只知其字"知白"，与曾勳、曾庶、曾烝为同辈，其名当从灬旁。笔者推测其为曾棐之子曾默，详下文。

② 绍兴市档案局、会稽金石博物馆编：《宋代墓志》，西泠印社出版社 2018 年版，第 100—119 页。

公讳几，字吉甫。其先赣人，徙河南之河南县。曾祖识，泰州军事推官，姚祖氏，宁晋县君，李氏；祖平，衢州军事判官，赠朝散大夫，姚慈利县君刘氏；考準，朝请郎，赠少师，姚魏国太夫人孔氏……有司谥曰文清。娶故翰林学士钱勰之孙、朝请郎东美之女，封鲁国太夫人。男三人：逢，朝散大夫、尚书左司郎中；逮，朝奉大夫、充集英殿修撰、知湖州；迅，通直郎、主管台州崇道观……孙男七人：槃，迪功郎、监户部赡军乌盆酒库；栗，承务郎、新知平江府长洲县；梁，从政郎、监户部赡军诸暨酒库；荣，迪功郎、监建康府提领所激赏酒库；棐，宣教郎；棐，修职郎、监明州支盐仓；棠，迪功郎、新湖州长兴县尉……孙女九人，长适从事郎、衢州江山县丞李孟传；次适通直郎、新通判扬州军州事朱辂；次适宣义郎、新浙东提举常平司干办公事詹徽之；次适从政郎、新婺州金华县丞邢世材；次适宣教郎、干办行在诸军审计司叶子强；次适修职郎吕祖俭；次适文林郎、湖州长兴县丞丁松年；次适迪功郎、前明州慈溪县主簿王中行；次适迪功郎、监衢州比较务张震。曾孙男女十三人……

墓志只是说曾几"其先赣人，徙河南之河南县"，《宋史》卷三百八十二《曾几传》亦云"其先赣州人，徙河南府"，并没有明确指出曾氏家族何时何代由何人迁徙到河南，这容易导致一些地方志和家谱对曾几籍贯记载的错误。同治《赣州府志》卷五十四《儒林》列有曾几传，下有按语："李《志》云：'曾吉甫既由赣入豫，入河南籍，吉甫后人俱不得隶赣籍，窦《志》为吉甫之子（曾）逮作传，误矣。'今删之，而存吉甫传，以吉甫实生长于赣云。"可见历代《赣州府志》一致认定曾氏家族是从曾几开始迁入河南的。虽然曾几已加入河南籍，但由于曾几自幼生长于赣州，遂姑且将其传列入。至于其子嗣，同治《赣州府志》就概从删削了。然而，曾栗墓志黑底白字明明白白刻着："曾祖少师，葬河南，为河南人。"曾勘墓志也称"高祖少师葬河南，故今为河南人"①，可见迁入河南的是曾几之父曾準，而不是曾几。同治《赣州府志》卷五十四《儒林·曾準传》云："字子中，赣县人。刻励嗜学，登嘉祐八年（1063）进士。判武功簿，摄

---

① 《曾槃墓志》则记为"自高祖葬河南，口占籍焉"，与曾栗、曾勘墓志稍有不同。或《曾槃墓志》将高祖、曾祖混淆了，今从曾栗、曾勘墓志。

理狱事，抗法不挠。知公安，火燔民居，叩天返风。判临江，明慎刑狱，芝草生于圜扉。或劝以献，曰：'此偶然耳。'历集庆军节度推官，知蓝田，所至俱有治迹。卒祀乡贤。"可知曾凖是进士出身，其迁入河南或许是为了仕宦的方便。曾几作为曾凖的幼子①，很有可能就出生在河南，而不一定如同治《赣州府志》所云"生长于赣"。因为曾凖是嘉祐八年的进士，此时曾几远未出生。若曾凖以登进士第的嘉祐八年入仕，那么曾几在曾凖在外游宦期间出生的可能性很大。因此，曾几没有"生长于赣"这一点是基本可以肯定的。而且曾几南渡后也没回归原籍，曾栗墓志也明确刻着"南渡不常厥居"，从这里也可以看出曾几没有"生长于赣"的端倪。其实这也很好理解，因为曾几是仕宦之人，一直游宦在外，调动频繁，很难在某个地方固定下来。在曾几籍贯这个问题上，历代《赣州府志》均误，应据曾栗、曾勔墓志纠正。

曾栗墓志还提到了曾几最后落户越中的情况："祖文清公，葬山阴，因家焉。"曾知白墓志亦云"今居越"，可见曾氏家族自曾几开始就落户于绍兴了。这个情况，历代《赣州府志》均未提及，只提到其占籍河南之事，对南渡后之事概从缺略，这方墓志足可补此缺失。曾几葬于绍兴，在绍兴地方志中也有记载，嘉泰《会稽志》卷六《冢墓》云："曾文清公墓在（山阴）道树，大卿（曾）逢、侍郎（曾）逮并祔文清墓。"与上引陆游《曾文清公墓志铭》和曾栗墓志提到的"绍兴府山阴县承务乡凤凰山"完全相合，可以进一步确定曾几一族落户于绍兴这一事实。1966年，余姚梅溪乡南岙出土了南宋曾静真墓志，曾静真是曾几孙女、曾逢之女，是上引陆游《曾文清公墓志铭》中提到的嫁给"迪功郎、前明州慈溪县主簿王中行"者，是曾栗、曾栗的堂妹。志文由曾静真孙子王筌所撰，云："祖妣令人，姓曾氏，讳静真。其先赣人也，后迁河南府大口。文清公葬绍兴，因家焉，今为绍兴府人。"②也提到了曾氏家族由于曾几"葬山阴，因家焉"的事实，完全可以助证上述曾栗墓志的说法。最近，笔者又从上虞墓志收藏爱好者方仲元先生处获睹一方曾几曾孙女的圹志，志主曾氏为曾槃之女，是嫁与上虞李光之孙李知先者。圹志为其兄曾黯

---

① 同治《赣州府志》卷五十四《儒林·曾几传》称其为曾凖季子，今从之。
② 此据章国庆录文，见其编著《宁波历代碑碣墓志汇编》，上海古籍出版社2012年版，第255页。按：录文"大口"当作"大父"，应属下读，作"大父文清公葬绍兴"。

所撰①。近年来，浙江省武义县明招山出土了南宋吕祖谦家族的一大批墓志，其中一方是吕大器妻曾氏圹志，这个曾氏就是上引陆游《曾文清公墓志铭》中提到的曾几唯一的女儿②。上述曾几子孙多在浙东一带婚配的事实也侧证了曾几晚年落户于绍兴这一事实。又《渭南文集》卷三十《跋曾文清公奏议稿》："绍兴末，贼亮入塞时，茶山先生居会稽禹迹精舍。某自局罢归，略无三日不相见，见必闻忧国之言。先生年过七十，聚族百口，未尝以为忧，忧国而已。"也已经点出了曾几一族百口聚居于绍兴的事实。这一点在时代稍后的文献中也可得到印证。宋刘克庄《后村先生大全集》卷一百五十一《墓志铭·王孺人》："孺人王氏，新昌人。年二十，归于新临安府右司理参军曾坚③……曾氏去章贡居越，自文清始，参军于文清为高祖，于侍郎（指曾逮）为曾祖，奕世文献，本朝名家也。"可见曾氏家族确实是从曾几开始迁入越中的。只是刘克庄忽略了曾几曾为河南人的一节，因为曾氏在河南居住时间并不长。又，同书卷一百二《跋放翁与曾原伯帖》："温伯（曾几曾孙曾黯）擢第，人物高雅，词翰精丽，有晋唐风韵，放翁尝举自代。今挂冠居于越上。"从"今挂冠居于越上"一句不难窥见曾几一族世代定居于越中的消息。还有一点也顺便提一下，曾逢、曾逮死后也祔葬于曾几之墓，上文已提及，此处不赘。可见曾氏父子确实把绍兴当作了自己的归骨之所。因此，现在绍兴一带的曾姓中必定有大量曾几家族的后裔，但笔者翻检今人所编《绍兴家谱总目提要》一书④，未发现有曾几家族的宗谱，甚至连广泛意义上的曾氏宗谱也没有一部。或许年深月久，谱牒散佚无存，从而导致现在的曾几家族的后裔都不知所出了。

---

① 圹志云："孺人曾氏，家世赣川人。父槃，见任朝请大夫、新除湖南运判；母詹氏。淳熙四年正月二日生，年二十有二，适迪功郎、庆元府司户参军李知先。嘉定四年七月三十日，以疾卒于官舍之正寝，享年三十有五。生女一人，曰建儿，男一人，未名，皆早夭。以嘉定五年正月十一日己未葬于余姚县兰风姜山文西原，与姑宜人曾氏墓之左相去才百步。兄从政郎、监三省枢密院激赏库曾黯记。"曾氏之姑"宜人曾氏"，就是陆游《渭南文集》卷三十二《曾文清公墓志铭》中提到的曾几的长孙女，适从事郎、衢州江山县丞李孟传者，李知先是李光之孙、李孟传之子。另据《山阴天乐李氏宗谱》卷十《行传·李孟传》记载，曾黯娶李孟传第五女。由此看来，曾几一族与李光一族世代通婚。

② 见郑嘉励《明招山出土的南宋吕祖谦家族墓志》，《唐宋历史评论》（第一辑），社会科学文献出版社 2015 年版，第 200 页。

③ 按"坚"字误，据《曾燕妻钱氏墓志铭》，钱氏生有二子曾鏊、曾聖，"坚"当作"聖"，形近之误。

④ 绍兴市档案馆、绍兴图书馆、绍兴市家谱协会合编：《绍兴市家谱总目提要》，西泠印社出版社 2015 年版。

二　曾几落籍越中心理之蠡测

曾几之所以最终选择落户越中，可能与他三次旅居越中有关。第一次是在绍兴二十一年（1151）夏，他来绍兴探望其兄曾班。《茶山集》卷六有《长至日述怀兼寄十七兄》诗，自注："辛未年长至日在绍兴侍兄宴会。"辛未即绍兴二十一年，这与《说郛》卷四十三陆游《感知录》所云"文清曾公几，绍兴中自临川来省其兄学士班，予以书见之。后因见予诗，大叹赏，以为不减吕居仁。予以诗得名，自公始也"也相合，因此有学者认为陆游从曾几学诗始于是时①，其说可信。此时的曾几馆于女婿吕大器家，陆游《渭南文集》卷三十一《跋吕伯恭（祖谦）书后》云："绍兴中，某从曾文清公游，公方馆甥吕治先（大器），日相与讲学。治先有子未成童，卓然颖异，盖吾伯恭也。"据吕祖谦之弟吕祖俭所撰《东莱吕太史年谱》，绍兴二十一年，吕大器为浙东提刑司干办官，吕祖谦随侍于越。第二次是在绍兴二十五年，他以朝请大夫出任提点两浙东路刑狱。上引陆游《曾文清公墓志铭》："（绍兴二十五年）十一月，起公提点两浙东路刑狱。"十二月到任，宝庆《会稽续志》卷二《提刑题名》："曾几，绍兴二十五年十二月以朝请大夫到任。"不过，这次任职时间不长，次年三月即移知台州。第三次是在绍兴三十年夏，因长子曾逢通判绍兴，他就养曾逢任所。这一次居住时间较长，长达四年，直到隆兴二年（1164）初赴行在临安为止。到了该年闰十一月，其二子曾逮出为提点两浙西路刑狱，两浙西路刑狱驻地在苏州，曾几于是又赴苏州，就养于曾逮任所。② 或许正是由于这样多次的旅越经历，曾几对越中的风土人情有了较深的了解，从而产生了依恋不舍之情。他留下了不少歌咏绍兴的诗作，《茶山集》卷四《留别荣茂实侍郎》诗："老为吴会客，耆旧不相忘。千年书穴在，六月镜湖凉。"虽然他已久为吴会之客，但他对越中的老朋友还是无法忘怀，对"千年书穴在，六月镜湖凉"的越中风景更是心心萦念。同书卷五《次苏守朱新仲舍人留会稽之行韵》："公知此老发船时，不作河梁送别诗。但说江湖留我住，为言岩壑与人期。凝香燕寝定自好，怀绶稽山无不宜。早晚

---

① 参见邱鸣皋《陆游师从曾几新论》，《文学遗产》2002 年第 2 期。
② 参见白晓萍《宋南渡初期诗人群体研究》，博士学位论文，浙江大学，2006 年。

欢迎剡溪上，去公亦复意迟迟。"平江知府朱翌（字新仲）为了挽留曾几①，就借口说苏州的江湖需要你留下，而曾几却说与越中的岩壑有期约，应该回去，虽然住在苏州的"凝香燕寝"里也很好，但"怀绶"（指隐居）于越中的稽山镜水之间对我来说更相宜。同书同卷《适越留别朱新仲》："长洲茂苑著身久，秦望镜湖行脚宜。"在苏州待得久了，他更急切地向往来越中的秦望山、镜湖行脚。可见曾几已经深深地留恋上了越中的风物人情。更何况越中还有他最得意的弟子陆游在等着他。曾几与陆游的因缘，早已成为师生相得的一段佳话。其实，陆游真正追随曾几杖履的时间并不长，亲承謦欬的机会也不多。陆游只在绍兴三十一年从行在敕令所删定官罢归山阴的一两个月里与曾几直接接触较多。《渭南文集》卷三十《跋曾文清公奏议稿》："绍兴末，贼亮入塞时，茶山先生居会稽禹迹精舍。某自局罢归，略无三日不相见，见必闻忧国之言。先生年过七十，聚族百口，未尝以为忧，忧国而已。"完颜亮入寇，时在绍兴三十一年九、十月之间，此时陆游从行在罢归，但是该年冬陆游又赴行在，入玉牒所为史官。② 可知两人真正频繁接触的时间就在这一两个月内。而且陆游的诗风也并没有被曾几的江西诗派牢笼，金性尧先生认为陆游在诗歌创作上受曾几的影响不大，但门墙熏陶，对他的立身报国自有重大影响，可谓的论③。然而陆游对这位授业师却一直念兹在兹，敬仰感恩之情洋溢在诗文的字里行间。曾几去世后，陆游写下了不少怀念曾几的深情绵邈的诗篇。《剑南诗稿》卷二《追怀曾文清公呈赵教授赵近尝示诗》："忆在茶山听说诗，亲从夜半得玄机。常忧老死无人付，不料穷荒见此奇。律令合时方帖妥，工夫深处却平夷。人间可恨知多少，不及同君叩老师。"同书卷十二《与黎道士小饮偶言及曾文清公慨然有感》："临川税驾忽数月，嗜睡爱闲常闭门。君诗始惬病僧意，吾道难为俗人言。秋雨凄凄黄叶寺，春风酣酣绿树村。曾公九原不可作，一尊破涕诵《招魂》。"同书同卷《书李商叟秀才所藏曾文清诗卷后》："陇蜀归来两鬓丝，茶山已作隔生期。西风落叶秋萧瑟，泪洒行间读旧诗。"同书卷七十九《梦曾文清公》："有道真为万物宗，

---

① 曾几与朱翌也是亲家。据上引陆游《曾文清公墓志铭》，曾几有一孙女嫁与了"通直郎、新通判扬州军州事朱辂"。这个"朱辂"就是朱翌的次子。见张剑《朱翌及其家族事迹考辨》，《汉语言文学研究》2011 年第 2 期。

② 参见邹志方《陆游家世》，北京出版社 2004 年版，第 226 页。

③ 金性尧选注：《宋诗三百首》，上海古籍出版社 1995 年版，第 292 页。

巉然使我叹犹龙。晨鸡底事惊残梦？一夕清谈恨未终。"往往一个不经意的生活细节就会引起极度敏感的诗人对已归道山的业师的深情缅怀，乃至寤寐之间也常出现他的身影。那种念兹在兹、挥之不去的刻骨追怀跃然可见，并写下了声情并茂的《曾文清公墓志铭》，堪称墓志写作的名篇。而作为一代宗匠、"一世龙门"素少许可的曾几，生前对陆游这位弟子也是称赞有加，揄扬备至。《茶山集》卷五《陆务观效孔方四舅氏体倒用二舅氏题云门草堂韵某亦依韵》诗："陆子家风有自来，胸中所患却多才。学如大令仓盛笔（自注：寺本王子敬宅，有笔仓），文似若耶溪转雷；襟抱极知非世俗，簿书那解作氛埃。集贤旧体君抬出，诗卷从今盥水开。"对陆游的多才博学、豁达襟抱备致钦挹褒扬之词，看得出来这绝非敷衍寒暄式的虚应故事。而且曾几临终前还在给陆游写信，上引《曾文清公墓志铭》："某从公十余年，公称其文辞有古作者余风。及疾革之日，犹作书遗某，若永诀者，投笔而逝。"不难发现陆游这位弟子在曾几心目中的地位。对此陆游也不由得产生知己之感，《渭南文集》卷第三十《跋曾文清公诗稿》："河南文清公早以学术文章擅大名，为一世龙门，顾未尝轻许可，某独辱知，无与比者。士之相知，古盖如此。方西汉时，专门名家之师众至千余人，然能自见于后世者，寡矣。扬子惟一侯芭，至今诵之。故识者谓千人不为多，一人不为少，某何足与乎此！读公遗稿，不知衰涕之集也。"陆游以扬雄弟子侯芭自喻，意谓侯芭虽非扬雄高足弟子，未能发扬其师奥义，但侯芭能在扬雄死后，为其起坟，守丧三年。陆游对曾几的感激之情于此灼然可见。曾几与陆游的关系，早已超越了师弟之情而具有了朋友之间风义相期、惺惺相惜的意味，这或许也是曾几最终选择在越中息影的原因之一。

三 曾几孙曾补考

曾几有三子一女，上引陆游《曾文清公墓志铭》已提及，但该墓志铭提及的曾几的孙辈、曾孙辈并未完整，因为曾几去世后，孙辈、曾孙辈还在陆续出生。该墓志铭提及曾几孙子七人，分别是槃、栗、梁、荣、槩、棐、棠，而新见的曾氏家族墓志中出现了曾樵，此人当是在曾几去世后出生，《曾勋墓志》云："（曾勋）弱冠丧父，事母竭□□，且学且养，迄能有成，而百不一试以死，是可哀也。□□妻薛氏。男坦，女授孙，皆幼。樵惟叔父。"墓志文末题"修职郎嘉兴府崇德县主簿樵谨书"。只是传世文献中关于曾樵的记载甚少，嘉靖《嘉兴府图记》卷十二《人文》三《官师》有崇德簿有曾樵，绍熙中任，与墓志可相印证。淳熙《严州图经》卷二《知县题名》建德知县中有曾樵之名，云："嘉定十四年六月十三日以通直郎到任，十五年该宝赏转奉议郎，十六年十一月十四日通理替满。"可见至少曾官至知县。

另外，曾几三个孙子栗、槩、棐的墓志也已出土，既可与传世文献相印证，也可补传世文献之缺讹。如《曾栗墓志》云：

> 宋故朝请大夫□①公，讳栗，字德宽。其先赣人，曾祖少师，葬河南，为河南人。南渡不常厥居。祖文清公，葬山阴，因家焉。曾祖讳准，朝请郎、轻车都尉，累赠少师，曾祖姚孔氏，魏国太夫人；祖讳几，通奉大夫、敷文阁待制，累赠少师，谥文清，祖姚钱氏，益国太夫人；父讳逮，中奉大夫、徽猷阁待制、知泉州，累赠少师，姚冯氏，秦国太夫人。公生于绍兴十五年十月八日，以文清公郊恩补将仕郎，试吏部出官，授迪功郎、秀州华亭县尉。以赏转承务郎，知平江府长洲县，通判严州。丁父忧，服阕，主管临安府城北右厢公事，知江阴军，改知广德军。召除太府寺丞、刑部郎官，兼敕令所删修官，度支郎官。以左曹郎官总领淮西江东军马钱粮，就除太府少卿。改差福建路转运副使，未上，以母老丐祠，主管建宁府武夷山冲佑观。起知婺州，荆湖南路转运副使，两浙西路提点刑狱公事。过阙奏事，除直焕章阁。寻召除太府少卿，移大理，就迁卿，兼删修敕令官，移司农卿。丁母忧，服阕，除直焕章阁、福建路提点刑狱公事，以言者罢。嘉定八年七月十九日，以疾终于正寝，享年七十有一……公才高识远，质厚气劲。自幼侍文清公，常在左右，洒扫应对，奉承惟谨。文清公自幼教之，初学为诗，即有惊人语，公喜，教之愈力。壮而从仕，表表自立，扬历既久，绩效著明。折狱理财，三登卿列；分符仗节，七奉除书。晚岁居闲，一意书史之乐……

从墓志记载来看，曾栗是曾几次子曾逮之子，自幼随侍在祖父身边，"洒扫应对，奉承惟谨"，因此深得曾几的喜爱，一直由曾几亲自教诲，在发

---

① 此字漫漶难辨，但据下文可知是"曾"字。

现其孺子可教后，"初学为诗，即有惊人语"，曾几更是倾囊相授，"教之愈力"。而其初入仕途，也是蒙曾几的恩荫，"以文清公郊恩补将仕郎"。可见曾几对曾栗这个孙子倾注了很大的心力，寄予了很高的期待。应该说，曾栗也没有辜负祖父的期望。他"才高识远，质厚气劲"，"壮而从仕，表表自立，扬历既久，绩效著明。折狱理财，三登卿列；分符仗节，七奉除书"。似乎无论在人品还是事功上，都卓有表见。从墓志记载来看，曾栗还是皇亲国戚，他的继配韩氏，是韩同卿之女、宁宗恭淑韩皇后之姊。从履历上来看，曾栗的升迁还是比较顺利的，其间受到过韩皇后的照拂也未可知，这就为我们考察宋代越中名门望族之间的通婚现象提供了极好的资粮①。

传世文献中有关曾栗的记载虽然不多，但也可和曾栗墓志的部分内容相互印证，相互补充。比如曾栗"知平江府长洲县"事，宋吕祖谦《东莱集》附录卷三《祭文》二《曾知县德宽》："维淳熙八年岁次辛丑九月戊戌朔，表弟承务郎、知平江府长洲县主管劝农公事兼主管运河堤岸曾栗谨以清酌庶羞之奠致祭于近故提宫大著直阁郎中表兄吕公之灵。"可见曾栗淳熙八年（1181）已在知长洲县任上。

其"通判严州"事，淳熙《严州图经》卷一《正倅题名》云："曾栗，淳熙十五年三月初三日以宣教郎到，十五年十一月十七日丁忧。"可知其"通判严州"在淳熙十五年，但不久因丁父忧去职。

其"知广德军"事，嘉靖《广德州志》卷七《秩官志·宦籍》云："鲁栗，庆元二年知军事，政多仁惠。时有大水入城，筑三堤以障之，民免水患。"将"曾"字误为"鲁"字，乾隆《广德州志》也沿袭其误，应据改。陆游《渭南文集》卷十九《广德军放生池记》亦云："承议郎曾侯栗以庆元二年来领郡事。"可知曾栗出知广德军在庆元二年（1196）。

其以"左曹郎官总领淮西江东军马钱粮，就除太府少卿，改差福建路转运副使"事，景定《建康志》卷二十六《官守志三·总领所题名》云："曾栗，朝奉郎、守尚书户部郎中，庆元五年八月二十八日到任，六年闰二月十六日除守太府少卿，依旧淮西总领。当年六月一日磨勘，转朝散郎。当年七月十三日，因修庆元宽恤诏令，转朝请郎。十二月初七日，改除福建运副。"可见其事发生在庆元五年至六年之间。宋蔡幼学《育德堂

---

① 韩同卿属相州韩氏韩肖胄一支，韩肖胄南渡后定居于越中，见钱汝平《新见相州韩氏韩肖胄家族墓志考释》，《殷都学刊》2018 年第 2 期。

外制》卷三《曾栗降朝请郎》云："中兴以来，邦赋之入于四总司者居大半焉。受其任者，可不谨乎！尔夙以能称，将命淮右，而妄费无度，达于朕闻。夺尔三阶，是为中典。尚图后效，以盖前非。"看来曾栗在总领淮西江东军马钱粮时还因"妄费无度"遭受处分。

其"起知婺州"事，万历《金华府志》卷十一《官师》知婺州军州事中有曾栗，注云："嘉泰二年由朝奉大夫任。"陆游《渭南文集》卷二十《婺州稽古阁记》云："嘉泰元年，太守丁公逢乃即讲堂后得旧直舍地以为阁，而请于今参知政事许公大书其颜。公书宏伟有汉法，于是阁一日而传天下。丁公既代去，曾公栗来为郡，阁之役尚未既也。"可知嘉泰二年（1202）曾栗确实出知过婺州。

其为"荆湖南路转运副使，两浙西路提点刑狱公事。过阙奏事，除直焕章阁，寻召除太府少卿"事，绍定《吴郡志》卷七《官宇·提点刑狱司》云："曾栗，以朝散大夫、荆湖南路计度转运副使除，嘉泰三年八月到任，十七日除直焕章阁，当年除太府少卿。"可见其事发生在嘉泰三年。

其为"福建路提点刑狱公事，以言者罢"事，清徐松《宋会要辑稿》职官七五："（嘉定元年）正月九日，大理卿奚士逊降两官；江西运副陈景思、福建提刑张嗣古并放罢；新福建提刑曾栗罢新任；直秘阁知镇江府钱廷玉落职，更追三官勒停，送宜州羁管。以右谏议大夫叶时言士逊涉更麾节，俱无廉称；景思、嗣古本无才望，超迁骤进；栗凶暴贪残，赃污著闻；廷玉迎合侂胄，纵臾（怂恿）兵事。"可知曾栗确实曾被任命福建路提点刑狱公事，但因遭言官叶时弹劾而被罢。所谓"凶暴贪残、赃污著闻"，追究的主要还是发生在曾栗总领淮西江东军马钱粮期间的事情。蔡幼学对此有更详细的记载，其《育德堂奏议》卷三《缴大理卿奚士逊新福建提刑曾栗放罢旨（指）挥状》云：

臣窃惟权臣专政以来，私庇亲党，公受货赂，纵贪残之吏，毒州县之民，风俗变迁，廉耻尽丧。其极至于庙堂之上，请托恣行；辅相之尊，赃污狼籍，有胥吏市井之所不屑为者。积习至此，岂一朝一夕之故哉？陛下更化之始，下诏求言，臣尝妄有条奏，乞将盗取官钱、赂遗权幸者显治一二，以警其余。盖转移人心之机，不可无以耸动之也。今臣寮所论韩侂胄亲党奚士逊等，次第窜黜，允协公论。臣区区之愚，犹以为奚士逊涉更麾节，俱无廉称；曾栗妄用官钱，万数浩瀚，则比之他人，其罪宜加重焉。士逊止以幸中法科，夤缘膴仕，出守近郡，政以贿成，修饰苞苴，倾竭帑藏，以悦侂胄及苏师旦、周筠之意，恃其权势，肆为凶残，凡善良之家，偶有小小争讼，必辄逮系罗织，文致其罪，必使纳赂如意而后释之。士逊既遂其私，而其父及诸子，亦皆各任爪牙，交通关节，一门三世，黩货无厌，邦人不堪，至以鼷鼠目之。以臣所目，贪吏之无忌惮者，未有如士逊者也。至于栗之奸赃，则踪迹已著，众人所共知者。商飞卿具到淮西总领所累任干没钱物，惟栗最多，侂胄深欲庇之，而迫于公议，黾勉行遣。于五人之中，栗为首坐，而止降三官，固未足以当其罪也。夫害民蠹国，莫如赃吏，祖宗用法，最所加严。臣愚，欲望圣明特降指挥，将士逊与栗并永不得与亲民差遣，除栗先已降官及今复禠职外，其士逊仍重行镌降，庶几人知戒惧，渐革贪污之习，其于治道，诚非小补。

看来曾栗与韩侂胄有千丝万缕的联系。其所谓"凶暴贪残、赃污著闻"之罪，还曾受韩侂胄一力庇护。韩侂胄和韩肖胄都属相州韩氏，两人为堂兄弟，恭淑韩皇后乃韩肖胄曾孙女。曾栗续娶恭淑韩皇后之姊，与韩侂胄渊源较深，依附韩侂胄实属平常。韩侂胄倒台后，曾栗失去保护，于是言官纷纷上书弹劾，要求深究，最后曾栗又被降官革职。为此曾栗也曾上书自辩，朝廷也曾降指挥给予祠禄官，但又被给事中曾从龙封驳，清徐松《宋会要辑稿》职官七五："（嘉定八年四月）十二日，曾栗差宫观指挥寝罢。先是，栗自陈得祠，既而兼给事中曾从龙论驳，故有是命。"

曾栗虽有"凶暴贪残、赃污著闻"的历史污点，但其为干练有为的能吏这一点也应该是事实，墓志称其"扬历既久，绩效著明。折狱理财，三登卿列；分符仗节，七奉除书"，当亦非虚语。比如在知广德军任上，他重修了历任知军都未能修成的谯楼，周必大称其"有绝人之才"，周必大《文忠集》卷五十八《广德军重修谯门记》："会承议郎曾侯栗被命分符，有绝人之才，百废兴举，谓万乘行在，吴中郡乃近辅，华丽嶕峣，当应古义。适岁丰人和，鬻材僦工，兴役于暮春，落成以季夏。"又比如在浙西提刑任上，曾栗曾就邮传一事向朝廷建议，并蒙允纳。清徐松《宋会要辑稿》方域一一："（嘉泰三年）八月十四日，浙西提刑曾栗言：'置邮传令，古人重之，今之递铺，反为虚设。衣粮不时支，缺员不时补，甚至屋宇破坏，不芘风雨，衣食窘迫，私役之人。遂使僻州远县有号令而不知，文书往来虽遗失而不问，平居且然，缓急何赖？倘非严行约束州郡，安肯奉行。乞下诸路，常切检察，无得视为闲慢，监司巡历，并宜按行，其巡检官不职者，即行奏劾。'从之。"这些记载在在说明曾栗不是一个毫无作为的尸位素餐的庸吏。

这方墓志完整揭列了曾栗一生的仕履，可补传世文献对曾栗记载之不备，比如"秀州华亭县尉""主管临安府城北右厢公事""太府寺丞""敕令所删修官""主管建宁府武夷山冲佑观""大理少卿""大理卿""司农卿"等职务就为传世文献所失载。这方墓志是了解曾栗生平和曾氏家族情况的第一手材料，因此弥足珍贵。

而曾槩是曾几长子曾逢之子。《曾槩墓志》记载其弱冠擢进士第，淳熙十四年以疾卒，享年三十八，则其当生于绍兴二十年。墓志未提及其中第的具体科分，按宝庆《会稽续志》卷六《进士》，曾槩是乾道五年（1169）郑侨榜进士，中第时刚好是弱冠之年，与传世文献若合符契。乾隆《杭州府志》卷六十四《职官》三《海宁富阳》中列有海宁①县丞曾槩，云淳熙七年任，根据墓志所记曾槩"弱冠擢进士第，调绍兴府余姚县主簿，未上。摄会稽县尉，以伐石□江岸功，循修职郎。既而之官余姚，用荐者改宣教郎、知临安府盐官县丞，避亲两易明州之鄞县丞"的履历看来，乾隆《杭州府志》记载其淳熙七年任盐官县丞应该是可靠的。由于曾槩盛年去世，官位不显，故传世文献提及他的甚少，这方墓志记载的曾槩仕履可补传世文献之缺。

《曾棐墓志》由于下半部漫漶，文字缺失，已难完整获知其一生仕履。志中有"公以母太淑人方……"之语，考之《曾槩墓志》，其母亦为方氏，可见曾棐亦是曾逢之子。宋董煟《救荒活民书》卷二《治盗》云："淳熙十五年，德兴饥荒，民有剽剥道路者。县令曾棐廉得二人，锁项号令于地头，日给米一升，俟来年麦熟日放，盗贼由是衰止。"可见其出任过德兴县令，与墓志所云"德兴为番阳剧邑，输郡之钱月有常数……"的记载相合。从曾棐的治盗之法看来，他无疑是一个干练的地方官吏，这与墓志所记"御吏如束湿，而于民事则常思所以……""未数月，纪纲大振，财用沛然""综核精密，官无遗利""改弦易辙，政令一新""吏奸既绝，财赋无所散逸"等也相合。这是一个有手腕、有才干、有担当的基层干吏。

至于曾几曾孙曾勋，则是曾槩之子。曾勋与其父曾槩一样，也是少年

---

① 该卷卷首有按语云："秦汉已来，盐官与海盐未析。"

科第，他是庆元二年①进士，年仅二十七岁，授真州州学教授。可惜两年后因病去世。见《曾勳墓志》。

曾几曾孙曾庶则是曾栗之子。据《曾庶及妻刘氏墓志》，曾庶以父荫为将仕郎，历湖州司户参军、监镇江府东比较务、庐州录事参军、知盱眙县，擢淮东安抚制置司准备差遣，官至承直郎。其时李全的忠义军在楚州作乱，曾庶及妻刘氏、子曾墅、曾墅妻余氏一门四口全部壮烈殉难，墓志对此记载甚详。宋洪咨夔《平斋文集》卷十九《外制》三《曾庶赠通直郎制》云："敕具官某：掎鹿固为共踣之谋，养虎必有反噬之患。山阳荼毒，尔以幕僚死事，阖门不免焉。念之惨怛，追畀升朝之秩，仍录应门之孤。魂而有知，歆此殊渥。"可见朝廷对曾庶阖门被害一事也作了回应。

曾几曾孙曾知白则是曾棐之子。据《曾知白墓志》，曾知白以父荫为将仕郎，调严州司户参军，历官淮南节度推官、福州录事参军、宁国府观察支使等职，淳祐年间曾教授于荣王府资善堂，以八十四岁高龄寿终。

今据新见曾氏墓志中反映的家族情况，并结合传世文献，将曾氏家族的世系列表如下，并略作说明，女眷略去。

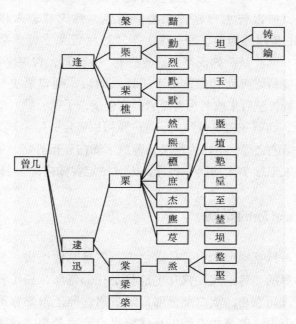

----

① 宝庆《会稽续志》（清嘉庆十三年刻本）卷六《进士》将曾勳列入庆元三年邹应龙榜进士，"三"当是"二"之误。

　　说明：曾几有三子曾逢、曾逮、曾迅是可以确定的，但他的孙曾辈肯定远不止上图所列人数，由于书缺有间，尚待日后再补。如曾几去世时有七孙槃、栗、梁、棨、槼、棐、棠，但在新见《曾勋墓志》中却出现了"樵惟叔父"的记载，并且《曾勋墓志》就是曾樵所撰。当然，古人的称呼比较宽泛，这个曾樵不一定就是曾勋的亲叔父，或许是从叔父也未可知，今姑作亲叔父计。曾几的另外两孙曾梁、曾棨，尚不知其父为谁。又曾烈，在《曾槼墓志》中记为次子，早夭，但在《曾栗妻韩氏墓志》中则记为韩氏之子，也就是曾栗之子，但《曾栗墓志》未提及曾烈，据此，曾烈当是曾栗与韩氏之子，后被过继给曾槼为子者。又曾埴，并非曾庶亲生子，而是嗣子，曾庶一门死于楚州忠义军作乱，曾庶长兄曾熙命曾埴为其后，《曾庶及妻刘氏墓志》云："公伯兄熙以公无嗣，命公从兄子埴为后。"可以为证。可见曾埴其实就是曾庶从侄，只是未知其生父究竟为谁。又曾杰，《曾栗墓志》记为曾栗第五子，但《曾栗妻韩氏墓志》则未见记载。韩氏为曾栗续娶之妻，曾栗先娶李氏，先曾栗四十三年而亡，那么曾杰会不会是李氏所生呢？不会。因为曾杰若是李氏所生，必是长子无疑，而曾杰却是第五子，所以曾杰当是曾栗妾侍所生，韩氏墓志未将其计入。又《曾栗墓志》记其四孙为塾、垕、墅、至，然《曾栗妻韩氏墓志》则记其四孙为塾、垕、墅、埜。韩氏卒于嘉定三年（1210），曾栗卒于嘉定八年，若曾至是曾栗妾侍之孙而韩氏墓志不予计入的话，则曾栗应有五孙，不止四孙，据此，疑曾埜后来改名为曾至者。又曾棐二子默、默（"默"字模糊，暂定为"默"），而曾知白是曾棐之子这一点可以确定，但未知其是曾默还是曾默。按默乃黑色之意，与白为反义，曾默字知白，正好名、字以正反义相配，与初唐诗人王绩字无功同一机杼，因此姑定曾知白即为曾默。

四　曾氏家族的婚姻

　　曾几一族虽然是典型的书香仕宦之家，但是总体上讲，曾氏一族并不是特别官高爵尊的显赫家族。曾几生前只是礼部侍郎，长子曾逢官至试大理卿，次子曾逮历官户、刑二部侍郎，知泉州；孙子曾槃官湖南运判，曾槼通判建康军府事，曾栗司农卿、福建路提点刑狱公事，曾棐添差通判镇江府事，曾棠知道州。而曾孙曾勋虽是进士及第，但英年早逝，官至真州教授，曾庶为淮东安抚制置司准备差遣，均不贵显。此后似也未见有大闻人出现。因此，曾氏一门的地位在整个仕宦家族圈中只能算中等偏上水平。而家族联姻是讲究门当户对的，这一点从与曾氏联姻的仕宦家族中也大体上可以看出来。

吴越钱氏。自曾几开始，曾氏就与吴越钱氏世代通婚。曾几娶翰林学士钱勰之孙、朝请郎钱东美之女。钱勰乃吴越国钱镠六世孙。据《曾炳妻钱氏墓志铭》，曾几曾孙曾炳又娶钱植之女，钱植则是钱镠九世孙。曾孙女、曾栗第三女适文林郎、台州军事判官钱如川。吴越钱氏虽然贵显，但支派繁多，贵显者只是个别支派，与曾氏联姻者似非吴越钱氏之贵显者。

东莱吕氏。曾氏与吕氏的联姻始于曾几将唯一的女儿嫁与时任"右朝散郎、知吉州"的吕大器，而据陆游《渭南文集》卷三十六《吕从事夫人方氏墓志铭》，吕大同又将女儿嫁与曾几孙子曾辈，吕大同是曾几师事的吕本中之子。吕大器与曾氏生二子祖谦、祖俭，而曾几又有孙女一人嫁时任修职郎的吕祖俭。

桐庐方氏。《曾槊墓志》记曾槊母为方氏，《曾知白墓志》亦称曾祖妣为"安康郡夫人方氏"，曾知白父为曾辈，与曾槊为亲兄弟。也就是说，曾逢之妻为方氏。这个方氏很可能与陆游《渭南文集》卷三十六《吕从事夫人方氏墓志铭》提到的方氏是同族，吕从事即吕大同。据墓志，方氏是严州桐庐人，曾大父楷，尚书驾部员外郎；大父蒙，朝散郎、尚书屯田员外郎；父元矩，朝散郎、知建州。可见是一般的仕宦家族。

山阴冯氏。《曾栗墓志》记其母为冯氏，《曾庶及妻刘氏墓志》称其祖妣为"越国太夫人冯氏"，也就是说，曾逮之妻为冯氏。曾栗先娶李氏，后娶韩氏，韩氏乃宁宗恭淑韩皇后之姊。据《曾栗妻韩氏墓志》，其祖妣为冯氏，"赠吴越国夫人"。这两个冯氏疑是同族。《宋代墓志》披露了一方《冯承祖墓碣》，据墓碣，冯氏世居越之山阴，曾祖晖之，奉议郎；祖摅，朝散郎、大宗正丞，特添差通判饶州；父必大，通直郎、知建康府江宁县事①。也是一般的官宦之家。

上虞李氏。此李氏指高宗朝的参知政事李光。《曾文清公墓志铭》记曾几长孙女"适从事郎、衢州江山县丞李孟传"。据《宋史·李光传》，李孟传是李光的幼子。又，上文已提及曾几曾孙女、曾槊一女嫁李知先，而李知先是李光之孙、李孟传之子。另，据《山阴天乐李氏宗谱》卷十《行

---

① 绍兴市档案局、会稽金石博物馆编：《宋代墓志》，西泠印社出版社 2018 年版，第 260 页。

传·李孟传》记载，曾黯娶李孟传第五女。可见曾几一族与李光一族世代通婚。

遂安（淳安）詹氏。陆游《渭南文集》卷三十九有《詹朝奉墓表》，詹朝奉即詹靖之，詹氏为郡望族。詹靖之历官浙东安抚司主管机宜文字，监潭州南岳庙，婺州金华、常州宜兴县丞，浙东提举常平司干办公事，通判靖州。其长女嫁"朝请郎、前通判湖州曾樊"，而上引《曾文清公墓志铭》记曾几一孙女"适宣义郎、新浙东提举常平司干办公事詹徽之"，据《詹朝奉墓表》，詹徽之乃詹靖之之弟，詹靖之第三子詹表民出继詹徽之。可见曾、詹二族亦世代通婚。

会稽邢氏。《曾文清公墓志铭》提到曾几一孙女"适从政郎、新婺州金华县丞邢世材"。吕祖谦《吕东莱先生文集》卷八有《邢邦用墓志铭》，知邢邦用即邢世材。邢氏先为青州人，后徙汴，绍兴间始家会稽。邢氏初娶何氏，续娶曾氏。其亲兄邢世亨的墓志铭已出土①，《邢世亨墓志》云"邢氏世为河北清州人"，当以《邢世亨墓志》为是。《邢邦用墓志铭》的"青"当是"清"字之误。邢氏籍籍无名，至邢世材始登乾道二年萧国梁榜进士，然享年不永，三十七岁即去世，后世亦无贵显。

缙云叶氏。《曾文清公墓志铭》提到曾几一孙女"适宣教郎、干办行在诸军审计司叶子强"。同治《苏州府志》卷七十一《名宦》四《昆山》有其传，云："叶子强，缙云人。学问该博，工诗文。淳熙二年，知昆山，政尚简易。在任三年，百度修举。以邑有'潮至唯亭出状元'之谶，遂建问潮馆于驷马桥西。后潮过唯亭，卫泾遂魁天下。以先任无所考稽，遍稽史牒，取雍熙以后五十六人刻诸石。留意学校，增修黉舍。入官奉常，擢朝奉郎。"叶氏家世待考。

上虞丁氏。《曾文清公墓志铭》提到曾几一孙女"适文林郎、湖州长兴县尉丁松年"。据宝庆《会稽续志》卷六《进士》，丁松年是隆兴元年木待问榜进士，万历《绍兴府志》卷三十一《选举志》二《进士》则注明其为上虞人。上虞丁氏的具体情况待考。

余姚王氏。《曾文清公墓志铭》提到曾几一孙女"适迪功郎、前明州慈溪县主簿王中行"。此孙女名曾静真，为曾逢之女，其墓志出土于余姚，上文已引。余姚王氏家族有多方墓志出土。王中行之父王逯的墓志铭详细

① 绍兴市档案局、会稽金石博物馆编：《宋代墓志》，西泠印社出版社2018年版，第137页。

记载了王氏的先世。王氏本大名府人，以河决迁葬于洛阳。王迷高祖王轸，赠吏部尚书，徙居陈州之宛丘；曾祖王景章，尚书屯田员外郎，赠金紫光禄大夫；祖王直臣，朝议大夫致仕，赠银青光禄大夫；父王俣，工部尚书，以左中大夫、敷文阁待制致仕，赠光禄大夫，徙居绍兴府之余姚，而王迷则终于国子司业。《王迷墓志铭》为时任朝请大夫、中书门下省检正诸房公事曾逢所撰，其中记载了曾、王两家联姻的因缘："（上缺）于临安，一见如旧交，语必移时。后数年，相见于余姚，从容道门内琐碎如骨肉。逢多女子，公一一问所归，至第六女，顾仆夫呼其子出焉。总角知诗书，端秀可爱，笑谓逢曰：'吾曹雅相善（下缺），盍相与姻乎？'逢退而媒者至，逢谢曰：'吾见其子矣，（下缺），则王氏未之详也。贫富丑好继不问，亦安知吾女之疾病乎？何太草草也。'媒者曰：'王氏不相疑如此，公女傥有疾，岂欺之乎？'（上缺）中行，大临我之自出也。"①

歙县张氏。《曾文清公墓志铭》提到曾几有一孙女"适迪功郎、监衢州比较务"的张震。弘治《徽州府志》卷八《人物二》有张震传，云："字彦亨，歙人。登乾道己丑第，历院辖、寺丞，知抚州江西仓。以不附韩氏，为言路论罢。嘉定初，召为郎，迁右司郎官，奉祠不复出。娶会稽曾文清公几之孙，因家于越。时论以正人许之。"与《曾文清公墓志铭》相合。可见张氏原为歙人而定居于越者。据《曾栗墓志》，曾栗有二女分适"从事郎、新建康府溧水县丞张澄""迪功郎、监台州赡军酒库张淮"，不知此二人是否张震一族。而据上引张震传，张震兄弟七人，张震先以荫资兄子大猷为官而后及己子远猷，看来张震子侄辈以"猷"连名，似与张澄、张淮之名不合。待考。

桐城朱氏。《曾文清公墓志铭》提到曾几有一孙女"适通直郎、新通判扬州军州事朱辂"。朱辂乃朱翌次子，上文已提及，此不赘。

山阴王氏。据《曾樑妻王善贤墓志》，王氏世居越之山阴，祖俊彦，左宣义郎，赠特进；父佐，宝文阁直学士、通奉大夫、提举凤翔府上清太平宫，赠银青光禄大夫。王佐即是绍兴十八年状元，陆游《渭南文集》卷三十四有《尚书王公墓志铭》，于王佐家世生平记载颇详，足资参证。

鄞县薛氏。《曾勋妻薛氏墓志》云："庆元府鄞县人也。曾祖朋龟，朝奉大夫、知衡州；祖居实，朝请大夫、直秘阁、知扬州；父佑祖，通直

---

① 章国庆编著：《宁波历代碑碣墓志汇编》，上海古籍出版社 2012 年版，第 196 页。

郎、成都府路铃辖司干办公事。"薛朋龟及其妻王氏墓志均已出土①,与薛氏墓志记载相合。

鄞县魏氏。据《曾栗墓志》,曾栗幼女"适迪功郎、前监绍兴府和旨酒库魏渊"。魏渊是孝宗朝宰相魏杞的长曾孙,魏杞的神道碑已经出土,可得证实②。但是魏渊本名赵榘,乃出继魏氏者。《宋冯妙定墓志》已出土,据墓志,冯氏是宣义郎、主观台州崇道观赵端之妻,生六子,其第二子"榘出继魏氏,姑名渊,从事郎、监临安府青山酒库"③,可证。

山阴韩氏。上文已提及曾栗续娶韩氏,乃恭淑韩皇后长姊、太师韩同卿之女。韩氏原籍相州,是北宋名相韩琦之后。韩肖胄是韩琦嫡长曾孙,曾官签书枢密院事,以资政殿学士出知绍兴府,从此定居绍兴。韩同卿则是韩肖胄之孙。南宋时期,绍兴一带是相州韩氏的大本营④。

宗室赵氏。据《曾栗墓志》,其一女"适承事郎、新知福州侯官县赵汝磁";据《曾勔妻薛氏墓志》,其女"适故从事郎、监泰州如皋县买纳盐场赵善启";据《曾黙墓志》,曾黙一女"适漕贡进士赵崇䅦"。这些人都是宗室远支,名位均不显。

山阴陆氏。据《曾烝妻钱氏墓志铭》,其一女"许嫁放翁陆待制之孙元质"。陆游因为与曾几结缘,所以与曾几子孙也交往密切。陆游诗文集里就有颇多这方面的记录。比如曾几长子曾逢,《剑南诗稿》卷一有《病起寄曾原伯兄弟》,同卷有《曾原伯屡劝居城中,而仆方欲自梅山入云门,今日病酒,偶得长句奉寄》,同书卷六十七《素饭》自注云:"曾乐道(曾槃)近馈茶山茶。"《入蜀记》卷一:"(乾道六年闰五月)十九日……曾原伯逢招饮于其子(曾)槃廨中,二鼓归。原伯复来,共坐驿门,月如昼,极凉。四鼓解舟行,至西兴镇。"曾逢死后,陆游还撰写了《祭曾原伯大卿文》(《渭南文集》卷四十一)。可知陆游与曾逢、曾槃父子关系非同一般。又比如曾几次子曾逮,《剑南诗稿》卷十七有《曾仲躬见过,适遇予出,留小诗而去,次韵二首》。清卞永誉《式古堂书画汇考》卷十四《书》十四收有陆游《拜违言侍帖》,云:"游顿首再拜,上启仲躬侍郎老

① 章国庆编著:《宁波历代碑碣墓志汇编》,上海古籍出版社 2012 年版,第 152、187 页。
② 见《宋故太师右丞相食邑五千九百户实封三千九百户谥文节鲁国公魏公神道碑》,《宁波历代碑碣墓志汇编》,上海古籍出版社 2012 年版,第 271 页。
③ 章国庆编著:《宁波历代碑碣墓志汇编》,上海古籍出版社 2012 年版,第 232 页。
④ 钱汝平:《新见相州韩氏韩肖胄家族墓志考释》,《殷都学刊》2018 年第 2 期。

兄台座。"可见陆游与曾逮交情也不浅。又比如曾几曾孙曾黯（温伯）。《剑南诗稿》卷五十一有《赠曾温伯邢德允》，《渭南文集》卷五有《除宝谟阁待制举曾黯自代状》，云："令侍从授告，讫限三日内，举官一员充自代者。右臣伏睹从政郎、总领淮东军马钱粮所准备差遣曾黯克承家学，早取世科，操行可称，文词有法，臣实不如，举以自代。"能在辞职后举荐曾黯来代替自己的职务，交谊自非浅浅。在这样的世代交情之下，曾、陆两家联姻是自然不过的事情了。

象山刘氏。《曾黙墓志》提到曾黙妻刘氏，"象山人，吏部尚书、赠银青光禄大夫刘俣之女"。嘉靖《宁波府志》卷二十七《传》三《刘俣》记其登绍兴三十年进士第，历官知华亭县、通判绍兴府、知兴国军、改知岳州、直秘阁，召除尚书礼部郎中，卒。而《曾知白墓志》则称其为吏部尚书，从其历官顺序来看，当以《宁波府志》作"尚书礼部郎中"为是。

慈溪余氏。《曾庶及妻刘氏墓志》提及曾墅"娶四明余氏……今淮东幕府余公元廙女也"。据《南宋馆阁续录》卷八，洪咨夔《平斋文集》卷十七、二十，许应龙《东涧集》卷三，周密《齐东野语》卷九"李全"条等，可知余元廙是庆元府慈溪县人，嘉定七年袁甫榜进士，曾任国子监簿、监丞、司农寺丞、著作佐郎、秘书郎、知衢州等职，后死于李全之乱。

新昌王氏。上引刘克庄所撰王孺人墓志提到曾坚娶妻新昌王氏。该墓志云："按王氏去乌衣入剡，自武毅始。孺人于水心叶公所志长潭公为伯祖，于实斋王公所志孝友公为皇考，一门雍睦，江左旧族也。"所谓"长潭公"，即王思文，叶适《水心先生文集前集》卷二十四有《长潭王氏墓志铭》，据该墓志铭，可知王氏自称是王导之后，然累世不显，至王思文之子王梦龙始登进士第，王梦龙曾知龙游县，"历御史，入宗寺为卿，直中秘书，出守永嘉"。

另外，《曾栗墓志》提到曾栗一女"适文林郎、新知光化军光化县祝文之"，早卒，曾栗遂又将次女适祝文之。《曾庶及妻刘氏墓志》提及刘氏"曾祖曰宥，封承事郎。祖彭年，仕至朝奉郎。父壎，终朝议大夫、直秘阁"。《曾知白墓志》提到其一女"适进士马锜"。祝、刘、马三氏的具体情况待考。

曾氏家族的联姻对象自然不止上述这些家族，但是仅这些家族就足可供我们分析曾氏联姻的一些事实了：一，其联姻的地域主要集中在绍兴一带，大体上不出今浙江省范围。歙县张氏因已家于越，可算是绍兴本地家族。桐城朱氏可能是因仕宦之间的交集而结成的联姻对象，并不很具有典型性。二，其联姻的家族在地位上与曾氏大体相当，并不是特别显赫的仕宦之家。魏氏因出过孝宗朝宰相魏杞而显得较高，但魏杞后世并不显达。三，其联姻对象似也无白丁和商贾，一般是有"官"（包括实职虚职）之人，这充分体现了宋代婚姻"尚官""贵人物相当"的传统①。四，中表婚比较常见。这一点在曾氏与吴越钱氏、东莱吕氏、上虞李氏、遂安（淳安）詹氏等家族的联婚中表现得非常明显，这是古代家族世婚所不能避免的一个现象，也是宋代提倡中表婚②政策的必然结果。曾氏家族通过联姻方式形成的广泛社会关系无疑是推动家族繁荣发展的重要助力，也是维持家族门风、地位于不坠的秘诀之一。

五　规模宏大的家族墓地

关于宋代的墓葬制度，著名考古学者郑嘉励先生有一个基本观点就是：北宋时期中原士大夫家族，普遍打造自己多代聚葬的墓地，而这在南方是没有的。因为江南独特的地理气候环境和讲究风水的功利观念，家族墓地很难产生。郑先生还举了例子，如鄞县的史弥远家族，史浩、史弥远到史嵩之都是南宋权倾一时的宰相，如果他们想打造家族墓地，那么完全可以做到，但是他们并没有。史弥远埋在鄞县，史嵩之埋在余姚河姆渡，有些人埋在奉化，有些人埋在慈溪，每个墓相距非常远。又如理学家朱熹，其父朱松葬在福建的政和县，朱熹本人葬在建阳，其子朱塾墓在建阳另一乡镇，相距十几里。朱熹撰《朱子家礼》，于族葬一事只字未提，表明朱熹本人也没有族葬的观念。而这种墓葬传统被从中原南渡过来的家族打破，东莱吕氏家族在婺州武义明招山打造家族墓地即是一个著例，它直接开启了元明时期江南地区的族葬风气。③ 笔者仔细研读新出的曾氏家族的墓志，发现曾氏家族或许也是郑先生所说的在南方打造家族墓地的中原南迁家族之一。当然，曾氏原籍赣州，是典型的南方人，但正如上文所述，至少从曾几之父曾準起就已迁居河南洛阳，曾準死后并葬于河南，曾

---

① 张邦炜：《宋代婚姻家族史论》，人民出版社 2003 年版，第 62 页。
② 张邦炜：《宋代婚姻家族史论》，人民出版社 2003 年版，第 96 页。
③ 郑嘉励：《武义明招山：一场理想主义者的族葬》，https://zj.zjol.com.cn/news/135962.html。

几自幼生活在北方，因此深受北方士大夫族葬观念的影响也是可以理解的。由于这十方曾氏墓志被盗墓者盗挖，失去了出土时间和地点等信息，墓葬或也已被破坏殆尽，因此已无法从考古学角度来现场考察曾氏家族墓葬的具体情况了。但这十方墓志中透露的信息足以让我们相信这是一个颇具规模的家族墓地。现将相关信息罗列如下。

上引陆游《曾文清公墓志铭》提到的曾几葬于"绍兴府山阴县承务乡凤凰山之原"。葬于凤凰山的曾氏族人有：

曾槩，"归袝于绍兴府山阴县承务乡凤凰山先茔之侧"（《曾槩墓志》）；

曾槩妻王善贤，与曾槩"合葬于山阴县承务乡凤凰山之原"（《曾槩妻王善贤墓志》）；

曾栗，"葬于绍兴府山阴县承务乡凤凰山先茔之侧"（《曾栗墓志》）；

曾棐，"葬于绍兴府山阴县承务乡凤凰山文……"①（《曾棐墓志》）；

曾勳，"葬于绍兴府山阴县囗囗乡凤凰山承议墓之侧"（《曾勳墓志》）；

曾勳妻薛氏，与曾勳"合袝于绍兴府山阴县承务乡凤凰山教授之兆"（《曾勳妻薛氏墓志》）。

另外，上文已提到曾逢、曾逮也袝于父墓。

葬于茶山之原的曾氏族人有：

曾栗妻韩氏，"袝于绍兴府山阴茶山之原"（《曾栗妻韩氏墓志》）；

曾棠、曾烝父子，"道州守讳棠……今予此来，则道州与子从事烝即其处坟久矣"（《曾烝妻钱氏墓志铭》）；

曾烝妻钱氏，"葬茶山，袝从事②兆"（《曾烝妻钱氏墓志铭》）；

曾默（知白），"袝于山阴茶山提辖公茔之左"（《曾知白墓志》）；

曾坚妻王氏，"葬于山阴茶山"（刘克庄《后村先生大全集》卷一百五十一《墓志铭·王孺人》）。

葬于山阴之东山的曾氏族人有：

曾庶及其妻刘氏、曾墅及其妻余氏，"藏于会稽山阴之东山（衣冠冢）"（《曾庶及妻刘氏墓志》）。

其实茶山就是凤凰山。因为曾默"袝于山阴茶山提辖公茔之左"，而"提辖公"就是其父曾棐，因曾棐曾官提辖榷货务都茶场，故称提辖。据

---

① "文"下缺，"文"下当是"清"字，文清即曾几，此句当指曾棐葬于祖父曾几之侧。

② 从事即曾烝，曾官从事郎。

《曾棐墓志》，曾棐葬于绍兴府山阴县承务乡凤凰山其祖曾几墓侧，足证茶山即凤凰山。嘉泰《会稽志》卷六《冢墓》云："曾文清公墓在（山阴）道树，大卿（曾）逢、侍郎（曾）逮并祔文清墓。"据此，凤凰山、茶山、道树实是同地，这个地方其实在秦望山，嘉泰《会稽志》卷十一《泉》："苦竹泉在秦望山侧曾文清墓，林多苦竹，泉出其下，泓洁宜茶。"

而山阴之东山则与凤凰山、茶山非一处。检嘉泰《会稽志》，未见山阴有名东山者，然清周铭鼎所撰《柯山小志》卷中《胜览》有"东山"条云："山与柯山相连属，在柯山之西，自蔡家堰视之，则东也，故名。"①《柯山小志》虽为晚出方志，但地名往往是历代口耳相传的，故其记载或有根据。曾庶一门四口为什么未能入葬家族墓地呢？笔者推测，曾庶一门四口均死于兵灾，兵者乃不祥之器，且四人尸骨无存，从楚州带回的只是四人生前的衣冠而已，或许因此而未能入葬祖坟。这样解释似乎稍合情理一些。曾庶一门四口葬于宝庆三年（1227），而曾炎妻钱氏葬于嘉熙四年（1240），曾黙（知白）葬于宝祐五年（1257），如果说曾庶安葬时，祖坟已无隙地，需要另觅地安葬的话，那么为什么迟于曾庶安葬多年的钱氏和曾黙却反而能入葬祖坟呢？据常理，似乎说不过去。故笔者作出上述推测，相信离题不远。

曾氏家族墓地还有曾几祠堂。《曾炎妻钱氏墓志铭》是落款为"迪功郎宜改添差两浙东路提举常平茶盐司干办公事"的钱时所撰，其云："宝庆三年春，予陪越率②游茶山，谒故敷文阁待制、礼部侍郎文清曾公祠，始获拜益国夫人钱氏遗像。益国，吴越逊王曾孙，文肃公之孙女，实予祖姑行。道州守讳棠，其仲子子也，相与从容终日，且指他日归藏之所，洁觞豆，款精舍也。"可见在茶山（凤凰山）墓地设有曾氏祠堂。

宋代皇室、贵戚、勋臣、官员及一般士夫庶民之家，都有在家族坟地中设置坟寺的传统，这是敬祖收族以及尚祈福、尊鬼神的社会风俗的反映。曾氏于家族墓地设置祠堂以祭祀始迁祖曾几，其目的自不出此。坟寺所掌，一是守坟，二是祠祭。在南宋理学家倡导的家族祠堂和影堂未得到普遍流行之前，坟寺实际上承担起了家族祠堂的大部分职能。刘克庄《后

---

① 《绍兴县志资料》（第一辑），成文出版社 1983 年影印本，第 1039 页。

② 率通帅，越率即越帅，绍兴知府例兼两浙东路安抚使，安抚使俗称帅司，故两浙东路安抚使称可越帅。此句意谓陪伴越帅游览茶山。

村先生大全集》卷九十三《荐福院方氏祠堂记》一文，就将坟寺与祠堂并列。又比如咸淳《临安志》卷八十一《寺观七》"惠林寺"条亦云："在荐桥门外蒲场巷，去城一里，旧在天庆坊，系绍兴中建以处随驾僧行。嘉定四年毁，徙建于报国寺基，以奉魏惠宪王、沂靖惠王祠堂。"明确指出惠林寺乃为"奉魏惠宪王、沂靖惠王祠堂"所用。可以这么说，墓祠是在家族墓地坟寺中设置的祠堂。据此，笔者推测曾氏家族的茶山墓地可能还设有坟寺。

仅据上述有限的文献资料，我们就可获悉包括曾几在内的至少有五代十五位曾氏族人入葬了茶山家族墓地这一事实。当然，入葬茶山家族墓地的曾氏族人肯定远不止这些，只是书缺有间，暂时不能得到论定。如此大规模的族葬现象在南宋时期并不多见，目前所知只有一个东莱吕氏家族。这两个家族都迁自中原，而且存在世代联姻的关系，如吕祖谦就是曾几的外孙，这两个家族在墓葬制度上是否存在互通声气的情况，这一点值得进一步研究。另外，曾氏家族墓地设置祠堂也为我们考察宋代的坟寺特别是墓祠制度提供了珍贵的信息。这些都值得注意。

游戏笔墨中的政治蕴涵与士人精神

——论王十朋《林下十二子诗并序》

周 沛

（廊坊师范学院 文学院）

摘要： 南宋王十朋作于绍兴二十四年（1154）的《林下十二子诗并序》整组诗歌从表面看来表现的似乎是科举失败后仿效"竹林七贤"游于林下的隐居之意，诗序部分更是以小说和梦幻的笔法展开，颇具谐谑幽默色彩。但若联系具体的创作背景细加考察则会发觉，这组诗歌在看似轻松风趣的表象下，实则暗含对现实政治的影射：对秦桧操控科举、国家不按标准取士的批判。这体现出宋代士人不以个人穷通为意，而以天下为己任的责任意识与积极进取精神。

关键词： 王十朋；《林下十二子诗并序》；政治影射；士人精神

王十朋，字龟龄，号梅溪，温州乐清人，生于北宋徽宗政和二年（1112），卒于南宋孝宗乾道七年（1171）。绍兴二十七年（1157），年逾四十的王十朋，才以"经学淹通，议论醇正"，被宋高宗亲擢为进士第一，并由此进入仕途，先后出任绍兴府佥判、秘书省校书郎、著作佐郎、国子司业、起居舍人、侍御史等职，并历知饶、夔、湖、泉诸州。由于入仕较晚，王十朋从政的时间并不长，但他"在政治上的影响却很大"①，在生前即有政声，亦有文名，并以大节著称于世。朱熹将他与诸葛亮、杜甫、颜

---

① 钱志熙：《论南宋名臣王十朋的学术思想与生平业绩》，见项宏志主编《纪念王十朋诞辰九百周年：全国学术研讨会论文集》，线装书局 2012 年版，第 7 页。

真卿、韩愈、范仲淹这"五君子"相比，称其"于五君子者，迹虽未必皆同，而心实似之"①。汪应辰则给予其"真儒者"②的高度评价。叶适亦言其自绍兴至乾道"名节为世第一，士无不趋下风者"③。清四库馆臣也称其"立朝刚直，为当代伟人"④。可见"其生前身后都被南宋士大夫视为优秀代表"与"士君子的典范"⑤

作为南宋中兴时期文人士大夫的典型代表，王十朋虽出身寒门，年逾四十才通过科举考试进入仕途，但在中第前，他对自己作为一名儒家士人的身份与责任就有着明确的意识，主动关注现实政治，不拘泥于一己得失。台湾学者祝平次在对王十朋所作《家政集》的考察中曾指出《家政集》中处处表现出王十朋的士人意识，由篇名即可看出王十朋提高自己地方士人地位的企图，并曾多次提及士君子的私家之政和公家之政的相通之处。同时王十朋较少表现出科举失利的不得意，反而表现出一种士人的自尊与自傲，这种自尊与自傲，不是来自社会地位的差异，而是来源于对儒家经典的崇信⑥。虞云国《走向庙堂：王十朋诗文纪录之乡绅影像》则从经济基础与物质生活保障、思想心态、精神人格修炼等角度，对科举入仕前的王十朋如何定位并履行自己的社会角色进行分析，在对其久困科场的态度、创办书院的思想心态、人格修养的自觉追求及衷心衷心的展露等问题的考察中，虞云国指出，面对科举的失败，王十朋也不能超然物外，第一反应也是失望，但他能够在心理上自我调适，回归现实与理性，真正做到"居庙堂之高，则忧其民，处江湖之远，则忧其君"⑦。由上述研究可以看出，王十朋虽然很少表现出科举失利的不得意，但并非没有失望的情

①　朱熹：《王梅溪文集序》，见朱熹撰，朱杰人等主编《朱子全书》，上海古籍出版社、安徽教育出版社2002年版，第3642页。
②　汪应辰：《宋龙图阁学士王公墓志铭》，见王十朋著，梅溪集重刊委员会编，王十朋纪念馆修订《王十朋全集（修订本）》，上海古籍出版社2012年版，第1112页。
③　叶适：《乐清县学三贤祠堂记》，见叶适《叶适集》，中华书局1961年版，第149页。
④　纪昀总纂：《四库全书总目提要》卷一百五十九集部十二《梅溪集五十四卷》，河北人民出版社2000年版，第4103页。
⑤　虞云国：《走向庙堂：王十朋诗文纪录之乡绅影像》，见项宏志主编《纪念王十朋诞辰九百周年：全国学术研讨会论文集》，线装书局2012年版，第184页。
⑥　祝平次：《王十朋〈家政集〉研究》，2002年8月23日韩国中国学会所主办的第22届中国学国际学术会议"从中国学看家族"，http://mx.nthu.edu.tw/~ptchu/otherstuff/works/Wang-Shipeng.htm。
⑦　虞云国：《走向庙堂：王十朋诗文纪录之乡绅影像》，见项宏志主编《纪念王十朋诞辰九百周年：全国学术研讨会论文集》，线装书局2012年版，第184—207页。

绪，只不过他能够以儒家士人的责任意识与坚守超越一己的挫折和痛苦。创作于绍兴二十四年的《林下十二子诗》并序，就是这样一组展现作者落榜后自我调适与心路历程的作品。这组诗歌从表面看来颇具游戏文字的意味，但在这种游戏的笔触和姿态背后、在那些看似轻松幽默的文字背后，实则蕴含着委曲复杂的心理状态与对现实政治的影射和干预意识。同书信、札子等实用文体，赠答酬唱的往还诗歌及《家政集》这类严肃的家训文字一样，这类文字中同样体现着王十朋作为儒家士人的身份意识。

一 "林下七子"对"竹林七贤"的戏仿与突破

这组诗前有一个很长的诗序，不仅交代了诗歌创作的缘由和时间，而且行文有似小说笔法，借助梦幻的形式，颇具谐谑色彩，但若对序文细加分析则不难看出"诗人进行自我阐释的努力"，且由序文可知，"林下十二子"的产生是颇具"戏仿"意味的，并非作者一时兴起，也非一次性完成，而是有意识地采用"与物为友"的题材，有着一个由"七子"向"十二子"扩展演变的过程。在这一演进过程中，作者错综委婉的心理意识与深层的创作意旨都得到了充分的展现和揭示。

序文一开篇，作者直接点明了自己是因"见黜于春官，齿发老矣，悟虚名之可厌，知林泉之足乐"① 才创作了这一组作品，表明是在科举落第归家后所作。"春官"作为礼部的别称，指代由礼部主持的省试②，"春官见黜"指的正是十朋科场失利事。同时若细加品味，不难发现"春"字本身所含有的"春天""青春"等意，这刚好又起到了照应并引起下文的作用。其下所言的"齿发老矣"，究其原因正在于青春的逝去，这正可视为另一重意义上的"见黜于春官"：青春岁月已逝、年已老迈而功名未就，诗人仿佛遭到时光的唾弃，一次次地落第，因而不能不生出"悟虚名之可厌，知林泉之足乐"的深沉感慨。此外，"见黜于春官"从字面上也可理解为被"春天"抛弃，这就与序末所标示的时间"孟夏"形成了某种呼应关系。初夏的时间点表明春天刚刚过去，而"春官"本又为古代官名，指

---

① 王十朋：《林下十二子诗序》，见王十朋著，梅溪集重刊委员会编，王十朋纪念馆修订《王十朋全集（修订本）》，上海古籍出版社 2012 年版，第 97 页，以下有关此篇诗序内容的引用不再重复出注。
② 因省试在春天举行，所以又称为"春试""春闱"。

颛顼氏时五官之一的木正，也就是主管春天的神"句芒"[1]，也即主管树木生发生长的木神[2]。由此，"春官见黜"、初夏来临，说明树木皆已长成，因此春官见黜，在一定程度上又为后文林下诸物的登场与作者选物为友之事的展开做好了铺垫。

具体来看，在接下来出场的林泉六物中，除了代表"泉"的"井"，皆为植物，而井作为其他五物生长的环境依托，又与其畔的数百株修竹一起，成为"林下七子"得以生成建构的一个场域和坐标。作者正是在"与客游林下""与宾友，杖屦徜徉，赋诗饮酒，弈棋于其间"的过程中，将带给自己"自适"之感的寓目诸物，与自己联系在一起，合归为"林下七子"的。

"林下七子"的称谓，从字面上就很容易让人联想到因"集于竹林之下"作"竹林之游"而得名的"竹林七贤"[3]。事实上，王十朋此处"与竹、井等物并称'七子'"正是"诗人对'竹林七子'的效仿之为"[4]，除诗序中不断提到"主人有林下之游""与客游林下"等明显具有说明性和暗示性的语句外，组诗最后一首《王子野》中"归来聊效晋人游"之句，更是明白地点出了作者的这层意图，表明他所仿效的对象正是晋代的"竹林七贤"。只是在王十朋这里并未将一起徜徉游赏的"宾友"、客人等现实

---

[1] 《左传·昭公二十九年》中有："木正曰句芒"，见杨伯峻编著《春秋左传注（修订本）》，中华书局 2016 年版，第 1672 页。

[2] 据《礼记·月令》载"孟春之月，其帝太暤，其神句芒"。郑玄注"句芒"曰："句芒，少暤氏之子，曰重，为木官。"孔颖达也说："其神句芒者，谓自古以来主春立功之臣，其祀以为神。是句芒者生木之官，木初生之时句屈而有芒角，故云句芒。"见《十三经注疏》整理委员会整理《十三经注疏·礼记正义》，北京大学出版社 1999 年版，第 442—446 页。

[3] 虽然对"竹林七贤"之名的由来，学界仍存在争议，但一般认为与七人"集于竹林之下"的"竹林之游"有关。《三国志·魏志·王粲传》附《嵇康传》裴松之注引《魏氏春秋》云："康寓居河内之山阳县，与之游者，未尝见其喜愠之色。与陈留阮籍、河内山涛、河南向秀、籍兄子咸、琅邪王戎、沛人刘伶相与友善，游于竹林，号为七贤。"见陈寿撰，裴松之注《三国志》，中华书局 2011 年版，第 503 页。关于"竹林七贤"名称的问题，可参周凤章《"竹林七贤"称名始于东晋谢安说》，《历史研究》1991 年第 6 期；刘康德《"竹林七贤"之有无与中古文化精神》，《复旦学报》（社会科学版）1991 年第 5 期；卫绍生《竹林七贤若干问题考辨》，《中州学刊》1999 年第 5 期；李中华《"竹林之游"事迹考辨》，《江汉论坛》2001 年第 1 期；王晓毅《竹林七贤考》，《历史研究》2001 年第 5 期；韩格平《竹林七贤名义考辨》，《文学遗产》2003 年第 2 期；马鹏翔《"竹林七贤"名号之流传与东晋中前期政局》，《中国哲学史》2008 年第 2 期；等等。

[4] 姚华：《游戏于斯文——宋诗写作中的游戏姿态及其诗学意义》，博士学位论文，北京大学，2015 年。

中人作为与自己并称的人选，而是将每日相伴、触目所见的井、竹等"物"拎出，为它们和自己统一命名、赋予人格，成为人化之"友"。这种"以物替人""与物为友"的形式，本身即带有鲜明的游戏性质，因此"林下七子"自然就具有了对"竹林七贤"的"戏仿"意味。

不同于同样以游戏姿态创作的《四友录》等文中的"毛颖""子墨客卿"等称谓，王十朋对林下诸物的命名并非直接袭用前人文章，而是带有鲜明的个人意图和感情色彩：皆按照"七子"的身份设置，结合诸物的特性，为自己与"六友"统一添加了一个以"子"起首的字，如竹字"子修"、井字"子深"、梅字"子先"、桂字"子苍"、兰字"子芳"、昌阳字"子仙"。这些"子"字的选取，固然与物性特征紧密相关，但若结合所赋诗歌来看，还可发现其中体现着宋人注重才学与喜爱使事用典的创作倾向。同时这种命名方式又"与宋人崇尚从人格精神的角度视物、进而肯定其品格、称扬其道德的观物方式有着一定的联系"，具有褒扬林下诸物清高气节的意图，映射出作者的人格理想；而这种"对物的俳谐式指称"，也更拉近了诗人与物之间的距离，使物的形象更为亲切近人①，因此可以更好地达到"以物替人"的戏仿效果，也更加便于作者将自己对人生出处等问题的思考和态度蕴含其中。

作者自称"梅溪野人"且"自字'子野'"，"野人"一词本身就可作为隐者的代称，给读者带来与"隐逸"相关的暗示。王禹偁《题张处士溪居》中就有："云里寒溪竹里桥，野人居处绝尘嚣"②，以野人来指代幽居的处士。由此似乎已可将作者的创作意图理解为隐居之意的表达。况且如前所述，王十朋对"竹林七贤"的戏仿，本就源于对"林下之游"的复现与对"颇足自适"的"林泉之乐"的追寻。其种植兰花、菖蒲"以增野趣"及"赋诗饮酒弈棋"等活动，不过都是这一仿效过程中的具体行为或表现方式。且在选择"物友"时，又将与"七贤"联系最为紧密的"竹"置于首选，亦更加鲜明地昭示出"七子"与"七贤"间的内在联系。

且在为竹所赋之诗中，作者又先赞竹之耐寒品格，表达平安归来的相

---

① 姚华：《游戏于斯文——宋诗写作中的游戏姿态及其诗学意义》，博士学位论文，北京大学，2015年。

② 吴之振、吕留良、吴自牧选，管庭芬、蒋光煦补：《宋诗钞·小畜集钞》，中华书局1986年版，第35页。

见之喜，后又化用苏轼之句①，以反诘之语道出"世间宁有扬州鹤，休讶平生肉食难"，表面看来是与竹之间的亲密对话，劝对方不要因愿望落空、难以为官而感到诧异叹息。实际上劝人正是劝己，其目的正是在告诫自己不要因科举失意而叹惋，应为平安归来感到高兴，同时更暗用苏诗原意，表示自己要像竹一样不从流俗，在严寒时节亦不随万木一同萧疏，继续保有坚贞的节操和品行。"林间诸子总非俗"中，"非俗"一语可以说正是诗人对林下诸物的总评，也是他之所以选择诸物、愿与它们为友的真正原因。正像"竹林七贤"被视为不同流俗的文人代表一样，作者认为林下诸物在本质上的一致性就在于"不俗"。因而，与这些"不俗"之物为友正可安慰并鼓励自己保持遗世独立的超逸之姿。"林下自全幽静操，纵无人采亦何伤"② 就明确地将这层意思表现出来。竹林，作为怡情悦性的场所与心灵的慰藉之地，为厌弃功名、追求人格自由与心性高洁的诗人提供了一个庇护所和栖息地，也成功地将他和"七子"与异代之"七贤"勾连在一起。

因而，上述内容从表面来看可以说是对"竹林七贤"的戏仿，是王十朋在科场失意后有意回归自然、弃绝名利的一种表态，体现着他意欲"归隐"、退守林泉的意图。

况且早在绍兴十五年，王十朋在《次韵万乔年李唐英二绝》中，就明确表示过"七贤林下共忘机"，"忘机"即消除机巧之心、不存机心，强调的正是"七贤"甘于淡泊、与世无争的心性品节。这既可以说是王十朋对"七贤"人格与人生追求的评价和赞语，也可说是他对自己效仿七贤式的生活心境的表白。由此看来，"林下七子"不过是对"竹林七贤""遗世独立"之姿与高洁精神和生活方式的简单承袭，是将他们作为隐逸的象征来接受的。

但事实上，正如七贤从不曾真的隐逸，他们的"竹林之游"不过是面

① 苏轼《于潜僧绿筠轩》："若对此君仍大嚼，世间那有扬州鹤?"（见张志烈等校注《苏轼全集校注》，河北人民出版社 2010 年版，第 893 页）苏诗将肉与竹对举，突出竹之高洁，并借此表达对俗的厌弃，与对不俗的追求。王十朋此处不仅化用苏诗之句，将竹与肉食对举，还沿袭"扬州鹤"典故，既延用苏轼原意，表达对不俗人格的追求，又结合实际创作语境，表达出自身的切实感受。

② 王十朋：《林下十二子诗兰子芳》，见王十朋著，梅溪集重刊委员会编，王十朋纪念馆修订《王十朋全集（修订本）》，上海古籍出版社 2012 年版，第 98 页。

对黑暗现实无可奈何之下的一种抗争①，王十朋也并非真的想要弃绝功名、归隐田园。在他追寻林泉之乐的背后，实际上还隐藏着一颗欲有所为的入仕之心。因此，若继续对他选择"七贤"作为戏仿对象，并最终突破"七子"而为"林下十二子"的深层原因加以考察，能够更为清晰地揭示出他这一层复杂微妙的思想心态及这组诗歌的创作动因。

在组诗的最后两首中，王十朋实则已在一定程度上透露出自己的意图："渊明异日开三径，端仗兹花慰老怀"②，表面用象征隐逸的菊花与陶潜典故来表现隐居之意；但"异日"一词却含有多重阐释的可能，既可理解为"往日、从前"，又可解作"他日、将来"，似于有意无意间将自己的真实心境和意图抖搂出来，只是这种模糊化的处理，又在更大程度上将这一意图与心理掩藏，令人在粗读之下难以发现。而在他为自己所写的《王子野》一诗的末尾"场屋虚名且罢休，归来聊效晋人游"③ 中的"且"与"聊"二字，皆含有"暂且""姑且"之意，这在某种程度上也透露出他的退游林下只是此次场屋受挫后的暂时性选择。

这一点在此期前后的其他诗文中也有所表现，如在他写给其弟昌龄的诗题中，就有《昌龄和诗以不得志于贤关有欲退隐之语复用前韵勉其涵养俟时未可真作休休计也》④，昌龄的"欲退隐"是引起王十朋创作此诗的原因，"勉其涵养俟时"与"未可真作休休计"，则清晰地表明了王十朋对此

---

① 陈寅恪认为"'七贤'所取为《论语》'作者七人'之事数"，虽然陈氏云此是为了说明"竹林七贤"称谓的形成，是先有"七贤"，后采佛教之说，才在其冠以"竹林"。（见万绳楠整理《陈寅恪魏晋南北朝史讲演录》，黄山书社 1987 年版，第 49 页）但对这一说法，学界仍存在争议，有待商榷。不过陈先生看到了"七贤"在行事和精神上，与孔子所述七人的相似性。"作者七人"之语，出自《论语·宪问》，其前有"子曰：'贤者辟世，其次辟地，其次辟色，其次辟言。'"。《论语正义》释此说"'辟世'者，谓天地闭则贤人隐，高蹈尘外，枕流漱石，天子诸侯莫得而臣也。'其次辟地'者，未能高栖绝世，但择地而处，去乱国，适治邦者也。"而"'作者七人矣'者，作，为也。言为此行者凡有七人"。（见《十三经注疏》整理委员会整理《十三经注疏·论语注疏》，北京大学出版社 1999 年版，第 200 页）也就是说有七位贤者做到了"避世、避地、避色、避言"。若以此结合"魏晋之际，天下多故，名士少有全者"的现实情况，亦可理解"竹林七贤"的苦闷与无奈。相关内容还可参鲁迅《魏晋风度及文章与药及酒之关系》，见鲁迅《汉文学史纲要：外一种》，上海古籍出版社 2005 年版，第 55—72 页。

② 王十朋：《林下十二子诗 菊子秀》，见王十朋著，梅溪集重刊委员会编，王十朋纪念馆修订《王十朋全集（修订本）》，上海古籍出版社 2012 年版，第 99 页。

③ 王十朋：《林下十二子诗 菊子秀》，见王十朋著，梅溪集重刊委员会编，王十朋纪念馆修订《王十朋全集（修订本）》，第 99 页。

④ 王十朋：《昌龄和诗以不得志于贤关有欲退隐之语复用前韵勉其涵养俟时未可真作休休计也》，见《王十朋全集（修订本）》，第 100 页。

事的态度。这里虽是他勉励己弟之语,但实际上同样也体现着他个人在处理自身境遇时的真实想法与心态。包括其"林下之游"在内的一系列活动,不过都是他"涵养俟时"以应对残酷现实的暂时性行为与表现,是其对自身遭遇和现实表示抗争的一种方式。而要弄清他之所以采用这种方式,并以游戏姿态突破对"七贤"的戏仿,进而为"十二子"的心理状态,以及这种心态的现实原因,则须结合史实对《林下十二子诗序》和相关组诗作进一步分析。

二　"梦中五子"的现实影射作用

在诗序中,作者对"竹林七贤"的戏仿行文至"遂命曰'林下七子'……仍赋七诗以寓意"这里,实际上就已经完成了,但序文至此并未结束,其后还有过半的篇幅。如果说紧跟其后的一句"牡丹芍药,花中之富贵者,桃李艳而繁,凡红艳之属,俱非林下客也,皆不取",具有对"林下七子"入选原因进行解释说明的功用和意图,仍可视作前半的延续,其后的内容则完全越出前轨,从写法到情绪都发生了明显的变化,可以看出作者有意突破前半之"淡泊平和",进一步阐明自己创作意图的努力。若将上下两部分联系起来,更可看出作者在其间加入对"选取标准"的说明并非只是要对前文作补充,而是具有引起下文、承上启下的作用,为下文翻出新意作铺垫,成为由"七子"之恬退向"十二子"之"抒愤"转化的新起点。

如果说序文上半为"物友"取字命名的举动具有"化虚为实"的功效,起到了将"与物为友"的游戏行为"庄重化""现实化"的效果,此处作者则采取了完全相反的手段:以虚拟梦幻的形式和小说的笔法,将现实中难以直言的内容作虚化处理,并假借梦中"人物"之口将自己胸中之言托出。由"予既醉而卧,梦有五人来谒"起,文章即脱离现实生活转入对梦境的描写,有意地开始"化实为虚"。梦中来访的黄公、丁公、柳先生、三径居士、三槐公子五人,实为现实中植于十朋家的黄杨、丁香、柳、菊、槐五物幻化而成,只不过他们是以完全人化的形象与称谓登场,其真实的物性直至文末梦醒后才予以揭晓,且整个梦境的展开都是通过这些由物所化之人与"予"间的对话完成的,有似志怪小说的故事情节与谐趣笔墨。比起前文由作者独叙选物命名过程的写法,俳谐性更强、游戏意味也更加明显。只是在言语表层的谐谑趣味背后，实际上还有着严肃的深层意旨与现实指向。而衔接起梦境与现实的关键，便在于那过渡性话语中所讨论的"选取标准"。正是借由"缘何不选"的疑问，序文后半的梦境不仅得以与前半的"林下之游""七子为友"相勾连，文章也在无形中自然地完成了向下文主题的过渡和切换，有助于行文的继续展开，虚与实、梦与真，亦融为一体。

整个梦境，或者说序文的后半，实际上都围绕着"选"的问题展开。梦中五人之所以来访，其原因就在于未能入选。这一点，在五人入座后首先由黄公明确表示出来，并直接抛出了"独不与兹选何耶"的疑问，以期主人给出合理的解答。这一疑问所针对的无疑正是此前的"选取标准"：作者对"林下客"的取舍所作的将花中之富贵、红艳者排除在外的说明。若结合王氏同期诗作，可知其园中"牡丹芍药紫薇梅，四时花卉开相续"①，确实存在那些被排除在外的所谓"富贵""红艳"的花木，可见这个标准并非凭空设定，而是有着现实的根据和所指。更重要的是，"富贵""红艳"等作为具有价值判断性的语词，揭示出作者最初的"择友"标准是按照花木自身的气质禀赋来选黜的。这对于同样植于王家的黄杨等物来说，自然会将它们的未入选与牡丹、芍药等的落选相联系，并作出同样的理解。

然而此时作者向黄公等进行的解说，却与此前标准中言及的"禀赋"毫无关联，他说："所取者，皆井竹间诸友，公所居差远，予与客游林下，而公不在眼，故不与焉尔"，因此得到的只能是黄公"艴然"②的激烈反应。黄公之所以会对作者的回答表现出如此强烈的不满，就在于作者的解释与此前所设标准间存在的差距，显示出所谓的"双标性"。由"所居差远""不在眼"等语可见，与牡丹和芍药不同，针对五物主人是按照是否位于"井竹间"，即"游林下"时是否"在眼"的距离远近来进行划分的。这在一定程度上，就构成了对前述标准中非"富贵""红艳"之属的偏离。当然，若反观序文上半对井、竹等物的介绍，确乎可以看出作者在叙述中实已为此设下了伏笔：除井与井畔的修竹外，其他入选者分别为

---

① 王十朋：《用前韵题东园》，见《王十朋全集（修订本）》，第101页。
② 《孟子·公孙丑上》："曾西艴然不悦"，赵岐注曰："艴然，愠怒色也。"也就是因愠怒而脸色改变的样子。见《十三经注疏》整理委员会整理《十三经注疏·孟子注疏》，北京大学出版社1999年版，第68页。

"欹卧乎竹间"的梅、"竹林之下"的兰、"夹井而植"的桂、"植于井旁"的菖蒲，相关修饰语已点明了四物皆位于"井竹间"的"地位"。但在那阐明选取标准的语句中，作者却并未涉及这一内容，因而这一以距离的"亲疏远近"来进行划分的所谓"新标准"必然要遭致候选者的不满，进而对"主人欲隔篱墙分尔汝"的做法提出质疑。黄公的"艴然"质问，不仅活画出其闻听答语后怒形于色的模样，令人如见其人、如闻其声，为虚拟的人物和梦境平添了不少真实感。更重要的是，其中还透露出作者未能中试的又一重心态及这一心理的现实原因：对现实中科举选拔不按标准、不合法度状况的不满与影射。预设标准中以气质禀赋为准则正是现实中以才学能力取士的象征，而实际操作中以"亲疏远近"为依据，则暗示出此次科试中存在的私弊。

由序末所标注的"时甲戌孟夏"，可知这组诗歌作于绍兴二十四年四月。据史料记载，这一年的科举，因秦桧的有意干预在当时曾引发极大的影响与反响。这一年，秦桧欲令其孙秦埙为状元，于是在试官人选等方面极尽安排，使得秦埙在"省殿试皆为第一"[1]，直到后来廷试，因高宗读秦埙之策"觉其所咏皆桧、熺语"[2]，才将张孝祥擢为第一，将秦埙降为第三。不仅如此，秦桧亲党中还有多人在此次科试中中第，如"桧从子熺焴、姻党周夤沈与杰皆登上第"[3]。因而这场由秦桧弄权操纵的考试，在当时就引得"士论为之不平""天下为之切齿"[4]。由这一背景出发，似乎就不难理解王十朋在《林下十二子诗序》中，对"未能中选"和"缘何而选"的问题反复进行言说与调侃的心理动因。

虽然王十朋在是年科考中的具体遭遇已难以还原，但通过对几位参加过当年省试、后来亦与十朋关系密切者经历的考察，对那场考试的具体情形也可管窥一二。同样参加了绍兴二十四年考试却惨遭黜落的还有陆游，据《宋史》记载，陆游本来"锁厅荐送第一，秦桧孙埙适居其次，桧怒，至罪主司。明年，试礼部，主司复置游前列，桧显黜之，由是为所嫉"[5]，陆游的这一遭遇，不仅导致他自己此番未能中试，直至秦桧死后才得授官

---

① （元）脱脱等撰：《宋史》，中华书局 1977 年版，第 13762 页。

② 李心传编撰，胡坤点校：《建炎以来系年要录》，中华书局 2013 年版，第 3152 页。

③ （元）脱脱等撰：《宋史》，中华书局 1977 年版，第 13762 页。

④ 李心传编撰，胡坤点校：《建炎以来系年要录》，中华书局 2013 年版，第 3153 页。

⑤ （元）脱脱等撰：《宋史》，中华书局 1977 年版，第 12057 页。

职，甚至就连荐送陆游的试官陈之茂也因此触怒秦桧而"几得祸"①。而在此番廷试中，被高宗亲擢为状元的张孝祥也未能幸免，其后不久其父张祁便被诬入狱，孝祥也险遭构陷②。这次科举的影响之恶、流弊之大，甚至在秦桧死后仍存遗害。绍兴二十六年开科之际，殿中侍御史汤鹏举就曾上疏谏言："今科举之法，名存实亡……孤寒远方士子，不得遇高甲，而富贵之家子弟，常窃巍科。又况时相预差试官，以通私计。前榜省闱、殿试，秦桧门客、孙儿、亲旧得占甲科，而知举考试官，皆登贵显。天下士子，归怨国家。伏乞严申有司，革去近弊。"③"前榜"所指的正是绍兴二十四年的这次科试。"天下士子，归怨国家"也点明了此次科试在士人心中造成的不良影响。秦桧及其亲党借取士之机以谋私的行为、不以真才实学而以亲疏远近作为实际选取根据的情形、"富贵子弟"占高甲登显贵、"孤寒远方士子"不得遇的现实境况，都被亲身经历了这次科试又惨遭黜落的王十朋以诙谐、游戏的笔墨和梦幻故事的形式表现了出来，同时他又假借梦中人物之口，抒发了自己对不按选取标准择士的质疑和落选后的不平情绪。

这在其所赋的"十二子"诗中也有体现："好将正味调金鼎，莫似樱桃太不才"④，以"樱桃"作为否定对象，当与自唐代起形成的新进士及第

① 于北山：《陆游年谱》，上海古籍出版社2006年版，第52页。此外陆游有诗题曰："陈阜卿先生为两浙转运司考试官时秦丞相孙以右文殿修撰来就试直欲首选阜卿得予文卷推置第一秦氏大怒于明年既显黜先生亦几蹈危机偶秦公薨遂已……"见陆游著，钱仲联校注《剑南诗稿校注》，上海古籍出版社2005年版，第2530页。

② 按《宋史·张孝祥传》云："绍兴二十四年，廷试第一……先是，上之抑埙而擢孝祥也，秦桧已怒，既知孝祥乃祁之子，祁与胡寅厚，桧素憾寅，且唱第后，曹泳揖孝祥于殿庭，以请婚为言，孝祥不答，泳憾之。于是风言者诬祁有反谋，系诏狱。会桧死，上郊祀之二日，魏良臣密奏散狱释罪……"见（元）脱脱等撰《宋史》，中华书局1977年版，第11942页。张孝祥在上《洪帅魏参政》启中说："伏念某乡持末学，辄冒首科。触宰路之虞罗，陷亲庭于狴犴……乃圣主类郊之二日，辱明公造膝之一言。可但释累于诏狱之冤，且复育材于儒馆之邃。"（见张孝祥著，辛更儒校注《张孝祥集编年校注》，中华书局2016年版，第730—731页）李心传《建炎以来系年要录》卷一百六十九绍兴二十五年冬十月辛卯载："桧秉政十八年，富贵且极，老病日侵，将除异己者。故使徐嚞、张扶论赵汾、张祁交结事。先捕汾下大理寺，拷掠无全肤，令汾自诬与特进、永州居住张浚，责授建宁军节度副使、昌化军安置李光，责授果州团练副使致仕、新州安置胡寅谋大逆，凡一时贤士五十三人，桧所恶者，皆与狱上，而桧已病不能书矣。"此条下有注云："臣又尝见蜀之老士人，有为薛仲邕馆客者，言：'仲邕时持案牍，入桧卧内，是时已拟定刑名，只取桧一押字，会其疾笃乃已。所谓五十三人，赵令衿、胡铨、汪应辰、张孝祥之徒皆是也。'"见李心传编撰，胡坤点校《建炎以来系年要录》，中华书局2013年版，第3215—3216页。

③ 李心传编撰，胡坤点校：《建炎以来系年要录》，中华书局2013年版，第3154页。

④ 王十朋：《林下十二子诗 梅子先》，见王十朋著，梅溪集重刊委员会编，王十朋纪念馆修订《王十朋全集（修订本）》，上海古籍出版社2012年版，第98页。

后以樱桃宴客的风俗有关①。王十朋此处用此典显然有以"樱桃"指代新进士之意。说樱桃"不才",正照应着诗序中对选取标准的质疑,及对朝廷所选非人的轻蔑与不屑。"豨苓方入医师手,谁识仙姿解引年"② 则化用韩愈《进学解》之语③,以猪苓喻指新晋入选之人,而将自己这样的落选者喻为不被人识、弃于林下、真正能够延年益寿的昌阳,从中不难读出作者的不满与调侃之意。且由陆游等人的遭遇也可进一步理解王十朋借竹、兰等物表达不要因科举失意而叹惋,应为平安归来感到高兴及"林下自全幽静操,纵无人采亦何伤"之意的原因。

序文至此已翻出一层新意,显示出作者科举失利后的复杂心境,及以游戏姿态影射现实的意味,但对"未能入选"的申诉与对选取标准的质疑,却推动着行文继续向前发展。在主人有愧于黄公之言并"许以嘉客处之"后,序文仍未完结,而是出现了更富戏剧性的场景:丁公亦"踵进",并提及"主人昔有幽居三咏,某与黄公、竹生与焉"的旧事,且以此作为要求主人将自己与已入选的竹生、黄公一视同仁的条件,由此又引起了柳先生三人的俱进皆请。丁公所言《幽居三咏》分咏修竹、黄杨和丁香花④,表现对三物的珍惜、喜爱之情,语言清丽,按其在集中的编排位置推测,当作于绍兴十年或十一年。而在绍兴十年秋,王十朋也有过一次"败举"的经历,在其所作的《怀刘方叔兼简全之用前韵》一诗的跋语中,他曾言及此事:"庚申(绍兴十年)秋,予败举,欲废经而用赋。"⑤ 因而,此处提及《幽居三咏》似亦非闲笔,而是作者有意为之,若结合其内容和创作背景继续加以考察,不仅能够为《林下十二子诗序》中所含有的影射现实之意

①　因进士发榜时,正值樱桃初熟,遂逐渐形成此风,后亦将赐予新进士的宴席称为"樱桃宴"。参王定保《唐摭言》卷三《慈恩寺题名游赏赋咏杂纪》云:"新进士尤重樱桃宴。乾符四年,永宁刘公第二子覃及第……会时亦荐新状元……于是独置是宴,大会公卿。时京国樱桃初出,虽贵达未适口,而覃山积铺席,复和以糖酪者,人享蛮榼一小益,亦不喜数升。"见王定保撰,阳羡生校点《唐摭言》,上海古籍出版社 2012 年版,第 25—26 页。

②　王十朋:《林下十二子诗　昌阳子仙》,见《王十朋全集(修订本)》,第 99 页。

③　韩愈《进学解》:"是所谓诘匠氏之不以杙为楹,而訾医师以昌阳引年,欲进其豨苓也。"注曰:"楚人呼猪为豨,'豨苓',乃猪苓也。"(见韩愈著,马其昶校注,马茂元整理《韩昌黎文集校注》,上海古籍出版社 2014 年版,第 54—55 页)韩愈此言是在批评医师本来将菖蒲用作延年益寿之物,而想要进献的却是猪苓。

④　王十朋:《幽居三咏》,见王十朋著,梅溪集重刊委员会编,王十朋纪念馆修订《王十朋全集(修订本)》,上海古籍出版社 2012 年版,第 27—28 页。

⑤　王十朋:《怀刘方叔兼简全之用前韵》,见《王十朋全集(修订本)》,第 32 页。

提供更加明确的证据，还有助于进一步揭示并理解作者的深层创作心理。

三 "十二子"中隐含的进取之心

首先据相关史料，不难发现王十朋在绍兴十年参加的当为温州地区的发解试，而非省试。因为自宋英宗治平三年（1066）起，已将原来每年一次或数年一次的科举考试定为三年一次，具体安排为：每值科举之年的三月，下诏表示开科取士之意；八月举行发解试，通过各类发解试的士子，才能获得参加省试的资格，到来年春天正月参加省试，录取者称奏名进士，并于三月间进行殿试①。简单概括来讲，就是所谓"秋取解，冬集礼部，春考试"②。故秋季举行的当为发解试，也称"秋试""秋闱"。虽然南宋初年，由于战乱的影响，发解试和省、殿试的具体时间和安排发生过一些变化，但总体上，仍是沿袭北宋的制度，且由于此时太学尚未恢复③，王十朋还在县学读书，必然要先经过温州地区的发解试才有可能获得省试的资格。由此可知，王十朋诗跋中提到的"庚申秋"所败之试，指的当为此年秋季举行的发解试。此外，绍兴十年正值明堂大礼，高宗曾下诏"诸州依条发解外，将省、殿试更展一年，于绍兴十二年（1142）正月锁院省试，三月择日殿试"④，也就是说发解试虽如期举行，但省殿试却推迟至绍兴十二年才继续进行。这也可进一步说明，王十朋当年是在发解试即遭黜落，并未有机会进入省试。因此，绍兴十年的败举，并非"见黜于春官"，那么王十朋为何要在此提到《幽居三咏》，除文字表面丁公所言的与竹、黄杨并举之意外，是否还有弦外之音？

若将"三咏"与同卷稍后的《述怀》诗对读，不难发现，其中并无"吾年三十百无堪"及自注中"今二十三年矣"那样明确标示时间的语词，也没有"回头场屋心几折，混迹泥涂分固甘"⑤这样表现科试落败后的惘

---

① 何忠礼：《论南宋高宗朝的科举制度》，《探索与争鸣》2007年第5期。
② 马端临撰，上海师范大学古籍研究所、华东师范大学古籍研究所点校：《文献通考》，中华书局2011年版，第875页。
③ 《建炎以来系年要录》载："（绍兴十三年）诏以钱塘县西岳飞宅为国子监太学。"李心传编撰，胡坤点校：《建炎以来系年要录》，中华书局2013年版，第2792页。
④ 刘琳等校点：《宋会要辑稿》，上海古籍出版社2014年版，第5330页。
⑤ 王十朋：《述怀》，见王十朋著，梅溪集重刊委员会编，王十朋纪念馆修订《王十朋全集（修订本）》，上海古籍出版社2012年版，第32页。

怅牢骚，更多的是一种闲适之情，甚至还有"时时助我毫端兴，宜与江山共策勋"① 的昂扬之语。由此推测，这组诗或作于绍兴十年秋试之前。但无论作于试前还是试后，在相隔十多年后，当王十朋再次在"选与不选"的语境下重提此诗，其意图必然与绍兴十年参加的发解试密切相关。如前所述，绍兴十年之试，直接关系到绍兴十二年的省试，而这一年的科试也同样受到过秦桧的干预。据史料记载，此年秦桧之子秦熺举进士，秦氏原欲以熺为状元，后因其有官，被降为第二。而对于温州地区的考生来讲，还有一个值得注意的情况：由于秦桧自"绍兴二年（1132 年）第一次罢相后一直到绍兴六年（1136 年）这四年时间，一直在温州闲居"②，绍兴八年恢复权力后，便提拔了不少温州籍的故旧亲交，"于永嘉引用州人，以为党助……凡乡士具耳目口鼻者，皆登要途"③。且据史料记载，在绍兴十二年"所荐温士四十二名"中，就有"桧与参政王次翁子伾预选者数人"④。其中，秦桧馆客永嘉人何溥为南省第一⑤。尽管此后，何氏并未党附秦桧，还因忤逆秦氏而罢官，但在科举方面却很难说未得利于秦氏的权势与安排。

可见，与绍兴二十四年一样，在绍兴十二年的科举中，秦桧及其党羽亦借助出任考官等途径拔擢秦氏子孙与亲党。对此，时人朱胜非就曾不无慨叹地表示："前辈诗云：'惟有糊名公道在，孤寒宜向此中求。'今不然矣。"⑥ 此外，宋代士人还常将这两次科试联系在一起加以评论，如何俌《龟鉴》即说："抢魁，所以待天下士也。既私其子熺，又私其孙。父子亲党，环列要津，虽霍光之根据，亦不是过云"；吕中《大事记》亦曰："桧子熺既尝为举首，又以其孙埙为举首……进士榜中，悉以亲党居之，天下为之切齿，而士子无复天子之臣矣！"⑦ 由这些评论皆可见出，时人对这两次科试的看法和态度。那么作为"孤寒"士子的王十朋，在亲身经历了这两次科举后心境如何就不难想见了。

---

① 王十朋：《幽居三咏》，见《王十朋全集（修订本）》，第 28 页。

② 陈安金、王宇：《永嘉学派与温州区域文化崛起研究》，人民出版社 2008 年版，第 71 页。

③ 李心传编撰，胡坤点校：《建炎以来系年要录》，中华书局 2013 年版，第 2318 页。

④ 李心传编撰，胡坤点校：《建炎以来系年要录》，中华书局 2013 年版，第 2318 页。

⑤ 《宋史·秦桧传》载："（秦桧）子熺举进士馆客何溥赴南省，皆为第一。"见（元）脱脱等撰《宋史》，中华书局 1977 年版，第 13758 页。

⑥ 李心传编撰，胡坤点校：《建炎以来系年要录》，中华书局 2013 年版，第 2318 页。

⑦ 李心传编撰，胡坤点校：《建炎以来系年要录》，中华书局 2013 年版，第 3153 页。

虽然说一场考试的中试与否，可能有多方面的原因，是各种因素合力作用的结果，但王十朋绍兴十年秋试落榜的一个重要原因，当与温州地区参试人员之多，而解额极为有限密切相关①。这一点从当时许多中举者均由他途获得省试资格的做法和记载也可看出。如前述的何溥，即是通过漕试进入省试②，而绍兴十二年，通过漕试获得解额的人数，是当时温州解额的三倍多③。因而，秦桧亲党在各方面占据解额，必然会使那些正常参与考试的人员受到影响。王十朋在当时或许也意识到了这一点，因此当绍兴十三年朝廷以临安府原岳飞故宅为国子监太学，并于次年开始恢复招生后，王十朋便于绍兴十五年冬居丧期满后，放弃了温州地区的发解试，改为通过补试太学，被录取为太学生，来获取由太学发解省试的机会，只是直到绍兴二十四年为止，他依旧屡战屡败、屡试不第。此外，王十朋还有过以更改参试科目等策略来增加入选概率的考虑。在绍兴十年秋败举时，他就曾有"欲废经而用赋"的想法，只是后来经由友人刘镇寄诗劝勉才作罢④。况且，在诗序提及的这两次科试中，王十朋都有同乡、好友举试成功，如刘镇的从兄、十朋在乡校的同学"金溪八叟"之一的刘铨，及其叔刘祖向，就皆于绍兴十二年登第；而十朋表弟万庚与另一好友丁康臣，则于绍兴二十四年中举，这也在一定程度上激励着他不肯轻言放弃。

更有意思的是，绍兴二十二年，王十朋在太学补试时，学官本有意以职事相留，但他却以"非才"为由"力辞避"⑤，拒绝了可能入仕的机会，而由同诗稍后几句、写旁观大礼的"人臣贵盛古今无，秦公父子俱为使"

---

① 叶适就曾感叹："温之士几万人，其解选拘于旧额，最号狭少，以幸为得尔。"见叶适《叶适集》，中华书局1961年版，第462页。又据史载：高宗绍兴二十六年，温、台、婺"三郡终场二百人已上始解一人"，见李心传编撰，胡坤点校《建炎以来系年要录》，中华书局2013年版，第3290页。

② 《建炎以来系年要录》卷一百四十四："上御射殿，引试南省举人何溥以下。是秋，两浙转运司秋试举人凡解二百八人，而温州所得四十有二人，宰执子弟皆预焉。溥，永嘉人也。"见李心传编撰，胡坤点校《建炎以来系年要录》，中华书局2013年版，第2318页。

③ 陈永霖：《宋代温州科举研究》，硕士学位论文，浙江大学，2011年。

④ 王十朋《怀刘方叔兼简全之用前韵》诗后跋语言："庚申中秋，予败举，欲废经而用赋，方叔以诗寄云：'须知失马事，莫废获麟书。'往事真同塞翁马，盖用方叔诗也……故各以诗见意，时辛酉季春也。壬戌二月八日，因录旧薰，遂跋于后。"见王十朋著，梅溪集重刊委员会编，王十朋纪念馆修订《王十朋全集（修订本）》，上海古籍出版社2012年版，第32页。

⑤ 王十朋：《西征》，见《王十朋全集（修订本）》，第80页。

等语，也可推测他拒绝学官之请的原因和心理①。到绍兴二十四年再次落榜后，秦氏一次次以权谋私，导致"天下为之切齿"的情形，令他回顾起绍兴十年以来的经历便难免触动心绪，产生对选拔不公的质疑并生发出新的感触。特别是绍兴十二年，其父王辅在未能见其中试的情况下含恨而终，这在王十朋心中留下了永远难以抹去的创痛，因而他在此处重提"三咏"，心情无疑是颇为复杂的。这组诗在《林下十二子诗序》中的出现，其实也已具有了适应于当下的新意义，并最终由王十朋借助虚拟人物之口将这种潜在的深层心理表露了出来。只是在宋人这里，他们不会让自己停留在一己的痛苦之中无法自拔，更不会以激烈的态度大发牢骚，即如此时的十朋，就是采用虚构的、看似"轻喜剧式的生活情节"②，以"融通"物我、轻松谐谑的方式，来消解、淡化自己可能产生的郁愤情绪，将这种情绪转化变型后才加以呈现。

而那些曾经在乡校等处相伴读书的友人的中举则激励着他"涵养俟时"、继续进取。这又恰是未能中选的丁公提醒主人"苟未忘壁上语"，愿"处坐客之末"一语的弦外之音。"壁上语"指的当然还是组诗《幽居三咏》，丁公之言表面是说竹、黄杨、丁香三者本应并置，此番竹生已列首选，黄公也候继有望，主人应该依诗中所言对丁香"研墨加品藻"，但其中显然还隐含着前述提及的"三咏"中的昂扬之语，也就是说，诗人是在借此提醒自己不可忘记当初的进取之心，或者说亦是以友人的中选来勉励尚未能中第的自己，要努力与他们并肩。诗序中连用"踵进""俱进"等语，也透露出这一层进取不休的含义。而对于五物的"请进"，主人在梦中"悉颔之"，都予以接受和肯定，梦醒后也表示了"不可食梦中言"的决心，并为五物一一加字命名、赋诗以赠，在文本系统内实现了自己的梦中承诺，完成了五物的心愿，也完成了对"林下十二子"的建构。

由此延伸到梦外的现实中，"不可食梦中言"似也预示着作者俟时以继进的决心，这从其所赋的十二子诗中同样可以得到进一步的说明。前已分析过《王子野》等诗中所具有的涵养以待之意，这种意图在《梅子先》中表现得更为明显。诗歌开篇先说梅花为自己亲手栽种，且又先于群芳而

---

① 虞云国认为"反对权相专政，不愿曲学取禄应是他（王十朋）拒绝这次出仕的真实原因"。参虞云国《走向庙堂：王十朋诗文纪录之乡绅影像》，见项宏志主编《纪念王十朋诞辰九百周年：全国学术研讨会论文集》，线装书局 2012 年版，第 198 页。

② 韩经太：《论宋诗谐趣》，《中国社会科学》1993 年第 5 期。

开，末二句则进一步表示出对梅以"正味调金鼎"的期冀与希望。梅与盐为"正味"的说法源于《尚书》①，本是殷高宗命傅说为相的言辞，是在赞扬傅说之于国家，就好比盐梅之于羹汤，具有极为重要的意义，是国家必不可少的人才。而金鼎，亦因夏铸九鼎，奉为传国之宝的传说，而具有对国家的指代作用，故而后世便以"盐梅调金鼎"作为可堪重任、可为国家宰辅之臣的称美之辞。如唐代刘禹锡就有"君问调金鼎，方知正味难"②之句，宋曾巩也说："金鼎盐梅须大用，九霄应已梦仪刑"③，都是以盐梅正味可调金鼎来比喻堪为国家栋梁的人才。苏辙更是直接将盐梅与君子品德相连，表示"和而不同，性有盐梅之德"④，并以此来称扬冯京的德高望重，堪为朝廷重臣。此处，王十朋正是利用这一典故所具有的含义来以梅喻人。同时，从前述提及的此句中"樱桃"喻指新进士，及首句强调梅为自己亲手栽种来推测，其中寄寓的或许是对中试友人的期许，但更似对他所主持的梅溪书院的学子及自我才能道德的肯定与寄望，暗示着欲为盐梅正味以调金鼎的意图。而在写丁香的"世人竞重熏笼锦，子素何曾怯瑞香"⑤ 中，熏笼锦即锦熏笼，为瑞香花的别名⑥，此处十朋写世人皆重瑞香，所要凸显的其实正是丁香不畏世俗眼光、欲与世俗所选一较高下之意。

　　这种进取之意，在写井与槐的两首中也通过一语双关和典故的运用等手段，得到了很好的呈现。"定须再筑新亭覆，不负先君好事心"⑦ 二句，据十朋自注可知，是指其父为井盖亭之事，联系前两句"车辖投井"典故的运用，"好事心"似可解作好客之心，因而从表面来看二句是在表现作者幽居林下的决心。事实上，"好事"本身又含有对某种事业的喜爱之意，

---

① 《尚书·说命下》："若作和羹，尔惟盐梅。"孔安国传："盐，咸。梅，醋。羹须咸醋以和之。"见《十三经注疏》整理委员会整理《十三经注疏·尚书正义》，北京大学出版社 1999 年版，第 253 页。

② 刘禹锡撰，《刘禹锡集》整理组点校：《刘禹锡集》，中华书局 1990 年版，第 264 页。

③ 曾巩撰，陈杏珍、晁继周点校：《曾巩集》，中华书局 1984 年版，第 96 页。

④ 苏辙著，陈宏天、高秀芳校点：《苏辙集》，中华书局 1990 年版，第 568 页。

⑤ 王十朋：《林下十二子诗　丁子素》，见王十朋著，梅溪集重刊委员会编，王十朋纪念馆修订《王十朋全集（修订本）》，上海古籍出版社 2012 年版，第 99 页。

⑥ 胡仔《苕溪渔隐丛话》载："陈子高《九日瑞香盛开有诗》云：'宣和殿里春风早，红锦薰笼二月时。流落人间真善事，九秋霜露却相宜。'俚俗因此诗，遂号瑞香为锦薰笼。"见胡仔纂集，廖德明校点《苕溪渔隐丛话》后集·卷三十五《本朝杂记上》，人民文学出版社 1981 年版，第 276 页。

⑦ 王十朋：《林下十二子诗　井子深》，见王十朋著，梅溪集重刊委员会编，王十朋纪念馆修订《王十朋全集（修订本）》，上海古籍出版社 2012 年版，第 98 页。

从十朋为其父所作的《四友堂记》可知其父一生"身虽不及仕，而有畎亩爱君之心"，并将希望寄托在儿子身上，始终怀着强烈的用世和进取之心，致死不衰①。因而王十朋在此提及欲效父亲筑新亭以覆井及不可辜负父亲的好事心，言下之意亦应含有对父亲之志的继承之意。而在写到先人所植的黄杨时，"三槐雅是王家物，为榜新亭拟旧堂"② 更是化用本朝王祐典故③，流露出对出仕为官的志在必得，"雅是"之语更表现出他对自身的极大肯定与自信。

因而，王十朋虽在科举中连遭黜落，在返乡授徒的过程中或许确在某些瞬间产生过就此终老的念头，但作为一名典型的儒家士人，他所信奉的儒家思想、所坚守的儒者志向，使他在涵养自我性情的同时，始终怀有俟时以动的进取之心。《林下十二子诗并序》正是这种复杂心绪的反映，从中可以看出他在受挫之初虽不免产生一些消极情绪，但依旧以积极的方式、游戏的姿态去进行自我疏解的努力。而且他从未局限于一己的悲哀，而是始终将批评的矛头指向朝廷选拔制度遭破坏与所选非人等问题；他所质疑的并非自己一人的落选，而是不遵循选举标准的谋私行为；他所关注的焦点也始终在于人才本身的品质与才能，及对国家社会可能产生的作用和影响，可以说始终体现的是一名儒家士人"以天下为己任"的责任意识和进取精神。这种思想意识和精神信念，最终也支撑着他再次振作起精神重新投身举业，并在下一次，即秦桧死后的绍兴二十七年的科举中拔得头筹，被高宗钦点为状元。

综上可知，《林下十二子诗》并序在围绕"以物为友"，采用一系列戏仿、梦幻手法与谐谑幽默的笔调背后实则有着严肃的现实指向。虚拟的梦境故事"事虽诞而意甚庄""辞虽谐而意颇深"④，这就在言语表层的游戏意味与深层意旨间产生了巨大的张力。若不联系具体的历史情境，初读之下似乎很难轻易觉察。但在结合史料及前后时期其他相关创作，对诗序和

---

① 《家政集·继志篇》说王父"满望子读书成名，以变白屋"，虽已年老，还带十朋"往游科场……买书而还，教子益笃，至以身率之，欲亲见诸子有成"，甚至"病亟之日"仍"执十朋手语，甚悲……以不得试为恨"。见《王十朋全集（修订本）》，第1043页。

② 王十朋：《林下十二子诗 槐子夏》，见《王十朋全集（修订本）》，第99页。

③ 《邵氏闻见录》卷六载：王祐尝"手植三槐于庭曰：'吾子孙必有为三公者。'"后其子旦果入相，"天下谓之三槐王氏"。[见（宋）邵伯温撰，李剑雄、刘德权点校《邵氏闻见录》，中华书局1983年版，第54页]世因以"三槐"为王氏之代称。

④ 李建军：《宋代俳谐赋论析》，《北京大学学报》（哲学社会科学版）2011年第5期。

组诗加以分析后，就可在一定程度上理解并把握其中所蕴含的作者对当时科举私弊问题的影射及其自身复杂幽微的心理状态。从中亦可看出，王十朋作为一名出身寒门的科举士人，对国家取士制度的关注及对儒家士人身份操行的自觉坚守。

宋元之际周密词心探微

张晓宁

（西安工程大学 人文学院）

摘要： 在宋元之际巨变中，周密的创作风格和创作内容都有很大的变化，这种变化来自境遇变化所导致的心态变化；从前的寄闲、志雅变成了亡国的痛楚、寂寞的寄托和保存生命痕迹的努力，这种心态变化也是同时代遗民词人甚至一代知识分子心态的代表。

关键词： 周密；宋元之际；创作心态

词发展到南宋末年，已然是开到荼蘼了，但就在这末路的辉煌中，仍有一群忘我的舞者以它为生命最主要的寄托，集中的表现就是当时著名的西湖吟社活动。南宋灭亡之后，这群人中的一部分做了不食周粟的遗民，或逃遁山野，或闭门市廛，却继续钟爱着这前朝文化的奇葩，甚至以它为发抒国恨家仇的利器，这些人，被称为宋末遗民词人，而周密则是他们中的领袖人物。在宋元易代之际，他关于词的创作内容和风格都呈现出很大的变化，而这种变化背后的心态也是当时一代遗民心理的代表。本文将从境遇变化的根本，发现创作变化的表现，进而探求"亡天下"之际周密的心态变化，以为一代人痛苦心灵的写照。

一 境遇变化

从 1273 年开始，元军对南宋朝廷发动了全面总攻，南宋政府节节败退。1275 年，元丞相伯颜进占建康，直逼临安。这时的宋廷，内部矛盾重重，和战不定，面对严峻的形势，朝廷下诏各地宋军勤王，然而应者寥寥。1275 年春，忽必烈派出由礼部尚书廉希贤、工部侍郎严忠范、秘书丞柴紫芝等人组成的高级使团持国书使宋。途经建康，伯颜派 500 人护送，元使团到达独松关时，遭宋守将张濡（张炎的祖父）袭杀。此事激怒了元军，加快了宋灭亡的步伐。1275 年 11 月，元军分三路进发，直取临安。这过程是极其残酷的，试举一例："元军至饶，前丞相江万里适寓居城内，谓其门人陈伟器曰：'大势不可知，余虽不在位，当与国为存之。'及城破，遂赴其宅中止水亭，投池中自杀，年七十八。左右及义子江镐也相继赴水死，积尸如叠，其弟江万顷，自南康军来省兄，城破时为元兵所执，索金银不得，被肢解，至死骂声不绝口。"① 这只是元灭宋的战争中一个小小的场景，但由此可以推想元军的其他暴行。经过这样一系列残酷的斗争，元军占领了临安周围的所有守地，宋廷求和不成，反击无力，欲守无望，欲逃不能，只剩下一条投降之路。第二年正月，宋帝赵㬎、太皇太后谢氏派遣知临安府贾余庆等人奉传国玺及降表至皋亭山向元丞相伯颜请降。降表写道：

> 宋国主谨百拜奉表言：㬎眇然幼冲，遭家多难，权奸贾似道，背盟误国，至勤师兴问罪。㬎非不能趋避以求苟全，今天命有归，㬎将焉往！谨奉太皇太后命，削去帝号，以两浙、福建、江东、西、湖南、二广、四川、两淮见存州郡，悉上圣朝，为宗社生灵乞哀请命。伏望圣词垂念，不忍㬎三百余年宗社遽至殒绝，令赵氏子孙世世有赖，不敢弭忘！②

二月，按照伯颜的要求，宋帝赵㬎亲自率领文武百官到祥曦殿"望阙拜伏"乞称藩辅。对此事，宋末诗人汪元量有诗形容："乱点连声杀六更，荧荧庭燎待天明。侍臣已写归降表，臣妾签名谢道清。"（《醉歌》）③ "谢了天恩出内门，驾前喝道上将军。白旄黄钺分行立，一点猩红似幼君。"（《湖州歌》）④ 元军将宋宫廷中的图籍宝器登记造册，运往大都。为了防

---

① 陈世松等：《宋元战争史》，四川省社会科学院出版社 1988 年版，第 267 页。
② （明）陈邦瞻：《宋史纪事本末》，中华书局 1977 年版，第 1160 页。
③ （宋）汪元量：《增订湖山类稿》，孔凡礼辑校，中华书局 1984 年版，第 14 页。
④ （宋）汪元量：《增订湖山类稿》，孔凡礼辑校，中华书局 1984 年版，第 36 页。

止南宋残余势力与已降君臣联系，消除后患，伯颜于三月十二日趁夜将除因病暂留的谢太后和在逃的二王之外的宋皇室全部带出城外，送往大都。船队在元军的监护下浩浩荡荡，凄然北去。一百四十八年前的可悲一幕，在赵氏子孙的身上重演，偏安百余年的南宋小朝廷灭亡了。

宋室投降，并不意味着一切都结束了，当时南中国的大地上，还有许多自成系统的抗元力量：一是由陈宜中、张世杰等臣僚先后拥立的赵昰、赵昺二王建立的逃亡政权及其所率之军队；二是由原南宋将领及各地人民自发组成的抗元义军。当然这些抗元力量最终都逃不过被横扫欧亚大陆的蒙古铁骑灭亡的命运，而这灭亡的过程正是汉民族几千年来所遭受的最野蛮的虐待的残酷见证：安徽民间抗元力量的首领傅高兵败被"磔死"；为救文天祥自称是文天祥的刘子俊被"烹而死"；文天祥被押数年之后亦遭杀害；1279 年，在南海崖山，宋元战争的最后一役打响，陆秀夫知大势已去，沉妻子于水，抱幼帝赴海，后宫及百官吏士从死者万数，南中国的海上，浮尸累累；而在此之前的一年，胡僧杨琏真伽发宋帝后墓，诸位曾经尊崇至极的帝后，被暴尸于草野之间，理宗之首，甚至被杨琏真伽截下作了饮器，他死后又被忽必烈赐给国师八思巴，赵宋的王子皇孙们，受到了史无前例的残酷野蛮对待。

而社会上其他民众，更在苟活中忍受着前所未有的可怕生存状况。元蒙以一落后的草原游牧民族入主中原，难脱落后文明之影响，在灭宋之初实行残酷的高压奴化政策，将国人分为四等：蒙古人、色目人、汉人、南人，南宋旧民被踩在整个社会的最底层，受尽压迫。除了人种上的压迫，蒙古人还取消了自隋朝开始已然深入民心的科举制度，堵塞了士人的入仕之路，并规定汉人不得任高官，又将社会各阶层加以完全令汉人难以适应的新划分，谢枋得在《送方伯载归三山序》中说："滑稽之雄，以儒者为戏者曰：我大元制典，人有十等，……七匠八娼九儒十丐，……嗟乎卑哉，介于娼之下，丐之上者，今之儒也！"郑思肖《大义略序》也说："鞑法：……八民、九儒、十丐。"① 这样看来，南宋遗民，尤其是知识分子，简直过着非人的生活。更兼这个可怕的时代正紧跟在那个知识分子的社会地位在历史上最高、整个社会享乐意识极重的南宋之后，两相比照，怎不令人心碎！

---

① 沙灵娜：《宋遗民词选注》，巴蜀书社 1995 年版，第 2 页。

　　在这举国受着兵火焚炙、生灵涂炭之苦，举国睁着恐惧的眼睛痛苦地受着野蛮的蒙元人屠虐的时候，周密也没有幸免于难。1275 年，也就是忽必烈下诏攻取临安的这一年，一直不得志的周密竟被任命为婺州义乌县令。当时亡国在即，许多官员弃官逃遁或望风降附。但一直没有正式做过官的周密竟兴冲冲地赴任了。对此次被召用他颇为自豪，在《弁阳老人自铭》中写道："由丰储仓□改秩升朝，出宰婺之义乌，平生及物荣亲之志，至此可谓少酬。"① 这年冬天他绕道会稽造访王沂孙，从那里去上任，次年正月临安即降，周密官还没做稳便又失掉了，他当然也不肯投降元人，满怀着国家与个人的悲痛，悄然逃离义乌。对此其自铭中又写道："时异数奇，素抱弗展，耄且及之矣，悲夫。"归家的路上他又绕道会稽，会见了王沂孙，数月之间再次相见，而宋已亡，官已失，心情大变。悲愤之情可以想见，正是在这样的背景之下，周密登上会稽的蓬莱阁，抚江河而恸哭，写下了他词作中的压卷之作《一萼红·登蓬莱阁有感》。

　　更可悲的是，周密历尽艰辛回到故乡，故居却已毁于兵火，满目疮痍，令人唏嘘。据宋史记载，景炎元年即 1276 年正月，元兵入安吉州，知州赵良淳自经死，周密故居之破当在此时。戴表元《周公谨弁阳诗序》："公谨盛年，藏书万卷，居饶馆榭，游足僚友。其所居弁阳在吴兴，山水清峭。遇好风佳时，载酒肴，浮扁舟，穷旦夕赋咏于其间；就使失禄不仕，浮沉明时，但如苏子美、沈睿达辈，亦有足乐者；今皆无之，虽其弁阳且不得居；颓颜皤鬓，离乡索居，而歌唏嘘如此。"② 就描述了他这种无家可归的尴尬处境。

　　于是在他四十六岁时，他又来到了已经改朝换代的杭州城，从此终生寓杭。寓杭之初，他依妻党而居，戴表元谓："与杭杨承之大受有连，依之居杭。""久之，大受昆弟捐其余地之西偏，使营别第以居。公谨遂亦为杭人。"而他所依倚的杨家，据《志雅堂杂钞》记载，此时也已经衰微了。

　　周密作为一个世宦子弟，富贵公子，早年虽仕途不曾得意，然生活于上流社会，悠悠然过着富贵闲人的生活，风雅自得，湖山酒月，不胜人生之乐！未亡之南宋小朝廷，秉祖上遗政，尤为重视文人，周密之家世，又

---

　　① （朱）周密：《弁阳老人自铭》，影印文渊阁四库全书本，台湾商务印书馆 1983 年版，第 815 册，第 142 页。

　　② 唐圭璋：《词话丛编》，中华书局 1986 年版，第 3818 页。

使他可以俯视众氓，如今一旦亡国，非唯无处可居，而且跌落成老九阶层，内心之失落，自不待言。

所以周密后半生过得很不如意，心情非常痛苦。亡国之初，他抱定义不仕元的决心，做隐居终老的打算，他像当时的许多南士一样，心中翻涌着亡国的悲愤，感情澎湃起伏，醉酒、高吟、纵游、佯狂。如至元二十三年（1286）三月五日，他招王沂孙、戴表元、仇远、白珽、屠约、张颖等燕集杨氏池塘，戴表元为诗序，抒写遗黎之痛。

二 创作变化

亡国亡家之后，周密的思想受到了很大的震动。在他的后半生中，词在他生命中扮演了不同于前期的另一个角色，词作总量比之前减少了，后来竟至于无，因为宋亡国之后他的创作重心已然转向了野史杂记的创作。短短二十年间，他笔耕不辍，竟完成了近三十部野史笔记。虽然工作重心转移，然而他从未放弃过对词的关注，宋亡之后他与词有关的工作可以分为两个阶段：初亡国时的黍离之音，后期的选词存史。

初亡国时，周密们简直不能接受。因为多年来守着一勺西湖水，过惯了承平风雅的日子，思想一直是麻木迟钝，根本就是缺乏忧患意识的，所以对这总会到来的一天非常缺乏心理准备，但看吟社诸人前期词作毫不关乎政事国情便知。然而这一天到底来了。周密刚兴冲冲地上任义乌县令，以为"平生及物荣亲之志，至此可谓少酬"，就迎来了呼啸而至的蒙古铁骑，他悄然逃离了这给了他仕途希望的所在，返回故乡。对此他在《弁阳老人自铭》中伤痛地说："出宰婺之义乌，平生及物荣亲之志，至此可谓少酬。而时易数奇，素抱弗展，毫且及之矣。非天欤！"①

当亡国痛与亡家痛同时压到了词人身上时，他惯于酬游的、沉迷于雅致的快乐的灵魂终于惊醒了，承平公子，何时经历过这种无国可投、无家可归的惨痛？无枝可依的迷茫，躲避兵火的仓皇，失去故人的创痛，在社会中找不到自己定位的恐慌，终于与民族的大义、种族的悲愤交织在一起，造就了周密一生词创作的第二个高峰，也是他词创作的最成熟阶段。

---

① （宋）周密：《弁阳老人自铭》，影印文渊阁四库全书本，台湾商务印书馆1983年版，第815册，第142页。

就在这一阶段，他创作了几首置于整个中国文学史中也很耀眼的作品。就在从义乌任上逃离归家的路上，他路经会稽造访王沂孙。此时的周密，一腔悲愤，达到了一生的顶点。与故人相见，世事沧桑之感油然升上心头，凄凉哽咽，不知从何说起。正是在这样的心情背景下，周密登上会稽名胜蓬莱阁，面对着美好而已易姓易主的山河，悲极痛极，吟成了他词作中的压卷之作《一萼红·登蓬莱阁有感》：

> 步深幽。正云黄天淡，雪意未全休。鉴曲寒沙，茂林烟草，俯仰千古悠悠。岁华晚、漂零渐远，谁念我、同载五湖舟。磴古松斜，崖阴苔老，一片清愁。 回首天涯归梦，几魂飞西浦，泪洒东州。故国山川、故园心眼，还似王粲登楼。最怜他，秦鬟妆镜，好江山，何事此时游。为唤狂吟老监，共赋销忧。

同样抒写亡国之痛的词还有《法曲献仙音·吊雪香亭梅》等。这些词苍凉凄咽，将家国之恨、身世之感浑融一片。连陈廷焯也不得不说："公谨《一萼红·登蓬莱阁有感》一阕，苍茫感慨，情见乎词，当为草窗词中压卷。虽使美成、白石为之，亦无以过。"[1] "《献仙音·吊雪香亭梅》词、意兼胜，似此亦居然碧山矣。"（《白雨斋词话》）[2]

1279 年，也就是南宋逃亡政府彻底灭亡的一年，陆秀夫负小皇帝昺在崖山蹈海，在汉人的最后一丝希望破灭的时候，周密与王沂孙、李彭老、张炎等十四人，再次聚会于会稽山下，分咏龙涎香、白莲、蝉、蟹诸题，编为乐府补题。夏承焘《唐宋词人年谱附录二：乐府补题考》考证此集乃是宋遗民为悼念元僧杨琏真伽发宋陵而作。厉鹗论词绝句曰："头白遗民涕不禁，补题风物在山阴，残蝉身世香莼兴，一片冬青冢畔心。"周密作《水龙吟·白莲》：

> 素鸾飞下青冥，舞衣半惹凉云碎。蓝田种玉，经房迎晓，一奁秋意。擎露盘深，忆君凉夜，暗倾铅水。想鸳鸯正结、梨云好梦，西风冷，还惊起。

---

① 唐圭璋：《词话丛编》，中华书局 1986 年版，第 3807 页。
② 唐圭璋：《词话丛编》，中华书局 1986 年版，第 3807 页。

　　应是飞琼仙会。倚凉飙、碧簪斜坠。轻妆斗白，明珰照影，红衣羞闭。霁月三更，粉云千点，静香十里。听湘弦奏彻，冰绡偷剪，聚相思泪。

　　词中借赋白莲以托喻后妃，深沉婉折地倾诉了故国之思、遗黎之恸，构思新巧，造语工炼，是咏物之作中极品。

　　然而，在这些铸造了他的第二个创作高峰的情感真挚的亡国之音之后，他的词作就少了下来，后来竟至于无，原因何在？

　　元至元二十三年，正是南宋亡国十周年，三月五日，周密召王沂孙、戴表元、仇远、白珽、屠约、张模等燕集杨氏池堂，戴表元为序道："辞之达志莫如诗"，所以周密们后期的聚会已转以诗为主。再后，年岁老大，故人去者已多，"白头强逐少年游"，周密的生活中，已很少或不再有聚会吟咏的事情，更没有词作产生了。或许，他的词作本就是有社方出？正如《红楼梦》中诗社诸人，必得结了社，大家方才做得出诗来。"南宋有无谓之词以应社"，据我们分析过的他亡国前的创作心理，周密大约是在要寄闲、志雅、逞才时方作得词，缺乏了这些刺激，又没有了初亡国时的激情，自是无词可作了。在沉静而寂寞的晚年生活里，周密靠些什么度日呢？用什么作为精神的支柱？他是一个永远需要热闹和交流的人呵，所以，"余卧病荒间，来者率野人畸士，放言善谑，醉谈笑语，靡所不有"①，客人散去，他便独对清灯，在回忆中静默，在静默中俯下身来，记录下自己的回忆，"清灯夜永，时一展卷，恍然类昨日事，而一时朋游，沦落如晨星霜叶，而予亦老矣"②。野史杂著的写作成为他生活的寄托。

　　在这寂寞安静的生活中，他心底时时回荡着年轻时歌伎唱他新作的歌声，在他的现世里，最（其实是唯一）为他带来荣耀、带来赞美和满足的，终究是词，所以虽然后期不作，但词在他心中，终是念念不能忘的。因此在他去世前二三年，周密便选编了至今影响词林的《绝妙好词》。这是他关于词的最后的，也是总结性的工作。

　　《绝妙好词》被称为词史上第一本有明显宗派意识的词选，可以看作作者词学思想的代言。他选词的标准就是一个字："雅"，所选词作，均属

---

① （宋）周密：《癸辛杂识·序》，吴企明点校，中华书局1988年版，第1页。
② （宋）孟元老等：《东京梦华录》（外四种），上海古典文学出版社1956年版，第329页。

姜夔一派。清初柯煜在谈论这个选本时说它的内容大抵不出三个方面；一是"薄醉尊前，按红牙之小拍；清歌扇底，度白云之新声"；二是"人间玉碗，阙下铜驼，不无荆棘之悲，用志黍离之感。文弦鼓其凄调，玉笛发其哀思"；三是"登山临水，盛情与豪素争飞，惜别怀人，秀句共邮筒俱远"①（《绝妙好词》柯煜原序）。其实这也大致是周密一生生活的全部内容。

宋亡之后，周密的词艺术风格也有很大变化。虽然依然句工语炼、清丽典雅，但因为内容与情感上有了很大的差异，所以词作面貌呈现出很大的不同，在秉承前期风格的基础上，可以看出，此时的他，审美理想与创作旨趣均发生了极大的变化。当然，所有的改变都是建立在从前风格的基础之上。遽然地完全与从前割裂的变化是不可想象的，所以这里讨论的风格只是比从前的风格多出的质素。

首先，情感真挚沉痛。中国神话中常有这样的情节：仙人吹口仙气，死去的人睁开了眼睛，变成石头的人恢复了生机。西方也有类似的故事：雕塑家爱上了自己雕刻的少女，便日日抱着她冰冷的躯体呼唤，深情的热泪洒落在她的身上，她受此真情，竟变成真人与他相爱。在文学创作中，真挚的情感就是这一口赋予形象以灵魂、传递着感动的力量的仙气。如果说，周密前期的词作就像那没有温度、没有感情的雕塑，"镂冰刻楮，敲金戛玉，嚼雪盥花"，美则美矣，却只能作为审美的对象，而缺乏感动人心的力量，只可以表示作者的品位和水平，却无法传递作者深挚的乐与痛，那么他后期的词就是这受了仙气的雕像，有了真挚的情感和动人心弦的力量，使我们可以借以触摸作者的灵魂和思想，感受作者的温度和心跳。这口仙气，就是他内心亡国亡家的痛楚和哀唤。

我们可以他前后赠吴文英的两首词作比较。前首是他们初相交时，也是两人风华正茂时的作品《玲珑四犯·戏调梦窗》，后首是周密晚景凄凉时的作品《玉漏迟·题吴梦窗〈霜花腴词集〉》，此时吴已去世。

前词写道：

> 波暖尘香，正嫩日轻阴，摇荡清昼。几日新晴，初展棋枰纹绣。年少忍负韶华？尽占断、艳歌芳酒。看翠帘、蝶舞蜂喧，催趁禁烟时候。　杏腮红透梅钿皱。燕将归、海棠厮勾、寻芳较晚，东风约、还

---

① 施蛰存：《词籍序跋萃编》，中国社会科学出版社1994年版，第683页。

在刘郎后。凭问柳陌旧莺，人比似、垂杨谁瘦？倚画阑无语，春恨
远、频回首。

周密与吴文英，世称"二窗"，清人李慈铭说："南宋之末，终推草
窗、梦窗两家。"二人之间，也有密切的交往，但他们初期的交往，因两
人社会地位的不同，可能并非完全平等的。吴文英一生穷愁潦倒，依附他
人，行走江湖，最终困踬以死，属清客相公阶层，而周密在宋亡以前，是
一位出身显贵的承平佳公子。吴比周年长近二十岁，从年辈上说，算得上
是周密的长辈，但周密赠他的词却题为"戏调梦窗"，而吴此时有一首赠
周的词则题为"敬赋草窗"，除了见得两人是忘年交、关系亲密，可能也
暗示着这种社会地位的差异。从这一交往模式便可推测，此时的周密之于
吴文英，不会有什么极其深刻的或者说严肃的感情。这首词是一首纯粹的
欢游之作。全词所写，均是年轻时候，暖春天气，二人畅游西湖的情景，
与他其他的西湖词风格相类，无非良辰美景，风华正茂，莺莺燕燕，仕女
如云。最后以一景语作结：倚画阑无语，春恨远、频回首。又是为文造
情，就题运典的老手段，所以全词没有什么感发人心的力量。

后词写道：

老来欢意少，锦鲸仙去，紫霞声杳。怕展《金奁》，依旧故人怀
抱。犹想乌丝醉墨，惊俊语、香红围绕。闲自笑，与君共是，承平年
少。雨窗短梦难凭，是几番宫商，几番吟啸？泪眼东风，回首四桥烟
草。载酒倦游甚处？已换却、花间啼鸟。春恨悄，天涯暮云残照。

这首词写作时，南宋已经覆亡，吴文英也已经去世，周密正在晚景凄
凉之际。此时周密已经不是什么富贵公子，回忆中的吴文英也不是什么清
客相公了，他们同是亡宋的过了时的子民，再没有什么比共同的仇恨更能
使人与人关系亲密了。周密此时对吴的感情，不只是抹杀了社会地位差别
的同族同种，而且因为与吴的友谊见证着他年轻风流的岁月，更觉亲切难
忘，真挚深沉。篇中追念承平华年之欢，流露社屋邱墟之感，整首词中透
露着一种难以抑制的哀伤。起句破空而下，"老来欢意少"，道出此时心
境，凄凉黯然。这一句奠定的感情基础笼罩了全篇。接着写凄凉之因：
"锦鲸仙去，紫箫声杳"，故旧凋零，歌舞消歇，茫然中透露出对旧日同游

的友人之怀念与伤悼。"怕展《金奁》，依旧故人怀抱"，写出一种矛盾的心情：既想展读亡友词篇，又恐触动本已感伤的情怀，这样写来，更见情浓。"犹想乌丝醉墨，惊俊语、香红围绕"，展卷一读，故人当年的风流才子情状又一一映现眼底，陶醉在风流年少回忆中的作者不由得"闲自笑"，竟对着亡友感叹："与君共是，承平年少。"过片从回忆中收其放心，转入现实，文情陡转，感情由陶醉回忆中的欢乐转入悲凄："雨窗短梦难凭。是几番宫商，几番吟啸"，恋恋于旧游，恋恋于故人，然而交谊苦短，倏忽之间，一切都没有了。"泪眼东风，回首四桥烟草。载酒倦游甚处？已换却、花间啼鸟。"天上人间，物是人非之感，沉哀入骨。将生者对亡者的一片深情书写尽致，又不失蕴藉。最后仍然以景语作结："春恨悄，天涯暮云残照。"字字悲泣，故国之痛，故人之思，尽皆显现，余音袅袅、伤痛绵绵。与前首词的结句相比，高下立现。"视《寄梦窗拜新月慢》、《调梦窗玲珑四犯词》，更觉缠绵深至，可泣可歌。"① 原因正在于这首词有了灵魂，有了深刻的感动。

还可以他前后两首游西泠的词比较，即《曲游春》和《探芳讯·西泠春感》。《曲游春》是他前期词的代表作，也是他雅游生活，逞才心理，为文造情的代表作。而后词，却是他亡国后悲痛情感的代表。前词写道：

> 步晴昼。向水院维舟，津亭唤酒。叹刘郎重到，依依谩怀旧。东风空结丁香怨，花与人俱瘦。甚凄凉，暗草沿池，冷台侵甃。
>
> 桥外晚风骤。正香雪随波，浅烟迷岫。废苑尘梁，如今燕来否。翠云零落空堤冷，往事休回首。最消魂，一片斜阳恋柳。

时值阳春，天气晴好，作者再一次来到曾经带给他无数次欢乐的熟悉的西泠，重温"水院维舟，津亭唤酒"之乐，但毕竟是刘郎重到，眼前景物只能引起自己"依依谩怀旧"，曾经满目香尘的地方，如今只感觉"东风空结丁香怨，花与人俱瘦。甚凄凉，暗草沿池，冷苔侵甃"。其实景物如昨，只是"感时花溅泪，恨别鸟惊心"，客观景物带上了人的主观色彩罢了。下片继续上片意思，写一片荒凉凄冷景色。然后直接感叹："翠云零落空堤冷，往事休回首"，最后也仍然是以景作结："最消魂，一片斜阳

---

① 贺新辉主编：《宋词鉴赏辞典》，北京燕山出版社1987年版，第1065页。

恋柳"，依依透出哀伤欲绝之态。与前词相比，情感的真挚大大增加了词的分量。

其次，达到了情景交融的至境。情景交融是中国诗词的极高境界。草窗词是善于写景的，前面已经分析过。宋亡后的词作中，因为有了真挚沉痛的感情的加入，所以其写景更上了一个台阶，常常达到情景交融的至高境界。以《法曲献仙音·吊雪香亭梅》为例：

> 松雪飘寒，岭云吹冻，红破数椒春浅。衬舞台荒，浣妆池冷，凄凉市朝轻换。叹花与人凋谢，依依岁华晚。共凄黯，问东风，几番吹梦，应惯识、当年翠屏金辇。一片古今愁，但废绿、平烟空远。无语销魂，对斜阳、衰草泪满。又西泠残笛，低送数声春怨。

这首词是宋亡后词人游观故园时所作。雪香亭是南宋孝宗筑为高宗致养之地，以后累朝游幸，宋亡后荒圮。作者于这严冬将过时节，又来到这已经荒芜了的园中，哀吊亭中的梅树，寄寓兴亡之感、遗黎之悲。本来天寒地冻中红梅开放是一件令人振奋的事情，作者早年在《木兰花慢·断桥残雪》中便写过踏雪寻梅的雅事，然而同样是踏雪寻梅，此刻因为心情变了，眼前的一切也不再是那样处处有诗了。"松雪飘寒，岭云吹冻"，一开始就勾画了天气的寒冷，暗示了作者心绪的凄怨。"红破数椒春浅"却紧接着一句"衬舞台荒，浣妆池冷"，梅花的开放反衬了人事的消歇，更使人心痛。料峭寒风吹来，作者也要问一句"几番吹梦，应惯识、当年翠屏金辇"，惹动人的故国之思。"但废绿、平烟空远"，置身亭上，居高远眺，而语气衰颓，道出一片江山兴废之恨，景物都带上了内心的痛苦。接下来，"斜阳、衰草"，状没落之景物，"销魂、泪满"，言伤痛之感情。结尾两句，"西泠残笛，低送数声春怨"，"废苑、落梅、残笛"，是写景更是写情，处处哀怨，处处伤恸，一片亡国人的哀感流为余响。这首词，处处是写境，处处是写情，达到了情景交融之绝妙境界。再如前文论及过的《玉漏迟·题吴梦窗〈霜花腴词集〉》中的"泪眼东风，回首四桥烟草""春恨悄，天涯暮云残照"，《一萼红·登蓬莱阁有感》中的"步深幽""鉴曲寒沙，茂林烟草""磴古松斜，崖阴苔老"，《齐天乐·蝉》中的"写怨声长，危弦调苦""转眼西风，一襟幽恨向谁说""枝冷频移，叶疏犹抱""暮烟声更咽"，《水龙吟·白莲》中的"想鸳鸯正结、梨云好梦，西风冷，还惊起"，等等，均是情景交融的典型例子。

总之，因为心中有着浓重的愤怒、凄凉、悲伤、怨悔，本来就极善于观察和描摹景物的周密词在艺术上上了一个极大的台阶。

另外，他后期词作中以情感的抒发为要务，不再如前期词雕章琢句，一味地斤斤于词句之锤炼，语言也多凄咽沉郁，色彩亦不如前期明亮鲜丽。诸如此类，不再一一赘述。

三 心态变化

周密于宋亡后创作上的变化，自是归因于心态之变化。

从表面上看，似乎他国亡后与国亡前的生活变化不大。都是隐居闹市，都是结社吟唱。但其思想本质、心情内容已然发生了质变。国亡前不做官，不是主观愿望，只是无官可做，求仕不得，国亡后却是有官也不能做了。国亡前结社作词，那是酣玩岁月、逞才交友，国亡后则是遗民相聚、痛难自抑。南宋灭亡之后，周密的幸福岁月彻底结束了，他要入仕，宋已亡，皮之不存，毛将焉附？做蒙元的伪官，又非他所愿；他要闲居，弁阳的家已为兵火毁坏。他一时间竟成了一个多余人，没有国，没有家，没有前途。这时候，多么麻木的人都要怀念起故国来了。所以这时候他的词中特别多了凄厉之音，雅正之外，有了真感情，这时候几首代表作达到了他一生创作的高峰，即使王国维，想也不会说《一萼红·登蓬莱阁有感》和《法曲献仙音·吊雪香亭梅》是"一日作百首也得"的。所以后期推动着他去写词、选词的大致是以下几种心理。

1. 亡国的痛楚

充塞于周密心中的首先是占据了当时整个汉民族心灵的亡国之痛。这样一种彻底的翻天覆地的变化，即以一个很有文化优势的民族，一个自古以来自认为天地之中心的大帝国，整个被一个野蛮落后的游牧民族统治，并在被统治之后受到前所未有的野蛮对待，这在中华民族的历史上还是第一次。尤其是对周密这种刚刚亡去的故宋王朝中的最上等阶层来说，这种痛是无法细加形容的。周密亡国之初的词作，主要表现的就是这种剧痛。他是元初南宋遗民词人的领袖人物，《宋遗民类集序例总目·宏文集序》说："至其刻羽引商，应弦赴节，览荒凉之宫殿，梦里繁华，游消歇之湖山，尊前老大，迄今读蘋洲之谱、草窗之词，如听开元旧曲。"他的词中之痛可以代表那个时代遗民的心声。

以周密的出身，对宋皇室的感情应该是很深的。虽然一直以来仕途不顺，笑傲江湖，但他心里很清楚，这已有的一切都是有赖于宋室的，他又是忠实的儒家子弟，忠君意识、家国之念、入世思想，在他心中是第一位的。国亡之后，他的这些以前无因表达，只在内心深处顽强生长的思想突然剥去了外衣，呈现在自己的面前。失去了家国之后，忽然强烈地感觉到家国的可贵；失去了立身之地后，才痛感故土的难得。从前因为习惯而以为是理所当然、无可置疑的生活，如今忽然成了难以达到的梦幻，正如他在《武林旧事》序言中所说的："朝歌暮嬉，酣玩岁月，意谓人生正复若此，初不省承平乐事为难遇也。及时移物换，忧患飘零，追想昔游，殆如梦寐，而感慨系之矣……噫！盛衰无常，年运既往，后之览者，能不兴忾我寤寐之悲乎！"①

这时期他心中的感情首先就是这种对历史和自身的反思。短短几年间，人间改了江山，自己忽然成了社会的多余人，而这一切的迅速和难以捉摸不禁使人如处梦寐，对于整个的时间和空间都产生了怀疑和不确定感，清醒一下再看，毫无疑问一切都变了，这时候又对自己过往的生活产生了深深的怀疑和愧悔。如前已引用过的《一萼红·登蓬莱阁怀古》和《探芳讯·西泠春感》，就充满着这种感情。前词中的"俯仰千古悠悠"，正是对千古江山、茫茫时间的追问和迷惘，前词中的"最怜他，秦鬟妆镜，好江山，何事此时游"和后词中的"依依谩怀旧""废苑尘梁，如今燕来否"都深含着这种对过往的痛悔、对时空的迷茫。

另一种就是对自己、对朋友、对被侮辱的宋皇室的痛惜和同情。"头白遗民涕不禁"的诸咏物作，正是这种感情的集中表达。《齐天乐·蝉》中"转眼西风，一襟幽恨向谁说"，笔者觉得是他这种感情的形象描述。还有《水龙吟·白莲》，全词都洋溢着强烈的身世之悲。

2. 寂寞的寄托

但这种狂哭痛吟的日子总要过去，这种激动悲愤总要过去，因为复国是明显无望的，时间的流逝会慢慢地洗去旧迹，小小吏民，对现实也只有默认了。然而过去永远都只是埋藏在心里，它不可能删除于记忆。周密们的记忆永远是长在大宋这棵树上的，这记忆太美好、太深刻，任何新时代

---

① （宋）孟元老等：《东京梦华录》（外四种），上海古典文学出版社1956年版，第329页。

的嫁接也无法改变。此时他只能选择隐居。他的隐居，其实还有同时其他遗民的隐居，并不同于前代许多人的隐居，它既不是李白式的终南捷径，也不是张志和式的渔歌子生活，而是带着浓浓的政治和时代特色。因为周密们既不敢在沉默中爆发，也不愿在沉默中灭亡，只能在沉默中苟活和回忆。《陵阳集·周公谨赞》云："儒而侠其非与，廛而隐其几与。违俗而聱牙，玩世而滑稽与。吾亦不自知。或隐几著书，或狂歌醉墨，是殆见衡气机也。将求之北山之北，忽在乎西湖之西，然已见囿于笔墨矣，失俨幅巾而杖藜。"①

在生命的最后阶段，周密已经完全沉入了这种寂寞回忆生活。与大宋有关、与年轻有关的老朋友已经一个个离世而去了，那些风雅快活的日子再也难以回来了，即使一起回忆的人都难以找到了，《癸辛杂识》前言记载，此时与他交往的基本上已是村夫子，话题已是"姑妄言之"，纯为打发寂寞了。之所以将《齐东野语》取名为"野语"，笔者想除作者自己所说的"务事之实，不计言之野"、朋友说的"野哉斯言"② 之外，应该也有一种对自己这种生活与写作的自嘲和无奈，那个"志雅"的周密此时已经无法处处雅谈了，已经无法"谈笑皆鸿儒，往来无白丁"了。袁桷谓周密"晚年以赏鉴游名公间，稍失雅道"，是有一定道理的。马廷鸾《碧梧玩芳集》题周公谨弁阳集云："公谨上世为中兴名从臣，家弁阳，迤京师，开门而仕，则跬步市朝之上，闭门而隐，则俯仰山林之下。其所交皆承平诸王孙，觞咏流行，非丝非竹，致足乐也。而今也乃与文士弄笔墨于枯槎断崖之间，骚客苦吟于衰草斜阳之外，乐之极者伤之尤者乎。"③ 正足以说明他的心情。

但周密是一个需要永远思考、说话、写作、交流的人，隐居中他的心并未成为枯木死灰，它紧紧地连接着过去、连接着曾经的风流倜傥、连接着曾经的悲痛迷惘，不过表现方式已经平静了，已经经过时间的洗礼而变得沉稳。依杨大受而居之后，周密的心情恬淡了，年纪也老了，少年时的风雅快乐的生活永远不会回来了，寂寞中，他一件一件地记下当年生活中的点点滴滴，记下过去那个辉煌的朝代的一切，这就是他的野史创作。这

---

① 夏承焘：《唐宋词人年谱》，上海古籍出版社 1979 年版，第 358 页。
② （宋）周密：《齐东野语·自序》，中华书局 1983 年版，第 5 页。
③ （宋）夏承焘：《唐宋词人年谱》，上海古籍出版社 1979 年版，第 348 页。

些野史，客观上为保留被毁坏的宋代国故起了很大的作用，在感情上，又是他这种寂寞生活的寄托，清灯野史，不胜令威之慨。同时因为创作初衷主要在于寄托寂寞，所以中间有很多无聊的记载。周密《志雅堂杂钞》"书史"条说："马碧梧自世变后极意经史，著作甚富，而手抄之书日以万字，有类日课，盖闲中无以消忧故也。"① 这"闲中消忧"其实正是他自己此时写作的原因和主要内驱力。

此时的他，没有什么词作流传，可能早已停止作词或没作出好的，不管哪种原因，应该说，他在作词上的才气似乎已经江郎才尽了。这更说明我们前面的推测，对周密来说，作词是他的长项、他的骄傲，但他需要观众和听众、需要比试和赞美、需要有朋友和作，否则他便没有这种激情了。寂寞中他是不作词的。他写野史，一方面保存国故，一方面寄托寂寞。《武林旧事·序》中他这样描述这种写作："清灯夜永，时一展卷，恍然类昨日事，而一时朋游，沦落如晨星霜叶，而余亦老矣"，正如我们现在常说的，诗是青年人的事，词在周密，就是青年的事，以他这种老迈沧桑心情，自是住笔的。

3. 生命的痕迹

然而一个人怎么可能忘记一生最为快乐和辉煌的时刻！那作词雅游的岁月无疑是周密一生也不能忘怀的。就他一生在词方面的成就来说，国亡后的第二个创作高峰留下的几首词作，才是他一生在词上的大收获，是他艺术生命的高峰和秋天，但在他活泼泼地作为一个人的生命历程中，那二三十岁的生活才是最值得回忆的生命的春天。他怎可能忘记这一生中词所带给他的快乐和荣耀，怎可能忘记他最美好的日子呢？而且即使交游零落，又怎可能忘记父亲"志雅"之训呢？他始终是一个雅人、词客，再怎么自嘲"野"也不能打消他心底的歌声，所以在他去世前一两年，周密终于为自己这本色一生作了一个总结，这就是选编《绝妙好词》。

《绝妙好词》是文学史上第一部有着明显的宗派意识的断代词选。第一，这部词选所选皆南宋雅正派词人作品，或词人的雅正风格作品，全词七卷的第一首词分别是：张孝祥《念奴娇》，姜夔《暗香》，刘克庄《摸鱼儿·海棠》，吴文英《八声甘州·陪庾幕诸公秋登灵岩》，陈允平《绛都春》（秋千倦倚），李彭老《木兰花慢》（正千门系柳），周密《国香慢·

---

① 夏承焘：《唐宋词人年谱》，上海古籍出版社1979年版，第348页。

赋子固凌波图》，风格皆属姜夔清空骚雅一路。第二，周密选编平时交游之友作品极多。卷三、四、五、六、七大多是编选者所交往的前辈词人及与自己唱和的同辈词人之作。第三，编选者选录自己词作最多，为所选一百三十二家之冠，达二十二首，并且没有任何谦让之语，这种现象在前代词选中还从未出现过。

综合以上各点，可以推测，周密编选这部词集最主要的意图，并不是清人宋翔凤《乐府余论》所说的："南宋词人系情旧京，凡言归路、言家山、言故国，皆恨中原隔绝，此周公谨氏《绝妙好词》所由选也。"① 因为此时南宋已灭于元，不系情亡国而仍然念念于中原恢复，似乎难以解释，也不完全是保存故国文献，因为如果这是第一目的的话，就应该客观收录南宋各个词派的所有代表作品，而事实上他并未这么做，清代焦循就曾批评他说："周密《绝妙好词》所选皆同于己者，一味轻柔圆腻而已。黄玉林《花庵绝妙词选》不名一家，其中如刘克庄诸作，磊落抑塞，真气百倍，非白石、玉田辈所能到。可知南宋人词，不尽草窗一派也。"②

那么，推动他这样去选这本词集的最大动力是什么呢？笔者认为，是出于周密想要留住自己一生、留住自己的光荣和欢乐的一种梦想，对自己、对自己这个词派的总结和肯定。楚人一炬，可怜焦土，可难道因此否定建阿房的人们的血汗？周密是不甘的，多少的青春岁月、多少的梦幻激情，果真是一风吹散么？所以他决定用此举为自己留下印痕，并且为自己一生、为宋末清空典雅一派作一总结。

周密老年有一句诗："凄凉怕问前朝事，老大犹存后世书。"③ 说明他是很自信自己的著作能够留存后世的，那么他老年时的创作就真的是出于儒家"立言"的努力，即通过著书立说使自己的精神永存于世。从这部词集里，我们能看出多少他自己的影子啊，能够怎样的去推测他生活的时代、环境、朋友，他的每一点激动和欢乐。那又为什么不单作自己的词集呢？笔者想，一个人的作品集在这个时代陷落之后是极其容易被忘却的，尤其是像周密这样一个创作实力雄厚，但是没有什么开派之功，在当时的创作风潮中没有什么特殊之处的词人，即使几百年之后，他孤独地被再次

---

① 唐圭璋：《词话丛编》，中华书局 1986 年版，第 2502 页。
② 唐圭璋：《词话丛编》，中华书局 1986 年版，第 1494 页。
③ 钱锺书：《宋诗选注》，人民文学出版社 1997 年版，第 278 页。

提起，也可能因势单力孤而缺乏感动的力量，而编选与自己同气相求的诸多人的作品在内的一部词集，却为自己的永生留下了可感的环境和气息。事实正是如此，周密本人的词集在元明两代几乎绝迹于江湖，本人事迹也湮没无闻。而清代学术大盛，《绝妙好词》重见天日，正好契合了当时家白石而户玉田的时代风气，受到了高度重视，几乎成为浙派词人的创作纲领。选者周密本人因而也受到了无比的器重，他本人的词作也从此受到重视和点评。

总　结

周密《癸辛杂识》"马相去国"条说马廷鸾胃病严重，请辞相位，曾对周密泣曰："所恨者时事日以异，无以报国，为不满耳。"周密认为："使公不病，病不亟，则位不可释。位不可释，则奉玺、北狩之责公实居之，今乃以病而归，归而疾愈，安处山林，著书教子者凡十四年而后薨，此非天相吉德，曲为之庇，安能若是哉。"① 周密一生仕途不利，沉溺文字，或许，也是"天相吉德，曲为之庇"？使他能够全身全名于乱世，又留下诸多作品来延续自己的生命，也是一幸吧。

南宋末年，一派季世衰景，偏偏又盛行着苟安燕乐之风，再加上理学多年熏陶，文学的路子越走越窄，国家已亡之后，似乎也没有什么疾呼之声，所以在后人心目中，此期文学无甚可取之处，对于宋代遗民词人，研究者们往往采取视而不见或者不屑一顾的态度，即或稍有指点，往往也只有一句半句的批评，胡云翼《宋词选》就说他们的作品"内容显得空泛、游离""不过是一点微弱的呻吟罢了""故国之思，不是呼之欲出，而是隐而不显"。然而每个人和每个时代都有自己的光荣和痛苦，如果能考虑当时的审美标准和历史背景，用一种宽容和理解的眼光去读当时的作品和作者，或许不会责之太甚，而有另外一种感觉。

---

① （宋）周密：《癸辛杂识》，吴企明点校，中华书局1988年版，第71页。

《世说新语》中的会稽描述及其文化意蕴

胡晨曦　渠晓云

（浙江工商大学 人文学院）

摘要：《世说新语》是一部研究魏晋名士的重要典籍，其中有许多关于会稽的描述，这些描述包含了会稽的景物描画和人物描写，而主角多为东晋名士。重点关注《世说新语》中的会稽描述，通过这些描述所展现的会稽的自然风光和人物风采，分析东晋士人的审美取向和精神气度，并探求其中的文化意蕴。这文化意蕴，是会稽成为唐宋浙江诗路的重要原因。

关键词：《世说新语》；会稽；东晋士人

会稽是一个历史悠久、文化底蕴深厚、风景秀美的地方。《世说新语》是一部记载东汉后期到魏晋间一些名士的言行与逸事的文言小说集，其中多次出现与会稽相关的风景描写和人物活动描述。西晋灭亡后，衣冠南渡，偏安江左，会稽是这批士人活动的主要场所之一，故《世说新语》中会稽描述的主角多为东晋士人或名僧。本文重点关注《世说新语》中关于会稽的景物描画和人物描述，并探求这些描述的文化意蕴和其中展现出来的士族精神气度。

一　会稽景物描画

《世说新语》中关于会稽景物描写的条目不算多，但已涉及会稽的山、水、雪等不同景物。从这些描写中，可以分析出士人对会稽风景的态度和对山水自然的态度。

（一）山

会稽位于山地、丘陵、平原的交接地带，境内地貌类型多样，有山地也有丘陵。但总体来说，会稽的山不算高，也不算险峻。《世说新语·言语》中提到："林公见东阳长山曰：'何其坦迤！'"① 注引《会稽土地志》曰："'山靡迤而长，县因山得名。'"② 长山，因为山脉相连三百余里，所以得名长山；坦迤，指山势平缓而曲折连绵。说明这山平缓而绵长。

但除了坦迤和长，会稽的山也不乏秀美之处。《世说新语·言语》中记载：

> 顾长康从会稽还，人问山川之美，顾云："千岩竞秀，万壑争流，草木蒙笼其上，若云兴霞蔚。"③

顾恺之是著名画家，从此句看，他对会稽山水赞誉颇高。"千岩竞秀"，道出山之多且秀丽；"万壑争流"，说明溪流充沛，且有一定的高度差；"草木蒙笼其上"，非是裸露的山石，这山上覆盖着草木，是生机勃勃的；"若云兴霞蔚"，应是水对光的折射和散射，形成云气和美丽的光芒。

宗白华在《论〈世说新语〉和晋人的美》中说："这几句话不是后来五代北宋荆（浩）、关（同）、董（源）、巨（然）等山水画境界的绝妙写照么？中国伟大的山水画的意境，已包具于晋人对自然美的发现中了！"④ 这里须留心两点：意境、对自然美的发现。顾恺之注意到会稽山水之美，寥寥数语，道尽会稽丘陵风貌。其所言的是实景，又并非全是实景，"竞秀""争流"是他透过实景所看到的、建立在实景之上的景象，由实入虚，是超越了眼中之景的心中之景。他不仅善于发现山水之美，更能在这个基础上由实入虚、超入玄境。东晋士人很是善于发现这种实景之上的景象。

总之，由于地理位置和地形地貌等，会稽的山水呈现出与中原地带和北方完全不同的风貌，给南渡士人们以全新的观感，符合他们当时的心境，这也促使他们去探索会稽的山川。

---

① 余嘉锡笺疏：《世说新语笺疏》，中华书局 2011 年版，第 126 页。

② 《世说新语·言语》注引《会稽土地志》，余嘉锡笺疏：《世说新语笺疏》，中华书局 2011 年版，第 126 页。

③ 余嘉锡笺疏：《世说新语笺疏》，中华书局 2011 年版，第 127 页。

④ 宗白华：《美学散步》，上海人民出版社 2015 年版，第 252 页。

（二）水

会稽位于江南，雨水丰沛，地势总体西南向东北倾斜，有一定的高度差，故而河流湖泊众多，且水质清澈。《世说新语·言语》中记载了王子敬的一句话：

> 从山阴道上行，山川自相映发，使人应接不暇。若秋冬之际，尤难为怀。①

"自相映发"，"映"字最能体现会稽水色，既然能与山"相映"，说明山水一色，且水质清冽澄澈。"应接不暇"，说明山水之多，沿途触目所及的山光水色美得让行人看不过来。

《会稽郡记》中的记载也印证了这一点："会稽境特多名山水，峰崿隆峻，吐纳云雾。松栝枫柏，擢干竦条，潭壑镜彻，清流泻注。王子敬见之曰：'山水之美，使人应接不暇。'"② 潭壑镜彻，说明水深而清澈；清流泻注，说明地势不平，水流倾泻汇注。一动一静，会稽的水动静皆宜。无怪乎谢安等人隐居会稽时，常与人渔弋山水。可见会稽山水确实很吸引东晋这些士人，顾长康也说此地"万壑争流"，可见此地水网密布、水量丰沛。

余嘉锡笺疏《世说新语》引刘盼遂语："戏鸿堂帖载子敬杂帖云：'镜湖澄澈，清流写注，山川之美，使人应接不暇。'"③ 相比王子敬的原句多了"澄澈""清流泻注"的形容，突出对水质的描述。镜湖便是会稽境内的主要湖泊之一，从名字看，湖泊确实"清流泻注"，澄澈如镜。可见东晋士人偏爱这样澄净的水质。

（三）雪

会稽位于地理意义上的亚热带，一年之中下雪的日子并不多。或许正是因为少才显得珍贵，也更容易引起观雪人心中的感慨。"雪夜访戴"的故事就发生在此地。《世说新语·任诞》记载：

---

① 余嘉锡笺疏：《世说新语笺疏》，中华书局 2011 年版，第 128 页。

② 《世说新语·言语》注引《会稽郡记》，余嘉锡笺疏：《世说新语笺疏》，中华书局 2011 年版，第 128 页。

③ 《世说新语·言语》余嘉锡笺疏引刘盼遂语，余嘉锡笺疏：《世说新语笺疏》，中华书局 2011 年版，第 128 页。

　　王子猷居山阴，夜大雪，眠觉，开室命酌酒，四望皎然。因起彷徨，咏左思招隐诗。忽忆戴安道。时戴在剡，即便夜乘小舟就之。经宿方至，造门不前而返。人问其故，王曰："吾本乘兴而行，兴尽而返，何必见戴？"①

　　关于雪的直接描写，其实仅"皎然"二字。皎然，明亮洁白的样子，已经极有画面感了。"夜大雪，眠觉"，雪落并非无声，让人联想到白居易的"夜深知雪重，时闻折竹声"，声音也有了。四处看看，一片洁白明亮的雪景，起身徘徊，雪景激发了兴致，他吟咏起左思的《招隐诗二首（其一）》："杖策招隐士，荒涂横古今。岩穴无结构，丘中有鸣琴。白雪停阴冈，丹葩曜阳林。石泉漱琼瑶，纤鳞或浮沉。非必丝与竹，山水有清音。何事待啸歌？灌木自悲吟。秋菊兼糇粮，幽兰间重襟。踌躇足力烦，聊欲投吾簪。"② 白雪红花，泉底山石、浮沉的小鱼，在诗人眼中，山中的一切都是那么可爱。他认为山水已有清音，灌木已有歌声，已不需要人世的声音参与其中。这首诗一方面表达了山水自然美好的风光，一方面借"寻隐"表达对尘世的厌倦和归隐山林的心愿。这种对山水的偏爱和栖逸的心愿与东晋士人的心境吻合。所以在这样一个大雪之夜，王徽之想起这首诗，吟咏这首诗。这一刻，他们的心意相通。

　　但诗的开篇就言"招隐士"这件事古今都很难，王徽之像是要反驳这句，他立刻动身去寻戴逵——这位当时隐居在剡的隐士，"荒涂横古今"——可是大雪也不能阻拦他。在一个大雪之夜，他乘小舟顺流而下去寻人，本就是一件令人匪夷所思的事。但更荒诞的是，行舟一夜，终于到了友人家门口，他甚至没有打一个招呼就回去了。"乘兴而行，兴尽而返，何必见戴？"兴致来时，立刻出行；兴致已尽，即刻返回。见不见戴，皆不重要。《中兴书》记载："徽之任性放达，弃官东归，居山阴"③，王子猷此时是弃官返山阴。行舟的这一夜，雪景雪声都已尽情欣赏，此时返回，已无遗憾。后世有一位大明痴子半夜前往湖心亭看雪，在亭中与陌生人饮三大白而别。他的兴致大约与王子猷有异曲同工之妙。

---

　　① 余嘉锡笺疏：《世说新语笺疏》，中华书局 2011 年版，第 656—657 页。
　　② 逯钦立辑：《先秦汉魏晋南北朝诗》上册，中华书局 1998 年版，第 734 页。
　　③ 《世说新语·言语》注引《中兴书》，余嘉锡笺疏：《世说新语笺疏》，中华书局 2011 年版，第 656—657 页。

《世说新语·言语》中写到雪的还有一则故事:"谢太傅寒雪日内集,与儿女讲论文义。俄而雪骤,公欣然曰:'白雪纷纷何所似?'兄子胡儿曰:'撒盐空中差可拟。'兄女曰:'未若柳絮因风起。'公大笑乐。即公大兄无奕女,左将军王凝之之妻也。"① 其实"撒盐空中"的比喻未必就逊色于"柳絮因风起"。谢安为什么会觉得"柳絮因风起"的诗才在"撒盐空中"之上呢?这里不得不提一提南方雪和北方雪的区别。北方湿度低,雪较干燥,捏不成团,扬起来如砂石一般,倒真有"撒盐空中"之感;南方湿度高,雪较湿润,飘起来更轻盈,如柳絮一般。鲁迅先生曾在《雪》一文中提到南方雪和北方雪的差别:"暖国的雨,向来没有变过冰冷的坚硬的灿烂的雪花……江南的雪,可是滋润美艳之至了;那是还在隐约着的青春的消息,是极壮健的处子的皮肤。"② "但是,朔方的雪花在纷飞之后,却永远如粉,如沙,他们决不粘连,撒在屋上,地上,枯草上,就是这样。"③ 谢道韫能说出"未若柳絮因风起",足以体现她细致入微的观察能力,她也因此得到了"咏絮才"的美名。

关于会稽的雪,"好整音饰"的道壹道人从建康回会稽,这样描述他见到的雪景:"风霜固所不论,乃先集其惨淡。郊邑正自飘瞥,林岫便已皓然。"④ 这句话很直观地描画了雪景:风霜凝聚起一片惨淡,郊外和村庄还只是雪花飞掠,树林和山峰已经白茫茫一片了。飘瞥,雪花飞舞的样子,也印证了谢道韫的比喻更得神韵。郊外和村庄还在飘雪,山林已有积雪。皓然,这雪景是澄澈一片,是山林间人迹罕至之故。

"皎然""皓然",从这种描述可以注意到,东晋士人对于干净而晶莹的景象有所偏爱。

二　会稽人物描述

会稽人物按籍贯大约可分为两类:侨姓士族和本土士族。侨姓士族即过江后移民到会稽的士族,本土士族即一直生活于会稽的士族。事实上,相当一部分的侨姓士族虽然保留着原来的籍贯,实际上却一直生活在会

① 余嘉锡笺疏:《世说新语笺疏》,中华书局 2011 年版,第 116 页。
② 鲁迅:《野草》,天津人民出版社 2016 年版,第 50 页。
③ 鲁迅:《野草》,天津人民出版社 2016 年版,第 54 页。
④ 余嘉锡笺疏:《世说新语笺疏》,中华书局 2011 年版,第 129 页。

稽。侨姓士族与本土士族，以及一些当时的名僧一起活动于会稽，《世说新语》中留下了许多片段。本节将这些人物描述按其活动大致分为三类：清谈、游山水、闲趣。

（一）清谈

清谈亦称玄谈。居于会稽的王羲之、支道林、许询、孙绰等士人和名僧，极为重视清谈带来的名声，而清谈大家往往也受到人们仰慕。《世说新语·文学》记载：

> 王逸少作会稽，初至，支道林在焉。孙兴公谓王曰："支道林拔新领异，胸怀所及乃自佳，卿欲见不？"王本自有一往隽气，殊自轻之。后孙与支共载往王许，王都领域，不与交言。须臾支退。后正值王当行，车已在门，支语王曰："君未可去，贫道与君小语。"因论《庄子·逍遥游》。支作数千言，才藻新奇，花烂映发。王遂披襟解带，留连不能已。①

王羲之因为自己本身就有过人的气质，一开始看不起支道林，见了面也故意不和他交谈。于是支道林主动给他讲了《庄子》中的《逍遥游》。虽然这段讲论没有被记录下来，但"才藻新奇，花烂映发"这八个字，便可知他的讲论是多么美妙，竟使得原本看不上他的王羲之"披襟解带，留连不能已"。对清谈大家的仰慕，连当时身为会稽内史的王羲之也不例外，可见清谈风气之盛。

而支道林不仅能清谈《庄子》，更能清谈佛教内典。《世说新语·文学》记载：

> 于法开始与支公争名，后情渐归支，意甚不分。遂遁迹剡下。遣弟子出都，语使过会稽，于时支公正讲《小品》。开戒弟子："道林讲，比汝至，当在某品中。"因示语攻难数十番，云："旧此中不可复通。"弟子如言诣支公，正值讲，因谨述开意。往反多时，林公遂屈。厉声曰："君何足复受人寄载来！"②

---

① 余嘉锡笺疏：《世说新语笺疏》，中华书局2011年版，第195页。
② 余嘉锡笺疏：《世说新语笺疏》，中华书局2011年版，第200页。

于法开和支道林争名，在大家心意逐渐倾向于支道林后，他不服气，便到剡县隐居起来。却在某次派弟子去京都的时候，嘱咐他经过会稽山阴县，并教他攻讦辩难支道林的方法。弟子照他的嘱咐去拜访支道林，终于辩赢了。支道林也不愧是当时被推崇的清谈大家，对佛经内典亦有自己的理解。他立刻知道就这番言论不是这位弟子能提出的，故而问他背后之人。也由此可见佛学亦是东晋士人名僧清谈的重要内容。

还有许询、王脩等人也常清谈，《世说新语·文学》曰：

> 许掾年少时，人以比王苟子，许大不平。时诸人士及于法师并在会稽西寺讲，王亦在焉。许意甚忿，便往西寺与王论理，共决优劣。苦相折挫，王遂大屈。许复执王理，王执许理，更相覆疏；王复屈。许谓支法师曰："弟子向语何似？"支从容曰："君语佳则佳矣，何至相苦邪？岂是求理中之谈哉！"①

许掾即许询，王苟子是王脩。许询年少气盛，不愿意自己与王脩相提并论，于是要争个高下，果然使得王脩大败。然而支道林说他苦苦相逼，不是探求真理的谈法。

那么支道林理想的清谈是什么样的呢？《世说新语·文学》中记载：

> 支道林、许掾诸人共在会稽王斋头，支为法师，许为都讲。支通一义，四坐莫不厌心；许送一难，众人莫不抃舞。但共嗟咏二家之美，不辩其理之所在。②

支道林和许询二人讲佛经，支道林每阐明一个义理，大家都感到满足；许询每提出一个疑难，大家都高兴得手舞足蹈。大家只是赞扬两家辞采精妙，并不去辨别两家义理分别表现在何处。虽然有的士人清谈要争高下，但也有一些清谈活动目的不是辩出高下，而是阐述义理，享受玄谈的过程。

《世说新语》中有许多关于会稽的描述是有关清谈的，此处不一一列

---

① 余嘉锡笺疏：《世说新语笺疏》，中华书局 2011 年版，第 196—197 页。
② 余嘉锡笺疏：《世说新语笺疏》，中华书局 2011 年版，第 198 页。

出。总之，清谈是在会稽的士人和名僧常进行的活动。玄学和佛理，已经渗透进他们的生活。

（二）游山水

会稽山水的特点，前文已有论述。明秀的会稽山水是东晋士人所喜爱的，喜爱到了怎样的地步呢？甚至到了想买山的地步。《世说新语·排调》记载：

> 支道林因人就深公买印山，深公答曰："未闻巢、由买山而隐。"①

印山即岿山，在会稽剡县。《高僧传四竺道潜传》中记载，支道林当时要买的其实是"岿山之侧沃洲小岭"，作为他的幽栖之处。虽然最后因为深公这句话"惭恧而已"，但足见岿山和沃洲小岭之可爱了。

会稽东山，谢安年轻时隐居于此。《中兴书》曰："先安居会稽，与支道林、王羲之、许询共游处。出则渔弋山水，入则谈说属文，未尝有处世意也。"②《世说新语·赏誉》中记载："王右军语刘尹：'故当共推安石。'刘尹曰：'若安石东山志立，当与天下共推之。'"③ 注引《晋阳秋》曰："安石家于上虞。放情丘壑，正在此山。"④ 放情丘壑，他的足迹遍布此山，后来哪怕不得已出山，东山之志却始终不渝。东山是什么样的呢？"岿然特立于众峰间，拱揖亏蔽，如鸾鹤飞舞""千嶂林立，下视苍海，天水相接，盖绝景也"。⑤ 东山在众山中显得峻拔，而站在山顶可望见群山林立、天水相接的景象，十分辽阔。谢安偏爱这样一个地方，其胸襟也可见一斑。

除了谢安，支道林、王羲之、许询等人也常悠游山水。王羲之曾"遍游东中诸郡，穷诸名山，泛槎沧海"⑥，以至于发出"我卒当以乐死"的感叹。他当真是极爱浙东一带的山水，最后的长眠之地就在浙东一带。

会稽明丽的山水吸引这批士人、僧人、道士居住在此，游弋其中。他

---

① 余嘉锡笺疏：《世说新语笺疏》，中华书局2011年版，第693页。
② 余嘉锡笺疏：《世说新语笺疏》，中华书局2011年版，第325页。
③ 余嘉锡笺疏：《世说新语笺疏》，中华书局2011年版，第409页。
④ 余嘉锡笺疏：《世说新语笺疏》，中华书局2011年版，第410页。
⑤ 余嘉锡笺疏：《世说新语笺疏》，中华书局2011年版，第325页。
⑥ （唐）房玄龄等：《晋书》卷八十《王羲之传》，中华书局1974年版，第2101页。

们入则谈论玄理，出则徜徉于山水之间。玄谈和游山水，这二者实际是分不开的。

（三）闲趣

除了清谈和游山水，居于会稽的士人们还有一些别的喜好，本节将之概括为"闲趣"。前文提到，玄学向魏晋人士的生活中渗透，山水松竹等自然景物都成为美的对象。

譬如王徽之对竹异乎寻常的喜爱，他少年生活的环境兰亭，处处有"茂林修竹"。以至于后来连暂住别人家的空宅，都要随从种上竹子。《世说新语·任诞》：

> 王子猷尝暂寄人空宅住，便令种竹。或问："暂住何烦尔！"王啸咏良久，直指竹曰："何可一日无此君！"①

王徽之酷爱竹，说不能一天没有竹，并称之为"君"。这不仅仅是将之作为审美对象，更是将之人格化地赞赏。

譬如支道林对鹤的喜爱，《世说新语·言语》记载：

> 支公好鹤，住剡东岇山。有人遗其双鹤，少时翅长欲飞。支意惜之，乃铩其翮。鹤轩翥不复能飞，乃反顾翅，垂头视之，如有懊丧意。林曰："既有凌霄之姿，何肯为人作耳目近玩？"养令翮成置，使飞去。②

支道林很喜欢鹤，有人送他两只鹤，他为了不让它们飞走剪去了它们的翅羽。两只鹤望着不能飞的翅膀十分懊丧，支道林怜惜它们，最终将它们放走了。为什么他能有这样的举动呢？

宗白华说魏晋时代的人精神最哲学，因为他们最解放、最自由。"晋人酷爱自己精神的自由，才能推己及物，有这样伟大的动作。这种精神上的真自由、真解放，才能把我们的胸襟像一朵花似的展开，接受宇宙和人

---

① 余嘉锡笺疏：《世说新语笺疏》，中华书局2011年版，第656页。
② 余嘉锡笺疏：《世说新语笺疏》，中华书局2011年版，第121页。

生的全景，了解它的意义，体会它的深沉的境地。"① 支道林有这样的胸襟，他真心喜爱鹤这种动物，喜爱它们直上云霄的模样，而不是纯粹地占有。他理解它们"不肯为人作耳目近玩"，所以愿意还它们自由，愿意还原它们最美的样子。

除了喜爱鹤，支道林也喜爱马。《世说新语·言语》："支道林常养数匹马。或言道人蓄马不韵。支曰：'贫道重其神骏。'"② 有人说和尚养马并不风雅，支道林说他看重的是马的神采姿态。这其实是超越了功利之心，以马为美的对象的体现。正如顾恺之通过"千岩万壑"看到"竞秀""争流"一样，支道林能透过马看到它们的"神骏"。也正因如此，马便成了审美对象。

孙绰喜松也有同样的意味。《世说新语·言语》：

> 孙绰赋遂初，筑室畎川，自言见止足之分。斋前种一株松，恒自手壅治之。高世远时亦邻居，世远，高柔字也。别见。语孙曰："松树子非不楚楚可怜，但永无栋梁用耳！"孙曰："枫柳虽合抱，亦何所施？"③

孙绰在斋前种一株松，亲手培土灌溉。邻人不解，认为小松树虽楚楚可爱却没有栋梁之用。孙绰回复说："枫树、柳树虽然长得合抱那么粗，又有什么用呢？"孙绰曾在《遂初赋》中叙曰："余少慕老庄之道，仰其风流久矣。却感于陵贤妻之言，怅然悟之。乃经始东山，建五亩之宅，带长阜，倚茂林，孰与坐华幕击钟鼓者同年而语其乐哉！"④ 他栽培松树，享受这种亲自照料松树的体验，也欣赏松树楚楚可爱的样子，并不求它的实际用处。他看到的是小松树不同于"合抱枫柳"的美好，也许还爱其经冬不凋的品格。而他这种闲趣，正是从他仰慕的老庄之道中悟出的。

东晋士人这种将玄学融入生活的态度，使得身边一切都能成为美的对象，一切便有了审美价值。

---

① 宗白华：《美学散步》，上海人民出版社 2015 年版，第 259 页。
② 余嘉锡笺疏：《世说新语笺疏》，中华书局 2011 年版，第 109 页。
③ 余嘉锡笺疏：《世说新语笺疏》，中华书局 2011 年版，第 125 页。
④ 《世说新语·言语》注引《中兴书》，余嘉锡笺疏：《世说新语笺疏》，第 124 页。

三　文化意蕴

上文所述的《世说新语》中的会稽描述，既有景物描画，又有人物描述。本节将探讨这些描述所蕴含的文化意蕴，即其中的审美意蕴和所展现的精神气度。

（一）审美意蕴

侨姓士族南渡之后，心态发生了很大的变化。与西晋士人追逐功名、热衷于名利完全不同，东晋士人追求一种玄远澹泊的情趣。"东晋一代审美情趣，可以用'玄淡'二字加以概括，而其核心则为'淡'。"①

由前文的会稽景物描述可以注意到，玄淡、晶莹，是东晋士人的审美理想。宗白华《论〈世说新语〉和晋人的美》中提到："晋人的美的理想，很可以注意的，是显著的追慕着光明鲜洁，晶莹发亮的意象。"②《世说新语》中关于会稽景物的描画，不过只言片语，但都印证了东晋士人这样的审美取向。会稽的山，坦迤绵长而秀丽，不似高山深谷那种惊心动魄的险峻之美；会稽的水，清流泻注，宛如明镜；会稽的雪，如柳絮飘瞥，使万物皓然。

这样明秀的自然风物正符合他们这种以"淡"为核心的审美情趣。晋人的美学理想为何如此？宗白华说："晋人以虚灵的胸襟、玄学的意味体会自然，乃能表里澄澈，一片空明，建立最高的晶莹的美的意境！司空图《诗品》里曾形容艺术心灵为'空潭写春，古镜照神'，此境晋人有之……心情的朗澄，使山川影映在光明净体中！"③晋人有"高洁爱赏自然的胸襟"，才会偏爱晶莹澄澈的东西，"清流泻注"的镜湖水，"皎然"的雪色，被雪覆盖的"皓然"的山林……也因此，他们能创立一个玉洁冰清、宇宙般幽深的山水灵境。

（二）精神气度

《世说新语》中关于会稽的人物描述，展现了东晋士人的独特精神气度。

---

① 王锺陵：《中国中古诗歌史》，人民出版社2005年版，第333页。
② 宗白华：《美学散步》，上海人民出版社2015年版，第255页。
③ 宗白华：《美学散步》，上海人民出版社2015年版，第254—255页。

从前文可知，东晋人尤爱山水，因何？《庄子·知北游》曰："天地有大美而不言，四时有明法而不议，万物有成理而不说。"东晋士人深得庄子此意，善于在山水中体悟"道"，认为山水中隐藏着宇宙的真实。宗炳在《画山水序》中有言：

> 圣人含道映物，贤者澄怀味象。至于山水，质有而趣灵……山水以形媚道圣贤映于绝代，万趣融其神思。①

宗炳认为圣人的道映照万物，而贤者澄清其怀来体悟道。而山水既有形质又有灵趣，并且以美好的形质表现道。山水在眼前时，圣贤就映于眼前，万千灵趣都融会了他们的神思。圣人以道心映照万物，贤者以虚怀体味万象。宗白华在他的《论〈世说新语〉和晋人的美》中提到："晋宋人欣赏山水，由实入虚，即实即虚，超入玄境。……这玄远幽深的哲学意味渗透在当时人的美感和自然欣赏中。"② 前文所提东晋士人喜欢晶莹的意象，正是他们"方寸湛然"的体现，方寸湛然，即心灵纯净。心灵纯净，固能"以玄对山水"。③ 徐复观在《由〈世说新语〉看玄学与自然》中也说："以玄对山水，即是以超越于世俗之上的虚静之心对山水；此时的山水，乃能以其纯净之姿，进入于虚静之心的里面，而与人的生命融为一体，因而人与自然，由相化而相忘；这便在第一自然中呈现出第二自然，而成为美的对象。……我可以这样地说，因为有了玄学中的庄学向魏晋人士生活中的渗透，除了使人的自身成为美的对象以外，才更使山水松竹等自然景物，都成为美的对象。"④ 东晋士人喜爱山水自然，和他们喜爱清谈分不开。他们在山水中悟道，又能"以玄对山水"，将玄学融入山水，渗透进生活，从而得到一种从容的生活态度。

在这样的心境下，东晋士人能透过山水，透过松、鹤、马等自然物的第一自然看到第二自然，于是一切都是美的对象，山水可爱，万物可爱。

---

① （清）严可均编：《全上古三代秦汉三国六朝文》，中华书局 1958 年版，第 3 册，第 2545 页。

② 宗白华：《美学散步》，上海人民出版社 2015 年版，第 252—254 页。

③ 《世说新语》注引孙绰《庾亮碑文》，余嘉锡笺疏：《世说新语笺疏》，中华书局 2011 年版，第 535 页。

④ 徐复观：《中国艺术精神》，华东师范大学出版社 2001 年版，第 140 页。

而这种气度是东晋士人所独有的，也正因为是他们所独有，不可模仿、不可复制，才会引起后人的向往和追寻。

结　语

晋人向美的精神和玄淡的精神气度，深得后世诗人仰慕。因为会稽的山水留下了这些士人的足迹，也引发唐宋诗人对会稽的不断寻访。

唐代大诗人李白从青年时代起就对会稽充满向往，他曾不止一次地在诗中提起会稽——"会稽风月好""自爱名山入剡中"，也曾数次逗留于此。他有一首著名的诗——《梦游天姥吟留别》，诗中有句"我欲因之梦吴越，一夜飞度镜湖月。明月照我影，送我至剡溪"。那个雪夜王徽之一时兴起顺流而下的溪，就是剡溪。雪夜访戴的典故，在李白的诗中出现过多次："轻舟泛月寻溪转，疑是山阴雪后来""若教月下乘舟去，何啻风流到剡溪""忽思剡溪去，水石远清妙。雪尽天地明，风开湖山貌""昨夜吴中雪，子猷佳兴发"……此外，李白的诗中还出现过很多关于会稽的典故和人物，很多都与东晋士人相关，比如支道林，比如谢安。可以看得出，李白对会稽的向往，其实是对东晋士人风度的一种向往。

还有很多诗人如唐代的杜甫、李颀、白居易、元稹，宋代的苏轼、王安石、陆游等，或寻访会稽，追寻东晋士人的脚步；或对会稽心生向往，仰慕东晋士人的风采。也正是这些诗人的不断寻访，使唐宋浙江诗路得以形成。